선禪과
모터사이클
관리술
―가치에 대한 탐구

ZEN AND THE ART OF MOTORCYCLE MAINTENANCE: An Inquiry into Values
Robert M. Pirsig

Copyright ⓒ 1974, 1999 by Robert M. Pirsig
Published by arrangement with HarperCollins Publishers. All Right Reserved.

Korean Translation Copyright ⓒ 2010 by Moonji Publishing Co., Ltd.
Korean Translation rights arranged with HarperCollins Publishers,
through EYA(Eric Yang Agency)

이 책의 한국어판 저작권은 EYA(Eric Yang Agency)를 통해 HarperCollins Publishers와
독점 계약한 ㈜문학과지성사에 있습니다.
저작권법에 의해 보호받는 저작물이므로 무단 전재 및 복제를 금합니다.

**ZEN & the ART of
MOTORCYCLE
MAINTENANCE**
AN INQUIRY INTO VALUES

선禪과
모터사이클
관리술
― 가치에 대한 탐구

BY ROBERT M. PIRSIG
로버트 M. 피어시그
장경렬 옮김

문학과지성사
2010

로버트 메이너드 피어시그 Robert Maynard Pirsig(1928~2017)
미국 미네소타 주의 미니애폴리스에서 태어났다. 젊었을 때 군에 입대하여 한국에서 근무했으며, 이를 계기로 동양 철학에 관심을 갖게 되었다. 제대 후 미네소타 대학에서 철학학사 학위를 받은 뒤, 인도의 베나레스 힌두 대학에서 동양철학을 공부했다. 그 후 미국으로 돌아와 저널리즘을 공부하고 몬태나 주립대학교에서 영작문을 가르쳤으며 시카고 대학에서 철학을 공부했다. 1960년 12월 피어시그는 심각한 우울증 증세를 보이기 시작했는데, 이로 인해 정신병원에 수용되어 전기 충격 치료까지 받는다. 우울증에서 회복된 뒤 1968년, 피어시그는 '정신적 삶과 기술 공학적 삶 사이의 분열'에 관한 책을 쓰기 시작하여 4년 만에 『선과 모터사이클 관리술—가치에 대한 탐구』를 완성한다. 마침내 1974년 윌리엄 모로우 출판사에서 출간된 이 책은 출간과 함께 비평적으로뿐만 아니라 상업적으로도 큰 성공을 거두었다. 2017년에 88세의 나이로 사망했다.

옮긴이 장경렬
인천 출생으로, 서울대학교 영문과를 졸업했다. 미국 오스틴 소재 텍사스 대학교 영문과에서 박사학위를 취득했고, 현재 서울대학교 영문과 명예교수이다. 문학 비평서로는 『미로에서 길 찾기』 『신비의 거울을 찾아서』 『응시와 성찰』이 있으며, 문학 연구서로는 *The Limits of Essentialist Critical Thinking* (American Studies Institute, SNU), 『코울리지: 상상력과 언어』 『매혹과 저항: 현대 문학 비평 이론에 대한 비판적 이해를 위하여』가 있다. 번역서로는 『내 사랑하는 사람들의 잠든 모습을 보며』 『야자열매 술꾼』 『윌리엄 셰익스피어』 『먹고, 쏘고, 튄다』 『아픔의 기록』 『우리 아기』 『열정적인, 너무나 열정적인』 『라일라』 등이 있다.

선과 모터사이클 관리술
—가치에 대한 탐구

1판 1쇄 발행 2010년 10월 29일
1판 15쇄 발행 2025년 3월 24일

지은이 로버트 M. 피어시그
옮긴이 장경렬
펴낸이 이광호
펴낸곳 ㈜**문학과지성사**
등록번호 제10-918호(1993. 12. 16)
주소 04034 서울 마포구 잔다리로7길 18(서교동 377-20)
전화 02) 338-7224
팩스 02) 323-4180(편집), 02) 338-7221(영업)
전자우편 moonji@moonji.com
홈페이지 www.moonji.com

ISBN 978-89-320-2010-5

내 가족을 위하여

/작가의 노트/

이어지는 이야기는 실제 일어난 일을 바탕으로 하여 기록된 것이다. 비록 수사적 배려의 차원에서 많은 부분에 변형을 가하기는 했지만, 기본적으로 이 이야기는 사실로 간주되어야 한다. 하지만 정통 선 불교 의식과 관련된 엄청난 양의 정보와 관련 짓는 것은 어떤 경우에든 결코 적절치 못하다. 모터사이클에 관해서도 또한 엄밀한 사실적 기록은 아니다.

파이드로스여, 무엇이 선(善)이고
무엇이 선이 아닌지,
이를 말해달라고 누군가에게 굳이 간청해야 하겠는가.

/ 출간 25주년 기념판 서문 /

  아마도 『선과 모터사이클 관리술』이 지난 25년 동안 거둔 것과 같은 성공을 꿈꾸지 않는 작가는 없을 것이다. 열광적인 서평이 줄을 이었을 뿐만 아니라, 23개 언어로 번역되어 수백만 권이 판매되었고, 언론으로부터 "일찍이 그 유례를 찾아볼 수 없을 정도로 광범위하게 독자층을 확보한 철학서"[1]라는 찬사를 받기도 했다.
  이 책이 집필되던 1970년대 초반에 나 역시 그러한 성공을 꿈꾸었던 것도 사실이다. 하지만 그런 꿈에 매달리도록 나 자신을 내버려두지도 않았고, 사람들 앞에서 공공연히 이에 대한 나의 희망을 내비치지도 않았다. 사람들이 나를 과대망상증 환자라고 비판하거나 이전의 정신병이 도졌다는 식의 진단을 내릴까 봐 두려웠기 때문이었다. 이제 꿈이 현실이 되었으니, 그런 문제를 놓고 더 이상 걱정할 필요가 없게 되었다.

---

1) 런던 『텔레그라프』 및 BBC 라디오 방송. (원주)

하지만 이 책이 거둔 성공에 대해서는 누구나 다 알고 있고, 이를 되풀이해서 이야기하기보다는 이 책이 범한 실수를 이 자리에서 밝히고 가능하다면 이를 바로잡는 데 도움을 주는 것이 질적으로 나은 일이 될 것이다. 두 개의 실수가 눈에 띄는데, 하나는 중대한 것이고 다른 하나는 사소한 것이다.

사소한 것부터 먼저 말하자면, 파이드로스는 희랍어로 "늑대"를 의미하는 단어가 아니다. 이 같은 실수는 이 책의 제4부에서 밝힌 바 있는 실제의 경험—그러니까 1960년 시카고 대학에 다닐 때의 경험—에서 비롯된 것이다. 당시의 철학 교수가 플라톤은 인물의 성격을 암시하는 이름을 즐겨 사용했음을 밝히고, 그의 『대화』가운데 한 편인 『파이드로스』에서는 인물을 늑대와 유사한 존재로 설정하고 있음을 밝혔다. 실명(實名)이 "Lamm"(램) 또는 "Lamb"(램)이었던 것으로 기억되는 그 교수는 '늑대'가 나에게 어울리는 칭호라고 생각하고 있는 듯한 눈짓으로 나를 바라보았다. 당시 나는 교수가 가르치는 것을 배우기보다는 이에 대한 공격을 일삼는 데 더 관심을 쏟고 있던 외톨이 또는 국외자였다. 나의 예민한 마음은 교수의 눈짓을 학교와 나 사이의 관계를 결정적으로 규정해주는 것으로 받아들였다. 그리고 이런 생각이 책을 쓰는 데 반영되었던 것이다. 하지만 플라톤이 늑대에 비유한 인물은 파이드로스가 아니라 뤼시아스로, 뤼시아스라는 이름은 "늑대"를 의미하는 희랍어 단어인 뤼코스lykos와 유사하다. 독자 여러분들이 수없이 나에게 지적해준 바와 같이, 파이드로스라는 이름이 실제로 의미하는 바는 "빛나는" 또는 "찬란한"이다. 따지고 보면, 운이 좋았던 셈이다. 한결 더 따분한 것을 의미하는 단어가 될 수도 있었기에 하는 말이다.

두번째 실수는 한층 더 심각한 것인데, 이 책의 근본적인 의미 자체를 흐리게 할 수 있는 것이라는 점에서 그러하다. 많은 사람들이 이 책의 결말 부분이 웬일인지 몰라도 말끔하게 정리되어 있지 않음을, 무언가가 결여되어 있음을 주목해왔다. 어떤 사람들은 이를 "할리우드식 결말"이라고 하면서, 이로 인해 이 책의 예술적 완성도가 약화되고 있음을 지적하기도 했다. 그들의 지적이 옳은 것이긴 하나, 이 같은 문제점은 할리우드식 결말을 의도했기 때문에 초래된 것이 아니다. 전혀 다른 결말을 의도했지만 이 점이 충분하게 드러나지 않고 있기 때문에 그런 오해가 나온 것이다. 원래 의도했던 바에 따르면, 사악한 파이드로스에게 승리를 거두는 이는 이 이야기의 서술자가 아니다. 오히려 승리를 거두는 이는 파이드로스를 항상 헐뜯고 비방했던 서술자에게 승리를 거두는 고결한 파이드로스다. 이런 의도가 이번 판본에서는 좀더 명료하게 드러날 수 있게 하기 위해, 파이드로스의 목소리에 해당하는 부분의 서체를 달리하고자 한다.

 이 문제에 대해 좀더 자세히 논의하자는 취지에서 나는 과거의 한 시점으로 되돌아가고자 한다. 1950년대 초반 무렵 미네소타 대학의 동계 오후 강의 가운데 창작 세미나가 하나 있었으며, 당시 이 강의를 담당했던 교수는 저명한 시인이자 문학 비평가인 앨런 테이트Allen Tate였다. 그의 강의 시간에 헨리 제임스Henry James의 소설 『나사의 회전 The Turn of the Screw』이 여러 시간에 걸쳐 논의 주제로 다루어졌는데, 이 소설에서 여자 가정교사는 그녀에게 맡겨진 두 아이를 유령으로부터 보호하려 하지만 결국에는 실패하고 두 아이는 죽음을 맞게 된다. 나는 이 소설의 이야기가 있는 그대로 솔직한 유령 이야기라고 믿어 의심치 않았다. 하지만 테이트 교수는 그렇지 않음을 지적했다. 헨리 제임스는 그 이상의 것을 의도하고 있다는 것이었다. 테이트 교수에 의하면, 가정교사는 이 이야기의 주인공이 아니다. 아이들을 죽인 것은 유령이 아니라 유령이 존재한다는 병적인 믿음에 집착해 있던 바로 그 가정교사라는 것이다. 나는 처음에 이를 믿을 수 없었으나, 이야기를 다시 읽고 테이트 교수가 옳다는 것을 알게 되었다. 이야기에 대한 해석은 어느 방식으로든 가능했던 것이다.

도대체 나는 왜 그 점을 놓쳤던 것일까.

테이트 교수의 설명은 다음과 같이 이어졌다. 제임스가 일인칭 서술 화법을 사용함으로써 이 같은 마법을 성취할 수 있었다는 것이다. 테이트 교수에 의하면, 일인칭 서술 화법은 더할 수 없이 어려운 소설 작법으로, 작가가 서술자의 머리 안에 갇혀 있는 상태에서 밖으로 나갈 수 없기 때문이라는 것이 그가 말하는 이유였다. 작가는 영원히 서술자의 머리 안에 갇혀 있어야 하기 때문에 다른 주제로 이야기를 바꾸고자 할 때 "그동안 목장에서는. . . ."과 같은 방식으로 이야기를 끌어나갈 수 없다는 것이다. 하지만 독자 역시 서술자의 머리 안에 갇혀 있을 수밖에 없다! 그리고 그것이 일인칭 서술 화법의 장점이기도 하다. 독자는 가정교사가 사악한 인간이라는 점을 파악할 수가 없는데, 그녀가 보는 것이 곧 독자가 볼 수 있는 것의 전부이기 때문이다.

이제 다시 『선과 모터사이클 관리술』로 돌아가 유사한 점이 무엇인지 파악해보자. 일인칭 서술자가 있는데, 당신은 그의 마음에 갇힌 채 그곳에서 빠져나갈 수가 없다. 그런데 그 서술자는 파이드로스라는 이름의 사악한 유령에 대해 이야기하고 있다. 하지만 이 유령이 사악한 존재라는 것을 당신이 알 수 있는 유일한 통로에 해당하는 것은 서술자로, 서술자가 그러하다고 말하기 때문에 당신은 그렇게 알고 있는 것이다. 이야기가 진행되는 동안 파이드로스는 서술자의 꿈속에 나타난다. 이를 통해 당신은 서술자가 파이드로스를 파괴하기 위해 그를 추적하고 있을 뿐만 아니라 파이드로스도 똑같은 목적으로 서술자를 추적하고 있음을 확인하게 된다. 누가 이길 것인가.

자아가 분열된 한 인간이 여기에 있다. 하나의 육체를 놓고 두 마음이 싸움을 벌이고 있는 것이다. "정신분열증"이란 원래 이 같은 상황을 뜻하는 말이다. 이 두 마음은 인생에서 중요한 것이 무엇인지에 대해 서로 다른 가치관을 갖고 있다.

서술자는 주로 사회적 가치에 지배를 받는 사람이다. 이야기의 시작 부분에서 그가 말하듯, "[그]는 정말로 수년 동안 그 어떤 새로운 생각도 해본 적이 없다." 그는 당신이 그를 좋아할 수 있도록 계산된 방법을 통해서만 자신의 이야기를 한다. 그는 사적인 생각을 독자인 당신에게는 털어놓지만, 존이든 실비아든 크리스든 드위즈 부부든 그의 주변 누구에게도 밝히지 않는다. 게다가 그는 독자인 당신으로부터 또는 그를 둘러싸고 있는 사회로부터 고립되기를 원하지 않는다. 그는 자신을 둘러싸고 있는 사회의 정상적 경계선 안에서 조심스럽게 자신의 위치를 유지하려 한다. 그는 그렇게 하지 않았던 파이드로스에게 어떤 일이 일어났던가를 알고 있기 때문이다. 그는 이미 교훈을 얻은 것이다. 즉, 더 이상 충격 요법을 받고 싶지 않은 것이다. 단지 어느 한 순간에만 서술자는 자신의 비밀을 고백한다. 말하자면, 자신은 자신의 영혼을 구원했기 때문에 모든 사람한테서 축하를 받는 이단자임을, 하지만 자신이 구원한 것은 오로지 자신의 표피뿐임을, 혼자만 비밀스럽게 알고 있는 존재임을 고백한 바 있다.

이를 알거나 감지하고 있는 사람은 단 둘뿐이다. 그 하나는 크리스다. 자신이 기억하고 사랑하지만 더 이상 확인할 수 없는 아버지를 찾아 헤매는 동안, 크리스는 혼란과 슬픔 때문에 엉망이 될 것이다. 다른 한 사람은 파이드로스다. 그는 서술자가 하고자 하는 것이 무엇인지를 알고, 또 그 때문에 그를 조소한다.

파이드로스의 시각에서 보면, 서술자는 자신의 정신과 의사, 가족, 고용주, 사회적 친구들에게 호감의 대상이 되는 동시에 사회적으로 인정받은 사람이 되기 위해 진실을 포기한 배신자이며 겁쟁이다. 그는 서술자가 더 이상 정직한 사람이 되기를 포기했다는 사실을 알고 있다. 그는 다만 공동체의 인정된 일원이 되고자 한다는 사실을, 자신의 뜻을 굽히고 순응하는 자세로 나머지 삶을 살아가고자 한다는 사실을 알고 있는 것이다.

파이드로스를 지배하는 것은 지적 가치다. 그는 누가 그를 좋아하든 좋아하지 않든 전혀 개의치 않는다. 그는 한결같이 진실을, 그가 느끼기에 이 세계에 엄청나게 중요한 의미를 갖는 것으로 판단되는 진실을 외곬으로 추구할 따름이다. 세상은 그가 무엇을 하려고 하는지 전혀 알지 못하고, 말썽을 부리고 있다는 이유로 그를 죽이려 한다. 이제 그는 사회적으로 파괴되었다. 강요된 침묵 속에 빠져들게 된 것이다. 하지만 그가 알고 있던 것들의 잔해가 아직 서술자의 두뇌에 남아 떠돌고 있고, 그것이 바로 갈등의 원천이 되고 있다.

결국에 가서 파이드로스를 해방시키는 것은 크리스의 고뇌다. "아빠, 정말로 정신이상이었어요?"라는 크리스의 물음에 대한 대답이 "아니!"였을 때, 그 대답의 당사자는 서술자가 아니라 파이드로스다. 아울러, 크리스가 "아닌 줄 알았어요"라고 했을 때 그는 이번 여행을 하는 동안 비로소 처음으로 오랫동안 잃어버린 자신의 아버지와 이야기를 나누고 있음을 깨닫는 것이다. 이제 갈등 속의 긴장은 사라졌다. 그들이 이긴 것이다. 가면 속의 위선적 서술자는 사라진 것이다. "이제 사정이 더 나아질 것이다." 말을 이어가는 사람은 바로 파이드로스 자신이다. "그렇게 말할 수 있을 것이다."

사악한 유령이 아니라 온화하면서도 극도로 지성적인 인간인 진정한 파이드로스에 대해 좀더 알고자 하는 독자에게 나는 『선과 모터사이클 관리술』의 속편인 『라일라』를, 제대로 이해하는 사람이 거의 없는 『라일라』를 추천하고자 한다. 또한 인터넷 상의 www.moq.org를 추천하고자 한다. 『라일라』를 이해하고 있는 얼마 안 되는 사람들 가운데 일부가 바로 이 모임에 속해 있는 사람들이기 때문이다.

| 차례 |

출간 25주년 기념판 서문 11

제1부   21
제2부   171
제3부   333
제4부   583

후기   736

부록   747

1. 작가에 대하여
로버트 메이너드 피어시그
로버트 메이너드 피어시그와의 대화

2. 이 책에 대하여
흐름이 바뀔 수 있는 강
―로버트 M. 피어시그와 편집자 사이에 오간 서한문 모음

『선과 모터사이클 관리술』 작품론 767
잃어버린 자아를 찾아서
―피어시그의『선과 모터사이클 관리술』이 말해주는 것

역자 후기 791

1부

제 1 장

　모터사이클의 왼쪽 핸들에서 손을 떼지 않은 채 시계를 보니 아침 8시 30분이다. 시속 60마일의 속도로 달리고 있지만 바람은 따뜻하고 습하다. 아침 8시 30분밖에 되지 않았는데도 이 정도로 후텁지근하니 오후가 되면 어떨까.
　길가 근처의 습지에서 피어오르는 자극적인 냄새가 바람을 타고 와서 코를 찌른다. 우리는 현재 오리 사냥을 위해 사람들이 찾는 수천 개의 늪지가 널려 있는 중부 평원 지역을 지나고 있으며, 미니애폴리스에서 다코타를 향해 북서쪽으로 가고 있다. 현재 달리고 있는 도로는 콘크리트로 된 2차선의 낡은 간선도로로, 몇 년 전에 4차선 도로가 이 도로에 평행으로 건설되었기 때문에 교통량이 별로 많지 않다. 습지 지역으로 들어서자 갑자기 공기가 서늘해진다. 하지만 습지를 빠져나오자 공기는 다시금 갑자기 후텁지근해진다.
　이 지방으로 다시 여행하게 되어 즐겁다. 이곳은 내세울 만한 것이라고는 아무것도 없는 일종의 무명(無名)의 땅이지만, 바로 그 점 때문에 매력이 있는 곳이다. 이처럼 오래된 길을 따라 달리노라면 긴장감이 사라지게 마련이다. 부들풀 더미와 초원 사이로 뚫린 낡은 콘크리트 도로 위를 덜걱거리며 지나고 나면, 더 많은 부들풀 더미 그리고 습지의 갈대와 만난다. 여기저기에 호수가 널려 있고, 자세히 보면 부들풀 더미 가장자리에 있는 야생 오리들이 눈에 띈다. 그리고 거북이도 보인다. 붉은죽지찌르레기가 한 마리 보이기도 한다.

크리스의 무릎을 치고서 찌르레기 쪽을 가리킨다.

"뭔데요?" 크리스가 소리쳐 묻는다.

"저게 찌르레기라는 거란다!"

그가 뭐라고 말하지만 알아들을 수 없어 소리쳐 묻는다. "뭐라고?" 내 헬멧의 뒤쪽을 손으로 잡고 크리스가 소리쳐 말한다. "아빠, 저런 새는 수도 없이 보았어요."

"아, 그런가!" 되받아 소리치며 고개를 끄덕인다. 하기야 열한 살짜리 아이에게 붉은죽지찌르레기는 별로 대단한 것일 리 없겠지.

그런 것들을 보고 대단하다고 느끼기 위해서는 좀더 나이가 들어야 한다. 내 입장에서 보면, 이 모든 것이 그에게는 없는 갖가지 추억과 뒤섞여 있다. 습지의 갈대가 누렇게 변하고 부들풀이 북서풍에 흔들리던 오래전의 차가운 아침 날들. 해가 뜨고 오리 사냥이 시작되기를 기다리는 동안, 장화로 휘저은 진흙 더미에서 코를 찌르는 냄새가 올라왔었지. 혹은 늪지가 온통 죽은 듯이 얼어붙어 있었고, 죽은 부들풀 더미 사이의 얼음과 눈을 가로질러 걸어보지만 보이는 것이라곤 잿빛 하늘과 차갑게 얼어붙은 사물들뿐이었던 겨울철의 나날들. 그때는 찌르레기들이 어디론가 가버리고 없었지. 하지만 이제 7월이 되어 찌르레기들이 돌아오고 만물은 최고조로 생기를 되찾은 상태다. 늪지의 가장자리로 가면 어느 곳에서나 윙윙거리는 소리와 삑삑거리는 소리,

웅웅거리는 소리, 짹짹거리는 소리가 들린다. 수만 가지의 살아 있는 생물들이 한데 어우러져 끊이지 않고 온화하게 그들 특유의 삶의 소리를 만들어내며 생명을 이어가고 있는 것이다.

모터사이클을 타고 휴가를 가다 보면 전혀 다른 각도에서 사물들을 바라볼 수 있다. 차를 타고 가면 항상 어딘가에 갇혀 있는 꼴이 되며, 이에 익숙해지다 보면 차창을 통해서 보는 모든 사물이 그저 텔레비전의 화면을 통해 보는 것과 다를 바 없다는 점을 깨닫지 못하게 된다. 따라서 일종의 수동적인 관찰자가 되어, 모든 것이 화면 단위로 지루하게 지나가는 것을 바라보게 될 뿐이다.

모터사이클을 타고 가다 보면 그 화면의 틀이 사라지고, 모든 사물과 있는 그대로 완벽한 접촉이 이루어진다. 경치를 바라보는 수동적인 상태에 더 이상 머물지 않고 완전히 경치 속에 함몰될 수 있는 것이다. 이때의 현장감은 사람들을 압도하게 마련이다. 발아래 12~13센티미터 지점의 윙윙거리는 콘크리트 바닥은 발을 딛고 걸을 수 있는 실재하는 그 무엇, 실제로 바로 발밑에 있는 그 무엇으로 살아난다. 달리는 중이기 때문에 정확히 초점을 맞추어 바라볼 수는 없더라도 어느 때건 발을 내딛고 그 촉감을 느낄 수 있는 그 무엇으로 살아난다. 말하자면, 모든 사물과 모든 체험은 즉각적인 의식과 결코 격리되어 있지 않은 상태로 존재한다.

크리스와 나는 앞서 가는 친구들과 함께 몬태나로 여행 중이지만, 우리는 어쩌면 몬태나보다 더 멀리 떨어진 곳까지 가게 될지도 모른다. 어디에 도착하기보다는 여행 자체를 즐기기 위해 우리는 일부러 확실한 계획을 짜놓고 있지 않다. 단지 휴가를 즐기려는 여행이기 때문에, 우리는 보조 도로를 택해 가고 있다. 포장된 시골길이 우리에게는 최상의 길이며, 지방 간선도로도 그럭저럭 괜찮다. 주간(州間) 고속도로는 우리가 여행하기에는 최악의 도로다. 우리는 그저 즐거운 시간을 보내고자 할 따름이며, 우리에게 즐거운 시간을 재는 척도란 '시간'보다는 '즐거운'에 역점이 맞춰진 것이다. 이처럼 역점을 달리하면 사물에 접근하는 태도가 완전히 달라지게 된다. 꾸불꾸불한 언덕길이 시간적으로는 더 걸릴지 모른다. 하지만 길이 꾸부러질 때마다 정해진 공간 안에서 이리 쏠리고 저리 쏠리는 자동차 대신, 몸을 옆으로 기울이기만 하면 되는 모터사이클을 타고 여행할 때는 그러한 꾸불꾸불한 길이 한결 더 즐거운 여행길이 된다. 교통량이 적으면 적을수록 여행길은 더욱더 즐거워지게 마련이며, 게다가 안전해지기까지 한다. 근처에 휴게소나 옥외 광고판이 없을수록 좋은 길이며, 작은 숲이나 초원, 과수원이나 잔디가 갓길에 가급적 맞닿아 있을수록 더 좋은 길이다. 그런 길로 여행을 하다 보면, 지나가는 도중 손을 흔들어주는 아이들과 만나거나 누가 지나가는지를 현관에서 바라보는 사람들과도 만날 수 있다. 그리고 길을 묻기 위해 멈추었을 때 바라던 것보다도 한결 더 자세하게 설명해주는 사람들과 만날 가능성이 높아지고, 어디에서 왔는지 얼마 동안 여행을 하고 있는지를 물어보는 사람들과도 만날 수 있다.

 나와 내 아내, 그리고 우리 부부의 친구들이 처음으로 이런 길을 찾아 여행하기 시작했던 것은 몇 년 전의 일이다. 우리는 가끔 단조로움을 피하기 위해, 또는 다른 간선도로로 가는 지름길을 찾기 위해 이런 길을 택했었다. 그때마다 경치가 대단하다는 사실을 발견했고, 매번 느긋하고 즐거운 마음으로 그 길을 지나 여행했다. 이 같은 샛길이 주(主)도로와 진정 다르다는 이 명백한 사실을 깨닫지 못한 채 우리는 이런 일을 되풀이하곤 했다. 그러한 길을 따라 살고 있는 사람들의 총체적인 삶의 속도라든가 인간성은 완전히 다르다. 그들은 어디로 떠날 일도 없고, 예의를 차리느라 부산을 떨지도 않는다. 사물들이 현재 여기 이곳에 존재하고 있다는 것이 그들이 깨닫고 있는 전부다. 이런 깨달음을 거의 잊고 있는 사람들이 있다면, 그들은 바로 오래전에 도시로 떠난 사람들과 길을 잃고 방황하는 그들의 자녀들뿐이다. 이 같은 사실의 발견은 진정 대단한 것이었다.

이 같은 사실을 발견하는 데 왜 그리 오랜 시간이 걸렸는지 모를 일이다. 그러한 사실을 빤히 보면서도 우리는 깨닫지 못했던 것이다. 또는 깨닫지 못하도록 길들어 있었다고 하는 것이 옳을지 모르겠다. 아마도 사건이라고 할 만한 사건은 대도시에서 일어나며 시골에서 일어나는 일은 모두 지루한 것들뿐이라는 투의 속임수에 빠져 있었는지도 모른다. 정말로 영문을 알 수 없다. 진리가 문을 두드리고 있는데 "꺼져, 나는 지금 진리를 찾고 있어"라고 말하자 진리가 가버리는 꼴이다. 왜 그리 오랜 시간이 필요했는지 영문을 알 수 없다.

하지만 일단 우리가 이를 포착하자 당연히 아무것도 우리를 이 같은 길들로부터 떼어놓을 수 없었으며, 우리는 주말이든, 저녁 무렵이든, 휴가 때든 항상 이런 길들을 찾았다. 우리는 진정 보조 도로만 찾는 모터사이클광이 되었으며, 이런 여행을 통해 무언가 배우게 된다는 점을 알게 되었다.

예를 들어, 지도를 보고 어느 길이 좋은 길인지 찾아내는 법을 배우게 된다. 만일 길이 꾸불꾸불하면 이는 좋은 길이다. 이는 중간에 언덕들이 있음을 의미한다. 만일 길이 마을과 도시를 연결하는 주(主)도로라면 이는 좋지 않은 길이다. 여행을 하기에 가장 좋은 길은 항상 아무 곳도 아닌 곳과 아무 곳도 아닌 곳을 연결하는 길이며, 좀더 신속하게 어딘가에 도착하고자 할 때 택할 수 있는 길은 따로 있게 마련이다. 만일 규모가 큰 어떤 마을에서 출발하여 북동쪽으로 가는 경우라면, 거리가 얼마가 되든 결코 직선 도로를 이용하여 그곳을 빠져나가서는 안 된다. 먼저 마을에서 출발하여 북쪽으로 가다가 동쪽으로, 그리고 다시 북쪽으로 가게 되면, 곧 시골의 지방 사람들만이 이용하는 보조 도로에 이르게 된다.

반드시 익혀야 될 주된 기술은 길을 잃지 않도록 하는 일이다. 눈짐작으로 길을 찾을 수 있는 지방 사람들만이 이용하는 길들이기 때문에, 갈림길에 도로 표지판이 없다고 해서 아무도 불평하지 않으며, 실제로 도로 표지판이 없는 경우도 종종 있다. 또한 있다고 하더라도 잡초 사이에 얌전하게 감추어져 있는 자그마한 표지판이 하나 있을 뿐인 경우가 허다하다. 시골길의 표지판을 세우는 사람들은 두 번 이야기해주는 경우가 드물다. 만일 당신이 그 표지판을 놓치게 되면, 그것은 당신의 문제일 뿐이지 그들의 문제가 아니다. 더욱이, 당신은 간선도로용 지도에는 시골길이 정확히 표시되어 있지 않다는 점도 깨닫게 될 것이다. 아울러, 당신은 당신만의 "시골길"을 택하는 경우, 길은 두 가닥의 바큇자국이 있는 길로, 이윽고 한 가닥의 바큇자국이 있는 길로 바뀌다가 다시 들판으로 이어지기도 하며, 길이 완전히 끊기거나 그렇지 않으면 어떤 농가의 뒷마당으로 이어지기도 한다는 사실을 깨닫게 될 것이다.

따라서 우리는 대부분 추측을 통한 막연한 계산에 의해, 또는 우리가 이미 발견한 단서를 가지고 추론한 바에 따라 앞으로 나갈 뿐이다. 그래서 나는 해가 방향을 가르쳐주지 못하는 흐린 날을 대비하여 한쪽 주머니에 나침반을 휴대하기도 한다. 때에 따라서는 연료 탱크 위에 별도로 부착해놓은 주머니에 지도를 준비해 갖고 다니기도 하는데, 바로 이 지도를 통해 마지막으로 지나쳤던 교차로에서 얼마만큼 왔는가를 확인하기도 하고, 또한 무엇을 찾아야 하는가를 알기도 한다. 이러한 도구들과 더불어 "어딘가 가야 한다"라는 중압감을 갖지 않음으로써 모든 일은 잘 풀려나가게 되며, 미국의 전역을 대충 우리 수중에 넣을 수도 있게 된다.

노동절이나 현충일의 주말에 이러한 길을 이용하여 여행하면 수 마일을 달리는 동안 단 한 대의 차량도 구경하지 못하는 경우가 많다. 하지만 곧이어 주간(州間) 고속도로를 가로질러 건너가다 보면 수많은 차량이 꼬리를 물고 지평선 너머까지 늘어서 있는 것을 발견하곤 한다. 얼굴을 찌푸린 채 차 안에 앉아 있는 사람들이며, 뒷좌석에서 울어대는 아이들의 모습이 보이기도 한다. 그들에게 얼굴을 찌푸린 채 서두르고 있는 듯 보이는 대신 무언가 다른 방법도 있음을 말해줄 방도가 있길 바라나, 나에게는 그럴 방도가 없다. . . .

이러한 습지들은 수천 개 보아왔지만 볼 때마다 새롭게 느껴진다. 이 같은 습지들을 온화하다고 하는 것은 올바른 표현이 아니다. 무자비하며 무분별하다고 하는 것이 더 적절한 표현이라고 할 수 있다. 무자비하고 무분별한 것들로 가득 차 있는 것이 이런 습지지만, 실제로 습지를 접하면 그런 식의 개념화를 중간에 압도해버리는 그 무언가가 있다. 아니, 저럴 수가! 붉은죽지찌르레기 한 무리가 모터사이클 소리에 놀라 부들풀 더미 사이의 둥지에서 날아오르고 있지 않은가. 다시 한 번 크리스의 무릎을 친다. . . . 이어서 새들의 저런 모습을 그가 이전에도 보았었다는 사실을 기억해낸다.

"뭔데요?" 크리스가 소리친다.

"아무것도 아니다."

"네? 뭐라고요?"

"그냥 네가 내 뒤에 있나 없나를 확인해본 거란다." 내가 이렇게 소리쳐 대꾸한다. 그런 다음 더 이상 말을 걸지 않는다.

소리치기를 좋아하지 않는다면 모터사이클을 타면서 대화다운 대화를 하기란 불가능하다. 대신, 주위 사물을 의식하고 사물에 대해 생각에 잠겨 시간을 보내게 된다. 보거나 듣는 것에 대해, 날씨의 상태라든가 기억 속에 떠오르는 일에 대해, 기계나 주위의 시골 풍경에 대해, 아주 느긋한 마음으로 오랫동안 서두르지 않고, 시간을 낭비하고 있다는 느낌 없이 사물에 대해 생각하며 시간을 보내게 된다.

내가 마음에 두고 있는 것은 앞으로 다가올 시간을 이용하여 내 마음속에 떠오르게 된 일들에 대해 이야기하는 것이다. 우리는 거의 대부분의 시간 동안 아주 바쁘게 보내기 때문에 이야기할 기회를 결코 찾지 못한다. 그 결과 하루하루가 항상 깊이를 지니지 못한 채 피상적으로 끊임없이 계속되고 만다. 수년 후에는 모든 세월이 어디로 가버렸는지 당사자를 의문 속에 빠져들게 하고, 그 모든 세월이 흘러가버림으로써 안타까움에 젖게 하는 단조로움만이 하루하루를 지배하게 될 뿐이다. 이제 우리에게는 시간이 있으니, 또한 그 사실을 알고 있으니, 나는 이 시간을 이용하여 중요한 것처럼 보이는 무언가에 대해 깊이 있는 이야기를 하고자 한다.

내가 염두에 두고 있는 것은 셔토쿼Chautauqua와 같은 형태의 '야외 강연'이다. 사실, 미국을, 바로 이 미국이라는 나라 전역을 떠돌곤 하던 '이동식 가설 무대에서의 강연'을 뜻하는 셔토쿼가 내가 생각해낼 수 있는 유일한 명칭이다. 귀를 기울이는 이들의 생각 속에 문화와 계몽을 가져다주고, 그들의 마음을 교화하거나 즐겁게 하고 또 향상시킬 의도에서 기획되었던 대중 강연, 옛날 한때 유행하던 이 대중 강연 속에 우리는 이미 발을 들여놓은 셈이다. '야외 강연'은 발 빠른 라디오, 영화, 텔레비전으로 인해 옆으로 밀려나게 되었지만, 나에게는 그렇게 해서 생긴 변화가 반드시 진보를 의미한다고 생각되지 않는다. 아마도 이러한 변화 덕분에 온 국민의 의식의 흐름이 빨라졌고 그 폭이 넓어지긴 했지만, 깊이는 한결 덜해진 것처럼 보인다. 옛사람들의 의식이 그 흐름을 이어가며 파놓은 물길들이 새로운 세대의 의식을 수용할 수 없기에, 새로운 세대는 새로운 물길을 만들기 위해 기존의 물길 주변을 따라 점점 더 심하게 파멸과 파괴 행위를 일삼고 있는 것처럼 보인다. 현재의 셔토쿼를 통해 새로운 의식이 흐름을 이어나갈 물길을 개설하려는 것, 여기에 내 의도가 있는 것은 아니다. 나는 다만 진부한 것이 되어버린 생각들 및 너무 자주 되풀이되는 상투어들과 같은 침전물로 인해 막혀버리고 만 옛날의 물길에 대한 준설 작업을 하고자 할 따름이다. "무엇이 새로운가?"는 흥미롭고도 시야를 넓혀주는 불멸의 질문이기는 하지만, 이 문제에 대한 답을 배타적인 입장에서 추구하는 경우 다만 끊임없이 이어지는 일련의 지엽적이고 하찮은 것들과 유행들, 이를테면 내일의 침전물들밖에 쌓이지 않는다. 대신 폭보다는 깊이와 관련되는 질문, 또한 그 질문에 대한 답으로 인해 침전물을 아래쪽으로 쓸어버릴 수 있는 질문인 "무엇이 최선인가?"에 대해 나는 관심을 갖고자 한다. 너무 깊이 파여 있어서 그 어떤 변화도 불가능하게 하는 사고의 물길이 존재하던 시대, 그리하여 그 어떤 새로운 일도 일어나지 않은 상태에서 "최선"이 논의의 여지 없이 그냥 받아들여야 하는 도그마로 존재하던 시대가 인간 역사에 존재한 적이 있긴 하나, 이는 현재의 상황이 아니다. 이제 우리가 공유하는 의식의 흐름은 양쪽 물가를 깎아먹고, 결국 중심 방향과 목적을 상실한 채 흘러가다가 낮은 지역들을 흐름 속에 잠기게 하기도 하고 높은 지역들을 서로 끊어놓아 고립시키고 있는 것처럼 보인다. 또한 자신의 내적인 힘을 헛되고도 파괴적으로 쌓아가는 일 이외에는 아무런 특정 목표도 달성하지 못하고 있는 것처럼 보인다. 이제 약간의 준설 작업을 통해 물길의 깊이를 더할 때가 된 것으로 판단된다.

우리 앞에 가던 존 서덜랜드와 그의 아내인 실비아가 길옆의 피크닉 구역으로 모터사이클을 몰고 들어가 있다. 이제 쉴 시간이다. 우리가 타고 있던 모터사이클을 그들 옆으로 몰아가는 동안, 실비아는 헬멧을 벗고 그녀의 머리를 흩뜨려서 흘러내리게 한다. 존은 그의 BMW를 세워놓고 있다. 아무 말도 없다. 우리는 수도 없이 함께 여행을 했기 때문에 흘끗 보기만 해도 상대방의 느낌을 알아차린다. 곧이어 우리는 모터사이클의 소음에서 벗어나 주위를 둘러본다.

아침 이 시간쯤이면 피크닉 구역의 벤치에는 아무도 없다. 전 구역이 모두 우리 차지가 된 셈이다. 존은 풀밭을 가로질러 무쇠로 된 펌프가 있는 곳으로 가서 마실 물을 퍼 올리기 시작한다. 크리스는 풀이 우거진 둔덕 너머에 있는 몇 그루의 나무를 지나 작은 시냇가로 내려간다. 나는 그저 주위를 돌아볼 뿐이다.

잠시 후 실비아가 나무로 된 피크닉 벤치에 앉아 위를 보지 않은 채 천천히 다리를 한 쪽씩 올려 차례로 뻗어본다. 오랫동안의 침묵은 그녀가 무언가 때문에 우울해하고 있다는 사실을 의미하는데, 마음에 걸리는 일이 있는지 말을 걸어본다. 실비아가 올려다보고는 다시금 눈을 내리깐 채 말한다.

"반대편 차선으로 차를 몰고 오던 사람들 말인데요, 맨 앞의 사람 표정이 아주 슬퍼 보였어요. 그리고 다음 사람 표정도 그렇고, 다음 사람도, 그리고 또 다음 사람도, 모두가 똑같았어요."

"그 사람들은 일하러 가는 길이지요."

그녀도 잘 알고 있으며, 그 점에 관한 한 이상할 것이 하나도 없었다. "알다시피, 일하러 가는 길이죠." 되풀이해서 말하고는 이에 덧붙여 말을 잇는다. "월요일 아침, 잠이 덜 깬 채로 일하러 가는 거예요. 월요일 아침에 누가 밝은 표정으로 일하러 가겠습니까?"

"그냥, 사람들의 표정이 너무나 멍해 보였던 거예요. 모두가 죽은 사람처럼. 마치 장례식 행렬 같았어요." 이렇게 말한 다음 그녀는 두 발을 땅바닥에 내려놓는다.

그녀가 무슨 말을 하는지 알기는 하지만, 논리적으로 그런 말은 아무런 의미가 없다. 살기 위해서는 일을 해야 하고, 그들은 바로 살기 위해 일을 하고 있는 것이다.

"나는 늪지를 계속 보고 있었어요"라는 내 말에 잠시 후 그녀가 올려다보면서 물었다. "뭐가 보이던가요?"

"엄청나게 많은 붉은죽지찌르레기들을 봤어요. 우리가 지나갈 때 별안간 날아오르더군요."

"아, 그래요."

"찌르레기 새 떼를 다시 보니 즐겁더군요. 그런 새 떼를 보면, 생각이든 뭐든 그런 것들이 한데 묶여요. 그런 거 아세요?"

그녀가 잠시 생각에 잠기더니, 짙푸른 나무를 배경으로 하여 얼굴에 미소를 띤다. 그녀에게는 상대방이 하고 있는 말과는 아무런 관련이 없는 특수한 언어를 이해하는 능력이 있다. 여자인 것이다.

"그래요. 그 새 떼가 참 아름답지요?"

"그 새 떼를 잘 지켜보세요." 내가 이렇게 말한다.

"좋아요." 그녀가 대답한다.

존이 와서 모터사이클 위의 장비를 살펴본다. 그는 짐을 묶은 로프를 몇 가닥 매만져 바로잡고, 행낭을 열고는 무언가를 찾기 시작한다.

무언가를 땅바닥에 내려놓으면서 그가 말한다. "혹시 로프가 필요하면 망설이지 말고 말해. 맙소사, 이번 여행에 필요한 것보다 다섯 배는 더 갖고 온 것 같군."

"아직 괜찮아."

"성냥은 어때?" 여전히 무언가를 찾으면서 그가 말한다. "자외선 차단용 로션하고, 빗하고, 구두끈이라. . . . 아니, 구두끈도 갖고 왔네. 구두끈은 뭐 때문에 갖고 왔지?"

"그만해요." 실비아가 말한다. 그들은 무표정하게 서로를 바라보다가, 함께 나를 쳐다본다.

"구두끈이 언제 끊어질지도 모르지." 내가 엄숙하게 말하자, 그들은 웃어넘긴다. 하지만 서로를 보고 웃는 것은 아니다.

이윽고 크리스가 돌아왔다. 이제 다시 떠날 시간이다. 존이 떠날 채비를 갖추고 모터사이클에 오른다. 곧이어 그들은 자기네 모터사이클을 타고 떠난다. 실비아가 손을 흔든다. 다시 고속도로 위를 달리면서, 나는 존과 실비아가 조금씩 멀어지는 것을 지켜본다.

이번 여행길을 위해 내가 염두에 두고 있는 '야외 강연'은 몇 달 전 이들 부부로 인해 생각하게 된 것이며, 모르긴 해도 그들 사이의 관계에 저류를 이루고 있는 불협화음과 관련지을 수 있을 것이다.

결혼 생활에 불협화음이란 흔히 있는 것이지만, 그들의 경우에는 한층 더 비극적인 것처럼 보인다. 적어도 내가 보기에는 그렇다.

성격상 차이에서 오는 충돌과는 관계가 없는, 무언가 다른 문제가 있다. 그것은 두 사람 가운데 누구의 잘못으로 돌려 탓할 수 있는 성질의 것도 아니며, 또 두 사람 가운데 누군가에게 해결책이 있는 것도 아니다. 나 또한 이 문제에 대한 해결책을 갖고 있다고 확신하지 못하며, 다만 막연하게 생각만 할 뿐이다.

  생각을 처음 하게 된 계기는 단순하다. 아주 사소한 문제, 그러니까 자신의 모터사이클을 어느 정도 관리해야 하느냐의 문제로 존과 나 사이에 약간의 의견 차이를 갖게 된 데서 시작되었다. 나에게는 모터사이클과 함께 제공되는 조그만 연장이라든가 안내 책자를 이용해서 혼자 힘으로 기계를 조정해서 최상의 상태를 유지하는 것이 당연하고 정상적인 일처럼 느껴진다. 존은 의견을 달리하는데, 유능한 정비사에게 기계를 돌보도록 맡김으로써 최상의 상태를 유지할 수 있다고 믿는다. 어떤 쪽의 관점도 극히 정상적인 것이다. 만일 우리가 함께 모터사이클로 돌아다니다가 시골길 주변에 내려서, 맥주를 마시거나 마음에 떠오르게 된 것들을 이야기하면서 그렇게 많은 시간을 보내지 않았더라면 이 같은 사소한 차이가 결코 그처럼 심각한 문제로 확대되지 않았을 것이다. 우리들의 마음에 떠오르게 된 것들이라고 했을 때 여기에는 보통 서로 이야기를 나누고 난 다음 각자가 반 시간이나 45분 정도 모터사이클을 달리면서 생각했던 것이라면 무엇이든 다 포함된다. 도로 사정이라든가 날씨, 사람들, 옛날의 추억들, 또는 신문에 나온 이야기가 화제로 오르게 되면, 대화는 자연 유쾌한 쪽으로 흐르게 된다. 하지만 기계의 성능에 관한 이야기가 내 마음속에 떠올라 화제로 삼게 되면, 유쾌한 기분은 더 이상 지속되지 않고, 대화도 더 이상 진전되지 않는다. 이야기를 하는 도중에 침묵이 깔리게 되고, 자꾸 끊어지게 마련이다. 마치 하나는 구교 신자이고 하나는 신교 신자인 두 다정한 친구가 함께 맥주를 마시면서 인생을 즐기고 있는데 어쩌다 산아 제한의 문제가 튀어나오는 격이다. 엄청난 냉기가 분위기를 지배한다.

  물론 이런 상황에 맞닥뜨리게 되면, 마치 봉합물이 떨어져 나간 충치를 발견하는 것과 같은 분위기가 된다. 내버려둘 수 없는 것이다. 면밀하게 밝혀야 하고, 주위를 살펴보아야 하며, 밀쳐도 보고, 생각도 해봐야 한다. 재미있어서가 아니라, 마음에 걸려 떠나지 않기 때문이다. 아무튼, 이 모터사이클 관리라는 문제에 대해 내가 더욱더 면밀하게 밝혀내고 밀어붙일수록 그에 비례하여 그는 더더욱 짜증을 내게 마련이다. 물론 그의 그런 모습이 나를 자극하여 나는 더욱더 면밀하게 밝혀내고 그를 더욱더 밀어붙이게 된다. 고의적으로 그를 짜증나게 하려고 그러는 것은 아니다. 다만 그의 짜증은 무언가 보다 깊은 곳에 숨어 있는 것, 곧바로 드러나지는 않지만 표면 뒤에 숨어 있는 그 무언가를 간접적으로 드러내는 징후처럼 느껴지기 때문이다.

산아 제한에 관해 이야기하다가 이야기가 가로막히고 분위기가 냉랭해지는 것은 출산율이 높아야 한다든가 낮아야 한다든가 하는 식의 숫자상의 논쟁 때문이 아니다. 그것은 다만 표면적인 문제일 뿐이다. 논쟁의 저변에 깔려 있는 것은 믿음 사이의 충돌이다. 말하자면, 사회는 경험론에 바탕을 두어 계획적으로 건설되어야 한다는 믿음과 천주교 교회의 가르침 속에 암시되어 있는 신의 권위에 대한 믿음 사이의 충돌이다. 말하는 사람조차 자기 말이 듣기 피곤할 정도로 열심히 가족계획의 실리적인 측면을 입증해 보일 수도 있다. 하지만 상대방이 사회적으로 실리적인 것 자체가 선한 것이라는 가정을 받아들이지 않는다면, 결국 이야기는 무의미한 것이 되고 만다. 그에게 선한 것이란 전혀 다른 근거에서 유래된 것, 그러면서도 여전히 실리적인 것만큼이나 또는 그 이상으로 가치 있는 것으로 생각하는 것에서 유래된 것일 수 있다.

존의 경우도 마찬가지다. 목이 쉴 때까지 모터사이클 관리의 실리적인 가치와 필요성에 대해 설교할 수도 있지만, 그에게 조금도 충격을 줄 수 없을 것이다. 그 문제에 대해 두어 마디만 하면, 그의 눈에는 생기가 완전히 사라진다. 그리고 그는 화제를 딴 것으로 바꾸거나 엉뚱한 곳을 바라볼 뿐이다. 그 문제에 관한 한 그는 아무 이야기도 들으려 하지 않는다.

이 점에 관한 한 실비아도 완전히 한통속이다. 사실 그녀는 그보다 한결 더 단호하다. 생각을 신중하게 할 때면 그녀는 "그건 완전히 별개의 문제지요"라고 말한다. 그렇지 않을 때면 "시시해"라고 말한다. 그들은 문제가 되는 것을 이해하려 하지 않는다. 듣기조차 거부한다. 무엇 때문에 내가 기계 만지는 일을 즐기고 그들은 혐오하는가에 대해 파고들려고 하면 할수록 문제는 더욱더 풀기 어려운 것이 되고 만다. 처음엔 그저 사소한 의견 차이에 불과한 것이려니 생각했는데, 이 문제의 궁극적인 원인은 아주 깊은 곳에 있는 것처럼 보인다.

무엇보다도 먼저 그들이 무능력한 사람일지도 모른다는 의혹은 배제해야 한다. 사실 그들 부부는 둘 다 대단히 똑똑한 사람들이다. 그들 가운데 어느 한 명이라도 마음을 집중하고 힘을 들이면, 한 시간 반 정도 안에 모터사이클의 엔진을 조율하는 일을 배울 수 있을 것이다. 그리하여 돈을 아끼고 걱정을 덜고 기다림의 시간을 줄임으로써, 그들의 노력에 대한 보상을 되풀이해서 받게 될 것이다. 이 사실을 그들도 알고 있다. 혹은 모르고 있는지도 모른다. 나도 잘 모르겠다. 이 문제를 갖고 그들과 충돌한 적은 없다. 그냥 잘 지내는 편이 나으니까.

하지만 나는 아주 지독하게 더운 어느 날에 있었던 일을 기억한다. 내가 막 일에서 해방되어 존과 함께 미네소타의 새비지[1]로 갔을 때였다. 약 한 시간가량 어떤 술집에 들어갔다 나오니 모터사이클이 너무

---

1) Savage: 미네소타 주에서 가장 큰 도시인 미니애폴리스Minneapolis 중심부에서 남서쪽으로 약 24킬로미터 떨어진 곳에 있는 인구 27,292명(2006년 조사)의 도시.

뜨거워져 있어서 올라탈 수 없을 지경이었다. 엔진의 시동을 걸고 막 떠나려 하는데, 존이 여전히 시동 축을 발로 밟아 펌프질을 하고 있다. 마치 정유 공장 옆에 있는 것처럼 휘발유 냄새가 지독하다. 엔진에 휘발유가 과다하게 들어갔다는 점을 알려주어도 괜찮겠다 싶어서, 그에게 휘발유 냄새가 난다고 말한다.

그는 "맞아, 휘발유 냄새가 나는군"이라고 말하면서 계속해서 펌프질을 한다. 그가 계속해서 몸을 들먹이며 펌프질을 하고 또 하는 것을 보고 있노라니, 나는 뭐라고 말해야 할지 모르겠다. 결국 온 얼굴이 땀으로 뒤범벅이 된 채 그는 정말로 숨이 차서 더 이상 펌프질을 할 수 없는 지경에 이른다. 보다 못해 나는 그에게 엔진에서 플러그를 빼낸 다음 플러그와 엔진 실린더를 건조시키는 것이 어떻겠냐고 제안한다. 술집에 돌아가서 맥주 한 잔 더 할 동안이면 충분할 것이라는 말도 덧붙인다.

하지만 천만에! 그는 그따위 일을 하고 싶어 하지 않는다.

"그따위 일이라니?"

"아, 뭐 연장을 끌어내고 그런 귀찮은 일을 어떻게 하나? 엔진의 시동이 걸리지 않을 리가 없는데. 이거 아주 신품인 데다가, 하라는 대로 하나도 어기지 않고 따라 했거든. 이것 좀 봐, 그들이 하라는 대로 엔진에 연료를 잔뜩 주입했단 말이야."

"연료를 잔뜩 주입하다니!"

"사용 설명서에 그렇게 하라고 되어 있어."

"그건 엔진이 냉각되어 있을 때지!"

"글쎄, 우리가 적어도 30분가량은 술집에 들어가 있지 않았나?"

이 말이 이를테면 내 신경을 뒤흔들어놓는다. "이봐, 존, 오늘은 아주 더운 날이야. 아무리 추운 날이라도 엔진이 냉각되려면 그보다 시간이 더 걸려."

그는 머리를 긁적이면서 말한다. "글쎄, 그렇다면 왜 사용 설명서에는 그런 말이 없지?" 이윽고 엔진의 공기 흡입 조절 장치를 열고 두어 번 시도하자 시동이 걸린다. "된 것 같은데." 즐거운 듯이 그가 말한다.

그리고 그다음 날 가까운 지역에 나가게 되었는데 똑같은 일이 다시 일어났다. 이번에는 아무 말도 하지 않기로 마음먹었다. 아내가 가서 도와주라고 나를 재촉했지만 나는 고개를 저었다. 나는 아내에게 그는 정말로 도움이 필요하다고 느끼기 전에는 도와주는 일을 불쾌하게 생각하는 사람이라고 말했다. 그래서 우리는 나무 그늘로 가서 쉬면서 기다렸다.

그가 계속 펌프질을 하는 동안 실비아에게 지나칠 정도로 예의 바른 태도를 보이고 있다는 사실을 알아차렸는데, 이는 그가 화나 있다는 것을 의미한다. 그녀는 이를테면 "맙소사"에 해당하는 표정으로 바라보고 있었다. 그가 만일 한마디라도 나에게 물었다면, 나는 단번에 달려가서 무엇이 문제인지 진단해주었을 것이다. 하지만 그는 묻지 않았다. 그가 결국 엔진의 시동을 거는 데는 족히 15분이 걸렸을 것이다.

나중에 우리는 미네톤카 호반[2]에서 다시 맥주를 마시게 되었는데, 테이블 주위의 모든 사람들이 이야기를 나누고 있었으나 그는 침묵을 지키고 있었다. 그가 정말 속으로 꽁해 있음을 알아차릴 수 있었다. 그렇게 오랜 시간이 지났는데도. 꽁한 마음을 풀기 위해서인지 그가 말문을 열었다. "알겠지만 말이야 . . . 엔진 시동이 그처럼 걸리지

---

2) Lake Minnetonka: 미네소타 주에 있는 넓이 59제곱킬로미터의 호수.

않으면 . . . 속에서 열불이 나서 영 주체할 수 없게 돼. 편집광처럼 거기에 매달리게 된단 말이야." 이 말을 하며 아마도 그는 풀어진 것 같았다. 이어서 이렇게 덧붙여 말했다. "그놈들 가게에는 이 모터사이클 한 대밖에 없었어. 바로 이 빛 좋은 개살구 말이야. 공장으로 되돌려 보낼까, 아니면 몇 푼 받고 팔아버릴까, 그놈들은 망설이고 있었던 거야. 그러다 그놈들이 내가 오는 걸 본 거지. 현찰 1천8백 달러를 주머니에 챙긴 채 말이야. 나를 보는 순간 그놈들 속으로 봉을 잡았다고 환호했을 거야."

단조로운 노래라도 하듯 한결같은 목소리로 엔진 조율을 하라는 간곡한 충고를 그에게 되풀이했다. 그리고 그는 나의 충고에 귀를 기울이려고 애썼다. 때때로 그는 정말로 애를 쓰곤 한다. 하지만 곧이어 우리는 다시금 대화 단절의 상태에 빠져들게 되었다. 그러자 그는 우리 모두에게 한 잔씩 더 돌아가도록 맥주를 주문한다는 핑계로 카운터로 갔다. 그래서 이야기는 끝나고 말았다.

그는 옹고집도 아니며, 편협한 사람도 아니다. 또한 게으르거나 멍청한 사람도 아니다. 쉽게 설명할 수가 없다. 그래서 그냥 내버려두는 것이다. 있지도 않은 해답을 찾아서 분주하게 주변을 맴돌고 또 맴돌고 나서도 계속 또다시 맴돌 이유가 없기 때문에 그냥 포기해버리고 마는 그런 종류의 불가사의라고나 할까. 이를 달리 어찌하겠는가.

어쩌면 이 문제에 관한 한 내가 지나치게 까탈을 부리는 사람일지도 모르겠다는 생각이 들기도 했으나, 이런 생각은 곧 버리게 되었다. 모터사이클로 여행하는 대부분의 사람들은 자신들의 기계를 조율하는 법을 알고 있다. 자동차를 갖고 있는 사람들은 보통 엔진에 손을 대지 않는다. 크건 작건 간에 사람 사는 마을이면 어느 곳에나 보통 사람들이 살 수 없는 값비싼 기중기와 특수 연장, 측정 기기 등을 갖춘 정비소가 있게 마련이기 때문이다. 게다가 자동차 엔진은 모터사이클 엔진보다 더 복잡하고 손을 대기가 쉽지 않다. 따라서 자동차의 엔진에는 손을 안 대는 것이 더 현명한 처사가 된다. 하지만 존의 모터사이클인 BMW의 'R60'에 관해 말하자면 이 지역에서 솔트 레이크 시티까지 아무리 뒤져봐도 그 기계를 다룰 정비사가 없다는 쪽에 돈이라도 걸라면 걸겠다. 만일 전기 배분 접점이나 플러그가 타버리면, 그는 끝장을 보는 셈이 된다. 그가 여분용 전기 배분 접점 세트를 가지고 다니지 않는다는 사실을 나는 안다. 그는 전기 배분 접점이 무엇인지도 모른다. 만일 사우스다코타의 남쪽 지방이나 몬태나에서 그런 일이 발생하면 어떻게 할 작정이지? 아마도 인디언들에게 팔아버리겠지. 지금 이 순간 그의 생각이 어떤 쪽으로 움직이고 있는지를 나는 잘 알고 있다. 그는 어떻게 해서든 이 문제에 신경을 쓰지 않으려고 무척이나 조심하고 있을 것이다. 그리고 BMW는 노상에서 문제를 일으키지 않기로 유명한 제품이라는 점 — 바로 이 점을 내심 믿고 있을 것이다.

처음에는 이러한 태도가 그들이 모터사이클에 대해서만 갖는 독특한 태도이겠거니 생각했었다. 하지만 후에 가서 다른 일에 대해서도 똑같은 태도를 갖고 있다는 사실을 발견하게 되었다. . . . 어느 날 아침 그들의 부엌에서 그들이 떠날 채비를 하는 동안 기다리다가 나는 수도꼭지에서 물이 새고 있다는 사실을 알게 되었다. 지난번에 내가 왔을 때도 새고 있었다는 사실에 기억이 미쳤다. 사실 내가 기억하는 한 새고 있지 않은 적이 없었다. 이 점을 존에게 말했을 때, 존은 새로운 부품을 사다 고치려고 했으나 잘되지 않더라고 말했다. 그것이 그가 한 말의 전부였다. 추정컨대, 한번 고쳐보려 했다는 것으로 이를 더 이상 문제 삼지 않겠다는 것이 그의 입장인 것 같다. 만일 수도꼭지를 고치려 하다가 잘 안 되면 새는 수도꼭지와 함께 일생을 살아가야 하는 것이 그의 팔자라도 되는 양, 그것으로 끝이었다.

일주일 내내, 일 년 내내 물이 똑똑 떨어지는 소리가 그들의 신경에 거슬리지 않을까라는 의문을 마음속으로 가져보게 되었다. 하지만 그들이 이 문제로 짜증을 내거나 신경을 쓰거나 하지 않는다는 사실을 알아차리게 되었다. 그래서 결국 그들은 수도꼭지에서 물이 새는 것 따위의 일에는 아예 신경을 쓰지 않는다는 결론에 이르게 되었다. 어떤 사람들은 이런 일에 신경을 쓰지 않는다.

하지만 나중에 가서 이런 결론을 수정하게 되었다. 무슨 일 때문이었는지는 정확하게 기억나지 않는다. . . . 어느 날 일종의 직관 또는 예지에 의해, 물이 똑똑 떨어지는 소리가 특히 크게 들리는 가운데 실비아가 말을 하려고 할 때마다 그녀의 기분이 포착하기 어려울 정도로 미묘하게 변한다는 사실을 깨닫게 되었다. 그녀의 목소리는 매우 부드럽다. 그런데 어느 날 그녀가 똑똑 물이 떨어지는 소리에도 불구하고 무언가 말을 하려고 할 때 아이들이 들이닥쳐서 말을 방해하자, 그녀는 이성을 완전히 잃고 아이들에게 화를 터뜨렸다. 만일 그녀가 말을 하려고 할 때 수돗물 떨어지는 소리가 나지 않았더라면 아이들에게 그렇게 화를 내지는 않았을 것이다. 수돗물 소리와 아이들의 떠드는 소리가 합쳐져서 그녀를 그렇게 화나게 만들었다고 할 수 있다. 나에게 정말로 심한 충격을 준 것은 그녀가 고장 난 수도꼭지를 탓하지 않는다는 사실, 그것도 고장 난 것을 일부러 모르는 척하며 수도꼭지를 탓하지 않는다는 사실이었다. 그녀는 결코 수도꼭지를 무시하고 있는 것이 아니었다! 다만 수도꼭지에 대한 화를 억누르고 있었던 것이며, 그 빌어먹을 놈의 고장 난 수도꼭지는 거의 그녀를 죽일 만큼 괴롭히고 있었던 것이다! 하지만 이것이 그렇게 심각한 문제라는 사실을 어떤 이유 때문에선지 그녀는 인정할 수 없었던 것이다.

왜 고장 난 수도꼭지에 대한 화를 억누르는 것일까? 나는 이런 의문을 갖지 않을 수 없었다.

이윽고 그 점이 모터사이클 관리의 문제와 연결되자 갑자기 무언가를 깨닫게 되었다. 이제야 알 것 같다. 나는 아-아-아-!라고 마음속으로 탄성을 지르지 않을 수 없었다.

문제는 모터사이클 관리도 아니고, 수도꼭지도 아니다. 문제는 공학 기술로, 그들은 공학 기술과 관계되는 것이라면 어느 것도 받아들일 수 없는 것이다. 이윽고 미심쩍었던 모든 의문이 급속하게 풀리게 되었고, 문제는 바로 거기에 있다는 사실을 알게 되었다. 컴퓨터 프로그래밍이 "창의적"이라고 생각하는 친구에 대해 실비아가 느끼던 짜증은 바로 그 때문이었다. 그들이 집을 꾸미는 데 동원한 그 모든 스케치와 그림과 사진에 공학 기술과 관계되는 것이라곤 아무것도 없는 것도 바로 그 때문이었다. 물론 그녀는 앞으로도 그 빌어먹을 놈의 수도꼭지 때문에 드러내놓고 화를 내지는 않으리라는 것이 내 생각이었다. 우리는 마음속 깊이 그리고 영원히 증오하는 것 때문에 순간적으로 치밀어 오르는 화는 항상 억누르게 마련이다. 물론 그렇게 하는 것이 그에게 고통을 가져다줄 것임을 명백히 알고 있으면서도, 존은 모터사이클 수리 문제가 화제에 오르게 되면 입을 꾹 다물어버릴 것이다. 그건 다 공학 기술과 관계된 것이니까. 이 점은 불을 보듯 빤하다. 알고 나면 모든 것이 아주 간단하다. 애초에 그들이 모터사이클을 타게 된 이유도 여기에 있다. 공학 기술로부터 도피하여 시골에 가서 신선한 공기와 햇빛을 즐기려 했던 것이다. 그들이 공학 기술로부터 결국 완전히 도피하게 되었다고 생각하게 된 순간 바로 그 장소에서 내가 그들을 공학 기술의 세계로 되돌린 것이다. 이 점이 그들을 끔찍할 정도로 얼어붙게 하는 것이다. 그 문제가 나오면 대화가 항상 끊어지고 분위기가 얼어붙게 되는 것도 바로 이런 이유 때문이었다.

이런 관점을 동원하면 그 밖에 다른 일들도 설명이 가능해진다. 그들은 가끔가다 가능한 한 아주 적은 수의 단어를 사용하도록 애를 쓰면서 "그것" 또는 "그것 모두"에 대해 말을 하는데, "그것으로부터 피할 길이 없어"와 같은 문장이 하나의 예가 될 수 있을 것이다. 그때 내가 만일 "그것이 구체적으로 무엇이지?"라고 묻는다면, 그들의 답은 "모든 것"이라든가 "조직화된 모든 것" 또는 "체계"가 될 것이다. 실비아가 한때 방어적으로 "글쎄요, 크리스 아빠는 그것 때문에 애를 먹지 않고 잘해나가더군요"라고 말했는데, 그 말에 나는 어찌나 우쭐해졌던지 당황해서 "그것"이 무엇인지 물어보지도 못했으며, 그래서 다소 어리둥절한 상태에서 벗어나지 못했다. 나는 그것이 공학 기술 같은 것보다는 더 신비로운 것이려니 생각했었다. 하지만 이제 "그것"이 전부는 아니더라도 대체로 공학 기술을 의미한다는 사실을 알게 되었다. 그렇지만 이 말 또한 옳은 것처럼 느껴지지는 않는다. "그것"은 공학 기술을 유발하는 일종의 힘, 무언가 정의할 수 없으나 비인간적이고 기계적이면서 생명이 없는 동시에 맹목적인 괴물과도 같은 것, 또는 치명적인 힘과 같은 것이다. 무언가 소름이 끼칠 정도로 무시무시한 것으로부터 그들은 탈출할 수 없다는 사실을 알면서도, 도망가고 있는 것이다. 나는 지금 여기에서 지나치게 과장된 표현을 동원하고 있지만, 어쨌든 좀 덜 과장된 형태로 그리고 좀 덜 명확한 형태로 바꾼다면 이것이 바로 그들이 말하는 이른바 "그것"이다. 어딘가에 그것을 이해하고 그것을 운영하는 사람들이 있다면, 그들은 바로 공학 기술자들인 것이다. 그들은 자신들이 무엇을 하고 있는가를 설명할 때 비인간적인 언어를 사용하여 이야기한다. 생전 들어보지도 못한 물체의 부분이라든가 관계에 대해 이야기하는데, 아무리 자주 그런 것들에 대한 이야기를 듣는다 하더라도 당신에게는 결코 아무런 이치에도 닿지 않는 것으로 느껴질 것이다. 그리고 그들의 물체가, 그들의 괴물이 땅을 집어삼키고 있고 대기와 호수를 오염시키고 있지만, 되받아칠 방법도 없고, 또한 도망갈 방법조차 거의 없어 보인다.

이런 식의 태도를 취하게 되기란 어렵지 않다. 대도시의 중공업 지역을 한번 지나가보라. 공학 기술이라고 하는 것이 죄다 거기에 있다. 그 앞에는 철조망으로 된 담장이 높이 솟아 있고 문이 잠겨 있으며, 문에는 '출입 금지'라는 팻말이 붙어 있다. 시커먼 대기를 통해 그 너머로 보이는 것은 목적을 알 수 없는 금속과 벽돌로 만들어진 보기 흉한 형체이며, 누가 그것의 주인인지 결코 알 수 없다. 무엇을 위한 것인지도 알 수 없으며, 왜 거기에 있는지 아무도 당신에게 말해주는 사람이 없다. 따라서 당신이 느끼는 감정이란 소외감과 이질감뿐이며, 마치 그 세계에 속해 있지 않는 양 생각하게 된다. 소유주가 누구인지 누가 이것을 이해하는지의 문제 때문에 당신이 주위에서 서성거리는 것은 아무도 원하지 않는다. 이 모든 공학 기술이라고 하는 놈의 것이 당신의 나라에 살고 있는 당신을 어떤 방법으로든 이방인으로 만들고자 하는 것이다. 모양과 외양 자체가 이미, 그리고 불가사의하다는 사실 자체가 이미, 당신에게 "나가"라는 경고로 읽힌다. 어딘가에 이 모든 것에 대한 설명이 존재한다는 사실을 모르는 것이 아니다. 그리고 그것들이 하고 있는 일이 모르긴 해도 의심할 바 없이 간접적인 방법으로 인류에 봉사하고 있다는 사실도 알고 있다. 하지만 그것을 눈으로 확인할 수 없는 것이다. 눈에 띄는 것이라고는 '출입 금지'라든가 '접근 금지'와 같은 팻말들뿐이다. 요컨대, 사람들에게 봉사하는 것이라고는 아무것도 볼 수 없다. 다만 조그마한 사람들이 마치 개미와도 같이 이 수상하고도 이해할 수 없는 형체들에 봉사하고 있음을 볼 수 있을 뿐이다. 그리하여, 비록 내가 이 사회의 일원이라고 하더라도, 심지어는 내가 당신에게 낯선 사람이 아니라고 하더라도, 당신의 눈에 나라는 존재는 그놈의 이상한 형체들에 봉사하는 또 하나의 개미로 밖에 생각되지 않을 것이다. 따라서 마지막으로 갖는 느낌은 적대감이다. 달리 설명할 길이 없는 존과 실비아의 그러한 태도와 관련하여 궁극적으로 제시할 수 있는 설명이란 이것이라고 생각하게 되었다. 밸브나 샤프트나 렌치와 관계되는 것들이라면 모두 바로 그놈의 비인간화된 세계의 일부분이기 때문에, 그들은 그것들에 관해 생각하지 않기로 작정한 것이다. 그들은 말려들기를 원치 않는다.

그렇다고 하더라도, 그렇게 생각하는 것은 그들만이 아니다. 의문의 여지 없이, 이 문제에 관한 한 그들은 그들 자신의 자연스러운 느낌에 따라 행동하고 있으며, 남들을 흉내 내려고 하지 않는다. 하지만 다른 많은 사람들도 그들 자신의 자연스러운 느낌에 따라 행동하고 있으며, 남을 흉내 내려고 하지 않는다. 그런데 이 문제에 관한 한 바로 그 자연스러운 느낌이란 많은 사람들에게 공통된 것이다. 따라서 당신이 마치 신문기자들이 그렇게 하듯 그들을 집합적으로 바라보면, 일종의 대중적 움직임, 공학 기술에 반대하는 대중적 움직임이 존재한다는 환상을 갖게 된다. 공학 기술에 반대하는 정치적 좌파가 몽땅 뛰쳐나와 명백히 어딘지 모를 곳에 진을 치고 "공학 기술을 추방하자. 다른 곳에 설치하라. 이곳에는 들여올 수 없다"라고 외치며 버티고 있다는 느낌을 갖게 될 것이다. 이런 감정은, 공장이 없으면 일자리도 없고 생활 수준도 떨어질 것이라는 점을 지적하는 거미줄처럼 가냘픈 논리에 의해 여전히 억제되고 있는 것이다. 하지만 논리보다 강력한 인간의 힘이라는 것이 있다. 그러한 힘은 항상 존재해왔으며, 공학 기술을 증오하는 면에서 그 힘이 충분히 강력해지면 미약한 논리는 무너질 수 있다.

"비트닉"이라든가 "히피"와 같은 상투어나 고정 관념은 공학 기술에 반대하는 사람, 체제에 반대하는 사람들을 위해 만들어진 것이며, 앞으로도 계속 그런 종류의 말들은 만들어지게 될 것이다. 하지만 단순히 대중 용어를 만들어낸다고 해서 개개인을 대중으로 개조할 수는 없다. 존과 실비아는 대중이 아니며, 대부분의 다른 사람들도 그런 쪽으로 변화하지는 않는다. 그들이 혐오하는 것처럼 보이는 것은 바로 대중이 되는 일이다. 그리고 그들은 공학 기술이라는 것이 사람들을 대중으로 변하게 하려는 힘과 밀접한 관계가 있다고 느끼며, 그래서 그들은 공학 기술을 좋아하지 않는다. 가능하면 시골 지방으로 도피한다든가 또는 그와 유사한 일을 하는 등, 대체로 이제까지의 저항은 수동적인 것이었다. 하지만 이처럼 항상 수동적으로 저항하는 것이 능사는 아니다.

나는 모터사이클 관리와 관련하여 그들과 의견을 달리하지만, 공학 기술에 대한 그들의 느낌을 이해하지 못하기 때문은 아니다. 나는 그저 그들이 공학 기술로부터 도피하고 공학 기술을 증오하는 가운데 그들 스스로 자신들을 패배자로 만든다고 생각할 뿐이다. 신성한 부처님은 산 위에서나 연꽃잎 위에서와 마찬가지로, 아주 편안하게 디지털 컴퓨터의 회로 안에, 그리고 모터사이클의 변속기 안에 정좌하고 있다. 그렇지 않다고 생각하는 것은 부처의 품위를 손상시키고, 나아가서 자신의 품위를 손상시키는 일이 된다. 이것이 바로 이번 '야외 강연'을 통해 내가 말하고자 하는 것이다.

이제 우리는 습지를 벗어났지만 공기는 여전히 후텁지근하며, 대기중에 연기든 매연이든 있는 것처럼 해 주위에 노란 햇무리가 져 있는 것을 똑바로 바라볼 수 있다. 하지만 우리는 이제 초록빛의 농촌 지역에 들어와 있다. 농가는 깨끗하고 흰색으로 장식되어 있으며 산뜻하다. 그리고 거기에는 연기도 매연도 없다.

제 2 장

  끊임없이 이어지는 구불구불한 도로를 따라 달린다. . . . 그러다가 잠시 휴식과 점심 식사를 위해 멈춘다. 잡담을 몇 마디 나누고는 다시 장거리 질주를 시작한다. 오후가 되면서 피로감이 몰려오기 시작하지만, 여행의 첫날에 느끼는 흥분감 때문에 우리는 이를 이겨낸다. 빠르지도 않고 느리지도 않게 우리는 꾸준히 앞으로 나아간다.
  도중에 우리는 모터사이클의 진행 방향과 각(角)을 이룬 채 부는 남서풍과 만난다. 강풍에 맞서기 위해 모터사이클을 바람이 불어오는 쪽으로 비스듬히 기울인다. 보기에는 모터사이클이 스스로 동체를 기울이는 것 같을 것이다. 아무튼, 어느 순간부터인가 이 도로에서 무언가 기묘한 분위기가 감지된다. 마치 누군가가 우리를 앞에서 응시하거나 뒤에서 따라오는 듯, 무언가 불안한 느낌이 드는 것이다. 하지만 앞서 달리는 차는 한 대도 없으며, 백미러를 통해 보이는 것은 뒤따라오는 존과 실비아뿐이다.
  아직 다코타에 들어서지는 않았지만, 넓은 들판을 보면 다코타에 가까이 왔음을 알 수 있다. 들판 군데군데에 마치 바다의 파도처럼 아마(亞麻)꽃이 푸른색의 큰 물결을 이루며 넘실거린다. 굽이치는 언덕의 규모가 이전에 보았던 것보다 더 크며, 이제 더 넓어진 것처럼 보이는 하늘을 빼놓고는 언덕들이 모든 것을 압도한다. 멀리 보이는 농가는 너무 작아서 거의 알아볼 수가 없다. 이제 대지가 넓게 열리기 시작한다.

어디에서 중부 평원 지대가 끝나고 어디에서 대초원 지대가 시작되는가는 어느 곳에서도 확연하게 알 수 없다. 이처럼 점진적으로 변화하는 경우, 변화는 부지불식간에 사람들의 의식을 사로잡는다. 마치 파도가 심한 해안의 항구를 떠난 다음 물결이 크게 굽이친다고 느끼다 뒤돌아보니 어느덧 육지가 너무 멀리 떨어져 보이지 않게 되는 것과 마찬가지다. 지나온 곳과 비교할 때 이 지역에는 나무가 그리 많지 않다고 느끼다가, 나무들이 자연 그대로의 것이 아님을 문득 깨닫는다. 이곳의 나무들은 다른 곳에서 가져와 바람막이로 집 주위에 둥그렇게, 그리고 들판과 들판 사이에 일렬로 심은 것들이다. 나무가 없는 곳에는 잡목도, 새로 자라는 묘목도 없다. 군데군데 야생화와 잡초가 눈에 띄나, 들판은 대체로 풀로 덮여 있다. 이것이 바로 초원이며, 우리는 이제 대초원 지대에 들어선 것이다.

내 느낌으로는 우리 네 사람 가운데 누구도 7월에 이 같은 대초원 지대에서 꼬박 나흘을 보낼 때 그동안 어떤 느낌을 갖게 될 것인가에 대해 충분히 이해하고 있는 사람은 없어 보인다. 차를 타고 대초원 지대를 가로질러 여행했을 때 기억에 남는 것이라고는 항상 끝이 보이지 않을 만큼 광활하게 펼쳐져 있는 평평한 들판과 엄청난 공허감뿐이다. 일직선으로 뻗어 있는 이 도로가 얼마나 오랫동안 계속될 것인가, 또는 계속해서 지평선까지 이어지고 또 이어지는 이 평원에 변화가 있으려면 얼마나 오랫동안 더 달려야 하는가를 궁금해하면서 정처 없이 몇 시간이고 계속 달려보라. 그러는 동안에 느끼는 극도의 단조로움과 지루함만이 기억에 남을 것이다.

존은 실비아가 이런 불편을 견디지 못할 것이라고 걱정하면서, 따로 비행기 편으로 그녀를 몬태나의 빌링스[1]까지 가게 한 다음 그곳에서 합류할 계획을 세우기도 했다. 하지만 실비아와 내가 그를 설득해서 이 계획을 포기하게 했다. 기분이 좋지 않을 때에만 육체적 불편이 문제된다는 것이 내 주장이었다. 기분이 좋지 않을 때는 무엇이 되었든 불편한 것에 집착하게 되고, 그것이 바로 불편의 원인이라고 말하게 되는 법이다. 하지만 기분이 좋을 때는 육체적 불편이 별로 문제가 되지 않는 법이다. 게다가, 실비아의 기분과 느낌에 비추어 볼 때, 그녀는 불평하지 않을 것이라는 것이 내 생각이었다.

더욱이, 비행기 편으로 로키 산맥에 도착하게 되면, 아름다운 경치만을 보게 되어 오로지 한쪽 맥락에서만 로키 산맥을 보게 될 뿐이다. 하지만 며칠 동안의 고생 끝에 대초원 지대를 건너 그곳에 도착하면, 전혀 다른 맥락에서 로키 산맥을 볼 수 있게 될 것이다. 이를테면, 약속의 땅과 같은 일종의 목적지 역할을 하게 될 것이다. 존과 나와 크리스가 도착해서 이런 느낌을 갖고 있는데, 실비아가 도착해서 "그럴듯"하고 "멋진" 경치만을 보게 되었다고 가정하자. 그러면 우리가 다코타의 열기와 단조로움 때문에 느끼게 될 불협화음보다 더 큰 불협화음을 서로에 대해 느끼게 될 것이다. 아무튼, 나는 그녀와 이야기를 나누고 싶어 하니, 나 자신에 대해서도 신경을 쓰는 셈이다.

이런 들판들을 바라보면서, 마음속으로 나는 그녀에게 이렇게 말을

---

[1] Billings: 몬태나 주에서 가장 큰 도시로, 주의 남쪽 지방 중앙에 위치해 있음. 인구 103,994명(2008년도 조사).

건넨다. "보입니까? . . . 보이지요?" 그리고 나는 그녀가 보고 있으리라고 생각한다. 대초원에 관해 내가 다른 사람들에게 이야기하기를 포기했던 그 무엇을 나는 그녀가 후에 보고 느낄 수 있기를 희망한다. 다른 모든 것들이 존재하지 않기 때문에 이곳에 존재하는 것을, 다른 모든 것들이 부재하기 때문에 인식될 수 있는 그 무엇을 그녀가 보고 느낄 수 있기를 바란다. 때때로 그녀는 도시에서의 삶이 가져다주는 단조로움과 지루함 때문에 몹시 우울해 보인다. 바로 이처럼 끊임없이 이어지는 풀밭과 바람 한가운데에서 그녀는 볼 수 있을 것이다. 단조로움과 지루함을 있는 그대로 받아들이면 때때로 우리를 찾아오는 그 무언가를. 바로 여기에 그것이 있다. 하지만 나는 그것이 무엇인지 말로 표현할 수 없다.

이윽고 지평선 위로 무언가가 보인다. 다른 사람들의 눈에는 보이지 않겠지만 그 무언가가 내 눈을 끈다. 내 눈을 끄는 것은 남서쪽 저 멀리 검은빛을 띠고 있는 하늘의 가장자리다. 폭풍우가 다가오고 있는 것이다. 그런 광경은 이 같은 언덕의 정상에 올라와 있을 때만 보이는 것이다. 아마도 바로 저것 때문에 계속 신경이 쓰였던 것 같다. 애써 생각을 하지 않으려고 했지만, 이러한 습기와 바람이라면 십중팔구 폭풍우를 가져올 것이라는 사실이 내내 마음에서 떠나지 않았던 것이리라. 첫날부터 날씨가 이렇다니 운이 없다. 하지만, 내가 이미 앞에서 말했듯이, 모터사이클을 타고 달린다는 것은 경치를 그저 관망하는 것이 아니라 경치 속에 몰입되는 것이고, 폭풍우도 분명히 그 경치의 일부분이다.

만일 이것이 단순한 뇌적운(雷積雲)이라든가 파상형(波狀形)으로 몰아치는 돌풍이라면 피해 가려 할 수도 있겠지만, 이번 경우는 그렇지가 않다. 새털구름을 앞세우지 않은 상태에서 길고도 검은 구름 줄기가 형성되어 있는 것을 보면 이는 한랭전선이다. 한랭전선은 세찬 비바람을 몰아오는데, 남서쪽에서 오는 경우 특히 비바람이 격심하다. 때때로 토네이도를 몰고 오기까지 한다. 토네이도가 몰아치면 구덩이 속에 몸을 숨기고 지나갈 때까지 기다리는 것이 상책이다. 토네이도는 비록 세차긴 하지만 오래 지속되지 않을뿐더러, 지나간 후에는 공기가 시원해지기 때문에 모터사이클을 운전하기에 아주 적격이다.

최악의 상황은 온난전선과 만나는 것이다. 어떤 경우에는 며칠 동안 비가 계속 내리기도 한다. 몇 년 전 크리스와 함께 캐나다로 여행을 떠났던 때가 기억난다. 130마일가량을 갔을 때 온난전선과 만나게 되었는데, 수없이 주의하라는 말을 들었지만 그 말이 무슨 뜻인지 몰랐다. 그때 겪은 경험은 말하자면 사람을 온통 멍청하고 비참하게 만드는 그런 것이었다.

우리는 그때 6.5마력의 힘밖에 내지 못하는 조그마한 모터사이클을 타고 갔었는데, 과중할 정도로 너무 많이 짐을 실은 반면 여행자가 지녀야 할 상식 같은 것은 너무 적게 준비하고 떠났다. 그때의 모터사이클은 적당한 세기의 맞바람만 맞아도 고작해야 시속 45마일 정도밖에 낼 수 없었다. 여행용 모터사이클이 아니었던 것이다. 첫날 밤 노스우즈[2] 지역에 있는 거대한 호수에 도착한 다음 폭우 속에서 텐트를 세웠는데, 그날 밤 내내 폭우가 쏟아졌다. 텐트 주변에 이랑을 파는 것을 잊어버렸기 때문에 새벽 2시경 빗물이 밀려들어오기 시작했고, 그리하여 우리의 침낭은 완전히 물에 젖게 되었다. 그다음 날 아침 별로 깊이 잠을 자지 못한 상태로 일어났을 때 몸은 완전히 물에 젖어 있었

---

[2] North Woods: 미네소타, 위스콘신, 미시간 주 북부 지역과 뉴잉글랜드 및 캐나다의 온타리오 남부 지역을 포함하는 광범위한 삼림 지대.

고 기분은 엉망이었다. 하지만 좀 시간이 지나다 보면 비가 곧 멎으려니 생각하고 여행을 계속했으나 그런 운은 따르지 않았다. 아침 10시경인데도 하늘이 너무 어두웠기 때문에 모든 차들이 전조등을 켜고 있었다. 이윽고 정말로 억세게 비가 쏟아졌다.

   지난밤 텐트 역할을 했던 판초[3]를 뒤집어쓰고 여행을 계속했다. 이윽고 판초가 배의 돛처럼 펄럭이며 모터사이클의 운행을 더디게 했기 때문에 아무리 가속을 해봐도 시속 30마일 이상으로 달릴 수가 없었다. 길에는 5센티미터가량 깊이로 물이 차올라 있었고, 우리 주위 여기저기로 천둥이 치고 벼락이 떨어졌다. 지나가던 승용차의 차창 밖으로 놀란 듯 우리를 쳐다보던 어떤 여자의 얼굴이 기억난다. 아마도 이런 고약한 날씨에 모터사이클을 타고 도대체 무슨 미친 짓을 하고 있는가 어리둥절했던 것 같다. 물론 우리가 무슨 미친 짓을 하고 있는지 우리도 알 수 없었으니, 그녀에게 설명하려 해도 제대로 설명할 수 없었을 것이다.

   모터사이클의 속도가 시속 25마일로 떨어지더니 곧 20마일이 되었다. 이윽고 엔진이 고르지 않게 뛰더니, 불규칙적으로 펑 소리가 계속 나고 덜덜거리기 시작했다. 결국 시속 5마일 내지 6마일의 속도로 겨우 나아가다가 벌목 작업이 이루어진 삼림 지역 근처에서 다 쓰러져가는 낡은 주유소를 발견하고 모터사이클을 세울 수 있었다.

   당시에는 나도 존처럼 모터사이클 관리에 대해 배울 생각을 별로 하지 않고 있었다. 뚜껑을 열어놓은 연료 탱크에 물이 들어가지 않도록 머리 위에 판초를 뒤집어쓴 채 양다리 사이에 모터사이클을 끼고 흔들어보았던 기억이 난다. 연료가 안에서 철렁거리는 것 같았다. 플러그

---

3) poncho: 머리를 내어놓는 구멍이 있는 담요 같은 외투.

와 전기 배분 접점, 그리고 카뷰레터를 살펴본 다음, 지쳐 나가떨어질 때까지 시동 페달을 내리밟으며 펌프질을 계속했었다.

주유소에는 맥주와 간단한 식사를 할 수 있는 식당이 붙어 있었는데, 우리는 그곳에 들어가서 타버려 맛이라고는 하나도 없는 스테이크로 식사를 했다. 그런 다음 돌아와서 다시 시도해보았다. 크리스가 상황이 얼마나 심각한 줄도 모르고 계속 질문을 해댔기 때문에 화가 나기도 했다. 결국 아무리 해보아도 소용이 없다는 사실을 알아차리고 포기해버리자 크리스를 향한 화가 가라앉았다. 모든 것이 다 끝장났다는 사실을 그에게 성의껏 설명해주었다. 이번 휴가 동안에는 모터사이클로 아무 곳으로도 갈 수 없게 된 것이다. 크리스가 연료 상태를 점검해볼 것을 제안했으나, 그 일은 이미 하지 않았던가. 정비사를 찾아보면 어떻겠냐는 의견도 내놓았지만, 정비사가 있을 턱이 없었다. 주위에는 다만 벌목된 전나무와 잘려 나간 나뭇가지들, 그리고 지겨운 비만 있을 뿐이었다.

도로변의 풀밭에 크리스와 함께 낙담한 채 앉아 숲과 덤불 속을 뚫어지게 바라볼 뿐이었다. 크리스가 묻는 말에 끈기 있게 하나하나 대답해주었는데, 갈수록 질문이 뜸해졌다. 이윽고 우리의 모터사이클 여행이 정말로 끝장나고 말았다는 사실을 알아차리자 그가 울기 시작했다. 당시 크리스는 아마도 여덟 살이었을 것이다.

우리는 지나가는 차를 얻어 타고 우리가 사는 도시로 되돌아와서, 트레일러를 빌려 우리 차의 뒤에 달고는 모터사이클을 찾으러 갔다. 모터사이클을 찾아오고 난 후, 자동차를 이용해서 처음부터 여행을 다시 시작했다. 하지만 모든 것이 전과 같지 않았으며, 우리는 그다지 여행을 즐길 수 없었다.

휴가가 끝나고 2주가 지난 어느 날이었다. 일을 마치고 집으로 돌아와서 저녁 무렵 무엇이 잘못되었는가 알아보기 위해 카뷰레터를 들어내어보았으나 아무런 이상도 발견할 수 없었다. 카뷰레터를 다시 제 위치에 고정시켜놓기 전에 휘발유를 사용하여 기름때를 닦아낼 요량으로, 연료 탱크 아래에 붙어 있는 꼭지를 열었다. 아무것도 나오지 않았다. 탱크에는 연료가 남아 있지 않았던 것이다. 이런, 믿을 수가 없었다. 지금도 여전히 믿기지가 않는다.

그렇게 멍청할 수 있다니! 그 일 이후로 나는 나의 멍청함 때문에 마음속으로나마 1백 번은 나 자신에게 발길질을 해댔다. 하지만 나는 나 자신의 이 같은 멍청함을 언젠가 잊으리라고, 결국에는 잊게 될 것이라고는 도저히 생각되지 않는다. 분명히 철렁거리는 소리가 났던 이유는 예비 탱크에 있던 연료 때문이었다. 바로 이 탱크의 밸브를 열어놓지 않았던 것이다. 비 때문에 엔진에 고장이 생겼을 것이라는 생각 때문에 주의 깊게 점검하지 않았던 것이다. 그 당시만 해도 그와 같은 속단이 얼마나 어리석은 것인가에 대해 제대로 이해하지 못했다. 이제 우리는 28마력의 힘을 내는 모터사이클로 여행하고 있으며, 나는 이 기계에 대한 관리가 얼마나 중요한 것인가를 잘 알고 있다.

갑자기 존이 손바닥을 아래로 하여 정지하라는 신호를 보내며 내 곁을 지나간다. 우리는 속도를 줄이고 모터사이클을 세울 장소를 찾다가 자갈로 덮인 갓길에 세운다. 콘크리트 도로의 날카로운 턱을 지나 자갈이 느슨하게 뒤덮인 이런 곳에 정차하는 일이 아주 맘에 들지 않는다.

"왜 갑자기 서는 거예요?" 크리스가 묻는다.

"내 생각으로는 길을 놓친 것 같아." 존의 대답이다.

뒤돌아보았으나 나에게는 아무것도 보이지 않는다. "도로 표지판 같은 거 못 봤는데."

내 말에 존이 머리를 흔들면서 말한다. "문짝만큼이나 큰 표지판이 있었어."

"그래?"

그와 실비아가 함께 고개를 끄덕인다.

그가 몸을 숙인 채 내 지도를 보다가 갈림길이 있는 곳을 가리킨 다음 그 길을 가로질러 가는 고속도로를 가리키면서 말한다. "우리는 벌써 이 고속도로를 지나왔어." 그의 말이 맞는다. 멋쩍어하면서 그에게 묻는다. "돌아갈까?"

잠시 생각하다가 그가 말한다. "글쎄, 뭐 특별히 돌아갈 이유가 없는 것 같은데. 그냥 앞으로 계속 가지, 뭐. 어떤 길로 가든 그곳에 도착하게 될 테니까."

그들의 뒤를 따라 달리면서 내가 왜 그리 멍청했는지 생각해본다. 사실 고속도로가 있었는지 거의 눈치채지 못했었다. 게다가 이번에는 그들에게 폭풍에 대해 이야기한다는 것도 잊었다. 일이 약간 불안한 쪽으로 진행되어간다.

폭풍우를 동반하는 구름 덩어리가 점점 더 커지지만, 내가 생각했던 것만큼 빠른 속도로 다가오지는 않는다. 좋지 않은 징조다. 빠른 속도로 다가오면 빠른 속도로 지나가지만, 이처럼 느린 속도로 다가오면 상당한 시간 동안 잡혀 있어야 한다.

이로 물어 장갑을 벗고, 손을 내려 알루미늄으로 된 엔진 옆 뚜껑을 만져본다. 엔진의 열은 이만하면 괜찮다. 손을 대고 있기에는 너무 뜨겁지만 화상을 입을 정도는 아니다. 엔진에는 아무런 문제도 없다.

이 같은 공랭식 엔진의 경우, 열이 지나치면 엔진에 일종의 "발작 현상"이 일어날 수 있다. 이 모터사이클도 한 번, 아니, 사실을 말하자면 그동안 세 번이나 발작을 일으켰다. 비록 이제 완전히 치유된 것

같긴 하지만, 의사가 심장마비를 일으켰던 환자를 진찰하는 것과 똑같은 마음으로 가끔씩 점검을 한다.

발작 중에는 엔진의 피스톤이 너무 많은 열을 받아 팽창되기 때문에 실린더의 벽에 꽉 낀 채 꼼짝도 하지 않거나 때로는 실린더의 벽면에 눌어붙는다. 그렇게 되면 엔진과 뒷바퀴에 제동이 걸려 모터사이클 전체가 옆으로 미끄러지게 된다. 이런 발작 증세가 처음 일어났을 때, 나는 머리를 앞바퀴 너머로 내리박았으며, 내 뒤에 있던 사람은 거의 내 몸 위로 엎어졌다. 약 30마일의 속도로 달리니 모든 것이 정상이 되어 다시 달리게 되었지만, 무엇이 잘못되었는지 알아보기 위해 길 옆으로 모터사이클을 끌고 가서 세웠다. 내 뒤에 함께 타고 가던 사람이 고작 생각해낼 수 있었던 말이라고는 마치 내가 일부러 그러기라도 한 것처럼 "왜 그랬냐?"였다.

그와 마찬가지로 나 역시 어리둥절한 상태여서 어깨를 으쓱하고는, 자동차들이 굉음을 내며 질주해 가는 동안 그 자리에 서서 멍청하게 모터사이클을 바라볼 뿐이었다. 엔진이 얼마나 달아올랐는지, 그 주변의 대기가 어른거리는 것을 볼 수 있었으며, 또 열이 사방으로 발산되고 있는 것도 느낄 수 있었다. 젖은 손가락을 엔진에 대자, 뜨거운 쇳덩이에 댄 것처럼 지글지글 소리가 났다. 천천히 모터사이클을 몰고 집으로 돌아오는 동안, 이제까지 들리지 않던 덜거덕거리는 소리가 났다. 이는 더 이상 피스톤이 실린더에 맞지 않기 때문에 완전 분해 수리가 필요하다는 신호였다.

결국 모터사이클을 정비소에 맡기게 되었다. 그 이유는 나 자신이 직접 뛰어들어야 할 만큼 의미 있는 일이 아니라고 생각했기 때문이었다. 그 모든 복잡한 기계 구조에 대해 배우거나 부품들 및 특수 연장들을 주문하는 일이 귀찮기도 했거니와, 다른 사람들을 시키면 빠른 시간 내에 할 수 있는데 시간을 질질 끌며 내가 직접 하는 것은 결코 정당화될 수 없다고 생각했던 것이다. 말하자면, 존이 갖고 있는 것과 비슷한 태도를 나도 갖고 있었다.

정비소의 분위기는 내가 기억하고 있던 것들과는 달랐다. 한때는 모두가 역전의 고참 병사와도 같아 보이던 이들이 정비사들이었는데, 이제 그들은 어린아이들 같아 보이는 것이었다. 귀청이 떨어져 나갈 정도로 크게 라디오를 틀어놓은 채 익살을 떨며 떠들어대고 있던 그들은 나를 안중에 두고 있지 않는 것 같았다. 결국 그들 가운데 한 명이 내게 다가와 피스톤이 덜거덕거리는 소리를 내는 것을 제대로 듣지도 않고 곧바로 다음과 같이 말했다. "아, 태핏[4]이 문제로군."

태핏이라니? 어떤 결과에 이를 것인가에 대해 그 당시 미리 알았어야 했는데, 그렇지 못했다.

2주 뒤에 수리비로 무려 140달러를 지불하고 모터사이클을 찾아 왔다. 제대로 길이 들도록 천천히 몰되 속도를 조금씩 바꿔가며 조심스럽게 몰다가, 1천 마일을 달린 후 최고 속도를 내어보았다. 그랬더니 시속 75마일 정도에서 다시금 발작 현상이 일어났으며, 이전처럼 30마일 정도의 속도에서 정상이 되었다. 다시 정비소로 모터사이클을 끌고 갔을 때, 길을 잘못 들였다고 그들이 나를 나무랐다. 한참 논쟁이 오간 후에 결국 다시 한 번 점검해주겠다는 약속을 받아냈다. 다시 한 번 엔진을 분해 수리한 다음, 이번에는 직접 고속 주행 실험을 해볼 요량으로 그들 가운데 한 사람이 모터사이클을 몰고 나갔다.

그런데 이번에는 그가 모는 동안에 발작 현상이 일어났다.

세번째로 분해 수리를 하고서도 안되자 두 달 후에 그들은 실린더

---

4) tappet: 엔진에서 캠의 운동을 밸브에 전달하는 쇠막대.

를 새것으로 바꾸고 특대형의 카뷰레터 분사기를 장착했다. 또한 가능한 한 엔진이 과열되지 않도록 점화 시간의 간격을 늘려놓았다. 그런 다음 나에게 "빨리 달리지 마세요"라는 충고까지 잊지 않았다.

기름때로 뒤덮여 있는 내 모터사이클의 시동을 걸어보았으나 꿈쩍도 하지 않았다. 이윽고 플러그에 연결되는 전선이 빠져 있다는 사실을 발견하고, 이를 연결한 후 다시 시동을 걸어보았다. 그랬더니 이번에는 진짜 태핏에서 나는 잡음이 들렸다. 조정을 해놓지 않았던 것이다. 이 점을 지적했더니, 아이 하나가 조임 간격을 조절할 수 있는 스패너를 갖고 왔다. 하지만 간격을 잘못 맞추어놓은 채 스패너로 알루미늄 판으로 된 태핏 덮개 두 개를 모두 급하게 돌리는 바람에, 두 쪽이 모두 망가지고 말았다.

"재고품이 있을 겁니다."

그의 말에 나는 고개를 끄덕였다.

그는 망치와 금속을 쪼아낼 때 쓰는 정을 갖고 와서, 태핏 덮개를 벗겨내기 위해 두들겨댔다. 정이 알루미늄 판으로 된 덮개를 뚫고 들어갔다. 그런데 그 녀석이 정의 뾰족한 끝이 거의 엔진에 닿을 때까지 계속 망치질을 해대는 것이 눈에 띄었다. 그다음에는 망치질이 완전히 빗나가서 엔진의 머리 부분을 내리쳤다. 결국 엔진 냉각판 날개 가운데 두 쪽이 떨어져 나가고 말았다.

"그만하게." 악몽 속을 헤매고 있는 느낌이었지만, 점잖게 말했다.

"새것으로 덮개 몇 개만 주게. 그러면 지금 이 상태로 그냥 가지고 갈까 하네."

태핏에서는 잡음이 나고 태핏 덮개에는 구멍이 뚫린 채였지만, 그리고 모터사이클 자체가 온통 기름때로 덮여 있었지만, 가능한 한 빨리 그곳을 빠져나와 길로 접어들었다. 이젠 시속 20마일이 넘기만 해도 심한 진동이 느껴졌다. 보도 가장자리에서 기가 막힌 사실을 발견했다. 엔진을 고정시켜놓은 네 개의 나사 중 두 개는 이미 없어지고 셋째 나사가 막 빠져나가고 있었다. 엔진 전체가 단 한 개의 나사로 차체에 매달려 있는 것이었다. 오버헤드 캠에 연결된 체인을 조이는 나사 역시 없어진 상태였다. 이는 태핏을 아무리 조정하더라도 소용이 없었을 것이라는 사실을 의미한다. 악몽이었다.

존이 자신의 BMW를 그런 녀석들의 손에 맡겨놓게 될 수도 있다는 점을 그의 앞에서 화제로 삼을 생각이 나에게는 전혀 없다. 아마도 그런 이야기는 꺼내지 않는 것이 좋을 것 같다.

발작 현상이 다시 일어나기를 기다리면서 몇 주일을 보내다 그 이유를 발견하게 되었다. 원인은 바로 내부의 오일 공급 시스템에 있는 자그마한 25센트짜리 바늘에 있었다. 그 바늘이 잘려 나갔던 것이다. 그래서 고속으로 달릴 때에는 오일이 엔진의 위쪽에 도달할 수가 없었던 것이다.

왜라는 의문이 계속해서 마음속을 떠나지 않게 되었으며, 현재의 '야외 강연'을 하게 된 주된 이유도 여기에 있다. 왜 그들은 그렇게 엉뚱한 것을 건드려 모터사이클을 엉망으로 만들어놓았을까? 그들은 존과 실비아처럼 공학 기술로부터 도망가는 사람들이 아니었다. 그들 자신이 공학 기술자들이었다. 그들은 시간을 내어 자신들에게 주어진 일을 했고, 그것도 마치 침팬지같이 딴생각 없이 맡은 바 일을 했다. 사사로운 감정이 끼어들 여지가 없었던 것이다. 요컨대, 무언가 명백한 이유가 따로 없었다. 그래서 그 악몽과 같았던 장소인 정비소의 내부를 떠올리게 되었고, 거기에 무언가 이유가 될 만한 것이 있지 않을까 하여 이를 생각해내느라고 애를 쓰게 되었다.

라디오가 단서가 되었다. 일을 하면서 동시에 라디오를 듣게 되면

하고 있는 일에 정신을 집중할 수 없다. 아마도 그들은 자신들의 일과 정신을 집중하는 것 사이에는 하등의 관계가 없다고 생각했는지도 모른다. 다만 스패너나 렌치를 이리저리 돌리는 것이 전부라고 생각했는지도 모른다. 스패너나 렌치를 이리저리 돌리며 라디오 소리에 귀를 기울일 수까지 있다면, 일은 그만큼 더 즐거운 것이 될 것이다.

그들이 일하는 속도가 또 하나의 단서가 되었다. 그들은 정말로 급하게 이리저리 왔다 갔다 하며 일을 서투르게 처리하고 있었고, 어디에서 서투르게 했는지에 대해 신경을 쓰고 있지 않았다. 그런 식으로 일을 해야 돈을 더 많이 벌 수 있다고 믿고 있었을 것이다. 그런 식으로 일을 하면 대체로 시간도 더 많이 걸리고 결과도 더 형편없는 것이 된다는 사실에 신경을 쓸 만큼 생각의 여유를 갖지 않는 경우, 그렇게 믿기 쉽다.

하지만 가장 중요한 단서를 제공하는 것은 그들의 표정인 것 같았다. 그것을 설명하기란 쉽지가 않았다. 그들은 너그럽고 친절하며 느긋한 동시에, 어디에도 매여 있는 것처럼 보이지 않았다. 그들은 말하자면 방관자와 같았다. 어쩌다 그 정비소 안에 발길을 들여놓게 되었는데 그냥 누군가가 손에 스패너나 렌치를 쥐여 준 것이 아닌가라는 느낌이 들 정도였다. 일을 통해 정체성을 확인하려는 노력은 물론이고 "나는 정비사"라는 자부심도 없는 사람들 같아 보였다. 오후 5시만 되면, 또는 8시간의 근무 시간만 채우면, 일로부터 완전히 독립되어 자신이 하는 일에 대해 단 한 번도 더 생각해보려고 하지 않는 사람들임을 누구나 알아챌 수 있을 정도였다. 심지어 근무 중에조차 벌써 자신들의 일에 대해 아무런 생각도 하지 않으려고 애를 쓰는 사람들임을 알아챌 수 있을 정도였다. 이렇게 보면, 그들은 존과 실비아가 획득한 바의 삶의 태도를 그들 나름의 방식으로 획득하여 자기들 것으로 만든 사람들인 셈이다. '그들 나름의 방식으로'라니? 실제로는 공학 기술과 아무런 관련도 맺고 있지 않지만, 그럼에도 공학 기술과 더불어 삶을 살아감으로써, 그와 같은 삶의 태도를 획득했다고 할 수 있다. 아니, 이렇게 표현할 수도 있겠다. 공학 기술과 관련을 맺고 있긴 하지만, 그들 자신은 공학 기술 바깥쪽에 서서, 공학 기술과 거리를 둔 채, 초연한 자세를 유지함으로써, 그와 같은 삶의 태도를 획득한 것이다. 비록 공학 기술에 매여 살지만, 애정과 관심을 가질 정도는 아니었던 것이다.

잘려 나간 바늘을 발견하지 못했던 이들 정비사들에게도 문제가 있기는 하지만, 엔진의 양쪽 덮개를 잘못 조립함으로써 애초에 바늘을 잘려 나가게 했던 다른 정비사에게도 문제가 있다. 내 모터사이클의 이전 소유주가 나에게 했던 말이 기억났다. 정비사가 그에게 덮개를 다시 조립하기가 쉽지 않더라는 말을 했었다는 것이다. 그것이 이유였다. 정비 지침서에는 이 점에 대해 주의를 주고 있지만, 다른 사람들과 마찬가지로 그는 아마도 너무 서둘렀거나 아예 관심조차 갖지 않았을 것이다.

일을 하는 동안 나는 내가 편집하던 컴퓨터 사용 설명서에도 이 같은 종류의 관심이 결여되어 있다는 데 생각이 미치게 되었다. 기계 사용 지침서를 쓰거나 편집하는 일이 휴가 기간을 빼고 1년의 나머지 11개월 동안 내가 생계를 위해 하는 일이다. 이런 지침서들은 틀린 것, 모호한 것, 빠진 것, 혼란스럽기 그지없는 엉터리 정보로 가득 차 있기 때문에 여섯 번은 읽어야 겨우 무슨 뜻인지를 알아차릴 수 있는 경우가 허다하다는 사실을 나는 익히 알고 있었다. 그런데, 이런 지침서들과 내가 정비소에서 목격했던 방관자적 태도 사이에 공통점이 존재한다는 사실이 처음으로 갑작스럽게 내 의식을 강타했던 것이다. 이를테면, 이런 지침서들이란 방관자적 지침서들이라고 할 수 있었다. 방관자적 태도가 이런 지침서들의 틀에 배어 있었다. 한 행도 빠지지 않고 암시하는 것은 "세상에 존재하는 모든 것들과 시공간적으로 고립되어 있는 기계가 여기에 있다. 각종 스위치를 조작하는 일, 전압을 유지하는 일, 문제를 점검하는 일 이외에는 이 기계는 당신과 아무런 관계가 없으며, 당신도 이 기계와 아무런 관계가 없다" 등등이다. 바로 그것이었다. 기계를 대하는 정비사들의 태도는 기계에 대해 지침서에 암시되어 있던 태도와 다를 바가 없는 것이었다. 또는 모터사이클을 정비소에 가져다 맡겼을 때 내가 지녔던 태도와 다를 바가 없는 것이었다. 우리는 모두 방관자인 셈이다. 이윽고 그 무엇보다도 중요한 일인 진정한 의미에서의 모터사이클 관리, 바로 그것을 다루고 있는 지침서가 하나도 존재하지 않는다는 데 문득 생각이 미쳤다. 이는 자신이 하는 일에 대해 갖는 관심을 중요하지 않은 것으로 여기거나, 그렇지 않으면 당연한 것으로 여긴 결과일 것이다.

나는 이번 여행에서 이 점에 주목하여 약간이나마 탐구를 해야겠다고 생각한다. 그렇게 함으로써 우리는 인간의 존재와 인간의 행위 사이를 갈라놓는 이 수상쩍은 현상에서 무언가 단서를, 이 20세기에 도대체 뭐가 잘못되어 있는가에 대한 단서를 얻을 수 있는지 확인해보고자 한다. 나는 이런 일을 하는 데 서두르고 싶지 않다. 서두른다는 것 자체가 바로 유해하기 이를 데 없는 20세기적 태도다. 만일 당신이 무슨 일을 서둘러 처리하려고 한다면, 당신은 그 일에 더 이상 애정을 쏟을 만큼 관심을 갖지 않고 어서 다른 일로 옮겨가기 바라고 있음을 의미한다. 따라서 나는 천천히, 하지만 조심스럽고 철저하게, 바늘이 잘려 나간 것을 발견하기 바로 직전에 내가 가졌던 것으로 기억되는 것과 같은 태도로 그 일에 접근하고자 한다. 바늘이 잘려 나간 것을 발견해내도록 했던 바로 그 태도 말이다.

갑자기 대지가 유클리드 기하학에 등장하는 평면과 같이 평평한 것으로 바뀌었음을 감지한다. 언덕 하나, 심지어 둔덕 하나 없는 평원으로 바뀌었다. 이는 우리가 레드 리버 밸리[5]에 들어와 있음을 의미한다. 우리는 곧 다코타로 진입하게 될 것이다.

---

5) Red River Valley: 북아메리카 중앙부의 미국의 노스다코타 및 미네소타와 캐나다의 마니토바에 걸쳐 있는 계곡 지역.

제 3 장

　우리가 레드 리버 밸리를 벗어날 무렵, 폭풍우를 실은 구름이 온통 하늘을 뒤덮은 채 거의 우리를 덮칠 기세다.
　존과 나는 브레큰리지[1]에서 어떻게 상황에 대처할 것인가를 의논한 끝에 더 이상 갈 수 없어 멈춰야 할 때까지 계속 가기로 했다.
　현재로서는 멀리 갈 수 없을 것이다. 해는 이미 보이지 않고 바람은 차갑다. 시시각각으로 강도를 더해가는 잿빛의 대기가 거대한 담처럼 우리 주위에서 어른거리고 있다.
　대기는 엄청나게 크고 막강한 힘을 지닌 것처럼 보인다. 이곳의 초원도 엄청나지만, 그 위에서 아래로 덮칠 듯한 기세의 이 불길한 잿빛의 엄청난 대기는 섬뜩할 정도다. 이제 우리의 여행은 대기의 변화에 좌우될 수밖에 없다. 저 엄청난 잿빛의 대기가 언제 어디에서 우리를

---

1) Breckenridge: 미네소타의 윌킨 카운티Wilkin County에 있는 인구 3,599명(2000년 조사)의 도시. 서쪽으로 노스다코타의 리칠랜드 카운티Richland County에 있는 도시 와피턴Wahpeton 과 경계하고 있음.

덮칠지, 이는 도저히 우리가 통제할 수 있는 것이 아니다. 우리가 할 수 있는 일이라고는 우리를 향해 가까이, 더 가까이, 그리고 더 가까이 다가오는 것을 멍하니 바라보는 일뿐이다.

너무도 짙어 검은빛이 도는 잿빛의 대기가 땅바닥에까지 내려와 세상을 뒤덮고 있는 곳에 이르자, 전에는 보이던 마을이, 몇 채의 조그만 건물과 급수탑이 이제는 보이지 않는다. 곧 우리를 덮칠 것이다. 앞에 마을이 보이지는 않지만, 보이지 않는 그 마을에 이르기 위해 우리는 그저 달릴 뿐이다.

속도를 내어 존의 옆으로 다가간다. 이어서 한쪽 손을 들어 속도를 더 내라는 신호를 보낸다. 그가 고개를 끄덕이고는 앞으로 나아간다. 그에게 약간 앞장서서 달리도록 하다가 곧 속도를 내어 그를 따라잡는다. 모터사이클 엔진의 반응이 대단하다. 70마일에서 . . . 80마일로, 다시 . . . 85마일로 속도를 낸다. . . . 이제 정말로 대단한 맞바람의 위력이 느껴진다. 저항을 줄이기 위해 고개를 숙인다. 이제 속도는 90마일이 되었다. 모터사이클의 속도계 바늘이 좌우로 흔들리고 있지만, 엔진 회전 속도계의 바늘은 일정하게 9천을 가리키고 있다. . . . 시속 95마일가량의 속도를 유지하면서 . . . 우리는 계속해서 앞을 향해 질주한다. 이제 정말 빠르게 달리고 있기 때문에 길의 가장자리가 확실하게 눈에 들어오지 않는다. . . . 나는 안전을 고려해서 손을 앞으로 뻗어 전조등의 전원 스위치를 올린다. 하지만 안전을 위해서가 아니더라도 전조등이 필요하다. 정말로 대단한 어둠이 사위를 감싸고 있기 때문이다.

우리는 평평하고 탁 트인 벌판을 총알같이 가로질러 간다. 자동차는커녕 나무 한 그루도 보이지 않는다. 하지만 길은 매끄럽고 깨끗하다. 이제 엔진은 고속 회전에 따른 "꽉 찬" 소리를 통해 빈틈없이 잘 작동하고 있음을 알린다. 아무튼, 사위는 점점 더 어둠을 더해간다.

번개 빛이 번쩍이더니 우르릉 쾅쾅 천둥소리가 그 뒤를 잇는다. 그리고 곧바로 다시 한 번 번개와 천둥이 이어진다. 이에 나는 움찔하지 않을 수 없었고, 크리스도 내 등에 머리를 바짝 붙인 채 몸을 움츠리고 있다. 경고라도 하듯 빗방울이 하나둘 떨어지기 시작한다. . . . 이 정도 속도를 내고 달리면 빗방울이 바늘같이 느껴진다. 또 한 번의 번개와 천둥이 온 세상을 환하게 한다. . . . 그렇게 온 세상이 환해지자 농가가 . . . 풍차가 . . . 바로 눈앞에서 어른거린다. . . . 맙소사, 그는 여기에 온 적이 있다! . . . 엔진의 속도를 떨어뜨린다. . . . 이 길은 그가 다니던 길이다. . . . 길을 따라 울타리와 나무들이 보인다. . . . 속도를 70마일로 떨어뜨리고, 곧이어 60마일로, 다시 55마일로 떨어뜨린다. 그런 다음 그 속도를 유지하며 달린다.

"왜 속도를 늦추는 거예요?" 크리스가 등 뒤에서 소리친다.

"너무 빨라서!"

"빠르긴 뭐가 빨라요!"

나는 그의 말에 동의한다는 듯 고개를 끄덕인다.

집과 급수탑을 스쳐 지나가자 자그마한 도랑이 나타난다. 그리고 지평선으로 이어지는 십자로가 나온다. 그렇지 . . . 바로 이 속도로 가야지. 이게 제 속도지. 이런 생각을 하고 있는데, 뒤에서 크리스가 소리친다.

"우리가 많이 뒤처졌잖아요. 속도를 내세요!"

내가 고개를 좌우로 흔들어 안 된다는 뜻을 전하자 크리스가 다시 소리친다.

"왜 안 돼요?"

"위험해!"

"우리가 많이 뒤처졌잖아요!"

"기다릴 거야."

"속도를 내세요!"

"안 돼." 나는 고개를 저었다. 느낌일 뿐이긴 하지만, 모터사이클을 달릴 때에는 이런 느낌을 따라야 한다. 그래서 계속 55마일로 달린다.

이제 막 비가 오기 시작했으나, 바로 앞에 마을의 불빛이 보인다. . . . 마을이 그곳쯤에 있으리라는 것을 나는 알고 있었다.

우리가 도착해서 보니, 존과 실비아는 길가에 있는 첫번째 나무 아래에서 우리를 기다리고 있다.

"무슨 일이 있었어?"

"그냥 속도를 늦췄을 뿐이야."

"아, 그렇다는 건 알아. 속도를 늦추다니, 뭐, 잘못된 거라도 있었나?"

"아니. 자, 어디 가서 비를 피하도록 하자."

존이 마을 반대편 끄트머리에 모텔이 있다고 말한다. 그의 말에 내가 이렇게 말한다. 사시나무들이 일렬로 늘어선 곳에서 오른쪽으로 돌아 몇 블록 더 내려가면 더 나은 모텔이 있다고.

사시나무들이 늘어선 곳에서 방향을 바꿔 몇 블록 더 갔더니 조그마한 모텔이 모습을 드러낸다. 모텔 사무실에 들어가서 존이 주위를 돌아보며 말한다. "좋은데. 언제 여기 왔었어?"

"기억이 나질 않는데." 그의 말에 내가 이렇게 말한다.

"그럼 어떻게 여길 알았지?"

"직관으로."

그가 실비아를 바라보면서 고개를 좌우로 흔든다.

실비아가 얼마 동안 조용히 내 모습을 지켜본다. 숙박 신청서에 서명을 하는 내 손의 움직임이 불안정하다는 것을 눈치챈다. 그녀가 나에게 말한다. "엄청나게 창백해 보이는데요. 번개 때문에 놀랐어요?"
"아니요."
"유령을 본 것 같은 표정인데요."
존과 크리스가 내 표정을 살핀다. 그러는 그들한테서 몸을 돌려 문 쪽으로 향한다. 비가 여전히 세차게 내리고 있지만, 비를 맞은 채 뛰어서 방이 있는 곳까지 간다. 모터사이클에 있는 장비는 비를 맞지 않도록 조처해놓은 상태다. 폭풍우가 멈출 때까지 기다렸다가 이를 방으로 옮긴다.

비가 멈춘 후에 하늘이 약간 밝아진다. 하지만 모텔의 안마당에서 보면 사시나무 건너편으로 또 다른 어두움이, 밤의 어두움이 우리에게 막 다가오고 있는 것이 보인다. 우리는 시내로 걸어가서 저녁 식사를 한다. 모텔로 돌아오자 하루의 피로가 정말로 몸과 마음을 엄습한다. 거의 꼼짝도 하지 않은 채 우리는 모텔의 안마당에 있는 철제 안락의자에 앉아서 휴식을 취한다. 휴식을 취하며 존이 모텔 냉장고에 있던 간단한 안주와 함께 가져온 1파인트[2]짜리 위스키를 천천히 비우기 시작한다. 위스키가 천천히 기분 좋게 목을 타고 내려간다. 차가운 밤바람이 길가의 사시나무들 사이로 지나가자 나뭇잎들이 서로 부딪쳐 요란한 소리를 낸다.

크리스가 다음에는 무엇을 할 것이냐고 묻는다. 이 녀석은 결코 지치는 법이라고는 없다. 모텔의 새로운 환경과 낯선 분위기가 그를 들뜨게 했는지, 캠프장에서 사람들이 노래를 하던 것처럼 우리한테 노

---

[2] pint: 액체의 양을 측량하는 단위로 1파인트는 대략 0.55리터임.

래를 하잔다.

"우린 노래 잘 못해." 존이 이렇게 대꾸한다.

"그럼 얘기나 해요." 크리스가 잠깐 생각에 잠기는 듯하더니 이렇게 말한다. "재미있는 유령 얘기 알고 있는 거 없으세요? 밤이 되면 우리 방에 있던 애들이 모두 모여 앉아 유령 얘기를 하곤 했어요."

"네가 한번 우리한테 해보렴." 존이 크리스에게 말한다.

그러자 크리스가 유령 이야기를 몇 개 들려준다. 그가 들려주는 유령 이야기들은 그런대로 재미있다. 몇 개는 내가 크리스의 나이일 때 들어보지 못한 것들이다. 그 점을 말하자, 크리스가 내 어릴 적의 유령 이야기들을 듣고 싶다고 한다. 하지만 나에게는 기억나는 것이 하나도 없다.

잠시 후에 그가 묻는다. "아빠는 유령이 있다고 믿어요?"

"아니."

나의 대답에 크리스가 되묻는다. "왜요?"

"비-과-학-적-이-기 때문에."

내가 이렇게 말하자 존이 빙그레 웃는다. 나는 계속해서 말을 잇는다. "유령들은 질량과 에너지를 지니고 있지 않아. 따라서 과학의 법칙에 따르면 그건 실제로 존재하는 것이 아니라 사람들의 마음속에만 존재하는 셈이지."

위스키와 피로가, 그리고 나무에서 들리는 바람 소리가 내 마음속에서 뒤섞이기 시작한다. 그래서 나는 이렇게 덧붙여 말한다. "물론 과학의 법칙 역시 질량과 에너지를 지니고 있지 않은 것도 사실이야. 따라서 그것 역시 실제로 존재하는 것이 아니라 사람들의 마음속에만 존재하는 것이지. 그래서 만사에 대해 완벽하게 과학적인 사람이 되어, 유령이든 과학의 법칙이든 모든 걸 믿지 않는 게 상책이야. 그래야 안전해. 그렇게 되면 믿을 게 별로 남지 않을 거야. 하지만 그것도 역시 과학적인 것이지."

"무슨 말인지 잘 모르겠는데요." 크리스가 말한다.

"우스개로 한 말이야."

내가 이렇게 말하자 크리스가 실망한 표정을 짓는다. 하지만 기분이 상한 것 같지는 않다.

"YMCA 캠프에 갔을 때 애들 가운데 하나가 자기는 유령의 존재를 믿는다고 했어요."

"그 아이가 널 놀리려고 그렇게 말했던 거야." 내가 말한다.

그러자 실비아가 그에게 묻는다. "그 아이, 이름이 뭐였니?"

"톰 화이트 베어였어요."

불현듯 똑같은 생각을 하고는 존과 내가 시선을 주고받는다.

"아, 인디언[3]이구나!"

존의 말에 이어 내가 웃으면서 말한다. "내 말을 약간 취소해야겠는데. 내가 생각하고 있었던 것은 유럽식 유령이었어."

"무슨 차이가 있는데요?"

존이 웃음을 터뜨리더니 이렇게 말한다. "꼼짝없이 걸려들었군."

잠시 생각을 가다듬고 내가 이렇게 말한다. "음, 인디언들은 때때로 우리와 다른 방식으로 사물을 보지. 이렇게 말하는 것이 완전히 잘못된 것은 아닐 거야. 과학은 인디언들이 소유하고 있는 문화 전통의 일부가 아니지."

"톰 화이트 베어가 그러는데, 그 애 엄마와 아빠가 유령의 존재 같은 건 믿지 말라고 했대요. 그렇지만 그 애 할머니가 유령은 누가 뭐

---

3) 미국의 인디언들은 일반적으로 자연 현상이나 주변의 사물을 지칭하는 표현을 이용하여 새로 태어난 아기의 이름을 짓는다. 따라서 이름만 알아도 누군가가 인디언인지를 쉽게 알 수 있다.

래도 진짜 있다고 살그머니 말해줬대요. 그래서 그 애는 유령의 존재를 믿는대요."

크리스가 무언가를 바라는 듯한 표정으로 나를 바라본다. 그는 때때로 정말로 무언가에 대해 알고 싶어 한다. 우스개 이야기나 하는 것은 좋은 아버지로서 해야 할 바가 아니다. 생각을 바꿔 아이에게 말한다. "물론, 아빠도 유령의 존재를 믿는다."

이제 존과 실비아가 흥미롭다는 표정으로 나를 바라본다. 쉽게 이 문제에서 빠져나가지 못하리라는 것을 알아차리고 나는 길게 설명을 할 요량으로 마음을 다잡는다.

"유령의 존재를 믿는 유럽 사람이든 유령의 존재를 믿는 인디언이든 양쪽 모두 무지몽매한 사람이라고 생각하는 것은 너무도 당연해 보이지. 그런데 그건 과학적 관점이 다른 모든 관점들을 몽땅 쓸어다가 폐기 처분했기 때문이야. 과학적 관점이 아니면 어떤 관점도 원시적인 것으로 치부해버릴 지경이 되었기 때문이지. 그래서 오늘날에는 어떤 사람이 유령이나 정령에 대해 말을 하면 그 사람은 무지몽매하거나 또는 어쩌면 머리가 돈 사람으로 취급받게 마련이지. 유령이 실제로 존재하는 세상을 상상하기란 거의 불가능해지고 만 거야."

존이 동의한다는 듯 머리를 끄덕인다. 그리고 나는 말을 계속한다.

"현대인의 지성이라는 게 뭐 그리 대단한 것은 아니다, 바로 이게 나의 견해야. 옛날 사람이나 지금 사람이나 그들의 아이큐를 비교해 보면 차이가 별로 없다는 얘기지. 옛날의 인디언들이라든가 중세 사람들도 오늘날의 우리만큼이나 지적 능력을 갖춘 사람들이었다는 얘기야. 하지만 그들은 우리 것과 완전히 다른 사고의 맥락에서 생각을 이어나갔던 것이지. 그들이 갖고 있던 사고의 맥락에서 보면 유령이나 정령은 실재하는 것이었지. 마치 원자, 분자, 광자, 양자가 현대인에게 실재하는 것처럼 말이야. 알겠지만, 그런 의미에서 나는 유령의 존재를 믿어. 현대인도 나름의 유령과 정령을 갖고 있다고 할 수 있지."

"현대인도?"

"아, 그거, 물리학의 법칙이라든가 논리학의 법칙 같은 거. . . . 그리고 숫자 체계 같은 거. . . . 수학에서 말하는 대수 방정식의 원리 같은 거. 이것들이 다 유령이지. 우리는 이런 것들을 너무도 철저하게 믿기 때문에 다 실재하는 것으로 생각하지."

"나한테는 그것들이 실재하는 것 같아 보이는데." 존이 말한다.

"무슨 말인지 모르겠어요." 크리스의 말이다.

그리하여 나는 설명을 계속한다. "중력과 중력의 법칙을 예로 삼아 한번 얘기해볼까? 아이작 뉴턴이 중력의 법칙을 들고 나오기 전에도 중력과 중력의 법칙은 존재했다, 이렇게 추정하는 것은 너무도 당연해 보이지. 17세기 이전에는 중력이라는 게 존재하지 않았다고 생각하는 사람이 있다면 그런 사람은 어떤 사람일까? 당연히 미친 사람이겠지."

"물론이지."

"그러면 이 법칙이 시작된 건 언제일까? 항상 존재했던 것일까?"

내가 무슨 말을 하려고 하는지 모르겠다는 듯한 표정으로 존이 얼굴을 찡그린다.

"내가 문제 삼고자 하는 것은, 지구가 생기기 전에도, 태양과 별이 형성되기 전에도, 어떤 물체든 처음 생성되기 이전에도 중력의 법칙이 존재했다는 바로 그 생각이야."

"물론 존재했지."

"자체의 질량과 에너지를 따로 갖고 있지 않을 뿐만 아니라, 누구도 존재하지 않았기 때문에 누구의 마음에도 존재하지 않았던 것, 아직 공간 역시 존재하지 않았기 때문에 공간에든 어디에든 존재하지 않았던 것—바로 이런 것이 중력의 법칙이라고 해도 중력의 법칙은 여전히 존재했다는 말인가?"

이제 존은 확신이 흔들리는 듯한 표정을 지어 보인다.

내가 이렇게 말을 잇는다. "만일 그와 같은 중력의 법칙이 존재했다면, 존재하지 않는 것이 존재하지 않기 위해서는 무얼 어떻게 해야 하는지, 솔직히 말해 난 모르겠어. 내가 보기엔, 존재하지 않음을 증명하는 온갖 테스트란 테스트는 모두 통과한 것이 중력의 법칙 같아. 존재하지 않는 것들이 지니는 속성 가운데 단 하나라도 바로 그 중력의 법칙이라는 것이 소유하고 있지 않았던 것은 생각해낼 수 없으니깐 말이야. 그리고 존재하는 것들이 지니는 과학적 속성 가운데 단 하나라도 중력의 법칙이 소유하고 있었던 것을 생각해낼 수 없으니까 말일세. 그런데도 그와 같은 중력의 법칙이 존재했다고 믿는 게 여전히 '상식'으로 받아들여지고 있지."

"그 문제에 대해 좀더 생각해봐야겠군." 존이 말한다.

"글쎄 . . . 내 예상인데 말이야, 누군가가 이 문제에 대해 충분한 시간을 갖고 생각을 하게 되면, 돌고 돈 다음 다시 또 돌고 돌아 결국에는 단 하나의 결론에, 개연성을 지니고 있는 동시에 합리적이고도 지적인 단 하나의 결론에 도달하게 되겠지. 중력의 법칙과 중력 그 자체는 아이작 뉴턴이 말하기 전에는 존재하지 않았다는 바로 그 결론 말이야. 다른 어떤 결론 가운데 이만큼 이치에 닿는 것은 있을 수 없지."

"이 말이 의미하는 바가 무엇인가 하면. . . ." 존이 끼어들기 전에 말을 잇는다. "이 말이 의미하는 바가 무엇인가 하면, 사람의 머릿속에 존재하는 것을 빼놓고는 중력의 법칙이라는 게 어디에도 존재하지 않는다는 거야. 이건 바로 유령과도 같은 거지! 우리 모두는 대단히 오만하고 자만심에 가득 찬 사람들이라서 남들의 유령을 헐뜯는 데는 선수지만, 우리들 자신의 유령에 대해서는 상대와 마찬가지로 무지할 뿐만 아니라 야만적이고 미신에 사로잡혀 있는 멍청이들인 셈이지."

"그럼, 왜 모든 사람들이 중력의 법칙을 믿지?"

"집단 최면이라고 해야겠지. '교육'이라고 알려진 바로 그 정통적인 방식의 집단 최면을 통해서 말이야."

"그럼 선생들이 아이들에게 최면을 걸어 중력의 법칙을 믿도록 한다는 말인가?"

"물론이지."

"그건 터무니없는 생각이야."

"교실에서 학생들과 눈을 마주치는 것이 중요하다는 말을 들은 적 있지? 모든 교육학자들이 그 점을 강조해. 그런데 어떤 교육학자도 그게 왜 중요한지를 설명하지 않아."

존이 절레절레 고개를 흔들더니, 나에게 위스키를 한 잔 더 따라 준다. 그는 손을 입으로 가져가더니 방백을 흉내 내서 실비아에게 이렇게 말한다. "당신도 알겠지만, 저 친구 저래도 보통 때는 꽤 정상인 같아 보이지."

이에 내가 대꾸한다. "지금 내가 한 말은 몇 주일 만에 처음으로 정상인으로서 한 말이야. 보통 때는 자네와 마찬가지로 20세기의 광기를 가장한 채 살지. 사람들의 시선을 끌지 않기 위해서 말이야."

내가 말을 계속 잇는다. "아무튼, 자넬 위해 다시 한 번 말하자면, 우리는 아이작 뉴턴 경(卿)이 태어나서 마술을 부리듯 중력의 법칙을 발견해내기 이전 수십억 년 동안 뉴턴의 법칙이, 실제와 분리된 채 존재하는 그의 말이, 무(無)의 한가운데에 자리를 차지하고 있었다고 믿는 셈이지. 그런 법칙이 적용될 대상이 존재하지 않았을 때조차도 항상 그곳에 있었다고 말이야. 점차로 세상이 존재하게 되었고, 그리고 이어서 그 법칙이 세상에 적용되게 되었다고 믿는 셈이지. 따지고 보면, 바로 이 같은 말이 세상을 형성한 셈이 되지. 이봐, 존, 그건 참 황당한 얘기 아닌가?

과학자들이 도저히 벗어나거나 해결하지 못하는 문제 또는 모순이 있다면, 그건 정신이라는 거지. 정신은 질량과 에너지를 갖고 있지 않지만, 그들이 하는 일이라면 무슨 일이든 지배하고 있는 것이 바로 정신이기 때문이야. 이 사실을 피해 갈 길이 없지. 논리라는 것도 정신 속에 존재하고, 또 숫자라는 것도 오로지 정신 속에 존재하는 것이거든. 과학자들이 유령이란 오로지 정신 속에 존재하는 것이라고 말한다고 해서 그 말 때문에 짜증이 나는 것은 아니야. 다만 그 말이 마음에 걸릴 뿐이지. 과학 역시 오로지 정신 속에 존재하는 것이거든. 또 과학이 오로지 정신 속에 존재하는 것이라고 해서 그것 때문에 문제될 것은 없지. 유령도 마찬가지야."

존과 실비아, 그리고 크리스는 나를 우두커니 쳐다보고만 있을 뿐이다. 그래서 나는 말을 계속한다. "자연의 법칙이란 유령과 마찬가지로 인간의 발명품이지. 논리의 법칙이나 수학의 법칙도 또한 유령과 마찬가지로 인간의 발명품이야. 이 세상의 모든 게 다 인간의 발명품이지. 심지어 이 세상의 모든 게 인간의 발명품이 아니라는 생각까지도 말이야. 인간의 상상력을 떠나 존재하는 세계란 그것이 무엇이든 있을 수 없지. 모든 게 다 유령인 셈이야. 고대에는 모든 게 다 유령으로 인식되었지. 우리가 살아가고 있는 이 세상의 모든 게 다 그렇게 인식되었어. 세상을 이끌어나가는 것은 바로 유령들이지. 우리가 무언가를 본다면 바로 이 유령들이 우리에게 그것을 보여주기 때문이야. 모세, 예수, 부처, 플라톤, 데카르트, 루소, 제퍼슨, 링컨 등등이 모두 다 그런 유령이지. 아이작 뉴턴은 상당히 괜찮은 유령이야. 아마도 최상의 유령 가운데 하나일걸. 우리들의 상식이라는 것은 바로 이 같은 과거의 유령들, 수천수만의 유령들의 목소리에 지나지 않아. 유령들, 그리고 더 많은 유령들의 목소리 말이야. 살아 있는 사람들 사이에 자리를 차지하려고 애쓰는 유령들 말이야."

존은 너무나 깊은 생각에 잠겨 말이 없다. 하지만 실비아가 호기심 어린 표정으로 묻는다. "이 모든 생각들을 어디에서 얻었나요?"

그녀의 물음에 대답을 하려다 그만둔다. 이미 갈 데까지 갔다는 느낌이 들기 때문이다. 어쩌면 도를 넘어섰는지도 모른다. 그리고 이제는 화제를 돌릴 때가 되었다.

잠시 후에 존이 말한다. "산을 다시 볼 수 있게 되어 정말 좋아."

"나 역시 그래." 그 말에 동의하며 말한다. "축하하는 의미에서 마지막으로 한 잔만 더."

잔을 비우고 우리는 각자의 방으로 간다.

크리스에게 이를 닦게 한다. 샤워는 내일 아침 하겠다는 약속을 받은 다음 면제해준다. 연장자라는 이유로 창가의 침대를 차지한다. 불을 끄자 크리스가 이렇게 말한다. "아빠, 이제 유령 얘기 해줘요."

"밖에서 방금 하지 않았니?"

"진짜 유령 얘기 말예요."

"네가 들은 유령 얘기만큼 진짜 유령 얘기는 이 세상 어디에도 없을걸."

"뭘 원하는지 다 아시면서. 다른 종류의 유령 얘기 말예요."

무언가 전통적인 의미에서의 유령 이야기를 생각해내려 하나, 잘 떠오르지 않는다. "아빠가 어렸을 때는 그런 얘기들을 너무 많이 알고 있었거든. 그런데 하나도 생각이 나질 않네." 이어서 크리스에게 말한다. "이젠 그만 자자. 내일 아침 일찍 일어나야 해."
  모텔 창문의 방충망을 통해 들어오는 바람이 전하는 소리를 빼놓고는 사위가 고요하다. 대초원의 활짝 열린 들판을 가로질러 우리를 향해 휘몰아치던 그 모진 바람에 대한 생각 역시 이제는 잠들어 고요해진 상태다. 바람에 대한 생각이 자장가가 되어 나를 잠으로 이끈다.
  바람이 거세게 일다가 잠잠해지고, 다시 거세게 일다가 한숨 소리로 바뀌고는 다시 잠잠해진다. . . . 저 멀고도 먼 곳에서 불어오는 바람이.
  "아빠는 유령과 만난 적이 있어요?"
  나는 얼핏 잠이 들었다가 깨어나 크리스에게 말한다. "아빠가 한때 알고 지내던 사람 가운데는 유령 하나를 찾아 헤매는 일 이외에 아무것도 하지 않은 채 일생을 보낸 사람이 있단다. 그런데 그게 다 시간 낭비였어. 그러니 이젠 그만 자자."
  나는 내가 공연히 그의 호기심만 자극했다는 사실을 너무 늦게 깨닫는다.
  "그 사람은 유령을 찾았나요?"
  "그래, 그 사람은 유령을 찾았단다."
  나는 크리스가 더 이상 묻지 않고 바람 소리에 귀를 기울이다가 잠이 들기만 바랄 뿐이다.
  "그래서 어떻게 했나요?"
  "혼이 쏙 빠지도록 그 유령을 두들겨 패주었지."
  "그런 다음 어떻게 했나요?"
  "그런 다음엔 그 사람 자신이 유령이 되어버렸어." 어쩐지 이 말이 크리스를 잠들게 할 것이라고 생각했는데, 그렇지가 않다. 나까지 잠에서 깨우고 말았다.

"그 사람 이름이 뭐예요?"

"너는 모르는 사람이란다."

"아빠, 그러지 말고 그 사람이 누군지 말해줘요."

"너하고는 관계없는 사람이라니까."

"그래도 말해줘요."

"너하고는 관계없는 사람이라서 말해주는데, 그 사람 이름은 파이드로스야. 네가 모르는 사람이지."

"폭풍우 속에서 모터사이클을 타고 가다 보셨나요?"

"어쩌다가 그런 생각까지 하게 됐니?"

"실비아 아줌마가 그러는데, 아줌마 생각엔 아빠가 유령을 본 것 같대요."

"그건 그냥 말뿐이란다."

"아빠?"

"이번 한 번만 묻고 그만두는 거다. 더 이상 자꾸 괴롭히면 아빠가 화낼 거야."

"아빠가 말씀하시는 게 다른 사람들하고 다르다는 걸 말하려 했을 뿐이에요."

"그래, 그걸 아빠도 알고 있어. 문제이긴 해. 자, 이젠 그만 자자."

"아빠, 안녕히 주무세요."

"그래, 너도 잘 자라."

30분쯤 지나자 크리스가 고른 숨결을 내쉬며 깊은 잠의 세계로 빠져든다. 바람은 여전히 세차게 불고 있으며, 잠은 나한테서 완전히 달아나고 말았다. 바로 여기에서, 어둠에 잠긴 저 창문 바깥쪽에서, 이 차가운 밤바람이 길 건너편의 나무들에게 달려갔었지. 이어서 달빛에 젖은 나뭇잎들을 뒤흔들어 희미한 빛의 명멸을 펼쳐 보이곤 했지. 그렇다, 틀림없이 파이드로스는 이 모든 것을 보았었다. 그가 여기에서 무엇을 하고 있었는지, 나는 알 수 없다. 그가 왜 이 길을 따라왔는지, 나는 아마도 결코 알 수가 없을 것이다. 하지만 그는 여기에 있었으며, 이 낯선 길로 우리를 인도했을 뿐만 아니라 줄곧 우리와 함께하고 있다. 그를 피할 길은 없다.

그가 왜 여기에 있는지, 나는 알지 못한다고 말할 수 있기를 바란다. 하지만 나는 그가 왜 여기에 있는지를 알고 있음을 이제 고백하지 않을 수 없다. 과학과 유령에 관해 내가 이야기한 것과 생각한 것들은 물론이고, 심지어 어떤 일에 쏟는 관심에 관한 이야기나 공학 기술에 관해 오늘 오후 내가 펼쳐 보인 생각까지도 모두 나 자신의 것이 아니다. 그것들은 모두 그한테서 훔쳐 온 것이다. 나는 정말로 수년 동안 그 어떤 새로운 생각도 해본 적이 없다. 그리고 그는 계속 지켜보고 있다. 지켜보기 위해 그는 여기에 와 있는 것이다.

이쯤 고백했으니, 그가 나에게 이제 얼마간의 잠을 허락하기를 바랄 뿐이다.

크리스에게 참 미안하다. "유령 얘기 알고 있는 거 없으세요?" 그가 이렇게 물었지. 유령 이야기를 하나쯤은 해줄 수도 있었다. 하지만 유령 이야기를 생각하는 것만으로도 소름이 끼친다.

이제 정말 잠을 좀 자야겠다.

제 4 장

   모든 '야외 강연'은 기억해두어야 할 가치 있는 것들을 적어둔 목록을 어딘가에 갖추고 있어야 한다. 그 목록은 어딘가 안전한 곳에 보관했다가 미래에 필요할 때나 영감을 얻고자 할 때 꺼내 보기 위한 것이다. 세부 항목들. 지금 이 순간 다른 사람들이 이 아름다운 아침의 햇살을 즐기지 못한 채 잠으로 시간을 낭비하고 있을 때 . . . 그러니까 . . . 이를테면 시간을 채우기 위해. . . .
   이 자리에서 내가 보여주고자 하는 것은 혹시 다음번에 당신이 모터사이클을 타고 다코타를 가로질러 여행하고자 할 때 갖추어야 할 것들을 내 나름대로 정리한 것이다.
   새벽녘부터 나는 깨어 있으며, 크리스는 옆에 있는 침대에서 아직 깊은 잠에 빠져 있다. 좀더 잠을 청해볼까 하여 침대에서 몸을 뒤척여보았지만, 새벽닭의 울음소리를 듣고는 곧이어 우리가 현재 휴가 중이라는 사실을, 그리고 잠을 더 자봐야 별 의미가 없다는 점을 깨닫게 되었다. 모텔의 칸막이 바로 건너편 쪽인 존과 실비아가 있는 방에서 존이 톱질할 때 내는 소리를 내고 있다. 혹시 실비아가 내는 소리는 아닐는지. . . . 아니, 실비아가 내는 소리치고는 너무 크다. 끔찍한 기계톱을 돌릴 때 나는 소리 같은 것이 들린다. . . .

이 같은 여행에 뭔가를 빠뜨리고 떠나기를 되풀이하다 보니 너무도 진저리가 나서, 나는 이런 목록을 만들어 가지고 집에 있는 서류철에 보관했다가 여행을 떠날 준비가 되었을 때 이를 참고하여 준비물을 점검한다.

대부분의 품목들은 하잘것없는 것들이어서 별도의 언급이 필요하지 않다. 하지만 어떤 것들은 모터사이클 여행에만 특별히 필요한 것이기에 설명이 필요하다. 그리고 어떤 것들은 너무도 유별난 것이어서 상당히 기다란 설명이 요구된다. 목록은 (1) 의류, (2) 개인 용품, (3) 요리 및 야영 도구, (4) 모터사이클에 필요한 것들 등 크게 네 부분으로 나눌 수 있다.

첫째 부분에 해당하는 의류에 관해서는 간단한 정리가 가능하다.

1. 내의 두 벌.
2. 추울 때를 대비한 방한용 내의 한 벌.
3. 여분의 셔츠와 바지 각자 한 벌씩. 나는 군납용 작업복을 애용하는데, 이는 값싸고 튼튼할 뿐만 아니라 더러운 것이 묻어도 표가 잘 나지 않기 때문이다. 처음에는 "외출복"으로 불리는 항목을 마련했지만, 존이 이 표현 뒤에다 연필로 "야회복"이라고 써넣었다. 나는 다만 주유소를 벗어나 돌아다닐 때 입고 다닐 수 있는 옷을 생각했던 것뿐이다.
4. 스웨터와 재킷 각자 한 벌씩.
5. 장갑. 안감을 대지 않은 가죽 장갑이 제일 좋은데, 햇볕에 타는

것을 막아줄 뿐 아니라 땀을 흡수하고 손에 시원한 느낌을 주기 때문이다. 한두 시간 정도 모터사이클을 타고 다니는 경우 이런 사소한 것들은 별로 중요하지 않다. 하지만 며칠 동안 계속해서 하루 종일 모터사이클을 타고 여행하는 경우에는 이런 사소한 것들이 대단히 중요한 역할을 한다.

6. 모터사이클을 탈 때 신는 장화.
7. 우비.
8. 헬멧과 햇볕 차단용 차양.
9. 버블.[1] 이것을 사용하면 나는 폐소 공포증을 느낀다. 따라서 비가 올 때만 사용한다. 모터사이클을 타고 고속으로 달릴 때 빗방울은 바늘처럼 얼굴을 찌르기 때문이다.
10. 고글. 나는 모터사이클 전면에 장착하는 바람막이 유리도 싫어하는데, 이 역시 어딘가에 갇히는 듯한 느낌을 주기 때문이다. 내가 사용하는 고글은 겹유리를 사용하여 영국에서 만든 것으로, 괜찮은 성능의 제품이다. 선글라스를 사용하면 선글라스 안쪽으로 바람이 들어오기 때문에 바람직하지 않고, 플라스틱으로 된 고글은 흠집이 쉽게 생기는 데다가 시계(視界)를 일그러뜨리기 때문에 바람직하지 않다.

둘째 부분은 개인 용품에 관한 것이다.

빗. 반으로 접히는 지갑. 주머니칼. 메모용 수첩. 펜. 담배와 성냥. 손전등. 비누와 플라스틱 비누통. 칫솔과 치약. 가위. 두통을 대비한

---

[1] bubble: 헬멧에 부착하는 볼록한 형태의 얼굴 보호 장치.

아스피린. 곤충 쫓는 약. 탈취제(더운 날에 모터사이클을 타고 난 다음에는 아무리 친한 친구라도 땀 냄새 때문에 불평할 수 있으니, 그럴 필요가 없도록 대비하기 위한 것이다). 자외선 차단용 로션(모터사이클을 타다 보면 멈출 때까지 햇볕에 타는 것을 모르나, 햇볕에 탔다는 것이 느껴지면 그때는 손을 쓰기에 너무 늦은 것이니 미리 자외선 차단제를 발라두어야 한다). 반창고. 휴지. 목욕용 수건(이 때문에 다른 물건들이 축축해질 수 있으니, 플라스틱 용기에 넣어두어야 한다). 기타 용도를 위한 수건.

그리고 책이 있다. 내가 알고 있는 사람 가운데 모터사이클로 여행하면서 책을 갖고 다니는 사람은 없는데, 자리를 너무 차지하기 때문이다. 하지만 나는 세 권의 책을 가지고 왔으며, 책갈피에는 간단한 글을 쓸 수 있도록 종이를 몇 장 끼워놓았다. 내가 말하는 책의 목록은 다음과 같다.

1. 내가 몰고 있는 모터사이클의 수리 교본.
2. 내가 머릿속에 담아둘 수 없는 온갖 기술적 정보가 담겨 있는 모터사이클 일반 관리 지침서. 이는 오시 리치라는 사람이 쓰고 시어스 로벅이 판매하는 『칠턴 판 모터사이클 고장 수리 지침서』[2]다.
3. 헨리 데이비드 소로의 『월든』.... 이는 크리스가 들어보지 못한 책으로, 수백 번을 읽어도 물리지 않는 책이다. 나는 항상 크

---

[2] 오시 리치Ocee Rich의 『칠턴 판 모터사이클 고장 수리 지침서 *Chilton's Motorcycle Troubleshooting Guide*』는 칠턴 출판사에서 나온 모터사이클 관리 지침서. 칠턴 출판사는 각종 자동차 및 모터사이클 고장 수리 지침서 출판으로 유명한 곳임. 시어스 로벅Sears, Roebuck은 미국에서 유명 백화점 가운데 하나.

리스가 소화해낼 수 없는 책을 골라 그것을 질문과 답변의 근거로 삼으려고 한다. 물론 아무런 방해를 받지 않고 계속 읽어나가는 그런 방식의 독서가 아니다. 그러기보다는 한두 문장을 소리 내어 읽고 크리스가 보통 퍼붓는 질문 공세를 기다린다. 이어서 그의 질문에 답한 다음 다시 또 다른 문장을 한두 개가량 읽는다. 고전은 이런 방식으로 읽으면 잘 읽힌다. 틀림없이 고전으로 일컬어지는 책들은 이런 방식으로 씌어졌을 것이다. 가끔 우리는 저녁 내내 책을 읽고 이야기를 나누기도 하지만, 기껏해야 두세 페이지를 읽는 것이 전부임을 확인하기도 한다. 이런 형태의 독서 방식은 백여 년 전, 그러니까 '야외 강연'이 널리 보급되어 있을 당시의 것이다. 이런 형태의 독서 방식을 시도해보지 않았다면, 이런 방식으로 책을 읽는 것이 얼마나 즐거운 것인지 상상할 수 없을 것이다.

크리스가 건너편 침대에서 아주 느긋한 모습으로 잠이 들어 있는 것을 본다. 그가 호기심으로 인해 평소에 짓던 긴장된 표정은 어디에서도 찾아볼 수 없다. 아직 잠에서 깨우지 않는 것이 좋겠다.

야영을 위한 장비는 다음과 같다.

1. 두 개의 침낭.
2. 판초 두 벌과 바닥에 깔 캔버스 천. 여행 중일 때 이런 장비들은 텐트로 전용될 수도 있고, 또 비에 젖지 않도록 짐을 보호하는 데 이용될 수도 있다.
3. 밧줄.
4. 미국 지적 측량 공사가 발행한, 우리가 도보 행군을 하고자 희망

하는 지역의 지도.
5. 벌채용 칼.[3]
6. 나침반.
7. 휴대용 식기. 여행을 떠날 때 찾아보았지만 어디에서도 찾을 수가 없었다. 아이들이 어딘가에서 잃어버린 것 같다.
8. 나이프, 포크, 스푼을 갖춘 군용 휴대 식기 세트.
9. 중형의 고체 연료를 사용하는 휴대용 스토브. 이것은 시험 삼아 구입한 것으로, 아직 사용해본 적이 없다. 비가 오거나 고원 지대로 올라가 땔감을 구할 수 없을 때 사용하기 위한 것이다.
10. 돌려서 여는 뚜껑이 있는 알루미늄으로 된 깡통 몇 개. 돼지기름이나 소금, 버터, 밀가루, 설탕 등을 보관하기 위한 것임. 등산 장비를 판매하는 가게에서 수 년 전에 구입한 것이다.
11. 브릴로[4]의 식기 세척용 수세미.
12. 알루미늄 프레임을 갖춘 지게형 배낭 두 개.

여기에다가 모터사이클에 필요한 물건들이 있다. 기본적으로 필요한 연장들은 모터사이클을 살 때 함께 제공되며, 좌석 아래의 공간에 보관되어 있다. 이 같은 기본 연장 이외에 다음과 같은 것들이 필요하다.

한쪽이 열려 있고 간격 조정이 가능한 대형 렌치. 기계공들이 사용하는 망치. 금속을 쪼아내는 데 사용하는 정. 테이퍼 펀치.[5] 타이어 아

---
3) machete: 나뭇가지 등을 쳐내는 데 사용하는 날이 넓은 큰 칼.
4) Brillo: 식기 세척 용품을 제조하는 회사.
5) taper punch: 끝이 뾰족한 송곳과 비슷한 연장으로, 금속판 등에 대고 망치로 내려쳐 구멍을

이언[6] 한 쌍. 펑크 난 타이어 수리용품 한 세트. 자전거 펌프. 체인에 사용할 이황화몰리브덴(MoS_2)이 담긴 스프레이 한 통(이는 정말로 문제가 되는 체인의 고리 구석구석에 깊이 침투할 수 있는 능력을 갖춘 윤활유로, 몰리브덴이 윤활유로서 얼마나 뛰어난 성능을 발휘하는가는 널리 알려진 사실이지만, 이 윤활유를 뿌리고 마른 후에는 SAE-30이라는 꽤 괜찮은 엔진 오일로 윤활 기능을 보완해주어야 한다). 축전지에 연결하여 사용할 수 있는 전기 드라이버. 줄칼. 필러 게이지.[7] 전기 배선을 점검하는 데 사용하는 테스트 램프.

준비해야 할 여분의 모터사이클 부품에는 다음과 같은 것들이 있다.

플러그. 스로틀 케이블. 클러치 케이블. 브레이크 케이블. 카뷰레터 접점, 퓨즈, 전조등(前照燈) 및 미등(尾燈)의 전구. 걸쇠가 있는 체인 연결 고리, 코터 핀.[8] 화물 포장용 철사. 여분의 체인(이것은 내가 새것으로 교환하기 전에 모터사이클에 장착되었던 거의 수명을 다한 낡은 체인으로, 만일 현재의 것이 끊어지면 정비소까지 모터사이클을 끌고 갈 때 대용으로 사용할 수 있는 정도의 것이다).

이것이 전부다. 구두끈 같은 것은 목록에 없다.
이쯤 되면 어떤 크기의 유홀 트레일러[9]에 이 모든 것을 실어 나를

뚫는 데 사용함.
6) tire iron: 모터사이클의 타이어를 바퀴 프레임에서 벗겨내거나 장착하는 데 사용하는 도구.
7) feeler gage: 금속의 두께를 측정하는 데 사용하는 도구로, 표본 두께의 금속판을 부챗살 모양으로 접었다 폈다 할 수 있도록 묶어놓은 것임.
8) cotter pin: 톱니바퀴 등의 부품이 기계의 축에서 빠져나오지 못하도록 축에 뚫린 구멍에 꽂는 핀.

것인가를 걱정하는 것이 아마도 정상일 것이다. 하지만 생각처럼 그렇게 짐이 턱없이 과중한 것은 아니다.

　내버려두면 이 친구들이 하루 종일 잠만 잘 것 같아 걱정이다. 바깥의 하늘은 티 없이 맑고 깨끗하다. 이런 좋은 날씨를 외면한 채 잠만 자는 것은 부끄러운 일이다.
　마침내 건너편 침대로 다가가서 크리스를 흔들어 깨운다. 그가 눈을 활짝 뜨더니, 영문을 모른 채 벌떡 일어나 앉는다.
　"샤워할 시간이다."
　이렇게 말한 다음 나는 밖으로 나간다. 대기는 더할 수 없이 상쾌하다. 사실을 말하자면 . . . 아니, 이럴 수가! . . . 바깥의 대기는 차갑다. 나는 서덜랜드 부부의 방 쪽으로 가서 문을 두드린다.
　"알았어." 존이 문 저편에서 졸음에 겨운 목소리로 대답한다. "으응, 알았어."
　마치 가을 날씨 같다. 모터사이클이 이슬에 젖어 있다. 오늘은 비가 오지 않을 것이다. 하지만 춥다. 틀림없이 온도가 섭씨 10도를 넘지 않을 것이다.
　존을 기다리는 동안 나는 엔진 오일이 얼마나 있는지와 타이어의 상태가 어떤지를 점검한다. 또 나사들이 잘 조여 있는지와 체인이 혹시 늘어져 있지 않은지를 점검한다. 체인이 약간 느슨하다. 그래서 연장을 꺼내 조인다. 나는 정말로 어서 빨리 떠나고 싶다.
　크리스가 옷을 따뜻하게 입었는지 확인한다. 우리는 짐을 챙긴 다

---

9) U-Haul trailer: 유홀은 개인이 직접 이삿짐을 실어 나르고자 할 때 그 개인에게 짐차를 대여해주는 회사로, 미국에서는 적지 않은 사람들이 이 회사에서 짐차를 빌려 자신의 차 뒤에 매달고 직접 이삿짐을 운반함.

음 모터사이클을 몰고 길로 나선다. 정말로 춥다. 몇 분도 안 되어 따뜻한 옷 안의 온기는 바람에 모두 빠져나가고, 몸이 덜덜 떨린다. 정신이 번쩍 날 만큼 대기가 차갑다.

해가 좀더 하늘 높이 떠오르면 곧 기온이 올라갈 것이다. 현재 속도로 30분가량 달리면 엘렌데일[10]에 도착해서 아침을 먹게 될 것이다. 직선으로 곧게 뻗어 있는 이 도로를 따라 우리는 오늘 상당한 거리를 주파해야만 한다.

대기가 이처럼 끔찍하게 차갑지만 않다면, 우리의 모터사이클 주행은 아주 멋진 것이 되었을 것이다. 이제 막 뜨기 시작하여 지평선 위로 낮게 드리워진 아침 햇살을 받아 반짝이는 것이 있다. 그것은 마치 서리 같아 보인다. 하지만 들판을 덮고 있는 것은 서리가 아니라 영롱하고 신비로운 아침 이슬일 것이다. 여기저기 어디에나 드리워진 아침의 그림자들 때문에 세상이 어제보다는 입체적으로 보인다. 이 모든 자연의 경이로움이 우리들만의 것이다. 아직 아무도 잠자리에서 일어난 것 같아 보이지 않는다. 시계를 보니 6시 30분이다. 손목의 시계를 덮고 있는 낡은 장갑이 마치 서리라도 맞은 것처럼 허옇다. 하지만 이는 지난밤 비에 젖었다가 말라서 생긴 자국일 것이다. 오래 사용하다 보니 정이 든 낡은 장갑이다. 지금은 장갑이 찬 공기 때문에 너무나 뻣뻣해진 상태여서 손을 거의 똑바로 펼 수조차 없다.

어제 나는 애정을 쏟을 만큼의 깊은 관심에 관해 이야기했는데, 곰팡내가 날 정도로 낡은 이 운전용 장갑에 나는 관심과 애정을 갖고 있다. 미풍에 펄럭이는 내 곁의 장갑에 눈길을 주고는 미소를 짓는다. 장갑이 너무나 오랫동안 그 자리를 지키고 있다 보니 이제는 너무 오

---

[10] Ellendale: 노스다코타의 동남부 지역 디키 카운티Dickey County에 있는 인구 1,599명(2000년 조사)의 작은 도시.

래되고 낡고 더러워져, 어딘가 별스럽다는 느낌마저 들게 하기도 한다. 기름과 땀과 먼지를 흠뻑 뒤집어쓰다 보니, 또 온통 벌레와 부딪힌 자국으로 뒤덮이다 보니, 이제는 장갑을 벗어 테이블 위에 납작하게 펴놓아도 일그러진 형태가 바로잡히지 않는다. 심지어는 날이 춥지 않을 때조차도 그 모양이다. 장갑에는 나름의 추억이 담겨 있다. 이 장갑은 겨우 3달러를 주고 산 것으로, 여러 번 박음질을 다시 하는 바람에 이제는 수리가 거의 불가능할 지경에 이르렀다. 하지만 새로운 장갑이 이 낡은 장갑의 자리를 대신한다는 것은 도저히 생각할 수 없기 때문에 나는 어떻게 해서든 이를 수리하려고 대단히 많은 시간과 노력을 쏟아붓는다. 그렇게 하는 것이 실용적일 수는 없다. 하지만 장갑이든 또는 그 밖에 무엇이든 실용성만을 문제 삼을 수는 없는 법이다. 즉, 실용성만이 전부는 아니다.

내가 타고 다니는 모터사이클에 대해서도 나는 어느 정도 같은 느낌을 갖고 있다. 이보다 더 낡은 기계들이 여전히 많이 굴러다니긴 한다. 하지만 무려 2만7천 마일이나 달리다 보니 내 모터사이클은 너무 많은 거리를 뛴 구식 기계의 대열에 끼기 시작한 상태다. 아무튼, 오랜 거리를 타고 달리다 보니, 다른 기계에서는 결코 느낄 수 없는 어떤 특별한 느낌을, 바로 이 기계에서만 느낄 수 있는 어떤 고유한 느낌을 갖게 되었다. 모터사이클을 모는 사람들 대부분이 이에 동의할 것이다. 나에게는 나의 것과 제작사도 같고 모델도 같으며 심지어 제작 연도까지 같은 모터사이클을 갖고 있는 친구가 있는데, 한번은 그가 수리를 위해 그 기계를 나에게 가져온 적이 있었다. 문제를 해결한 다음 시험 주행을 하면서 나는 그 모터사이클이 나의 것과 똑같은 공장에서 똑같은 시기에 나온 것이라는 점을 믿을 수가 없었다. 오래전에 그 기계는 특유의 느낌과 주행 시의 반응과 소리를 획득함으로써 나의 것과 완전히 다른 것으로 굳어졌음을 알아차릴 수 있었다. 느낌이 좋지 않았다는 말이 아니다. 다만 달랐다는 점을 말하고 싶을 뿐이다.

그런 것을 개성이라고 말할 수도 있으리라. 각각의 기계는 나름의 개성—아마도 우리가 알고 있고 또 느끼고 있는 어떤 사물의 직관적 총체로 규정될 수도 있는 그런 독특한 개성—을 지니고 있다. 이 개성은 끊임없이 변하는데, 대개 나쁜 쪽으로 변한다. 하지만 어쩌다 놀랍게도 좋은 쪽으로 변하는 경우도 있다. 그리고 모터사이클 관리에서 실제로 관리 대상이 되는 것은 바로 이 개성이다. 새로운 기계들과의 만남은 인상이 좋은 이방인들과의 만남에 비유될 수 있다. 그리고 그들을 어떻게 다루는가에 따라 그들은 제멋대로 행동하는 까다로운 존재로 급격히 바뀌거나 심지어 불구자로 전락하기도 한다. 아니면, 건강하고 착한 오랜 친구가 되기도 한다. 지금 내가 몰고 있는 이 모터사이클은 명색이 정비사일 뿐인 친구들의 손길에 살해를 당할 뻔했는데도 불구하고 이제 건강을 되찾은 것처럼 보인다. 그래서 그런지 몰라도 시간이 흐를수록 수리의 손길을 요구하는 횟수가 점점 줄어든다.

저기 보인다! 이제 엘렌데일에 다 온 것이다!

급수탑 하나와 나무들, 그리고 나무들 사이의 건물들이 아침 햇살에 젖어 있다. 모터사이클을 타고 오는 동안 줄곧 계속되었던 오한을 더 이상 견디지 못할 지경에 이르렀다. 시계를 보니 7시 15분이다.

몇 분 후에 우리는 낡은 벽돌 건물 옆에 모터사이클을 주차한다. 우리 뒤에 모터사이클을 주차한 존과 실비아에게 몸을 돌리고 말한다. "춥더군."

존과 실비아가 물고기 눈처럼 멍한 눈을 하고 나를 그저 바라보기만 할 뿐이다.

"정신이 번쩍 나지?" 내 물음에 대답이 없다.

그들이 완전히 모터사이클에서 내릴 때까지 기다린다. 곧이어 존이 그들의 짐을 풀려고 하는 것이 눈에 띈다. 그가 매듭 때문에 애를 먹다가 짐 풀기를 포기한다. 이윽고 우리 모두는 식당을 향해 발걸음을 옮긴다.

다시 한 번 시도한다. 그들 앞에서 몸을 돌린 채 식당을 향해 뒷걸음질하면서, 말을 건넨다. 웃음을 머금은 채 양손을 비비면서. 모터사이클을 몰고 달리다 보니 공연히 마음이 들뜨게 된 것 같다. "실비아, 말 좀 해봐요!" 웃지 않는다.

그들은 정말로 추위에 시달렸던 것 같다.

존과 실비아가 종업원에게 눈길도 주지 않은 상태로 아침 식사를 주문한다.

아침 식사가 끝나자 마침내 내가 말을 꺼낸다. "자, 이다음엔 무얼 하지?"

존이 일부러 천천히 말한다. "따뜻해질 때까지 우린 여기를 떠나지 않을 거야." 그가 마치 석양의 보안관이라도 되는 양 단호하게 말한다. 어조가 마치 최후통첩이라도 하는 것 같다.

그리하여 식사 후 존과 실비아와 크리스는 식당과 이웃해 있는 호텔의 로비에 앉아 몸을 녹인다. 그동안 나는 산책을 나선다.

내가 그들을 그토록 아침 일찍 깨워 그처럼 차가운 날씨에 모터사이클을 달리게 해서 그들은 나에게 이를테면 화가 나 있는 것 같다. 이런 식으로 함께 붙어 다니다 보면, 아주 작은 기질의 차이들이 드러나게 마련이다. 지금 새삼스럽게 기억을 더듬어보니, 그들과 오후 한두 시 이전에 함께 모터사이클을 달린 적이 한번도 없었다. 하지만 내가 느끼기에 모터사이클을 달리기에 가장 좋은 시간은 항상 새벽녘과 이른 아침이다.

엘렌데일은 정갈하고 생기 넘치는 마을로, 오늘 아침 우리가 일어나서 보았던 마을과는 다른 곳이다. 몇몇 사람이 거리로 나와 가게 문을 열면서 아침 인사를 건넨다. 그런 다음 날씨가 매우 춥다는 것을 화제에 올린다. 거리의 응달쪽에 걸린 온도계 두 개를 보았더니, 섭씨 6도와 8도다. 햇볕이 드는 곳에 있는 온도계는 섭씨 18도를 가리키고 있다.

몇 블록을 지나니 마을 한가운데의 중심가가 들판으로 이어지는 진흙 길로 바뀐다. 진흙 위로 나 있는 두 가닥의 단단한 바퀴자국을 따라가다 농기구들과 수리용 공구들로 가득 차 있는 반원형의 퀀셋형 창고를 지난다. 그러자 곧이어 길이 끊어진다. 내가 퀀셋형 창고를 들여다보는 동안 들판에 서 있던 남자가 수상쩍다는 듯한 눈초리로 나를 응시한다. 아마도 내가 무슨 짓을 하는지 궁금해하고 있는 것이리라. 거리로 돌아와 차가운 벤치를 발견하고는 그곳에 앉아 모터사이클을 뚫어지게 바라본다. 따로 할 일이 없다.

춥긴 하지만 못 견딜 정도로 추운 것은 아니다. 존과 실비아가 어떻게 미네소타의 겨울을 견디어내는지 알다가도 모를 일이다. 여기에는 무언가 명백한 모순이 존재한다. 곰곰이 생각해보지 않더라도 거의 확연하게 그 모습을 확인할 수 있는 그런 명백한 모순이 존재하는 것이다. 만일 그들이 물리적인 불편함을 참지 못한다면, 그와 동시에 공학 기술을 견디지 못한다면, 그들은 약간의 타협을 한 셈이 된다. 말하자면, 그들은 공학 기술에 의존하면서 동시에 공학 기술을 비난하고 있는 것이다. 확신컨대 그들도 그 사실을 알고 있을 것이다. 그리고 바로 그 사실이 그들에게 자신들이 처한 상황 전체를 싫어하도록 하는 데 한몫을 하고 있을 것이다. 그들은 무언가 논리적인 문제를 제기하고 있는 것이 아니라, 그냥 그들이 처한 상황이 어떠한지 있는 그대로 드러내고 있는 것일 뿐이다. 하지만 새로 산 픽업 트럭을 타고 모퉁이를 돌아 지금 마을로 들어오고 있는 저 세 명의 농부들을 보라. 틀림없이 그들은 존이나 실비아와는 정반대의 예에 해당하는 사람들일 것이다. 틀림없이 저들은 저 트럭이나 자기네들의 트랙터를, 그리고 새로 산 세탁기를 사람들한테 자랑할 것이고, 만일 그 기계들이 고장 나면 그것들을 고치기 위해 연장을 사들여 어떻게 사용하는지를 배우게 될 것이다. 그들은 공학 기술을 소중히 여긴다. 그렇지만 그들은 누구보다도 덜 기술을 필요로 하는 사람들이다. 만일 당장 내일 세상의 모든 공학 기술이 기능을 정지하더라도, 그들은 공학 기술 없이 삶을 꾸려나갈 방도를 터득하게 될 것이다. 삶이 힘들어지겠지만 그들은 어떻게 해서든 어려움을 헤치고 살아남을 것이다. 존과 실비아와 크리스와 나와 같은 사람들은 일주일도 못 되어 죽은 거나 다름없는 신세가 될 것이다. 공학 기술을 비난하는 것은 일종의 배은망덕일 뿐, 다른 무엇일 수 없다.

그렇지만, 이렇게 말한다고 해서 달리 뾰족한 수가 있는 것은 아니다. 만일 누군가가 고마움을 모르고 있다면, 고마움을 모른다는 점을 지적해줄 수는 있다. 좋다, 욕까지 할 수도 있다. 그렇다고 해서 문제가 풀리는 것은 아니다.

30분가량 지난 다음에 보니, 호텔의 문 옆에 있는 온도계가 섭씨 12도를 가리키고 있다. 호텔의 텅 빈 식당 안에 머물러 있는 그들의 모습이 눈에 띈다. 안절부절못하고 있는 것처럼 보인다. 하지만 그들의 표정을 보니 기분이 한결 나아진 것 같기도 하다. 존이 낙천적이 되어 이렇게 말한다. "내가 갖고 온 옷을 몽땅 껴입을 참이야. 그러면 괜찮아지겠지."

 그가 모터사이클로 갔다 돌아오더니 이렇게 말한다. "짐을 몽땅 풀어헤치는 게 정말 싫긴 하지만, 아까처럼 덜덜 떨며 달리고 싶지는 않거든." 그는 남자 화장실이 너무 춥다고 하면서 식당에 아무도 없으니 우리가 앉아 있는 테이블 뒤쪽으로 가서 옷을 껴입겠다고 한다. 그가 옷을 입는 동안 나는 테이블 가에 앉아 실비아와 이야기를 나눈다. 이야기를 하다 돌아보니, 존이 위아래로 온통 하늘색의 내의를 입은 모습이 눈에 띈다. 자신의 멍청한 모습에 어색하기라도 한 양 그가 씩 웃는다. 테이블 위에 놓인 그의 안경에 잠시 눈길을 주고는 내가 실비아에게 이렇게 말한다.

 "잠시 전에 우리가 여기 앉아서 클라크 켄트[11]와 이야기를 나누지 않았소? 여기 이 안경 좀 봐요. 그런데 말이지 . . . 갑작스럽게 . . . 로이스,[12] 혹시 저 사람이. . . ."

 존이 수퍼맨의 말투를 흉내 내서 이렇게 소리친다. "치킨맨!"[13]

 그가 스케이트를 타고 얼음을 지치듯 광택을 입혀놓은 식당 바닥을 미끄러져 오다가는 땅바닥을 짚고 재주를 넘은 다음 다시 오던 곳으로 미끄러져 간다. 그는 한쪽 팔을 머리 위로 올리고는 하늘을 향해 날기라도 할 듯 몸을 웅크린다. "자, 준비 완료! 치킨맨, 나가신다!" 곧이어 안 되겠다는 듯 고개를 절레절레 흔든다. "이런! 저렇게 멀쩡한 천장을 뚫고 갈 수야 없지. 하지만 엑스레이가 장착된 내 눈에 곤경에 처해 있는 누군가가 포착되었다, 이 말씀이야." 크리스가 재미있다는

---

11) Clark Kent: 수퍼맨 만화와 영화에서 수퍼맨으로 변신하는 사람으로, 보통 때에는 안경을 쓰고 있지만 수퍼맨으로 변신한 후에는 안경을 쓰지 않음.
12) Lois: 켄트의 신문사 동료이자 여자 친구.
13) Chickenman: 수퍼맨의 희화화로, 이 같은 희화화는 1960년대 중엽 시카고의 어떤 디스크자키에 의해 시작됨.

듯 킥킥 웃는다.

"여보, 우리 모두 망신당하는 꼴을 보고 싶지 않으면 빨리 옷을 입어요." 실비아가 말한다.

존이 웃으면서 말을 잇는다. "이봐, 내 정체를 폭로하겠다는 말인가? 엘렌데일의 신문기자로군!" 그는 잠깐 동안 이리저리 활보한 다음 곧이어 내의 위에다 겉옷을 받쳐 입기 시작한다. "이런, 이런! 그러면 안 되지. 치킨맨과 경찰 사이에는 양해가 되어 있는데 말이야. 누가 모두를 위해 법과 질서와 정의 편에 서서 싸우지? 예의를 지키고 정당한 게임을 하려는 사람이 누군지 그 친구들 다 알면서 그러네."

다시 고속도로로 들어서고 보니 아직 대기가 차갑다. 하지만 아침녘 같지는 않다. 몇 개의 마을을 지나가는 동안 거의 감지하기 어려울 정도로 조금씩 해가 우리의 몸을 따뜻하게 녹여준다. 이에 따라 내 마음도 푸근해진다. 이제는 피로감이 완전히 씻긴 상태이고, 바람과 햇볕은 더없이 기분을 유쾌하게 한다. 기분을 유쾌하게 하는 바람과 햇볕 때문에 세상이 모두 현실감을 되찾는다. 따뜻하게 내리쬐는 햇볕만으로도 모든 것은 되살아난다. 햇볕만으로도 도로와 푸른 대초원의 농토와 맞바람은 하나로 어우러져 생동감을 자아낸다. 곧이어 우리를 감싸는 것은 다만 더할 나위 없이 쾌적한 온기와 바람과 속도감과 비어 있는 도로 위로 쏟아지는 햇볕뿐이다. 아침녘의 마지막 한기가 따뜻한 대기로 인해 완전히 자취를 감추고 말았다. 바람이, 보다 풍성해진 햇볕이, 보다 더 매끄러워진 길이 우리를 맞이한다.

이처럼 여기에서 맞는 여름은 더할 수 없이 푸르고 또한 너무도 상쾌하다.

오래된 철조망 앞쪽의 풀밭 사이로 하얀색과 노란색의 데이지꽃이 보이고, 철조망 너머로는 암소 몇 마리가 한가롭게 풀을 뜯고 있는 초원이 보인다. 그리고 저 멀리 낮게 펼쳐진 대지가 완만하게 굽이치고 있고, 그 위로 무언가 반짝이는 것이 보인다. 그것이 무엇인지를 알아맞히기는 쉽지 않다. 굳이 알아야 할 이유도 없다.

위쪽으로 약간 경사진 길을 따라 올라가는 동안 엔진의 윙윙거리는 소리가 조금씩 심해진다. 경사진 길의 맨 위쪽에 이르자 우리 앞에 새로운 경계가 펼쳐진다. 길을 따라 아래로 내려가는 동안 엔진의 소리는 어디론가 사라져 찾을 길이 없다. 대초원 지대에 이른 것이다. 고요하고 초연하게 펼쳐진 대초원 지대에.

얼마 후에 주행을 멈췄을 때다. 실비아가 바람 때문에 눈에 눈물을 그렁그렁 매단 채 팔을 뻗어 몸을 풀면서 이렇게 말한다. "너무나 아름다워요. 어쩌면 이렇게 텅 비어 있을 수가!"

나는 재킷을 바닥에 깔고 여분의 셔츠를 접어 베개로 사용하는 법을 크리스에게 시범 삼아 보여준다. 그는 조금도 졸리지 않다고 하지만, 아무튼 그에게 누우라고 말한다. 그에게는 휴식이 필요하다. 나는 좀 더 많은 햇볕을 받아들이기 위해 재킷의 앞을 열어젖힌다. 존이 카메라를 꺼낸다.

잠시 후에 그가 말한다. "세상에 이처럼 사진 찍기 어려운 경치도 없을 거야. 360도 어안 렌즈나 뭐 그런 것이 없다면 찍을 수 없는 경치야. 그냥 바라보면 멋진 경치인데, 카메라의 뷰파인더를 통해 다시 보면 아무것도 아닌 것이 되고 말지. 구도를 잡아 카메라에 담으려는 순간 멋진 경치는 사라지고 만단 말이야."

이에 내가 말한다. "자동차 안에서는 결코 볼 수 없는 경치가 저런 경치일 거야."

실비아가 말한다. "내가 열 살 때 일인데요. 오늘 우리가 한 것처럼 차를 타고 가다 길가에 멈춘 적이 있었어요. 그때 난 필름을 반 통이

나 써서 사진을 찍었거든요. 나중에 사진이 나온 것을 보고 울음을 터뜨리고 말았는데, 사진이 한 장도 나오지 않은 거예요."

"우리, 언제 떠나요?" 크리스가 묻는다.

"뭐 때문에 서두르니?"

"계속 가고 싶어요."

"더 가더라도 여기보다 경치가 나아질 게 없는데."

크리스가 얼굴을 찡그린 채 아래를 보며 묻는다. "오늘 밤에 야영할 건가요?" 서덜랜드 부부가 궁금하다는 표정으로 나를 바라본다.

"어떻게 할 거지요?" 크리스가 되묻는다.

"나중에 보자." 내가 말한다.

"왜요?"

"지금으로서는 알 수 없으니까."

"왜 지금은 알 수 없나요?"

"글쎄, 왜 알 수 없는지 지금으로선 나도 모르겠다."

존이 어깨를 으쓱하여 야영을 해도 괜찮다는 신호를 보낸다.

"여기는 야영하기가 썩 좋은 곳이 아니야. 하늘을 가릴 데도 없고 또 물도 없으니까 말이야." 이렇게 말하고는 갑작스럽게 나는 말을 덧붙인다. "좋다, 오늘 밤에는 야영을 하기로 하자." 전에 야영에 대해 크리스와 이야기를 나눈 적이 있었다.

그리하여 우리는 텅 비어 있는 길을 따라 다시 달리기 시작한다. 나는 이 대초원을 소유하는 것도 원하지 않고 그것을 사진에 담는 것도 원하지 않는다. 또한 대초원을 바꾸는 일이든, 심지어 멈추거나 그냥 지나가는 일이든, 어느 것도 원하지 않는다. 우리는 텅 빈 길을 따라 계속 달리기만 할 뿐이다.

제 5 장

　대초원의 평평한 지대가 끝나고 굴곡이 심한 지대로 들어선다. 울타리가 점점 드물어지고, 푸른빛이 점점 엷어진다. . . . 이 모든 것이 고원 지대로 다가가고 있다는 증거다.
　헤이그[1]에서 연료를 보충하기 위해 멈췄을 때 주유소에서 일하는 사람에게 비즈마크[2]에서 모브리지[3] 사이에 미주리 강을 가로질러 가는 길이 있는가를 묻는다. 하지만 그가 아는 길은 없다. 이제는 날이 너무 덥다. 존과 실비아는 그들이 껴입고 있던 내의를 벗기 위해 어디론가 간 상태다. 모터사이클의 엔진 오일을 갈아주고 체인에 윤활유를 바른다. 크리스는 내가 하는 일을 가만히 지켜보고 있지만, 조급한 표정을 감추지 않는다. 좋은 징조가 아니다.

---

[1] Hague : 노스다코타의 에몬즈 카운티Emmons County에 있는 인구 91명(2000년 조사)의 작은 마을.
[2] Bismarck : 노스다코타 주의 주도. 인구 55,532명(2000년 조사)의 도시로, 노스다코타 주의 중심부에서 약간 아래쪽으로 치우친 지역에 있음.
[3] Mobridge : 사우스다코타의 중북부 지역에 있는 인구 3,574명(2000년 조사)의 작은 도시.

"눈이 아파요." 그가 말한다.

"무엇 때문에?"

"바람 때문에 그래요."

"이따가 너한테 맞는 고글을 하나 사기로 하자."

우리 일행은 커피와 함께 가벼운 식사를 하기 위해 식당으로 들어간다. 우리를 빼고는 모든 것이 다 달라 보인다. 그래서 우리는 이야기를 하기보다는 주변을 둘러본다. 그러다가 서로 아는 사이인 것처럼 보이는 사람들, 우리가 낯설기 때문에 우리에게 눈길을 주는 그 사람들이 주고받는 대화를 한두 마디 얼어듣는다. 후에 거리를 따라 내려가다 어느 한 가게에서 행낭 안에 비치할 온도계와 크리스에게 줄 플라스틱 고글을 찾아낸다.

그 가게에서 일하는 사람도 미주리 강을 건너기 위한 지름길을 알지 못한다. 존과 나는 지도를 놓고 길을 찾는다. 나는 90마일 구간 어딘가에서 비공식적으로 운영되는 나룻배가 있거나 사람이 건너다닐 수 있는 인도교라든가 그와 비슷한 것이 있어 이를 찾을 수 있기를 바랐다. 하지만 확실히 그런 것은 어디에도 없다. 강 건너편으로 운반할 사람이나 물자가 많지 않기 때문일 것이다. 그곳은 전체가 다 인디언 보호 구역이기도 하다. 우리는 모브리지까지 남쪽으로 가서 그곳에서 강을 건너기로 한다.

남쪽으로 가는 도로는 끔찍할 정도로 형편없다. 폭이 좁고 곳곳이 패어 있는 데다가 울퉁불퉁한 콘크리트 도로면도 문제지만, 심한 맞바람을 맞으며 해가 떠 있는 방향으로 달리는 일도 문제다. 게다가 도로 반대편에서 달려오는 대형 화물차들도 문제다. 롤러코스터의 선로처럼 심하게 오르락내리락하는 도로의 내리막 부분에서 화물차들의 속도가 빨라지고 오르막 부분에서는 느려진다. 이것도 문제지만 넓은 시야를 확보할 수 없는 것도 문제다. 이런 문제들 때문에, 화물차의 곁을 지나다 보면 신경이 바짝 곤두선다. 고개를 넘다가 처음 만난 화물차 때문에 엄청 놀랐는데, 마음의 준비가 되어 있지 않았기 때문이다. 마음을 바짝 조이고 다가오는 화물차에 대비한다. 위험한 것은 아니다. 다만 충격파가 엄습해올 따름이다. 날이 점점 더 더워지고 건조해진다.

헤라이드[4]에 이르자, 존이 물을 마시러 어디론가 사라진다. 그동안 실비아와 크리스와 나는 공원에서 그늘을 찾아 휴식을 취한다. 휴식을 할 만큼 편안한 곳은 못 된다. 전에 있던 마을과 비교하면 변화가 느껴지긴 하지만, 구체적으로 어떤 것인지를 깨닫지 못한다. 이 마을의 길들은 넓다. 필요 이상으로 넓어 보인다. 그리고 대기에는 뽀얀 먼지가 떠돌고 있다. 여기저기 공터가 건물 사이에 널려 있고, 그곳에는 잡초가 무성하다. 금속판으로 된 장비 창고들과 급수탑이야 앞서 지나온 마을에서 본 것들과 다를 바가 없지만, 좀더 넓게 퍼져 있다. 모든 것이 앞서 본 마을의 것보다 더 낡아 보이고 기계와도 같이 무표정해 보인다. 또한 되는대로 자리를 잡고 있는 것처럼 보이기도 한다. 점차 변화의 내용을 깨닫기 시작한다. 공간을 깔끔하게 보존하는 데 아무도 더 이상 관심을 갖지 않을 뿐만 아니라 땅이 더 이상 가치를 지니지 않는 곳, 그러니까 우리는 이제 서부의 마을에 들어선 것이다.

모브리지에 도착한 다음 우리는 에이 앤드 더블유[5]에서 햄버거와 맥아 음료로 점심 식사를 한다. 식사를 한 다음 교통이 복잡한 중심가

---

[4] Herreid: 사우스다코타의 북부 지역 캠벨 카운티Campbell County에 있는 인구 482명(2000년 조사)의 마을. 노스다코타와 경계 지역에 있음.
[5] A & W: 로이 앨런과 프랭크 라이트가 1919년 만들어 판매하기 시작한 음료를 제공하는 간이 식당.

를 따라 모터사이클을 타고 얼마간 달리자, 저기 언덕 아래쪽으로 미주리 강이 보인다. 물기를 거의 머금고 있지 않은 언덕들, 풀로 덮인 언덕들 사이로 흐르는 강물이 온통 낯설어 보인다. 고개를 돌려 크리스를 바라보니 그는 별로 관심이 없어 보이는 눈치다.

우리는 언덕을 타고 내려와 덜컹덜컹 소리를 내며 다리를 가로지른다. 다리를 건너는 동안 율동적으로 움직이는 교량 대들보 사이로 강물이 흘러가는 것을 본다. 이제 우리는 강 건너편에 와 있다.

우리는 언덕의 정상을 향해 나 있는 길고도 긴 길을 달려 마침내 또 다른 세계에 이른다.

담장과 같은 것들은 이제 정말 하나도 눈에 띄지 않는다. 나무 역시 어떤 종류도 보이지 않는다. 언덕의 굽이침이 너무도 대단하여, 존의 모터사이클이 마치 푸른색의 경사면을 가로질러 움직이고 있는 개미와도 같아 보인다. 경사면 건너 저편으로 보이는 것은 깎아지른 절벽들 위에 우뚝 서 있는 바위들, 대기에 노출된 바위들이다.

모든 것이 자연의 정갈함을 지니고 있다. 만일 이것이 버려진 땅이라면, 그 땅은 꾀죄죄하고 풀이 죽은 모습을 하고 있어야 할 것이다. 낡은 콘크리트 덩어리, 페인트칠을 한 금속판 조각이나 철사 도막, 무엇 때문에 그렇게 했는지 모르지만 파헤쳐져 엉망이 된 뗏장 위를 뒤덮고 있는 잡초가 그 자리를 차지하고 있어야 할 것이다. 하지만 그런 것은 여기 어디에도 없다. 관리의 손길이 미치지 않은 것이지, 애초에 손을 대어 엉망으로 만들려는 시도 같은 것은 아예 없었다. 항상 당연히 그랬어야만 할 바로 그런 상태로 있을 뿐이다. 보호 구역인 것이다.

이 바위들 건너편 쪽에서 친절한 모터사이클 정비사와 만날 확률은 없다. 우리가 이에 대비하고 있는지 걱정된다. 무언가 잘못되기라도 하면 우리는 정말로 곤경에 처하게 될 것이다.

손으로 엔진 온도를 점검해본다. 마음 든든하게도 엔진은 과열되어 있지 않다. 클러치를 밟아 1초가량 모터사이클을 관성에 따라 움직이게 한다. 엔진이 돌아가는 소리를 점검하기 위해서다. 무언가 이상한 소리가 들려, 다시 한 번 같은 동작을 되풀이한다. 잠시 후 그것은 엔진 소리가 아님을 깨닫는다. 스로틀 밸브를 닫아놓자 눈앞의 절벽에 부딪혀 울리는 메아리가 들린다. 묘하다. 두세 번 같은 동작을 되풀이한다. 크리스가 무슨 문제가 있느냐고 묻는다. 그래서 그에게 메아리에 귀를 기울이라고 한다. 하지만 그는 이에 대해 아무런 말도 하지 않는다.

이 낡은 엔진에서는 동전이 서로 부딪칠 때 나는 것과 같은 절그럭 소리가 난다. 마치 엔진 안에 동전들이 들어 있어 제멋대로 돌아다니는 듯한 느낌을 준다. 끔찍한 소리이기는 하지만, 이 절그럭 소리는 밸브가 움직일 때 나는 정상적인 소리다. 일단 이 소리에 익숙해지고 응당 그런 소리가 날 것을 기대하는 정도에 이르게 되면, 소리가 조금만 달라져도 그 차이를 자동적으로 듣게 된다. 다른 소리가 들리지 않으면, 문제가 없는 것이다.

한번은 존을 설득하여 그런 소리에 관심을 갖게 하려 했으나, 도저히 희망이 보이지 않았다. 그의 귀에 들리는 것이라고는 소음뿐이었고, 그의 눈에 보이는 것이라고는 오로지 기계 덩어리와 기름 묻은 공구를 손에 들고 있는 내 모습뿐이었다. 도저히 먹혀들지가 않았다.

그는 무엇이 어떻게 돌아가는지를 정말로 알지 못했으며, 그것을 알아내고자 할 만큼의 관심도 없었다. 그는 사물의 의미에 관심을 갖는 사람이 아니라 사물의 존재 자체에 관심을 갖는 사람이다. 그가 사물을 이런 방식으로 본다는 것 — 이는 대단히 중요한 의미를 갖는 것이다. 사물의 '의미'에 관심을 갖는 것과 '존재'에 관심을 갖는 것 사이의 차이를 파악하기까지 나에게는 오랜 시간이 필요했는데, 이번 '야외 강연'에서 해야 할 중요한 과제는 바로 이 차이를 명료하게 밝히는 일이다.

나는 그가 기계에 관한 것에 대해서는 생각조차 하지 않으려 한다는 사실에 어찌나 당황했던지, 그에게 빌미를 제공하여 기계적인 그 모든 것에 관심을 갖도록 할 방도를 찾고자 하는 일에 매달렸다. 하지만 어디서 시작해야 할지를 알 수 없었다.

그래서 나는 그의 모터사이클에 문제가 생길 때까지 기다리기로 했다. 문제가 생기면 그를 도와 문제를 해결하고, 그렇게 하는 가운데 기계에 대한 그의 흥미를 유발할 수 있으리라는 것이 내 생각이었다. 하지만 나는 실수를 저지르고 말았다. 그가 사물을 보는 방식에 차이가 있다는 점을 이해하지 못했기 때문이다.

그의 모터사이클 핸들이 헐거워지기 시작했다. 심하지는 않다는 것이 그의 말이었다. 다만 세게 밀어젖히면 약간 움직인다는 것이었다. 나는 그에게 스패너를 사용하여 나사를 조이지 말 것을 경고했다. 그렇게 하는 경우 잘못하면 크롬 도금에 손상이 가고 손상이 간 자리에 녹이 슬 가능성이 있기 때문이었다. 그는 크롬에 손상이 가지 않도록 내가 가지고 있는 미터법 단위에 맞게 제작된 소켓 드라이버와 박스엔드 렌치[6]를 사용해서 나사를 조이자는 데 동의했다.

존이 자신의 모터사이클을 가져왔을 때 나는 앞서 말한 연장으로 손을 보려 했다. 하지만 문제가 되는 나사를 조이더라도 헐거워진 핸들을 바로잡을 수 없다는 사실을 곧 깨닫게 되었다. 왜냐하면 핸들 축을 위아래로 감싸 움직이지 않도록 고정시키는 조임 장치들의 끝 부분이

---

[6] box-end wrench: 나사를 조이거나 풀 때 사용하는 연장의 일종.

더 이상 조일 수 없을 만큼 꽉 조여 있었기 때문이다.

"끼움쇠를 끼워 넣어야겠는데."

이렇게 말하자 그가 물었다. "끼움쇠라니?"

"아주 얇고 납작한 금속 조각이 필요하단 말이야. 저기에 있는 조임 장치 안쪽의 핸들 축 주변으로 끼움쇠를 둥글게 끼워 넣으면 조임 장치의 간격이 뜨게 되겠지. 그렇게 되었을 때 나사를 다시 조이면 핸들 축이 꽉 물려 움직이지 않을 거야. 그런 끼움쇠는 온갖 종류의 기계 장치에서 간격 조정을 할 때 사용되지."

"아, 그런가. 그걸 어디서 사지?" 그가 관심을 갖기 시작했다.

"바로 여기에 있어." 나는 맥주 깡통을 손에 쥔 채 들어 보이며 신이 나서 말했다.

잠시 그는 무슨 말인지 모르겠다는 표정을 지었다. 그런 다음 이렇게 말했다. "무슨 말이야, 그건 맥주 깡통이잖아?"

"물론이지. 이 세상에서 이것만큼 끼움쇠로 안성맞춤인 것은 없지." 나의 대답은 이러했다.

나는 내가 꽤나 멋진 답변을 했다고 생각했다. 끼움쇠를 찾으러 어디에 있는지도 모를 부품점으로 갔다 오는 수고를 덜어주었으니까 말이다. 그에게 시간뿐만 아니라 돈까지 절약하게 해주었으니 말이다.

하지만 놀랍게도 그는 이 답변이 얼마나 멋진 것인지를 도대체 이해하지 못했다. 사실 그는 이 모든 일에 대해 눈에 띄게 뻣뻣해졌다. 곧 그는 온갖 변명을 다 동원하여 문제를 얼버무리려 했다. 이윽고 그의 진심이 무엇인지 알아차리기도 전에 나는 핸들의 문제점을 고치지 않고 그대로 내버려두자는 그의 의견에 동의하게 되었다.

내가 알고 있는 한 그의 핸들은 아직 헐거운 상태다. 그리고 지금 와서 생각하니 그는 그때 정말로 기분이 상했던 것 같다. 그가 1천8백 달러나 주고 산 BMW의 새 모터사이클을 감히 낡은 맥주 깡통 조각으로 수리하겠다고 나서다니! 반세기 역사를 자랑하는 뛰어난 독일 공학 기술의 정수를 감히!

아흐, 두 리버!⁷⁾

그 이후로 우리는 모터사이클 관리에 관해 거의 이야기를 나누지 않고 있다. 지금 생각해보니, 그런 적은 한 번도 없다.

더 이상 이야기를 밀어붙이다 보면, 갑자기 화가 치밀 것이다. 그것도 왜 화가 나는지 이유조차 모른 채.

해명을 위해 나는 말하지 않을 수 없는데, 맥주 깡통의 알루미늄은 금속치고는 연성(軟性)뿐만 아니라 점성(粘性)도 뛰어나다. 어디에든 사용할 수 있을 만큼 적응력이 완벽한 것이다. 알루미늄은 또한 습기가 많은 기후에서도 녹슬지 않는다. 아니, 보다 더 정확하게 말하자면, 알루미늄의 표면에는 산화 피막층이 형성되어 있기 때문에 더 이상의 산화 현상을 방지한다. 요컨대, 완벽한 금속이다.

다시 말해, 반세기 역사를 자랑하는 뛰어난 독일 공학 기술을 자신의 배경으로 갖고 있는 진정한 독일인 정비사라면 그는 아마도 이 특별한 기술적 문제에 내가 제시한 이 특별한 해결책이 완벽한 것이라는 결론에 이를 것이다.

얼마 동안 나는 내가 이렇게 했어야 하지 않았을까 하는 생각을 갖기도 했다. 말하자면, 그의 눈에 띄지 않게 맥주 깡통을 들고 작업실로 들어가서 한 조각 오려낸 다음 그 조각에 남아 있는 글자든 도안이든 깨끗이 지워버리고, 그걸 가지고 와서 운이 좋게도 독일에서 특별히 수입한 끼움쇠가 마침 한 장 남았다고 했어야 했던 것은 아닐까.

---

7) Ach, du lieber! : 독일어 표현으로 '아니, 이럴 수가!'의 뜻을 지님.

그렇게 했으면 만사가 잘 해결되었을 것이다. 철강 왕 알프레트 크루프 남작[8]이 개인적으로 보유하고 있다가 엄청난 손해를 보고 팔아치울 수밖에 없었던 특별 끼움쇠라고 말했다면 어땠을까? 그러면 존은 아마도 얼이 다 빠질 정도로 열광했겠지.

크루프가 개인적으로 보유하던 끼움쇠라는 말에 열광하는 존이라! 이 같은 엉뚱한 상상은 한동안 나를 만족시켜주었지만, 나는 곧 시들해지고 말았다. 이는 다만 앙갚음을 하는 심정으로 상상해본 것일 따름이라는 사실을 나 자신이 알고 있었기 때문이다. 그 대신, 앞서 내가 말한 그런 생각이 그의 마음에 자리 잡기 시작했다. 말하자면, 표면으로 드러난 것보다 한층 더 큰 무언가가 도사리고 있다는 느낌이 대신 싹트기 시작했던 것이다. 이런 종류의 사소한 불일치에 대한 추적을 상당히 오랫동안 계속하다 보면, 그것들이 모여 어느 순간 엄청난 깨달음으로 이어지는 경우도 때때로 있다. 내 입장에서는, 별다른 생각 없이, 내가 해결하고자 하는 것보다 약간 더 큰 무언가의 문제가 있으려니, 그렇게 느끼는 정도였다. 그런 다음 원인과 결과를 도출해내려고 하는 나의 평소 습관에 기대어 이 문제를 따져보았다. 그 멋진 끼움쇠에 대한 나의 견해와 존의 견해 사이에 그처럼 건널 수 없는 심연이 존재하도록 하는 것이 있다면 그것은 과연 무엇일까. 기계를 만지는 일을 할 때마다 항상 이 문제가 머리에 떠오른다. 진퇴양난이다. 이럴 때는 조용히 앉아 눈을 크게 뜨고 생각에 잠긴 채, 새로운 정보를 찾아 이리저리 헤매기도 하고 또 멀리 갔다 다시 돌아오기도 하라. 그러면 잠시 후에 보이지 않던 요인들이 그 모습을 드러내기 시

---

[8] Alfred Krupp: 19세기 초부터 20세기 중엽까지 독일의 철강 및 무기 산업을 주도했던 가문의 후계자인 알프레트 크루프 폰 볼렌 운트 할바크. '남작baron'은 별명일 뿐, 그가 실제 지녔던 작위는 아님.

작할 것이다.

처음에는 희미한 모습으로 다가오다가 곧 선명한 윤곽을 드러내는 것이 있었으니, 그것은 다음과 같은 해명이었다. 즉, 나는 문제의 끼움쇠를 이를테면 지적으로, 합리적으로, 두뇌로 보았던 것이고, 그런 방식으로 보는 경우 그 끼움쇠를 구성하는 금속의 과학적 특성만이 유일하게 문제가 된다. 존은 느긋하고 편하게 즐기는 가운데, 직감적으로 그리고 직관적으로 이에 접근했던 것이다. 나는 끼움쇠를 근원적 형태의 측면에서 접근했던 것이고, 존은 직접적 현상의 측면에서 접근했던 것이라고 할 수 있다. 내가 끼움쇠의 내적 의미에 눈길을 주고 있었다면, 존은 끼움쇠의 외적 존재에 눈길을 주고 있었다고 할 수 있다. 이렇게 해서 나는 앞서 말한 차이를 파악하기에 이르렀던 것이다. 끼움쇠의 외적 존재에 눈길을 주는 쪽을 선호하는 사람이 보기에 이번 경우는 결코 유쾌한 것일 수 없다. 누가 아름다운 정밀 기계를 낡은 맥주 깡통 쪼가리로 고칠 생각을 하고 싶겠는가?

깜빡 잊고 아직 존이 음악가라는 사실을 밝히지 않은 것 같다. 그는 드럼을 치는 사람으로, 시내 전역에서 악단의 일원으로 활동하고 있으며, 이를 통해 상당한 수입을 올리고 있다. 내 추측이기는 하지만, 그는 드럼 연주에 대해 생각하는 방식으로 매사를 생각하는 것 같다. 말하자면, 실제로는 드럼 연주에 대해 따로 생각을 하지 않는 것 같다. 그는 그냥 드럼 연주를 하는 것이다. 또는 그냥 드럼 연주와 하나가 되어 그와 동시에 존재하는 것이다. 연주를 하는 동안 단원 가운데 누군가가 박자를 늦추었다고 하자. 그러면 그는 따로 '생각'할 겨를도 없이 즉각 반응할 것이다. 바로 이와 마찬가지 방식으로 맥주 깡통 조각으로 모터사이클을 고치는 일에 반응했던 것이리라. 그 일은 그에게 그냥 귀에 몹시 거슬리는 불협화음에 해당하는 것일 뿐, 그것으로 끝이었을 것이다. 그는 조금이라도 그 일에 신경 쓰기를 원하지 않았던 것이다.

처음에는 이런 차이가 상당히 사소한 것처럼 보였다. 하지만 사소한 것처럼 보이던 것이 점점 커지고 . . . 더 커지고 . . . 더더욱 커지더니 . . . 내가 왜 그 차이를 놓치게 되었는가를 깨닫기 시작할 때까지 계속 커져만 갔다. 우리가 어떤 것을 놓치는 이유는 그것이 너무도 작아서 무시해버리기 때문이다. 하지만 너무도 엄청나게 커서 보지 못하는 경우도 있다. 존과 나는 같은 사물에 눈길을 주고 있었고, 같은 사물을 보고 있었으며, 같은 사물에 대해 이야기하고 있었고, 같은 사물에 대해 생각하고 있었지만, 그와 나는 완전히 다른 차원에서 눈길을 주고 있었고, 보고 있었고, 이야기하고 있었고, 생각하고 있었던 것이다.

사실은 그 역시 공학 기술에 정말로 관심을 갖고 있다. 다만 차원이 다를 뿐이어서 그는 모든 것을 엉망으로 만들고 또 그것 때문에 좌절한다. 그의 편에 서서 일이 그냥 순조롭게 돌아가지 않는 것이다. 그는 전혀 합리적으로 미리 생각하지 않은 채 일이 그냥 순조롭게 돌아가도록 하려다 보니, 서투르게 처리하여 일을 망쳐놓고 또 망쳐놓고 다시 또 망쳐놓는다. 그렇게 수없이 망쳐놓기를 거듭한 다음 포기한다. 그런 다음 고정나사나 죔나사와 같은 것이 등장하는 상황이라면 무엇이든 싸잡아서 일종의 저주와도 같은 욕설을 퍼붓는다. 그는 느긋하고 편하게 즐기는 것만으로 되지 않는 일이 이 세상에 있다는 사실을 믿으려고 하지도 않고 믿을 수도 없는 사람이다.

그가 몸담고 있는 차원은 바로 그런 것이다. 느긋하고 편하게 즐기는 차원, 바로 그것이다. 그가 보기에 나는 항상 기계적인 것과 관련된 그 모든 것만을 이야기하는 사람, 숨이 막힐 정도로 반듯하게 각이

진 답답한 사람으로 비칠 것이다. 그가 보기에 내가 하는 이야기라고는 온통 구성 요소, 구성 요소들 사이의 관계, 분석, 종합, 상황 추정 등등에 관한 것뿐인데, 이 모든 것은 실제로 여기에 있는 것들이 아니다. 생각으로만 여기에 있을 뿐 어딘가 다른 곳에, 백만 마일쯤 떨어진 곳에 있는 것들이다. 바로 이것이 모든 문제의 근원이다. 존은 이처럼 나와는 다른 차원에 속해 있는 사람으로, 1960년대에 있었던 문화적 변혁의 상당 부분은 근원적으로 존의 것과 같은 차원에서 세상을 보고자 하는 데서 시작되었다는 것이 내 생각이다. 그리고 이 같은 차원에서 사물을 보는 방식으로 인해 우리나라 국민 전체의 세계관은 아직도 여전히 새롭게 바뀌어가고 있다. 이른바 "세대 차"라는 것은 그 결과물이다. "비트족"이니 "히피족"이니 하는 표현들 역시 여기에서 나온 것이다. 지금 와서 보면, 이 새로운 차원에서 세상을 보는 방식은 내년이나 내후년에 사라지고 말 유행이 아니라는 점이 명백하다. 이는 사물을 보는 대단히 심각하고도 중요한 방식이기 때문에 이곳에 자리를 잡고 떠나지 않을 것이다. 한편, 이 방식은 이성, 질서, 책임감과 양립할 수 없는 것으로 보일 수도 있지만 실제로는 그렇지 않다. 이제 우리는 문제의 근원에 이르게 되었다.

다리가 몹시 저려 이제 아플 지경이다. 한번에 한쪽씩 다리를 뻗고는 발을 돌릴 수 있는 데까지 힘껏 왼쪽으로 오른쪽으로 돌린다. 다리에 쌓인 긴장을 풀기 위해서이다. 그렇게 하니 좀 나아진다. 하지만 다리를 뻗다 보니 다른 근육들이 뻐근해진다.

우리가 여기에서 확인하는 것은 현실에 대한 시각 사이의 충돌이다. 바로 이 자리에서 이 순간 우리의 눈으로 감지하는 바의 세계는 과학자들이 그것에 대해 뭐라고 하든 관계없이 현실이다. 바로 그것이 존이 세계를 보는 방식이기도 하다. 하지만 과학적 발견을 통해 드러난 세계도 또한 그것이 우리 눈에 어떻게 보이든 상관없이 현실이다. 존과 같은 차원의 사람들이라고 해도 만일 그들이 현실에 대한 그들 나름의 시각을 유지하기 원한다면 과학자의 시각으로 본 세계를 무시하는 것 이상의 무언가를 해야만 한다. 존은 이 점을 깨닫게 될 것이다. 만일 그의 관점을 더 이상 지탱할 수 없게 되면.

존이 엔진의 시동을 걸 수 없게 되었던 그날 그가 그처럼 심란해했던 것은 바로 이 때문일 것이다. 그 사건은 그의 현실을 어지럽히는 침입자였던 셈이다. 그 일이 느긋하고 편하게 즐기는 가운데 대상에 접근하는 방식에 구멍을 뚫어놓은 셈이었고, 그 일이 그의 생활 방식 전체를 위협하는 것처럼 보였기 때문에 그는 정면으로 문제와 마주하지 않으려고 했던 것이리라. 어떤 의미에서 보면, 그는 과학자들이 때때로 추상 예술 앞에서 느끼는 것과 같은 종류의 분노 ─ 또는 적어도 한때 느끼곤 했던 것과 같은 종류의 분노 ─ 를 체험하고 있었다고 할 수 있다. 추상 예술이 그들의 생활 방식에 어울리지 않기는 마찬가지다.

여기에서 진정 우리가 마주하고 있는 것은 두 개의 현실이다. 하나는 직접적인 예술적 현상 세계로서의 현실이고, 다른 하나는 과학적 해명을 통해 드러나는 저변의 세계로서의 현실이다. 두 현실은 서로 조화를 이루지도 않고, 서로에게 어울리지도 않는다. 사실 두 현실은 서로와 별다른 관계를 맺고 있지도 않다. 이는 정말로 대단한 상황이 아닌가! 당신은 아마도 여기에 문제가 좀 있다고 말할 수도 있을 것이다.

끝없이 이어지는 황량한 길을 달리다가 직선으로 이어지는 어느 한 구간에 이르렀을 때 우리는 외따로 떨어져 있는 식품점을 하나 발견한다. 식품점 안의 뒤쪽으로 가 물건 상자들을 의자 삼아 앉아서 깡통 맥주를 마신다.

피로와 허리의 통증이 이제 나를 엄습한다. 물건 상자들을 기둥 쪽으로 옮겨놓고는, 그 위에 앉아 기둥에 몸을 기댄다.

크리스의 표정이 정말로 계속 좋아 보이지 않는다. 오늘은 길고도 힘든 날이었다. 떠나기 전에 미네소타에서 실비아에게 미리 말해두긴 했다. 이틀이나 사흘이 되면 지금과 같이 의기소침해지는 때가 찾아올 수 있을 것이라고. 지금이 바로 그때다. 미네소타에서라. . . . 그렇게 말한 것이 언제였지?

엉망으로 술에 취한 여인 하나가 가게로 들어와 함께 차를 타고 온 남자를 위해 맥주를 사려고 한다. 어떤 맥주를 살 것인지를 결정하지 못하자, 그녀를 거들던 가게 주인의 아내가 화를 낸다. 술에 취한 여인은 아직 결정을 못 하고 있다가 우리를 보고는 손을 흔든 다음, 모터사이클이 우리 것이냐고 묻는다. 고개를 끄덕여 그렇다고 하자, 그녀가 자기를 좀 태워줄 수 없겠느냐고 묻는다. 나는 뒤로 물러서서 존에게 일을 처리하도록 맡겨둔다.

그가 정중하게 그녀를 달래서 보낸다. 하지만 몇 번이고 돌아와서 태워달라고 조르더니, 심지어 태워주는 값으로 1달러를 주겠다는 제안까지 한다. 그것을 보고 내가 농담을 몇 마디 했으나 재미있지 않다. 분위기를 더욱더 우울한 것으로 만들기만 할 뿐이다. 밖으로 나와, 누런 언덕들 사이와 열기 속으로 되돌아간다.

레먼[9]에 도착할 무렵에는 우리 모두가 정말로 몸이 쑤실 정도로 지

---

9) Lemmon : 사우스다코타의 북부에 있는 퍼킨스 카운티Perkins County에 있는 인구 1,398명(2000년 조사)의 작은 도시. 노스다코타와 경계 지역에 있으며, 앞서 말한 헤라이드에서 서쪽으로 가면 나옴.

쳐 있다. 주점에 들렀다가 남쪽으로 가면 야영지가 있다는 말을 듣는다. 존은 레먼 한가운데에 있는 공원에서 야영을 하자고 한다. 존이 이처럼 말도 안 되는 제안을 하자 크리스가 대단히 화를 낸다.

아무리 기억을 더듬어도 오늘처럼 피로했던 적은 오랫동안 없었던 것 같다. 다른 사람들도 마찬가지다. 하지만 우리는 피로한 몸을 이끌고 식품점으로 간다. 그런 다음 머리에 떠오르는 것이면 무엇이든 식료품을 사서, 상당히 애를 먹어가며 모터사이클 위에 싣는다. 해가 많이 기울었기 때문에 머지않아 날이 저물 것이다. 한 시간 안으로 세상이 어두워질 것이다. 더 이상 갈 수 없을 것 같다. 혹시 우리가 꾸물거리며 시간을 낭비하고 있는 것은 아닌지?

"자, 크리스, 어서 가자."

내 말에 크리스가 이렇게 대꾸한다. "아빠, 저한테 소리치지 마세요. 전 준비됐어요."

레먼에서 지방도로를 따라 달린다. 너무도 지쳐 있어서 아주 오랫동안 달린 것처럼 느껴진다. 하지만 해가 아직 지평선 위에 남아 있는 것으로 보아 그렇게 먼 거리를 달린 것은 아니다. 야영지에 도착해보니 텅 비어 있다. 잘됐다. 하지만 30분도 안 되어 해가 질 것이고 기운이 쭉 빠져 있는 상태다. 이제부터가 정말 어려운 시간이다.

나는 가능하면 빨리 짐을 풀려고 한다. 하지만 피로에 머리가 멍해진 나머지, 야영을 하기에는 정말로 고약한 장소라는 사실을 깨닫지 못한 채 야영장 길가에 모든 짐을 내려놓는다. 그러고 나서야 바람이 몹시 심하게 부는 장소라는 사실을 깨닫는다. 이는 고원 지대에서 불어오는 바람이다. 여기는 반(半)사막 지대여서, 우리 아래쪽에 있는 일종의 대형 저수지라고 할 수 있는 호수를 제외하면 모든 것이 햇빛에 타버린 듯 바싹 말라 있다. 바람이 지평선에서 호수를 건너 불어와서는 매서운 돌풍과 함께 우리를 강타한다. 날이 벌써 쌀쌀하다. 길에서 20미터 정도 떨어진 곳에 키가 작은 소나무 숲이 있다. 크리스에게 짐을 거기까지 옮겨줄 것을 부탁한다.

크리스 녀석이 말을 듣지 않는다. 슬그머니 빠져나가 저수지가 있는 곳까지 내려가버린다. 할 수 없이 내가 짐을 옮기고 만다.

짐을 옮기는 동안 실비아가 요리를 위해 이것저것 준비하느라고 정말로 애를 쓰는 모습이 눈에 띈다. 하지만 그녀도 나만큼이나 지쳐 있다.

이윽고 해가 저문다.

존이 땔감을 모아 왔지만, 너무 큰 데다가 바람이 너무 거세서 불이 잘 붙지 않는다. 불을 지피기 위해서는 잘게 쪼개야 할 필요가 있다. 소나무 숲 쪽으로 되돌아가서 희미하게 남아 있는 빛에 의지해 벌채용 칼을 더듬어 찾지만, 소나무 숲 속이 이제는 이미 너무 어두워서 도저히 찾을 수가 없다. 손전등이 필요하다. 손전등을 찾으려 했지만, 너무 어두워서 그것 역시 찾을 수가 없다.

모터사이클을 둔 곳으로 가서 엔진의 시동을 건다. 전조등의 불빛에 의지하여 짐 어딘가에 있을 손전등을 찾아내기 위해 모터사이클을 소나무 숲까지 몰고 간다. 손전등을 찾기 위해 온갖 물건들을 하나하나 뒤져나간다. 오랜 시간이 지난 다음에야 겨우 내가 필요로 하는 것은 손전등이 아니라 벌채용 칼이라는 사실을 깨닫는다. 그런데 벌채용 칼은 눈에 훤히 띄는 곳에 있지 않은가! 내가 숲에서 돌아왔을 때 존이 이미 불을 지핀 상태다. 나는 벌채용 칼을 사용하여 커다란 나무 토막들 몇 개를 잘게 잘라놓는다.

크리스가 모습을 드러낸다. 그 녀석이 들고 있는 것이 손전등 아닌가!

"언제 밥 먹을 거지요?" 크리스 녀석이 투덜거리듯 말한다.

"지금 서둘러 준비하고 있어." 내가 이렇게 말하고는 그에게 이렇게 지시한다. "손전등은 여기다 둬라."

크리스 녀석이 손전등을 가지고 다시 어디론가 사라진다.

바람이 너무 세게 불길을 휘몰아가는 바람에, 요리하려고 하는 고깃덩어리까지 불길이 미치지 않는다. 길에 있는 커다란 돌덩어리들을 모아다 불 주변에 바람막이를 세우려고 하나, 너무 어두워서 우리가 무엇을 하는지 보이지도 않는다. 존과 나는 각자의 모터사이클을 몰고 와 전조등의 불빛을 교차시켜 조명을 대신한다. 참으로 묘한 조명이다. 조명을 통해 보면, 불더미에서 불똥들이 날아올라 갑작스럽게 하얀빛을 내며 달아올랐다가는 바람 속으로 사라진다.

꽝! 우리 뒤에서 엄청난 폭발음이 들린다. 그리고 킥킥거리는 크리스의 웃음소리가 들린다.

실비아가 기분이 상한 표정을 짓는다.

"폭죽이 몇 개 있는 걸 찾아냈어요." 크리스가 말한다.

나는 화가 폭발하기 직전에 이를 때맞춰 억누르고, 크리스에게 차갑게 말한다. "이제 밥 먹을 시간이다."

"성냥이 좀 필요해요." 그가 말한다.

"앉아서 밥 먹어라."

"성냥부터 먼저 달라니까요."

"앉아서 밥이나 먹어."

그가 자리를 잡고 앉는다. 나는 군용 휴대용 식기 세트에 있는 나이프로 고기를 썰어 먹으려 한다. 하지만 고기가 너무 질기다. 그래서 사냥용 나이프를 꺼내 그것을 대신 사용한다. 모터사이클의 전조등에서 나오는 불빛이 나를 정면으로 비추고 있어서, 나이프가 군용 휴대용 식기 세트 안으로 떨어졌을 때 완전히 그림자 속에 가려져 어디에 떨어졌는지 보이지 않는다.

크리스가 자기 고기도 잘 잘리지 않는다고 말한다. 그래서 내 나이프를 그에게 건네준다. 내 나이프를 잡으려고 손을 뻗치다가 크리스가 모든 것을 방수포 위에다 쏟는다.

아무도 말이 없다.

그가 음식을 쏟아서 화가 나는 것은 아니다. 다만 이제 여행을 마칠 때까지 기름때가 낀 방수포를 사용해야 할 것을 생각하니 화가 난다.

"고기 더 없나요?" 크리스가 묻는다.

"쏟은 거 갖다 먹어." 내가 말한다. "방수포 위에 떨어진 것일 뿐이니까."

"너무 더러워요." 그가 말한다.

"글쎄, 남은 게 더 없다니까."

침울함이 파도처럼 엄습하여 분위기를 압도한다. 이제 어서 잠을 자고 싶을 뿐이다. 하지만 크리스 녀석이 화가 나 있고, 그 녀석이 한바탕 소동을 벌이리라는 것이 내 예상이다. 한바탕의 소동을 기다리고 있는데, 얼마 되지 않아 드디어 소동이 시작되었다.

"이거 맛이 왜 이래요!" 그 녀석이 불평하듯 말한다.

"그래, 크리스, 고기가 질기다."

"아무것도 맘에 안 들어요. 이런 식의 야영은 정말 싫어요."

"네가 하자고 하지 않았니?" 실비아가 대꾸한다. "야영을 하자고 한 것은 너였잖아."

그렇게 대꾸해서는 안 되는데. 하지만 실비아가 사정을 알 리 없다. 그 녀석이 던진 미끼에 걸린 셈이다. 크리스 녀석은 또 하나의 미끼를 던지고, 그런 다음 또 던지고, 다시 또 던질 것이다. 마침내 참지 못하고 한 대 칠 것이고, 그게 그 녀석이 정말로 원하는 것이다.
"그게 무슨 상관이에요?"
"왜, 상관이 있지." 실비아가 말한다.
"글쎄, 상관이 없다니까요."
폭발 순간이 아주 가까워졌다. 실비아와 존이 나에게 눈길을 주지만, 나는 무표정함을 잃지 않는다. 이 모든 것에 대해 미안하지만, 현재로서는 내가 할 수 있는 일이 아무것도 없다. 말다툼을 해보았자 상황은 더욱 악화될 것이다.
"나 배고프지 않아요." 크리스가 말한다.
아무도 이 말에 반응이 없다.
"배가 아파요." 크리스가 말한다.
크리스가 고개를 돌리고 어둠 속으로 걸어가버림으로써 폭발을 피할 수 있게 된다.
우리는 식사를 마친다. 나는 실비아를 도와 설거지를 한다. 그런 다음 우리는 한동안 둘러앉아 시간을 보낸다. 축전기의 전기를 아끼기 위해 모터사이클의 전조등을 끈다. 전기를 아끼기 위한 것이기도 하지만, 그렇지 않다고 하더라도 전조등에서 나오는 불빛이 영 흉해 보이기는 매한가지다. 이제 바람의 기세도 약간 꺾였고, 식사 준비를 위해 지펴놓았던 모닥불에서 흘러나오는 불빛도 약간 있다. 잠시 후에 내 눈은 모닥불의 불빛에 익숙해진다. 저녁 식사를 한 데다 화까지 발동하는 바람에 졸음이 어느 정도 달아나버렸다. 크리스가 아직 돌아오지 않는다.
"크리스가 자기를 벌하고 있는 걸까요?" 실비아가 묻는다.
"그런 것 같군요. 하지만 딱히 들어맞는 표현은 아닌 것 같네요." 잠시 생각하고는 내가 말을 덧붙인다. "그건 아동심리학에서 사용하는 표현이지요. 아동심리학이라는 거, 전 별로 좋아하지 않아요. 그냥 완전히 버르장머리 없는 녀석이라고 해둡시다."

존이 입가에 웃음기를 띤다.

"아무튼, 식사 잘했습니다. 그 녀석이 못되게 굴어 미안할 따름입니다."

내 말에 존이 이렇게 말한다. "아, 뭘, 괜찮아. 크리스가 아무것도 먹지 못한 게 마음에 걸릴 뿐이야."

"괜찮을 거야."

"저러다가 길을 잃지 않을까?"

"아니, 괜찮아. 혹시 길을 잃으면 소릴 쳐서 우릴 부를 거야."

이제 그 녀석이 없어진 데다가 우리 사이에 별로 할 일도 없고 보니, 우리 주변의 공간이 더욱 크게 느껴진다. 사위는 더할 수 없이 고요하다. 호젓한 대초원 지대임을 절감한다.

실비아가 말한다. "크리스한테 정말 복통이 온 걸까요?"

"그럴 겁니다." 다소 내 멋대로 추정해서 이렇게 말한다. 크리스를 화제로 삼아 이야기를 계속하게 되어 미안하긴 했지만, 그들은 마땅히 그들이 알고 있는 것보다 좀더 자세한 해명을 요구할 수 있는 입장에 있다. 그들은 아마도 자신들이 들어서 알고 있는 것보다 더 심각한 문제가 있다는 것을 감지했을 것이다. "틀림없이 복통이 온 걸 겁니다." 마침내 내가 말을 잇는다. "그것 때문에 대여섯 번은 진찰을 받았어요. 한번은 너무 상태가 안 좋아서 혹시 맹장염이 아닌가 생각했어요. . . . 그때 북쪽에서 휴가 여행을 하고 있었던 걸로 기억합니다. 그 당시 전 5백만 달러의 계약금이 걸린 공학 관련 사업 계획서 때문에 녹초가 된 채 그 작업을 막 끝낸 상태였지요. 이건 완전히 다른 세상 이야깁니다. 시간도 없고, 그렇다고 기다려주지도 않고, 6백 페이

지나 되는 정보를 일주일 안에 다듬어 보내야 하는 일이었습니다. 그때 저는 아무나 세 사람 정도는 괴롭혀 너끈히 죽음으로 몰아갈 만큼 제정신이 아니었어요. 그래서 우리는 당분간 숲을 찾아 여행을 하는 게 좋겠다고 생각하게 되었던 것입니다.

숲에 들어가 어떤 지역에 머물렀는지, 거의 기억이 나지 않는군요. 아무튼, 공학 관련 자료로 머리가 빙빙 도는 판인데, 크리스가 그냥 비명을 질러대더군요. 그 녀석을 건드릴 수조차 없었어요. 어쩔 줄 모르고 있다가 마침내 재빨리 크리스를 병원으로 데리고 가야겠다는 생각이 들더군요. 그때 어떤 병원으로 데려고 갔었는지 아마도 영영 기억하지 못할 겁니다. 그건 그렇고, 병원 사람들이 크리스의 몸에서 아무 이상을 발견하지 못했어요."

"아무 이상도 발견하지 못했다니요?"

"그래요. 그런데 다른 자리에서 똑같은 증세를 다시 보였어요."

"병원 사람들이 무언가 의심 가는 게 있다고 하지도 않던가요?" 실비아가 묻는다.

"올봄에 진단이 나왔습니다. 정신병의 초기 증세라고 하더군요."

"뭐라고?" 존이 놀라서 묻는다.

이제 너무 어두워서 실비아나 존의 표정을 볼 수 없다. 심지어 언덕의 윤곽조차 보이지 않는다. 멀리서 무슨 소리가 들리지 않나 귀를 기울이지만, 아무 소리도 들리지 않는다. 뭐라고 대꾸해야 할지 몰라 가만히 있는다.

온 신경을 집중하여 하늘을 올려다보니 희미하게 별들이 보인다. 하지만 우리 앞의 모닥불 때문에 별들이 제대로 보이지 않는다. 우리 주위의 밤은 깊고 어둡다. 피우다 만 채 들고 있던 담배가 손가락 언저리까지 다 타버렸다. 나는 이를 비벼 끈다.

"그런 사실을 몰랐어요." 실비아의 목소리다. 화의 기미가 모두 사라진 상태이다. "저희는 왜 크리스 엄마 대신 크리스를 데리고 왔을까 이상하다고 생각했어요. 얘기해줘서 고마워요."

존이 아직 다 타지 않은 채 남아 있는 나무토막을 불 속으로 밀어 넣는다.

실비아가 묻는다. "원인이 뭐라고 생각하세요?"

존이 화제를 다른 곳으로 돌리려는 듯 낮은 목소리로 뭐라고 말한다. 하지만 나는 실비아의 물음에 대답한다. "모르겠습니다. 원인과 결과가 맞아떨어지는 것 같지 않군요. 원인과 결과라는 게 다 생각에서 나온 거지요. 정신병이라는 건 생각에 앞서는 것이라는 게 내 생각입니다." 틀림없이 그들은 이 말이 무슨 말인지 이해할 수 없었을 것이다. 나 역시 그 말이 무슨 말인지 이해할 수 없다. 나는 너무도 피곤하여 그 말이 무슨 말인지를 생각해낼 수가 없어서 생각하기를 포기하고 만다.

"정신과 의사들은 뭐라고 생각한대?"

"모르겠대. 아무튼, 그만두기로 했어."

"그만둬?"

"응."

"그게 바람직한 방법일까?"

"나도 모르겠어. 하지만, 아무리 생각해봐도, 그만두는 게 최선의 방법이 아니라고 해야 할 합리적 이유를 찾을 수가 없거든. 그저 막막한 게, 나 자신이 정신 장애를 겪는 셈이지. 그것에 대해 생각해보고 또 그 원인에 대해 그럴듯한 것이면 뭐든 생각해보고 나서, 의사와 상담 약속을 하자는 생각에 전화번호까지 찾기도 해. 그러다 보면 그저 막막하다는 느낌이 나를 엄습하지. 꽝 닫아건 문 앞에 서 있는 느낌이야."

"그건 옳은 방법 같지가 않은데."

"다른 사람들도 다 그렇게 말해. 아무튼, 끝까지 견뎌낼 수 없을 것 같아."

"아니, 왜요?" 실비아가 묻는다.

"나도 이유를 모르겠습니다.... 뭐랄까.... 잘 모르겠어요.... 그들은 친족이 아니니까." 놀라운 말이다. 아무리 생각해봐도 전에 이런 말을 사용해본 적이 없는 것 같다. 친족이 아니라.... 촌사람들이나 사용하는 말같이 들린다.... 동류가 아니라... 친족을 뜻하는 영어의 '킨kin'과 동류를 뜻하는 영어의 '카인드kind'는 뿌리가 같은 말이지.... 동류 의식을 뜻하는 '카인드니스kindness'도 그렇다.... 그들은 진정한 동류 의식을 크리스에게 가질 수 없다, 그의 친족이 아니니까.... 바로 이런 느낌이다.

옛날 말이다. 너무 오래된 옛날 말이어서 세월의 흐름 속에 익사해버린 것이나 다름없는 말이다. 여러 세기에 걸쳐 얼마나 대단한 변화가 있었던가! 이제 누구도 "동류"일 수 있다. 그리고 누구도 "동류"이기를 기대하지만, 아주 먼 오래전이 아니라면 "동류"란 타고나는 것, 그래서 어쩔 수 없는 그런 것이었다. 이제 이는 둘 가운데 하나의 경우 남들 앞에서 짐짓 꾸며 보이는 그런 태도일 따름이다. 마치 첫 수업 시간에 선생들이 학생들 앞에서 취하는 태도와 같은 것이 된 것이다. 하지만 친족이 아닌 그들이 정말로 동류 의식에 대해 무엇을 알고 있을까.

생각이 계속해서 이어지고 또 이어진다. 그러다가 '내 아이'를 뜻하는 마인 킨트[10]라는 말이 떠오른다. 그건 다른 언어에 있는 말이다.

---

[10] Mein Kind: '내 아이'라는 뜻의 독일어 표현. 독일어의 'Kind'와 영어의 'kind'는 철자가 같은 단어라는 점에 유의할 것.

마인 킨더[11]라는 말도 떠오른다. 그리고 그 언어로 된 시의 한 구절이 떠오르기도 한다. "한밤중 저리도 늦은 시간에 바람을 뚫고 말을 달리는 이는 누구인가? 그는 자신의 아이를 껴안고 있는 아버지"[12]라는 구절이.

그 시 구절에서 묘한 느낌이 전해진다.

"무얼 생각하고 있어요?" 실비아가 묻는다.

"오래된 시 하나를 생각했습니다. 괴테가 쓴 거지요. 2백 년은 된 걸 겁니다. 오래전에 그걸 배워야 했었지요. 그게 왜 지금 생각나는지 모르겠군요. 다만. . . ." 묘한 느낌이 다시 나를 감싼다.

"어떤 내용의 시인데요?" 실비아가 묻는다.

기억을 해내려 잠시 생각에 잠긴다. "어떤 사람이 바닷가를 따라 한밤중에 바람을 뚫고 말을 달립니다. 그 사람은 자기 아들을 팔에 꼭 껴안고 있는 아버지입니다. 아버지가 아들에게 왜 그렇게 얼굴이 창백하냐고 묻지요. 아버지의 물음에 아들이 이렇게 말합니다. '아빠, 유령이 보이지 않으세요?' 아버지는 아들에게 그의 눈에 보이는 건 바닷가를 장벽처럼 둘러싸고 있는 안개일 뿐이고, 그의 귀에 들리는 건 나뭇잎이 서걱대는 소리일 뿐이라고 말하여 아들을 안심시키려 합니다. 하지만 아들은 계속해서 그건 유령이라고 말하지요. 아버지는 밤새 세차게, 더욱 세차게 말을 몹니다."

"끝이 어떤가요?"

"실패로 끝나지요. . . . 아이가 죽습니다. 유령이 이기는 거지요."

바람이 가물가물 꺼져가는 모닥불을 스쳐 지나가자 주변이 환해진

---

11) Mein Kinder: 독일어로 '내 아이들.'
12) 괴테의 시 「마왕Der Erlkönig」의 첫 두 행으로, 이 시에 슈베르트가 곡을 붙여 가곡을 만들었음.

다. 실비아가 놀란 표정으로 나를 바라보고 있는 모습이 언뜻 눈에 들어온다.

"하지만 그건 다른 나라, 다른 시절의 이야기지요." 내가 말을 잇는다. "여기에서는 살아남는 것이 이야기의 끝이고, 유령은 아무런 의미를 갖지 못합니다. 전 그렇게 믿어요. 저에겐 또 이 모든 것에 대한 믿음이 있어요." 어둠에 싸여 있는 대초원에 눈길을 주며 나는 이렇게 말한다. "비록 이 모든 것이 무얼 의미하는지 아직 확신은 못 하지만. . . . 요즘 저한테는 확신이 가는 게 별로 없어요. 어쩌면 그래서 그렇게 말이 많아진 것 같습니다."

모닥불이 점점 더 사위어간다. 우리는 남아 있는 마지막 담배를 피운다. 크리스는 지금 어둠 속 어딘가에 있을 것이다. 하지만 나는 그를 찾아 나서지 않을 것이다. 존은 조심스럽게 침묵을 지키고 있고, 실비아도 말이 없다. 갑자기 우리 모두는 완전히 외톨이가 되어, 각자 자기만의 우주 안에 혼자 남겨진 듯하다. 그리고 우리 사이에 더 이상 의사소통이 이어지지 않는다. 우리는 모닥불을 끄고, 침낭에서 하룻밤을 보내기 위해 소나무 숲으로 돌아간다.

나는 침낭을 펴놓은 우리들의 자그마한 은신처인 키 작은 소나무 숲이 바람을 피해 저수지에서 몰려온 수백만 모기들의 은신처이기도 하다는 사실을 깨닫는다. 아무리 해도 벌레 쫓는 약으로 그들을 물리칠 수 없다. 나는 숨을 쉬기 위한 조그마한 구멍만 열어놓은 채 침낭 속 깊이 몸을 숨긴다. 거의 잠이 들었을 때 크리스가 마침내 모습을 드러낸다.

"저쪽으로 가면 굉장히 커다란 모랫더미가 있어요." 솔잎을 소리 내어 밟고 오면서 크리스가 말한다.

"알았다. 이제 그만 자자."

내 말에 크리스가 이렇게 말한다. "아빠, 한번 보셔야 해요. 내일 가서 한번 보실 거죠?"

"시간이 없을 텐데."

"내일 아침 거기 가서 놀아도 돼요?"

"그래."

옷을 벗는 소리가 끝도 없이 이어지더니 그가 마침내 침낭 속으로 몸을 넣는다. 이제 그는 침낭 속에 있다. 그가 몸을 뒤척인다. 이윽고 사위가 조용해진다. 이어서 그가 몸을 다시 뒤척이더니, 나를 부른다. "아빠?"

"왜 그러니?"

"아빠가 아이였을 땐 어땠어요?"

"크리스, 어서 자라니까!" 남의 말에 귀를 기울이는 데에는 한계가 있는 법이다.

조금 있다가 훌쩍이는 소리가 들린다. 크리스가 울고 있는 것이다. 피곤하긴 하지만 잠이 오지 않는다. 몇 마디 위로의 말을 해주었다면 좋았을 텐데. 그는 나에게 다정하게 대하려고 애를 썼던 것이다. 하지만 무슨 이유에서인지 말이 나오지 않았다. 위로의 말은 친족을 위한 것이라기보다는 낯선 사람들을 위한 것, 병원을 위한 것이다. 마음의 상처에 붙이는 자그마한 정서적 반창고와 같은 것인 위로의 말은 크리스가 필요로 하는 것도 아니고 찾는 것도 아니다. . . . 그가 필요로 하는 것이 무엇인지, 찾는 것이 무엇인지, 나는 알지 못한다.

한쪽이 조금 일그러진 달이 천천히 소나무 숲 너머의 지평선에서 올라온다. 지평선에서 하늘을 가로질러 천천히 끈기 있게 호(弧)를 그리며 올라가는 달을 시간의 잣대로 삼아, 한 시간 한 시간 선잠의 상태에서 시간을 잰다. 너무 피곤하다. 달과 이상한 꿈들, 모기들이 앵앵

거리는 소리와 추억의 낯선 향기들, 이 모든 것들이 확인할 길이 없는 비현실적 풍경 한가운데에서 한데 어우러지고 뒤섞인다. 이 풍경 속에서는 달이 환하게 빛을 발하고 있지만 여전히 장벽과도 같은 안개가 드리워져 있다. 그런 풍경 속에서 나는 크리스를 안고 말을 달리고 있다. 말은 모래밭을 가로질러, 저 멀리 어딘가 보이지 않는 곳에 있는 대양(大洋)을 향해 흐르고 있는 작은 시내를 껑충 건너뛴다. 그리고 그 광경은 어디론가 사라진다. . . . 사라졌다가 다시 보인다.

그리고 저기 안개 속에서 어떤 형상이 넌지시 윤곽을 드러낸다. 그에게 정면으로 눈길을 주자 그는 사라진다. 하지만 내가 시선을 돌리자 시야의 한쪽 끝으로 그 형상이 다시 윤곽을 드러낸다. 나는 막 무언가 말을 하려다가, 그 형상을 소리쳐 부르려다가, 그 형상의 정체를 확인하려다가, 그만둔다. 어떤 몸짓이나 행동을 통해 그를 알아차리는 경우 그 형상에게 부여해서는 안 될 현실감을 부여하게 되리라는 것을 알고 있기 때문이었다. 하지만 내가 짐짓 모르는 척하더라도 나는 그 형상의 정체를 알고 있다. 그는 파이드로스다.

사악한 영혼. 죽음과 삶을 초월한 세계에서 온 광기의 소유자.

그 형상이 차츰 희미해진다. 그리고 나는 공포를 억누른 채. . . . 있는 힘을 다해 꽉 억누른 채. . . . 그 형상을 밀쳐버리지 않고. . . . 다만 심연으로 가라앉도록 내버려둘 뿐이다. 그 형상을 믿지도 않고 믿지 않지도 않은 채. . . . 하지만 내 두개골 뒤쪽의 머리가 스멀거린다. . . . 그가 크리스를 부르고 있다. . . . 크리스를 부르는 것은 그인가? . . . 그가 맞는가? . . .

제6장

 시계를 보니 아침 9시다. 잠을 계속 자기에는 이미 너무 덥다. 침낭 바깥쪽으로 눈길을 주니, 해가 벌써 하늘 높이 떠 있는 것이 보인다. 주변의 공기는 깨끗하고 건조하다.

 수면 부족으로 부은 눈을 뜨고, 쑤시는 몸을 땅바닥에서 일으킨다.

 입안은 이미 바짝 말라 있어 타는 듯한 갈증이 느껴진다. 내 얼굴과 손은 온통 모기에 물린 자국으로 덮여 있다. 어제 아침의 햇볕에 그을린 자리가 따갑다.

 소나무 숲 너머 쪽으로 펼쳐져 있는 누렇게 마른 풀, 흙더미, 모래밭이 햇빛을 어찌나 강렬하게 반사하는지 제대로 눈을 뜨고 바라보기 어려울 정도다. 열기와 고요함, 황량한 언덕들과 텅 빈 하늘로 인해, 엄청난, 강렬한 공간 안에 있다는 느낌이 나를 압도한다.

 하늘에서 습기라고는 전혀 느껴지지 않는다. 오늘은 세상을 온통 태울 듯한 햇볕에 시달려야 할 것 같다.

 소나무 숲에서 걸어나와 약간의 풀이 보이는 곳 사이의 황량한 모래벌판에 발을 들여놓고는 명상에 잠긴 채 오랫동안 먼 곳을 바라본다. . . .

오늘의 '야외 강연'에서는 파이드로스의 세계에 대한 탐구를 시작하기로 마음을 먹는다. 애초에는 그에 관해 사적인 언급을 하지 않은 채 단순히 공학 기술 및 인간의 가치관과 관련하여 그가 갖고 있던 생각의 일부를 재진술하는 데 이번 강의의 의도가 있었지만, 지난밤에 떠오른 생각과 기억의 패턴을 감안하면 그런 방식으로 강연을 하는 것은 적절치 않아 보인다. 이제 그를 이야기에서 제외하려 하는 것은 빠져나가서는 안 되는 그 무엇으로부터 빠져나가려고 시도하는 것이나 다름없는 일이 될 것이다.

여명이 막 밝아올 무렵, 크리스가 인디언 친구 톰 화이트 베어의 할머니에 관해 이야기하던 것이 문득 떠오르면서 어둠에 싸여 있던 무언가를 환하게 밝혀주었다. 죽은 사람의 시신을 제대로 매장하지 않으면 유령이 되어 나타난다고 톰 화이트 베어의 할머니가 말했다는 것이다. 그 말은 사실이다. 파이드로스는 결코 제대로 매장되지 않았다. 그리고 바로 그것이 온갖 말썽의 소지가 되고 있다.

조금 있다 몸을 돌리자 존이 잠자리에서 일어나 멍한 표정으로 나를 바라보는 것이 눈에 띈다. 그는 아직 잠에서 덜 깬 상태다. 이윽고 그는 정신을 차리려는 듯 발걸음을 옮겨 주변을 정처 없이 맴돈다. 곧 실비아도 잠에서 깨어난다. 그녀의 왼쪽 눈이 퉁퉁 부어 있다. 무슨 일이 있었냐고 묻자 그녀가 모기에 물려 그렇다고 대답한다. 모터사이클에 다시 싣기 위해 짐을 꾸리기 시작한다. 존도 짐을 꾸리기 시작한다.

짐을 다 꾸리자 우리는 불을 지피기 시작한다. 그러는 동안 실비아는 베이컨, 달걀, 빵을 포장에서 꺼내 아침 식사를 준비한다.

 식사 준비가 끝나자 크리스가 잠들어 있는 쪽으로 가서 그를 깨운다. 크리스가 일어나기 싫다고 한다. 다시금 깨우지만, 그 녀석은 싫다는 말만 되풀이할 뿐이다. 나는 침낭의 끄트머리를 잡고는 식탁보를 흔들어 털듯 침낭을 세차게 흔들어댄다. 크리스 녀석이 침낭 밖으로 털려 나와 솔잎 속에 묻혀 눈을 깜박거린다. 무슨 일이 일어났는지 그 녀석이 알아차리는 데 얼마간의 시간이 걸린다. 그러는 동안 나는 그의 침낭을 둘둘 만다.

 크리스 녀석이 뚱한 표정으로 아침 식사 자리로 와서 한 입을 먹고는 배가 고픈 대신 아프다고 말한다. 우리 아래쪽으로 펼쳐져 있는 호수, 사막에 가까운 황무지 한가운데에 너무도 낯설게 놓여 있는 호수 쪽으로 관심을 돌리려 했으나, 그 녀석은 전혀 흥미를 보이지 않는다. 계속 불평만 늘어놓을 뿐이다. 나는 그 녀석이 불평을 계속하도록 그냥 내버려둔다. 존과 실비아도 그 녀석의 불평을 모른 척한다. 그 녀석이 어떤 상황에 처해 있는지를 존과 실비아에게 말해두기 잘했다는 생각이 든다. 그러지 않았더라면, 정말로 갈등이 빚어졌을 것이다.

 우리는 침묵 속에 아침 식사를 마친다. 이상할 정도로 내 마음이 차분하다. 내 마음이 차분한 것은 파이드로스와 관련하여 내린 결심 때문인지도 모른다. 어쩌면 30여 미터 아래쪽에 있는 저수지 건너편으로 펼쳐져 있는 광활한 서부의 공간 쪽으로 우리 모두가 눈길을 주고 있기 때문인지도 모른다. 황량한 구릉들만 보일 뿐이다. 어디에서도 사람의 그림자라고는 찾아볼 길이 없고, 사위는 다만 정적에 싸여 있다. 이 같은 장소에 있다 보면, 어딘가 사람의 기운을 북돋아주는 그런 구석이 있어, 아마도 모든 일이 잘될 것이라는 생각을 갖게 마련이다.

 짐칸에 나머지 장비를 싣다가 놀랍게도 모터사이클 뒤쪽 타이어의 마모(磨耗)가 아주 심하다는 사실을 발견한다. 어제 그처럼 무거운 짐을 싣고 열기 속에서 고속으로 달리다 보니 저렇듯 심하게 마모가 되었음이 틀림없다. 체인도 팽팽하지 않다. 늘어진 체인의 장력(張力)을 조절하기 위해 연장을 꺼낸다. 이윽고 내 입에서 신음 소리가 튀어나온다.

"뭐 때문에 그래?" 존이 묻는다.

"체인 장력 조절용 나사의 홈이 깎여 나갔나 봐. 가느다란 쇠 부스러기가 나오네."

조절 장치에서 나사못을 돌려 빼가지고는 홈을 검사한다. "다 내 잘못 때문이야. 한번은 바퀴 축을 조여주는 고정나사를 풀어놓지 않은 채 체인 강도를 조절하려 했었거든. 나사못은 괜찮군." 이렇게 말하면서 나사못을 그에게 보여준다. "깎여 나간 쪽은 차체에 붙어 있는 나사 홈의 안쪽인 것 같아."

존이 바퀴 쪽을 오랫동안 들여다본다. "마을까지 갈 수 있을까?"

"아, 그럼, 물론 갈 수 있지. 세상 끝까지라도 갈 수 있을 거야. 체인의 장력을 조절하기가 힘들 따름이지."

존이 주의 깊게 내 동작을 주시하는 가운데 나는 바퀴 축을 조여주는 고정나사를 살짝 풀어놓는다. 그런 다음 망치를 사용하여 고정나사를 수평 방향으로 톡톡 쳐서 체인의 장력을 조절한다. 체인의 장력이 적당하다고 생각될 때까지 망치질을 계속한 다음 있는 힘을 다해 바퀴 축을 조여주는 고정나사를 조인다. 나중에 바퀴 축이 앞으로 밀리는 일이 없도록 하기 위해서다. 그런 다음 바퀴 축 바깥쪽에 있는 구멍에 고정 핀을 끼운다. 자동차의 바퀴 축 고정나사와 달리, 이 모터사이클의 바퀴 축을 조이는 고정나사는 바퀴 축의 베어링에 아무런 영향을 미치지 않는다.

"그렇게 하는 걸 다 어디에서 배웠어?" 그가 묻는다.

"그냥 하나하나 순서에 따라 따져보면 돼."

"어디에서부터 시작해야 할지 알 수 없을 것 같은데." 그가 말한다.

그렇다, 어디에서부터 시작해야 할지가 문제다. 마음속으로 이렇게 중얼거리며, 생각을 이어간다. 그에게 다가가려면 우선 뒤로, 그리고 좀더 뒤로 물러서야 한다. 멀리 물러서면 물러설수록, 좀더 뒤쪽으로 물러서야 할 것이라는 사실을 깨닫게 될 것이다. 그러다 보면, 의사소통과 관련된 자그마한 문제로 보였던 것이 마침내 중요한 철학적 탐구 과제임이 드러나는 지점에 이르게 마련이다. 야외 강연을 해야 할 이유가 있다면 바로 이 때문이라는 것이 내 생각이다.

연장을 다시 꾸리고 모터사이클의 사이드 커버 플레이트를 다시 맞춰 끼우면서 마음속으로 중얼거린다. 어려움에도 불구하고 그는 다가갈 만한 가치를 충분히 지닌 대상이라고.

다시 길로 들어서자, 건조한 대기가 체인 조정 작업 때문에 흘린 약간의 땀을 시원하게 말려준다. 이 때문에 얼마 동안 기분이 상쾌하다. 하지만 땀이 다 마르자 곧 더위를 느낀다. 틀림없이 온도가 벌써 섭씨 30도에 가까워져 있을 것이다.

도로 위를 오가는 차량이 하나도 보이지 않는다. 우리는 계속 모터사이클을 달린다. 여행하기에 딱 좋은 날씨다.

이제 그에 관해 이야기함으로써 나에게 의무와도 같이 주어진 일을 수행하고자 한다. 그는 더 이상 이 세상에 존재하지 않는 사람, 무언가 할 말을 간직하고 있다가 이를 말한 사람이다. 하지만 누구도 그의 말을 믿으려 하지 않았고 제대로 이해하지도 못했다. 그는 잊힌 사람이다. 앞으로 밝혀지겠지만 몇 가지 이유 때문에 나는 그를 그냥 잊힌 사람으로 남겨두고자 했었다. 하지만 이제 그에 관한 이야기를 다시 꺼내는 것 이외에 나에게는 선택의 여지가 없다.

그에 관해 모든 것을 내가 다 알고 있는 것은 아니다. 파이드로스 그 자신을 제외하면 아무도 그에 관해 모든 것을 알 수 없을 것이다. 하지만 그는 더 이상 아무 말도 할 수가 없다. 그럼에도 불구하고, 그가 남긴 글과 그에 관한 남들의 이야기를 통해, 또한 나 자신이 간직하고 있는 그에 관한 기억의 단편들을 통해, 그가 말하고자 했던 것이 대략 무엇인지를 추정해볼 수는 있을 것이다. 이번 야외 강연의 기본 개념들은 그한테서 나온 것이기 때문에, 그에 관해 이야기한다고 해서 그것이 곧 이번 강연의 논지를 흐리는 것이라고 할 수는 없다. 오히려 그에 대해 이야기하지 않는 경우 순전히 추상적인 것이 될 수밖에 없는 강연 내용을 보다 더 이해하기 쉬운 쪽으로 이끌기 위해 논의를 확장하는 것으로 보아야 할 것이다. 이처럼 논의를 확장하고자 하는 목적이 그의 편에 서서 논쟁을 하자는 데 있는 것은 아니다. 그를 찬양하자는 데 있는 것은 더더구나 아니다. 다만 그를 영원히 매장하자는 데 그 목적이 있을 뿐이다.

미네소타에서 습지를 가로질러 여행하는 동안 나는 공학 기술의 "형체"에 대해 이야기하고, 서덜랜드 부부가 그처럼 벗어나고자 애를 쓰는 공학 기술의 "치명적인 힘"에 대해 이야기한 바 있다. 이제 나는 서덜랜드 부부와는 반대 방향으로 움직이고자 한다. 말하자면, 나는 이제 그 힘을 향해 다가가 그 중심에 이르고자 한다. 그렇게 함으로써 우리는 파이드로스의 세계로 진입하게 될 것이다. 그가 알고 있던 유일한 세계, 사물에 내재되어 있는 근원적 형상의 측면에서 모든 이해가 이루어지는 세계로의 진입이 이루어지게 될 것이다.

근원적 형상의 세계란 예사롭지 않은 논의 대상일 수밖에 없는데,

그 자체가 실제로는 논의의 한 방식이기 때문이다. 어떤 사물에 대한 논의는 두 가지 측면에서 가능하다. 즉, 감각에 직접적으로 와 닿는 외양의 측면에서 논의하거나 또는 근원적 형상의 측면에서 논의할 수 있다. 그런데 이 같은 두 논의 방식을 논의 대상으로 삼고자 할 때 이른바 논의 기반이 무엇이냐는 문제에 부닥치게 마련이다. 논의 대상이 될 논의 방식들 그 자체는 갖춰져 있지만, 그 어떤 논의 기반도 마련되어 있지 않기 때문이다.

앞에서 나는 파이드로스가 속해 있는 근원적 형상의 세계에 대해 외적인 관점에서 논의한 바 있다. 또는 최소한 그 세계의 한 측면이라고 할 수 있는 이른바 공학 기술이라고 불리는 것에 대해 논의한 바 있다. 이제 근원적 형상의 세계를 그 자체의 관점에서 논의할 때가 되었다고 생각한다. 우선 나는 근원적 형상의 세계 그 자체의 근원적 형상에 대해 이야기하고자 한다.

이를 위해서는 무엇보다도 먼저 이분법이 요구된다. 하지만 이분법을 거리낌 없이 사용할 수 있기 전에 나는 먼저 뒤로 물러서서 이분법이란 무엇인가와 그것이 의미하는 바가 무엇인가를 말해야만 한다. 하지만 그 자체만 하더라도 간단하게 논의될 수 있는 그런 것이 아니다. 그것이 이처럼 뒤로 물러서고자 할 때 따르는 문제의 일부다. 하지만 현재로서는 그냥 이분법을 사용하기로 하고 설명은 나중에 하기로 하자. 나는 여기에서 인간의 세계 이해 방식을 크게 두 종류로 나누고자 한다. 하나는 고전적 이해 방식이고 다른 하나는 낭만적 이해 방식이다. 궁극적 진리의 추구라는 관점에서 볼 때 이런 종류의 이분법은 별다른 의미를 갖지 못한다. 하지만 근원적 형상의 세계를 찾아내거나 창조하고자 할 때 사람들이 동원하는 고전적 세계 이해 방식의 범위 내에서 그와 같은 이분법을 운용하는 경우 이는 상당히 적절한 것이 될 수 있다. 파이드로스가 고전적이라는 용어와 낭만적이라는 용어를 어떤 의미에서 사용했는가를 밝히자면 다음과 같다.

고전적 세계 이해 방식을 취하는 경우, 사람들은 무엇보다도 세계란 근원적 형상 그 자체라고 본다. 한편 낭만적 세계 이해 방식을 취하는 경우, 사람들은 주로 직접적인 외양의 측면에서 세계를 본다. 당신이 만일 낭만적 세계 이해 방식을 취하는 사람에게 엔진이나 기계 설계도 또는 전자회로를 보여주면, 그는 그것에 별다른 관심을 보이지 않을 확률이 높다. 그가 보고자 하는 현실은 표면의 현실이기 때문에 그런 것들은 별다른 호소력을 갖지 못할 것이기 때문이다. 그의 눈에 보이는 것이라고는 기껏해야 지루하고 복잡한 명칭, 선, 수치들뿐, 흥미로운 것이라고는 있을 수 없을 것이다. 하지만 당신이 만일 고전적 세계 이해 방식을 취하는 사람에게 똑같은 설계도나 회로를 보여주거나 똑같은 설명서를 보여준다면, 그는 그것에 눈길을 주고는 곧 매료될 수도 있다. 선, 형체, 기호들이 한데 어우러져 엄청나게 풍요로운 근원적 형상들을 제공하고 있음을 확인할 것이기 때문이다.

낭만적 유형의 사람들은 무엇보다도 영감과 상상력에 의지하며, 창조적이고 직관적이다. 사실보다는 느낌이 그들의 의식을 지배한다. "과학"과 대비하는 경우, "예술"은 종종 낭만적인 것으로 분류된다. 이는 이성이나 법칙에 따라 이루어지는 것이 아니라, 느낌, 직관, 미학적 의식을 통해 이루어지는 것이기 때문이다. 낭만적 유형이라고 하면 일반적으로 여성적인 것을 연상하는 경향이 북유럽 지방의 문화에 존재하는데, 이런 방식의 연상이 반드시 명백히 옳은 것이라고 할 수는 없다.

낭만적 유형과는 반대로 고전적 유형은 이성과 법칙에 따르는데, 따지고 보면 이성과 법칙 자체가 사유와 행위의 근원적 형상이라고 할 수 있다. 유럽 문화에서 고전적 유형은 일차적으로 남성적인 것으로 이해되어왔고, 대체로 바로 이런 이유 때문에 과학, 법률, 의학 분야가 여성들에게 큰 매력을 갖지 못하는 것이 되었다고 할 수 있다. 모터사이클 운전은 낭만적인 일이지만, 모터사이클 관리는 순전히 고전적 영역에 속하는 일이다. 시커먼 먼지, 끈적끈적한 윤활유, 근원적 형상을 꿰뚫고 있어야 하는 일 모두가 낭만적 관점에서 보면 너무도 매력이 없는 혐오스러운 것이어서, 여성들은 근처에도 가지 않으려 한다.

비록 겉으로 보기에 고전적 세계 이해 방식에는 추하게 보이는 면이 때때로 있을지 모르나, 그 자체가 본질적으로 추한 것은 아니다. 너무도 미묘하기 때문에 낭만파들이 종종 놓치고 마는 고전적 미가 존재한다. 고전적 양식은 솔직함, 꾸밈없음, 감성에 호소하지 않음, 절제, 주의 깊게 잡아놓은 균형을 그 특징으로 한다. 이런 양식의 목적은 정서적으로 영감을 유발하는 데 있는 것이 아니라 혼돈을 뛰어넘어 질서를 부여하는 데 있고, 또 모르던 것을 알게 하는 데 있다. 요컨대, 이는 미학적으로 자유롭고 자연스러운 양식이 아니다. 미학적으로 절제가 되어 있는 것이 고전적 양식인 것이다. 말하자면, 모든 것이 통제 아래 있다. 이 양식의 가치는 이러한 통제가 얼마만큼 효율적으로 유지되고 있는가 하는 면에서 가늠된다.

낭만파에게 이 같은 고전적 유형은 때때로 지루하고 어색하며 추해 보일 것이다. 마치 기계를 관리하는 일처럼 말이다. 만사(萬事)가 조각, 부품, 구성 요소, 이들 사이의 관계라는 측면에서 이야기되기 때문이다. 컴퓨터를 열댓 번은 가동해야 겨우 윤곽이 드러날 뿐이다. 모든 것이 측정과 입증의 과정을 거쳐야만 한다니! 숨이 막힐 듯 답답하고 지루하다. 끊임없이 우중충한 잿빛 세계가 이어질 뿐이다. 그러니 어찌 "치명적 힘"이 아니겠는가!

하지만 고전적 세계 이해 방식으로 보면 낭만파들 역시 특유의 바람직하지 못한 본색을 드러내는 자들이다. 고전파들이 보기에, 그들은 경솔하고 비합리적이며 변덕스럽고 신뢰할 수 없으며, 쾌락을 추구하는 데에만 정신이 팔려 있는 인간들이다. 천박한 인간들, 속이 비어 있는 인간들인 것이다. 자신의 무게를 감당할 수도 없고 감당하려고 하지도 않는 기생충과도 같은 존재들이며, 진정 사회의 장애물이다. 이제 양쪽 진영 사이에 형성된 전선이 별로 낯설게 느껴지지 않을 것이다.

이것이 바로 불화의 원인이다. 사람들은 낭만적 세계 이해 방식이나 고전적 세계 이해 방식 어느 한쪽으로만 생각하거나 느끼는 경향을 보이고, 그런 가운데 반대편 유형의 세계 이해 방식과 관련하여 모든 것을 오해하고 폄하하는 경향을 보이기도 한다. 그러면서도 자신이 파악한 바의 진리를 아무도 포기하려 하지 않는다. 그리고 내가 알기로는 현재 살아 있는 사람 가운데 누구도 이 두 극단의 진리나 이해 방식 사이의 진정한 화해를 이루어낸 사람은 없는 것 같다. 현실에 대한 서로 다른 이 두 시각이 통합을 이룰 수 있는 지점이란 존재하지 않는 것이다.

이리하여 우리가 최근 목도하는 것은 가일층 격화되고 있는 고전적 문화와 낭만적 대항 문화 사이의 엄청난 분열 현상이다. 모든 사람들이 세상이 항상 이러할 것인가 회의를 품고 있는 가운데, 그리고 한 집안이 두 쪽으로 쪼개져 있는 가운데, 두 세계는 점점 격리되어가고 있고, 서로에 대해 적대감을 키워가고 있다. 다른 차원에 소속되어 있는 적대자들이 어떻게 생각하든 이와 관계 없이, 아무도 이런 상황을 진정으로 원하는 것은 아니다.

바로 이런 맥락에서 파이드로스가 생각하고 말한 것이 의미를 갖는다. 하지만 아무도 그 당시에는 그의 말에 귀를 기울이려 하지 않았다. 그리고 처음에는 그를 괴짜라고 생각하다가, 사회적으로 바람직하지 못한 사람이라고 생각하기에 이르렀고, 이어서 살짝 머리가 돈 사람이라고 생각하더니, 마침내 진짜 정신이상자로 취급하게 되었다. 그가 정신이상자였다는 사실에는 의심의 여지가 없다. 하지만 당시에 그가 남긴 글의 상당한 분량이 암시하는 바에 따르면 그를 정신이상자로 만든 것은 그의 견해에 대해 사람들이 보인 바로 이 같은 적대감이었다. 유별난 행동은 사람들에게 따돌림의 빌미를 제공하게 마련이고, 따돌림을 받다 보면 더더욱 유별난 행동을 하게 마련이다. 그리하여 더욱 심각한 따돌림의 대상이 되는 식의 악순환에 빠져들다가 마침내 일종의 파국을 맞이하게 된다. 파이드로스의 경우, 체포하여 영구히 사회로부터 격리하라는 법원의 명령을 경찰이 집행하는 가운데 예정된 파국이 찾아왔다.

나는 우리 일행이 좌회전을 하여 12번 도로로 들어서도록 조처한다. 이윽고 존이 연료 공급을 위해 자신의 모터사이클을 주유소로 몰고 가서 정차한다. 나 역시 내 모터사이클을 주유소로 몰고 가서 그의 모터사이클 옆에 정차한다.

주유소의 사무실 문 옆에 있는 온도계가 섭씨 33도를 가리키고 있다. 온도계를 보며 내가 이렇게 말한다. "오늘도 역시 힘든 하루가 되겠군."

모터사이클의 연료 탱크를 채운 다음 우리는 길 건너편 식당으로 가서 커피를 마신다. 크리스는 물론 허기져 있다.

그럴 줄 알았다고 내가 크리스에게 말한다. 화난 어조가 아니라 그저 담담한 어조로 한마디 덧붙인다. 식사를 할 때 함께 식사를 하든가, 그렇지 않으면 굶어야 할 것이라고. 크리스는 원망하는 듯한 표정을 지으면서도, 어쩔 수 없음을 알아차린다.

실비아가 언뜻 안도의 표정을 짓는 것이 눈에 띈다. 명백히 그녀는 이 문제 때문에 앞으로 내내 속을 썩게 될 것이라고 생각했던 것 같다.

커피를 다 마시고 다시 밖으로 나오자 지독한 열기가 몸을 휘감는다. 재빨리 모터사이클의 시동을 걸어 길을 재촉한다. 다시금 잠시 동안 시원함을 느끼지만, 곧 이런 느낌은 사라진다. 햇빛이 마른 풀과 모래를 어찌나 강렬하게 내리쪼이는지 눈이 부셔 실눈을 뜨지 않을 수 없다. 12번 도로는 노면 상태가 엉망인 낡은 도로다. 콘크리트가 깨져 나간 부분을 여기저기 타르로 땜질해놓았으며, 노면이 울퉁불퉁하다. 도로 표지판을 보니 우회로를 따라 돌아가라고 되어 있다. 도로의 좌측이나 우측으로는 오랜 세월에 걸쳐 하나둘씩 들어선 낡은 창고와 헛간, 노변 판매대가 이따금씩 눈에 띈다. 이제는 도로가 오가는 차량으로 대단히 붐빈다. 도로 사정이 어떠하든 이에 개의치 않은 채 나는 즐거운 마음으로 파이드로스의 합리적이고 분석적이며 고전적인 세계에 생각을 집중한다.

그가 지니고 있던 합리성은 태고 이래 인간이 지루하고 울적한 주변 환경으로부터 자신을 격리하고자 할 때 동원해왔던 그런 종류의 것이다. 이해하기 어려운 것이 있다면, 이는 그 모든 것으로부터 도피하는데 합리성이 일단 동원되고, 이어서 도피가 너무도 성공적으로 이루어지자, 이제는 낭만파들까지도 바로 이 "그 모든 것"으로부터 도피하고자 애를 쓴다는 사실이다. 파이드로스의 세계를 선명하게 파악하기 어렵게 만드는 것이 있다면, 이는 낯섦이 아니라 일상성이다. 낯익음도 보는 사람의 눈을 멀게 할 수 있기 때문이다.

사물을 바라보는 그의 방식은 이른바 "분석적" 기술(記述)이라고 부를 수 있는 종류의 기술을 가능케 한다. 근원적 형상의 측면에서 사물을 논의하고자 할 때 동원하는 고전적 논의 기반의 또 다른 명칭이 바로 이 분석이다. 파이드로스는 완벽하게 고전적인 사람이었다. 이 말이 의미하는 바가 무엇인지를 충분히 설명하기 위해, 나는 이제 그의 분석적 접근 방법을 그의 방법 자체에 비추어 검토하고자 한다. 다시 말해, 분석 그 자체를 분석해보고자 한다. 무엇보다도 먼저 분석의 한 예를 세밀하게 제시하고, 이어서 그 예를 통해 분석이란 무엇인지를 해부해봄으로써 주어진 작업을 수행하고자 한다. 모터사이클이 하나의 완벽한 예가 될 수 있는데, 모터사이클 자체를 발명해낸 것이 다름 아닌 고전적 정신이기 때문이다. 이어지는 논의에 귀를 기울이기 바란다.

고전적 유형의 합리적 분석을 위해, 모터사이클을 먼저 구성 요소들의 결합이라는 측면에서, 이어서 그 요소들의 기능이라는 측면에서 분해해 볼 수 있을 것이다.

만일 구성 요소들의 결합이라는 측면에서 모터사이클을 분해하면, 가장 기본적으로는 동력 조직과 구동 조직으로 나눌 수 있을 것이다.

동력 조직은 다시 동력 발생 장치인 엔진과 동력 공급 장치로 나눌 수 있는데, 우선 엔진을 문제 삼기로 하자.

엔진은 동력 전달 장치, 공기 연료 공급 및 배기 장치, 점화 장치, 공기 연료 비율 제어 장치, 엔진 윤활 장치 등을 한데 모아놓은 기계 장치로 이루어져 있다.

이어서 동력 전달 장치는 실린더, 피스톤, 커넥팅 로드, 크랭크샤프트, 플라이휠로 구성되어 있다.

　엔진의 일부를 이루는 공기 연료 공급 및 배기 장치의 구성 요소로는 연료 탱크와 필터, 공기 정화기, 카뷰레터, 밸브, 배기관이 있다.

　점화 장치는 교류 전원 발전기, 정류기, 축전지, 고압 발생용 코일, 스파크 플러그로 이루어져 있다.

　공기 연료 비율 제어 장치는 캠 체인, 캠 축, 태핏, 전기 배분 장치로 구성되어 있다.

　엔진 윤활 장치를 구성하는 것은 오일 펌프 및 오일 공급을 위해 엔진의 몸체 곳곳에 있는 오일 경로들이다.

　엔진에 연결되어 있는 엔진 동력 공급 장치는 클러치, 트랜스미션, 체인으로 이루어져 있다.

　동력 조직과 관련이 있는 부수 장치들로는 발걸이, 의자, 바퀴 덮개가 장착되어 있는 차체, 주행 방향 조정 장치, 앞바퀴 쪽과 뒷바퀴 쪽의 충격 흡수 장치, 앞바퀴와 뒷바퀴, 각종 조종 장치들과 전선들, 전조등과 경적, 속도계와 주행 거리 표시 장치가 있다.

　이상이 모터사이클을 구성 요소들에 따라 나누어놓았을 때 열거될 수 있는 것들이다. 이 같은 구성 요소들이 무엇을 위한 것인가를 알기 위해서는 기능에 따른 분류가 필요하다.

　기능에 따라 분류하면, 모터사이클은 정상적인 주행 기능과 운전자의 조정을 요구하는 특수 기능으로 나눌 수 있다.

　정상적인 주행 기능은 흡입 과정에 이루어지는 기능, 압축 과정에 이루어지는 기능, 동력 전달 과정에 이루어지는 기능, 배기 과정에 이루어지는 기능으로 나눌 수 있다.[1]

　이런 식의 분류 작업은 계속 이어질 수 있다. 또는 위의 네 과정이 차례로 이루어지는 동안에 어떤 기능이 수행되는가를 설명할 수도 있다. 이어서 운전자의 조정을 요구하는 기능에 대한 논의를 계속 이어 갈 수도 있다. 이 같은 논의는 모터사이클의 근원적 형상에 대한 대단히 간략한 기술이 될 수도 있을 것이다. 이런 종류의 기술이 그러하듯, 이는 극도로 간단하고 기초적인 것이 될 수도 있을 것이다. 한편, 앞서 언급한 구성 요소들 거의 대부분의 경우 어떤 것을 문제 삼더라도, 이에 대해 무한정으로 논의를 확장해나갈 수도 있다. 나에게는 첫 페이지에서 마지막 페이지까지 접점 하나만을 문제 삼아 다룬 공학 서적을 읽은 경험이 있다. 접점이야 대단한 것이 아닐 수도 있지만, 이는 전기 배분 장치에서 핵심이 되는 부분이다. 지금 이 자리에서 논의 대상으로 삼고 있는 실린더가 한 개뿐인 1기통짜리 오토 엔진[2] 이외에도 여러 종류의 엔진이 있다. 실린더가 두 개인 2기통 엔진, 실린더가 여러 개인 다기통 엔진, 디젤 엔진, 완켈 엔진[3] 등이 이에 포함된

---

1) 각각의 기능을 실린더 안에서 진행되는 피스톤의 움직임과 관련지어 좀더 구체적으로 설명하기로 하자. 우선 엔진에서 연료와 공기의 흡입, 압축, 폭발 및 팽창, 배기의 전 과정이 한 번 이루어지는 것을 1사이클이라고 한다는 점과 피스톤이 실린더의 최저 지점에서 최고 지점으로 또는 최고 지점에서 최저 지점으로 한 번 움직이는 과정을 행정(行程)이라고 한다는 점에 유의하기 바란다. 또한 엔진에는 피스톤이 실린더 안에서 한 번 왕복할 때 이 같은 전 과정이 일어나는 엔진과 두 번 왕복할 때 전 과정이 일어나는 엔진으로 나뉜다는 점에도 유의하기 바란다. 전자를 2행정 사이클 엔진2 stroke cycle engine이라고 하고, 후자를 4행정 사이클 엔진4 stroke cycle engine이라고 한다. 4행정 사이클 엔진의 경우, 피스톤이 실린더의 최저 지점으로 내려가면서 공기와 연료의 흡입이 이루어지고, 피스톤이 실린더 내부의 최고 지점으로 올라가면서 흡입한 공기와 연료의 압축이 이루어진다. 이어서 압축된 공기와 연료가 점화 작용으로 폭발하면서 피스톤을 최저 지점으로 밀어 내려가고, 피스톤이 다시 최고 지점으로 올라가면서 연소한 가스가 배출된다. 2행정 사이클 엔진의 경우, 피스톤이 실린더의 최저 지점으로 내려가는 과정에 흡입과 압축이 차례로 이루어지고, 다시 피스톤이 최고 지점으로 올라가는 과정에 점화와 폭발 및 배기 작용이 이루어진다.
2) 오늘날 널리 사용되고 있는 '4행정 사이클 엔진'은 '오토 엔진'으로 불리기도 하는데, 이러한 명칭은 최초로 실용적인 '4행정 사이클 엔진'을 만든 독일의 공학자 니콜라우스 아우구스트 오토Nikolaus August Otto(1832~1891)의 이름에서 따온 것이다.
3) 독일의 공학자 펠릭스 하인리히 완켈(Felix Heinrich Wankel, 1902~1988)이 개발한 '로터리 엔진rotary engine'을 일반적으로 '완켈 엔진'이라 부름.

다. 하지만 현재의 예만으로도 충분하다.

이상의 기술에서 우리는 구성 요소의 면에서 모터사이클이 "무엇"인가와 기능 면에서 엔진이 "어떻게" 작동하는가를 다뤘다. 도해(圖解)의 형태로 이끌어가는 "어디에서"에 대한 분석이 완전히 빠져 있는 상태이고, 또 구성 요소들의 이 같은 특정한 결합을 유도한 공학적 원리의 면에서 "왜"에 대한 분석이 또한 완전히 빠져 있는 상태이다. 하지만 여기에서 우리의 목적은 모터사이클을 샅샅이 분석하는 데 있는 것이 아니다. 하나의 출발점을, 그 자체가 분석 대상이 될 사물에 대한 이해 방식의 한 예를, 제공하는 데 있을 따름이다.

언뜻 듣기에 이상의 기술에 이상한 구석이라고는 분명히 아무것도 없어 보인다. 모터사이클에 관한 초급 교과서의 내용이나 직업 학교에 개설한 강좌의 제1과 내용 정도로 들릴 뿐이다. 이상의 기술이 예사롭지 않게 느껴지는 경우는 이 진술을 논의의 한 방식으로 받아들이는 대신 논의의 대상으로 삼고자 할 때다. 논의의 대상으로 삼는 경우, 무언가 예사롭지 않은 점이 확인될 수 있다.

이상의 기술과 관련하여 무엇보다도 먼저 주목해야 할 점이 있는데, 이는 너무도 빤한 것이어서 아예 지적을 삼가야 할 그런 종류의 것이다. 또는 다른 모든 주목할 만한 점을 깡그리 압도하는 그런 종류의 것이다. 이것이 무엇인가 하면, 위의 기술이 시궁창에 고인 물보다도 더 답답하고 따분하다는 점이다. 어쩌고저쩌고, 웅얼웅얼, 카뷰레터가 이렇고, 기어 비율이 저렇고, 웅얼웅얼, 어쩌고저쩌고, 피스톤이 있고, 플러그가 있고, 흡입이 어떻고, 웅얼웅얼, 이런 식으로 기술이 계속된다. 낭만파의 입장에서 보면 고전파의 이해 방식이란 이런 종류의 것일 뿐이다. 지루하고 어색하며 추해 보일 따름이다. 낭만파라면 이 이상 견디어낼 사람은 아마도 없을 것이다.

하지만 이처럼 너무도 빤한 내용의 관찰을 유보하는 경우 처음에는 보이지 않던 무언가 다른 사실들을 주목할 수 있게 될 것이다.

먼저 이런 식으로 모터사이클을 기술하는 경우 미리 모터사이클이 어떻게 작동하는가에 대한 예비 지식이 없다면 위의 기술을 이해하기란 거의 불가능하다는 사실을 깨닫게 될 것이다. 사물에 대한 일차적 이해에 필수 요건이 되는 직접적인 표면적 인상이 제거된 상태이기 때문이다. 다만 근원적 형상만이 제시되어 있을 뿐이기 때문이다.

이어서 관찰자가 어디에도 존재하지 않는다는 점을 알 수 있다. 위의 기술은 실린더의 덮개를 들어내야만 관찰자가 피스톤을 볼 수 있다는 식으로 되어 있지 않다. "당신"이 그림의 어디에도 존재하지 않는 것이다. 심지어 "운전자"도 개성이 없는 로봇과 같은 존재로 이해되고 있다. 운전자가 기계에 대해 수행하는 기능은 완전히 기계적이라는 점에서 그러하다. 요컨대, 이 기술에는 진정한 의미에서의 주체가 존재하지 않는다. 다만 객체만이 어떤 관찰자와도 관계없이 독자적으로 존재할 뿐이다.

셋째로 "좋다"라든가 "나쁘다"와 같은 단어들이라든가 이 같은 의미를 갖는 단어들이 완전히 제외되어 있다는 점을 지적할 수 있다. 어느 곳에도 가치 판단이 표명되어 있지 않다. 다만 사실만이 제시되어 있을 뿐이다.

넷째로 이 진술 안에서는 일종의 칼질이 이루어지고 있음을 지적할 수 있다. 그것도 극도로 치명적인 칼질이. 너무도 날카로운 지성의 해부용 칼이 너무도 재빠르게 움직이고 있기 때문에 때때로 그 움직임이 보이지 않을 정도다. 그리하여 우리는 모든 부분들이 기술된 바대로 그냥 그 자리에 있을 것이라는 착각에, 그리고 있는 그대로 이름을 부여받고 있다는 착각에 빠지게 된다. 하지만 칼을 어떻게 움직이는가에 따라 전혀 다른 이름이 부여될 수도 있고 또 전혀 다르게 조직화될 수도 있다.

예컨대, 캠 축, 캠 체인, 태핏, 전기 배분 장치로 구성되어 있는 공기 연료 비율 제어 장치란 다만 분석의 칼을 특별한 방식으로 사용했기 때문에 존재하는 것들일 뿐이다. 당신이 모터사이클 부속품을 파는 가게에 가서, 공기 연료 비율 제어 장치를 하나 사겠다는 주문을 했다고 하자. 그러면 그곳 사람들은 아마도 이 친구가 도대체 무슨 이야기를 하는지 모르겠다는 표정을 지을 것이다. 그곳 사람들은 그런 방식으로 모터사이클의 구성 요소를 분류하지 않기 때문이다. 사실 다른 제조업자와 똑같은 방식으로 자기네 모터사이클의 구성 요소를 분류해놓는 모터사이클 제조업자란 세상 어디에도 없다. 아마도 당신은 모터사이클 제조업자가 문제의 부품을 다른 방식으로 분류해놓아서 찾을 수 없기 때문에 이를 구입하지 못하기도 하겠지만, 정비사라면 누구나 다 부품과 관련된 이 같은 문제에 익숙하다.

이 칼의 정체를 꿰뚫어 보는 것이 중요하다. 또한 모터사이클이든 무엇이든 우연히 칼질이 그런 방식으로 되는 바람에 그런 방식으로 존재하게 되었다고 생각하는 우(愚)를 범하지 않는 것이 중요하다. 칼 자체에 정신을 집중할 필요가 있다. 후에 가서 나는 이 칼을 창조적으로 또한 효과적으로 사용하는 능력이 어떻게 하여 고전파와 낭만파 사이의 분열을 해소하기 위한 해결책을 가져올 수 있는가를 보여주고자 한다.

파이드로스는 이 칼을 너무도 능숙하게 다뤘다. 그는 능란하고 자신 있게 이 칼을 사용했다. 분석적 사유의 칼로 한번 내려치면 전 세계가 그 자리에서 그가 원하는 방향으로 쪼개졌다. 그는 그 칼을 자유자재로 사용하여 쪼개진 세상을 다시 또 갈라놓기도 하고, 이렇게 해서 갈라진 세상을 다시 더 잘게 갈라놓기도 했다. 이 같은 작업을 반복하여 세상을 더할 수 없이 미세하게 나눠, 결국에는 그가 원하는 만큼의 크기로 축소할 수도 있었다. "고전적"이라든가 "낭만적"이라는 용어의 특수한 용법도 그가 이 칼을 사용해서 얻은 결과의 한 예다.

하지만 만일 분석 능력이라고 하는 바로 이것이 그에 관해 내가 할 이야기의 전부라면 그에 관해서 기꺼이 더 이상 이야기를 하지 않고 입을 닫을 것이다. 그에 관해 입을 닫지 않고 계속 이야기를 하지 않으면 안 될 이유가 있다면, 그는 너무도 기괴한 방식으로, 하지만 의미심장한 방식으로 그 능력을 발휘했기 때문이다. 아무도 그가 그런 능력을 발휘하는 것을 목격하지는 못했다. 내 생각에, 심지어 그 자신도 그러한 자신의 모습을 의식하지 못했을 것이다. 어쩌면 나 자신의 착각에서 비롯된 것인지도 모르지만, 그가 사용한 칼은 암살자의 칼이라기보다 서투른 외과 의사의 칼이었다고 해야 할 것이다. 어쩌면 양자 사이에는 차이가 없을지도 모른다. 아무튼, 그는 무언가가 병들어 앓게 된 것이 그의 눈에 띄면 칼을 들어 깊이, 더욱 깊이, 더더욱 깊이 질병의 근원을 찾아 칼질을 하기 시작했다. 그는 무언가를 찾고 있었다. 이 사실이 중요하다. 그는 무언가를 찾아 헤맸고, 그가 지닌 도구라고는 문제의 칼밖에 없었기 때문에 이를 사용했다. 하지만 그는 너무 지나치게 이 일에 몰두하여, 결국에는 그 자신이 자기 행위의 진정한 피해자가 되는 지점까지 자신을 내몰게 되었다.

제 7 장

  이제 세상이 온통 불볕더위에 휩싸여 있다. 더 이상 더위를 무시할 수 없는 지경에 이르렀다. 용광로 속에 들어온 것같이 대기가 너무 뜨겁게 달아올라 있어 고글을 쓰고 있는 눈 쪽이 얼굴의 다른 쪽에 비해 오히려 시원하게 느껴질 정도다. 장갑을 낀 손은 시원하지만, 땀으로 인해 장갑의 손등 부분은 커다란 검은 반점들로 얼룩져 있다. 검은 반점 주변으로는 소금기가 마르면서 남긴 허연 자국이 보인다.

  길 앞쪽으로 까마귀 한 마리가 무언가 먹잇감을 부리로 잡아당기다가 우리가 다가가자 천천히 하늘로 날아오른다. 도로 위에 있는 것은 말라 죽은 채 타르에 들러붙어 있는 도마뱀 같아 보인다.

  지평선 위로 어른어른 건물들의 형상이 보이기 시작한다. 지도를 내려다보고 보우먼[1]일 것이라고 생각한다. 얼음물과 냉방 시설을 머리에 떠올린다.

---

1) Bowman: 노스다코타의 보우먼 카운티Bowman County에 있는 인구 1,600명(2000년 조사)의 소도시. 노스다코타의 남서쪽 맨 끄트머리에 자리 잡고 있음.

보우먼의 거리와 보도 어디에도 사람이라고는 거의 그림자조차 보이지 않는다. 하지만 주차되어 있는 차량이 많은 것으로 보아 적지 않은 사람들이 이곳 어딘가에 있을 것이다. 모두 실내에 들어가 있는 것이리라. 방향을 급히 틀어 비스듬히 차를 세우게 되어 있는 길가의 주차 공간으로 들어가, 주차 공간을 빠져나갈 때를 대비해 모터사이클을 바깥쪽 방향을 향하도록 돌려세운다. 챙이 넓은 모자를 쓴 초로의 남자가 모터사이클을 세우고 헬멧과 고글을 벗는 우리를 바라보고 있다.

"덥지 않소?" 그가 묻는다. 그의 얼굴에는 표정이 없다.

존이 절레절레 고개를 저으며 말한다. "대단하네요!"

모자의 챙으로 햇빛을 가린 그의 얼굴에 엷은 웃음이 잠깐 스치는 듯하다.

"온도가 얼마나 됩니까?" 존이 묻는다.

"39도였소." 그가 말한다. "마지막으로 온도계를 보았을 때 그랬다오. 지금쯤은 40도로 올라가 있을 거요."

그가 우리에게 얼마나 먼 곳에서 오는 길인가를 묻는다. 우리가 그의 물음에 답하자 수긍이라도 한다는 듯 고개를 끄덕이며 말한다. "먼 길을 오셨구먼." 그런 다음 우리에게 모터사이클에 관해 묻는다.

맥주와 냉방 시설이 손짓하는 곳으로 어서 달려가고 싶지만, 우리는 자리를 뜨지 않는다. 39도나 되는 열기를 퍼붓는 태양 아래 서서 이 사람과 이야기를 나누고 있을 뿐이다. 그는 목축업에 종사하던 사람으로 현재 은퇴한 상태라고 한다. 이 지역은 상당 부분이 목장 지대라고 말하고는, 자기도 몇 년 전까지 헨더슨 모터사이클[2]을 가지고

---

2) 모터사이클의 롤스로이스로 불릴 만큼 대단한 명성을 누리던 당대 최고의 모터사이클. 1912년 톰 헨더슨Tom W. Henderson과 윌리엄 헨더슨William G. Henderson이 디트로이트에 설

있었다는 말을 덧붙인다. 그가 39도의 열기 아래서 자신이 갖고 있던 헨더슨 모터사이클에 대해 이야기를 나누고자 한다는 사실이 나를 즐겁게 한다. 그리하여 우리는 얼마 동안 그에 관해 이야기를 나눈다. 그러는 동안 존과 실비아와 크리스의 인내력에 조금씩 금이 가기 시작한다. 마침내 우리는 작별 인사를 나눈다. 그는 우리를 만나게 되어 기쁘다고 말하지만 그의 표정에는 여전히 변화가 없다. 하지만 그가 진심으로 그렇게 생각하고 있음을 우리는 감지할 수 있다. 그가 일종의 위엄을, 그것도 느긋한 위엄이라 말할 수 있는 것을 갖춘 채 39도의 열기 아래 천천히 멀어져 간다.

식당에서 이에 관해 이야기하려 했으나 우리 일행 가운데 누구도 흥미를 보이지 않는다. 존과 실비아는 정말로 정신이 없어 보인다. 그들은 그냥 꼼짝하지 않고 앉아서 냉방 시설에서 나오는 시원한 공기를 온몸으로 흠뻑 받아들이고 있을 뿐이다. 여자 종업원이 주문을 받으러 오는 바람에 잠깐 동안 그들은 정신을 차리지만, 그들은 아직 정신을 차릴 준비가 되어 있지 않다. 그리하여 실비아는 다시 멍한 상태로 돌아간다.

"여기를 떠나고 싶지 않네요." 그녀가 말한다.

밖에서 만났던 남자, 넓은 챙의 모자를 쓴 지긋한 나이의 남자의 모습이 언뜻 떠오른다. "냉방 시설이 있기 전에 이 주변이 어떠했을까 생각해보시지요." 내가 말한다.

"그러고 있어요." 그녀가 대꾸한다.

립한 헨더슨 모터사이클 제작 회사는 대공황을 이겨내지 못하고 1931년에 생산을 중단했지만, 현재까지도 애호가들 사이에 인기가 높음. 1922년 5월 워싱턴 주의 타고마 고속도로에서 웰즈 베니트Wells Bennet가 헨더슨 모터사이클로 24시간 동안에 1,562.54마일을 달리는 놀라운 기록을 세운 바 있음.

"이처럼 길이 뜨겁고 내 모터사이클의 뒷바퀴 상태가 안 좋은 걸 감안하면 60마일 이상을 달려서는 안 될 것 같군."

이 같은 내 말에 존과 실비아가 아무 말도 하지 않는다.

그들과는 대조적으로 크리스는 이제 제정신으로 되돌아온 것처럼 보인다. 정신을 바짝 차린 채 주변의 모든 것에 주의 깊게 눈길을 주고 있다. 음식이 나오자 게걸스럽게 먹어댄다. 우리가 우리 몫의 절반도 채 비우기 전에 크리스는 먹을 것을 더 원한다. 크리스가 식사를 다 마칠 때까지 기다린다.

몇 마일을 더 달렸지만 불볕더위는 여전하다. 어찌나 눈이 부신지 선글라스와 고글이 별다른 도움이 되지 못한다. 이런 날에는 용접공들이 용접을 할 때 사용하는 마스크 정도는 있어야 할 것 같다.

고원 지대의 평원을 뒤로하고 맨살을 드러낸, 빗물에 파여 생긴 골짜기뿐인 언덕 지대로 들어선다. 세상이 온통 허연빛이 감도는 밝은 황갈색이다. 어디를 둘러보아도 풀이라고는 단 한 장의 이파리도 보이지 않는다. 다만 잡초의 줄기들, 바위들, 모래만이 여기저기 흩어져 있을 뿐이다. 그나마 눈의 피로를 덜어주는 것이 있다면 도로의 검은 색 빛깔이다. 그래서 눈을 내리깐 채 도로만을 응시하며 달린다. 그러는 동안 발 아래쪽으로 빠르게 스쳐 지나가는 흐릿한 길바닥을 눈여겨 내려다본다. 그러다가 우연히 왼쪽 배기관에서 푸른색의 연기가 나오고 있는 것에 눈길이 간다. 이보다 더 색깔이 짙었던 경우는 일찍이 없었다. 장갑 끝에 침을 바르고 배기관에 대자 장갑 끝의 침이 지글지글 끓어오르는 것이 눈에 띈다. 좋지 않은 징조다.

이제는 이런 문제와 마음속으로 싸움을 하지 않고 그냥 더불어 살아가는 것이 중요하다. . . . 마음을 다스려야 한다. . . .

이제 파이드로스의 칼에 대해 이야기해야겠다. 우리가 지금 이야기하고 있는 것을 어느 정도 이해하는 데 도움이 될 것이기 때문이다.

이런 종류의 칼을 사용하여 세상을 부분으로 나누는 일이라든가 모터사이클과 같은 구조물을 조립해내는 일은 모든 사람이 다 하는 것이다. 또한 우리는 우리 주변에서 일어나는 수백만 가지의 일을 항상 의식한다. 예컨대, 끊임없이 바뀌는 이 모든 풍경, 타는 듯한 색조의 언덕, 엔진의 소리, 스로틀의 느낌, 바위와 잡초 하나하나, 울타리의 말뚝, 길가의 파편 조각들 등등을 의식하지만, 무언가 유별난 것이 있지 않거나 또는 우리가 보고자 예상했던 그 무언가를 보여주지 않으면 우리는 그것들을 구체적으로 인식하지 않는다. 아마도 우리는 위에 열거한 것들을 구체적으로 인식하고 또 그 모든 것을 기억할 수 없을 것이다. 그 이유는 이루 헤아릴 수 없을 만큼 많은 쓸모없는 지엽적 정보들이 우리의 정신을 가득 채우고 있어서 이 모든 것을 다 생각하기란 불가능하기 때문이다. 이 모든 것으로 채워진 의식의 저장소에서 우리는 무언가를 선택해야만 한다. 또한 우리가 선택한 것 — 이른바 인식한 것 — 과 의식한 것은 결코 동일한 것일 수 없다. 왜냐하면 선택의 과정이 의식의 내용을 변화시키기 때문이다. 요컨대, 우리 주변에 끊임없이 의식의 풍경이 펼쳐지고 있을 때 이 풍경에서 한 줌의 모래를 취하는 것이 인식 행위에 해당한다고 할 수 있는데, 우리는 바로 이 한 줌의 모래를 감히 세계라고 부르고 있는 것이다.

일단 한 줌의 모래를 취하여 이 모래를 세계라고 인식하게 되면, 우리는 이에 대한 판별(判別)의 과정으로 옮겨간다. 이 과정이 바로 칼질의 과정이라고 할 수 있다. 이 과정을 통해 우리는 한 줌의 모래를 부분으로 나누는 작업을 한다. 이것과 저것으로, 여기와 저기로, 흰 것과 검은 것으로, 현재와 과거로 나누는 것이다. 요컨대, 판별이란 인식의 영역을 부분으로 나누는 작업을 말한다.

언뜻 보면 한 줌의 모래는 균일해 보인다. 하지만 자세히 들여다보면 볼수록 다양하다는 사실을 확인하게 된다. 모래알 하나하나가 모두 다르다. 서로 같은 것이 단 한 쌍도 존재하지 않는다. 물론 어떤 것들은 이런 측면에서 유사하고, 다른 어떤 것들은 저런 측면에서 유사할 수 있다. 그리고 이 같은 유사성과 상이성을 근거로 하여 한 줌의 모래를 여러 개의 무더기로 나누어놓을 수도 있다. 색조에 따라 별개의 무더기로 나눌 수도 있고, 크기에 따라 별개의 무더기로 나눌 수도 있다. 또한 모래알의 모양에 따라 별개의 무더기로 나눌 수도 있고, 모양에 따라 나눈 것을 다시 세부적인 모양의 차이에 따라 별개의 무더기로 나눌 수도 있으며, 투명도에 따라 별개의 무더기로 나눌 수도 있다. 이런 식으로 나누는 일을 계속 이어갈 수 있다. 분리와 분류 작업이 어느 지점에서 끝날 수 있을 것이라고 생각하는 사람도 있을지 모르지만, 그렇지 않다. 이 작업은 끊임없이 계속 이어질 수 있다.

고전적 이해 방식은 무더기를 나누는 일과 이들을 분류하고 서로의 관계를 따지는 일과 관련이 있다. 반면, 낭만적 이해 방식은 분류 작업이 시작되기 전의 한 줌의 모래 자체에 관심을 집중한다. 두 세계 이해 방식 사이의 화해는 불가능하지만, 둘 다 세계를 바라보는 데 나름의 타당성을 갖는 방식이다.

시급하게 수행해야 할 필수 과제가 있다면, 이는 이 두 종류의 세계 이해 방식 어느 쪽에도 손상을 입히지 않은 채 양자를 함께 아우를 수 있는 세계 이해 방식을 찾는 일이다. 모래를 분류하는 일도 거부하지 않고, 그와 동시에 분류 이전의 모래 자체를 명상의 대상으로 삼는 일도 거부하지 않는 세계 이해 방식 말이다. 그와 같은 세계 이해 방식은 어느 쪽을 거부하거나 취하는 대신 한 줌의 모래를 취해 오기 이전의 풍경, 끊임없이 펼쳐진 풍경 자체에 주의를 기울이는 그런 세계 이해 방식이 될 것이다. 그것이 바로 서투른 외과 의사로서 파이드로스가 추구하고자 시도했던 세계 이해 방식이다.

그가 시도했던 바를 이해하기 위해 우리는 우리의 이해를 요구하는 전체적인 풍경, 바로 그 풍경과 분리될 수 없는 풍경의 일부를 이루는 것이 다름 아닌 풍경 한가운데서 모래를 몇 개의 더미로 나누고 있는 인물이라는 점을 깨달을 필요가 있다. 이 인물을 보지 않은 채 풍경을 보는 것은 결코 풍경을 보는 것이라고 할 수 없다. 모터사이클 분석에 마음을 쏟고 있는 부처〔佛陀〕의 일부에 해당하는 바로 그 부분을 거부함은 부처 자체를 통째로 방기하는 것이나 다름없기 때문이다.

모터사이클의 어떤 부분이 부처이고 어떤 모랫더미에 있는 어떤 모래알이 부처인가는 끊이지 않고 되풀이되어온 물음이다. 명백히 이런 물음을 던지는 것 자체가 잘못된 방향에서 문제를 추적하는 것이 된다. 왜냐하면 부처는 어디에나 있기 때문이다. 하지만 이런 물음을 던지는 것 또한 마찬가지로 명백히 올바른 방향에서 문제를 추적하는 것이 되기도 한다. 왜냐하면 부처는 어디에나 있기 때문이다. 그 어떤 분석적 사유와도 관계없이 독립적으로 존재하는 부처에 관해서는 많은 이야기가 있어왔다. 지나칠 정도로 많은 이야기가 있어왔다고 말하면서, 여기에다 어떤 이야기든 덧붙이려는 시도에 대해 의문을 제기하는 사람도 있을 수 있다. 하지만 분석적 사유 내부에 존재하면서 분석적 사유에 방향을 잡아주는 부처에 대해서는 실질적으로 아무런 이야기도 이루어진 적이 없다. 물론 여기에는 역사적인 이유가 있다. 하지만 역사란 계속 생성 변화하는 것이고, 이 담론의 영역 안에서 약간의 이야기를 우리의 역사적 유산에 덧붙인다고 해서 해가 될 것은 없어 보인다. 어쩌면 어느 정도 실질적인 득이 될 수도 있겠다.

분석적 사유라고 하는 칼을 체험의 영역에 들이대면, 그 과정에 무언가가 항상 죽임을 당하게 마련이다. 적어도 예술 분야에 종사하는 사람들은 이 점에 대한 이해의 수준이 꽤 높다. 언뜻 마크 트웨인이 경험했던 바가 떠오르는데, 그는 미시시피 강을 여행하는 데 필요한 분석적 지식을 통달하고 나서 이로 인해 강이 그 아름다움을 상실하게 되었음을 깨닫는다. 항상 무언가가 죽임을 당하게 마련이다. 하지만 예술 분야에서 사람들이 잘 주목하지 않는 부분이 있다면, 이는 무언가가 죽임을 당하는 대신 무언가가 또한 새롭게 창조된다는 사실이다. 따라서 단지 죽임을 당한 것에 집착하는 대신 무언가가 새롭게 창조된다는 사실을 깨닫고 또한 이 과정이 일종의 죽음과 창조의 연속 과정임을 깨닫는 것이 중요하다. 이 과정은 결국 좋은 것도 아니고 나쁜 것도 아니라, 그냥 있는 그대로 받아들여야 할 그런 종류의 것이다.

마마스[3]라고 불리는 마을을 통과하지만, 존이 휴식을 위해 멈추는 것조차 원치 않기에 우리는 계속 앞으로 나아간다. 용광로 속을 방불케 하는 열기가 더욱 심해진다. 불모지에 들어선 것이다. 이제 우리는 주 경계를 넘어 몬태나로 들어간다. 길옆의 도로 표지판이 이를 알려 준다.

실비아가 팔을 위아래로 흔들어 신호를 보내고, 나는 경적을 울려 그녀의 신호에 답한다. 하지만 그녀가 보내는 신호를 바라보는 내 마음은 결코 즐겁지 않다. 몬태나로 들어섰다는 정보는 돌연 나를 일종의 내적 긴장감에 휩싸이게 하는데, 그들의 마음에 존재하지 않는 것

---

3) Marmarth: 노스다코타의 서남쪽 끝에 있는 인구 140명(2000년 조사)의 작은 마을. 몬태나 주와 경계 지역에 있음.

이 바로 이런 느낌일 것이다. 그들은 우리가 이제 그가 살던 지역에 들어서게 되었다는 사실을 알 길이 없기 때문이다.

이제까지 계속해온 고전적 세계 이해 방식과 낭만적 세계 이해 방식에 대한 이야기는 기묘하게 느껴질 만큼 에둘러 그에 관해 기술하는 방식 같아 보인다. 하지만 파이드로스에게 도달하기 위해서는 이처럼 에둘러 가는 길이 우리가 취할 수 있는 유일한 길이다. 그의 신체적 외모나 그의 삶과 관련된 통계 수치를 기술하는 일은 사람들을 미혹시킬 수 있는 피상적인 것에 주의를 집중하는 것이나 다름없는 일일 것이다. 그리고 그를 정면에서 마주치는 경우 파국이 초래될 수도 있다.

그는 정신이 이상한 사람이었다. 정신이 이상한 사람을 정면에서 바라보는 경우, 당신 눈에 띄는 것이라고는 다만 그가 정신이 이상한 사람이라는 당신의 믿음을 재확인케 하는 그런 면모뿐일 것이다. 이는 결코 그를 제대로 바라보는 것이 될 수 없다. 그를 제대로 보기 위해서 당신은 그가 본 것을 보아야 한다. 또한 정신이 이상한 사람의 눈에 보인 것을 제대로 보고자 할 때 이에 이를 수 있는 유일한 방법이 있다면 이는 에둘러 가는 것이다. 그렇게 하지 않으면 당신 자신의 견해가 길을 방해할 것이다. 내가 보기에, 그것이야말로 그에 이를 수 있는 통로 가운데 유일하게 열려 있는 것이다. 우리에게는 아직 갈 길이 많이 남아 있다.

이제까지 내가 분석, 정의, 체계화의 작업에 몰두했던 것은 단순히 그것 자체를 위해서가 아니었다. 이는 파이드로스가 걸어간 길의 방향을 이해하는 데 필요한 기초 작업을 위한 것이었다.

지지난밤 나는 크리스에게 파이드로스는 유령을 추적하는 일에 그의 전 생애를 바쳤다고 말한 바 있다. 그것은 사실이었다. 그가 추적했던 유령은 모든 공학 기술, 모든 현대 과학, 모든 서양 사상의 밑바닥에 존재하는 그런 유령이었다. 이는 바로 합리성이라고 하는 유령이었다. 나는 크리스에게 파이드로스가 유령을 찾아냈으며 일단 그 유령을 찾아내자 흠씬 두들겨 팼다고 말하기도 했다. 비유적인 관점에서 볼 때 이는 또한 사실이라는 것이 내 생각이다. 내가 이 이야기를 진행해나가면서 밝은 조명 아래 드러내고자 희망하는 것이 있다면, 이는 바로 그가 위장막을 벗기고 밝혀낸 것들이다. 이제 다른 사람들도 그것들이 가치 있는 것임을 마침내 깨달을 때가 되었다. 당시에는 아무도 파이드로스가 추적하던 유령을 보려 하지 않았다. 하지만 나는 이제 갈수록 점점 더 많은 사람들이 그 유령을 목도하고 있다고 생각한다. 또는 원치 않는 순간에 언뜻 그 유령이 그들에게 모습을 드러낸다고 생각한다. 그 유령은 스스로 자신을 합리성이라고 부르지만, 겉으로 드러나 보이는 것은 온통 모순과 무의미뿐이다. 또한 일상의 행위들 가운데 더할 수 없이 정상적인 것조차도 다른 어떤 것과 관련이 없는 것으로 만들어, 그 결과 약간은 정신이 이상한 사람의 짓거리 같아 보이게 한다. 이것이 바로 정상적인 일상의 가정(假定)들을 지배하는 유령으로, 이 유령은 생명의 궁극적 목표인 생명을 계속 유지하는 일이 이루기 불가능한 것이라고 주장하면서도 아무튼 이것이 바로 생명의 궁극적 목표라고 선언한다. 그리하여 위대한 정신의 소유자들은 질병을 치유함으로써 사람들이 보다 더 오래 살 수 있도록 하기 위해 온갖 애를 쓴다. 오로지 정신이 이상한 사람들만이 그것이 왜 궁극적 목표인가를 물을 뿐이다. 사람들은 보다 더 오래 살기 위해 보다 더 오래 사는 것이다. 여기에는 다른 목표가 없다. 바로 이것이 유령이 하는 말이다.

우리가 베이커[4]에 도착하여 모터사이클을 멈췄을 때 그늘에 걸려 있는 온도계가 섭씨 42도를 가리키고 있다. 장갑을 벗은 손으로 연료 탱크의 금속 표면을 만져보려 했지만 너무 뜨거워 만질 수가 없다. 엔진이 과열되어 심상치 않은 소리를 낸다. 조짐이 아주 좋지 않다. 뒷바퀴 또한 심하게 마모되어 있다. 손을 대보니 거의 연료 탱크만큼이나 뜨겁다.

"주행 속도를 좀 늦추어야겠어." 내가 말한다.

"뭐라고?"

"50마일 이상 달려서는 안 될 것 같아."

내 말에 존이 실비아에게 눈길을 주고 실비아가 존에게 눈길을 준다. 그들 사이에 이미 내가 천천히 달리는 것에 대해 이야기가 있었던 것 같다. 그들은 양쪽 다 그에 관해 무언가 이야기를 나눴던 것 같은 표정이다.

"우린 한시라도 빨리 목적지에 가고 싶은데." 존이 이렇게 말하고, 실비아와 함께 식당으로 발걸음을 옮긴다.

체인이 너무 뜨겁고 또한 말라 있다. 오른쪽에 매단 행낭을 뒤져 분사식으로 된 윤활유 깡통을 찾아낸다. 그런 다음 엔진을 동작시켜 체인을 움직이게 한 다음 윤활유를 뿌린다. 체인이 아직도 너무 뜨거워 분무액이 닿자마자 거의 즉시 증발해버린다. 이어서 약간의 오일을 뿌린 다음 1분가량 체인을 돌게 하고 엔진을 끈다. 크리스가 참을성 있게 기다리고는 나를 따라 식당으로 들어간다.

"참기 힘들 정도의 큰 슬럼프가 이틀째 되는 날에 올 것이라고 하지 않으셨던가요?" 그들이 앉아 있던 좌석으로 우리가 다가가자 실비아

---

[4] Baker: 몬태나 주 동부 팰런 카운티Fallon County에 있는 인구 1,695명(2000년 조사)의 작은 도시. 노스다코타 주와 경계 지역에 위치해 있음.

가 이렇게 묻는다.

"이틀째 되는 날 아니면 사흘째 되는 날이라고 했습니다." 내가 이렇게 대꾸한다.

"아니면 나흘이나 닷새가 되는 날?"

"그럴지도 모르지요."

실비아와 존이 다시 조금 전에 보였던 것과 똑같은 표정을 지은 채 서로의 얼굴을 마주 본다. "당신이 없는 곳에 우리 둘만이 있고 싶다"는 표정 같아 보인다. 그들은 어서 빨리 앞서 가서, 어디든 우리가 들를 예정인 마을에 가서 나를 기다리고 싶어 하는 눈치다. 50마일보다 한결 더 빠른 속도로 달리다가는 마을에서 나를 기다리는 대신 도로변에서 나를 기다리게 될 것 같다는 예감만 없다면, 나 자신이 그들에게 그렇게 하라고 권했을 것이다.

"여기에 사는 사람들은 어떻게 이런 날씨를 견디고 사는지 모르겠어요." 실비아가 말한다.

"글쎄요. 여기야 원래 살기 힘든 데지요." 약간의 짜증을 느끼면서 내가 이렇게 말한다. "여기에 오기 전에 벌써 살기 힘든 데라는 것을 알고, 미리 마음의 준비를 하고 왔겠지요."

이렇게 말하고 나는 한마디 덧붙인다. "만일 누군가가 불평을 하면 불평을 하는 만큼 다른 사람들을 더 힘들게 만들 뿐이겠지요. 저 사람들은 체력이 넘치는 사람들이에요. 어떻게 견디어나갈지 다 알고 있을 겁니다."

존과 실비아는 별로 말이 없다. 존이 먼저 마시던 콜라를 다 마시고는 한잔하러 술집으로 자리를 옮긴다. 나는 밖으로 나와 다시 한 번 모터사이클의 짐을 점검하고, 느슨해진 짐을 다시 꾸리는 일이 다소 시급하다 느껴져 로프들을 단단히 조이고 다시 묶는다.

크리스가 햇빛에 직접 노출되어 있는 온도계를 가리킨다. 온도계의 수은주가 측정 상한선인 49도를 넘어 끝까지 올라가 있는 것이 보인다.

마을을 벗어나기 전에 나는 또 한바탕 땀을 흠뻑 흘린다. 이렇게 흘린 땀이 마르면서 시원하게 느껴지는 시간은 단 30초도 지속되지 않는다.

우리를 강타하여 정신을 못 차리게 할 지경으로 폭염이 대단하다. 시커먼 선글라스를 썼지만 어찌나 햇빛이 강렬한지 눈을 가늘게 뜨지 않을 수 없다. 아무것도 보이지 않고 다만 타는 듯한 모래밭과 창백한 하늘뿐이다. 땅과 하늘이 모두 어찌나 눈부신지 어디에도 눈길을 줄 수가 없다. 온 천지가 다 백열(白熱)에 휩싸여 있다. 진짜 연옥이라고 할 만하다.

존이 저 앞에서 계속 속도를 높이고 있다. 나는 그를 쫓아가는 것을 포기하고 속도를 55마일로 늦춘다. 이 같은 폭염 속에서 굳이 말썽거리를 사서 만들 생각이 없다면 85마일의 속도로 바퀴를 혹사해서는 안 된다. 이 막막한 길에서 바퀴가 터지면 정말로 난감해질 수밖에 없을 것이다.

그들은 내가 말한 것을 일종의 나무람으로 받아들인 것 같다. 하지만 나에게는 그들을 나무라려는 생각이 전혀 없었다. 그들이 이 같은 폭염에서 편하지 않은 것만큼이나 나도 편하지 않다. 하지만 그것을 계속 생각해봐야 무슨 소용이겠는가. 내가 파이드로스에 대해 생각하고 이야기하느라고 오늘 하루 종일을 보내는 동안 그들은 틀림없이 이 무슨 미친 짓인가 하는 생각으로 시간을 보냈을 것이다. 정말로 그들을 지치게 하는 것은 바로 그런 생각이다. 생각이 문제다.

한 개인으로서의 파이드로스에 대해 잠깐 이야기하기로 하자.

그는 체계에 대한 체계의 학문인 논리학에 정통한 사람이었다. 말하자면, 분석적 지식을 구조화하고 상호 관련짓고자 할 때 동원하는 체계적 사유의 법칙과 과정에 관한 고전적 학문인 논리학에 대해 잘 알고 있는 사람이었다. 그는 논리적 사고의 면에서 어찌나 민첩했던지, 기본적으로 분석적 문제 해결 능력을 측정하는 방식이라고 할 수 있는 스탠퍼드-비네 아이큐 검사[5]에서 170을 기록할 정도였다. 이는 5만 명을 대상으로 검사할 때 단 한 사람 정도가 기록하는 수치다.

그는 체계적인 사람이었다. 하지만 그가 기계처럼 생각하고 행동했던 것은 아니다. 누군가 그렇게 말하고자 한다면, 이는 그의 생각이 어떤 성격의 것인지에 대한 오해에서 비롯된 것이다. 그는 피스톤, 톱니바퀴, 동력 전달 장치 등등이 한꺼번에 엄청난 규모로 조화롭게 움직이듯 생각을 했던 것은 아니다. 그 대신 언뜻 레이저 광선의 이미지가 내 마음에 떠오른다. 말하자면, 극한 지점에 이르기까지 압축을 해 놓았기 때문에 무시무시할 정도의 에너지를 품고 있는 한 줄기의 섬광이 움직이듯, 달을 향해 쏘는 경우 달의 표면에 반사되는 그 빛을 지구에서 확인할 수 있을 정도의 엄청난 섬광이 움직이듯, 그의 생각은 움직였다. 이 탁월한 능력을 파이드로스는 대상에 대한 일반적 조명에 사용하려고 하지 않았다. 그는 멀리 떨어져 있는 어떤 특정 목표를 하나 찾아내어 이를 겨냥해 섬광과도 같은 그의 생각을 쏠 뿐이었다. 그리고 그것이 전부였다. 섬광과도 같은 그의 생각이 지향했던 목표

---

[5] 스탠퍼드-비네 지능검사: 프랑스의 심리학자 알프레드 비네Alfred Binet가 20세기 초에 개발한 지능검사 방법을 미국의 심리학자 루이스 터먼Lewis Terman이 개량한 것. 이 검사 방법은 1916년에 처음 소개되었으며, 지능검사의 명칭에 스탠퍼드가 들어간 것은 터먼이 스탠퍼드 대학에 연고가 있었기 때문이다. 이 지능검사에서 최초로 '지능지수IQ'라는 개념이 실용화되었다.

물에 대한 일반적 조명은 이제 내 몫으로 남겨진 것처럼 보인다.

그의 지능이 뛰어난 만큼 그가 처한 고립의 상황도 엄청난 것이었다. 어떤 기록을 들춰보아도 그에게는 가까운 친구가 없었던 것 같다. 그는 혼자 여행을 했다. 항상 그러했다. 다른 사람들과 함께 있는 자리에서도 그는 항상 완전히 고립되어 있었다. 사람들은 때때로 이 점을 느끼고는 그가 자신들에 대해 거부감을 갖고 있다고 느끼기도 했다. 그리하여 아무도 그를 좋아하지 않았다. 하지만 사람들이 자신을 좋아하지 않는다는 사실을 그는 대수롭게 생각하지 않았다.

가장 크게 고통을 받은 사람들은 그의 아내와 가족이었던 것 같다. 그의 아내는 그가 쌓아놓은 침묵의 벽 저편으로 가고자 하는 사람들이 그곳에 가서 확인할 수 있는 것이라고는 공백뿐일 것이라고 말하곤 했다. 내가 받은 인상에 의하면, 그의 가족은 그가 결코 남들에게 보이지 않던 것, 무언가 애정과도 같은 것에 목말라했던 것 같다.

아무도 그를 정말로 알지 못했다. 명백히 그것이 바로 그가 원하던 것이었고, 매사가 그런 식으로 진행되었다. 어쩌면 그의 고립은 그의 지능이 자초한 것인지도 모른다. 어쩌면 거꾸로 고립이 지능을 일깨우는 원인이 되었는지도 모른다. 아무튼, 양자는 항상 자리를 함께했다. 요컨대, 고립무원의 상태에 있는 섬뜩한 느낌의 예사롭지 않은 지능. 그것이 바로 그가 소유한 지능이었다.

하지만 이렇게 말한다고 해서 충분히 모든 이야기가 이루어진 것은 아니다. 왜냐하면 이 같은 묘사와 레이저 광선의 이미지는 그가 완벽하게 차갑고 감정이 없는 사람이라는 인상을 주기 때문이다. 하지만 그는 사실 그런 사람이 아니었다. 합리성이라는 이름의 유령이라고 내가 규정한 바 있는 것을 추적하는 과정에 그가 보인 모습은 광적인 탐구자, 바로 그것이었다.

단편적인 한 장면이 지금 이 순간에 특히 생생하게 떠오른다. 그가 산중에 있을 때의 일이다. 해가 서산 넘어 자취를 감추고 나서 반 시간쯤 흘러 사위가 이제 막 어스름에 잠길 무렵이었다. 나무들 그리고 심지어 바위들까지 푸른빛, 잿빛, 누런빛의 색조를 머금은 채 거의 어둠 속으로 그 모습을 감춘 상태였다. 당시 파이드로스는 아무것도 먹지 않은 채 사흘 동안 산에서 지내고 있었다. 식량이 다 떨어졌지만, 깊은 생각에 잠겨 사물을 응시하고 있던 그는 그 자리를 떠나기가 싫었다. 어디로 가면 길이 나오는지를 알고 있었고 또 길과 멀리 떨어지지 않은 곳에 있었지만, 그는 서두르지 않았다.

어스름 속에서 산길을 따라 그를 향해 아래쪽으로 무언가가 움직이는 것이 그의 눈에 포착되었다. 이윽고 개처럼 보이는 것이 산길을 따라 내려와 그에게 다가오는 것이 보였다. 양 떼를 지키는 대단히 커다란 몸집의 개, 아니, 에스키모족의 개와도 같아 보이는 동물이었다. 무슨 일로 이처럼 어두워진 저녁 시간에, 그것도 이처럼 호젓한 곳으로 개가 온 것일까, 그는 의아해하지 않을 수 없었다. 그는 원래 개를 싫어했다. 하지만 이런 느낌을 떠올릴 겨를도 주지 않은 채 그 동물이 그에게 다가왔다. 그 동물은 파이드로스를 관찰하고 그를 판단하는 것처럼 보였다. 파이드로스는 오랫동안 그 동물의 눈을 응시했다. 그러다 일순간 그 동물이 상대의 존재를 인정하고 있다는 식의 느낌이 들었다. 이윽고 그 개와 같은 동물은 어둠 속으로 사라졌다.

한참 뒤에 가서 그는 그 동물이 북아메리카 삼림 속에 서식하는 늑대임을 깨닫게 되었다. 그리고 이 사건에 대한 기억이 오랫동안 그의 뇌리에서 떠나지 않았다. 내 생각이긴 하지만, 그 사건이 그의 기억 속에 오래 머물렀던 것은 그가 그 늑대의 모습에서 자신을 보았기 때문이었을 것이다.

한 장의 사진은 정지된 시간 속에 존재하는 물리적 이미지를 보여줄 수 있고, 거울은 흐르는 시간 속에 존재하는 물리적 이미지를 보여줄 수 있다. 하지만 그가 산중에서 본 것은 전혀 다른 종류의 이미지라고 나는 생각한다. 그것은 물리적인 것도 아니고, 또한 결코 시간의 흐름 속에 존재하는 것도 아니었다. 그럼에도 불구하고 그것은 하나의 이미지였고, 그 때문에 그는 상대가 자신을 인정하고 있다는 느낌을 갖게 되었던 것이다. 이제 나는 생생하게 그 모습을 되살릴 수 있다. 지난밤 나는 다시금 바로 그 이미지가 파이드로스 자신의 모습으로 되살아나는 것을 보았기 때문이다.

산중의 바로 그 늑대와 마찬가지로 그는 동물적 용기와도 같은 것을 지니고 있었다. 그는 때때로 사람들을 놀라게 하는 결과를 가져오더라도 이에 개의치 않고 자신의 길을 갔다. 그가 갔던 길에 대한 이야기를 듣다 보면 나는 지금도 놀라움을 금치 못한다. 그는 때때로 오른쪽이나 왼쪽으로 비켜 가지를 않았다. 그가 그랬다는 사실을 나는 알아냈다. 그렇다고 해서 그의 용기가 자기희생이라는 이상주의적 생각에서 나온 것은 아니었다. 다만 그의 추적이 너무도 강렬했던 데서 비롯된 것일 뿐이었다. 말하자면, 무언가 고귀한 정신이 거기에 담겨 있는 것은 아니었다.

합리성이라는 유령에 대한 그의 추적이 시작된 것은 그가 그 유령에게 복수를 하고자 했기 때문이었다고 나는 생각한다. 그가 복수를 원했던 것은 그 자신의 현재 모습을 형성한 장본인이 바로 그 유령이라고 느꼈기 때문이다. 그는 자신의 이미지에서 자기 자신을 해방시키기를 원했던 것이다. 그는 또 그 유령을 파멸시키기를 원했는데, 그 유령이 바로 과거의 그 자신이었기 때문이다. 그는 자기 자신이라는 멍에에서 해방되기를 원했다. 아주 묘한 방법으로 이 같은 해방은 이루어졌다.

틀림없이 그에 대한 이 같은 설명은 이 세상의 것처럼 들리지 않을 것이다. 하지만 어떤 이야기보다도 더 이 세상의 것 같지 않은 이야기가 아직 남아 있다. 이는 바로 그와 나 사이의 관계와 관련된 것이다. 지금까지 그와 나 사이의 관계는 밝힐 기회가 주어지지 않은 채 안개에 가려 있었다. 하지만 이제 밝혀야만 할 때가 되었다.

오래전 일련의 기묘한 사건을 추론해가는 과정에 나는 그를 처음 발견했다. 금요일이던 어느 날이었다. 나는 그 주 내내 어떤 일을 해 왔었고 주말이 오기 전까지 상당히 많은 양의 일을 끝낼 수 있어서 매우 기분이 좋은 상태였다. 그날 늦은 시간에 차를 몰아 누군가의 파티에 참석하게 되었는데, 파티 자리에서 나는 모든 사람에게 너무 많이 너무 시끄럽게 이야기를 하고 또 너무 지나치게 폭음을 한 끝에 잠시 몸을 누이고 싶어 안쪽에 있는 방을 찾아 들어갔다.

깨어 보니 한낮이었다. 이를 통해 밤새 잠이 들어 있었다는 사실을 알 수 있었다. 이윽고 나는 속으로 이렇게 중얼거렸다. "맙소사, 이럴 수가! 이 집 주인의 이름조차 생각나지 않으니!" 이 때문에 어떤 난처한 일이 벌어질 것인가를 생각해보기도 했다. 하지만 내가 누워 있는 방은 어젯밤에 몸을 누였던 방 같지가 않았다. 하지만 방으로 들어왔을 때 방 안은 어두웠고, 어쨌거나 나는 제대로 앞을 볼 수 없을 만큼 취해 있었던 것이 틀림없다고 생각했다.

몸을 일으키고 보았더니 옷이 바뀌어 있었다. 이 옷은 전날 밤에 내가 입고 있던 것이 아니었다. 문을 열고 밖으로 나와서 보니, 놀랍게도 그 집의 응접실이 아니라 기다란 복도였다.

복도를 따라 걷고 있는 동안 나는 모든 사람들이 나를 응시하고 있다는 느낌을 갖게 되었다. 복도를 지나가는 동안 세 번이나 낯선 사람이 나를 멈춰 세우고는 기분이 어떠냐고 물었다. 내가 술에 취해 있었던 것을 두고 묻는 말이겠거니 생각하고, 숙취조차 느껴지지 않을 정도로 말짱히 깨어 있다고 대답했다. 이 말에 그들 가운데 한 사람은 웃기 시작하다가 곧 웃음을 자제하기도 했다.

복도의 끝에 있는 방에서 나는 테이블을 하나 보았는데, 그 둘레에서 무언가 활동이 이루어지고 있었다. 이게 모두 도대체 어떻게 된 일인지를 알아차릴 때까지 남의 눈에 띄지 않기를 바라며, 그 근처에 자리를 잡고 앉았다. 하지만 하얀 옷을 입은 여자 하나가 내게 다가와서 자기 이름이 뭔지 알겠냐고 물었다. 나는 그녀의 블라우스에 부착된 작은 이름표에 있는 그녀의 이름을 보고 소리 내어 읽었다. 내가 그렇게 하는 것을 보지 못한 그녀는 놀라는 표정을 짓더니, 바쁜 걸음으로 어디론가 가버렸다.

그녀가 다시 돌아왔을 때는 어떤 남자와 함께였다. 그 남자가 나에게 바로 눈길을 주더니 내 옆에 앉았다. 그가 자기 이름을 아느냐고 물었다. 나는 그에게 그의 이름을 말했고, 내가 자기 이름을 안다는 사실에 그들이 깜짝 놀랐던 것과 마찬가지로 나도 놀랐다.

"너무 일찍 이런 증상을 보이는군." 그가 말했다.

"여기 혹시 병원이 아닌가요?" 내가 이렇게 물었다.

그러자 그들이 그렇다고 대답했다.

"어떻게 해서 여기에 오게 된 거지요?" 폭음을 하던 파티 자리를 생각하며 내가 다시 이렇게 물었다. 남자는 아무 말도 하지 않고 여자는 눈을 내리깔았다. 그들은 이렇다 할 만한 설명을 거의 하지 않았다.

주변 정황을 미루어 내가 잠에서 깨어나기 이전의 모든 일이 꿈이었다는 점과 그 이후의 모든 일이 현실이라는 점을 추론해내는 데는 일주일 이상이 걸렸다. 꿈과 현실 사이를 구분할 근거는 없었다. 있다면 이는 바로 술에 취해 경험했던 것을 부정하는 것처럼 보이는 새로운 사건들이 점점 쌓여간다는 사실이었다. 문이 잠겨 있다는 점 등의 작은 현상들이 의식되기 시작했다. 잠긴 문 바깥쪽 세상을 구경할 기회가 전혀 없었다는 점도 떠올랐다. 이윽고 보호 관찰 법원에서 한 장의 서류가 전달되었다. 그 서류는 어떤 사람의 정신이 이상한 것으로 판정이 되어 수용되었음을 나에게 알려주었다. 어떤 사람이란 나를 말하는 것이 아닌지?

마침내 "귀하는 이제 새로운 인격을 소유하게 되었습니다"라는 설명이 나에게 주어졌다. 하지만 이런 진술은 결코 설명이라고 할 수 있는 성질의 것이 아니었다. 이는 어느 때보다도 더 나를 혼란 속으로 빠뜨렸는데, 어떤 형태의 것이든 "옛" 인격이라는 것에 대해 나는 전혀 의식이 없기 때문이었다. 만일 그들이 "귀하는 이제 새로운 인격체입니다"라고 말했다면, 한결 더 명료한 것이 되었을 것이고, 적절한 것이 되었을 것이다. 무엇보다도 그들은 인격을 사람이 몸에 걸치는 의복과 마찬가지로 소유의 대상으로 생각하는 오류를 범했다고 할 수 있다. 사람한테서 인격이라는 것을 빼면 무엇이 남겠는가. 뼈와 살만 남을 것이다. 어쩌면 일련의 법적인 통계 자료가 남을 수도 있겠지만, 명백히 그것이 곧 사람일 수는 없다. 뼈와 살과 법적 통계 자료란 인격이 입는 의복과 같은 것이지, 그 반대일 수는 없다.

아무튼, 그들이 알고 있던 옛 인격체의 정체는 무엇인가. 그들이 가정하는 대로 현재의 나란 그 옛 인격체의 연장선에 놓이는 존재라면 그 옛 인격체는 과연 누구인가.

이렇게 하여 오래전에 나는 처음으로 어렴풋하게나마 파이드로스의 존재를 의식하게 되었다. 그 이후 날이 가고 달이 가고 해가 갈수록 나는 점점 더 그에 대한 이해를 넓혀갈 수 있었다.

그는 죽었다. 법원의 명령에 따라 파이드로스는 파괴되고 말았다. 사람들이 그의 대뇌엽(大腦葉)에 고압의 교류를 강제로 주입함으로써 그를 죽음에 이르게 한 것이었다. 대략 8백 밀리암페어의 전류가 0.5초에서 1.5초가량 스물여덟 번 연달아 주입되었다. 공학 기술적으로 "소멸 전기 충격 요법(ECS)"[6]으로 알려진 치료법이었다. 그 이래로 계속 그와 나 사이를 갈라놓는 동시에 이어주는 분기점 역할을 한 하나의 치료 행위, 공학 기술적으로 하자가 없는 이 치료 행위를 통해 한 인간의 인격 전체가 흔적도 없이 완전히 소멸되고 말았다. 나는 그를 만난 적이 없으며, 앞으로도 만날 수 없을 것이다.

그럼에도 불구하고, 그에 대한 낯선 기억의 단편들이 언뜻 뇌리를 스치는 순간 그 기억 안에 존재하던 형상들이 우리 주위의 이 길과, 황무지의 절벽들과, 흰빛의 뜨거운 모래와 겹쳐지고 일치한다. 묘한 일치다. 이윽고 나는 그가 이 모든 것을 보았음을 깨닫는다. 그는 여기에 있었다. 그렇지 않으면 나는 이를 알 수 없었을 것이다. 그는 틀림없이 여기에 있었다. 기억 속에 존재하는 낯선 형상들과 눈앞에 펼쳐진 세계 사이의 이 모든 갑작스러운 겹쳐짐에 눈길을 보내는 나, 그 근원을 알 수 없는 낯선 사유의 단편들을 기억해내는 나는 곧 천리안의 소유자인 셈이고, 다른 세계에서 오는 전언을 수령하는 영적 매체와도 같은 존재인 셈이다. 바로 그것이다. 나는 나 자신의 눈으로 사

---

6) 소멸 전기 충격 요법Electro-Convulsive Shock Therapy : 이탈리아의 정신과 의사 우고 체를레티(Ugo Cerletti, 1877~1963)가 로마의 한 도살장에서 돼지를 도살하기 전에 전기 충격으로 마취 상태에 이르게 하는 것을 보고 여기에 착안하여 처음 개발한 정신병 치료 방법. 체를레티가 정신분열증 환자의 치료에 이 방법을 사용하여 만족할 만한 효과를 본 이후 정신병 치료에 널리 사용되는 치료 방법이긴 하지만, 이에 대한 부정적 견해도 만만치 않다. 심지어 이 치료 방법을 금지하는 곳도 있을 정도다. 이 방법으로 정신병을 치료받았던 사람으로 어니스트 헤밍웨이Ernest Hemingway가 있는데, 그는 이 치료로 인해 기억상실증에 걸린 것으로 알려져 있다. 피어시그는 이 치료법을 ECS로 약칭하고 있으나 일반적으로 ECT로 통용된다.

물을 보지만 동시에 그의 눈으로 사물을 보고 있다. 그가 한때 바로 나의 이 눈을 소유했기 때문이다.

나의 이 눈을! 생각만 해도 공포감이 엄습한다. 내가 지금 바라보고 있는 장갑을 낀 이 손들, 길을 따라 모터사이클의 방향을 조종하고 있는 이 손들도 한때 그의 것이었다! 만일 거기에서 오는 느낌을 당신이 이해할 수 있다면, 당신은 진정한 두려움이 무엇인지 이해할 수 있을 것이다. 도망갈 수 있는 곳이라고는 어디에도 없다는 사실을 깨닫는 데서 오는 두려움이 무엇인지를.

우리는 깊이가 얼마 되지 않는 협곡으로 들어선다. 얼마 달리지 않아 내가 기다리던 도로변 휴게소가 나타난다. 몇 개의 벤치와 한 채의 자그마한 건조물이 있고, 푸른 잎의 나무들이 몇 그루 있다. 나무의 밑동까지 급수용 호스가 드리워져 있는 것도 눈에 띈다. 맙소사, 존이 도로에 다시 들어서 달릴 준비를 갖춘 채 휴게소 반대편에서 기다리고 있지 않은가!

이를 무시하고 나는 건조물 옆에 모터사이클을 주차한다. 크리스가 껑충 뛰어내린 다음 나는 모터사이클을 후진시켜 세워 놓는다. 화염에 휩싸여 있기라도 한 듯 엔진에서 대단한 열기가 올라온다. 열기로 인해 주변의 모든 사물들이 일그러진 모습으로 어른거린다. 곁눈으로 흘끗 보니 존이 자신의 모터사이클을 몰고 우리에게 다가온다. 존과 실비아가 우리 있는 곳까지 왔을 때 보니 두 사람은 모두 화난 눈으로 나를 노려보고 있다.

실비아가 말한다. "우리가 얼마나 화나 있는지 . . . 아세요?"

어깨를 으쓱하는 것으로 답변을 대신하고는 급수대로 발걸음을 옮긴다.

존이 투덜거린다. "도대체 자네가 우리한테 말한 체력이라는 건 다 어디다가 내팽개쳐버린 거야!"

잠깐 존에게 눈길을 주었을 때 나는 그가 정말로 화나 있음을 알아차린다. "그냥 해본 말을 너무 심각하게 받아들인 것 같군." 이렇게 말하고는 몸을 돌려 물을 마신다. 비누를 풀어놓은 물처럼 물에서 알칼리 성분이 강하게 느껴지지만, 어쨌든 물을 들이컨다.

존이 건조물로 들어가 셔츠를 물에 적신다. 나는 엔진 오일이 얼마나 남았는가를 점검한다. 오일 통의 뚜껑이 너무 뜨겁게 달구어져 있어서, 장갑을 끼고 있는데도 손가락 끝에 화상을 입는다. 엔진 오일이 별로 줄지 않았다. 뒷바퀴는 전보다 약간 더 마모가 되어 있지만 아직 쓸 만하다. 체인은 팽팽한 상태이긴 하지만, 약간 말라 있다. 그리하여 안전을 위해 약간의 오일을 체인에 입힌다. 핵심적인 나사들은 모두 단단한 조임새를 유지하고 있다.

존이 물을 뚝뚝 떨어뜨리면서 내게 다가와 말한다. "이번엔 자네가 앞장서. 우리가 뒤따라갈 테니까."

"우린 빨리 갈 수 없는데." 내가 말한다.

"상관없어. 아무튼, 잘되겠지, 뭐." 그가 이렇게 말한다.

그리하여 우리가 앞장을 선다. 우리는 천천히 앞으로 나아간다. 내가 예상했던 것과는 달리, 길이 협곡을 빠져나가 이제까지 우리가 거쳐온 것과 같은 길로 다시 이어지지 않는다. 오히려 굽이굽이 돌아 위로 올라가기 시작한다. 뜻밖이다.

때로 길이 굽이쳐 가기도 하고, 때로 우리가 가야 할 방향의 반대쪽으로 꺾여 되돌아가기도 하고, 다시 방향을 틀기도 한다. 이윽고 약간 경사진 길이 이어지다가, 좀더 경사가 가파른 길로 바뀐다. 우리는 갑자기 방향을 틀어 험난한 좁은 골짜기 속으로 들어간 다음 좀더 높은 곳을 향해 앞으로 나간다. 굽이를 돌 때마다 길은 조금씩 더 높은 곳으로 우리를 인도한다.

관목이 하나둘 나타나기 시작한다. 그리고 키 작은 나무들이 모습을 드러낸다. 길은 계속 좀더 높은 곳을 향하여 이어지다가 풀밭을 통과한다. 이윽고 울타리가 쳐진 초원 지대가 눈에 들어온다.

머리 위로 작은 구름이 나타난다. 비가 오지 않을까. 그럴지도 모르겠다. 초원에는 비가 와야만 한다. 초원에는 지금 꽃이 피어 있다. 이 모든 변화가 신기하기만 하다. 지도상으로는 아무것도 보이지 않는다. 그리고 의식 속에 자리 잡고 있는 기억의 흔적 또한 사라진다. 파이드로스는 이 길로 오지 않았음이 틀림없다. 하지만 다른 쪽으로 길이 있는 것도 아니다. 묘하다. 길은 계속 위를 향해 이어진다.

해가 비스듬히 구름을 향해 비치고 있고, 구름은 점점 커져 이제 우리 위쪽의 지평선에 닿을 듯하다. 지평선은 나무들, 소나무들로 덮여 있으며, 차가운 바람이 지평선 쪽에서 불어 내려와 소나무 향기를 우리에게 전한다. 바람 속에서 초원의 꽃들이 흔들린다. 바람을 받아 모터사이클이 약간 옆으로 기울어지고, 불현듯 서늘함이 우리 몸을 휘감는다.

크리스에게 눈길을 돌려 바라보니 그가 웃고 있다. 나도 따라 웃는다.

이윽고 비가 길 위로 세차게 쏟아진다. 너무도 오랫동안 비를 기다리던 길 위의 흙먼지가 갑작스럽게 강렬한 흙내음을 내뿜어 후각을 자극한다. 첫 빗방울들은 길옆의 흙먼지 위로 우툴두툴 얽은 자국들을 만들어놓는다.

모든 것이 너무도 새롭다. 우리는 진실로 너무도 강렬하게 그것을, 새롭게 세상을 적시는 비를 목말라 했었다. 내 옷이 비에 젖기 시작하고, 고글에도 빗방울이 튀기 시작한다. 냉기가 몸을 감싸자 더할 수 없이 기분이 상쾌하다. 해 아래쪽에서 구름이 흘러 지나가고, 소나무 숲과 작은 풀밭들이 다시금 빛을 발한다. 여기저기 흩뿌려져 있는 작은 빗방울들이 햇빛을 받아 영롱하게 반짝인다.

우리는 비가 내린 흔적은 없지만 그래도 여전히 서늘한 고지의 정상에 이르러 모터사이클을 멈춘다. 그런 다음 저 아래로 펼쳐진 거대한 계곡과 강을 내려다본다.

"드디어 목적지에 온 것 같군." 존이 말한다.

실비아와 크리스는 초원으로 발걸음을 옮겨 소나무 숲 아래쪽의 꽃 속에 파묻힌다. 소나무 숲 사이로 내 눈에 들어오는 것은 저 아래 아주 멀리 펼쳐진 계곡의 아득한 저편 끝이다.

나는 약속의 땅을 내려다보는 개척자라도 된 듯한 기분에 젖는다.

2부

제 / 8 / 장

아침 10시경이다. 나는 지금 모터사이클 곁에 자리를 잡고 앉아 있다. 모터사이클을 세워놓은 곳은 우리가 어제 몬태나 주의 마일즈 시티[1]에서 찾아낸 호텔의 뒷마당으로, 연석이 깔려 있으며 시원하고 그늘져 있다. 실비아는 크리스와 함께 간이 세탁소[2]로 가서 우리 모두를 위해 세탁을 하고 있다. 존은 자신의 헬멧에 부착할 오리 주둥이 모양의 챙을 사러 밖으로 나가고 없다. 그의 생각에 따르면, 어제 우리가 마을로 들어섰을 때 어떤 모터사이클 부품 가게에 그것이 있는 것을 보았다는 것이다. 나는 엔진을 약간 손보려고 하는 참이다.

이제는 몸이 개운하다. 어제 오후에 이곳에 도착하여 모자라는 잠을 충분히 보충했기 때문이다. 이곳에 머물기를 잘한 것 같다. 피로

---

1) Miles City: 몬태나 주 동부 커스터 카운티Custer County에 있는 인구 8,487명(2000년 조사)의 도시.
2) 론드로맷Laundromat으로 불리며, 일반적으로 동전을 넣어 작동시키는 전기세탁기와 건조기가 설치된 장소를 말함.

때문에 너무나 멍청한 상태가 되어서 우리는 우리 자신이 얼마나 지쳐 있는가를 알지 못했다. 존이 숙박부에 이름을 올리려고 할 때 내 이름조차 기억할 수 없을 정도였다. 사무를 보는 아가씨가 우리에게 창문 바깥으로 보이는 저 "멋들어지고 환상적인 모터사이클들"이 우리들 것이냐고 물었다. 우리 두 사람이 이 말에 어찌나 웃었던지, 그녀는 자기 말에 뭐 잘못된 것이라도 있는지 모르겠다는 듯한 표정을 지었다. 하지만 그것은 우리가 너무나 피곤한 상태여서 그냥 터뜨린 멍청한 웃음일 뿐이었다. 모터사이클을 세워둔 채 걸을 수 있게 되어, 어제부터 내내 우리는 기분이 날아갈 듯하다.

또 목욕을 할 수 있게 된 것도 즐거운 일이다. 주물(鑄物)로 제조하여 에나멜을 칠해놓은 구형(舊型)의 목욕통을 사자 발 모양의 다리들이 받치고 있었는데, 그 아름다운 목욕통이 대리석 바닥 한가운데에서 우리를 기다리고 있었던 것이다. 물이 너무 부드러워 몸에 칠한 비눗기를 완전히 제거할 수 없을 것 같은 느낌을 주었다. 목욕을 한 다음 우리는 중심가를 이리저리 걸어 다녔다. 마치 우리 모두가 한 가족이라도 된 듯한 느낌에 젖어. . . .

이 모터사이클에 대한 기계 조율 작업을 어찌나 수없이 되풀이했던지 나에게 조율 작업은 거의 관례적인 의식(儀式)과 같은 것이 되고 말았다. 더 이상 무엇을 어떻게 해야 할 것인가에 대해 별다른 생각을 할 필요가 없게 된 것이다. 그냥 무언가 이상한 것이 있는가 살피는 일을 주로 할 뿐이다. 태핏이 느슨해졌을 때 나는 것과 같은 잡음이 엔진에서 났지만, 이건 태핏이 느슨해지는 것보다 더 심각한 문제 때문일 수도 있다. 따라서 이제 엔진을 조율하고 조율을 하면 잡음이 사라질지를 살펴볼 작정이다. 태핏을 조정하는 일은 엔진이 냉각되었을 때 해야만 한다. 그렇기 때문에 어디에다 주차를 시키든 밤새 엔진을 식혔다가 바로 그 자리에서 다음 날 아침 작업을 해야 한다. 움직이면 엔진이 열을 받기 때문이다. 몬태나의 마일즈 시티에 있는 호텔의 뒷마당에, 그것도 연석이 깔린 그늘진 뒷마당에 지금 나와 있는 것은 바로 그 때문이다. 현재 그늘 아래의 공기는 시원하고 해가 나뭇가지 주변 위로 떠오를 때까지 한 시간가량의 시간 여유가 있을 것이다. 이 정도 시간이면 모터사이클 엔진 조율 작업에 충분하다. 명심해야 할 점은 이런 종류의 작업은 직사광선 아래에서 해서는 안 된다는 것이다. 또한 비록 백 번을 계속 같은 작업을 했다고 하더라도 머리가 명해져 있을 무렵인 오후 늦게 해서도 안 된다. 정신을 똑바로 차리고 문제가 무엇인지를 찾아내야 하기 때문이다.

 모든 사람이 모터사이클 관리라고 하는 이 작업이 얼마나 철저하게 합리적 절차 속에 이루어지는 것인지를 이해하고 있는 것은 아니다. 그들은 이런 작업은 일종의 "숙련된 기술"을 발휘하는 것이라거나 "기계에 대한 호감"이 발동하여 하는 것이라고 생각한다. 맞는 말이긴 하다. 하지만 숙련된 기술이란 거의 순전히 합리적 이성의 운용 과정에서 나오는 것이다. 그리고 말썽의 대부분은 옛날의 라디오 기술자들이 "양쪽 이어폰 사이의 합선"이라고 말하곤 하던 것, 그러니까 머리를 제대로 쓰지 못하는 것 때문에 비롯된다. 모터사이클은 전적으로 이성의 법칙에 따라 작동한다. 또한 모터사이클을 어떻게 관리할 것인가에 대한 공부는 실제로 합리적 이성을 어떻게 운용할 것인가에 대한 공부의 축소판이라고 할 수 있다. 어제 나는 합리성이라는 유령이 파이드로스의 추적 대상이었으며 그를 미친 사람이 되도록 몰아간 장본인이라고 말한 바 있다. 하지만 합리성을 추적하는 일에 뛰어들기 위해서는 합리성이 무엇인가를 보여주는 구체적인 예의 곁을 떠나서는 안 된다. 이는 아무도 이해할 수 없는 추상적 일반화에 빠져들어 길을 잃지 않기 위해서다. 합리성이 다루고 있는 구체적인 대상을 논의에서 제외하는 경우, 합리성에 대한 논의는 대단히 혼란스러운 것이 될 수 있다.

이 순간 우리는 고전적·낭만적 세계 이해 방식이라는 문제와 마주하게 된다. 우선 우리는 모터사이클을 겉으로 드러난 직접적인 관찰 대상으로 볼 수 있는데, 이는 대상을 보는 하나의 중요한 방식이다. 한편 기계 정비사가 보듯 근원적 형상이라는 측면에서 모터사이클을 보기 시작할 수도 있는데, 이 역시 대상을 보는 하나의 중요한 방식이다. 여기 내가 펼쳐놓은 공구들 가운데 렌치를 예로 들자면, 이 공구는 무언가 낭만적인 아름다움을 간직하고 있긴 하다. 하지만 이 공구의 목적은 항상 그렇듯 순전히 고전적인 것이다. 이는 기계의 근원적 형상을 바꾸는 데 사용되도록 설계된 것이기 때문이다.

이 첫번째 플러그의 사기질(沙器質)로 된 안쪽 부분은 매우 검게 그을어 있다. 이는 낭만적으로도 그렇지만 고전적으로도 흉하다. 왜냐하면 이 사실은 실린더에 지나치게 많은 연료가 주입되는 반면 공기는 부족하게 주입되고 있음을 의미하기 때문이다. 연료에 포함되어 있던 탄소 분자가 결합해야 할 충분한 양의 산소를 찾지 못한 관계로 실린더 내부를 떠돌다가 여기 이 플러그에 들러붙어 고착된 것이기 때문에 고전적으로도 흉하다 할 수 있다. 어제 마을로 들어와서 모터사이클을 세워놓고 엔진을 공회전(空回轉)하도록 했을 때 약간 덜덜거렸는데, 이는 위의 문제로 인해 생기는 증상 가운데 하나다.

한쪽 실린더만 연료가 지나치게 많이 주입되는가를 확인하기 위해 나는 다른 쪽의 실린더도 점검한다. 양쪽의 상태가 같다. 나는 주머니칼을 꺼내 배수구에 버려진 막대기를 주워 나뭇조각을 뾰족하게 깎은 다음, 그것으로 플러그에 들러붙은 탄소를 제거한다. 그러는 과정에 나는 연료 주입이 지나친 이유가 무엇인가를 따져본다. 이 문제는 커넥팅 로드나 밸브와는 관계가 없는 것일 가능성이 높다. 또한 카뷰레터도 한번 조정해놓으면 좀처럼 문제를 일으키지 않는다. 이 기계에 사용된 메인 제트[3]는 연료 주입구(注入口)가 보통 것보다는 큰 것이다. 이로 인해 고속 주행을 할 때는 주입되는 연료의 양이 늘어난다. 하지만 전에 한번 동일한 메인 제트를 사용했을 때 플러그는 지금의 경우보다 한결 더 깨끗했다. 수수께끼다. 항상 우리의 주변은 수수께끼들로 뒤덮여 있다. 하지만 이 수수께끼를 모두 다 풀려고 하다가는 결코 기계를 고칠 수 없을 것이다. 즉각적인 해답을 찾을 수 없기 때문에 이 문제를 그냥 미해결의 문제로 남겨두기로 한다.

첫번째 태핏에는 이상이 없다. 따라서 조정이 필요치 않다. 그리하여 다음 태핏을 점검한다. 해가 저 나무들을 지나 그 위로 올라가기까지는 아직 충분한 시간이 있다. . . . 이런 일을 할 때면 나는 항상 교회에 들어와 있는 기분이다. . . . 측정 계기란 일종의 종교적 성상(聖像)에 해당하는 것으로, 나는 이를 가지고 성스러운 의식을 치르는 셈이다. 계기란 고전적 시각에서 볼 때 심오한 의미를 갖는 "정밀 측정 기기"라고 불리는 일련의 장치들 가운데 하나다.

모터사이클에서 이 같은 정밀함은 낭만적 이유 때문에 유지되는 것도 아니고 단순히 완벽을 기하자는 이유에서 유지되는 것도 아니다. 이는 다만 엄청난 양의 열과 폭발 당시의 압력으로 인해 발생하는 이

---

[3] main jet: 연료 탱크에서 엔진으로 연료를 분사해서 주입할 때 그 흐름과 양을 조절하는 장치 가운데 하나. 6각형의 나사 모양으로 되어 있으며, 이 메인 제트의 수치가 높을수록 엔진에 주입되는 연료의 양이 많아진다. 메인 제트 이외에도 엔진으로 연료의 흐름을 조절하는 장치로는 파일럿 제트pilot jet와 니들 제트needle jet가 있음.

엔진 내부의 힘은 오로지 이 같은 기기들이 제공하는 것과 같은 종류의 정밀성을 통해서만 통제될 수 있기 때문이다. 한번 폭발이 일어날 때마다 그 힘은 커넥팅 로드를 밀어 올려 1평방인치당 수 톤의 표면 압력을 크랭크샤프트에 전달한다. 만일 커넥팅 로드와 크랭크샤프트 사이의 접점이 정확하게 잘 들어맞아 있다면, 폭발력은 매끄럽게 전달될 것이고 금속은 엄청난 힘을 무난히 견뎌낼 것이다. 하지만 단지 수천분의 몇 센티미터 접점이 더 헐거워져도 커넥팅 로드가 크랭크샤프트를 밀어 치는 힘은 흡사 망치로 내려치는 것처럼 너무나 갑작스럽게 전달될 것이다. 그렇게 되면 커넥팅 로드도, 베어링도, 크랭크샤프트의 표면도 몽땅 납작하게 뭉개질 것이다. 그러면 언뜻 듣기에 태핏들이 헐거워져 나는 것과 같은 잡음이 발생하기도 할 것이다. 그런 이유 때문에 지금 점검 작업을 하고 있는 것이다. 만일 커넥팅 로드가 헐거운 상태에서 분해 수리를 하지 않은 채 이 모터사이클을 몰아 산으로 올라가면, 잡음은 점점 더 커지고 마침내 커넥팅 로드는 견디지 못한 채 부러져 맘대로 돌아다니게 될 것이다. 결국에는 회전하는 크랭크샤프트를 내리쳐 엔진을 아예 망가뜨리고 말 것이다. 때때로 부러진 커넥팅 로드 조각들이 크랭크샤프트가 들어 있는 바로 아래쪽의 크랭크케이스에 쌓이게 되고, 이로 인해 도로 위로 온통 오일이 유출되기도 한다. 그렇게 되면 할 수 있는 일이라고는 두 발로 걷는 일뿐이다.

하지만 이 모든 불상사는 정밀 측정 기기들을 이용하여 수천분의 몇 센티미터 정도 접점을 조정하는 것으로 방지할 수 있다. 이것이 바로 정밀 측정 기기들이 연출하는 고전적 아름다움이다. 눈으로 직접 확인할 수는 없지만 근원적 형상의 측면에서 추론할 수 있는 이 기기들의 의미와 잠재 능력이 바로 고전적 아름다움을 제공한다.

두번째 태핏에도 이상이 없다. 모터사이클의 반대편 쪽으로 자리를 옮긴 다음, 거리를 등진 채 앉아 다른 실린더를 점검하기 시작한다.

　정밀 기기들이란 차원적 정밀성이라는 관념을 성취하기 위해 설계된 것들이다. 하지만 차원적 정밀성을 완벽하게 성취하기란 불가능하다. 모터사이클에는 문자 그대로 완벽한 부분이란 있지도 않고 또 앞으로도 결코 있을 수 없을 것이다. 하지만 이런 기기들이 이끄는 곳으로 가능하면 가깝게 다가가는 경우 놀라운 일이 발생한다. 말하자면, 마술이라고 불러도 좋을 힘의 도움을 받아 시골길을 날아가듯 달릴 수 있다. 마술이라니? 이는 모든 면에서 그처럼 완벽하게 합리적이지 않은데도 날아가듯 달릴 수 있다면 달리 부를 명칭이 없다는 뜻에서 동원한 표현이다. 이 합리적인 지적 관념을 이해하는 것이 무엇보다도 중요하다. 존이 모터사이클에 눈길을 주었을 때 그는 다양한 모양의 강철 조각들을 보고 이 강철 조각들의 모양에 대해 부정적 느낌을 갖는다. 그리고 곧 완전히 고개를 돌려버린다. 나는 지금 강철 조각들의 다양한 모양에 주목하면서 거기에서 관념들을 본다. 그는 내가 부분들을 대상으로 해서 작업하고 있다고 생각할 것이다. 내가 작업의 대상으로 삼고 있는 것은 개념들이다.

　어제 구성 요소에 따라 그리고 기능에 따라 모터사이클을 분해할 수 있다고 말하면서 나는 이 개념들에 관해 이야기한 바 있다. 그렇게 말하는 순간 나는 문득 마음속으로 일련의 상자들을 만들고 이들을 다음과 같이 배열해보았다.

한편 구성 요소들은 동력 부위와 구동 부위로 다시 나눌 수 있다고 말하는 순간 문득 조그만 상자들이 몇 개 더 모습을 드러낸다.

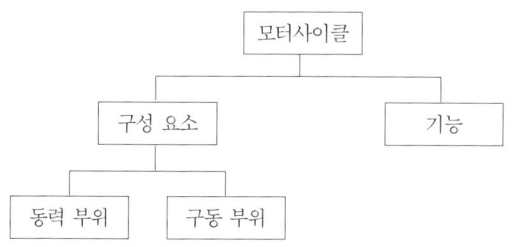

아마도 세분화 작업의 단계를 높여 진행해나가면 나갈수록 그때마다 세분화에 근거하여 보다 많은 상자들이 모습을 드러낼 것이고, 그리하여 결국에는 상자들로 이루어진 거대한 피라미드가 형성될 것이다. 마침내 당신은 내가 모터사이클을 좀더 작은 부분으로 계속 나누고 또 나누는 과정에 일종의 구조를 축조해나가고 있음을 포착하게 될 것이다.

이 같은 개념들의 구조를 공식적으로 계층 체계라 부른다. 고대 이후로 이 계층 체계는 서구의 모든 지식 세계의 기본 구조가 되어왔다. 왕국, 제국, 교회, 군대가 모두 계층 체계에 의거하여 구조화되어왔다. 오늘날의 실업계도 마찬가지다. 또한 참고 자료의 목차가 그러하고, 기계 조립, 컴퓨터 소프트웨어, 그 밖에 모든 과학적 또는 공학 기술적 지식이 이런 방식으로 구조화되어 있다. 어느 정도인가 하면 생물학과 같은 분야에서는 계·문·강·목·과·속·종이라는 계층 체계를 훼손을 불허하는 하나의 성상(聖像)과도 같은 것으로 취급할 정도다.

"모터사이클"이라는 항목은 "구성 요소"라는 항목과 "기능"이라는 항목을 포함한다. 또한 "구성 요소"라는 항목은 "동력 부위"라는 항목과 "구동 부위"라는 항목을 포함한다. 이런 식의 관계 설정은 계속 이어질 수 있다. 아울러, 작동인(作動因)을 달리함으로써 다른 종류의 구조가 얼마든지 만들어질 수 있다. 예컨대 "원인"이 무엇인가를 따지는 경우 "A는 B의 원인이고, B는 C의 원인이며, C는 D의 원인이다"와 같은 형태의 사슬처럼 기다랗게 이어지는 구조를 만들 수 있다. 모터사이클의 기능도 이런 구조를 동원하여 기술할 수 있다. 한편 "무엇이 어디에 존재한다"라든가 "무엇은 무엇과 동일하다" 또는 "무엇은 무엇을 암시한다" 등의 작동인에 근거하여 또 다른 구조를 만들 수도 있다. 일반적으로 이러한 구조들은 패턴과 경로의 측면에서 너무도 복잡하게 뒤얽혀 있어서 우리는 일생 동안 이 구조들의 지극히 일부분만을 이해할 수 있을 뿐이다. 서로 뒤얽혀 있는 이런 구조들을 총체적으로 일컬어 체계라고 한다. 이 체계를 종(種)이라고 한다면 포함의 관계에 준하여 구축한 계층 체계나 인과의 관계에 의거하여 형성한 구조는 속(屬)에 해당하는 것이라고 할 수 있다. 모터사이클은 하나의 체계다. 그것도 현실적으로 실재하는 체계다.

어떤 정부 기구나 단체를 "체계"라고 말하는 것은 올바르게 말하는 것이라고 할 수 있는데, 이런 조직들은 모터사이클과 개념적으로 동일한 구조적 관계를 바탕으로 해서 수립되는 것이기 때문이다. 이런 조직들은 다른 모든 의미와 목적을 상실했을 때조차도 구조적 관계에 의해 유지된다. 사람들이 공장에 나가서 아무런 의문도 제기하지 않은 채 아침 8시에서 저녁 5시까지 완전히 무의미한 작업을 수행한다고 하자. 이는 구조가 그렇게 할 것을 요구하기 때문이다. 어떤 악당이나 "비열한 녀석"이 그들에게 무의미한 삶을 살도록 원하는 것이 아니다. 그들에게 그런 삶을 살도록 요구하는 것은 다만 구조이고 체계일 뿐이다. 하지만 단순히 삶이 무의미하다는 이유로 구조를 바꾸겠다는 식의 만용을 부릴 사람은 없다. 아무도 이 엄청난 과업을 기꺼이 떠맡으려 하지 않을 것이다.

　아무튼, 체계라는 이유로 공장을 때려 부수거나 정부를 상대로 봉기한다면, 또는 모터사이클의 수리를 거부한다면, 이는 원인보다는 결과를 공격하는 셈이 된다. 그리고 공격이 결과에만 국한되는 한에는 변화란 불가능하다. 진정한 의미에서 체계, 실재하는 체계는 다름 아닌 현재 우리가 구축해놓은 체계적 사유 그 자체이고, 합리성 그 자체다. 아울러, 공장을 때려 부수더라도 그 공장을 세운 이 합리성을 그대로 내버려둔다면, 합리성은 또 하나의 공장을 세울 뿐 달라지는 것이 없을 것이다. 만일 혁명 봉기를 통해 체계적 정부를 전복하면서도 그 정부를 낳은 체계적 사유 패턴을 건드리지 않은 채 그대로 두면, 그런 패턴은 이어지는 정부에서 되풀이될 것이다. 체계에 대한 이야기는 너무도 무성하지만, 이에 대한 이해는 너무도 빈약하다.

　모터사이클이란 바로 그런 것일 뿐이다. 말하자면, 강철 작업을 통해 구체화된 개념 체계다. 모터사이클의 어떤 부분도, 어떤 형태도, 누군가의 마음에서 나오지 않은 것이라고는 없다. . . . 세번째 태핏에도 역시 이상이 없다. 이제 하나만 남았다. 그것이 문제여야 할 텐데. . . . 내가 확인한 바에 의하면, 강철을 가지고 작업을 해보지 않은 사람들은 다음 사실을 깨닫는 데 어려움을 느낀다. 즉, 모터사이클이란 일차적으로 정신적 현상이라는 사실을 잘 이해하지 못한다. 그들은 금속이라고 하면 무엇이든 이미 정해진 형상을 연상한다. 말하자면, 파이프라든가 금속 막대기, 철제 대들보라든가 연장이나 부품 등등 모두가 고정되어 있어 어찌할 수 없는 것들을 떠올린다. 하지만 기계로 금속 가공을 해본 사람, 주물 공장이나 대장간에서 일을 해본 사람, 용접 작업을 해본 사람은 "강철"을 어떤 형태를 갖고 있는 것으로 보지 않는다. 우리는 재주만 충분히 갖추고 있다면 우리가 원하는 대로 강철을 어떤 모양으로든 가공할 수 있다. 만일 재주가 없다면 우리가 원하는 모양과는 절대로 일치하지 않는 다른 어떤 모양으로 가공하게 될 것이다. 바로 이 태핏이 그렇듯, 형상이란 우리가 작업을 통해 마침내 도달하는 그 무엇이고, 강철에 우리가 부여하는 그 무엇이다. 여기 이 엔진 위에 쌓여 있는 오래된 먼지 덩어리가 형상을 지니고 있지 않은 것과 마찬가지로 강철도 어떤 형상이든 갖고 있지 않다. 형상이란 누군가의 마음에서 나오는 것일 뿐이다. 그것을 깨닫는 것이 중요하다. 그러면 강철은 어떤가. 맙소사, 강철조차도 누군가의 마음에서 나온 것이 아닌가! 자연에는 강철이라는 것이 존재하지 않는다. 청동기 시대의 사람이라면 누구든 우리에게 그렇게 말했을 것이다. 자연이 가지고 있는 것이라고는 오로지 강철의 잠재적 가능성뿐이다. 그뿐이다. 하지만 "잠재적 가능성"이란 것은 도대체 무엇인가. 그것도 또한 사람의 마음에서 나온 것이다! . . . 유령인 셈이다.

파이드로스가 모든 것은 마음속에 존재하는 것이라고 말했을 때, 그가 정말로 말하고자 했던 것은 바로 이것이다. 그냥 불쑥 일어나서 엔진과 같이 무언가 구체적인 것을 예로 들지 않은 채 그런 말을 한다면, 미친놈의 허튼소리로 들리기 십상이다. 하지만 무언가 구체적이고도 확실한 것에 그런 이야기를 연결해놓으면 허튼소리라는 느낌이 사라지고, 당신은 그가 정말로 중요한 무언가를 이야기하는 것일 수도 있음을 깨닫게 될 것이다.

내가 마음속으로 바라던 바대로, 네번째 태핏이 너무 헐겁다. 그래서 이를 조절한다. 이어서 엔진 점화 시간 간격 조절 장치를 점검해보니, 아직 정상이다. 접점도 아직 파이지 않은 채 매끄럽다. 이를 확인하고, 이들 부분에는 손을 대지 않는다. 이윽고 밸브 덮개를 제자리에 맞추고 나사를 조인다. 그런 다음 플러그를 다시 끼우고 엔진의 시동을 걸어본다.

태핏에서 나던 잡음이 없어졌다. 하지만 엔진 오일이 아직 차가운 상태인 지금으로서는 잡음이 없어졌다는 사실에 별 의미를 둘 수 없다. 공구를 꾸리는 동안 엔진을 공회전 상태로 놔둔다. 그런 다음 모터사이클에 올라타고 모터사이클 가게로 향한다. 전날 밤에 거리에서 만난 어떤 모터사이클 운전자가 소개해준 가게다. 그는 그 가게에 가면 체인 길이 조절용 연결 고리와 발걸이용 고무를 살 수 있을 것 같다고 귀띔해주었다. 크리스의 발이 너무 과민하게 움직이나 보다. 그의 발걸이에 씌워놓는 고무가 계속 닳아버리니 말이다.

몇 블록을 지날 때까지 모터사이클을 몰지만 아직 잡음이 없다. 엔진 소리가 좋아지기 시작한 것을 보면, 문제가 해결된 것 같다. 하지만 아직 결론을 내리기에는 이르다. 30마일 정도는 달려보아야 한다. 하지만 그때 일은 그때 일이고, 현재로서는 밝은 햇빛에 공기는 시원하고 머리는 맑으니, 또 하루가 통째로 남아 있는 아침인 데다가 산간 지방에 거의 가까이 와 있으니, 어찌 살맛이 나지 않겠는가. 희박해진 공기 때문이다. 고도가 높은 지역으로 들어오면 사람들은 항상 이런 느낌을 갖게 마련이다.

아, 그렇지, 고도가 높은 지역으로 들어왔지! 엔진에 연료가 지나치게 많이 주입되는 것은 바로 그 때문이다. 그렇지, 그것이 아니고는 달리 이유가 있을 수 없다. 현재 우리는 해발 7백5십여 미터 지점에 올라와 있다. 각종 제트[4]를 표준형의 것으로 바꾸는 것이 좋을 것 같다. 이들을 갈아 끼우는 데는 몇 분이면 충분하다. 그리고 유입되는

---

4) 앞서 설명한 바와 같이, 연료의 흐름을 조절하는 제트에는 메인 제트만 있는 것이 아니라 파일럿 제트와 니들 제트도 있다. 메인 제트와 파일럿 제트는 나사 형태로 되어 있고 니들 제트는 바늘 형태로 되어 있음.

연료의 양이 좀더 줄어들도록 아이들 밸브[5]를 조절하는 것이 좋을 것 같다. 우리는 이곳보다 한결 더 높은 지역으로 올라갈 것이기 때문이다.

나는 몇 그루의 그늘진 나무 아래에서 빌이라는 사람이 운영하는 모터사이클 가게를 찾아낸다. 가게 앞을 지나가던 사람이 가게 주인인 빌은 "어쩌면 어디 가서 낚시질을 하고 있을 것"이라고 일러준다. 가게 문을 활짝 열어놓은 채 말이다. 우리는 정말로 서부에 들어선 것이다. 시카고나 뉴욕에서라면 아무도 이처럼 문을 활짝 열어둔 채 가게를 비워놓지는 않을 것이다.

안에 들어가서 보니, 빌은 "사진 촬영하듯 주변을 기억하는 능력"의 소유자에 속하는 정비사임을 알 수 있다. 모든 것이 온 천지에 널려 있다. 렌치들, 스크루드라이버들, 중고 부속들, 중고 모터사이클들, 신품 부속들, 신품 모터사이클들, 상품 안내 책자, 바퀴 안의 튜브들 등등이 겹겹으로 어지럽게 쌓여 있어서, 그것들을 올려놓은 작업대가 잘 보이지 않을 지경이다. 나는 이 같은 환경에서는 작업을 할 수가 없는데, 이는 다만 내가 사진 촬영하듯 주변을 기억하는 능력을 소유하고 있지 않기 때문이다. 아마도 빌은 어디에 두었나를 생각조차 하지 않은 채 몸을 돌려 이 난장판 속에서 어떤 공구든 찾아 손에 쥘 것이다. 나에게는 그런 정비사들을 만난 기억이 있다. 그런 사람들이 일하는 것을 바라보고 있노라면 정신이 사나워지기 십상이지만, 그들은 그렇지 않은 사람들과 마찬가지로 훌륭하게 일을 해내고, 또 어떤 때는 더 빨리 일을 마치기도 한다. 하지만 연장을 그가 둔 곳에서 10센티미터 정도만 왼쪽으로 옮겨 놓아보라. 그러면 그는 그것을 찾

---

[5] 엔진에 연료와 공기가 주입되는 양을 조절해주는 장치.

느라고 하루 종일을 보내야 할 것이다.

빌이 무슨 좋은 일이 있는지 씩 웃으며 가게로 돌아온다. 물론 그는 내 모터사이클에 맞는 제트를 몇 개 갖고 있으며, 또 그것들을 어디에다 두었는지도 잘 알고 있다. 하지만 나는 잠시 기다려야 할 것 같다. 빌이 뒷마당에 있는 할리-데이비슨 모터사이클[6] 부속품들에 대한 거래를 마무리해야 하기 때문이다. 나는 그를 따라 뒷마당으로 나가 창고로 간다. 거기에서 그는 차대만 빼고 통째로 할리-데이비슨 모터사이클을 중고 부속품으로 판다. 손님이 차대는 이미 갖고 있다고 해서 그렇게 하는 것이다. 이를 몽땅 125달러에 팔다니, 상당히 괜찮은 가격이다.

가게 안으로 되돌아오면서 내가 한마디 한다. "저것들을 끼워 맞춰 돌아가게 하려면 공부깨나 해야겠군요."

빌이 웃으면서 대꾸한다. "배우는 데는 그 방법이 최고지요."

빌한테 제트와 발걸이용 고무는 있지만 체인 길이 조절용 연결 고리는 없다. 발걸이용 고무를 갈아 끼운 다음 각종 제트를 표준형으로 갈아 끼운다. 그렇게 한 다음, 공회전 상태로 엔진을 돌려 그 안에 있을 법한 불순물을 제거하고, 모터사이클을 몰아 호텔로 돌아온다.

호텔에 도착해서 보니, 실비아와 존과 크리스가 자기 짐을 챙겨 막 층계에서 내려오고 있다. 얼굴 표정을 보니 그들도 나처럼 기분이 좋은 것 같다. 우리는 중심가를 따라 내려와서 식당을 발견하고는 들어가서 스테이크로 점심 식사를 한다.

"여긴 정말 대단한 동네야." 존이 말한다. "정말로 대단해. 이런 동

---

[6] Harley-Davidson: 1903년 빌 할리Bill Harley와 아서 월터 데이비슨Arthur Walter Davidson이 밀워키에 세운 모터사이클 제조 회사로, 지난 1백 년 동안 이 회사의 제품은 모터사이클의 대명사로 불릴 만큼 대단한 명성을 누려왔다. 모터사이클의 포르셰로도 알려져 있는 만큼 할리-데이비슨의 제품은 전 세계 모터사이클 애호가들에게 선망의 대상이기도 하다. 말할 것도 없이, 한국에도 수많은 할리-데이비슨 모터사이클 애호가들이 있음.

네가 아직 남아 있다는 게 놀라울 뿐이야. 오늘 아침에 여기저기 안 가본 데가 없지. 그랬더니 말이야, 카우보이 전용 주점도 있고, 카우보이 가죽 장화, 1달러짜리 은화를 장식품으로 박아 넣은 혁대 버클,[7] 리바이스 블루진[8]에서 스테트슨 모자[9]까지, 뭐 없는 게 없더군. . . . 모두가 다 진품이던데. 동네 상공 회의소에서 추천하는 그런 시시한 물건들이 아니야. . . . 오늘 아침 요 아래에 있는 주점에 들어갔더니 사람들이 나한테 그냥 말을 걸어오는 거야. 마치 내가 여기에 평생이라도 산 사람처럼 말이야."

맥주를 한 잔씩 마시기로 한다. 벽에 붙어 있는 말굽 모양이 그려진 상표를 보니, 올림피아 맥주[10]가 세력을 떨치는 지역에 들어와 있음을

---

7) silver-dollar belt buckle: 이른바 모건 실버 달러Morgan Silver Dollar라는 은화를 장식품으로 사용하여 만든 혁대 버클. 이는 가죽 장화, 청바지 등과 함께 미 서부 카우보이 문화를 대표하는 품목 가운데 하나임. 모건 실버 달러는 미 서부에서 풍부하게 생산되던 은을 이용하여 1878년에서 1921년까지 제조된 은화.

8) Levis: 독일 바이에른 출신의 미국인 사업가 리바이 스트로스(Levi Strauss, 1829~1902)가 19세기 중엽에 샌프란시스코에 세운 '리바이 스트로스 상사Levi Strauss & Co.'는 1873년 블루진이라는 의류 상품을 제작하여 시판하였다. 데님denim으로 불리는 직조의 두꺼운 무명을 원단으로 하고 팽팽하게 당겨지는 부분에 금속 리벳을 박아 만든 블루진은 오늘날 간단하게 '리바이스(Levis 또는 Levi's)'로 불린다. 미국 서부 문화의 대명사로 불리기도 하는 이 블루진은 원래 작업복으로 제조된 것이지만, 오늘날 전 세계의 사람들이 즐겨 입는 평상복의 하나가 되었다. 블루진을 처음 만든 사람은 라트비아 출신의 이민이면서 네바다에 거주하던 재단사 제이컵 데이비스(Jacob Davis, 1834~1908)로, 그는 리바이 스트로스에게 금전적 도움을 받아 1873년 블루진 제조 방식에 대한 특허를 획득하였다. 같은 해 스트로스는 데이비스를 샌프란시스코에 있는 자기 회사로 초청하여 블루진 제작의 감독을 맡기게 되었고, 이리하여 세계적인 명성의 블루진이 탄생하게 된 것이다.

9) Stetsons: 1865년 존 B. 스테트슨(John B. Stetson, 1830~1906)이 세운 존 비 스테트슨 모자 제조사John B. Stetson Hat Company의 차양이 넓은 카우보이모자를 일컬을 때 쓰는 표현. 스테트슨의 모자는 블루진과 마찬가지로 미 서부 문화를 대표하는 상품이 되어 오늘날까지 그 명성을 날리고 있다.

10) 19세기 말부터 워싱턴에서 생산되어 미국의 북서부 지방에서 널리 애호를 받던 맥주. 우여곡절을 거친 끝에 오늘날 올림피아는 미국 중남부에 있는 텍사스의 샌안토니오에서 생산되고 있다. 참고로 이 맥주의 상표는 옆과 같다.

알겠다. 그래서 그 맥주를 주문한다.

"그 친구들 말이야, 나를 목장이나 뭐 그런 데서 일하는 카우보이 쯤 되는 사람으로 생각했던 게 틀림없어." 존이 말을 계속한다. "그리고 말이지 노인네 한 양반이 계속 이야기를 해대는데 말이지, 망할 놈의 아들 녀석들한테는 한 푼도 주지 않겠다는 거야. 그 노인네 얘기가 정말 재미있더군. 자기가 갖고 있는 목장을 딸들한테 물려주겠대. 망할 놈의 아들 녀석들은 돈만 생기면 한 푼도 남기지 않고 어떤 술집에다 몽땅 쏟아붓는다는 거야." 이렇게 이야기하더니 존이 웃음을 터뜨린다. "자식이 원수라는 둥, 이야기를 그치지 않더군. 난 이런 것들이 모두 30년 전쯤 완전히 이 세상에서 자취를 감췄다고 생각했는데, 아직도 여기에 남아 있는 거야."

여자 종업원이 우리가 시킨 스테이크를 갖고 우리에게 온다. 우리는 곧 나이프를 들어 스테이크에 가져간다. 나는 모터사이클과 씨름을 하고 나서 시장기를 느끼고 있는 참이다.

"그리고 말이지, 틀림없이 자네 흥미를 끌 만한 이야기를 그 사람들이 하는 걸 들었어." 존이 말을 잇는다. "주점에서 보즈먼[11]에 관해 그들이 얘기하고 있더군. 우리가 가는 곳 말이야. 그 사람들이 그러는데, 몬태나 주지사[12]가 보즈먼에 있는 대학의 교수들 가운데 과격파 50명을 추려 명단을 만들었다는 거야. 몽땅 해고하려고 했다는 거지. 그런데 그 주지사가 비행기 사고로 죽었다고 하더군."

"그건 아주 옛날 얘기지." 내가 이렇게 대꾸한다. 이 집 스테이크의

---

11) Bozeman : 몬태나 주 남서부 지역 갤러틴 카운티Gallatin County에 있는 인구 27,509명 (2000년 조사)의 도시. 이 지역에 몬태나 주립 대학교Montana State University가 있음.
12) The governor of Montana : 도널드 그랜트 너터(Donald Grant Nutter, 1915~1962)를 가리킴. 1960년 몬태나 주의 주지사로 선출되었으며, 주지사 임기 중이던 1962년 1월 강한 눈보라에 그가 타고 있던 비행기가 추락함으로써 사망.

맛이 정말 대단하다.

"몬태나 같은 주에 그처럼 과격파가 많았다는 걸 난 정말 몰랐어."

"이 주에도 온갖 종류의 사람들이 다 있지." 내가 그의 말을 받는다. "아무튼 그건 다 우익 정치꾼들의 정략에서 나온 거야."

존이 스테이크에 소금을 좀더 뿌리면서 이렇게 말한다. "워싱턴에서 발행하는 어떤 신문의 기고가 한 사람이 어제 이 문제를 들고 나와 자신의 기고란에서 이 얘기를 했다는 거야. 그래서 사람들이 온통 그 얘기뿐이었던 거지. 그 대학의 총장이 사실이라고 시인을 했다더군."

"명단도 나왔대?"

"모르겠어. 자네, 그 사람들 가운데 아는 사람이 있나?"

"만일 50명이나 된다면, 내 이름도 올라와 있었겠군." 내가 말한다.

어느 정도 놀라는 듯한 표정으로 존과 실비아가 나를 쳐다본다. 사실 나는 그 일에 관해 잘 모른다. 이는 물론 내가 아닌 그에 관한 이야기다. 이 때문에 나는 내 자신이 약간은 거짓말을 하고 있다고 느끼면서, 몬태나의 갤러틴 카운티[13]에서 "과격파"라고 하면 이는 다른 지역의 과격파하고는 좀 다르다고 설명한다.

내가 그들에게 말한다. "이 대학이 어떤 대학인가 하면, 미합중국의 대통령 부인이 대학 교정에서 연설하는 것을 막았던 그런 대학이지. 실제로 그런 일이 있었어. 대통령 부인이 '너무 논쟁적'이라는 이유로."

"그게 누군데?"

"엘리너 루즈벨트."[14]

---

13) Gallatin County: 보즈먼이 위치한 몬태나의 행정 구역.
14) Eleanor Roosevelt(1884~1962): 1933년에서 1945년까지 미국의 대통령이었던 프랭클린 루즈벨트의 부인.

"맙소사." 존이 웃는다. "그것 참 대단했겠는데."

그들은 이에 관해 좀더 이야기를 듣고 싶어 하지만, 더 이상 이야기할 것이 생각나지 않는다. 그러다가 한 가지 생각나는 일이 있어 그들에게 이야기한다. "그와 같은 상황이라면 '진짜' 과격파는 사실 완벽한 활동 무대를 갖게 되는 셈이지. 무슨 일이든 하고 싶은 대로 거의 모든 일을 다 하고 빠져나갈 수 있을 거야. 왜냐하면 반대파들이야 이미 쪼다가 다 돼 있는 판이니까. 과격파가 뭐라고 하든 과격파만 멋져 보이게 하는 게 그 쪼다들이지."

마일즈 시티를 빠져나가는 길에 우리는 지난밤에 내가 눈길을 주었던 시립 공원 옆을 지나간다. 그 공원을 보았을 때 무언가 옛 기억과 일치하는 것이 있었다. 다름 아닌 하나의 광경이. 누군가가 눈을 들어 몇 그루의 나무들을 올려다보는 그런 광경이 기억 속에 떠올랐다. 이윽고 그가 보즈먼으로 가는 길에 저 공원의 벤치에서 하룻밤을 묵었던 기억이 되살아난다. 어제 지나온 숲을 기억하지 못했던 것은 바로 그 때문이었다. 그러니까 그는 보즈먼에 있는 대학으로 가는 도중 어두운 밤에 그곳을 지나갔던 것이다.

제 9 장

    이제 몬태나를 한가운데로 가로질러 옐로스톤 계곡을 따라간다. 서부를 생각하면 떠오르게 마련인 세이지브러시[1] 관목으로 뒤덮인 지대에서 중서부를 연상케 하는 옥수수 밭 지대로 바뀌다가, 다시 세이지브러시 관목 지대가 나타난다. 강에서 물을 끌어 관개를 할 수 있는가 또는 없는가에 따라 풍경이 바뀌는 것이다. 종종 우리는 깎아지른 듯한 절벽 위로 가로질러 가기도 하는데, 이렇게 되면 관개 지역을 벗어나게 된다. 하지만 대체로 우리는 강과 가까운 곳을 지난다. 루이스와 클라크[2]에 관해 무언가를 기록해놓은 안내판을 스쳐 지나가기도 한

---

1) 미국 서부 지역에서 흔히 눈에 띄는 쑥의 일종.
2) Lewis and Clark: 메리웨더 루이스Meriwether Lewis와 윌리엄 클라크William Clark는 이른바 루이스와 윌리엄 원정으로 미국 역사를 장식한 두 사람이다. 두 사람은 1804년 5월에 미주리의 세인트루이스에서 출발하여 미 서부와 태평양 연안 북서부 지역의 원정을 마치고 1806년 9월 세인트루이스로 귀환하였다. 토머스 제퍼슨 대통령의 재가에 따라 총 8천 마일(1만 3천 킬로미터)을 탐사한 원정의 주된 목적은 대서양 연안에서 태평양 연안에 이르기까지 수로를 찾기 위한 것이었다. 북서부 지방을 원정하고 돌아오는 길에 오늘날 몬태나의 롤로Lolo 근처에 있는 트래블러즈 레스트Travelers' Rest로 알려진 곳에서 루이스는 마리아스 강Marias

다. 그들 가운데 한 사람이 서북 원정로에서 돌아오는 길에 이쪽으로 지나갔다고 한다.

  모터사이클의 엔진 소리가 경쾌하다. 야외 강연을 하기에 안성맞춤의 분위기다. 우리는 이제 정말 서북 원정로라 할 수 있는 길에 들어서 있다. 밭과 황무지를 몇 차례 더 지나자 해가 기울기 시작한다.

이제 나는 파이드로스가 추적했던 바로 그 유령을 좀더 깊이 추적해보고자 한다. 말하자면, 합리성 그 자체, 그러니까 근원적 형상이라는 지루하고 복잡하며 고전적인 유령을 따라가보고자 한다.

  오늘 아침 나는 사유의 계층 체계—즉, 체계—에 대해 이야기했다. 이제 나는 이러한 계층 체계 속에서 길을 찾아나가는 방법—즉, 논리—에 대해 이야기하고자 한다.

  두 종류의 논리가 사용되는데, 하나는 귀납적인 것이고 다른 하나는 연역적인 것이다. 귀납적 추론이란 대상에 대한 관찰에서 시작하여 일반적 결론에 이르는 방법이다. 예컨대, 만일 이 모터사이클이 장애물을 넘자 엔진이 고르게 작동하지 않았다고 하자. 그리고 또 다른 장애물을 넘자 마찬가지로 엔진이 고르게 작동하지 않았다고 하자. 그리고 또다시 또 하나의 장애물을 넘자 마찬가지 현상이 일어났다고 하자. 그런 다음 순탄한 길을 계속 달리는 동안 엔진에 아무런 일도 일어나지 않았다고 하자. 그러다가 다시 네번째 장애물을 넘자 이번에도 엔진이 고르게 작동하지 않았다고 하자. 이러면 사람들은 엔진의 비정상적인 작동은 장애물에 의해 유발된다는 논리적 결론에 이르게

  River을 따라가는 북쪽 경로를 택하고, 클라크는 옐로스톤 강을 따라가는 남쪽 경로를 택하였으며, 이 두 사람은 후에 오늘날 노스다코타의 리틀 나이프 강Little Knife River으로 알려진 곳의 어구에서 만나 남은 여정을 계속하였다.

될 것이다. 이것이 곧 귀납이다. 특정한 체험의 연속에서 일반적 진리를 추론해내는 과정이 귀납의 과정인 것이다.

연역적 추론은 역으로 진행된다. 이는 일반적 지식에서 시작하여 구체적이고 특수한 관찰 결과를 예견하는 방법이다. 예컨대, 모터사이클의 계층 체계에 대한 지식을 얻음으로써, 정비사는 이에 따라 모터사이클의 경적이 오로지 축전지의 전기에 의해서만 작동된다는 사실을 알게 된다. 일단 이 사실에 근거하여 정비사는 축전지의 전기가 다 소모되면 경적이 울리지 않을 것이라는 사실을 논리적으로 추론할 수 있다. 이것이 연역이다.

일반 상식으로 해결하기에 너무도 복잡한 문제를 해결하는 데는 귀납적 추론과 연역적 추론이 뒤섞인 일련의 기다란 사유 작업이 요구된다. 예컨대, 모터사이클 관리의 경우, 기계를 직접 눈으로 관찰하는 일과 사용 지침서를 통해 입수한 기계의 계층 체계를 머릿속으로 확인하는 일 사이를 왔다 갔다 하며 양자를 엮어나가는 작업이 요구된다. 이처럼 양자를 엮어나가는 작업을 위해 제시된 프로그램 가운데 타당한 것으로 널리 공인된 것이 과학적 방법이다.

사실 나는 모터사이클 관리의 문제가 공인된 과학적 방법을 전면적으로 요구할 만큼 정말로 복잡한 것이라고 생각한 적은 없다. 수리의 문제는 그렇게 어렵지 않다. 공인된 과학적 방법을 놓고 생각할 때 내 머리에 떠오르는 것은 엄청나게 거대한 수레의 모습이다. 또는 굼뜨고 끈덕진, 둔감하고 고된 모습의 거대한 불도저, 그렇지만 결코 굴복시킬 수 없는 거대한 불도저의 모습이 떠오른다. 이는 형식에 얽매이지 않은 기계 정비사의 수법을 이해하는 것보다는 두 배, 다섯 배, 어쩌면 열두 배는 더 많은 시간이 요구되는 것일 수 있다. 하지만 결국에는 이를 이해하게 되리라는 것을 당신은 알고 있다. 모터사이클을 관리하면서 결함이 있는 부분을 찾아내는 일 가운데 그 어떤 것도 과학적 방법에 감히 호소할 만큼 대단한 것은 없다. 정말로 어려운 문제에 부닥쳐서 모든 방법을 다 써보고 또 온통 머리를 쥐어짜보기도 하지만 전혀 해결의 기미가 보이지 않는다고 하자. 그러면 이번에는 자연이 당신에게 정말로 대단한 어려움을 안겨주기로 작정했다는 사실을 깨닫고 당신은 자연에게 이렇게 말할 수도 있겠다. "좋소이다! 나도 이젠 더 이상 부드러운 사람만은 아니라는 걸 보여주겠소." 그런 다음 당신이 동원하는 것이 바로 공인된 과학적 방법이다.

이런 때를 대비해 당신은 관찰 기록부와 같은 것을 따로 마련하여, 여기에다가 모든 것을 공식적인 기록으로 남겨둘 수 있다. 그럼으로써 당신은 현재 어느 지점에 와 있고 과거에는 어느 지점에 있었는가를, 또 미래에는 어느 지점에 가 있을 것인가를, 그리고 당신이 어느 지점으로 가기를 원하는가를 일목요연하게 알 수 있을 것이다. 과학적 작업 또는 전자공학 기술 분야에서 이 같은 기록 활동은 반드시 필요한 것이다. 그렇게 하지 않으면, 갈수록 문제들이 너무도 복잡해져서 종국에는 그 안에서 길을 잃고 정신이 혼란해질 것이기 때문이다. 그렇게 되면, 알고 있던 것이 무엇이고 모르던 것이 무엇인지조차 잊어버리고 마침내 일 자체를 포기할 지경에 이를 수도 있다. 모터사이클 관리에 관한 한, 일이 그처럼 복잡하지는 않다. 하지만 혼란이 일기 시작하면 어떻게 해야 할까. 모든 것을 공식적으로 정확하게 기록함으로써 혼란을 억제하는 것이 당신이 취할 수 있는 현명한 처사다. 때때로 문제를 기록하는 행위 자체만으로도 머리가 맑아질 수 있다. 그리하여 문제가 정말로 무엇인지를 머릿속으로 정리할 수 있게 된다.

관찰 기록부에 들어갈 논리적 진술들은 여섯 개의 범주로 나눌 수 있다. (1) 문제 자체에 대한 진술, (2) 문제의 원인에 대한 가설들,

(3) 각각의 가설을 테스트하기 위해 고안된 실험 방법들, (4) 실험을 거쳤을 때 예상되는 결과들, (5) 실험을 통해 관찰된 결과들, (6) 실험의 결과에서 얻은 결론. 이는 수많은 대학과 고등학교 학생들이 관찰 기록부를 작성할 때 그들에게 공식적으로 요구되는 절차와 크게 다를 것이 없는 것이다. 하지만 여기에서 목적하는 바는 그냥 시간을 때우기 위한 활동이 아니다. 이제 목적은 용의주도하지 않은 경우 성공적으로 이끌어나갈 수 없는 생각을 정확한 방향으로 유도하는 데 있다.

과학적 방법의 진정한 목적은 자연이 당신을 잘못 인도하지 않도록 단속을 하는 데 있다. 자연은 당신이 실제로는 모르는 것을 알고 있다는 식으로 착각하도록 당신을 홀릴 수도 있기 때문이다. 정비사든, 과학자든, 또는 기술자든, 이 세상에 살아 있다는 명함이라도 내밀 만한 사람이라면 그들 가운데 누구도 그런 식의 착각 때문에 애를 먹이 않은 사람은 없다. 그리하여 그들은 본능적으로 경계의 자세를 취한다. 이것이 바로 그렇게도 많은 양의 과학과 공학 기술 분야의 정보가 그처럼 지루하고 조심스럽게 들리는 주된 이유다. 만일 당신이 조심성을 잃거나 또는 과학적 정보를 낭만의 대상으로 여겨 여기저기 아름답게 치장하는 경우, 자연은 곧 당신을 완벽한 멍청이로 만들 것이다. 사실 당신이 그럴 기회를 주지 않을 때조차도 자연은 너무도 자주 당신을 멍청이로 만든다. 따라서 자연을 상대로 할 때 당신은 극도로 조심해야 하고 엄격하게 논리적이어야 한다. 논리적으로 단 한번의 실수라도 하는 경우, 과학이라는 엄청난 성채는 순식간에 몽땅 와해될 것이기 때문이다. 기계에 대한 연역을 단 한번이라도 잘못하는 경우 당신은 끝이 보이지 않는 진퇴양난 속에 빠져들 수밖에 없다.

공인된 과학적 방법의 제1항목에 해당하는 문제 자체에 대한 진술과 관련해서 핵심적 역할을 하는 것은 당신이 알고 있다고 확신하는 것 이상은 절대로 진술하지 않는 역량이다. 예컨대, 모터사이클이 꼼짝도 하지 않는다고 하자. 물론 전기 장치 안에 문제가 있는 것 같지만, 이를 절대적으로 확실하게 알고 있지 않다고 하자. 이때 "해결해야 할 문제: 왜 모터사이클이 작동하지 않을까?"라는 진술과 "해결해야 할 문제: 모터사이클의 전기 장치에 무슨 문제가 있는 것일까?"라는 진술 가운데 어느 것이 더 바람직한 것일까. 물론 후자보다는 전자가 한결 더 바람직한 것이다. 전자의 경우처럼 말하면 멍청하게 들릴지 모르지만 정확한 진술이기 때문이다. 당신은 먼저 "해결해야 할 문제: 모터사이클에 무엇이 문제인가?"라고 진술한 다음, 제2항목의 첫번째 조항에 "첫번째 가설: 문제는 전기 장치에 있을 수 있다"라는 진술을 넣어야 할 것이다. 이때 당신은 가능한 한 많은 가설을 세워야 한다. 그런 다음 각각의 가설 가운데 어느 것이 틀린 것이고 어느 것이 맞는 것인지를 테스트하기 위한 실험 방법을 생각해내야 한다.

  이처럼 신중하게 문제 제기에 접근하는 경우, 결정적으로 방향을 잘못 잡는 일을 미연에 방지할 수 있을 것이다. 어쩌다 한번 방향을 잘못 잡게 되면, 안 해도 될 일에 몇 주일 동안 매달리게 되거나 심지어 완전히 진퇴양난에 빠져들 수도 있다. 바로 이 때문에 과학적 문제 제기는 언뜻 보기에 때때로 멍청해 보이기도 한다. 후에 뒤따를 법한 멍청한 실수를 미연에 방지하기 위해 이처럼 멍청한 질문을 하는 것이다.

  낭만파들은 공인된 과학적 방법의 세번째 항목인 실험을 때때로 과학 그 자체의 전부라고 생각하기도 한다. 눈에 확연히 띄는 것은 오로지 그것밖에 없기 때문이다. 그들의 눈에는 수많은 실험관들과 수상하게 생긴 도구들이 보일 것이고, 또 무언가를 발견하면서 주변을 바쁘게 돌아다니는 과학자들이 보일 것이다. 그들은 실험이 한결 더 규모가 큰 지적 과정의 일부라는 사실을 보지 못하며, 그리하여 때때로 실험을 하는 것과 시범을 보이는 것 사이의 차이를 구별하지 못한 채 양자를 혼동하기도 한다. 겉으로 보기에 양자는 같아 보이기 때문이다. 만일 누군가가 자신의 노력의 결과가 어떠할 것이라는 것을 미리 알고 있다면, 프랑켄슈타인이라도 만들어낼 법한 5만 달러짜리 복잡한 장치를 동원해서 놀라운 과학 쇼를 한다고 하더라도 그 사람은 결코 과학적 작업을 하는 것이 아니다. 이와는 달리, 축전지가 제대로 작동하는가를 확인하기 위해 경적을 눌러보는 모터사이클 정비사는 공인된 것이 아니긴 하지만 진정한 의미에서의 과학적 실험을 수행하는 사람이라고 할 수 있다. 그는 자연에게 질문을 던짐으로써 하나의 가설을 테스트하고 있는 것이다. 텔레비전에 출연한 과학자가 슬픈 목소리로 이렇게 중얼거린다고 하자. "실험은 실패작이 되고 말았습니다. 우리가 희망하던 바를 성취하는 데 실패하고 만 것입니다." 이렇게 말한다면 그는 주로 형편없는 방송 대본 작가 때문에 피해를 보는 셈이다. 단지 예상된 결과를 성취하는 데 실패한다고 해서 그것만으로 실험을 실패작이라고 할 수는 결코 없다. 실험이 문제의 가설을 적절히 테스트하는 데도 실패할 경우에만, 바꿔 말해, 실험에서 산출된 데이터가 어떤 방법으로든 무언가를 증명하는 데 실패할 경우에만, 실험은 실패작이라고 할 수 있다.

  이 지점에서 필요한 것은 오로지 문제의 가설만을, 그 이상도 아니고 그 이하도 아니고 오로지 문제의 가설만을 테스트하는 실험 방법을 동원하는 역량이다. 만일 경적이 울렸다고 하고, 정비사가 그것만으로 전기 장치 전체가 작동하고 있다는 결론을 내렸다면, 그는 심각한 곤경에 빠져든 셈이 된다. 비논리적인 결론에 도달했기 때문이다. 경적 장치는 단지 축전지와 경적이 제대로 작동하고 있다는 사실만을 알려주는 것일 뿐이다. 제대로 된 실험 방법을 도출해내기 위해서라면 그는 무엇이 무엇의 원인인가의 관점에서 대단히 엄밀하게 생각해야만 한다. 무엇이 무엇의 원인인가에 대한 이해는 계층 체계를 파악함으로써 얻을 수 있다. 예컨대, 경적이 모터사이클을 움직이게 하는 것은 아니다. 상당히 우회적으로는 그렇다고 할 수 있을지 몰라도, 축전지도 역시 모터사이클을 움직이게 하는 것은 아니다. 전기 장치가 엔진을 가동하도록 직접적으로 작용하는 지점은 바로 스파크 플러그의 점화 지점이다. 따라서 전기 장치에서 공급된 전기를 최종적으로 사용하는 바로 이 지점을 테스트하지 않으면 문제가 전기적인 것인지 그렇지 않은지를 당신은 결코 제대로 알 수 없을 것이다.

 제대로 테스트하기 위해 정비사는 플러그를 엔진에서 빼낸 다음 플러그의 바깥쪽을 엔진의 몸체에 닿도록 조처한다. 그렇게 해야 접지(接地)가 되어 플러그의 점화 지점에 전기가 공급될 수 있기 때문이다. 이런 조처를 취한 다음 정비사는 시동 장치를 발로 세게 눌러 전기가 흐르도록 하고는 플러그의 점화 지점에 파란 불꽃이 일어나는지를 점검할 것이다. 만일 불꽃이 일지 않으면, 정비사는 (a) 전기가 공급되지 않는다거나 (b) 자신의 실험이 엉성했다는 두 결론 가운데 하나에 이를 것이다. 만일 그가 경험이 풍부한 사람이라면, 그는 플러그의 접점과 배선에 문제가 없는가를 점검하면서, 또한 플러그에 불꽃이 일도록 가능한 조처를 모두 취하면서, 몇 번을 더 시도할 것이다. 그렇게 해서도 플러그에 불꽃이 일도록 하는 데 실패했다면, 그는 결국에 가서 (a)가 옳다는 결론을 내릴 것이다. 즉, 플러그에 전기가 공급되지 않는다는 결론을 내릴 것이다. 이렇게 해서 실험이 끝나게 되는데, 실험을 통해 그는 자신의 가설이 옳다는 것을 증명한 셈이 된다.

마지막 범주인 결론과 관련해서 정비사의 역량은 실험을 통해 증명한 것 이외에는 아무것도 진술하지 않는 쪽으로 발휘되어야 한다. 전기 장치를 수리하면 모터사이클이 움직일 것이라는 점은 아직 증명되지 않은 상태다. 다른 부분에도 문제가 있을 수 있기 때문이다. 하지만 적어도 전기 장치를 고치기 전에는 모터사이클이 꼼짝도 하지 않을 것이라는 점만큼은 알게 되었다. 따라서 역량 있는 정비사라면 다음과 같은 공식적인 질문을 던져야 할 것이다. "해결해야 할 문제: 전기 장치에 무슨 문제가 있는가?"

이어서 그는 이 문제와 관련하여 가설을 세우고 이를 테스트해야 할 것이다. 적절한 질문을 던지고 적절한 테스트 방법을 선택함으로써, 또한 적절한 결론을 이끌어냄으로써, 정비사는 모터사이클의 계층 체계의 맨 마지막 단계에 이르기까지 하나하나 점검해나갈 것이다. 그렇게 함으로써 그는 정확하게 무엇이 문제라서 엔진이 꼼짝도 하지 않는지, 그 원인을 하나 또는 그 이상 구체적으로 찾아야 할 것이다. 이윽고 그는 문제의 부분을 고쳐 더 이상 문제를 유발하지 않도록 조처해야 할 것이다.

훈련이 되어 있지 않은 사람들의 눈에는 정비사가 육체 노동을 하고 있는 것으로밖에 보이지 않을 것이다. 그리하여 그들은 때때로 정비사들이 하는 것은 주로 육체 노동이라는 생각을 갖게 된다. 실제로는 육체 노동이란 정비사들이 하는 일의 지극히 일부분일 뿐이며, 또 가장 쉬운 부분이기도 하다. 그의 작업에서 단연코 제일 큰 비중을 차지하는 것은 세심한 관찰과 정확한 사고다. 종종 정비사들이 테스트 작업을 할 때 그처럼 과묵하고 또 무언가에 침잠해 있는 것처럼 보인다면 이는 바로 그 때문이다. 그들은 작업을 하는 동안 당신이 말을 거는 것을 좋아하지 않는데, 그 이유는 마음속의 이미지에, 계층 체계에 온정신을 집중하고 있기 때문이다. 실제로 그들의 시선은 결코 당신을 향해 있지도 않고, 또 물리적인 모터사이클을 향해 있지도 않다. 그들은 문제가 있는 모터사이클에 대한 이해의 계층 체계를 넓혀 나아가고, 또 그들의 마음속에 존재하는 올바른 계층 체계와 이를 비교하기 위한 방법의 일환으로 현재의 실험을 하고 있는 것이다. 요컨대, 그들은 내재되어 있는 근원적 형상에 눈길을 주고 있는 것이다.

반대편 차선에서 트레일러를 매단 승용차 한 대가 앞차를 추월하기 위해 우리 쪽 차선으로 들어선다. 그런 다음 좀처럼 자기 차선에 다시 들어가지 못하고 있다. 나는 그 승용차의 운전자에게 우리가 앞에 있다는 것을 알리기 위해 전조등을 깜빡인다. 상대는 우리를 보았지만 다시 차선으로 들어가지 못하고 있다. 도로의 갓길은 좁고 울퉁불퉁하다. 갓길로 잘못 들어섰다가는 모터사이클이 미끄러져 넘어지기 십상이다. 나는 브레이크를 밟거나 경적을 울리기도 하고 또 전조등의 불빛을 깜빡여서 그에게 주의를 준다. 맙소사! 세상에, 이럴 수가! 그가 당황하여 우리 쪽 갓길을 향해 돌진하고 있지 않은가! 나는 모터사이클을 도로 가장자리 쪽으로 바짝 붙인 채 앞으로 나아간다. 마침내 그 승용차가 우리를 향해 돌진한다! 마지막 순간에 승용차의 운전자는 차의 방향을 자기 차선 쪽으로 바로잡아 우리와 간발의 차이를 두고 아슬아슬하게 스쳐 지나간다.

판지 상자 하나가 도로 위에서 펄럭이다가 우리를 향해 굴러 온다. 사실 가까이 다가가기 훨씬 전부터 계속 우리는 그 상자를 눈여겨보고 있는 참이다. 틀림없이 누군가의 트럭에서 떨어진 것이리라.

이윽고 충격이 느껴진다. 만일 우리가 차를 몰고 있었다면 정면으로 들이받거나 도랑으로 굴러떨어지거나 했을 것이다.

우리는 모터사이클을 몰아 조그만 마을로 들어선다. 아이오와 한가운데나 있을 법한 마을이다. 높다랗게 자란 옥수수가 온통 주변을 뒤덮고 있고, 비료 냄새가 대기를 가득 채우고 있다. 모터사이클을 세워 놓고 우리는 식당으로 들어간다. 엄청나게 실내가 널찍하고 천장이 높은 구식 공간이다. 맥주를 마시면서 먹을 요량으로 나는 다른 때와 달리 이번에는 이 식당이 내놓을 수 있는 것이라면 그것이 무엇이든 모두 주문한다. 그런 다음 땅콩, 팝콘, 프레첼,[3] 감자 칩, 말린 멸치, 엄청나게 잔가시가 많은 다른 종류의 생선을 훈제해서 말린 것, 슬림 짐,[4] 롱 존,[5] 페퍼로니 소시지, 프리토스,[6] 비어 너츠.[7] 햄과 소시지가 들어 있는 스프레드,[8] 돼지고기 껍질을 튀긴 것, 무슨 맛인지 구별할 수 없는 별미를 지닌 참깨 크래커 등등으로 늦은 점심 식사를 대신한다.

실비아가 말한다. "아직도 기운을 차릴 수가 없네요."

어쩐 일인지 몰라도, 그녀는 판지 상자를 보고 도로 위에서 뒹굴고 또다시 뒹구는 바로 그것이 우리의 모터사이클이라고 착각했던 것이다.

---

3) pretzel: 밀가루를 반죽하여 매듭 모양으로 만든 다음 구운 짭짤한 비스킷. 맥주 안주로 제공될 때가 많음. 이 비스킷은 일반적으로 남부 독일에서 유래된 것으로 알려져 있지만, 독일과 국경 지대를 이루고 있는 프랑스의 알자스 지방에서 유래된 것이라는 주장에서 시작하여 고대 로마 시대부터 있었다는 주장에 이르기까지 다양한 설이 존재함.
4) Slim Jim: 슬림 짐이라는 동명의 회사에서 제조해서 판매하는 막대 모양으로 되어 있는 말린 쇠고기.
5) Long John: 젤리로 안을 채운 기다란 모양의 도넛. 베를린 도넛Berlin doughnut으로 불리기도 하고 또 비스마르크bismarck로 불리기도 함. 롱 존을 복수형 일반 명사(long johns)로 사용하는 경우 이는 '긴 내의'를 뜻함.
6) Fritos: 옥수숫가루를 반죽하여 얇게 튀겨놓은 간식거리의 일종. 프리토 레이Frito Lay라는 회사의 제품임.
7) Beer Nuts: 비어 너츠 회사Beer Nuts, Inc.에서 가공한 땅콩 등 각종 견과류를 지칭하는 표현.
8) spread: 빵이나 크래커를 먹을 때 그 위에 바르거나 얹는 것. 버터나 치즈 또는 잼 등도 이에 속함.

제 10 장

　마을을 빠져나와 다시 계곡으로 들어선다. 강 양편의 병풍 같은 절벽에 가려 하늘은 여전히 제 모습을 다 보여주지 않는다. 강 양편의 절벽은 아침녘에 비해 한결 더 가까운 거리에서 서로를 마주 보고 있고, 우리에게도 더 가깝게 다가와 있다. 강의 상류를 향해 우리가 다가갈수록 계곡의 폭이 점점 더 좁아지고 있는 것이다.

　우리는 또한 내가 논의하고 있는 이야기의 출발점이라고 해도 좋을 만한 지점에 와 있기도 하다. 이 지점에 이르러 우리는 마침내 파이드로스가 사유 방식의 주류를 형성하고 있는 합리적 사유에서 일탈한 것과 관련하여 이야기를 시작할 수 있을 것 같다. 이처럼 파이드로스가 사유 방식의 주류에서 일탈한 것은 물론 합리성이라는 유령을 추구하는 과정에서다.
　그가 수도 없이 읽고 또 읽고 또한 되풀이하여 되뇌었기 때문에 아직까지 변함없이 그대로 남아 있는 구절이 있다. 이는 다음과 같이 시작된다.

    과학의 신전에는 수많은 저택이 들어서 있다. . . . 그리고 그 저택에 거주하고 있는 이들은 진실로 다양한 종류의 사람들이며, 그들이 이곳에 거주하게 된 동기 또한 다양하다.

    많은 사람들이 뛰어난 지적 능력에 대한 희열감 때문에 과학을 선택한다. 그들에게 과학이란 그들 자신의 특별한 오락물로, 생생한 체험과 야망의 만족을 위해 그들은 이 오락물에 눈길을 준다. 한편, 다른 부류에 속하는 많은 사람들이 신전에서 발견되기도 하는데, 그들은 자신들의 머리에서 나온 것을 이 신전의 제단에 바치되 순전히 실리적인 목적을 위해 그렇게 한다. 만일 하나님의 천사가 와서 이 두 부류에 속하는 사람들을 몽땅 신전 밖으로 쫓아낸다면, 신전은 눈에 띄게 텅 빈 것처럼 보이게 될 것이다. 하지만 그래도 아직 몇몇 사람들이, 현재의 사람들과 과거의 사람들 몇몇이 신전 안에 남아 있게 될 것이다. . . . 만일 방금 추방했던 부류의 사람들이 신전에 있던 유일한 사람들이라면, 신전은 결코 존재할 수조차 없었을 것이다. 마치 나무가 없이 오로지 곤충들만으로 이루어진 숲이란 존재할 수 없는 것과 마찬가지로. . . . 천사가 호감을 보이는 사람들은 . . . 다소 묘한 구석이 있고, 좀처럼 말이 없으며, 고독한 친구들이다. 천사에게 거부당한 수많은 사람들이 서로 비슷한 것과는 달리, 그들에게서는 서로 비슷한 구석을 정말로 찾아보기 어렵다.

    무엇이 그들을 신전으로 인도했는가에 대해서는 . . . 간단하게 대답하기가 어렵다. . . . 고통스러울 정도로 조악하고 절망적일 정도로 따분한 일상에서 탈출하고자 한 사람들도 있고, 자신의 변덕스러운 욕망의 굴레에서 벗어나고자 한 사람들도 있다. 섬세한 기질을 타고난 사람들도 있는데, 그들은 시끄럽고 북적대는 환경에서 벗어나 고산 지대의 정적에 파묻히고자 하여 과학의 신전을 향한 사람들이다. 그들은 그곳에서 고요하고 맑은 대기 속으로 자유롭게 눈길을 주기도 하고, 또 애정의 마음을 가득 지닌 채 명백히 영겁을 견디도록 세워진 것이 틀림없는 평화로운 산의 자태를 찾아 나서기도 한다.[1]

이 구절은 알베르트 아인슈타인이라는 이름을 지닌 독일의 젊은 과학자가 1918년에 행한 연설에 나오는 대목이다.

파이드로스는 열다섯 살의 나이에 대학을 들어가 1년 동안 과학을 공부했다. 그의 전공 분야는 이미 생화학으로 정해진 상태였는데, 그는 특히 유기적 세계와 무기적 세계가 만나는 지점을 집중적으로 공부할 생각이었다. 말하자면, 그는 오늘날 이른바 분자 생물학으로 알려진 분야를 공부하고자 했다. 그는 이 분야에 대해 공부하는 것을 앞으로의 출세를 위해 이력을 쌓아가는 과정으로 생각하지 않았다. 그는 아직 대단히 젊었고, 이 분야에 대한 공부는 그에게 이상(理想)을 실현하기 위한 일종의 고귀한 목표와도 같은 것이었다.

이런 종류의 일을 하도록 어느 한 인간을 유도하는 정신 상태란 종교적 참배자 또는 연인의 정신 상태와 유사한 것이다. 나날의 노력은 그 어떤 고의적 의도나 프로그램에서 나오지 않는다. 다만 마음에서 곧바로 나올 뿐이다.

---

1) 이 장(章)에서 인용되고 있는 알베르트 아인슈타인(Albert Einstein, 1879~1955)의 글은 아인슈타인이 막스 플랑크(Max Planck, 1858~1947)의 60회 생일을 기념하여 1918년 베를린에서 행한 연설문인 「과학 연구의 원리Principles of Research」에서 나온 것임.

만일 파이드로스가 그 어떤 야망의 실현이나 실리적 목적을 위해 과학에 입문했다면, 그는 하나의 실체로서의 과학적 가설의 본질 그 자체에 대해 의문을 제기하지 않았을 것이다. 하지만 그는 이에 대해 의문을 제기했고, 또 질문에 대한 답에 만족할 수 없었다.

가설을 세우는 과정은 과학적 방법의 전 과정에서 가장 의문스러운 과정이다. 가설이 어디에서 오는 것인지는 아무도 모른다. 어떤 사람이 어딘가에 앉아서 자신의 일에 몰두해 있다고 하자. 그러다가 갑자기 번개처럼 이제까지 이해하지 못하던 무언가를 이해하게 되었다고 하자. 가설은 테스트를 거치기 전에는 진실이 아니다. 하지만 이 경우가 암시하듯 테스트가 그 출처는 아니다. 가설의 출처는 다른 어딘가에 있다.

아인슈타인은 이렇게 말한 바 있다.

인간은 스스로 자신에게 가장 알맞은 방식에 맞춰 세계를 단순하고 이해하기 쉬운 그림으로 바꿔놓으려 한다. 그리고 자신이 그린 이 같은 우주를 체험의 세계와 어느 정도 대체함으로써 체험의 세계에 대한 이해의 어려움을 극복하고자 한다. . . . 그는 이 우주와 이 우주를 세우는 일을 자신이 영위하는 정서적 삶의 중심축으로 만드는데, 이는 개인적 체험이라는 가파른 소용돌이 속에서 발견할 수 없는 평화와 고요를 찾기 위한 것이다. . . . 최대의 과제는 . . . 순수한 연역을 통해 자신의 우주를 세울 때 이에 필요한 보편적이고 근원적인 법칙에 도달하는 일이다. 하지만 이 법칙에 이르는 그 어떤 논리적 길도 존재하지 않는다. 다만 직관——체험에 대한 교감적 이해를 바탕으로 하여 싹트는 이 직관——을 통해서만 그러한 법칙에 이를 수 있을 뿐이다. . . .

직관이라니? 교감이라니? 과학적 지식의 근원을 설명하기 위한 말이라고 보기에는 수상한 것들이 아닌가.

아인슈타인에 비해 급이 떨어지는 과학자라면 아마도 이렇게 말했을 것이다. "하지만 과학적 지식은 자연에서 온다. 자연이 가설을 제공하는 것이다." 하지만 아인슈타인은 자연이 가설을 제공하지는 않는다는 사실을 알고 있었다. 자연은 단지 실험 데이터만을 제공할 뿐이다.

급이 떨어지는 과학자라면 또한 이렇게 말했을 것이다. "아, 그런가? 그렇다면 가설을 제공하는 것은 인간이라고 해야겠지." 하지만 아인슈타인은 이 또한 부정한다. "이 문제에 정말로 심각하게 부딪혀 본 사람이라면, 비록 현상과 이론적 원리 사이를 연결해주는 가교(架橋)가 존재하지 않는다는 사실에도 불구하고, 실제로는 현상 세계가 고유의 독특한 방식으로 이론적 체계를 결정한다는 사실을 아무도 부정하지 못할 것이다."

파이드로스가 사유 방식의 주류에서 일탈하기 시작한 때가 언제인가 하면, 실험실에서 얻은 체험의 결과로서의 가설들, 실체로서의 가설들 그 자체에 관심을 갖게 되면서다. 그가 실험실에서 작업을 하면서 되풀이하여 깨닫게 된 것이 있다면, 과학의 영역에서 가장 어려운 것처럼 보일 수도 있는 작업인 가설들을 생각해내는 일이 예외 없이 가장 쉬운 일이라는 점이었다. 모든 것을 공식적으로 엄밀하고도 명료하게 기록하는 행위 자체가 가설들을 제시하는 것처럼 보이기도 했다. 그가 제1의 가설을 실험 방법에 따라 테스트하는 동안 홍수같이 다른 가설들이 그의 마음에 떠오르기도 했고, 이 새로운 가설들을 테스트하는 동안 여전히 또 다른 일군의 가설들이 마음에 떠오르기도 했다. 마침내 가설들에 대한 테스트를 계속하여 하나하나를 제거해나가거나 이들을 받아들이지만, 그럼에도 불구하고 가설의 숫자는 줄지 않는다는 것이 고통스럽지만 명백한 사실임을 인정하지 않을 수 없었다. 사실 작업을 계속함에 따라 가설의 숫자는 늘기만 했다.

처음에 그는 이 사실을 재미있다고 생각했다. 그래서 그는 파킨슨의 법칙[2]에 담긴 재치를 되살려 "주어진 현상을 설명할 수 있는 합리적 가설의 숫자는 무한하다"라는 나름의 법칙을 만들어내기까지 했다. 가설이 무궁무진하다는 사실이 그를 즐겁게 하기도 했다. 그에게는 머리로 짜낼 수 있는 방법이란 방법을 다 동원하여 씨름해보지만 자신의 실험 작업이 더 이상 진척될 수 없는 막다른 길에 봉착할 경우도 있었는데, 심지어 그런 경우에도 여전히 자리를 잡고 앉아 오랫동안 그 문제와 씨름하다 보면 틀림없이 또 다른 가설이 나오게 마련이라는 사실까지 그는 알게 되었다. 항상 그런 식이었다. 문제의 법칙을 만들어내고 몇 달이 지난 다음 그는 비로소 그 법칙에 담긴 재치나 이점(利點)에 대해 약간의 의문을 품기 시작했다.

만일 그가 만든 법칙이 맞는 것이라면, 이는 결코 과학적 추론 과정에 존재하는 사소한 결함일 수 없다. 이는 모든 것을 완벽하게 허무한 것으로 만들기 때문이다. 모든 과학적 방법의 보편타당성을 논리적으로 부정함으로써 일대 위기를 초래하기 때문이다.

과학적 방법의 목적이 무수한 가설 가운데 하나를 선택하는 데 있다

---

[2] Parkinson's Law: "업무량은 주어진 시간이 많아지는 만큼 늘어나게 마련이다"로 요약될 수 있는 파킨슨의 법칙은 영국의 사학자 시릴 노스코트 파킨슨(Cyril Northcote Parkinson, 1909~1993)이 1955년 『런던 이코노미스트』지를 통해 제안한 것으로, 원래 작업량과 시간의 관계를 설명하기 위한 것이었다. 그에 의하면, "어떤 조직 내에서 일하는 사람의 수는 해야 할 업무량에 관계없이 늘어나게 마련"이라는 것이다. 이 법칙은 수많은 영역에서 더할 수 없는 설득력을 보이는데, 예컨대 컴퓨터의 데이터 양과 저장 공간을 예로 들어보자. "저장 공간이 늘어나면 늘어날수록 이를 채우기 위한 데이터는 늘어나게 마련이다." 하지만 불행하게도 이 법칙은 우리들의 지갑의 크기와 돈 사이의 관계에는 들어맞지 않는다.

면, 하지만 실험 방법이 다룰 수 있는 것보다 더 빠른 속도로 가설의 숫자가 증가한다면, 명백히 모든 가설을 다 테스트하기란 불가능할 것이다. 만일 모든 가설을 다 테스트할 수 없다면, 어떤 실험의 결과도 잠정적인 것일 수밖에 없다. 그렇다면 과학적 방법 전체가 증명이 완료된 지식을 확립하려는 자체의 목적을 달성할 수 없다.

이에 대해 아인슈타인은 다음과 같이 말한 바 있다. "진화 과정이 우리에게 보여주는 것이 있다면, 어느 한순간을 기준으로 해서 보든, 상정 가능한 수많은 잠재적 구성물 가운데 어느 하나가 나머지 다른 것들보다 절대적으로 우월함을 항상 스스로 증명해 보이고 있다는 사실이다." 그러니 더 문제 삼지 말자는 것이 아인슈타인의 입장이다. 하지만 파이드로스가 보기에 그것은 믿기 어려울 정도로 허약한 답변이었다. "어느 한순간을 기준으로 해서 보든"이라는 구절이 그에게 정말로 대단한 충격을 주었다. 정말로 아인슈타인이 진리는 시간의 함수(函數) 가운데 하나라는 뜻에서 그런 진술을 한 것일까? 만일 그런 뜻으로 진술했다면, 이는 모든 과학의 가장 기본적인 가정인 시간을 초월한 진리에 대한 믿음 자체를 무효화할 수도 있다!

하기야 과학사가 그러하다. 과학사 전체가 오래된 사실들에 대한 해명이 끊임없이 새롭게 바뀌고 있음을 선명하게 전하는 이야기일 뿐이다. 영구불변이라고 하는 것의 시간적 길이는 완전히 임의로 결정되는 것처럼 보였으며, 파이드로스는 거기에서 어떤 질서도 찾을 수 없었다. 어떤 과학적 진리는 몇 세기 동안 유효한 것 같아 보였고, 어떤 것들은 단 1년도 유효하지 못한 것 같아 보였다. 과학적 진리란 영원히 효력을 갖는 도그마 또는 정론(定論)과 같은 것이 아니라, 다른 모든 것과 마찬가지 방법으로 연구될 수 있는 것—그러니까 시간의 지배를 받고 계량(計量)이 가능한 그런 것—에 불과한 것일까.

파이드로스는 과학적 진리들에 대한 탐구 작업을 했다가, 이윽고 시간이 진리의 존재 조건까지 지배하는 명백한 요인이라는 점 때문에 한층 더 충격을 받게 되었다. 그에게 과학적 진리의 수명은 과학적 노력의 강도와 역함수의 관계에 있는 것처럼 보였다. 예컨대, 20세기의 과학적 진리는 19세기의 과학적 진리보다 한결 더 수명이 짧은 것처럼 보인다. 20세기에 들어서면서 과학적 활동이 전보다 한결 더 활발해졌기 때문이다. 만일 다음 세기에 과학적 활동이 열 배로 증가한다면 과학적 진리의 기대 수명은 현재에 비해 10분의 1로 줄어들 것으로 예상할 수 있다. 기존의 진리의 수명을 단축하는 것은 구체적으로 무엇인가. 그것은 바로 이 진리를 새것으로 대체하기 위해 제시된 가설들의 양이다. 말하자면, 가설들이 많아지면 많아질수록 진리의 수명은 그만큼 짧아진다. 최근 몇십 년 사이에 가설의 양을 증가시키는 결정적 요인처럼 보이는 것은 다름 아닌 과학적 방법 그 자체인 것처럼 보인다. 사물을 관찰하면 관찰할수록 더 많은 것이 보이는 법이다. 무수한 가설들 가운데 사실과 일치하는 하나의 진리를 가려내는 대신, 가설의 무수함에 무수함만을 더하고 있는 것이다. 논리적으로 따져보면, 이는 과학적 방법을 동원하여 변하지 않는 진리를 향해 나아가고자 하면서도 실제로는 전혀 그런 방향으로 나아가고 있지 않음을 의미한다. 아니, 오히려 진리로부터 멀어지고 있다고 할 수 있다! 진리 그 자체를 다른 것으로 변하도록 하는 데 동인(動因)이 되고 있는 것이 다름 아닌 진리를 확인하기 위해 동원된 과학적 방법인 것이다!

개인적 차원에서 파이드로스가 목도한 것은 과학사의 뿌리 깊은 특징이라고 할 수 있는 현상, 보이기에 난처한 것을 황급히 카펫 밑으로 밀어 넣듯 사람들이 오랜 세월 숨기기에 급급했던 그런 현상이었다. 즉, 과학적 탐구의 예상 결과와 실제 결과가 완전히 대립 관계에 있지만, 누구도 이 사실에 별다른 주의를 기울이지 않는 것처럼 보인다. 과학적 방법의 목적은 수많은 가설적 진리들 가운데 유일한 진리를 선택하는 데 있다. 무엇보다도 바로 거기에 과학의 존재 이유가 놓인다. 하지만 역사적으로 과학은 정확하게 정반대의 길을 걸어왔다. 사실과 정보와 이론과 가설을 무수히 증가시키고 또 증가시킴으로써, 인류를 유일무이한 절대적 진리에서 미결정 상태의 무수한 상대적 진리들 쪽으로 인도하고 있는 당사자가 바로 과학 자신인 것이다. 사회적 혼돈을 조장하고, 합리적 지식을 동원하여 일소해야 할 사유와 가치의 불확정성을 조장하는 주범이 다름 아닌 과학 자신이다. 오래전 파이드로스가 실험실에서 홀로 자신의 작업을 하면서 주목했던 현상이 오늘날의 공학 기술의 세계 어디서나 목격된다. 과학적으로 생산된 반(反)과학이, 이에 따른 혼돈이.

이제 잠깐 뒤돌아서서, 고전적 현실과 낭만적 현실 사이의 구분과 관련하여 앞서 말했던 모든 것을 파이드로스라는 이 사람과 관련지어 이야기하는 것이 왜 중요한가를 확인할 수 있는 지점에 이르게 되었다. 과학과 공학 기술이 인간의 정신에 강요하는 무질서한 변화에 정신이 혼란해진 무수한 낭만파들과는 달리, 과학으로 훈련된 고전적 마음으로 무장한 파이드로스는 단순히 절망감에 젖어 양손을 쥐어뜯거나, 도망가거나, 어떤 해결책도 제시하지 못한 채 상황 전체를 마구 매도하는 것 이상의 일을 할 수 있었다.

앞서 내가 말했던 것처럼 그는 마침내 몇 가지의 해결책을 제시했다. 하지만 문제가 너무도 심각하고 또 너무도 끔찍하고 복잡한 것이어서 그가 제시한 해결책의 무게를 진실로 이해하는 사람은 아무도 없었다. 그리하여 사람들은 그가 말하는 것을 이해하는 데 실패하거나 또는 오해하게 되었다.

기회만 주어졌다면 그는 이렇게 말했을 것이다. 오늘날 우리 사회가 마주하고 있는 위기의 원인은 이성 자체가 그 본질 안에 간직하고 있는 유전적 결함에 있다. 그리고 이 유전적 결함을 바로잡기 전까지 위기는 계속될 것이다. 우리가 현재 떠받들고 있는 유형의 이성적 합리성은 우리 사회를 보다 나은 세계로 이끌어가고 있지 않다. 오히려 우리 사회를 보다 나은 세계로부터 점점 더 멀어지게 하고 있을 뿐이다. 이 유형의 합리성이 우리를 지배하기 시작한 것은 르네상스 이후다. 의식주의 문제가 우리를 지배하는 한, 이 유형의 합리성은 계속 유효한 것이 될 것이다. 하지만 오늘날 수많은 사람들에게 이는 더 이상 모든 것을 압도할 만큼 다급한 문제는 아니다. 그런 이상 고대로부터 우리에게 전해져온 이 유형의 합리성은 더 이상 적절한 것이라고 할 수 없다. 이제 이것의 본래 모습이 드러나기 시작했다. 정서적으로 공허하고, 미학적으로 무의미하며, 영적으로 빈곤한 것, 이것이 바로 우리를 지배하는 합리성의 본래 모습이다. 오늘날 우리가 처해 있는 상황은 그런 것이며, 앞으로 오랫동안 계속하여 이런 상황은 변하지 않을 것이다.

내가 마음속에 떠올리는 것은, 해결책을 갖고 있기는커녕 아무도 그 깊이를 제대로 이해조차 못 하는 격심하고 지속적인 사회적 위기 상황이다. 거기에서 나는 존과 실비아 같은 사람들이 합리적 구조의 문명화된 삶과 단절된 채 길을 잃고 살아가는 것을 본다. 그들은 합리적 구조 바깥쪽에서 해결책을 찾으려 하지만, 장기간 진정한 만족을 줄 수 있는 것이라고는 아무것도 찾아내지 못하고 있다. 그리고 나는 파이드로스의 모습을, 실험실에 고립된 채 홀로 추상화에 몰두하고 있는 그의 모습을 마음으로 떠올려본다. 그도 사실 여기에서 내가 말하는 바로 그 위기 상황에 우려의 눈길을 보내고 있었지만, 그는 전혀 다른 지점에서 출발하여 반대 방향으로 나가고 있었다. 내가 여기에서 하고자 하는 일은 바로 이 모든 것을 하나로 종합하는 것이다. 이는 너무도 거대한 작업이다. 때때로 나 자신이 방황하고 있는 것처럼 보인다면 바로 이 때문이다.

파이드로스가 이야기를 나눈 사람들 가운데 누구도 그를 그다지도 좌절시켰던 이 같은 현상에 진정한 관심을 보이지 않았던 것 같다. 그들은 이렇게 말하는 것처럼 보일 뿐이었다. "우리 모두 알고 있듯 과학적 방법은 타당한 것이야. 그런데 그걸 왜 문제 삼지?"

파이드로스는 이런 태도를 이해할 수 없었고, 어떻게 이에 대처해야 할지도 알 수 없었다. 그리고 그는 개인적 이유나 실리적 이유에서 과학도가 된 것이 아니었기 때문에 이런 상황에서 완전히 정지할 수밖에 없었다. 마치 아인슈타인이 묘사한 바 있는 산속의 고요한 경치를 그가 명상에 잠겨 바라보고 있는 동안 산들 사이에 균열이, 순수한 무(無)의 공간과도 같은 갈라진 틈이 갑자기 그의 눈에 띄게 된 것이나 다름없었다. 그리고 이를 설명하는 과정에 그는 천천히, 또한 고통스럽게, 영겁을 견디도록 세워진 것처럼 보이는 산들이 어쩌면 다른 무엇일 수 있음을 . . . 어쩌면 그의 상상력이 만들어낸 허상일 수 있음을 인정해야 했다. 그는 더 이상 앞으로 나아갈 수가 없었다.

그리하여 열다섯의 나이에 과학도가 되어 대학 1년의 과정을 마친 파이드로스는 열일곱의 나이에 학점을 따지 못했다는 이유로 대학에서 쫓겨나게 되었다. 학업을 계속하기에는 미숙하고 주의가 산만하다는 것이 학교에서 내놓은 공식적 이유였다.

이에 대해 누구도 무엇을 어찌할 수 없었다. 이를 막을 수도 없었고 번복할 수도 없었다. 대학은 학문적 기준을 완전히 포기하지 않고서는 그에게 학업을 계속하도록 허락할 수가 없었다.

놀라움에 제대로 정신을 차릴 수 없는 상태에서 파이드로스는 어떤 것에도 구애되지 않은 채 정처 없이 측면으로 떠도는 일련의 긴 정신적 방황을 시작했다. 방황의 과정에 그는 정신 세계의 아득한 외곽 지대에까지 흘러가기도 했지만, 마침내 우리가 지금 따라가고 있는 여정을 따라 대학의 문으로 되돌아오게 되었다. 내일 나는 그 여정에 대한 이야기를 시작하련다.

드디어 산악 지대가 보이기 시작하는 지점인 로럴[3]에 도착한다. 우리는 하룻밤을 묵기 위해 이곳에서 잠시 여행을 멈춘다. 이제 시원한 저녁의 미풍이 분다. 미풍은 눈이 덮인 산정에서 불어오는 것이다. 해는 이미 한 시간 전에 산 뒤로 숨어버린 것이 확실하지만, 줄지어 늘어선 산과 산 저편의 하늘은 아직 환한 빛을 띠고 있다.

실비아와 존, 그리고 크리스와 나는 어둠에 덮여가는 중심가를, 저 멀리까지 길게 뻗어 있는 중심가를 따라 걷는다. 걷는 동안 산과 관계가 없는 것들을 화제로 삼아 이야기를 나누지만, 우리는 내내 산악 지대가 우리 옆에 있음을 느낀다. 이곳에 오게 되어 기쁘다. 그리고 이곳에 오게 되어 약간은 슬프기도 하다. 때때로 목적지에 도착하는 것보다 목적지를 향해 여행하는 것이 더 좋을 때도 있다.

---

[3] Laurel: 몬태나 주의 옐로스톤 카운티Yellowstone County에 있는 인구 6,255명(2000년 조사)의 도시. 몬태나 메트로폴리탄 지역인 빌링스Billings의 일부.

제 11 장

 잠에서 깨어나, 기억 때문인지 또는 공기에서 느껴지는 무언가 때문인지 몰라도 우리가 산악 지대 가까이에 와 있음을 어렴풋이 느낀다. 우리는 목조로 된 멋진 구식의 호텔 방에 있다. 창문에 드리워진 커튼을 뚫고 햇살이 들어와 어두운 빛깔의 목조 바닥을 비춘다. 커튼이 드리워져 있지만 나는 우리가 산악 지대 가까이에 와 있음을 감지한다. 이 방 안에서도 산 공기가 느껴지기 때문이다. 습기를 머금고 있는 시원한 공기는 향기롭게 느껴지기까지 한다. 깊이 한 번 숨을 들이마시고는 곧이어 다시 한 번 더 들이마신다. 그리고 다시 또 한 번 더 들이마신다. 숨을 한 번씩 들이마실 때마다 조금씩 더 하루를 맞이할 마음의 준비가 된다. 마침내 나는 잠자리에서 벌떡 일어나 커튼을 걷어 올리고 햇살이 방 안으로 쏟아져 들어오게 한다. 눈부시고 시원하며 밝은 햇살, 선명하고도 맑은 햇살이 방 안으로 들어온다.
 자고 있는 크리스 쪽으로 가서 흔들어 깨우고 싶은 충동이 인다. 그를 벌떡 일으켜 세워 이 모든 것을 보게 하고 싶다. 하지만 마음이 너

그러워져, 어쩌면 잠자는 사람에 대한 배려의 마음에서, 그가 좀더 잠을 자도록 내버려둔다. 곧이어 면도기와 비누를 들고 공동 세면장으로 간다. 세면장은 방과 마찬가지로 어두운 빛깔의 목조로 바닥을 깔아놓은 긴 복도 저편 끝에 있다. 복도를 따라 걷는 동안 내내 바닥에서 삐걱거리는 소리가 난다. 세면장에 들어가 수도꼭지를 돌리니 뜨거운 물이 증기를 내뿜으며 쏟아져 나온다. 처음에는 면도를 하기에 물이 너무 뜨거웠으나, 찬물을 좀 섞으니 괜찮아진다.

거울 뒤편의 창문을 통해 보니 건물 뒤쪽으로 베란다가 보인다. 세면을 마치고 베란다에 서서 주변을 둘러본다. 베란다의 위치가 호텔을 에워싸고 있는 나무들의 꼭대기와 같은 높이에 있다. 마치 나무들이 내가 잠자리에서 일어나서 그랬던 것처럼 이 아침의 공기를 들이마시고 있는 것 같다. 나뭇가지들과 잎들이 미풍이 불 때마다 기다리기라도 했다는 듯, 그동안 내내 기다리고 있었다는 듯 한들거린다.

크리스가 곧 잠자리에서 일어난다. 실비아가 자기네들 방에서 나와, 자기와 존은 벌써 아침 식사를 했으며 존은 지금 근처로 산책을 하러 나갔다고 말한다. 하지만 실비아는 우리가 아침 식사를 하러 갈 때 함께 가겠다고 한다.

오늘 아침 우리는 우리 주변의 모든 것에 반해 있다. 그리하여 햇빛을 받아 환한 거리를 따라 식당까지 걸어가는 동안 내내 유쾌한 이야기를 나눈다. 달걀과 핫케이크와 뜨거운 커피가 천국에서 방금 가져온 것처럼 맛이 그만이다. 실비아와 크리스가 크리스의 학교 생활과 친구들, 그리고 그 밖에 소소한 그의 개인적 문제들을 놓고 친밀하게 이야기를 나누고 있다. 그들이 이야기를 나누는 동안 나는 그들의 이야기에 귀를 기울인 채 식당의 커다란 창문을 통해 길 건너편의 가게들을 훑어본다. 사우스다코타에서 보낸 쓸쓸한 그날 밤과 지금은 너무나 다르다. 저 건물들 너머로 산들이 보이고 눈 덮인 벌판들이 보인다.

실비아가 말하길, 존이 이 마을에 사는 어떤 사람과 보즈먼으로 가는 길을 놓고 이야기를 나눴다고 한다. 원래 예정했던 길 대신 남쪽으로 내려가서 옐로스톤 공원[1]을 가로질러 보즈먼으로 가는 길을 알아보았다는 것이다.

"남쪽으로요?" 내가 묻는다. "레드 롯지[2]로 가자는 말이지요?"

"그런 것 같아요."

눈이 덮인 6월의 벌판에 대한 기억이 나의 뇌리를 스친다. "그 길을 따라가면 수목한계선 위까지 올라가게 됩니다."

"그렇게 길이 나쁜가요?" 실비아가 묻는다.

"추울 겁니다." 눈이 덮인 벌판 한가운데로 모터사이클들과 이를 몰고 가는 우리들의 모습이 마음에 떠오른다. "춥지만 경치가 엄청나지요."

호텔로 돌아오는 도중 우리는 존을 만난다. 그리고 길을 바꿔 가기로 결정한다. 곧 우리는 철로 아래쪽으로 뚫린 길을 지난 다음 아스팔트로 포장된 꾸불꾸불한 도로를 달린다. 도로는 벌판을 가로질러 눈앞에 보이는 산악 지대로 향하고 있다. 이는 파이드로스가 항상 이용하던 길이다. 지나가는 곳곳마다 그에 대한 기억과 일치한다. 높고 어두운 앱서로카 산악 지대[3]가 곧바로 눈앞에 어른거린다.

---

1) Yellowstone National Park: 1872년 미 의회에 의해 국립공원으로 지정된 공원으로, 지리적으로 와이오밍, 몬태나, 아이다호 3개 주가 만나는 지역에 있음. 이 공원의 간헐천이 특히 널리 알려져 있음.
2) Red Lodge: 몬태나 주의 카본 카운티Carbon County에 있는 인구 2,177명(2000년 조사)의 도시. 몬태나 메트로폴리탄 지역인 빌링스Billings의 일부.
3) Absaroka Range: 로키 산맥에서 갈라져 나온 산맥으로, 몬태나 주와 와이오밍 주 사이의 경계 지역에 240킬로미터의 길이로 뻗어 있음. 옐로스톤 국립공원의 동쪽 지역과 맞닿아 있음.

우리는 시내를 따라 그 근원지를 향해 올라가고 있다. 아마도 이 시내의 물은 한 시간도 채 안 되는 시간 전까지만 해도 눈이었을 것이다. 시내와 도로가 푸른 벌판들과 돌로 덮인 벌판들을 지나 조금씩 그리고 또 조금씩 높은 지대로 올라간다. 모든 것이 햇빛을 받아 더할 수 없이 강렬하게 빛나고 있다. 그림자는 더할 수 없이 어둡고 햇빛이 비치는 곳은 더할 수 없이 밝다. 하늘은 검푸르다. 하늘이 보이는 곳에 들어서면 강렬하고 뜨거운 햇빛이 우리를 맞이한다. 하지만 길을 따라 다시 숲 속으로 들어서면 갑자기 서늘함이 우리를 감싼다.

도로를 따라 우리는 푸른색의 자그마한 포르셰 자동차[4]와 앞서거니 뒤서거니 하면서 한바탕 장난을 한다. 우리가 경적을 울리며 포르셰를 추월하여 앞서 가면, 얼마 있다가 그 차가 경적을 울리면서 우리들을 추월해 앞으로 나간다. 검푸른 사시나무들, 밝은 초록색의 풀, 산간 지대의 관목으로 덮여 있는 벌판을 지나면서 우리는 몇 번이고 앞서거니 뒤서거니 하기를 되풀이한다. 이 모든 경치가 기억에 남아 있다.

그는 고산 지대로 들어가기 위해 이 길을 이용하곤 했다. 그리고 배낭을 짊어진 채 이 길에서 벗어나 사흘이나 나흘 또는 닷새를 산속에서 떠돌다가 돌아오곤 했다. 돌아와서는 먹을 것을 마련한 다음 다시금 산속으로 향하곤 했다. 그는 거의 생리학적이라고 할 수 있는 이유에서 이 산들을 필요로 했다. 꼬리에 꼬리를 물고 이어지는 추상적 사

---

[4] Porsche: 독일의 포르셰 자동차 회사의 차. 자동차 공학 분야의 아인슈타인으로 불리는 페르디난트 포르셰(Ferdinand Porsche, 1875~1951)는 일명 딱정벌레로 불리는 '폴크스바겐 비틀'을 디자인한 사람이다. 그가 1931년에 세운 자동차 회사를 근간으로 하여 그의 아들인 페리 포르셰(Ferry Porsche, 1909~1998)는 1948년 포르셰라는 이름의 경주용 자동차 생산을 시작했는데, 그 이후 포르셰는 자동차 업계의 살아 있는 전설로서 위치를 굳히며 오늘날에 이르고 있다.

유가 말할 수 없을 정도로 길고도 복잡한 것이 되어가는 바람에, 그는 사유한 바를 정리하기 위해 고요하면서도 자기만의 공간을 제공하는 이곳과 같은 환경이 필요했던 것이다. 잡다한 다른 생각들이나 업무로 인해 정신이 조금만 산만해져도 몇 시간에 걸쳐 구축한 생각의 성채가 순식간에 산산조각이 나고 마는 것 같았다. 정신이상이라는 진단을 받기 이전인 그때에도 그의 사유는 이미 다른 사람들의 것과 달랐다. 모든 것이 방향을 바꾸고 변화하는 그런 수준에서, 제도의 가치와 진실성이 의미를 잃고 오로지 한 사람의 정신만이 남아 살아 움직이는 그런 수준에서, 그는 사유를 전개해나갔던 것이다. 사유를 이어나가는 데 실패했던 초창기의 경험으로 인해, 그는 제도의 노선에 맞추어 사유해야 한다는 식의 의무감에서 해방될 수 있었다. 그리고 그의 사유는 이미 누구도 친숙하게 느끼지 못할 수준의 독자성을 확보하고 있었다. 그는 학교, 교회, 정부, 그리고 모든 종류의 정치 조직과 같은 제도들이 하나같이 진리가 아닌 다른 목표를 향해 나아가도록 인간의 사유를 몰고 가는 경향을 갖고 있다고 느꼈다. 말하자면, 자체의 기능을 영구화하는 쪽으로, 자체의 기능을 영구화하는 데 봉사하도록 개개인을 통제하는 쪽으로, 각종 제도는 사람들의 생각을 몰고 간다는 느낌을 갖게 되었던 것이다. 그는 자신이 경험한 초창기의 실패를 오히려 다행스러운 것으로 생각하게 되었는데, 그의 앞에 놓인 덫에 어쩌다 보니 벗어나게 되었다는 뜻에서 그러하다. 그리고 그는 그 이후 계속 제도적 진리들이라는 덫에 걸려들지 않도록 신중에 신중을 기했다. 제도적 진리들이라는 것이 처음에는 그의 눈에 보이지 않았으며, 그는 그런 것들이 따로 있다고 생각하지도 않았다. 다만 후에 가서 여기에 생각이 미쳤을 뿐이다. 이렇게 이야기함으로써 나는 지금 순서를 지키지 않은 채 이야기를 건너뛰어 진행한 셈이 된다. 사실 이 모든 것은 한참 뒤의 일이다.

　대학에서 쫓겨난 다음 파이드로스가 처음 추적하기 시작했던 진리들은 측면에 존재하는 것들이었다. 그가 추적했던 것은 더 이상 정면에 존재하는 과학적 진리들, 정규 학문이 지향하는 그런 종류의 진리들이 아니었던 것이다. 다만 당신이 주변으로 눈길을 줄 때 보이는 그런 진리들, 곁눈질을 해야 볼 수 있는 그런 진리들이었다. 실험실에서 실험을 하다가 모든 과정이 온통 엉망진창이 되었을 때, 모든 것이 잘못되거나 불확실할 때, 뜻밖의 결과로 인해 머리가 너무도 혼란스러워져 무엇을 문제 삼든 어느 쪽이 머리이고 어느 쪽이 꼬리인지 도저히 종잡을 수 없게 되었을 때, 당신은 측면으로 눈길을 돌리기 시작할 것이다. 측면의 진리들이라는 말은 날아가는 화살과 같이 정면을 향해 나아가지 않는 진리들, 날아가는 도중에 옆으로 팽창하는 화살과 같이, 또는 과녁을 맞혀 상을 타게 되었지만 깨어 보니 그것은 꿈일 뿐 잠자리에 누워 창문으로 들어오는 햇살을 바라보는 자신의 모습을 발견하는 궁수와도 같이, 옆 방향으로 경계를 넓혀가는 진리들을 설명하기 위해 그가 후에 사용했던 표현이다. 측면의 지식이란 전혀 예상치 않은 방향에서 오는 지식, 문제의 지식이 우리에게 주어지기 전까지는 방향이라고 생각조차 하지 않았던 방향에서 오는 지식을 말한다. 한편, 측면의 진리들이란 진리에 이르기 위한 기존의 체계 저변에 놓인 공리와 선결 조건들이 그릇된 것임을 지적해주는 그런 것들이다.

　어느 모로 보나 그는 방황하고 있을 뿐인 것처럼 보였다. 실제로 그는 방황하고 있을 뿐이었다. 측면의 진리에 눈길을 줄 때 우리가 하는 것이 바로 방황이다. 그는 원인을 규명하고자 할 때 동원하는 공인된 방법이든 절차든 어느 것도 따를 수가 없었다. 애초에 온통 엉망진창이 되어버린 것들이 이런 방법들과 절차들이었기 때문이다. 그리하여 그는 다만 방황할 뿐이었다. 그것이 그가 할 수 있는 전부였다.

방황을 하다 보니 그는 군대에 들어가게 되었고, 군대는 그를 한국으로 보냈다. 그의 기억을 더듬어보면, 거기에는 단편적 영상이 하나 있다. 그것은 어떤 배의 뱃머리에서 보았던 성벽의 영상이다. 안개 낀 항구를 가로질러 보이던 성벽, 마치 천국으로 향하는 문처럼 환하게 빛나고 있던 그 성벽의 영상이 그의 기억에 단편으로 남아 있다. 이 영상을 그는 소중하게 여기고 수도 없이 되풀이해서 머리에 떠올리곤 했던 것이 틀림없다. 비록 다른 어떤 것과도 연결이 되어 있지 않지만, 그 영상에 대한 기억은 너무도 강렬한 것이어서 나 자신도 수없이 이를 머릿속에 떠올리곤 하기 때문이다. 이는 매우 중요한 무언가를 상징하는 것처럼 보인다. 하나의 전환점을 상징하는 것일 수도 있다.

한국에서 보낸 그의 편지들을 보면, 그가 이전에 썼던 것들과는 판이하게 다르다. 이 역시 동일한 전환점을 암시하는 것일 수 있다. 편지들에서 느껴지는 것은 단지 넘쳐흐르는 감성이다. 그는 그가 본 사물들을 세세한 부분까지 자세하게 묘사하는 글을 몇 장이고 계속해서 써내려가고 있다. 시장, 미닫이 유리창이 있는 가게, 기와지붕, 도로, 초가집 등등 모든 것에 대한 기록이 편지에 담겨 있다. 때로는 더할 수 없는 열광으로 가득 차 있고, 때로는 우울한 마음이, 때로는 분노가, 때로는 익살이 담긴 그의 편지들을 보면, 그를 가두고 있다고 의식조차 하지 않았던 우리에서 빠져나갈 출구를 찾은 사람 또는 짐승과도 같이 느껴진다. 그리고 그는 눈에 보이는 것이면 모든 것을 몽땅 시각적 이미지로 계속해서 흡수하면서 열에 들뜬 듯 온 지방을 돌아다니고 있음을 알 수 있다.

후에 그는 한국인 노무자들과 친구가 되었다. 그들은 약간의 영어를 말할 줄 알지만 좀더 많이 배워서 통역관으로 자격을 얻고자 하는 그런 사람들이었다. 그는 근무 시간 후에는 그들과 함께 시간을 보냈으며, 그에 대한 보답으로 그들은 장거리 주말 등산 자리에 그를 초청했다. 등산을 함께 다니면서 그들은 그에게 자신들이 사는 집과 친구들을 보여주기도 했고, 또 이질적인 문화의 생활 방식과 생각을 그가 이해할 수 있도록 풀어 이야기해주기도 했다.

바람이 휘몰아치는 아름다운 언덕의 기슭에 있는 오솔길 길가에 앉아, 그는 서해를 내려다보고 있다. 오솔길 아래쪽에 있는 계단식 논에는 벼가 자랄 대로 자라 누런빛을 띠고 있다. 그의 한국인 친구들은 그와 함께 앉아 해안에서 저 멀리 떨어진 섬들을 바라보고 있다. 그들은 가져온 도시락으로 점심 식사를 하면서 서로 이야기를 나누기도 하고 또 그와 이야기를 나누기도 한다. 이야기의 주제는 표의 문자 및 표의 문자와 세계 사이의 관계다. 우주에 존재하는 모든 것을 그들이 현재 공부하고 있는 스물여섯 개의 기호로 묘사할 수 있다니 얼마나 놀라운가에 대해 그가 말한다. 그의 친구들은 고개를 끄덕이며 미소를 짓고는, 도시락 통에 가져온 음식을 먹으면서 즐거운 표정으로 아니라고 말한다.

긍정을 뜻하는 고개의 끄덕임과 아니라는 부정의 말 때문에 혼란스러워 그가 다시 한 번 같은 말을 되풀이한다. 그러자 긍정을 뜻하는 고개의 끄덕임과 아니라는 부정의 말이 그들한테서 다시 한 번 나온다. 이것이 당시 정황과 관련하여 그의 기억에 남아 있는 단편의 전부다. 하지만 장벽에 대한 기억과 마찬가지로 그에 대한 기억이 수없이 되풀이하여 그의 머리를 스치곤 한다.[5]

---

5) "우주에 존재하는 모든 것을 그들이 현재 공부하고 있는 스물여섯 개의 기호로 묘사할 수 있다니 얼마나 놀라운가"는 물론 로마자로 된 영어의 알파벳을 지칭하는 것이다. 하지만 그와 같이 놀라운 문자 체계는 물론 로마자 표기에 의한 문자 체계만이 아니다. 말할 것도 없이, '스물네

그쪽 세계에 대한 기억 가운데 또 하나 강렬하게 남아 있는 것이 있다면, 이는 수송선의 칸막이 방에서의 일과 관련된 것이다. 배를 타고 고향으로 돌아가고 있는 참이다. 칸막이 방은 비어 있으며 사용된 흔적이 없다. 그는 캔버스 천을 끈으로 꿰어 철제 뼈대에 고정시켜놓은 침대 위에 누워 있다. 마치 도약용 운동 도구인 트램펄린 같은 침대다. 이런 침대 다섯 개가 상하로 층을 이루고 있으며, 이와 마찬가지로 층층을 이루고 있는 침대들이 줄줄이 늘어서 있다. 텅 빈 병사용 칸막이 방 전체가 다 이런 침대들로 채워져 있다.

이곳은 수송선의 맨 앞에 있는 칸막이 방이다. 옆쪽의 침대 뼈대에 묶어놓은 캔버스 천이 상하로 요동을 치고 있으며, 엘리베이터를 타고 오르락내리락하는 것처럼 속이 울렁거린다. 캔버스 천의 요동치는 모습과 그의 주변을 둘러싸고 있는 철제 뼈대에서 나는 나지막한 울림 소리에 대해 생각에 잠긴다. 이런 점을 빼면 이 칸막이 방 전체가 엄청나게 높이 올라갔다가 아래를 향해 곤두박질치기를 계속해서 되풀이하고 있다는 사실을 알려주는 것이라고는 단 하나도 없다. 그가 눈앞에 펼쳐 들고 있는 책에 정신을 집중하기가 어려운 것은 이 때문이 아닌가, 생각해보기도 한다. 하지만 그것이 이유가 아님을 깨닫는다. 원인은 바로 그 책에 있을 뿐이다. 동양 철학에 관한 책인데, 그가 이제까지 읽은 책 가운데 이처럼 이해하기 어려운 것은 일찍이 없었다. 그는 텅 빈 이 병사용 칸막이 방에서 혼자 지루함을 견디게 되어 다행이라고 생각한다. 그렇지 않으면 결코 그 책을 끝까지 읽어나갈 수 없

개의 기호'로 모든 것을 표시하는 한글도 놀라운 문자 체계다. "한국인 친구들"이 긍정과 부정을 함께 표시한 것은 '물론 놀라운 체계라는 점은 인정하지만, 로마자 표기 체계만이 그런 것은 아니다'라는 뜻으로 긍정과 부정의 표시를 함께 보인 것은 아닐까. 바로 이런 상황에 대한 이해가 파이드로스에게 제대로 이루어지지 않았던 것은 아닐까.

었을 것이다.

　책에 진술된 바에 의하면, 인간의 존재를 구성하는 요소 가운데에는 이론적 요소라고 할 수 있는 것이 있는데, 이는 주로 서양 문화의 특성이라는 것이다. (이는 실험실에서 보낸 파이드로스의 과거와 상응하는 것이다.) 한편, 미학적 요소라고 할 수 있는 것도 있는데, 이는 동양 문화에서 보다 더 강하게 관찰된다는 것이다. (이는 한국에서 보낸 파이드로스의 과거와 상응하는 것이다.) 그런데 이 둘은 결코 어우러질 수 있을 것 같아 보이지 않는다는 것이다. "이론적"이라는 용어와 "미학적"이라는 용어는 파이드로스가 후에 가서 고전적 유형의 현실과 낭만적 유형의 현실이라고 명명한 것에 상응하는 용어다. 어쩌면 이 두 용어는 파이드로스 자신이 알고 있던 것보다 한결 더 깊이 그의 마음에 영향을 미쳐 새로운 용어들의 형성을 가능케 했는지도 모른다. 두 쌍의 용어에 만일 차이가 있다면, 고전적 현실은 일차적으로 이론적인 것이지만 자체의 미학을 지니고 있으며, 낭만적 유형의 현실은 일차적으로 미학적인 것이지만 이 역시 자체의 이론을 지니고 있다는 점일 것이다. 아울러, 이론적인 것과 미학적인 것 사이의 분리가 한 세계의 구성 요소 사이의 분리를 말하는 것이라면, 고전적인 것과 낭만적인 것 사이의 분리는 별개로 존재하는 두 세계 사이의 분리를 말하는 것이다. 『동양과 서양의 만남』[6]이라는 철학 책에서 F. S. C. 노스럽은 이론적인 것들의 발원지인 "미분화된 미학적 연속체"에 대해 보다 더 심오한 인식에 이르도록 노력하자는 제안을 하고 있다.

　파이드로스는 이 말을 이해할 수가 없었다. 시애틀에 도착해서 제

---

6) *The Meeting of East and West*: 예일 대학의 철학 교수 F. S. C. 노스럽Northrop이 1946년에 출간한 책으로, 미국의 학계에서 동양 문화에 대한 깊이 있는 이해를 시도한 최초의 책 가운데 하나로 알려져 있음.

대를 하고 난 다음, 그는 두 주일 내내 호텔 방에 앉아 워싱턴 주의 특산물인 엄청나게 큰 사과를 먹으면서 깊은 사색에 잠겼다. 그런 다음 사과를 좀더 먹으면서 좀더 깊은 사색에 잠겼다. 그 모든 기억의 단편들에 이끌려, 또한 깊은 사색에 잠긴 끝에, 그는 대학에 돌아가 철학을 공부하기로 했다. 무엇에도 구애되지 않은 채 정처 없이 측면으로 떠도는 그의 정신적 방황은 이것으로 끝났다. 이제 그는 적극적으로 무언가 새로운 것을 추적하기 시작했다.

불현듯 차가운 돌풍이 숲을 가로질러 우리에게 밀려온다. 소나무 냄새가 강렬하게 배어 있는 바람이다. 곧이어 또 한차례 돌풍이 밀려오고, 다시 또 한차례 밀려온다. 우리가 레드 롯지에 도착할 무렵 나는 추위에 몸을 떨고 있다.

레드 롯지에서 길은 거의 산기슭과 만나고 있다. 저편에 서 있는 어둡고 불길한 느낌을 주는 거대한 산이 중심가 양쪽 건물들의 지붕까지 압도하는 듯하다. 우리는 모터사이클을 세우고 짐을 풀어 방한용 옷을 꺼낸다. 스키 가게를 지나 식당으로 걸어 들어간다. 식당의 벽에는 우리가 갈 길을 보여주는 커다란 사진들이 붙어 있다. 계속 위로 올라가고 또 올라가, 세상 어디에서도 찾아보기 어려울 만큼 높은 곳에 있는 포장도로를 따라 모터사이클을 달리게 될 것이다. 이에 약간의 불안감이 느껴진다. 전혀 근거가 없는 것임을 마음속으로 떠올리고, 다른 사람들에게 이 길에 관해 이야기를 함으로써 불안감을 쫓으려 한다. 추락의 위험도 없고, 모터사이클에 특별히 위험이 될 만한 것도 따로 없다. 다만 돌을 던지면 수백여 미터 아래의 바닥까지 일직선으로 떨어질 수도 있는 장소들에 대한 기억이 떠오른 것뿐이다. 아무튼 그렇게 떨어지는 돌을 생각하면서 모터사이클과 모터사이클을 타고 있는 사람이 곤두박질하는 모습을 연상했던 것이다.

커피를 마시고 나서 우리는 방한용 옷을 입고 짐을 다시 꾸린 다음, 곧 거의 180도로 길의 방향이 꺾이는 일이 수도 없이 되풀이되는 산길을 오르기 시작한다.

아스팔트로 포장된 도로는 기억에 남아 있는 것보다 넓고 안전해 보인다. 모터사이클을 타고 가다 보면 온갖 면에서 도로 공간의 여유가 느껴지게 마련이다. 앞서 가던 존과 실비아가 길을 따라 유(U)자형으로 급커브를 틀자 보이지 않다가 우리 위쪽에서 다시 보인다. 우리와 마주한 채 길을 따라 올라가면서 그들이 우리를 향해 웃는다. 곧이어 우리도 급커브를 틀자 그들의 뒷모습이 보인다. 이윽고 우리는 웃음을 머금은 채 우리 위쪽에서 달리고 있는 그들의 모습을 다시 본다. 마음속으로 미리 떠올렸을 때에는 그렇게도 어렵게 느껴지던 길이지만, 실제로 달리고 보니 이렇게 쉬울 수가 없다.

나는 앞서 파이드로스의 방황에 대해 이야기했다. 그가 측면으로 눈길을 주며 방황을 하다가 마침내 철학에 입문했다는 이야기도 했다. 그는 철학을 지식의 전 계층 체계에서 가장 높은 자리를 차지하는 것으로 보았다. 철학자들 사이에는 이에 대한 믿음이 너무도 널리 퍼져 있어서 그들은 이를 너무도 당연한 것으로 받아들이고 있다. 하지만 그에게 이는 하나의 계시와도 같은 엄청난 것이었다. 그는 자신이 한때 지식의 전 영역이라고 생각했던 과학이 단지 철학의 한 분야임을, 철학은 과학보다 한결 더 광범위하고 한결 더 보편적인 학문임을 깨닫게 되었던 것이다. 가설이 무한할 수 있음에 관해 그가 제기했던 물음은 과학의 흥미를 끌지 못했었다. 그런 물음 자체가 과학적인 물음이 아니기 때문이었다. 과학은 자체의 방법을 탐구할 수 없으니, 이는 자신이 자신을 판단하는 격이 되어 답변의 타당성을 훼손할 것이기 때문이다. 그가 제기하던 질문들은 과학적 탐구가 이루어지고 있는 곳보다 높은 차원에서 제기되어야 할 성질의 것들이었다. 그리하여 파이드로스는 자신을 애초에 과학으로 이끈 문제——즉, 그 모든 것이 의미하는 바는 무엇인가, 이 모든 것의 목적은 무엇인가의 문제——에 대한 탐구를 자연스럽게 철학 안에서 이어나갈 수 있었다.

도로 옆 임시 대피 장소에서 잠시 모터사이클을 멈춘다. 그리고 사진을 몇 장 찍는다. 우리가 여기에 왔다 갔다는 증거를 남기기 위한 것이다. 사진을 찍은 다음 오솔길을 따라 걷다 보니, 어느덧 절벽의 가장자리에 이른다. 거의 수직으로 내려다보이는 저 아래쪽의 길 위에 설사 모터사이클이 하나 있다고 하더라도 거의 보이지 않을 정도로 높은 지점에 와 있다. 추위에 대비하여 옷깃을 좀더 꼭 여미고 모터사이클을 몰아 산 위로 계속 올라간다.

활엽수라고는 이미 하나도 보이지 않는다. 다만 키 작은 소나무들만이 보인다. 상당수의 소나무들이 발육 부진의 상태에다가 뒤틀려 있다.

곧이어 그런 모습의 소나무들조차 보이지 않는다. 이제 우리는 초원 지대에 들어와 있다. 나무는 보이지 않고 다만 풀밭뿐이다. 풀밭을 점점이 수놓은 강렬한 빛깔의 자주색, 푸른색, 흰색이 눈에 띈다. 어디를 둘러보아도 야생화들이다! 이곳에서 지금 살아 생명을 구가할 수 있는 것은 다만 야생화와 풀과 이끼뿐이다. 우리는 수목한계선을 넘어 고산 지대에 이른 것이다.

나는 고개를 돌려 골짜기를 마지막으로 한번 더 내려다본다. 대양의 밑바닥을 내려다보는 듯한 느낌이다. 사람들은 이처럼 고산 지대가 존재한다는 사실을 의식조차 하지 않은 채 저 낮은 지대에서 일생을 보낸다.

도로는 골짜기를 뒤로하고 이제 산속을 향하고 있다. 이윽고 눈이 덮인 지대로 들어선다.

산소 부족으로 인해 모터사이클의 엔진이 불규칙하게 움직이면서, 동작을 멈출 듯하다가도 결코 멈추지 않는다. 곧이어 우리는 내린 지 오래된 눈이 양쪽으로 제방처럼 쌓여 있는 곳으로 들어선다. 이른 봄에 한번 녹은 후의 눈이 바로 이런 모습이다. 어디에서나 작은 물줄기들이 이끼로 덮인 진흙땅으로 흘러들어간다. 이어서 땅 밖으로 나온 지 일주일밖에 되지 않은 그 아래쪽의 풀들과 자그마한 야생화들 사이로 스며든다. 자주색, 푸른색, 노란색, 흰색의 자그마한 야생화들이 검은 그늘에서 갑자기 솟아 나와 햇빛처럼 찬란하게 빛을 발산하는 것 같다. 어디를 보아도 다 이러하다! 음울하고 어두운 초록색과 검은색을 배경으로 하여 자그마한 바늘들과도 같은 색색의 빛깔들이 나를 향해 쏜살같이 달려오는 듯하다. 이제 하늘은 어둡고 대기는 차갑다. 햇빛이 내리쬐는 곳만을 제외하고. 해가 있는 쪽의 내 팔과 다리와 상의는 햇빛을 받아 뜨겁지만, 짙은 그림자에 가려 그늘진 쪽은 대단히 차갑다.

갈수록 벌판에 쌓인 눈의 양이 많아진다. 제설차가 지나간 자리를 따라 도로 양옆으로 가파른 눈의 제방이 만들어져 있다. 제방을 이룬 눈의 높이가 1미터가 조금 넘을 정도가 되더니, 곧 거의 2미터가 되고, 마침내 4미터 남짓이 된다. 그 사이를 지나노라니 마치 쌓인 눈 속으로 뚫려 있는 터널을 지나는 것 같기도 하다. 마침내 터널과도 같은 눈의 제방이 끝나자 다시 어두운 빛의 하늘이 우리의 눈을 가득 채운다. 눈 속에서 빠져나와서 보니 우리는 어느덧 산의 정상에 와 있다.

정상 반대편으로는 또 다른 세계다. 산정의 호수와 소나무 숲과 눈 덮인 벌판이 저 아래로 보인다. 그 건너편 위쪽과 뒤쪽으로 눈길을 주었을 때 보이는 것이라고는 첩첩이 눈 덮인 산들뿐이다. 고산 지대에 들어선 것이다.

몇몇 관광객들이 사진을 찍고 주위의 경관을 바라보거나 서로를 마주 보고 있는 분기점에 이르러 우리는 모터사이클을 멈춰 세운다. 존이 자신의 모터사이클 뒤쪽으로 가 행낭에서 카메라를 꺼낸다. 나는 내 모터사이클에서 공구를 꺼내 좌석 위에 펼쳐놓고 스크루드라이버를 집어 든다. 그런 다음 모터사이클의 시동을 걸고, 스크루드라이버로 카뷰레터를 조절한다. 공회전 상태의 엔진에서는 정말로 심하게 덜덜거리는 소리가 나는데, 귀에 거슬리는 이 소리를 죽여 아주 약하게 나도록 조치한다. 산길을 달리는 동안 내내 엔진이 불규칙하게 움직이는 소리를 내거나 배기관에서 불꽃이 툭툭 뿜어져 나오기도 하고 또 갑자기 속도가 빨라지기도 하는 등 동작을 멈출 것 같은 온갖 신호를 다 보내면서도 결코 이 모터사이클이 동작을·멈추지 않았다는 사실에 그저 놀라울 따름이다. 약 3천4백 미터의 고도에서 엔진이 어떤 반응을 보일까 확인해보고 싶다는 호기심 때문에 일부러 카뷰레터를 조정하는 것은 아니다. 이제 나는 엔진에 연료가 약간 과다하게 주입되어 거슬리는 소리가 약간 나는 쪽으로 카뷰레터를 맞춰놓았다. 그 이유는 우리가 옐로스톤 공원 쪽을 향해 내려갈 것이기 때문이다. 만일 지금 연료가 약간 과다하게 주입되는 쪽으로 맞춰놓지 않으면 후에 가서 연료 공급이 부족해질 수 있다. 연료 공급이 부족해지면 엔진이 과열되어 정말로 위험해질 수 있다.

2단 기어로 바꿔 엔진을 제어 상태에 둔 채 정상에서 아래로 내려온다. 그동안 엔진의 불규칙한 움직임은 여전히 상당하다고 할 만큼 심하다. 하지만 고도가 낮은 곳에 이르자 소음은 점차 줄어든다. 다시 삼림 지대가 시작된다. 이제 우리는 꺾임과 굴곡이 심한 멋진 도로를 따라 바위들, 호수들, 나무들 사이를 달리고 있다.

여기에서 나는 종류가 다른 또 하나의 고산 지대, 그러니까 사유의 세계에 존재하는 고산 지대에 관해 이야기하고자 한다. 어떤 면에서 보면, 그곳은 지금 내가 이 고산 지대에서 느끼고 있는 것에 필적할 만한 느낌 또는 이와 유사한 느낌을 제공하는 곳이다. 적어도 나에게는 그렇다. 나는 이를 정신의 고산 지대라 부르고자 한다.

만일 인간의 모든 지식 또는 인간에게 알려진 모든 것이 하나의 거대한 계층 구조를 이루고 있다는 믿음을 받아들이면, 이 거대한 계층 구조의 가장 높은 지점에서 정신의 고산 지대를 찾을 수 있을 것이다. 그것도 더할 수 없이 보편적이고 더할 수 없이 추상적인 상태로 존재하는 정신의 고산 지대를.

그곳을 여행한 사람은 드물다. 그곳을 돌아다녀봤자 실질적으로 이득 될 것이 없기 때문이다. 하지만 지금 우리가 와 있는 이 물질 세계의 고산 지대와 마찬가지로 정신의 고산 지대는 나름의 간명한 아름다움을 지니고 있다. 그리하여 이 같은 간명한 아름다움에서 그곳까지 그처럼 힘들게 여행한 보람을 찾는 사람들도 있을 것이다.

정신의 고산 지대에 들어선 사람은 우리가 이 고산 지대에서 희박한 공기에 익숙해져야 하듯 불확실성에 익숙해져야 한다. 또한 엄청난 고도에 익숙해져야 하듯 엄청나게 고고한 질문에 익숙해져야 하고, 또 이들 질문에 대한 예사롭지 않은 답변에도 익숙해져야 한다. 굽이진 길은 이어지고 다시 이어진 다음 다시 또 이어져서 명백히 정신이 따라갈 수 있는 것보다는 한결 더 깊은 곳으로 그곳에 들어선 사람을 인도할 것이다. 그리하여 그는 혹시 그곳에서 길을 잃을까 두려워, 또한 출구를 찾을 수 없을까 봐 걱정이 되어, 더 이상 앞으로 나아가기를 망설일 수도 있다.

　진리란 무엇이며, 우리가 진리에 이르렀을 때 그것이 진리임을 우리는 어떻게 알 수 있을까. . . . 무언가를 진정으로 아는 것이 어떻게 가능한 것일까. 무언가를 아는 주체로서의 "나" 또는 하나의 "영혼"은 실제로 존재하는 것일까, 아니면 이 영혼이라는 것은 감각 작용을 통합하는 세포 조직에 불과한 것일까. . . . 현실이란 기본적으로 변화하는 것일까, 아니면 고정되어 있는 영구불변의 것일까. . . . 무언가가 무언가를 의미한다고 말할 때, 이 말이 뜻하는 바는 무엇인가.

　유사 이래로 이 고산 지대의 산과 산에는 수많은 오솔길들이 만들어지고 또 잊히기를 되풀이해왔다. 그리고 이러한 오솔길에서 사람들이 찾아낸 위의 물음에 대한 답변들은 스스로 영원성과 보편성을 공언했지만, 문명마다 선택한 오솔길은 계속 다른 것으로 바뀌어왔다. 그리하여 우리에게는 동일한 물음에 대한 답변이 수도 없이 다양하게 되었다. 물론 이들 답변은 나름의 맥락 안에서 보면 진리로서 손색이 없는 것들이다. 하지만 하나의 문명 안에서조차 옛날의 오솔길은 끊임없이 폐쇄되고 새로운 오솔길이 다시 열린다.

　그리하여 사람들은 때때로 진정한 의미에서의 진보란 존재하지 않는다고 주장한다. 대규모 전쟁을 통해 대량 학살을 자행하는 문명이, 갈수록 양이 엄청나게 증가하는 쓰레기로 땅과 바다를 오염시키는 문명이, 강요된 기계적 삶으로 개개인을 몰아감으로써 개인의 존엄성을 훼손하는 문명이, 바로 그런 문명이 어찌 수렵 채취와 농경을 통해 이어져왔던 선사 시대의 소박한 삶에 비해 진보라고 할 수 있겠는가. 하지만 이 같은 주장은 비록 낭만적으로 보면 호소력이 있을지 모르나

타당성을 유지하기란 쉽지 않은 것이다. 원시 종족 사회는 현대 사회보다 한결 더 개인의 자유를 허용하는 데 인색했다. 고대의 전쟁은 현대의 전쟁보다 도덕적으로 정당화되기 어려운 이유를 빌미 삼아 치러졌다. 쓰레기 발생의 주범인 공학 기술은 환경에 피해가 가지 않게 쓰레기를 처리하는 방법을 찾아낼 수 있고 또한 실제로 찾아내고 있다. 원시인의 생활을 묘사한 학교 교과서의 그림들에는 때때로 이 원시인의 삶을 고달프게 했던 요인들이 빠져 있다. 고통, 질병, 기아, 단지 생존을 유지하기 위해 해야 했던 고달픈 노역은 어디에서도 확인되지 않는 경우가 많다. 생존을 유지하기조차 어려운 고통스러운 상황에서 현대적 삶으로의 이행은 냉정하게 판단할 때 진보라고 하지 않을 수 없다. 그리고 이런 진보를 가능케 한 유일한 요인이 바로 이성 그 자체임은 상당히 명백해 보인다.

공식적으로든 비공식적으로든 가설을 세우고 실험을 하여 결론을 내리는 절차를 수없이 되풀이하는 가운데, 그것도 자료를 바꿔 수없이 되풀이하는 가운데, 사람들은 사유의 계층 체계를 쌓아나갈 수 있었고, 또 이를 통해 원시인들에게 적에 해당했던 것들을 제거할 수 있었다. 이런 일이 어떤 경로로 진행되었는지를 우리는 어렵지 않게 확인할 수 있다. 낭만파들이 합리성을 향해 비난을 퍼부을 때 이 같은 비난은 합리성이 인간을 원시의 상태에서 끌어올리는 데 대단히 효과적으로 능력을 발휘했다는 사실에 어느 정도 기인하는 것이다. 합리성이란 그처럼 강력하고도 모든 것을 제압하는 문명인의 도구여서, 다른 어떤 것도 살아남을 여지를 거의 주지 않고 이제 인간 자신을 지배하고 있기 때문이다. 여기서 바로 불평이 시작된다.

파이드로스는 이 고산 지대를 처음에는 목적 없이 방황했다. 그는 누군가가 전에 이미 밟고 지나갔던 모든 행로를, 모든 오솔길을 따라가보았다. 그러는 동안 그는 지나온 길을 흘끗 되돌아보고는 명백히 자신이 약간의 진보를 성취했음을 어쩌다 깨닫기도 했다. 하지만 그런 때에도 어느 길을 취해 앞으로 가야 할지 그에게 알려주는 것이라고는 그의 앞에 아무것도 없다는 사실을 깨닫기도 했다.

현실과 지식에 관해 던져지는 태산과도 같이 엄청난 질문들에 대한 답을 찾는 일에 문명사의 위대한 인물들은 끊임없이 매진해왔고, 이 같은 일은 현재에도 계속되고 있다. 그러한 인물들 가운데 소크라테스나 아리스토텔레스, 뉴턴이나 아인슈타인 같은 사람들은 거의 모든 사람에게 알려져 있다. 하지만 대부분의 사람들은 그 이름이 희미해진 상태다. 그들은 그가 전에 결코 들어보지 못한 이름의 사람들이었으나, 그는 그들의 사유와 그들이 걸어갔던 사유의 길 전 과정에 매료되기도 했다. 그는 추위에 더 이상 나아갈 수 없을 것처럼 보일 때까지 그들이 걸었던 길을 조심스럽게 따라가다 결국에는 단념하기도 했다. 학교에서의 그의 공부는 당시의 학업 성취 기준으로 보면 겨우 낙제를 면할 정도였다. 하지만 이는 그가 공부를 하지 않는다거나 생각을 하지 않기 때문이 아니었다. 오히려 그는 너무 깊이 생각에 몰입해 있었다. 누구라도 마음의 고산 지대에 들어가 깊이 생각에 몰입하면 몰입할수록 그만큼 그의 발걸음은 더디어지지 않을 수 없을 것이다. 파이드로스는 문학적으로 읽기보다 과학적으로 책을 읽었다. 의문점과 문제점을 나중에 해결할 요량으로 기록해나가면서 그는 실험실에서 가설을 테스트하듯 문장 하나하나를 뜯어읽었다. 다행히도 나는 현재 그가 당시에 남긴 기록을 한 트렁크 분량이나 갖고 있다.

그가 남긴 기록과 관련하여 무엇보다도 놀라운 점이 있다면, 몇 년 후에 가서 그가 말한 것 가운데 거의 대부분이 바로 그 안에 포함되어 있다는 사실이다. 하지만 그 당시의 그를 보면 그는 자신이 말하고 있는 것들이 암시하는 바가 무엇인지에 대해 너무도 완벽하게 모르고 있다. 바로 이 점 때문에 그 당시에 그가 남긴 기록들을 보면 답답함을 느끼지 않을 수 없다. 마치 조각 그림 맞추기 놀이에 필요한 그림 조각들을 몽땅 갖고 있으면서 하나하나 만지작거리기만 할 뿐인 사람을 바라보고 있는 듯한 느낌을 준다. 바로 그 그림 맞추기 놀이의 해답을 당신이 알고 있다고 하자. 그래서 "자. 이건 여기에 들어가는 것이고, 저건 저기에 들어가는 것이야"라고 말하고 싶지만 그에게 말해줄 수 없다고 하자. 바로 그런 때 느끼는 답답함을 나는 파이드로스의 기록을 보면서 느낀다. 그리하여 파이드로스는 한 조각씩 한 조각씩 생각의 단편들을 모아가며, 하지만 그 단편들을 어찌 다뤄야 할지를 모른 채, 이 길을 따라가보기도 하고 저 길을 따라가보기도 하면서 맹목적인 방황을 계속한다. 그가 길을 잘못 들어서면 보기에 안타까워 나는 이를 악물기도 한다. 비록 낙담한 표정이긴 하지만 그 길에서 되돌아 나오면 나는 안도의 한숨을 쉬기도 한다. 당신이 나라면 그에게 이렇게 말할 것이다. "걱정할 거 없어. 그냥 계속 그 길로 가."

아무튼, 그는 너무도 끔찍한 학생이어서, 교수들이 자비를 베풀지 않는다면 결코 주어진 과정을 이수하지 못할 그런 존재다. 그는 자신이 공부하는 철학자들을 누구든 미리 판단해버린다. 그리고 항상 중간에 끼어들어, 자기 자신의 견해에 따라 공부 중인 자료를 멋대로 해석한다. 그는 결코 공정치 않다. 항상 편파적이다. 그는 철학자 한 사람 한 사람이 모두 그가 원하는 일정한 방향으로 나아가기를 원하고, 그렇게 하지 않는 경우에는 불같이 격노한다.

임마누엘 칸트의 저 유명한 저서인 『순수 이성 비판』과 씨름하면서 새벽 서너 시까지 방에 앉아 있던 그의 모습이 아직 기억의 단편이 되어 머릿속에 남아 있다. 그는 마치 선수권 대회에서 체스의 대가들이 첫 수를 어떻게 두는가를 연구하는 체스 선수처럼 칸트의 『순수 이성 비판』을 공부했다. 모순과 불일치가 있는가에 유의하면서, 그는 논의의 전개 방향을 자신의 판단과 능력에 비춰 한 줄 한 줄 검토했다.

파이드로스를 둘러싸고 있는 20세기 미 중서부 지방의 미국인들과 그를 대비하는 경우 그는 정말로 별난 사람이다. 하지만 칸트를 공부할 때 그의 모습을 보면 별난 사람이라는 느낌이 전처럼 심하게 들지 않는다. 그는 이 18세기 독일의 철학자에게 일종의 존경심을 느끼고 있는데, 그의 존경심은 칸트의 생각에 동의하는 데서 나오는 것이 아니라 자신의 입장을 논리적으로 강화하는 데 그가 보이는 엄청난 능력에 대한 긍정적 평가에서 나오는 것이다. 인간의 마음 안에 무엇이 있으며 인간의 마음 바깥에 무엇이 있는가와 관련하여 눈 덮인 거대한 사유의 산을 저울질할 때 칸트는 항상 비할 바 없이 조직적이고, 끈기 있고, 정연하며, 엄밀하다. 정신의 고산 지대를 오르고자 하는 현대의 등산객에게 칸트는 이 세상에 존재하는 가장 높은 봉우리 가운데 하나다. 이제 나는 칸트의 이런 모습을 확대하여, 그가 어떻게 생각하고 또 파이드로스가 그에 대해 어떻게 생각하는가를 약간이나마 보여주고자 한다. 내가 이를 시도함은 정신의 고산 지대란 어떤 모습인가를 생생하게 하나의 정경으로 보여주기 위해서이며, 또한 파이드로스의 생각을 이해하는 데 필요한 길을 마련하기 위해서다.

고전적 세계 이해 방식과 낭만적 세계 이해 방식의 온갖 문제에 대한 파이드로스의 해결책이 처음 구체화되기 시작한 것은 바로 칸트라는 이 정신의 고산 지대에서였다. 만일 이 정신의 고산 지대와 나머지 존재 영역 사이의 관계를 제대로 이해하지 못한다면, 파이드로스의 이야기 가운데 일상사와 관계되는 차원의 이야기가 갖는 의미와 중요성은 과소평가되거나 잘못 이해될 수도 있다.

칸트의 논리를 따라가기 위해 우리는 먼저 스코틀랜드의 철학자 데이비드 흄에 대한 약간의 이해가 필요하다. 일찍이 흄은 다음과 같은 견해를 제시한 바 있다. 즉, 이 세계의 진정한 본질이 무엇인가를 결정하고자 할 때 만일 경험에 근거하여 정립된 더할 수 없이 엄격한 논리적 귀납 및 연역의 법칙을 따르는 경우, 우리는 무언가의 결론에 도달할 수 있다는 것이다. 이 같은 논리는 흄 특유의 사유 노선을 반영한 것인데, 그 노선을 우리는 우리가 제기하는 다음 질문에 대해 그가 제시했을 법한 답변에서 확인할 수 있다. 우선 어떤 아이가 모든 감각이 결여된 상태에서 태어났다고 가정하자. 즉, 이 아이는 볼 수도 없고 들을 수도 없으며 만질 수도 없고 냄새를 맡을 수도 없으며 또한 맛을 느낄 수도 없다. 말하자면, 아무런 감각 기관도 지니고 있지 않은 상태로 태어났다고 하자. 이런 경우 그 아이에게는 바깥 세계로부터 그 어떤 형태로든 감각 정보를 수용할 길이 전혀 없을 것이다. 그런데 이 아이의 정맥에 직접 영양분을 공급하거나 그 밖에 다른 방법으로 이 아이를 보살핌으로써, 이 아이가 감각이 결여된 상태에서 18년 동안을 살아 있게 되었다고 하자. 이제 질문이 제기될 수 있다. 열여덟 살이 된 이 사람의 머릿속에 어떤 생각이 존재할까. 만일 무언가 생각이 존재한다면 그 생각은 어디에서 온 것일까. 그리고 그 생각을 그가 어떤 방법으로 얻게 된 것일까.

흄이라면 열여덟 살이 된 사람의 머리에는 어떤 종류의 것이든 생각이 있을 수 없다고 대답할 것이다. 또한 이 같은 답변을 제시하는 과정에 그는 자신이 경험론자임을 분명히 밝혔을 것이다. 경험론자란 오로지 감각 작용을 통해서만이 지식의 획득이 가능하다고 믿는 사람들을 말한다. 과학적 실험 방법이란 세심하게 통제된 경험론적 방법이라고 할 수 있다. 또한 오늘날의 상식을 이루고 있는 것이 바로 경험론이다. 오늘날 다수의 사람들이 흄의 입장에 동의할 것이라는 점에서 그러하다. 비록 문화가 다르고 시대가 다른 경우 다수의 사람들이 갖는 입장은 전혀 다른 것일 수도 있지만 말이다.

경험론을 받아들이고자 하는 경우, 이 경험론의 첫번째 문제는 "실체"란 무엇인가와 관련된 것이다. 만일 우리의 모든 지식이 감각 자료로부터 온다면, 감각 자료를 제공하는 것으로 생각되는 이 실체는 정확하게 무엇일까. 감각을 통해 제공받은 감각 자료를 떠나 이 실체라는 것이 무엇인가를 제아무리 상상하려 해도 우리는 그것이 무엇인지 알 수 없다. 감각 자료를 제외하면 경험론적으로 남는 것은 무(無)이기 때문이다. 결국 우리는 무에 대해 생각하고 있는 우리 자신을 발견하게 될 것이다.

모든 지식이 감각적 인상에서 오는 것이라면, 하지만 실체 자체는 감각적 인상을 제공할 뿐 그 자체가 감각적 인상은 아니라면, 논리적으로 따져볼 때 실체에 대한 지식은 따로 존재할 수 없다. 이는 다만 우리의 상상 속에 존재하는 것일 뿐이다. 또는 우리의 정신 안에서만 존재하는 것일 뿐이다. 무언가가 정신 바깥쪽에 존재하여 우리가 인식할 수 있는 특성을 제공한다는 생각은 확인되지 않은 채 당연한 것으로 무조건 받아들여지는 상식적 개념의 하나일 뿐이다. 이는 지구는 평평하고 평행을 이루는 두 선은 결코 만나지 않는다는 식의 아이들이나 갖고 있을 법한 상식적 개념과 유사한 것일 뿐이다.

두번째 문제는 이것이다. 만일 누군가가 모든 지식은 감각을 통해 오는 것이라는 전제와 함께 논의를 시작하고자 한다고 하자. 이때 그는 우선 감각 작용과 지식 사이의 인과 관계에 대한 특정한 지식은 어떤 감각 자료를 통해 얻었는가를 물어야 한다. 다시 말해, 모든 지식은 감각 작용이라는 원인이 제공한 결과임을 누군가가 알았다면 이는 하나의 지식인데, 바로 이 지식의 과학적인 경험적 근거는 무엇인가를 우선 물어야 한다.

이 물음에 대한 흄의 답은 "아무런 근거도 없다"이다. 우리의 감각 작용 어디에도 감각 자료와 지식 사이의 인과 관계를 밝혀줄 증거는 존재하지 않는다. 실체가 그러하듯 이 역시 우리의 상상 속에 존재하는 그 무엇일 뿐이다. 어떤 일이 일어나고 이어서 다른 일이 일어나는 일이 반복되자 상상해낸 그 무엇일 뿐이다. 우리가 바라보는 세계 어느 곳에도 실제로 존재하는 것이 아니다. 만일 누군가가 모든 지식은 감각을 통해 오는 것이라는 전제를 받아들인다면, "자연"과 "자연의 법칙"은 우리 자신의 상상력이 창조해낸 것이라는 결론에 논리적으로 도달할 수밖에 없다. 이는 바로 흄의 말이기도 하다.

만일 흄이 이 같은 생각——즉, 세계 전체가 한 개인의 마음속에 존재하는 것이라는 생각——을 단순히 사색을 위한 하나의 과제로 얼떨결에 제시한 것일 뿐이었다면, 사람들은 이를 터무니없는 것으로 치부하고 여기서 논의를 끝낼 수도 있었을 것이다. 하지만 그는 이 같은 생각을 빈틈없는 하나의 완벽한 논리로 만들고 있었다.

흄의 결론을 포기할 것이 요구되었지만, 불행하게도 그는 포기하기가 불가능해 보이는 그런 방식으로 결론에 도달해 있었다. 결론을 포기하는 경우, 그는 아예 경험적 이성 그 자체를 포기하고, 경험적 이성이라는 개념의 전신(前身)에 해당하는 중세적 이성의 개념으로 되돌아갈 수밖에 없다. 이는 칸트가 원하던 바가 아니었다. 이런 연유로, 칸트의 말을 빌리자면, "나를 내 도그마의 잠에서 일깨워"『순수 이성 비판』을 집필하도록 동기를 제공한 사람은 다름 아닌 흄이었던 것이다. 오늘날 칸트의『순수 이성 비판』은 일찍이 인류에게 주어진 최고의 위대한 철학적 논문 가운데 하나로 여겨지고 있으며, 종종 이를 단일 주제로 삼아 대학에서 강좌가 열리기도 한다.

칸트는 자체의 정당성을 스스로 잠식하는 논리의 횡포로부터 과학적 경험 철학을 구출하고자 한다. "우리의 모든 지식은 경험에서 시작된다는 데는 어떤 의문도 있을 수 없다"라는 그의 말이 보여주듯, 칸트는 먼저 흄이 그에 앞서 닦아놓은 길을 따라가는 것으로 논의를 시작한다. 하지만 감각 자료가 수용되는 바로 그 순간 감각 작용을 통해 지식의 모든 구성 요소가 온다는 논리를 부정함으로써 그는 곧 흄이 닦아놓은 길에서 벗어난다. "비록 모든 지식이 경험과 함께 시작되지만, 그렇다고 해서 경험으로부터 나오는 것이라고 할 수는 없다."

언뜻 보기에 칸트가 시시한 것을 가지고 공연히 유난을 떨고 있는 것처럼 보일 수도 있겠다. 하지만 그렇지가 않다. 바로 이 같은 견해 차로 인해, 칸트는 흄의 길이 이끄는 유아론(唯我論)[7]이라는 심연에 빠질 위험을 피해 전혀 새롭고 판이한 자신만의 길을 향해 나갈 수 있게 된다.

칸트는 현실에 대한 지식에는 감각 작용이 직접 제공한 것이 아닌 부분이 있음을 말한다. 이를 그는 선험적인 것이라고 부른다.

선험적 지식의 한 예가 "시간"이다. 당신은 시간을 볼 수 없다. 또한 당신은 시간을 들을 수도 없고 그 냄새를 맡을 수도 없으며, 그 맛을 보거나 이를 만질 수도 없다. 말하자면, 당신이 감각 자료를 수용할 때 시간은 그 감각 자료 어디에서도 그 존재가 확인되지 않는다. 시간이란 칸트가 이른바 "직관"이라 부른 바로 그것으로, 이는 정신

---

[7] solipsism: 오로지 자아만이 존재한다거나 자아의 존재만이 인간이 알 수 있는 전부라는 철학적 입장. 유아론에서는 인식된 모든 사물과 사건은 한 개인의 의식에서 나오는 것이라는 논리를 편다. 자연과 자연의 법칙은 인간의 상상력이 창조한 것이라는 흄 식의 논리도 유아론의 전형적인 예 가운데 하나라고 할 수 있다.

이 감각 자료를 수용할 때 바로 그 정신이 제공해야 하는 그 무엇이다.
 이런 논리는 공간에도 적용된다. 만일 우리가 감각 작용을 통해 수용하는 갖가지 인상에 시간과 공간의 개념을 적용하지 않으면, 세계는 이해 불가능한 것이 될 것이다. 세계는 색깔과 패턴과 소음과 냄새와 자극과 맛이, 마치 만화경 속의 세계처럼, 아무런 의미 없이 뒤범벅이 되어 있는 것에 지나지 않을 것이기 때문이다. 우리는 대상을 나름의 일정한 방식으로 감지하는데, 이는 우리가 공간이나 시간과 같은 선험적 직관을 적용하기 때문에 가능한 것이다. 요컨대, 우리가 우리의 상상을 통해 이 같은 대상들을 창조하는 것이 아니다. 극단적인 철학적 관념론자들이라면 이런 주장을 할 법하지만, 사실은 그렇지가 않다. 감각 자료를 제공하는 대상으로부터 감각 자료를 수용할 때 우리는 시간과 공간이라는 형식을 그 감각 자료에 적용하는 일을 한다. 이러한 선험적 개념들의 발원지는 인간의 본성으로, 그것들은 감각 작용의 대상들이 유발한 것이라고 할 수도 없고 또 그 대상들이 끌어들인 것이라고 할 수도 없다. 바로 이 선험적 개념들은 우리가 대상들로부터 받아들이는 감각 자료를 상대로 하여 일종의 걸러내는 기능을 한다. 예컨대, 우리가 눈을 한번 깜빡였다고 하자. 우리의 감각 자료는 세계가 사라졌음을 우리에게 말해줄 것이다. 하지만 이런 정보는 걸러짐으로써 우리의 의식 속으로 들어오지 않는다. 그 이유는 세계는 나에게 보이든 보이지 않든 연속성을 지닌 채 존재한다는 선험적 개념이 우리의 정신 속에 자리 잡고 있기 때문이다. 우리가 현실이라고 생각하는 것은 결국 두 요인——말하자면, 고정된 계층 체계를 형성하고 있는 선험적 개념들이라는 요인과 시시각각으로 바뀌는 감각 자료들이라는 요인——의 연속적인 종합화 과정이라고 할 수 있다.[8]
 이제 칸트가 제시한 개념들을 모터사이클이라는 이 기묘한 기계에 한번 적용해 보기로 하자. 시공을 가로질러 우리를 여기까지 운반해 준 이 기계적 창조물에는 어떻게 적용될 수 있을까. 칸트가 우리에게 밝혀준 바에 맞춰 이 기계와 우리 사이의 관계에 대해 살펴보기로 하자.

흄이 옆에 있다면 다음과 같은 취지의 말을 했을 것이다. 이 모터사이클에 대해 내가 알고 있는 모든 것은 나의 감각을 통해 나에게 온 것이라고. 그럴 수밖에 없다. 달리 방도가 없다. 아무튼, 내가 이 모터사이클은 금속과 그 밖의 재료로 만들어져 있다고 말한다고 하자. 그러면 그는 금속이 무엇이냐고 물을 수도 있겠다. 그의 물음에 내가 금속이란 단단하고, 빛나며, 만져보면 차갑고, 금속보다 더 단단한 물질로 꽝 내려치면 부서지지 않고 찌그러지는 그런 것이라고 대답한다고 하자. 그러면 흄은 나의 대답에는 온통 시각적, 청각적, 촉각적 자료만 나열되어 있을 뿐임을 지적하면서, 도대체 실체는 무엇이냐고 다시 물을 수도 있겠다. 감각 자료들을 떠나 금속 그 자체가 무엇인지 말해달라고 할 수도 있을 것이다. 그러면 나는 물론 말문이 막힐 수밖에 없다.

하지만 실체가 없다면 우리가 수용하고 있는 감각 자료에 대해 말하는 것 자체가 어찌 가능할 수 있겠는가? 만일 내가 고개를 왼쪽으로 돌려 운전대의 손잡이와 앞바퀴와 지도 보관함과 연료 탱크에 눈길을 준다고 하자. 그러면 나는 일정한 패턴의 감각 자료를 얻게 될 것이다. 내가 다시 고개를 오른쪽으로 돌려 모터사이클을 내려다본다고 하자. 그러면 나는 물론 약간 다른 패턴의 감각 자료를 얻게 될 것이다. 보이는 모습이 달라질 것이고, 금속의 평평한 면과 굽은 면의 각

---

8) 이상의 논의가 암시하듯, 눈을 일순간 감음으로써 세계가 보이지 않게 되었을 때 세계가 사라졌다고 판단하여 법석을 떠는 사람은 아무도 없다.

도가 달라 보일 것이다. 햇빛을 반사하는 모양까지도 달라 보일 것이다. 모터사이클이 실체임을 밝힐 논리적 근거가 없다면, 약간 다른 시각을 제공하는 두 패턴의 감각 자료가 하나의 동일한 모터사이클에서 비롯된 것이라고 결론을 내릴 논리적 근거도 있을 수 없다.

이제 우리는 정녕코 벗어나기 힘든 지적 난관에 봉착하게 되었다. 사물을 좀더 이해하기 쉬운 것으로 만들어야 할 우리의 이성이 사물을 좀더 이해하기 힘든 것으로 만들고 있는 것처럼 보이기 때문이다. 그리고 이처럼 이성이 자체의 목적을 훼손하고 있다면, 우리는 당연히 우리의 이성 그 자체의 구조 안에 존재하는 무언가를 바꿔야 한다.

난관에 처한 우리를 구조하기 위해 칸트가 등장한다. 그리고 그는 이렇게 말할 것이다. 모터사이클이 제공하는 색깔과 모양에 관한 감각 자료와 별개로 존재하는 "모터사이클"을 직접 감지할 길이 없다는 사실이 곧 여기에 모터사이클이 존재하지 않음을 증명하는 것은 아니다. 우리의 정신 안에는 시공간적으로 연속성을 지닌 선험적 모터사이클이 자리 잡고 있고, 이 선험적 모터사이클은 우리가 보는 각도에 따라 자신의 모습을 바꿀 수도 있다. 따라서 이 선험적 모터사이클은 우리가 수용한 감각 자료와 서로 어긋나는 것이 아니다.

전혀 이치에 닿지 않는 흄의 모터사이클이 존재한다면 이는 다음과 같은 가상적인 상황에서일 것이다. 즉, 우리가 앞서 가정했던 장애인, 그러니까 감각 자료라면 어떤 것도 수용할 수 없는 처지의 사람이 어떤 이유에서인지 갑자기 단 1초 동안 모터사이클에 대한 감각 자료를 수용할 수 있게 되었다고 하자. 그런 다음 다시 감각 자료를 수용할 능력을 상실하게 되었다고 하자. 이때 그의 정신에 자리 잡게 되는 것이 바로 흄의 모터사이클일 것이다. 이는 무엇이 원인이 되어 그런 모터사이클을 얻게 되었는가에 대해 증거라고는 전혀 아무것도 그에게 제공하지 않는 그런 모터사이클이다.

하지만 칸트가 말하듯 우리는 그와 같은 사람이 아니다. 우리는 우리의 정신 속에 더할 수 없이 사실적인 선험적 모터사이클을 소유하고 있으며, 이 모터사이클의 존재에 대해 우리는 어떤 의심도 하지 않는다. 또한 우리는 이 모터사이클이 현실적으로 존재하는 것임을 어느 때고 확인할 수 있다.

이 선험적 모터사이클은 헤아릴 수 없이 많은 양의 감각 자료를 바탕으로 하여 오랜 세월에 걸쳐 우리의 정신 속에 형성된 것이다. 이는 또한 새로운 감각 자료가 유입됨에 따라 끊임없이 변화하는 모터사이클이기도 하다. 내가 몰고 다니는 이 특정한 선험적 모터사이클의 변화 가운데 어떤 것은 엄청나게 빠르고 순간적인 것이다. 예컨대, 이 모터사이클과 도로와의 관계가 이에 속한다. 우리가 휘어지거나 방향이 갑자기 바뀌는 도로 위를 달리는 동안 나는 끊임없이 이 변화를 점검하고 또 문제를 수정해나간다. 변화에 관한 정보가 더 이상 소용이 없는 것이 되면 나는 이를 곧 잊는데, 점검해야 할 정보가 계속 더 나에게 제공되기 때문이다. 이 선험적 모터사이클의 변화 가운데 어떤 것은 한결 더디게 진행된다. 연료 탱크 안에 있는 연료의 양이 줄어드는 것이라든가 바퀴의 고무가 닳아 없어지는 것, 나사들이 헐거워지는 것이라든가 브레이크의 슈와 드럼[9] 사이의 거리가 조금씩 늘어나는 것, 이런 것들이 더딘 변화에 속한다. 모터사이클의 어떤 측면들은

---

9) 모터사이클이나 자동차의 브레이크 장치를 보면 바퀴를 축으로 원통형의 '드럼drum'이 있고 그 안에 표면이 까칠까칠한 '슈shoe'가 장착되어 있다. 운전자가 브레이크 페달을 밟는 경우, 유압(油壓)을 통해 그 힘은 슈에 전해진다. 그렇게 되면 슈가 드럼의 안쪽 표면으로 밀려가, 결국에는 드럼을 내리누르게 된다. 이렇게 되면 마찰로 인해 바퀴는 동작을 멈추게 된다. 오래 사용하다 보면 브레이크 장치의 슈는 마모되게 마련이어서 슈와 드럼 사이의 간격이 점점 벌어지게 된다.

너무나 더디게 변하기 때문에 영원히 변하지 않는 것처럼 보이기도 한다. 페인트라든가 휠 베어링이라든가 전기 배선들이 그러하다. 하지만 이것들도 끊임없는 변화의 과정을 겪는 것들이다. 끝으로, 정말로 엄청나게 긴 시간의 흐름을 판단의 기준으로 삼아 생각하는 경우, 심지어 모터사이클의 기본적 형태까지도 감지하기 어려울 정도이지만 변화를 겪는다고 할 수 있다. 도로에서 받는 충격이라든가 온도의 변화 때문에도 변화를 겪지만, 모든 금속의 공통적인 특징인 내부 피로 현상으로 인한 변화를 겪게 마련이다.

선험적 모터사이클이라는 이 기계는 정말로 대단한 것이다. 만일 당신이 주행을 멈추고 이 선험적 모터사이클에 대해 충분히 오랫동안 생각을 하게 되면, 정말로 문제가 되는 것은 바로 이 선험적 모터사이클임을 깨닫게 될 것이다. 감각 자료들이란 이 선험적 모터사이클을 확인하는 데 도움을 주는 것이지, 선험적 모터사이클 그 자체가 아니다. 나 자신의 바깥쪽에 존재하는 것으로 내가 선험적으로 믿고 있는 이 선험적 모터사이클이란 내가 은행에 예치해두고 있는 것으로 믿고 있는 돈과도 같은 것이다. 만일 내가 은행에 가서 내 돈을 보여달라고 하면, 은행의 직원들은 나를 약간 이상한 놈이라고 생각할 것이다. 그들은 열어서 나에게 보여줄 수 있는 그런 서랍 안에다 "내 돈"을 보관하고 있는 것이 아니다. "내 돈"은 동서 방향으로든 남북 방향으로든 자성을 띤 산화철을 입힌 릴 테이프의 표면에 담겨 컴퓨터 저장 장치 안에 존재하는 것일 뿐이다. 하지만 나는 이에 대해 불만을 갖지 않는데, 내가 돈이 있어야 구입할 수 있는 무언가를 필요로 할 때 은행이 그것을 구입할 수 있는 방법을 나름의 점검 체계를 거쳐 제공할 것임을 믿고 있기 때문이다. 마찬가지로, 비록 감각 자료들이 이른바 "실체"라고 하는 것을 나에게 결코 보여준 적이 없다고 하더라도, 나는 실체가 수행해야 할 일들을 성취해낼 능력을 감각 자료들이 지니고 있다는 사실에 만족한다. 또한 감각 자료들이 내 마음속에 존재하는 선험적 모터사이클과 지속적으로 대응 관계를 유지하고 있다는 사실에 만족한다. 편의상 나는 은행에 내가 돈을 갖고 있다고 말하는 것이고, 편의상 내가 몰고 있는 모터사이클을 구성하는 것을 실체라고 말하는 것일 뿐이다. 칸트의 『순수 이성 비판』의 내용 대부분은 이 같은 선험적 지식이 어떻게 획득되고 어떻게 활용되는가에 관한 것이다.

우리의 선험적 생각들은 감각 자료들의 영향을 받지 않은 채 독자적으로 존재할 뿐만 아니라 감각 자료들을 걸러내는 역할을 한다. 이 같은 자신의 주장을 칸트는 "코페르니쿠스적 대변혁"에 비유한 바 있다. 이는 자신의 주장을 지구는 태양의 주위를 돈다는 코페르니쿠스의 진술에 빗대어 설명하기 위한 것이었다. 코페르니쿠스적 대변혁의 결과로 변한 것이라고는 아무것도 없다. 하지만 모든 것이 다 바뀌었다. 칸트의 표현을 빌려 말하자면, 우리에게 감각 자료들을 제공하는 객관적 세계는 변하지 않았지만, 세계를 바라보는 우리의 선험적 시각이 완전히 뒤바뀌게 된 것이다. 그 효과는 대단히 엄청난 것이었다. 코페르니쿠스의 주장을 받아들이느냐 받아들이지 않느냐에 따라 현대인과 현대인에 앞서 존재했던 중세인 사이를 구분할 수 있게 되었다는 점에서 그러하다.

세계에 대한 기존의 선험적 개념을 문제 삼고 이에 대한 대안이 될 수 있는 새로운 선험적 개념을 제시하는 일, 이것이 바로 코페르니쿠스가 한 일이다. 말하자면, 지구는 평평하고 공간 속에 고정되어 있다는 생각에 대한 대안으로, 지구란 둥글고 태양의 주위를 돈다는 생각을 코페르니쿠스는 제시한 것이다. 그가 보여주었듯, 세계에 대한 두 개의 선험적 개념 가운데 어느 것도 기존의 감각 자료들과 충돌을 일으키지 않는다.

칸트는 자신이 형이상학 분야에서 동일한 일을 했다고 생각했다. 만일 당신의 두뇌에 존재하는 선험적 개념들이 당신이 감지하는 것과 관계없이 독립적으로 존재하면서 당신이 감지하는 것을 걸러내는 기능을 수행한다고 가정한다면, 이는 과학적 인간을 수동적 관찰자 또는 "백지 상태"[10]로 여기는 아리스토텔레스적 인간관을 문제 삼아 이를 명실상부하게 뒤집어엎는 셈이 된다. 칸트와 헤아릴 수 없는 그의 추종자들은 이렇게 뒤집어엎음으로써 우리가 어떤 방식으로 세상을 아는가와 관련하여 한결 더 만족스러운 이해에 도달할 수 있게 되었다는 주장을 계속해왔다.

나는 이 같은 칸트적 사유 방식을 예로 삼아 이를 상당히 세세하게 다루었는데, 그 목적의 일부는 정밀한 시각에서 본 정신의 고산 지대를 부분적으로나마 보여주는 데 있었다. 하지만 보다 중요한 목적은 파이드로스가 후에 한 일이 어떤 것인가를 이해하기 위한 기반을 마련하는 데 있었다. 그도 역시 코페르니쿠스적 전환을 시도했고, 그 결과 그는 고전적 이해의 세계와 낭만적 이해의 세계라는 별개의 두 세계를 하나로 통합할 수 있었다. 그리고 내가 보기에는 그가 시도한 코페르니쿠스적 전환의 결과 그는 세계란 도대체 어떤 곳인가에 대해 한결 더 만족스러운 이해에 도달할 수 있었던 것 같다.

처음에는 칸트의 형이상학이 파이드로스를 전율케 했다. 하지만 갈수록 맥이 빠지는 듯한 느낌이었다. 그런데 왜 그런지 딱히 그 이유를

---

[10] blank tablet: 존 로크(John Locke, 1632~1704)의 용어 '타불라 라사tabula rasa'를 영어로 옮긴 것. 로크에 의하면, 인간의 마음은 원래 '백지 상태'이며, 외부 세계의 정보가 인간의 감각을 통해 이 백지 상태에 기록됨으로써 비로소 인간은 지식을 얻게 된다. 경험주의 철학의 대표적인 개념 가운데 하나.

알 수 없었다. 이에 대한 생각에 잠긴 끝에, 그는 어쩌면 자신의 동양 체험에 그 원인이 있는지도 모르겠다는 결론에 이르기도 했다. 그는 한때 지성의 감옥에서 벗어났다는 느낌을 갖기도 했으나, 이제 이것 역시 또 하나의 감옥일 뿐이라는 느낌을 지울 수 없었다. 그가 읽은 칸트의 미학은 실망스러운 것이었고, 실망감은 이윽고 분노로 바뀌었다. "아름다움"에 관해 칸트가 표현한 생각들 자체가 파이드로스에게는 추해 보였다. 추해 보이는 정도가 어찌나 심했던지, 또 추함이 칸트의 논의 전체에 어찌나 고루 배어 있었던지, 그는 어디에서 공격을 시작해야 할지 또한 어떻게 이를 우회해 가야 할지 막연하기만 했다. 추함이 칸트의 세계 전 조직에 너무도 깊숙이 배어 있어서 도저히 이를 피해 나갈 길을 찾을 수 없었다. 이는 단순히 18세기적 추함이나 "기교적 측면"에서의 추함이 아니었다. 그는 자신이 읽고 있는 모든 철학자들의 책에서 이 같은 추함을 느낄 수 있었다. 그가 다니고 있는 대학 전체가 같은 종류의 냄새를 풍기고 있었으니, 강의실에든 교재에든 어디에서나 추함의 냄새가 배어 있었던 것이다. 그 자신에게서도 같은 냄새를 맡을 수 있었으나, 어떻게 해서 그리고 왜 그렇게 되었는지를 그는 알 수 없었다. 추한 것은 바로 이성 자체였고, 이를 피해 빠져나갈 길이라고는 보이지 않는 것 같았다.

제
12
장

    존과 실비아의 표정과 어조로 판단하건대 쿡 시티[1]에서 그들은 어느 때보다 행복해 보인다. 수년 동안 그들이 그처럼 행복해하는 모습을 본 적이 없다. 우리는 허겁지겁 뜨거운 비프 샌드위치를 먹어치운다. 고산 지대로 와서 그들이 느끼는 충만감을 나는 즐거운 마음으로 귀와 눈을 통해 확인하지만, 이에 관해 별다른 말을 하지 않은 채 먹는 일에만 열중한다.
    전망창 바깥 길 건너편으로 거대한 소나무들이 보인다. 수많은 차들이 그 나무 아래의 길을 지나 공원으로 간다. 이제 우리는 수목한계선에서 아주 멀리 떨어진 곳까지 내려와 있다. 위에 있을 때보다 따뜻하지만, 어느 때 비를 흩뿌릴지 모르는 낮은 구름이 이따금 하늘을 가린다.

---

[1] Cooke City : 몬태나 주의 파크 카운티Park County에 있는 인구 140명(2000년 조사)의 작은 마을.

추측건대, 만일 내가 야외 강연 연사가 아니라 소설가였다면, 액션으로 가득 찬 장면들을 통해 존과 실비아와 크리스라는 인물의 "성격 변화와 발전을 꾀하려" 했을 것이다. 그렇게 해서 선(禪)의 "내적 의미"를, 그리고 어쩌면 술(術)의 "내적 의미"를, 그리고 어쩌면 모터사이클 관리의 "내적 의미"를 또한 드러내 보일 수도 있었을 것이다. 그렇게 했다면 정말 대단한 소설이 될 수도 있었을 것이다. 하지만 그렇게까지 하고 싶지는 않은데, 여기에는 나름의 이유가 있다. 그들은 내 친구지 작중 인물이 아니다. 게다가 실비아가 한번 이렇게 말한 적도 있었다. "나는 내가 남한테 관찰 대상이 되는 게 싫어요." 그래서, 우리가 서로에 대해 알고 있는 것이 많지만, 나는 굳이 이를 깊이 문제 삼는 일 따위는 하지 않을 것이다. 무언가 언짢은 것이 있다는 말이 아니라, 야외 강연과 정말로 관련이 있는 것이 아니라면 다루지 않겠다는 말이다. 친구 사이라면 마땅히 그래야 할 것이다.

동시에 나는 이렇게 생각하기도 한다. 이제까지 진행된 야외 강연에 비춰 보는 경우, 내가 왜 항상 그들에게 그처럼 말이 없고 소원하게 대하는 것처럼 보여야 하는가를 당신은 이해할 수 있을 것이라고. 이따금 존과 실비아는 도대체 내가 항상 무슨 생각에 빠져 있는가에 대한 해명을 요구하는 것처럼 보이는 그런 물음을 나에게 던지곤 한다. 하지만 내가 만일 정말로 마음에 두고 있는 것—예컨대, 모터사이클은 매 순간 연속성을 유지한다는 식의 선험적 추정—에 관해 이렇게 저렇게 입이라도 열면, 그것도 야외 강연과 같은 총체적 지식 전달 체계의 도움을 받지 않은 채 이에 관해 지껄이기라도 하면, 그들은 그저 깜짝 놀랄 것이고 무엇이 잘못되었나 어리둥절해할 것이다. 이 같은 연속성에, 또한 이 같은 연속성에 대해 우리가 말하거나 생각하는 방식에, 나는 정말로 흥미를 느끼고 있으며, 그래서 이에 대한 이야기가 나오지 않도록 평소의 점심 식사 자리에서도 사람들과 거리를 두곤 한다. 이 때문에 사람들은 내가 그들에게 소원한 사람이라는 인상을 갖는다. 이것이 문제다.

이는 우리 시대의 문제이기도 하다. 오늘날 인간의 지식은 그 범위가 하도 넓어서 우리 모두가 각자의 특수 분야에서 전문가다. 그리고 각자의 전문 분야 사이의 거리가 점점 더 멀어져서, 그 안에서 자유롭게 거닐고자 하는 사람은 주변 사람들과의 친밀한 관계마저도 유보해야 할 지경이다. 점심 시간에 나누는 지극히 일상적인 현재에 관한 이야기조차 전문적인 것이기 일쑤다.

크리스는 존과 실비아보다 나의 소원함에 대해 좀더 이해하고 있는 것처럼 보인다. 어쩌면 이에 대해 익숙해져 있기 때문인지도 모르고, 나에게 좀더 관심을 가져야 하는 것이 그와 나의 관계이기 때문인지도 모른다. 가끔 나는 그의 얼굴에서 근심의 표정을 읽기도 한다. 또는 적어도 불안의 빛을 읽기도 한다. 왜 그가 그런 얼굴 표정을 짓거나 그런 내색을 하는지 궁금해하다가, 나는 마침내 화가 나 있는 나 자신을 발견하곤 한다. 만일 그의 표정을 읽지 못했더라면 나는 내가 화가 나 있다는 사실을 알아차리지 못했을 것이다. 그렇지 않을 때 그는 가만히 있지 못하고 여기저기 온 데를 겅중겅중 뛰어다니곤 하는데, 저 아이가 왜 저러는가 생각해보면 그것은 바로 내가 기분이 좋아져 있기 때문임을 깨닫게 된다. 이윽고 나는 그가 약간 예민해져 있고, 존이 나에게 던진 것임이 틀림없는 물음에 그가 대신 답을 하고 있는 것을 본다. 우리가 내일이면 함께 머물 사람들인 드위즈 부부에 관한 이야기다.

정확하게 무엇에 관한 물음인지는 모르지만 나는 이렇게 덧붙여 말한다. "그 친구는 화가야. 거기에 있는 대학에서 미술 강의를 하고 있는데, 그는 추상화 계열의 인상파 화가지."

그들이 어떻게 내가 그를 알게 됐냐고 묻는다. 이에 나는 기억이 나지 않는다고 다소 회피하는 투의 답변을 하지 않을 수 없다. 몇몇 단편적인 것을 제외하고는 그에 관해 어떤 것도 기억이 나지를 않는다. 명백히 그와 그의 아내는 파이드로스의 친구들의 친구들이었을 것이고, 그는 그렇게 해서 그들을 알게 되었을 것이다.

존과 실비아는 나와 같은 공학 기술 분야의 글쟁이와 추상화 화가 사이에 어떤 공통 관심사가 있을 수 있는지에 대해 궁금해한다. 하지만 나는 모르겠다는 답변을 되풀이할 수밖에 없다. 답을 찾아 기억 속의 단편들을 이리저리 마음속으로 정리해보지만, 답이 나오지 않는다.

그들의 성품은 분명히 파이드로스의 성품과 다르다. 파이드로스의 얼굴이 담긴 그 당시의 사진들을 보면 그의 얼굴에서 소외감과 공격성이 엿보인다. 그가 소속해 있던 학과의 동료들은 반쯤 농담조로 그의 얼굴 표정에 "전복적"이라는 수식어를 붙이기도 했다. 반면 드위즈의 그 당시 사진들을 보면 무언가 부드러운 의문에 휩싸여 있다는 느낌이 들긴 하지만 그의 얼굴에는 상당히 느긋한 분위기가, 거의 평온함에 가까운 분위기가 깃들어 있다.

기억을 더듬어보면, 제1차 세계대전 당시 포로가 된 독일군 장교의 행동을 어떤 스파이가 세심하게 관찰하는 내용이 담긴 영화[2]가 있었다. 그와 독일군 장교는 어쩌다 보니 생김새가 똑같았는데, 그는 한쪽

---

2) 1937년 20세기-폭스 영화사의 작품 *The Lancer Spy*를 말함. 이 영화의 주연 배우는 조지 샌더즈(George Sanders, 1906~1972)로, 그는 이 영화에서 독일군 장교인 쿠르트 폰 로박 남작Baron Kurt von Rohback과 영국군 장교인 마이클 브루스 중위Lieutenant Michael Bruce로 등장함. 브루스 중위는 쿠르트 폰 로박 남작으로 위장하여 독일군에 침투한다. 독일군 당국은 그를 미심쩍게 여겨 감시하게 되는데, 감시의 임무를 부여받은 독일군 여자 스파이는 브루스 중위와 사랑에 빠지게 된다. 독일군 스파이 역으로는 돌로레스 델 리오(Dolores del Río, 1905~1983)가 출연.

면으로만 반대편을 통과해 볼 수 있는 거울을 통해 그 장교의 행동 하나하나를 몇 달 동안 관찰하여 마침내 몸짓 하나 어조 하나 놓치지 않고 완벽하게 흉내 낼 수 있게 된다. 이윽고 그는 독일군 사령부에 침투하기 위해 포로 상태에서 탈출한 장교 행세를 한다. 그는 장교의 옛 친구들과 만나 첫번째 시험에 들게 되는데, 그때 혹시 그들이 자신의 위장 침입을 눈치채고 있는가를 알아내고자 하면서 그가 느끼던 긴장과 흥분을 나는 아직 기억하고 있다. 지금 나는 드위즈에 대해서 상당히 비슷한 느낌을 갖고 있다. 당연히 그는 지금의 내가 예전에 그가 알던 사람이라고 생각할 것이다.

  바깥쪽으로 나와 보니 주위를 감싸고 있는 옅은 안개가 모터사이클을 적시고 있다. 행낭에서 플라스틱으로 된 버블을 꺼내 헬멧에 부착한다. 이제 우리는 곧 옐로스톤 공원으로 들어서게 될 것이다.
  눈앞의 길이 안개로 뒤덮여 있다. 마치 구름이 계곡으로 내려와 떠돌고 있는 듯하다. 사실 우리가 지나고 있는 곳은 결코 계곡이 아니다. 계곡이라기보다는 오히려 산을 넘기 위한 고갯길이라고 해야 할 것이다.

  나는 드위즈가 파이드로스에 대해 얼마나 잘 알고 있는지 모른다. 또한 그가 어떤 옛 추억을 나와 함께 나눌 것을 기대하고 있는지도 모른다. 나는 전에도 이미 다른 사람들을 상대로 비슷한 경험을 해왔으며, 대개의 경우 어색한 순간들을 그럭저럭 얼버무려 넘길 수 있었다. 매 경우 보상이 있었다면 파이드로스에 대한 이해의 폭을 넓힐 수 있었다는 점이다. 그리고 이 점이 파이드로스라는 인간의 역할을 좀더 그럴듯하게 하는 데 큰 도움이 되었다. 또한 이 자리에서 내가 제시하는 정보의 대부분도 오랜 세월에 걸쳐 이처럼 이해의 폭을 넓혀온 결과 얻은 것이다.

내가 지니고 있는 기억의 파편들로 판단하건대, 파이드로스는 드위즈를 높이 평가하고 있었으며, 이는 그가 드위즈를 이해할 수 없기 때문이었다. 파이드로스는 무언가를 이해할 수 없는 것이 있을 때 이에 대해 엄청난 흥미를 느꼈으며, 그런 그에게 드위즈의 태도는 매혹적인 것이었다. 파이드로스에게 드위즈의 태도는 뒤죽박죽 상태로 온통 뒤엉켜 있는 것처럼 보였다. 가끔 제 딴에 무척 우습다고 생각해서 이를 파이드로스가 드위즈에게 말하면, 드위즈는 어리둥절한 표정으로 그를 바라보거나 그러지 않으면 그의 말을 심각하게 받아들이곤 했다. 어떤 때는 무척이나 심각하고 대단히 중요하다고 생각하는 것에 관해 파이드로스가 입을 열면, 드위즈는 갑작스럽게 웃음을 터뜨리곤 했다. 마치 일찍이 들어본 적이 없는 절묘한 농담을 파이드로스가 지껄이기라도 한 듯.

예컨대, 기억의 단편에 의하면, 식탁의 가장자리에 덧대놓은 미장용 나무껍질이 벗겨졌을 때 파이드로스가 접착제로 이를 수리한 적이 있었다. 그는 미장용 나무껍질을 제자리에 맞춰놓고는 접착제가 마를 때까지 한 뭉치의 실을 통째로 사용해서 식탁 가장자리를 몇 번이고 칭칭 감아놓았었다.

식탁 가장자리를 감아놓은 실을 보고는 드위즈가 어리둥절해서 무엇 때문에 그렇게 했냐고 물었다.

"그건 나의 최근 조각 작품이야." 파이드로스가 말을 이었다. "대단한 작품이라고 생각되지 않나?"

웃어넘기는 대신 드위즈는 놀랍다는 듯한 표정으로 그를 바라보고는 아주 오랫동안 감아놓은 실을 꼼꼼하게 살펴보았다. 그런 다음 마침내 이렇게 물었다. "이 모든 것을 어디서 배웠나?"

잠깐 동안 파이드로스는 그가 자신의 농담을 이어받아 계속하고 있다고 생각했다. 하지만 그의 행동과 물음은 진지한 것이었다.

이런 적도 있다. 몇몇 학생들이 낙제하는 것 때문에 파이드로스가 기분이 상해 있었다. 나무 그늘을 따라 드위즈와 함께 집으로 걸어가는 도중 이에 대해 드위즈가 자기 의견을 말했다. 그는 무엇 때문에 파이드로스가 그런 일을 자기 일이라도 되는 양 그처럼 심각하게 반응하는지 모르겠다는 것이었다.

"나도 잘 모르겠어." 파이드로스가 이렇게 말하고는, 난감하다는 투의 어조로 이렇게 덧붙였다. "내 생각인데, 낙제의 원인을 찾자면, 모든 선생들에게는 자기 자신과 가장 닮은 학생들한테 높은 점수를 주는 경향이 있기 때문인 것 같아. 만일 자네의 글씨체가 깔끔하면, 그렇지 않을 경우보다 학생들의 글씨체를 더 중요한 평가 기준으로 여길 걸. 자네가 과장된 어투를 즐겨 쓰면, 과장된 어투로 글을 쓰는 학생들을 좋아하게 되겠지."

"물론, 그렇지. 그런데 그게 왜 문제되나?" 드위즈가 물었다.

"글쎄, 뭔가 수상한 구석이 있어." 파이드로스가 말을 이었다. "내가 제일 좋아하는 학생들, 그러니까 내가 정말로 일체감을 느낄 수 있는 그런 학생들은 모두가 낙제 신세란 말이야."

드위즈가 이 말을 듣더니 갑자기 웃음보를 터뜨렸다. 이에 파이드로스는 성이 발끈 났다. 그는 이를 일종의 과학적 현상, 새로운 이해를 이끄는 단서를 제공해줄지도 모르는 그런 과학적 현상으로 보고 있는데, 드위즈가 이를 그냥 웃어넘기고 있는 것이었다.

처음에 파이드로스는 자신을 깎아내리는 말을 자기도 모르게 하는 것을 보고 우스워서 드위즈가 웃었을 뿐이라고 생각했다. 하지만 이는 앞뒤가 맞지 않는 생각으로, 드위즈는 결코 남을 웃음거리로 생각하는 그런 종류의 사람이 아니기 때문이었다. 후에 그는 그것이 지고(至高)의 진실이 담긴 그런 종류의 웃음이라는 것을 알았다. 아주 뛰어난 학생들은 항상 낙제를 한다. 훌륭한 선생이라면 누구나 이 사실을 알고 있다. 드위즈의 웃음은 불가능한 상황이 야기하는 긴장을 해소하기 위한 그런 종류의 웃음이었다. 그 당시 매사를 너무도 심각하게 받아들이고 있던 파이드로스 역시 이런 종류의 긴장 해소법을 사용해 볼 수도 있었겠지만, 그는 그렇게 하지 못했다.

이처럼 알쏭달쏭한 드위즈의 반응으로 인해 파이드로스는 드위즈가 광활한 범위의 숨겨진 이해의 영역을 넘나들고 있다는 생각을 하게 되었다. 그의 눈에 드위즈는 항상 무언가를 감추고 있는 것처럼 보였다. 드위즈가 파이드로스에게 무언가를 숨기고 있는 것 같았지만, 파이드로스 자신은 그것이 무엇인지를 가늠할 수 없었다.

이윽고 강렬한 기억의 단편 하나가 떠오른다. 이는 드위즈 역시 파이드로스를 이해할 수 없어 마찬가지로 난감해하고 있는 것처럼 보인다는 사실을 파이드로스 자신이 발견했던 날과 관계되는 것이다.

드위즈의 스튜디오에 있는 조명 장치의 스위치가 고장 나 있었으며, 이에 드위즈가 무엇이 문제인지 혹시 알겠냐고 파이드로스에게 물었다. 그는 약간 당황했을 때, 또한 약간 혼란스러워할 때 짓는 미소를 얼굴에 띠고 있었다. 마치 예술계 후원자가 화가에게 말을 건넬 때 얼굴에 내비치는 그런 미소를 띠고 있었던 것이다. 후원자는 자신이 아는 것이 거의 아무것도 없어 당황해하고 있지만, 무언가를 배울 수 있다는 기대감에 미소를 짓고 있는 것이다. 공학 기술을 증오하는 서덜랜드 부부와 달리, 드위즈는 공학 기술의 세계와는 너무 멀리 떨어져 있기 때문에 이에 대해 특별히 위협을 느끼지 않는다. 드위즈는 사실 공학 기술의 열렬한 신봉자이자 후원자였다. 그는 공학 기술에 대해 이해하지는 못했지만, 자신이 좋아하는 대상이 무엇인지를 잘 알고 있었고 또 항상 무언가를 새롭게 배우는 일을 즐겼다.

그는 문제가 전구 근처의 전선에 있다는 식의 착각을 하고 있었는데, 스위치를 올리자마자 곧바로 전구의 불이 나갔기 때문이었다. 만일 문제가 스위치에 있다면, 시간 차를 두고 전구에 문제가 나타나야 할 것이라는 것이 그의 생각이었다. 파이드로스는 이를 놓고 논쟁을 하기보다는 길 건너편에 있는 철물점으로 가는 쪽을 택했다. 그리고 는 스위치를 사 가지고 와서 몇 분도 걸리지 않아 새 스위치를 설치했다. 물론 즉시 효과가 나타났으며, 이로 인해 드위즈는 혼란스러워하는 동시에 낙담하는 표정을 지었다. 그리고 그가 이렇게 물었다. "문제가 스위치에 있는 걸 자넨 어떻게 알았지?"

"스위치를 움직여봤을 때 불이 들어왔다 나갔다 했기 때문이야."

"그래? 그게 전선을 움직이게 했던 건 아닐까?"

"아니."

파이드로스의 단호하고 거만한 태도에 드위즈는 기분이 상해 따지기 시작했다. "어떻게 그걸 다 알 수 있단 말인가?" 그가 물었다.

"너무 빤한 사실이기 때문이야."

"그렇다면, 나는 왜 모르는 거지?"

"어느 정도 익숙해져야 해."

"그렇다면 빤한 거라고 할 수 없지. 안 그런가?"

드위즈는 항상 이처럼 이상한 관점에서 논쟁을 걸기 때문에, 그의 말에 대꾸하기란 불가능했다. 또한 이 같은 이상한 관점 때문에 파이드로스는 드위즈가 무언가를 자기에게 감추고 있다는 느낌을 강하게 받았던 것이다. 보즈먼에서의 생활을 마감하고 떠날 때가 되어서야 비로소 파이드로스는 드위즈의 관점이 어떤 것인가를 자신의 분석적이고 체계적인 방법을 통해 파악했다는 생각을 하게 되었다.

공원 입구에서 우리는 모터사이클을 멈춘 다음, 스모키 베어[3] 모자를 쓰고 있는 사람에게 공원 입장료를 지불한다. 입장료를 받고 그가 우리에게 하루 동안 공원을 이용할 수 있는 티켓을 건네준다. 우리 앞쪽을 보니 관광을 온 노인 한 분이 우리 모습을 휴대용 무비 카메라에 담다가, 눈이 마주치자 웃음을 짓는다. 반바지 아래로 평지에서 착용하는 스타킹과 신발 차림의 하얀 다리가 보인다. 만족한 표정으로 남편의 행동에 눈길을 주던 그의 아내의 다리 역시 남편의 다리와 똑같다. 우리가 그들 옆으로 지나가면서 손을 흔들자 그들도 우리에게 손을 흔든다. 이 순간은 오랜 세월 필름에 저장되어 남아 있게 될 것이다.

파이드로스는 뚜렷한 이유 없이 이 공원을 싫어했다. 어쩌면 그 자신이 찾아낸 공원이 아니기 때문에 싫어했는지도 모른다. 하지만 아마도 그 때문은 아닐 것이다. 무언가 다른 이유 때문이었다. 말하자면, 여행 안내자라도 되는 것 같은 태도의 산림 감시원들이 그를 화나게 했던 것이다. 브롱크스 동물원[4]에 온 것과 같은 태도의 관광객들은 그를 한층 더 화나게 했다. 그들이 모여 있는 곳은 사방을 감싸고 있는 고산 지대와 어찌 그리도 다를 수 있단 말인가! 실재하는 세계라는

---

3) Smokey Bear: 미국 산림청Forest Service의 마스코트로, 산림 화재의 위험성을 일반 대중에게 교육하기 위한 매체로 1944년 처음으로 세상의 빛을 보게 되었다. 전형적인 스모키 베어의 모습은 당시의 산림청 감시원들이 쓰던 챙이 평평한 모자를 쓰고 있는 것으로 묘사된다. 이 모자는 오늘날에도 미국 산림청 감시원들이 즐겨 착용하고 있다.

4) 브롱크스 동물원Bronx Zoo: 뉴욕에 있는 세계적으로 유명한 동물원.

착각을 갖도록 조심스럽게 손질하고 다듬어놓은 전시물들로 가득 찬, 하지만 어린애들의 손길에 망가지지 않도록 사슬로 깔끔하게 둘러놓은 전시물들로 가득 찬 하나의 거대한 박물관과 같아 보였다. 사람들은 공원에 입장해서는, 서로에게 공손하고 신중한 가식적인 인간들이 되었다. 공원의 분위기가 사람들을 그렇게 행동하도록 만들었기 때문이다. 이 공원에서 1백 마일도 떨어지지 않은 곳에서 사는 동안 그는 이 공원을 단지 한두 번밖에 찾지 않았다.

이런! 이야기의 순서가 어긋나고 있다. 이런 식으로 이야기하는 경우, 약 10년 동안의 이야기를 빠뜨리는 셈이 된다. 파이드로스가 임마누엘 칸트에서 곧바로 몬태나의 보즈먼으로 건너뛴 것은 아니었다. 그 사이에 그는 인도로 건너가서 오랜 세월을 보냈으며, 그곳에서 베나레스 힌두 대학교[5]에 적을 두고 동양 철학을 공부하기도 했다.

내가 알기로는 그가 인도에서 무언가 신비의 비술(秘術)을 터득한 것은 아니었다. 동양 철학에 노출되는 것 외에 특별히 별다른 일이 있었던 것은 아니다. 그는 철학자들의 말에 귀를 기울이기도 하고, 종교적 인사들을 찾기도 했다. 그러는 가운데 그들의 생각을 흡수하고 명상에 잠기곤 했다. 그런 다음 좀더 그들의 생각을 흡수하고 좀더 깊은 명상에 잠기곤 했다. 대체로 그것이 전부다. 당시에 그가 썼던 편지들을 보면, 사물에 대한 관찰을 통해 그가 세운 법칙과 모순되거나 조화

---

[5] Benares Hindu University: 바라나시 힌두 대학교Varanasi Hindu University로 불리기도 하며, 인도의 델리와 캘커타 사이에 있는 고대 도시 바라나시에 위치해 있다. 이 대학교 소속의 공과·법과·의과대학은 인도에서 최상급 수준의 대학으로 꼽힌다. 이 대학은 1917년에 창설되었으며, 대학의 창설에 결정적인 역할을 한 사람은 영국의 신지학자(神智學者, '신지학'은 브라만교와 불교의 경전에 입각하여 세운 신앙 체계)인 애니 베전트(Annie Besant, 1847~1933)이다. 바라나시는 성스러운 도시로 알려져 있는데, 이 도시의 근처에서 고타마 붓다가 처음 법문을 전했다는 데에 따른 것이다.

를 이루지 못하는 것들로 인해, 또한 그런 법칙에서 일탈하거나 또는 그런 법칙이 적용되지 않는 예외적인 것들로 인해, 엄청난 혼란을 느끼고 있었음을 알 수 있다. 그는 인도에 들어갈 때도 경험주의적 과학자였고 인도를 떠날 때도 경험주의적 과학자였다. 그는 인도에 올 때보다 조금도 더 현명해지지 않은 채로 인도를 떠났던 것이다. 하지만 그는 많은 것에 노출되었고, 일종의 잠재적 이미지—후에 수많은 여타의 잠재적 이미지들과 연결되어 다시 등장하게 된 그런 종류의 잠재적 이미지—를 얻을 수 있었다.

여기에서 말하는 잠재적인 것들에 대해 요약해서 설명할 필요가 있는데, 이는 후에 가서 중요한 역할을 하기 때문이다. 그는 교리(敎理)의 측면에서 볼 때 힌두교와 불교와 도교 사이의 차이는 기독교와 이슬람교와 유대교 사이의 차이만큼 중요한 것이 결코 아니라는 점을 인식하게 되었다. 힌두교와 불교와 도교는 교리상의 차이 때문에 서로 성전을 벌이지는 않는다. 왜냐하면 현실에 대한 언어적 진술을 결코 현실 그 자체로 생각하지 않기 때문이다.

동양의 모든 종교에서 지고의 가치는 "타트 트밤 아시Tat tvam asi"—즉, "그대가 바로 그것이다"—라는 산스크리트어의 교리에 놓인다. 이 교리가 주장하는 바에 따르면, 나 자신이라고 내가 생각하는 모든 것과 나 자신이 인식하고 있다고 내가 생각하는 모든 것이 나뉘어 있는 것이 아니다. 이처럼 나와 나 아닌 것 사이의 경계가 없음을 완벽하게 인식하는 것—이것이 바로 깨우침의 경지다.

논리의 세계는 주체와 객체 사이의 분리를 전제로 하여 성립된다. 따라서 논리는 궁극적 지혜가 아니다. 주체와 객체가 나뉘어 있다는 환상을 제거하는 최상의 방법은 물리적 행위, 정신적 행위, 정서적 행위에서 벗어나는 것이다. 이를 위한 훈련 방법은 수없이 많다. 그중에서도 가장 중요한 것이 산스크리트어로 "디아나dhyana"라고 하는 것인데, 이 말이 다르게 발음되어 중국어로 "찬(禪)"이 되었고, 다시 한 번 다르게 발음되어 일본어로 "젠"이 되었다. 파이드로스는 결코 명상에 끼어든 적이 없었다. 그에게는 아무 의미가 없었기 때문이다. 인도에 그가 머무는 동안에도 처음부터 끝까지 그에게 "의미 있는 것"은 논리적 일관성이었으며, 이에 대한 믿음을 포기하게 할 만한 공정한 방법을 어디에서도 찾을 수가 없었다. 생각건대, 그의 입장에서 신뢰할 수 있는 것은 논리적 일관성에 대한 믿음, 바로 그것이었다.

하지만 어느 날 강의실에서 철학 교수가 쾌활한 어조로 세계란 환영(幻影)에 불과한 것임을 상세하게 설명하고 있었다. 같은 말을 그 교수에게서 50번쯤은 들은 것 같았다. 파이드로스가 손을 들고는 냉정한 어조로 히로시마와 나가사키에 투하된 원자 폭탄도 환영에 불과한 것으로 믿어야 하느냐고 물었다. 그랬더니 교수가 미소를 지으면서 그렇다고 말했다. 질의와 응답은 여기에서 끝났다.

인도 철학의 전통 안에서는 교수의 그런 답이 옳은 것일지도 모른다. 하지만 파이드로스에게, 또한 규칙적으로 신문을 읽으면서 인류에 대한 대량 학살 행위와 같은 문제를 놓고 걱정을 하는 사람에게라면 누구에게나, 그런 대답은 절망적일 정도로 부적절한 것이었다. 그는 강의실을 떠났으며, 곧 인도를 떠났다. 마침내 그는 포기한 것이다.

그는 자신의 고향인 미 중서부 지역으로 돌아와서 실용적 학문인 저널리즘 분야에서 학위를 취득했고, 또 결혼도 했다. 그런 다음 네바다와 멕시코에서 생활하면서 갖가지 임시직 일을 하기도 했다. 신문기자 생활도 했고, 과학 관련 분야의 글을 쓰는 일과 산업 광고용 문안을 작성하는 일도 했다. 그동안 두 아이의 아버지가 되었고, 농장과 승마용 말 한 필을, 자동차 두 대를 구입했으며, 또 몸이 불기 시작하여 중년의 모습을 보이기 시작했다. 그는 이성이라는 유령에 대한 탐구 작업을 포기한 상태였다. 이 말이 의미하는 바를 아는 것이 무엇보다도 중요하다. 다시 말하지만, 마침내 그는 포기하고 만 것이다.

포기했기 때문에 그의 표면적 삶은 안락했다. 그는 상당히 열심히 일했고, 가까이하기에 쉬운 사람이 되었다. 그가 당시에 썼던 몇몇 단편소설들은 글쓴이의 내면적 공허감을 드러내고 있는데, 이 같은 공허감을 간간이 내비칠 때를 제외하면 그의 나날은 상당히 일상적으로 흘러갔다.

무엇이 그를 이 같은 산중으로 인도했는가는 확실치 않다. 그의 아내도 그 원인이 무엇인지 모르는 것 같다. 하지만 내 추측으로는 아마도 무언가 내적으로 그가 느끼고 있던 패배감 때문이었을 것이다. 또한 이를 통해 다시금 탐구의 여정으로 되돌아갈 수 있으리라는 희망 때문이었는지도 모른다. 그는 한결 더 성숙해졌다. 마치 내면적 목표를 포기하자 어떤 이유에서든 그것이 원인이 되어 한결 더 빨리 노화가 진행되기라도 했듯이 말이다.

우리는 가디너[6] 쪽에서 공원을 빠져나온다. 황혼 무렵의 어둠에 젖어 있는 해질 무렵의 산허리 쪽에 눈길을 주었을 때 눈에 들어오는 것이라고는 다만 풀과 세이지뿐인 것을 보니, 가디너에는 비가 별로 내리고 있는 것 같지 않다. 우리는 가디너에서 하룻밤 묵기로 결정한다.

매끄럽고 깨끗한 둥근 돌 위로 흐르는 강을 가로지르고 있는 다리 양쪽의 높은 강둑을 따라 마을이 펼쳐져 있다. 다리 건너편에 있는 한 모텔에 이미 전등이 환하게 켜져 있다. 우리는 그 모텔에 하룻밤 묵어

---

[6] Gardiner: 몬태나 주의 파크 카운티Park County에 있는 인구 851명(2000년 조사)의 마을. 옐로스톤 공원에 들어가기 위한 주 진입로가 있음.

갈 방을 잡는다. 자연의 빛이 아닌 창문에서 흘러나오는 조명에 의지하여 보더라도, 모텔의 오두막 형의 모든 객실들이 정성스럽게 심어놓은 꽃들로 둘러싸여 있음을 확인할 수 있다. 그래서 꽃을 밟지 않도록 조심스럽게 발걸음을 옮긴다.

객실에 들어가 보니 모든 것에서 마찬가지의 정성스러운 손길이 새삼 느껴져, 크리스한테까지 이 점을 말한다. 모든 창문이 창틀 추로 개폐 상태를 조절하는 내리닫이 식으로 되어 있다. 문은 걸림이 없이 찰각 소리와 함께 잘 닫히고, 모든 모서리의 끝 처리가 완벽하다. 어디를 보아도 일부러 예술적인 것으로 꾸미려 허세를 피운 구석이 없이, 어느 것 하나 나무랄 데 없이 그냥 그대로 훌륭하다. 꼭 집어 말할 수는 없지만, 이 모든 것이 한 사람의 손길에 의해 이루어진 것임을 감지할 수 있다.

식당을 들러 모텔로 돌아오니, 노부부 한 쌍이 사무실 바깥에 있는 자그마한 정원에 앉아서 저녁 무렵의 미풍을 즐기고 있다. 노인이 말하길 모든 객실을 손수 만들었다고 한다. 내 추측이 맞았음을 확인해 준 셈이다. 그가 그 사실을 알아주는 사람이 있다는 사실에 몹시 즐거워하자, 이를 지켜본 그의 아내가 우리 모두에게 자리를 권한다.

우리는 서두를 필요가 없기에 느긋하게 이야기를 나눈다. 이쪽은 공원에 들어가는 입구로 가장 오래된 곳이다. 자동차가 등장하기 전부터 입구로 사용되었던 곳이다. 노부부는 오랜 세월에 걸쳐 일어난 변화에 대해 이야기함으로써, 우리의 눈에 보이는 주변의 경치에 한 차원을 더해준다. 한 차원을 더함에 따라 우리 주변의 경치—이 마을, 이들 부부, 그리고 그들이 이곳에서 보낸 세월—는 아름다운 그 무엇으로 승화한다. 실비아가 존의 팔 안으로 손을 넣는다. 나는 저 아래 둥근 돌들 위로 힘차게 흐르는 강물의 소리와 밤바람이 몰아오는 향기에 마음을 준다. 모든 종류의 향기에 대해 알고 있는 노부인이 인동덩굴 향기라고 말한다. 잠시 동안 우리는 정적 속에 잠긴다. 이윽고 기분 좋게 졸음이 나를 엄습한다. 우리는 잠자리에 들기로 하고 일어선다. 이미 크리스는 거의 잠에 취해 있는 상태다.

제 13 장

 존과 실비아가 핫케이크로 아침 식사를 하고 커피를 마신다. 그들은 아직 전날 밤의 분위기에 젖어 있는 모습이다. 하지만 나는 음식을 넘기기가 수월치 않음을 느낀다.
 오늘 우리는 엄청나게 많은 일이 뒤섞여 일어났던 장소인 바로 그 학교에 도착할 것이다. 나는 벌써 긴장해 있다.
 언젠가 중동 지방에서 있었던 고고학적 탐사에 관한 글을 읽은 기억이 난다. 그 글을 읽으면서 나는 고고학자가 수천 년의 세월이 흐른 후 잊힌 무덤을 열 때 그의 느낌이 어떠한가를 배우기도 했다. 지금 나는 나 자신이 그런 고고학자라도 된 듯한 느낌에 젖어 있다.
 현재 리빙스턴[1]을 향해 내려가는 계곡의 세이지브러시는 여기에서 멕시코까지 내려가는 동안 줄곧 보이는 세이지브러시와 다를 것이 없어 보인다.

---

1) Livingston: 몬태나 주의 파크 카운티Park County에 있는 인구 6,851명(2000년 조사)의 도시. 옐로스톤 공원 북쪽 옐로스톤 강가에 위치해 있음.

아침의 햇살이 어제 아침의 햇살과 마찬가지이지만, 다시금 고도가 낮은 지역으로 내려왔기 때문에 이제는 어제의 햇살보다 따뜻하고 부드럽다.

아무것도 평소와 다른 것이 없다.

바로 이 고고학적 느낌, 주변 환경의 정적이 무언가를 감추고 있음을 감지케 하는 고고학적 느낌만을 제외하면 말이다. 유령이 출몰하는 장소와도 같은 곳.

정말로 나는 그곳에 가고 싶지 않다. 차라리 방향을 바꿔 되돌아가고 싶다.

아마도 단순히 긴장감 때문이겠지.

이 같은 긴장감은 파이드로스에 관한 기억의 단편들 가운데 하나를 떠올리게 한다. 파이드로스에게는 아침마다 긴장감이 너무도 강렬해서 첫 수업을 시작하기도 전에 모든 것을 포기하고 싶다고 생각했던 날들이 헤아릴 수 없이 많았다. 그는 강의실에 앉아 있는 학생들 앞에 모습을 드러내기가 죽기보다 싫었던 것이다. 호젓하고 고립된 그의 모든 생활 방식을 완전히 깨뜨리는 것이었기 때문이다. 그가 강의실에서 느끼는 것은 일종의 무대 공포증과도 같은 것이었다. 하지만 그의 표정과 말에서 감지되는 것은 결코 무대 공포증이 아니라 긴장감이었다. 자신이 하는 모든 일과 관련하여 그가 유지했던 소름 끼칠 정도의 긴장감만이 감지되었던 것이다. 학생들이 그의 아내에게 이를 놓고 마치 대기에 전류가 흐르는 것 같다고 말한 적도 있었다. 그가 강의실에 들어서는 순간 모든 학생들의 눈길이 그에게로 향한다. 그리고 그가 강의실의 앞쪽을 향해 걸어가는 동안 그들은 계속 그에게서 눈길을 떼지 않는다. 모든 대화는 일시에 정지되고, 수업이 시작될 때까지 몇 분의 시간이 흐르는 것이 상례지만 그럼에도 불구하고 침묵은 깨어지지 않는다. 수업이 끝날 때까지 결코 학생들의 눈길은 그에게서 떠나지 않는다.

파이드로스는 숱한 화젯거리의 주인공, 이를테면 논쟁을 야기하는 인물이 되었다. 대부분의 학생들은 마치 흑사병이라도 되는 듯 그의 수업을 피했다. 그들은 너무나 많은 이야기를 들었기 때문이었다.

그가 몸담고 있던 학교는 완곡어법을 사용해서 표현하자면 이른바 "교육 중심 대학"으로 불리는 그런 학교였다. 교육 중심 대학에서 선생이 하는 역할이란 가르치고 또 가르치고 그리고 또 가르치는 것이다. 연구에 시간을 보낼 겨를도 없이, 사색에 잠길 겨를도 없이, 학교 바깥에서 일어나는 일에 관여할 겨를도 없이 말이다. 그저 가르치고 또 가르치고 그리고 또 가르치는 일만 하면 된다. 결국에는 정신이 멍해질 때까지, 창의력이 사라져 자취를 감출 때까지, 끝없이 밀려오는 순진한 학생들에게 언제나 똑같은 내용의 지루한 강의를 되풀이해서 하고 또 하는 자동인형이 될 때까지 말이다. 그러면 학생들은 선생이 왜 그처럼 지루한 인간인지 이해할 수가 없어 마침내 존경심을 잃게 되고, 결국에는 선생에 대한 경멸감을 사회 전체에 퍼뜨리게 마련이다. 선생에게 그저 가르치고 또 가르치고 그리고 또 가르치게만 하는 이유는 무엇인가. 그렇게 하도록 하는 것이 진정한 교육이 이루어지고 있는 양 거짓된 인상을 주면서도 대학을 싸게 운영하는 가장 영리한 방법이기 때문이다.

아무튼, 이 같은 현실에도 불구하고 파이드로스는 별로 이치에 닿지 않는 명칭을 대학에 부여했다. 사실을 말하자면, 학교의 실제 성격에 비춰 볼 때 그렇게 부르는 것은 약간 익살맞게 들리기까지 했다. 하지만 그 명칭은 그에게 대단히 중요한 의미를 갖는 것이었고, 그래서 그는 그 명칭을 고집했다. 학교를 떠날 무렵 그는 몇몇 극소수의 학생들의 마음에 지워지지 않을 만큼 충분히 이 명칭을 깊이 새겨 넣었다는 느낌을 갖기도 했다. 그는 학교를 다름 아닌 "이성의 교회"로 불렀는데, 만일 이 명칭을 통해 그가 의미하고자 하는 바가 무엇인지를 사람들이 알았다면 그에 대해 가졌던 수수께끼의 대부분은 해소되었을 것이다.

당시 몬태나 주는 극우파 정치가 갑자기 득세하는 과정에 있었다. 케네디 대통령이 암살당하기 바로 직전의 텍사스의 댈러스와 비슷한 정황이었다. 미줄러[2] 소재의 몬태나 대학교에 적을 두고 있던 어떤 교수[3]——전국적으로 이름이 알려진 그 교수——에게 교정에서 입을 열지 못하도록 하는 금지령이 내려졌는데, "말썽을 야기할" 수도 있다는 이유에서였다. 교수들에게는 학교 밖의 일반인들을 상대로 하는 것이라면 어떤 발언도 이를 미리 대학의 대외 홍보 담당 부서에 보고하여 허가를 받도록 하라는 지시가 내려졌다.

학문적 기준도 파괴되고 말았다. 고등학교 졸업장이 있든 없든 관계없이 21세가 넘은 학생이라면 누구에게라도 입학을 거부하는 일이 없도록 하라는 법령을 주 의회가 얼마 전 제정한 바 있었다. 이윽고 주 의회는 낙제한 학생 1인당 8천 달러의 벌금을 부과하는 법안을 막 통과시키기까지 했다. 이는 어떤 학생도 낙제시키지 말라는 명령이나 다름없는 것이다.

새로 선출된 주지사[4]는 개인적 이유에서뿐만 아니라 정치적 이유에

---

2) Missoula: 몬태나 주의 미줄러 카운티Missoula County에 있는 인구 57,053명(2000년 조사)의 도시. 몬태나 주에서 두번째로 큰 도시임. 몬태나 대학University of Montana이 이곳에 있음.
3) A nationally known professor: 미국 문학계에 널리 알려져 있는 교수인 레슬리 피들러(Leslie Fiedler, 1917~2003)를 말함. 그는 1960년대 초반 미줄러 소재 몬태나 주립 대학교 영문과 교수로 재직하고 있었음.
4) The newly elected governor: 제8장의 주 12에서 밝힌 도널드 그랜트 너터 주지사.

서도 파이드로스가 소속되어 있던 대학의 총장을 파면시키는 일에 진력하고 있었다. 총장은 개인적인 적이기도 했지만 민주당원이기도 했기 때문이다. 게다가 주지사는 예사로운 공화당원이 아니었다. 그의 선거 사무장은 존 버치 협회[5]의 주 책임자를 겸직하고 있었다. 며칠 전 존이 어디에서 듣고 와 말했던 이른바 50인의 위험 인물 명단을 작성해서 돌린 장본인도 바로 이 주지사였다.

이윽고 이 피의 복수전의 일환으로 주지사는 대학에 대한 지원금을 삭감했다. 대학의 총장은 지원금 삭감에 따른 부담 가운데 엄청나게 큰 몫을 영문과에 떠넘겼다. 영문과는 파이드로스가 소속되어 있는 학과인 동시에, 구성원들이 학문적 자유에 대해 상당히 목소리를 높이고 있던 그런 학과였다.

파이드로스는 싸움을 단념하고, 북서부 지역 교육 인가 협의회와 서신을 교환하고 있었다. 인가에 필요한 요건을 이처럼 위반하는 행위를 막는 데 도움을 줄 수 있는가를 알아보기 위해서였다. 협의회와 개인적 서신을 주고받기도 하고, 그는 학교가 처해 있는 상황 전체에 대한 조사가 필요하다는 의견을 공공연하게 피력하기도 했다.

바로 이때 그의 강의 가운데 하나를 수강하는 학생들 몇몇이 파이드로스에게 분개해서 물었다. 협의회의 인가를 거둬들이게 하려는 그의 노력은 교육받을 기회를 그들에게서 박탈하려는 것과 다름없지 않은가가 그들의 물음이었다.

---

[5] John Birch Society: 미국의 헌법 수호에 위협이 된다고 생각되는 것 — 특히 공산주의의 침투 — 과 싸우기 위해, 또한 자유경제 체제를 장려하기 위해 1958년 설립된 극우 보수적인 교육 단체. 정치와는 연관되어 있지 않지만 조직원 가운데 몇몇은 협회 바깥에서 정치적 활동을 활발하게 펼친다. 협회의 명칭은 제2차 세계대전 당시 정보장교이자 침례교 선교사였던 존 버치John Birch의 이름을 딴 것이다. 존 버치는 무장을 한 중국 공산당 지지자들에 의해 1945년 살해되었으며, 이 때문에 존 버치 협회는 그를 '냉전의 첫 미국인 희생자'로 묘사하기도 한다.

파이드로스는 아니라고 대답했다.

그랬더니 열성적인 주지사 지지자임이 명백해 보이는 한 학생이 성이 나서 말했다. 학교에 대한 인가가 취소되는 일이 없도록 주 의회가 막아줄 것이라고.

파이드로스가 어떤 방법으로 그렇게 할 수 있는가를 물었다.

그 학생이 주 의회가 경찰을 배치하여 막을 수 있을 것이라고 대답했다.

파이드로스는 이 대답을 놓고 잠시 생각한 다음, 인가라는 것이 도대체 무엇인가에 대해 학생의 오해가 지나치게 심각하다는 사실을 깨닫게 되었다.

그날 밤 파이드로스는 다음 날 강의를 위해 그가 하고 있는 일에 대한 변호의 글을 마련했다. 이것이 이성의 교회에 관한 강의 노트로, 이는 개략적인 윤곽만 담고 있는 평소의 강의 노트들과는 달리 길이가 매우 길었고, 더할 수 없이 조심스럽게 다듬어진 글로 이루어져 있었다.

강의문은 시골의 어느 교회 건물에 관한 신문 기사에 대한 언급으로 시작된다. 그 교회 건물의 입구 바로 위에는 맥주 주점임을 알리는 네온 간판이 걸려 있었다. 교회 건물이 매각되어 주점으로 사용되고 있었던 것이다. 이 이야기가 나왔을 때 몇몇 학생들이 웃음을 터뜨렸을 것이라는 식의 추측을 해봄직도 하다. 그가 몸담고 있던 대학은 음주 파티로 널리 유명한 곳으로, 주점 간판이 걸려 있는 교회 건물의 이미지는 그런 학교의 이미지와 막연하게나마 들어맞는 것이었기 때문이다. 신문 기사에 의하면, 몇몇 주민들이 이에 관해 교회 관계자들에게 불평을 했다고 한다. 그 건물은 가톨릭 교회 건물이었는데, 주민들의 불평에 답을 하도록 파견된 사제가 그 모든 일에 대해 상당히 짜증이 섞인 목소리로 반응했다고 한다. 사제에 따르면, 이번 사건은 진정으로 교회란 무엇인가에 대해 믿기 어려울 정도의 무지를 드러내는 예라는 것이었다. 사람들이 벽돌과 판자와 유리가 교회를 구성한다고 생각하는 것은 아닌지? 아니면 지붕의 모양이? 자, 짐짓 신앙심이 깊은 것처럼 꾸미는 이 같은 태도야말로 교회가 반대하는 바로 그 물질주의의 한 예가 아닌가. 문제의 건물은 신성한 장소가 아니다. 이미 신성성이 철회되었기 때문이다. 그것으로 끝난 것이다. 맥주 간판은 교회가 아닌 주점에 걸려 있는 것이다. 차이를 모르는 사람들이 있다면 이는 다만 그들 자신의 내면에 있는 그 무언가를 드러내는 것일 뿐이다.

파이드로스는 똑같은 혼란이 대학과 관련해서도 존재하고 있음을 말했다. 또한 인가를 상실한다는 것이 의미하는 바가 무엇인지 이해하기 어렵다면 바로 이 때문임도 말했다. 진정한 의미에서의 대학은 물질적으로 존재하는 대상이 아니다. 경찰에 의해 보호될 수 있는 한 무더기의 건물이 아닌 것이다. 대학이 인가를 잃게 된다고 해서 누가 와서 학교 문을 닫는 것도 아님을 설명했다. 어떤 형태의 법적 처벌이나 벌금도 없고 징역형 선고도 없다. 수업이 중단되는 일도 없고, 모든 일이 전과 다름없이 진행될 것이다. 물론 학생들은 학교가 인가를 상실하지 않았을 때 받았던 것과 똑같은 교육을 여전히 받게 될 것이다. 파이드로스는 이렇게 말했다. 유일한 변화가 있다면, 이미 존재해 있는 상황에 대한 공식적 확인이 더해지는 것뿐이다. 이는 종교적 파문과 유사한 것일 수 있다. 결국 무슨 일이 일어난다면, 어떤 입법 기관도 이래라저래라 할 수 없는 진정한 의미에서의 대학—그러니까 벽돌이나 판자나 유리에 대한 현장 확인만으로는 결코 정체가 확인되지 않는 대학—이 이제 이 장소는 더 이상 "신성한 장소"가 아님을 선언하는 일 정도일 것이다. 아무튼, 진정한 의미에서의 대학은 그곳에서 자취를 감추게 될 것이고, 남아 있는 것이라고는 다만 벽돌과 책과 대학에 대한 물질적 증거물뿐일 것이다.

  틀림없이 모든 학생들에게 이 같은 생각은 생소한 것으로 비쳤을 것이다. 상상컨대, 그는 자신의 생각이 그들의 마음에 스며들 때까지 오랫동안 기다렸을 것이다. 그런 다음 어쩌면 질문이 이어지기를 기다리기도 했을 것이다. 선생님께서는 무엇이 진정한 의미에서의 대학이라고 생각하십니까?

  이 같은 질문에 대해 답이라도 하듯 그는 자신의 강의 노트에 다음과 같은 기록을 남기고 있다.

  진정한 의미에서의 대학은 어떤 특정한 지리적 장소를 차지하고 있지 않다. 어떤 재산도 소유하고 있지 않으며, 누군가에게 급료를 지급하지도 않고, 그 어떤 물질적 보상을 요구하지도 않는다. 진정한 의미에서의 대학은 일종의 정신 상태다. 이는 오랜 세월에 걸쳐 우리에게 전수되어온 이성적 사유라는 위대한 유산으로 이뤄진 것으로, 어딘가 특정한 장소에 존재하는 것이 아니다. 이는 전통적으로 교수라는 자격을 지닌 일군의 사람들이 오랜 세월을 이어오며 끊임없이 새롭게 일깨우는 정신 상태를 가리킨다. 하지만 교수라는 자격조차 진정한 의미에서의 대학의 일부는 아니다. 진정한 의미에서의 대학이란 영속성을 지닌 이성의 조직체, 바로 그것이다.

  "이성"이라 불리는 바로 이 정신 상태 이외에 불행하게도 대학이라는 동일한 이름으로 불리지만 결코 동일한 것일 수 없는 법적 실체가 존재한다. 이는 비영리 기관으로, 일정한 주소를 소유하고 있는 주 정부의 한 조직이다. 이 조직은 재산을 소유하고 있고, 급료를 지급하거나 금전을 수령할 수도 있으며, 운용 과정과 관련하여 주 의회의 압력에 반응할 수도 있다.

  하지만 법정 기관인 이 두번째 대학은 누군가를 가르칠 수도 없고,

새로운 지식을 생성해내거나 사상들을 평가하지도 않는다. 이는 결코 진정한 의미에서의 대학이 아니다. 이는 다만 진정한 의미에서의 교회가 존립하기에 유리한 조건이 갖추어진 곳에 존재하는 교회 건물, 환경, 장소와 같은 것일 뿐이다.

이 같은 차이를 꿰뚫어 보지 못한 채 교회 건물에 대한 통제가 곧 교회에 대한 통제를 의미한다고 생각하는 사람들은 계속해서 혼란을 느끼게 마련이다. 이어서 그는 다음과 같이 말했다. 그런 사람들은 교수들을 법정 기관인 두번째 대학의 피고용인들로 여겨, 교수들이란 무언가 지시를 받으면 이성을 포기한 채 군소리 없이 명령에 따라야 하는 사람들이라고 생각한다. 마치 다른 기관에서 피고용인들이 그렇게 해야 하듯 말이다.

그들의 눈에는 이 같은 법정 기관인 두번째 대학만이 보일 뿐, 진정한 의미에서의 대학인 첫번째 대학은 보이지 않는다.

나는 이 강의 노트를 처음 읽었을 때 여기에서 그가 보이고 있는 뛰어난 분석 솜씨에 대해 한마디 했던 것을 기억한다. 그는 대학을 학문 분야나 학과 단위로 나누어놓은 다음 그에 따른 분석의 결과를 다루는 방식을 피하고 있었다. 그는 또한 학생, 교수, 관리 직원으로 나누는 전통적인 삼분 방식도 피하고 있었다. 당신이 만일 이 두 방식 가운데 어느 쪽에 의거하여 대학을 분석한다면, 어느 쪽을 택하든 당신은 별다른 내용이 없는 지루한 이야기나 엄청나게 늘어놓게 될 것이다. 말하자면, 공식적인 대학 요람에 나오는 이야기에서 벗어날 수 없을 것이다. 하지만 파이드로스는 이를 "교회"와 "현장"으로 나눴던 것이다. 일단 이렇게 나눠놓자, 요람에 등장하는 다소 따분하고 이해가 쉽지 않은 대학이라는 제도가 갑작스럽게 전에 없이 아주 선명하게 그 모습을 드러낸다. 이 같은 나눔을 바탕으로 하여 그는 정상적인 것이긴 하나 이해하기 어려운 대학 생활의 여러 측면들에 대한 설명을 제공할 수 있었다.

이 같은 설명에 이어, 파이드로스는 다시금 종교적 교회에 빗대어 대학의 존재 이유에 대한 논의를 계속했다. 종교적 이유로 교회를 짓고 이를 위해 헌금을 하는 시민들은 아마도 지역 사회를 위해 그들이 이런 일을 하고 있다는 생각을 마음에 품고 있을 것이다. 아울러, 훌륭한 설교는 교구민들에게 돌아오는 한 주 동안 올바른 마음가짐을 갖고 살아갈 수 있게 해줄 것이다. 또한 주일 학교는 어린아이들이 올바르게 성장하는 데 도움을 줄 것이다. 설교를 하고 주일 학교를 운영하는 교회의 성직자는 이 같은 목표를 잘 이해하고 있고, 평소에는 별 문제 없이 모든 일을 잘 꾸려나간다. 하지만 그는 자신의 일차적 목표가 지역 사회에 봉사하는 데 있는 것이 아님을 잘 알고 있다. 그의 일차적 목표는 항상 신을 섬기는 것이다. 평소에는 이 두 목표 사이에 충돌이 없지만, 평의회가 성직자의 설교에 반대하여 재정적 지원을 삭감하겠다고 위협할 때 때때로 이런 충돌이 슬그머니 그 모습을 드러낼 수 있다. 이런 일은 실제로 일어난다.

진정한 성직자라면 그런 상황에 처하게 되었을 때 외부의 위협이 귀에 들리지 않는 것처럼 행동해야 한다. 그의 일차적 목표는 지역 사회의 구성원에 봉사하는 데 있지 않기 때문이다. 언제나 변함없이 그의 일차적 목표는 신을 섬기는 데 있기 때문이다.

파이드로스는 이렇게 말하기도 했다. 이성의 교회가 추구하는 제1의 목표는 다름 아닌 진리다. 비록 그 외형적 모습은 항상 바뀔지 모르지만, 이성적 추론의 과정에서 드러나듯, 소크라테스의 오랜 목표이기도 했던 진리, 바로 그것이다. 그 밖에 다른 목표는 모두 이에 대해 부차적인 것이 된다. 평소에 이 같은 목표는 지역 시민의 삶을 개선한다는 국지적 목표와 결코 충돌하지 않는다. 하지만 소크라테스 자신의 예에서 볼 수 있듯 때때로 충돌이 일어날 수 있다. 교육 현장에 엄청난 양의 돈과 시간을 희사하는 평의회와 주 의회가 교수들의 강의나 공적 발언에 반대하여 이러저러한 견해를 표명할 때 바로 그런 일이 일어난다. 곧이어 그들은 자기네들이 듣기 원하는 말을 교수들이 하지 않는다면 기금을 삭감하겠다고 위협함으로써 학교 행정 당국에 겁을 줄 수 있다. 이런 일도 또한 실제로 일어난다.

진정한 성직자들이나 교회 관계자들이라면 그런 상황에 직면하여 이런 종류의 위협이 결코 귀에 들리지 않는 것처럼 행동해야 한다. 그들의 일차적 목표는 결코 다른 모든 것에 우선하여 지역 사회에 봉사하는 것일 수는 없기 때문이다. 그들의 일차적 목표는 이성을 통해 진리라는 목표에 봉사하는 것이다.

이상이 바로 이성의 교회라는 말을 통해 파이드로스가 의미하고자 했던 것이다. 의문의 여지가 있을 수 없이, 이는 그가 마음속으로 깊이 느끼고 있던 바로 그런 생각이었다. 그는 일종의 말썽꾼 취급을 받았지만, 그가 일으킨 말썽의 양에 비례하는 만큼의 비난을 받은 적은 한번도 없었다. 주변 사람들의 분노로부터 그가 안전할 수 있었다면, 일부는 대학의 적들에게 어떤 형태의 것이든 지지를 보내고 싶지 않은 마음이 그들에게 있었기 때문이고, 또한 일부는 그가 일으키는 말썽은 모두 궁극적으로는 그들 자신조차 결코 벗어날 수 없는 의무감 때문에 촉발된 것이라는 사실을 마지못해서이긴 하지만 그들도 인정하지 않을 수 없었기 때문이었다. 말하자면, 이성적 진리를 말해야 한다는 의무감은 비단 그에게만 해당하는 것이 아니었다.

강의 노트들을 보면 그가 왜 그렇게 행동해야 했는가에 대한 이유를 거의 전부 확인할 수 있다. 하지만 그의 광적인 긴장감, 이 하나만큼은 결코 해명되지 않는다. 누군가가 진리에 대해 믿고 있고, 진리를 찾는 이성의 사유 과정에 대해 믿고 있을 뿐만 아니라 주 의회에 대한 저항이 옳은 것이라고 믿고 있다면, 무엇 때문에 그처럼 날마다 이 문제를 놓고 자기 자신을 깡그리 불살라 소진해야 하는가.

그동안 나에게 제시되어왔던 심리학적 설명은 적절치 않아 보인다. 무대 공포증이 그런 종류의 자기 학대를 몇 달이고 계속해서 유지해나갈 수 있게 할 수는 없다. 그가 이전에 경험한 패배에서 벗어나 이를 만회하고자 애를 쓰고 있다는 식의 또 다른 설명 역시 옳지 않은 것으로 느껴지기는 마찬가지다. 그가 대학에서 쫓겨났던 일을 다만 수수께끼와 같은 일로 생각했을 뿐, 단 한 번이라도 패배로 생각했던 증거는 어디에서도 찾아볼 수 없다. 내가 결국 도달하게 된 해명은 그의 태도에 일종의 모순이 존재함을 확인하는 과정에서 나온 것으로, 실험실에서 그가 한때 느꼈던 과학적 이성에 대한 믿음의 결여와 이성의 교회에 관한 강연 노트에 표명되어 있는 이성에 대한 광적 믿음 사이에는 명백히 모순이 존재한다. 어느 날 이 같은 모순을 놓고 생각에 잠겨 있는 도중 나는 갑작스럽게 이것이 결코 모순이 아님을 깨닫게 되었다. 이성에 대한 믿음의 결여야말로 그가 왜 그토록 광적으로 이성에 전력투구하고자 했던가의 이유였던 것이다.

우리는 어떤 일에 대해 완벽하게 확신하고 있으면 그 일에 대해 결코 온몸을 바치지 않는다. 누구라도 태양이 내일 떠오를 것이라는 사실을 미친 듯이 외치고 다니지는 않을 것이다. 누구나 내일 태양이 떠오를 것이라는 사실을 알고 있기 때문이다. 사람들이 정치적이거나 종교적인 믿음에, 또는 그 밖에 다른 종류의 교리나 목표에 대해 광적으로 몸을 바치고 있다면, 이는 항상 이 같은 교리나 목표가 의심스러운 것이기 때문이다.

그와 어느 정도 닮은 사람들이라 할 수 있는 예수회 교단의 구성원들이 보였던 호전성이 적절한 예가 된다. 역사적으로 그들의 열정은 가톨릭 교회의 힘이 강력했기에 이를 바탕으로 해서 분출된 것이 아니라, 종교 개혁에 직면하여 가톨릭 교회의 세력이 약화됨에 따라 이를 계기로 하여 싹튼 것이다. 파이드로스를 그처럼 광적인 선생이 되도록 한 것은 바로 이성에 대한 그의 믿음이 결여되어 있었기 때문이다. 이것이 더 앞뒤가 맞는 설명이다. 그리고 이어진 사건들을 놓고 보면 이것이야말로 한결 더 앞뒤가 맞는 설명이다.

그것이 아마도 강의실 뒷자리에 앉아 있는 수많은 낙제생들과 그가 깊은 유대감을 느낀 이유였을 것이다. 그들의 얼굴에 담긴 경멸의 표정은 파이드로스 자신이 이성적이고 지적인 사유 과정 전체에 대해 갖고 있던 것과 똑같은 경멸의 느낌을 반영하는 것이었다. 차이가 있다면 그들은 그 과정에 대해 이해하지 못하기 때문에 경멸감을 느끼고 있었다는 점뿐이다. 그는 그 과정에 대해 이해하고 있었기 때문에 경멸감을 느끼고 있었던 것이다. 그들은 이해를 할 수 없었기 때문에 낙제를 하는 것 외에는 해결책이 없었고, 그럼으로써 남은 일생 동안 쓰라린 마음으로 당시의 경험을 떠올릴 수밖에 없었을 것이다. 반면에 그는 이에 대해 무언가를 하지 않으면 안 된다는 느낌에 광적인 상태에 빠져 있었던 것이다. 그가 이성의 교회에 관한 강의 노트를 그처럼 정성스럽게 준비한 것은 바로 그런 이유 때문이었다. 그는 말하자면 이성이라는 것이 어디에도 존재하지 않기 때문에 이성에 대해 믿음을 가져야 한다고 말했던 셈이다. 하지만 이는 그 자신도 확신하고 있지 않던 그런 믿음이었다.

당시는 1950년대였지 1970년대가 아니었음을 우리는 항상 잊지 말아야 한다. 그때에는 "체제"에 대해 시끄럽게 불만을 토로하는 비트족과 초창기의 히피족도 있었고, 또 이 체제를 지지하는, 반듯하게 각이 져 있는 보수적 지식인들도 있었지만, 사회 체제 전체가 얼마나 심각하게 불신과 의혹의 대상이 될 수도 있을 것인가에 대해서는 거의 아무도 헤아리지 못하고 있었다. 그런데 여기 이성의 교회라는 제도를, 명백히 이 몬태나 주의 보즈먼에서는 누구도 의문을 가질 이유가 없는 이 제도를 광적으로 수호하려는 파이드로스라는 인간이 있었던 것이다. 그는 말하자면 종교 개혁 이전의 로욜라[6]와 같은 인물이었다. 아무도 걱정하고 있지 않음에도 불구하고 사람마다 붙잡고 해는 내일도 떠오를 것임을 다시금 확인시키고자 하는 호전적 투사와 다름없는 인물이었던 것이다. 그리하여 사람들은 그가 왜 저러는가를 놓고 어리둥절해할 수밖에 없었다.

하지만 이제 사정이 바뀌었다. 당시의 그와 현재의 우리 사이에 가로놓인 더할 수 없이 소란스러웠던 10년의 세월이 흐른 오늘날, 아무리 엉뚱한 생각에 골몰해 있는 사람이라고 하더라도 1950년대 사람이라면 도저히 믿지 못할 만큼 이성이 공격과 파괴의 대상이 되어왔던 10년의 세월이 흐른 오늘날, 그의 발견에 기초하여 진행되고 있는 이 야외 강연을 통해 우리는 약간 더 선명하게 이해할 수 있게 되었다는 것이 내 생각이다. 그 모든 것에 대한 해결책과 관련하여 그가 말하던 것을. . . . 그것이 정말로 그의 말임이 틀림없기만 하다면. . . . 너무나 많은 것이 상실되었기 때문에 도저히 알 도리가 없다.

어쩌면 바로 그 때문에 내 자신이 고고학자의 위치에 있는 듯한 느낌을 갖는지도 모르겠다. 그리고 그것에 대해 그처럼 긴장하는지도 모르겠다. 나에게는 다만 이 같은 기억의 단편들만이, 사람들이 나에

---

6) Ignatius Loyola(1491~1556) : 스페인의 성직자로, 예수회 교단의 창시자.

게 말해주는 이야기의 파편들만이 있을 뿐이다. 이윽고 목적지가 가까워지자, 나는 어떤 무덤들은 파헤치지 않은 채 그냥 남겨두는 것이 더 바람직하지 않을까 하는 생각에 잠기기도 한다.

언뜻 내 뒤에 앉아 있는 크리스를 의식한다. 그는 얼마나 알고 있으며, 또 얼마나 많은 것을 기억하고 있을까.

동서로 뻗어 있는 주간(州間) 고속도로와 옐로스톤 공원에서 나오는 길이 만나는 지점에 이르러, 일단 정지한 다음 고속도로로 들어간다. 여기에서 낮은 고개를 하나 넘으면 보즈먼 시내로 들어가게 된다. 이윽고 서쪽을 향해 경사가 진 길을 따라 올라간다. 갑자기 우리 앞에 펼쳐진 전경이 내 눈에 들어온다.

제
14
장

  우리는 고갯길을 따라 내려와서 작은 초원으로 들어선다. 초원의 바로 남쪽으로 소나무가 숲을 이룬 산들이 눈에 들어온다. 그 산들의 정상은 아직 지난겨울의 눈으로 덮여 있다. 남쪽을 제외하면 어느 쪽을 보아도 나지막한 산들로 둘러싸여 있다. 좀 멀리 떨어져 있긴 하지만, 남쪽의 산들과 마찬가지로 선명하고 뚜렷하게 보인다. 그림엽서에나 나올 법한 이 같은 경치가 기억 속의 경치와 막연하게 일치하긴 하나 명확하지는 않다. 틀림없이 그 당시에는 우리가 지금 달리고 있는 이 주간(州間) 고속도로가 존재하지 않았던 것 같다.
  "여행 중에 있는 것이 목적지에 도착하는 것보다 낫다"는 말이 다시금 마음에 떠올라 떠날 줄을 모른다. 우리는 이제까지 여행 중이었고 이제 곧 잠정적인 것이긴 하나 목적지에 도착할 것이다. 나의 경우, 이처럼 일단 잠정적인 목적지에 도착해서 또 다른 목적지를 향해 떠날 방향을 다시 정해야 할 때 우울해지기 시작한다. 하루나 이틀 후 존과 실비아는 되돌아갈 것이고, 크리스와 나는 앞으로 어떻게 해야 할지를 결정해야 한다. 모든 것을 재정비해야만 한다.

마을의 중심가가 막연하게나마 낯익어 보이지만, 이제는 관광객이 되어 이 거리에 들어선 느낌이다. 가게의 간판들이 여기에 살고 있는 사람들이 아닌 나와 같은 관광객을 위한 것임을 깨닫는다. 보즈먼은 사실 작은 마을이 아니다. 작은 마을이라고 하기에는 지나칠 정도로 사람들이 타인의 존재에 개의치 않고 바쁘게 움직이고 있다. 1만 5천 명 내지 3만 명의 인구로 이루어져 있어 마을이라고 하기에는 딱히 어울리지 않는 곳, 그렇다고 해서 도시라고 하기에도 딱히 어울리지 않는 그런 곳이 보즈먼이다. 사실 마을과 도시 어느 쪽에도 속하지 않는 그런 곳이다.

유리와 크롬으로 이루어진 식당 건물에 들어가서 점심 식사를 한다. 이 건물은 전혀 기억에 없다. 파이드로스가 떠난 다음 이 건물이 들어선 것 같다. 중심가 건물들이 그러하듯 마찬가지로 개성이 느껴지지 않는 건물이다.

전화번호부를 뒤져 로버트 드위즈의 번호를 찾아보지만 그의 번호는 나와 있지 않다. 전화로 교환원에게 문의하지만, 그런 이름은 확인이 되지 않기 때문에 번호를 알려줄 수 없다고 한다. 이럴 수가! 그들은 다만 내 상상 속에 존재하는 사람들이란 말인가. 교환원의 말이 잠시 나를 당황케 하지만, 우리 일행이 드위즈 부부를 만나러 갈 것이라는 내 편지에 대해 그들이 답장을 했던 것을 떠올리고는 마음을 가라앉힌다. 상상 속에 존재하는 사람들이 편지를 보낼 수야 없지 않은가.

존이 나에게 학교의 미술학과나 다른 친구들에게 전화해보는 것이 어떻겠냐고 제안한다. 나는 잠시 담배를 피우고 커피를 마시며 시간을 보낸다. 다시금 심리적 안정을 되찾자 존의 제안대로 한다. 그리하여 어떻게 하면 드위즈의 집에 갈 수 있는지를 알아낸다. 끔찍한 것은 결코 공학 기술 그 자체가 아니다. 공학 기술이 사람들 사이—이를테면, 전화를 거는 사람들과 교환원들 사이—의 관계에 미치는 영향, 그것이 끔찍할 따름이다.

마을에서 계곡의 평지를 지나 산까지는 10마일이 약간 못 미치는 거리일 것이다. 이윽고 우리는 이제 다 자라 거둬들일 때가 된 짙푸른 색의 목초로 뒤덮인 들판을 가로질러 나 있는 진흙길을 따라 산을 향해 달린다. 목초가 너무도 빽빽하게 자라 있어 그 사이를 헤치고 걸어가기가 어려워 보일 정도다. 들판은 계곡 바깥쪽으로 훤하게 펼쳐져 있으며, 산기슭을 향해 위로 약간 경사져 있다. 산기슭에서부터 들판의 풀보다 한결 더 짙은 빛깔의 소나무들이 하늘을 향해 돌연히 치솟아 있다. 저기가 바로 드위즈 부부가 살고 있는 곳이다. 옅은 푸른색과 짙은 푸른색이 만나는 곳, 바로 그곳이. 바람은 방금 베어낸 옅은 푸른색의 목초에서 나온 향내와 가축 냄새를 가득 머금고 있다. 어느 지점에 이르러 우리는 대기가 갑자기 차가워지는 것을 느낀다. 이제 대기에서 느껴지는 것은 소나무 향내다. 이윽고 다시금 대기가 따뜻한 곳으로 들어선다. 햇빛과 초원, 그리고 눈앞 가까이에 아른거리는 산이 있다.

소나무 숲 가까이 다가가자, 길에 깔린 자갈의 깊이가 아주 대단해진다. 우리는 1단 기어로 속도를 늦춰 시속 10마일로 달린다. 그처럼 느린 속도로 달리는 동안, 모터사이클이 자갈 속에 처박혀 넘어지려고 하면 바로 그 순간 길바닥을 걷어차 이를 다시 바로 세우기 위해, 나는 두 발을 발 받침대에서 떼어 아래로 내려뜨린 자세를 유지한다. 구부러진 길을 따라 돌자, 갑작스럽게 소나무 지대가 눈앞을 가로막는다. 우리는 소나무 지대로 들어가, 경사가 가파른 브이(V)자형 계곡의 길을 따라 달린다. 곧이어 길 바로 옆으로 큼직한 회색의 집 한 채가 보인다. 집 한쪽에 쇠로 된 거대한 추상 조각 작품이 있고, 바로 그 아래쪽에 집을 배경으로 하여 등판을 뒤로 젖혀놓은 의자에 앉아 있는 사람의 모습이 보인다. 친구들에게 둘러싸인 채 맥주 깡통을 손에 쥐고 있는 그는 바로 상상 속의 존재가 아니라 현실 속의 살아 숨 쉬는 인간으로서의 드위즈다. 그가 우리를 보고 손을 흔든다. 옛날의 사진에서 보았던 모습 그대로다.

모터사이클이 쓰러지지 않도록 하는 데 정신을 쏟다 보니 손잡이에서 손을 뗄 수 없다. 그래서 손 대신 발을 흔들어 그에게 인사를 한다. 우리가 모터사이클을 멈추자, 상상 속의 존재가 아닌 현실 속의 살아 숨 쉬는 인간으로서의 드위즈 바로 그가 우리를 향해 이를 드러낸 채 밝은 웃음을 짓는다.

"제대로 찾았구먼." 그가 말을 건넨다. 평온함이 담긴 웃음과 즐거움이 가득한 눈빛이다.

"오래간만이야." 이렇게 말하는 나 또한 즐겁다. 이미지로만 존재하던 그가 갑자기 살아 움직이고 말을 한다는 것이 신기하게 느껴지긴 하지만 말이다.

우리는 모터사이클에서 내려 헬멧을 벗는다. 이윽고 그와 그의 손님들이 있는 노천 베란다가 아직 완성된 것이 아님을, 그리고 비바람에 시달린 흔적이 없음을 눈으로 확인한다. 우리 쪽에 있는 길보다 약간 더 높은 곳에서 드위즈가 우리를 내려다보고 있지만, 브이(V)자형 계곡의 경사면이 하도 가팔라서 베란다 저편 끝 쪽에서 땅바닥까지의 높이는 4.5미터나 된다. 나무들과 무성하게 자란 풀 사이로 보이는 저 아래 시내까지는 집이 있는 곳에서 다시 15미터가량 더 내려가야 할 것처럼 보인다. 집 아래쪽 나무들 사이로 말이 한 필 보이기도 한다. 말은 우리를 올려다보지 않은 채 풀을 뜯는 일에 열중하고 있다. 이곳에서 하늘을 보려면 고개를 높이 쳐들어야 한다. 그의 집으로 다가가며 주변을 둘러보니, 우리를 둘러싸고 있는 것은 온통 짙푸른 숲이다. "너무나 아름다워요!" 실비아가 이렇게 말한다.

상상 속이 아닌 현실 속의 인간 드위즈가 미소를 지으며 그녀를 내려다본다. 그리고 이렇게 말한다. "감사합니다. 마음에 드신다니, 기쁘군요." 그의 어조는 더할 수 없이 생생하고, 모든 면에서 대단히 여유롭다. 비록 이것이 드위즈 자신의 변함없는 참모습이긴 하지만, 이는 또한 자신을 끊임없이 새롭게 바꿔나가는 전혀 새로운 인간의 모습이기도 하다는 점을 새삼 깨닫는다. 그리고 바로 그 점 때문에 그에 대한 이해를 처음부터 온통 새롭게 다시 시작하지 않으면 안 될 것이라는 데 생각이 미치기도 한다.

우리 일행이 베란다로 올라선다. 베란다 바닥의 나무판이 격자 모양으로 띄엄띄엄 깔려 있어, 그 사이로 땅바닥이 내려다보인다. "글쎄요, 이런 일에 영 서투른 사람이라서"라는 뜻이 담긴 어조와 미소를 잃지 않은 채, 드위즈가 함께 있던 사람들과 우리 일행을 서로 소개한다. 하지만 그가 함께 있던 사람들의 이름이 한쪽 귀로 들어와서는 다른 쪽 귀로 나가버린다. 나는 정말로 사람 이름을 기억하는 데는 소질이 없는 사람이다. 아무튼, 그가 소개한 사람들 가운데 뿔테 안경을 쓴 사람은 학교에서 미술을 가르치는 사람이고, 수줍은 듯 미소를 입가에 담고 있는 사람은 그의 아내다. 틀림없이 그들은 새로 온 사람들일 것이다.

잠시 우리는 이야기를 나눈다. 이야기는 주로 내가 누구인가를 그들에게 드위즈가 설명해주는 쪽으로 진행된다. 이윽고 집의 한쪽 구석에서 베란다 쪽으로 제니 드위즈가 깡통 맥주가 담긴 쟁반을 들고 갑작스럽게 모습을 드러낸다. 그녀 또한 화가다. 나는 그녀가 재빠른 이해력의 소유자이기도 하다는 점을 순간적으로 떠올린다. "방금 이웃 사람이 저녁때 들라고 송어 요리 한 접시를 갖고 왔어요. 정말 반가워요." 그녀가 이렇게 말하는 동안, 나는 그녀의 손을 잡는 대신 맥주 한 깡통을 집어 든다. 이런 식의 예술가다운 인사 절차 생략이 이루어지는 동안 우리는 이미 웃음을 함께 나누고 있다. 그녀의 말에 화답할 적절한 말을 찾으려다가 그만두고 나는 그냥 고개를 끄덕일 뿐이다.

우리는 자리를 잡아 의자에 앉는다. 나는 햇빛이 비치는 곳에 자리를 잡았기 때문에, 그늘이 드리워진 베란다 반대편 쪽에 있는 것들이 세세하게 내 눈에 들어오지 않는다.

드위즈가 나를 바라보고는 내 모습에 대해 막 무슨 말을 할 듯하다가 그만둔다. 확실히 실제의 내 모습은 그가 기억하는 것과는 아주 다를 것이다. 하지만 무언가가 그의 말을 막는 듯하다. 그는 대신 존에게 눈길을 돌려 여행이 어떠했는지를 묻는다.

존이 아주 멋진 여행이었다고, 그와 자신의 아내가 오랫동안 필요로 했던 그런 여행이었다고 말한다.

실비아가 이 말에 동의하듯 이렇게 덧붙인다. "이처럼 탁 트인 넓은 세상으로 나와보고 싶었어요."

"몬태나에는 탁 트인 곳이 많지요." 약간 생각에 잠긴 듯한 표정으로 드위즈가 말한다. 그와 존과 미술 선생이 몬태나와 미네소타의 차이를 놓고 처음 만난 사람들끼리 서로 가까워지고자 할 때 나누는 이야기를 주고받는다.

우리가 있는 곳 아래쪽에서 말이 평화롭게 풀을 뜯고 있으며, 바로 그 뒤편으로 시냇물이 영롱한 빛을 발하며 흐른다. 그들이 주고받는 이야기의 소재가 바뀌어 드위즈가 소유하고 있는 이곳 계곡의 토지가 화제에 오른다. 또한 얼마나 오랫동안 드위즈가 이곳에서 살고 있는지, 대학에서 제공되는 미술 교육이란 어떤 것인지가 화제에 오르기도 한다. 존은 이런 종류의 허물없는 대화를 이끌어나가는 데 정말로 대단한 재주를 지니고 있다. 나에게는 그런 재주가 전혀 없기 때문에 그저 옆에서 듣기만 할 뿐이다.

 잠시 후 햇볕이 너무 뜨거워서 나는 스웨터를 벗고 셔츠의 단추를 연다. 또한 햇빛에 눈이 아파 선글라스를 꺼내와 눈을 가린다. 눈이 편해지긴 했지만, 음영의 차이가 완벽하게 지워져 그늘에 앉아 있는 그들의 윤곽조차 제대로 알아볼 수 없다. 그리하여, 해와 햇빛을 받고 있는 계곡의 경사면 이외의 모든 것으로부터 시각적으로 차단되어 있는 것 같다는 느낌에 젖는다. 짐을 풀어야겠다는 생각이 들기도 하지만, 이에 대해 입을 열지 않기로 한다. 그들은 우리가 그들의 집에 머물 것임을 알고 있지만, 자연스럽게 일이 진행되도록 내버려두자는 직관적 판단을 따르고 있는 것이다. 먼저 피로를 풀고 그다음 짐을 풀자. 서두를 필요가 없다. 맥주와 햇볕 때문에 내 머리가 불 위에 올려놓은 마시멜로처럼 따뜻하다. 기분이 아주 그만이다.

 얼마나 시간이 지난 다음인지 모르겠지만, 존이 "이 자리에 합석한 영화 배우"에 대해 이러니저러니 이야기하는 것이 귓전을 스친다. 이윽고 나는 그가 나와 나의 선글라스에 대해 이야기하고 있는 것임을 알아차린다. 눈을 선글라스 위쪽으로 올려 그늘 안쪽을 들여다보니, 드위즈와 존과 미술 선생이 나에게 미소를 보내고 있다. 틀림없이 내가 대화에 끼어들기 바라는 눈치다. 여행 도중의 문제에 관해 무언가 이야기하길 바라는 것 같다.

 "여행 도중 기계가 고장 나면 어떤 일이 일어나는지 알고 싶대." 존이 이렇게 말한다.

 나는 크리스와 내가 폭풍우 속에서 여행을 하는 도중 엔진이 멈추었을 때의 이야기를 처음부터 끝까지 털어놓는다. 괜찮은 이야기지만, 이를 털어놓는 도중 드위즈의 물음에 대한 답변으로는 어딘가 어울리지 않는 이야기를 하고 있다는 느낌이 든다. 연료가 떨어졌기 때문이었다는 말로 이야기를 끝맺자 기대한 대로 사람들이 신음 소리를 낸다.

"제가 말예요, 연료 탱크를 점검해보자는 말까지 했었어요." 크리스가 말을 덧붙인다.

드위즈와 제니가 이구동성으로 크리스가 많이 컸다고 말한다. 크리스가 수줍어하면서 다소 상기된 표정을 짓는다. 드위즈와 제니가 크리스에게 엄마와 동생에 관해 묻고, 크리스와 나는 성의껏 그 물음에 답한다.

결국 햇볕의 열기를 더 이상 견딜 수 없어서 나는 마침내 그늘 쪽으로 자리를 옮긴다. 갑작스러운 냉기로 인해 마시멜로처럼 달궈져 있다는 느낌이 금세 사라진다. 몇 분 지나자 다시금 셔츠의 단추를 채운다. 제니가 이를 눈치채고 이렇게 말한다. "해가 저 위쪽 능선 너머로 사라지기만 하면 정말로 엄청나게 추워져요."

해와 능선 사이의 거리가 얼마 되지 않는다. 판단해보건대, 저녁 시간이 되려면 아직 시간이 많이 남아 있는 오후 중반이지만 30분도 되지 않아 해는 능선 너머로 사라질 것이다. 존이 겨울철 동안의 산중 생활에 대해 묻는다. 이윽고 그와 드위즈와 미술 선생이 이에 관해, 또한 눈이 올 때 산중에서 착용해야 하는 특수 신발에 대해 이야기를 나눈다. 나는 이야기에 끼어들지 못한 채 기약 없이 앉아만 있을 뿐이다.

실비아와 제니와 미술 선생의 아내는 집을 화제로 하여 이야기꽃을 피우더니, 제니가 실비아와 미술 선생의 아내를 집 안으로 불러들인다.

이런저런 생각 끝에 나는 크리스가 아주 몰라보게 컸다는 그들의 말을 떠올리기도 한다. 그러던 중 갑자기 무덤 발굴을 앞에 둔 고고학자의 느낌이 되살아난다. 크리스가 여기에서 살던 때에 대해 나는 다만 간접적으로 이야기를 들어왔지만, 그들에게는 크리스가 그들의 곁을 떠난 적이 거의 없는 것처럼 느껴지나 보다. 우리는 완전히 다른 시간 구조 속에서 삶을 살고 있는 것이다.

존과 드위즈와 미술 선생이 화제를 돌려 최근 미술계, 음악계, 연극계의 새로운 동향에 대해 이야기를 나눈다. 나는 존이 대화에서 대단히 능숙하게 자기에게 주어진 몫을 하고 있는 것에 놀란다. 기본적으로 나는 그런 분야의 새로운 동향에 관심이 없고, 그는 아마도 이 점을 잘 알고 있어서 그 때문에 그것에 관해 나에게 결코 어떤 이야기도 한 적이 없었는지 모른다. 모터사이클 관리에 관한 대화의 상황과 역전된 상황이 전개되고 있다고 해야 할 것이다. 내가 엔진의 커넥팅 로드와 피스톤에 관해 이야기할 때 그가 그랬던 것처럼, 내 눈빛이 지금 그들에게 흐리멍덩해 보이지 않을까 생각해본다.

하지만 존과 드위즈가 공유하고 있는 진정한 화제의 공통분모는 나와 크리스라는 존재인데, 영화 배우 운운하는 이야기가 있었던 이래 계속 무언가 미묘한 껄끄러움이 점점 더 강하게 이야기의 분위기를 지배해가고 있다. 술을 함께 마시고 모터사이클 운전을 함께 즐기던 오랜 친구에 대한 존의 악의 없는 빈정거림은 드위즈의 기분을 약간 가라앉게 하고, 결과적으로 드위즈는 그만큼 더 나에 대해 호의와 경의를 드러내는 어조로 말을 이어간다. 마치 불씨에 뿌린 기름과도 같이, 그의 이런 어조는 존의 빈정거림을 그만큼 더 부추기고 있는 것처럼 보인다. 그러다가 두 사람이 모두 이를 감지하고는 이를테면 화제를 돌려 나에 대한 이야기에서 무언가 서로 의견을 같이할 만한 다른 이야기로 넘어가곤 한다. 이윽고 내가 재차 그들의 이야깃거리가 되어 다시금 껄끄러운 분위기가 지배하게 되면, 무언가 서로의 기분에 맞을 만한 또 다른 이야기로 화제를 돌리곤 한다.

존이 말한다. "아무튼 말입니다, 여기 이 친구가 말하길 우리가 여기에 오면 실망하게 될 거라는 겁니다. 그런데 아직까지 무엇 때문에 실망하게 된다는 건지 이해하지 못하겠다, 이겁니다."

이 말에 내가 웃음을 터뜨린다. 나는 그가 기분이 가라앉는 지점까지 이르게 하고 싶지 않았다. 드위즈도 따라 엷은 웃음을 보인다. 하지만 존이 나에게 시선을 돌리더니 이렇게 말한다. "어떻게 된 거야! 자네 정말로 제정신이 아니었던 것 같군. 이런 데를 떠나다니 정말로 제정신이 아니었던 거 아냐? 나라면 대학이 어떻든 상관하지 않겠네."

드위즈가 놀란 표정으로 존을 바라보는 것이 눈에 띈다. 이윽고 놀란 표정이 화난 표정으로 바뀐다. 드위즈가 나에게 눈길을 던지자, 나는 그의 눈길을 피해버린다. 일종의 난관에 봉착한 셈인데, 어떻게 이를 피해 나가야 할지 모르겠다. "여긴 정말 아름다운 곳이지." 힘이 빠진 어조로 내가 이렇게 말한다.

나를 방어해주기라도 하듯 드위즈가 이렇게 말한다. "여기에 얼마 동안 계시게 되면 다른 면을 보게 될 겁니다." 미술 선생이 이 말에 동의한다는 듯 고개를 끄덕인다.

난관이 이윽고 침묵을 유도한다. 극복하기가 불가능한 그런 난관이다. 존의 말은 몰인정한 마음에서 나온 것이 아니다. 그는 누구보다도 정이 많은 사람이다. 그가 알고 있고 내가 알고 있지만 드위즈가 모르고 있는 것이 있다면, 그들 두 사람이 이야기 대상으로 삼고 있는 인물이 요즈음 별로 대단할 것이 없는 그런 존재라는 점이다. 이럭저럭 살아가는 중산층의 중년 남성 가운데 하나에 불과할 뿐이다. 크리스 때문에 주로 신경을 쓰긴 한다. 하지만 그 외에는 특별할 것이 아무것도 없는 그런 존재다.

하지만 드위즈가 알고 있고 내가 알고 있지만 서덜랜드 부부가 모르고 있는 사실이 있다면, 한때 여기에서 살았던 적이 있는 어떤 사람이 있었는데, 그는 누구도 일찍이 들어본 적이 없는 일련의 생각들을 놓고 창조적으로 정신을 불사르던 그런 사람이었다는 점이다. 하지만 이어서 끝내 해명이 되지 않은 무언가 잘못된 일이 일어났고, 드위즈는 어떻게 해서 왜 그런 일이 일어났는가를 모르고 있다. 모르기는 나도 마찬가지다. 난관에 처한 듯 답답한 이유는, 마음이 편치 않은 이유는, 드위즈가 옛날의 그가 지금 여기 와 있다고 생각한다는 데 있다. 하지만 그렇지 않다는 사실을 그에게 어떻게 설명해야 할지, 나에게는 뾰족한 수가 없다.

잠시 동안, 저 높이 능선 위에 걸린 해가 나무들 사이로 빛을 분산하자, 햇무리가 져 우리 쪽을 비춘다. 햇무리가 점점 반경을 넓혀가더니 모든 사물을 갑작스럽게 환하게 밝혀준다. 별안간 내 모습까지도 환하게 밝혀준다.

"그는 너무 많은 것을 보았어." 우리가 처한 난관에 대해 여전히 생각에 잠긴 채 내가 이렇게 말한다. 이 말에 드위즈는 어리둥절한 표정이고, 존은 전혀 감을 잡지 못한다. 나는 앞뒤가 맞지 않는 이야기를 불쑥 꺼냈음을 너무 늦게 깨닫는다. 저 멀리에서 새 한 마리가 처량하게 울고 있다.

이제 갑작스럽게 해가 산 너머로 사라지고, 계곡 전체가 단조로운 어둠 속에 잠긴다.

청하지도 않았는데 얼마나 예기치 않게 불쑥 튀어나온 말인가. 나는 마음속으로 이렇게 중얼거린다. 그런 식으로 어떤 말을 꺼낼 수는 없는 법이지. 그런 식으로 말을 꺼내지 않는다는 것을 조건으로 병원을 퇴원한 것인데.

제니가 실비아와 함께 와서, 짐을 푸는 것이 어떻겠냐고 말한다. 그렇게 하기로 하자, 그녀가 우리를 방으로 안내한다. 나에게 배정된 방에 들어가보니, 침대에 두꺼운 누비이불이 덮여 있다. 한밤의 한기를 막기 위한 것이다. 아름다운 방이다.

모터사이클까지 세 번을 왕래하여 모든 짐을 옮긴다. 이윽고 크리스의 방으로 가서, 풀어야 할 짐이 남아 있는지를 확인한다. 즐거워하는 표정의 크리스는 어른이 다 된 듯하다. 내가 따로 도울 일은 없어 보인다.

그를 바라보며 내가 이렇게 묻는다. "여기가 마음에 드니?"

그가 대답한다. "괜찮아요. 그런데 아빠가 어젯밤에 이야기한 것과는 너무 달라요."

"어젯밤에?"

"잠자리에 들기 바로 전에요. 어제 묵은 객실에서 그러셨잖아요."

그가 무슨 말을 하는지 모르겠다.

크리스가 덧붙여 말한다. "여기는 쓸쓸한 곳이라고요."

"내가 왜 그런 말을 했지?"

"저도 모르겠어요." 되묻는 내 말에 그가 실망한 표정이다. 그래서 그 이야기는 이 정도 선에서 멈춘다. 틀림없이 그가 꿈을 꾸었던 것 같다.

아래층의 거실로 내려오니 부엌에서 나오는 송어 튀김 요리의 고소한 냄새가 코를 자극한다. 거실의 한쪽 구석에 있는 벽난로 앞에서 드위즈가 몸을 굽힌 채 성냥으로 불쏘시개 아래쪽의 신문지에 불을 붙이려 하고 있다. 우리는 잠시 그에게 눈길을 준다.

"여름 내내 이 벽난로를 사용했어." 그가 말한다.

"이처럼 춥다니, 놀라운걸." 내가 이렇게 대꾸한다.

크리스도 춥다고 말한다. 그와 내가 몸에 걸칠 스웨터를 가지고 오도록 그를 올려 보낸다.

"저녁 바람 때문이야." 드위즈가 말을 잇는다. "저 꼭대기에서 계곡 아래쪽으로 몰아치는 바람 때문인데, 꼭대기는 정말로 추위."

일정치 않은 외풍 때문에 갑자기 불길이 커지다가 다시 잦아든다. 그리고 불길이 다시 커진다. 틀림없이 바람이 세차게 불고 있기 때문이라고 생각하면서, 거실의 한쪽 벽면에 나란히 설치된 거대한 창문들을 통해 밖을 내다본다. 어둠에 덮인 계곡 건너편의 나무들이 거칠게 요동치고 있다.

"아, 그렇지! 자넨 저 정상이 얼마나 추운지 알고 있잖아." 드위즈가 이렇게 말한다. "자넨 틈만 나면 항상 저 꼭대기에 올라가 시간을 보내곤 하지 않았나?"

"그 말을 들으니, 옛날 일들이 생각나는군." 내가 이렇게 대꾸한다.

이윽고 자그마한 기억의 단편 하나가 떠오른다. 지금 우리 앞에 있는 벽난로의 불보다 작은 모닥불의 주변으로 온통 밤바람이 몰아치고 있었고, 나무가 한 그루도 없었기 때문에 바위틈 사이를 은신처로 삼아 바람을 피하고 있었다. 모닥불 바로 옆에는 취사 도구와 배낭이 바람막이용으로 놓여 있었다. 또한 녹아내리는 눈에서 모은 물로 가득 찬 수통이 있었다. 수목한계선을 지나는 경우 해가 지기만 하면 눈이 더 이상 녹지 않기 때문에 일찌감치 물을 모아놓아야 했다.

드위즈가 입을 연다. "자네 정말 많이 변했어." 그가 나를 찬찬히 뜯어본다. 그의 얼굴에서 이에 대한 이야기를 화제에 올려도 되는 것인지 아닌지를 묻고 있는 듯한 표정이 읽힌다. 그는 화제에 올리지 말자는 암시를 내 표정에서 읽어낸 것 같다. 그가 이렇게 덧붙여 말한다. "하기야 우리 모두가 변했을 거야."

이 말에 나는 이렇게 대꾸한다. "나는 전혀 옛날의 내가 아니지." 이 말이 그의 마음을 약간은 더 편하게 한 것 같다. 만일 그가 이 말에 담겨 있는 그대로의 진실을 알아차렸더라면, 그의 마음은 한결 덜 편해졌을 것이다. "그동안 많은 일이 있었어." 내가 말을 잇는다. "그리고 나한테 이런저런 일들이 일어났는데, 이걸 조금이라도 해결하는 데 신경을 쓰지 않으면 안 될 형편이야. 적어도 내 마음으로는 그래. 내가 여기에 온 것도 일부는 그 때문이야."

그가 나를 바라본다. 무언가 이야기가 더 나오기를 기다리면서 말이다. 하지만 미술 선생과 그의 아내가 벽난로 옆으로 다가오자 우리의 이야기는 여기에서 중단된다.

"바람 소리를 들어보니, 오늘 밤 폭풍우가 몰아칠 것 같군요." 미술 선생이 이렇게 말한다.

그러자 드위즈가 말한다. "그럴 것 같지는 않소."

크리스가 스웨터를 가지고 와서는 혹시 이 계곡 위쪽에 유령이 있는지를 묻는다.

드위즈가 재미있다는 듯 크리스를 바라보며 이렇게 말한다. "유령들은 없지만 대신 늑대들이 있지."

크리스가 이 말을 듣고 잠시 생각에 잠기더니 이렇게 묻는다. "여기에서 그것들은 뭘 하나요?"

드위즈가 말한다. "목장 사람들에게 말썽꾼 노릇을 하지." 그가 찡그린 표정으로 이렇게 말을 잇는다. "늑대들은 새끼 송아지와 양을 잡아 죽이기도 해."

"사람들을 공격하기도 하나요?"

"그랬다는 이야기는 들어본 적이 없는걸." 드위즈가 이렇게 말한

다음, 이 말에 실망하는 크리스를 보고는 이렇게 덧붙여 말한다. "하지만 그럴 수도 있지."

저녁 식탁에는 송어 요리와 잔에 따라놓은 캘리포니아 만(灣) 지역의 백포도주가 준비되어 있다. 우리는 거실의 의자와 소파에 각자 자리를 잡고 식사를 한다. 이 방의 한쪽 면 전체는 가지런히 배치된 창문들로 이루어져 있어 낮에는 이를 통해 계곡을 내려다볼 수 있을 것이다. 지금은 어두워 바깥쪽이 보이지 않는다. 그 대신 창문의 유리는 벽난로의 불빛만 비춰 보여줄 뿐이다. 발갛게 달아오른 벽난로의 불빛과 조화를 이루기라도 하듯 우리의 마음은 포도주와 생선 요리로 달아오른다. 조용한 목소리로 음식이 맛있고 분위기가 좋다는 말 이외에 우리는 별다른 이야기를 나누지 않는다.

실비아가 속삭이는 말로 존에게 방 주변을 장식하고 있는 큼직한 항아리들과 꽃병들을 둘러보도록 한다.

"벌써부터 나도 둘러보고 있는 중이었어." 존이 말한다. "정말 대단해."

"피터 불커스의 작품들이래요." 실비아가 말한다.

"그래?"

"그 사람이 드위즈 선생의 학생이었대요."

"아, 그래? 맙소사, 하마터면 저 가운데 하나를 넘어뜨릴 뻔했어." 드위즈가 웃는다.

조금 있다 존이 무슨 말인지 모를 말을 여러 번 우물거리더니, 고개를 들고는 공개적으로 이렇게 말한다. "이걸로 충분합니다. . . . 이걸로 우리에겐 모든 게 해결된 셈이지요. . . . 이제 우린 콜팩스 애비뉴 2649번지에 있는 집으로 돌아가서 다시 또 8년 동안을 살아갈 수 있을 겁니다."

실비아가 슬픔에 잠긴 목소리로 말한다. "그에 관해서는 얘기하지 않기로 해요."

존이 잠시 동안 나를 바라보고는 이렇게 말한다. "오늘 저녁과 같이 멋진 시간을 베풀어줄 수 있는 사람을 친구로 둔 사람이라면 그렇게 완전히 형편없는 인간이라고 할 수는 없을 것 같다는 생각이 드는군." 진지하게 고개를 끄덕이며 그가 말을 잇는다. "자네에 대해 내가 갖고 있던 생각을 몽땅 취소해야겠어."

"몽땅?" 내가 그에게 묻는다.

"어느 정도는. . . ."

드위즈와 미술 선생이 싱긋 웃는다. 난관이라고 생각했던 것이 일부는 사라진 셈이다.

저녁 식사를 끝냈을 때 잭과 윌러 바스니스 부부가 도착한다. 이미 지로만 존재하다가 현실 속의 인간으로 모습을 드러낸 사람의 수가 늘어난 셈이다. 기억의 무덤 속에 잭은 글을 쓰고 대학에서 영문학을 가르치는 선생이자 성품이 뛰어난 사람으로 기록되어 있다. 바스니스 부부가 온 다음 곧이어 몬태나 북부 지방에서 양을 길러 생계를 꾸려 나가는 조각가가 도착한다. 드위즈가 그를 나에게 소개하는 품을 보아서 전에 만난 적이 없는 사람 같다.

드위즈가 말하길, 대학에서 함께 일할 수 있도록 조각가를 설득하고 있는 중이라고 한다. 이에 내가 이렇게 말한다. "내가 한번 설득해보지." 그런 다음 그의 옆에 앉아 이야기를 나누지만 분위기가 대단히 껄끄럽다. 조각가가 더할 수 없이 심각한 태도로, 또한 무언가 미심쩍어하는 태도로, 나를 대하기 때문이다. 명백히 내가 예술가가 아니라서 그런 것 같다. 그는 내가 마치 뭔가를 그에게 덮어씌우려고 하는 형사라도 되는 양 행동한다. 그는 내가 상당히 풍부한 용접 경험을 소유한 사람이라는 사실을 확인하자 비로소 나를 편하게 대한다. 모터사이클 관리가 묘한 대화의 통로를 연 셈이다. 그는 어느 정도 내가 용접하는 것과 같은 이유에서 용접을 한다고 말한다. 일단 용접 기술이 수준에 오르게 되면, 사람들은 금속을 자유자재로 다룰 수 있는 막강한 힘을 얻었다고 느끼게 된다. 무엇이든 할 수 있다는 느낌을 갖게 되는 것이다. 그는 용접 기술을 이용하여 만든 자신의 작품을 찍은 사진을 몇 장 가져다 보여준다. 사진을 보니, 다른 무엇과도 견줄 수 없을 만큼 매끈한 금속 표면 조직을 가진 아름다운 새들과 동물들이 담겨 있다.

얼마 후 나는 자리를 옮겨 잭과 윌러와 이야기를 나눈다. 잭은 아이다호 주의 보이시[1]에 있는 어느 대학의 영문과 학과장 직책을 맡게 되어 이곳을 떠날 것이라고 한다. 이곳 대학에서 그가 몸담고 있는 학과에 대한 그의 태도는 신중하긴 하지만 부정적인 것처럼 보인다. 물론 그의 태도는 부정적일 것이다. 그렇지 않으면 떠나지 않을 것이기 때문이다. 그가 영문학을 가르치는 조리 정연한 학자라기보다는 영문학을 가르치긴 하지만 주업이 소설가인 사람이었다는 점이 이제 기억나는 것 같다. 이 같은 경계선을 따라 학과에는 끊임없는 분규가 있었다. 일부 이런 분규가 다른 누구도 일찍이 들어본 적이 없는 파이드로스의 황당한 생각들을 싹트게 했다고 할 수 있다. 또는 최소한 그런 생각들이 성장하는 데 촉진제 역할을 했다고 할 수 있다. 잭은 파이드로스를 지지하는 쪽이었는데, 파이드로스가 말하는 것이 무엇인지는 확실히 알 수 없었지만 소설가의 입장에서 보면 언어학적 분석보다는 한결 더 잘 호흡을 맞출 수 있는 그 무엇임을 감지했기 때문이었다.

---

[1] Boise: 아이다호 주의 수도. 미 북서부 지역에서 시애틀Seattle, 포틀랜드Portland 다음으로 큰 도시로, 인구 205,314명(2008년 조사).

이런 분규는 새삼스러운 것이 아니다. 예술과 예술사 사이의 분규가 그러하듯 말이다. 예술가는 예술 작품을 창작하고, 예술사가는 어떻게 예술 작품이 창작되는가를 이야기한다. 문제는 예술 작품이 어떻게 창작되는가에 대한 예술사가의 이야기는 어떻게 예술가가 예술 작품을 창작하는가와 결코 일치하지 않는 것처럼 보인다는 데 있다.

드위즈가 야외용 전기 바비큐 기구 조립 설명서를 가지고 와서, 공학 기술 분야 전문 작가의 자격으로 평가해주기를 원한다. 그는 이 기구를 조립하느라고 오후 내내 시간을 보냈다고 푸념하면서, 이 설명서가 완전히 엉터리임을 확인하고 싶어 한다.

하지만 훑어보니 내 눈에는 여느 설명서와 다를 것이 없어 보인다. 그리고 난처하게도 설명서에서 잘못된 것을 아무리 찾으려고 해도 찾을 수 없다. 물론 찾을 수 없다는 말을 하고 싶지는 않다. 그래서 무언가 꼬투리 잡을 만한 것을 찾느라고 애를 쓴다. 사실을 말하자면, 설명서가 제대로 작성되었는지에 대해 확실하게 말하기 위해서는 설명서에 기술되어 있는 조립 계획이나 절차에 맞춰 조목조목 설명서 내용을 따져보아야 한다. 아무튼, 나는 곧 설명서의 내용과 관련 그림이 한 면의 앞뒤로 나와 있어 설명서를 앞뒤로 계속 들춰 보지 않고서는 내용을 쉽게 이해하기 어렵다는 점을 발견한다. 이런 식의 부실함은 설명서의 통상적인 문제점이다. 나는 이 점을 아주 신랄하게 비판하고, 드위즈가 옆에서 비판의 말 한마디 한마디에 장단을 맞춘다. 내가 하는 말이 무슨 뜻인가에 궁금해하던 크리스가 설명서를 가져간다.

나는 이 문제를 놓고 비판의 말을 쏟아낸 다음, 앞뒤를 계속 들춰 보게 하는 고약한 설명서가 야기할 수 있는 오해 때문에 사람들이 어떤 고통을 받는가에 대해 설명한다. 하지만 말을 계속하면서 나는 이런 문제 때문에 드위즈가 설명서를 이해하는 데 그처럼 큰 어려움에 봉착했던 것은 아니라는 느낌을 떨치지 못한다. 그를 나가떨어지게 한 것은 다만 설명서에 매끈함과 연속성이 결여되어 있기 때문이다. 매끄럽지 못하고 마디마디 끊어져 있으며 기괴한 형태의 문장 스타일로 사물이 묘사되어 있을 때 그는 도저히 이를 이해하지 못한다. 하지만 이런 스타일의 글은 공학 및 공학 기술 분야의 글이 공유하고 있는 특징이다. 과학이 사물의 연속성을 당연한 것으로 가정한 채 사물을 덩어리, 조각, 파편으로 나누어 문제 삼는다면, 드위즈는 사물이 덩어리, 조각, 파편으로 이루어져 있음을 당연한 것으로 가정한 채 사물의 연속성만을 문제 삼는다. 무엇이 엉터린지 나에게 비판해줄 것을 바랐을 때 그가 정말로 나에게 바라는 것은 예술적 연속성이 결여되어 있음을 지적하는 것이었다. 공학자라면 전혀 신경을 쓸 수가 없는 그런 무엇이 결여되어 있음을 지적해주기를 원했던 것이다. 정말로 여기에서 문제가 되는 것은 고전주의와 낭만주의 사이의 분규다. 공학 기술에 관한 다른 모든 논의가 그러하듯.

아무튼, 내가 떠드는 동안 크리스가 설명서를 가져가서 내가 결코 생각지 못했던 방식으로 이를 접어서는 설명과 그림이 바로 옆에 나란히 놓일 수 있음을 보인다. 나는 찬찬히 되풀이해서 살펴보고 다시 한 번 살펴본 다음, 마치 절벽의 끄트머리를 지나쳐 갔지만 자신이 난감한 상황에 처해 있음을 아직 깨닫지 못해 바닥으로 곤두박질치지 않은 상태로 공중에 떠 있는 만화 영화의 등장 인물이라도 된 듯한 느낌에 빠져든다. 내가 고개를 끄덕이고, 사람들이 숨을 죽인다. 이윽고 나는 나 자신이 난감한 상황에 처해 있음을 깨닫는다. 내가 크리스의 머리 위를 두들기면서 계곡 밑바닥까지 떨어지는 동안, 사람들은 줄곧 폭소를 멈추지 않는다. 웃음이 잦아들자 내가 이렇게 말한다. "글쎄올시다, 아무튼. . . ." 그러자 사람들이 다시 한 번 한바탕 폭소를 터뜨린다.

"내가 말하고 싶었던 것은 이겁니다." 마침내 내가 이렇게 말을 시작한다. "공학 기술 분야의 글을 개선하고자 하는 사람이라면 한번 들어가봐야 할 멋진 세계, 바로 그 세계로 우리를 인도하는 설명서를 집에 보관하고 있다, 이겁니다. 이 설명서는 '일본제 자전거를 조립하는 데는 엄청난 마음의 평화가 요구된다'로 시작됩니다."

이 말이 다시 한 번 사람들을 폭소로 이끈다. 하지만 실비아와 제니와 조각가만큼은 반짝이는 눈빛으로 무슨 말인지 알겠다는 뜻을 전한다.

"그거 참 멋진 설명서네." 조각가가 이렇게 말하자, 제니도 고개를 끄덕인다.

"내가 그 설명서를 간직하고 있는 건, 일테면 뭐 그런 이유 때문이지요." 내가 말을 잇는다. "처음엔 나도 그저 웃어넘겼어요. 내가 조립했던 자전거들이 생각났기 때문이었지요. 물론 고의는 아니지만 일본 제품에 대한 경멸감 때문이기도 했습니다. 하지만 그 진술에는 엄청난 지혜가 담겨 있지요."

존이 걱정스럽다는 표정으로 나를 바라본다. 나 역시 똑같이 걱정스럽다는 표정으로 그를 바라본다. 그리고 우리는 함께 웃는다. 존이 이렇게 말한다. "자, 여러분, 이제부터 교수님의 자상한 설명이 이어지겠습니다."

"마음의 평화라는 말은 결코 공연히 들먹이는 췌사(贅辭)가 아닙니다. 정말이지, 췌사가 아니지요." 나의 "자상한 설명"이 이어진다. "모든 것이 그것에 달려 있습니다. 뛰어난 관리가 바로 마음의 평화를 낳고, 형편없는 관리가 마음의 평화를 깨뜨리는 법이지요. 우리가 기계의 운용 가능성이라고 부르는 건 바로 이 마음의 평화를 객관화한 것일 뿐입니다. 궁극적인 테스트 대상은 항상 우리 마음의 평정 상태지요. 만일 기계에 대한 관리를 시작할 때 마음의 평정 상태를 유지하지 못하면, 작업을 하는 동안 우리 자신의 사적 문제들을 곧바로 기계 자체에 끼워 넣기 십상일 겁니다."

그들은 이 말을 놓고 생각에 잠긴 채 나를 바라본다.

"이건 일반적으로 통용되는 개념이 아닙니다." 계속 내 말이 이어진다. "하지만 일반적으로 통용되는 이성을 동원하여 이를 증명할 수 있지요. 우선 물질적 관찰 대상─예컨대, 자전거나 전기 바비큐 기구와 같은 것─은 좋거나 나쁜 것일 수 없습니다. 물질의 구성 요소들은 그냥 구성 요소들일 뿐이지, 물질적 구성 요소들이 준수해야 할 윤리적 규범이란 있을 수 없기 때문입니다. 윤리적 규범은 다만 사람들이 부과하는 것일 뿐이지요. 기계에 대한 테스트의 기준은 기계가 우리에게 만족감을 주느냐 주지 못하느냐에 있을 뿐입니다. 그 외에 어떤 테스트 기준도 있을 수 없지요. 만일 기계가 우리 마음에 평온함을 가져다주면 그 기계는 좋은 기계고, 만일 우리 마음을 불편케 하면 그 기계는 나쁜 기계인 거지요. 기계든 우리든 변할 때까지는 말입니다. 기계에 대한 테스트 기준은 항상 우리 자신의 마음이지요. 그 밖에 다른 어떤 테스트 기준도 있을 수 없습니다."

드위즈가 이렇게 묻는다. "기계가 나쁜 기계지만 여전히 마음이 평화로우면 어쩌지?"

다시 웃음이 터져 나온다.

내 대답이 뒤를 잇는다. "그건 자가당착이야. 만일 자네가 정말로 신경을 쓰지 않는다면, 자넨 그 기계가 나쁜 것이라는 점 자체를 알 수가 없지. 그런 생각이 결코 자네 마음에 떠오르지 않을 거야. 무언가가 나쁜 것이라고 말하는 행위 자체가 그것에 신경을 쓰고 있음을 말해주는 것이라고 할 수 있어."

여기에 덧붙여 내가 이렇게 말한다. "기계가 좋은 것인데도 여전히 마음의 평화를 느끼지 못하는 경우가 있을 수도 있는데, 이런 예가 우리 주변에서 한결 더 흔하게 확인되지. 그리고 지금의 경우가 바로 이에 해당한다는 게 내 생각이야. 이 경우엔, 자네 마음이 편하지 않아서 기계가 좋은 기계가 아닌 셈이지. 이 말은 충분할 만큼 철저하게 기계에 대한 점검이 이루어지지 않았다는 뜻이야. 산업 현장 어디에서나 점검 과정을 거치지 않은 기계란 '죽은' 기계이고, 비록 완벽하게 작동하더라도 사용될 수가 없어. 전기 바비큐 기구에 대한 자네의 걱정도 마찬가지야. 자네는 이 설명서가 너무 복잡해서 제대로 이해하지 못했는지도 모른다고 느끼기 때문에, 마음의 평화를 얻는 데 궁극적으로 필요한 요구 조건을 충족시키지 않은 거야."

드위즈가 묻는다. "그러면 말이지, 자네가 말하는 그 마음의 평화를 얻을 수 있도록 설명서를 바꾼다면 어떻게 바꾸겠나?"

"그 문제는 이 자리에서 방금 내가 시도했던 것보다 한결 더 깊은 차원의 검토 작업을 필요로 하는 것일 수 있지. 전체적으로 차원이 아주 다른 문제인 셈이지. 전기 바비큐 기구에 대한 이 설명서는 전적으로 기계에 대한 설명으로 시작해서 기계에 대한 설명으로 끝나고 있어. 하지만 내가 생각하고 있는 접근법은 이처럼 너무 협소하게 다른 모든 가능성을 배제하는 것과는 다른 종류의 것이지. 이 설명서와 같은 종류의 설명서가 우리를 정말로 짜증 나게 하는 것이 있다면, 이 전기 바비큐 기구를 조립하는 데 오로지 한 가지 방법—그러니까 자기네들 방법—밖에 없다는 투의 암시를 하고 있다는 점이야. 그런 식의 주제넘은 암시가 모든 창조력을 말소해버리지. 사실을 말하자면, 전기 바비큐 기구를 조립하는 데는 수백 가지 방법이 있을 수 있어.

제작사 쪽 사람들이 종합적으로 무엇이 문제일 수 있는지를 보여주지 않은 채 다만 한 가지 방법만을 따르도록 우리를 강요할 때, 설명서는 이해하기 어려운 것이 되고 말지. 그래서 실수를 하지 않을 수가 없어. 그러면 작업을 하고 싶은 의욕을 잃게 마련이지. 문제는 거기에만 있는 것이 아니야. 저들이 우리에게 제시하는 방법이 최상의 방법이 아닐 가능성이 아주 높다는 데도 있지."

"하지만 그들은 공장에서 일하는 사람들, 그러니까 전문가들이 아닌가?" 존이 말한다.

"나도 공장에서 일해본 사람이야." 내가 이렇게 대꾸한다. "그래서 나는 이 같은 설명서가 어떻게 만들어지는지 알고 있지. 설명서 제작을 위해 자네가 녹음기를 갖고 작업장으로 나갔다고 생각해봐. 공장장은 자기한테 제일 필요 없는 사람, 그러니까 자기가 데리고 있는 사람 가운데 최고의 게으름뱅이한테 자네를 보내 그와 이야기하게 할걸. 그러면 그가 뭐라고 하든 그 말이 설명서가 되는 거지. 다른 사람이었다면 자네한테 완전히 다른 이야기를 해주었을지도 몰라. 아마 더 나은 이야기를 해주었을 거야. 하지만 그는 일 때문에 바빠서 자네와 이야기 나눌 시간이 없을걸."

모두가 놀라는 표정을 짓는다.

"미처 몰랐는데." 드위즈가 말한다.

"그게 공식이야." 내 말이 이어진다. "설명서를 만드는 사람들 누구도 이에 맞설 수 없어. 주어진 일을 하는 데는 단 하나의 올바른 방법만이 있다고 가정하는 게 공학 기술이거든. 그런데 단 하나의 올바른 방법 같은 건 결코 있을 수 없어. 그리고 말이지, 무언가 일을 하는 데 단 하나의 올바른 방법만 있다고 가정하는 경우, 말할 것도 없이 설명서는 전적으로 기계—예컨대, 전기 바비큐 기구—에 대한 설명으로 시작해서 기계에 대한 설명으로 끝나는 것이 될 수밖에 없지. 하지만 만일 자네가 이 기구를 조립하는 무한수의 방법들 가운데 하나를 선택해야 할 입장에 있다고 가정해봐. 그러면 기계와 자네 사이의 관계, 기계 및 자네와 나머지 세상 사이의 관계를 고려해야만 할 거야. 왜냐하면 수많은 선택 가능성 가운데 하나를 택하는 일——그러니까 일을 해나갈 때 동원될 수 있는 기법(技法)——은 기계의 물질적 구성 요소에 의해 좌우될 뿐만 아니라 자네의 마음과 정신에 의해 좌우되기 때문이지. 그래서 마음의 평화가 필요한 거네.

사실 이런 생각은 그렇게 이상한 것이 아니야. 기회가 있으면 초보자나 형편없는 기술자가 일하는 것을 지켜보고, 그의 표정을 장인(匠人)의 표정——그러니까 뛰어난 기술자라는 걸 자네가 알고 있는 그런 장인의 표정——과 비교해봐. 그러면 차이를 곧 깨닫게 될 걸세. 장인은 결코 정해진 일련의 지시에 맞춰 일을 하지 않아. 그는 일을 해나가면서 매 순간 어떻게 할 것인가를 결정하지. 바로 그 때문에, 일부러 그렇게 하려고 부산을 떨지 않아도, 그는 열중해서 일을 하게 되고 자기가 하는 일에 세심하게 신경을 쓰게 돼. 그의 동작과 기계가 조화를 이루며 움직이는 것을 볼 수 있지. 그는 활자화된 지시 사항 어느 것도 따르지 않아. 왜냐하면 현재 다루고 있는 재료의 성질이 그의 생각과 움직임을 결정하기 때문이야. 동시에 그의 생각과 움직임이 다루고 있는 재료의 성질을 바꾸게 되지. 재료와 그의 생각이 변화의 과정에 함께 변화하는 셈이지. 마침내 재료가 다루기에 적당한 것이 되는 동시에 그의 마음이 평온해질 때까지 말이야."

"예술이 따로 없군요." 미술 선생이 이렇게 말한다.

"그렇죠, 그건 예술이지요." 그의 말에 내가 이렇게 말한다. "예술과 공학 기술 사이의 결별은 완전히 부자연스러운 것이지요. 결별이 이루어지고 이제 너무나 많은 시간이 흘러서, 둘이 언제 결별했는가를 추적하기 위해서는 우린 이제 고고학자가 돼야 할 상황에 처하게 됐어요. 전기 바비큐 기구 조립은 사실 오래전에 잃어버린 조각 예술의 한 분야입니다. 수 세기 동안의 잘못된 지적 경향으로 인해 뿌리에 이르기까지 완벽한 결별이 이루어져, 이제는 양자 사이를 관련지으려는 시도조차 우스꽝스러운 것이 되고 말았지요."

사람들은 내가 농담을 하고 있는 것인지 아닌지조차 확신하지 못하는 눈치다.

드위즈가 묻는다. "자네 말을 따르면, 내가 했던 전기 바비큐 기구 조립 작업이 실제로는 조각 작업이었단 말이지?"

"물론이지."

드위즈가 점점 더 환하게 미소를 지으면서 이 문제를 놓고 생각에 잠긴다. "그걸 진작 알았더라면 좋았을걸." 이 말에 사람들이 폭소를 터뜨린다.

내가 무슨 말을 하는지 모르겠다고 크리스가 말한다.

"신경 쓸 거 없단다, 크리스." 잭 바스니스가 말한다. "우리도 모르기는 마찬가지니까." 다시 한 번 사람들이 폭소를 터뜨린다.

"나는 그냥 평범한 조각 일에나 매달려야 할 것 같군." 조각가가 이렇게 말한다.

"나는 그냥 그림 그리기에나 매달려야 할 것 같아." 드위즈의 말이다.

"나는 그냥 드럼 연주에나 매달려야지, 뭐." 존의 말이다.

크리스가 이렇게 묻는다. "아빠는 무슨 일에 매달릴 거예요?"

내가 텍사스 사투리를 흉내 내어 이렇게 말한다. "나는 말이다, '나으' 총에 매달릴 거다. '나으' 총 말이다. 그게 서부 총잡이들 사이의 규약이거든."

이 말에 모든 사람이 정말로 못 견디겠다는 듯 다시 한 번 폭소를 터뜨린다. 사람들은 장광설로 자신들을 괴롭힌 나를 이 농담 한마디로 용서해주기로 한 것 같다. 야외 강연의 내용이 머릿속에 일단 자리를 잡게 되면, 이에 대한 이야기로 선량한 사람들을 괴롭히고자 하는 충동을 자제하기란 너무도 어렵다.

이윽고 사람들이 끼리끼리 나뉘어 이야기를 나눈다. 나는 잭과 윌러와 자리를 함께하여, 영문과 사정을 이야기하는 것으로 모임의 나머지 시간을 보낸다.

아무튼, 모임이 끝나 서덜랜드 부부와 크리스가 잠자리에 든 다음, 드위즈가 나의 즉석 강연을 다시 화제로 삼는다. 심각한 어조로 그가 이렇게 말한다. "전기 바비큐 기구 설명서에 대한 자네의 이야기가 재미있었어."

제니가 또한 심각한 어조로 이렇게 덧붙인다. "그 문제에 대해 아주 오랫동안 생각하셨던 것 같아요."

"그 문제의 저변에 놓인 개념들에 대해 20년 동안이나 생각해왔지요." 내가 이렇게 말한다.

내 앞에 놓여 있는 의자 너머로 불똥이 휘날려 굴뚝으로 빨려 올라간다. 바깥에서 부는 바람 때문이다. 바람이 전보다 훨씬 세차다.

혼잣말을 하듯 나는 이렇게 덧붙인다. "어디로 가고 있는지, 어디에 있는지를 둘러보면, 그 순간에는 아무런 감도 잡히지 않지요. 하지만 말입니다. 시간이 지나 우리가 있던 곳을 되돌아보면, 하나의 패턴이 그 모습을 드러내는 것 같습니다. 바로 그 패턴에 비춰 앞을 보면, 때때로 무언가를 파악하게 되지요."

나의 말이 계속 이어진다. "공학 기술과 예술에 대한 그 모든 나의 이야기는 나 자신의 삶을 되돌아보았을 때 그 모습을 드러냈던 것으로 판단되는 패턴의 일부지요. 내 생각으로는 사람들이 뛰어넘으려고 애를 쓰는 것처럼 보이는 그 무언가가 있는데, 제 이야기는 그것을 뛰어넘으려는 시도를 예시적으로 보여주는 것입니다."

"뛰어넘으려고 하다니, 그게 뭔가요?"

"글쎄요. . . . 그건 단순히 예술과 공학 기술이 아닙니다. 일종의 괴리, 이성과 감정 사이의 괴리라고 표현할 수 있는 그 무엇이지요. 공학 기술의 문제점은 공학 기술이 정신의 질료(質料) 및 마음의 질료와 그 어떤 실질적인 연결 관계도 유지하고 있지 않다는 겁니다. 그래서 우연이긴 하나 공학 기술은 맹목적이고 추한 일을 저지르고, 그것 때문에 사람들에게 증오의 대상이 되고 있지요. 이전에는 사람들이 이 점에 그다지 주목하지 않았어요. 왜냐하면 모든 사람의 주된 관심사가 의식주 해결에 있었기 때문입니다. 그리고 공학 기술이 이런 문제를 해결해주었기 때문이지요.

하지만 이제 그 문제가 해결되고 나니 공학 기술의 추함이 점점 더 눈에 띄게 되었지요. 그래서 사람들은 물질적 욕구를 만족시키기 위해 이런 방식으로 정신적으로나 미학적으로 항상 고통을 받아야 하는가를 묻게 된 겁니다. 최근 이런 의문이 거의 전 국민이 모두 공유하는 위기 의식을 이끌게 되었습니다. 공해 반대 운동이니, 공학 기술에 반대하는 공동체와 생활 양식의 대두 등등이 다 그런 위기 의식의 표현이지요."

드위즈와 제니는 모두 오랫동안 이 모든 문제를 이해하고 있는 사람들이어서 각별한 설명이 따로 필요치 않다. 그래서 나는 다음과 같은 말만 덧붙일 뿐이다. "나 자신의 삶의 패턴에서 싹튼 것이 무엇인가 하면, 우리의 위기는 기존의 사유 형식이 현재의 상황에 대처하기에 부적절한 것이기 때문에 야기된 것이라는 믿음입니다. 이는 결코 합리적인 이성에 의해서는 해결될 수 없는데, 합리성 자체가 문제의 근원이기 때문이지요. 사람들 가운데 유일하게 위기를 해결해나가는 이들이 있다면, 그들은 '반듯하게 각이 져 있는' 합리성을 완전히 포기한 채 오로지 감정에만 의지함으로써 개인적 차원에서 해결해나가는 사람들입니다. 저와 함께 온 존과 실비아가 그런 사람들이지요. 아마 그들과 같은 사람들이 수백만은 될 겁니다. 그런데 그들 역시 올바른 방향으로 나아가고 있는 것 같지는 않아 보입니다. 그래서 내가 말하고자 하는 것은 합리성을 포기하는 것이 문제에 대한 해결책은 아니다 정도가 아닌가 싶어요. 오히려 해결책은 합리성이 해결책을 제시할 수 있도록 합리성 자체의 본질적 경계를 넓힐 때 나올 수 있지 않을까 싶습니다."

"무슨 말씀인지 잘 이해가 되지 않네요." 제니가 이렇게 말한다.

"아, 그건 일종의 자력(自力)에 의한 문제 해결과 같은 것입니다. 말하자면, 아이작 뉴턴 경이 순간 변화율의 문제를 풀고자 했을 때 그가 택했던 난관 해결 방식에 비유할 수 있는 것이지요. 그가 살던 시대에는 시간 변화가 영(零)인 상황에서 무언가가 변화할 수 있다는 식의 생각은 합리적인 것이 아니었습니다. 하지만 수학적으로 보면 공간과 시간의 어느 한 점(點)과 같이 영(零)의 특성을 갖는 개념들—그러니까 그 당시에도 역시 아무도 비합리적이라고 생각하지 않았던 그런 개념들—에 근거하여 작업을 하는 일이 거의 필수적입니다. 하기야 어느 쪽으로 생각하든 실질적인 차이는 없습니다. 그래서 뉴턴은 '시공간적 변화가 영(零)인 상태에서도 순간 변화와 같은 것이 존재한다고 가정한 다음, 다양한 응용 분야에서 이 같은 순간 변화에 해당하는 것이 무엇인지를 결정할 수 있는 방법을 찾을 수 있는지 알아보겠다'는 취지의 말을 했지요. 뉴턴의 이 같은 가정의 결과물이 미적분학으로 알려진 수학의 한 분야로, 오늘날 공학자라면 누구나 이를 이용하고 있습니다. 뉴턴은 새로운 형태의 이성을 발명한 셈이지요. 그는 이성의 경계를 넓혀 미분학적 무한 변화를 다룰 수 있었던 것입니다. 내 생각을 말하자면, 공학 기술의 추함을 다루기 위해 현재 우리에게 필요한 것은 뉴턴이 했던 것과 유사한 방법으로 이성의 경계를 확장하는 일이라는 겁니다. 문제는 경계의 확장이 가지의 차원이 아니라 뿌리의 차원에서 이루어져야 한다는 데 있어요. 이 때문에 일이 쉽지 않은 거지요.

우리는 뒤죽박죽 혼란스러운 시대에 살고 있어요. 우리가 모든 것이 뒤죽박죽이고 혼란스럽다고 느끼는 이유는 옛날의 사유 방식이 새로운 경험을 다루는 데 부적절하기 때문이라는 게 내 생각입니다. 유일한 참된 배움은 난관에 부딪힘으로써 얻을 수 있다는 말을 듣곤 합니다. 이미 알고 있는 것의 '가지'를 확장하는 대신, 난관에 부딪혀 멈춰 선 다음 잠시 동안 주변에서 이리저리 방황하다가 우리가 알고 있는 것의 '뿌리'를 확장할 수 있도록 하는 무언가와 만날 때, 비로소 진정한 배움이 가능하다는 거지요. 누구나 다 아는 얘기지요. 아무튼, 뿌리 부분에서 확장이 필요한 바로 그런 때, 우리 시대의 것과 마찬가지의 혼란이 문명 전체에 야기된다는 것이 내 생각입니다.

지난 3백 년의 역사를 한번 되돌아보세요. 그러면 때늦은 깨달음 덕분으로 우리는 우리에게 알려진 바대로 일들이 일어나지 않으면 안 되도록 만들었던 필연적 원인과 결과의 정연한 패턴이, 그 사이의 연결 고리가 우리 눈에 보인다고 생각하게 될 겁니다. 하지만 원천—말하자면, 어떤 특정 시대의 문헌—으로 되돌아가 살펴보세요. 무언가가 특정한 어떤 일의 원인으로 작동하고 있다고 생각되는 바로 그 시대에는 그 원인에 해당하는 것이 결코 명백하게 그 모습을 드러내지 않는다는 사실을 확인하게 될 겁니다. 뿌리의 확장이 요구되는 시대에는 우리 시대가 그런 것처럼 모든 일이 항상 혼란스럽고 뒤죽박죽이고 목적을 잃은 것처럼 보이게 마련이지요. 르네상스 시대 전체가 콜럼버스의 신세계 발견 때문에 야기된 혼란스러운 느낌으로부터 시작되었다는 것이 일반적인 추정이지요. 그의 발견이 사람들의 마음을 뒤흔들었던 겁니다. 그 시대의 정조가 뒤죽박죽 혼란스러웠다는 사실에 대한 기록은 어디에서나 확인됩니다. 세상을 평면적인 것으로 보는 구약과 신약의 세계관 어디에도 신대륙 발견을 예견하는 것은 없었기 때문입니다. 하지만 사람들은 신세계 발견을 부정할 수 없었지요. 엄연한 이 사실을 받아들일 수 있는 유일한 방법은 중세의 세계관 전체를 포기하고 새롭게 확장된 이성의 세계로 진입하는 것이었습니다.

   콜럼버스는 이제 교과서에나 나오는 진부한 고정관념이 되어버려서 더 이상 살아 숨 쉬던 인간으로서의 그의 모습을 떠올리기란 불가능해졌어요. 하지만 말입니다. 그가 이룬 여행의 결과에 대해 현재 알고 있는 우리의 지식을 유보하는 데 정말로 진력을 다한 다음 우리 자신을 그의 상황으로 투사해봅시다. 그러면 우리는 때때로 오늘날 우리의 달 탐사 여행이 그가 거쳤던 모험과 비교해볼 때 다과회에 지나지 않을 정도로 하찮은 것임을 깨닫기 시작할 겁니다. 달 탐사 여행은 진정으로 사유 세계의 뿌리를 확장하는 일과는 관련이 없는 것이기 때문이지요. 기존의 사유 방식이 달 탐사 여행을 다루는 데 적절한 것인가를 놓고 의심할 아무런 근거가 없으니까요. 정말로 달 탐사 여행이야 콜럼버스가 한 일에 대한 가지 확장에 지나지 않는 것일 뿐입니다. 진정으로 새로운 탐험—그러니까 과거의 세상이 콜럼버스에게 기대했던 것과 같은 방식으로 오늘날의 세상이 우리에게 기대하리라 예상되는 진정으로 새로운 탐험—은 완전히 새로운 방향에서 이루어져야 할 것입니다."

"예컨대, 어디로 나가야지요?"

"예컨대, 이성 너머로 나가야지요. 내 생각을 말하자면, 오늘날의 이성은 중세 시대의 사람들이 믿었던 평면적 세상에 비유될 수 있을 것 같아요. 너무 멀리 가서 이성을 넘어서게 되면, 추락하여 광기 속에 처박히게 될 것이라고 사람들은 믿고 있어요. 사람들은 그걸 엄청나게 두려워합니다. 이 같은 광기에 대한 두려움은 이 세상 끝까지 갔다가 절벽 아래로 떨어질지 모른다고 믿었던 사람들이 품고 있던 두려움에 비교될 수 있을 겁니다. 아니면 이교도에 대한 두려움에 비교될 수도 있겠지요. 이 모든 것들 사이에는 대단히 긴밀한 유사성이 존재합니다.

하지만 실제로 어떤 일이 일어나고 있지요? 인습적 이성이라고 하는 우리의 낡은 평면적 세계 이해 방식은 우리가 겪는 경험들을 다루는 데 점점 더 부적절한 것이 되어가고 있을 뿐입니다. 이 때문에 만사가 뒤죽박죽이라는 느낌이 널리 퍼져나가고 있는 거지요. 결과적으로 비이성적인 사유의 영역으로 사람들이 점점 더 몰려들게 되지요. 예컨대, 비술(祕術), 신비주의, 마약 등등에 빠져든다는 말입니다. 고전적 이성이 그들 자신이 알고 있는 실제 체험을 다루는 데 부적절한 것이라고 느끼기 때문이지요."

"고전적 이성이라는 말이 무얼 뜻하는 건지 잘 모르겠네요."

"분석적 이성 또는 변증법적 이성을 그렇게 부른 겁니다. 말하자면, 대학에서 종종 모든 지적 활동의 기본으로 여기는 이성을 말합니다. 정말이지, 추상화가라면 이에 대해 알 필요가 없어요. 추상 예술과의 관계에서 이성은 항상 완벽하게 파탄 상태에 빠져 있으니까요. 비구상 예술은 내가 말하는 뿌리에 대한 체험 영역의 하나입니다. 아직까지 비구상 예술을 비난하는 사람들이 있는데, '이치'에 닿지 않는다는 이유에서지요. 하지만 진짜 잘못은 예술에 있는 것이 아니라, 예술이 말하는 바를 파악할 능력이 없는 이 '이치'——말하자면, 고전적 이성——에 있는 겁니다. 사람들은 계속 이성의 가지를 확장함으로써 예술의 최근 동향에 대한 이해를 얻고자 하지요. 하지만 답은 가지 안에 있는 것이 아니라 뿌리에 있는 것입니다."

이윽고 산 정상 쪽에서 이쪽으로 거센 바람이 광포하게 휘몰아친다. 나는 계속 말을 이어간다. "고전적 이성을 발명한 사람들인 고대 희랍인들은 미래를 예견하는 데 이성만을 동원할 정도로 어리석지는 않았습니다. 그들은 바람 소리에 귀를 기울일 줄도 알았고, 또 이 바람 소리로 미래를 예견할 줄도 알았지요. 요즘 누군가가 그렇게 하면 미친 소리를 하는 것으로 들릴 겁니다. 하지만 이성을 발명한 사람들이 무엇 때문에 미친 소리처럼 들리는 말을 했겠습니까?"

드위즈가 눈을 가늘게 뜨고 이렇게 묻는다. "그 사람들이 어떻게 해서 바람으로 미래를 예견할 수 있었을까?"

"나도 모르겠어. 어쩌면 화가가 화폭을 뚫어지게 쳐다보다 보면 자기 그림의 미래를 예견할 수 있게 되는 것과 마찬가지 방식 아니었을까? 우리의 총체적인 지식 체계는 그런 방식으로 세상을 이해한 결과야. 우리는 아직도 이런 결과를 가져다준 방식에 대해 이해가 부족해."

잠시 생각에 잠긴 다음 내가 이렇게 말한다. "내가 여기 살 때 이성의 교회라는 것에 관해 얘기를 많이 하지 않았나?"

"했지. 자네 그것에 대해 많이 얘기했지."

"혹시 내가 파이드로스라는 사람에 대해 얘기하지는 않았던가?"

"아니."

"그 사람이 누군데요?" 제니가 이렇게 묻는다.

"그 사람은 고대 희랍인이지요. . . . 수사학자였어요. . . . 우리 시대로 말하자면 '작문'이 그의 전공이었지요. 이성이 발명될 무렵 살았던 사람 가운데 하나지요."

"내 생각이 맞는다면, 자넨 그에 관해 한마디도 한 적이 없네."

"그 사람에 대한 관심은 후에 가서 생긴 게 틀림없어. 고대 희랍의 수사학자들은 서양 세계의 역사에 등장한 최초의 선생들이었지. 플라톤은 자기 자신의 도끼를 날카롭게 갈기 위해 그의 저술에서 이 수사학자들을 심하게 욕했네. 현재 우리가 그들에 대해 알고 있는 것은 거의 모든 것이 플라톤의 저술을 통한 것이야. 이 수사학자들에게 자기변호의 기회가 한순간도 주어지지 않은 채 전 역사를 통해 일방적으로 비난의 대상이 되어왔다는 점에서 특이한 사람들이야. 내가 말했던 이성의 교회는 그들의 무덤 위에 세워진 거지. 오늘날까지도 여전히 그들의 무덤이 이성의 교회를 지탱하고 있지. 그래서 그 교회의 바닥을 깊이 파헤쳐 내려가다 보면 유령들과 만나게 될 거야."

얼핏 시계를 보니 새벽 2시가 넘었다. "간단한 이야기가 아니지요." 내가 이렇게 말한다.

"이걸 모두 글로 남겨야 할 것 같아요." 제니의 말이다.

동의한다는 듯 내가 고개를 끄덕인다. "강의 형식으로 된 일련의 수상(隨想) 형식의 글, 일종의 야외 강연을 마음속으로 구상하고 있습니다. 여기까지 여행을 계속하면서 내내 마음속으로 그걸 어떻게 처리할까 궁리해왔어요. . . . 아마도 그 때문에 이 모든 얘기를 하는 과정에 내 목소리가 이처럼 열에 들떠 있는 거겠지요. 너무 엄청나고 힘든 일이에요. 마치 여기 있는 이 산들을 걸어서 넘으려고 하는 것처럼 말이지요.

문제는 수상 형식의 글은 항상 영원히 말을 이어가는 신(神)의 것과도 같은 어조를 띠어야 한다는 데 있어요. 그런데 결코 그런 방식의 이야기가 아니라는 게 문제지요. 사람들은 내 이야기가 다만 시간, 공간, 상황적으로 주어진 어느 한 자리에서 말을 건네는 어느 한 사람의 이야기일 뿐 그 외에는 결코 아무것도 아니라는 사실을 알아야만 합니다. 절대로 이는 그 이상 다른 어떤 것일 수 없지요. 결코 그 이상의 것이 아닙니다. 하지만 수상 형식의 글에서 사람들이 이를 간파해내기란 불가능해요."

"그래도 하셔야 해요." 제니가 말한다. "굳이 완벽한 것이 되게 하려고 애쓰지 말아요."

"그래야겠지요." 이렇게 내가 대꾸한다.

드위즈가 묻는다. "자네가 '질(質)'에 대해 연구하던 것과 이것이 관련 있는 건가?"

"이건 바로 '질'에 대한 추구의 직접적 결과라 할 수 있지." 내가 이렇게 답한다.

무언가 옛날 일이 문득 기억나서 드위즈를 바라보며 이렇게 묻는다. "자네, 그걸 포기하라고 나한테 충고하지 않았던가?"

"자네가 추구하고자 했던 것을 얻는 데 성공한 사람은 아직까지 아무도 없다고 말한 적이 있었지."

"그럼 자넨 그게 언젠가는 가능할 수 있다고 보는 건가?"

"난 모르겠어. 누가 알겠어?" 그의 표정에 정말로 걱정스러워하는 기운이 감돈다. "요즘 굉장히 많은 사람들이 한결 더 잘 남의 말에 귀를 기울이지. 특히 아이들이 그래. 아이들은 정말로 귀를 기울여 듣지. . . . 그냥 귀를 기울이는 정도가 아냐, 귀를 쫑긋 세워 듣지. . . . 사람들의 말에 귀를 세워 듣는단 말이야. 이에 따른 차이는 정말로 대단한 것이야."

저 위 산 정상의 눈벌판에서 내려온 바람의 소리가 오랫동안 집 안 구석구석을 휘젓고 돌아다닌다. 마치 집 전체를, 우리 모두를 무(無)의 세계로 휩쓸어가려는 듯, 그리하여 한때 간직했던 옛날의 모습으로 계곡을 되돌리려는 듯, 바람은 점점 더 크고 날카로운 소리로 울부짖는다. 하지만 집은 바람을 견뎌내고, 바람은 패배를 자인하고 다시금 숨을 죽인다. 그리고 다시 와서 울부짖는다. 저 먼 곳에서 가볍게 한번 몰아치는 듯하다가, 갑작스럽게 우리가 있는 집 바깥쪽에서 일진광풍으로 바뀐다.

"계속 바람 소리에 귀를 기울이고 있어." 내가 이렇게 말한다.

그리고 이렇게 덧붙여 말한다. "서덜랜드 부부가 떠나고 나면, 크리스를 데리고 저 바람이 시작되는 곳으로 한번 올라가봐야겠다는 생각이 들어. 이제 녀석은 저 세계를 좀더 제대로 보고 알 때가 된 것 같아."

"바로 이곳에서 출발할 수 있지." 드위즈가 말한다. "그리고 계곡을 따라 이곳으로 되돌아올 수 있을 거야. 75마일의 거리를 가는 동안 길이 없어."

"그럼 여기에서 시작하도록 하지." 내가 그의 말에 대꾸한다.

위층으로 올라가 침실에 들어선다. 침대에 있는 두꺼운 누비이불을 보니 반갑다. 지금은 상당히 추워 저 누비이불이 없으면 안 될 정도다. 재빨리 옷을 벗고 곧바로 누비이불 아래로 몸을 깊이 파묻는다. 이불 속이 따뜻하다. 정말 따뜻하다. 이불 아래에서 오랫동안 눈벌판과 바람에 대해, 그리고 크리스토퍼 콜럼버스에 대해 생각에 잠긴다.

제 15 장

 이틀 동안 존과 실비아, 크리스와 나는 빈둥거리며 잡담으로 시간을 보내기도 하고, 모터사이클을 몰아 오래된 광산촌을 다녀오기도 한다. 이윽고 존과 실비아가 집으로 돌아갈 시간이 되었다. 현재 우리는 계곡에서 빠져나와 분지형의 도시인 보즈먼으로 향하는 중이다. 그들이 떠나기 전 마지막으로 함께하는 모터사이클 주행이다.
 앞서 가던 존의 모터사이클 뒷좌석에서 실비아가 세번째로 뒤를 돌아본다. 틀림없이 우리가 괜찮은지를 확인하기 위해 그러는 것 같다. 지난 이틀 동안 그녀는 정말로 말이 없었다. 어제 그녀가 나를 쳐다보는 눈길에 근심의 빛이 가득해 보였다. 근심을 넘어서 거의 두려움을 담고 있는 그런 눈빛이었다. 실비아는 크리스와 나에 대해 지나칠 정도로 걱정을 하고 있다.
 보즈먼에 있는 어떤 주점에서 우리는 헤어지기 전에 마지막으로 맥주 한잔을 기울인다. 그러는 동안 나는 그들이 돌아갈 때 어떤 길로 갈 것인가를 존과 상의한다. 이윽고 우리는 그동안 우리가 얼마나 멋진 시간을 보냈는지에 대해, 우리가 곧 다시 서로 보게 될 것임에 대해 의례적인 말을 주고받는다. 어쩌다 만난 사람들같이, 이런 식으로 이야기를 나누어야 한다는 사실이 갑자기 내 마음을 슬프게 한다.

거리로 나왔을 때 실비아가 다시 한 번 나와 크리스에게 고개를 돌리고는 잠시 머뭇거리다 이렇게 말한다. "일이 잘 풀릴 거니까, 걱정하지 말아요."

"물론이지요." 내가 대꾸한다.

다시금 실비아가 두려움이 담긴 눈빛을 던진다.

존이 모터사이클의 시동을 걸고 그녀가 오기를 기다린다. "말씀하신 것처럼, 물론 다 잘될 겁니다."

실비아가 몸을 돌려 모터사이클 뒷자리에 올라, 질주하는 차량들 사이로 끼어들 기회를 찾아 존과 함께 도로를 살핀다. "곧 다시 만납시다." 그들을 향해 내가 소리친다.

실비아가 다시 우리에게 눈길을 던지지만, 이번에는 그녀의 얼굴에 별다른 표정이 읽히지 않는다. 마침내 존이 끼어들 기회를 포착하여 도로에 진입한다. 마치 영화의 한 장면에서처럼, 곧이어 실비아가 몸을 돌려 우리에게 손을 흔든다. 이에 크리스와 나도 그녀에게 손을 흔든다. 그들을 태운 모터사이클이 다른 주에서 온 차량들로 혼잡한 도로에 들어선 다음, 질주하는 차량들 사이로 모습을 감춘다. 그들이 사라지는 모습을 나는 오랫동안 지켜본다.

내가 크리스를 바라보자 그도 나를 바라본다. 그는 아무 말도 하지 않는다.

우리는 먼저 경로인 전용석이라는 표시가 있는 어떤 공원의 벤치에 앉아 오전 시간을 보낸 다음 점심을 먹는다. 그런 다음 주유소에 가서 타이어를 바꾸고 체인 조절용 연결 고리를 새것으로 교환한다. 연결 고리를 다른 부품들과 맞추기 위해 기계 가공 작업이 필요하다. 그래서 작업이 끝날 때까지 기다리기로 하고 다시 중심가를 벗어나 잠시 산책을 즐긴다. 우리는 어떤 교회가 있는 곳에 당도하여 교회 앞의 잔디에 자리를 잡고 앉는다. 크리스가 잔디 위로 몸을 누이고는 재킷으로 눈을 가린다.

"피곤하니?" 내가 그에게 묻는다.

"아뇨."

북쪽으로 뻗어 있는 산들의 가장자리와 지금 우리가 있는 곳 사이의 대기는 열기로 넘실거린다. 투명한 날개를 지닌 곤충 한 마리가 열기를 피하려는 듯 크리스의 발 옆에 있는 풀줄기 위에 앉는다. 나는 그 곤충이 날개를 접는 것을 지켜보면서, 몸이 점점 더 나른해짐을 느낀다. 나도 잔디에 누워 잠을 청해보지만 잠이 오지 않는다. 잠이 오기는커녕 불안감이 갑자기 나를 엄습한다. 일어나 앉는다.

"우리 잠시 산책하자." 내가 말한다.

"어느 쪽으로요?"

"학교 쪽으로 가보자."

"좋아요."

우리는 대단히 깔끔하게 손질이 된 보도를 따라 그늘을 드리운 나무 아래로 걷는다. 보도를 따라 늘어선 집들도 깔끔하다. 넓은 길을 따라 걷는 동안 소소한 깨달음의 순간들이 수없이 나를 놀라게 한다. 견디기 힘든 회상의 순간들이다. 이 거리를 그는 수도 없이 지나갔었다. 강의 준비 때문이었다. 그는 희랍의 소요학파(逍遙學派)들이 그러했듯 소요(逍遙)의 과정을 통해 강의를 준비하곤 했다. 이 거리들이 그에게는 소요학파의 아카데미와 같은 곳이었다.

그를 이곳으로 인도한 강의 주제는 수사학이었다. 그러니까 독해,

작문, 산술로 구성된 삼과(三科)의 두번째 영역이 그를 이곳으로 오게 한 것이다. 그는 전문 분야 작문의 고급 과정과 1학년 영어 수업의 몇 강좌를 맡기로 되어 있었다.

"이 거리 기억나니?" 내가 크리스에게 묻는다.

주위를 둘러보고는 그가 이렇게 말한다. "아빠를 찾느라고 차를 타고 여기를 돌아다니곤 했어요." 길 건너편을 가리키면서 그가 말을 잇는다. "저기 이상한 지붕이 있는 저 집이 기억나요. . . . 누구든 아빠를 처음 발견한 사람한테는 상금이 있었는데, 5센트짜리 동전이 상금이었어요. 그러다가 아빠를 찾아내서 차를 세우고 뒷좌석에 타게 하면요, 아빠는 우리한테 한마디 말도 하지 않으려고 했던 게 기억나요."

"난 말이다, 그때 깊은 생각에 잠겨 있었단다."

"엄마가 하는 말이 그거였어요."

. . .

그는 정말로 깊은 생각에 잠겨 있었다. 엄청난 양의 강의 부담만 해도 끔찍했지만, 그에게 한결 더 끔찍했던 것은 그가 맡아 하는 강의의 주제가 이성의 교회 전 영역에서 가장 엄밀성이 떨어지고 가장 비분석적이며 가장 비조직적인 분야임이 확실하다는 점을 그 자신 특유의 정밀한 분석을 통해 깨닫고 있다는 사실이었다. 바로 그 이유 때문에 그는 그처럼 깊은 생각에 잠겨 있었던 것이다. 실험실에서 잔뼈가 굵은 조직적 정신의 소유자에게 수사학은 완전히 가망이 없는 그 무엇일 뿐이었다. 발육부진의 침체된 논리들로 가득한 이 세계는 썩은 해초로 가득 찬 바다나 다름없었다.

1학년 학생들을 상대로 하는 대부분의 작문 시간에 선생이 해야 할 일은 다음과 같다. 우선 짤막한 수필이나 단편소설을 학생들에게 읽어주고, 작가들이 이러저러한 사소한 효과를 성취하기 위해 어떤 방식으로 이러저러한 사소한 작업을 했는가에 대해 강의한다. 이어서 학생들에게 이미 읽어준 수필이나 소설을 흉내 내어 글을 쓰도록 해서, 그들이 마찬가지의 이러저러한 사소한 효과를 성취할 수 있는가를 확인한다. 그는 이 일을 되풀이하고 또 되풀이해서 했지만, 결코 무언가 구체화되는 것은 없었다. 이처럼 계산된 모방 작업의 결과로 학생들이 성취하는 것은 거의 아무것도 없었던 것이다. 그가 제시한 모범에 미세하게나마 근접한 그 어떤 성과도 그들은 거의 얻어내지 못했다. 그들의 글이 나빠지는 경우가 오히려 더 많았다. 그가 정직한 마음으로 학생들과 함께 발견하고 학생들과 함께 배우고자 했던 모든 규칙들이 너무도 많은 예외와 모순과 유보 조항과 혼란으로 가득 차 있는 것처럼 보여서, 아예 처음부터 그런 규칙과 맞닥뜨리지 않기를 바랄 정도였다.

어떤 방식으로 작문의 규칙들이 특정한 어느 한 상황에 적용되는가를 묻는 학생이 항상 한 명쯤은 있게 마련이다. 학생이 그렇게 물을 때마다, 파이드로스는 어떻게 해서 그렇게 되는가에 대해 준비된 설명을 통해 학생을 속이는 쪽을 택하거나, 또는 마음을 비우고 그가 진심으로 생각하는 바가 무엇인지를 있는 그대로 말해주는 쪽을 택할 수 있었다. 그런데 그가 진심으로 생각하는 바는 글이 모두 완성된 다음 그 글에 덧붙인 것이 바로 규칙이라는 것이었다. 그러니까 어떤 사실에 앞서 상정한 것이 아니라 사실에 뒤이어 덧붙인 것, 인과 관계에 대한 혼란에서 비롯된 것이었다. 그리고 학생들이 흉내 내야 하는 모든 작가들은 규칙과 관계없이 자신에게 옳다고 생각되는 것이라면 무엇이든 써놓고 나서, 다시 되돌아가 자신에게 옳다고 생각되던 것이 여전히 옳다고 생각되는가를 가늠해보고, 그렇게 생각되지 않으면 그것을 고친다는 것이 파이드로스의 생각이었다. 그러한 생각은 점차 확신으로 바뀌어갔다. 미리 준비된 생각에 맞춰 쓴 것임이 명백해 보이는 그런 종류의 글을 쓰는 사람들도 있긴 있었는데, 그렇게 판단했던 것은 그들이 써낸 글들이 그렇게 보였기 때문이었다. 하지만 자신의 글을 미리 준비된 생각에 맞춰 쓴 것처럼 보이게 하는 것은 대단히 형편없는 방법이라는 것이 파이드로스의 생각이었다. 거트루드 스타인[1]이 언젠가 말한 것처럼, 그런 글에는 무언가 달콤한 시럽과 같은 것이 담겨 있기 하나 그 시럽이 글을 통해 자연스럽게 흘러나오지는 않는다. 하지만 어떻게 미리 마음속에 준비되어 있지 않은 그 무언가를 가르칠 수 있겠는가. 이는 불가능한 요구 사항인 것처럼 보였다. 그는 아무런 준비도 미리 하지 않은 채 그냥 교재를 가져다 이에 대해 자기 의견을 즉흥적으로 말함으로써, 학생들이 이를 통해 무언가 얻기를 희망했다. 하지만 그 결과는 만족스럽지 않았다.

그것이 저 앞에 떡 버티고 서 있다. 그것을 향해 다가가는 동안, 긴장감이, 전에 느꼈던 것과 똑같은 답답한 느낌이 그를 엄습한다.

"저 건물 기억나니?"

"아빠가 저기에서 학생들을 가르쳤잖아요. . . . 우리가 왜 저기로 가는 거지요?"

"글쎄, 나도 잘 모르겠다. 그냥 한번 보고 싶을 뿐이야."

한산해 보인다. 물론 사람들이 많이 있을 턱이 없다. 현재 여름 학기가 진행되고 있는 방학 중이니까. 암갈색 벽돌로 된 건물 위쪽을 거대하고 묘한 모습의 다락방들이 장식하고 있다. 아름다운 건물이다. 이 자리에 정말로 어울리는 유일한 건물이기도 하다. 건물로 통하는

---

[1] Gertrude Stein(1874~1946) : 미국의 작가, 시인, 극작가. 20세기 현대 예술과 문학의 발전에 촉매제의 역할을 했던 사람으로, 삶의 대부분을 프랑스에서 보냄.

여러 개의 문까지 오래된 돌계단이 놓여 있다. 수백만 번 사람들이 그 위를 지나다녔음을 말하기라도 하듯 돌계단은 닳아 움푹 패어 있다.

"무엇 때문에 안으로 들어가는 거죠?"

"쉿, 조용히. 지금은 아무 말도 하지 말아라."

나는 거대하고 육중한 바깥쪽 문을 열고 안으로 들어선다. 안쪽으로 들어서면 다시 계단이 나온다. 나무로 되어 있으며 역시 닳아 있다. 발걸음을 옮길 때마다 계단이 삐걱거리는 소리를 낸다. 그리고 계단을 오르는 동안 백여 년 동안 닦고 기름칠한 흔적이 후각을 자극한다. 계단의 중간쯤에서 걸음을 멈추고 귀를 기울인다. 아무런 소리도 들리지 않는다.

크리스가 속삭이듯 말한다. "우리가 왜 여기에 온 거지요?"

나는 다만 머리를 가로저을 뿐이다. 바깥쪽에서 차가 한 대 지나가는 소리가 들린다.

크리스가 다시 속삭이듯 말한다. "여기 있기 싫어요. 으스스한 게 기분이 안 좋아요."

"그럼 밖으로 나가거라." 내가 말한다.

"아빠도 나갈 거지요?"

"그래, 조금 있다가."

"그냥 지금 나가요." 크리스가 나에게 눈길을 주고는 내가 나가려 하지 않는다는 것을 알아챈다. 그의 표정이 너무도 겁에 질려 있어서 마음을 바꿀 생각을 해본다. 하지만 그는 겁에 질린 표정을 갑작스럽게 거두고는 몸을 돌려 층계를 따라 내달아 문밖으로 나가버린다. 내가 뒤따라갈 겨를도 주지 않고서 말이다.

거대하고 육중한 문이 저 아래쪽에서 닫힌다. 이제 나는 완전히 홀로 남아 있다. 무언가의 소리에 귀를 기울인다. . . . 누구의 소리에 귀를 기울이는가. . . . 그의 소리에? . . . 오랫동안 귀를 기울인다. . . .

복도를 따라 움직이는 동안 계단의 나무판들이 삐꺽대는 소리가 섬뜩하게 느껴진다. 저 소리의 주인공이 바로 그라는 섬뜩한 느낌을 함께 전하면서 말이다. 이곳에서는 그가 현실적 존재이고 내가 유령이다. 어느 한 강의실로 들어가는 문의 손잡이에 그의 손이 잠시 머무는 것이 보인다. 이윽고 천천히 손잡이를 돌리더니 문을 밀어 연다.

강의실 안쪽은 그를 맞이할 준비가 되어 있다. 기억하고 있는 것과 조금도 다르지 않게, 마치 그가 지금 여기에 있기라도 하듯. 그는 지금 여기에 있다. 그는 내 눈에 보이는 모든 것을 나와 함께 보고 느낀다. 모든 것이 갑작스럽게 앞으로 다가오고, 기억 속에 되살아나 가늘게 떤다.

강의실 양쪽에 있는 짙은 녹색의 기다란 칠판들을 보니, 낡아서 표면이 들떠 있다. 옛날에 그러했던 것과 조금도 다름없이 여전히 수리가 필요한 상태다. 분필이, 온전한 것은 언제나처럼 하나도 없고 닳아 끄트머리만 남은 분필 조각들이 통에 담긴 채 아직도 여기에 있다. 칠판 저쪽으로 창문들이 있고, 창문 밖으로 산들이 보인다. 학생들이 글을 쓰는 날이면 명상에 잠겨 바라보곤 하던 산들이. 그는 한 손에 분필 조각을 들고 라디에이터 옆에 앉아서 창문 밖의 산들을 응시하곤 했다. 어쩌다 학생 하나가 ". . .도 써야 하나요?"라고 물어와서 정적이 깨질 때를 제외하고는. 그러면 그는 고개를 돌려 묻는 질문에 답을 해 주곤 했다. 그리고 강의실에는 그가 전에는 결코 체험하지 못했던 일체감이 감돌곤 했다. 이곳은 있는 그대로의 그 자신이 받아들여지던 곳이었다. 어떤 사람이 될 수 있는가 또는 어떤 사람이 되어야 하는가가 그를 받아들이는 기준이 되는 대신, 있는 그대로의 그 자신이 그를 받아들이는 기준이 되어 그가 받아들여지던 그런 곳이었다. 그곳은 해면이 물을 흡수하듯 그의 말이 잘 받아들여지던 곳, 모두가 그의 말에 귀를 기울이던 곳이었다. 그는 이곳에 모든 것을 바쳤다. 이는 단순히 하나의 강의실이 아니었다. 이는 산 위의 폭풍우와 눈과 구름의 모양에 따라, 강의에 따라, 그리고 심지어 학생 개개인에 따라, 나날이 바뀌는 수천 개의 강의실이었다. 그 어떤 시간도 결코 동일한 시간일 수 없었다. 그리고 이어지는 시간에 어떤 일이 일어날지는 그에게는 항상 불가사의였다. . . .

현관의 계단에서 삐걱거리는 발소리가 나는 것이 들렸을 때 나는 이미 시간 감각을 잃고 있었다. 발소리가 점점 커지더니 현재 내가 있는 강의실 입구 쪽에서 끊어진다. 강의실 문의 손잡이가 돌아간다. 문이 열리고, 어떤 여자가 강의실 안을 들여다본다.

여자의 얼굴 표정이 공격적이다. 마치 여기에서 누군가를 붙잡으려고 작심한 듯한 표정이다. 그녀는 20대 후반의 나이로 보이며, 얼굴 모습이 그다지 매력적이지 않다. "누가 있는 걸 본 것 같은데." 그녀가 말한다. "혹시. . . ." 그녀가 잘 모르겠다는 듯한 표정을 짓는다.

그녀가 강의실로 들어서서 나에게 다가온다. 좀더 유심히 나를 살펴본다. 이윽고 공격적인 표정이 사라지고, 서서히 놀라워하는 표정으로 바뀐다. 그녀가 깜짝 놀란 듯한 표정을 짓는다.

"어머나, 선생님 아니세요?" 그녀가 말한다.

그녀가 누구인지 전혀 기억이 나지 않는다. 아무것도 기억이 나는 것이 없다.

그녀가 내 이름을 입에 올리자, 내가 고개를 끄덕인다. 맞소, 그게 바로 내 이름이오.

"돌아오셨군요."

내가 고개를 가로저으며 말한다. "몇 분가량 들렀다 가는 것일 뿐이오."

 그녀가 나에게서 눈길을 떼지 않아 거북하다는 느낌이 들기 시작한다. 이윽고 자신의 눈길이 나를 거북하게 만들고 있다는 사실을 깨닫자, 그녀가 이렇게 말한다. "잠시 앉아도 될까요?" 이렇게 묻는 그녀의 어투가 무척 조심스러운 것을 보니, 그녀는 그의 학생 가운데 하나였던 것 같다.

 그녀가 강의실 맨 앞줄의 의자 가운데 하나를 잡아 앉는다. 아직 결혼 반지를 끼고 있지 않은 그녀의 손이 떨리고 있음이 눈에 띈다. 나는 정말로 유령인가 보다.

 이윽고 그녀 자신이 거북해한다. "얼마나 오랫동안 머물 거라고 하셨지요? . . . 아니, 제가 묻고 싶었던 건. . . ."

 내가 그녀의 말에 빈자리를 채운다. "나는 며칠 동안 밥 드위즈의 집에 머물고 있소. 그리고 서쪽으로 갈 거요. 이곳 보즈먼에서 얼마 동안 시간을 보내다가, 대학의 모습이 어떻게 변했는지 보고 싶다는 생각이 들었던 것이오."

 그녀가 말을 잇는다. "아, 그러세요. . . . 변했어요. . . . 우리 모두가 다 변했어요. . . . 선생님께서 떠나신 후 너무나 많이. . . ."

 다시 한 번 거북한 침묵이 흐른다.

 "우리는 선생님께서 병원에 입원하셨다는 소식을 들었어요. . . ."

 "그랬지." 내가 이렇게 대꾸한다.

 거북한 침묵의 시간이 좀더 흐른다. 그녀가 더 이상 이 문제를 파고들지 않음은 그녀가 필경 그 이유를 알고 있음을 뜻한다. 그녀가 좀더 머뭇거리더니, 무언가 할 말을 찾느라고 애쓴다. 점점 더 견디기 힘든 상황이 되어간다.

 "어디에서 강의하고 계세요?" 마침내 그녀가 이렇게 묻는다.

"더 이상 선생 노릇을 하지 않고 있소. 그만두었소." 내가 이렇게 말한다.

그녀가 못 믿겠다는 표정을 짓는다. "그만두셨다고요?" 그녀가 얼굴을 찡그리더니 나를 다시 바라본다. 마치 그녀가 이야기를 나누고 있는 사람이 자기가 생각하고 있는 바로 그 사람이 맞는지를 확인하려는 듯. "선생님께선 그만두실 수 없어요."

"아니, 그만둘 수 있소."

그녀가 못 믿겠다는 듯 고개를 가로젓는다. "다른 사람이라면 몰라도 선생님은 그만두실 수 없어요."

"그만둘 수 있소."

"왜지요?"

"이제 그건 나에게 다 옛날 일이오. 나는 지금 다른 일을 하고 있소."

나는 계속 그녀가 누구인지 궁금해하고, 내 표정도 그렇겠지만 그녀의 표정 역시 당혹감을 드러내고 있다. "하지만 그건. . . ." 그녀의 말이 중간에서 끊어진다. 그녀가 다시 말을 잇기 위해 안간힘을 쓴다. "선생님께선 그러니까 완전히. . . ." 하지만 이 말도 또한 이어지지 못한다.

다음 말은 "미친 짓이에요"와 "제정신이 아니시군요"다. 하지만 그녀는 두 번 다 하려던 말을 중간에서 멈춘다. 그녀는 무언가를 깨달았는지, 입술을 깨물고는 상처를 입은 듯한 표정을 짓는다. 할 수만 있다면 무언가 그녀에게 말을 해주고 싶지만, 어디에서 시작해야 할지 마땅한 시점을 찾지 못한다.

내가 막 그녀에게 당신이 누구인지 모르겠다고 말하려는 순간, 그녀가 자리에서 일어서며 이렇게 말한다. "이제 그만 가봐야겠어요." 내 생각으로는 자신이 누구인지를 내가 모르고 있다는 사실을 그녀가 눈치챈 것 같다.

그녀가 문으로 다가가서 재빨리 또한 의례적으로 작별 인사를 한다. 그리고 문이 닫히자 급하게 움직이는 발걸음 소리가 들린다. 거의 뛰어가는 듯한 걸음걸이로 현관 쪽을 향해 가고 있음을 느낄 수 있다.

건물의 바깥쪽 문이 닫히는 소리가 들리고, 강의실은 전과 마찬가지로 정적에 휩싸인다. 그녀가 뒤에 남긴 일종의 심리적 소용돌이만을 제외하면 말이다. 그것 때문에 강의실의 분위기가 완전히 다른 것으로 바뀌고 말았다. 이제 그녀가 나타났다가 남기고 간 여파만이 강의실을 채우고 있다. 그리고 내가 여기에 와서 보고자 했던 그 무언가도 결국 자취를 감추고 말았다.

다시 일어서면서 생각한다. 이걸로 됐다. 이 강의실을 찾게 되어 기쁘긴 하지만, 방을 다시 둘러보고 싶은 마음이 다시 들 것 같지는 않다. 그럴 시간이 있으면 차라리 모터사이클 수리나 할 것이고, 현재 수리를 기다리는 것도 하나 있다.

밖으로 나가는 길에 나는 충동적으로 문을 하나 더 열어본다. 무언가 벽에 붙어 있는 것이 눈에 띈다. 그것을 보자 나는 목을 따라 등골이 오싹해지는 듯한 느낌에 휩싸인다.

그것은 한 장의 그림이다. 그 그림에 대한 기억이 나지 않다가, 이윽고 그가 구입해서 저기에 붙여놓은 것이라는 데 생각이 미친다. 또한 그것이 원화(原畵)가 아니라 뉴욕으로 주문한 복사본이라는 데도 갑자기 생각이 미친다. 그것이 복사본에 지나지 않고, 복사본들은 예술에 관한 것일 뿐 예술 그 자체는 아니라는 이유로 드위즈가 눈살을 찌푸리기도 했었다. 당시 그는 원화와 복사본 사이의 차이가 무엇인지 깨닫지 못하고 있었다. 라이오넬 찰스 파이닝어의 「소수파 사람들의 교회」[2]는 그에게 예술과는 관계없는 다른 종류의 호소력을 갖는 그런 그림이었다. 이 그림의 주제는 일종의 고딕 양식으로 된 성당으로, 반(半)추상적인 선과 면, 색채와 음영을 동원하여 그린 것이다. 이 그림이 그에게 호소력을 가졌던 이유는 그림 속의 성당이 그가 마음에 그리고 있던 이성의 교회를 형상화한 것처럼 보이기 때문이었다. 그리고 그 때문에 이 그림을 여기에 붙여놓았던 것이다. 이 모든 것이 이제 다시 기억 속에 되살아난다. 여기가 바로 그의 연구실이었다. 드디어 찾았다. 내가 지금 찾고 있는 것은 바로 이 방이다!

안으로 들어선다. 복사본 그림이 준 충격이 계기가 되어 둑이 무너진 듯 옛 기억이 홍수처럼 밀려오기 시작한다. 그림을 비추는 빛은 옆 벽면에 있는 비좁은 창문, 한심할 정도로 비좁아터진 창문을 통해 들어온다. 그 창문을 통해 그는 계곡을, 계곡 너머의 매디슨 산맥[3]을 내다볼 수 있었고, 또한 폭풍우가 다가오는 것을 지켜볼 수 있었다. 그리고 이 자리에서 바로 이 창문을 통해 지금 내 앞에 펼쳐져 있는 이 계곡을 지켜보는 동안 . . . 모든 일이 시작되었다. 온갖 광기가 바로 여기에서 시작되었던 것이다. 여기가 정확하게 바로 그 장소다!

그리고 저 문을 열면 바로 세라[4]의 연구실이 나온다. 세라! 이제 모든 것이 기억에서 되살아난다! 세라가 복도에서 들어와 자기 연구실

---

2) Lyonel Charles Feininger(1871~1956): 미국 뉴욕 출신의 화가로, 독일계 부모한테서 태어나, 1887년 베를린으로 가서 미술 공부를 함. 그는 화가뿐만 아니라 풍자 만화가로도 명성을 떨쳤으며, 『하퍼즈 라운드 테이블Harper's Round Table』, 『하퍼즈 영 피플Harper's Young People』 등의 잡지에 풍자 만화를 기고하였음. 「소수파 사람들의 교회Church of the Monorities」라는 제목의 옆 그림은 1926년 작품으로 유화.

3) Madison Range: 몬태나 주 남부에 있는 험준한 산맥으로, 옐로스톤 공원 생태계의 서쪽 끝부분에 해당함. 보즈먼의 남서쪽 방향에 위치하고 있음.

4) Sarah: 세라 J. 빙키Sarah J. Vinke는 실존 인물로, 1923년 위스콘신 대학교Wisconsin University에서 박사 학위를 취득하고, 몬태나 주립 대학교의 영문과 학과장으로 재직한 바 있음. 몬태나 주립 대학교에서 1961년 퇴임.

로 가기 위해 지금 내가 있는 쪽을 지나가면서, 그러니까 물뿌리개를 들고 잰걸음으로 두 문 사이를 지나가면서 이렇게 말했다. "선생께서 학생들한테 '질(質)'을 교육했으면 하는 게 나의 바람이에요." 이것이 은퇴하기 전 마지막 한 해를 보내고 있던 여교수가 자기 방에 있는 식물에 막 물을 주러 가면서 점잔 뺀 단조로운 어조로 그에게 던진 말이었다. 그때가 바로 모든 것이 시작되는 순간이었다. 그때가 바로 결정체 형성을 위한 씨눈, 바로 그 씨눈에 해당하는 순간이었다.

결정체 형성을 위한 씨눈이라. 선명한 기억의 한 단편이 이제 되살아난다. 실험실에 대한 기억이다. 유기 화학 실험실이었다. 무언가 그와 유사한 일이 일어났던 것은 그가 극도로 과포화(過飽和) 상태인 용액을 가지고 작업을 할 때였다.

과포화 상태의 용액이란 물질이 용해될 수 있는 한계인 포화점을 넘긴 상태의 용액을 말한다. 이런 일이 일어날 수 있는 이유는 용액의 온도가 올라감에 따라 포화점이 높아지기 때문이다. 만일 우리가 높은 온도에서 물질을 용해한 다음 용액의 온도를 낮추면, 때때로 용해된 물질이 결정화하지 않는 경우도 있다. 왜냐하면 물질의 분자들이 결정화할 방도를 찾지 못하기 때문이다. 결정화가 이루어지기 위해서는 무언가가 필요한데, 이를 결정체 형성을 위한 씨눈이라고 한다. 이때의 씨눈 역할을 하는 것은 먼지 한 알갱이일 수도 있고, 심지어 무언가로 갑작스럽게 용액의 표면을 한번 스치거나 용액이 담긴 유리그릇을 무언가로 한번 탁 치는 일이 씨눈의 역할을 할 수도 있다.

그는 용액을 냉각하기 위해 수돗가로 가지만, 수돗가까지 제대로 가본 적이 없었다. 수돗가까지 걸어가는 동안 그의 눈앞에서 별 모양의 물질 결정체가 용액 안에 하나 나타나고, 그러면 곧 갑작스럽게 방사상(放射狀)으로 결정체가 커지다가 마침내 용기 전체를 가득 채우는 것을 보게 마련이었다. 그는 결정체가 커져가는 것을 눈으로 확인하곤 했던 것이다. 조금 전까지만 해도 투명한 액체가 담겨 있던 곳에 이제는 너무도 단단한 물질이 들어차 있게 되어, 용기를 거꾸로 뒤집더라도 흘러나오는 것은 아무것도 없었다.

"선생께서 학생들한테 '질(質)'을 교육해줬으면 하는 게 나의 바람이에요"라는 말 한마디가 그에게 던져졌을 뿐이다. 그런데, 채 몇 달이 안 되어, 성장하는 모습을 거의 눈으로 확인할 수 있을 만큼 너무도 빠른 속도로 그 말이 성장을 거듭하더니, 거대하고 복잡하며 고도로 조직화된 하나의 사유 체계가 그 모습을 드러내게 되었다. 마치 마법이 작용하기라도 한 듯 순식간에.

그녀가 이 말을 던졌을 때 그가 어떻게 대꾸했는지를 나는 알지 못한다. 아마도 아무런 대꾸도 하지 않았을 것이다. 그녀는 매일같이 자신의 연구실을 들어갔다 나오고 나왔다 들어가며 그가 앉아 있는 의자 뒤쪽으로 수없이 지나다니곤 했다. 그녀는 때로 방해해서 미안하다는 뜻으로 한두 마디 사과의 말을 건네기 위해 멈추기도 했고, 때로 이런저런 소식을 전하기 위해 멈추기도 했다. 그리고 그는 그녀의 이런 모습과 행동을 공동 생활의 일부로 생각하여 이에 익숙해져 있었다. 그녀가 그의 뒤로 와서 "이번 학기에 정말로 질을 교육하고 있는 거죠?"라고 다시 한 번 물었던 적이 있었음을 나는 알고 있다. 그리고 그가 고개를 끄덕이고는 잠시 의자에서 뒤를 돌아보면서 "그럼요"라고 대답했고, 그러자 그녀가 잰걸음으로 다시 가던 길을 재촉했던 적이 있음도 알고 있다. 그때 그는 강의 노트를 준비하고 있었으며, 강의 노트 때문에 기분이 완전히 울적해진 상태였다.

기분이 울적했던 이유는 무엇인가. 그가 사용하던 교재는 수사학이라는 주제와 관련하여 입수 가능한 교재 가운데 가장 합리적인 것 가운데 하나였지만, 여전히 어딘가 옳지 않아 보였기 때문이었다. 더욱이 그는 이 교재의 저자들과 이야기를 나눌 수 있는 위치에 있었는데, 그들은 그가 소속해 있는 영문과의 동료 교수들이기 때문이었다. 합리적인 방식으로 그는 그들에게 질문을 던지기도 하고, 그들의 말에 귀를 기울이기도 했으며, 또 이야기를 나누거나 그들의 답변에 동의하기도 했다. 하지만 그래도 여전히 만족스럽지 못한 구석이 있었다.

교재는 다음과 같은 전제 아래 시작되었다. 만일 대학 차원에서 수사학을 가르쳐야 한다면, 이를 신비주의적 비술이 아닌 이성의 한 분야로 가르쳐야만 한다. 따라서 수사학에 대한 이해를 위해서는 무엇보다도 의사소통의 이성적 토대에 정통해야 한다. 바로 이 점이 특히 강조되고 있었다. 이런 논리에 맞춰, 논리학의 기초 지식을 소개하고 있었으며, 또한 자극과 반응에 관한 기초 이론을 도입하고 있었다. 그리고 이를 바탕으로 교재의 내용이 전개되고 있었으며, 궁극적으로 학생들이 어떻게 자신의 글을 발전시켜나가야 하는가를 이해시키는 데 이르고 있었다.

강의를 시작하고 첫 한 해 동안 파이드로스는 이 같은 교재의 짜임새에 대해 큰 불만이 없었다. 무언가 잘못되어 있다는 느낌이 들기도 했지만, 잘못은 이처럼 이성을 수사학에 적용하는 데 있는 것은 아니라는 것이 그의 생각이었다. 그의 생각에 의하면, 잘못은 그의 꿈을 지배하던 지난날의 유령인 합리성 그 자체에 있었다. 그는 현재의 문제가 그를 수년 동안 괴롭혀오던 문제, 아무런 해결책도 주어져 있지 않은 바로 그 합리성이라는 문제와 동일한 것으로 인식하고 있었던 것이다. 그의 느낌에 의하면, 정연하고도 규칙에 딱딱 맞추어져 있을 뿐만 아니라 객관적이고도 체계적인 이 같은 접근법에 의해 글을 쓰도록 글쓰기 교육을 받은 작가는 없어 보였다. 하지만 합리적이고자 할 때 제공할 수 있는 교재의 내용은 다른 어떤 것이 될 수 없었고, 비합리적인 사람이 되지 않고는 달리 이를 문제 삼을 방도가 아무리 살펴보아도 없었다. 그리고 만일 이 이성의 교회에서 명백한 의무감을 지닌 채 해야 할 일이 하나 있다면 이는 합리적인 사람이 되는 것이었다. 그래서 그는 이에 관해 더 이상 문제 삼지 않은 채 이 선에서 그냥 내버려둘 수밖에 없었다.

며칠 후 세라가 다시금 잰걸음으로 지나가다가 멈춰 서서 이렇게 말했다. "이번 학기에 선생이 질을 교육하고 있다니 너무도 기뻐요. 요즘엔 그런 걸 교육하는 선생을 만나기란 쉽지 않지요."

"아, 저도 기쁩니다." 그가 말을 이었다. "틀림없이 그걸 문제 삼아 강의하고 있습니다."

"좋습니다." 그녀가 이렇게 말하고, 다시 잰걸음을 옮겼다.

그는 다시 강의 노트 준비에 정신을 쏟았지만, 얼마 안 있어 그녀가 한 묘한 발언에 대한 기억 때문에 하던 일에 대한 생각이 흐트러지고 말았다. 도대체 무슨 이야기인가. 질이라고? 물론 그는 질을 학생들에게 교육한다. 그러지 않는 선생이 어디 있겠는가. 이런 반문을 던지고 그는 다시 하던 일을 계속했다.

그의 기분을 우울하게 하는 것이 또 하나 있다면, 그것은 규범적 수사학이었다. 이는 일찌감치 폐기된 것으로 추정되고 있음에도 불구하고, 아직 주변을 얼쩡거리고 있었다. 규범적 수사학이란 "학생들의 글에 나오는 수식 어구의 의미상 주어와 주문장의 주어가 일치하지 않는 경우가 있으면 가벼운 질책을 가함"과 같은 말에서 확인되는 낡은 규칙들을 말한다. 철자가 맞아야 하고, 구두점을 맞게 찍어야 하고, 문법적으로 틀림이 없어야 한다는 식의 규칙들이 이에 해당한다. 이는 쪼잔한 사람들을 위한 쪼잔한 규칙들에 불과한 것들이다. 그런 규칙들을 다 기억하면서 그와 동시에 자신이 쓰고자 애쓰는 글에 집중할 수 있는 사람은 아무도 없을 것이다. 이런 종류의 규칙이란 친절한 마음이나 예의 의식 또는 자애로운 마음에서 싹튼 것이 아니라 원래 신사와 숙녀처럼 보이고 싶어 하는 이기적 욕망에서 비롯된 식사 예절과도 같은 것일 뿐이다. 신사들과 숙녀들은 훌륭한 식사 예절을 갖추고 있으며, 문법에 맞는 말을 하고 글을 쓴다. 이는 어떤 사람이 상류층에 속하는 사람인가를 판단하는 기준이다.

아무튼, 당시 몬태나에서는 규범적 수사학이 결코 이런 효과를 발휘하지는 못했다. 대신 이는 거드름을 피우는 동부 지방의 얼간이임을 확인하는 기준으로 사용되었다. 당시 영문과에는 최소한의 규범적, 수사학적 요건을 충족시켜야 한다는 규정이 있기는 있었다. 하지만 다른 모든 교수들과 마찬가지로 그는 "대학의 요구 사항"이라고 흘려 말하는 정도 이상으로 규범적 수사학을 방어하는 일이 없도록 하는 데 일부러 신경을 썼다.

곧 다시 생각이 흐트러지고 말았다. 질이라니? 이 물음에는 무언가 신경을 거슬리게 하는 것이 있었다. 심지어 화를 돋우는 무언가도 있었다. 그는 이 문제를 놓고 생각에 잠겼다. 그런 다음 좀더 생각에 잠긴 다음, 창문 밖을 내다보고는 다시 또 얼마 동안 이 문제를 놓고 생각하는 데 시간을 보냈다. 질이라니?

네 시간이 지난 다음에도 그는 여전히 그 자리에 앉아 있었다. 다리를 창문턱에 올려놓은 채, 창밖의 저물어가는 하늘을 응시하면서. 전화가 와서 받아보니 그의 아내였다. 전화로 아내가 무슨 일이 일어난 거냐고 물었다. 곧 집에 갈 것이라고 말해놓고는 금세 아내와의 통화 내용뿐만 아니라 그 외의 모든 것을 깡그리 잊었다. 새벽 3시가 되어서야 그는 '질'이 무엇인가에 대해 말할 단서를 찾지 못했음을 피로에 지친 상태로 자신에게 고백하고는 가방을 들고 집으로 향했다.

다른 사람들이라면 대부분 이 지점에서 질에 대해 생각하기를 포기한 채 이 문제를 잊었을 것이다. 또는 이 문제에 매달려보았자 뾰족한 성과도 없을 뿐만 아니라 해야 할 다른 일들이 있기 때문에 그냥 유보 상태로 내버려두었을 것이다. 하지만 그는 자신이 믿고 있는 것을 자신이 교육할 수 없다는 사실에 너무도 낙담하여 해야 할 일이 무엇이든 이 문제 이외의 다른 것에는 전혀 개의치 않았다. 다음 날 아침 잠자리에서 일어나니, 질이 그를 뚫어지게 노려보고 있었다. 세 시간밖에 잠을 자지 못했을 뿐만 아니라 너무도 피곤하여 그는 그날 강의를 감당할 수 없으리라는 것을 알고 있었다. 게다가 강의 노트도 아직 준비가 다 되어 있지 않았다. 그래서 강의실에 들어가 그는 칠판에 이렇게 썼다. "다음 질문에 대한 답을 350단어의 글로 쓰시오. 사유와 진술에서 질이란 무엇인가." 그리고 학생들이 글을 쓰는 동안 그는 라디에이터 옆에 앉아 그 자신도 질이 무엇인가에 대해 생각에 잠겼다.

수업 시간이 끝날 때까지 글을 완성한 사람은 아무도 없는 것처럼 보였다. 그래서 그는 학생들에게 집에 가서 글을 완성해 가지고 오도록 했다. 이틀이 지나야 수업 시간이 돌아오기 때문에 그에게도 또한 이 문제에 대해 좀더 생각해볼 시간이 주어진 셈이었다. 수업 시간이 돌아오기 전 이틀 동안, 강의실 사이를 오가는 학생들을 몇몇 만나 그들에게 알은척을 했을 때 그들은 그에게 분노와 두려움의 표정을 보였다. 추측건대, 그들도 그와 마찬가지로 애를 먹고 있는 것 같았다.

질이라. . . . 그것이 무엇인지 당신은 알지만, 여전히 당신은 그것이 무엇인지 모른다. 자가당착이 아닐 수 없다. 무언가는 다른 무엇가보다 낫다. 즉, 질을 더 함유하고 있는 것이 있다. 하지만 질을 함유하고 있는 대상과 분리해서 질이 무엇인가를 말하고자 하면 질은 거품처럼 꺼져버리고 만다. 이야기할 것이 아무것도 없다. 하지만 질이 무엇인지 말할 수 없다면 그것이 무엇인지를 어떻게 알 수 있겠는가. 또는 그것이 존재하기라도 하는 것인지를 어떻게 알 수 있겠는가. 만일 아무도 그것이 무엇인지 모르면, 그 모든 실용적 용도에도 불구하고 그것은 결코 존재하는 것이 아니다. 하지만 그 모든 실용적 용도를 위해 그것은 정말이지 실제로 존재한다. 그것이 없다면 달리 무엇에 근거하여 학점을 매길 수 있겠는가. 그것이 없다면 무엇 때문에 사람들이 무언가에 엄청난 재산을 쏟아붓고 다른 것들은 쓰레기 더미에다 던져 버리겠는가. 분명히 무언가는 다른 무언가보다 낫다. . . . 하지만 "낫다"라는 말이 의미하는 바는 무엇인가. . . . 그리하여 당신은 맴돌기만을 계속할 뿐이다. 정신의 수레바퀴를 돌리고 또 돌리기만 할 뿐, 어디에서도 이를 멈추게 할 만큼의 마찰력을 제공하는 지점을 찾지 못한 채. 도대체 질이란 무엇인가. 그것은 대체 무엇인가.

3부

제 16 장

  나와 크리스는 하룻밤 푹 자고, 오늘 아침 꼼꼼히 살펴 배낭 짐을 꾸렸다. 현재로서 산비탈을 따라 올라간 지 한 시간가량이 된다. 협곡의 바닥에 해당하는 이 지역의 숲은 대체로 소나무로 이루어져 있으며, 어쩌다 사시나무와 잎이 넓은 관목이 눈에 띄기도 한다. 우리가 있는 곳의 양옆으로 까마득히 높은 곳까지 협곡의 가파른 벽이 드리워져 있다. 이따금 숲길이 열려 한 자락의 햇살이 드리워진 풀밭에, 협곡을 따라 흐르고 있는 개울과 경계를 다투고 있는 풀밭에 이르기도 한다. 하지만 길은 곧 다시 깊은 소나무 그늘 속으로 이어진다. 숲길의 바닥은 쌓이고 쌓인 솔잎으로 덮여 푹신푹신하다. 더할 수 없이 고요한 곳이다.

  이 같은 산들, 그리고 이런 산속을 여행하는 사람들, 이런 곳에서 그들에게 일어나는 사건들은 선(禪) 문학에 등장할 뿐만 아니라 주목할 만한 모든 종교의 이야기에 등장한다. 현실 세계에 존재하는 산을 영적 세계의 산으로, 그러니까 각각의 영혼과 그 영혼이 지향하는 목표 사이에 가로놓인 영적인 산으로 비유하는 일은 편리하기도 하고 자연스럽기도 하다. 우리가 떠나온 계곡에서 살고 있는 사람들과 같이 대부분의 사람들은 평생 영적인 산과 마주하지만, 그곳에 들어가지 않는다. 그곳에 가본 적이 있는 다른 사람들의 이야기에 귀를 기울이는 것으로 만족할 뿐 그 어떤 어려움과도 마주하지 않기를 바란다. 어떤 사람들은 최상의 길이면서 동시에 위험이 가장 적은 길을 알고 있는 노련한 안내자를 동반하고 그곳을 여행함으로써 목적지에 도달하기도 한다. 하지만 경험이 부족하고 남을 믿지 못하는 사람들도 있으며, 그들은 스스로 자신의 길을 개척하려고 애를 쓰기도 한다. 이들 가운데 성공하는 사람은 거의 없으나, 어쩌다 몇몇 사람은 순전한 의지와 행운과 은총의 덕으로 길을 개척하기도 한다. 일단 목적지에 도달하면 그들은 길이 하나가 아님을, 고정된 수(數)의 길만이 존재하지 않음을 그 누구보다도 더 깊이 깨닫게 된다. 이 세상에 존재하는 영혼의 숫자만큼이나 많은 길이 존재하는 것이다.

지금 나는 질이라는 용어의 의미에 대한 파이드로스의 탐구 과정에 대해, 영적 세계의 산들을 가로질러 가는 길들 가운데 하나로 그가 간주했던 바로 그 탐구 과정에 대해 이야기하고자 한다. 내가 최선을 다해 짜 맞춘 바에 따르면, 그의 탐구 과정에는 명백히 구분되는 두 단계가 존재한다.

첫째 단계에 처해 있을 때 그는 자신이 말하는 바에 대해 엄밀하고 체계적인 정의를 시도하지는 않았다. 이는 행복하고 만족스러우며 창조적인 단계였다. 우리가 등지고 떠나온 계곡에 있는 학교에서 그가 교직을 수행하고 있던 때의 대부분 시기가 이 단계에 속한다.

둘째 단계로의 이행은 자신이 말하고 있는 바에 대한 정의가 결여되어 있다는 비판, 통상적인 지적 비판의 결과에 따른 것이었다. 이 단계에 이르렀을 때 그는 질이란 무언인가에 대해 체계적이고도 엄밀한 진술들을 시도했으며, 이들을 뒷받침하기 위해 엄청난 계층 구조를 갖춘 사유 체계를 고안해냈다. 그는 이 같은 체계적 이해에 도달하기 위해 문자 그대로 온갖 수단을 다 동원했으며, 일단 이에 도달하자 기존의 어떤 것보다도 더 훌륭한 해명— 존재 및 존재에 대한 우리의 의식과 관련하여 한결 그럴듯한 해명—을 성취했다는 느낌을 갖게 되었다.

만일 그것이 진실로 산을 넘는 새로운 길이었다면, 이는 분명히 필요한 길이기도 했다. 지금까지 3백 년 이상의 세월 동안 이곳 서양에서 널리 알려진 옛 길들은 그 밑이 잘려 나갔을 뿐만 아니라 거의 씻겨 나간 상태로, 이는 과학적 진리로 인해 산이 자연적인 침식 작용을 겪고 또 그 모양이 변화하게 된 결과다. 초기의 등산객들은 모든 사람의 마음에 들 만큼 쉽게 접근이 가능한 길을 굳건한 지반 위에 만들어 놓았지만, 변화에 직면하여 교조적 경직성을 고수하는 바람에 서양 세계의 길들은 오늘날 거의 다 닫힌 것이나 다름없는 상황이 되고 말았다. 누군가 예수나 모세의 말이 지시하는 축어적 의미에 대해 의문을 갖는 경우 그는 대부분 사람들의 적개심을 유발하게 마련이다. 하지만 너무도 명백한 사실을 말하자면, 만일 예수나 모세가 자신의 정체를 밝히지 않은 채 오늘날 출현하여 오래전에 했던 것과 동일한 메시지를 사람들에게 전하는 경우, 그가 정신이 온전한 사람인가라는 의구심을 사람들에게 갖게 할 것이다. 이는 예수나 모세가 진실을 말하지 않았거나 현대 사회가 잘못 생각을 하기 때문이 아니라, 그들이 다른 사람들에게 열어 보이고자 선택했던 길이 타당성과 설득력을 상실했기 때문이다. "저 위의 천국"이라는 말은 우주 시대의 의식을 지닌 채 우리가 "저 위"가 어디냐고 묻는 순간 그 의미를 상실한다. 하지만, 언어적 엄밀성을 문제 삼다 보니 옛 길이 일상의 의미를 상실한 채 닫힌 것이나 다름없는 것이 되었다고 해서, 그 사실이 산이 더 이상 저기에 존재하지 않음을 의미하는 것은 아니다. 산은 존재해 있고, 의식이 존재하는 한 계속 존재해 있을 것이다.

파이드로스의 형이상학적 둘째 단계는 완전한 실패로 끝났다. 그의 두뇌에 전극(電極)이 연결되기 이전에 그는 그가 소유하고 있던 모든 유형(有形)의 자산을 상실했다. 돈과 재산과 아이들을 모두 잃었던 것이다. 심지어 시민권조차 법원의 명령에 따라 박탈당하고 말았다. 그에게 유일하게 남은 것이라고는 그가 모든 것을 희생하여 얻은 질에 대한 터무니없고 고독한 꿈 한 조각, 산을 넘기 위한 길이 표시된 지도 한 장뿐이었다. 이윽고 그의 머리에 전극이 연결되자 그는 그것마저 상실했다.

그 당시 그의 머리에 무엇이 들어 있었는지에 대해 나는 결코 알 수 없고, 누구도 이를 알 수 없을 것이다. 이제 남은 것이라고는 단편적인 파편들뿐이다. 조각조각 연결을 할 수는 있을지 모르지만 여전히 거대하고도 불가해한 공백을 드문드문 채울 수 있을 뿐인 잔해들, 여기저기 흩어져 있는 기록들뿐이다.

내가 처음 이 잔해들을 발견했을 때 나에게는, 예컨대, 아테네의 외곽 지역에서 농사를 짓는 농부와 같다는 느낌이 들었다. 나 자신이 땅을 파다가 어쩌다 별로 놀라지도 않은 채 묘한 도안이 그려져 있는 돌 조각들을 발견해낸 그런 농부와 같은 존재라는 느낌이 들었던 것이다. 나는 이 파편들이 과거에 존재했던 거대하고 전체적인 어떤 도안의 일부라는 사실을 알았지만, 그것이 도대체 무엇인지를 알 수 없었다. 처음에는 고의적으로 이 파편들을 피했고, 주의를 기울이지 않았다. 왜냐하면 이 돌 조각들이 내가 피해야 하는 그런 종류의 말썽을 야기할 것이라는 사실을 알았기 때문이었다. 하지만 나는 그런 순간에도 그것들이 거대한 사유 구조의 일부라는 사실을 감지할 수 있었고, 일종의 비밀스러운 방식으로 이에 대해 호기심을 느끼고 있었다.

후에 나는 그의 고통 때문에 흔들리지 않으리라는 마음을 점점 더 확고히 다지게 되었고, 그때 비로소 나는 보다 더 긍정적인 방식으로 이 파편들에 흥미를 갖게 되었으며, 비결정의 상태로 이 파편들 위의 기록을 간단히 적어나가기 시작했다. 말하자면, 전체적 형태에 대해 신경을 쓰지 않은 채, 그것들과 우연히 마주치는 순서에 따라 차례차례 적어나갔던 것이다. 이 비결정 상태의 진술 가운데 많은 것들은 친구들이 전해준 것들이었다. 이제 그렇게 해서 모은 것들이 수천 개나 된다. 그리고 이 가운데 단지 일부만이 오늘의 야외 강연에 들어맞는 것이긴 하나, 오늘의 야외 강연이 이에 근거한 것이라는 점만큼은 틀림없다.

아마도 오늘의 '야외 강연'은 그의 생각과는 크게 관계가 없는 것인지도 모른다. 파편들을 모아 연역적으로 전체적인 패턴을 재창조하고자 하는 과정에 나는 오류를 범하지 않을 수 없을 것이고, 그리하여 앞뒤가 맞지 않는 진술을 할 수밖에 없을 것이다. 이처럼 제멋대로 하는 것에 대해 나는 일종의 면죄부를 요구하지 않을 수 없다. 많은 경우에 파편들의 의미가 모호하여, 여러 개의 서로 다른 결론이 도출될 수도 있을 것이다. 만일 무언가가 잘못된다면 그 잘못은 그의 생각에서 기인한 것이라기보다는 이를 내가 재구성하는 과정에 발생한 것일 확률이 높다. 보다 나은 재구성은 후에 가서 이루어질 수도 있을 것이다.

윙윙하는 날갯짓 소리가 들리더니 자고새 한 마리가 나무들 사이로 사라진다.

"아빠, 새가 한 마리 날아가는 거 보았어요?" 크리스가 묻는다.

"응, 봤지." 그의 물음에 내가 답한다.

"무슨 새예요?"

"자고새야."

"아빠는 그걸 어떻게 알아요?"

"자고새들은 날아다닐 때 아까 본 것처럼 앞뒤로 몸을 흔들지." 내가 이렇게 대답한다. 자신은 없지만 말해놓고 보니 그럴듯하다는 생각이 들기도 한다. "그리고 또 저 새들은 땅바닥과 가까운 곳을 벗어나지 않는단다."

"아, 그래요." 크리스가 이렇게 대꾸하고, 우리는 계속 산을 오른다. 햇살이 소나무들 사이로 비집고 숲 속에 내리꽂히는 것이 마치 성당에 들어와 있는 듯한 느낌을 준다.

오늘 지금 이 순간 내가 화제로 삼고자 하는 것은 질을 향한 그의 여행의 첫 단계다. 그러니까 내가 하고자 하는 이야기는 형이상학적인 것이 아니고, 그래서 이야기는 즐거운 것이 될 것이다. 비록 끝이 즐겁게 끝나지 않더라도 여행이야 즐겁게 시작하는 것이 좋지 않은가. 그의 강의 노트를 참고 자료로 삼아 나는 그가 수사학을 가르칠 때 질이 어떻게 해서 그에게 실용적 개념이 되었는가의 과정을 재구성하고자 한다. 형이상학적인 것이기도 한 둘째 단계는 실체가 별로 없고 사변적인 것이다. 하지만 그가 수사학을 가르쳤던 바로 그 첫째 단계는 어느 면에서 보나 견실한 내용을 지닌 것이며 실용적 용도를 갖추고 있는 것일 뿐만 아니라, 아마도 둘째 단계와는 관계없이 그 자체의 진가에 따라 평가될 만큼의 가치를 지닌 것이라 할 수 있겠다.

그는 광범위하게 혁신을 시도하고 있는 중이었다. 그는 이야기할 것이 아무것도 없는 학생들로 인해 어려움을 겪고 있었다. 처음에 그는 학생들이 게을러서 그런 것이라고 생각했지만, 후에 가서 명백히 꼭 그렇지만은 않다는 것을 알게 되었다. 그들은 단지 무언가 이야기할 것을 생각해낼 수가 없었던 것임을 알게 되었던 것이다.

그런 학생들 가운데 도수 높은 안경을 쓴 여학생이 하나 있었는데, 그녀는 미국에 관해 5백 단어 길이의 에세이를 쓰고자 했다. 그는 여학생이 쓸 법한 이 같은 글들이 발산하는 무기력한 느낌에 익숙해 있던 터여서, 아무런 시비도 걸지 않은 채 주제를 보즈먼으로 좁히는 것이 어떻겠냐는 제안을 그녀에게 했다.

과제물 제출 기한이 되었지만 그녀는 에세이를 쓸 수 없었고, 그것 때문에 상당히 좌절한 상태였다. 아무리 노력을 기울이고 또 노력을 기울여보았지만 그녀는 이야기할 것이라고는 아무것도 생각해낼 수가 없었던 것이다.

그는 전에 그녀를 가르쳤던 선생들과 그녀에 관해 이미 의논한 적이 있었으며, 그들은 그녀에 대해 그가 받은 인상이 정확한 것임을 확인해주었다. 그녀는 대단히 성실하며 규율을 잘 따르고 열심히 공부하는 학생이었지만, 극도로 머리가 둔한 학생이기도 했다. 그녀의 어떤 면을 둘러보아도 창조성이라고는 눈곱만큼도 찾아볼 수 없었다. 도수 높은 안경 뒤의 그녀의 눈은 단조로운 일을 힘들게 해내는 사람의 눈이었다. 그녀가 선생 앞에서 공연히 과장을 하는 것이 아니었다. 그녀는 정말로 이야기할 것이라고는 아무것도 생각해낼 수가 없었던 것이며, 선생이 제안한 대로 자신이 할 수 없음에 대해 몹시 좌절해 있었다.

그는 난처해하는 것 이외에 달리 방도를 찾지 못했다. 이제 그 자신이 그녀에게 무슨 말을 해야 할지 아무런 생각을 해낼 수 없는 처지에 이르게 되었다. 침묵이 흐른 다음 기묘한 해결책이 그의 입에서 흘러나왔다. "주제를 좀더 좁혀 보즈먼의 중심가에 대해 글을 써보는 것이 어떻겠나?" 이는 번개 같은 통찰력의 발동에서 나온 제안이었다.

그녀는 공손하게 고개를 끄덕이고는 나갔다. 하지만 다음번 수업이 시작되기 바로 전에 그녀는 정말로 비탄에 잠겨 그를 찾았다. 이번에는 눈물을 눈에 가득 담은 채, 오랫동안 그 자리에 머물러 있었던 것임이 명백해 보이는 비탄을 눈에 가득 담은 채, 그를 찾았다. 그녀는 여전히 이야기할 것이라고는 아무것도 생각해낼 수가 없었던 것이다. 보즈먼을 이루는 모든 것을 대상으로 삼아도 아무것도 생각해낼 수가 없는 형편인데, 어떻게 보즈먼에 있는 거리 하나를 대상으로 하여 무언가를 생각해낼 수 있겠는가. 그녀는 그런 식으로 전혀 감을 잡지 못하고 있었다.

그의 안에서 화가 치밀어 올랐다. "자네는 눈길을 주고 있지 않아." 그가 이렇게 말했다. 하고자 하는 이야기가 너무나도 많다는 이유로 그 자신이 대학에서 쫓겨났던 때의 기억이 되살아났다. 모든 사실 하나하나에 대해 무한수의 가정이 있을 수 있다. 눈길을 주면 줄수록 그만큼 더 많은 것이 눈에 띄게 마련이다. 그녀는 정말로 대상에 눈길을 주고 있지 않지만, 어쩐 일인지 몰라도 그녀는 자신이 대상에 눈길을 주고 있지 않다는 사실을 이해하지 못하고 있었다.

화가 나서 그는 그녀에게 이렇게 말했다. "주제를 좁혀 보즈먼의 중심가에 있는 한 건물의 앞면에 대해 글을 써보도록 하게. 예컨대, 오페라 하우스의 앞면에 대해 글을 써보는 것이 어떻겠나? 건물 위쪽의 좌측에 있는 벽돌에 대한 이야기로 글을 시작해보도록 하게."

도수 높은 안경의 뒤에서 그녀의 눈이 둥그렇게 커졌다.

그녀는 어리둥절한 표정으로 다음 수업 시간에 출석해서는 몬태나 주 소재 보즈먼 시의 중심가에 있는 오페라 하우스의 앞면에 관한 5백 단어 분량 에세이를 그에게 제출했다. "길 건너편 햄버거 가게에 앉아서는 첫번째 벽돌에 대해, 이어서 두번째 벽돌에 대해 쓰기 시작했어요. 세번째 벽돌에 대해 쓸 때쯤 글이 저절로 나오기 시작하여 글쓰기를 멈출 수가 없었어요. 사람들은 내가 미쳤다고 생각했을 거예요. 사람들이 계속 나를 놀려댔지요. 아무튼, 여기 이게 제가 쓴 거예요. 어떻게 된 건지 이해할 수가 없네요."

그 역시 이해할 수 없었다. 하지만 거리를 따라 오랫동안 걸으면서 그것에 대해 생각을 하고는 다음과 같은 결론에 이르게 되었다. 즉, 그가 학생들을 가르치던 첫날 그를 마비시켰던 것과 똑같은 종류의 제재 요인으로 인해 그녀가 정지할 수밖에 없었던 것이 명백하다는 결론에 이르게 되었다. 그녀는 자신이 이미 들었던 것을 글에 되풀이하려 했기 때문에 심리적 제재를 받았던 것이다. 말하고자 하는 바를 미리 정해놓은 다음 그가 첫 수업 시간에 이를 되풀이하고자 했을 때 바로 그랬던 것처럼 말이다. 그녀가 보즈먼에 대해 쓰고자 했을 때 아무것도 생각해낼 수가 없었던 것은 그녀가 들었던 것 가운데 되풀이할 가치가 있다고 생각되는 것을 아무것도 기억해낼 수 없었기 때문이다. 묘하게도 그녀는 자기 스스로 참신한 눈길을 주고 볼 수 있다는 사실을, 그녀가 글을 통해 보인 것처럼 전에 사람들이 말한 것에 우선적으로 관심을 보이지 않은 채 자기 눈으로 볼 수 있다는 사실을 의식하지 못했던 것이다. 주제를 벽돌 하나로 좁히는 순간 심리적 제재 요인이 사라지게 되었던 것이다. 왜냐하면 무언가 독창적이고도 직접적인 눈길 주기의 작업을 해야 한다는 점이 너무도 명백해졌기 때문이었다.

그는 실험을 한 단계 더 진행시켰다. 어느 강의실에 들어가서 그는 모든 학생들에게 수업 시간 내내 자신의 엄지손가락 뒷부분에 관해 글을 쓰게 했다. 모든 학생들이 수업 시간 시작 무렵에는 그에게 어처구니없다는 표정을 짓더니, 그들은 모두 글 쓰는 일을 마쳤다. 그리고 "말할 것이 아무것도 없다"는 식의 불평은 단 한마디도 없었다.

또 다른 강의실에 들어가서는 엄지손가락에서 동전으로 주제를 바꿔 학생들에게 한 시간 내내 이에 대해 글을 써서 제출케 했다. 그리고 또 다른 강의실에 가서 같은 주제로 글을 쓰게 했다. "동전의 양쪽 면 모두에 관해 글을 써야 하나요?"라고 질문하는 학생도 있긴 있었다. 아무튼, 일단 자기들 스스로 직접 볼 수 있다는 생각에 익숙해지게 되자, 그들은 또한 그들이 쓸 수 있는 글의 양에 한계가 있을 수 없다는 사실도 깨닫게 되었다. 이는 또한 자신감을 고취하는 과제이기도 했는데, 아무리 겉으로는 사소한 것처럼 보인다고 하더라도 일단 그들이 쓴 것은 어쨌든 간에 그들 자신의 것이지 남의 것을 모방한 것이 아니기 때문이었다. 동전에 관한 글쓰기 훈련을 부과한 모든 강의실의 학생들은 다른 학생들에 비해 항상 고집스러운 면이 덜했고 수업에 대한 관심도가 더 높았다.

실험 결과, 그는 진정한 수사학 교육이 이루어질 수 있기 전에 깨뜨려야만 하는 진정한 악은 바로 모방이라는 결론에 도달하게 되었다. 그는 이 모방이라고 하는 것이 외적 강제 요인인 것 같다는 생각도 했다. 어린아이들은 모방을 하지 않는다. 후에 가서 습득하는 것이 모방 능력인 것처럼 보이는데, 아마도 학교 교육 그 자체의 결과인지도 모르겠다.

이렇게 생각하고 보니 그럴듯하게 느껴졌다. 생각을 더 하면 할수록 그만큼 더 그럴듯하게 느껴졌다. 학교가 학생들에게 모방을 교육하는 주체인 것이다. 선생이 원하는 것을 학생이 모방하지 않으면 학생은 형편없는 성적을 받게 된다. 이곳 대학에서는 물론 한결 더 복잡하다. 학생들은 선생을 모방하되 선생을 모방하고 있지 않다는 확신을, 강의의 핵심을 취하고 있지만 자기 나름의 방식으로 그것을 다루고 있다는 확신을, 선생의 마음에 심어주는 방식으로 모방해야 한다. 그렇게 하면 A를 받게 될 것이다. 한편, 독창성을 발휘하다 보면, A에서 F에 이르기까지 어떤 성적을 받게 될지 모른다. 학점 제도 전체가 학생들의 독창성 발휘에 이 같은 경고 신호를 보내고 있었다.

그는 이 문제를 놓고 옆집에 사는 심리학 교수와 논의했다. 엄청나게 상상력이 풍부한 선생인 그는 이렇게 말했다. "옳습니다. 학위 및 학점 제도를 통째로 제거해야 비로소 올바른 교육이 가능할 겁니다."

파이드로스가 이 문제에 대해 깊이 생각하고 몇 주가 지나서였다. 아주 총명한 학생 하나가 기말 과제물의 주제를 정하지 못해 상의하러 왔을 때 그는 아직 학점 제도 폐지라는 주제를 마음에 담고 있었다. 그래서 이를 그녀에게 기말 과제물의 주제로 정해주었다. 처음에 그녀는 그 주제를 마음에 들어 하지 않았지만, 아무튼 그 주제로 글을 쓰겠다고 했다.

일주일도 안 되어 그녀는 만나는 사람이면 누구에게나 그 주제에 대해 이야기를 하고 다녔으며, 2주 안에 아주 뛰어난 글을 만들어냈다. 아무튼, 그녀가 강의실에서 자신의 글을 발표했을 때 그 강의실의 학생들은 정해진 주제에 대해 2주 동안 미리 생각해볼 기회를 갖지 못한 상태였으며, 학점과 학위를 제거해야 한다는 생각 전체에 상당한 적개심을 보였다. 이 사실이 그녀의 기를 죽게 하지는 않았다. 그녀의 어조는 옛날에 풍미했던 종교적 열정을 담고 있기까지 했다. 그녀는 다른 학생들에게 자기 말에 귀를 기울여줄 것을, 그리고 이것이 정말로 옳은 것임을 이해해주기를 간청했다. "나는 선생님을 위해 이런 말을 하는 것이 아닙니다." 그녀는 이렇게 말하고는 파이드로스에게 흘끗 눈길을 주었다. "이것은 바로 여러분들을 위한 것입니다."

그녀의 대학 입학시험 성적이 강의실에 있는 학생들의 성적과 비교할 때 상위 1퍼센트 안에 속한다는 사실과 함께, 간청하는 듯한 그녀의 어조와 종교적 열정을 연상케 하는 그녀의 열정이 그에게 엄청나게 깊은 인상을 심어주었다. 다음 학기에 들어서서 "설득력 있는 글쓰기"를 강의할 때 그는 이 주제를 선택하여 일종의 "예문"을 만들어냈다. 학생들 앞에서, 그리고 학생들의 도움을 받아, 매일같이 직접 작업을 해서 설득을 위한 한 편의 예문을 만들어냈던 것이다.

그는 작문의 원리로 불리는 모든 것에 깊은 의혹을 품고 있었는데, 바로 이 작문의 원리의 관점에서 강의하는 것을 피하기 위해 이 예문을 사용했다. 그는 완성된 학생의 글을 놓고 자디잔 흠을 잡느라고 수업 시간을 보내거나 대가들의 완성된 글을 내세워 그대로 모방하도록 자극하기보다는 학생들에게 자신이 쓴 있는 그대로의 글—그러니까 모든 의혹과 고민과 지운 자국을 고스란히 담고 있는 글—을 학생들에게 노출시킴으로써 글쓰기란 어떤 것인가에 대해 한결 더 정직한 이해로 이끌 수 있으리라고 느꼈다. 이번 기회에 그는 학점 및 학위 제도를 전면적으로 제거해야만 한다는 논점을 발전시키고, 강의 시간에 들은 바에 부응하는 작문 활동에 학생들이 진정으로 참여할 수 있게 하는 무언가의 조처를 취하려는 목적에서 그는 학기 내내 모든 학점 부여 행위를 유보키로 했다.

이제 능선 바로 위쪽의 눈이 보인다. 하지만 걸어서 저곳에 가려면 며칠이 걸린다. 그 아래쪽 바위들은 너무도 가팔라서 일직선으로 걸어서 그곳에 올라가기란 불가능하다. 특히 우리가 짊어지고 있는 것처럼 무거운 짐이 있을 때는 그렇다. 그리고 로프와 쇠못 따위를 이용해서 등산하는 일이라면 어떤 종류의 것이든 아직 어린 크리스가 감당해내기에 너무 벅차다. 우리는 현재 우리가 다가가고 있는 숲으로 뒤덮인 능선을 가로질러 간 다음 또 다른 협곡으로 들어가서 그 협곡이 끝나는 지점에 이르기까지 가야 한다. 그런 다음 그 지점에서 이쪽으로 되돌아오되 비스듬히 위쪽을 향해 걸어 올라감으로써 저 위의 능선에 이르러야 한다. 눈이 있는 저곳에 이르기까지 3일 동안은 어려운 산길이 될 것이다. 그리고 그곳에서 다시 숙소로 되돌아가는 4일 동안은 쉬운 길이 될 것이다. 9일이 지나도 우리가 되돌아오지 않으면, 드위즈가 우리를 찾아 나서기 시작할 것이다.

휴식을 위해 멈춘 다음 나무에 등을 기대고 앉는다. 등짐의 무게 때문에 뒤쪽으로 몸이 쏠려 넘어가지 않기 위해서다. 잠시 후 어깨 너머로 손을 뻗어 내가 짊어진 배낭의 위쪽에서 날이 넓은 큰 칼을 꺼낸 다음 이를 크리스에게 넘겨준다.

"저기 사시나무가 두 그루 있는 것이 뵈지? 수직으로 곧게 뻗어 있는 것들 말이야. 절벽 가장자리에 있는 것 안 뵈니?" 그 나무들을 가리키며 내가 이렇게 말을 잇는다. "땅바닥에서 30센티미터가량 높이에서 저 나무들을 잘라다 주지 않겠니?"

"왜요?"

"나중에 지팡이와 텐트를 떠받칠 기둥으로 사용하기 위해 저것들이 필요하기 때문이야."

크리스가 칼을 받고는 일어서다가 다시금 주저앉는다. "아빠가 하면 안 돼요?" 그가 묻는다.

그래서 내가 대신 칼을 쥐고 가서 나무를 자른다. 한번 내려침으로써 두 그루의 나무를 모두 말끔하게 자른다. 하지만 나무껍질의 한 부분이 잘리지 않은 채 붙어 있어서, 칼등에 있는 갈고리 모양의 낫으로 이를 잘라낸다. 산 위쪽 암석 지대에서는 몸의 균형을 유지하기 위해 지팡이가 필요하지만 저 위쪽의 소나무들은 지팡이로 사용하기에 적합지가 않다. 그리고 대략 이 지점을 지나면 사시나무가 더 이상 눈에 띄지 않는다. 아무튼, 크리스가 나무 자르는 일을 하지 않겠다고 했기 때문에 마음이 편하지만은 않다. 산속에서 저런 태도를 보이다니, 무언가 일이 좋지 않게 돌아갈 기미가 엿보인다.

짧은 휴식을 취한 다음 다시 길을 재촉한다. 이 모든 짐의 무게에 익숙해지기 위해서는 얼마간 시간이 걸릴 것이다. 짊어지고 있는 그 모든 짐의 무게에 몸이 제대로 따라주지 않는다. 길을 계속해서 가다 보면 곧 짐의 무게에 익숙해질 것이다. . . .

학위 및 학점 제도를 철폐해야 한다는 파이드로스의 주장을 처음 접했을 때 몇몇 학생들을 제외하고는 모든 학생들이 당황하거나 또는 부정적인 반응을 보였다. 왜냐하면 그들의 우선적인 판단으로는 총체적인 대학 체계 자체를 부정하는 것으로 보였기 때문이다. 한 학생이 완전히 솔직한 심정으로 다음과 같이 말했을 때 그녀의 말은 바로 이런 판단을 백일하에 있는 그대로 드러내 보이는 것이었다. "물론 학위 및 학점 제도를 선생님께서 없앨 수는 없습니다. 따지고 보면, 우리가 대학에 온 것은 그것 때문이 아닌가요?"

그녀의 말은 전혀 틀린 것이 아니었다. 대부분의 학생이 학위와 학점과는 상관이 없는 교육을 받기 위해 대학에 온다는 생각은 일종의 작은 위선에 해당하는 것으로, 누구라도 이 같은 위선은 드러내지 않는 쪽이 편하다고 생각할 것이다. 어쩌다 몇몇 학생들은 교육을 받기 위해 대학을 찾기도 하지만, 판에 박힌 생활 및 제도의 기계적 성격 때문에 그들은 곧 자신들의 이상주의적 태도를 완화하기도 한다.

예문은 학점 및 학위 제도를 제거함으로써 이 같은 위선을 깨뜨릴 수 있다는 주장을 앞세우고 있었다. 일반론을 다루기보다 그 예문은 가상의 한 학생을 내세워 그가 구체적으로 어떤 이력을 쌓아갈 수 있는가를 검토하고 있었다. 여기에서 말하는 가상의 학생은 대학의 강의실에서 찾아볼 수 있는 학생들 가운데 어느 정도 전형에 해당한다고 할 수 있는 학생, 학점이 대변하는 것으로 여겨지는 지식을 얻기 위해서보다는 학점을 따기 위한 공부를 할 준비가 완벽하게 갖춰져 있는 그런 학생을 가리킨다.

예문의 가설에 따르면, 그런 학생은 첫 수업에 들어가서 첫 과제물을 부여받고는 아마도 습관에 따라 그 숙제를 할 것이다. 그는 아마도 두번째 과제물과 세번째 과제물도 역시 해낼지도 모른다. 하지만 과목에 대해 그가 갖던 신선한 느낌이 마침내 무디어지게 되고, 학교 생활이 그의 생활의 전부는 아니기 때문에 과제물을 작성하는 일 이외에 해야 할 일이나 하고 싶은 일이 생길 수도 있다. 이로 인해 과제물을 제때 제출하지 못하는 상황이 발생할 수도 있다.

학위 제도도 학점 제도도 없기 때문에 과제물을 제출하지 못했다고 해서 그에게 벌칙이 부과되지는 않을 것이다. 하지만 과제물을 완성해서 제출한 것으로 간주된 채 강의가 이어질 것이고, 그 강의는 전의 강의보다 이해하기가 조금 더 어렵게 느껴질 수도 있을 것이다. 이어서 이 같은 이해의 어려움은 수업에 대한 그의 흥미를 약화시키고, 결국에는 다음의 과제물을 해내기가 상당히 어렵다는 사실을 깨닫게 되어 마침내 이번에도 과제물을 제출하지 않는 지경에 이를 수도 있다. 여전히 벌칙은 부과되지 않을 것이다.

이윽고 강의가 무엇에 관한 것인지를 이해하는 일이 그에게 점점 더 어려워질 수 있을 것이며, 이에 따라 수업 시간에 주의를 집중하는 일이 차츰 더 힘들어질 수 있을 것이다. 마침내 자신이 별로 배운 것이 없음을 깨닫게 될 수도 있다. 아울러, 다른 쪽에서의 압력이 계속 이어지자, 죄책감을 느끼고 강의에 들어가기를 그만둠으로써 마침내 학업을 포기할 수도 있다. 이 경우에도 여전히 벌칙은 부과되지 않을 것이다.

하지만 무슨 일이 일어난 것일까. 누구에 대해서도 억하심정을 갖지 않은 채 그 학생은 스스로 낙제하는 쪽을 택할 수도 있다. 잘된 일이 아닌가! 당연히 이렇게 일이 진행되어야 하지 않는가. 우선 그는 진정한 교육을 받기 위해 대학에 온 것이 아니었기 때문에, 대학에서 그가 정말로 해야 할 일은 아예 없었던 셈이다. 엄청난 양의 돈과 노력이 절약될 것이고, 일생 그를 따라다니며 괴롭힐 실패했다거나 망가졌다는 식의 마음의 상처도 있을 수 없을 것이다. 절체절명의 위기에 몰린 것은 아니기 때문이다.

그 학생의 가장 큰 문제는 수년 동안 이어져온 당근과 채찍 식의 학점 제도로 인해 그의 마음에 굳건히 자리를 잡게 된 노예 근성이다. "당신이 채찍질을 하지 않으면, 나는 일을 안 할 것입니다"라고 말하는 고집쟁이 노새의 정신 태도가 그 학생의 문제인 것이다. 그는 채찍질은 받지 않았다. 그래서 공부를 하지 않은 것이다. 그리하여 그가 대학이라는 곳에서의 훈련을 거쳐 필경 끌고 가야 했던 문명의 수레는 그가 빠졌기 때문에 삐걱거리며 약간은 속도를 늦출 수밖에 없었을 것이다.

이는 비극이다. 하지만 문명의 수레라고 하는 "체계"를 끌고 가는 것이 단지 노새라고 추정하는 경우에만 비극일 뿐이다. 비극이라 함은 상식적이고 직업적인 관점, 그 안의 내용과 관계없이 "장소"만을 문제 삼는 관점에서 본 것일 뿐, 이성의 교회 쪽의 관점에서 본 것일 수는 없다.

　이성의 교회 쪽의 관점에서 보면, 문명 또는 "체계" 또는 "사회" 또는 어떤 식의 명칭으로 부르고자 하든 이에 준하는 명칭을 갖는 바로 그것이 최상의 기능을 발휘하도록 하는 데 필요한 것은 노새가 아닌 자유로운 인간이다. 학점과 학위 제도를 철폐하고자 할 때 그 목적은 노새를 벌하거나 노새를 제거하는 데 있는 것이 아니라, 노새가 자유로운 인간으로 변화할 수 있도록 그 환경을 마련해주는 데 있다.

　우리가 여기에서 상정하고 있는 가상의 학생은 아직까지 노새의 상태에 있기에 잠시 동안 방황을 할 것이다. 그는 자신이 포기한 것만큼이나 대단히 소중한 다른 종류의 교육을 받게 될 수도 있다. 이른바 "역경과 고난의 배움터"라고 하는 곳에서 말이다. 높은 신분의 노새가 되어 돈과 시간을 낭비하는 대신, 그는 이제 낮은 신분의 노새의 처지에서 무언가 직업을 구해야 할지도 모른다. 예컨대, 자동차 정비사가 되어야 할지도 모른다. 실제로는 그의 실질적인 신분이 상승할 수도 있으며, 그는 무언가 변화에 기여하는 일을 할 수도 있다. 어쩌면 그것이 그가 남은 일생 동안 하는 일이 될 수도 있으며, 어쩌면 그는 분수에 맞는 지위를 얻게 될 수도 있다. 하지만 이는 계산에 넣지 말기로 하자.

　6개월 후가 될지 또는 5년 후가 될지 모르지만 시간이 되면 변화가 쉽게 일어나기 시작할 수도 있다. 그는 하루하루 멍청하게 되풀이되는 그런 종류의 일에 점점 더 불만을 느끼게 될 수도 있다. 대학 생활을 하는 동안 너무나도 과도한 이론과 너무나도 많은 학점 때문에 질식 상태에 있던 그의 창조적 지성이 지루한 작업장의 일 때문에 이제 깨어날 수도 있다. 사람을 좌절에 빠져들게 하는 기계적 문제들과 수천 시간 동안 씨름하다 보니 그는 기계 디자인에 더 흥미를 갖게 될지도 모른다. 그는 자기 스스로 기계를 설계해보고 싶다는 욕구를 느낄 수도 있다. 그는 기계에 관한 한 남보다 훌륭하게 일을 할 수 있다고 생각할 수도 있다. 엔진을 개조하는 일을 시도하여 몇 번 성공할 수도 있으며, 이에 고무되어 또 다른 성공적인 일을 찾고자 할 수도 있다. 하지만 이론적 정보를 가지고 있지 않기 때문에 벽을 느낄 수도 있다. 예전 같으면 이론적 정보에 대한 흥미 부족 때문에 자신이 멍청하다고 느끼는 것으로 그만이었을 것이다. 하지만 이제 그런 느낌이 들 때 그는 대단한 존경의 마음과 관심을 가질 법한 그런 종류의 이론적 정보——말하자면, 기계 공학 분야의 이론적 정보——를 찾아보고자 한다는 사실을 깨달을 수도 있다.

그리하여 그는 학위 및 학점 제도가 없는 바로 그 학교로 되돌아올 수도 있지만, 그는 이미 전과 같은 사람이 아니다. 그는 더 이상 학점 때문에 학교에 다니는 사람이 아닐 수도 있는 것이다. 이제 그는 지식 때문에 학교에 다니는 사람일 수도 있다. 그는 배움을 위해 그 어떤 외적 자극도 필요로 하지 않을 수도 있다. 그를 떠미는 힘은 그의 내부에서 나오는 것일 수 있다. 말하자면, 그는 자유로운 인간일 수 있다. 그는 열심히 공부하는 데 많은 규율을 필요로 하지 않을 수도 있다. 사실, 그에게 배정된 선생들이 가르치는 일에 태만하면, 그는 무례한 질문을 함으로써 선생들을 열심히 공부하는 쪽으로 몰아갈 수도 있을 것이다. 그는 무언가를 배우고자 그곳에 와 있는 것이고, 무언가를 배우고자 학비를 지불하는 것일 수 있다. 사정이 그러하니 이에 부응하는 것이 선생들의 신상에 이로울 것이다.

이런 종류의 동기 유발은 일단 적절한 대상을 만나 착근이 되기만 하면 엄청난 힘을 발휘한다. 그리고 이 가상의 학생이 몸을 담고 있는 학점 및 학위 제도가 없는 학교에서 그는 기계 공학에 관한 판에 박힌 정보를 얻는 데 만족하지 않을 것이다. 물리학과 수학이 그의 관심 영역에 들어오게 될 것인데, 이는 그것들이 필요하다는 사실을 그가 깨달았기 때문일 것이다. 야금학과 전기 공학이 그의 주목을 끌 수도 있을 것이다. 아울러, 이 같은 추상적 학문이 그에게 가능케 한 지적 성숙의 과정을 거쳐나가는 동안, 그는 기계 공학과는 직접적으로 관계가 없지만 새롭게 설정된 보다 큰 목표와 부합되는 전혀 다른 이론적 분야로 관심의 가지를 뻗어나가는 경향을 보일 수도 있을 것이다. 여기에서 말하는 보다 큰 목표라는 것은 오늘날의 대학에서 이루어지고 있는 가짜 교육일 수는 없다. 실제로는 거의 아무 일도 일어나고 있지 않지만 무언가가 일어나고 있는 듯한 인상을 주는 학점과 학위가 그럴 듯하게 단장하고 숨기고 있는 그런 종류의 가짜 교육일 수는 없다. 이는 진정한 그 무엇일 수 있다.

 이상이 파이드로스의 예문에 담긴 내용이자 그가 내세우는 인기 없는 주장의 요체였다. 그리고 그는 이 같은 주장을 확립하고 수정하는 동시에 이를 내세우고 방어하는 등 한 학기 내내 이에 대한 작업을 계속했다. 파이드로스는 학생들의 과제물에 대한 학점을 자신의 장부에 옮겨놓기는 했지만, 한 학기 내내 논평은 있으되 학점이 표시되어 있지 않은 과제물들을 학생들에게 되돌려주곤 했다.

 앞서 말한 것처럼, 처음에는 거의 모든 학생들이 당황하는 표정을 보였다. 아마도 학점을 제거하면 그들을 즐겁게 하고 따라서 더 열심히 공부하게 할 수 있다고 생각하는 일종의 이상주의자한테 잘못 걸려든 것이라고 대다수의 학생들이 추정하고 있었을 것이다. 명백히 학점이 없으면 모든 학생이 빈둥거릴 뿐인데도 그런 생각을 하다니! 지난 학기에 A학점을 받은 학생들 가운데 많은 수가 처음에는 경멸의 뜻을 표했고 화를 냈다. 하지만 몸에 익힌 학습 습관 때문에 그들은 불평을 하지 않고 어쨌든 간에 선생이 요구하는 과제물을 해냈다. B학점 학생들과 상위권 C학점 학생들은 강의 초기에 내준 과제물 가운데 몇 편을 제출하지 않았으며, 제출했다 해도 엉성한 상태의 것을 제출했다. 하위권 C학점 및 D학점 학생들 가운데 많은 수는 아예 강의에 출석조차 하지 않았다. 이 시점에 그의 동료 교수 가운데 한 사람이 학생들의 반응이 이처럼 시원치 않은데 이를 어쩔 것이냐고 그에게 묻기도 했다.

"끝까지 기다려봐야지요." 이것이 그의 대답이었다.

그가 학생들을 엄하게 다루지 않는 것을 보고 학생들은 처음에는 어리둥절해했으나, 이윽고 의심을 품게 되었다. 어떤 학생들은 냉소적인 질문을 그에게 던지기 시작하기도 했다. 이들에게는 온화한 답변이 돌아왔으며, 강의와 강연은 평상시대로 진행되었다. 다만 학생들에게 과제물에 대한 학점이 부과되지 않았을 뿐이다.

이윽고 바람직한 상황이 벌어지기 시작했다. 강의가 시작되고 3~4주가 되었을 때 처음에는 불안해하던 A학점 학생들 가운데 몇몇이 뛰어난 질의 과제물을 제출하기 시작했다. 이어서 그들 자신이 얼마나 잘 하고 있는가를 암시해주는 무언가의 단서를 얻기 위해 강의가 끝난 다음 몇 가지 질문을 준비해 가지고는 그의 주변을 서성이기 시작했다. B학점과 상위권 C학점 학생들은 이를 알아차리고는 좀더 열심히 공부를 하기 시작하더니, 과제물의 질을 평소보다 더 나은 수준으로 끌어올리기 시작했다. 하위권 C학점 및 D학점 학생들과 앞으로 F학점을 받게 될 학생들도 단지 어떻게 돌아가는가를 파악하기 위해 강의실에 모습을 드러내기 시작했다.

학기 중반쯤 되었을 때 상황은 한결 더 바람직한 것으로 바뀌었다. A학점 학생들은 이제는 더 이상 불안해하지 않은 채 호의적인 자세로 모든 일에 적극적으로 참여하게 되었는데, 그들이 보이는 호의는 학점이 문제되는 강의에서는 결코 찾아보기 어려운 그런 종류의 것이었다. 이 시점에서 B학점 및 C학점 학생들은 공황 상태에 빠져, 몇 시간 동안 고통스러운 작업을 한 듯해 보이는 과제물을 제출했다. D학점 및 F학점 학생들도 만족할 만한 과제물을 제출하게 되었다.

학기가 끝날 무렵—그러니까 평소 같으면 모든 학생들이 자신이 받을 학점이 무엇인지 이미 알고 있어서 멍한 표정으로 자리만 채우고 앉아 있을 무렵—이 되어 파이드로스는 다른 모든 선생들을 주목하게 할 정도의 높은 수업 참여도와 마주하게 되었다. B학점 및 C학점 학생들은 A학점 학생들과 하나가 되어 누구나 자유롭게 참여하는 우호적 토론을 벌이게 되어, 강의실은 마치 성공적인 연회장과도 같은 느낌을 주었다. 오로지 D학점 및 F학점 학생들만이 완전히 내적 공황 상태에 빠져 얼어붙은 자세로 의자에 앉아 있었을 뿐이다.

느긋하고 우호적인 수업 분위기가 어떻게 조성되었는가를 후에 가서 설명할 수 있게 되었는데, 몇몇 학생들이 그에게 다음과 같이 말했기 때문이다. "수많은 학생들이 강의 시간이 지난 다음 모여 선생님이 마련한 새로운 제도에 어떻게 대처해나갈 것인가를 궁리해내고자 애를 썼습니다. 우리 모두는 최상의 방법은 낙제할 것이라고 생각하고 불평을 하지 않은 채 할 수 있는 일을 해내는 것뿐이라는 쪽으로 의견을 모았지요. 그런데 느긋해지기 시작하더군요. 그렇지 않았다면 미쳐버렸을 겁니다."

학생들은 일단 익숙해지니까 그렇게 나쁘지 않았다는 말을, 강의 주제에 보다 더 흥미를 갖게 되었다는 점을 덧붙여 말했다. 하지만 익숙해지기가 쉽지는 않았다는 말도 잊지 않았다.

파이드로스는 학기가 끝나갈 무렵 학생들에게 이 제도를 평가하는 글을 쓰도록 했다. 그 글을 쓸 당시에는 아무도 자신이 어떤 학점을 받을 것인가를 모르고 있었다. 54퍼센트의 학생이 이 제도에 반대했고, 37퍼센트의 학생이 찬성했으며, 9퍼센트의 학생은 중립 쪽을 택했다.

한 사람이 한 표씩 찬반 의사를 표시하는 방식으로 통계를 낸 결과에 따르면, 이 제도는 대단히 인기가 없는 셈이었다. 명백히 대다수의 학생이 강의를 수강하는 동안 학점을 그때그때 알기를 원했던 것이다. 하지만 파이드로스가 자신의 성적부에 기록된 바의 학점에 따라 학생들에게 성적을 밝히게 되었을 때 또 하나의 이야깃거리가 생기게 되었다. (학생들이 받은 학점은 이전 강의 시간의 학점 및 입학 성적을 근거로 하여 예상했던 것과 크게 어긋나는 것이 아니었다.) A학점의 학생들 가운데는 찬성 2, 반대 1의 비율로 이 제도를 선호했으며, B학점 및 C학점을 받은 학생들의 경우에는 찬반 의견이 반반으로 나뉘었다. D학점과 F학점을 받은 학생들은 만장일치로 제도에 반대하는 쪽에 섰다!

이 같은 놀라운 결과는 오랫동안 그가 지니고 있었던 예감이 옳은 것임을 뒷받침해주는 것이었다. 즉, 그는 총명하고 진지한 학생일수록 강의의 주제에 더 흥미를 갖기 때문인지는 몰라도 학점에 대한 욕구가 거의 없을 것이라고, 둔하고 게으른 학생일수록 학점이 그럭저럭 잘해나가고 있는지를 알려주는 표식이기 때문인지는 몰라도 학점에 대한 욕구가 누구보다도 더 강할 것이라고 생각했던 것이다.

드위즈가 말했던 것처럼, 여기에서 곧장 남쪽으로 75마일을 이동하는 경우 그동안 만날 수 있는 것이라고는 온통 숲과 눈뿐이다. 비록 동서로 이어지는 길들이 있긴 하지만, 우리가 가는 방향으로 나 있는 길과는 결코 만날 수 없다. 동서로 이어진 길이라도 만날 수 있도록 진행 방향을 정한 것은 둘째 날이 끝나갈 무렵에 사정이 좋지 않으면 길에 가까이 있어서 신속하게 되돌아갈 수 있기 위해서다. 크리스는 이 사실을 모르고 있다. 이를 이야기해주면 YMCA 캠프를 즐길 때 아이들이 으레 갖게 마련인 것과 같은 종류의 모험심에 상처를 줄 수도 있기 때문이었다. 하지만 충분하다고 느낄 정도로 고산 지대로 여행을 하는 경우 모험에 대한 어린아이다운 욕망은 서서히 줄어들게 마련이며, 위험을 미리 제거함으로써 얻는 실질적 이득은 그만큼 더 증대할 것이다. 이 지역은 아주 위험할 수 있다. 백만 번에 한 번이라도 발걸음을 잘못 옮기는 경우 발목을 삘 수도 있고, 그렇게 되면 문명에서 얼마나 멀리 떨어져 있는가를 실감하게 될 것이다.

명백히 현재 우리가 가고 있는 곳은 인적이 드문 협곡, 이 지점까지 깊숙이 들어오는 사람은 거의 없을 법한 그런 협곡이다. 한 시간쯤 더 걷자 이제 막 산길이 자취를 감추기 시작한다.

파이드로스의 노트를 보면, 학점을 유보하는 것은 좋은 방식이라고 생각했던 것 같다. 하지만 여기에 과학적 가치를 부여하지는 않았다. 진정한 실험에서는 생각해낼 수 있는 요인들 가운데 하나만 남겨두고 모든 것을 불변의 상태로 유지해야 한다. 그렇게 해야 한 요인의 변화에 따른 결과가 어떤 것인지를 관찰할 수 있다. 강의실 상황에서는 결코 그렇게 할 수가 없다. 학생의 지식, 학생의 태도, 선생의 태도 등등 모든 것이 온갖 종류의 통제 불가능한 요인들과 무언가 알 수 없는 요인들 때문에 변화한다. 아울러, 이 경우 관찰자 자신이 그런 요인들 가운데 하나가 되기 때문에, 자기 자신으로 인해 유도된 결과를 판단할 때마다 그 결과는 다른 것으로 바뀌었다. 그리하여 그는 이 모든 것에서 그 어떤 확고한 결론도 유도하려고 하지 않았다. 그는 다만 그대로 일을 진행하면서 자기 마음에 드는 일을 했을 뿐이다.

그가 이런 상황에서 질에 대한 탐구로 옮겨가게 된 것은 학점을 유보하는 가운데 드러나게 된 학점 평가 제도의 사악한 측면 때문이었다. 정말이지, 학점은 교육의 실패를 은폐한다. 형편없는 선생은 학생들의 마음속에 기억될 만한 것을 전혀 아무것도 남겨주지 않은 채 한 학기 전체를 때워나갈 수 있다. 그리고 적절치 않은 시험을 학생들에게 보게 해서 적당히 성적을 부여하고, 그럼으로써 어떤 학생들에게는 무언가 배운 듯한 인상을 남겨주고 어떤 학생들에게는 무언가를 배우지 못한 인상을 남겨줄 수 있다. 하지만 일단 학점을 제거하면 학생들은 매일같이 그들이 정말로 무엇을 배우고 있는가를 의심하지 않을 수 없는 상황으로 내몰리게 된다. 선생이 무엇을 가르치고 있는가, 목표가 무엇인가, 어떤 방식으로 강의와 과제물이 목표한 바를 성취해내는가 등등의 문제가 심상치 않게 그 모습을 드러낸다. 학점을 개입시키지 않는 경우 거대하고도 무시무시한 진공 상태가 조성되는 것이다.

아무튼, 파이드로스는 무엇을 하려고 했던 것일까. 일을 진행해가는 동안 이 같은 의문은 점점 더 피할 수 없는 것이 되고 말았다. 처음 시작할 때는 옳은 것처럼 보였던 이 물음에 대한 답이 이제는 점점 더 조리에 닿지 않는 것으로 비쳤다. 그가 원했던 것은 선생에게 항상 질문을 하는 대신 무엇이 훌륭한 글쓰기인지를 스스로 결정하도록 함으로써 학생들이 창조적인 사람이 되도록 하는 것이었다. 학점을 유보하고자 했을 때의 진정한 목적은 정말로 올바른 답을 찾을 수 있는 유일한 장소인 자신의 내부를 들여다보도록 학생들을 이끄는 데 있었다.

하지만 이제 그에게 이런 생각은 사리에 맞지 않는 것으로 여겨졌다. 만일 그들이 옳고 그름을 이미 알고 있다면, 그들에게는 애초 강의를 택해 수강할 이유가 없다. 그들이 강의 시간에 학생의 자격으로 와 있다는 사실 자체가 추정케 하는 것은 그들이 무엇이 옳고 그른 것인지를 모른다는 것이다. 그리고 무엇이 옳고 그른지를 그들에게 말해주는 것, 그것이 바로 선생으로서 그가 해야 할 일이다. 강의실에서 학생 개개인이 창조성과 표현력을 발휘해야 한다는 모든 생각 자체가 대학에 관한 모든 생각과 정말이지 기본적으로 양립할 수 없는 것이었다.

학점을 유보하자 많은 학생들이 카프카적 상황에 처하게 되었다. 말하자면, 무언가를 하는 데 실패했기 때문에 벌을 받을 것을 알고 있지만 아무도 그들에게 어떻게 대처해야 할 것인지를 말해주려 하지 않는 상황에 처하게 된 것이다. 그들은 자신의 내부를 들여다보았지만 아무것도 볼 수 없었으며, 파이드로스를 바라보았지만 역시 아무것도 볼 수 없었다. 그리하여 어찌할 바를 모른 채 난감한 표정으로 자리를 지킬 뿐이었다. 이로 인한 진공 상태는 치명적인 것이었다. 한 여학생은 신경 쇠약으로 인해 고통을 겪기도 했다. 학점을 유보한 채 자리를 지키고 앉아, 목표가 존재하지 않는 진공 상태를 조성할 수만은 없다. 학생들에게 무언가 지향해야 할 목표를, 진공 상태를 채울 무언가의 목표를 제공해야만 한다. 그는 이 일을 하지 않았던 것이다.

그는 할 수가 없었다. 학생들에게 무엇을 향해 공부를 할 것인가를 말해주되, 권위주의적이고 교훈주의적인 교육의 함정에 다시금 매몰되지 않은 상태에서 할 수 있는 그 어떤 방법도 생각해낼 수가 없었다. 창조적인 개개인의 신비로운 내적 목표를 칠판에 기록하는 일이 어떻게 가능할 수 있겠는가.

다음 학기에 그는 학점 유보에 대한 모든 기획을 포기했다. 낙담하고 당황한 상태에서, 자신이 옳았지만 아무튼 결과가 모두 엉망이 되었다고 느끼면서, 정규적인 학점 부여 체제로 되돌아갔다. 자발성(自發性)과 개성과 진정으로 훌륭한 독창적 작업이 강의실 상황에서 실현되었을 때, 이는 선생의 지도 때문이 아니라 선생의 지도에도 불구하고 가능한 것이었다. 이 말은 사리에 맞는 것처럼 느껴졌다. 그는 언제라도 사표를 낼 마음의 준비가 되어 있었다. 증오에 가득 찬 학생들에게 따분한 순응주의를 교육하는 것, 그것은 그가 원하던 일이 아니었다.

그는 오리건 주에 있는 리드 칼리지[1]에서 졸업할 때까지 학점을 유보하는 제도를 운영하고 있다는 이야기를 듣고는 여름 방학을 이용하여 그곳에 갔다. 하지만 학점을 유보하는 제도의 가치에 대해 교수들의 의견이 둘로 나뉘어 있다는 사실을 알게 되었고, 그런 제도에 대해 아무도 더 바랄 바 없이 만족하고 있지 않다는 사실도 알게 되었다. 그곳을 다녀온 다음 나머지 여름 방학을 보내는 동안 그는 내내 우울하고 나태해진 기분에 젖어 있었다. 그와 그의 아내는 이곳 산으로 와서 자주 야영을 했다. 그의 아내는 그에게 왜 그렇게 항상 말이 없느냐고 물었지만, 그는 왜 그런지 말할 수가 없었다. 그는 다만 진퇴양난의 상황에서 빠져나올 수가 없었다. 기다릴 수밖에 없었다. 갑작스럽게 모든 것을 단단하게 응결시킬 수도 있는 사유의 결정체, 상실된 사유의 결정체를.

---

[1] Reed College: 오리건 주의 포틀랜드Portland에 있는 명문 사립대학.

제17장

크리스의 기분이 좋아 보이지 않는다. 한동안 그는 나와 상당한 거리를 두고 앞장서서 가다가 이제 나무 아래에 앉아 쉬고 있다. 그는 나에게 눈길을 주지 않는다. 그의 기분이 좋지 않다는 것을 알게 된 것은 바로 그것 때문이었다.

내가 그의 옆에 가서 앉는다. 냉담한 표정을 짓고 있는 그의 얼굴은 상기되어 있다. 그가 지쳐 있음을 알 수 있다. 우리는 앉아서 소나무들 사이로 바람이 지나가며 들려주는 소리에 귀를 기울인다.

나는 그가 결국에는 일어나서 계속 발걸음을 옮길 것임을 알고 있다. 하지만 그는 이를 모르고 있으며, 그가 느끼는 두려움이 그의 마음속에 자리 잡게 한 상황 변화의 가능성과 마주하기를 꺼려하고 있다. 즉, 산을 결국 오르지 못할지도 모른다는 것 때문에 그는 두려워하고 있다. 나는 파이드로스가 이 산에 관해 써놓은 글 하나를 생각해내고는 이제 그 이야기를 크리스에게 해준다.

내가 그에게 말한다. "오래전에 말이다, 엄마하고 아빠하고 여기에서 그리 멀리 떨어지지 않은 수목한계선까지 가서, 한쪽이 늪지로 되어 있는 호숫가에서 야영을 한 적이 있단다."

나에게 눈길을 주지는 않지만, 그는 내 이야기에 귀를 기울이고 있다.

"새벽녘쯤 바위가 구르는 소리가 들렸지. 평소에는 짐승들이 주변에서 소란스럽게 소리를 내며 돌아다니지 않지만, 그건 어떤 짐승의 소리임이 틀림없다는 것이 엄마와 아빠의 생각이었단다. 이윽고 늪지에서 첨벙이는 소리가 들렸는데, 그 소리에 엄마도 아빠도 정말 정신을 번쩍 차리게 되었지. 아빠는 침낭에서 천천히 빠져나와 상의에서 권총을 빼 들고 나무 옆에 몸을 웅크린 채 기다렸단다."

이제 크리스는 자신의 문제를 접어두고 내 이야기에 주의를 기울인다.

"그런데 또 한 번 첨벙이는 소리가 나는 거야. 동부에서 온 관광객들이 말을 타고 떼 지어 가는 것일지도 모르겠다는 생각이 들기도 했지. 하지만 이 시간에 그럴 리가 없다는 생각이 들었어. 그러다가 또 한 번 첨벙이는 소리가 났지. 그런 다음 시끄럽게 쿵쾅거리는 소리가 들린 거야. 그건 달리는 말이 내는 소리가 아니었어! 그리고 또 쿵쾅거리는 소리가 들리고 또 한 번 쿵쾅거리는 소리가 들렸지. 새벽녘의 희미한 여명 아래서 바라보니 늪지의 진흙을 헤치고 아빠를 향해 곧장 다가오는 것이 있었는데, 그건 덩치가 엄청나게 큰 무스였어. 그만큼 덩치가 큰 녀석은 본 적이 없었지. 사람 키만큼이나 넓게 펼쳐진 뿔이 보였단다. 산에서는 회색곰 다음으로 무서운 놈이 무스야. 아니, 어떤 사람은 회색곰보다 무스가 더 위험하다고도 하지."

내가 이렇게 이야기하자 크리스의 눈이 다시금 빛난다.

"쿵쾅! 권총의 방아쇠를 당겨 발사 준비를 하면서 아빠는 이런 생각을 했지. 38구경 특수 총을 사용해도 무스를 당해내기란 어려울 것이라고 말이야. 쿵쾅! 그놈이 아빠를 못 봤어. 쿵쾅! 그런데 아빠는 그놈을 피할 수가 없었어. 네 엄마는 침낭 속에 있었는데, 바로 그놈이 다가오는 바로 그 자리에 있었지. 쿵쾅! 덩치가 엄청난 놈이었어. 쿵쾅! 곧 그놈이 10미터가량 떨어진 곳까지 다가왔단다. 쿵쾅! 아빠가 일어서서 조준을 했지. 쿵쾅! . . . 쿵쾅! . . . 쿵쾅! . . . 그놈이 멈춰 섰어, 3미터가량 떨어진 곳에서. 그리고 아빠를 본 거야. . . . 사격 조준기를 그놈의 양쪽 눈 사이에 맞추고는. . . . 우리는 꼼짝도 않고 있었지."

나는 손을 뻗쳐 등에 짊어진 배낭을 열어 약간의 치즈를 꺼낸다.

"그다음엔 어떻게 됐어요?" 크리스가 묻는다.

"이 치즈를 자를 때까지 잠깐만 기다려라."

나는 사냥용 칼을 꺼내 들고, 손가락에 치즈가 묻지 않도록 치즈를 싼 종이를 잡는다. 그런 다음 치즈를 0.5센티미터가량 두께의 조각으로 잘라 그에게 건넨다.

크리스가 그것을 받아 들고는 묻는다. "그다음엔 어떻게 됐어요?"

나는 그가 한입 베어 먹을 때까지 그를 바라보다가 말을 잇는다. "한 5초가량이었을 거야. 그놈의 무스가 아빠를 바라보고는 곧 네 엄마를 바라보더군. 곧이어 다시 아빠를 바라보고 그놈의 둥근 코 위에 올려놓은 것이나 다름없는 권총을 바라보는 것이었어. 그런 다음 미소를 짓더니 천천히 가버렸단다."

"에이, 시시해." 이렇게 말하며 크리스가 실망한 표정을 짓는다.

"보통은 그런 식으로 사람을 만나면 그놈들은 공격을 하지. 하지만 그놈이 상쾌한 아침인 데다가 우리가 먼저 그곳에 와 있었으니 공연히 소란을 일으킬 일이 뭐 있느냐고 생각했었을 거야. 그래서 그놈이 미소를 지은 것이겠지." 내가 이렇게 말한다.

"미소 짓는 무스도 있나요?"

"아니, 하지만 미소를 짓는 것처럼 보였지."

치즈를 치우면서 내가 이렇게 말한다. "그날 늦게 엄마와 아빠는 산비탈을 따라 이 바윗덩어리에서 저 바윗덩어리로 껑충껑충 뛰어 내려오고 있었단다. 아빠가 엄청나게 큰 갈색 바윗덩어리 위로 뛰어내리려고 했는데, 갑자기 그 커다란 갈색 바윗덩어리가 허공으로 펄쩍 뛰어오르더니 숲 속으로 달아나버렸지. 그놈은 바로 새벽에 만났던 그 무스였어.... 아빠 생각인데, 그 무스한테는 그날 아빠와 엄마가 상당히 귀찮았을 거야."

나는 크리스가 일어서는 것을 거든다. "네 걸음이 좀 빠른 것 같더라. 이제 산비탈이 가파르니까 천천히 걸어야 한다. 너무 빨리 가다 보면 숨이 차게 되고, 숨이 차게 되면 현기증이 날 거야. 그렇게 되면 사기도 떨어지고, 산을 더 오를 수 없다고 생각하게 될 수도 있지. 그러니 잠시 걸음의 속도를 늦추도록 해라." 내가 이렇게 말한다.

"아빠 뒤쪽에서 따라갈게요." 그가 말한다.

"그렇게 해라."

우리는 이제까지 개울을 따라왔지만 곧 개울로부터 멀어지기 시작한다. 가능한 한 가장 완만한 각도로 협곡의 벽을 타고 오른다.

산을 오를 때는 가급적 노력을 적게 들이고 욕심을 부리지 않은 채 산을 오르려고 해야 한다. 당신의 마음이 어떤 상태인가에 따라 속도가 정해지게 마련이다. 당신이 들떠 있을 때는 속도가 빨라지게 마련이다. 숨이 차기 시작하면 속도가 늦추어지게 될 것이다. 이처럼 당신은 들떠 있는 상태와 지쳐 있는 상태 사이에 균형을 맞춰가며 산을 오를 것이다. 이윽고, 당신이 앞으로의 여정에 대해 더 이상 미리 생각하지 않게 되었을 때, 발걸음 하나하나는 목적을 위한 수단이기를 멈추고, 그 자체로서 독자적 의미를 지닌 사건이 된다. 이 나뭇잎은 가장자리가 톱니 모양으로 되어 있군. 이 바위는 헐거워 보이네. 이 자리에서 보면 눈이 아까보다 더 잘 보이지 않는군. 거리로 따지면 더 가까운 곳에 와 있는데 말이야. 어떤 방식으로든 이런 것들에 주목하지 않을 수 없게 되는 것이다. 무언가 미래의 목적만을 위해 사는 삶이란 피상적인 삶일 수밖에 없다. 삶을 지탱하고 있는 것은 산비탈들이지 산꼭대기가 아니다. 바로 여기가 만물이 성장하는 곳이다.

하지만 물론 꼭대기가 없으면 비탈도 있을 수 없다. 비탈의 상태와 각도를 정하는 것이 꼭대기인 셈이다. 그리하여 우리는 오른다. . . . 우리가 갈 길은 멀다. . . . 서두를 것이 없다. . . . 한 걸음 옮긴 후에 다시 한 걸음을 옮길 뿐이다. . . . 여흥을 위해 약간의 야외 강연을 곁들여가며. . . . 정신 세계에 비친 영상은 텔레비전의 영상보다 한결 더 흥미로운 것이지만, 좀더 많은 사람들이 정신 세계로 채널을 바꾸지 않는다는 사실은 참으로 유감이 아닐 수 없다. 아마도 그들은 그들의 귀에 들리는 것이 중요하지 않다고 생각하는지도 모르겠다. 하지만 이는 중요하지 않은 것이 결코 아니다.

"사유와 진술에서 질이란 무엇인가"라는 주제로 과제물을 내준 다음 가졌던 첫 수업 시간에 관해 파이드로스가 쓴 기다란 글이 하나 있다. 수업의 분위기는 폭발 직전이었다. 모든 학생들은 그 질문 때문에 그가 전에 그랬던 것처럼 더할 수 없이 좌절해 있고 화가 나 있는 것 같아 보였다.

"우리가 질이 무엇인지를 어떻게 알 수 있겠습니까. 선생님께서 우리에게 말씀해주셔야 합니다." 그들은 이렇게 말했다.

그러자 그는 그 자신 역시 질이 무엇인지에 대해 갈피를 잡지 못하고 있으며, 정말로 그것에 대해 알고 싶다고 말했다. 그는 누군가가 훌륭한 대답을 들고 나오리라는 희망에서 그러한 과제물을 내주었다고 말했다.

이 말이 학생들을 흥분케 했다. 학생들이 분개하여 내지르는 고함소리가 강의실을 뒤흔들었다. 소란이 가라앉기 전에 선생 하나가 무엇 때문에 소란스러운가 궁금하다는 듯 문을 열고 강의실 안을 기웃거렸다.

"아무것도 아닙니다." 파이드로스가 그 선생에게 말했다. "어쩌다 방금 진짜 엄청난 문제와 마주하게 되었을 뿐이에요. 충격이 커서 가라앉히기가 쉽지 않네요." 몇몇 학생들이 이를 보고 의아하다는 듯한 표정을 지었고, 소음은 서서히 잦아들었다.

이윽고 그는 이 기회를 이용하여 잠시 "이성의 교회에서의 타락과 부패"라는 주제로 되돌아가 학생들에게 이야기했다. 진리를 추구하는 일에 학생들을 끌어들이려는 사람 때문에 그 학생들이 격분하는 것을 보면, 이러한 타락이 어느 정도인가를 알 수 있겠다고 그가 말했다. 우리에게는 진리 탐구라는 이 일을 하는 척이라도 할 것이, 이 일을 하는 흉내라도 낼 것이 요구된다고도 말했다. 실제로 진리를 탐구하는 일은 끔찍할 정도로 부담스러운 과제라는 말도 했다.

진실을 말하자면, 학생들이 어떻게 생각하고 있는지를 정말로 알고 싶기 때문에 그런 과제물을 내준 것이라고, 학점을 부여할 수 있기 위해서가 아니라 정말로 알기 원하기 때문에 그런 과제물을 내준 것이라고 말했다.

학생들이 어리둥절해하는 표정을 지었다.

"밤새 앉아서 끙끙 맸어요." 한 학생이 말했다.

"울음이 막 나올 것 같았어요. 어찌나 화가 나던지 참을 수 없었어요." 창문 옆에 앉은 여학생이 이렇게 말했다.

"선생님께서 미리 우리에게 알려주셨어야 했어요." 세번째 학생이 이렇게 말했다.

"자네들이 어떻게 반응할지 전혀 모르는 상태에서 어떻게 자네들에게 알려줄 수 있었겠나?" 그가 말했다.

어리둥절해하던 학생들 가운데 몇몇이 무언가 알겠다는 듯한 표정으로 그를 바라보았다. 그는 유희를 하고 있는 것이 아니었다. 그는 정말로 알고 싶었던 것이다.

그는 아주 유별난 사람이었다.

이윽고 누군가가 물었다. "선생님께선 어떻게 생각하세요?"

"모르겠다." 그의 답이었다.

"하지만 선생님께서 무언가 생각하고 있지 않나요?"

오랫동안 뜸을 들인 다음 그가 이렇게 말했다. "나는 질이라고 하는 것이 존재한다고 생각한다. 하지만 이를 정의하려고 하는 순간 엉망이 되고 만다. 정의를 할 수가 없는 것이다."

동의한다는 말이 웅성웅성 학생들의 입에서 흘러나왔다.

그는 계속 말을 이었다. "왜 그런지 나도 모르겠다. 어쩌면 자네들의 과제물에서 무언가 개념을 얻을 수 있으리라고 생각했었다. 정말이지, 나도 모르겠다."

이번에는 학생들이 침묵했다.

그날 뒤이어 있었던 여러 수업 시간에도 어느 정도 똑같은 동요가 일었다. 하지만 각 수업 시간마다 몇몇 학생들이 자진해서 우호적인 답변을 했는데, 이를 통해 그는 학생들이 첫 수업 시간에 있었던 일을 놓고 점심 시간에 토의까지 했다는 사실을 알게 되었다.

며칠 후 그는 자기 나름의 정의를 생각해낸 다음, 나중에 옮겨 적을 수 있도록 칠판에 써놓았다. 그가 내린 정의는 다음과 같다. "질이란 사유의 과정을 거치지 않고 인식된 생각과 진술의 한 특성이다. 정의란 엄밀하고 정연한 사유의 결과물이기 때문에 질은 정의될 수 없다."

이 같은 "정의"는 실제로는 정의하기를 거부하는 것과 다름없다. 하지만 이 같은 사실이 학생들의 비판을 이끌지는 않았다. 학생들은 형식 논리와 관련하여 훈련을 받지 않은 상태여서, 형식 논리의 차원에서 보면 그의 진술이 완전히 비합리적인 것임을 깨닫지 못했다. 만일 우리가 무언가를 정의할 수 없다면, 그것이 존재한다는 것을 알 방법이, 형식 논리적으로 타당한 방법이 우리에게 없는 셈이다. 아울러, 그것이 무엇인지를 누구에게도 정말이지 말해줄 수 없다. 사실을 말하자면, 정의 불가능함과 멍청함 사이에는 그 어떤 형식 논리적 차이도 존재하지 않는다. "질은 정의될 수 없다"고 말하는 것은 형식 논리의 차원에서 보면 실제로는 "질에 대해 나는 멍청하다"고 말하는 것이나 다름없다.

다행히도 학생들은 이를 모르고 있었다. 이런 종류의 반론을 들고 나오면 그 당시 그는 그들에게 어떤 답변도 할 수 없었을 것이다.

하지만 그때 칠판에 적어놓은 정의 아래쪽에 그는 이렇게 써놓기도 했다. "하지만, 비록 질이 정의될 수 없다고 하더라도, 질이 무엇인지는 알 수 있다!" 그러자 소동이 온통 다시금 되풀이되었다.

"아니에요, 우리는 몰라요!"

"아니야, 자네들은 알고 있어."

"아니에요, 우리는 모른다니까요!"

"아니야, 자네들은 알고 있다니까!" 그가 이렇게 말했으며, 이를 학생들에게 증명하기 위해 약간의 자료를 준비한 상태였다.

그는 학생들의 작문 두 편을 예로 선택했다. 첫번째 글은 흥미로운 생각들이 담겨 있긴 하나 무언가 의미 있는 것으로 정립되어 있지 않은 글, 산만하고 앞뒤가 연결되어 있지 않은 그런 글이었다. 두번째 글은 무엇 때문에 일이 너무나도 잘 풀렸는가를 놓고 얼떨떨해하는 학생이 쓴 멋진 글이었다. 파이드로스는 두 글을 모두 읽어주고 나서, 두 글 가운데 첫번째 글이 더 훌륭하다고 생각하는 사람들이 있으면 손을 들어보라고 했다. 두 사람이 손을 들었다. 이어서 두번째 글이 더 훌륭하다고 생각하는 사람들은 얼마나 되는가를 물었다. 28명이 손을 들었다.

이에 그가 이렇게 말했다. "무엇 때문인지는 몰라도 대부분의 사람이 두번째 글이 더 훌륭한 글이라는 쪽에 손을 들었다. 그게 무엇이든 그것이 바로 내가 말하는 질이다. 따라서 여러분은 질이 무엇인지를 알고 있다고 할 수 있다."

이렇게 말하자 학생들은 생각에 잠긴 듯 오랫동안 침묵을 지켰다. 그리고 그는 그냥 이 같은 침묵이 계속 이어지도록 내버려두었다.

이는 지적으로 용납하기 어려울 만큼 터무니없는 짓이었으며, 그는 이를 알고 있었다. 그는 이미 가르치는 일을 중단한 채 학생들을 세뇌하는 일을 하고 있었던 것이다. 그는 학생들 앞에 가상의 대상을 내세운 다음 이를 정의가 불가능한 것으로 정의하고, 학생들의 항의에 맞서 그들은 그것이 무엇인지를 알고 있다고 주장했다. 그리고 용어 그 자체만큼이나 논리적으로 혼란스러운 수법으로 이를 증명했던 것이다. 그가 이렇게 할 수 있었던 것은 학생들 가운데 그 누구도 논리적 반론을 제기하는 데 필요한 역량을 충분히 지니고 있지 않았기 때문이다. 이어지는 며칠 동안 그는 반론을 제기하도록 계속해서 학생들을 유도했지만, 아무런 반론도 나오지 않았다. 그는 좀더 논의를 진전시키기 위한 방책을 세웠다.

질이 무엇인지를 학생들이 이미 알고 있다는 생각을 강화하기 위해 그는 하나의 절차를 개발해냈는데, 이에 따르면 그가 먼저 네 명의 학생이 쓴 글을 강의실에서 읽어주면 모든 학생들은 추정되는 질의 정도에 따라 그 순서를 차례로 종이쪽지에다 적어 내기로 되어 있었다. 그 자신 역시 같은 일을 했다. 쪽지를 모아 학생들의 평가 내용을 칠판에 기록 및 정리한 다음, 그 수업을 수강하는 학생들 전체의 의견을 확인하기 위해 그들이 부여한 순위의 평균값을 구했다. 그런 다음 그는 그 자신이 평가한 순위를 공개했는데, 그의 평가는 학급의 평균과 반드시 꼭 같지는 않더라도 대체로 일치했다. 학생들과 파이드로스의 평가 사이에 차이가 있는 경우를 보면, 이는 대체로 어느 두 글의 질이 너무도 비슷했기 때문이다.

처음에는 학생들이 이런 활동에 재미를 느꼈지만, 시간이 지남에 따라 그들은 싫증을 내기 시작했다. 그가 질이라고 하는 것은 너무도 자명했던 것이다. 그들 역시 그것이 무엇인지 알고 있었고, 그래서 선생의 말에 흥미를 잃었다. 이제 문제는 "좋다, 우리는 질이 무엇인지를 안다. 그것을 우리는 어떤 방법으로 얻는가?"로 바뀌었다.

이제 마침내 표준적인 수사학 교과서들이 진가를 발휘할 때가 되었다. 그 교과서들에 상술(詳述)되어 있는 원리들은 더 이상 반항해야 할 법칙들도 아니고, 그 자체로서 궁극적인 의미를 갖는 것도 아니었다. 이는 다만 기술(技術)이나 수법과 관계없이 정말로 문제되고 중요한 것—즉, 질—을 생산해내는 데 필요한 기술이나 수법에 해당하는 것일 뿐이었다. 전통적 수사학에 반기를 드는 것으로 시작했던 작업이 바로 이 전통적 수사학에 대한 멋진 서론의 역할을 하게 된 셈이었다.

그는 통일성, 생동감, 권위, 경제성, 감수성, 명료성, 강조, 유연성, 긴장감, 재기 발랄함, 엄밀성, 균형, 깊이 등등을 질의 여러 측면으로 선정했다. 그리고 이런 개념들 각각에 대한 정의를 질에 대한 정의와 마찬가지로 부실한 상태로 남겨두되, 앞서 실시한 것과 마찬가지로 수업 시간에 진행하는 과제물 읽기 과정을 통해 이 개념들의 존재를 증명했다. 그는 통일성이라고 하는 질의 한 측면—즉, 이야기를 하나로 묶어주는 그 무엇—이 개요 작성이라는 기술을 통해 어떻게 개선될 수 있는가를 보여주기도 했다. 또한 어느 한 논쟁의 권위는 권위 있는 전거(典據)를 제공하는 이른바 주석(註釋) 달기로 불리는 기술을 통해 증진할 수 있음을 보여주기도 했다. 개요 작성과 주석 달기는 모든 신입생 작문 강의실에서 가르치는 표준적인 것들이지만, 이제 질을 증진하기 위한 도구로 사용하게 됨에 따라 그것들은 나름의 목적을 갖게 되었다. 그리고 만일 어떤 학생이 판에 박힌 기계적 방식으로 과제물 작성 작업을 했을 뿐임을 보여주는 한 묶음의 멍청한 주석 모음이나 단정치 못한 개요를 제출했다고 하자. 그런 경우 그 학생에게는 그의 과제물이 과제물 통지서의 요구를 만족시켰는지는 몰라도 명백히 질이라는 목표를 만족시키지 못하는 것이었고, 따라서 가치 없는 것이라는 평가가 주어졌다.

이제, "어떻게 해야 제가 이 일을 할 수 있지요?"라는 학생의 영원한 질문, 사표를 내고 싶을 정도로 그를 좌절시켰던 이 질문에 대해 그의 대답에 귀를 기울여보자. 그는 이렇게 말할 수 있었다. "어떻게 해야 그 일을 할 수 있는가는 조금도 중요치 않다! 결과만 훌륭하다면." 이 말에 마음이 내키지 않는 학생이라면 그 학생은 아마도 수업 시간에 이렇게 물을 수도 있을 것이다. "그렇다 하더라도, 무엇이 훌륭한 것인지 우리가 어떻게 알지요?" 하지만 이런 질문이 입 밖으로 나오기 바로 전에 그는 대답이 이미 주어져 있음을 깨달을 수도 있다. 몇몇 다른 학생들이 그와 같은 질문을 하는 학생에게 종종 이렇게 말하곤 했다. "그냥 보이잖아." 만일 그가 "아니, 모르겠어"라고 말하면 상대는 이렇게 말하곤 했다. "아니야, 너한테도 보여. 선생님께서 그걸 증명하셨잖아." 그 학생은 마침내 스스로 질에 대한 판단을 해야만 하는 올가미에 꼼짝없이 걸려든 셈이 되었다. 그에게 좋은 글을 쓰도록 지도하는 것은 바로 이 같은 스스로에 대한 판단일 뿐, 다른 어떤 것도 아니었다.

이제까지 파이드로스는 학문 체계가 강요하는 바에 맞춰 그가 원하는 것이 무엇인가를 학생들에게 말하지 않을 수 없었다. 비록 이런 제도가 학생들을 강요하여 인위적인 형식—그러니까 학생들 자신의 창조력을 파괴하는 그런 형식—에 순응하도록 하는 것임을 알고 있었지만 말이다. 그 당시 그가 말하는 규칙에 순종하던 학생들은 창조적이지 못하다는 비판을, 무엇이 훌륭한 것인가에 대한 자기 나름의 개인적 기준을 반영한 글을 써내지 못한다는 비판을 받곤 했었다.

이제 이는 지나간 옛날 일이 되었다. 가르쳐야 할 모든 것이 무엇보다도 먼저 규정되어야 한다는 기본 원칙을 뒤집어놓음으로써, 그는 그 모든 질곡에서 빠져나갈 수 있는 길을 찾게 되었던 것이다. 그는 이제 어떤 원리로도, 훌륭한 글을 쓰기 위한 어떤 규칙으로도, 그 어떤 이론으로도, 학생들의 시선을 유도하지 않고 있었다. 다만 그는 실체를 부정할 수 없는, 너무나도 확실한 것을 주목하도록 학생들의 시선을 유도하고 있을 뿐이었다. 학점을 유보함으로써 야기되었던 진공 상태가 갑자기 질이라고 하는 긍정적이고 적극적인 목적으로 채워지게 되었고, 모든 것이 서로 잘 어우러지게 되었다. 깜짝 놀란 학생들이 그의 연구실에 들러 이렇게 말하곤 했다. "영어를 아주 싫어했었어요. 그런데 이제는 다른 어떤 과목보다 영어를 공부하는 데 더 많은 시간을 보내고 있습니다." 단순히 한두 학생만이 아니라 많은 학생들이 그렇게 말했다. 질이라는 개념이 온통 아주 멋진 것이었다. 효과가 있었던 것이다. 창조적인 개개인의 신비롭고 개별적이며 내적인 목표가 마침내 공공연하게 강의실의 칠판을 수놓게 되었던 것이다.

크리스가 어떤 상태인지 확인하고자 뒤돌아본다. 그의 얼굴에 지친 표정이 역력하다.
"기분이 어떠니?" 내가 이렇게 묻는다.
"괜찮아요." 이렇게 말하지만 그의 목소리에는 반항기가 묻어 있다.
"네가 원하면 어디라도 좋으니 그만 걷고 야영을 하자." 크리스에게 이렇게 제안한다.
크리스가 적의에 찬 눈길을 나에게 보낸다. 그래서 나는 더 이상 아무 말도 하지 않는다. 곧 나는 그가 비탈을 따라 내 주위를 돌아서 앞장서 가는 것을 본다. 그는 엄청난 분투 정신을 발휘하여 선두를 지키고 있음이 틀림없다. 우리는 계속 걸음을 옮긴다.

파이드로스는 질에 대한 자신의 생각을 여기까지 밀고 갔는데, 직접적인 강의실 체험과 관련이 없는 것들에는 의도적으로 눈길을 주기를 거부했기 때문에 그럴 수 있었던 것이다. 이때의 상황은 "자신이 어디로 가고 있는지를 모르는 사람보다 더 높은 곳까지 여행할 수 있는 사람은 결단코 없다"라는 올리버 크롬웰[1]의 진술이 적용될 수 있는 그런 것이었다. 그는 자신이 어디로 가고 있는지를 몰랐다. 그가 알고 있는 것이라고는 그의 생각이 제대로 기능을 발휘한다는 것뿐이었다.
하지만 이윽고 그는 왜 그것이 효과가 있는지에 대해 의문을 갖기

---

[1] Oliver Cromwell(1599~1658) : 영국의 정치가이자 군인. 영국이 군주제를 폐하고 공화정을 하던 시절 호민관(1653~1658)을 지냄.

시작했다. 특히 그 개념이 비합리적이라는 점을 그는 이미 알고 있었기 때문이다. 합리적인 방법이 모두 악취를 풍기면서 제 기능을 하지 못하는 마당에 어찌해서 비합리적인 방법이 효과를 발휘하는 것일까. 직감적으로 그는 그가 씨름하고 있는 문제가 결코 사소한 수법 차원의 것이 아님을 느꼈고, 그런 느낌은 급속도로 커져갔다. 그런 차원을 넘어서는 것이었다. 하지만 얼마나 멀리 그런 차원을 넘어서는 것인지를 그는 알지 못했다.

앞서 내가 이야기한 결정화(結晶化)의 과정은 여기에서 시작되었다. 그 당시 사람들은 이런 의문을 품었다. "그가 왜 '질'에 대해 그처럼 흥분해 있는 것일까?" 하지만 그들이 본 것은 단지 "질"이라는 단어와 그 단어의 수사학적 맥락뿐이었다. 그들은 좌절 속에서 그가 포기할 수밖에 없었던 추상적 질문들 때문에, 말하자면 존재 그 자체에 대한 추상적 질문들 때문에, 그가 과거에 경험했던 절망감을 꿰뚫어볼 수 없었던 것이다.

다른 어떤 사람이 "질이란 무엇인가"라고 묻는다면 이 물음을 던지는 당사자에게 그 물음은 많은 물음 가운데 하나 이상의 의미를 갖는 것이 아닐 수도 있다. 하지만 다른 사람이 아닌 파이드로스가 이 물음을 던졌을 때, 그의 과거 때문에, 이 물음은 그를 구심점으로 하여 동시에 모든 방향으로 마치 물결처럼 퍼져나갔다. 계층적 구조를 따라 퍼져나간 것이 아니라 동심원적 구조로 퍼져나갔던 것이다. 그 중심부에서 물결을 만들어내는 것은 바로 질이라는 개념이었다. 이 같은 사유의 파도들이 퍼져나갔을 때, 내 지금 확신컨대, 그는 각각의 물결이 기존의 사유 패턴들이 형성하고 있는 해변에 도달하기를, 그리하여 그가 그와 같은 사유 구조들과 일종의 조화로운 관계를 획득할 수 있기를 마음 하나 가득 기대했었을 것이다. 하지만 사유의 물결은 마지막 순간까지도 그 해변에 도달할 수 없었다. 해변이 마침내 그 모습을 드러냈다 하더라도 사정은 달라지지 않았을 것이다. 그에게는 끝없이 확장을 거듭하는 결정화의 물결 외에는 아무것도 존재하지 않았다. 이제 나는 내가 할 수 있는 한 최선을 다하여 이 결정화의 물결을 따라가고자 한다. 다시 말해, 질에 대해 그가 시도한 탐구의 둘째 국면을 추적하고자 한다.

앞서 가는 크리스의 움직임으로 판단하건대, 그는 지쳐 있고 화가 나 있다. 그는 돌부리나 나무에 걸려 비틀거리기도 하고, 나뭇가지들을 한쪽으로 치우는 대신 마음대로 그의 몸을 공격하도록 내버려두고 있다.

보기에 참 안됐다. 책임 가운데 일부는 우리가 출발하기 바로 전에 2주 동안 그가 다녀온 YMCA 야영 생활에 돌릴 수도 있을 것이다. 그가 나에게 한 이야기로 판단해보건대, 교사들이 야외 생활 체험 전반을 통해 그에게 엄청난 자존심 같은 것을 키워준 것 같다. 사나이다움을 증명해 보이는 그런 일을 통해서 말이다. 그는 초급반에서 야영 생활을 시작했고, 교사들은 초급반 소속이라는 것이 상당히 부끄러운 일임을 조심스럽게 지적했을 것이다. . . . 이를테면 원죄에 해당하는 것인 양 말했을 것이다. 이윽고 그에게 수영, 밧줄 묶기 등등 일련의 성취를 통해 자신을 입증해 보일 것이 허락되었을 것이다. 크리스는 자기가 성취했던 일을 열댓 가지 나에게 말해주었지만, 그것이 무엇이었는지는 잊었다.

확신컨대, 무언가 성취해야 할 목표, 자존심이 걸린 목표가 있을 때, 야영 생활을 하는 아이들은 한결 더 열정적이고 협조적이 될 것이다. 하지만 궁극적으로 볼 때 그런 종류의 동기 유발은 파괴적인 것일 수 있다. 자신을 영광스러운 존재로 만드는 일을 최종 목표로 삼아 이에 노력을 쏟아붓고자 하는 경우, 어떤 경우라도 결과는 참담하게 마련이다. 이윽고 우리는 그 대가를 치르게 마련인 것이다. 우리가 얼마나 대단한 존재인가를 증명하기 위해 산에 오르고자 할 때, 우리는 거의 대부분 그 일을 결코 해낼 수 없다. 그리고 설사 해낸다고 하더라도 남는 것은 공허한 승리감뿐이다. 승리감을 유지하기 위해 우리는 되풀이해서 계속 무언가 다른 방식으로 우리 자신의 능력을 입증해야만 한다. 끝도 없이 되풀이하고 또 되풀이해서 그 일을 해야 한다. 영원히 그릇된 이미지에 자신을 맞추려는 욕망에 몰려, 그 이미지가 진실이 아닐까 봐 두려워하고 또한 누군가 그것이 진실이 아님을 발견할까 봐 두려워하면서 말이다. 그것은 결코 바른 길이 아니다.

파이드로스는 인도에서 갠지스 강의 근원이자 시바 신의 거주지인 성산(聖山) 카일라시[2]로의 순례 여행에 관해 편지를 쓴 적이 있었다. 히말라야 고지로 향하는 이 순례 여행을 어떤 성자와 그의 추종자들과 함께 떠났었다.

그는 결코 카일라시 산에 도달할 수 없었다. 셋째 날을 보낸 다음 그는 지쳐 포기했다. 그리하여 순례 여행은 그를 빼고 계속되었다. 그는 충분한 육체적 힘을 지니고 있다고 단언했지만, 육체적 힘만으로 만사가 해결되는 것이 아니었다. 그는 지적 동기를 충분히 갖추고 있었지만, 그것만으로도 역시 만사가 해결되는 것은 아니었다. 그는 자신이 오만한 사람이라고 생각하지는 않았다. 하지만 자신의 체험의 폭을 넓히기 위해, 자신에 대한 이해의 폭을 넓히기 위해 순례 여행을 하고 있다고 생각했었다. 그는 산은 물론 순례 여행까지도 자신의 목

---

[2] Kailash: 시바Shiva의 고향으로 알려진 힌두교도의 성산(聖山).

적을 위해 이용하려고 했던 것이다. 그는 자신을 하나의 고정된 실체로 간주했으나, 순례 여행이나 산에 대해서는 그렇게 생각하지 않았다. 그런 연유로 순례 여행을 하거나 산을 오를 준비가 되어 있지 않은 셈이었다. 그는 후에 다른 순례자들— 마침내 산에 오른 순례자들—이 아마도 산의 성스러움을 너무나도 강렬하게 느끼고 있어서 발걸음 옮기는 일 하나하나가 신앙의 행위이자 이 성스러움에 순종하는 행위로 받아들였을 것이라고 추측했다. 그들은 자신의 영혼에 깊이 침윤되어 있었던 산의 성스러움에 대한 느낌으로 인해, 육체적인 힘이 충분했던 파이드로스가 견딜 수 없었던 것까지 한결 더 잘 견딜 수 있었던 것이리라.

  훈련이 되어 있지 않은 사람의 시선에는 자존심을 만족시키기 위해 하는 산행과 자존심을 초월한 채 하는 산행이 같은 것으로 보일 것이다. 두 종류의 사람이 모두 한 걸음 한 걸음 발길을 옮긴다. 두 사람이 모두 동일한 속도로 숨을 들이쉬고 내쉰다. 두 사람 다 피곤할 때 휴식을 취한다. 휴식을 취하고 나면 두 사람 모두 앞으로 나아간다. 하지만 두 사람 사이의 차이란 실로 엄청난 것이다. 자존심을 만족시키기 위해 산행을 하는 사람은 통제가 되지 않는 기계와 같은 존재다. 그는 한순간 너무 빠르게 발을 내딛거나 한순간 너무 늦게 발을 내딛는다. 그는 필경 나무들 사이를 비집고 들어와 아래를 비춰주는 아름다운 햇살을 즐기지 못할 것이다. 그는 자신의 흐트러진 발걸음이 자신에게 지쳐 있다는 사실을 알려줄 때조차 계속 걷는다. 그도 이따금씩 휴식을 취한다. 하지만 휴식을 취하는 동안에도 그는 조금 전에 보았기 때문에 앞에 무엇이 있는지를 알고 있음에도 불구하고 여전히 앞에 무엇이 있는가를 보고자 애를 쓰면서 산길을 올려다본다. 그는 상황에 맞춰 걷기보다는 너무 빨리 가거나 너무 느리게 간다. 그리고 이야기를 할 때 그의 이야기는 언제나 어딘가 다른 곳, 무언가 다른 것에 관한 것뿐이다. 그는 여기에 있지만 여기에 있지 않은 것이다. 그는 여기를 거부하고, 여기에 대해 불만을 느낀다. 한결 더 먼 곳 저 위에 있기를 원하며, 일단 그곳에 도달하면 그곳은 다시 "여기"가 될 것이기 때문에 마찬가지로 불만을 느낀다. 그가 찾고자 하는 것, 그가 원하는 것은 모두 그의 주변에 있지만, 그것이 바로 그의 주변에 있다는 이유 때문에 그는 그것을 원하지 않는다. 그는 자신의 목표가 외부에 있고 저 멀리 있다고 상상하기 때문에, 그에게는 발걸음 하나하나가 육체적으로 또한 정신적으로 쏟아붓는 노고 이상의 의미를 갖지 않는다.

그것이 바로 현재 크리스의 문제인 것처럼 보인다.

제 18 장

　철학의 한 분야 가운데 그 전체가 질에 대한 정의와 관련된 것이 있는데, 이를 미학이라 한다. "아름다움이란 말이 의미하는 바는 무엇인가"라는 미학적 질문의 경우 그 연원은 고대로 거슬러 올라간다. 하지만 파이드로스는 철학과 학생이었을 때 이 학문 분야의 모든 것에 격렬하게 저항했다. 그는 자신이 수강하던 이 분야 과목에서 거의 고의적으로 낙제를 하기도 했으며, 선생과 그의 강의 자료를 난폭하게 공격하는 글을 몇 편 쓰기도 했다. 그는 모든 것을 혐오했고 또 모든 것을 향해 욕설을 아끼지 않았다.
　그에게 이처럼 미학에 반감을 갖도록 한 특정한 미학자가 있었던 것은 아니다. 아니, 미학자들 전체가 그에게 반감의 대상이었다. 그를 격분케 한 것은 질에 대한 어떤 특정한 입장이 아니라 질을 어떤 것이 되었든 무언가의 입장에 종속시켜야 한다는 생각 그 자체였다. 미학은 지적 절차를 거쳐 질을 강제로 노예화하고 몸을 팔도록 하고 있다는 것이 그의 생각이었다. 내 생각으로는 바로 이 때문에 그가 그처럼 분노했던 것 같다.

어떤 글에서 그는 이렇게 쓴 적도 있었다. "미학자라는 이 사람들은 자기네들의 주제가 박하사탕과 같은 것이라고 생각한다. 그리고 자기네들이 이 박하사탕 앞에서 입맛을 다실 자격이 충분한 사람들이라고 생각한다. 무언가 먹어치울 수 있는 것, 지적인 칼질로 조각을 낸 다음 포크와 스푼을 사용하여 한 조각씩 먹어치우면서 그 맛과 관련하여 어울리는 우아한 말 몇 마디를 내뱉을 수 있는 그런 것으로 생각하는데, 나는 언제라도 이를 토해낼 준비가 되어 있다. 그들이 앞에 놓고 입맛을 다시는 것은 그들이 이미 오래전에 살해한 것의 썩은 시체일 뿐이다."

우선 결정화 과정의 첫 단계로 그가 취한 조처는 질을 정의하지 않은 상태로 남겨두는 일이었다. 질을 정의하지 않는 상태로 남겨두는 경우, 미학이라 불리는 분야 전체가 일소되고 . . . 철저하게 특권을 박탈당하고 . . . 완벽하게 결딴이 나고 말 것이라고 그는 보았다. 질에 대한 정의를 거부함으로써 그는 이를 완벽하게 분석 과정의 바깥쪽에 놓이게 한 것이었다. 만일 질이란 정의할 수 없는 것이라고 하면, 이를 어떠한 지적 법칙에도 종속시킬 방도가 없게 된다. 미학자들은 아무 말도 할 수가 없게 되는 것이다. 그리하여 질에 대한 정의라는 분야가 통째로 사라지게 될 것이다.

이 같은 생각이 그를 더할 수 없는 전율에 휩싸이게 했다. 암에 대한 치료법을 발견한 것이나 다름없었기 때문이었다. 예술이란 무엇인가에 대한 해명이 더 이상 필요치 않게 된 것이다. 각각의 작곡가가 어느 지점에서 성공하고 어느 지점에서 실패했는가를 합리적으로 판정하는 전문가들의 모임인 그 멋진 비평 학파들도 더 이상 필요치 않게 된 것이다. 모든 것을 다 아는 척하는 이 잘난 사람들 모두가, 마지막 한 사람까지 모두가 마침내 입을 다물 수밖에 없게 된 것이다. 이는 더 이상 하나의 흥미로운 생각이 아니었다. 이는 하나의 꿈이었다.

내 생각으로는 그가 어떤 생각을 하고 있는지에 대해 진정으로 알아차린 사람이 처음에는 없었던 것 같다. 그들은 그를 교육 환경에 대한 합리적 분석이 갖춰야 할 특징을 모두 갖추고 있는 메시지를 전하는 지식인 정도로 간주했다. 그들은 그들이 익숙해 있던 목적과는 정반대가 되는 목적을 그가 갖고 있다는 점을 간파하지 못했던 것이다. 그는 합리적 분석을 심화하지 않고, 오히려 이를 봉쇄하고 있었다. 그는 합리주의의 방법론을 합리주의의 방법론에 맞세워 자기 자신과의 싸움을 하도록 유도했고, 그 방법론을 자기 자신의 방법론과 충돌케 했다. 이는 질이라 불리는 정의되지 않은 실체, 바로 이 비합리적 개념을 옹호하기 위한 것이었다.

그는 다음과 같이 쓰기도 했다. "(1) 모든 영어 작문 교육 담당자는 질이 무엇인지를 알고 있다. (이를 모르는 작문 교육 담당자는 이 사실을 아주 조심스럽게 은폐하려 한다. 왜냐하면 확신컨대 이 사실은 그의 무능력을 알리는 증거가 될 것이기 때문이다.) (2) 작문을 교육하기 전에 작문의 질이 정의될 수 있다거나 정의되어야 한다고 생각하는 작문 교육 담당자라면 누구나 작문을 교육하는 일에 앞서 이를 정의할 수 있거나 정의해야 한다. (3) 작문의 질이라는 것은 존재하나 정의될 수는 없다고 느끼는 작문 교육 담당자, 그럼에도 불구하고 어떻게 해서든 질은 교육되어야 한다고 느끼는 작문 교육 담당자가 있다면, 그는 질을 정의하지 않은 상태에서 작문 시간에 순수한 질을 교육하는 다음과 같은 방법을 동원함으로써 실익을 거둘 수 있을 것이다."

곧이어 그는 실제 수업의 과정에서 도출된 비교 방법들 가운데 몇 가지를 기술했다.

내 생각으로는 누군가가 나타나 그에게 도전장을 내고 그를 대신하여 질에 대한 정의를 시도하기를 그가 진심으로 희망했었던 것 같다. 하지만 어느 누구도 나선 적이 없었다.

아무튼, 질을 정의할 수 없음은 무능력함의 증거라는 괄호 안의 사소한 진술이 학과 내 교수들의 눈살을 찌푸리게 했다. 따지고 보면, 그는 신참 교수에 불과했다. 따라서 선배 교수들의 교육 능력을 평가하는 데 필요한 기준들을 제시할 것을 그에게 기대하는 사람은 실제로 아무도 없었다.

하고 싶은 대로 말할 그의 권리는 존중되었고, 실제로 선배 교수들은 그의 독창적인 생각을 즐기는 동시에 교회가 일을 처리하는 방식으로 그를 옹호하는 것처럼 보이기도 했다. 하지만 이때 교회가 일을 처리하는 방식이란 학문의 자유를 반대하는 수많은 사람들이 믿고 있는 것과는 종류가 다른 것이다. 말하자면, 머릿속을 스치는 것이라면 아무거나 적절한 해명 없이 지껄이도록 선생을 내버려두자는 쪽이 결코 교회 쪽의 입장은 아니었다. 이 같은 입장이 요구하는 것은 바로 이것이다. 즉, 정치적 권력의 우상들이 납득할 수 있는 해명이 아니라 '이성의 신'이 납득할 수 있는 해명을 해야 한다는 것이다. 사람들에게 무례한 짓을 하고 있다는 사실은 그가 말하는 바의 진위 여부와 무관한 것이고, 따라서 이 때문에 그를 윤리적으로 징벌할 수는 없었다. 하지만 그가 이치에 맞지 않는 말을 하고 있다는 징후라도 보이면 이를 구실 삼아 그들은 윤리적으로 또한 즐거운 마음으로 그에게 벌을 가할 준비가 되어 있었다. 이성의 이름으로 자신의 행동을 정당화할 수 있는 한, 그는 자신이 원하는 대로 무슨 행동이든 할 수 있었던 것이다.

하지만 무언가에 대한 정의 내리기를 거부하는 행위를 도대체 이성의 이름으로 정당화할 수 있단 말인가. 이성의 근간을 이루는 것이 바로 정의다. 정의가 없다면 이성적 추론도 불가능하다. 그는 잠시 그럴 듯한 변증법적 발놀림으로 상대방의 공격을 피하면서 유능함과 무능함에 관해 무례한 말을 할 수 있었지만, 조만간 현재의 것보다는 더 실속이 있는 무언가를 제시해야만 했다. 무언가 좀더 실속이 있는 것을 제시하려는 그의 시도가 계기가 되어 그는 수사학의 전통적인 한계를 뛰어넘어 철학의 영역으로 진입하는 심화된 결정화 작업을 이어가게 되었다.

크리스가 고개를 돌리더니 고통에 일그러진 눈길을 나에게 던진다. 이제 오래가지 않을 것이다. 심지어 우리가 길을 떠나기 전에도 일이 이렇게 진행되리라는 단서가 있었다. 드위즈가 어떤 이웃 사람에게 내가 등산에 경험이 많은 사람이라고 말했을 때, 크리스는 엄청난 존경의 눈길을 나에게 보냈었다. 그의 눈에는 그것이 대단한 것으로 비쳤던 것이다. 그는 곧 나가떨어질 것이고, 그러면 그것으로 하루 동안의 여정을 마칠 수 있을 것이다.

저런, 저런, 어찌 저럴 수가! 크리스가 마침내 쓰러지고 말았다. 그런 다음 일어서려고 하지 않는다. 말 그대로 무언가가 폭삭 무너지듯 쓰러지고 말았다. 어쩌다 우연히 실수로 쓰러지듯 쓰러진 것이 아니었다. 이제 그는 상심하고 화난 표정으로 나를 바라본다. 무언가 비난할 꼬투리를 나한테서 찾는 표정이기도 하다. 나는 그가 어떤 꼬투리를 잡는 것도 허락하지 않는다. 그의 옆에 앉아서 바라보니, 그는 거의 완전히 지쳐 나가떨어진 상태다.

"자, 이 정도에서 쉴까? 아니면 더 갈까? 아니면 되돌아갈 수도 있겠지. 어떻게 하는 것이 좋겠니?" 내가 이렇게 말한다.

"아무래도 좋아요." 그가 말을 잇는다. "싫은 건. . . ."

"싫은 건 뭔데?"

"아무래도 좋단 말예요!" 크리스가 화를 내며 말한다.

"아무래도 좋다면 등산을 계속해야겠네." 크리스의 화를 돋우려는 듯 내가 이렇게 말한다.

"이번 여행이 마음에 들지 않아요." 그가 말한다. "재미라고는 요만큼도 없어요. 재미있을 거라고 생각했는데 말예요."

어쩌다 보니 슬며시 나도 화가 난다. 그래서 이렇게 대꾸한다. "네 말이 틀린 건 아닐지도 모르지. 하지만 어떻게 그처럼 심한 말을 하는지 모르겠구나."

그가 일어설 때 갑작스럽게 그의 눈에 두려움의 빛이 어리는 것이 보인다.

우리는 계속 발걸음을 옮긴다.

협곡의 건너편 쪽 절벽 위로 보이는 하늘이 이미 어두워진 상태다. 그리고 우리 주변의 소나무들 사이로 지나가는 바람이 차갑고 섬뜩하다.

최소한 바람이 차가워져 등산을 하기가 좀더 수월하기는 하다. . . .

나는 수사학의 바깥쪽에서 이루어진 결정화 과정의 첫 단계에 대해 이야기하고 있는 중이었다. 이 단계에서 파이드로스는 질에 대한 정의를 거부하기에 이르렀다. 이제 그는 다음과 같은 질문에 대해 답을 해야만 했다. 질에 대해 정의할 수 없다면, 질이 존재한다고 생각하는 이유는 무엇인가.

그의 답변은 현실주의라 불리는 철학 학파가 제시한 낡고 오래된 것이었다. "만일 무언가가 존재하지 않아 세상이 정상적으로 돌아갈 수 없다면, 그 무언가는 존재한다고 봐야 한다. 질이 존재하지 않는 세상이 비정상적으로 기능함을 우리가 증명할 수 있다면, 우리는 질이 존재함을 증명할 수 있다. 질에 대한 정의가 가능하건 불가능하건 이와 상관없이 말이다." 이에 따라 그는 우리가 알고 있는 바의 세상에 대한 진술에서 질을 제거하는 작업을 진행했다.

그에 의하면, 이 같은 제거 작업의 첫 희생물이 될 수 있는 것은 예술이다. 예술에서 좋은 작품과 나쁜 작품을 구별할 수 없다면 예술 자체가 사라질 것이다. 그림을 걸어놓으나 걸어놓지 않으나 마찬가지라면 벽에 그림을 걸어놓을 이유 자체가 없어질 것이기 때문이다. 레코드판의 긁힘이나 레코드 플레이어의 잡음이 음악 자체와 마찬가지로 들어서 좋은 것이라면 교향곡이라는 것이 따로 있을 필요가 없을 것이기 때문이다.

시도 사라지고 말 것이다. 왜냐하면 이치에 닿는 말로 이루어진 시도 거의 없을 뿐만 아니라 실질적 가치를 지닌 시도 거의 없기 때문이다. 또한 흥미롭게도 희극조차 사라지고 말 것이다. 아무도 농담을 이해하지 못할 것이기 때문이다. 농담과 농담이 아닌 것 사이의 차이는 순전히 질과 관계되는 것이라는 점에서 그러하다.

이어서 모든 운동 경기도 사라지고 말 것이다. 축구, 야구를 비롯해 모든 종류의 운동 경기가 자취를 감추게 될 것이다. 운동 경기의 점수는 무언가 의미 있는 것을 측정하는 수치가 아니라, 자갈 더미를 이루는 돌덩이의 숫자처럼 공허한 통계 수치에 불과한 것이 될 것이기 때문이다. 누가 운동 경기의 관람객이 되겠는가. 또한 누가 운동 경기의 선수가 되겠는가.

그다음으로 그는 시장에서 질을 제거해본 다음 일어날 법한 변화를 예측해보았다. 맛의 질이 무의미한 것이 되기 때문에, 수퍼마켓들은 쌀, 옥수숫가루, 콩, 밀가루 등 기본 곡류들만을 판매하게 될 것이다. 그리고 아마도 등급이 매겨지지 않은 고기, 모유를 뗀 아기들을 위한 우유, 영양 결핍을 메우기 위한 비타민과 무기질 보충제 정도만 판매하게 될 것이다. 주류나 차, 커피, 담배 등은 자취를 감추게 될 것이다. 마찬가지로 영화도, 춤도, 연극도, 파티도 사라지게 될 것이다. 우리 모두가 대중교통 수단을 이용하게 될 것이고, 또 우리 모두가 멋이 없지만 실용적인 군화(軍靴)를 신게 될 것이다.

우리들 가운데 엄청난 수의 사람들이 일자리를 잃게 될 것이다. 하지만 이런 상황은 어쩌면 당분간만 지속될 수 있는데, 사람들은 질과 관계없는 필수적인 일을 하도록 재배치될 것이기 때문이다. 응용 과학과 공학 기술 분야에도 엄청난 변화가 일어날 것이다. 하지만 순수 과학, 수학, 철학, 그리고 특히 논리학 분야에서는 변화가 감지되지 않을 것이다.

파이드로스가 보기에 이 마지막 단계는 무척이나 흥미로운 것이었다. 순수하게 지적인 탐구 작업은 질을 제거했을 때 그 영향을 가장 적게 받는다. 만일 질을 포기하게 되면, 다만 합리성만이 변화되지 않은 상태로 남아 있을 것이다. 이는 참으로 묘한 현상이었다. 왜 그럴까.

그는 왜 그런지 알 수 없었다. 하지만 우리가 알고 있는 바의 세상 풍경에서 질을 제거함으로써 그가 이 세상에 존재하는지 모르고 있는 이 개념이 엄청나게 중요한 것임을 밝힐 수 있다는 점만큼은 알고 있었다. 세상은 질이 없어도 기능을 수행할 수 있다. 하지만 삶이라는 것이 너무도 따분한 것이 되고 말아 살 가치가 거의 없는 것이 되어 버릴 수도 있다. 아니, 살 가치가 아예 없는 것이 될 수도 있다. 가치라는 말 자체가 질을 지시하는 용어다. 질이 배제된 삶은 결코 아무런 가치도 없고 목적도 없이 그냥 살아가는 삶이 될 것이다.

그는 이 같은 방향의 생각이 자신을 어디까지 이끌어 왔는가를 되돌아보고는 자신의 관점을 확실하게 증명했다는 결론에 이르게 되었다. 질을 제거하면 세상이 명백하게 정상적으로 기능하지 않기 때문에, 질은 존재하는 것이다. 질에 대한 정의를 내릴 수 있건 없건 그와 관계없이 질은 존재한다.

질이 존재하지 않는 그러한 세상을 마음속에 그려본 다음, 파이드로스는 그가 이미 독서를 통해 알고 있는 몇 가지의 사회적 상황이 바로 이 질이 존재하지 않는 세상과 유사하다는 점에 곧 흥미를 갖게 되었다. 고대의 스파르타가, 이어서 공산주의 지배하의 러시아와 그 위성국들이 그의 마음에 떠올랐다. 공산주의 지배하의 중국이, 올더스 헉슬리[1]의 『멋진 신세계』가, 조지 오웰[2]의 『1984년』이 떠오르기도 했다. 그는 또한 자신이 겪어본 사람들 가운데 상황만 허락하면 이처럼 질이 존재하지 않는 세상을 지지했을 법한 이들을 기억해내기도 했다. 그에게 담배를 끊게 하려고 애를 썼던 바로 그 사람들이 이에 속한다. 그들은 담배를 피우는 합리적인 이유가 무엇인지를 알고자 했고, 그가 합리적인 이유를 제시하지 못하자, 마치 그가 체면이나 뭐 그런 것이 깎이기라도 한 듯 대단히 잘난 체 행동했었다. 그들은 모든 것에 이유가 있어야 하고 계획과 해결책이 있어야 한다고 믿는 그런 사람들이었다. 그들은 그 자신과 동일한 부류의 사람들, 그가 현재 공격하고 있는 그런 사람들과 동일한 부류의 사람들이었던 것이다. 그

---

1) Aldous Huxley(1894~1963): 영국의 작가. 히피 운동의 정신적 지도자로 간주되기도 하는 그는 1937년부터 세상을 뜰 때까지 미국 로스앤젤레스에서 살았음. 여기에 언급된 소설 『멋진 신세계*Brave New World*』(1932)는 그의 수많은 대표작 가운데 하나임.
2) George Orwell(1903~1950): 영국의 작가. 원래 이름은 에릭 아서 블레어Eric Arthur Blair. 대표작으로는 『동물 농장*Animal Farm*』(1945)과 위에서 언급된 『1984년*Nineteen Eighty-Four*』(1949)이 있음.

는 그들의 특징을 단 한 마디의 말로 요약하고자 할 때 적절한 표현이 무엇인지를 오랫동안 찾아 헤맸다. 이처럼 질이 존재하지 않는 세상에 대한 논의를 효과적으로 진행하기 위해 그는 무언가 적절한 표현이 필요했던 것이다.

일차적으로 그들의 특징은 지적(知的)이라는 데 있다. 하지만 단순히 지적이라는 것이 필수적인 요건은 아니다. 이들의 특징은 세상사에 대해 취하는 모종의 기본적 태도에서 찾을 수 있을 것이다. 즉, 세상이란 법칙들—말하자면, 이성—에 맞춰 돌아가는 것이라는 가정, 나아가 인간 세계에서 발전은 주로 이 이성의 법칙들을 발견하여 인간의 욕망이 충족될 수 있을 때까지 이들을 활용할 때 성취할 수 있는 것이라는 가정을 근거로 해서 확립된 시각에서 찾을 수 있다. 그런 사람들을 모두 하나로 묶어주는 것이 바로 이 같은 믿음이다. 그는 잠시 동안 질이 존재하지 않는 이 같은 세상의 정경에 곁눈질을 하고는 좀더 세부적인 특징들을 머릿속에 떠올려보기도 하고, 이에 대해 깊이 생각해보기도 했다. 이윽고 좀더 곁눈질을 한 다음 좀더 생각에 잠겼다가, 마침내 그가 전에 위치했던 어느 한 지점으로 되돌아가게 되었다.

반듯하게 각이 져 있음.

바로 그러한 모습이다. 바로 그렇게 한마디로 요약할 수 있다. 질을 제거하는 경우 남는 것은 반듯하게 각이 져 있는 세상이다. 질이 부재함은 본질적으로 반듯하게 각이 져 있음을 의미하는 것, 바로 그것이다.

한때 미국을 가로질러 함께 여행하던 몇몇 예술가 친구들이 그의 마음에 떠올랐다. 그들은 그가 설명한 바의 질이 결여되어 있는 세상에 대해 항상 불평을 하던 흑인 친구들이었다. 반듯하게 각이 져 있다.

그것이 바로 질이 결여된 세상을 표현하는 그들의 표현이었다. 매스미디어가 이 말을 채택하여 전국적으로 백인들이 사용하는 용어로 만들기 훨씬 오래전부터 흑인들은 이미 그 모든 지적인 것들을 반듯하게 각이 져 있는 것으로 간주했으며, 그런 것들과 아무런 관계도 맺지 않기를 원했다. 그리고 그와 그들 사이에 오간 대화 및 서로를 대하는 태도 사이에는 끔찍할 정도로 서로 아귀가 맞지 않았다. 그들이 말하는 반듯하게 각이 져 있음을 보여주는 최상급의 실례가 다름 아닌 파이드로스 자신이었기 때문이다. 그들이 말하는 것에 근거하여 그들을 좀더 명료하게 파악하고자 하면 할수록 그들은 점점 더 모호해져갔다. 이제 이 질의 편에 서게 되자, 그는 그들이 했던 것과 같은 이야기를 하는 것처럼 느껴졌고, 또 그들과 마찬가지로 모호하게 말을 하는 것처럼 느껴졌다. 그의 논의 대상이 그가 일찍이 다뤄본 그 어떤 실체들—그러니까 합리적으로 정의된 실체들—에 못지않게 확실하고 명료하며 견고한 것임에도 불구하고 말이다.

질. 그것이 바로 그들이 항상 이야기하던 것이다. 그들 가운데 하나가 이렇게 말했던 것을 파이드로스는 기억하고 있었다. "어이, 친구, 제발 파고들어가 주셨으면[3] 좋겠는데, 그 모든 엄청난 싸구려 질문들을 좀 뒀다 하면 안 될까? 그런 식으로 항상 뭐가 뭔지 묻기만 하면, 깨칠 시간은 언제 생기겠는가 말이야." 영혼과 질, 양자는 동일한 것 아닐까.

결정화의 물결은 굽이쳐 전진을 계속해 나아갔다. 그는 이제 서로 다른 두 개의 세상을 동시에 보고 있는 셈이었다. 지적인 측면에서,

---

[3] 여기에서 사용된 영어 표현은 'dig it'으로 이는 '알아듣다, 이해하다'의 뜻을 갖는 속어. 이 표현의 뉘앙스를 제대로 살린 우리말 표현을 찾기가 쉽지 않은 관계로 '파고들다' 정도로 옮기려 함.

그러니까 반듯하게 각이 진 쪽에서 보면, 질이란 분할선(分割線)의 역할을 하는 용어라는 점을 이제 그는 알게 되었다. 모든 지적 분석가들이 찾는 것이 바로 이 갈라진 틈이다. 분석을 위한 해부도를 꺼내 들고 질이라는 용어 위에 곧바로 칼날의 끝을 들이댄 다음, 강도를 조절하여 부드럽게 톡톡 두드려 쳐보라. 그러면 온 세상이 쪼개져 둘로 나뉠 것이다. 예컨대, 부드럽고 유연한 히피적인 것과 반듯하게 각이 져 있는 것, 고전적인 것과 낭만적인 것, 공학 기술적인 것과 인문학적인 것 등등으로 나뉠 것이다. 쪼개진 자리는 흠이 없이 깨끗할 것이다. 너덜너덜한 조각도 눈에 띄지 않을 것이고, 부스러기도 눈에 띄지 않을 것이다. 이렇게 보면 이쪽에 속하고 저렇게 보면 저쪽에 속하는 소소한 조각 하나도 눈에 띄지 않을 것이다. 세련된 칼질 덕분만이 아니라 운이 따른 칼질 덕분이기도 하다. 때때로 최상의 분석가라고 해도 어떤 이들은 너무도 뚜렷한 분할 경계선을 놓고 씨름하지만, 이를 두드려 쳐서 얻는 것이라고는 한 무더기의 쓰레기뿐일 수도 있다. 하지만 여기에 질이 있다. 너무나 미세하여 거의 알아차리기 힘든 경계선으로 이는 존재한다. 우주에 대한 우리의 개념에서 이는 비논리의 선으로 존재한다. 그 선을 두드려 치게 되면 온 우주가 둘로 쪼개질 것이다. 믿기 어려울 정도로 너무도 깔끔하게 쪼개질 것이다. 파이드로스는 칸트가 살아 있었다면 얼마나 좋을까라는 생각을 하기도 했다. 칸트라면 이 같은 작업의 진가를 알아줄 것이다. 숙련된 다이아몬드 절단공인 그는 알아줄 것이다. 칸트라면 이해할 수 있을 것이다. 정의되지 않은 상태로 질을 남겨 두라. 그것이 바로 비결이었다.

파이드로스는 일종의 기묘한 지적 자살 행위에 빠져들고 있음을 의식하기 시작하면서 다음과 같이 쓰기도 했다. "반듯하게 각이 져 있음은 질을 지적(知的)으로 정의하기 전—다시 말해, 질을 온통 난도질하여 말로 바꿔놓기 전——에는 질이 무엇인지 파악할 능력이 없음을 뜻하는 것으로 간명하게, 하지만 주도면밀하게 정의될 수도 있다. . . . 비록 정의를 하지 않더라도 질이 존재함을 우리는 증명했다. 질이 존재함은 강의실 상황에서 경험적으로 확인될 수 있다. 그리고 질이 존재함은, 질이 존재하지 않는 경우 우리가 현재 알고 있는 바의 세상이 존재할 수 없음을 보여줌으로써, 논리적으로 증명될 수 있다. 이제 확인해야 할 것, 또는 분석해야 될 것은 질이 아니라, '반듯하게 각이 져 있음'으로 불리는 기묘한 사유 습관——말하자면, 우리에게 때때로 질을 제대로 파악하는 것을 방해하는 이 기묘한 사유 습관——이다."

이처럼 그는 공격의 대상을 바꾸고자 했다. 분석의 대상——그러니까 수술대 위의 환자——은 더 이상 질이 아니라 질에 대한 분석 그 자체였다. 질은 건강하고 최상의 상태를 유지하고 있다. 하지만 분석은 무언가가 잘못된 것처럼 보인다. 너무도 명백한 것을 제대로 파악하지 못하도록 방해하고 있으니 말이다.

뒤돌아보니 크리스가 한참 뒤처져 있다. "자, 힘을 내라." 내가 이렇게 외친다.

그가 대답을 하지 않는다.

"힘을 내라니까!" 다시 한 번 내가 소리친다.

이윽고 그가 옆으로 쓰러지는 것이 보인다. 그런 다음 산비탈 위의 잔디 위에 앉는다. 나는 배낭을 내려놓고 그가 있는 쪽을 향해 내려간다. 산비탈이 너무도 가팔라서 몸을 옆으로 돌린 채 발에 힘을 주어야 한다. 그가 있는 곳으로 다가가 보니 울고 있다.

"발목을 다쳤어요." 나에게 눈길을 주지 않은 채 그가 이렇게 말한다.

자존심을 만족시키기 위해 산에 오르는 사람들은 보호해야만 할 자신의 이미지가 있을 때, 이 이미지를 보호하기 위해 자연스럽게 거짓말을 한다. 하지만 그런 모습을 보는 것은 정나미가 떨어지는 일이다. 이런 일이 일어나도록 하다니 나 자신이 부끄럽기도 하다. 산에 오르는 일을 계속하고자 하는 나 자신의 의지가 그의 눈물을 보니 한풀 꺾이고 만다. 그리고 그의 내면에 자리 잡은 패배감이 나에게 전이된다. 그의 곁에 앉아서 잠시 동안 이 같은 느낌을 참고 견딘다. 이윽고 그런 느낌을 떨쳐버리지 않은 채 그의 배낭을 집어 들며 이렇게 말한다.
"아빠가 아빠 배낭과 번갈아 가며 네 배낭을 날라주마. 이걸 메고 아빠 배낭이 있는 곳까지 올라갈 거다. 그러면 그곳까지 가서 네 배낭과 함께 아빠를 기다려라. 잃어버리면 안 되니까. 그러면 아빠 배낭을 메고 더 위로 올라가서 내려놓은 다음, 네 배낭을 가지러 되돌아오마. 그렇게 하면 너도 충분한 휴식 시간을 가질 수 있을 게다. 더디긴 하겠지만, 그렇게 해서 목적지까지 갈 수 있을 거야."

하지만 내가 너무 서두른 것 같다. 아직도 내 목소리에는 불쾌감과 분노가 담겨 있다. 이를 알아차리고 크리스가 창피해한다. 얼굴에 화난 표정이 역력하지만 그는 아무 말도 하지 않는다. 다시 배낭을 짊어지고 가야 할까 봐 겁을 먹었던 것이다. 내가 배낭을 짊어지고 위로 올라가는 동안 크리스는 얼굴을 찡그릴 뿐 나를 무시해버린다. 이런 일을 해야 하는 것에 화가 났지만, 내가 짐을 옮기는 것이나 옮기지 않는 것이나 모두 실제로는 노역이 아니라는 점을 깨닫고는 화를 떨쳐버린다. 산의 정상에 오른다는 기준에서 보면 일을 더 하는 셈이지만, 정상에 오르는 일이야 단지 명목상의 목표일 따름이다. 한순간 한순간 시간을 잘 보내야 한다는 진정한 목표의 관점에서 보면, 달라지는 것은 없다. 아니, 일을 좀더 하는 것이 더 낫다. 우리는 천천히 비탈을 따라 오른다. 그러는 사이 어느덧 화도 가라앉는다.

다음 한 시간 동안 우리는 천천히 위를 향해 움직인다. 두 개의 배낭을 교대로 옮기면서 위를 향해 오르다 보니, 물이 방울져 흐르기 시작하는 지점, 말하자면 시냇물의 발원지로 확인되는 지점에 이른다. 크리스에게 납작한 냄비를 건네며 아래쪽으로 가서 물을 떠 오도록 시킨다. 크리스가 이를 들고 가서 물을 떠 오며 이렇게 말한다. "왜 여기서 멈추는 거지요? 계속 올라가요."

"이게 아마도 마지막 시내인 것 같다. 앞으로 오랫동안 물과 만날 수 없을 거야. 그리고, 얘야, 난 지쳤단다."

"지쳤다니, 왜요?"

이 녀석이 나를 화나게 하려는 것일까. 그는 나를 화나게 하는 데 성공하고 있다.

"얘야, 난 지쳤단 말이다. 배낭을 두 개나 다 옮기고 있지 않니? 네가 그렇게 서둘러 올라가고 싶으면 네 배낭을 메고 혼자 올라가렴. 뒤따라갈 테니까."

크리스의 얼굴에 또 한번 겁먹은 표정이 스친다. 그런 얼굴로 나를 바라보고는 주저앉는다. 거의 울상이 되어서 그가 이렇게 말한다. "맘에 안 들어요. 싫단 말예요! 오지 않을 걸 잘못 온 거 같아요. 왜 우리가 여기 온 거지요?" 그가 다시 울음을 터뜨린다. 그것도 격렬하게.

내가 이렇게 대답한다. "네가 지금 이 아빠 마음까지 불편하게 하는구나. 점심 식사로 뭐 좀 먹지 않을래?"

"아무것도 먹고 싶지 않아요. 배가 아파요."

"마음대로 하렴."

크리스가 조금 떨어진 곳으로 가더니, 풀줄기를 뜯어 그것을 입에 넣는다. 곧이어 손에 얼굴을 묻는다. 나는 혼자서 점심 식사를 하고 짧은 휴식을 취한다.

다시 일어나서 보니, 크리스가 아직 울고 있다. 우리 가운데 누구도 어디로든 빠져나갈 곳이 없다. 할 일이라고는 주어진 상황과 마주치는 것뿐이다. 하지만 주어진 상황이 어떤 것인지를 나는 정말로 모르겠다.

마침내 내가 그를 다시 부른다. "애."

크리스가 대답하지 않는다.

"애!" 내가 되풀이해서 그를 부른다.

여전히 그가 대답하지 않는다. 그러다가 마침내 싸움이라도 걸려는 듯한 어조로 대꾸한다. "왜요?"

"애, 너한테 말하고 싶은 건 이거다. 아무것도 아빠한테 증명해 보이려 할 필요가 없단다. 내 말 알아듣겠니?"

공포의 빛이 정말로 한순간 그의 얼굴을 스친다. 그가 격렬하게 홱 머리를 돌린다.

내가 말한다. "내가 무슨 뜻으로 그런 말을 하는지 너 이해하지 못하는 거지? 안 그러냐?"

그는 계속 먼 곳을 바라본 채 대답을 하지 않는다. 소나무들 사이로 바람이 지나가며 구슬픈 소리를 낸다.

나는 정말 모르겠다. 정말로 뭐가 뭔지 모르겠다. 크리스가 저만큼 마음 상해 있는 것은 YMCA 야영 생활에서 얻은 자존심에 상처를 입었기 때문은 아니다. 무언가 사소한 일이 그에게 어두운 그림자를 드리우고 있다. 그래서 그는 세상의 종말이라도 온 듯 극도의 좌절감에 빠져 있는 것이다. 그는 무언가를 하려다가 제 뜻대로 잘되지 않으면, 폭발하듯 화를 내거나 눈물을 쏟는다.

풀밭에 몸을 도로 뉘고는 다시금 휴식을 취한다. 어쩌면 답이 없기 때문에 그와 나 양쪽 모두가 좌절감을 느끼고 있는지도 모른다. 하지만 나는 대화를 이어나가고 싶지 않다. 어떤 답도 앞에 있을 것 같지가 않기 때문이다. 물론 답이 뒤에 있는 것도 아니다. 다만 측면으로의 정처 없는 방황만 있을 뿐이다. 그것이 바로 그와 나 사이의 관계다. 무언가를 기다리지만, 서로에게 다가가지 않은 채 측면으로 방황하는 것, 그것이 우리 둘 사이의 관계다.

잠시 후 크리스가 배낭을 뒤지는 소리가 들린다. 몸을 돌리고 보니 그가 나를 노려보고 있다. "치즈, 어딨어요?" 그가 묻는다. 싸움을 걸려는 듯한 어조가 아직 가시지 않았다.

하지만 나는 그의 성깔을 받아주지 않을 것이다. "알아서 찾아봐라. 아빠가 네 시중을 들어야겠니?" 내가 이렇게 말한다.

그가 이리저리 뒤지다가 치즈와 크래커를 찾아낸다. 크래커에 치즈를 발라 먹을 수 있도록 그에게 내 사냥용 칼을 건네준다. "얘, 이렇게 하는 건 어떻겠니? 무거운 것은 모두 아빠 배낭에 넣고 가벼운 것은 모두 네 배낭에 넣기로 하자. 그렇게 하면 배낭 두 개를 모두 옮기느라고 아빠가 계속해서 왔다 갔다 하지 않아도 될 테니까."

크리스가 그렇게 하자고 동의한다. 이제 그의 기분이 좀 나아진다. 그에게 무언가 문제가 해결된 것 같다.

이제 내 배낭의 무게는 대략 20킬로그램에서 22~23킬로그램쯤 될 것 같다. 잠시 동안 산을 오르다 보니 자세가 안정되어 한 발자국을 옮길 때마다 대략 한 번의 호흡을 하게 된다.

이윽고 거친 경사면에 이르게 되자, 한 발자국을 옮길 때마다 한 번씩 숨을 몰아쉬던 것에서 두 번 숨을 몰아쉬는 것으로 바뀐다. 어느 경사면에 이르러서는 한 발자국을 옮길 때마다 네 번 숨을 몰아쉬게 된다. 거의 수직을 이룬 산비탈을 나무뿌리와 가지에 매달려 엄청나게 큰 보폭으로 올라간다. 이 근방을 지나가도록 여정을 짜다니, 멍청이 같은 짓을 했다는 느낌이 들기도 한다. 이제 사시나무 지팡이들이 도움이 된다. 크리스가 지팡이를 사용하는 데 약간의 흥미를 보인다. 짐이 너무도 무거워, 뒤로 넘어지지 않도록 몸의 균형을 잡는 데 지팡이들이 큰 도움이 된다. 먼저 힘을 주어 한쪽 발을 바닥에 고정시키고 지팡이를 바닥에 고정시키고는 지팡이에 의지하여 한 걸음 몸을 휙 위쪽으로 옮긴다. 그리고 세 번 숨을 몰아쉰다. 그런 다음 다른 쪽 발을 움직여 바닥에 고정시키고 지팡이를 고정시킨 다음 지팡이에 의지하여 다시 한 걸음 몸을 휙 위쪽으로 옮긴다. . . .

오늘 전할 야외 강연의 소재가 더 이상 나에게 남아 있는지 모르겠다. 오후 이 시간쯤 되니 머리가 어질어질하다. . . . 이제까지의 논의에 대해 대략 정리하는 정도의 작업은 할 수 있을 것 같다. 그리고 오늘은 그쯤에서 그치기로 하자. . . .

오래전, 이 기묘한 여행을 우리가 시작한 지 얼마 안 돼서, 나는 존과 실비아가 무언가 불가사의한 치명적인 힘──그들이 보기에 공학 기술의 세계에서 그 모습을 드러내고 있는 것처럼 보이는 바로 그 힘──으로부터 기를 쓰고 도망가려 하는 것 같아 보였던 점에 대해 이야기했고, 또 그와 같은 사람들이 그들 이외에도 많다고 이야기했다. 심지어 공학 기술 분야에 종사하는 사람들 가운데도 공학 기술을 회피하려고 하는 것처럼 보이는 이들이 있음에 대해서도 잠시 이야기한 적이 있다. 이 같은 논란의 근본 이유는 그들이 사물의 저변에 놓인 형상에 관심을 갖는 나와 같은 사람들과 달리 사물의 즉각적 표면에 관심을 갖는 사람들──말하자면, "느긋하고 편안하게 즐기는 차원"에서 대상을 보고자 하는 사람들──이기 때문이다. 나는 존의 스타일을 낭만적이라 했고, 나의 스타일을 고전적이라 했다. 그의 스타

일은 1960년대의 은어(隱語)로 표현하자면 "히피적인 것"이고, 나의 것은 "반듯하게 각이 져 있는 것"이다. 이어서 우리는 이 반듯하게 각이 져 있는 세계를 움직이게 하는 것이 무엇인지를 확인하기 위해 그 세계를 탐구하기 시작했다. 데이터, 분류, 계층 체계, 원인과 결과, 분석이 논의 대상이 되었으며, 이어지는 논의 과정에 한 줌의 모래에 대한 이야기도 했다. 우리 주변에 펼쳐져 있는 끝없는 의식의 풍경에서 취한 한 줌의 모래, 우리가 세계라고 인식하는 이 한 줌의 모래에 대해 말이다. 나는 이 한 줌의 모래에 대한 판별(判別)의 작업이 진행되어 이 한 줌의 모래를 부분으로 나눌 수 있음에 대해서도 이야기했다. 고전적이고 반듯하게 각이 져 있는 이해력의 소유자는 모래 더미들에 대해, 모래알의 성격에 대해, 모래알을 분류하고 이들의 상호 관계를 규명할 근거에 대해 관심을 보인다.

이에 빗대어 설명하자면, 파이드로스가 질에 대해 정의할 것을 거부하는 행위는, 모래알 가려내기 유형의 고전적 이해 방식의 굴레에서 벗어나, 고전적 세계와 낭만적 세계 양자가 공유하는 이해의 지점을 찾고자 하는 시도라 할 수 있다. 그에게는 히피적인 것과 반듯하게 각이 져 있는 것 사이를 갈라놓는 데 결정적 역할을 하는 용어인 이 질이 이를 가능케 하는 것 같아 보였다. 두 세계가 모두 이 용어를 사용하고, 두 세계가 모두 이 용어가 무엇인지를 알고 있다. 다만 낭만주의자들은 이에 손을 대지 않은 채 그대로 놔두고, 있는 그대로 그것의 진가를 이해하려 한다. 반면에 고전주의자들은 이를 여러 가지 다른 목적에 사용될 수 있는 일련의 지적 건축 자재로 바꾸고자 한다. 이제 정의하는 일이 봉쇄되자 고전적 정신의 사람들도 낭만적 정신의 사람들이 보는 방식으로 질을 보지 않으면 안 되게 되었다. 사유 구조들에 의해 비틀린 모습이 아닌, 있는 그대로의 모습을 볼 수밖에 없게 된 것이다.

나는 지금 고전적인 것과 낭만적인 것 사이의 차이들, 이 모든 것을 자료로 삼아 엄청난 이야기를 만들어내고 있다. 하지만 파이드로스는 그렇게 하지 않았다. 그는 이 같은 두 세계 사이의 차이를 어떤 형태로든 융합하는 일에 진정으로 관심을 가졌던 것이 아니다. 그가 추구하던 것은 그와는 다른 것, 그러니까 그의 유령이었다. 그 유령을 찾아서 그는 보다 더 폭넓은 의미에서의 질을 향해 나아갔고, 그것이 점점 더 멀리 그의 목표로 그를 이끌었다. 나는 그가 목적한 바를 향해 나아갈 의도가 없다는 점에서 그와 다르다. 그는 다만 이 영역을 통과해 지나가면서 그 문을 열어놓는 일을 했을 뿐이다. 나는 이 영역에 머물러 있으면서 이를 경작하는 데 힘쓰고, 그리하여 무언가를 성장하게 할 수 있는가를 가늠해보고자 한다.

히피적인 것과 반듯하게 각이 져 있는 것, 고전적인 것과 낭만적인 것, 공학 기술적인 것과 인문학적인 것으로 세계를 나눌 수 있도록 하는 용어가 지시하는 바의 대상은 이 선을 따라 이미 나뉘어 있는 세계를 하나로 통합할 수 있는 실체일 것이라는 것이 내 생각이다. 질에 대한 진정한 이해는 단순히 체제에 봉사하기 위한 것은 아니다. 심지어 체제의 붕괴나 체제로부터의 도피를 위한 것도 아니다. 질에 대한 진정한 이해는 체제를 손에 넣어 이를 길들이기 위한 것이다. 아울러, 자신의 내적 운명을 실현하고자 하는 한 개인에게 완벽한 자유를 허용하고, 이와 동시에 그의 개인적 요구에 부응하여 체제가 움직일 수 있도록 그 여건을 조성하기 위한 것이다.

이제 우리는 협곡의 한쪽 면 높은 곳에 올라와 있기 때문에, 협곡의 건너편 쪽을 뒤돌아볼 수도 있고 내려다볼 수도 있으며 가로질러 볼 수도 있다. 이쪽과 마찬가지로 저쪽도 매우 가파르다. 검푸른 소나무들이 짙은 빛깔의 숲을 이뤄 협곡의 높은 능선까지 이어져 있다. 이제 우리는 협곡의 반대편 쪽에 눈길을 주어 우리가 얼마나 높이 올라왔는지를 가늠해볼 수 있다. 가늠해보니, 건너편 능선과 거의 수평각을 이루는 곳까지 우리가 올라온 것 같다.

휴, 질에 대한 오늘의 이야기는 이것으로 끝내야 할 것 같다. 질이 무엇이든 상관하지 않겠으나, 이것만은 확실하다. 즉, 고전주의적 입장에서 전개된 그 모든 논의가 밝히고 있는 질은 질이 아니다. 질이란 다만 하나의 초점과 같은 것, 그 주변으로 수많은 지적(知的) 가구들을 재배치할 때 그 중심이 되는 초점과도 같은 것일 뿐이다.

휴식을 취하기 위해 멈춘 다음 아래를 내려다본다. 크리스는 이제 좀 기분이 풀린 것 같다. 하지만 나는 이번에도 다시 자존심 문제와 관련이 있는 것이 아닐까 걱정을 한다.

"우리, 굉장히 멀리 왔네요." 그가 말한다.

"한참 더 가야 해."

잠시 후 크리스가 소리를 지르고 메아리에 귀를 기울인다. 그리고 돌을 던져 어디로 떨어지는가를 보기도 한다. 그는 우쭐한 마음을 주체하지 못하는 지경에 이르기 시작한다. 그래서 나는 걸음걸이의 속도를 높여 상당히 빠르게 숨을 쉬면서 이동한다. 이전보다 1.5배가량 빠른 속도다. 이렇게 하니까 크리스가 어느 정도 침착해진다. 우리는 계속 비탈을 타고 올라간다.

대략 오후 3시가 되자, 내 다리에 힘이 빠지기 시작한다. 이제 멈춰야 할 때가 된 것이다. 몸의 상태가 별로 좋지 않다. 이처럼 힘이 빠지는데도 이동을 계속하면, 근육에 무리가 가기 시작하여 다음 날에는 통증에 시달리게 될 것이다.

이윽고 우리는 평평한 지점에 이른다. 산허리의 비어져 나온 커다란 둔덕에 이른 것이다. 크리스에게 오늘은 이 정도 지점에서 멈추자고 말한다. 그는 만족해하는 것처럼 보인다. 표정도 밝다. 아마도 마침내 무언가 진척이 그에게 있었던 것 같다.

당장 낮잠이라도 즐기고 싶지만, 계곡에 구름이 드리워져 있어 곧 비가 쏟아질 것 같다. 구름이 협곡을 가득 메우고 있어, 저 아래쪽 바닥이 보이지 않는다. 건너편 능선도 보일락 말락 한 상태다.

급히 배낭을 열어 텐트로 사용할 군용 판초 두 벌을 꺼내, 하나로 연결한다. 그런 다음 밧줄을 꺼내 서로 떨어져 있는 두 그루의 나무 몸통에 묶는다. 이어서 하나로 연결한 판초를 그 위에 걸어 놓는다. 그리고 벌채용 칼로 관목을 잘라 말뚝을 몇 개 만든 다음 이를 땅바닥에 박는다. 뒤이어 벌채용 칼의 평평한 끝 부분을 이용하여 텐트 주위에 자그마한 도랑을 판다. 이는 배수를 위한 것이다. 우리가 모든 것을 텐트 안으로 옮겨 놓는 바로 그 순간 빗방울이 떨어지기 시작한다.

비 때문에 크리스는 기분이 썩 좋아져 있다. 우리는 침낭 위에 등을 대고 누워, 비가 내리는 것을 바라보기도 하고 또 빗방울이 텐트 위로 떨어지면서 내는 소리를 듣기도 한다. 숲은 안개에 젖어 있고, 우리 둘은 다 명상에 잠겨, 빗방울을 맞아 심하게 동요하는 관목의 나뭇잎들을 응시한다. 벼락이 칠 때는 우리도 약간 동요하지만, 우리 주변의 모든 것이 젖어 있는데 우리는 젖어 있지 않다는 사실로 인해 행복감을 느낀다.

잠시 후에 나는 배낭을 뒤져 소로의 문고본 책을 찾는다. 책을 찾아, 크리스에게 이를 읽어준다. 비로 인해 희미해진 빛에 의지하여 읽으려다 보니 눈에 힘을 약간 주어야 한다. 이전에도 다른 책들을 가지고 이 같은 책 읽어주기를 했었다고 이미 말했던 것 같다. 대개의 경우 크리스가 잘 이해하기 어려운 수준의 책을 읽어주곤 했다. 내가 그런 책에 나오는 문장 하나를 읽으면 크리스는 그에 관해 연속해서 수많은 질문을 하곤 한다. 이윽고 그가 만족해하면 나는 이어서 다음 문장을 읽곤 한다.

　소로를 읽으면서 잠시 동안 이 과정을 되풀이한다. 하지만 30분가량 이 과정을 계속하고 보니, 놀라우면서도 실망스럽게도 소로 읽기를 제대로 이어나갈 수 없음을 깨닫는다. 크리스가 안절부절못해 하고 나 역시 그렇다. 소로의 문장 구조는 우리가 현재 와 있는 산중 숲의 분위기와는 맞지 않는다. 적어도 내가 느끼기에는 그렇다. 책이 단조롭다는 느낌을, 수도원에 갇힌 듯 답답하다는 느낌을 주는 듯하다. 소로에 대해 그런 생각이 들기는 처음이다. 하지만 그런 생각이 드는 것을 어찌하랴. 그는 다른 상황, 다른 시대를 상대로 하여 이야기하고 있다. 공학 기술의 문제점에 대한 해결책을 찾기보다 그 공학 기술의 해악을 찾고 있을 뿐이다. 그는 우리를 상대로 하여 이야기하고 있는 것이 아니다. 마지못해 나는 책을 다시 내려놓는다. 그리고 우리 둘은 침묵에 젖어 명상에 잠긴다. 크리스와 나와 숲과 비가 있을 뿐이다. 더 이상 그 어떤 책도 우리를 인도할 수 없다.

　우리가 텐트 바깥쪽에 내놓은 납작한 냄비에 빗물이 차기 시작한다. 얼마 후 빗물이 충분히 모이자 빗물을 몽땅 바닥이 깊은 냄비에 붓고 여기에 고형(固形)의 닭고기 수프 덩어리를 몇 개 집어넣는다. 그런 다음 이를 자그마한 고형 알코올 스토브 위에 올려놓고 끓인다. 힘든 등산을 한 다음 어떤 음식이나 음료가 다 그러하듯, 맛이 참 좋다.

　크리스가 말한다. "서덜랜드 부부와 야영하는 것보다는 아빠와 야영하는 게 더 좋아요."

"상황이 다르지." 내가 이렇게 말한다.

수프를 다 마시자, 돼지고기와 콩이 담긴 통조림을 꺼내 내용물을 냄비에 쏟아 넣는다. 이를 데우는 데 꽤 오랜 시간이 걸린다. 하지만 우리에게는 급할 것이 없다.

"냄새가 좋은데요." 크리스가 말한다.

이제 비가 멈췄고 이따금씩 물방울이 텐트 위로 떨어질 뿐이다.

"내일은 날이 화창할 거야." 내가 말한다.

우리는 돼지고기와 콩이 담긴 냄비를 서로 주고받으면서 각각 반대편 쪽의 내용물을 떠먹는다.

"아빠, 아빠는 항상 무얼 그렇게 생각하세요? 아빠는 항상 생각에 잠겨 있어요."

"아, 그런가. . . . 온갖 것을 다 생각하지."

"무엇에 대해서요?"

"아, 비에 대해, 그리고 또 우리한테 닥칠 수 있는 말썽거리에 대해, 또 일상적인 이러저러한 일들에 대해 생각하지."

"어떤 일들인데요?"

"아, 네가 자라면 너한테 어떤 일이 일어날까, 그런 것들을 생각하지."

그가 흥미를 보인다. "어떤 일이 일어날 거 같아요?"

하지만 그가 이렇게 물을 때 그의 눈에 약간의 자존심이 반짝인다. 결과적으로 이 물음에 대한 답은 가장된 것이 된다. "모르겠는데. 그냥 생각해보는 것일 뿐이야." 내가 말한다.

"내일이면 이 협곡의 위쪽까지 갈 수 있을 거라고 생각하세요?"

"아, 그럼. 위쪽에서 그리 멀지 않은 곳에 우리가 있거든."

"아침이면 갈 수 있나요?"

"그럴 것 같은데."

잠시 후에 보니 크리스가 잠들어 있다. 습기 찬 밤바람이 능선에서 내려와 소나무들 사이를 스치니 그곳에서 한숨과도 같은 소리가 흘러나온다. 윤곽만이 보이는 나무의 우듬지들이 바람과 함께 부드럽게 움직인다. 나무의 우듬지들이 바람에 고개를 숙였다가 일어선다. 그리고 한숨 소리와 함께 다시 고개를 숙였다가 일어선다. 그들의 본성에서 나온 것이 아닌 외부에서 가해진 힘에 안절부절못하고 있는 것이다. 바람 때문에 느슨해진 텐트의 한쪽 자락이 펄럭인다. 일어나서 이를 다시 말뚝에 고정시킨다. 그런 다음 둔덕의 촉촉하고 푹신푹신한 풀밭 위를 잠시 동안 걷는다. 이윽고 텐트로 돌아와 잠을 청한다.

제 19 장

　내 얼굴 곁의 푹신하게 깔려 있는 솔잎들이, 햇빛에 반짝이는 솔잎들이 내가 있는 곳이 어디인지를 알려준다. 솔잎들을 의식하다 보니 꿈이 저만큼 달아난다.
　꿈속에서 나는 하얀 칠이 된 방에 서서 유리로 된 문을 바라보고 있었다. 문 바깥쪽에는 크리스와 크리스의 동생이, 그리고 애들의 엄마가 있었다. 크리스가 문 저쪽에서 나에게 손을 흔들고 있었고, 크리스의 동생이 나를 보고 웃고 있었다. 하지만 애들 엄마의 눈에는 눈물이 고여 있었다. 이윽고 나는 크리스의 미소가 억지로 짓는 경직된 것임을 깨달았다. 실제 그의 얼굴에 어린 것은 깊은 두려움이었다.
　문을 향해 가자 그의 미소가 나아졌다. 그가 나에게 문을 열라는 손짓을 했다. 나는 막 문을 열려고 하다가 그만두었다. 그의 얼굴에 다시 두려움의 빛이 서렸으나, 나는 몸을 돌려 걸음을 옮겼다.
　전에도 가끔 꾸던 꿈이다. 그 꿈이 의미하는 바는 명백하다. 그리고 지난밤에 내가 했던 이런저런 생각들과 일치하는 것이기도 하다. 그는 나에게 말을 건네려 애를 쓰지만, 결코 그렇게 하지 못할까 봐 두려워하고 있다. 이쯤 올라와 생각해보니 모든 것이 더욱 명료해진다.

텐트의 출입구 저편으로 눈길을 주자, 이제 땅바닥 위의 솔잎들이 태양을 향해 옅은 물안개를 피워 올리고 있는 것이 보인다. 대기는 촉촉하고 차갑다. 아직 크리스가 자고 있는 동안, 나는 살그머니 텐트에서 기어 나와 몸을 일으켜 세우고는 기지개를 켠다.

다리와 등이 뻐근하지만 아프지는 않다. 근육을 풀기 위해 몇 분 동안 가벼운 체조를 한다. 그런 다음 둔덕에서 소나무 숲으로 뜀뛰기를 한다. 그렇게 하니 몸이 한결 편해진다.

오늘 아침의 소나무 향내는 강렬하고 습기를 머금고 있다. 나는 쭈그리고 앉아서 협곡 저 아래쪽의 아침 안개에 눈길을 준다.

얼마 후 텐트가 있는 곳으로 돌아와보니 안에서 인기척이 들린다. 크리스가 깨어났다는 신호다. 안을 들여다보니 말없이 주변에 눈길을 주고 있는 그의 얼굴이 보인다. 그는 잠에서 깨어나 정신을 차리는 데 시간이 걸리는 그런 종류의 아이다. 말을 할 수 있을 만큼 기운을 차리는 데는 5분이 걸릴 것이다. 이윽고 그가 눈을 가늘게 뜨고 빛이 들어오는 쪽을 바라본다.

"잘 잤니?" 내가 아침 인사를 건넨다.

대답이 없다. 빗방울이 몇 개 소나무에서 떨어진다.

"편하게 잘 잤니?"

"아니요."

"저런!"

"뭐 땜에 그렇게 일찍 일어나셨어요?" 그가 묻는다.

"이르다니?"

"지금 몇 시지요?"

"9시야." 내가 말한다.

"틀림없이, 우린 3시까지 깨어 있었던 것 같아요."

3시까지? 그렇게 오랫동안 깨어 있었다면 그것 때문에 오늘 고생을 좀 할 것이다.

"글쎄다, 나는 잘 잤는데."

이상하다는 듯이 그가 나를 쳐다본다. "아빠가 나를 계속 못 자게 했어요."

"내가?"

"이야기를 하셨어요."

"잠을 자면서 이야기를 했다는 거구나."

"아니에요. 산에 대해 이야기하셨어요."

무언가가 이상하다. "얘, 나는 산에 대해 아는 것이 아무것도 없는데."

"글쎄, 밤새도록 산에 대해 이야기하셨다니까요. 정상에 오르면 모든 것을 다 볼 수 있다고도 하셨어요. 그리고 그곳에서 나를 만나겠다고 하셨어요."

그가 꿈을 꾸었다고 생각한다. "아빠가 이미 너와 함께 있는데 어떻게 그곳에서 너를 만날 수 있겠니?"

"모르겠는데요. 아무튼, 아빠가 그렇게 말씀하셨어요." 그는 혼란스러워하는 표정을 짓는다. "아빠 목소리가 술에 취해 있거나 뭐 그런 것처럼 들렸어요."

그는 아직 잠에서 완전히 깨어나지 않았다. 건드리지 않고 그냥 조용히 잠에서 깨어나게 하는 것이 좋을 것 같다. 하지만 목이 마르다. 여행을 하는 동안 충분한 물을 확보할 수 있으리라고 생각하여, 물통을 두고 왔다. 어찌 이렇게 멍청할 수가! 능선에 올라갔다가 반대편으로 내려가 샘을 찾을 수 있는 곳에 도착할 때까지 아침 식사를 할 수 없을 것이다. "아침 식사를 위해 물을 얻으려면, 이제 짐을 꾸리고 출발하는 것이 좋겠다." 내가 이렇게 말한다. 기온이 많이 올라가 날이 벌써 따뜻하다. 아마도 오후쯤 되면 무척 더울 것이다.

텐트 철거 작업이 손쉽게 이루어진다. 모든 것이 말라 있어 기분이 좋다. 반 시간 내에 모든 짐을 꾸린다. 이제 풀밭의 일부가 짓눌려 있는 것을 빼면 아무도 이 자리에 있었던 것 같아 보이지 않는다.

아직도 걸어 올라가야 할 거리가 많이 남아 있다. 하지만 길을 따라 걷다 보니 어제보다는 오르기가 한결 편하다. 능선의 둥그런 위쪽 부분에 다가가고 있으며, 그래서 경사가 그리 가파르지 않다. 이곳의 소나무 가지들은 한번도 쳐낸 것 같지 않아 보인다. 무성한 숲으로 인해 빛이 직접 바닥까지 들어오지 않고, 바닥에는 관목이 전혀 자라고 있지 않다. 바닥은 다만 푹신푹신한 솔잎으로 덮여 있고 주위가 훤하게 트여 있어, 걷기가 편하다. . . .

이제 야외 강연을 다시 시작하기로 하자. 결정화의 제2단계라는 형이상학적인 이야기가 그 주제가 될 것이다.

질에 대한 파이드로스의 무모하고도 두서없는 이야기에 대한 반응으로 보즈먼 소재 몬태나 주립 대학교의 영문과 교수들이 그에게 질문을 하나 던졌을 때 결정화의 제2단계가 시작되었다. 자신들이 반듯하게 각이 져 있는 사람들이라는 말을 듣고 영문과 교수들은 그에게 다음과 같은 합리적인 질문을 던졌다. "정의되지 않은 당신의 '질'이라는 바로 그것이 우리가 관찰하는 사물에 존재하는 것인가? 아니면 단지 관찰자의 마음 안에 존재하는 주관적인 것인가?" 이는 지극히 간단하고 평범한 질문이었다. 답을 찾기 위해 서두를 것이 없는 그런 질문이었던 것이다.

나 원 참, 서두를 필요가 없는 그런 질문이었다니! 이는 치명적인 일격, 필살(必殺)의 타격, 결정적인 강타, 지나가는 사람에게 들이대는 권총과도 같은 것이었다. 도저히 정신을 되차릴 수 없게 하는 그런 종류의 질문이었던 것이다.

만일 질이 대상에 존재한다면, 과학 장비로 이를 추적할 수 없는 이유가 무엇인지를 설명해야만 하기 때문이다. 또한 그것을 추적할 수 있는 도구가 무엇인지도 제시해야만 한다. 아니면, 당신이 말하는 이른바 질이라는 개념—정중하게 표현해서 그렇게 부르겠는데—은 터무니없는 허튼 수작에 불과한 것이기 때문에 도구로 그것을 추적할 수 없는 거야, 이런 식의 빈정거림을 참고 받아들여야만 할 것이다.

한편, 질이 관찰자의 마음에 존재할 뿐인 주관적인 것이라면, 당신이 이처럼 대단한 것인 양 여기는 질이란 것은 당신이 좋아하는 것이 무엇이든 거기에 당신이 편리하게 붙여놓은 그럴듯한 명칭에 불과한 것일 뿐이다.

몬태나 주립 대학의 영문과 교수들이 파이드로스에게 제기한 질문은 이른바 딜레마로 불리는 고전적인 논리 구조물에 해당하는 것이었다. 희랍어로 "이중 가정"을 뜻하는 딜레마는 성이 나서 달려드는 황소의 머리 부분에 비유되어왔다.

만일 질이란 객관적인 것이라는 가정을 받아들이게 되면, 그는 딜레마의 한쪽 뿔에 찔리게 될 것이다. 그리고 질이란 주관적인 것이라는 또 다른 가정을 받아들이게 되면, 다른 쪽 뿔에 찔리게 될 것이다. 질이란 객관적인 것이라고 답을 하든, 또는 주관적인 것이라고 답을 하든, 뿔에 상처를 입기는 마찬가지일 것이다.

그는 몇몇 교수들이 자신에게 온화한 미소를 보내고 있음을 알아차렸다.

하지만 파이드로스는 논리학 분야의 훈련을 받은 사람이었기 때문에 모든 딜레마는 두 개가 아닌 세 개의 고전적 반론을 유도한다는 점을 알고 있었다. 또한 그는 그다지 고전적이지 않은 몇 개의 반론에 대해서도 알고 있었다. 그래서 그는 사람들의 미소에 미소로 답했다. 그는 왼쪽 뿔을 움켜쥔 채 객관성은 과학적 추적 가능성을 암시한다는 사유 방식에 논박을 가할 수도 있었다. 아니면, 오른쪽 뿔을 움켜쥔 채 주관성은 "무엇이든 당신이 좋아하는 것"을 암시한다는 사유 방식에 논박을 가할 수도 있었다. 그것도 아니면 두 뿔의 가운데 지점을 겨냥하여 주관성과 객관성만이 유일한 선택지(選擇肢)라는 입장을 거부할 수도 있었다. 당연히 그는 이 세 가지의 선택 가능성을 모두 점검했다.

이 같은 세 개의 고전적인 반론 이외에도 몇 개의 비논리적인, "수사학적인" 반론들이 존재한다. 파이드로스는 수사학자였기 때문에 이 같은 반론들을 또한 알고 있었다.

황소의 눈에 모래를 뿌릴 수도 있다. 파이드로스는 질이 무엇인지를 알지 못하는 사람은 무능력한 사람이라는 진술을 통해 이미 이 같은 행동을 취한 바 있다. 말하는 사람의 능력은 그가 말하는 것의 진위 여부와 관계가 없다는 것은 논리학의 오래된 규칙 가운데 하나다. 따라서 무능력에 대해 말하는 것은 순전히 모래를 뿌리는 것에 해당한다. 이 세상에서 가장 멍청한 사람도 해가 빛난다고 말할 수 있다. 하지만 그가 그렇게 말한다고 해서 해가 빛을 잃지는 않는다. 수사학적 논법을 공격하는 적들 가운데 가장 오랜 예에 해당하는 소크라테스는 파이드로스의 이 같은 행동에 대해 다음과 같이 말함으로써 그를 격투기장 바깥으로 내동댕이칠 수도 있었을 것이다. "좋소, 질의 문제에 대해 나는 무능력한 사람이라는 당신의 가정을 받아들이겠소. 이제 이 무능력한 늙은이에게 질이 무엇인지를 보여주시오. 그러지 않으면, 내가 어찌 지금보다 나은 사람이 될 수 있겠소?" 파이드로스에게는 아마도 몇 분 동안 진땀을 뺄 시간이 주어질 것이다. 그런 다음, 파이드로스 역시 질이 무엇인지를 모르고 있고 또한 그 자신의 기준에 비춰 보면 그 역시 무능력한 사람이라는 점을 증명하는 질문들을 퍼부음으로써, 소크라테스는 그를 완전히 나가떨어지게 할 수도 있을 것이다.

자장가를 불러 황소를 잠들게 하려 할 수도 있다. 파이드로스는 그에게 질문을 던진 사람들에게 이 같은 딜레마에 대한 답은 자신의 보잘것없는 문제 해결 능력으로는 감당할 수 없는 것이라고 말할 수도 있다. 하지만, 질문에 답을 하지 못한다고 해서, 그 사실이 답을 찾을 수 없음을 논리적으로 증명하는 것이 될 수는 없다는 말을 덧붙일 수도 있다. 이어서, 풍부한 경험을 지닌 그들이 문제에 대한 답을 찾는 데 도움을 줄 수 없겠냐고 물을 수도 있다. 하지만 이 같은 종류의 자장가를 동원하기에는 너무 늦었다. 그들은 간단하게 다음과 같이 대꾸할 수도 있기 때문이었다. "그렇게는 안 되겠소. 우리는 너무도 반듯하게 각이 져 있는 사람들이니까. 답을 얻을 수 있을 때까지 강의 개요에 충실히 따라 강의해주기 바라오. 혼란에 빠져 있는 당신의 학생들을 우리가 다음 학기에 맡아 가르칠 때 그들을 낙제시켜야 하는 상황에 이르지 않게 말이오."

딜레마에 대한 수사학적 반론 가운데 세번째 것은 격투기장 안에 들어서기를 거부하는 것이다. 내 의견으로는 이것이 최상의 대안 같아 보인다. 파이드로스는 간단히 이렇게 말할 수도 있었다. "질을 주관적이거나 객관적인 것으로 분류하려는 것 그 자체가 질을 정의하려는 시도에 해당합니다. 그런데 저는 질은 정의가 불가능한 것이라고 이미 말한 바 있습니다." 그리고 그쯤에서 끝낼 수도 있었다. 내가 믿기로는 그 당시 실제로 드위즈가 그렇게 하는 것이 좋겠다고 파이드로스에게 조언했었다.

 그렇다면 그가 왜 이런 충고를 무시했던 것일까. 그리고 왜 신비주의로 탈출하는 손쉬운 방법을 택하기보다는 논리적으로 또한 변증법적으로 이 딜레마와 맞서는 쪽을 택했던 것일까. 이에 대해서는 알 길이 없다. 하지만 추정을 할 수는 있다. 무엇보다도 이성의 교회 전체가 도저히 빠져나갈 수 없을 만큼 깊이 논리의 격투기장 안에 들어와 있다고 느꼈기 때문이리라는 것이 내 생각이다. 또한 논리적 논쟁의 바깥쪽에 위치하면 어떤 형태의 학문적 고려의 대상도 되지 못할 것이라고 느꼈기 때문이리라는 것이 또한 내 생각이기도 하다. 철학적 신비주의—그러니까 진리란 정의가 불가능한 것이고 단지 비합리적인 방법을 통해 감지될 수 있다는 투의 생각—는 역사가 시작된 이래로 줄곧 우리와 함께 있어왔다. 선(禪)을 수행하는 사람들이 기본 원리로 여기는 것이 바로 그것이다. 하지만 이는 학문적 주제가 아니다. 이성의 교회라는 학문 세계는 오로지 정의될 수 있는 것에만 관심을 보인다. 그리고 누군가가 신비주의자라면 그에게 주어진 자리는 수도원이지 대학이 아니다. 대학이라는 곳은 무언가가 명확하게 설명이 되어야 하는 그런 곳이다.

 그가 격투기장으로 들어가기로 결심한 또 하나의 이유가 있었다면 이는 자존심과 관련된 것이었다는 것이 내 생각이다. 그는 자신이 상당히 날카로운 논리학자인 동시에 변증법의 고수임을 알고 있었고, 이 사실에 자부심도 갖고 있었다. 그렇기 때문에 현재의 딜레마가 그의 재주를 시험하는 도전장에 해당하는 것이라고 보았다. 지금 생각해보니, 바로 이 자부심이 그가 겪어야 했던 모든 불화의 원인이었던 것 같기도 하다.

대략 2백여 미터 전방 우리가 있는 곳으로부터 위쪽 소나무 숲 사이로 사슴이 움직이는 것이 보인다. 크리스의 주의를 그곳으로 끌려 한다. 하지만 그가 눈길을 줄 때쯤 사슴은 이미 사라지고 없다.

파이드로스가 마주한 딜레마의 첫번째 뿔은 다음 질문으로 요약될 수 있다. 만일 질이 대상에 존재한다면, 과학적 장비가 이를 추적할 수 없는 이유는 무엇인가.

이 뿔은 야비한 것이었다. 처음부터 그는 이 뿔이 얼마나 치명적인 것인가를 알고 있었다. 만일 그가 어떤 과학자도 추적할 수 없는 질을 대상에서 추적할 수 있는 최고의 과학자인 척, 주제넘게도 그런 과학자인 척 행세하는 경우, 그는 단지 자신이 정신이상자나 멍청이 또는 정신이상자인 동시에 멍청이라는 점을 입증하는 셈이 되었을 것이다. 오늘날의 세계에서 과학적 지식과 양립할 수 없는 생각은 도저히 하늘로 비상할 수 없다.

이윽고 파이드로스는 과학적인 것이든 과학적인 것이 아니든 어떤 대상도 질로 환산하지 않으면 그에 대해 알 수가 없다는 로크의 진술을 기억해냈다. 논박이 불가능한 이 같은 진리가 암시하는 바는 무엇인가. 과학자들이 대상에서 질을 따로 떼어 추적할 수 없다면 그 이유는 질을 빼면 그들이 추적할 수 있는 것이 따로 없기 때문이다. "대상"이라 함은 질에서 연역해낸 지적 구성물이다. 만일 이 같은 답이 타당한 것이라면, 딜레마의 첫번째 뿔은 확실히 깨뜨릴 수 있게 된다. 이런 생각이 잠시 동안 그를 몹시 흥분케 했다.

하지만 그와 같은 답은 그릇된 것으로 판명되었다. 그와 그의 학생들이 강의실에서 확인하는 질은 실험실에서 목격되는 색채나 열기 또는 강도와 같은 종류의 질과는 완전히 다른 것이었다. 이 같은 물리적 특성들은 모두 도구를 이용하여 측정할 수 있는 그런 것들이었다. 하지만 그가 말하는 질―예컨대, "탁월함"이나 "가치 있음" 또는 "우수함"―은 물리적 특성에 해당하는 것이 아니라서 측정이 불가능했다. 그는 질이라는 용어의 모호성 때문에 나가떨어지게 된 것이었다. 그는 왜 이 같은 모호성이 존재하는가에 대해 의문을 갖게 되었고, 질이라는 단어의 역사적 뿌리를 캐보자는 생각을 마음속에 새겨 넣었다. 딜레마의 뿔은 여전히 없어지지 않은 채 버티고 있었다.

파이드로스는 딜레마의 다른 쪽 뿔로 주의를 돌렸다. 그쪽 뿔은 논박을 통해 꺾을 가능성이 한결 더 커 보였다. 그는 이렇게 생각했다. 그러니까 무엇이 되었든 당신이 좋아하는 것이 바로 질이라고? 그런 논리가 그를 화나게 했다. 역사상 위대한 예술가들―예컨대, 라파엘로, 베토벤, 미켈란젤로―이 모두 그냥 사람들이 좋아하는 것을 만들어내는 일을 했을 뿐이라고? 그들에게는 엄청난 방식으로 사람들의 감각을 자극하는 일 이외에 아무런 목적이 없었다고? 정말 그럴까. 그런 생각이 그의 화를 돋우었다. 이와 관련하여 무엇보다도 그의 화를 돋운 것은 이런 견해를 논리적으로 내칠 수 있게 할 즉각적인 방도를 찾을 수 없다는 점이었다. 그리하여 그는 그 진술을 조심스럽게 검토했다. 공격을 가하기 전에 그는 항상 공격 대상을 신중하고 진지하게 검토하곤 했는데, 바로 그런 방식으로 그 진술을 검토했던 것이다.

이윽고 그는 문제점을 파악할 수 있었다. 그는 칼을 꺼내 들고, 그 진술문에서 모든 화를 돋우는 원인이 되었던 단어 하나를 도려냈다. "그냥"이라는 단어가 바로 그것이었다. 왜 질이 그냥 당신이 좋아하는 그 무엇이어야 하는가. 왜 "당신이 좋아하는 그 무엇"이 "그냥"이라는 단어의 수식을 받아야 하는가. 이 경우 "그냥"이 의미하는 바는 무엇인가. 이처럼 독립적인 검토를 위해 따로 떼어놓자, 여기에서의 "그냥"은 아무것도 의미하지 않는다는 사실이 명백히 드러났다. 이는 순전히 문장의 가치를 떨어뜨리기 위한 용어로, 문장에 논리적으로 기여하는 바가 아무것도 없었다. 이제 이 단어를 제거하고 나니, 문제의 진술문은 "질이란 당신이 좋아하는 그 무엇이다"로 바뀌게 되어, 그 의미가 완전히 변하게 되었다. 재미없는 상투적 표현이 되고 말았다.

무엇보다도 먼저 왜 문제의 진술문이 그처럼 그의 화를 돋우었던가 의문을 갖지 않을 수 없었다. 이 진술문은 너무도 자연스러워 보였다. 이 진술문이 실제로 말하는 바는 "당신이 좋아하는 것은 그것이 무엇이든 나쁜 것이고, 최소한 중요하지 않은 것이다"라는 점을 깨우치는 데 왜 그리도 오랜 시간이 걸렸던 것일까. 당신이 좋아하는 것은 그것이 무엇이든 나쁜 것이거나 다른 것들과 비교해볼 때 최소한 중요하지 않은 것이라는 이 독선적인 가정 뒤에 숨겨진 것은 무엇일까. 그것은 바로 그가 싸우고 있는 것, 그러니까 반듯하게 각이 져 있는 것의 정수(精髓)에 해당하는 것 같아 보이기도 했다. 어린아이들은 "그냥 자기네들이 좋아하는 것"을 하지 못하도록 훈련을 받는다. 하지만 . . . 하지만 무엇을 하도록 훈련을 받는가. . . . 그렇다! 남들이 좋아하는 것을 하도록 훈련을 받는다. 남들이라니? 부모, 선생, 지도 교사, 경찰, 법관, 관리, 왕, 독재자가 바로 그들이다. 말하자면, 온갖 권위의 주체들이 바로 남들이다. "그냥 자기가 좋아하는 것"을 경멸하도록 훈련을 받게 되면, 당신은 바로 그 남들의 하인, 한결 더 순종적인 하인이 된다. 요컨대, 성실한 노예가 되는 것이다. "그냥 자기가 좋아하는 것"을 하지 않도록 교육을 받게 되면, 체제가 당신을 사랑하게 될 것이다.

하지만 그냥 자신이 좋아하는 것을 당신이 한다고 가정해보자. 그렇게 하는 것이 곧 당신이 밖으로 나가 헤로인 주사를 맞고, 은행을 털고, 나이 든 여자에게 성폭행을 하는 것을 뜻하는 것일까. "그냥 자기가 좋아하는 대로" 일을 하지 않도록 조언하는 사람은 좋아할 만한 것이 무엇인가와 관련하여 몇몇 터무니없는 억측을 하고 있는 것 같기도 하다. 그는 사람들이 자기 행동의 결과를 고려해서 은행을 터는 일은 그들이 좋아하는 일이 아니라는 결정을 내리기 때문에 은행을 털려고 하지 않을 수도 있다는 점을 의식하지 못하는 사람 같아 보인다. 애당초 은행은 "그냥 사람들이 좋아하는 것"—말하자면, 돈을 대출해주는 곳—이기 때문에 존재하게 되었다는 사실을 깨닫지 못하는 사람 같아 보이기도 한다. 파이드로스는 "당신이 좋아하는 것"에 대한 그 모든 비난이 어떻게 해서 애당초 그처럼 당연한 이의 제기로 비쳤던 것인지에 대해 의문을 갖기 시작했다.

곧 그는 자신이 의식하고 있는 것보다도 한결 더 많은 것이 여기에 걸려 있음을 깨닫게 되었다. 그냥 당신이 좋아하는 것만을 하지 마시오. 누군가가 이렇게 말할 때 권위에 복종하라는 뜻만 담고 있는 것은 아니다. 이는 또한 무언가 다른 뜻을 담고 있는 것이기도 하다.

"무언가 다른 뜻"이라는 이 말이 계기가 되어 파이드로스는 고전적인 과학적 신념이라는 거대한 영역의 문을 열고 들어서게 되었다. 즉, "당신이 좋아하는 것"은 모두가 당신 내부의 비합리적인 감정들로 이루어진 것이기 때문에 중요하지 않다는 투의 신념과 마주하게 된 것이다. 그는 오랫동안 이 같은 주장을 연구하고는 이를 두 개의 작은 그룹으로 나눠놓았다. 그리고 이를 각각 과학적 유물론과 고전적 형식론으로 명명했다. 그에 따르면, 이 두 요소가 때때로 동일한 사람 안에 뒤섞여 있음이 발견되기도 하지만, 논리적으로 별개의 것이다.

　과학자들 사이보다는 과학을 추종하는 사람들 사이에 더 일반적으로 퍼져 있는 과학적 유물론의 주장에 따르면, 물질이나 에너지로 이루어져 있고 과학의 도구에 의해 측정이 가능하다면 이는 실재하는 것이다. 그 외의 것들은 실재하는 것이 아니고, 적어도 아무런 중요성도 갖지 못하는 것들이다. "당신이 좋아하는 것"은 측정이 불가능한 것이기 때문에, 실재하는 것이 아니다. "당신이 좋아하는 것"은 사실일 수도 있고 망상일 수도 있다. 그런데 무언가를 좋아함은 사실과 망상 양자 사이를 구분해서 좋아하는 것이 아니다. 과학적 방법의 유일한 목적은 자연에서 거짓된 것과 참된 것 사이를 나누는 타당한 준거를 확립하는 데 있다. 또한 주관적인 것, 실재하지 않는 것, 상상에 의한 것을 한 사람의 작업에서 제거함으로써 객관적이고 진정한 현실의 모습을 얻고자 하는 데 그 목적이 있다. 그가 질이란 주관적인 것이라고 말한다면, 이는 그들에게 질이란 상상의 산물이고 따라서 현실에 대한 심각한 논의 과정에 이는 무시되어도 상관없는 것이라고 말하는 셈이 된다.

　다른 한편에 놓이는 것이 고전적 형식론으로, 이 고전적 형식론의 주장에 따르면 지적으로 이해되지 않는 것은 결코 이해된 것이라 할 수 없다. 이 경우에도 질은 중요한 것이 될 수 없는데, 이는 이성의 지적 요소가 동원되지 않는 채 진행되는 정서적 이해일 뿐이기 때문이다.

　"그냥"이라는 수식어의 두 주요 원천 가운데 첫째 것인 과학적 유물론은 한결 더 쉽게 난도질할 수 있는 대상이라고 파이드로스는 느꼈다. 이 과학적 유물론은 지극히 소박하고 유치한 것임을 그는 옛날의 교육을 통해 알고 있었다. 우선 그는 귀류법(歸謬法)[1]을 동원하여 이에

---

1) reductio ad absurdum: 논리적 논쟁의 한 유형. 논쟁을 위해 하나의 주장을 내세우고 부조리하거나 엉뚱한 결론을 유도한 다음 부조리한 결과를 유도하였기 때문에 원래의 주장은 잘못된

도전했다. 귀류법의 근거가 되는 명제에 따르면, 만일 일련의 가정에서 나오는 피할 수 없는 결론이 불합리한 것이라면 논리적으로 보아 이런 결론을 이끈 가정 가운데 적어도 하나는 불합리한 것이다. 파이드로스는 이렇게 말했다. "질량과 에너지로 구성되어 있지 않은 대상은 실재하지 않거나 중요하지 않은 것이라는 가정에 이어지는 논리가 어떤 것인지를 검토해보기로 합시다."

그는 영(0)이라는 숫자를 출발점으로 삼았다. 원래 힌두 문화의 숫자 개념인 0은 중세기에 아랍인들을 통해 서양에 소개되었다. 이 개념을 고대 희랍인들이나 로마인들은 모르고 있었던 것이다. 어떻게 그럴 수가 있었을까. 그는 의문을 갖지 않을 수 없었다. 자연이 너무도 교묘하게 0의 개념을 감추고 있었기 때문에 그 모든 희랍인들과 그 모든 로마인들——수백만의 사람들——이 이를 발견할 수 없었던 것일까. 통상적으로 사람들은 아마도 0이 누구나 다 볼 수 있도록 훤하게 그 모습을 드러낸 채 존재해 있다고 생각할 것이다. 아무튼, 그는 먼저 어떤 형태의 질량과 에너지에서 0을 유도해내고자 하는 일이 얼마나 불합리한 것인가를 보여주었다. 이어서, 그렇다면 0이라는 숫자가 "비과학적"인 것임을 뜻하는 것이냐는 수사적 질문을 던졌다. 만일 0이라는 숫자가 비과학적인 것이라면, 디지털 컴퓨터——전적으로 모든 것을 1과 0으로 환산하여 기능하는 이 컴퓨터—— 는 과학적 작업을 위해 단지 1에만 한정되어야 한다는 뜻이 아닌가. 이것이 불합리하다는 점을 찾기란 어렵지 않다.

이어서 그는 여타의 다른 과학적 개념들을 하나하나 검토하면서 그러한 개념들이 주관적 사유와 관계없이 존재할 수 없음을 보여주었다.

것임이 틀림없다는 결론에 도달하는 방식으로 전개됨.

그는 마침내 중력의 법칙으로 논의를 끝맺었는데, 우리가 여행을 시작하던 첫날 존과 실비아와 크리스에게 내가 제시했던 바로 그 예를 들어 설명했다. 만일 주관성을 중요하지 않은 것으로 보아 제거하고자 하면, 과학의 전 영역을 그와 함께 제거해야 할 것이라고 그는 말했다.

하지만 이 같은 방식으로 과학적 유물론을 논박하는 경우 그가 위치하는 곳은 철학적 관념론의 영역인 것처럼 보인다. 예컨대, 버클리, 흄, 칸트, 피히테, 셸링, 헤겔, 브래들리, 버나드 보즌켓[2] 등등 일련의 멋진 친구들, 빈틈없이 완벽하게 논리적이었던 이들과 한 부류가 되는 셈이었다. 하지만, "상식적인" 언어로 이들의 논리를 정당화하기가 너무도 어려워서, 이들은 질에 대한 그의 방어에 도움이 되기보다는 짐이 될 것 같아 보였다. 세계는 온통 정신으로 이루어진 것이라는 주장은 논리적으로 유효한 입장일 수도 있지만, 확실히 수사적으로는 유효한 입장이 될 수는 없다. 대학교 1학년 학생 작문 수업을 위해서는 너무도 지루하고 어려운 것이었다. 너무도 "당치 않은" 입장이었던 것이다.

이 지점에 이르니, 주관성을 내세우는 딜레마의 뿔이 온통 객관성을 내세우는 뿔만큼이나 지리멸렬한 것처럼 보이게 되었다. 그리고 고전적 형식론의 논쟁들에 대한 검토를 일단 시작하고 보니 그 뿔의 모양새가 한결 더 한심한 것이 되고 말았다. 하지만 이런 논쟁들은 극도로 강력한 것이어서 거대한 합리적인 그림을 고려하지 않은 채 즉각적인 감정적 충동에만 이끌려 이에 반응해서는 안 된다.

우리는 어린아이들에게 다음과 같이 충고한다. "풍선껌[즉각적인

---

2) Bernard Bosanquet(1848~1923) : 영국의 철학자이자 정치 사상가. 19세기 후반과 20세기 초반 영국의 정치 및 사회적 정책 수립에 막대한 영향력을 행사한 인물.

감정적 충동]에 이끌려 용돈을 몽땅 써버리지 말아라. 왜냐하면 후에 가서 무언가 다른 일[거대한 그림]을 위해 쓰고 싶어 할 것이니까." 한편, 어른들에게는 다음과 같이 충고한다. "이 제지 공장은 아무리 최상의 통제 시스템을 갖추고 있어도 끔찍한 악취[즉각적인 감정]를 퍼뜨릴지도 모른다. 하지만 제지 공장이 없으면 마을 전체의 경제[거대한 그림]는 붕괴하고 말 것이다." 우리의 오래된 이분법으로 환산하면, 이 같은 말은 "표면적인 낭만적 매력에 근거하여 결정을 내리기보다는 저변에 놓인 고전적 형태를 고려하도록 하라"로 바꿀 수 있을 것이다. 이것은 그가 어느 정도 동의하는 바의 논리였다.

"질이란 그냥 당신이 좋아하는 그 무엇"이라는 이의 제기를 통해 고전적 형식론자들이 뜻하고자 했던 바는 파이드로스가 가르치고 있는 주관적이고 정의되지 않은 이 "질"이라는 것은 단지 표면적인 낭만적 매력에 불과한 것일 뿐이라는 점이었다. 좋다, 강의실에서 인기 경연 대회를 하면 어떤 작문이 즉각적인 호소력을 갖는 것인가를 결정할 수 있을 것이다. 하지만 이것이 질인가. 질이라는 것이 당신이 "그냥 보아서" 알 수 있는 그 무엇인가. 아니면, 이보다는 좀더 교묘한 것, 그래서 결코 즉각적으로 알아차릴 수 없는 것, 다만 오랜 시간을 보낸 후에야 비로소 알 수 있는 그 무엇인가.

그가 이 논점을 점점 더 깊이 검토하면 할수록 이는 더욱더 만만찮은 것으로 변해갔다. 그의 명제 전체를 결딴낼 수 있을 것처럼 보였던 것이다.

상황을 더욱 불길하게 만든 것이 있었다면, 때때로 강의실에서 제기되어왔던, 또한 그가 항상 어느 정도 결의론적(決疑論的)[3]으로 답변

---

3) 결의론(決疑論, casuistry) : 원리나 원칙에 근거하지 않고 개별적 사례에 근거하여 이루어지는 추론 작업을 가리키는 응용 윤리학적 용어. 이는 원리나 원칙에 근거하여 이루어지는 판단

해야만 했던 물음에 대한 답변을 하는 것 같아 보였다는 점이다. 이 물음은 다음과 같다. 만일 모든 사람이 질이 무엇인지를 안다면, 질에 대한 의견의 불일치가 그처럼 심한 이유는 무엇인가.

결의론적인 그의 답변은 한편 다음과 같았다. 비록 순수한 질은 모든 이에게 동일한 것이지만, 사람들이 질이 내재해 있는 것으로 말하는 대상은 사람마다 다르다. 그가 질을 정의하지 않은 채 그대로 두는 한, 이에 대해 트집을 잡기란 불가능하다. 하지만 여기에서는 무언가 허위의 악취가 풍긴다는 것을 파이드로스는 알고 있었고, 이를 학생들도 알고 있다는 사실까지 알고 있었다. 이는 물음에 대한 성실한 답변이 될 수 없었던 것이다.

이제 대안이 될 만한 해명을 제시하기로 하자. 사람들이 질에 대해 의견의 차이를 보이는 이유는 어떤 이들은 종합적인 지식을 동원하는 반면 어떤 이들은 즉각적인 감정에 호소할 뿐이기 때문이다. 영어 선생들 사이에 인기 투표를 해보면 어떤 경우에든 그들의 권위를 강화하는 이 같은 입장이 압도적인 지지를 받을 것이라는 점을 파이드로스는 알고 있었다.

하지만 이 같은 주장은 완전히 자신의 논리를 황폐화하는 그런 종류의 것이었다. 이제 하나의 통일된 질 대신에 두 개의 질이 존재하는 것처럼 보이게 되었다. 학생들이 소유하고 있는 그냥 보는 것 또는 낭만적인 질과 선생들이 소유하고 있는 종합적인 이해 또는 고전적 질이 바로 그것이다. 유연하고 부드러운 히피적인 것과 반듯하게 각이 져

에 대해 비판적 입장을 취할 때 동원된다. 예컨대, '살인은 죄'라는 보편적 원칙을 전쟁이라는 특수 상황에 적용할 수 없다는 점에서 결의론적 판단이 불가피해진다. 때때로 누군가가 재치있는 것이기는 하나 논리적으로 건전하지 못한 추론을 동원했을 때 이를 비판하고 폄하하는 용어로 사용되기도 한다.

있는 것—이 두 종류의 질이 존재하는 것처럼 보이게 된 것이다. 반듯하게 각이 져 있다고 해서 질을 결여하고 있다는 뜻은 아닌데, 이 경우 확인되는 질을 고전적 질이라 할 수 있다. 한편, 히피적인 것이라고 해서 그냥 질이 존재한다는 뜻은 아닌데, 이 경우 확인되는 질은 다만 낭만적 질일 뿐이다. 파이드로스가 찾아낸 히피적인 것과 반듯하게 각이 져 있는 것 사이의 경계선은 여전히 존재하고 있었다. 하지만 그가 이전에 생각했던 것과는 달리 질은 그 경계선의 어느 한쪽 편에 완전히 속해 있는 것 같아 보이지 않았다. 대신 질 자체가 두 종류로 나뉘어, 경계선 양쪽에 하나씩 위치하게 된 것이었다. 그의 단순하고도 산뜻하며 아름다운 질, 정의되기 이전 상태의 질이 이제 복잡해지기 시작한 것이었다.

  이런 식으로 일이 풀려나가는 것이 파이드로스의 마음에 들지 않았다. 사물을 바라보는 고전적 방식과 낭만적 방식의 통합을 이끌어야 할 이 용어, 경계를 봉합하기 위해 동원된 이 용어 그 자체가 스스로 두 개의 부분으로 갈라지고 말았고, 더 이상 아무것도 통합할 수 없게 되었다. 분석용 분쇄기에 걸려들고 만 것이었다. 주관성과 객관성을 나누는 칼은 질을 둘로 나눠놓고, 그럼으로써 살아 있는 개념으로서의 질을 죽이고 만 것이었다. 그가 이를 구원하고자 한다면, 이제 그는 이 질에 칼을 들이댈 수가 없다.

  실제로 그가 말하고자 했던 질은 고전적 질도 아니었고 또한 낭만적 질도 아니었다. 이는 양자를 모두 뛰어넘는 그런 것이었다. 그리고, 맹세코, 이는 주관적인 것도 아니었고 객관적인 것도 아니었다. 이는 이 같은 범주를 뛰어넘는 것이었다. 실제로 주관적인 것인가 객관적인 것인가, 정신적인 것인가 물질적인 것인가의 이 모든 딜레마를 질과 관련짓는 일은 합당치 못한 것이었다. 정신과 물질의 관계는 여러 세기 동안 사람들을 괴롭혀온 지적 장애물이었다. 사람들은 질을 쓰러뜨리기 위해 질 위에 그 지적 장애물을 얹어 놓았던 것일 뿐이었다. 질이 정신인지 또는 물질인지에 대해 파이드로스가 어떻게 말할 수 있었겠는가. 애당초 무엇이 정신이고 무엇이 물질인지에 대해 논리적으로 명쾌하게 밝혀져 있지 않은 상황에서 말이다.

그리하여 그는 왼쪽 뿔을 거부했다. 그리고 질은 객관적인 것이 아니라고 말했다. 이는 물질적 세계에 존재하는 것도 아니다.

이어서 그는 오른쪽 뿔도 거부했다. 그리고 질은 주관적인 것이 아니라고 말했다. 이는 단순히 정신 안에 존재하는 것도 아니다.

그리고 마지막으로 파이드로스는 그가 알기로는 서양 사상사에서 누구도 결코 전에 취했던 적이 없는 길을 택했다. 즉, 그는 주관성과 객관성이라는 딜레마의 양 뿔 사이로 곧장 다가가서, 질은 정신의 일부도 아니고 물질의 일부도 아니라고 말했다. 이는 정신과 물질 모두와 관계없는 별개의 것, 제3의 실체임을 선언했던 것이다.

사람들의 귀에는 그가 몬태나 강의동의 복도를 따라, 또한 층계 위아래로 지나가면서 낮은 목소리로 노래하는 소리가 들렸다. 거의 들리지 않을 듯 낮은 목소리로 그는 웅얼웅얼 노래했다. "거룩, 거룩, 거룩하도다 . . . 신성한 성삼위(聖三位)여."

그리고 아주 희미하고도 희미한 기억이 남아 있다. 어쩌면 틀린 기억일 수도 있고 또 어쩌면 그저 상상에 불과한 것일지도 모르는 그런 기억이 남아 있다. 그는 모든 사유 구조를 더 이상 진행시키지 않은 채 몇 주일 동안 있는 그대로 그냥 내버려두었던 것으로 기억한다.

크리스가 외친다. "언제쯤 능선 위쪽에 도달하게 되나요?"

"아마도 아직 상당히 더 가야 할 것 같다." 내가 이렇게 대답한다.

"아주 많이 가야 하나요?"

"그럴 것 같다. 나무들 사이로 푸른 하늘을 찾아보아라. 하늘을 볼 수 없다면 한참 더 가야 할 거야. 능선 위쪽 근처에 이르면 나무들 사이로 빛이 들어오겠지."

지난밤의 비가 이 부드러운 솔잎 더미에 충분히 배어 있어서 걷기가 편하다. 때때로 이 같은 산비탈이 정말로 말라 있으면 너무 미끄러워서 몸을 옆으로 돌린 채 신발의 가장자리 쪽을 솔잎 속에 찔러 넣어야만 한다. 그렇게 하지 않으면 아래로 미끄러지고 만다.

내가 크리스에게 말한다. "이처럼 바닥에 관목이 없으니 걷기가 편하지?"

"왜 관목이 없죠?"

"내 생각엔 이 지역에서는 벌채 작업이 한번도 있었던 것 같지 않다. 이처럼 숲을 몇백 년 동안이나 내버려두면, 키 큰 나무들이 아래쪽 관목을 자라지 못하게 하지."

"공원에 온 것 같아요." 크리스가 말한다. "사방이 온통 다 보이거든요."

크리스의 기분이 어제보다는 한결 나아져 있다. 이제부터는 훌륭한 여행객이 될 것으로 생각된다. 이처럼 고요한 숲에 들어오면 누구나 다 나은 사람이 되게 마련이다.

파이드로스에 의하면, 이제 세계는 정신, 물질, 질이라는 세 요소로 구성되어 있다. 처음에는 그 요소들 사이의 관계를 정립할 수 없다는 사실이 그를 불편하게 하지는 않았다. 만일 정신과 물질 사이의 관계가 여러 세기에 걸쳐 도전을 받아왔는데 아직도 해결되지 않았다면, 어떻게 그가 단지 몇 주일 내로 질에 대해 무언가 결정적인 것을 제시할 수 있겠는가. 그래서 그는 이를 그냥 내버려두었다. 일종의 정신적 선반 위에 이를 올려놓았다고 해야 할 것이다. 즉각적인 답을 얻을 수 없는 온갖 종류의 질문을 쌓아놓는 정신적 선반 위에 올려놓았던 것이다. 주체, 객체, 질이라는 형이상학적 삼원론(三元論)은 조만간 서로 관계를 맺지 않을 수 없을 것임을 알고 있었다. 하지만 그는 서두르지 않았다. 딜레마를 이루는 두 뿔의 위협에서 벗어나 있게 된 것이 너무도 만족스러워, 그는 가능한 한 오랫동안 긴장을 풀고 휴식을 즐겼다.

하지만 마침내 이를 좀더 세밀하게 검토하게 되었다. 비록 형이상학적 성삼위—다시 말해, 세 개의 머리를 한 현실—에 대해 논리적으로 이의 제기가 있을 수는 없지만, 그와 같은 삼원론은 통상적이거나 대중적인 것이 아니다. 일반적으로 형이상학자들은 신과 같은 일원론적인 것을 추구하거나 정신과 물질과 같은 이원론적인 것을 추구한다. 일원론을 추구하는 경우 세계의 본질을 유일무이한 절대적 존재의 현현(顯現)으로 설명하려 하고, 이원론을 추구하는 경우 세계의 본질을 두 요소로 설명하려 한다. 이도 저도 아닌 다원론을 취할 수도 있는데, 이 경우 세계의 본질을 무한한 수의 요소들의 동시 현현으로 설명하려 한다. 하지만 3이라는 숫자는 어딘가 어색하다. 지금 당장 당신은 왜 3인지 알고 싶어 할 것이다. 세 요소 사이의 관계는 무엇인가. 휴식을 취할 필요성이 줄어들자 파이드로스는 이 세 요소 사이의 관계에 대해 궁금해지기 시작했다.

그가 주목한 바에 따르면, 일반적으로 질을 대상과 관련짓지만, 때때로 대상이 결코 존재하지 않아도 질에 대한 느낌이 촉발되기도 한다. 바로 이 때문에 처음에 그는 어쩌면 질이란 완전히 주관적인 것일지도 모른다는 생각에 이끌리게 되었다. 하지만 주관적인 쾌감이 그가 질이라는 말을 통해 뜻하고자 한 바는 아니었다. 질은 주관성을 감소시킨다. 질은 당신을 자의식에서 벗어나게 하여 기분을 편안하게 해주고, 당신 주변의 세계를 의식하게 한다. 질은 주관성과 대립되는 것이다.

그가 다음과 같은 결론에 도달하는 데 얼마나 많은 생각을 거쳤는가에 대해 나는 알지 못한다. 하지만 마침내 그는 질이 주체든 객체든 이들과 독자적으로 관계를 맺을 수 없음을, 오로지 주체와 객체가 서로 관계를 맺고 있을 때에만 질이 확인될 수 있음을 깨닫게 되었다. 이는 주체와 객체가 만나는 바로 그 지점이다.

온기가 느껴지는 말이었다.

질은 사물이 아니다. 이는 사건이다.

한결 더 온기가 느껴지는 말이었다.

질은 주체가 객체를 인식하는 순간에 일어나는 사건이다.

그리고 객체가 없다면 주체도 있을 수 없기 때문—다시 말해, 객체는 주체의 자기 인식을 유발하기 때문—에, 질이란 주체와 객체 양자 모두에 대한 인식을 가능케 하는 사건이다.

이는 열기가 느껴지는 말이었다.

이제 그는 자신에게 깨달음이 오고 있음을 알았다.

이는 질이란 단순히 주체와 객체 사이의 충돌의 결과가 아님을 뜻한다. 주체와 객체 그 자체의 존재는 바로 질이라는 사건에서 연역된 것이다. 질이라는 사건은 주체와 객체의 동인(動因)이다. 그런데 주체와 객체가 질의 동인으로 잘못 추정되어왔던 것이다!

이제 파이드로스는 빌어먹을 놈의 사악한 딜레마 전체의 목을 움켜쥐게 되었다. 항상 그 딜레마는 이처럼 보이지 않는 야비한 가정— 즉, 그 어떤 논리적 정당화도 불가능케 하는 가정—을 그 안에 담고 있었다. 이번 경우는 질은 주체와 객체의 결과라는 가정이 이에 해당하는 것이었다. 하지만 그렇지가 않았다! 그는 자신의 칼을 꺼내 들었다.

그리고 이렇게 썼다. "질이라는 태양은 우리 존재의 주체와 객체 주변을 공전하지 않는다. 이 태양은 다만 수동적으로 이들을 비춰주는 것이 아니다. 이 태양은 어떤 방식으로든 이 주체와 객체에 종속되어 있는 것이 아니다. 오히려 이들을 창조한 것이 바로 이 태양이다. 주체와 객체는 바로 이 질이라는 태양에 종속되어 있다."

그가 이렇게 썼던 바로 그 순간에 그는 자신이 사유의 극점(極點)이라고 할 수 있는 어떤 지점에 도달했음을, 오랜 세월에 걸쳐 그가 무의식적으로 도달하려 갖은 애를 다 썼던 바로 그 지점에 도달했음을 깨달았다.

"푸른 하늘이에요!" 크리스가 외친다.

저 높이 나뭇가지들 사이로 푸른 하늘 한 자락이 빠끔히 보인다.

우리는 걸음을 재촉한다. 이윽고 푸른 하늘 자락들이 나무들 사이로 점점 더 커진다. 곧이어 나무들의 숫자가 점점 적어지더니 능선 맨 위쪽의 탁 트인 지점이 우리 눈에 들어온다. 능선 맨 위쪽에서 약 50미터 떨어진 지점에 이르러 내가 말한다. "우리 뛰자!" 그리고 능선 맨 위쪽을 향해 달려간다. 그동안 내가 예비해두었던 에너지를 몽땅 사용하여 전력을 다해 달린다.

나는 전력을 다해 달렸으나 크리스가 나를 따라잡는다. 그런 다음 킥킥 웃으며 나를 스쳐 지나간다. 무거운 짐을 지고 공기가 희박한 고산 지대에서 우리가 기록을 세우려는 것은 아니다. 하지만 이제 우리는 우리가 지닌 모든 힘을 다해서 앞으로 돌진한다.

내가 막 나무들 사이에서 빠져나올 무렵 크리스가 먼저 목표 지점에 도착한다. 그가 팔을 들어 올리면서 소리친다. "내가 이겼다!"

자존심이 발동한 것이다.

능선 맨 위쪽에 도달할 때쯤 나는 거칠게 숨을 몰아쉰다. 호흡이 거칠어 말을 할 수가 없다. 우리는 곧바로 어깨에서 짐을 내려놓고 바위 위에 등을 댄 채 몸을 눕힌다. 땅바닥의 표면은 햇빛 때문에 말라 있으나, 지난밤의 비 때문에 그 아래는 진흙이다. 우리의 아래쪽 숲으로 뒤덮인 산비탈 너머, 그리고 그 저편 들판을 지나 수 마일 떨어진 곳에 갤러틴 계곡이 있다. 그 계곡의 한쪽 구석에 보즈먼이 있다. 메뚜기 한 마리가 바위 위에서 펄쩍 뛰어오르더니 우리가 있는 곳에서 숲 위를 지나 저 아래쪽으로 날아간다.

"우리가 해냈어요." 크리스가 말한다. 그의 표정이 매우 행복해 보인다. 나는 아직도 숨이 차서 제대로 대꾸를 하지 못한다. 나는 장화를 벗은 다음 땀으로 젖은 양말을 벗어 바위 위에 널어 말린다. 양말에서 수증기가 해를 향해 올라가는 것을 생각에 잠겨 멍하니 응시한다.

제 20 장

 분명히 내가 잠이 들었던 것 같다. 햇볕이 뜨겁다. 시계를 보니 몇 분만 지나면 정오다. 내가 몸을 기대고 있는 바위 너머로 보니 크리스가 반대편에서 곤히 잠들어 있다. 그가 누워 있는 곳 한참 위쪽에서 숲이 끝나고 있고, 그 위로 잿빛의 메마른 바위가 눈이 듬성듬성 덮인 곳까지 이어져 있다. 저기에서 곧바로 이 능선의 경사면을 따라 올라갈 수 있을 것이다. 하지만 정상까지는 위험할지도 모르겠다. 잠시 나는 산의 정상에 눈길을 준다. 지난밤 내가 자기에게 했다고 크리스가 하던 말이 무엇이었던가. "정상에서 보자"였던가. . . . 아니다. . . . "정상에서 만나자"였다.
 내가 이미 그와 함께 있는데 어떻게 그를 정상에서 만날 수 있겠는가. 무언가 대단히 이상하다. 그는 또한 내가 다른 말도 했다고 했다. 요 전날 밤에 이곳은 쓸쓸한 곳이라고 말했다는 것이다. 이는 내가 실제로 믿는 것과 배치된다. 나는 이곳이 쓸쓸한 곳이라고 조금도 생각하지 않는다.

바위 굴러떨어지는 소리가 산 한쪽 편으로 내 주의를 끈다. 아무 것도 움직이지 않는다. 사위가 완전히 고요하다.

괜찮은 것 같다. 이런 식의 미미한 산사태가 나는 소리는 언제고 듣게 마련이다.

하지만 때로는 그처럼 미미한 산사태로 끝나는 것이 아니다. 엄청난 산사태는 가끔 저와 같이 바위 몇 개가 굴러떨어지는 것으로 시작한다. 산사태가 벌어지는 곳 위쪽에나 옆쪽에 있으면, 흥미롭게 바라볼 수 있는 구경거리가 될 것이다. 하지만 바로 위에서 산사태가 벌어지면, 어쩔 도리가 없다. 들이닥치는 것을 그냥 보고만 있어야 한다.

사람들은 꿈속에서 기묘한 말들을 하곤 한다. 하지만 내가 그를 만나겠다는 말을 했다니, 왜 그랬을까. 그리고 내가 깨어 있었다고 생각했다니, 왜 그가 그렇게 생각했던 것일까. 거기에는 무언가 정말로 잘못된 것이 있어서 대단히 좋지 않은 질의 느낌을 유발하고 있다. 하지만 그것이 무엇인지 모르겠다. 먼저 어떤 느낌이 찾아오고, 나중에야 왜 그런 느낌이 찾아왔는지 깨닫게 된다.

크리스가 움직이는 소리가 들린다. 고개를 돌려보니 그가 주위를 두리번거리고 있다.

"우리 어디 있는 거지요?" 그가 묻는다.

"능선 위쪽에 있지."

"아!" 그가 말하면서 웃음을 짓는다.

내가 스위스 치즈, 페퍼로니, 크래커가 담긴 점심 상자를 뜯어 연다. 이어서 신경을 써서 치즈를 깔끔하고 얇게 자른 다음 페퍼로니도 깔끔하고 얇게 자른다. 주위가 고요하면 모든 일을 제대로 할 수 있다.

"우리 여기에다가 오두막을 짓도록 해요." 크리스가 말한다.

"아이고, 그리고 매일같이 여기로 올라오자는 말이지?" 신음 소리를 내며 내가 이렇게 말한다.

"물론이지요." 그가 나를 놀리듯 말한다. "어렵지 않았잖아요."

그의 기억에서 어제는 아주 오랜 과거의 시간이다. 얼마간의 치즈와 크래커를 그에게 건넨다.

"아빠는 무엇에 대해 항상 그렇게 생각하세요?"

"오만가지 생각을 다 하지." 내가 대답한다.

"무엇에 대해서요?"

"대부분의 것들이 너한테는 아무 의미도 없는 것들이야."

"예컨대, 어떤 것들인데요?"

"예컨대, 내가 왜 정상에서 너를 만나겠다고 말을 했는지에 대해 생각하지."

"아, 그래요." 그가 말하고는 눈을 내리깐다.

"아빠가 취해서 말을 하는 것 같다고 했지?" 내가 그에게 묻는다.

"아니요, 취한 것은 아니었어요." 여전히 눈을 내리깐 채 그가 말한다. 나한테서 눈길을 피하는 것을 보니, 그가 진실을 말하고 있는지에 대해 새삼스럽게 다시금 의심이 간다.

"그럼 어떤 상태였는데?"

그가 대답하지 않는다.

"얘, 아빠가 어떤 상태였니?"

"그냥 달랐어요."

"어떻게?"

"글쎄요. 모르겠어요." 그가 눈을 들어 나를 바라본다. 그의 눈을 보니, 그 위로 두려움의 빛이 스쳐 지나간다. "아주 오래전 그때의 아빠 목소리 같았어요." 그가 이렇게 말하고는 다시 눈을 내리깐다.

"언제 얘긴데?"

"우리가 여기 살았을 때요."

나는 얼굴 표정을 관리한다. 그가 표정의 변화를 볼 수 없도록 말이다. 그리고 조심스럽게 일어나 양말을 널어놓은 곳으로 가서 바위 위의 양말을 차례로 뒤집는다. 이미 오래전에 말라 있다. 양말을 가지고 돌아와서 보니, 그의 시선이 아직 나를 향하고 있다. 무심코 내뱉듯 내가 이렇게 말한다. "내 목소리가 다르게 들렸다니, 그런지 몰랐다."

그가 이 말에 대꾸를 하지 않는다.

나는 양말과 장화를 차례로 신는다.

"목이 말라요." 크리스가 말한다.

"얼마 내려가지 않아 물이 있는 곳을 찾을 수 있을 거다." 내가 이렇게 말하면서 일어선다. 잠시 눈이 있는 곳을 바라보다 이렇게 말한다. "떠날 준비 됐니?"

그가 고개를 끄덕인다. 곧 우리는 짐을 짊어진다.

협곡이 시작되는 곳을 향해 능선의 위쪽을 따라 걷는 동안, 바위가 떨어지면서 내는 덜그럭 소리가 다시 들린다. 방금 전에 들었던 첫번째 소리보다 한결 더 큰 소리가 난다. 어디에서 그 소리가 나는지 눈을 들어 바라본다. 아직 아무것도 보이지 않는다.

"무슨 소린가요?" 크리스가 묻는다.

"바위가 굴러 산사태가 나는 소리란다."

우리 둘은 잠시 꼼짝 않고 서서 귀를 기울인다. 이윽고 크리스가 묻는다. "저기 위에 누가 있나요?"

"아니, 내 생각엔 그냥 눈이 녹아서 헐거워진 돌들이 굴러떨어지는 것 같다. 초여름 무렵 지금같이 정말로 날이 더우면, 규모가 작은 산사태가 나는 소리를 수도 없이 듣게 되지. 어떤 때는 아주 큰 산사태가 나기도 한단다. 산이 일부분 닳아 떨어져 나가는 거야."

"산이 닳아 없어지다니, 그런 줄 몰랐어요."

"닳아 없어지는 것이 아니라 닳아 떨어져 나가는 거란다. 산이 둥글어지고 부드러워지는 거지. 이곳 산들은 아직 그렇게 되지 않았어."

이제 우리 위쪽만 빼고는 주변 어느 곳이나 산비탈들이 검푸른 숲으로 뒤덮여 있다. 저 멀리 보이는 숲이 마치 벨벳과도 같다.

내가 이렇게 말한다. "지금 네가 이 산들을 보고 있노라면, 영원할 것 같고 평화로워 보이지? 하지만 산들은 항상 변하고 있단다. 그리고 변화가 항상 평화로운 것은 아니지. 우리 아래쪽, 그러니까 우리가 있는 바로 이 지점 아래쪽에 이 산 전체를 와르르 무너뜨릴 수 있는 힘이 숨어 있단다."

"그런 적이 있나요?"

"그런 적이 있느냐고?"

"산 전체를 와르르 무너뜨린 적이 있느냐고요."

"응, 그런 적이 있지." 이렇게 말하고 옛날의 일을 기억해낸다. "여기에서 그리 멀지 않은 곳에 열아홉 명의 사람이 수백만 톤의 바위에 깔려 묻혀 있단다.[1] 단지 열아홉 명뿐이라서 모두가 놀랐었지."

"무슨 일이 일어났는데요?"

"그 사람들은 동부 지방에서 온 관광객들이었는데, 하룻밤 지내려고 야영장에 머물러 있었지. 한밤중에 땅 밑에 갇혀 있던 힘이 갑자기 폭발한 거야. 구조대원들이 그다음 날 아침에 와서 무슨 일이 일어났는가를 목격했을 때 다만 고개를 흔들 뿐이었어. 심지어 발굴 작업조

---

[1] 1959년 8월 옐로스톤 공원의 서쪽이자 보즈먼 바로 남서쪽에서 지진이 일어나, 많은 사람들이 수백만 톤의 바위와 흙에 묻히는 사고가 일어난 적이 있음.

차 시도하려 하지 않았지. 그들이 할 수 있는 일이라고는 수십 미터 깊이의 바위를 헤치고 시신을 찾는 거였지. 그런 다음 다시 모든 시신을 묻는 일밖에 무슨 일을 할 수 있었겠니? 그래서 그들은 그 자리에 남겨둔 거야. 아직도 그들은 저기에 묻혀 있단다."

"희생자가 열아홉 명이라는 사실을 어떻게 알았나요?"

"그들이 살던 곳의 이웃과 친척들이 그들의 실종을 알려왔지."

크리스가 우리 앞에 펼쳐져 있는 산봉우리의 정상을 응시한다. "그 사람들은 어떤 경고도 받지 못했나요?"

"모르겠다."

"아빠는 경고가 있었을 거라고 생각하지요?"

"아마 그랬겠지."

우리가 따라가고 있는 능선이 협곡이 시작되는 곳에 이르러 그 안쪽으로 접혀 들어간 곳까지 걷는다. 이 협곡을 따라 아래로 내려가면 마침내 그곳에서 물을 찾을 수 있을 것임을 나는 감지한다. 이제 각도를 바꿔 아래쪽으로 향하기 시작한다.

바위가 덜거덕거리는 소리가 조금 더 위쪽에서 들려온다. 갑자기 나는 두려움을 느낀다.

"애!" 내가 크리스를 부른다.

"네?"

"넌 어떻게 생각하니?"

"무얼 말예요?"

"내 생각에는 말이다, 현재로서는 저 산의 정상을 내버려두고 내년 여름에 다시 시도하는 게 현명할 것 같다."

그가 침묵을 지키다가 이렇게 묻는다. "왜요?"

"예감이 좋지 않아."

오랫동안 그는 아무 말도 하지 않는다. 마침내 그가 입을 연다. "예감이 좋지 않다니요?"

"아, 저 꼭대기에서 폭풍이나 산사태, 뭐 그런 것을 만나 꼼짝 못하게 될 수도 있을 거라는 생각이 든다. 그러면 우린 정말 심각한 곤경에 빠져들게 될 거다."

침묵이 좀더 이어진다. 그의 얼굴을 올려다보니 정말로 실망한 표정이 역력하다. 추측건대, 내가 무언가를 밝히지 않은 채 감추고 있음을 그가 알아차린 것 같다. "그렇게 하는 게 어떨지 생각해보지 않으련?" 내가 말을 잇는다. "그리고 물이 있는 곳에 도착해서 점심을 먹고 어떻게 할까 결정하기로 하자."

우리는 계속 아래쪽으로 내려간다. "괜찮겠지?" 내가 묻는다.

마침내 그가 애매한 어조로 대답한다. "네, 그래요."

이제 내려가기가 수월하다. 하지만 곧 내려가는 길이 가팔라질 것이다. 이곳에서는 아직 하늘이 보이고 햇빛이 비친다. 하지만 우리는 곧 숲 속에 다시 들어서게 될 것이다.

지난밤에 내가 했다는 그 모든 수상한 이야기를 어떻게 이해해야 할지 감을 잡을 수 없다. 하지만 좋은 것이 아니라는 것만은 알겠다. 우리 가운데 어느 쪽에든 말이다. 모터사이클 여행에다가 야영, 야외 강연에다가 다시 찾은 이 모든 옛 장소 등등으로 인한 그 모든 긴장감이 나에게 나쁜 영향을 주고, 그 영향이 밤에 나타난 것처럼 느껴지기도 한다. 가능하면 빨리 이곳에서 벗어나고 싶다.

추측건대, 크리스에게 내 목소리가 옛날의 목소리같이 들리지는 않았을 것이다. 요즈음 나는 아무것도 아닌 일에도 쉽게 놀란다. 그리고 놀랐다는 사실을 인정하는 데 부끄러움을 느끼지 않는다. 파이드로스는 어떤 것에도 결코 놀라는 사람이 아니었다. 결단코 놀라는 사람이 아니었다. 그것이 나와 그의 차이다. 내가 현재 살아 있고 그가 그렇지 못한 것은 바로 그 때문이다. 만일 그가 저 위에 있다면, 초자연적 심령으로든, 유령으로든, 또는 숨어 있던 또 하나의 나, 사악하고 섬뜩한 또 하나의 나의 모습으로든, 그가 그곳에서 우리를 기다리고 있다면, 도저히 감을 잡을 수 없는 무언가의 형태로 저위에서 우리를 기다리고 있다면, 어쩔 것인가. . . . 글쎄, 그는 아주 오랫동안 기다려야 할 것이다. 아주 오랫동안.

잠시 후 이 빌어먹을 놈의 고산 지대가 섬뜩하게 느껴지기 시작한다. 저 아래로, 저 아래 먼 곳으로 내려가고 싶다. 먼 곳으로, 아주 먼 곳으로.

대양의 곁으로 가고 싶다. 그렇게 하는 것이 좋겠다. 파도가 천천히 밀려오는 그곳, 언제나 거센 파도 소리가 있는 그곳에 있게 되면, 어디를 가더라도 추락할 위험이 없다. 생각만 해도 벌써 대양의 곁에 와 있는 듯한 느낌이 든다.

이제 우리는 다시 숲 속으로 들어간다. 반갑게도, 산 정상의 모습이 나뭇가지에 가려져 더 이상 또렷하게 보이지 않는다.

이번 여행 동안에 계속된 야외 강연을 통해 우리도 또한 우리가 원하는 만큼 아주 멀리 파이드로스의 길을 따라 사유의 산 높은 곳까지 올랐다고 나는 생각한다. 이제 나는 그의 길을 따라가는 일을 멈추고자 한다. 나는 그의 사유와 말과 글에 대해 응당 받아야 할 만큼의 정당한 평가를 했다고 본다. 그래서 이제부터 나는 그가 탐구를 등한시했던 것에 대한 나 자신의 몇몇 생각들을 전개하고자 한다. 내가 계속해오고 있는 이번 야외 강연의 제목은 "선(禪)과 모터사이클 관리술"이지, "선과 등산의 기술"이 아니지 않는가. 산 정상에는 그 어떤 모터사이클도 없고, 내 의견으로는 선 역시 있다 해도 거의 없는 것이나 마찬가지다. 선은 산의 정상이 아닌 "계곡의 정신"이다. 산의 정상에서 당신이 찾을 수 있는 유일한 선은 당신이 그곳으로 가지고 올라간 선뿐이다. 그러니 여기에서 떠나기로 하자.

"내려가니까 기분이 좋지? 안 그러니?" 내가 묻는다.

대답이 없다.

약간의 싸움을 해야 할 것 같아 겁이 난다.

당신이 산에 올라가봤자 얻는 것이 있다면, 이는 다만 당신에게 건네진 석판(石板), 한 다발의 계율이 적혀 있는 그 잘난 크고 무거운 석판뿐이다.

대체로 그런 일이 파이드로스에게 일어났던 것이다.

그는 자신이 하나의 대단한 메시아라고 생각했다.

이런 참, 나는 아니다. 투자해야 할 시간이 너무나 엄청나고, 이에 따른 보상은 너무 보잘것없다. 가자, 어서 가자. . . .

나는 곧 멍청한 두 박자 걸음걸이라고 할 수밖에 없는 그런 걸음걸이로 쿵쾅 소리를 내며 경사면을 따라 내려온다. . . . 쿵쾅, 쿵쾅, 쿵쾅. . . . 마침내 투덜대듯 불평에 가득 찬 목소리로 크리스가 외치는 소리가 들린다. "걸음 좀 늦춰요!" 돌아보니 그가 숲 저편에 수백여 미터 떨어져 따라오고 있다.

그래서 나는 발걸음을 늦춘다. 하지만 곧 그가 일부러 꾸물거리고 있음을 깨닫는다. 물론 그는 실망해 있다.

내가 이번의 야외 강연에서 우선 해야 할 일이 있다면, 이는 파이드로스가 갔던 방향을 요약의 형태로 확인하는 것이다. 아무런 평가도 하지 않은 채 말이다. 그런 다음 나 자신의 생각을 펼쳐 보이는 것이 바로 내가 할 일이다. 믿어도 좋은데, 세계가 정신과 물질이라는 이원적 요소로 이루어진 것으로 보지 않고, 질, 정신, 물질이라는 삼원적 요소로 이루어졌다고 보면, 모터사이클 관리술과 그 밖의 기예는 이제까지 지녔던 것과는 전혀 다른 차원의 의미를 띠게 된다. 서덜랜드 부부가 피해 달아나려 했던 공학 기술이라는 유령은 사악한 존재가 아니라 긍정적이고 유쾌한 것이 될 것이다. 그리고 이를 증명하는 일은 시간이 걸리지만 이 또한 유쾌한 것이 될 것이다.

하지만 먼저 우리가 마주한 유령에게, 그러니까 또 하나의 유령에게 해고 통지서를 전달하기 위해 나는 다음과 같이 말하지 않을 수 없다.

만일 형이상학적 과정인 이 제2차 결정화 과정이 내가 앞으로 뿌리를 내리고자 하는 곳—즉, 일상 세계—에 궁극적으로 뿌리를 내렸더라면, 아마도 파이드로스는 내가 지금 가고자 하는 바로 이 방향으로 갔을 것이다. 일상생활을 개선하는 것이 형이상학이라면 그 형이상학은 좋은 것이라는 것이 내 생각이다. 그렇지 않으면, 아예 잊어도 좋다. 하지만 불행하게도 그의 경우 형이상학은 일상생활에 뿌리를 내리지 못했다. 그의 제2차 결정화 과정은 결국 제3차 결정화 과정으로 옮겨 갔고, 이로부터 그는 영영 회복할 수가 없었다.

그는 질과 물질 및 질과 정신 사이의 관계에 대해 깊이 사색한 다음, 질은 정신과 물질의 모체(母體)로, 또는 정신과 물질을 탄생케 한 근원적 사건으로 규정하기에 이르렀다. 질과 객관적 세계 사이의 관계에 대한 이 같은 코페르니쿠스적 반전은 조심스럽게 설명하지 않는 경우 신비주의적인 것으로 들릴 수 있다. 하지만 이를 신비주의적인 것으로 만들려는 의도가 그에게는 없었다. 그는 다만 하나의 대상이 대상으로 구별되기 전—그러니까 촌각(寸刻)에 해당하는 시간—에 일종의 비(非)지적인 인식이 일어난다는 점을 말하고자 했을 뿐이다.

그리고 이 비지적인 인식을 질에 대한 인식으로 명명했던 것이다. 당신은 한 그루의 나무를 보고 나서야 비로소 한 그루의 나무를 보았음을 의식하게 될 것이다. 그리고 보는 바로 그 순간과 의식하는 바로 그 순간 사이에는 틀림없이 시간차가 존재할 것이다. 때때로 우리는 이 시간차를 별로 중요하지 않은 것으로 생각한다. 하지만 시간차가 별로 중요하지 않은 것이라는 생각을 정당화하기란 불가능하다. 어떤 방식으로 정당화하려 하든 이를 받아들이기란 불가능하다.

과거는 단지 우리의 기억 속에 존재하고, 미래는 우리의 계획 속에 존재한다. 현재가 유일한 우리의 현실이다. 지적(知的)으로 인식하는 나무는 아주 미세한 시간 차 때문에 항상 과거에 존재하는 것이고, 따라서 항상 비현실적인 것이다. 말하자면, 지적으로 인식된 물체는 그것이 어떤 것이든 항상 과거에 존재하는 것이고 따라서 비현실적인 것이다. 현실이란 항상 대상을 지적으로 인식하기 이전에 이를 보는 지극히 짧은 순간이다. 그 외에 현실이란 있을 수 없다. 이처럼 지적 활동이 이루어지기 전에 지극히 순간적으로 존재하는 전지적(前知的)인 현실을 파이드로스는 질로 규정했다. 그는 그렇게 하는 것이 적절하다고 느꼈다. 지적으로 규정 가능한 모든 대상은 지적 활동 이전에 순간적으로 존재하는 이 전지적인 현실에서 나오는 것이기 때문에, 질은 모든 주체와 객체의 모체요 근원인 것이다.

파이드로스의 느낌에 의하면, 지식인들은 일반적으로 이 질을 파악하는 데 더할 수 없이 큰 어려움을 겪는다. 그 이유는 그들이 모든 것을 낚아채어 지적 형태의 것으로 변환하는 데 너무도 날쌔고 단호하기 때문이다. 이 질을 파악하는 데 가장 쉽고 편안한 순간을 보내는 사람들이란 어린아이들, 교육받지 못한 사람들, 그리고 문화적으로 "혜택을 받지 못한" 사람들이다. 이들은 문화적 자료들에서 지적인 것을 찾으려는 경향을 가장 적게 지닌 사람들이고, 그들의 마음에 지적인 것을 스며들게 하는 공식적인 훈련을 가장 덜 받은 사람들이다. 그가 느끼기에, 반듯하게 각이 져 있음이 그토록 독특한 지식인 고유의 질병인 이유를 여기에서 찾을 수 있을 것 같았다. 그는 자신이 우연히 그와 같은 질병에 걸리지 않도록 면역이 되어 있는 사람이라고 느꼈다. 또는 최소한 학교에서 낙제를 하다 보니 어느 정도 그와 같은 버릇과 결별하게 된 사람이라고 느꼈다. 낙제를 한 다음 그는 지적인 것과 자신을 동일시하려는 강박감을 느낀 적이 없었으며, 호의적인 입장에서 반지성적인 학설들을 검토할 수 있었다.

그의 말에 따르면, 지적인 것에 대한 선입관 때문에 반듯하게 각이 져 있는 사람들은 일반적으로 질—그러니까 지적 활동 이전에 순간적으로 존재하는 전지적인 현실—을 객관적 현실과 이에 대한 주관적 인식 사이에 존재하는 과도적인 순간, 아무 일도 일어나지 않은 채 지나가는 하찮은 과도적인 순간으로 간주한다. 하찮은 것이라는 선입관 때문에, 그들은 질에 대한 그들의 지적 개념과 질 자체 사이에 어떤 방식으로든 차이가 존재하는가 또는 그렇지 않은가에 대해 확인조차 하려 하지 않는다.

하지만, 그의 말에 따르면, 양자 사이에는 차이가 있다. 당신이 일단 그 질의 목소리를 듣기 시작하면, 또는 한국의 성벽과 같이 순수한 형태로 존재하는 비지적인 현실을 보기 시작하면, 그 모든 언어적인 것들은 몽땅 잊고 싶어질 것이다. 당신이 마침내 보기 시작하는 바로 그것은 항상 언어적 개념화 바깥쪽 어딘가에 존재해 있기 때문이다.

이제 시간적으로 서로 연결되어 있는 세 요소로 이루어진 새로운 형이상학적 삼원론으로 무장한 채, 그는 질을 낭만적인 것과 고전적인 것으로 쪼개는 행위—그에게 파멸의 위협을 가했던 바로 그 행위—

를 완전히 무력한 것으로 만들었다. 이제 그들은 질을 재단할 수 없었다. 그는 대신 그곳에 앉아, 한가하게 여유를 갖고 그들을 재단할 수 있게 되었다. 낭만적 질은 항상 순간적이고 즉각적인 인상과 관련이 있다. 반듯하게 각이 져 있는 질은 항상 일정한 시간에 걸쳐 전개되는 복합적 사유를 필요로 한다. 낭만적 질은 사물의 현재──그러니까 지금 이 순간──와 관계있는 것이고, 고전적 질은 항상 현재 그 이상의 것과 관계있는 것이다. 현재가 과거 및 미래와 어떤 관계를 맺고 있는지가 항상 고려 대상이 된다. 만일 당신이 과거와 미래가 몽땅 현재에 포함되어 있다고 가정하면, 물론이지, 삶은 느긋하고 멋진 것이 될 것이다. 그리고 당신은 현재를 위해 삶을 살게 될 것이다. 현재 이 순간 모터사이클이 제대로 동작한다면, 걱정할 것이 뭐 따로 있겠는가. 하지만 당신이 현재란 다만 과거와 미래 사이의 한순간, 지나가는 한순간일 뿐이라고 생각한다고 하자. 그러면 현재 때문에 과거와 미래를 등한시하는 것은 정말로 질이 나쁜 것이 될 것이다. 지금 이 순간 모터사이클은 잘 동작한다고 해도, 예컨대, 오일의 양을 마지막으로 측정했던 것이 언제인지 걱정해야 한다. 낭만적 관점에서 보면 공연한 일로 시끄럽게 하는 사람으로 보일 것이고, 고전적 관점에서 보면 훌륭한 양식을 지닌 사람으로 보일 것이다.

 이제 우리에게 서로 다른 두 종류의 질이 주어져 있지만, 더 이상 그것들은 질 그 자체가 둘로 나뉜 것은 아니다. 그것들은 다만 질의 서로 다른 두 측면, 시간적으로 장단(長短)의 개념에 따른 질의 두 측면일 뿐이다. 이 같은 생각을 하기 전에 사람들이 요구하던 형이상학적 계층 체계는 다음과 같은 형태로 도표화할 수 있을 것이다.

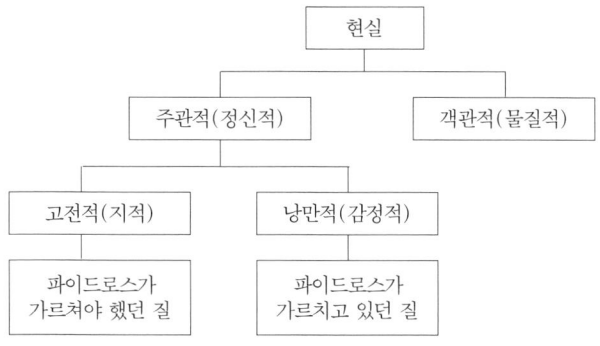

이에 대응하여 파이드로스가 그들에게 제시한 계층 체계는 다음과 같은 형태로 도표화할 수 있다.

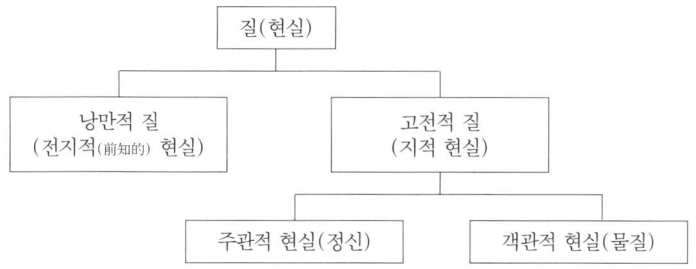

그가 가르치고 있던 질은 단순히 현실의 일부가 아니라 현실 그 자체였다.

이어서 그는 삼원론의 관점에서 다음과 같은 물음에 대한 답을 시도했다. 즉, 모든 사람이 서로 다르게 질을 인식하는 이유는 무엇인가. 이는 그가 전에 항상 얼렁뚱땅 허울뿐인 답을 모색해야 했던 그런 질문이었다. 이제 그는 이렇게 말할 수 있게 되었다. "질은 형상도 없고, 형태도 없으며, 기술(記述)도 불가능하다. 무언가의 형상과 형태를 본다는 것은 그 대상을 지적으로 처리함을 뜻한다. 질은 그와 같은 형상과 형태와는 별개로 존재하는 그 무엇이다. 우리가 질에 부여하는 명칭, 형상, 형태들은 오로지 부분적으로만 질에 의해 결정된다. 이들은 또한 우리가 기억 속에 축적해놓은 선험적 이미지들에 의해 부분적으로 결정되기도 한다. 질을 경험할 때 우리는 유추 과정을 통해 우리의 이전 경험과 유사한 것들을 끊임없이 찾으려 한다. 만일 그렇게 하지 않으면, 우리는 그 어떤 행동도 취할 수가 없다. 우리는 이 같은 유추 과정에 의존하여 우리의 언어 세계를 구축한다. 우리는 또한 이 같은 유추 과정을 통해 우리의 문화 전체를 구축한다."

사람들이 질을 서로 다르게 인식하는 이유는 그들이 질을 인식할 때 동원하는 일련의 유추 과정이 서로 다르기 때문이다. 파이드로스는 언어적 예를 들어 이를 설명했다. 예컨대, 힌디어 문자의 자음 *da*, *ḍa*, *dha*의 경우,[2] 모두가 영어권 사람들에게는 동일한 발음으로 들린다. 왜냐하면 그들에게는 그 차이를 감지하게 하는 유추 과정이 따로 갖춰져 있지 않기 때문이다. 마찬가지로 대부분의 힌디어권 사람들은 *da*와 *the*를 구분하지 못하는데, 그들은 그 차이를 잘 감지할 수 없기 때문이다. 이어서 그는 이렇게도 말했다. 인디언 마을의 사람들에게 유령을 이해하는 것은 예외적인 일이 아니다. 하지만 그들은 중력의 법칙을 이해하는 데는 굉장히 애를 먹는다.

그의 논의에 따르면, 어떻게 해서 작문 수업에 들어온 한 학급의 대학 1학년 학생 모두가 작문의 질과 관련하여 비슷한 평가에 이르는가 하는 이유도 여기에서 찾을 수 있다. 그들은 모두 비교적 비슷한 배경과 비슷한 지식을 소유하고 있기 때문이다. 하지만 한 무리의 외국인 학생들을 수업에 데려오거나 또는, 예컨대, 강의실에서 경험한 바의

---

[2] 힌디어 문자로 표기하면 위의 세 자음은 각각 다음과 같다: त, ड, ढ.

범위 바깥에 있는 중세의 시편들을 수업에 도입하면, 질을 평가하는 학생들의 능력은 아마도 일정치가 않을 것이다.

그의 논의는 이렇게 이어졌다. 어떤 의미에서 보면, 학생들이 선택하는 질에 따라 그 학생의 성향을 밝힐 수 있다. 사람들이 질에 대해 서로 다르게 말하는데, 이는 질이 사람에 따라 다르기 때문이 아니라 경험의 측면에서 사람들이 서로 다르기 때문이다. 만일 두 사람이 일련의 동일한 선험적 유추 과정을 동원하여 대상을 보는 경우 그들은 어느 때고 동일하게 질을 인식할 것이라고 파이드로스는 추측하기도 했다. 하지만 이를 실험할 길은 없다. 따라서 이는 다만 추측으로 남겨둘 수밖에 없었다.

학교에 있는 그의 동료들의 물음에 대한 답으로 그는 이렇게 썼다.

"질에 대한 그 어떤 철학적 설명도 잘못된 것이 되거나 올바른 것이 될 수 있는데, 이는 그 설명이 철학적인 것이라는 바로 그 이유 때문이다. 철학적 설명의 과정은 분석의 과정이다. 즉, 무언가를 깨뜨려 주체와 속성으로 나눠놓는 과정이다. 나와 나뿐만 아니라 다른 모든 사람들이 질이라는 말을 사용할 때 그 말이 의미하는 바는 주체와 속성으로 나눌 수 있는 그런 것이 아니다. 그렇게 할 수 없는 것은 질이 너무도 신비로운 것이기 때문이 아니다. 오히려 질이라는 것이 너무도 단순하고 즉각적이며 직접적인 것이기 때문이다.

순수한 질에 대한 지적 유추 과정들 가운데 사람들이 우리의 환경에서 가장 쉽게 이해할 수 있도록 하는 것이 있다면, 이는 '질이란 환경에 대한 유기체의 반응이다'가 될 것이다. [그가 이 같은 예를 든 것은 그에게 질문을 하던 사람들이 주로 자극과 이에 대한 반응이라는 행동주의 이론의 측면에서 사물을 보는 것 같았기 때문이었다.] 물이 담긴 접시에 아메바를 넣고 아메바 근처에 묽은 황산 몇 방울을 떨어뜨리면, 아메바는 황산이 있는 곳 반대쪽으로 도망갈 것이다. (적어도 나는 그렇게 생각한다.) 만일 아메바가 말을 할 수 있다면, 황산에 대해 아는 것이 아무것도 없지만 다음과 같이 말할 것이다. '이 환경의 질은 형편없다'라고. 만일 아메바가 신경 조직을 갖고 있다면, 형편없는 질의 환경을 극복하기 위해 한결 더 복잡한 방식으로 움직일 것이다. 아메바는 유추 과정을 동원하려고 할 수도 있겠다. 말하자면, 이전의 경험에서 이미지나 상징을 찾아 새로운 환경의 불쾌한 특질에 대해 규명함으로써 이를 '이해'하려고 할지도 모른다.

고도로 복잡한 고등 유기체인 우리 인간은 수없이 많은 놀라운 유추를 창안해 이를 사용함으로써 환경에 반응한다. 우리는 유추 과정을 통해 땅과 하늘, 나무, 돌, 바다, 신, 음악, 예술, 언어, 철학, 공학 기술, 문명, 과학을 창안해냈다. 이 같은 유추 과정의 산물들을 우리는 현실이라 부른다. 그래서 그것들이 현실인 것이다. 우리는 진리라는 명분을 내세워 우리의 어린아이들에게 최면을 걸고는 이 같은 유추 과정의 산물들이 바로 현실임을 받아들이도록 유도한다. 우리는 이를 받아들이지 않는 사람이라면 누구든 정신병동에 집어넣는다. 하지만 이 같은 유추 과정의 산물들을 창조하도록 우리를 자극한 동인(動因)은 다름 아닌 질이다. 질은 일종의 지속적인 자극제로, 우리의 환경은 이 자극제를 우리에게 부여함으로써 우리가 몸담고 있는 세계를 창조하도록 우리를 이끈다. 우리 세계의 모든 것, 하나도 빠짐없이 모든 것을 창조하도록 이끈 자극제가 질이다.

자, 사정이 이러하기 때문에, 세계를 창조하도록 우리를 이끈 자극제를 취해서 이를 우리가 창조한 세계 안에 담는 일은 명백히 불가능하다. 바로 이 때문에 질이 정의될 수 없는 것이다. 만일 우리가 어떻게든 질을 정의한다면, 우리가 정의하는 것은 질 자체에 미달하는 그 무엇일 것이다."

　나는 이 단편적인 진술을 그 어느 것보다 더 생생하게 기억한다. 그처럼 생생하게 기억할 수 있는 것은 아마도 이 진술이 무엇보다도 중요한 것이기 때문이리라. 그가 이렇게 썼을 때 그는 순간적으로 겁을 먹었고, 그래서 "우리 세계의 모든 것, 하나도 빠짐없이 모든 것을 창조하도록 이끈 자극제가 질이다"라는 부분을 삭제하려고 했었다. 거기에는 광기가 서려 있었던 것이다. 나는 그가 광기를 감지하고 있었다고 생각한다. 하지만 그는 이 부분을 지워야 할 그 어떤 논리적 이유도 찾을 수 없었다. 그리고 이제 겁쟁이가 되기에는 너무 늦었다. 그는 자기 자신의 경고를 무시한 채 이 부분을 그대로 두었다.

　그는 연필을 내려놓았다. 이윽고 . . . 무언가가 잘못되어가고 있다는 느낌이 그를 괴롭혔다. 무언가 내부의 것이 너무 심하게 압력을 받아 견디지 못하고 붕괴되고 만 듯했던 것이다. 그렇다면 너무 늦었다.

　그는 곧 자신이 원래의 입장에서 멀리 벗어나 있음을 깨닫기 시작했다. 그는 이제 더 이상 형이상학적 삼원론이 아니라 절대적 일원론에 대해 이야기하고 있는 것이었다. 질이 모든 것의 원천이자 실체가 된 것이다.

　일련의 새로운 철학적 연상이 물밀듯 그의 마음에 떠올랐다. 헤겔도 절대 정신이라는 자신의 생각과 함께 이런 식으로 말했었다. 그의 절대 정신 역시 객관성으로부터든 주관성으로부터든 독립적인 것이었다.

　아무튼, 헤겔은 절대 정신은 모든 것의 근원이라고 말했지만, 곧이어 절대 정신을 근원으로 한 "모든 것"에서 낭만적 체험을 제외했다. 헤겔의 절대는 완전히 고전적인 것이었고, 완전히 합리적인 것이었으며 완전히 질서 정연한 그런 것이었다.

질은 그와 같은 것이 아니었다.

파이드로스는 헤겔이 서양 철학과 동양 철학의 가교 역할을 한 사람으로 여겨져왔음을 기억해냈다. 힌두교도들의 베단타,[3] 도가들의 도(道), 심지어 부처까지도 헤겔의 철학과 유사한 절대적 일원론으로 설명되어왔다. 하지만 당시 파이드로스는 유일무이한 절대적 존재에 대한 신비주의적 믿음들과 형이상학적 일원론들이 상호 전환이 가능한 것인지에 대해 의문을 갖고 있었다. 왜냐하면 유일무이한 절대적 존재에 대한 신비주의적 믿음들은 그 어떤 법칙의 지배도 받지 않지만 형이상학적 일원론들은 법칙의 지배를 받기 때문이다. 그런데 그의 질은 형이상학적인 것이지 신비주의적인 것이 아니었다. 정말 그럴까. 그 차이는 무엇인가.

이 물음에 대해 그는 차이가 있다면 정의 면에서 차이가 있다고 자신에게 답했다. 형이상학적 존재들은 정의가 되지만, 신비주의적 믿음의 대상인 절대적 존재들은 그렇지 않다. 그런 의미에서 질은 신비주의적인 것이었다. 아니다. 실제로는 형이상학적인 것인 동시에 신비주의적인 것이었다. 비록 그가 지금까지 질을 순전히 철학적 관점에서 형이상학적인 것으로 생각해왔지만, 그는 시종일관 이에 대한 정의를 거부해왔다. 이 점으로 인해 질은 또한 신비주의적인 것이 되고 말았다. 정의할 수 없음이 질을 형이상학의 법칙에서 벗어나게 했던 것이다.

이윽고 파이드로스는 충동에 이끌려 자신의 서가로 가서, 판지(板紙)

---

[3] Vedanta: 인도의 여섯 개 정통파 철학 체계 가운데 하나. 근대 힌두 철학의 근간이 되기도 한 이 철학 체계는 범신론적인 관념론적 일원론의 입장을 내세우고 있다. 베단타란 '베다Veda'의 '결론anta'이라는 뜻을 갖는 말로, 이런 의미에서 베단타는 모든 지식의 궁극적인 끝을 의미한다.

로 장정이 되어 있는 푸른색의 작은 책 한 권을 빼 들었다. 몇 년 전 어디에 가도 이 책을 서점에서 찾을 수 없었을 때 그는 이 책을 손수 베껴서 직접 장정을 했었다. 그것은 2천4백 년이 된 노자의 『도덕경』이었다. 그는 예전에 수없이 읽었던 이 책을 한 줄 한 줄 다시 읽기 시작했다. 하지만 이번에는 예전과 달리 무언가 자신의 글을 이에 대입할 수 있는지를 확인하기 위해 이를 꼼꼼히 읽었다. 그는 이를 읽는 일과 자신의 생각에 맞춰 재해석하는 일을 동시에 했다.

그의 도덕경 읽기는 다음과 같이 이어졌다.[4]

말로 나타낼 수 있는 질은 절대적 질이 아니로다.

그것은 그가 전에 했던 말이다.

말로 부를 수 있는 이름은 절대적 이름이 아니로다.
이름 없는 것이 천지의 시초요,
이름 있는 것은 만물의 어머니로다. . . .

바로 그렇다.

질[낭만적 질]과 그 질의 현시[고전적 질]는 본래 하나이고, 이것이

---

[4] 이 구절은 『도덕경』의 첫 구절인 "도라 말할 수 있는 도는 절대적 도가 아니다(道可道非常道)"에서 '도'를 '질'로 바꿔 자유롭게 차용한 것임. 여기에 인용되는 『도덕경』은 제1장, 제4장, 제6장, 제14장으로, 첫 인용 및 제4장, 제14장에서 '도'를 '질'로 바꾼 것 이외에는 임어당(林語堂)의 영어 번역본(Lin Yutang, *The Wisdom of Laotse*, Random House, 1948)을 충실하게 옮겨놓은 것이다. 각 장의 인용이 끝나는 부분에 『도덕경』의 해당 원문 및 이에 대한 우리말 번역을 참고로 제시하기로 한다.

품위를 갖추고 그 모습을 드러내면 서로 다른 이름[주체와 객체]이 주어지나니.

낭만적 질과 고전적 질은 한가지로 "현묘한 것"이라 이를 수 있나니.

현묘함에서 보다 더 깊은 현묘함에 이르는 것, 이는 생명의 비밀로 가는 문이로다.[5]

질은 고루 퍼져 있어 보이지 않으나,

그 작용함이 무궁무진하나니!

깊이를 헤아릴 수 없도다!

만물의 어른과도 같도다. . . .

하지만 수정같이 맑은 물의 상태를 잃지 않으리라.

나는 질이 누구의 아들인지 모른다.

신에 앞서 존재하던 것의 형상이로다.[6]

. . . 끊이지 아니하고 영원히 질은 이어지리라. 이것에 의지하면, 수월하게 그대를 섬기리라.[7]

보아도 보이지 않고 . . . 들어도 들리지 않고 . . . 잡아도 만질 수 없는 것. . . . 이 삼자(三者)는 우리가 아무리 밝히려 해도 밝힐 수 없

---

5) 道可道, 非常道. 名可名, 非常名. 無名, 天地之始. 有名, 萬物之母. 高常無欲以觀其妙. 常有欲以觀其徼. 此兩者同出而異名, 同謂之玄. 玄之又玄, 衆妙之門. (말로 나타낼 수 있는 도는 영원한 도가 아니다. 말로 부를 수 있는 이름은 영원한 이름이 아니다. 무는 천지의 시초이고 유는 만물의 어머니[근원]다. 그러므로 항상 무욕으로 도의 미묘함을 보고 유욕으로 만물의 돌아감[즉, 운행]을 본다. 무와 유, 이 둘은 현묘한 곳에서 함께 유래되었다. 이름이 서로 다르나 한가지로 같이 현묘하다고 이른다. 현묘하고 현묘하여 온갖 오묘한 것들의 문이 된다.)

6) 道沖而用之或不盈. 淵兮似萬物之宗. 挫其, 解其紛. 和其光, 同其塵. 兮似或存. 吾不知誰之子, 象帝之先. (도는 비어 있으나 작용하면 다함이 없다. 깊구나! 만물의 종주[즉, 어른]와 같다. 날카로움을 드러내지 않고 얽힌 것을 풀어주고 빛을 누그러뜨리고 티끌과 함께한다. 맑구나! 없는 듯하면서도 또한 존재하는 실체와 같다. 나는 어디에서 생겨 나온 것인지[즉, 누구의 아들인지] 알지 못하지만 천제(天帝)보다 먼저 존재한 것이 아닌가 추측한다.)

7) 綿綿若存, 用之不勤. (끊어지지 아니하고 영원히 이어져 있는 듯한데 일하는[즉, 작용하는] 데 부지런을 떨지 않는다.)

는 것이므로, 뒤섞여 하나로 움직이나니.

떠올라도 분명해지지 않고,

가라앉아도 애매해지지 않는 것이로다.

간단(間斷)없고 영원하여,

무어라고 이름을 지어 부를 수 없나니.

다시금 무(無)의 영역으로 되돌아가니,

이로 인해 형체 없는 형상이라 불리고

무의 형상이라 불리나니.

이로 인해 황홀한 것이라 불리나니.

맞이하더라도 그 얼굴을 볼 수 없으며,

그것을 따라가려 해도 그 뒤를 볼 수 없나니,

고래의 질을 확고하게 파악한 자는

끊임없이 이어져오는 질의

시원(始原)을 알 수 있나니.[8]

파이드로스는 『도덕경』의 한 행 한 행을, 각각의 장(章)을 한 편 한 편 읽어나갔다. 그러면서 각각의 구절들이 자신의 생각과 상응하고 일치하고 겹쳐짐을 주시했다. 정확하게 바로 그것이었다. 이것이 그

---

[8] 視之不見, 名曰夷. 天地不聞, 名曰希. 搏之不得, 名曰微. 此三者, 不可致詰故混而爲一. 其上不皦, 其下不昧. 繩繩不可名, 復歸於無物. 是謂無狀之狀, 無物之象. 是謂惚恍. 迎之不見其首, 隨之不見其後. 執古之道, 以御今之有, 能知古始, 是謂道紀. (보아도 보이지 않는 것을 아득함이라고 하고 들어도 들리지 않는 것을 흐릿함이라고 하며 만져도 잡히지 않는 것을 자잘함이라고 한다. 이 셋은 밝힐 수 없는 것이므로 뒤섞이어 하나로 움직인다. 그 뒤섞인 하나는 위에서 본다고 더 분명해지는 것이 아니고 아래서 본다고 더 애매해지는 것이 아니다. 끊임없이 이어지니 무엇이라고 이름을 지어 부를 수 없다. 사물이 없는 곳으로 복귀하니 형태 없는 형태이고 형체 없는 형상이라고 이를 만하다. 얼떨떨 [즉, 황홀]하다고 할 수밖에 없다. 맞이하려 해도 그 머리를 볼 수 없고 따라가려 해도 그 뒤를 볼 수 없다. 고래의 도를 파악하여 현재의 존재를 거느리면 태초 이래의 시원을 알 수 있다. 이것을 도의 핵심이라고 한다.)

가 뜻하고자 하던 바였다. 그리고 이것이 그동안 내내 이야기해왔던 것이었다. 다만 자신이 서투르게, 기계적으로 이야기해왔던 것이 다르다면 다른 점이었다. 이 책에는 모호한 구석도 없었고 부정확한 구석도 없었다. 더할 수 없이 엄밀하고 명확했다. 이것이 바로 그가 이야기해왔던 바로 그것이었다. 다만 근원과 기원에 차이가 있었고 구사하는 언어가 다를 뿐이었다. 그는 다른 계곡에서 와서 이 계곡에 무엇이 있는가를 주시하는 셈이었다. 이제는 『도덕경』이 낯선 사람들이 하는 이야기로 보이지 않고 자신이 몸담고 있던 계곡의 일부로 보이게 되었던 것이다. 그는 모든 것을 보고 있었다.

그는 암호를 푼 셈이었다.

그는 읽기를 멈추지 않았다. 한 행 한 행, 한 페이지 한 페이지를 읽어나갔다. 아무런 불일치도 찾을 수가 없었다. 항상 그가 이야기해왔던 주제인 질이 여기에서는 도(道)——동양적인 것이든 서양적인 것이든, 과거의 것이든 현재의 것이든, 모든 종교를, 모든 지식을, 만물을 생성해내는 거대하고 근원적인 힘인 도——였다.

이어서 그는 마음의 눈을 들어 자기 자신의 이미지를 포착했고, 자신이 어디에 있는지 또 자신이 무엇을 보고 있는지를 깨달았다. 그리고... 나는 정말로 무슨 일이 일어났는지 모르겠다.... 하지만 곧이어 파이드로스가 앞서 가졌던 느낌, 미끄러져 굴러떨어지는 듯한 그 느낌이, 그의 마음 내부의 균열이, 갑작스럽게 힘을 모으면서 파국을 예고했다. 마치 산꼭대기의 바위들처럼. 그가 이를 멈출 수 있기 전에, 자각의 순간들이 갑작스럽게 쌓이기 시작하여 점점 더 거대한 덩어리로 변해가더니 마침내 주체할 수 없는 사유와 인식의 산사태로 돌변했다. 쥐어뜯듯 아래로 맹렬하게 돌진하는 사유와 인식의 바위 더미가 그 크기를 더해갈 때마다 그 부피의 수백 배나 되는 사유

기반을 해체하고, 해체된 사유 기반의 바위 더미가 또다시 그 부피의 수백 배나 되는 사유 세계를 뿌리 뽑았다. 그리고 다시 그것의 수백 배나 되는 사유 세계를 무너뜨리면서 앞으로 계속 점점 더 폭넓고 광범위하게 돌진하여갔다. 마침내 견디고 남아 있는 것이 아무것도 없게 되었다.

더 이상 아무것도 남지 않았다.

그의 내부로부터 모든 것이 무너져 내렸던 것이다.

제
21
장

"아빠 별로 담력이 센 사람이 아니죠? 그렇죠?" 크리스가 말한다.
"그래, 그런 것 같다." 내가 이렇게 대답하고, 알맹이를 빼내기 위해 살라미 소시지 조각의 껍질을 아래위 양 이빨로 물고는 잡아 뜯는다. "하지만 말이다, 아빠가 얼마나 현명한 사람인가를 알면 넌 놀랄 거야."
이제 능선의 위쪽에서 상당히 멀리 떨어진 아래쪽으로 내려와 있다. 협곡 반대편 쪽 같은 고도의 지점에 있는 나무들과 비교하면, 이곳에서 뒤섞여 자라고 있는 소나무들과 잎이 무성한 관목들은 키가 한결 더 크고 한결 더 빽빽하다. 협곡의 이쪽에 비가 더 많이 내리는 것이 분명하다. 크리스가 이곳 시냇가에서 냄비에 채워놓은 물을 엄청나게 많이 들이켠 다음, 나는 그를 바라본다. 그의 표정을 보니 그는 이제 체념한 채 내려가는 것을 기정사실로 받아들이고 있음을 알 수 있다. 그러니 그에게 잔소리를 하거나 그와 논쟁을 할 필요가 없다. 우리는 봉지에 담긴 사탕 몇 개를 더 먹는 것으로 점심 식사를 끝낸다. 그리고 또 한 냄비의 물을 마셔 입안을 헹군다. 그런 다음 휴식을 위해 바닥에 등을 대고 눕는다. 산속의 물만큼이나 맛있는 물은 세상 어디에도 없다.

잠시 후에 크리스가 이렇게 말한다. "아빠, 이젠 좀더 무거운 짐을 질 수 있겠어요."

"정말?"

"그럼요." 약간 우쭐한 어조로 그가 말한다.

고마워하는 마음으로 나는 무거운 물건 몇 개를 꺼내 그의 배낭으로 옮긴다. 그리고 앉은 자세로 배낭을 짊어진 다음 몸을 비틀어 멜빵의 위치를 바로 하고 일어선다. 배낭의 무게가 한결 가벼워졌음을 느낄 수 있다. 크리스도 남을 배려하는 사람이 될 수 있다. 마음만 내키면 말이다.

여기서부터는 경사가 낮아 보인다. 이쪽 경사면에서는 벌채 작업이 있었던 것이 분명하다. 우리의 키보다 높게 자란 관목들이 아주 많아서, 앞으로 나아가는 우리의 걸음이 더디다. 우리는 이 숲을 우회해서 가는 방법을 찾아야 할 것이다.

야외 강연에서 이제 내가 하고자 하는 일은 극도로 일반적인 성격의 지적 추상화 작업에서 벗어나 무언가 견실하고 실용적이며 일상적인 정보를 전하는 것이다. 그런데 어떻게 이 일을 시작해야 할지 확신이 잘 서지 않는다.

사람들의 입에 좀처럼 오르내리는 일이 없는 개척자들의 특징 가운데 하나를 들자면, 예외 없이 그들은 천성적으로 일을 엉망으로 만드는 경향이 있다는 것이다. 그들은 자신들의 고귀한 저 먼 곳의 목적만을 보면서 길을 헤치고 앞으로 나아간다. 그러면서 그들은 자신들이 뒤에 남겨놓는 오물이나 쓰레기 따위에는 전혀 눈길을 주지 않는다. 누군가 다른 사람이 이를 치워야 하는데, 이는 물론 별로 매력적이거나 재미있는 일이 아니다. 차분하게 마음을 먹고 이 일을 할 수 있기 위해서는 우선 잠시 동안 마음을 억눌러야 한다. 마음을 억눌러 정말로 자제할 수 있는 분위기에 일단 젖게 되면, 이는 그리 어려운 일이 아니다.

개인적 체험이 얽혀 있는 어떤 산의 정상에 올라 질과 부처 사이에 존재하는 형이상학적 관계를 발견하는 일은 대단히 장대한 일일 것이다. 하지만 그다지 중요한 일은 아니다. 만일 이 야외 강연에서 다루고자 하는 것이 몽땅 이것이라면, 나는 이 자리에서 물러나야 할 것이다. 중요한 것은 그와 같은 발견이 이 세상의 모든 계곡들과 어떤 관계가 있는가, 그리고 그 계곡들 안에서 우리 모두를 기다리고 있는 지루하고 따분한 직장 일들과 단조로운 세월들과 어떤 관계가 있는가, 바로 그것이다.

우리가 여행을 시작하던 첫날, 실비아는 반대편 차선에서 차를 몰고 지나가던 그 모든 사람들을 주시한 다음에 한 자신의 말이 뜻하는 바가 무엇인지를 알고 있었다. 그들에 대해 그녀가 뭐라고 했던가. "장례식 행렬"같다고 했다. 이제 우리의 과제는 아래로 내려가 그와 같은 행렬이 이어지는 곳으로 되돌아가되, 현재 그곳에 존재하는 것보다 더 폭넓은 이해의 시각을 가지고 그 행렬을 바라보는 일이다.

무엇보다도 먼저, 질은 도(道)라는 파이드로스의 주장이 맞는 것인지를 나 자신은 알지 못한다는 사실을 말해야겠다. 그것이 맞는 것인지에 대해 실험할 그 어떤 방법도 나는 알고 있지 않다. 왜냐하면 그가 한 일이라고는 단지 하나의 신비주의적 존재에 대한 이해와 또 하나의 신비주의적 존재에 대한 이해를 비교했던 것이 전부이기 때문이다. 그가 양자는 동일한 것이라고 생각했던 것은 확실하다. 하지만 그는 질이 무엇인지에 대해 완벽하게 이해하지 못하고 있었는지도 모른다. 아니면, 그는 도에 대해 이해하지 못하고 있었을 확률이 더 높다. 그는 확실히 현자(賢者)는 아니었다. 그리고 그 책에는 그가 당연히 주목해야 했었으나 그렇게 하지 못했던 현자들을 위한 충고가 가득하다.

더욱이, 그의 형이상학적 등정(登頂)은 질이란 무엇인가에 대한, 또는 도란 무엇인가에 대한 우리의 이해를 증진시켜주는 데 완벽하게 아무런 역할도 하지 못했다는 것이 내 생각이다. 아무것도 기여한 바가 없었다.

이렇게 말하면, 그가 생각하고 말한 것에 대한 거부, 돌이킬 수 없을 정도의 압도적인 거부처럼 들릴 수도 있다. 하지만 그것은 아니다. 이 같은 나의 판단에 그가 스스로 동의했으리라는 것이 내 생각이다. 왜냐하면 질에 대한 어떤 진술도 일종의 정의에 해당하는 것이고, 따라서 의도한 바에 미치지 못하기 때문이다. 그가 했던 종류의 진술은 의도한 바에 미치지 못하는 것이기 때문에 아예 아무런 진술을 하지 않는 것보다 한층 더 바람직하지 않은 것이라는 고백까지도 할 수 있었을지도 모른다는 것이 내 생각이다. 왜냐하면 그의 진술은 쉽게 진리로 오해될 수 있고, 따라서 질에 대한 이해를 지연시킬 수 있기 때문이다.

그렇다, 그는 질을 위해서든 도를 위해서든 한 것이 아무것도 없었다. 이득을 얻은 것은 다름 아닌 이성이었다. 그는 전에는 수용할 수 없기 때문에 비이성적인 것이라고 간주되어왔던 요소들을 이제는 포용할 수 있도록 이성의 범위를 확장할 수 있는 방법을 보여준 것이었다. 내 생각을 말하자면, 수용해줄 것을 목메어 외치는 이 같은 비이성적인 요소들이 엄청날 정도로 난무하고 있기 때문에, 오늘날의 형편없는 질이, 혼란스럽고 일관성 없는 20세기의 정신이 싹트게 된 것이다. 이제 나는 가능한 한 질서 정연한 방법으로 이 문제를 논의하고자 한다.

이제 우리는 질척질척한 흙으로 뒤덮여 제대로 발을 딛기가 어려운 가파른 경사면을 따라 내려가고 있다. 우리는 몸의 자세를 안정시키기 위해 나뭇가지와 관목을 움켜쥔다. 나는 한 발자국을 옮긴 다음, 어느 쪽에다 다음 발자국을 옮길 것인지를 계산하고는 다시 한 발자국을 옮기고, 다시 주위를 두리번거린다.

이윽고 관목 숲이 너무도 빽빽한 곳에 이르게 되어 우리는 나뭇가지를 베어가면서 앞으로 나가야 할 것임을 깨닫는다. 내가 메고 있는 배낭에서 크리스가 벌채용 칼을 꺼내는 동안 나는 바닥에 앉는다. 그가 나에게 벌채용 칼을 건네자, 나는 가지를 자르고 찍어내며 숲 속을 지나 앞으로 나아간다. 걸음이 더디다. 한 발자국을 옮길 때마다 두세 개의 가지를 쳐내야 한다. 아마도 오랫동안 이런 방식으로 가야 할 것 같다.

"질은 부처"라는 파이드로스의 진술에서 아래쪽으로 첫걸음을 옮기는 경우, 우리에게 주어지는 진술은 다음과 같다. 즉, 만일 이 주장이 옳은 것이라면, 이는 현재 따로 움직이고 있는 인간 체험의 세 영역을 통합하기 위한 합리적 근거를 제공한다. 바로 이 같은 진술이 가능한데, 이때의 세 영역이란 종교, 예술, 과학이다. 만일 질이 이 모든 영역의 핵심 용어임을 보여줄 수 있다면, 또한 이 질이라는 것이 여러 종류로 이루어진 것이 아니라 단지 한 종류의 것임을 보여줄 수 있다면, 서로 따로 움직이는 세 영역은 상호 전환이 가능하다는 결론에 이르게 된다.

질과 예술 영역 사이의 관계는 파이드로스가 수사술(修辭術)의 영역에서 질에 대한 이해를 추구해오는 가운데 상당히 자세하게 밝혀진 바 있다. 분석의 측면에서 더 많은 것이 이 방면에서 이루어져야 할 필요는 없다는 것이 내 생각이다. 예술이란 고도의 질에 이르기 위한 시도다. 정말로 필요한 진술이 있다면 그것이 전부다. 아니면, 무언가 어마어마하게 들리는 말이 필요하다면, 예술이란 인간의 작업 안에 드러난 신성(神性)이라고 말할 수도 있을 것이다. 파이드로스에 의해 정립된 양자의 관계는 엄청나게 서로 다른 말처럼 들리는 위의 두 진술이 실제로는 동일한 것이라는 사실을 명백히 보여주고 있다.

종교의 영역에서 질과 신성 사이의 합리적 관계는 보다 더 철저하게 확립될 필요가 있다. 그리고 나는 이 작업을 한결 뒤에 할 수 있기를 바란다. 현재로서는 신*God*과 선*good*이라는 부처와 질에 대응되는 두 단어의 고대 영어 어원이 동일한 것처럼 보인다는 사실을 놓고 곰곰이 생각해보는 것으로 충분할 것이다.

조만간 내가 주의를 집중하고자 하는 곳은 바로 과학의 영역이다. 왜냐하면 양자 사이의 관계 확립이 가장 절실하게 요구되는 영역이 바로 이 영역이기 때문이다. 과학 및 과학의 후손인 공학 기술은 "가치 중립적"인 것—따라서 "질과 관계없는" 것—이라는 공식적 견해가 있는데, 이 같은 견해는 정리되어야 한다. 바로 이 "가치 중립적"이라는 말이 야외 강연에서 일찍이 주목을 기울인 바 있는 치명적인 힘을 더욱 두드러지게 하고 있기 때문이다. 내일 이에 대해 이야기할 생각이다.

나머지 오후 시간 내내 우리는 넘어진 나무의 비바람에 풍화된 잿빛

가지를 넘어 아래로 내려가고, 가파른 비탈에서 방향을 바꿔 뒤로 돌아섰다가 앞으로 나가기를 반복한다.

우리는 벼랑에 이르러, 각도를 틀어 아래로 내려가는 길을 찾아 그 가장자리를 따라간다. 마침내 물이 마른 비좁은 배수로가 나타나, 이를 따라 아래로 내려간다. 배수로는 자그마한 시내가 있는 바위 사이의 갈라진 틈으로 이어진다. 시냇물에 젖어 있는 관목들과 바위들과 진흙과 거대한 나무의 뿌리들이 바위틈을 메우고 있다. 곧이어 우리는 저 멀리서 한결 더 큰 시내가 내는 포효하듯 시끄러운 물소리를 듣는다.

우리는 밧줄을 사용하여 시내를 건넌다. 밧줄을 뒤에 남겨두고 앞으로 나아가니 마침내 길이 나온다. 길에서 만난 몇몇 야영객들이 우리를 그들의 차에 태워 마을로 데려다준다.

보즈먼에 도착하니 날이 어둡고 시간이 늦었다. 드위즈 부부를 깨워 우리를 데려가달라고 하는 대신 도심지에 있는 호텔에 투숙한다. 호텔 로비에 있는 몇몇 관광객들이 우리에게 눈길을 주고는 떼지 못한다. 낡은 군복, 지팡이, 이틀 동안 깎지 않은 수염, 검은 베레모 때문에 나는 틀림없이 급습하러 밀어닥친 그 옛날의 쿠바 혁명 전사쯤으로 보일 것이다.

호텔 방에 들어서자 우리는 녹초가 된 상태로 모든 물건을 방바닥에 털썩 내려놓는다. 그런 다음 나는 장화를 벗어 그 안의 돌 부스러기를 쓰레기통에 털어 버린다. 시냇물의 급류를 건널 때 들어간 것들이다. 이어서 차가운 창문 근처에 장화를 놓아 천천히 마르게 한다. 우리는 한마디 말도 없이 침대에 쓰러져 눕는다.

제22장

　다음 날 아침 상쾌한 기분으로 호텔에서 나와, 드위즈 부부에게 아침 인사를 한다. 그리고 보즈먼을 벗어나 탁 트인 들판의 길을 따라 북쪽으로 향한다. 드위즈 부부는 우리가 좀더 머물기를 원했지만, 서쪽으로 이동하면서 내 생각들을 좀더 진척시키고 싶다는 묘한 갈망이 나를 압도한다. 오늘 내가 하고자 하는 이야기는 파이드로스가 결코 들어본 적이 없는 사람에 관한 것인데, 나는 이번의 야외 강연을 준비하는 과정에 상당히 광범위하게 그의 글을 공부했다. 파이드로스와 달리 이 사람은 서른다섯 살의 나이에 이미 세계적인 명사였으며, 쉰여덟 살의 나이에는 살아 있는 전설이 되었다. 그는 버트런드 러셀이 "누구나 동의하듯 그의 세대에 가장 뛰어난 과학자"로 묘사한 그런 사람이었다. 그는 한꺼번에 천문학자, 물리학자, 수학자, 철학자 역할을 했던 사람으로, 그의 이름은 쥘 앙리 푸앵카레Jules Henri Poincaré였다.
　전에는 결코 누구도 여행하지 않은 사유의 길을 따라 파이드로스가 여행했다는 것이 나에게는 항상 신뢰하기 어렵다고 느껴졌으며, 나는 아직 그렇게 느끼고 있는 쪽이다. 누군가가 어느 곳에서든 그 모든 것을 이전에 벌써 생각했었음이 틀림없으리라는 것이 내 생각이다. 자신이 애써 탐구하지 않은 몇몇 유명한 철학 체계의 상투적인 말들을 복제한 사람이 있다면 그는 바로 파이드로스와 같은 사람이라고 말할 수 있을 정도로. 파이드로스는 아주 형편없는 학자였다.

그리하여 나는 복제된 생각들의 원본을 찾아 아주 길고 때때로 말할 수 없이 지루한 철학사를 읽는 데 1년 이상의 세월을 보냈다. 하지만 그런 방식으로 철학사를 읽는 것은 매력적인 것이었다. 그런 과정에 아직까지도 완전히 이해할 수 없는 사건이 하나 일어났다. 서로 엄청나게 대립되는 것으로 추정되는 두 개의 철학적 체계가 양자 모두 파이드로스가 생각했던 것과 아주 유사한 이야기를 하고 있는 것처럼 보였던 것이다. 소소한 편차가 있긴 했지만 말이다. 몇 번이고 되풀이해서 나는 그가 복제하고 있는 이가 누구인지를 찾아냈다고 생각하곤 했다. 하지만 매번 겉으로 보기에 사소한 것처럼 보이는 몇몇 차이점 때문에 그는 엄청나게 다른 방향으로 가고 있었다. 예컨대, 이미 내가 언급한 바 있는 헤겔은 힌두교 철학 체계를 결코 철학일 수 없다고 보아 이를 거부했다. 반면 파이드로스는 힌두교 철학 체계를 수용하고 있는 것 같아 보였다. 또는 그 체계에 수용되어 있는 것 같아 보였다. 힌두 철학 체계와 그의 생각 사이에 모순이 존재한다는 느낌이 들지 않았던 것이다.

마침내 나는 푸앵카레와 만나게 되었다. 여기에서도 다시 사소하지만 파이드로스가 복제한 것이 아닌가 의심이 가는 것이 발견되었으나, 그것과는 다른 종류의 현상이 확인되었다. 파이드로스는 더할 수 없이 고답적인 추상화의 영역 안으로 길고도 구불구불한 길을 따라간 다음, 그곳에서 막 내려오려 하다 멈춘다. 푸앵카레는 더할 수 없이 기초적인 과학적 진실에 대한 논의에서 출발하여 파이드로스가 진입했던 바로 그 추상화의 영역을 향해 작업을 진행하다가 멈춘다. 두 사람은 상대가 걸음을 멈춘 바로 그 지점에서 걸음을 멈추었던 것이다! 두 사람의 작업 사이에는 완벽한 연속성이 존재한다. 만일 당신이 광기의 그늘에 덮인 채 삶을 살고 있다면, 당신의 마음으로 생각하고 말하는 것과 같은 생각을 하고 같은 말을 하는 다른 사람의 마음이 당신 앞에 그 모습을 드러내는 경우, 당신은 이를 축복에 가까운 그 무엇으로 받아들일 것이다. 마치 로빈슨 크루소가 모래 위에 찍힌 발자국들을 발견했을 때 가졌던 것과 같은 느낌을 갖게 될 것이다.

푸앵카레는 1854년에 태어나 1912년에 세상을 떴으며, 파리 대학교의 교수였다. 그의 수염과 코에 거는 안경은 동시대에 파리에 살고 있었고 단지 열 살 아래의 화가였던 앙리 툴루즈-로트렉[1]을 떠올리게 한다.

푸앵카레가 살아 있는 동안, 걱정스러울 만큼 심각한 위기가 정밀 과학의 분야에서 시작되었다. 오랫동안 과학적 진실에 대해 의혹을 제기하는 사람은 없었다. 과학의 논리는 절대적인 신뢰의 대상이었고, 만일 과학자가 때때로 오류를 범하면 이는 다만 그들이 과학의 법칙을 잘못 해석한 결과로 추정되었다. 또한 중요한 질문들에 대한 답은 모두 제시된 것으로 여겨졌다. 이제 이 같은 답들을 더욱더 정밀한 것으로 다듬는 것이 과학의 임무로 여겨졌다. 물론 방사능, "에테르"를 통한 빛의 전달, 자력과 전기력 사이의 기묘한 관계 등과 같이 아직도 설명이 되지 않은 현상들이 있었던 것도 사실이다. 하지만 과거의 추세에 비춰 볼 때 이들 문제도 결국에는 무릎을 꿇을 것으로 생각

---

[1] Henri Toulouse-Lautrec(1864~1901): 프랑스의 화가.

되었다. 몇십 년도 지나지 않아 절대 공간, 절대 시간, 절대 실체, 심지어 천체 광도의 절대 등급조차 더 이상 존재하지 않게 될 것이라고는 거의 누구도 추정하지 않았다. 또한 장구한 세월에 걸쳐 과학의 반석으로 여겨졌던 고전 물리학이 "근사치"에 해당하는 것이 되리라고 생각한 사람은 거의 아무도 없었다. 아울러, 더할 수 없이 침착하고 더할 수 없는 존경을 받는 천문학자들이 충분히 강력한 천체 망원경을 통해 충분히 오랜 시간 들여다보면 보이는 것은 바로 자신의 머리 뒤통수라고 인류에게 말하게 될 것이라고는 거의 아무도 상상하지 못했던 것이다!

기초를 산산이 박살 내는 상대성 이론의 이론적 단초는 일부 극소수의 사람들만이 이해하고 있었다. 그 시대의 가장 뛰어난 수학자였던 푸앵카레가 바로 그들 가운데 한 사람이었다.

그의 저서 『과학의 기초』[2]에서 푸앵카레는 과학의 기초를 위태롭게 하는 위기의 선례들은 아주 오래된 것이라고 설명했다. 그에 의하면, 유클리드의 제5공준(公準)으로 알려져 있는 공리를 논증하기 위한 탐구 작업이 오랫동안 이어졌지만 모두 허사였으며, 바로 이 탐구 작업이 위기의 시작이었다는 것이다. 평행선에 대한 유클리드의 공준은 "어느 한 지점을 지나는 직선 가운데 점 바깥쪽에 있는 하나의 직선과 평행을 이루는 것은 하나밖에 없다"로 설명되는데, 우리는 일반적으로 이를 고등학교 1학년 기하학 시간에 배운다. 이는 기하학이라는 집을 짓는 데 필요한 기초적인 건축 자재 가운데 하나다.

그 밖의 다른 공리들은 물음의 대상이 될 수 없을 정도로 너무나 자

---

[2] 푸앵카레의 저서 가운데 『과학과 가정 La science et l'hypothèse』(1905), 『과학의 가치 La valeur de la science』(1907), 『과학과 방법 Science et méthode』(1914)이 미국에서 1946년 『과학의 기초 The Foundations of Science』라는 제목의 책으로 번역 출판된 바 있다.

명한 것들이었지만, 이것만은 그렇지가 않았다. 그렇다고 해서 이 공리를 기하학에서 제거할 수도 없었다. 그러는 경우 수학의 엄청나게 넓은 영역이 망가질 것이기 때문이었다. 또한 누구도 이를 현재의 것보다 더 단순한 것으로 변환할 수 있을 것처럼 보이지도 않았다. 그처럼 터무니없는 일을 성취하려는 희망에 얼마나 엄청난 양의 노력이 낭비되었는가는 정말로 상상하기 어렵다는 것이 푸앵카레의 진단이다.

마침내 19세기 첫 4반세기 무렵, 그리고 거의 동시에, 헝가리의 수학자 볼리오이[3]와 러시아의 수학자 로바체프스키[4]가 유클리드의 제5공준에 대한 논증이 불가능하다는 점을 논박이 불가능할 정도로 완벽하게 확립했다. 그들은 유클리드의 제5공준을 다른 것들──그러니까 좀더 확실한 공리들──로 변환할 방법이 있어 이를 변환한다면 과외의 결과가 또한 감지되어야 할 것이라는 추론에 의거하여 이 같은 작업을 해냈다. 즉, 유클리드의 공준이 뒤집을 수 있는 것이어서 이를 뒤집는 경우, 이로 인해 기하학 내부에 논리적 모순이 야기되는 것을 감지할 수 있어야 한다는 것이다. 그리하여 그들은 유클리드의 공준을 뒤집어보았다.

처음에 로바체프스키는 정해진 지점에서 주어진 직선에 대한 두 개의 평행선을 그릴 수 있다고 가정한다. 그리고 유클리드의 나머지 공리들을 모두 존속시킨다. 이 같은 가정에서 그는 일련의 정리(定理)를 추론해냈는데, 그것들 사이에는 어떤 모순도 발견하기란 불가능하다. 그럼으로써 그는 그 논리가 유클리드의 기하학의 논리에 비해 어디에

---

[3] János Bolyai(1802~1860): 비유클리드 기하학에 대한 연구로 널리 알려져 있는 헝가리의 수학자.
[4] Nikolai Ivanovich Lobachevsky(1792~1856): 비유클리드 기하의 발전에 지대한 기여를 한 러시아의 수학자.

서도 열등하지 않은 또 하나의 기하학을 확립한다.

이처럼 어떠한 모순도 발견하는 데 실패함으로써 그는 제5공준을 보다 더 단순한 공리들로 변환할 수 없음을 논증한다.

사람들을 놀라게 한 것은 논증 자체가 아니라, 이 논증의 합리적인 부산물이었다. 이 부산물로 인해 이 같은 논증 및 수학의 영역에서 거의 모든 것이 곧 빛을 잃게 되었던 것이다. 과학적 확실성의 초석이라 할 수 있는 수학이 갑작스럽게 불확실한 것이 되고 말았던 것이다.

이제 우리는 개인적인 선호와 관계없이 모든 시대의 모든 사람들에게 진리였던 뒤흔들 수 없는 과학적 진리에 대한 두 개의 모순된 시각을 갖게 되었다.

이것이 황금 시대의 과학이 누리던 자기 도취를 산산이 깨뜨려버린 심각한 위기의 단초였다. 이 두 개의 기하학 가운데 어느 것이 올바른 것인지를 어떻게 알 수 있는가. 양자 사이를 구분하기 위한 근거가 없다면, 우리에게는 논리적 모순을 인정하는 두루뭉술한 형태의 수학이 주어지는 셈이 된다. 하지만 내부의 논리적 모순을 인정하는 수학은 결코 수학일 수 없다. 기존의 논리에서 보면, 비(非)유클리드 기하학은 궁극적으로 마술사의 뜻 모를 객쩍은 주문(呪文)——즉, 순전히 믿고자 하는 사람들의 마음에만 의지하여 그에 대한 믿음이 유지되는 마술사의 주문——에 지나지 않는 것이 되고 만다!

그리고 물론, 일단 그와 같은 문이 열리게 되자, 뒤흔들 수 없는 과학적 진리를 담고 있으나 상호 모순되는 체계의 숫자는 단지 둘로 국한될 것이라는 식의 기대를 거의 누구도 할 수 없게 되었다. 리만[5]이

---

5) Georg Friedrich Bernhard Riemann(1826~1866) : 독일의 수학자로, 미분 기하학에 중요한 기여를 함. 그의 수학적 업적 가운데 일부가 후에 아인슈타인Einstein의 일반 상대성 이론의 확립에 기초가 되기도 함.

라는 독일인이 또 하나의 뒤흔들 수 없는 기하학 체계를 가지고 나타났는데, 이 체계는 유클리드의 가설뿐만 아니라 단 한 개의 직선만이 두 점을 지날 수 있다는 제1공리마저 내동댕이쳐버렸다. 이 기하학에도 역시 그 어떤 내적 모순도 존재하지 않는다. 다만 로바체프스키 기하학과 유클리드 기하학 양쪽 모두와 모순이 될 뿐이다.

상대성 이론에 의하면, 리만 기하학은 우리가 살고 있는 세계를 설명하는 데 가장 적합한 것이다.

쓰리 포크스[6]에서 몇 개의 루이스와 클라크 동굴들을 지나자, 희끄무레하게 빛이 바랜 바위들로 이루어진 좁은 협곡 안으로 길이 들어선다. 뷰트[7]의 서쪽으로 길고도 가파른 경사로를 따라 올라가 로키 산맥 분수령을 가로질러 간다. 그리고 다시 내려가 계곡 안으로 들어간다. 그런 다음 우리는 애너콘더 제련소의 엄청나게 큰 굴뚝을 지나 애너콘더[8]의 시내로 들어가서, 스테이크와 커피를 제공하는 괜찮은 식당을 찾는다. 우리는 다시 기다란 경사로를 타고 올라가, 소나무 숲으로 둘러싸인 호수와 호수 위에 작은 배를 밀어 띄우려고 하는 몇몇 어부들을 지나쳐 간다. 이윽고 소나무 숲을 가로질러 구불구불한 길을 따라 다시금 아래로 내려간다. 해의 각도로 보니, 오전 시간이 거의 다 지나간 것 같다.

---

6) Three Forks: 몬태나 주 갤러틴 카운티Gallatin County에 있는 마을로, 인구는 1,728명(2000년 조사). 이 마을의 이름이 '세 개의 지류(支流)'를 뜻하는 '쓰리 포크스'가 된 것은 제퍼슨Jefferson 강, 매디슨Madison 강, 갤러틴 강이 합쳐져 미주리Missouri 강을 이루고 있는 지점이 마을 가까이에 있기 때문임.
7) Butte: 몬태나 주의 실버 바우 카운티Silver Bow County의 중심 도시로, 인구는 33,892명(2000년 조사).
8) Anaconda: 몬태나 주의 디어 롯지 카운티Deer Lodge County의 중심 도시. 고도 1,626미터 지점에 자리 잡고 있으며, 인구 9,088명(2004년 조사).

필립스버그[9]를 지나 초원으로 덮인 계곡 안으로 들어간다. 계곡에 들어서니 맞바람이 더 세차다. 맞바람의 강도를 줄이려고 모터사이클의 속도를 약간 줄여 55마일의 속도로 달린다. 우리는 맥스빌[10]을 지나 홀[11]에 들어선다. 홀에 도착했을 즈음, 휴식을 취하고 싶은 마음이 간절하다.

길가에 교회 마당을 발견하고는 멈춘다. 이제 바람이 아주 거세고 차갑지만, 햇볕은 따뜻하다. 그래서 교회 건물을 돌아 바람이 불어오는 쪽 반대편을 택해 잔디 위에 재킷을 벗어 깔고 헬멧을 벗은 다음 휴식을 취한다. 이곳은 매우 쓸쓸하고 사방이 탁 트인 그런 곳이다. 하지만 주위가 아름답다. 멀리 산이 보이거나 언덕이라도 보이는 이같은 곳에서는 그만큼 공간의 여유가 느껴진다. 크리스가 얼굴을 재킷 속에 묻고 잠을 청하려 한다.

서덜랜드 부부와 헤어지고 나니 이제 모든 것이 너무도 달라졌다. 말할 수 없이 쓸쓸해진 것이다. 만일 당신만 괜찮다고 한다면, 바로 야외 강연을 시작하여 쓸쓸한 느낌이 사라질 때까지 이를 계속할까 한다.

푸앵카레에 의하면, 수학적 진실이 무엇인가의 문제를 풀기 위해 우리는 먼저 기하학적 공리의 본질이 무엇인가를 우리 자신에게 물어야 한다. 칸트가 말했듯, 이 공리들은 종합적인 선험적 판단일까. 즉, 이들은 인간이 지닌 의식의 고정된 일부로 존재하는 것—말하자면,

---

9) Phillipsburg: 몬태나 주의 그래닛 카운티Granite County에 있는 마을. 고도 1,600여 미터 지점에 있으며, 인구는 약 930명(2008년 조사).
10) Maxville: 몬태나 주의 그래닛 카운티에 있는 마을. 고도 1,475미터의 지점에 있음.
11) Hall: 몬태나 주의 그래닛 카운티에 있는 마을. 고도 1,282미터 지점에 있음.

경험과 관계없는 것, 경험에 의해 창조된 것이 아닌 것—일까. 푸앵카레는 그렇지 않다고 생각했다. 만일 그러하다면, 이 공리들은 강력한 힘으로 우리를 압도하여 우리에게 반대 명제는 아예 생각조차 못하게 할 것이기 때문이다. 또는 그런 힘을 바탕으로 하여 거대한 이론체계를 구축할 것이기 때문이다. 그렇다면 결국 비유클리드 기하학은 아예 존재할 수 없을 것이다.

따라서 기하학의 공리들은 경험적 진실이라는 것이 우리의 결론이어야 할까. 푸앵카레는 이 물음에 대해서도 역시 부정적으로 답했다. 만일 이 공리들이 경험적 진실이라면, 새로운 실험실 자료가 입수됨에 따라 끊임없이 바뀌고 수정될 수밖에 없을 것이기 때문이다. 이런 상황은 기하학 그 자체의 본질 전체에 반(反)하는 것처럼 보인다.

기하학의 공리들은 규약이라는 것이 푸앵카레의 결론이다. 아울러, 그에 의하면, 그 모든 가능한 규약들 가운데 어떤 특정한 것을 우리가 선택할 때 우리의 선택에 길잡이가 되는 것은 바로 실험적 사실들이지만, 선택의 자유는 유지되며, 무언가의 제한을 받는다면 이는 다만 온갖 모순을 피해야 할 필요성의 제한을 받는다는 것이다. 이런 연유로, 공준들을 채택하는 데 결정적인 역할을 한 실험적 법칙들이 비록 개략적인 것일 뿐이라고 하더라도, 이렇게 해서 채택된 공준들의 진정성은 엄밀하게 유지된다는 것이다. 다시 말해, 기하학의 공리들은 정의(定義)로 위장되어 있지만 실제로는 규약일 뿐이라는 것이다.

이와 같이 기하학적 공리들의 본질을 규정한 다음, 푸앵카레는 이어서 유클리드 기하학이 맞는 것일까 또는 리만 기하학이 맞는 것일까의 물음으로 주위를 돌렸다.

그의 답변에 의하면, 이 물음은 아무런 의미를 갖지 못한다.

이런 물음은 미터법은 맞는 것이고 파운드법은 틀린 것이냐는 물음이나, 데카르트 좌표는 맞고 극좌표[12]는 틀린 것이냐는 물음과 다를 바가 없는 것이기 때문이다. 어떤 기하학은 다른 기하학보다 더 맞는 것일 수가 없다. 다만 좀더 편리한 것일 수 있을 뿐이다. 기하학은 맞거나 틀린 것이 아니라 다만 유익한 것일 뿐이다.

이어서 푸앵카레는 과학의 다른 개념들―예컨대, 시간과 공간 같은 개념들―이 지니고 있는 규약으로서의 특성에 대한 논증을 시도했다. 그는 논증을, 예컨대, 시간과 공간을 측정하는 방법과 관련하여 다른 방법보다 더 진실한 방법이 있지 않음을, 또한 일반적으로 채용되는 방법이 다만 다른 것보다 더 편리할 뿐임을 보여주는 방식으로 이어나갔다.

그에 의하면, 시간과 공간에 대한 우리의 개념 역시 사실을 다루는 데 어느 것이 더 편리한가에 근거하여 우리가 선택한 규약―정의라는 이름으로 불리는 규약―일 뿐이라는 것이다.

하지만 우리의 가장 기본적인 과학적 개념들에 대한 이 같은 과격하

---

12) 데카르트 좌표계Cartesian coordinate system: 하나의 평면에 두 개의 선을 직각을 이루도록 그어놓고, 각각의 선을 x축(수평 방향)과 y축(수직 방향)으로 정의해놓은 좌표계. 평면 위의 위치를 x축에 해당하는 숫자와 y축에 해당하는 숫자로 괄호 안에 표시함. 예컨대, x축과 y축이 만나는 점을 원점이라 부르며, 이를 (0,0)으로 표시한다.
극좌표계Polar coordinate system: 평면 위의 위치를 각도 및 거리로 표시하는 2차원 좌표계를 말함. 일반적으로, '극'이라 불리는 중심점(데카르트 좌표계의 원점이 이에 해당함)에서의 거리를 r로 표시하며, 기준선으로부터의 각도를 θ로 표시한다.

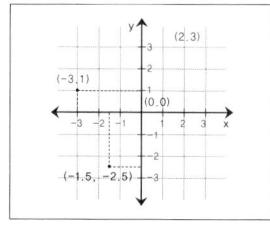

데카르트 좌표

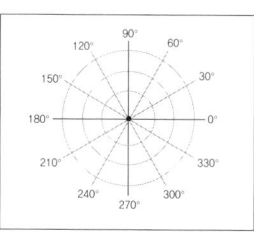

극 좌표계

고도 새로운 이해의 과정은 이것으로 아직 끝난 것이 아니다. 시간과 공간이 무엇인가라는 신비는 이 같은 설명에 의해 보다 더 이해하기 쉬운 것으로 바뀌었을지 모르지만, 이제 우주의 질서를 유지하는 부담을 "사실"이 짊어지게 된 것이다. 사실이란 무엇인가.

푸앵카레는 이에 대한 비판적 검토 작업으로 옮겨 갔다. 우선 그는 어떤 사실을 당신이 관찰하고자 하는가를 물었다. 사실은 무한하게 존재한다. 원숭이가 타자기를 쳐서 주기도문을 만들어낼 가능성이 없는 것과 마찬가지로, 사실에 대한 무작위적인 관찰이 과학을 만들어낼 확률은 없다.

마찬가지 논리가 가설에도 적용된다. 어떤 가설을 취할 것인가. 이와 관련하여 푸앵카레가 한 진술은 다음과 같다. "만일 어떤 현상이 하나의 완벽한 동역학적 설명을 허용한다면, 그 현상은 실험에 의해 드러난 그 모든 개별적 특성들을 마찬가지로 훌륭하게 밝혀줄 무한수의 또 다른 동역학적 설명들을 허용하게 될 것이다." 이는 파이드로스가 일찍이 실험실에서 했던 진술이기도 하다. 바로 이 진술이 발단이 되어 그는 자신을 낙제로 몰아가 학교를 그만두게 했던 질문을 제기했던 것이다.

푸앵카레는 이렇게 말하기도 했다. 만일 과학자에게 자기 마음대로 사용할 수 있는 무한의 시간이 주어지는 경우, 그에게 꼭 해야 할 말은 다만 "주의해서 잘 보시오"가 될 것이다. 하지만 모든 것을 다 볼 수 있는 시간이 없기 때문에, 또한 잘못 보는 것보다는 안 보는 것이 낫기 때문에, 그는 필연적으로 선택을 해야만 한다.

여기에서 푸앵카레는 몇 개의 규칙을 정했다. 우선, "사실들에는 계층 체계가 있다"가 그 하나다.

사실이 보다 더 일반적이면 일반적일수록 이는 더 소중한 것이 된다. 수없이 등장하여 도움을 주는 사실들이 다시 등장할 확률이 거의 없는 사실들보다는 가치가 있는 것이다. 예컨대, 생물학자들의 경우, 만일 개체만 존재할 뿐 종(種)이 존재하지 않았다면, 그리고 아이들을 부모와 같은 모습으로 만드는 유전 현상이 없었다면, 그들은 어떻게 과학을 구축할 것인지를 몰라 쩔쩔맸을 것이다.

그렇다면, 어떤 사실들이 다시 모습을 드러낼 확률이 높은 것일까. 답은 단순한 사실들이다. 단순한지는 어떻게 알아낼 수 있을까. 단순해 보이는 것을 선택하면 된다. 단순해 보이는 것은 실제로 단순하기 때문이거나, 또는 복잡한 요소들이 식별이 되지 않기 때문일 수 있다. 첫째 경우, 이 단순한 사실들은 독자적으로 우리 앞에 나타나거나, 복잡한 사실의 한 요소로서 우리 앞에 나타날 가능성이 높다. 둘째 경우, 이 역시 다시 나타날 가능성이 아주 높은데, 자연은 그와 같은 경우를 닥치는 대로 무작위로 만들지는 않기 때문이다.

어디에서 단순한 사실을 찾을 수 있는가. 과학자들은 두 극단의 경우에서 이를 찾아왔다. 즉, 무한하게 거대한 것에서 찾거나, 무한하게 작은 것에서 찾는다. 예컨대, 생물학자들은 동물 전체의 몸보다 세포가 더 흥미로운 것으로 여기도록 본능적으로 이끌려왔다. 그리고 푸앵카레 시대 이후 단백질 분자가 세포보다 더 흥미로운 것으로 여겨지게 되었다. 결과는 이 같은 선호 경향이 얼마나 지혜로운 것인가를 보여주는데, 서로 다른 유기체 조직에 속하는 세포와 분자가 유기체 조직 그 자체보다 더 많은 유사성을 지닌다는 점이 발견되어왔다는 점에서 그러하다.

그렇다면, 흥미로운 사실, 그러니까 되풀이해서 계속 일어나는 사실을 어떻게 선택하는가. 방법이 바로 흥미로운 사실의 선택을 가능케 한다. 따라서 무엇보다도 먼저 방법을 고안해내는 일에 몰두하는 것이 필수적인 절차다. 그리고 수많은 방법들이 고안되어왔는데, 이는 어느 방법도 자신의 권위를 내세우지 않기 때문이다. 규칙적인 사실들을 갖고 시작하는 것이 바람직하지만, 어떤 의문도 제기할 수 없는 규칙이 일단 확립되면, 이에 일치하는 사실들은 따분한 것이 되고 만다. 더 이상 우리에게 새로운 것을 아무것도 가르쳐주지 않기 때문이다. 바로 이 때문에 예외가 중요한 것이 된다. 우리는 유사점이 아닌 차이점을 찾고, 무엇보다도 더 두드러진 차이점을 선택한다. 그것들이 무엇보다도 주목을 끌고 또한 무엇보다도 유익한 정보를 제공할 것이기 때문이다.

우선 우리는 이 규칙이 들어맞지 않을 확률이 가장 높은 경우를 찾으려 한다. 시간적으로 아주 멀리 가거나 공간적으로 아주 멀리 감으로써 우리는 우리의 일상적 법칙이 완전히 전복(顛覆)되는 것을 확인할 수도 있다. 그리고 이 같은 엄청난 전복들은 우리 가까이에서 일어날 수 있는 작은 변화를 좀더 잘 볼 수 있게 한다. 하지만 우리가 목표로 삼아야 하는 것은 유사점과 차이점을 확인하는 일이 아니다. 그보다는 표면적으로는 일탈로 보이지만 그 뒤에 숨어 있는 유사성을 인식하는 일이 우리 목표가 되어야 한다. 특정한 규칙들이 처음에는 서로 조화를 이루고 있지 않는 것처럼 보일 수 있지만, 보다 더 자세히 보면 일반적으로 그 규칙들이 서로 닮아 있음을 발견하기도 한다. 즉, 구성 물질은 다르지만, 형태 면에서 유사할 수도 있고 부분 사이의 질서 면에서 유사할 수도 있다. 이 같은 선입관을 갖고 유사한 측면들을 관찰하면, 우리는 그런 측면들이 점점 그 적용 범위를 확장하여 마침내 모든 것을 포용하는 경향을 보인다는 사실을 확인하게 될 것이다. 바로 이것이 일정한 사실들—하나의 집합을 완성하고, 또한 그 집합이 이미 알려진 여타의 집합을 성실하게 재현해 보여주는 것임을 확인케 하는 그런 사실들——의 가치를 구성하는 요인이다.

푸앵카레가 도달한 결론은 다음과 같다. 그렇다, 과학자는 그가 관찰하는 사실을 무작위로 선택하지 않는다. 과학자는 많은 경험과 많은 생각을 압축하고 또 압축하여 한 권의 얇은 책자에 담고자 한다. 그리고 바로 그 때문에 물리학에 관한 작은 책자 한 권에 담겨 있는 것은 헤아릴 수 없이 많은 과거의 경험들이요, 또 그 결과가 예전에 이미 알려진 수많은 가능한 경험들의 천배에 달하는 경험들인 것이다.

이윽고 푸앵카레는 하나의 사실이 어떻게 발견되는가를 예를 통해 보여주었다. 이제까지 그는 과학자들이 어떻게 사실과 이론에 도달하는가에 대한 일반적인 설명을 해왔다. 이제 폭을 좁혀 자기 자신의 개인적 체험에 대한 이야기로 파고들어 간다. 그가 이야기하고자 하는 그 자신의 체험은 그에게 이른 나이에 명성을 안겨준 수학의 함수에 관한 것이었다.

그의 이야기는 다음과 같이 이어진다. 그는 보름 동안 문제의 함수가 존재하지 않음을 증명하려 했었다. 매일같이 그는 작업대 앞에 앉아 한두 시간 동안 굉장히 많은 수의 조합을 시도해보았지만 아무런 결론에도 도달할 수 없었다.

그러던 어느 날 저녁 평소의 습관과는 달리 진한 커피를 마셔서 잠을 이룰 수 없었다. 그런데 생각들이 무리 져 떠오르는 것이었다. 생각들이 이리저리 충돌하고 있음을 느끼기도 했는데, 마침내 한 쌍이 이를테면 서로 꽉 맞물리더니 안정된 조합을 이루는 것이었다.

다음 날 아침 그는 다만 그 결과를 종이 위에 옮기기만 하면 되었다. 일종의 결정화(結晶化) 단계에 이른 것이다.

그는 기존의 수학적 유추의 인도를 받아 진행한 제2단계의 결정화 과정이 어떻게 그가 후에 "세타-푹시안 시리즈"라 명명한 것을 창출하게 되었는가에 대한 설명으로 논의를 이어갔다. 그는 당시 그가 살고 있던 캉[13]에서 떠나 지질학적 답사를 갔다. 여행으로 인한 환경 변화가 그에게 수학에 관한 것을 잊게 했다. 그런데 여행 도중 그가 막 버스를 타려 하는 순간, 그러니까 그가 버스의 발판에 막 발을 올려놓으려는 순간, 그에게 돌연히 어떤 생각이 하나 떠올랐다. 푹스[14]의 함수를 정의하는 데 그가 사용했던 변환 방식은 비유클리드 기하학의 변환 방식과 동일한 것이라는 생각이 바로 그것이었는데, 이전에 가졌던 생각들 가운데 어떤 것도 그가 그러한 생각에 이르는 데 길잡이가 되었던 것은 없었다. 아무튼, 그에 의하면, 그는 이를 증명하려 하지 않은 채 다만 버스에 올라 이미 옆 사람과 나누고 있던 대화를 이어나갔을 뿐이다. 하지만 그는 완벽한 확신을 느꼈다. 후에 가서 여유가 생겼을 때 그는 이를 증명했다.

후에 어떤 발견은 그가 바닷가 절벽 위를 걷고 있는 동안 이루어지기도 했다. 이는 이전의 것과 마찬가지로 아주 간명하게, 갑작스럽게, 그리고 즉각적인 확신과 함께 그의 머리에 떠올랐다. 한편, 또 하나의 중요한 발견은 그가 거리를 걷는 동안 이루어지기도 했다. 사람들은 이 같은 과정을 천재의 신비로운 두뇌 활동으로 칭송했지만, 푸앵카레는 이 같은 피상적인 설명에 만족하지 않았다. 그리하여 그는 어떤 일이 일어났던가를 좀더 깊이 더듬어 탐색해보고자 했다.

그의 말은 이렇게 이어진다. 수학은 단순히 규칙을 적용하는 것으로 끝나는 작업이 아니다. 과학이 그런 것이 아니듯 수학도 그런 것이 아니다. 수학은 또한 단순히 고정된 어떤 법칙에 따라 최대 수의 조합을 가능케 하는 작업도 아니다. 이렇게 해서 얻은 조합은 엄청나게 많

---

13) Caen: 프랑스의 북서부 쪽에 있는 지역.
14) Immanuel Lazarus Fuchs(1833~1902): 독일의 수학자.

을 수 있으며, 쓸모없는 것일 수도 있고, 거추장스러운 것일 수도 있다. 수학 분야의 창안자에게 주어진 진정한 작업이란 이들 조합 가운데 무언가를 선택하는 일이다. 이는 쓸모없는 것들을 제거하기 위한 것, 아니, 그보다는 그와 같은 쓸모없는 조합을 만드는 수고를 피하기 위한 것이다. 이 같은 선택 작업을 인도해야 하는 규칙들은 극도로 예민하고 섬세한 것들이다. 이들 규칙을 정확하게 기술하기란 거의 불가능에 가깝다. 공식화해서 밝히기보다는 느낌으로 받아들여야만 한다.

이윽고 푸앵카레는 이 같은 선택이 그가 "의식 영역 아래쪽의 자아"라 명명한 것에 의해 수행된다는 가정을 세웠다. 의식 영역 아래쪽의 자아는 파이드로스가 지적 활동 이전의 전지적(前知的)인 인식이라 불렀던 것과 정확하게 일치하는 그런 것이다. 푸앵카레에 의하면, 의식 영역 아래쪽의 자아는 하나의 문제에 대한 수많은 가능한 해결책들에 눈길을 주는데, 다만 흥미로운 것들만이 의식의 영역 안으로 뚫고 들어온다는 것이다. 의식 영역 아래쪽의 자아가 수학적 문제 해결책을 선택할 때 그 기준이 되는 것은 "수학적 아름다움"——숫자와 형태의 조화 및 기하학적 우아함——이다. 이와 관련하여 푸앵카레가 한 말은 다음과 같다. "이것은 수학자라면 누구나 알고 있는 진정한 미적 느낌이지만, 수학자들의 입장에서 보면 때때로 웃음을 참을 수 없을 정도로 일반인들은 이에 대해 너무도 무지하다." 아무튼, 그 모든 것의 중심에 있는 것은 바로 이 조화로움, 이 아름다움이다.

푸앵카레는 자신이 낭만적 아름다움——그러니까 감각을 자극하는 외면의 아름다움——을 이야기하고 있는 것이 아님을 명백히 했다. 그가 의도하는 바는 고전적 아름다움으로, 이는 부분들의 조화로운 질서에서 나오는 것이며, 순수 지성만이 포착할 수 있는 그런 것이기도 하다. 또한 낭만적 아름다움에 구조를 부여하는 것이 바로 이 고전적 아름다움으로, 이 고전적 아름다움이 없다면 우리의 삶은 다만 막연하고 덧없는 것이 될 것이며, 구분할 근거가 없기 때문에 우리의 삶은 우리의 다른 많은 꿈들과 구분할 수 없는 꿈에 불과한 것이 되고 말 것이다. 우리에게 이 같은 조화에 도움이 되는 가장 적절한 사실을 선택하게 하는 것은 바로 이 특별한 고전적 아름다움을 추구하는 마음, 우주의 조화에 대한 인식 능력이다. 보편적 조화를 이끄는 것은 사실들 그 자체가 아니라 사물들 사이의 관계이며, 이 보편적 조화야말로 우리에게 주어지는 유일한 객관적 현실이다.

우리가 살고 있는 세계의 객관성을 보장해주는 것은 이 세계가 우리뿐만 아니라 여타의 생각하는 존재들에게 공통적인 것이라는 사실이다. 우리는 남들과 나누는 의사 소통의 과정을 통해 그들로부터 이미 확립된 조화로운 합리적 생각들을 받아들인다. 우리는 이 같은 합리적 생각들이 우리한테서 나온 것이 아님을 알고 있으며, 이와 동시에 조화롭기 때문에 그것이 우리와 같은 합리적 존재들의 작업에서 비롯된 것임을 깨닫는다. 아울러, 이 같은 합리적 생각들이 우리가 인식하는 세계에 들어맞는 것으로 보이기 때문에, 우리는 이 합리적 존재들도 우리가 보고 있는 것과 동일한 것을 보고 있다는 추론이 가능하다고 생각한다. 따라서 우리가 꿈을 꾸고 있는 것이 아니라는 사실을 깨닫게 된다. 바로 이 조화야말로, 우리 식의 표현으로는 이 질이야말로 우리가 알 수 있는 단 하나의 현실, 바로 그것을 구축하기 위한 유일한 토대인 것이다.

푸앵카레와 동시대의 사람들은 사실들이 미리 선택된다는 사실을 인정하려 하지 않았다. 그렇게 하는 경우, 과학적 방법의 타당성이 파괴될 수 있으리라고 생각했기 때문이다. 그들의 추정에 따르면, "미리 선택된 사실들"이라는 말을 받아들이는 경우 진리란 "그것이 무엇이든 당신이 좋아하는 것"이라는 입장을 받아들이는 폭이 된다. 그리하여 그들은 푸앵카레의 생각을 규범을 존중하는 일종의 편의주의로 규정하였다. 하지만 그들 자신의 "객관성의 원리" 그 자체는 관찰 가능한 사실이 아니며, 따라서 그들 자신의 기준을 따르자면 가사(假死) 상태에 들어가게 해야 한다. 바로 이 같은 진실을 그들은 단호하게 무시했다.

그들은 이 진실을 무시하지 않으면 안 된다고 느꼈는데, 그렇게 하지 않는 경우 과학의 총체적인 철학적 지주가 무너지고 말 것이라고 생각했기 때문이었다. 푸앵카레는 이 같은 곤혹스러운 상황에 대해 그 어떤 해답도 제시하지 않았다. 그는 해결책에 도달할 목적으로 자신의 말이 형이상학적으로 암시하는 바가 무엇인지에 대해 충분히 깊이 파고들지는 않았다. 그가 했어야 했으나 소홀히 한 말이 있다면, 이는 다음과 같다. 당신들이 사실을 "관찰"하기 전에 그것을 선택하는 행위가 "그것이 무엇이든 당신이 좋아하는 것"을 선택하는 것이 되고 마는 경우가 있다면, 이는 단지 세계를 주체와 객체로 나누는 이원론적 형이상학 체계 안에 있을 때뿐이다! 질을 제3의 형이상학적 실체로서 현장에 투입하면, 사실을 미리 선택하는 일이 더 이상 임의적인 것이 되지 않는다. 사실을 미리 선택하는 일은 주관적이고 변덕스러운 "그것이 무엇이든 당신이 좋아하는 것"에 근거해서 이루어지는 것이 아니라, 그 자체가 바로 현실인 질에 근거해서 이루어지는 것이 된다. 이렇게 보는 경우 곤혹스러운 상황은 사라진다.

파이드로스는 자기 자신의 수수께끼를 놓고 씨름을 계속하다가, 시간 부족으로 인해 한쪽 측면 전체를 미완성 상태로 남겨두었던 것처럼 보인다.

푸앵카레 또한 자기 자신의 수수께끼를 놓고 씨름을 해왔다. 하지만 과학이 조화를 선택 기준으로 삼아 사실들을, 가정들을, 공리들을 선택한다는 그의 판단 역시 미완의 상태로 남게 되었다. 즉, 수수께끼의 거칠고 들쭉날쭉한 모서리를 다듬어 매끄럽게 하는 데까지 진행되지는 않았다. 모든 과학적 현실의 근원이 단순히 주관적이고 변덕스러운 조화라는 인상을 과학의 세계에서 남기는 경우, 이는 형이상학의 경계선에 미완의 모서리를 남겨놓아 인식론 자체를 받아들일 수 없는 것으로 만든 상태에서 인식론의 문제를 풀려고 하는 것이나 다름없다.

하지만 파이드로스의 형이상학 덕택으로 우리는 푸앵카레가 이야기했던 조화가 주관적인 것이 아님을 알고 있다. 그가 말하는 조화는 주체와 객체의 근원이고, 양자와 선행적 관계 속에 존재하는 것이다. 이는 변덕스러운 것이 아니라, 변덕스러움에 반대하는 힘이다. 이는 모든 과학적 및 수학적 사유의 질서를 잡아주는 원리, 변덕스러움을 파괴하는 원리로, 이것이 없으면 그 어떤 과학적 사유도 진행될 수 없다. 내 눈가에 치하(致賀)의 눈물이 고였던 것은, 이 두 미완의 모서리들이 완벽하게 꼭 들어맞아 일종의 조화―파이드로스와 푸앵카레 모두가 한결같이 이야기했던 바의 조화―를 이루고 있어, 과학과 예술의 분리되어 있는 언어를 하나로 통합할 수 있는 완벽한 사유 구조를 만들어내고 있음을 발견했기 때문이었다.

우리 양쪽으로 산들이 가팔라지더니, 미줄러로 구불구불 이어지는 길고도 좁은 계곡을 형성한다. 맞바람이 계속 내 기운을 소진시켜 이제는 지쳐 있는 상태다. 크리스가 내 잔등이를 가볍게 두드리더니, 하얗게 칠해져 있는 커다란 엠(M) 자가 그 위에 있는 높은 언덕을 가리킨다. 내가 고개를 끄덕인다. 오늘 아침 우리가 보즈먼을 떠날 때 이 같은 것을 하나 지나쳐 왔다. 그곳에 있는 각 학교의 1학년 학생들이 그곳으로 올라가 매년 엠 자를 새로 칠한다는 내용의 단편적 이야기가 기억난다.

우리가 휘발유를 넣기 위해 들렀던 주유소에서 애펄루사종의 말[15]을 두 필 실은 트레일러를 몰고 가던 사람과 잡담을 나눈다. 말을 사육하는 사람들 대부분은 모터사이클에 대해 적대적인 것처럼 보인다. 하지만 이 사람은 그렇지가 않다. 그는 나에게 많은 질문을 하고, 나는 이에 답한다. 크리스는 계속해서 엠 자가 있는 곳까지 올라가보자고 조른다. 하지만 이곳에서 보니 길이 가파를 뿐만 아니라 바큇자국이 많고 울퉁불퉁하다. 무거운 짐을 실은 우리의 도로 주행용 모터사이클을 생각하면, 저 언덕에 올라가는 바보짓은 하고 싶지 않다. 잠시 다리를 펴고 쉬다가 주변을 걷는다. 그런 다음 아직 피로가 다 풀리지 않은 상태에서 미줄러를 빠져나와 롤로 패스[16]로 향한다.

몇 년 전까지만 하더라도 이 길은 온통 진흙으로 덮여 있었으며, 산속의 바위와 습곡(褶曲) 지대를 지날 때마다 길이 뒤틀어지고 구불구불했던 것을 기억해낸다. 이제 포장이 되어 있으며 구불구불하던 부분이 상당히 곧게 넓혀져 있다. 지금은 차가 거의 없는 것을 보니, 우리가 오던 길을 메우고 있던 차량들은 분명히 캘리스펠[17]이나 콜 덜레인[18]

---

15) Appaloosa: 북아메리카 서부 산의 승용마.
16) Lolo Pass: 북부 로키 산맥에 있는 해발 1,595미터의 고개. 몬태나 주와 아이다호 주의 경계에 있음.
17) Kalispell: 몬태나 주 북서쪽에 있는 인구 14,223명(2000년 조사)의 도시로, 캐나다와 가까운 곳에 있음.
18) Coeur D'Alene: 2000년 조사에 의하면 인구 34,514명(2006년 조사에 의하면 41,328명)의 아이다호 주 북쪽에 있는 도시. 캐나다와 가까운 거리에 있음.

을 향해 북쪽으로 간 것 같다. 우리는 남서쪽을 향해 가고 있으며, 바람이 등 뒤에서 밀어주고 있어 그 때문에 한결 기분이 나아져 있다. 길이 롤로 패스를 향해 위로 구불구불 이어지기 시작한다.

로키 산맥 동부 지방의 흔적이 이제 완전히 보이지 않는다. 적어도 내 상상에는 그러하다. 이곳의 모든 비는 태평양의 바람이 몰아오는 것이고, 이곳의 모든 강과 시내는 그 비를 태평양으로 되돌린다. 우리는 2~3일 안에 대양에 닿을 것이다.

롤로 패스에서 식당을 발견한다. 그리고 그 식당 앞에 서 있는 역전 노장과도 같은 오래된 할리-데이비슨 모터사이클 옆에 우리 모터사이클을 세운다. 그 모터사이클 뒤쪽에는 누군가가 손수 제작한 엉성한 짐바구니가 있으며, 주행계를 보니 3만 6천 마일이나 된다. 정말로 전국 횡단 여행을 즐기는 사람의 것 같다.

안에 들어가 피자와 우유로 배를 채운다. 그리고 식사가 끝나자 바로 떠난다. 해가 얼마 남지 않았으며, 어두워진 다음에 야영장을 찾는 일은 쉽지도 않고 즐거운 일도 아니기 때문이다.

떠나려고 할 때 전국 횡단을 즐기는 것처럼 생각되던 그 남자가 자기 아내와 함께 모터사이클 옆에 있는 것이 보인다. 우리가 그들에게 인사를 건넨다. 그는 미주리에서 왔으며, 그의 아내의 얼굴에서 느껴지는 편안한 표정을 보니 그들은 즐거운 여행을 하고 있는 것 같다.

그 남자가 묻는다. "노형도 미줄러까지 그놈의 바람을 뚫고 왔소?" 내가 고개를 끄덕인다. "시속 30마일이나 40일은 되는 것 같았소." "최소한 그랬을 거요." 그가 말한다.

우리는 잠시 동안 야영에 관해 이야기를 나눈다. 날이 몹시 추울 것이라고 그들이 말한다. 아무리 산속이기는 하지만 여름에 이렇게 추울 것이라고 미주리에서는 꿈도 꾸지 못했다는 말을 덧붙인다. 그들은 옷과 담요를 사지 않을 수 없었다고 한다.

"오늘 밤에는 그다지 춥지 않을 거요." 내가 말을 잇는다. "우리가 있는 곳은 고도 1천5백 미터밖에 되지 않으니까요."

크리스가 말한다. "우린 바로 요 아래쪽에서 야영을 할 거예요."

"야영장을 찾아갈 건가요?"

"아니요. 도로 바로 근처에서 야영할 겁니다." 내가 말한다.

그들은 우리와 합류하고 싶어 하는 기색을 보이지 않는다. 그래서 잠시 후 모터사이클의 시동을 걸고, 손을 흔들어 인사를 하면서 떠난다.

길에 들어서서 보니 산중 나무의 그림자들이 이제 길게 늘어져 있다. 길을 따라 5마일에서 10마일가량을 달리니, 벌목 운반을 위해 만든 길이 나온다. 우리는 그 길로 들어서 위로 오른다.

벌목 운반용 도로는 모래로 덮여 있다. 그래서 나는 기어를 저속으로 바꾸고, 모터사이클이 넘어져 나가떨어지지 않도록 발을 발판에서 내려놓는다. 벌목 운반용 주도로 옆으로 샛길들이 보이지만, 계속 주도로를 따라 1마일쯤 가니 불도저 몇 대가 있는 곳에 이른다. 불도저들을 보니 아직 이곳에서 벌목 작업이 이루어지고 있음을 알 수 있다. 우리는 방향을 바꿔 되돌아가다가 샛길 하나를 골라 이를 따라 올라간다. 반 마일쯤 가다 보니, 길을 막고 쓰러져 있는 나무가 있는 곳에 이른다. 좋다, 여기다. 나무가 쓰러져 있는 것은 이제 이 길을 사용하지 않는다는 것을 뜻한다.

내가 크리스에게 말한다. "여기서 야영하자." 그가 모터사이클에서 내린다. 수 마일에 걸쳐 끊이지 않고 이어져 있는 숲을 아래로 내려다볼 수 있는 비탈 위에 우리가 있다.

크리스는 주위를 탐사하고 싶어 안달이다. 하지만 나는 너무도 피곤하여 그냥 쉬고 싶을 뿐이다. "너 혼자 갔다 와라." 내가 이렇게 말한다.

"싫어요. 아빠도 같이 가요."

"얘, 아빤 정말로 피곤하거든. 내일 아침에 하는 게 어떨까?"

나는 짐을 풀어 침낭을 꺼낸 다음 바닥에 이를 펼친다. 크리스는 주변을 탐사하러 간다. 누워서 손발을 뻗으니, 피로가 팔다리를 가득 채우는 느낌이다. 고요하고 아름다운 숲이다. . . .

얼마 지나지 않아 크리스가 돌아와서 설사를 했다고 말한다.

"아, 그래." 내가 이렇게 대꾸하고는 몸을 일으킨다. "속옷 갈아입어야 하니?"

"네." 곤혹스러워하는 표정이 역력하다.

"그래? 속옷은 모터사이클 앞쪽 옆에 있는 짐 꾸러미에 들어 있다. 바꿔 입고 행낭에서 비누를 꺼내 와라. 개울가로 내려가서 벗은 속옷을 빨도록 하자꾸나." 크리스는 일이 이렇게 된 것 때문에 당황하여, 이제 시키는 대로 순순히 따라 한다.

우리가 개울로 내려가는 동안 길 아래쪽의 비탈 때문에 제대로 발걸음을 옮기기가 어렵다. 내가 잠이 든 사이 크리스가 수집한 돌 몇 개를 나에게 보여준다. 이곳에서는 숲의 소나무 향내가 강렬하다. 날이 차가워지고 있고, 해의 고도는 매우 낮다. 주위가 고요하고 피로한 데다가 해가 지고 있어 기분이 약간 울적해진다. 하지만 내색하지는 않는다.

크리스가 자기 속옷을 다 빨아 완전히 깨끗하게 한 다음 물을 짜낸다. 이어서 우리는 벌목 운반용 길 위로 되돌아 올라간다. 비탈을 따라 올라가는 동안 내 일생 내내 이 같은 벌목 운반용 길을 걸어 올라가고 있다는 느낌, 이 같은 우울한 느낌이 갑작스럽게 나를 엄습한다.

"아빠?"

"왜?" 자그마한 새 한 마리가 우리 앞에 있는 나무에서 날아오른다.

"내가 자라면 뭐가 되어야 할까요?"

저 멀리 능선 너머로 새가 사라진다. 무어라고 말해야 할지 모르겠다. 마침내 내가 말한다. "솔직히 말하자면. . . ."

"무슨 직업을 택하는 게 좋은가를 묻는 거예요."

"어떤 직업이라도 괜찮아."

"왜 제가 그걸 묻기만 하면 아빠 화를 내는 거지요?"

"화나지 않았어. . . . 다만 내 생각으로는 . . . 잘 모르겠다. . . . 그냥 너무 피곤해서 생각이 잘 나지 않는구나. . . . 네가 무얼 하더라도 상관없다."

이 같은 도로는 점점 더 가늘어지고 또 가늘어지다가 마침내 없어진다.

잠시 후 나는 크리스가 따라오고 있지 않음을 알아차린다.

이제 해는 지평선 저 너머에 걸려 있다. 땅거미가 우리 위에 이미 내려와 있다. 우리는 따로 떨어져 벌목 운반용 길 위로 돌아온다. 모터사이클을 세워놓은 곳에 도착하자 우리는 침낭 속으로 들어간다. 그리고 아무 말 없이 잠에 든다.

제23장

 복도의 끄트머리에 그것이 있다. 유리로 된 문이. 그리고 그 뒤로 크리스가 서 있고, 한쪽 편으로 그의 동생이 서 있고 다른 한쪽 편으로 애들의 엄마가 서 있다. 크리스는 유리문에 손을 대고 있다. 그가 나를 알아보고는 손을 흔든다. 나도 그에게 손을 흔들며 문으로 다가간다.
 모든 것이 너무도 조용하다. 음향 장치가 고장 나 소리가 들리지 않는 영화를 보는 것 같다.
 크리스가 자기 엄마를 바라보고는 웃는 표정을 지어 보인다. 애들 엄마가 크리스를 내려다보며 웃음을 보내지만, 나는 그 웃음이 단지 슬픔을 감추기 위한 것일 뿐임을 깨닫는다. 무언가 때문에 애들 엄마는 몹시 괴로워하고 있지만, 애들에게 그런 심경을 보이고 싶어 하지 않는다.
 이윽고 나는 그 유리문의 정체가 무엇인지를 깨닫는다. 그것은 관, 그것도 나를 가두어 놓은 관의 문이다.
 보통의 관이 아니라 석관(石棺)이다. 나는 거대한 아치형(形)의 방에 있으며, 죽어 있는 상태다. 그들은 나에게 작별 인사를 하고 있는 것이다.

　친절하게도 그들이 와서 작별 인사를 나에게 하고 있는 것이다. 이렇게 하지 않아도 되는데. 나는 그들에게 고마움을 느낀다.

　이윽고 크리스가 나에게 방문을 열라는 손짓을 한다. 나는 그가 나와 이야기를 나누고 싶어 한다는 것을 알아차린다. 그는 내가 무슨 말을 그에게 하기를 원하는 것 같다. 아마도 죽음이 어떤 것인가에 관한 이야기를 듣고 싶어 하는지도 모른다. 나는 그렇게 하고 싶다는 충동을, 그와 이야기를 나누고 싶다는 충동을 느낀다. 와서 작별 인사를 해줘 너무도 고마워서, 나는 사정이 뭐 그리 나쁜 것은 아니라고 말하고 싶다. 다만 외로울 뿐이라고 말하고 싶다.

　나는 문을 밀어 열기 위해 손을 뻗는다. 하지만 문 옆 그늘이 드리워진 곳에 있는 어두운 형상이 손짓으로 나에게 문에 손을 대지 말라는 신호를 보낸다. 손가락 하나를 올려 내 눈에는 보이지 않는 입으로 가져간다. 죽은 사람에게는 말을 하는 것이 허락되지 않기 때문이다.

　하지만 그들은 내가 말을 하기를 원한다. 아직도 그들은 나를 필요로 하고 있는 것이다! 저 형상은 그 사실을 모르는 것일까. 무언가가 잘못되었음이 틀림없다. 그들이 나를 필요로 한다는 것을 저 형상은 모르는 것일까. 나는 그들에게 말을 하게 해달라고 검은 형상에게 간청한다. 아직 다 끝난 것이 아니다. 나에게는 그들한테 아직 말을 해야 할 것이 있다. 하지만 그늘 속의 검은 형상은 들은 척도 하지 않는다.

　"얘야, 크리스!" 문 바깥에서 소리가 들리도록 내가 외친다. "다시 보자!" 검은 형상이 위협하듯 내게 다가온다. 하지만 내 귀에는 크리스의 목소리가 들린다. "어디서요?" 그의 목소리가 희미하고 멀다. 하지만 그의 귀에 내 말이 들렸던 것이다! 이윽고 검은 형상이 격노하여 문 위로 장막을 드리운다.

산에서는 아니지. 나는 이렇게 생각한다. 산은 이미 사라졌다. "대양의 바닥에서 보자!" 이렇게 내가 외친다.

이제 나는 인적이 끊어진 도시, 폐허가 된 도시 한가운데 홀로 서 있다. 폐허가 내 주위 사방 어느 곳으로나 끝없이 펼쳐져 있다. 나는 그 위를 홀로 걸어야만 한다.

제 24 장

해가 떠 있다.

내가 어디에 있는 것인지를 몰라 잠시 동안 망설인다.

우리는 숲 한가운데 길 위에 있다.

악몽이었다. 다시 또 그 유리문이 꿈에 나온 것이다.

내 옆에 있는 모터사이클의 크롬이 햇빛에 반짝인다. 소나무들이 내 눈에 들어오고, 이윽고 아이다호가 내 마음에 떠오른다.

문과 문 옆의 검은 형상은 다만 상상의 산물들일 따름이었다.

우리는 벌목 운반용 길 위에 있다. 그렇다! . . . 날은 화창하고 . . . 대기는 생기로 가득 차 있다. 야아! . . . 정말 아름답다. 우리는 대양을 향해 가고 있는 중이다.

나는 다시 꿈을 기억해내고 또 "대양의 바닥에서 보자"고 했던 말을 기억해낸다. 이윽고 그 꿈과 그 말이 의미하는 바가 무엇인지에 대해 궁금해한다. 하지만 소나무들과 햇빛이 그 어떤 꿈보다 강렬하기 때문에 궁금증은 곧 사라지고 만다. 너무도 멋진 현실 세계로 돌아온 것이다.

침낭에서 빠져나온다. 대기가 차갑다. 재빨리 옷을 입는다. 크리스는 아직 자고 있다. 자고 있는 그의 주위를 돌아 쓰러져 있는 나무를 향해 발걸음을 옮긴다. 나무를 건너 벌목 운반용 길을 따라 위로 올라간다. 몸을 녹이기 위해 발걸음의 속도를 높여 구보로 바꾼 다음, 활기차게 길을 따라 올라간다. 하나 둘, 하나 둘, 하나 둘. 입에서 나오는 구령과 구보의 장단이 맞는다. 새 몇 마리가 언덕의 그늘진 곳에서 햇빛 속으로 날아오른다. 사라져 시야를 벗어날 때까지 새들에게 눈길을 준다. 하나 둘, 하나 둘, 하나 둘. 우두둑우두둑 소리를 내는 자갈들이 길을 덮고 있다. 하나 둘, 하나 둘. 밝은 노란색 모래가 햇빛에 반짝인다. 하나 둘, 하나 둘. 때때로 이런 길들은 몇 마일이나 이어지곤 한다. 하나 둘, 하나 둘.

마침내 정말로 숨이 차서 헐떡일 지경에 이른다. 이제 한결 높은 지점에 이르렀고, 수 마일이나 뻗어 있는 숲이 내려다보인다.

이 정도면 충분하다.

아직 숨을 헐떡이며 활기찬 걸음걸이로 되돌아 내려간다. 하지만 이제는 좀더 얌전하게 자갈을 밟고 내려간다. 내려가면서 소나무가 벌목된 곳에서 자라고 있는 작은 식물들과 관목들에 눈길을 주기도 한다.

모터사이클이 있는 곳으로 되돌아와 조용하고 재빠르게 짐을 꾸린다. 이제는 어떻게 짐을 꾸려야 하는가에 너무도 익숙해져 있어 거의 생각을 하지 않은 채 기계적으로 신속하게 짐을 꾸릴 수 있다. 마침내 크리스의 침낭을 꾸릴 때가 된다. 나는 너무 거칠지 않게 그의 몸을 굴린다. 그러면서 그에게 말한다. "멋진 하루가 시작되었단다!"

그는 멍한 표정으로 주위를 돌아본다. 침낭에서 나오더니, 내가 그의 침낭을 꾸리는 동안 그는 자신이 정말로 무엇을 하는지 의식하지 못한 채 옷을 입는다.

"스웨터와 재킷을 입도록 해라." 내가 말을 잇는다. "달리는 동안 추울 거야."

그가 시킨 대로 옷을 입고 모터사이클에 오른다. 우리는 기어를 저속으로 해놓고 벌목 운반용 길을 따라 내려가, 마침내 아스팔트가 깔린 길에 이른다. 아스팔트가 깔린 길을 따라 제 속도로 달리기 전에 마지막으로 한번 뒤를 돌아본다. 멋지다. 아주 멋진 장소다. 여기서부터 아스팔트 길이 구불구불 아래를 향해 계속 이어진다.

오늘은 긴 야외 강연을 할 예정이다. 오늘의 강연은 여행을 하는 동안 내내 즐거운 마음으로 기다려왔던 것이다.

기어를 2단으로 하고 달리다가 3단으로 바꾼다. 이처럼 길이 구불구불할 때는 지나치게 빨리 달리는 것은 좋지 않다. 주변의 숲이 아름다운 햇빛으로 빛난다.

이제까지 내가 해온 야외 강연에는 흐리멍덩한 부분, 몇 걸음 후퇴해서 검토해야 할 문제가 있었다. 여행의 첫날 나는 무언가에 관심을 갖는 것에 관해 이야기했는데, 이와 동전의 양면과도 같은 관계에 있는 질에 대한 이해가 없이는 더 이상 무언가 의미 있는 이야기를 할 수 없음을 깨달았다. 나는 관심과 질이 동일한 것의 내적 측면과 외적 측면임을 지적함으로써 이제 관심과 질을 서로 연결하는 것이 중요하다고 생각한다. 질을 이해하고 일을 하는 동안 이를 감지하는 사람이라면, 그는 무언가에 관심을 갖고 있는 사람이기도 하다. 자신이 이해하고 행하는 바에 대해 관심을 갖는 사람이라면, 그는 필연적으로 질의 어떤 특성을 소유하고 있는 사람이기도 하다.

따라서, 기술 공학에 대한 절망감이라는 문제가 기술 공학을 옹호하는 사람들이건 이에 반대하는 사람들이건 그들이 관심을 결여하고 있기 때문에 야기되는 것이라면, 또한 관심과 질이 동일한 것의 외적 측면과 내적 측면에 해당하는 것이라면, 논리적으로 볼 때 기술 공학을 옹호하는 사람과 이에 반대하는 사람 양쪽 다 기술 공학이 지니고 있는 질을 제대로 파악할 능력을 결여하고 있는 것, 바로 이것이 기술 공학에 대한 절망감의 진정한 주범이라고 할 수 있다. "질"이라는 말이 지니는 합리적이고 분석적인, 따라서 기술 공학적인 의미에 대한 파이드로스의 광적인 탐구는 실제로 기술 공학에 대한 절망감이라는 문제 전체에 대한 해답 찾기였다. 아무튼, 내가 보기에는 그렇다.

그런 생각에 나는 몇 걸음 후퇴하여, 고전적/낭만적 이분법——인문학적/기술 공학적 문제 전체의 저변을 이루는 것으로 생각하는 이 같은 이분법——의 문제로 옮겨 갔었다. 하지만 이 문제 역시 몇 걸음 후퇴할 것을 요구했는데, 이는 바로 질의 의미에 대한 탐구를 위한 것이었다.

그런데 질의 의미를 고전적 논리에 기초하여 이해하기 위해서는 다시 또 한차례 몇 걸음 후퇴하여 형이상학 및 형이상학이 일상의 삶과 맺고 있는 관계를 탐구할 것이 요구됐었다. 이 같은 탐구 작업을 수행하기 위해서는 또 한차례의 후퇴가 요구됐었는데, 이번의 후퇴는 형식 논리적 근거——그러니까 형이상학과 일상생활 양자 모두와 관련이 있는 광대한 영역——에 대한 탐구를 위한 것이었다. 그리하여 나는 형식 논리적 근거에 대한 논의에서 시작하여 형이상학에 대한 탐구로 나아갔고, 이어서 질에 대한 탐구를 진행했다. 그런 다음 질에 대한 탐구에서 형이상학과 과학에 대한 탐구로 되돌아갔었다.

이제 우리는 과학에 대한 탐구에서 기술 공학에 대한 탐구로 한 단계 더 아래로 내려갈 것이다. 이를 통해 우리는 우리 자신이 애초에 위치해 있고자 했던 바로 그 지점으로 마침내 돌아오게 되었다.

하지만 이제 우리는 몇몇 중요한 개념들—즉, 대상에 대한 우리의 이해 전체를 엄청나게 바꿔놓은 몇몇 개념들—을 소유하게 되었다. 질이 곧 부처이고, 질이 곧 과학적 현실이며, 질이 곧 예술의 목적이라는 개념들이 바로 그것인데, 이제 우리에게는 이러한 개념들을 하나의 실제적이고도 구체적인 맥락 안으로 끌어들이는 작업이 남아 있다. 그리고 이 작업을 위해서는 내가 이제까지 줄곧 화제로 삼아왔던 것보다 더 실제적이고 구체적인 소재는 따로 없을 것이다. 그것은 무엇인가 하면 바로 낡은 모터사이클 수리의 문제다.

이 길은 계곡을 따라 계속 구불구불 아래를 향해 뻗어 있다. 이른 아침을 수놓는 햇빛의 조각들이 우리 주위 어디에든 있다. 모터사이클이 차가운 공기와 산속의 소나무들 사이로 낮은 소리를 내며 활기차게 달린다. 마침내 아침 식사를 할 곳이 1마일 앞에 있다는 작은 안내 표지판을 지나친다.

"배고프니?" 내가 소리쳐 묻는다.

"네, 배고파요." 크리스가 소리쳐 답한다.

이윽고 산장(山莊)이 있음을 알리는 두번째 안내 표지판이 보인다. 그 표지판 아래에는 왼쪽을 가리키는 화살표가 있다. 우리는 속도를 늦추고 방향을 틀어 비포장 길을 따라간다. 마침내 몇 그루의 나무 아래 광택을 내는 칠로 단장한 통나무집 몇 채가 있는 곳에 이른다. 우리는 나무 밑에 모터사이클을 정차한 다음 점화 장치와 연료 공급 장치를 잠그고 산장의 본관에 해당하는 통나무집 안으로 들어선다. 나무로 된 바닥이 모터사이클 장화 밑에서 멋진 소리를 낸다. 식탁보가 덮인 식탁 앞에 앉아, 계란, 핫케이크, 메이플 시럽, 우유, 소시지, 오렌지 주스를 주문한다. 차가운 바람이 식욕을 돋워놓았다.

"엄마한테 편지 쓰고 싶어요." 크리스가 말한다.

좋은 생각인 것 같다. 계산대로 가서 이곳 산장의 이름이 인쇄되어 있는 편지지 몇 장을 얻는다. 그것을 크리스에게 주고 내가 가지고 다니던 펜을 그에게 건넨다. 오늘 아침의 쾌적한 공기가 그의 기운까지도 북돋아놓았다. 그는 자기 앞에 편지지를 놓고는 서툴게 펜을 잡고, 잠시 동안 빈 종이에 신경을 집중한다.

그가 나를 올려다보며 묻는다. "오늘이 며칠이지요?"

내가 그에게 오늘이 며칠인지를 말해준다. 그는 고개를 끄덕이고 편지지 위에 날짜를 적는다.

이윽고 나는 그가 이렇게 쓰는 것을 본다. "사랑하는 엄마에게."

잠시 동안 그가 편지지를 뚫어지게 바라본다.

곧이어 다시 나를 올려다보며 묻는다. "뭐라고 써야 하지요?"

내가 씩 이를 드러낸 채 웃기 시작한다. 동전의 한쪽 면에 관해 한 시간 동안 글을 쓰게 했어야 했는데. 때때로 나는 그를 학생으로 생각하곤 하지만, 수사학을 배우는 학생으로 생각지는 않는다.

크리스가 편지지를 놓고 씨름하는 동안 핫케이크가 나온다. 크리스에게 편지지를 한쪽으로 치워놓으라고, 식사를 마친 후에 편지 쓰는 일을 도와주겠다고 말한다.

식사가 끝난 다음 나는 담배를 피워 문다. 핫케이크와 계란과 그 외의 음식물을 몽땅 먹고 나니 몸이 둔해진 것 같은 느낌이 든다. 창문을 통해 밖을 보니, 마당 바깥쪽에 있는 소나무들 아래쪽으로 햇빛과 그림자가 어우러져 얼룩얼룩 무늬를 만들고 있다.

크리스가 다시 편지지를 앞으로 가져간다. "도와준다고 하셨죠?"

그가 말한다.

"그래, 시작하자." 내가 말한다. 꼼짝도 못하는 상황에 빠져드는 것은 글을 쓰고자 할 때 가장 흔히 겪는 골칫거리임을 그에게 말해준다. 일반적으로 한꺼번에 너무 많은 것을 쓰고자 할 때 너의 마음이 꼼짝 못하는 상황에 빠져들게 된다고 말을 잇는다. 억지로 말을 끌어내려고 하지 않는 것, 이것이 바로 네가 해야 할 일이다. 억지로 말을 끌어내려고 하면 점점 더 꼼짝 못하게 될 것이다. 이제 네가 해야 할 일은 네 마음에 있는 모든 것들을 하나하나 나눠놓고 한번에 하나씩 쓰는 것이다. 무엇을 말할 것인가와 무엇을 먼저 말할 것인가를 동시에 한꺼번에 생각하려고 하면, 일이 너무 어려워진다. 그러니 이 둘을 따로 떼어놓아라. 먼저 네가 말하고자 하는 모든 것을 어떤 순서로든 상관없으니 차례로 열거해놓아라. 그리고 후에 가서 적당한 순서를 생각하도록 해라.

"예를 들면요?" 그가 묻는다.

"글쎄다, 엄마한테 무얼 말하고 싶니?"

"여행에 대해서요."

"여행에 관해 무얼 이야기하고 싶니?"

그가 잠시 생각하더니 이렇게 말한다. "우리가 올라갔던 산에 대해서요."

"그래? 그럼 그것에 대해 써라." 내가 말한다.

그가 그것에 대해 글을 쓴다.

이어서 그가 다른 것에 대해 글을 쓰는 것을, 그리고 또 다른 것에 대해 쓰는 것을 나는 본다. 그동안 나는 담배를 다 피우고 남은 커피를 다 비운다. 그가 하고 싶은 이야기를 차례로 열거하면서 글쓰기를 계속하더니, 세 장의 편지지를 가득 채운다.

"잘 보관하도록 해라." 내가 그에게 말한다. "후에 가서 그걸 정리하기로 하자."

"이 모든 이야기를 다 한 통의 편지에 담을 수 없을 것 같아요." 그가 말한다.

내가 웃음을 짓는 것을 보고 그가 얼굴을 찡그린다.

"제일 좋은 것들을 고르기만 하면 돼." 내가 이렇게 말한다. 이어서 우리는 밖으로 나와 다시금 모터사이클에 오른다.

계곡을 따라 내려가는 도중, 우리는 귀가 뻥 뚫리는 듯한 느낌을 통해 고도가 꾸준히 낮아지고 있음을 느낀다. 기온이 점점 따뜻해지고 공기의 밀도도 점점 높아진다. 이제 마일즈 시티에 들어선 이래 다소 기복은 있었지만 계속 우리가 몸담아왔던 고산 지대와 작별 인사를 할 때가 되었다.

꼼짝 못하는 상황에 처하는 것. 이것이 바로 오늘 내가 이야기하고자 하는 바의 주제다.

마일즈 시티를 벗어나 여행을 계속하는 동안, 일련의 인과 관계를 연구하고 이 같은 일련의 인과 관계를 확정하는 데 실험적 방법을 동원함으로써, 공인된 과학적 방법이 모터사이클 수리에 어떻게 적용이 될 수 있는가에 대해 내가 논의했던 것을 당신은 기억할 것이다. 그러한 논의의 목적은 고전적 합리성이 뜻하는 바가 무엇인지를 보이는 데 있었다.

이제 나는 질이 제 기능을 하고 있음을 공식적으로 인정함으로써 합리성의 고전적 패턴이 엄청나게 개선될 수 있고 확장될 수 있으며, 또한 한결 더 효과적인 것이 될 수 있음을 보여주고자 한다. 하지만 이를 보여주기에 앞서 나는 먼저 전통적인 모터사이클 관리 방법의 부정적 측면들을 몇몇 살펴보고자 하는데, 이는 문제가 어디 있는가를 보여주기 위한 것이다.

첫째 문제는 꼼짝 못하는 상황에 처하게 되는 것—즉, 무엇을 수리하려 하든 당신이 물리적으로 꼼짝 못하는 상황에 처하게 되는 동시에 정신적으로도 꼼짝 못하는 상황에 처하게 되는 것—이다. 크리스에게 고통을 주었던 바로 그런 상황이다. 예컨대, 모터사이클의 옆면 덮개 부위의 나사가 도대체 꼼짝도 하지 않을 수 있다. 나사를 빼내는 일이 왜 그리도 어려운 것인지에 대해 무언가 특별한 이유가 있을 수 있는가를 확인하기 위해 관리 지침서를 꺼내 볼 수도 있다. 하지만 지침서에 나오는 말은 "옆면 덮개를 떼어내시오"가 전부다. 당신이 알고자 하는 바에 대해 결코 아무런 정보도 제공하지 않는 문체, 그 멋진 간결한 기술 공학적 문체로 씌어 있는 말은 그것이 전부인 것이다. 선행 절차 가운데 혹시 빠뜨린 것이 있어서 덮개 나사가 빠지지 않는가를 확인해보지만 빠뜨린 것은 없다.

만일 당신이 경험이 풍부한 사람이라면, 아마도 이 순간에 틈새로 스며들어 나사를 헐겁게 하는 윤활유를 사용하거나 초강력 드라이버[1]를 사용하려 할 것이다. 하지만 당신이 경험이 없는 사람이어서 스크루드라이버의 몸통에다가 자동적으로 잠기게 되어 있는 펜치[2]를 걸어 놓은 채 정말로 세게 비틀었다고 하자. 과거에 이렇게 해서 성공한 적이 있었지만, 이번에는 다만 나사의 홈을 망가뜨리는 데 성공했을 뿐이라고 하자.

---

1) impact driver: 나사를 돌리는 힘을 순간적으로 강하게 전달하여 녹이 슬어 잘 빠지지 않는 나사를 돌려 빼는 데 사용하는 초강력 드라이버.
2) Self-locking plier: 손잡이 부분에 자물쇠가 있어, 일단 무언가를 잡고 자물쇠를 채우면 쥐고 있는 힘이 그대로 유지되는 펜치.

당신의 마음은 덮개를 떼어낸 다음 무슨 일을 할 것인가에 대해 미리 생각하고 있었다고 하자. 그랬다면 나사의 홈이 망가졌다는 이 사소한 문제, 사소하지만 짜증 나게 하는 이 문제가 단순히 짜증만 나게 하는 사소한 문제가 아님을 깨닫는 데는 얼마 시간이 걸리지 않을 것이다. 당신은 꼼짝 못하는 상황에 처하게 된 것이다. 제지를 당한 것이고, 중도에서 작업 종료의 선고를 받은 셈이다. 이 사소한 문제가 모터사이클 수리를 더 이상 진행하지 못하도록 완벽하게 당신을 제지한 셈이다.

과학이나 기술 공학 분야에서 이는 드문 일이 아니다. 아니, 이는 가장 흔하게 발생하는 상황이다. 별도리 없이 꼼짝 못하는 상황에 처하게 된 것이다. 전통적인 관리 방법의 측면에서 볼 때 최악의 순간이란 바로 이 같은 순간이다. 너무도 난감한 상황이어서 당신은 그런 상황에 빠져들기 전에는 이에 대해 아예 생각조차 하려 하지 않게 마련이다.

이제 관리 지침서는 당신에게 아무런 소용이 되지 않는다. 아울러, 과학적 이성도 아무런 소용이 되지 않는다. 무엇이 잘못되었는가를 찾아내기 위해 그 어떤 과학적 실험을 할 필요도 없다. 무엇이 잘못되었는가는 너무도 명백하다. 당신에게 필요한 것은 홈이 망가진 나사를 빼내기 위해 어떻게 할 것인가에 대한 가설이지만, 과학적 방법은 이 같은 가설들 가운데 어떤 것도 당신에게 제공하지 않는다. 애초 가설들을 세울 수 없으니 과학적 방법도 동원할 길이 없다.

이는 의식이 전혀 작동하지 않는 영점(零點)의 순간이라 할 수 있다. 꼼짝 못하는 상황에 처하게 된 것이다. 답이 없다. 법석을 떨어보지만 소용없다. 완전히 망가진 것이다. 정서적으로 비참함을 느끼게 하는 그런 체험의 순간이다. 당신은 시간을 낭비하고 있으며, 당신은 무능한 사람이다. 당신이 무엇을 하는지를 당신은 모른다. 당신은 자신을 부끄러워해야 한다. 당신은 이 모든 일을 어떻게 처리해야 하는지를 아는 진짜 정비사에게 당신의 기계를 가져가야 한다.

이 지점에서는 두려움과 분노의 감정이 뒤섞여 폭발하는 것이 정상이다. 그리하여 당신은 끌과 망치를 사용하여 옆면 덮개를 떼어내고 싶어 할 수도 있다. 필요하다면 대형의 쇠망치로 끌을 내려쳐 옆면 덮개를 떨어져 나가게 할 수도 있다. 당신은 이런 해결책에 대해 생각을 해본다. 그리고 이런 해결책에 대해 점점 더 오랫동안 생각을 하면 할수록, 모터사이클을 통째로 높은 다리 위로 들고 가서 그 아래로 내던지고 싶은 충동에 이끌리게 될 수도 있다. 그처럼 나사의 아주 작은 홈이 이처럼 완벽하게 당신을 패배시킬 수 있다니, 이 얼마나 터무니없는 일인가.

당신이 직면해 있는 난관은 너무도 엄청난 것이긴 하나 서양의 사유 체계에 전혀 알려져 있지 않은 난관이며, 서양의 사유 체계가 경험해 본 적이 없는 빈 공간이다. 당신은 무언가 묘안을, 무언가 가설을 필요로 한다. 서양의 전통적인 과학적 방법은 불행하게도 어디에 가야 이처럼 필요한 가설을 좀더 많이 얻을 수 있는가에 대해 정확하게 말을 할 수 있을 만큼의 충분한 마음의 여유를 누려본 적이 없다. 전통적인 과학적 방법은 시력은 뛰어나지만 앞을 못 보는 헛똑똑이, 기껏해야 이 같은 헛똑똑이에 불과한 존재일 뿐이다. 전통적인 과학적 방법은 당신이 어디에 있었던가를 확인하는 데는 훌륭한 역할을 한다. 당신이 알고 있다고 생각하는 것의 진위를 테스트하는 데도 훌륭한 역할을 한다. 하지만, 당신이 가야 하는 곳이 과거에 당신이 가고 있던 곳으로부터 이탈하지 않고 계속 이어지는 곳이 아닌 경우, 당신이 어디로 가야만 하는가에 대해서는 당신에게 아무것도 알려주지 못한다.

창조성, 독창성, 창의력, 직관, 상상력—한마디로 말해, "꼼짝 못하는 상황에서 벗어나게 하는 능력"—은 완벽하게 이 영역 바깥쪽에 존재한다.

우리는 폭넓은 개울들이 흘러 들어오는 가파른 비탈의 습곡 지대를 여럿 지나, 계속 협곡을 따라 내려간다. 이제 우리는 강이 급속히 커지고 있음을 알아차린다. 개울들이 모여 강폭을 넓히기 때문이다. 도로의 굴곡이 이 지점에서는 한결 완만하며, 직선으로 뻗은 도로 구간의 길이는 한결 더 길어진다. 나는 모터사이클의 변속 기어를 최고로 높인다.

이윽고 나무들이 밀도가 낮아진다. 그나마 듬성듬성 서 있는 나무들의 발육 상태도 허약해 보인다. 나무들 사이를 넓은 풀밭과 덤불이 채우고 있다. 재킷과 스웨터를 입고 있기에는 너무 덥다. 그래서 도로 옆 대피 장소에서 모터사이클을 세우고 재킷과 스웨터를 벗는다.

크리스가 오솔길을 따라 걸어 올라가고 싶어 하여, 그를 보낸 다음 나는 자그마한 그늘이 있는 곳을 찾아 그곳에 앉아 휴식을 취한다. 명상에 잠기기에 알맞을 정도로 이제 주위가 고요하기만 하다.

길가의 안내판의 설명을 보니, 수년 전에 이곳에서 화재가 발생했었다. 안내판의 정보에 의하면, 나무들이 다시 자라고 있지만, 옛날의 숲 모습으로 되돌아가는 데는 오랜 세월이 흘러야 할 것이라고 한다.

얼마 후 자갈 밟는 소리가 들린다. 크리스가 오솔길을 따라 내려오고 있다는 신호다. 그는 그다지 멀리 가지 않았던 것이다. 그가 도착하자 이렇게 말한다. "이제 출발해요." 우리는 제자리를 약간 벗어나기 시작한 짐을 풀어 다시 묶고, 도로 위로 나선다. 앉아 있는 동안 흘렸던 땀이 바람 때문에 갑자기 차갑게 느껴진다.

우리는 아직 홈이 망가진 나사 때문에 꼼짝 못하고 있으며, 이 상황에서 벗어나는 유일한 방법은 전통적인 과학적 방법에 의거하여 나사를 더 이상 점검하는 일 자체를 포기하는 것이다. 그런 방법으로는 문제가 해결되지 않을 것이기 때문이다. 결국 우리가 해야 할 일이 있다면, 빠지지 않는 나사의 측면에서 전통적인 과학적 방법을 점검하는 일이다.

우리는 이제까지 그 나사를 "객관적으로" 살펴왔다. 전통적인 과학적 방법에 필수 불가결한 요소인 "객관성"의 교리에 따르면, 그 나사에 대해 우리가 좋아하는 것이 무엇이든 싫어하는 것이 무엇이든 그 어느 것도 우리의 올바른 사유 행위와 아무런 관련이 없다. 우리는 우리 눈에 띄는 것을 평가하려 해서는 안 된다. 우리는 우리의 마음을 자연이 우리를 대신해서 채워줄 백지 상태로 유지해야 한다. 그리고 우리가 관찰하는 사실들에 근거하여 추론하되 이 과정에 사심을 개입시켜서는 안 된다.

하지만, 우리가 잠시 사심을 개입시키지 않은 백지 상태로, 그러니까 이 꼼짝하지 않는 나사의 관점에서 나사에 대해 생각하게 되면, 우리는 사심을 배제한 채 진행하는 관찰에 대한 그 모든 생각들이 어리석은 것임을 깨닫기 시작한다. 도대체 사실들이라는 것은 어디에 있는가. 사심을 배제한 채 관찰하다니 도대체 무엇을 관찰할 것인가. 망가진 홈을? 움직이지 않는 옆면 덮개를? 칠해놓은 도료(塗料)의 색깔을? 속도계를? 등받침을? 푸앵카레가 말한 바 있듯, 모터사이클과 관련하여 무한수의 사실들이 존재하지만, 우리가 필요로 하는 적절한 사실들이 춤을 추며 일어나 우리에게 자신을 소개하지는 않는다. 적절한 사실들—즉, 우리가 정말로 필요로 하는 사실들—은 수동적인 것일 뿐만이 아니라, 지독히도 미묘하여 포착하기 어려운 것이다. 그리하여 우리는 그냥 뒤로 물러나 앉아 그것들을 "관찰"하고 있을 수만은 없다. 우리는 그곳에 들어가 그것들을 찾아야 할 것이다. 아니면, 오랫동안 이곳에 멍하니 머물러 있어야 할 것이다. 영원히. 푸앵카레가 지적했듯, 우리가 어떤 사실을 관찰할 것인가에 대해 의식 영역 아래쪽 자아의 선택이 있어야 한다.

훌륭한 정비사와 형편없는 정비사 사이의 차이는 훌륭한 수학자와 형편없는 수학자 사이의 차이와 마찬가지로 선별해내는 능력——그러니까 질에 근거하여 쓸모 있는 사실과 쓸모없는 사실을 구분하고 쓸모 있는 쪽을 선별해내는 능력——에 있다. 그는 문제 해결에 관심을 쏟을 줄 아는 사람인 것이다! 이는 공인된 전통적인 과학적 방법이라면 그와 관련하여 아무 말도 꺼낼 수 없는 그런 능력이다. 사실들을 질적인 관점에서 미리 선택하는 능력——즉, 사실들을 "관찰한" 다음 관찰한 그 사실들을 그처럼 중요시하는 사람들이 그처럼 주도면밀하고 철저하게 무시해왔던 것처럼 보이는 바로 그 능력——에 대한 좀더 면밀한 검토가 이미 오래전에 이루어졌어야 했다. 내 생각으로는, 이에 대한 좀더 면밀한 검토가 이루어지는 경우, 모든 과학적 과정에서 질이 수행하는 역할을 공식적으로 인정한다 하더라도 결코 경험주의적 전망이 망가지지는 않을 것이라는 점, 바로 그 점이 밝혀질 것이다. 오히려 이를 인정함으로써 우리는 경험주의적 전망을 확장하고 강화할 수 있을 것이며, 경험주의적 전망과 실제의 과학적 활동 사이의 간격을 한결 더 좁힐 수 있으리라는 것이 내 생각이다.

내가 생각하기에, 우리를 꼼짝 못하게 하는 상황의 저변에는 무언가 기본적인 결함이 존재하는데, 이는 전통적 합리주의가 줄기차게 고집하는 "객관성"의 논리——즉, 현실이란 주체와 객체가 분리되어 있는 상태라는 학설──에서 비롯된 것이다. 전통적 합리주의의 입장에서 보면, 진정한 과학이 확립되기 위해서는 주체와 객체가 엄밀하게 구분되어야 한다. "당신은 정비사다. 여기에 모터사이클이 있다. 당신은 영원히 모터사이클과 하나가 될 수 없다. 당신은 이 모터사이클을 상대로 하여 이 일을 하고 또 저 일을 할 뿐이다. 그리고 이러저러한 것들이 그 작업의 결과다."

주체와 객체로 나누어놓는 영원히 이원론적인 모터사이클 접근 방법이 우리에게 올바른 것처럼 보이는 것은 우리가 이에 익숙해져 있기 때문이다. 하지만 이는 올바른 방법이 아니다. 이는 항상 현실 위에 덧씌워놓은 인위적 해석일 뿐이다. 이는 결코 현실 그 자체가 아니다. 이 같은 이원론을 완벽하게 수용하는 경우, 정비사와 모터사이클 사이에 존재하는 무언가 분리되어 있지 않은 관계──예컨대, 일에 대해 장인이 지니는 느낌──는 파괴되고 만다. 전통적 합리주의가 세계를 주체와 객체로 나눠놓을 때, 질은 밖으로 추방되고 만다. 하지만, 당신이 정말로 꼼짝 못하는 상황에 처해 있을 때, 어디로 나아가야 할지를 알려주는 것은 그 어떤 주체도, 객체도 아니고, 바로 질이다.

우리는 질에 우리의 주의를 되돌림으로써 주체와 객체를 나누는 이원론──그러니까 아무것에도 관심을 갖지 않도록 하는 이 이원론──의 세계에서 기술 공학적 작업을 구출하여, 진정한 장인(匠人)의 세계──즉, 진정한 장인이 그러하듯, 스스로 일에 뛰어들어 그 일을 즐기는 세계──로 다시금 되돌릴 수 있기를 희망한다. 바로 이 장인의 세계는 우리가 꼼짝 못하는 상황에 처해 있을 때 우리에게 필요한 사실들이 무엇인가를 밝혀주게 될 것이다.

이제 내 마음에는 거대하고 길이가 긴 기차의 이미지가, 항상 초원을 가로질러 통나무와 야채를 싣고 동쪽으로 가거나 자동차나 그 외의 공산품을 싣고 서쪽으로 가는 모델 120형 유개 화물차의 이미지가 떠오른다. 이 기차를 나는 "지식"이라 부르고자 한다. 그리고 이를 다시 고전적 지식과 낭만적 지식이라는 두 부분으로 세분하고자 한다.

유추하여 말하자면, 고전적 지식──그러니까 이성의 교회에서 가르치는 지식──은 기관차 및 모든 화물차들로 이루어진다. 이들 모든 기관차와 화물차와 그 안에 있는 모든 것들이 이 고전적 지식에 포함된다. 만일 당신이 기차를 부분으로 세분하게 되면, 어디에서도 당신은 낭만적 지식을 발견할 수 없을 것이다. 그리고 주의를 기울이지 않으면 거기에 있는 기차가 기차의 전부라고 추정하기 쉽다. 이런 추정이 가능한 것은 낭만적 지식이 존재하지 않는다거나 심지어 중요한 것이 아니기 때문이 아니다. 그럴 수밖에 없는 이유는 이제까지 내린 기차에 대한 정의가 정적(靜的)인 것이고 지향하는 목적이 없는 것이기 때문이다. 이것이 바로 내가 앞서 사우스다코타에서 그 자체로서 완결된 존재의 두 차원에 대해 이야기했을 때 도달하고자 했던 것이다. 기차를 바라보는 데는 그 자체로서 완결된 두 가지의 방법이 있다.

동일한 유추를 통해 낭만적 질을 보는 경우, 이는 기차의 어떤 "부분"도 아니다. 이는 동력 장치인 기관차의 "맨 앞쪽 표면"[3]──만일 기차란 정적인 실체가 결코 아니라는 점을 이해하지 못하는 사람에게는 아무런 의미도 없는 것으로 이해될 수 있는 이차원적 표면──에 해당하는 것이다. 만일 어느 곳으로든 이동할 수 없다면, 그 기차는 진정한 의미에서의 기차일 수 없다. 기차를 점검하고 이를 부분으로 세분하는 과정에서 우리는 우리도 모르는 사이에 기차를 정지시켰으며, 따

---

3) the leading edge: 이 책에서 '맨 앞쪽 표면'으로 번역한 이 단어는 비행기의 프로펠러나 날개의 '맨 앞 가장자리'를, 그러니까 비행기에서 공기와의 접촉이 최초로 이루어지는 부분을 말한다.

라서 우리가 점검하고 있는 것은 진정한 의미에서의 기차가 아니다. 바로 이 때문에 우리는 꼼짝 못하는 상황에 처하게 되는 것이다.

　진정한 지식의 기차는 멈추게 할 수 있거나 세분할 수 있는 정적인 실체가 아니다. 이는 항상 어딘가를 향해 움직이고 있는 것이다. 질이라 불리는 선로를 따라. 그리고 기관차와 그 모든 화물차들은 오로지 질이라는 선로가 인도하는 곳으로 간다. 그곳이 아니라면 그 어디에도 결코 갈 수가 없다. 아울러, 낭만적 질―동력 장치인 기관차의 맨 앞쪽 표면―이 그 선로를 따라 기관차와 화물차를 인도한다.

　낭만적 현실이란 경험이 이루어지기 바로 전 "촌각(寸刻)에 해당하는 순간"[4]에 존재하는 것이다. 이는 지식이라는 기차의 동력 장치 맨 앞쪽 표면에 해당하는 것으로, 이로 인해 기차 전체가 선로 위를 유지하게 된다. 전통적인 지식이라는 것은 다만 기관차의 맨 앞쪽 표면이 있었던 곳에 대한 기억의 집합에 해당하는 것이다. 기관차의 맨 앞쪽 표면에는 주체도 없고 객체도 없으며, 단지 질이라는 선로만이 그 앞에 있을 뿐이다. 그리고 만일 이 질을 평가하거나 인정할 수 있는 공식적 방법이 없다면 기차 전체가 어디를 향해 움직여야 할지를 알 방도 역시 없게 된다. 그렇게 되면, 당신은 순수 이성이 아니라 순수 혼란을 소유하게 될 것이다. 기관차의 맨 앞쪽 표면은 완벽하게 모든 행동이 존재하는 영역이다. 이는 미래의 그 모든 무한한 가능성이 존재하는 영역이며, 과거의 모든 역사가 존재하는 영역이기도 하다. 이곳이 아니라면 이 모든 것들이 어디에 존재할 수 있겠는가.

　과거는 과거를 기억할 수 없으며, 미래는 미래를 생성할 수 없다.

---

[4] the cutting edge: 금속으로 된 물체의 '날카로운 최첨단 부분'을 뜻하는 말로, 이 책에서 이 말은 시간을 암시하는 표현으로 사용되고 있기 때문에 '촌각(寸刻)에 해당하는 순간'으로 번역한다.

지금 여기 이 순간이야말로, 촉각에 해당하는 바로 지금 이 순간이야말로 항상 존재하는 모든 것의 총체, 바로 그것이다.

가치—즉, 현실을 움직이는 동력 장치의 맨 앞 표면—는 더 이상 구조의 우발적 부산물이 아니다. 가치는 구조를 선행한다. 가치란 대상에 대한 지적 활동 이전에 순간적으로 이루어지는 전지적(前知的)인 인식으로, 구조를 낳는 것은 이 전지적인 인식이다. 우리의 구조화된 현실은 가치에 근거하여 미리 선택된 것으로, 구조화된 현실을 진정으로 이해하기 위해서는 구조화된 현실의 모태가 된 근원적 가치에 대한 이해가 요구된다.

그러므로, 누군가가 모터사이클을 놓고 작업을 하는 동안 새로운 합리적 이해가 이전의 이해들보다 질적으로 더 우수한 것임을 깨달아감에 따라, 모터사이클에 대한 그의 합리적 이해는 매 순간 바뀌어간다. 그는 과거의 완고한 생각들에 매달리지 않는데, 이들을 거부할 근거가, 즉각적이고도 합리적인 근거가 있기 때문이다. 현실이란 더 이상 정적인 것도 아니다. 이는 대항하거나 순종해야 하는 일련의 생각들로 이루어진 것도 아니다. 부분적으로 현실은 당신이 성장함에 따라, 또한 우리 모두가 수 세기에 걸쳐 성장함에 따라, 함께 성장할 것이 기대되는 생각들로 이루어져 있다. 정의되지 않은 핵심 용어로서 질이 존재하기에, 현실은 본질적으로 정적인 것이 아니라 동적인 것이다. 당신이 동적인 현실을 진정으로 이해할 때 당신은 결코 꼼짝 못하는 상황에 처하게 되지 않을 것이다. 이는 형식을 지니고 있지만, 그 형식은 변화 가능한 것이다.

보다 더 구체적인 말로 바꿔 표현해보기로 하자. 만일 당신이 꼼짝 못하는 상황에 처할 위험을 배제한 채 공장을 건설하거나 모터사이클을 수리하거나 또는 국가를 건설하고자 한다면, 주체와 객체를 나누는 고전적이고 구조화된 이원론적 지식은 필요한 것이긴 하나 그것만으로 충분하지는 않을 것이다. 당신은 당신이 하고자 하는 일의 질에 대해 무언가를 느껴야 한다. 다시 말해, 무엇이 좋은 것인지에 대한 분별력을 소유해야 한다. 그것이 바로 당신을 앞으로 나아가게 하는 그 무엇이다. 이 분별력은 비록 타고나는 것이긴 하나 단지 타고나는 것만은 아니다. 이는 당신이 계발할 수 있는 그 무엇이기도 하다. 이는 단순히 "직관"이 아니며, 설명할 길이 없는 "솜씨"나 "재주"만은 아니다. 이는 근본적 현실인 질—과거에 이원론적 이성이 은폐하고자 하는 경향을 보였던 바로 그 질—과 만나는 과정에 얻는 직접적인 결과이기도 하다.

 이런 식으로 표현하면 이 모든 논의가 너무나 엉뚱한 동시에 비밀스럽고 난해한 것처럼 들려, 이것이 당신이 소유할 수 있는 현실에 대한 견해 가운데 가장 소박하고 현실적인 것이라는 점을 깨닫게 되면 충격을 받게 될지도 모르겠다. 모든 사람들 가운데 해리 트루먼이 마음에 떠오른다. 그는 자신의 행정부가 내놓은 계획안들과 관련하여 이렇게 말한 적이 있기 때문이다. "우리는 다만 해볼 것입니다. . . . 그리고 만일 효과가 없다면 . . . 글쎄요, 무언가 다른 방안을 찾아 시도해봐야겠지요." 이는 우리가 말하고자 하는 바에 정확하게 들어맞는 인용이 아니긴 하나, 근접한 것이기는 하다.

 미국 정부의 현실은 정적인 것이 아니라 동적인 것이다. 만일 그것이 우리 마음에 들지 않으면, 우리는 무언가 좀더 나은 것을 찾아야 할 것이다. 미국 정부는 일련의 그럴듯한 교조적 생각에 집착하여 꼼짝 못하는 상황에 처하게 되지 않을 것이다.

 위의 말에서 핵심이 되는 것은 "나은"이라는 말, 질을 암시하는 바로 이 말이다. 어떤 사람은 미국 정부의 저변을 이루고 있는 형식은 고착되어 있고, 질에 대한 요구에 부응하여 변화할 능력을 지니고 있지 못하다고 주장할지도 모른다. 하지만 이 같은 주장은 논점에서 벗어난 것이다. 논점은 대통령과 다른 모든 사람들—더할 수 없이 과격한 급진주의자들에서 시작하여 더할 수 없이 과격한 보수주의자들에 이르기까지—은 미국 정부가 질에 대한 요구에 부응하여 변화해야 한다는 점에 동의하고 있다는 데 있다. 비록 변화하지 않더라도 말이다. 질의 변화가 일어나는 현장이 곧 현실—말하자면, 보조를 맞추기 위해 정부 전체가 변화해야 할 만큼 전능한 힘을 지닌 현실—이라는 파이드로스의 생각은 비록 우리가 말로 밝히지 않더라도 줄곧 만장일치로 믿어왔던 그런 것이다.

실험실의 과학자든, 공학자든, 정비사든, 그가 일상의 업무를 해나가는 동안 "객관적으로" 생각하지 않는다고 가정해보자. 트루먼의 말에 담긴 태도는 그와 같은 과학자나 공학자나 정비사의 실제적이고 실용적인 태도와 결코 다른 것이 아니다.

내가 계속 황당한 이론을 떠들어대고 있는 것 같겠지만, 아무튼 이런 이론은 누구나 알고 있는 민간 차원의 상식적 지혜를 계속 일깨워 준다. 이 질이라는 것, 일과 관련하여 사람들이 갖는 이 느낌은 어느 일터에서든 누구나 감지하고 있는 그 무엇이다.

이제 마침내 홈이 망가진 나사 이야기로 되돌아갈 때가 되었다.

먼저 상황을 재평가해보도록 하자. 현재 당신이 처해 있는 상황—그러니까 당신을 꼼짝 못하게 하는 이 상황, 또는 당신의 의식을 영접의 순간으로 내모는 상황—은 모든 가능한 상황들 가운데 최악의 상황이 아니라, 우리가 처할 수 있는 상황들 가운데 최선의 가능한 상황이라고 가정해보기로 하자. 따지고 보면, 선불교의 승려들이 이끌어내고자 하여 그처럼 온갖 노력을 다 기울이는 상황이 다름 아닌 이 같은 상황, 당신을 꼼짝 못하게 하는 상황이다. 공안(公案), 심호흡, 정좌(靜坐)와 같은 것을 통해서 말이다. 당신의 마음은 텅 비어 있고, 당신은 "초심자의 마음"이 지니고 있을 법한 "허(虛)하고 유연한" 자세를 취하고 있다 하자. 당신은 지식이라는 이름의 기차 맨 앞쪽에, 현실이라는 선로 위에 있는 기차의 바로 맨 앞쪽에 있다고 가정해보자. 그리고, 기분 전환을 위해, 바로 이 순간은 두려워해야 할 순간이 아니라 깊이 탐구해야 할 순간이라고 생각해보자. 만일 당신의 마음이 진정으로, 너무도 깊이, 꼼짝 못하는 상황에 처하게 되면, 당신은 마음이 온갖 생각들로 들어차 있을 때보다 사태를 한결 더 잘 처리할 수도 있을 것이다.

때때로 문제에 대한 해답을 처음 대할 때는 그것이 중요하지 않거나 바람직하지 않은 것처럼 보일 수도 있다. 하지만 꼼짝 못하는 상황에 처하게 되면 당신은 조만간 그 해답이 진정으로 중요한 것임을 깨닫게 된다. 그것이 사소한 것으로 보였던 것은 이전에 당신이 가지고 있던 완고한 평가 기준——그러니까 꼼짝 못하는 상황으로 당신을 이끈 바로 그 기준——이 그것을 사소하게 보이도록 했기 때문이다.

하지만 이제 당신이 아무리 기를 써서 당신을 꼼짝 못하게 하는 상황에 집착하려 해도 이 같은 상황은 언젠가 사라지게 되리라는 점을 잊지 말기 바란다. 그러면 당신의 마음은 자연스럽게 그리고 자유롭게 해답을 향해 움직여 갈 것이다. 당신이 당신을 꼼짝 못하게 하는 상황에 머무는 데 진정으로 도가 트인 사람이 아니라면, 이런 변화가 일어나는 것을 막을 수는 없다. 당신을 꼼짝 못하게 하는 상황에 대한 두려움은 불필요한 것이다. 왜냐하면 그러한 상황에 오랫동안 처해 있으면 있을수록 당신을 그때마다 매번 꼼짝 못하게 하는 상황에서 벗어나게 하는 질/현실을 더욱더 절실하게 깨닫게 될 것이기 때문이다.

정말로 당신을 꼼짝 못하게 하는 것은 당신을 꼼짝 못하게 하는 상황에서 벗어나기 위해 그 해답을 지식이라는 이름의 기차의 화물칸들을 차례로 뒤져 찾으려 하는 마음, 그 모습을 드러낸 채 기차의 맨 앞쪽에 있는 바로 그 해답을 이처럼 엉뚱한 곳에서 찾으려 하는 마음이다.

당신을 꼼짝 못하게 하는 상황을 피하려 해서는 안 된다. 그와 같은 상황이야말로 그 모든 진정한 이해로 우리를 인도하는 영적 선구자이기 때문이다. 우리를 꼼짝 못하게 하는 상황에 처해 자존심을 버리고 이를 받아들일 때, 우리는 질 전체에 대한 이해의 길로 들어설 수 있다. 다른 일에서도 그렇지만 기계를 다루는 일에서도 그러하다. 우리를 꼼짝 못하게 하는 상황이 우리에게 드러내 보여주는 질에 대한 이 같은 이해로 인해, 너무도 자주 스스로 깨우친 정비사는 제도 안에서 훈련을 받은 정비사——즉, 새로운 상황에 대처하는 것을 빼고는 모든 것을 어떻게 다룰 것인가를 배운 사람——에 비해 그처럼 탁월한 정비사가 되는 것이다.

나사는 너무도 싸고 사소할 뿐만 아니라 단순한 것이기 때문에 그것을 중요하지 않은 것으로 생각하는 것이 정상이다. 하지만 이제, 질에 대한 당신의 인식이 강화됨에 따라, 당신은 이 하나의 개별적이고도 특정한 나사가 싼 것도 아니고 작은 것도 아닐 뿐만 아니라 중요하지 않은 것도 아님을 깨닫게 된다. 바로 이 순간부터 이 나사는 모터사이클 전체의 판매 가격만큼이나 값이 나가는 소중한 것이 된다. 왜냐하면 이 나사를 제대로 빼내지 않으면 모터사이클은 실제로 아무런 가치도 없는 것이 되기 때문이다. 나사에 대한 이 같은 재평가가 이루어짐에 따라, 당신은 이에 대한 당신의 지식을 기꺼이 확장하고자 할 것이다.

내 추측으로는 지식의 확장과 함께 진정으로 나사 그 자체가 무엇인지에 대한 재평가가 이루어질 것이다. 나사에 당신이 정신을 집중하고, 이에 대해 생각하고, 충분히 오랜 시간 동안 이에 꼼짝 않고 매달리면 매달릴수록, 추측건대 당신은 문제의 나사가 나사 전체를 대표하는 추상적 대상이 아니라 그 자체로서 유일한 의미를 지닌 독자적 대상임을 조만간 깨닫게 될 것이다. 이윽고 좀더 정신을 집중하면 당신은 나사를 하나의 대상으로조차 보지 않고 여러 가지 기능(機能)의 집합체로 파악하기 시작하게 될 것이다. 꼼짝 못하게 된 당신의 상황은 점차적으로 전통적인 이성의 패턴들을 제거해나가고 있는 것이다.

 과거에, 그러니까 주체와 객체를 영구히 서로 분리해놓았던 때, 주체와 객체에 대한 당신의 생각은 매우 경직된 것이었다. 당신은 당신이 바라보고 있는 현실보다도 더 현실적이고 거역할 수 없는 것처럼 보이던 개념적 유형화(類型化)——즉, "나사"라 불리는 것들에 대한 개념적 유형화——에 갇혀 있었던 것이다. 그 당시 당신은 어떻게 꼼짝 못하게 된 상황에서 벗어날 것인가를 생각할 수가 없었다. 왜냐하면 무언가 새로운 것을 생각할 수 없었기 때문이다. 또한 당신은 무언가 새로운 것을 볼 수 없었기 때문이다.

 이제 나사를 빼내는 과정에 이르러 당신은 나사란 무엇인가에 대해 더 이상 관심을 갖지 않는다. 나사란 무엇인가는 사유의 한 범주이기를 멈추고, 이제 연속적인 직접 체험으로 바뀐다. 나사는 더 이상 화물차 안에 머물러 있는 그 무엇이 아니라, 기차의 바로 맨 앞쪽으로 나와 있는, 그리하여 변화 가능한 그 무엇으로 바뀐다. 당신은 나사가 어떤 일을 하는가와 왜 그런 일을 하는가에 관심을 보이게 될 것이다. 즉, 당신은 나사의 기능과 관련하여 질문을 던지게 될 것이다. 당신의 질문과 자리를 함께하는 것이 있다면, 이는 푸앵카레를 푹스의 등식으로 이끌었던 질에 대한 판별력과 동일한 "의식 영역 아래쪽"의 분별력일 것이다.

  당신의 실제 해답이 무엇인가는 질을 소유하고 있는 한 중요한 것이 아니다. 견고성과 접착성의 결합체로서의 나사에 대한 생각과 나사의 특수한 나선형 맞물림에 대한 생각은 자연스럽게 순간적인 강한 충격과 윤활유 사용이라는 해결책으로 당신을 유도할 수도 있다. 그것은 질의 선로 가운데 한 종류에 해당하는 것이다. 또 하나의 선로는 도서관에 가서 정비사의 공구를 소개하는 카탈로그를 꼼꼼히 살피는 일이다. 그 카탈로그에서 당신은 문제를 해결할 수 있는 나사 추출용 공구와 만날 수 있을지도 모른다. 또는 기계 장치에 관해 무언가를 알고 있는 친구를 부를 수도 있다. 또는 드릴을 사용하여 나사를 빼내거나 화염 장치를 이용하여 나사를 녹여 빼낼 수도 있겠다. 또는, 나사에 대해 깊은 명상과 주의 집중의 시간을 보낸 결과, 전에는 결코 생각할 수 없었던 새로운 나사 제거 방법을, 앞서 열거한 다른 모든 방법을 압도하는 방법인 동시에 특허를 낼 수 있을 정도의 새로운 방법을, 이로 인해 지금으로부터 5년 후에 당신을 백만장자로 만들 수 있는 그런 방법을 찾아낼 수 있을지도 모른다. 이처럼 질의 선로 위에서 무엇이 가능할 것인가에 대해서는 아무런 예측도 불가능하다. 일단 해답에 이르게 되면 그 모든 해답은 단순하다. 하지만 해답이 단순함은 다만 해답이 무엇인가를 이미 알고 있을 때만 알 수 있는 것이다.

  13번 간선도로는 우리가 따라가던 강의 지류 가운데 하나를 따라 이어진다. 하지만 이제는 오래된 제재소 마을과 나른한 경치를 지나 상류를 따라 이어진다. 때때로 연방 정부 관할의 주간(州間) 고속도로를 벗어나 주 정부 관할의 도로로 들어서는 경우, 지금 그러하듯 시간상 옛날로 되돌아간 것 같은 느낌을 갖게 된다. 아름다운 산과 아름다운 강, 울퉁불퉁하지만 달리기에 쾌적한 아스팔트 도로 . . . 그리고 낡은 건물들과 집 앞의 현관에 나와 앉아 있는 노인들. . . . 낡고 퇴락한 건물들과 공장들과 제재소들. . . . 150년 전의 공학 기술이 항상 새로운 것들보다 더 나은 것처럼 보이다니 묘하다. 잡초와 풀과 야생화들이 콘크리트가 갈라지고 깨어진 틈 사이로 자라고 있다. 깔끔하고 반듯하게 각이 져 있던 직립의 선(線)들이 여기저기 일정치 않게 퇴락의 징후를 보이고 있다. 새로 칠한 도료의 고르고 일정한 색깔을 자랑하던 균일한 건물들이 얼룩덜룩해지고 풍상에 시달려 부드러운 모습으로 바뀐다. 자연은 자기 나름의 비유클리드 기하학을 소유하고 있다. 이 같은 비유클리드 기하학은 건축학자들이 연구 대상으로 삼음직한 임의적이고 자연스러운 방법으로 이들 건물의 의도적이고 계획적인 객관적 외모를 약화하고 있는 것처럼 보인다.

우리는 곧 강과 나른한 분위기의 낡은 건물들을 뒤로하고, 풀밭으로 덮인 건조한 고원 지대라고 할 수 있는 곳을 향해 올라간다. 도로는 물결처럼 굽이치기도 하고, 울퉁불퉁해지기도 하고, 그 위를 달리는 우리를 마구 흔들어대기도 한다. 그래서 나는 속도를 50마일로 줄이지 않을 수 없다. 아스팔트 도로에는 군데군데 위험한 구멍이 나 있어서 한층 더 조심스럽게 도로 표면을 살펴가며 모터사이클을 몬다.

우리는 장거리 주행에 정말로 익숙해져 있다. 다코타에서는 너무도 길다고 느껴졌을 법한 직선 구간 도로가 이제는 짧고 주행이 쉬워 보인다. 모터사이클을 타고 있을 때가 모터사이클에서 내렸을 때보다 더 편하게 느껴지기도 한다. 우리는 낯설지는 않지만 어디인지 모를 이름 없는 곳을 달린다. 전에 결코 와본 적이 없는 지역이지만, 낯선 곳이라는 느낌이 들지 않는다.

고원 지대의 꼭대기에 있는 아이다호 주의 그레인지빌[5]에서 우리는 폭염을 피해 냉방 시설이 된 식당으로 들어선다. 실내가 아주 시원하다. 주문한 초콜릿이 가미된 맥아 음료가 나오기를 기다리는 동안, 카운터에 앉아 있는 고등학교 학생 하나가 그의 옆에 앉아 있는 여자아이와 눈길을 주고받는 것이 내 주의를 끈다. 여자아이는 매력적이며, 이에 눈길을 던지는 사람은 나뿐만이 아니다. 그들의 음식 시중을 들고 있는 카운터 반대편 쪽의 여자아이가 화난 표정으로, 그 여자아이의 생각으로는 아무도 눈치채지 못할 것이라고 확신하는 그런 표정으로 그들에게 눈길을 던지고 있다. 일종의 삼각 구도다. 우리는 남의 눈에 띄지 않은 채 타인들이 살아가는 삶의 소소한 순간들을 계속 스쳐 지나간다.

다시 폭염 속으로 나온다. 그레인지빌에서 그리 멀지 않은 곳에 이르러, 처음 도착했을 때는 거의 초원 지대나 다름없어 보였던 건조한 고산 지대가 갑작스럽게 거대한 협곡 지대로 바뀌는 것을 목격한다. 나는 급회전이 필요한 길목이 수백 개나 있음이 틀림없어 보이는 도로를 따라 계속 아래쪽으로 내려가 기복이 심한 땅과 울퉁불퉁한 바위로 이루어진 황무지로 들어가게 될 것임을 확인한다. 내가 크리스의 무릎을 툭 치면서 손을 들어 아래쪽을 가리킨다. 우리가 굽은 길을 따라 돌아 그 모든 정경을 한꺼번에 내려다볼 수 있는 곳에 이르자 그가 소리치는 것이 내 귀에 들린다. "와, 대단하네!"

벼랑의 가장자리에서 나는 기어를 3단으로 바꾼 다음 엔진의 스로틀 밸브를 닫는다. 엔진의 회전 속도가 느려지고, 약간 불규칙해진다. 그런 상태에서 계속 아래로 내려간다.

우리가 있는 곳이 어디인지 몰라도 우리의 모터사이클이 바닥에 이

---

5) Grangeville: 새먼Salmon 강의 비옥한 계곡에 있는 교역 장소. 이곳에서는 밀과 가축 거래가 활발하게 이루어지고 있음.

를 때까지 내려온 고도는 적게 잡아도 6백여 미터는 된다. 어깨 너머 뒤를 보니, 정상 위의 개미같이 작아 보이는 차들이 눈에 들어온다. 길이 우리를 어디로 인도하든 이제 우리는 모든 것을 태울 듯한 폭염 속의 이 황무지를 가로질러 앞으로 나아가야 할 것이다.

제25장

 오늘 아침 나는 우리를 꼼짝 못하게 하는 상황——즉, 전통적 이성이 야기하는 기술 공학의 고전적 결함——의 문제와 그 해결책에 관해 이야기했다. 이제 이에 비견할 만한 낭만적 결함——즉, 전통적 이성이 생성해낸 기술 공학의 추함——에 대한 논의로 옮겨갈 때가 되었다.

 우리는 연이어지는 불모의 언덕 너머로 굽이굽이 휘어지고 파도처럼 일렁이는 도로를 따라 달린다. 이윽고 띠를 이뤄 화이트 버드[1] 마을의 주변을 감싸고 있는 빈약하고 좁은 녹지대로 들어선다. 그런 다음 협곡의 높은 벼랑 사이로 급류를 이루며 흐르는 아주 큰 강인 새먼 강[2]에 이른다. 이곳에 이르니, 열기가 엄청나고 협곡 벼랑의 흰 바위에 반사된 햇빛 때문에 눈이 멀 지경이다. 우리는 좁은 협곡의 바닥을

---

1) White Bird: 아이다호 주의 아이다호 카운티에 있는 작은 마을. 인구는 106명(2000년 조사).
2) the Salmon River: 아이다호 주 중앙을 흐르는 강. 강의 이름이 보여주듯, 이 강에는 연어 salmon가 많이 서식함. '돌아오지 않는 강 the River of No Return'으로 불리기도 한다.

따라 굽이굽이 난 길을 따라 계속 나아간다. 빠르게 움직이는 차량들 때문에 신경이 예민해진 상태로, 또한 불같이 뜨거운 열기 때문에 마음이 가라앉은 상태로.

서덜랜드 부부가 피하려 했던 추함은 기계 공학 본래의 특성이 아니다. 이는 다만 그들에게 그렇게 보였던 것일 뿐이며, 그 이유는 기술 공학 안에 있는 너무도 추한 것을 분리해내기란 대단히 어렵기 때문이다. 하지만 기술 공학은 단순히 물건을 제조하는 기술에 불과한 것으로, 물건을 제조하는 일은 본래 추한 것이 아니다. 그렇지 않다면 예술에서의 아름다움이 존재할 가능성도 없다. 예술에는 또한 물건을 제조하는 일이 포함되기 때문이다. 실제로 기술 공학의 어원에 해당하는 희랍어의 테크니코스technikos는 원래 "기예"를 뜻하는 말이다. 고대 희랍인들의 생각으로는 예술과 제조는 결코 분리될 수 있는 것이 아니었다. 그래서 그들은 각각의 의미를 갖는 말을 따로 발전시키지 않았다.

현대 기술 공학의 재료가 본래 추한 것은 아니다. 사람들이 이렇게 말하는 것을 아마도 당신은 들은 적이 있을 것이다. 대량 생산된 플라스틱과 합성 섬유는 그 자체가 나쁜 것은 아니다. 다만 사람들이 이것들을 생각하면 으레 나쁜 것을 연상할 따름이다. 삶의 대부분을 돌로 된 감방에서 보낸 사람이라면 돌이란 원래 추한 건축 자재라고 생각할 가능성이 높다. 하지만 돌은 조각의 주재료이기도 하다. 또한 누군가가 어린 시절의 플라스틱 장난감에서 시작하여 일생 동안 싸구려 플라스틱 소비재를 사용하며 살았다고 하자. 다시 말해, 추한 플라스틱 기술 공학의 세계에 갇혀 살았다고 하자. 그러면 그는 플라스틱이라는 재료는 본질적으로 나쁜 것이라고 여길 가능성이 높다. 하지만 현대 기술 공학의 진정한 추함은 그 어떤 재료에서도, 형태에서도, 행동에서도, 제품에서도 확인되지 않는다. 단순히 이들은 낮은 질을 내재하고 있는 것처럼 보이는 대상들일 뿐이다. 질을 주체나 객체에 부과하는 우리의 습성이 이 같은 인상을 이끈 것일 뿐이다.

진정한 추함은 기술 공학의 객체인 물건들한테서 비롯된 것이 아니다. 아울러, 파이드로스의 형이상학을 따르자면, 기술 공학의 주체인 사람들한테서 비롯된 것도 아니다. 말하자면, 물건들을 만들어내는 사람들이나 그것을 사용하는 사람들 때문도 아니다. 질의 존재함 또는 부재함은 주체나 객체 어느 쪽의 내재적 속성은 아니다. 진정한 추함은 기술 공학을 만들어내는 사람들과 그들이 만들어낸 물건들 사이의 관계에 존재한다. 이로 인해, 추함은 기술 공학을 사용하는 사람과 그들이 사용하는 물건들 사이의 유사한 관계에도 존재하게 되었다.

순수 질에 대한 지각의 순간에는, 또는 지각조차 뛰어넘어 존재하는 순수 질의 순간에는, 주체도 존재하지 않고 객체도 존재하지 않는다는 것이 파이드로스의 느낌이었다. 다만 질에 대한 의식이 존재할 뿐이고, 이 의식이 주체와 객체를 후에 인식하도록 하는 것이다. 순수 질의 순간에는 주체와 객체가 하나다. 이런 입장은 바로 『우파니샤드』경전의 "그대가 바로 궁극의 현실이니라"[3]라는 진리와 통하는 것으로, 오늘날 거리에서 사용되는 은어 가운데에도 이 같은 진리를 반영하고 있는 것들이 있다. 예컨대, "get with it(정신을 쏟다)," "dig it(파고들다)," "groove on it(느긋하고 편하게 즐기다)"과 같은 은어들이 모두 이 같은 하나 됨을 반영하는 표현들이다. 이 같은 하나 됨은

---

3) Tat Tvam Asi: 인도의 베다 경전의 일부인 대화 형식의 철학서 『우파니샤드』에 나오는 말로, '그대가 그것이니라'라는 뜻을 가짐. 이 말은 순수하고 원초적인 '자아'와 모든 현상의 원근이자 근거인 '궁극적 현실'은 하나라는 뜻을 암시함.

또한 모든 공예 및 기예 분야에서 확인되는 장인 정신의 근거가 되는 것이기도 하다. 그리고 이 하나 됨은 이원론적 논리를 모태로 하여 탄생된 현대 기술 공학이 결여하고 있는 것이기도 하다. 현대 기술 공학의 창조자는 이 같은 기술 공학과 하나 됨의 느낌을 특별히 갖고 있지 않다. 또한 현대 기술 공학의 소유자 역시 이 같은 기술 공학과 하나 됨의 느낌을 특별히 갖고 있지 않다. 그리고 현대 기술 공학의 사용자 역시 이 같은 기술 공학과 하나 됨의 느낌을 특별히 갖고 있지 않다. 따라서 파이드로스의 정의에 의하면 현대 기술 공학은 그 어떤 질도 소유하고 있지 않다.

파이드로스가 한국에서 보았던 성벽은 기술 공학적 행위의 산물이었다. 아름다웠지만, 이는 노련한 지적 기획 때문도 아니었고, 작업에 대한 과학적 관리 때문도 아니었으며, 그 성벽을 "멋들어지게" 하기 위해 과외로 지출한 경비 때문도 아니었다. 그것이 아름다웠던 것은 그 성벽을 쌓는 일을 하던 사람들이 대상을 바라보는 나름의 독특한 방식을 소유하고 있었기 때문이다. 그들은 자기 초월의 상태에서 그 일을 제대로 하도록 자신들을 유도하는 방식을 소유하고 있었던 것이다. 그들은 그런 방식으로 그들 자신과 일을 따로 분리하지 않음으로써 일을 그르치지 않았던 것이다. 총체적인 해결책의 핵심이 바로 여기에 존재한다.

인간적 가치와 기술 공학적 요구 사이의 갈등을 해결하는 방법은 기술 공학으로부터 도망하는 것이 아니다. 그렇게 하기란 불가능하다. 갈등을 해결하는 방법은 기술 공학이 무엇인가에 대한 진정한 이해를 가로막는 이원적 사유라는 장벽을 무너뜨리는 데 있다. 다시 말해, 해결책은 자연을 객체화하고 이를 편의적으로 이용하는 데 있는 것이 아니라, 자연과 인간 정신을 융합하여 양자를 초월하는 일종의 새로운 창조를 이끌어내는 데 있다. 첫 대서양 횡단 비행이나 달 위에 인간의 첫발자국을 찍는 일과 같은 사건에서 이 같은 초월이 이루어질 때, 기술 공학의 초월적 성격에 대한 일종의 공적 인정이 가능해질 것이다. 하지만 이 같은 초월은 또한 개인적 차원에서, 사적으로, 한 개인 자신의 삶에서, 덜 극적(劇的)인 방법으로도 이루어져야 한다.

이곳에서 보면 이제 협곡의 벼랑은 완전히 수직을 이루고 있다. 수많은 지점에서 도로의 폭을 확보하기 위해 벼랑을 폭파할 수밖에 없었음이 확인된다. 이곳에서는 빠져나갈 다른 도로가 없다. 강이 흐르는 방향을 따라 난 도로를 따라갈 도리밖에 없다. 단지 내 상상에 의한 것인지는 모르나, 강의 폭이 이미 한 시간 전에 보았던 폭보다 줄어들어 있다.

물론, 기술 공학과의 갈등을 사적인 차원에서 초월하는 일에 반드시 모터사이클과 같이 복잡한 기계가 동원될 필요는 없다. 부엌칼을 갈거나 옷을 깁거나 부서진 의자를 고치는 것과 같이 단순한 차원의 일에서도 초월은 이루어질 수 있다. 저변에 놓인 근본 문제점들은 같은 것이기 때문이다. 각각의 경우마다 작업을 하는 데 아름다운 방법과 추한 방법이 있다. 아울러, 질이 높고 아름다운 작업 방법에 도달하고자 하는 경우, "훌륭해 보이는" 것을 판별해낼 능력 및 그와 같은 "훌륭한 것"에 도달하는 데 필요한 기본적 방법을 이해할 수 있는 능력이 함께 요구된다. 질에 대한 낭만적 이해와 고전적 이해 양자가 결합되어야만 하는 것이다.

우리 문화의 특질은 당신이 이 같은 작업들 가운데 어느 것이든 이를 어떻게 할 것인가의 방법과 관련하여 교육을 받고자 할 때 드러나는데, 당신이 교육을 통해 얻는 것은 항상 질에 대한 오로지 한 가지 이해 방법——즉, 고전적 이해 방법——뿐일 가능성이 높다. 이 같은 교육을 통해 당신은 칼을 갈 때 어떤 방법으로 칼날을 쥐어야 할 것인가, 재봉틀을 어떻게 사용할 것인가, 접착제를 어떻게 섞고 바를 것인가의 방법을 터득할 것이다. 일단 이 같은 기본적 방법을 적용하면 "훌륭한 결과"가 자연스럽게 뒤따를 것이라는 추정 아래 교육은 이 같은 방법을 당신에게 제공한다. 결국 "훌륭해 보이는" 것을 직접 판별해내는 능력은 무시될 가능성이 높다.

 결과는 어느 정도 현대 기술 공학 특유의 것이다. 즉, 그런대로 받아들일 만한 것이 되도록 하기 위해서는 "겉멋"이라는 껍데기 화장으로 덧씌워야 할 정도로 너무나 따분한 것——또는 전체적으로 지리멸렬한 모습의 너무도 따분한 것——이 우리 문화가 우리에게 제공하는 교육이다. 이 같은 교육은 낭만적 질에 민감한 사람들에게는 더욱 견디기 힘든 것이다. 이제 이는 따분할 정도로 지루한 것일 뿐만 아니라 속임수이기도 하다. 이 같은 따분함과 속임수 양자를 결합하면, 현대 미국의 기술 공학에 대한 상당히 정확한 기본적 기술(記述)에 도달하게 된다. 겉멋을 낸 자동차, 겉멋을 낸 모터보트 부착용 모터, 겉멋을 낸 타자기, 겉멋을 낸 의복 등등이 현대 미국의 기술 공학의 산물인 것이다. 겉멋을 낸 집의 겉멋을 낸 부엌에 있는 겉멋을 낸 식품으로 채워진 겉멋을 낸 냉장고가 그러하고, 성탄절과 생일이면 겉멋을 부린 멋있어 보이는 부모와 어울리게 겉멋을 낸 아이들에게 선물로 주어지는 플라스틱으로 된 겉멋을 낸 장난감이 그러하다. 당신은 이따금 겉멋을 낸 삶에 질리지 않기 위해 끔찍할 정도로 당신 자신이 겉멋을 부려야 한다. 바로 그 겉멋에 당신이 열광하는 것이다. 겉멋을 부릴 줄 알아 멋있어 보이긴 하지만 어디에서 시작할지 모르는 사람들——말하자면, 아무도 그들에게 이 세상에 질과 같은 것이 있으며 질은 겉멋이 아니라 진정한 것임을 결코 알려준 적이 없기 때문에 어디에서 시작할지를 모르는 바로 그 사람들——이 아름다움과 이윤을 산출하려는 목적에서 낭만적 속임수라는 꿀을 발라 위장해놓은 기술 공학적 추함, 바로 그것에 당신은 열광하는 것이다. 질이란 성탄절 장식용 나무에 뿌리는 장식용 금가루처럼 주체와 객체 위에 덧쒸울 수 있는 그 무엇이 아니다. 진정한 질은 성탄절 장식용 나무의 출발점이 되는 솔방울과도 같은 것으로, 주체와 객체의 근원이어야 한다.

이 같은 질에 도달하기 위해서는 이원론적 기술 공학의 동반자인 "제1단계, 제2단계, 제3단계"식의 교육과는 무언가 다른 절차가 요구된다. 이것이 바로 내가 지금 탐구하고자 하는 바다.

협곡의 벼랑 사이로 지나는 구불구불한 길을 따라 달리다가 휴식을 위해 멈춘다. 우리가 멈춘 곳은 자그마한 나무들과 바위로 이루어진 초라한 규모의 관목 지대다. 나무들 주변의 풀밭은 말라서 갈색을 띠고 있고, 그 위에는 들놀이를 나왔던 사람들이 버린 쓰레기가 여기저기 흩어져 있다.

나무 그늘을 찾아 그 아래에 쓰러지듯 눕는다. 잠시 후에 눈을 가늘게 뜨고, 이 협곡에 들어온 이래 실제로는 전혀 눈길을 주지 않았던 하늘을 바라본다. 협곡의 벼랑 저 위쪽으로 시원한 느낌의 검푸른 하늘이 저 멀리까지 펼쳐져 있다.

크리스가 강을 보기 위해 아래로 내려갈 생각조차 하지 않는다. 보통 때 같으면 그렇게 했을 텐데 말이다. 나처럼 그도 지쳐 있고, 이들 나무의 빈약한 그늘 아래 그저 앉아 있는 것으로 만족해한다.

잠시 후에 크리스가 우리가 있는 곳과 강변 사이의 어느 한 지점에 낡은 철제 펌프 같은 것이 있는 것 같다고 말한다. 그가 손가락으로 그것을 가리키고, 나는 그가 말하는 것이 무엇인지를 알아차린다. 크리스가 그곳으로 내려가, 펌프질을 하여 한 손으로 물을 받아 얼굴을 적신다. 나도 그곳으로 내려가 그가 양손을 다 사용할 수 있도록 그를 위해 펌프질을 해준다. 그리고 크리스와 교대하여 나도 물을 받아 얼굴을 적신다. 손과 얼굴에 닿는 물의 느낌이 차갑다. 물로 얼굴을 식히는 일을 끝내고 다시 모터사이클이 있는 쪽으로 돌아온다. 그런 다음 모터사이클에 올라 다시 협곡 사이의 길로 들어선다.

이제 앞서 예고한 해결책을 이야기할 때가 되었다. 조금 전에 했던 이번의 야외 강연 내내 우리는 기술 공학적 추함이라는 문제 전체를 부정적인 시각에서 살펴보았다. 서덜랜드 부부가 지니고 있는 것과 같은 종류의 질에 대한 낭만적 태도들은 그 자체로서 희망이 없는 것이라 이야기한 바 있다. 당신은 단순히 느긋하고 멋들어진 감성에만 의지하여 삶을 살아갈 수는 없다. 당신도 또한 우주의 저변을 이루는 기본 형식과 씨름해야 한다. 또한 제대로 이해를 하기만 하면 일 처리를 한결 수월하게 하고 질병의 빈도를 줄여줄 뿐만 아니라 배고픔을 거의 사라지게 할 수 있는 자연의 법칙과도 씨름해야 한다. 그럼에도 불구하고, 세계를 겉보기에만 번드르르한 쓰레기 더미로 바꿈으로써 이 같은 물질적 이득을 얻고 있다는 이유에서, 우리는 순수한 이원론적 이성에 근거하여 확립된 기술 공학에 대한 혹독한 비판도 서슴지 않아왔다. 이제 혹독한 비판을 멈추고 무언가의 해답을 제시할 때가 되었다.

해답은 고전적 이해를 낭만적 멋으로 덧씌워 포장해서는 안 된다는 파이드로스의 주장에, 고전적 이해와 낭만적 이해가 기초적인 단계에서 통합되어야 한다는 그의 주장에 담겨 있다. 이제까지 우리가 함께 누려온 이성의 세계는 선사 시대 인간의 낭만적이고 비합리적인 세계로부터 탈출하고 이를 거부하는 과정을 거쳐왔다. 소크라테스 시대 이전에는 열정 또는 감성에 대한 거부가 줄곧 필요한 것이었는데, 이는 아직 알려지지 않은 자연의 질서를 이해하기 위해 합리적 정신을 자유롭게 활동하도록 해야 할 필요가 있었기 때문이다. 이제는 애초 회피의 대상이었던 이 같은 열정을 다시 받아들임으로써 자연의 질서에 대한 이해를 심화해야 할 때가 되었다. 열정, 감성, 인간 의식의 정서적 영역은 또한 자연 질서의 일부이기 때문이다. 아니, 핵심을 이루는 것이기 때문이다.

현재 과학 분야에서 우리는 맹목적인 자료 수집 행위를 불합리할 정도로 확대해나가고 있으며, 그리하여 마치 눈 속에 파묻히듯 온갖 자료에 파묻히고 있다. 이런 현상은 과학적 창조성을 이해하기 위한 그 어떤 합리적 체제도 갖춰져 있지 않은 데서 기인한다. 한편, 현재 예술——그것도 얄팍한 예술——의 분야에서도 우리는 마치 눈 속에 파묻히듯 엄청난 양의 겉멋에 파묻히고 있다. 이런 현상은 근원적인 형식을 흡수하려는 노력이나 이를 향해 관심의 폭을 넓히려는 노력이 거의 존재하지 않는다는 데서 기인한다. 우리 주위에는 과학적 지식을 전혀 소유하고 있지 않은 예술가들과 예술적 지식을 전혀 소유하고 있지 않은 과학자들, 그리고 양자 사이의 이끌림에 대한 영적 감지 능력을 전혀 소유하고 있지 않은 예술가들과 과학자들이 들끓고 있다. 그 결과는 단지 바람직하지 않은 것일 뿐만이 아니다. 이는 소름 끼치는 것이기도 하다. 예술과 기술 공학이 진정으로 다시 결합해야 할 시간은 정말로 지체되어도 너무 지체되었다.

드위즈의 집에서 나는 기술 공학적 작업과 관련하여 마음의 평화에 관해 이야기하기 시작했다가 웃어넘기는 것으로 더 이상 이야기를 진전시키지 않았었다. 그렇게 했던 것은 그 주제가 원래 나에게 문제되었을 때와는 다른 맥락에서 그 이야기를 꺼냈기 때문이었다. 이제 나는 마음의 평화라는 주제로 되돌아가 내가 이야기했던 바가 뜻하는 것이 무엇인지를 검토할 수 있는 적절한 맥락에 와 있다고 생각한다.

마음의 평화는 결코 기술 공학적 작업에 부수적 의미를 지니는 피상적인 것이 아니다. 이는 기술 공학적 작업의 전부가 걸려 있는 것이다. 마음의 평화를 주는 것은 훌륭한 작업이고, 마음의 평화를 망가뜨리는 것은 형편없는 작업이다. 제품의 특성, 측정 기구, 품질 관리, 마지막 점검, 이 모든 것들은 작업에 책임을 지고 있는 사람들의 마음에 만족스러울 만큼의 평화를 제공하고자 하는 목적을 성취하기 위한 수단에 해당하는 것들이다. 결국에 가서 정말로 중요한 것은 그들이 느끼는 마음의 평화이지 다른 무엇일 수 없다. 그 이유는 마음의 평화야말로 진정한 질――즉, 낭만적 질과 고전적 질을 뛰어넘는 동시에 이 양자를 통합하고 또한 작업이 진행되어감에 따라 작업과 자리를 함께해야 하는 바로 그 질――을 지각하는 데 필수적인 선행 요건이기 때문이다. 훌륭해 보이는 것을 판별하고 그것이 훌륭해 보이는 이유를 이해하는 방법은, 그리고 작업이 진행되어감에 따라 이 훌륭함과 하나가 되는 방법은 훌륭함이 사방으로 빛을 발할 수 있도록 내적 평정 또는 마음의 평화를 계발하는 것이다.

강조해서 말하건대, 마음의 내적 평화가 문제된다. 이는 외적 환경과 어떠한 직접적인 관련을 맺고 있는 것이 아니다. 마음의 내적 평화는 명상 중인 승려에게 찾아올 수도 있고, 격렬한 전투 중에 있는 병사에게 찾아올 수도 있으며, 또는 마지막 1만분의 1인치를 깎아내는 기계 제작자에게 찾아올 수도 있다. 이는 환경과의 완벽한 일체화를 이끎는 무아(無我)의 경지를 필연적으로 요구한다. 아울러, 이 같은 일체화나 마음의 고요가 다 같은 것일 수 없으니, 여기에는 헤아릴 수 없이 다양한 수준 차이가 존재한다. 우리가 익숙하게 알고 있듯 인간의 활동에는 넘기 어려운 수준이 존재하는데, 이와 마찬가지로 지극히 심원하고도 성취하기 어려운 수준의 일체화나 마음의 고요가 존재한다. 산더미같이 엄청난 인간의 업적이 오로지 한 방향에서만 발견된 질을 대변하며, 이는 마음의 내적 평화의 결과인 심해(深海)의 해구(海溝)와도 같이 심원한 자기 인식—자의식과는 너무도 다른 것인 이 자기 인식—과 결합하지 않는 경우 상대적으로 무의미한 것이 되고 때때로 획득 불가능한 것이 되기도 한다.

이 같은 마음의 내적 평화는 이해의 수준에 따라 크게 세 단계로 나눌 수 있다. 육체적 평정은 가장 성취하기가 쉬운 것처럼 보인다. 힌두교의 수행자들이 산 채로 땅속에 파묻힌 채 며칠이고 지낼 수 있다는 사실이 입증하듯, 비록 여기에도 또한 수없이 다양한 수준 차이가 존재하지만 말이다. 심적으로 전혀 방황하지 않는 상태를 지시하는 정신적 평정은 육체적 평정보다 성취하기 어려운 것처럼 보인다. 하지만 이 또한 성취될 수 있다. 하지만 종잡을 수 없는 욕망의 지배를 전혀 받지 않은 채 아무런 욕망도 없이 그저 자신의 삶의 행위를 묵묵히 이어나갈 뿐인 상태를 지시하는 가치론적 평정, 이는 가장 성취하기 어려운 것처럼 보인다.

때때로 나는 이 같은 마음의 내적 평화 또는 이 같은 평정은 낚시를 할 때 당신이 종종 얻는 것과 같은 종류의 평온함—이 취미 생활이 인기를 끌고 있는 이유가 되는 바로 그 평온함—과 꼭 일치하는 것은 아니더라도 그와 유사한 것이라고 생각해왔다. 움직이지 않은 채, 또한 특별히 무언가에 대해 실제로 생각하지 않은 채, 또한 그 무엇에 대해서도 실제로 신경을 쓰지 않은 채, 그냥 물에 낚싯줄을 드리우고 앉아 있게 되면, 내적 긴장감과 좌절감——풀 수 없었던 이전의 문제들을 푸는 데 방해가 되었고 당신의 행동과 사고에 추함과 서투름을 선사했던 바로 그 내적 긴장감과 좌절감——은 해소되는 것처럼 보인다.

물론 모터사이클을 수리하기 위해 낚시를 하러 갈 필요는 없다. 커피 한 잔을 하는 것, 동네 한 바퀴를 도는 것, 때때로 5분 동안의 고요를 위해 하던 일을 잠시 뒤로 미루는 것 정도로도 충분하다. 그렇게 하면, 당신은 모든 것을 환하게 밝혀주는 마음의 내적 평화를 향해 당신 자신이 성장하고 있다는 느낌에까지 이를 수도 있다. 이 같은 내적 평정에, 내적 평정이 인도하는 질의 세계에 등을 돌리도록 하는 것은 형편없는 관리다. 반면 이에 마음을 향하게 하는 것이 바로 훌륭한 관리다. 어떤 형태로 등을 돌리는가와 어떤 형태로 마음을 향하는가의 방법은 무한하지만, 목표는 항상 여일(如一)하다.

일단 마음의 평화라는 개념을 기술 공학적 작업 활동에 도입하여 그 중심이 되도록 하면, 기초 단계에 해당하는 고전적 질과 낭만적 질의 융합이 실제적 작업 맥락 안에서 일어날 수 있으리라는 것이 내 생각이다. 나는 어떤 종류의 일에 종사하든 숙련된 정비사나 기계 제작자의 작업 모습에서 이 같은 융합이 일어나고 있음을 실제로 목격할 수 있다고 말한 바 있다. 그들이 예술가가 아니라고 말하는 것은 예술의 본질에 대한 오해를 드러내는 것이다. 그들은 자신들이 하는 일에 대해 인내력, 관심, 주의력을 지니고 있다. 하지만 그들이 지니고 있는 것은 그것이 전부가 아니다. 그들은 또한 마음의 평화까지 지니고 있으니, 이는 억지로 만들어낸 것이 아니라, 어느 쪽이 이끄는 쪽이고 어느 쪽이 따라가는 쪽인지가 확연히 나눠지지 않을 정도로 그들이 일과 일종의 조화로운 관계를 맺고 있는 가운데 자연스럽게 생성된 그런 것이다. 매끄럽고 고른 변화의 과정을 거치는 동안 재료와 장인의 생각은 함께 변화하여, 마침내 재료가 적절한 것이 되는 바로 그 찰나에 그의 마음은 평화에 이르게 된다.

진정으로 우리가 하고 싶어 하는 일을 하고 있을 때, 우리 모두는 그와 같은 순간들을 경험하곤 한다. 어떤 사정 때문에 그렇게 되었든, 불행하게도 우리는 그런 순간들을 일에서 분리하는 데 익숙해져 있을 뿐이다. 내가 이야기하고 있는 정비사는 그런 순간들을 일에서 분리하지 않는다. 사람들은 그 정비사가 자신이 하고 있는 일에 "흥미"를 가지고 있다고, 또는 자신의 일에 "몰입"해 있다고 말할 것이다. 주체와 객체가 분리되어 있다는 어떤 느낌도 존재하지 않는 마음 상태가, 그러니까 의식의 활동이 시작되기 바로 직전의 촌각(寸刻)에 해당하는 순간을 지배하는 그 무엇이 이 같은 몰입의 상태를 이끈다. "함께하다"나 "타고난 명수(名手)다"나 "자유자재로 다루다" 등등, 주체와 객체 사이의 이원적 분리가 일어나지 않는다는 말을 통해 내가 뜻하고자 하는 바가 무엇인지를 확인케 하는 관용적 표현들은 얼마든지 있다. 이는 내가 뜻하고자 하는 바에 대한 사람들의 이해가 너무도 확고하여, 민간 차원의 지혜, 상식, 작업장에서 통용되는 일상적 지식이 되어 있기 때문이다. 하지만 과학적 어법에서는 주체와 객체 사이의 이원적 분리가 존재하지 않는 이 같은 마음 상태를 지시하는 표현은 거의 존재하지 않는다. 이는 공식화된 이원론적인 과학적 사고 방식을 앞세우는 가운데 과학적 정신들이 이 같은 종류의 이해를 받아들일 것을 스스로 거부해왔기 때문이다.

선불교의 승려들은 "그냥 앉아 있는 것"에 대해, 자아와 대상이 이원적으로 나뉘어 있다는 생각이 한 인간의 의식을 지배하지 않는 상태에서 이루어지는 명상에 대해 이야기한다. 모터사이클 관리와 관련하여 내가 여기에서 이야기하고 있는 것은 "그냥 수리하는 것," 바로 그 것이다. 말하자면, 자아와 대상이 이원적으로 분리되어 있다는 생각이 한 인간의 의식을 지배하지 않는 상태에서 이루어지는 수리를 말한다. 누군가가 자신이 하고 있는 일과 분리되어 있다는 느낌의 지배를 받지 않게 되면, 바로 그 순간 우리는 그가 자신이 하고 있는 일에 "관심을 갖고 있다"고 말할 수 있다. 무언가에 진실로 관심을 갖는다는 것, 자신이 하고 있는 일과의 일체감을 느낀다는 것은 바로 그런 것이다. 이 같은 일체감을 소유할 때 그는 비로소 관심과 동전의 양면과도 같은 관계를 이루고 있는 질 자체를 아울러 감지하게 된다.

그리하여, 다른 모든 과제를 수행할 때 그러하듯, 모터사이클을 놓고 작업을 할 때 해야 할 일은 마음의 평화를 계발하여 자신의 자아와 자신의 주변 환경이 분리되지 않도록 하는 것이다. 그런 일이 성공적으로 이루어질 때 그 외의 다른 모든 것들은 자연스럽게 뒤따르게 된다. 마음의 평화는 올바른 가치를 낳고, 올바른 가치는 올바른 생각을 낳는다. 올바른 생각은 올바른 행동을 낳고, 올바른 행동은 고요함이 물질적으로 현현(顯現)하는 것을 가능케 하는 그런 작업—즉, 누가 보더라도 확연히 감지할 수 있을 만큼, 모든 것의 중심부에 고요함이 구체적으로 그 모습을 드러내고 있는 작업— 을 낳는다. 그것이 바로 한국에서 본 성벽이 일깨워주는 것이었다. 이는 영적 현실의 물질적 현현에 해당하는 그런 것이었다.

만일 우리가 세계를 개혁하고자 한다면, 그리하여 이를 좀더 살기 좋은 곳으로 만들고자 한다면, 이를 위해 우리가 해야 할 일은 무엇일까. 우선 정치적 성격을 띤 인간 관계를 논의하는 것은 우리가 해야 할 일이 될 수 없다는 것이 내 생각이다. 인간 관계는 주체와 객체 및 양자 사이의 관계로 가득 찬 것, 필연적으로 이원론적인 것일 수밖에 없기 때문이다. 한편, 다른 사람들이 해야 할 일로 가득 찬 프로그램들을 동원하는 것도 우리가 해야 할 일이 될 수 없다는 것이 내 생각이다. 내 생각으로는 그런 종류의 접근법은 끝에서 일을 시작하는 것이고, 끝이 시작이라고 추정하는 것이다. 정치적 성격을 띤 프로그램들이란 사회적 질의 중요한 최종 산물들—오로지 사회적 가치의 저변 구조가 올바를 때만 효과적인 것이 될 수 있는 최종 산물들—일 뿐이다. 오로지 개개인의 가치가 올바를 때만 사회적 가치는 올바른 것이 된다. 세계를 더 나은 것으로 만드는 일이 이루어지는 장소는 우선 우리 자신의 마음과 머리와 손이고, 여기에서 시작하여 외부를 향해 작업이 진행되어야 한다. 인류의 운명을 어떻게 확장할 것인가를 논의하고 싶은 사람은 그에 대해 마음껏 논의하기 바란다. 나는 그저 모터사이클을 어떻게 수리할 것인가에 관해 논의하고자 한다. 하지만 나는 내가 하지 않으면 안 되는 말이 좀더 영구적 가치를 지닌 것이라고 생각한다.

리긴스[4]라 불리는 마을에 이르자 수많은 모텔이 눈에 띈다. 얼마 후 길은 협곡을 벗어나 갈라지고, 이제까지 따라왔던 강보다는 작은 개울을 따라 이어진다. 길이 경사면을 따라 위로 이어지다가 숲 속으로 들어갈 것처럼 보인다.

실제로 길은 숲 속으로 이어져 있으며, 곧 크고 서늘한 소나무들이 길에 그늘을 드리우기 시작한다. 휴양지 안내 간판들이 모습을 드러낸다. 우리는 굽이굽이 이어지는 길을 따라 좀더 높이 계속 올라가다가 뜻밖의 장소에 도달한다. 소나무 숲에 둘러싸인 쾌적하고 서늘한

---

[4] Riggins: 새먼 강과 리틀 새먼 강이 합류하는 지점에 있는 아이다호 주의 작은 마을. 고도 550미터 지점에 있는 이 마을의 인구는 410명(2000년 조사).

푸른 초원 지대에 이른 것이다. 뉴 메도우즈[5]라는 이름의 마을에서 연료 탱크를 다시 채우고, 두 통의 엔진 오일을 산다. 우리는 아직도 갑작스러운 환경 변화에 어리둥절해하고 있다.

아무튼, 나는 뉴 메도우즈를 떠나면서 해가 많이 기울어져 있음을 깨닫는다. 그 순간 늦은 오후에 찾아오곤 하는 울적한 느낌이 나를 엄습하기 시작한다. 아마도 늦은 오후가 아니었다면 고산의 초원 지대는 나에게 보다 많은 생기를 불어넣어주었을 것이다. 하지만 우리는 너무도 오랫동안 달려 왔다. 태머랙[6]을 지나자 길이 다시 아래쪽으로 향한다. 곧 푸른 초원 지대를 지나 모래투성이의 메마른 지대로 들어선다.

오늘 내가 야외 강연을 통해 하고자 했던 이야기는 이것이 전부인 것 같다. 아주 오랜 시간 동안 이야기를 해왔고, 어쩌면 오늘 한 이야기가 가장 중요한 것이었는지도 모르겠다. 내일 나는 질을 향해 우리를 다가가게 하고 질로부터 우리의 등을 돌리게 하는 것처럼 보이는 것들 — 말하자면, 도중에 모습을 드러내는 몇몇 함정과 문제점들 — 에 관해 이야기하고자 한다.

미네소타에 있는 집으로부터 너무도 멀리 떨어져 있는 이곳, 모래투성이의 메마른 지역인 이곳의 오렌지색 햇빛이 묘한 감상에 젖어들게 한다. 크리스도 그런 느낌에 젖어 있는 것은 아닌지 궁금하다. 하루가 영원히 가버리고 점점 더 깊어져만 가는 어둠 외에 내 앞에 아무

---

[5] New Meadows: 해발 1,179미터 지점에 있는 인구 533명(2000년 조사)의 작은 마을. 아이다호 주 중서부 끝 쪽에 위치해 있음.
[6] Tamarack: 아이다호 주 중서부 끝 쪽에 위치한 산간 휴양지.

것도 없는 오후 늦은 시간이 될 때마다 항상 찾아오는 설명할 길이 없는 슬픔과도 같은 이러한 느낌을 크리스도 느끼고 있을까.

오렌지색의 햇빛이 어두운 청동빛으로 바뀐다. 햇빛은 하루 내내 비춰 보여주던 사물들을 계속 남김없이 보여주고 있지만, 지금은 한낮의 열정을 상실한 것처럼 느껴진다. 저 메마른 언덕들 너머, 저 멀리 보이는 자그마한 집들 안에는 그곳에서 하루 종일 나날의 일과로 인해 분주하게 지내던 사람들이 머물러 있을 것이다. 우리와 마찬가지로, 어둠에 휩싸여가는 이 묘한 경치에서 지금 이 순간 유별나거나 색다른 것이라고는 아무것도 발견하지 못하는 사람들이 그 안에 머물러 있을 것이다. 우리가 만일 한낮 이른 시간에 그들과 마주하게 되었다면, 그들은 우리 둘에 대해 호기심을 느끼고 무엇 때문에 그곳에 왔는지 궁금해할지도 모른다. 하지만 저녁이 된 지금 이 시간 그들은 우리의 출현에 그냥 이유 없이 달가워하지 않을지도 모르겠다. 이제 하루 일과가 끝났다. 집에 가서 저녁 식사를 하고 가족과 함께 지내며 휴식을 취하고 자신의 내면을 돌아볼 시간이 되었다. 우리는 내가 전에 한번도 와본 적이 없는 이 묘한 지방을 지나 남들의 눈에 띄지 않은 채 텅 빈 길을 따라 달려 내려간다. 이제 고립과 고독이 주는 무거운 느낌이 나를 압도하기 시작하고, 내 영혼도 해와 함께 기운을 잃어가고 있다.

우리는 사용하지 않는, 버려진 학교 운동장에 멈춘다. 그런 다음 나는 거대한 미루나무 아래에서 모터사이클의 엔진 오일을 교환한다. 크리스는 신경이 예민해져 있으며, 우리가 왜 이처럼 오래 머물러 있어야 하는지에 대해 궁금해한다. 그는 아마도 지금 이때가 자신의 신경이 예민해지는 바로 그런 시간임을 모르고 있는 것 같다. 궁금해하는 그에게 지도를 건넨다. 내가 오일 교환을 하는 동안 살펴보도록 말이다. 오일 교환이 끝나고 함께 지도를 본다. 지도를 보면서, 가다가 멋진 식당이 우리 눈에 띄면 들어가서 저녁 식사를 하기로, 그런 다음 첫번째로 만나는 멋진 야영장에서 야영을 하기로 결정한다. 그러는 가운데 크리스가 생기를 되찾는다.

케임브리지[7]라 불리는 마을에서 우리는 저녁 식사를 한다. 식사가 끝났을 때는 바깥이 이미 어두워져 있다. 우리는 전조등에 의지하여 오리건 주를 향해 보조 도로를 따라 달린다. 이윽고 "브라운리 야영장"이라고 써놓은 작은 안내판과 마주한다. 야영장은 산속 건곡(乾谷)에 자리하고 있는 것처럼 보이나, 어둠 속이라서 우리는 우리가 현재 와 있는 곳의 지리적 특징이 어떠한지를 쉽게 파악할 수 없다. 우리는 늘어서 있는 나무들 아래쪽의 흙 길을 따라 달린 다음 덤불숲을 지나, 야영객들을 위해 마련해놓은 시설이 있는 곳에 이른다. 우리 이외에는 아무도 없는 것 같다. 모터사이클의 엔진을 끄고 짐을 푸는 동안, 가까이에서 작은 시내의 물소리가 들린다. 그 물소리, 그리고 몇몇 작은 새들이 지저귀는 소리 외에 아무 소리도 들리지 않는다.

"여기가 마음에 들어요." 크리스가 말한다.

"아주 조용하구나." 내가 말한다.

"우리 내일 가는 곳은 어디지요?"

"오리건 주로 들어갈 거다." 나는 크리스에게 손전등을 건넨 다음, 내가 짐을 푸는 동안 그 위를 비추도록 한다.

"아빠, 저 여기 와본 적이 있나요?"

---

7) Cambridge: 아이다호 주에 있는 인구 360명(2000년 조사)의 작은 마을. 원래 이곳을 지나는 철도 건설의 수석 기술자였으며 마을 건설에 도움을 주었던 앨버트 루이스Albert Lewis의 이름을 따서 루이스빌Lewisville로 이름을 지으려 했으나, 루이스톤Lewiston이라는 비슷한 이름의 마을이 아이다호에 있기 때문에 혼란을 피하기 위해 앨버트 루이스의 모교 하버드 대학이 위치한 곳의 이름인 케임브리지를 마을 이름으로 결정하게 되었다.

"글쎄다, 모르겠는데."

침낭을 펴서, 크리스가 사용할 것을 야외용 식탁 위에 깔아 놓는다. 이 모든 색다른 경험에 그는 즐거워한다. 오늘 밤에는 쉽게 잠이 들 것이다. 이윽고 나는 그가 이미 잠이 들었음을 알리는 깊은 숨소리를 듣는다.

나는 내가 그에게 무슨 말을 해야 할지를 알았으면 좋겠다. 또는 무슨 질문을 해야 할지를 알았으면 좋겠다. 때때로 크리스와 나는 아주 친밀해진 것같이 느껴지지만, 그렇다고 해서 무엇을 묻고 무엇을 말해야 할지의 문제가 해결되는 것은 아니다. 그런 다음 어떤 때는 그와 나 사이가 너무도 소원한 것처럼 느껴지기도 한다. 그럴 때는 그가 마치 내가 볼 수 없는 유리한 지점에서 나를 응시하고 있는 것 같은 느낌이 들기도 한다. 그리고 때때로 그는 그냥 어린아이 같아서 아무런 관계도 없는 것처럼 느껴지기도 한다.

때때로 이에 대해 생각할 때 나는 한 인간의 마음이 다른 인간의 마음에 다가갈 수 있다는 견해가 다만 말뿐인 하나의 환상 또는 일종의 비유적 표현에 불과한 것이라는 생각에 젖기도 한다. 또는 근원적으로 서로에게 이방인인 존재들 사이에 모종의 의사 교환이 가능한 것처럼 보이게 하는 가정, 그렇지만 실제로는 서로의 관계란 궁극적으로 파악이 불가능한 것임을 암시하는 가정에 불과한 것이라는 생각에 젖기도 한다. 타인의 마음에 무엇이 있는지 헤아리려는 노력을 하다 보면 눈에 보이는 것을 왜곡하게 마련이다. 생각건대, 나는 그것이 무엇이든 왜곡되지 않은 모습으로 드러나는 상황에 이르려고 애를 쓰는 것 같다. 그가 왜 그런 식으로 그 모든 질문을 하는지 나는 모르겠다.

제 26 장

차갑다는 느낌에 갑작스럽게 잠에서 깨어난다. 침낭의 머리 부분 열린 쪽을 통해 바깥을 보니 하늘이 어두운 잿빛을 띠고 있다. 나는 머리를 침낭 속으로 파묻고 다시 눈을 감는다.

얼마 후 나는 하늘의 잿빛이 엷어져 있음을 확인한다. 바깥 공기는 아직도 차다. 내가 내뱉는 입김을 눈으로 확인할 수 있을 정도다. 잿빛은 하늘에 떠 있는 비구름 때문일지도 모르겠다는 생각에 놀라 잠에서 깨어난다. 하지만 주의 깊게 살펴보니 그냥 새벽녘이어서 하늘이 잿빛일 뿐이다. 아직 모터사이클을 몰기에는 너무 춥고 이르다. 그래서 침낭에서 나오지 않는다. 하지만 잠은 이미 달아난 상태다.

모터사이클 바퀴살들 사이로 야외용 식탁 위에 있는 크리스의 침낭이 그를 감싼 채 온통 뒤틀려 있는 것이 보인다. 그는 아직 잠에서 깨어나지 않은 상태다.

모터사이클이 떠날 채비를 갖춘 채 말없이 나를 내려다보고 있다. 마치 밤새 떠날 때를 기다려온 침묵 속의 보호자와도 같다는 느낌이

들기도 한다.

은회색 빛과 크롬색과 검은색의 모터사이클, 그리고 먼지를 뒤집어쓰고 있는 모터사이클이 눈에 들어온다. 아이다호, 몬태나, 사우스다코타와 노스다코타, 미네소타에서 뒤집어쓴 먼지다. 땅바닥에서 올려다보니, 모터사이클의 모습이 대단히 인상적이다. 아무런 허식도 가미되어 있지 않다. 모든 것이 나름의 목적을 지니고 있다.

이 모터사이클을 나는 결코 팔아버리지 않을 것이라는 생각이 든다. 실제로 그럴 이유도 없다. 모터사이클들은 몇 년이 지나면 녹이 슬어버리는 차체로 이루어진 차들과는 다르다. 엔진을 잘 조율하고 분해 조립을 하면, 당신과 마찬가지로 아주 오랜 수명을 유지할 것이다. 어쩌면 당신보다 더 오랜 수명을 유지할지도 모른다. 질의 결정체인 셈이다. 아무런 말썽 없이 우리를 이처럼 먼 곳까지 운반해준 것이다.

햇빛이 우리가 현재 있는 건곡 지대 위쪽의 아주 높은 절벽 꼭대기를 막 어루만지고 있다. 한 줄기의 안개가 시내 바로 위쪽으로 모습을 드러낸다. 날이 따뜻해지고 있음을 알리는 신호다.

침낭에서 빠져나와 신을 신고, 크리스를 깨우지 않은 채 내가 꾸릴 수 있는 모든 짐을 꾸린다. 그런 다음 야외용 식탁이 있는 곳으로 가서 크리스를 흔들어 깨운다.

크리스가 응답을 하지 않는다. 주위를 둘러보고는 그를 깨우는 일 이외에 할 일이 남아 있지 않음을 깨닫는다. 잠시 망설이다가, 상쾌한 아침 공기에 갑자기 기운이 넘치고 흥분된 상태가 되어 그에게 소리친다. "얘, 깨어나라!" 그가 놀라서 벌떡 일어나 앉는다. 눈을 휘둥그레 뜬 채.

나는 "깨어나라"는 말과 함께 최선을 다해 오마르 하이얌의 『루바이야트』[1])의 첫 4행시를 읊조리려 한다. 우리 위쪽의 절벽이 마치 페르시아에 있는 사막의 절벽처럼 느껴진다. 하지만 크리스는 도대체 내가 무슨 말을 하고 있는지를 알아차리지 못한다. 그는 절벽의 꼭대기를 바라보고는 나에게 곁눈질을 하며 누워 있던 자리에 그냥 앉아 있을 뿐이다. 엉터리 시 낭송을 받아들이려면 이를 받아들일 기분이 되어야만 한다. 특히 오마르 하이얌의 4행시의 경우가 그러하다.

 곧 우리는 다시 도로 위를 달린다. 도로의 굴곡이 심하다. 우리는 맞바람을 맞으며 아래로 내려가 양쪽이 드높은 하얀 절벽으로 이루어진 거대한 협곡 속으로 들어간다. 바람이 얼음처럼 몹시 차갑다. 약간의 햇빛이 비치는 길 쪽으로 들어서자, 재킷과 스웨터를 통해 직접 온기가 밀려드는 것처럼 느껴진다. 하지만 우리는 곧 협곡의 그늘 속으로 다시금 들어서게 되고 그리하여 또다시 얼음처럼 차가운 바람 속에 내맡겨진다. 이곳 건조한 황무지의 대기는 온기를 제대로 지탱하지 못한다. 바람에 정면으로 노출된 내 입술은 메말라 금이 갈 것만 같다.

 한참을 더 가다 보니 댐이 나온다. 이를 건넌 다음 협곡을 벗어나 고원의 반(半) 황무지 지대로 들어선다. 이제 오리건 주에 들어와 있다. 인도의 북부 라자스탄 지방[2])을 나에게 연상시키는 풍경을 가로질러 길이 굽이굽이 이어진다. 라자스탄 지방은 소나무와 노간주나무와 풀이 많이 자라고 있어 황무지라고 하기는 어려울 것 같다. 하지만 여분

---

1) Omar Khayyām의 *The Rubáiyát*: 페르시아의 시인 오마르 하이얌(1048~1131)의 4행시 모음집. 영역본으로는 에드워드 피츠제럴드(Edward FitzGerald, 1809~1883)의 번역본이 가장 유명한데, 그의 살아생전 네 번(1859, 1868, 1872, 1879년)이나 개역판이 나왔으며, 그가 죽고 나서 몇 년 후인 1889년 다시 한 번 약간의 수정 작업을 거친 번역판이 나왔다. 『루바이야트』의 첫 4행시는 다음과 같이 시작된다. "깨어나라, 태양이 그의 앞에 있는 별들을 밤의 들판에서 쫓아내어 흩어지게 했나니. . . ."
2) Rajasthan: 인도의 북서부 지방에 있는 파키스탄과의 접경 지역.

의 물을 약간 제공하는 건곡 및 계곡 지대를 제외하면 농경지라고 할 만한 곳도 아니다.

『루바이야트』의 터무니없는 4행시들이 계속 웅얼웅얼 소리를 내며 내 머릿속을 스친다.

> . . . 잡초로 뒤덮인 비좁은 땅을 따라,
> 노예와 술탄의 이름이 알려지지 않은 곳,
> 황무지와 농경지 사이의 비좁은 땅을 따라,
> 왕좌 위의 술탄 마흐무드에게 자비가 있기를. . . .

이 부분을 기억하다 보니 황무지 가까이에 있는 고대 무굴 궁전의 폐허가 언뜻 눈에 보이는 듯한 착각이 들기도 한다. 그곳 폐허에서 마흐무드가 곁눈질로 야생의 장미 덩굴을 보고 있는 듯한 착각이 들기도 한다. . . .

. . . 그리고 장미꽃이 피는 이번 여름의 첫 달에는. . . . 그다음은 어떻게 이어지는지 잘 모르겠다. 나는 그 시를 좋아하지도 않는다. 내가 이번 여행이 시작된 이래로, 특히 보즈먼을 지나온 이래로 계속 깨닫는 것이 있다면, 이 같은 단편들이 점점 덜 그의 기억의 일부가 되어가는 동시에 점점 더 내 기억의 일부가 되어가는 것 같다는 느낌이 든다는 점이다. 그것이 뜻하는 바가 무엇인지 확실치 않다. . . . 내 생각으로는. . . . 아니, 모르겠다는 말밖에 할 말이 없다.

이 같은 반황무지 지대를 부르는 명칭이 있다고 생각되는데, 그것이 무엇인지 생각이 나지 않는다. 우리를 제외하면 도로 위 어디를 보아도 인적이라고는 전혀 확인되지 않는다.

크리스가 다시 설사를 했다고 소리쳐 말한다. 아래쪽으로 시내가 보이는 곳까지 계속 달린 다음 모터사이클을 도로 옆으로 몰고 가 세운다. 그의 얼굴에는 다시금 온통 곤혹스러워하는 표정이 역력하다. 하지만 나는 그에게 서두를 것이 하나도 없다고 말하고는 갈아입을 속옷, 두루마리 휴지, 비누를 꺼내 그에게 건넨다. 그러면서 일 처리를 한 다음 구석구석 꼼꼼하게 손을 씻으라고 말한다.

나는 오마르 하이얌을 연상케 하는 바위에 앉아 반황무지 지대에 대한 명상에 잠긴다. 기분이 그리 나쁘지 않다.

. . . 그리고 장미꽃이 피는 이번 여름의 첫 달에는 . . . 아! . . . 이제 생각이 난다.

아침마다 천 송이 장미꽃이 핀다고 당신은 말하오.
그렇소, 하지만 어제의 장미꽃은 어디로 떠난 것이오?
그리고 장미꽃이 피는 이번 여름의 첫 달에는
잠시드와 카이코바드가 저 멀리 떠나야 할 것이오.

. . . 그리고 계속 시는 이어지고 또 이어진다. . . .

이제 오마르 하이얌을 뒤로하고 야외 강연을 계속하기로 하자. 오마르 하이얌의 해결책은 어딘가에 자리를 잡고 앉아 술을 마시면서 세월이 흘러가는 것에 언짢아하라는 것이 전부다. 이와 비교해보면 우리의 야외 강연이 나아 보인다. 특히 기(氣)에 관한 오늘의 야외 강연이 그렇다.

이윽고 크리스가 언덕을 타고 되돌아 올라오는 것에 눈길을 준다. 그의 표정이 행복해 보인다.

나는 "기(氣)"라는 뜻을 지닌 "검션gumption"이라는 단어를 좋아한다. 이는 너무도 수수하고 너무도 외롭고 쓸쓸한 단어이자 유행과는 너무도 거리가 먼 단어여서, 친구를 필요로 하고 그리하여 다가오는 누구도 거절하지 않을 것 같아 보이기 때문이다. 이는 옛 스코틀랜드 어원의 단어로, 한때 개척자들이 많이 사용하던 것이다. 하지만 "친족"을 뜻하는 "킨kin"이라는 말과 같이 요즘에는 거의 누구도 사용하지 않는 것 같아 보인다. 내가 이 단어를 좋아하는 또 하나의 이유는 누군가가 질과 연결이 되었을 때 일어나는 현상을 정확하게 묘사해주기 때문이기도 하다. 그의 마음은 "검션"으로, 말하자면 "기"로 가득 차게 된다.

희랍인들은 "열광"을 뜻하는 "인수지애즘enthusiasm"이라는 단어의 어원인 "엔토우시아스모스enthousiasmos"라는 단어를 사용하여 이를 표현했다. 이 단어를 자구에 충실하게 옮기면 "테오스theos로 가득 찬"이 된다. 말하자면, '신성으로 가득 찬' 또는 '질로 가득 찬'이 된다. 어떻게 그러한지를 살펴보기로 하자.

기로 가득 찬 사람은 어디에든 그냥 자리를 잡고 앉아서 시간을 낭비하거나 무언가에 대해 마음을 졸이는 사람이 아니다. 그는 자기 자신의 인식의 기차 맨 앞에 자리 잡고 무엇이 선로를 따라 다가오는지를 살피고 무언가가 다가오면 이와 마주하는 그런 사람이다. 기란 바로 그런 것이다.

크리스가 올라와서 말한다. "아빠, 기분이 한결 좋아졌어요."

"잘됐구나." 내가 말한다. 우리는 비누와 휴지를 짐에 꾸려 넣고, 다른 물건들이 축축해지지 않도록 수건과 젖은 속옷을 따로 보관한다.

그런 다음 길 위로 올라가 다시금 이동한다.

　기로 가득 차는 과정은 한 사람이 충분히 오랫동안 고요함 속에서 실질적으로 세계를 보고 듣고 느끼는 가운데 일어난다. 단순히 세계에 대한 자기 자신의 진부한 견해로 인해 이 같은 과정이 일어나는 것은 아니다. 그렇다고 해서 기라는 것이 색다르거나 진귀한 것은 아니다. 내가 이 단어를 좋아하는 이유는 바로 그 때문이다.

　당신은 아주 길고도 고요한 낚시 여행을 하고 돌아온 사람들한테서 가끔 이를 포착할 수 있다. 때때로 그들은 너무나 많은 시간을 "하찮은 일"에 낭비한 것에 대해 약간은 방어적이 될 수도 있다. 왜냐하면 자신들이 한 일에 대해 지적 정당화를 할 수 없기 때문이다. 하지만 낚시 여행에서 돌아온 사람은 일반적으로 특유의 기를 풍요롭게 소유하고 있게 마련이다. 일반적으로 몇 주일 전까지만 하더라도 죽도록 싫어하던 바로 그 일에 대해 기를 보이게 마련이다. 그는 시간을 낭비한 것이 아니다. 단지 우리의 편협한 문화적 관점에서 보았을 때 그가 시간을 낭비한 것처럼 보이는 것일 뿐이다.

　만일 당신이 모터사이클을 수리하려고 한다면, 적당한 양으로 공급된 기가 무엇보다도 중요한 도구가 된다. 만일 당신이 충분한 기를 확보하고 있지 못하다면, 다른 모든 도구들을 주워 모은 다음 이를 어딘가에 치워놓는 것이 좋을 것이다. 왜냐하면 이들 도구들은 당신에게 아무런 도움이 되지 않을 것이기 때문이다.

　기란 일 전체가 계속 진행되도록 하는 정신적 연료다. 만일 당신이 그것을 지니고 있지 못하면, 아마도 당신에게는 모터사이클을 수리할 방도가 있을 수 없을 것이다. 하지만 당신이 이를 소유하고 있고 이를 유지하는 법을 알고 있다 하자. 그러면 모터사이클이 수리되는 것을 막을 수 있는 방도는 이 세상 어디에서도 절대 찾을 수 없을 것이다. 수리가 될 수밖에 없는 것이다. 따라서 어느 때고 항상, 다른 모든 것에 앞서 점검하고 보존해야 할 것이 있다면 이는 바로 기다.

이처럼 기에 최고의 중요성을 부여하는 경우, 내가 진행하고 있는 이 야외 강연의 전개 방식과 관련된 문제가 해결된다. 이제까지 줄곧 문제는 어떻게 일반론에서 벗어나는가에 있었다. 하지만 일반론에서 벗어나 야외 강연이 구체적인 어느 한 기계를 수리하는 일을 문제 삼아, 구체적이고 세세한 부분 하나하나에 대한 논의로 들어간다고 하자. 그러면 당신 기계의 생산 연도나 모델과는 맞지 않는 것에 대한 논의가 될 확률뿐만 아니라, 이 강연을 통해 얻는 정보가 쓸모없는 것인 데다가 위험한 것이 될 확률이 엄청나게 높아진다. 왜냐하면 한 모델의 기계를 수리하는 데 필요한 정보는 때때로 다른 모델의 기계를 망가뜨리는 것이 될 수 있기 때문이다. 객관적인 종류의 세세한 정보를 얻기 위해서는 기계의 특정한 생산 연도나 모델을 위해 준비된 개별적인 정비 지침서를 찾아보아야만 한다. 아울러, 『오델의 자동 추진 기계 수리 안내서』[3]와 같은 일반적 정비 지침서들이 그 틈을 메워줄 것이다.

하지만 그 어떤 정비 지침서도 상세히 논하고 있지 않지만 모든 기계에 공통적으로 적용되는 또 다른 종류의 세부 사항들이 있는데, 기를 문제 삼음으로써 그러한 세부 사항들을 이 자리에서 제공하는 것이 가능케 된다. 이는 기계와 정비사 사이의 질적 측면에서의 상관관계 또는 기 측면에서의 상관관계에 관한 세부 사항들로, 기계 장치 자체만큼이나 정교한 것이다. 기계를 수리하는 전 과정을 통해 항상 문제

---

3) *Audel's Automotive Guide*: 각종 지침서 발행으로 널리 알려져 있는 오델 출판사에서 발행된 자동차 및 모터사이클 관리 지침서.

들이, 낮은 질의 문제들——예컨대, 먼지가 낀 돌쩌귀에서 시작하여 어쩌다 망가뜨린 "대체 불가능한" 기계 장치에 이르기까지의 문제들——이 대두된다. 이런 것들은 기를 소진시키고 열광의 마음을 망가뜨려, 이 때문에 당신은 너무도 기가 꺾여 수리 작업 자체에 대해 깡그리 잊고 싶어 할 수도 있다. 나는 이를 "기의 숨통을 조이는 덫"이라 부르고자 한다.

기의 숨통을 조이는 덫의 종류는 다양하여, 수백 가지나 된다. 아니, 수천 가지, 수만 가지가 될 수도 있다. 얼마나 많은지 이를 알 방도가 나에게는 없다. 내가 아는 것이라고는 내가 마치 상상 가능한 모든 종류의 덫과 맞닥뜨린 것처럼 느껴지기도 한다는 점이다. 하지만 내가 모든 덫과 맞닥뜨렸다고 자신 있게 말하지 못하는 이유가 있다면, 일을 할 때마다 새로운 덫을 더 발견하게 되기 때문이다. 결국 모터사이클 정비는 기를 꺾는 것이 되기도 한다. 또한 화를 돋우는 것이 되기도 하고, 격노하게 만드는 것이 되기도 한다. 모터사이클 정비가 흥미로운 것은 바로 이 때문이다.

앞에 있는 지도를 보니, 베이커[4]라는 이름의 마을이 바로 앞에 있다. 이제 나는 토지가 좀더 비옥한 지대로 우리가 들어섰음을 알아차린다. 여기는 강수량이 더 많은 지역일 것이다.

내가 현재 마음속에 준비한 것은 "내가 일찍이 맞닥뜨린 기의 숨통을 조이는 덫"의 목록이다. 나는 기학(氣學)이라는 새로운 학문 분야를 시작하고 싶다. 이 학문 분야에서 나는 이 같은 덫을 가려내고 분류한

---

[4] Baker City: 아이다호와 접경 지역에 있는 베이커 카운티의 중심 도시. 인구는 10,105명 (2007년 조사).

다음, 계층 체계에 맞춰 구조화하고, 이를 서로 연관 짓는 작업을 하고 싶다. 미래 세대를 계몽하고, 온 인류가 혜택을 누릴 수 있도록 말이다.

> 기학, 교과목 번호 101: 이 과목에서는 질적 관계를 인식하는 데 방해가 되는 정서적, 인지적 장애 요인 및 정신운동성(精神運動性) 장애 요인들에 대한 검토 작업을 수행할 것임. 학점 3학점, 월수금 제7교시.

나는 대학 요람 어딘가에서 이 같은 강의 안내를 볼 수 있기를 희망한다.

전통적인 정비 방식의 관점에서 보면, 기란 타고나는 것 또는 훌륭한 가정 교육의 결과다. 고정된 재화(財貨)인 것이다. 어떻게 기를 획득할 수 있는가에 대한 정보의 부족으로 인해, 애초에 기를 소유하고 있지 못한 사람은 희망이 없는 사람으로 추정되기도 한다.

비(非)이원적 정비 방식의 관점에서 보면, 기라고 하는 것은 고정된 재화가 아니다. 이는 가변적인 것으로, 더하거나 뺄 수 있는 탁월한 정신력의 저장소와도 같은 것이다. 이는 질에 대한 인식의 결과물이기 때문에, 따라서 기의 숨통을 조이는 덫은 질을 알아보는 능력을 상실케 하고 그리하여 자신이 하고 있는 일에 대한 열광적 마음을 상실케 하는 그 무엇으로 정의될 수 있다. 이처럼 개괄적인 정의를 통해 어림짐작할 수 있듯, 이 분야는 엄청나게 광대한 것이어서 여기에서는 초보적인 밑그림을 그리는 정도의 시도만을 할 수 있을 뿐이다.

내가 아는 한, 크게 두 가지 유형의 덫이 존재한다. 첫째 유형의 덫은 외부 환경의 영향으로 조성된 문제점들이 당신을 질의 선로 바깥쪽으로 내던지는 경우와 관련된 것이다. 나는 이를 "진로 방해"라 부르고자 한다. 둘째 유형은 일차적으로 자신의 내부에 존재하는 문제점들이 당신을 질의 선로 바깥쪽으로 내던지는 경우와 관련된 것이다. 나는 이에 대해 적당한 일반 명칭을 따로 마련해놓은 것이 없다. 하지만 "심적 장애"라는 명칭 정도를 부여할 수 있으리라고 생각한다. 먼저 외부 요인으로 인해 야기되는 진로 방해에 대해 검토하고자 한다.

어떤 중요한 작업을 처음 할 때, 순서에 맞지 않는 재조립 작업이 야기하는 진로 방해가 당신이 염려하는 가장 큰 걱정거리인 것처럼 보인다. 당신이 무언가 일을 거의 다 끝마쳤다고 생각할 때 보통 이 같은 걱정이 시작된다. 며칠간의 작업 끝에 당신은 무언가 하나를 남겨놓고 마침내 모든 것을 다 조립했다고 하자. 그런데 이게 뭐지? 커넥팅 로드의 베어링 마모 방지용 덧쇠라니?! 어떻게 하다 그걸 빠뜨린 거지? 아이고, 맙소사, 다시 모든 것을 다시 분해해야 하다니! 당신은 기가 피시시식 소리를 내며 빠져나가는 소리를 들을 수 있을 것이다.

할 수 없이 다시 하던 일로 되돌아가 모든 부품을 다시 분해할 도리밖에 없다. . . . 다시 분해해야 한다는 생각을 받아들이는 데 길게는 한 달까지 휴식 시간을 보내고서 말이다.

순서에 맞지 않는 재조립 작업이 야기하는 진로 방해를 막기 위해 내가 사용하는 수법에는 두 가지가 있다. 나는 내가 무언가 복잡한 조립 작업을 하고자 하지만 그 작업에 관해 아무것도 아는 것이 없는 경우 주로 이 같은 수법들을 사용한다.

여기에 부가적으로 삽입해 넣어야 할 말이 있는데, 아무것도 아는 것이 없으면 복잡한 기계 조립 작업에 아예 뛰어들지 말라고 조언하는 기계 관련 전문가 집단이 있다는 점이다. 그들에 의하면, 훈련을 받거나 그럴 여력이 없으면 일을 전문가에게 맡겨야 한다는 것이다. 그들은 자기 잇속만 차리는 엘리트주의 전문가들로, 이 같은 친구들이 이 세상에서 일소되었으면 하는 것이 내 희망이다. 내 기계의 엔진 냉각판을 부러뜨린 것은 다름 아닌 이른바 "전문가"라는 친구였다. 나는 IBM의 전문가들을 훈련시키기 위해 집필된 지침서를 편집한 적이 있다. 그런데 그들이 훈련을 받은 다음에 아는 것이라고는 그리 대단한 것이 아니다. 처음 일을 할 때는 당신이 불리한 처지에 놓일 수 있으며, 당신이 어쩌다 망가뜨리는 부품 때문에 비용이 좀더 들 수도 있다. 아울러, 거의 틀림없이 시간이 한층 더 걸릴 것이다. 하지만 다음 번에는 당신이 전문가보다 한결 더 앞서 있게 될 것이다. 기를 소유하고 있는 당신은 어려운 과정을 거쳐 조립하는 방법을 배울 것이며, 이로 인해 전문가라면 당신만큼 소유하고 있지 않을 가능성이 다분한, 만족스러운 느낌을 통째로 소유하게 될 것이다.

아무튼, 순서에 맞지 않는 재조립 작업이 야기하는 진로 방해를 막기 위한 첫번째 수법은 다음과 같다. 우선 공책을 준비한다. 그런 다음 나는 여기에다가 분해 순서를 적어놓을 뿐만 아니라 후에 재조립 작업을 할 때 말썽을 일으킬 소지가 있는 무언가 예외적인 것이 있으면 그것이 무엇이든 몽땅 기록해놓는다. 이 공책은 기름으로 얼룩지게 될 것이고, 그리하여 보기 흉한 것이 될 것이다. 하지만 써넣을 때는 중요해 보이지 않던 공책 안의 단어 한두 개가 손상을 막아주고 작업 시간을 절약하게 한 적이 여러 번 있었다. 공책에 기록을 할 때는 각 부품들의 왼쪽 방향, 오른쪽 방향, 위아래 방향의 모양이 어떠한지, 배선의 색깔과 위치는 어떠한지에 대해 특별한 주의를 기울여야 한다. 만일 어쩌다 어느 부품이 마모되어 있거나 손상되어 있거나 또는 헐거워진 것처럼 보이면, 바로 그때 놓치지 말고 이를 기록해놓아야 할 것이다. 그럼으로써 부품 구입을 한꺼번에 할 수 있게 된다.

순서에 맞지 않는 재조립 작업이 야기하는 진로 방해를 막기 위한 두번째 수법은 다음과 같다. 신문지를 준비해서 작업장 바닥에 펼쳐 놓기 바란다. 그리고 그 위에다 분해한 모든 부품들을 왼쪽에서 오른쪽 방향으로, 위쪽에서 아래쪽 방향으로 늘어놓기 바란다. 바닥에 늘어놓되, 신문을 읽어나가는 것과 같은 방향으로 배열하는 것이다. 그렇게 하면, 당신이 역순(逆順)으로 기계를 다시 재조립할 때 쉽게 빠뜨리고 넘어갈 수 있는 자그마한 나사들이, 나사에 끼워 넣는 워셔[5]들이, 핀들이, 어느 하나도 빠짐없이 필요할 때마다 당신의 주의를 끌게 될 것이다.

하지만 이 모든 예방책에도 불구하고 순서에 맞지 않는 재조립 작업 현상은 때때로 일어나게 마련이다. 그리고 그런 현상이 일어나면 당신은 기에 신경을 써야 할 것이다. 필사적으로 기를 회복하려 애를 쓰는 상황을 경계해야 하는데, 어쩌다 기가 빠져나가게 되면 손실된 시간을 보상함으로써 기를 회복하려고 노력하는 가운데 당신은 미친 듯이 서두를 수 있다. 그러는 경우 실수만 더 연발하게 될 것이다. 만일 당신이 처음으로 되돌아가서 부품 조립을 처음부터 전부 다시 해야 할 것임을 최초로 깨닫는 순간과 마주하면, 이는 명백히 오랜 휴식을 취해야 할 순간이 왔다는 신호다.

이제까지 다룬 재조립 작업과 어떤 정보가 부족하여 순서에 맞지 않게 수행하는 재조립 작업 사이에는 명백한 차이가 있음을 인식하는 것이 중요하다. 종종 재조립의 전 과정에 시행착오의 방법이 동원되기도 하는데, 이 경우 당신은 기계를 분해한 다음 조립 순서를 이리저리 바꿔 재조립했을 때 그 방식이 기대한 만큼의 효과를 갖는 것인지를

---

5) washer: 나사의 힘을 분산시키기 위해 나사를 조일 때 미리 끼워 넣는 완충 판. 일반적으로 원형으로 되어 있으며, 나사를 끼우는 구멍이 가운데 뚫려 있음. 금속이나 플라스틱 또는 그 밖의 재질로 만듦.

확인하는 과정을 거치게 될 것이다. 만일 기대한 만큼의 효과가 있지 않더라도, 이는 진로 방해에 해당하는 것이 아니다. 왜냐하면 이렇게 해서 얻은 정보는 진정한 의미에서의 진보를 뜻하는 것이기 때문이다.

하지만 만일 당신이 재조립 과정에서 명백히 옛날에 저질렀던 멍청한 실수를 다시 한 번 저질렀다고 하자. 그렇다고 하더라도 약간의 기를 여전히 복구할 수 있는데, 두번째 분해와 재조립 과정은 첫번째 경우의 것보다 한결 더 빠르게 진행될 확률이 높다는 것을 알기 때문에 그럴 수 있는 것이다. 다시 배울 필요가 없는 온갖 종류의 일들을 당신은 무의식적으로나마 기억하게 된 것이다.

우리는 베이커 시를 뒤로하고 숲 속으로 뻗어 있는 길을 따라 계속 경사면을 타고 올라간다. 이윽고 고개를 넘고 그 반대편의 숲을 통과하여 다시 아래로 내려간다.

산의 경사면을 따라 다시 아래로 내려가는 동안, 우리는 나무들의 밀도가 한결 더 옅어지고 있음을 확인한다. 그리고 마침내 우리는 다시 황무지로 들어선다.

그다음 논의하고자 하는 것은 이따금 증세를 보이다 말다 하는 간헐적인 기계 고장이 야기하는 진로 방해다. 이와 관련하여 다음 상황을 생각해보라. 막 수리를 시작하려 하는 순간, 무언가 잘못되었던 것이 갑자기 괜찮아진다. 종종 전기적 합선이 이 부류에 속한다. 합선 현상은 기계가 덜컹거리며 이리저리 돌아다닐 때만 나타나다가, 기계를 멈추는 순간 모든 것이 정상이 된다. 이는 거의 수리하기가 불가능한 경우다. 당신이 할 수 있는 일이라고는 고장 현상이 다시 나타나도록 애를 쓰는 것이다. 그런데 다시 문제가 일어나지 않으면, 더 이상 신경을 쓰지 말기를 바란다.

이따금 증세를 보이다 말다 하는 기계 고장이 기의 숨통을 조이는 덫이 되는 것은 갑자기 괜찮아진 것에 속아 기계가 정말로 고쳐졌다고 생각하는 경우다. 어떤 부분의 문제든 그와 같은 결론에 이르기 전에 수백 마일 정도 더 기계를 몰아가면서 기다려보는 것이 항상 현명한 방법이다. 계속해서 문제가 발생했다 사라지고 사라졌다 다시 발생하면, 정말로 낙담하지 않을 사람이 없다. 하지만 그처럼 당신의 기계가 계속해서 이런 증세를 이따금 보인다고 해서 당신이 직업적 정비사를 찾아가는 사람보다 더 한심한 상황에 처해 있는 것이라고 할 수는 없다. 오히려 형편이 더 나은 쪽에 있다고 해야 할 것이다. 그런 사람은 자신의 기계를 몰아 정비소에 가지고 가야 하는 일을 끊임없이 반복해야 하지만 결코 만족할 만한 결과를 얻지 못하기 십상인데, 그와 같은 상황은 그에게 오히려 더 심각한 덫이 될 것이기 때문이다. 당신은 당신의 기계를 놓고 오랜 시간에 걸쳐 문제점들을 연구할 수 있으며, 이런 일은 직업적 정비사가 할 수 있는 것이 아니다. 당신이 필요하다고 생각하는 연장들로 무장한 채 어쩌다 문제가 다시 발생할 때까지 여기 저기 돌아다니기만 하면 된다. 그러다가 마침내 문제가 발생하면 기계를 멈추고 이를 수리하기 바란다.

이따금 증세를 보이다 말다 하는 문제가 발생하면, 그 문제를 모터사이클이 상황에 따라 어떻게 반응하는가와 관련짓도록 노력해야 할 것이다. 예컨대, 엔진이 고르게 작동하지 않는 일이 단지 길바닥의 장애물과 부딪쳤을 때만 일어나는지, 회전을 할 때만 일어나는지, 아니면 가속을 할 때만 일어나는지를 살펴야 한다. 또는 날이 더울 때만 그런 현상이 일어나는지 살펴야 할 것이다. 이 같은 관련짓기는 인과관계에 따라 가설을 세우는 데 단서가 된다. 이따금 기계가 고장 증세를 보이다 말다 하는 상황에 직면했을 때 어떤 경우에는 아예 포기하고 장시간의 낚시 여행이라도 떠나는 것이 좋을 수도 있다. 아무튼, 아무리 지루하더라도, 직업적 정비사에게 다섯 번이나 기계를 가지고 가는 것보다는 덜 지루한 것이 될 것이다. 나는 이 자리에서 "이따금 증세를 보이다 말다 하는 고장들 가운데 내가 알고 있는 것들"에 대해 상세하게 설명하고 이 문제들을 어떻게 해결할 것인가에 대해 실시간에 경기를 중계하듯 설명하고 싶은 충동을 느끼기도 한다. 하지만 그렇게 하면 나의 이야기는 여느 낚시 이야기와 다름없는 것, 주로 낚시꾼——사람들이 왜 하품을 하는지에 대해 제대로 이해하지 못하는 낚시꾼——에게만 흥미로운 이야기가 될 것이다. 낚시꾼과 같은 사람이라면 그런 이야기를 즐길 것이다.

외재적 요인에 의해 진로 방해를 받는 경우 가운데, 기계를 잘못 재조립하는 일 및 이따금 증세를 보이다 말다 하는 고장 다음으로 가장 일반적인 것은 부품에 의한 진로 방해다. 이와 관련하여, 스스로 정비 작업을 하는 사람들은 여러 면에서 우울증에 시달릴 수 있다. 당신이 애초 기계를 구입할 때 함께 구입할 계획을 결코 세우지 않는 것이 있다면, 이는 바로 그 기계의 부품들이다. 기계 판매 대리점들——즉, 소매점들——은 재고 부품의 양을 가급적 줄이려 하기 때문에 이를 구비하고 있지도 않다. 한편, 도매업자들은 굼뜰 뿐만 아니라, 모든 사람들이 모터사이클 부품을 구입하려 하는 봄철에는 항상 직원의 숫자가 부족하게 마련이다.

부품으로 인해 진로 방해를 받는 경우를 놓고 볼 때, 부품 가격이 그 두번째 요인에 해당한다. 원래 경쟁력을 갖춘 선에서 제품 가격을 책정하는 것은 널리 알려진 기업 전략이다. 그렇게 하지 않으면 소비자가 항상 딴 곳으로 몰릴 수 있기 때문이다. 하지만 부품 가격을 항상 지나치게 높이 책정해놓고 이를 통해 떼돈을 버는 것도 역시 널리 알려진 기업 전략이다. 부품 가격은 원래 가격을 껑충 뛰어넘어 저만큼 높은 곳으로 뛰어올라가 있을 뿐만 아니라, 직업적 정비사가 아니라는 이유로 당신은 특별 가격을 지불하게 마련이다. 이것이야말로 직업적 정비사에게 불필요한 부품을 갈아 끼워 넣게 하고, 이를 통해 그가 부자가 되도록 방조하는 교활한 제도라고 아니 할 수 없다.

　아직도 장애물이 하나 더 남아 있다. 부품이 맞지 않는 것일 수도 있다. 부품 목록에는 항상 무언가 오류가 있을 수 있다. 생산 연도와 모델의 변화는 혼란을 야기하기도 한다. 공장에서 실질적인 부품 가동의 상황에서 점검 작업이 이루어지지 않기 때문에, 허용 오차 범위 바깥의 부품들이 때때로 품질 관리를 통과하기도 한다. 당신이 구입하는 부품 가운데 어떤 것은 그것을 제대로 제작하는 데 필요한 공학적 자료에 접근할 것이 허락되어 있지 않은 그런 전문 제작소에서 제작된 것이기도 하다. 때때로 그들은 생산 연도와 모델을 다른 것들과 혼동하기도 한다. 때때로 당신이 거래하는 부품 매점의 점원이 잘못된 번호를 주문서에 써넣기도 한다. 때때로 당신 자신이 그에게 정확한 부품 정보를 제공하지 않을 수도 있다. 아무튼, 일껏 집에 와서 새로 구입한 부품을 맞춰보니 맞지 않는 것임을 발견했다고 하자. 이 또한 기의 숨통을 조이는 중요한 덫에 해당하는 것이 아닐 수 없다.

　부품으로 인해 겪는 진로 방해는 몇 가지 수법을 조합해 사용함으로써 극복할 수 있다. 먼저, 만일 당신이 살고 있는 마을에 부품 공급업자가 여럿 있다면 어떻게 해서든 가장 협조적인 부품 공급업자를 선택하도록 하라. 서로 스스럼없이 대할 수 있을 만큼 그와 친해질 필요가 있다. 종종 그 자신도 한때 정비사였던 경우가 있어, 당신이 필요로 하는 많은 정보를 제공할 수도 있을 것이다.

가격 할인을 해서 부품을 파는 곳들을 눈여겨본 다음 그런 곳에서 부품을 사서 사용해보기 바란다. 그러면 아주 좋은 부품을 헐값에 살 수도 있다. 자동차 부품 판매업자나 우편 주문 판매업자들은 종종 사람들이 자주 찾는 모터사이클 부품들을 모터사이클 판매 대리점의 가격보다 한참 낮은 가격에 판매하기도 한다. 체인 제조업자에게 주문하면, 이를테면, 모터사이클 판매 대리점의 부풀려놓은 가격보다 한결 낮은 가격에 모터사이클용 체인을 구입할 수도 있다.

잘못된 부품을 사 가지고 오는 일이 없도록, 대체해야 할 낡은 부품을 항상 부품 판매점에 가지고 가기 바란다. 크기를 비교하기 위해 기계 제작자들이 부품의 내경(內徑)이나 외경(外徑)을 계측할 때 사용하는 공구[6]를 가지고 가는 것도 좋은 방법일 것이다.

끝으로, 만일 당신이 나처럼 부품 문제 때문에 분개해 있는 데다가 투자할 돈이 약간 있다면, 스스로 자신의 부품을 깎아 만드는 정말로 매력적인 취미 생활을 할 수도 있을 것이다. 나는 절삭기가 부착되어 있는 15×45센티미터 크기의 작은 선반(旋盤)과 제대로 갖춰진 부품 제작을 위한 용접 기구 한 벌──말하자면, 전기 용접기, 헬륨-전기 용접기, 가스 용접기, 소형 가스 용접기 등등──을 구비하고 있다. 용접 기구를 이용하여 당신은 원래의 금속보다 나은 금속을 사용하여 모터사이클의 낡은 표면들을 다시 만들 수도 있고, 카바이드 공구[7]를 사용하여 오차 허용치까지 정밀하게 이들을 가공할 수도 있다. 선반과 절삭기와 용접기를 함께 갖추면 자유자재로 부품 제작 작업을 할

---

6) 이 공구를 캘리퍼스 Calipers라고 하며, 이 공구의 전형적인 예를 그림으로 보이자면 옆의 그림과 같다.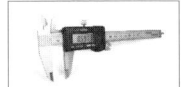

7) 고온과 마모에 강한 텅스텐 카바이드, 티타늄 카바이드, 또는 탄탈 카바이드와 같은 화합물을 사용하여 제작된 정밀 절삭기(切削機).

수 있다. 실제로 사용해보기 전에는 얼마나 자유자재로 작업을 할 수 있는지에 대해 믿을 수 없을 것이다. 만일 당신이 곧바로 부품 제작을 할 수 없다면, 그런 일을 앞으로 가능하게 할 무언가를 항상 만들어볼 수도 있다. 부품을 제작하는 작업은 대단히 더디게 진행되며, 볼 베어링처럼 결코 제작할 수 없는 종류의 부품도 있다. 하지만 당신은 부품 디자인에 변화를 줄 수 있다는 사실에, 그처럼 변화를 줌으로써 자신의 도구를 사용하여 부품을 제작해낼 수 있다는 사실에 놀라게 될 것이다. 또한 이 같은 작업은 능글맞은 부품 제작업자가 부품을 공장에 보낼 때까지 기다리는 것보다 더 많은 시간을 필요로 하는 일도 아니고, 더 끔찍한 좌절을 맛보게 하는 일도 아니다. 아울러, 이 같은 작업은 기를 파괴하는 역할이 아닌, 기를 북돋우는 역할을 한다. 당신 자신이 제작한 부품을 그 안에 장착하고 있는 모터사이클을 운전하는 일은 당신에게 특별히 즐거운 느낌—어쩔 도리가 없어 부품 판매점에서 파는 부품을 사서 장착했을 때에는 누리지 못하는 느낌—을 제공할 것이다.

우리는 세이지브러시 관목들과 모래뿐인 황무지에 들어와 있으며, 엔진이 툭툭 불규칙한 소리를 내기 시작한다. 보조 연료 탱크에서 연료 공급이 되도록 스위치를 전환해놓고, 지도를 살핀다. 유니티[8]라 불리는 마을에서 연료를 채운 다음, 열기에 휩싸여 있는 아스팔트 도로를 따라 세이지브러시 관목들 사이를 지나 아래로 내려간다.

자, 이상이 내가 생각할 수 있는 가장 흔한 진로 방해의 요인들이

---

8) Unity: 오리건 주의 북동부 지역에 있는 베이커 카운티Baker County에 있는 작은 마을로, 인구 131명(2000년 조사).

다. 즉, 순서에 맞지 않는 기계 재조립, 이따금 증세를 보이다 말다 하는 간헐적인 기계 고장, 부품 문제가 그것들이다. 아무튼, 비록 진로 방해는 기의 숨통을 조이는 덫 가운데 가장 흔한 것이긴 하지만, 그것은 외재적인 것일 뿐이다. 이제 기의 숨통을 조이는 덫 가운데 내재적인 것, 외재적 덫과 함께 작동하는 이 내재적 덫에 대해 고찰할 때가 되었다.

기학에 관한 교과목 설명에서 비친 바와 같이, 이 같은 내재적 덫은 크게 세 가지의 중요한 유형으로 나눌 수 있다. 먼저 정서적 이해를 가로막는 것이 있는데, 나는 이를 "가치의 덫"이라 부를 것이다. 이어서 인지적 이해를 가로막는 것이 있으니, 이를 "진리의 덫"이라 부를 것이다. 마지막으로 정신 활동과 연결된 근육의 움직임과 관련된 정신운동성의 장애 요인이 있는데, 이는 "근육의 덫"이라 부르고자 한다. 가치의 덫은 단연코 가장 거대한 것인 동시에 가장 위험한 것이기도 하다.

가치의 덫 가운데 가장 널리 퍼져 있고 또 가장 유해한 것은 경직된 가치관이다. 이는 이전 가치에 묶여 있기 때문에 자신이 보는 것을 재평가할 능력을 잃은 경우를 말한다. 모터사이클 관리의 경우, 당신은 일을 해나가는 동안 당신이 하는 일이 무엇인지를 재발견해야만 한다. 경직된 가치는 이를 불가능하게 한다.

전형적 상황을 이루는 것은 모터사이클이 작동하지 않는 그런 경우다. 사실들이 그곳에 있지만, 당신은 그것들을 보지 못한다. 당신은 사실들을 빤히 들여다보고 있지만, 그것들은 아직 충분히 가치가 있어 보이지 않는다. 파이드로스가 이야기하던 바의 핵심은 바로 이것이다. 이 세계의 주체와 객체를 창조하는 것은 질 또는 가치다. 질 또는 가치가 사실을 창조하기 전까지는 사실이란 존재하는 것이 아니다.

만일 당신의 가치가 경직된 것이라면, 진실로 당신은 새로운 사실을 터득할 수 없다.

경직된 가치관은 종종 섣부른 진단에서 그 모습을 드러낸다. 그러니까 문제가 무엇인지를 알고 있다고 당신이 확신할 때 그 모습을 드러낸다. 이윽고 그것이 문제가 아니면 당신은 꼼짝 못하게 된다. 이 경우 당신은 무언가 새로운 단서를 찾아야 하지만, 당신이 그것을 찾을 수 있기 전에 당신은 당신 머리에서 옛날의 견해를 제거해야만 한다. 만일 당신이 경직된 가치관이라는 병에 시달리고 있다면, 진정한 해답이 당신을 빤히 바라보고 있을 때조차도 당신은 그것을 보는 데 실패할 수 있다. 왜냐하면 당신은 새로운 해답의 중요성을 직시할 수 없기 때문이다.

새로운 사실의 탄생을 체험한다는 것은 항상 너무나도 멋진 일이다. 새로운 사실의 탄생을 이원론적 입장에서는 "발견"이라 부르는데, 누군가가 그것을 의식하든 않든 이와 상관없이 존재한다는 가정에서 그렇게 부르는 것이다. 새로운 사실이 탄생하면, 그 사실이 지니는 최초의 가치는 항상 낮게 마련이다. 이윽고 관찰자의 가치 기준이 얼마나 융통성 있는 것인가에 따라, 또한 사실의 잠재적 질에 따라, 그 사실이 지니는 가치는 서서히 또는 급속히 증가한다. 그렇지 않은 경우, 그 가치는 감퇴하고 사실은 자취를 감추게 된다.

거의 절대 다수의 사실들, 매 순간 우리 주변에서 우리가 보는 것과 듣는 것들, 그들 사이의 관계, 그리고 우리 기억 속의 모든 것들—이것들은 질을 소유하고 있지 않다. 사실 부정적인 질을 소유하고 있다고 해야 할 것이다. 만일 그것들이 동시에 한꺼번에 모습을 드러내면, 우리의 의식은 의미 없는 자료들로 꽉 차게 되어, 생각하거나 행동할 수 없게 될 것이다. 따라서 우리는 질에 근거하여 미리 선택하는 과정을 거친다. 또는, 파이드로스의 방식으로 표현하자면, 질의 선로가 어떤 자료를 인식할 것인지를 미리 선택하고, 이 같은 선택 작업을 수행하되, 현재의 우리와 미래의 우리 사이에 최상의 조화가 이루어질 수 있는 방식으로 수행한다.

만일 이 같은 경직된 가치관이라는 덫에 묶여 있다면, 당신이 해야 할 일은 생각의 속도를 늦추는 것이다. 따지고 보면, 당신이 원하든 원하지 않든 이와 관계없이 당신은 생각의 속도를 늦춰야 할 것이다. 아무튼, 당신은 애써 생각의 속도를 늦추고, 당신이 중요하다고 생각했던 것이 정말로 중요한 것이었는가를 확인하기 위해 전에 머물던 생각의 터전을 면밀히 살펴야 한다. 그런 다음 . . . 글쎄 . . . 기계를 그냥 응시해야 할 것이다. 그렇게 하는 것은 하나도 잘못된 것이 아니니, 잠시 그런 상황을 그냥 받아들이도록 하라. 낚시를 할 때 낚싯줄을 바라보듯 그냥 바라보기만 하라. 그러면 오래지 않아 틀림없이 당신은 미세한 입질을 확인하게 될 것이다. 하나의 자그마한 사실이 수줍고 겸손한 자세로 혹시 자기한테 흥미가 있느냐고 당신에게 물어올 것이다. 세상이란 끊임없이 그런 식으로 돌아가는 것이다. 흥미를 갖도록 하라.

처음 단계에서는 이 새로운 사실을 이해하려고 애쓰되, 당신이 직면해 있는 심각한 문제의 측면에서 이해하려고 하기보다는 있는 그대로 그 자체를 이해하려고 하라. 당신이 직면해 있는 문제는 당신이 생각하는 것만큼 심각한 문제가 아닐지도 모른다. 그리고 새로운 사실은 당신이 생각하는 것만큼 사소한 것이 아닐지도 모른다. 물론 새로운 사실은 당신이 원하는 것이 아닐 수도 있다. 하지만 원하는 것이 아니라서 떠나보내고자 하더라도, 최소한 그러기 전에 그것이 정말로 당신이 원하는 것이 아닌가를 확인하고 또 확인해야 할 것이다. 때때로 새로운 사실을 떠나보내기 전에 당신은 그 사실이 자기 주변에 친구들을 거느리고 있음을, 그리고 그 친구들이 당신의 반응이 어떠한지를 알기 위해 당신을 주시하고 있음을 발견하게 될 것이다. 새로운 사실의 친구들 가운데는 당신이 찾고 있는 바로 그 사실이 끼어 있을 수도 있다.

잠시 후에 당신은 당신이 확인했던 미세한 입질이 흥미로운 것임을, 기계를 수리하려는 당신의 원래 목적보다도 더 당신의 흥미를 끄는 것임을 발견할 수도 있다. 이런 일이 일어나면, 당신은 일종의 정점에 도달한 것이다. 이제 당신은 더 이상 엄밀한 의미에서의 모터사이클 정비사만이 아니다. 당신은 또한 모터사이클 과학자이기도 하다. 이제 당신은 경직된 가치관이라는 덫을 완벽하게 정복하게 되었다.

다시금 길이 경사를 타고 위로 이어지더니 소나무 숲으로 들어간다. 하지만 나는 지도를 통해 숲이 곧 끝나리라는 것을 알고 있다. 길을 따라 휴양지를 선전하는 대형 옥외 광고판들이 보인다. 그리고 그 아래에서 몇몇 아이들이 솔방울을 줍고 있다. 마치 아이들이 광고판의 일부 같아 보이기도 한다. 아이들이 우리에게 손을 흔든다. 손을 흔들다가 제일 어린 아이가 주웠던 솔방울을 모두 바닥에 떨어뜨린다.

나는 계속 앞서 제시한 바 있는 유추로 되돌아가고 싶다. 말하자면, 새로운 사실과의 만남을 낚시에 비유하여 이야기하고 싶다. 굉장히 낙담한 모습으로 누군가가 이렇게 묻는 것이 눈에 보이는 듯도 하다. "좋소이다. 하지만 말이오, 당신은 어떤 사실들을 낚고 있소? 단순히 낚시하는 것이 전부일 수는 없지 않소."

하지만 답은 다음과 같다. 만일 당신이 어떤 사실들을 낚고 있는지를 알고 있다면, 당신이 하는 것은 더 이상 낚시가 아니다. 당신이 어떤 사실인지 안다면 당신은 이미 그것을 낚은 셈이 된다. 나는 지금 구체적 예를 생각해내려고 애를 쓰고 있는 중이다. . . .

모터사이클 관리에서 모든 종류의 예가 제공될 수도 있겠지만, 내 생각으로는 경직된 가치관을 보여주는 예로서 가장 인상적인 것은 옛 남부 인도에서 사용하던 원숭이 덫일 것이다. 이 덫이 효과적인 것이 되기 위해서는 경직된 가치관에 의존해야만 한다. 덫은 막대기에 묶어 놓은 안이 텅 빈 코코넛 껍질로 이루어져 있다. 코코넛 껍질 안에는 약간의 쌀이 담겨 있어 자그마한 구멍을 통해 이를 움켜쥘 수 있다. 구멍은 원숭이의 손이 들어갈 수 있을 만큼 충분히 큰 것이지만, 동시에 쌀을 움켜쥔 원숭이의 주먹이 나오기에는 너무 작은 그런 것이다. 원숭이는 손을 뻗어 구멍에 손을 넣은 다음 갑자기 덫에 걸려들게 된다. 다름 아닌 그 자신의 경직된 가치관 때문에 그렇게 되는 것이다. 그는 쌀의 가치를 재평가할 수 없는 것이다. 그는 쌀을 포기하고 자유를 누리는 것이 쌀을 잃지 않으려 하다가 붙잡히는 것보다 한결 더 가치가 있다는 사실을 깨닫지 못한다. 마을 사람들이 원숭이를 잡아가려고 다가온다. 그들은 점점 더 가까이 . . . 가까이 . . . 다가온다! 이런 상황에 처한 불쌍한 원숭이에게 당신이 조언을 한다면, 어떤 원론적인 조언을, 상세하고 구체적인 조언이 아니라 원론적인 조언을 한다면, 어떤 조언을 하겠는가.

글쎄. . . . 내 생각으로는 경직된 가치관에 대해 내가 이야기했던 것과 아주 똑같은 것을 조언할 수 있을 것이다. 어쩌면 그런 조언을 하되, 약간 긴박한 어조로 할 것이다. 이 원숭이가 알아야 할 사실이 하나 있다. 즉, 움킨 주먹을 풀면 그는 자유로운 몸이 된다. 하지만 그가 어떻게 이 사실을 알 수 있을 것인가. 쌀을 자유보다 중요한 것으로 평가하는 경직된 가치관을 제거함으로써 그 사실을 알 수 있다. 어떻게 해야 그와 같은 경직된 가치관을 제거할 수 있는가. 글쎄 . . . 어떻게 해서든 애써 생각의 속도를 늦추고, 이전에 자신의 것으로 소유했던 생각의 기반을 면밀히 검토하여, 그가 중요하다고 생각했던 것이 정말로 중요한 것이었는지를 확인해야 할 것이다. 그리고 . . . 글쎄 . . . 끈을 잡아당기는 행동을 멈추고, 그저 코코넛 껍질을 잠시 동안 응시해야 할 것이다. 오래지 않아 그는 자신이 드리운 생각의 낚싯줄에 입질을 하는 것이 있음을 깨닫게 될 것이다. 자그마한 사실 하나가 자신에 대해 흥미가 있느냐고 물어오고 있는 것이다. 그는 이 사실을 이해하려고 애쓰되 그가 직면한 심각한 문제의 측면에서 이해하려고 하기보다는 있는 그대로 그 자체를 이해하려고 해야 할 것이다. 원숭이가 직면해 있는 문제는 그가 생각하는 것만큼 심각한 것이 아닐 수도 있다. 또한 원숭이가 마주하고 있는 사실은 그가 생각하는 것만큼 하찮은 것이 아닐 수도 있다. 당신이 원숭이에게 줄 수 있는 원론적인 정보는 대체로 이상과 같다.

프레어리 시티[9]에서 우리는 다시 산림 지대를 벗어나 건조한 지대의 마을로 들어선다. 마을에는 마을 중심부를 가로질러 바로 저편의 초원 지대를 한눈에 보여주는 널찍한 중심가가 있다. 어느 한 식당을 들렀으나, 문이 닫혀 있다. 널찍한 길을 가로질러 반대편으로 가 식당 한 곳을 더 들른다. 영업을 하고 있기에 우리는 자리를 잡고 앉아 맥아 우유를 주문한다. 기다리는 동안 나는 크리스가 자기 엄마에게 보내기 위해 준비한 편지 초고를 꺼내 그에게 건넨다. 놀랍게도 그는 별

---

9) Prairie City: 오리건 주의 그랜트 카운티Grant County에 있는 인구 1,080명(2000년 조사)의 마을. 유니티라는 마을이 있는 베이커 카운티에서 서쪽으로 가면 바로 그랜트 카운티임.

다른 질문 없이 편지 쓰는 일에 열중한다. 나는 칸막이를 해놓은 좌석에 앉아 그에게 방해가 되지 않도록 신경을 쓴다.

크리스와 관련하여 내가 낚고자 하는 사실들 역시 바로 내 앞에 있다는 느낌이, 하지만 나 자신이 지니고 있는 모종의 경직된 가치관이 나를 가로막고 있어 나는 그것을 보지 못하고 있다는 느낌이 나를 계속 지배하고 있다. 때때로 우리는 하나가 되어 움직이기보다는 평행을 유지하며 움직이는 것처럼 보인다. 그러다가 묘한 순간에 충돌하는 것이다.

집에서 그의 문제는 항상 그가 나를 모방하고 있을 때 시작된다. 내가 그에게 명령하듯 그는 다른 사람에게 명령하려 한다. 특히 자기 동생한테 그렇게 하려 한다. 당연히 다른 사람들은 그의 명령 어느 것도 받아들이지 않는다. 하지만 그는 남들이 그의 명령을 받아들이지 않을 권리가 있음을 깨닫지 못하고, 그래서 온통 소동이 일어난다.

그는 자신이 다른 사람들한테 호감을 주는 사람인지 아닌지에 대해 개의치 않는 것처럼 보인다. 그는 다만 나에게 호감을 주는 사람이 되고자 원할 뿐이다. 모든 것을 고려해볼 때, 결코 바람직한 것이라고 할 수 없다. 이제 그도 부모 곁을 떠나 독립하는 기나긴 과정을 시작해야 할 때가 되었다. 그와 같은 독립의 과정은 가능한 한 수월한 것이 되어야 하나, 어렵더라도 거쳐야만 한다. 자기 자신의 힘으로 일어서야 할 때가 된 것이다. 빠르면 빠를수록 좋다.

이 모든 생각에 젖어보지만, 지금으로서는 더 이상 내 생각에 믿음이 가지 않는다. 무엇이 문제인지 모르겠다. 되풀이해서 꾸는 그 꿈이 내 머리에서 떠나지 않는다. 내가 꿈 때문에 괴로워하는 것은 그 꿈이 암시하는 바를 외면할 수 없기 때문이다. 닫힌 유리문이 있고, 나는 유리문 저쪽에 있는 그에게 영원히 다가갈 수 없다. 그는 내가 그 문을 열기 원한다. 이전의 꿈속에서 나는 항상 돌아섰다. 하지만 이제 새로운 형상이 등장하여 나의 앞을 가로막는다. 묘한 꿈이다.

잠시 후 크리스가 싫증이 나서 편지를 더 쓸 수 없다고 말한다. 우리는 함께 일어난다. 카운터로 가서 음식 값을 지불하고, 우리는 떠난다.

이제 다시 도로 위를 달린다. 다시 덫에 대해 이야기하고자 한다.

앞서 논의한 경직된 가치관이라는 내재적 덫 외에 자존심이라는 내재적 덫이 있는데, 이는 정말 중요한 것이다. 자존심은 경직된 가치관과 전혀 별개의 것이 아니라, 경직된 가치관을 유발하는 수많은 요인 가운데 하나다.

만일 당신이 당신 자신을 대단한 존재로 평가하고 있다면, 새로운 사실을 인정하고 받아들이는 당신의 능력은 그만큼 미약한 것이 될 수밖에 없다. 당신의 자존심이 질의 세계로부터 당신을 분리할 것이기 때문이다. 당신이 실수를 하여 일을 망쳤다 하자. 눈앞의 사실들이 이 점을 명확히 보여주더라도, 당신은 필경 이를 인정하려 들지 않을 것이다. 그릇된 정보가 당신을 멋지게 보이도록 하면, 당신은 아마도 이를 믿으려 할 것이다. 기계 수리 작업을 할 때는 어떤 경우에도 자존심은 상처를 받게 마련이다. 당신은 항상 속아 넘어가 바보가 되고 항상 실수를 저지르게 마련으로, 방어해야 할 자존심이 큰 정비사라면 누구나 엄청나게 불리한 입장에 처하게 될 것이다. 만일 작지 않은 집단에 해당한다고 생각해도 좋을 만큼 충분히 많은 정비사들을 알고 있고, 또한 당신의 관찰이 나의 것과 일치한다면, 당신은 정비사들이란 다소 겸손하고 조용한 성향의 사람들이라는 내 의견에 동의하리라는 것이 내 생각이다. 예외가 있기는 하지만, 일반적으로 처음에는 조용하거나 겸손한 사람들이 아니었다 해도 일이 그들을 그렇게 만드는 것처럼 보인다. 그리고 그들은 또한 회의적이다. 주의 깊지만 회의적인 성향의 사람들인 것이다. 하지만 자존심을 내세우는 사람은 없다. 기계 수리 작업을 할 때는 어떤 정비사에게도 자신의 방식을 과장하여 멋진 것으로 보이게 할 방도란 도대체 존재하지 않는다. 자신이 하고 있는 일이 무엇인지 모르는 사람 앞에서는 사정이 다를지도 모르지만 말이다.

. . . 기계는 당신의 인격에 반응하지 않는다. 나는 그렇게 말하고자 했었다. 하지만 기계가 당신의 인격에 반응하는 것도 사실이다. 다만 기계가 반응하는 인격은 당신의 진정한 인격이다. 즉, 당신의 자존심이 당신의 마음속에 심어준 그릇되고 과장된 당신의 이미지들에 반응하는 것이 아니라, 진정한 마음으로 느끼고 추론하고 행동하는 당신의 진정한 인격에 반응한다. 만일 당신의 기가 질에서 비롯된 것이 아니라 자존심에서 비롯된 것이라면, 기계의 무반응 때문에 이 같은 당신의 거짓된 이미지들은 더할 수 없이 신속하고 또한 완벽하게 위축될 것이고, 그리하여 당신은 곧바로 더할 수 없이 깊은 좌절감에 빠져들게 될 것이다.

겸손함이 당신에게 쉽게 찾아오거나 자연스럽게 찾아오지 않는다면, 이 덫에서 벗어나는 한 가지 방법은 어떻든 간에 겸손한 태도를 가장하는 것이다. 만일 당신이 당신 자신은 그다지 뛰어난 사람이 아니라고 억지로라도 가정하게 되면, 그와 같은 가정이 옳은 것임을 사실들이 증명해주었을 때 당신의 기는 그만큼 증대될 수 있다. 이런 방식으로 계속하다 보면, 그와 같은 가정이 옳지 않은 것임을 사실들이 증명해주는 때도 또한 올 것이다.

불안감이라는 또 하나의 내재적 덫은 어찌 보면 자존심과 반대되는 것이라고 할 수 있다. 자신이 손을 대면 모든 것이 엉망진창이 될 것이라는 확신을 당신이 너무도 굳게 갖고 있으면, 당신은 두려움 때문에 아무 일도 하지 못할 것이다. 때때로 "게으름"보다는 바로 이 불안감 때문에 어떤 일도 시작할 수 없음을 당신은 확인하게 될 것이다. 게으름보다는 불안감이 진정한 이유일 때가 있는 것이다. 불안감이라는 이 덫은 무언가를 하고자 하는 동기가 과도하기 때문에 촉발되는 것이기도 한데, 지나치게 신경을 쓰다 보니 온갖 종류의 실수가 뒤따를 수도 있다. 수리하지 않아도 될 것을 수리한다든가, 상상 속의 질병을 쫓아다니는 것이 그 예다. 당신은 자신의 과민한 신경 때문에 공연히 엉뚱한 결론으로 비약한다든가, 온갖 종류의 오류가 기계에 존재하는 것으로 착각하기도 한다. 일단 이 같은 오류를 저지르게 되면, 당신은 자신에 대한 원래의 과소평가를 더욱더 확신하는 경향을 보이게 된다. 이로 인해 당신은 좀더 많은 오류를 저지르게 되고, 이는 다시 좀더 심각한 자기 과소평가를 유도하게 된다. 자기를 끊임없이 태워 소진하는 악순환이 계속되는 것이다.

이 악순환에서 벗어나는 최선의 방법은 무엇인가. 당신의 불안감을 체계적으로 분석하고 이해하라—이것이 내가 생각하는 최선의 방법이다. 그 문제에 관한 것이면 어떤 책에 나온 것이든 어떤 잡지에 나온 것이든 모든 글을 빠뜨리지 말고 몽땅 읽도록 하라. 당신이 지니고 있는 불안감이 이 같은 독서를 쉬운 것으로 만들 것이고, 많이 읽으면 많이 읽을수록 당신은 그만큼 더 안정감을 얻게 될 것이다. 당신이 찾고자 하는 것은 단순히 수리된 모터사이클이 아니라 마음의 평화임을 명심하기 바란다.

수리 작업을 처음 시작할 때 당신은 앞으로 할 일이 무엇인지에 대해 종잇조각에다 몽땅 열거해놓을 수 있다. 그런 다음 이를 적절한 순서로 체계화할 수 있는데, 점점 더 많은 새로운 생각들이 떠오름에 따라 당신은 일의 순서를 몇 번이고 되풀이해서 다시 체계화하고 또다시 체계화할 수도 있을 것이다. 이런 일을 하느라고 소비한 시간은 일반적으로 충분히 보상을 받게 마련이다. 기계 정비 작업을 하는 과정에 절약되는 시간의 측면에서 보면 그러하다. 아울러, 후에 가서 문제를 일으킬 수 있는 쓸데없는 일들, 조바심에 몰려 할 법한 일들을 막아줄 것이다.

당신은 이 세상에 존재하는 정비사 가운데 이따금 일을 망치지 않는 사람은 없다는 사실과 정면으로 맞섬으로써 어느 정도 당신의 불안감을 줄일 수도 있을 것이다. 당신과 이 같은 직업적 정비사 사이의 중요한 차이가 있다면, 그들은 실수를 하고서도 자신들의 실수에 대해 어떤 이야기도 하지 않을 것이고, 당신은 다만 그 실수의 대가로 대신 돈을 지불할 뿐이라는 데 있다. 여기에다가 당신에게 제시된 청구서에 나오는 비용에 비례해서 각종 부가 비용까지 지불해야 한다는 데 또한 차이가 있다면 있을 것이다. 당신 스스로 실수를 하게 되면, 적어도 당신은 무언가를 배우는 혜택을 누리게 된다.

권태가 불안감 다음으로 내 마음에 떠오르는 또 하나의 내재적 덫이다. 이는 불안감과 반대되는 것으로, 통상적으로 자존심과 함께 나타나는 증상이다. 권태는 당신이 질의 선로에서 벗어났음을 뜻하기도 하며, 사물을 신선한 시각으로 보지 못함을 뜻하기도 한다. 또한 "초심자의 마음"을 상실했음을 뜻하기도 하고, 그리하여 당신의 모터사이클이 크나큰 위험에 처했음을 뜻하기도 한다. 권태는 당신에게 공급되는 기의 양이 저하되었음을 뜻하며, 다른 어떤 조처를 취하기 전에 무엇보다도 먼저 기를 보충해야 함을 뜻하기도 한다.

권태를 느끼면 어떻게 할 것인가. 하던 일을 멈춰라! 그런 다음 영화를 보러 나가거나 텔레비전을 시청하라. 하루 일과를 그쯤에서 끝내도록 하라. 기계를 놓고 하는 작업을 빼고는 무슨 일이든 하라. 멈추지 않으면, 당신은 끔찍한 실수를 범하게 될 것이다. 그렇게 되면 권태에다가 끔찍한 실수가 뒤섞여 당신에게 필살(必殺)의 일격을 가하게 될 것이고, 이 같은 일격을 받으면 당신은 완전히 기를 상실하게 될 것이다. 그러면 정말로 일을 하고 싶어도 더 이상 할 수 없게 된다.

권태가 밀려올 때 내가 특히 애호하는 치료법은 수면이다. 권태를 느낄 때는 아주 쉽게 수면에 빠져들 수 있고, 수면을 통해 오랫동안 휴식을 취하면 쉽게 권태에 빠져들기란 어렵다. 그다음 내가 애호하는 치료법은 커피다. 기계를 놓고 작업을 할 때 나는 보통 커피포트를 전원에 연결해놓는다. 만일 수면이나 커피 같은 것들이 효과를 발휘하지 못한다면, 이는 보다 심각한 질의 문제들이 당신을 괴롭히고 있음을, 당신의 마음을 혼란케 하여 당면 과제에 집중하지 못하게 함을 뜻한다. 권태는 당신에게 이 같은 문제들에 주의를 기울여야 함—어쨌거나, 그것이 지금 당신이 하고 있는 일이 아닌가—을 알리는 신호와도 같은 것, 모터사이클에 대한 작업을 계속하기 전에 이 문제들을 관리해야 함을 알리는 신호와도 같은 것이다.

내 경우 무엇보다도 권태를 유발하는 과제는 모터사이클에 묻은 흙과 먼지를 닦아내는 일이다. 이는 시간 낭비 같아 보이기 때문이다. 모터사이클을 몰고 나가는 첫날 바로 더러워질 것이기 때문이다. 존은 항상 자신의 BMW 모터사이클을 윤이 반짝반짝 나도록 보살핀다. 그래서 정말로 그의 모터사이클은 깔끔해 보인다. 반면 내가 보기에 내 것은 항상 초라한 모습이다. 그것은 바로 고전적 정신이 작동하고 있기 때문이다. 기계 내부는 아주 잘 작동하지만, 표면은 깨끗해 보이지 않는 것이다.

기계에 윤활유를 주입한다든가 엔진 오일을 교환하는 일 또는 엔진을 조율하는 일과 같은 특정 작업을 할 때 느끼는 권태, 그와 같은 종류의 권태에서 벗어나는 방법은 그런 일을 일종의 의식(儀式)으로 만드는 것이다. 낯선 일을 하는 것에 모종의 심미적 매력을 느낄 수 있듯이, 익숙한 일을 하는 것에도 역시 또 다른 종류의 심미적 매력을 느낄 수 있다. 나는 일찍이 용접공에도 두 종류가 있다는 이야기를 들은 적이 있다. 하나는 제품 생산을 전문으로 하는 용접공으로, 그는 교묘하고 복잡한 일을 싫어하는 대신 똑같은 일을 반복해서 하는 것을 즐긴다는 것이다. 다른 하나는 관리를 전문으로 하는 용접공으로, 그는 똑같은 일을 두 번 다시 해야 할 때면 그것에 짜증을 낸다는 것이다. 조언을 하자면, 당신이 용접공을 채용할 때 그가 어떤 종류의 용접공인가를 미리 확인하라는 것이다. 왜냐하면 그들은 서로 대체 가능한 사람들이 아니기 때문이다. 나는 후자에 속하는 사람으로, 아마도 바로 그 때문에 다른 어떤 일보다도 모터사이클의 고장 난 부분을 찾아 수리하는 일을 즐기지만 다른 어떤 일보다도 흙과 먼지를 닦아내는 일을 싫어하는지도 모른다. 하지만 양쪽 일을 다 해야 할 때가 되면 나는 양쪽 일을 다 할 수 있고, 다른 모든 사람도 마찬가지다. 모터사이클에 묻은 흙과 먼지를 닦아내는 일을 할 때 나는 사람들이 교회를 가듯 이 일을 한다. 비록 새로운 것이 없는가에 주의를 쏟고 있지만 무언가 새로운 것을 발견하기 위해 그 일을 한다기보다는 이미 익숙해져 있는 것과 다시 친숙해지기 위해 그 일을 한다는 점에서 그러하다. 익숙해져 있는 길을 되짚어 가는 것도 때때로 우리 마음을 유쾌하게 한다.

 선(禪)을 수행하는 사람이라면 권태에 관해 무언가 할 이야기가 있을 것이다. 선의 주된 수행 방법인 "그냥 앉아 있는 것"은 이 세상에서 무엇보다도 권태로운 활동이 아닐 수 없다. 산 채로 땅속에 파묻히는 힌두교의 수행 방법을 제외한다면 말이다. 당신은 선을 수행하는 동안 별다른 일을 하지 않는다. 움직이지도 않고, 생각하지도 않으며, 무언가에 신경을 쓰지도 않는다. 이보다 더 권태로운 것이 세상에 어디 있겠는가. 하지만 이 모든 권태로움의 한가운데에 선불교가 가르치고자 하는 바의 그 무엇이 존재한다. 그것이 무엇인가. 당신이 눈으로 확인할 수 없는 권태의 한가운데에 있는 것은 무엇일까.

초조는 권태와 가까운 것이지만, 항상 한 가지 요인에서 비롯된다. 즉, 일을 하는 데 걸리는 시간의 양을 과소평가하는 데서 비롯된다. 당신은 일이 어떻게 진행될지를 정말로 알 수 없고, 계획대로 시간에 맞춰 신속하게 완수되는 일이란 거의 없다. 초조는 진로 방해에 대해 보이는 첫번째 반응이며, 조심하지 않으면 이는 곧 분노로 돌변할 것이다.

초조는 딱히 정해지지 않은 양의 시간을 일 — 특히 낯선 기술이 요구되는 새로운 일 — 에 배당함으로써 가장 효과적으로 처리될 수 있다. 상황이 시간과 관련하여 계획을 짜도록 요구할 때 배당 시간을 두 배로 늘리거나, 당신이 하고자 하는 일의 범위를 줄이거나 함으로써 말이다. 종합적인 작업 목표의 중요도를 축소하고, 즉각적인 작업 목표의 중요도를 높여야 한다. 이를 위해서는 가치 유연성이 요구되며, 가치의 변화는 일반적으로 어느 정도 기의 상실을 수반한다. 하지만 이는 감수해야만 하는 희생이다. 이는 초조가 원인이 되어 끔찍한 실수가 발생했을 때 이로 인해 초래될 기의 상실과는 비교도 되지 않는 사소한 것이다.

일의 목표나 규모를 줄이는 훈련 방법으로 내가 애호하는 것이 있다면, 온갖 나사들과 나사가 들어가는 홈들을 청소하는 일이다. 나는 망가지거나 뭉개지거나 녹이 슬었거나 때가 낀 나사 홈에 대해 일종의 공포증을 지니고 있는데, 이는 나사가 돌아가는 것을 뻑뻑하게 하거나 제대로 돌아가는 것을 어렵게 할 수 있기 때문이다. 그래서 그런 나사나 나사 홈을 하나 발견하면 나는 나사 홈 계측기와 부품의 내외 구경을 잴 때 사용하는 계측기를 사용하여 그 치수를 재고, 나사의 홈을 파는 데 사용하는 각종 공구들을 동원하여 홈을 다시 판다. 그런 다음 이를 꼼꼼히 검사하고, 윤활유를 입히는 일을 한다. 그렇게 하다 보면 나는 완전히 새로운 시각에서 인내심——즉, 초조감을 극복하고 참는 마음——이라는 것을 바라볼 수 있게 된다. 또 하나의 훈련 방법은 사용하고 나서 제자리에 집어넣지 않아서 온통 주위를 어지럽히고 있는 공구들을 정리하는 일이다. 이는 효과적인 방법으로, 초조해지기 시작했음을 알리는 첫 경고 신호에 해당하는 것이 바로 당신이 필요로 하는 공구를 즉각 손에 쥘 수 없다는 데서 오는 좌절감이라는 점에서 그러하다. 만일 당신이 그저 일을 멈추고 공구를 깔끔하게 정리하면, 당신은 공구를 쉽게 찾을 수 있을 것이다. 그뿐만이 아니라, 당신은 또한 시간을 낭비하거나 일을 위험에 빠뜨리지 않은 채 당신의 초조감을 줄일 수 있을 것이다.

우리는 데이빌[10]로 들어선다. 모터사이클의 좌석과 맞닿아 있는 몸의 부위가 콘크리트처럼 딱딱하게 굳어진 듯한 느낌이다.

자, 가치의 덫에 대한 이야기는 대략 이 정도로 됐다. 물론 이에 관해 이야기할 것은 아직도 엄청나게 많다. 정말로 나는 다만 무엇이 있는가를 보여주기 위해 이 주제에 대해 개략적으로 언급했을 뿐이다.

---

10) Dayville: 오리건 주의 그랜트 카운티에 있는 인구 138명(2000년 조사)의 작은 마을.

거의 어떤 정비사라도, 나는 모르지만 그가 발견한 가치의 덫에 관해 몇 시간이라도 당신에게 이야기해줌으로써 당신의 머리를 꽉 채울 수 있을 것이다. 틀림없이 당신 스스로 이 같은 가치의 덫을 거의 모든 일에서 수도 없이 발견하게 될 것이다. 아마도 당신이 잊지 말아야 할 단 하나 최고의 교훈이 있다면, 이는 먼저 당신이 가치의 덫에 빠졌을 때 이를 인식하라는 것, 이어서 기계 수리를 계속하기 전에 그 가치의 덫에서 벗어나도록 노력하라는 것, 바로 그것이다.

데이빌에 이르니, 주유소 옆으로 아름드리 나무들이 그늘을 드리우고 있다. 그 그늘 아래서 우리는 주유소에서 일하는 사람이 오기를 기다린다. 아무도 모습을 드러내지 않는다. 마침 몸도 뻣뻣하고 모터사이클 안장에 다시 올라탈 마음도 없어, 나무 그늘 아래서 다리 운동을 한다. 아름드리 나무들이 도로를 거의 완벽하게 가리고 있다. 이 황무지와도 같은 지역에 이런 나무들이 있다니, 이상하다.

주유소에서 일하는 사람이 아직도 모습을 보이지 않는다. 하지만 좁은 교차로 건너편에 있는 주유소——우리가 와 있는 주유소의 경쟁 상대라 할 수 있는 주유소——에서 일하는 사람이 상황을 파악하고는 곧 우리 쪽으로 와서 연료 탱크를 채워준다. "존, 이 친구 지금 어디 있는 거지?" 그가 말한다.

이윽고 존이 모습을 드러낸다. 그런 다음 건너편 주유소에서 일하는 사람에게 고맙다고 말하면서 자랑스럽게 이렇게 말을 잇는다. "우린 항상 이처럼 서로 도우며 삽니다."

나는 그에게 어디 좀 휴식을 취할 장소가 있느냐고 묻는다. "우리 집 앞 잔디밭에 가서 쉬시우." 그는 중심 도로를 가로질러 그의 집이 있는 쪽을 가리킨다. 그 집 앞에는 지름이 90~120센티미터는 족히

되어 보이는 몇 그루의 미루나무가 서 있다.

그가 가리키는 대로 우리는 길을 건너가서 무성하게 자란 푸른 풀밭 위에 길게 눕는다. 도로 옆에 맑은 물이 흐르는 도랑이 있고, 이 도랑의 물이 풀과 나무들을 적셔주고 있음을 깨닫는다.

틀림없이 우리는 30분가량 잠을 잤을 것이다. 깨어서 보니, 존이 푸른 풀밭 위 우리 옆에 있는 흔들의자에 앉아 있다. 그는 또 하나의 흔들의자에 앉아 있는 소방 감독관 차림의 남자와 이야기를 주고받고 있다. 나는 그들의 말에 귀를 기울인다. 대화의 속도가 내 호기심을 돋운다. 무언가 목적이 있어 나누는 대화가 아니다. 그냥 소일거리로 하는 대화다. 저와 같이 차분하고 느린 속도로 이어지는 대화를 1930년대 이래로 나는 들어본 적이 없다. 그 당시에는 나의 할아버지와 증조할아버지와 삼촌들과 할아버지의 형제들이 저와 같이 차분하고 느린 속도로 이야기를 나누곤 했었다. 시간을 때우는 것 이외에 그 어떤 요점도 없고 그 어떤 목표도 없이, 마치 흔들의자의 흔들림과도 같이, 계속해서 이야기가 이어지고 또 이어지고 다시 또 이어지곤 했던 것이다.

존이 내가 잠에서 깨어난 것을 알아차린다. 곧 우리는 약간의 대화를 나눈다. 그는 나무와 풀을 적셔주는 물이 "중국인의 도랑"에서 오는 것이라고 말한다. 그가 이렇게 말을 잇는다. "백인이라면 누구도 저렇게 도랑을 파지 못할 거요. 중국인들이 80년 전에 저 도랑을 파놓았다오. 그 당시 그들은 여기에서 금이 난다고 생각했지. 요즈음은 어딜 가도 저와 같은 도랑을 볼 수 없을 거요." 그는 그 도랑 때문에 저렇게 나무가 크다는 말을 덧붙인다.

우리는 우리가 어디에서 왔는지에 대해, 그리고 어디로 가고 있는지에 대해 약간의 이야기를 나눈다. 이윽고 우리가 떠날 때 존이 우리를 만나게 되어 즐거웠다고, 충분히 휴식을 취했기를 바란다고 말한다. 우리가 거대한 나무들의 그늘 아래를 막 벗어날 때 크리스가 그에게 손을 흔든다. 웃음 띤 모습으로 그도 우리에게 손을 흔든다.

황무지 위의 도로가 바위투성이의 골짜기들과 언덕들을 가로질러 구불구불 이어져 있다. 이곳은 이제까지 지나온 그 어떤 지역보다도 더 건조한 지역이다.

이제 나는 진리의 덫과 근육의 덫에 대해 이야기하고자 한다. 그런 다음 오늘의 야외 강연을 마치고자 한다.

진리의 덫은 내용이 파악되어 있고 기차의 화물차 안에 보관되어 있는 자료들과 관계된 것이다. 대부분의 경우, 이 같은 자료들과 관계된 덫은 앞서 마일즈 시티를 막 벗어나 이야기했던 전통적인 이원론적 논리와 과학적 방법에 의해 적절히 처리된다. 하지만 그런 방식으로 처리가 안 되는 덫이 하나 있다. 이는 바로 "예-아니요"의 논리가 야기하는 진리의 덫이다.

예와 아니요... 이것 또는 저것... 일(1) 또는 영(0). 두 단어로 된 이 같은 기초적인 구분 방식에 근거하여, 인간의 모든 지식은 축적되고 확립된다. 이를 증명해주는 것이 컴퓨터의 메모리 영역인데, 컴퓨터는 모든 지식을 이진법으로 환원한 정보의 형태로 저장한다. 컴퓨터가 그 안에 담고 있는 것은 1과 0의 집합, 그것이 전부다.

우리는 "예"와 "아니요"라는 두 용어와 동등한 자격을 갖는 제3의 논리적 용어—우리의 이해를 전혀 예기치 않은 방향으로 확장시켜줄 수 있는 제3의 논리적 용어—가 있을 수 있음을 일반적으로 깨닫지 못한다. 이는 우리가 이에 익숙해져 있지 않기 때문이다. 이에 대해 우리는 적절한 용어조차 소유하고 있지 못하다. 따라서 나는 한자에서 차용하여 무(無)라는 어휘를 사용하고자 한다.

무는 "없음"을 뜻한다. "질"과 마찬가지로 이는 이원론적 분리 과정의 바깥쪽을 지시한다. 무가 말하는 것은 "분화할 수 없음, 1도 아니고 0도 아니고 '예'도 아니고 '아니요'도 아닌 것"이다. 이 말이 진술하는 바는, "예" 또는 "아니요"라는 답변 자체가 잘못된 것이어서 이 같은 답변을 아예 제시해서는 안 되는 그런 맥락의 질문이 있다는 것이다. "질문을 거둬들이라"가 무가 말하는 바다.

질문의 맥락이 문제에 대한 답을 제공하기에는 지나치게 협소한 것일 때, 무는 적절한 답이 된다. 어떤 학승이 선승 조주(趙州)[11]에게 개도 불성(佛性)을 지니고 있는가를 물었을 때, 그는 "무"라고 답한 바 있다. 이는 그가 있다 또는 없다고 답하면 그의 답변은 잘못된 것임을 뜻한다. 불성이란 "예"나 "아니요"와 같은 답변을 기대하는 질문으로 포착될 수 있는 것이 아니다.

명백히 그와 같은 무는 과학의 탐구 대상인 자연 세계에도 존재한다. 다만 여느 때처럼 우리는 전통적으로 이를 볼 수 없도록 훈련이 되어 있을 뿐이다. 예컨대, 컴퓨터의 회로는 단지 두 상태――즉 전기적으로 1을 지시하는 상태와 0을 지시하는 상태――만을 표시해준다는 진술을 우리는 몇 번이고 계속 되풀이한다. 이 얼마나 어리석은 진술인가!

어떤 컴퓨터 공학 기술자라고 해도 이 진술이 사실과 다른 것임을 알 것이다. 컴퓨터에 접속된 전원을 차단했을 때 1 또는 0을 표시하는 전기를 찾으려 해보라. 회로는 무의 상태에 있는 것이다. 회로는 1의 상태에 있는 것도 아니고, 0의 상태에 있는 것도 아니다. 이는 1 또는

---

11) 趙州 禪師(778~897): 중국의 선승.

0의 관점에서 보면 아무런 의미가 없는 상태인 미결정의 상태에 있는 것이다. 전압 계측기의 수치는 수많은 경우 "전원이 접속되어 있지 않은 상태"를 보여주기도 하는데, 이 경우 기술자가 읽는 수치는 결코 컴퓨터 회로의 특성이 아니다. 그가 읽는 수치는 다만 전압 계측기 자체의 특성일 뿐이다. 전원이 차단된 상황은 1-0의 상태가 보편적인 것이라고 생각되는 맥락보다 한결 더 큰 맥락의 일부에 해당하는 것이라는 점—바로 이 점이 밝혀진 것이다. 결국 1인가 0인가라는 질문은 "거둬들여진" 셈이다. 아울러, 전원이 차단된 상태 이외에도, 1-0이라는 일반화의 맥락보다 더 큰 맥락이기 때문에 무라는 답변이 확인될 수밖에 없는 컴퓨터의 상황들이 수도 없이 존재한다.

  이원론적 정신의 소유자들은 자연에서 이루어지는 무의 발생을 일종의 맥락상의 속임수 또는 타당성을 결여한 것으로 생각하는 경향이 있다. 하지만 무는 온갖 과학적 탐구 어디에서도 확인된다. 또한 자연은 속이지 않으며, 자연의 답은 타당성을 결여하지 않는다. 자연의 무라는 답변을 어물쩍 감추려 하는 것은 중대한 오류이며 일종의 사기에 해당하는 것이다. 이 같은 답변을 인정하고 제대로 평가하는 경우, 논리적 이론을 실험적 실제(實際)에 한결 더 가까이 다가가도록 하는 데 많은 기여를 할 수 있을 것이다. 모든 실험실 과학자들은 "예-아니요"의 답변이 나오도록 고안된 실험들의 물음에 대해 너무도 자주 자신들의 실험 결과가 무라는 답변을 제시하고 있음을 알고 있다. 이 경우 과학자들은 자신의 실험이 서투르게 고안되었다고 생각하고, 자신의 멍청함에 대해 자책하기도 한다. 그리고 무라는 답변을 제공한 "낭비된" 실험을 기껏해야 일종의 헛바퀴 돌리기—말하자면, 미래의 예-아니요 실험을 고안할 때 야기될 수 있는 오류를 막는 데 도움을 줄 수도 있는 헛바퀴 돌리기—로 생각한다.

무라는 답을 제공하는 실험에 대한 이 같은 낮은 평가는 정당화될 수 없다. 무라는 답변은 대단히 중요한 것이다. 이 답변은 과학자에게 그가 던지는 질문의 맥락이 자연의 답변을 얻기에는 너무도 협소함을, 따라서 질문의 맥락을 넓혀야 함을 말해준다. 그런 의미에서 이는 너무도 중요한 답변인 것이다! 자연에 대한 과학자의 이해는 이 같은 답변으로 인해 엄청나게 개선될 것이다. 바로 이 같은 개선이 애초에 실험이 의도했던 바의 것이 아닌가! 과학은 "예-아니요"라는 답변에 의해서보다는 무라는 답변에 의해 더욱더 성장한다는 주장을 아주 강력하게 내세울 수도 있을 것이다. "예" 또는 "아니요"는 하나의 가설을 인정하거나 부정한다. 무는 답변이 가설 저 너머에 있음을 말해준다. 무는 애초에 과학적 탐구를 시작하도록 과학자를 자극하는 "현상"인 것이다! 거기에는 신비로운 것이나 비밀스러운 것이 아무것도 없다. 다만 우리의 문화가 이를 낮게 평가하도록 우리의 마음을 뒤틀어놓았기 때문에 그렇게 느껴질 따름이다.

모터사이클 관리의 경우, 수많은 진단용 물음을 기계한테 던지면 기계는 당신에게 무라는 답변을 제공하는 경우가 있는데, 이 같은 답변이야말로 당신에게 기를 잃게 하는 주요한 요인 가운데 하나다. 하지만 그 때문에 기를 잃어서는 안 된다! 실험에 대한 당신의 답변이 "예"도 아니고 "아니요"도 아닌 미결정의 것이라면, 당신은 다음 두 상황 가운데 하나에 처해 있음을 뜻한다. 즉, 당신이 내세운 실험 절차들이 당신이 기대하는 바를 제대로 수행하지 못하거나, 문제의 맥락에 대한 당신의 이해가 확장될 필요가 있거나의 상황에 처해 있다고 할 수 있다. 당신의 실험 방법들을 검토하고 질문이 제대로 된 것인지를 다시 연구하라. 기계가 주는 무라는 답변들을 내동댕이쳐서는 안 된다! 그것들은 어느 하나도 예외 없이 "예-아니요"라는 답변만큼이나 긴요한 것들이다. 아니, 그것들은 더 긴요한 것들이다. 당신을 성장케 하는 것은 바로 그것들이기 때문이다.

. . . 이 모터사이클이 약간 과열되어 있는 것 같다. . . . 하지만 나는 우리가 현재 통과하고 있는 지역이 건조하고 뜨겁기 때문이라고 추정한다. . . . 나는 이 의문에 대한 답을 무 상태로 남겨둘 것이다. . . . 더 나빠지거나 나아질 때까지. . . .

우리는 초콜릿이 가미된 맥아 우유를 즐기기 위해 미첼[12]이라는 마을의 한 식당에서 오래 머문다. 이 마을은 식당의 두꺼운 판유리로 된 창문을 통해 보이는 몇 개의 메마른 언덕으로 둘러싸인 곳에 아늑하게 자리 잡고 있다. 몇몇 아이들이 트럭을 타고 마을로 들어선다. 트럭이 멈추자 우르르 내려 식당으로 몰려 들어와, 이를테면 분위기를 압도한다. 그들은 상당히 반듯하게 행동한다. 다만 시끄럽고 기운을 주체하지 못할 뿐이다. 아무튼, 식당 여주인이 그 아이들 때문에 약간 신경이 예민해져 있음을 눈으로 확인할 수 있다.

모래투성이의 메마른 황무지가 다시 시작된다. 우리는 그 지대로 들어선다. 이제 늦은 오후이고, 우리는 정말로 먼 거리를 달려왔다. 이처럼 너무도 오랫동안 모터사이클의 좌석에 앉아 있자니, 몸이 무척 쑤신다. 이제는 정말로 피곤하다. 식당에서 보았던 크리스도 피곤한 기색이었다. 그는 또한 약간 풀이 죽어 있기도 했다. 내 생각에 어쩌면 그가. . . . 좋다. . . . 내버려두자. . . .

---

12) Mitchell: 1873년에 정치가 존 H. 미첼John H. Mitchell의 이름을 따서 세워진 인구 170명 (2000년 조사)의 작은 마을. 오리건 주의 휠러 카운티Wheeler County에 있으며, 휠러 카운티는 그랜트 카운티의 서쪽에 있음.

무 개념으로의 확장이 현재로서는 진리의 덫에 관해 내가 이야기하고자 하는 것의 전부다. 신경운동성의 덫으로 넘어갈 때가 되었다. 이는 기계에 발생한 일과 가장 직접적으로 관련이 있는 이해의 영역이다.

이 영역에서 기의 숨통을 조이는 덫 가운데 가장 사람을 좌절케 하는 것은 맞지 않는 연장이다. 연장 때문에 일이 어려워지는 것만큼이나 사람의 사기를 극심하게 저하시키는 것은 없을 것이다. 여력이 있는 한 고품질 연장을 구입하도록 하라. 그러면 절대 후회하지 않을 것이다. 만일 돈을 절약하고 싶다면, 신문의 개인 광고란을 무심하게 넘기지를 말아야 한다. 원칙적으로 고품질 연장은 결코 마모되지 않는다. 그래서 남이 쓰던 중고품이라도 고품질 연장은 신품이지만 질이 떨어지는 연장보다는 한결 낫다. 연장을 소개하는 상품 카탈로그를 꼼꼼히 살펴보기도 해야 할 것이다. 그것을 통해 당신은 많은 것을 배울 수 있을 것이다.

형편없는 연장 이외에 형편없는 주변 환경도 기의 숨통을 조이는 주된 덫 가운데 하나다. 적절한 조명 상태를 유지하는 데 신경을 쓰기 바란다. 자그마한 조명 하나가 얼마나 많은 수(數)의 실수를 막아주는가를 알면 놀라지 않을 수 없을 것이다.

신체적 불편함 가운데 막을 길이 없는 것도 있지만, 너무 덥거나 너무나 추운 주변 환경 때문에 발생하는 것과 같은 신체적 불편함 가운데 수많은 것들이 조심하지 않으면 당신의 판단을 엄청나게 혼란스러운 것으로 만들 수도 있을 것이다. 예컨대, 너무 추우면 당신은 서두르게 될 것이고, 그러면 십중팔구 실수를 저지르게 될 것이다. 너무 더우면 화를 참는 한계점이 아주 낮아져 툭하면 화를 낼 것이다. 그리고 가능하면 불편한 자세로 일을 하지 않도록 하기 바란다. 모터사이클의 어느 한쪽에든 자그마한 앉은뱅이 의자를 준비해두면 당신의 인내심은 엄청나게 증대되어, 당신이 작업하고 있는 조립 과정에 손상이 갈 확률이 한결 줄어들게 될 것이다.

한편, 근육의 둔감성이라는 명칭으로 불리는 신경운동성의 덫이 있는데, 이는 정말로 심각한 몇몇 손상의 원인이 된다. 이는 부분적으로 근(筋)감각의 결핍에서 비롯된다. 말하자면, 비록 모터사이클의 외부는 억세 보이지만, 그 모터사이클의 엔진 내부는 섬세한 정밀 부품들——그러니까 둔감한 근육 활동에 의해 쉽게 손상이 될 수 있는 부품들——로 이루어져 있음을 제대로 깨닫지 못하는 데서 비롯된다. 이른바 "정비사의 느낌"이라 불리는 것이 있는데, 그것이 무엇인지 알고 있는 사람들에게는 너무도 뻔한 것이다. 하지만 그것이 무엇인지 모르는 사람들에게는 설명하기 어려운 것이 바로 이 정비사의 느낌이라는 것이다. 당신이 어쩌다 그런 느낌을 소유하지 못한 사람이 기계를 앞에 놓고 작업을 하는 것을 보고 있노라면, 당신은 당신의 몸이 그가 만지고 있는 기계이기라도 하듯 기계와 함께 통증을 느끼게 될 것이다.

"정비사의 느낌"이라는 것은 물질의 신축성을 느끼고 감지하는 데 필요한 깊은 내적 근감각에서 나오는 것이다. 어떤 물질들은 신축성이 거의 없는데, 세라믹과 같은 물질이 이에 해당한다. 따라서 세라믹 재질의 도자기로 된 부품에 나사 홈을 팔 때는 너무 많은 압력이 가해지지 않도록 극도의 세심한 주의를 기울여야 한다. 고무보다 더 뛰어난 신축성을 지니고 있다고 할 수 있을 정도로 신축성이 엄청나게 큰 물질도 있는데, 강철이 그 예가 될 것이다. 하지만 강철은 엄청난 기계적 힘을 동원하여 작업하지 않는 경우라면 신축성이 뚜렷하게 드러나지 않는 그런 범위에 속하는 물질이기도 하다.

각종 나사를 다룰 때 당신은 넓은 범위의 기계적 힘을 동원해야 함을, 또한 그 범위 안에서는 각각의 금속이 나름의 신축성을 지닌 재질이라는 점을 이해해야 한다. 당신이 나사를 조일 때 "손가락의 힘만을 사용하여 조이기"라 불리는 지점이 있다. 이는 수나사와 암나사 사이의 접촉이 이루어지지만 신축성은 그대로 남겨둔 채 나사를 조이는 것을 말한다. 그다음 "꼭 들어맞게 조이기"가 있다. 이는 표면적 신축성이 남지 않을 때까지 조이는 것을 말한다. 이어서 "단단하게 조이기"라 불리는 나사 조이기 영역이 있다. 이는 모든 신축성이 남지 않을 때까지 조이는 것을 말한다. 이 세 지점에 도달하는 데 요구되는 힘은 수나사와 암나사의 크기에 따라 차이가 있을 뿐만 아니라, 윤활유를 입힌 나사나 보조 나사의 경우에도 차이가 있다. 또한 그와 같은 힘은 나사의 재질이 강철인가, 주철인가, 구리인가, 알루미늄인가, 플라스틱인가, 세라믹인가에 따라서도 차이가 있다. 하지만 정비사의 느낌을 소유한 사람이라면 언제 나사가 얼마만큼 조여졌는가와 언제 조이기를 멈춰야 할 것인가를 안다. 정비사의 느낌을 소유하지 못한 사람은 멈춰야 할 시점을 몰라 그 시점을 넘어서는 바람에 나사 홈을 망가뜨리거나 조립된 기계 장치를 부서뜨릴 수 있다.

"정비사의 느낌"은 금속의 신축성에 대한 이해뿐만 아니라 금속의 연성(軟性)에 대한 이해도 암시한다. 모터사이클의 내부에는 어떤 경우 1만분의 1인치에 이를 정도의 아주 미세한 오차만을 허용할 만큼 정밀한 표면들이 존재한다. 만일 당신이 그 부분을 떨어뜨리거나 더럽혀 오물이 묻게 하거나 또는 긁거나 망치로 치는 경우 그 부분은 정밀성을 상실하게 될 것이다. 일반적으로 표면 바로 아래쪽의 금속은 엄청난 양의 충격과 압력을 흡수할 수 있지만 표면 자체는 그렇지 못하다는 점을 이해하는 것이 중요하다. 들러붙어 잘 떨어지지 않거나 다루기 힘든 정밀 부품들을 다룰 때, 정비사의 느낌을 소유하고 있는 사람이라면 그는 표면에 해를 입히지 않도록 주의할 것이다. 또한 가급적이면 그 정밀 부품에서 정밀성이 요구되지 않는 부분을 찾아 이 부분을 대상으로 하여 공구 사용 작업을 할 것이다. 만일 그가 표면 부분 자체에 무언가의 작업을 하지 않을 수 없는 상황이 되면, 그는 항상 좀더 부드러운 재질의 공구나 물질을 이용하여 문제의 작업을 할 것이다. 구리 재질의 망치, 플라스틱 재질의 망치, 나무 재질의 망치, 고무 재질의 망치, 납 재질의 망치 등 온갖 공구들이 이 같은 작업을 위해 마련되어 있다. 그러니 필요에 따라 이 같은 공구들을 사용하기 바란다. 바이스[13]의 죄는 부분 양쪽을 플라스틱, 구리, 납 재질의 판으로 덮은 다음 그 사이에 해당 부품을 끼워놓고 작업을 할 수도 있을 것이다. 이런 방법도 또한 이용하기 바란다. 정밀 부품들은 부드럽게 다뤄야 할 것이다. 그러면 절대 후회할 일이 생기지 않을 것이다. 만일 당신이 주변 물건들을 거칠게 다루는 경향을 갖고 있다면, 시간을 좀더 투자하고, 정밀 부품들로 대표되는 기술 공학적 업적에 대해 좀더 깊이 존경하는 마음을 갖도록 노력해야 할 것이다.

비스듬히 길게, 우리가 지나온 메마른 황무지에 그림자가 드리워져 있다. 그 그림자를 바라보고 있노라니, 어딘가 울적하고 가라앉은 듯한 느낌이 든다.

아마도 늦은 오후가 되면 늘 찾아오곤 하는 울적한 느낌 이상의 것

---

13) Vice: 기계 부품을 놓고 작업을 할 때 부품이 움직이지 않도록 조여 고정시키는 장치. 옆의 그림을 참조할 것.

은 아닐 것이다. 하지만, 오늘 이 모든 것에 대해 그 많은 이야기를 하고 나서 생각하니, 웬일인지 핵심의 주변을 맴도는 이야기만 했다는 느낌에서 벗어날 수 없다. 누군가 이렇게 물을 수도 있겠다. "좋소이다. 만일 내가 말이오, 기의 숨통을 누르는 그 모든 덫을 다 피하면, 상대를 때려눕힐 수 있을 것이란 말이오?"

이에 대한 나의 답은 물론 "아니요"다. 당신에게는 아직 때려눕힐 구체적 상대가 없지 않소. 게다가 당신은 바르게 삶을 살아야 하오. 당신이 어떻게 사느냐에 따라, 당신은 문제의 덫을 피하고 사실이 올바른 것인가 아닌가를 깨닫는 길로 들어설 수도 있고, 그렇게 하지 못할 수도 있소. 혹시 당신이 완벽한 그림을 그리는 법을 알고 싶어 할지도 모르겠소. 그건 쉽소. 먼저 당신 스스로 완벽한 사람이 되고, 그런 다음 그저 자연스럽게 그림을 그리시오. 그것이 바로 온갖 전문가들이 자기네들 일을 하는 방법이라오. 그림을 그리는 것이든, 모터사이클을 고치는 것이든, 그 어느 것도 당신이 살아가는 삶의 나머지 부분과 관계없이 따로 이루어질 수 있는 일이 아니오. 당신이 일주일에 엿새 동안 흐리멍덩한 생각에 젖어 지내는 사람, 그리하여 당신의 기계에 대해 아무런 작업도 하지 않는 사람이라고 합시다. 그런데, 어떤 덫을 피해야 하는지, 어떤 수법을 동원해야 하는지의 물음이 이렛날 당신을 갑작스럽게 예리한 사람으로 변모시킬 수 있겠소? 이는 모두 함께 가는 것이오.

하지만 당신이 일주일에 엿새 동안 흐리멍덩한 생각에 젖어 살다가 이렛날 정말로 예리한 사람이 되려고 애를 썼다 합시다. 그러면 아마도 다음 엿새는 지난 엿새와 똑같이 흐리멍덩한 생각에 젖어 보내는 날들이 될 수 없을 거요. 내가 이 같은 기의 숨통을 죄는 덫에 관해 이야기하면서 정말로 하고 싶었던 말은 무엇이겠소? 내 생각이긴 하나, 그것은 바르게 사는 삶을 향해 가는 지름길이오.

 당신이 앞에 놓고 작업을 하는 진정한 모터사이클은 바로 당신 자신이라 불리는 모터사이클이오. "저기 바깥에" 있는 것처럼 보이는 기계와 "여기 안에" 있는 것처럼 보이는 인간은 별개의 두 실체가 아니라오. 이 둘은 질을 향해 함께 성장하거나 질로부터 함께 멀어지는 그 무엇이오.

 몇 시간만 지나면 해가 질 시각이 되어 우리는 프라인빌[14]의 근교에 도착한다. 현재 우리는 97번 간선도로와 만나는 교차로가 있는 지점에 와 있으며, 이 지점에서 우리는 방향을 바꿔 남쪽으로 갈 것이다. 우선 교차로의 한쪽 구석에 있는 주유소에서 연료 탱크를 채운다. 그런 다음, 너무도 피곤하여 주유소의 뒤쪽으로 가서 자갈밭에 발을 디딘 채 노란색으로 칠해놓은 시멘트 연석(緣石) 위에 앉는다. 작열하는 하루의 마지막 햇빛이 나무들 사이를 지나 내 눈을 어지럽힌다. 크리스도 와서 자리를 잡고 앉는다. 우리는 아무 말도 나누지 않는다. 아무튼, 아직까지 이처럼 심하게 기분이 침체된 적은 없었다. 기의 숨통을 조이는 덫에 관한 그 모든 이야기를 한 다음, 나 자신이 곧바로 그 덫에 걸려든 것이다. 아마도 피로 때문이리라. 우리는 잠을 좀 자야만 한다.

 잠시 동안 도로 위로 차들이 지나가는 것에 눈길을 준다. 지나가는 차들에서 무언가 쓸쓸함이 느껴진다. 아니, 쓸쓸함이 아니다. 그보다 더 좋지 않은 것이 느껴진다. 그렇다, 지나가는 차들에서 느껴지는 것은 공허함이다. 연료 탱크를 채울 때 주유소 종업원의 표정에서 느껴

---

14) Prineville : 오리건 주 중앙에 있는 크룩 카운티Crook County의 중심 도시. 2000년 조사에 따르면 인구는 7,356명. 2006년도 조사에 의하면 9,990명.

지는 바로 그 공허함 말이다. 그 어느 곳으로도 인도하지 않는 공허한 도로 옆의 공허한 자갈밭, 그리고 그 공허한 자갈밭 바로 옆의 공허한 연석 위에 내가 앉아 있는 것이다.

차를 운전하고 있는 사람들한테서도 무언가 비슷한 것이 느껴진다. 그들의 표정은 주유소의 종업원의 표정과 너무도 똑같다. 자기만의 사적(私的)인 몰아경(沒我境)에 빠져 정면을 주시할 뿐이다. 나는 이 같은 표정을 첫날 이후 본 적이 없다. . . . 실비아가 운전 중인 사람들을 보고 느낀 바를 말했던 여행의 첫날 이후 아직 본 적이 없다. 그들 모두가 마치 어느 한 장례 행렬에 끼어 있는 사람들 같아 보인다.

어쩌다 이따금 차를 몰고 가던 사람들이 우리에게 언뜻 눈길을 주고는 무표정한 모습으로 눈길을 돌린다. 마치 자기 일에만 전념하고자 하는 듯. 마치 그들이 우리에게 눈길을 준 것을 우리가 알아차릴까 봐 당황하기라도 한 듯. 우리가 아주 오랫동안 그런 표정과 거리를 두고 있었기 때문에, 이제 그런 표정이 새삼스럽게 내 눈에 띈다. 차들이 달리는 것도 또한 달라 보인다. 일정한 속도로 전속력을 다해 마을로 들어가기 위해 움직이고 있는 것처럼 보인다. 마치 어딘가에 도착하는 것만이 그들의 목표인 양. 마치 지금 여기는 지나쳐 가야 할 그 무엇에 불과한 것이라도 되는 양. 운전자들은 그들이 어디에 있는가보다는 어디로 가고자 하는가에 대해 생각하고 있는 것처럼 보인다.

나는 이것이 의미하는 바가 무엇인지 안다! 우리는 서부 해안 지대에 들어선 것이다! 이제 다시 완전한 이방인이 된 것이다! 여러분, 기의 숨통을 조이는 덫들 가운데 가장 거대한 놈을 제가 깜빡 잊고 있었군요. 그것이 무엇인가 하면, 장례 행렬을 연상케 하는 현대의 생활 양식, 바로 이것입니다! 모든 사람을 그 안에 가두고 있는 이 생활 양식, 대단한 척하지만 가짜인, 빌어먹을 놈의, 초현대적인, 자기중심적인 이 생활 양식, 스스로 이 나라를 지배하고 있다고 생각하는 이 생활 양식, 바로 이것입니다. 우리가 너무 오랫동안 벗어나 있어서, 저는 그것에 대해 완전히 잊고 있었던 것이지요.

우리는 길게 늘어서 움직이고 있는 차량의 행렬 속으로 들어가 남쪽으로 향한다. 대단한 척하지만 부풀려놓은 가짜 위험이 우리 가까이에 다가와 있음을 나는 느낄 수 있다. 백미러를 통해 보니, 어떤 빌어먹을 놈이 우리를 추월해 가지 않고 계속 뒤를 바짝 따라오고 있다. 나는 속도를 75마일로 올려 상황을 벗어나려 한다. 하지만 그놈은 아직 우리 뒤를 바짝 따라오고 있다. 속도를 95마일로 올려 계속 따라오는 그놈으로부터 벗어난다. 나는 이런 상황이 정말로 싫다.

우리는 벤드[15]에서 모터사이클을 멈추고, 현대식 식당에서 저녁 식사를 한다. 이 식당에서도 사람들은 역시 서로에게 눈길을 주지 않은 채 들어왔다가 나가기를 계속한다. 식당의 손님 접대는 더할 수 없이 뛰어나지만, 개성이 없다.

더 남쪽으로 내려가다 우리는 발육 불량의 나무들로 이루어진 숲을 발견한다. 숲은 우스꽝스러울 정도의 작은 부지(敷地)들로 나뉘어 있다. 어떤 부동산 개발업자의 개발 음모가 여기에 도사리고 있음이 분명하다. 주(主) 간선도로에서 멀리 떨어진 곳에 있는 어느 한 부지에 자리 잡고, 우리는 침낭을 꺼내 편다. 그러면서 바닥을 보니, 몇십 센티미터 깊이로 쌓여 있음이 틀림없어 보이는 해면같이 부드러운 먼지를 솔잎들이 가까스로 가리고 있는 것이 눈에 띈다. 이처럼 먼지가 깊이 쌓여 있는 것은 이제껏 본 적이 없다. 솔잎을 걷어차지 않도록 조

---

[15] Bend: 2008년 조사에 따르면 인구 80,955명(2000년 조사에 따르면 52,029명)인 오리건 주 중부 지방의 도시. 데슈츠 카운티Deschutes County의 중심 도시로, 중부 오리건 주에서 가장 큰 도시다.

심하지 않으면 안 된다. 자칫 잘못하면 먼지가 날아올라 모든 것을 덮어버릴 것이다.

우리는 방수포를 바닥에 깔고 그 위에 침낭을 올려놓는다. 그렇게 하니 효과가 있는 것 같다. 크리스와 나는 우리가 현재 있는 곳이 어디인지와 어디로 갈 것인지에 대해 잠깐 이야기를 나눈다. 희미한 여명에 의지하여 나는 지도를 본다. 그리고 손전등을 비춰 좀더 자세히 지도를 들여다본다. 우리가 오늘 달린 거리를 따져 보니 325마일이나 된다. 굉장히 먼 거리를 달린 셈이다. 나와 마찬가지로 크리스도 완전히 지쳐 있는 것 같다. 그도 나와 마찬가지로 곧 잠에 빠져들 것이다.

4부

제27장

 당신은 왜 그늘에서 나오지 않는 거요? 무엇이 당신의 진정한 모습이오? 당신이 무언가를 두려워하고 있음을 부인하지 못하겠지. 당신이 두려워하는 것은 무엇이오?
 그늘에 가려진 그 모습의 뒤쪽으로는 유리문이 있다. 크리스가 그 유리문 저편에 서서 나에게 문을 열라고 손짓을 한다. 이제 그는 전보다 더 철이 들어 보인다. 하지만 그의 얼굴에는 아직 호소하는 듯한 표정이 역력하다. "이제 어떻게 해야 해요?" 그는 나에게 묻는다. "다음엔 어떻게 해야 하지요?" 그는 내 지시를 기다리고 있다.
 행동을 취할 때가 되었다.
 나는 그늘 속의 형상을 꼼꼼히 살펴본다. 한때는 절대적인 능력의 소유자로 보였지만, 지금 보니 그렇지 않다. "당신 누구요?" 내가 그에게 묻는다.
 대답이 없다.
 "무슨 권리로 저 문을 닫아놓는 거요?"

여전히 대답이 없다. 그 형상은 침묵을 지키고 있지만, 동시에 몸을 움츠린다. 그는 두려워하고 있는 것이다! 바로 나를.

"무언가 더 끔찍한 것이 있어 차라리 그늘에 몸을 가리고 있는 거요? 그것 때문이오? 그것 때문에 말을 하지 않는 거요?"

그 형상이 두려움에 떨며 몸을 움츠리는 것 같아 보인다. 마치 내가 곧 무엇을 하려는지 알아차리기라도 한 양.

기다리다가 나는 그 형상에게 좀더 가까이 다가간다. 혐오스럽고 음험하며 사악한 존재다. 좀더 가까이 다가가지만, 내 눈길은 그 형상이 아닌 유리문 쪽을 향하고 있다. 그의 경계심을 풀기 위해서다. 나는 다시 멈추었다가 마음을 다잡고는 그 형상을 향해 돌진한다!

내 손이 쑥 들어가더니, 무언가 부드러운 것이 손에 만져진다. 그 형상의 목 부위임이 틀림없다. 그 형상이 몸부림치고, 나는 마치 뱀을 움켜쥐듯 그의 몸을 움켜쥔 손에 더욱 힘을 준다. 이제 나는 그 형상의 목을 더욱더, 더욱더 세게 움켜쥔 채, 밝은 곳으로 끌고 갈 것이다. 드디어 밝은 곳으로 왔다! 이제 그 형상의 정체를 곧 확인하게 될 것이다!

"아빠!"

"아빠!" 지금 들리는 크리스의 목소리는 유리문 밖에서 나는 것일까?

그렇다! 처음으로 그의 목소리를 들을 수 있게 되었다! "아빠! 아빠!"

"아빠! 아빠!" 크리스가 내 셔츠를 세게 잡아당긴다. "아빠! 깨어나세요! 아빠!"

그는 이제 훌쩍이며 울고 있다. "그만 하고요, 깨어나란 말이에요! 아빠!"

"얘야, 괜찮다."

"아빠! 깨어나란 말이에요!"

"얘, 깨어 있단다." 새벽의 옅은 여명 속에서 그의 얼굴을 거의 분간할 수 없다. 우리는 숲 속 어딘가에 있다. 옆에 모터사이클이 보인다. 내 생각에 우리는 오리건 주 어딘가에 있는 것 같다.

"이제 괜찮다. 꿈자리가 사나웠을 뿐이란다."

그는 계속 울고 있고, 그런 그의 곁에서 나는 잠시 침묵을 지킨 채 앉아 있다. "이젠 괜찮다." 내가 이렇게 말하지만 그는 울음을 멈추지 않는다. 그는 겁에 잔뜩 질려 있다.

나 역시 겁에 잔뜩 질려 있다.

"무슨 꿈을 꾸고 있었던 거예요?"

"어떤 사람의 얼굴을 확인하려고 했었다."

"아빠가 날 죽이겠다고 소리쳤어요."

"아니, 네가 아니란다."

"그럼 누구예요?"

"꿈속에서 만난 사람이야."

"그게 누구예요?"

"잘 모르겠다."

크리스가 울음을 그친다. 하지만 그는 한기 때문에 아직도 계속 몸을 떨고 있다. "그 사람 얼굴을 보았어요?"

"그래, 보았단다."

"어떻게 생긴 사람이에요?"

"얘, 알고 보니 그 사람은 바로 나더라. 내가 소리쳤을 때 보니 그렇더라. . . . 그냥 꿈자리가 사나웠을 뿐이야." 나는 크리스에게 떨고 있지 말고 다시 침낭 속으로 들어가라고 말한다.

그가 침낭 속으로 들어가면서 이렇게 말한다. "너무 추워요."

"그래, 너무 춥다." 새벽 여명에 보니, 우리가 숨을 내쉴 때마다 하얀 입김이 나온다. 이윽고 크리스가 침낭의 덮개 안으로 몸을 웅크려 파묻는다. 그러자 이제 내 입김만이 보일 뿐이다.

나는 다시 잠들지 않는다.

꿈을 꾼 사람은 결코 내가 아니다.

그는 파이드로스다.

그가 깨어나고 있는 것이다.

자기 자신과 대립하는 분열된 정신. . . . 그건 나다. . . . 내가 바로 그늘 속의 사악한 존재다. 내가 바로 그 혐오스러운 존재다. . . .

나는 그가 되돌아올 것이라는 것을 항상 알고 있었다. . . .

이에 어떻게 대처해야 하느냐, 이것이 이제 문제다. . . .

나뭇가지 아래로 보이는 하늘이 너무도 짙은 잿빛을, 너무도 절망적인 빛을 띠고 있다.

불쌍한 크리스.

제28장

곧 절망감이 점점 고조되어간다.

마치 장면과 장면이 겹쳐지고 있는 영화의 어느 한 화면처럼 과거의 영상이 현실 위로 겹쳐진다. 당신은 그 영상이 현실 세계의 것이 아님을 알고 있지만, 그럼에도 여전히 그렇게 느껴진다.

눈이 내리지 않는 11월의 어느 추운 날이다. 낡은 자동차의 매연으로 더러워진 창문, 그 틈으로 바람이 몰고 온 먼지가 비집고 들어온다. 여섯 살의 크리스가 그의 옆에 앉아 있다. 히터가 작동하지 않기 때문에 크리스는 스웨터를 입고 있다. 불어오는 바람에 그대로 노출되어 있는 차의 먼지 낀 창문을 통해 그들은 자신들이 잿빛 하늘을 향해 가고 있음을 본다. 눈발이 날리지 않는 잿빛 하늘을 향해. 전면이 벽돌로 된, 잿빛의 또는 잿빛 감도는 갈색의 건물들 사이를 지나. 건물 전면의 깨어진 창문 유리가 파편으로 널려 있는 거리를 따라.

"여기가 어디예요?" 크리스가 묻자 파이드로스가 이렇게 대답한다. "모르겠는데." 그는 정말로 어디로 가는지 모르고 있다. 그는 거의 제

정신이 아니다. 그는 길을 잃고 잿빛 거리를 이리저리 떠돌고 있다.

"우리, 어디 가는 거지?" 파이드로스가 묻는다.

"2단 침대 파는 데 가는 거잖아요." 크리스가 답한다.

"그런 데가 어디 있지?" 파이드로스가 묻는다.

"몰라요." 크리스가 답한다. "어쩌면 그냥 쭉 가다 보면 나오겠죠."

그리하여 두 사람은 차를 탄 채 끊임없이 이어지는 거리를 따라 헤매고 또 헤맨다. 아이들이 사용할 2단 침대를 파는 곳을 찾아. 파이드로스는 차를 멈추고 운전대에 머리를 얹은 채 쉬고 싶을 뿐이다. 매연과 잿빛 대기가 그의 눈을 파고들어와, 그의 두뇌에 있던 인식 능력을 거의 다 지워버린 상태다. 길 안내판들이 모두 같아 보여 구별이 되지 않는다. 잿빛이 감도는 갈색의 건물들도 모두 같아 보인다. 그들은 2단 침대를 파는 곳을 찾아 차를 탄 채 계속 거리를 헤매고 또 헤맨다. 하지만 파이드로스는 2단 침대를 파는 곳을 결코 찾을 수 없을 것임을 알고 있다.

크리스가 무언가가 잘못되었음을 천천히 그리고 조금씩 깨닫기 시작한다. 차를 몰고 있는 사람이 더 이상 정말로 차를 몰고 있는 것이 아님을, 선장은 이미 죽었고 차는 방향을 잃은 채 헤매고 있음을 깨닫기 시작한 것이다. 크리스가 이 사실을 제대로 알고 있는 것은 아니다. 그는 다만 무언가가 잘못되었음을 느끼고 있을 뿐이다. 차를 멈추라고 크리스가 말하자, 파이드로스가 차를 멈춘다.

뒤의 차가 경적을 울리지만, 파이드로스는 움직이지 않는다. 다른 차들 역시 경적을 울리고, 또 다른 차들이 경적을 울린다. 이에 당황한 크리스가 이렇게 외친다. "빨리 가요!" 그러자 번민에 잠긴 채 파이드로스가 천천히 클러치를 밟고 기어를 바꿔 차를 움직이게 한다. 천천히, 마치 꿈속을 헤매듯, 차는 거리를 따라 느린 속도로 움직인다.

"우리가 사는 곳이 어디지?" 파이드로스가 겁먹은 표정의 크리스에게 묻는다.

크리스가 주소를 기억해냈지만, 어떻게 집으로 돌아가야 하는지는 모른다. 하지만 이 사람 저 사람에게 묻다 보면 길을 찾을 수 있을 것이라는 판단을 한 다음 이렇게 말한다. "차를 멈추세요!" 이윽고 그가 차 밖으로 나가 사람들에게 방향을 묻는다. 곧이어 정신 착란 상태의 파이드로스를 이끌어 끝없이 이어지는 벽돌 건물들, 유리 창문이 깨어져 있는 벽돌 건물들의 벽과 벽 사이를 가로지른다.

몇 시간이 지난 후에 그들은 집에 도착한다. 아이들 엄마는 파이드로스와 크리스가 그처럼 늦게 돌아온 것에 몹시 화를 낸다. 그녀는 그들이 2단 침대 파는 곳을 무엇 때문에 찾지 못했는지를 이해하지 못한다. 크리스가 말한다. "우린 가볼 만한 곳은 다 가봤어요." 하지만 그는 무언가 알 수 없는 것에 대한 공포와 두려움이 담긴 눈길을 힐끗 파이드로스에게 던진다. 크리스에게 공포와 두려움이 시작된 것은 바로 이 무렵이다.

다시는 그런 일이 일어나지 않을 것이다. . . .

곧바로 샌프란시스코로 달려가서, 크리스를 버스에 태워 집으로 보내야지. . . . 그런 다음 모터사이클을 팔아치우고 정신 병원에 입원해야지. . . . 그렇게 해야겠다는 생각이 들기도 한다. 그런데 병원에 입원하겠다는 생각은 너무 엉뚱하다는 느낌이 들기도 한다. 어떻게 해야 할지 모르겠다.

이번 여행이 완전히 무익한 것만은 아닐 것이다. 적어도 크리스는 나이가 들어감에 따라 나에 대한 몇몇 좋은 추억들을 간직하게 될 것이다. 이런 생각을 하다 보니, 불안감이 어느 정도 누그러든다. 마음에 줄곧 지니고 있어도 좋을 만큼 훌륭한 생각이다. 앞으로 계속 그런 쪽으로 생각해야겠다.

그동안, 예정된 여행을 계속하면서 상황이 나아지기를 바라자. 무엇이든 포기해서는 안 된다. 결코, 결단코 무엇이든 포기해서는 안 된다.

침낭 바깥쪽의 공기가 차갑다. 겨울이 온 듯한 느낌이다. 이곳이 어디이기에 이처럼 추운 것일까. 틀림없이 우리는 고도가 높은 지점에 와 있는 것이리라. 침낭 바깥쪽을 두리번거리며 보니, 이번에는 모터사이클에 서리가 내려앉아 있는 것이 보인다. 이른 아침의 햇살을 받아, 연료 탱크의 크롬 위에 내린 서리가 반짝이고 있다. 직접 햇살을 받고 있는 모터사이클의 검은 몸체 부위에서는 부분적으로 서리가 물방울로 변하여 곧 바퀴 쪽으로 떨어질 태세다. 빈둥빈둥 누워 있기에는 너무 춥다.

솔잎 아래쪽의 먼지에 기억이 미치자, 먼지가 풀썩 일어나지 않도록 조심스럽게 발걸음을 내딛는다. 모터사이클이 있는 곳으로 가서 그 위의 짐을 모두 풀어헤치고 소매가 긴 속옷을 찾아 입는다. 그런 다음 웃옷을 걸치고 스웨터를 입은 다음 그 위에 재킷을 덧입는다. 하지만 여전히 춥다.

해면처럼 깔려 있는 바닥의 먼지를 밟고 지나, 우리를 여기까지 인도해온 진흙길로 들어선다. 그런 다음 소나무들 사이로 전속력을 다해 1백 미터가량 길을 따라 달린다. 이어서 속도를 늦춰 일정한 속도로 달리다가 결국에는 멈춰 선다. 기분이 한결 나아진다. 아무런 소리도 들리지 않는다. 길 위에도 여기저기 서리가 덮여 있다. 하지만 서리가 덮여 있는 구역이라도 이른 아침의 햇살이 내리쬐는 곳에서는 서리가 녹고 있으며, 이와 함께 황갈색의 촉촉한 땅바닥이 그 모습을 드러내고 있다. 서리가 너무도 하얗다. 또한 옷단의 레이스처럼 가지런하며, 처음 생겼을 때의 모습 그대로 변함이 없어 보인다. 나무 위에도 서리가 앉아 있다. 떠오르는 해에게 방해가 될까 봐 걱정이라도 하듯, 나는 조심조심 부드럽게 발걸음을 옮겨 크리스가 있는 곳으로 되돌아간다. 벌써 초가을이 된 듯한 느낌이 들기도 한다.

크리스는 아직 자고 있다. 그가 깨더라도, 대기가 따뜻해질 때까지 우리는 어느 곳으로도 갈 수 없을 것이다. 모터사이클의 기계 장치를 조율하기에 적당한 시간이라고 할 수 있다. 공기 정화 필터를 덮고 있는 측면 덮개의 고정 손잡이를 돌려 느슨하게 한 다음, 낡고 기름때가 낀 두루마리 천에 둘둘 말아 그 아래쪽에 보관해놓고 있는 현장용 공구를 꺼낸다. 추위 때문에 손이 뻣뻣하고, 손등에는 주름이 잡혀 있다. 하지만 손등에 잡힌 주름은 추위 때문이 아니다. 이제 나이가 40이니, 손등의 주름은 연륜이 가져다준 것이라고 해야 할 것이다. 나는 좌석에 공구 두루마리를 올려놓은 다음 이를 펼쳐 연다. . . . 두루마리를 펼치자 공구들이 보인다. . . . 마치 옛 친구들을 다시 보는 듯하다. . . .

크리스가 자고 있는 쪽에서 소리가 나서 귀를 기울이고는, 모터사이클의 좌석 너머로 그에게 흘끗 눈길을 준다. 그는 몸을 뒤척이지만 아직 잠에서 깨어나지 않았다. 분명히 그는 잠이 들어 있는 상태에서 몸을 뒤척이는 것일 뿐이다. 잠시 후에 햇볕이 점점 따뜻해진다. 이제 손이 전처럼 뻣뻣하지 않다.

나는 모터사이클 수리에 관한 지식 가운데 일부를 이야기할 계획이었다. 모터사이클을 관리해나가다 보면 배우게 마련인 수백 가지 일들을 이야기하고자 했던 것이다. 실용적으로뿐만 아니라 미학적으로도 당신이 하는 일을 풍요롭게 하는 작은 일들 말이다. 하지만 지금 생각하니 그런 일들이 하찮은 것으로 느껴진다. 그렇게 말하면 안 된다는 것을 알면서도 하는 말이다.

아무튼, 나는 이야기의 방향을 바꿔 그에 관한 이야기를 완결하고자 한다. 나는 그에 관한 이야기를 제대로 끝까지 하고자 했던 적은 없었는데, 그럴 필요가 있다고 생각하지 않았기 때문이었다. 하지만 이제 나는 남은 시간을 이용하여 그에 대한 이야기를 완결하고자 한다. 이제 적절한 때가 되었다는 것이 내 생각이다.

렌치들의 금속 재질이 너무도 차가워서 이를 만지는 손에 통증이 느껴진다. 하지만 기분 좋은 통증이다. 이 같은 통증은 상상 속의 통증이 아니라 실제적인 것이다. 통증은 바로 여기에 절대적으로 존재하는 것, 내 손에 존재하는 그 무엇이다.

. . . 당신이 어떤 길을 따라 여행하다 도중에 그 길 한쪽으로 샛길이 나 있는 것을 확인했다고 하자. 예컨대, 당신이 가고 있는 길과 30도 각도로 샛길이 하나 나 있음을 알게 되었다고 하자. 그리고 앞으로 좀 더 나가자 또 하나의 샛길이 같은 쪽 방향으로 나 있는데, 그 각도가 전보다 더 컸다고 하자. 예컨대, 45도 각도로 길이 나 있었다고 하자. 그리고 조금 더 가자 그쪽 방향으로 90도 각도의 샛길이 하나 더 나 있었다고 하자. 그러면, 당신은 저쪽 어딘가에 모든 길이 모여 만나는 한 지점이 있으리라는 것을 미루어 짐작하게 될 것이다. 아울러, 수많은 사람들이 그 지점을 향해 가볼 만한 가치가 있음을 확인했다고 말하고, 그 말을 당신이 들었다고 하자. 그런데 만일 순전히 호기심에서 혹시 그 길이 당신도 따라가야 할 길일지도 모른다는 생각을 하게 되었다고 하자.

질의 개념을 추구하는 과정에 파이드로스는 작은 길들이 계속해서 어느 한쪽 편으로 나 있고, 그 모든 길들이 어느 한 지점에서 모이고 있음을 끊임없이 확인했다. 그는 그 모든 길이 만나는 공통 지점에 해당하는 고대 희랍에 대해 이미 알고 있다고 생각했다. 하지만 이윽고 그는 그곳에 있는 무언가를 자신이 간과하고 있는 것은 아닐까 의문을 갖기 시작했다.

그는 아주 오래전에 물뿌리개를 들고 지나가면서 질이라는 개념을 그의 머리에 심어주었던 세라에게 물었다. 영문학의 어느 분야에서 질을 하나의 주제로 삼아 질에 대한 강의가 가능한가를 물었던 것이다.

"아이고 이런, 모르겠는데요. 나는 영문학자가 아니니까요." 그녀가 이렇게 말했다. "나는 고전을 전공한 사람이에요. 희랍 문학이 내 전공이지요."

"질은 희랍 사상의 일부인가요?" 그가 이렇게 물었다.

"희랍 사상의 어느 부분도 질과 관계없는 것이 없지요." 그녀가 이렇게 말했으며, 그는 이에 대해 생각해보았다. 때때로 나이 든 여인 특유의 어투 뒤편에 숨어 있는 무언가 비밀스러운 신중함의 정체를 감지할 수 있다고 생각하기도 했다. 마치 델포이 신전의 신탁과도 같이 그녀는 의미를 숨긴 채 말을 하고 있는 것처럼 보이기도 했던 것이다. 하지만 그는 결코 아무것도 확신할 수 없었다.

고대의 희랍이라. 고대의 희랍인들에게는 질이 모든 것이었는데, 오늘날에는 질이란 실재하는 것이라고 말하는 것조차 이상하게 들리게 되었다니 참으로 묘하다. 그 어떤 보이지 않는 변화가 있었던 것일까.

고대 희랍에 이르는 두번째 길은 예기치 않은 방식으로 제시되었다. 즉, "질이란 무엇인가"라는 질문 전체가 갑작스럽게 체계적 철학 안으로 편입되는 과정에 이루어졌던 것이다. 그는 체계적 철학이라는 분야와는 이미 인연이 끝났다고 생각했었다. 하지만 "질"이 다시금 체계적 철학의 문을 활짝 열어놓았던 것이다.

체계적 철학은 희랍인들 특유의 것이다. 이를 발명한 것은 고대 희랍인들로, 희랍인들은 그 과정에 자기네들의 흔적을 영원히 각인해 놓았다. 모든 철학은 "플라톤에 대한 주석"일 뿐이라는 화이트헤드[1]의 진술은 충분히 입증 가능한 것이다. 질의 현실에 대한 혼란을 헤쳐 나가기 위해서는 그 당시 어느 한 시점으로 거슬러 올라가야만 한다.

세번째 샛길은 그가 보즈먼에서 시카고로 옮겨 가고자 결정했을 때 나타났다. 그는 대학 선생을 계속하는 데 필요한 박사 학위를 취득하기 위해 시카고로 옮겨 갈 것을 결정했던 것이다. 그는 자신의 영문학 강의가 발단이 되어 시작한 질의 의미에 대한 탐구를 계속하기를 원했다. 하지만 어디에서, 그리고 어떤 학문 분야에서, 이 같은 작업을 수행할 수 있을 것인가.

"질"이라는 용어는 철학이라는 학문 분야 외의 다른 어떤 학문 분야에도 속해 있지 않음이 명백해 보였다. 또한 그는 철학에 대한 이제까지의 경험을 통해 철학 분야로 들어가 좀더 깊이 탐구하더라도 겉으로 보기에 명백히 수수께끼 같은 이 용어—영작문 분야의 이 용어—와 관련하여 십중팔구 아무것도 밝힐 수 없으리라는 점을 미루어 알고 있었다.

그는 자신이 이해하고 있는 바와 유사한 방식으로 질에 대한 연구를 수행해나갈 수도 있도록 허용하는 학문적 프로그램이란 없을 수도 있음을 점점 더 확실하게 깨닫게 되었다. 질은 그 어떤 학문적 분과에도 속해 있는 것이 아니었을 뿐만 아니라 이성의 교회 어느 영역의 방법

---

[1] Alfred North Whitehead(1861~1947): 영국의 수학자이자 철학자. 버트런드 러셀Bertrand Russell과 공저로 기념비적 저서인 『수학 원리 Principia Mathematica』를 펴낸 바 있음.

론으로도 포착이 불가능한 그런 것이었기 때문이다. 자기 논의의 핵심 용어에 대한 정의를 거부하는 학위 취득 희망자의 박사 학위 논문을 받아들이는 대학이 있다면, 이는 정말로 대단한 대학이라 하지 않을 수 없을 것이다.

그는 오랫동안 여러 대학의 요람을 검토한 끝에 마침내 그가 찾고자 희망했던 것을 발견하기에 이르렀다. 그것은 바로 시카고 대학이라 불리는 대학이었다. 그 대학 안에는 여러 학문 분야가 동시에 참여하여 운영해나가는 프로그램인 "개념 분석과 방법론 연구"가 있었던 것이다. 이 프로그램의 심의 위원에는 영문학 교수, 철학 교수, 중문학 교수가 각각 한 명씩 있었다. 그리고 위원장은 다름 아닌 고대 희랍이 전공인 교수였다! 이는 그가 듣고자 했던 구원의 종소리였다.

이제 오일 교환만 하면 모터사이클 정비 작업은 모두 끝난다. 크리스를 깨우고, 깨어난 그와 함께 짐을 꾸린 다음 떠난다. 크리스가 아직 졸음에 취해 있지만, 길 위의 찬 공기가 그의 정신을 일깨운다.

솔잎이 덮인 길은 위쪽으로 경사져 있고, 아침 이 시간에는 다니는 차가 별로 없다. 소나무들 사이의 바위들을 보니 거무스름한 화산암이다. 나는 우리가 잠을 자던 곳의 먼지가 화산진(火山塵)이 아닌가 의문을 가져보기도 한다. 화산진이라니? 그런 것이 있을 수 있을까. 그런 물음을 던지며 달리는 동안 크리스가 배가 고프다고 말한다. 나 역시 배가 고프다.

라 파인[2]에서 우리는 멈춘다. 크리스에게 안으로 들어가 아침 식사를 주문하되 내 몫으로는 햄과 계란을 주문해달라고 부탁한다. 그러

---

[2] La Pine: 오리건 주의 중앙부에 위치한 인구 5,799명(2000년도 조사)의 도시. 이 도시는 데슈츠 카운티Deschutes County에 소속되어 있음.

는 동안 나는 오일 교환을 위해 밖에 머문다.

우선 식당 옆의 주유소에서 1쿼트[3]짜리 통에 담긴 오일을 산다. 그런 다음 자갈이 깔린 식당의 뒷마당에서 엔진 오일 배출구를 열어 오일이 흘러나오게 한다. 오일이 다 흘러나오자 배출구를 막고 새로운 오일을 주입한다. 일을 마치고 딥스틱[4]으로 오일을 찍어 보니 햇빛에 오일이 거의 물과 같이 맑고 투명하게 반짝인다. 아, 이것으로 정비 작업이 끝났다!

렌치를 다시 꾸려 보관하고 식당으로 들어가서 크리스를 찾는다. 크리스가 앉아 있는 곳의 식탁을 보니 내 몫의 아침 식사가 이미 준비되어 있다. 세면실로 들어가 손을 씻고 크리스가 있는 곳으로 간다.

"배가 많이 고파요." 그가 말한다.

"지난밤 몹시 추웠어." 내가 말한다. "그냥 살아 있기 위해서만이라도 엄청난 양의 에너지를 소모했을 거야."

계란의 맛이 좋다. 햄도 역시 맛이 있다. 크리스가 지난밤의 꿈에 대해 이야기하면서, 꿈 때문에 얼마나 무서웠는지를 말한다. 하지만 이제는 괜찮다고 한다. 그는 무언가 질문을 던질 듯한 표정을 짓고는 곧 그런 표정을 거둔다. 그런 다음 창밖의 소나무에 잠시 눈길을 준다. 그리고 다시 눈길을 거두고 나에게 말을 건다.

"아빠?"

"응?"

"우리 왜 이러고 있는 거지요?"

---

[3] quart: 액체의 양을 측정하는 단위로 $\frac{1}{4}$갤런 또는 2파인트. 미국에서는 약 0.946리터, 영국에서는 약 1.14리터.

[4] dipstick: 자동차의 엔진 오일이나 트랜스미션 오일 등의 양이 얼마나 있는가를 측정할 수 있도록 눈금이 그려져 있는 철로 된 기다란 막대기. 오일이 담겨 있는 통에 장착되어 있어 빼었다 끼었다 할 수 있음.

"무얼 말이냐?"

"내내 달리기만 하잖아요."

"여기저기 둘러보기 위해 그러는 거지. . . . 우린 지금 휴가 여행 중이잖니?"

내 대답에 그가 만족해하는 것 같지 않다. 하지만 무엇이 잘못되었는지에 대해 말을 할 수 있을 것 같아 보이지 않는다.

예기치 않은 절망감이 엄습한다. 마치 새벽녘에 그러했던 것처럼. 나는 그에게 거짓말을 하고 있다. 잘못된 것이 있다면 바로 그 점이다.

"우린 그저 죽어라 달리기만 할 뿐이에요." 그가 말한다.

"그렇게 할 수밖에. 그렇게 하지 않으면 달리 뭐 뾰족한 수가 있을까?"

그는 대꾸하지 않는다.

나 역시 말을 잇지 않는다.

길 위를 달리는 도중 답이 하나 내 마음에 떠오른다. 우리는 내가 현재 생각할 수 있는 것 가운데 최고의 질을 소유한 일을 하고 있는 것이다. 하지만 내가 그에게 말해준 것이 그를 만족시켜주지 못했던 것처럼 그와 같은 답이 그를 만족시켜주지는 못할 것이다. 하지만 그런 말 이외에 달리 어떤 말을 할 수 있을지, 내가 알고 있는 것은 없다. 조만간 작별 인사를 하기 전에, 그러니까 만일 작별 인사를 해야 하는 쪽으로 일이 진행되면, 우리는 무언가 대화를 나눠야 할 것이다. 이런 식으로 그를 과거로부터 보호하는 것은 그에게 득보다는 해가 될지도 모르기 때문이다. 그는 파이드로스에 관한 이야기를 알아야 한다. 비록 그가 결코 이해할 수 없는 것이 너무 많더라도 말이다. 특히 마지막 부분에 관해.

파이드로스는 시카고 대학에 도착했다. 나나 당신이 이해하고 있는 것과는 너무도 다른 사유 세계—너무도 달라서, 비록 내가 속속들이 모든 것을 기억하고 있다고 하더라도 쉽게 설명하기가 어려운 그런 사유 세계—에 이미 몰입해 있는 상태에서 그는 그 대학에 온 것이었다. "개념 분석과 방법론 연구"라는 프로그램의 위원장이 부재중이어서 위원장 역할을 대신 하던 교수가 파이드로스에게 입학을 허가했다는 점을 나는 알고 있다. 교수는 파이드로스의 교육 경력 및 그가 명백하게 드러내 보인 지적 대화 능력을 판단 근거로 하여 그에게 입학을 허가했던 것이다. 그가 실제로 어떤 이야기를 했는지는 이제 알 길이 없다. 면담을 한 다음 몇 주 동안 파이드로스는 장학금 수혜의 희망을 간직한 채 위원장이 돌아오기를 기다렸다. 위원장이 돌아오자 면담이 이루어졌는데, 요점만 말하자면 면담은 질문 하나로 시작해서 이에 대한 무응답으로 끝났다.

위원장이 물었다. "자네의 실체적인 학문 영역은 무엇인가?"

파이드로스가 대답했다. "영작문입니다."

그러자 위원장이 고함을 치듯 말했다. "그건 방법론적 영역이네!" 실질적인 측면에서 보면 그것이 면담의 끝이었다. 몇몇 사소한 대화가 오간 후에 파이드로스는 비틀거리고 망설인 다음 양해를 얻고 면담 자리에서 나왔다. 그런 다음 그는 산으로 되돌아갔다. 이는 그 특유의 행동 양식이었고, 바로 그 때문에 전에 대학에서 낙제하고 쫓겨났던 것이다. 그는 하나의 질문에 집착하게 되어, 다른 어떤 것에 대해서도 생각할 수 없었다. 그러는 동안 수업은 그가 빠진 채 진행되었다. 아무튼, 이번에 그는 왜 자신의 학문 영역이 실체적이거나 방법론적인 것이어야 하는가에 대해 생각하느라고 여름 한 철을 모두 보낼 수 있었다. 그리고 여름 한 철 내내 그가 한 일은 그것이 전부였다.

수목한계선 근처의 숲에서 그는 스위스 치즈를 먹고, 소나무 가지로 된 침대에서 잠을 잤으며, 산중에 흐르는 시냇물을 마셨다. 그리고 질에 대해, 실체적인 학문 영역과 방법론적인 학문 영역에 대해 생각을 집중했다.

실체는 변하지 않는다. 방법에는 영구적인 것이라고는 그 어떤 것도 포함되어 있지 않다. 실체는 원자의 형태와 관계가 있다면, 방법은 원자가 무슨 일을 하는가와 관계가 있다. 기술 공학적 글에도 유사한 구분이 존재하는데, 물리적 측면에 대한 설명과 기능적 측면에 대한 설명 사이의 구분이 바로 그것이다. 복잡한 기계 조직은 먼저 그 조직의 실체를 형성하는 것이 무엇인가의 측면에서 아주 멋지게 설명될 수 있다. 기계의 세부 조직 및 각각의 부위에 대한 설명이 이에 해당한다. 다음으로 그 기계 조직이 작동하는 방법의 측면에서 기계에 대한 설명이 이어질 수 있다. 말하자면, 순서에 따라 차례로 진행되는 기능들에 대한 설명이 뒤따를 수 있다. 만일 당신이 물리적 측면의 설명과 기능적 측면의 설명을 혼동하거나 실체와 방법 사이의 차이를 혼동하면, 당신은 온통 혼란에 빠질 것이고, 당신의 설명을 접하는 독자 역시 혼란에 빠질 것이다.

하지만 이 같은 구분을 영작문과 같은 별개의 학문 영역에 적용하는 것은 근거도 없고 실익도 없어 보인다. 아울러, 영작문을 포함해 모든 학문 분야가 나름대로 실체적 측면과 방법론적 측면 양자 모두를 지니고 있게 마련이다. 아무튼, 그가 보기에 질은 양자 어느 쪽과도 관련이 없는 것이다. 질은 실체가 아니다. 또한 방법도 아니다. 이는 양자의 영역 바깥에 존재한다. 만일 누군가가 측연선(測鉛線)과 수준기(水準器)를 사용하는 방법으로 집을 짓는다면, 그렇게 하는 이유는 수직으로 곧바르게 세워진 벽이 비뚤어지게 세워진 벽보다 붕괴될 위험이 적고, 따라서 더 높은 질을 지니는 것이 될 가능성이 높기 때문이다. 질은 방법이 아니다. 방법이 목표로 하는 무언가의 목적이 질일 따름이다.

"실체"와 "실체성"이라는 개념은 사실상 "객체"와 "객체성"이라는 개념—즉, 질이라는 비이원론적 개념에 도달하기 위해 파이드로스가 거부했던 바로 그 개념—과 상응하는 것이다. 따라서, 모든 것을 주체와 객체로 이분화할 때 그러하듯, 모든 것을 실체와 방법으로 이분화하면, 질이 들어설 여지는 정말이지 결코 있을 수 없게 된다. 결국 파이드로스의 탐구 과제는 실체적인 학문 영역에 속하는 것일 수 없었다. 왜냐하면, 실체적인 것과 방법론적인 것 사이의 분리를 받아들이는 것은 질의 존재를 부정하는 것이 되기 때문이었다. 만일 질을 남아 있게 하고자 한다면, 실체와 방법이라는 이분법적 개념은 사라져야만 한다. 이런 입장은 위원회와의 싸움을 의미하는데, 싸움은 결코 그가 바라는 것이 아니었다. 하지만 그들이 바로 그 첫 질문 하나로 그가 말하고자 하는 것의 의미를 통째로 파괴하고자 하다니 그는 분노를 느끼지 않을 수 없었다. 실체적인 학문 영역이라니? 그들은 그를 닦달하여 일종의 프로크루스테스의 침대[5] 위에 눕힌 다음 마음대로 그를 재단하려 하는 것 아닌가. 그는 이런 의문을 갖지 않을 수 없었다.

그는 위원회의 배경에 대해 좀더 면밀히 검토하기로 작정하고는 이를 위해 얼마 동안 도서관에서 관련 자료를 찾아보며 시간을 보냈다.

---

[5] Procrustean bed: 프로크루스테스Procrustes는 그리스 신화에 등장하는 노상강도로, 지나가는 사람들을 잡아다가 자기의 침대에 눕힌 다음 자기보다 키가 큰 사람이면 다리를 자르고, 자기보다 작은 사람이면 몸을 잡아 늘였다고 한다. '프로크루스테스의 침대'라는 말은 폭력으로 상대를 좌지우지하고자 하는 사람이 내세우는 자의적 기준을 일컫는 비유적 표현.

그가 느끼기에 이 위원회는 무언가 완전히 낯선 사유 패턴 속에 빠져 있는 것 같았다. 그는 이 사유 패턴과 자기 자신의 폭넓은 사유 패턴이 어느 지점에서 만날 수 있는지에 대해 감을 잡을 수 없었다.

그는 특히 위원회의 목적에 대한 설명이 질적으로 형편없다는 점에 당황하지 않을 수 없었다. 위원회의 설명은 극도로 혼란스러운 것이었다. 한편, 위원회의 활동에 대한 기술(記述)은 처음부터 끝까지 온통 더할 수 없이 평범한 어휘들을 더할 수 없이 평범하지 않은 방법으로 조합해놓은 기묘한 패턴의 것이었다. 그리하여 이에 대한 설명은 그가 해석하고자 했던 앞의 것보다 한결 더 복잡할 것 같아 보였다. 이는 그가 전에 들었다고 생각했던 구원의 종소리가 아니었다.

그는 위원장이 쓴 글 가운데 그가 찾을 수 있는 것은 몽땅 다 찾아 꼼꼼히 읽고 검토했다. 그리고 여기에서도 다시 위원회에 대한 혼란스러운 기술에서 확인할 수 있었던 것과 같은 기묘한 패턴의 언어가 확인되었다. 그의 문체는 수수께끼와도 같은 것이었는데, 위원장 자신에 대해 그가 몸소 확인했던 것과는 완전히 다른 것이었기 때문이다. 간단한 면담 과정을 통해 파이드로스가 받은 인상에 따르면, 위원장은 민첩한 정신의 소유자이며 동시에 급한 성격의 소유자로 보였다. 하지만 그가 여기 이 자리에서 만나고 있는 것은 일찍이 그가 읽었던 글 가운데 가장 모호하고 가장 수수께끼처럼 불가해한 문체의 글 가운데 하나다. 그가 만나고 있는 것은 주어와 술어 사이가 서로 소리쳐도 전혀 들리지 않을 만큼 먼 거리에 떨어져 있는 백과사전적 문체의 문장들인 것이다. 삽입구들이 또 다른 삽입구들 안에 아무런 설명 없이 삽입되어 있었으며, 삽입구를 담고 있는 삽입구들 역시 마찬가지로 아무런 설명 없이 문장들 안에 삽입되어 있었다. 이로 인해, 그가 쓴 문장들은 마침표에 이르기 훨씬 전에 이미 앞 문장들과 현재 문장들 사이의 연관성이 독자의 마음 안에서 이미 죽음을 맞이하여 파묻히고 부패하여 종적을 감추게 된 그런 문장들——말하자면, 읽는 도중 앞 문장과 현재 문장이 어떻게 연결되는지를 까먹게 하는 그런 문장들——이 되고 있었다.

하지만 무엇보다도 놀랄 만한 사실이 있다면, 결코 진술이 되지 않아 그 내용을 오로지 추측에 의해 가늠해볼 수 있을 뿐인 특정한 의미들을 잔뜩 짊어지고 있는 것처럼 보이는 추상적 범주화들이 놀라울 정도로 또한 해명도 없이 그의 글에 만연해 있다는 점이었다. 이 같은 추상적 범주화들이 너무도 조밀하고 너무도 치밀하게 무더기로 쌓이고 또 쌓여 있어서, 파이드로스는 자신의 앞에 있는 것을 문제 삼기는커녕 그것이 무엇인지를 이해할 방도조차 따로 찾을 수 없었다.

처음에는 다음과 같은 추정을 해보기도 했다. 그처럼 어려운 이유는 이 모든 것이 그의 지력을 뛰어넘는 것이기 때문이리라. 위원장의 글들은 파이드로스가 소유하고 있지 않은 무언가의 기초적 지식을 상정하고 있는 것처럼 보였던 것이다. 하지만 이어서 그는 위원장의 논문 가운데 몇몇은 이 같은 배경 지식을 아마도 소유하고 있지 않을 법한 청중을 상대로 하여 쓴 것이라는 점을 깨닫게 되었다. 따라서 파이드로스가 내세운 추정의 근거는 약화될 수밖에 없었다.

이어서 그는 위원장이 "전문적 기술자"에 해당하는 사람인지도 모른다는 추정을 해보기도 했다. 이때의 "전문적 기술자"라는 표현은 자기 영역의 일에 너무도 깊이 몰두하다 보니 바깥쪽의 사람들과 대화를 나눌 능력을 상실한 채 글을 쓰는 사람들을 지칭할 때 파이드로스가 사용하는 것이었다. 하지만 이것이 사실이라면 무엇 때문에 "개념 분석과 방법론 연구"와 같이 일반적이고도 비전문적인 명칭이 위원회에게 주어진 것일까. 아울러, 위원장은 전문적 기술자의 품성을 갖추고 있지도 않았다. 따라서 이 같은 추정 역시 그 근거가 약한 것이었다.

머지않아 파이드로스는 위원장의 글에 담긴 수사학적 특성을 앞에 놓고 머리를 쥐어짜는 노역을 포기하고, 위원회의 배경에 대해 좀더 많은 것을 확인해보려 했다. 그 배경에 대한 이해가 이 모든 상황에 대한 설명을 가능케 할지도 모른다는 희망에서 말이다. 나중에 밝혀진 것이긴 하지만, 이는 적절한 접근 방법이었다. 그는 자신이 겪어야 할 두통거리가 무엇인지를 파악하기 시작하게 되었던 것이다.

위원장의 진술들은 미로처럼 복잡하게 설계된 거대한 요새의 보호를 받고 있었다. 너무도 복잡하고 너무도 육중하게 끝도 없이 축조해 놓은 요새의 보호를 받고 있어서, 그의 진술들 안에 도대체 무엇이 들어 있어서 이를 위원장이 방어하고자 하는지를 발견해내기란 거의 불가능할 정도였다. 이 모든 정황의 불가사의함은 격렬하고 모진 논쟁이 방금 끝난 어떤 토론장에 당신이 갑자기 들어섰을 때 느낄 법한 그런 종류의 불가사의함이었다. 모든 사람이 침묵을 지키고 있고 누구도 말을 꺼내지 않는 그런 정황에 비견할 수 있는 그런 것이었다.

나에게는 아주 작은 한 조각의 기억이 남아 있다. 기억 속의 파이드로스는 어떤 건물 안의 석재(石材)로 마감된 복도에 서 있고, 그의 앞에는 위원회의 부위원장이 서 있다. 그들이 있는 곳은 틀림없이 시카고 대학 안이다. 영화의 마지막 장면에서 어느 탐정이 그렇게 하듯, 파이드로스가 부위원장에게 이렇게 말한다. "위원회에 대한 설명에 중요한 이름이 하나 빠져 있군요."

"그런가?" 부위원장이 대꾸한다.

"네, 그렇습니다." 파이드로스가 모든 것을 이미 다 알고 있다는 듯한 어투로 이렇게 말한다. ". . . 아리스토텔레스라는 이름이 빠져 있습니다. . . ."

잠시 동안 부위원장이 깜짝 놀라는 표정을 짓더니, 이윽고 혐의가 발견되었지만 죄책감을 느끼지 않는 범죄 용의자와 거의 다를 바 없는 태도로 오랫동안 요란하게 소리 내어 웃는다.

"아, 알겠네." 부위원장이 이렇게 말을 잇는다. "자네는 모르고 있네 . . . 그것에 관해 아무것도. . . ." 곧이어 무언가를 말하려고 하다가 다시 생각해보고는 입을 닫는다. 더 이상 아무 이야기도 하지 않기로 작정한 것이다.

우리는 마침내 크레이터 레이크[6]로 가는 분기점에 이른 다음, 말쑥한 길을 따라 모터사이클을 몰고 국립 공원 안으로 들어간다. 깨끗하고 정돈과 보존이 잘되어 있는 공원이다. 정말이지 이런 모습이 아닌 다른 어떤 모습이어서는 안 될 것이다. 하지만 그렇다고 해서 질의 측면에서 무언가 상을 받을 수 있는 그런 모습은 아니다. 현재의 모습으로 인해 공원은 박물관으로 변해 있다. 이는 백인이 오기 전의 옛날 모습 그대로다. 용암의 흐름을 보여주는 멋진 경관과 앙상한 나무들이 공원을 장식하고 있고, 어디를 보아도 맥주 깡통 하나 없다. 하지만 백인이 이곳에 있는 이상 공원은 속임수 같아 보인다. 아마도 국립 공원 관리소는 그 모든 용암 한가운데에다가 더도 말고 한 무더기만이라도 맥주 깡통을 쌓아놓아야 할 것이다. 그러면 공원에 생기가 돌 것이다. 맥주 깡통들이 없는 경치가 마음을 산란하게 만든다.

호숫가에서 멈춰 우리는 뻣뻣해진 몸을 푼다. 그리고 카메라를 들고 있는 작은 무리의 관광객들과 "너무 가까이 가지 마!"라고 소리치

---

6) Crater Lake: 오리건 주에 있는 칼데라형의 분화구 호수. 크레이터 레이크 국립 공원 안에 있으며, 수심이 가장 깊은 곳은 1,220미터. 대략 7천7백 년 전 마자마 산Mount Mazama의 화산 폭발로 형성된 것으로 추정됨.

는 아이들 사이에 격의 없이 끼어든다. 그리고 온갖 다양한 번호판을 달고 있는 자동차들과 캠프용 트레일러들을 바라보기도 하고, 사진에서 본 그대로의 크레이터 레이크를 바라보며 "아, 이게 그 호수로군"이라는 느낌에 젖기도 한다. 다른 관광객들에게 눈길을 주니, 그들 모두 역시 예상을 뛰어넘는 놀라운 장소에 와 있다는 식의 표정을 짓고 있는 것처럼 보인다. 이 모든 정황에 대해 나는 불쾌감을 느끼지는 않는다. 다만 모든 것이 비현실적이라는 느낌을, 너무도 지목(指目)을 많이 받다 보니 그 사실로 인해 호수의 질이 은폐되고 있다는 느낌을 지울 수 없을 뿐이다. 당신이 어떤 대상을 상대로 하여 질을 소유하고 있는 것으로 지목하게 되면, 질은 사라져 모습을 감추기 십상이다. 질이란 곁눈질로 확인해야 하는 그 무엇이다. 그리하여 내가 내려다보고 있는 호수에서가 아니라, 냉기에서, 온기를 거의 머금지 않은 내 등 뒤의 쌀쌀한 햇살에서, 그리고 거의 움직임이 없는 바람에서 독특한 느낌의 질을 감지할 뿐이다.

"우리가 여기, 왜 왔지요?" 크리스가 묻는다.

"호수를 보러 왔지."

크리스는 이곳을 마음에 들어 하지 않는다. 그는 무언가 옳지 않은 것이 있음을 감지하고, 깊이 눈살을 찌푸리며 자신의 감정을 드러낼 질문을 찾으려 애쓴다. 그러다가 그가 이렇게 말한다. "난 여기가 그냥 싫어요."

관광을 온 여인 하나가 놀란 표정으로 그를 바라보고는 불쾌감을 드러낸다.

"그러냐, 그럼 어떻게 할까." 내가 묻는다. "그냥 계속 가야겠다. 무엇이 잘못되었는지를 찾을 때까지 말이다. 아니면, 무엇이 잘못되었는지를 우리가 왜 모르고 있는가를 찾을 때까지 말이다. 이해하겠니?"

크리스가 대답을 하지 않는다. 크리스의 말에 불쾌감을 드러냈던 여인이 내 말에 귀를 기울이고 있지 않는 척한다. 하지만 꼼짝하지 않고 있는 것을 보면 그녀는 내 말에 귀를 기울이고 있는 것이다. 우리는 모터사이클이 있는 곳까지 걸어간다. 그러는 동안 나는 무언가를 생각해내려 하지만, 아무 생각도 떠오르지 않는다. 나는 크리스가 소리 없이 울고 있음을 눈치챈다. 이윽고 나에게 자신의 우는 모습을 보이지 않기 위해 먼 곳으로 시선을 돌리고 있는 것이 보인다.

우리는 공원에서 빠져나와 구불구불한 길을 따라 남쪽으로 간다.

나는 앞에서 "개념 분석과 방법론 연구 위원회"의 부위원장이 깜짝 놀라는 표정을 지었다고 말했다. 그가 무엇 때문에 깜짝 놀라는 표정을 지었는가 하면, 아마도 20세기의 가장 유명한 학문적 논쟁이라고 할 수 있는 것——그러니까 캘리포니아에 있는 어떤 대학의 총장이 어느 한 대학 전체의 진로를 바꾸려 했던 역사상의 마지막 시도라고 묘사한 바로 그 논쟁——의 중심부에 부위원장 자신이 있었다는 것을 파이드로스가 모르고 있다는 사실이 믿어지지 않았기 때문일 것이다.

파이드로스는 독서를 통해 1930년대 초반 경험주의적 교육에 대한 저 유명한 반란 기도가 있었음을 약사(略史)의 형식으로 기록해놓은 글과 만나게 되었다. 개념 분석과 방법론 연구 위원회는 그와 같은 기도가 남긴 자취에 해당하는 것이었다. 반란 기도의 주도자들은 시카고 대학의 총장이 된 로버트 메이너드 허친스,[7] 허친스가 예일 대학에서 했던 것과 어느 정도 유사한 작업——말하자면, 증거법[8]의 심리학적

---

[7] Robert Maynard Hutchins(1899~1977) : 예일 법대 학장 및 시카고 대학 총장을 역임한 교육 철학자.
[8] the law of evidence : 공정한 재판은 오로지 증거를 바탕으로 하여 이루어질 수 있다는 재판

배경에 대한 연구 작업——을 수행하던 모티머 애들러,[9] 철학자이자 수학자인 스콧 뷰캐넌,[10] 그리고 파이드로스에게는 누구보다도 중요한 인물인 당시에는 콜롬비아 대학의 스피노자 학자이자 중세학자였던 개념 분석과 방법론 연구 위원회의 현 위원장이었다.

증거에 대한 애들러의 연구는 서양 세계의 고전 독해를 통해 그 성과를 배가할 수 있었는데, 이 연구를 통해 애들러는 인간의 지혜는 최근에 들어 비교적 덜 진보했다는 확신에 이르게 된다. 한결같이 그는 과거로 돌아가서 성 토마스 아퀴나스—— 즉, 희랍 철학과 기독교 신앙 사이의 중세적 통합체를 구축하는 과정에 플라톤과 아리스토텔레스를 끌어들여 그 일부로 삼았던 바로 그 토마스 아퀴나스——의 목소리에 귀를 기울였다. 토마스 아퀴나스의 업적 및 그의 해석에 따른 희랍인들의 업적은 애들러에게 서양의 지적 유산의 정점에 해당하는 것이었다. 따라서 훌륭한 책을 찾고자 하는 사람 누구에게나 하나의 잣대를 제공하는 것이 바로 이 같은 업적들이라는 것이 애들러의 주장이었다.

중세 스콜라 학파의 철학자들이 해석한 바의 아리스토텔레스적 전통에 따르면, 인간은 선한 삶을 추구하고 이를 규정할 수 있는 동시에 성취할 수 있는 능력을 지닌 이성적 동물로 간주된다. 시카고 대학의 총장이 인간의 본성에 대한 이 같은 "제1의 원리"를 수용하게 되었을 때, 필연적으로 이는 교육의 면에서 영향을 미치지 않을 수 없게 되었

의 기본 원칙.
9) Mortimer Adler(1902~2001) : 미국의 교육가, 철학자. 시카고 대학에서 '위대한 고전 총서 프로그램' 및 『대영 백과사전 Encyclopaedia Britannica』의 편찬에 중심적 역할을 한 인물 가운데 하나.
10) Scott Buchanan(1895~1968) : 미국의 교육자, 철학자. '위대한 고전 총서 프로그램'에 적극적 역할을 한 인물 가운데 하나.

다. 그 결과, 저 유명한 시카고 대학의 "위대한 고전 총서 프로그램"이 탄생했고, 아리스토텔레스의 노선에 따라 대학의 구조를 재정비하는 작업이 이루어졌으며, 또한 15세 나이의 학생들에게 고전을 읽히는 일을 맡아 하는 "대학"이 설립되기에 이르렀다.

허친스는 경험주의적인 과학 교육이 자동적으로 "훌륭한" 교육을 이끌 수 있다는 생각을 거부했다. 과학은 "가치 중립적"인 것이기 때문이다. 탐구 대상으로서의 질을 포착할 능력이 과학에는 없는 까닭에, 과학이 가치의 척도를 제공하기란 불가능하다는 것을 그 이유로 내세웠다.

애들러와 허친스는 기본적으로 삶의 "당위성"에, 가치에, 질에, 그리고 이론 철학 안에서 찾을 수 있는 질의 근거에 관심을 갖고 있었다. 따라서 그들은 겉으로 보기에 파이드로스와 같은 방향을 향해 학문적 여행을 하고 있었다고 할 수 있다. 하지만 어쩐 일인지 그들은 아리스토텔레스에서 더 나아가지 않고 거기에서 멈췄다.

충돌이 일어나게 되었다.

심지어 질에 대한 허친스의 집착을 기꺼이 받아들이고자 하는 사람들조차도 가치를 정의하는 데 아리스토텔레스적 전통에 궁극의 권위를 부여하는 일을 달갑지 않게 생각했다. 그들은 어떤 가치도 고정될 수 없다고 주장하기도 했으며, 그 나름의 타당성을 확보하고 있는 현대 철학이 옛 생각들 — 말하자면, 고대 및 중세의 책들에 표현되어 있는 바의 생각들 — 에 얽매일 필요는 없다고 주장하기도 했다. 그들 가운데 많은 사람들에게는 허친스의 온갖 기획의 말이 근거 없는 모호한 개념들로 점철된, 새롭지만 가식적인 허튼소리에 지나지 않는 것처럼 보였던 것이다.

파이드로스는 이 같은 충돌을 어떻게 이해해야 할지 확실히 알 수 없었다. 하지만 이는 분명히 그가 연구하고자 희망하는 영역에 근접해 있는 것처럼 보였다. 그도 역시 어떤 가치도 고정될 수 있는 것이 아니라고 느끼고 있었다. 하지만 가치가 무시되어야 할 특별한 이유가 있다거나, 가치란 현실적 실체로 존재하지 않는 것으로 보아야 할 이유가 따로 있다고 느끼지는 않았다. 그는 또한 아리스토텔레스적 전통이 가치를 정의하는 주체라는 생각에도 적대감을 느꼈다. 하지만 이 전통을 검토 대상으로 삼지 않은 채 내버려두어야 한다고 느끼지도 않았다. 아무튼, 이 모든 문제에 대한 해답은 그 전통에 깊이 연루되어 있었으며, 파이드로스는 이에 대해 좀더 알기를 원했다.

위원회의 현 위원장은 그와 같은 대소동을 일으킨 네 사람 가운데 현재 남아 있는 유일한 인물이었다. 어쩌면 지위가 현재와 같이 강등되었기 때문인지 몰라도, 그리고 어쩌면 또 다른 무언가의 이유 때문인지는 몰라도, 파이드로스가 이야기를 나눈 사람들 사이에서 그의 명성은 그다지 호의적인 것이 아니었다. 그에 대해 호감을 갖는 사람은 아무도 없었으며, 특히 두 사람은 맹렬하게 비판적이었다. 그 가운데 한 사람은 시카고 대학의 어느 한 중요한 학과의 학과장으로, 위원장을 "끔찍한 존재"라고 묘사했다. 다른 한 사람은 시카고 대학에서 철학 박사 학위를 받은 사람으로, 그의 말에 따르면 위원장은 단지 자신을 복사기로 복사하듯 그대로 흉내 내는 학생들에게만 학위를 주는 사람으로 잘 알려져 있다는 것이다. 이 같은 조언자들 가운데 누구도 천성적으로 남에게 원한을 품는 그런 사람들이 아니었으며, 파이드로스에게도 그들의 말이 사실로 느껴졌다. 이 점은 학과 사무실에서 우연히 알게 된 사실을 통해 한층 더 확고해졌다. 파이드로스는 돌아가는 사정을 좀더 알기 위해 이 위원회 소속의 대학원생 두 명과 이야기를 나누길 원했는데, 그들에 의하면 위원회는 설립이 된 이래 박사 학위 취득자를 단 두 명만 배출했다는 것이다. 명백히, 질의 현실을 위해 양지(陽地)에 공간을 확보하려 한다면 그는 자기가 속해 있는 위원회의 우두머리와 싸워야 하고 그를 극복해야만 할 것 같았다. 그의 아리스토텔레스적 사고 방식이 파이드로스의 탐구를 시작조차 불가능하게 할 것처럼 보였고, 그의 기질로 보아 그는 자신의 것에 반대되는 견해라면 어떤 것도 극도로 배척할 것처럼 보이기 때문이었다. 이 모든 것이 모여 미래에 대한 조망을 더욱 어둡게 만들었다.

이윽고 그는 자리에 앉아 시카고 대학 소속 개념 분석과 방법론 연구 위원회의 위원장에게 편지를 썼다. 퇴학을 자초하는 도발로밖에 설명될 수 없는 이 편지를 통해, 그는 뒷문 밖으로 슬그머니 달아나기를 거부하고 그 대신 반대 세력이 그를 앞문 바깥으로 집어던지지 않고는 못 배길 만큼이나 떠들썩한 소동을 일으킨 셈이며, 그럼으로써 위원회가 전에 결코 맞닥뜨려본 적이 없는 그런 도발을 더욱 견디기 어려운 것으로 만든 셈이다. 후에 그는 거리에 내던져진 자신의 몸을 일으켜 세우고, 문이 완전히 닫혔다는 것을 확인한 다음 그 문을 향해 주먹을 휘두르고 몸에 묻은 먼지를 털면서 이렇게 말한 격이다. "할 수 없지 뭐, 나도 애는 썼단 말이야." 이런 식으로 그는 자신의 의식이 느낄 부담감을 면해준 격이다.

파이드로스는 도발적 편지를 통해 위원장에게 자기 자신의 실체적인 학문 분야는 이제 철학이지 영작문이 아님을 통지했다. 하지만 그는 또한 학문을 실체적 영역과 방법론적 영역으로 나누는 일은 형식과 실체를 나누는 아리스토텔레스적 이분법에서 비롯된 것임을 지적했다. 비(非)이원론의 입장에서 보면 실체적인 것과 방법론적인 것은 동일한 것이기 때문에 이런 입장의 사람들에게는 그런 나눔은 별 소용이 되지 않는 것임을 밝히기도 했다.

그는 자신도 확신은 할 수 없으나 질에 대한 자신의 학위 논문은 반(反)아리스토텔레스적인 논문이 될 것 같다고 말했다. 만일 이것이 사실이라면, 이를 제출하는 데 적절한 장소를 제대로 선택한 셈이라고도 했다. 위대한 대학은 헤겔의 방식으로 전진해 나아가야 할 것이기 때문이라고 했다. 자체의 근본적 교리와 모순이 되는 학위 논문을 받아들일 수 없는 대학이라면 그것이 어느 곳이든 고정된 틀에서 벗어나지 못하는 대학일 것이라고도 했다. 이 논문이야말로 시카고 대학이 기다리고 있는 논문이라고 파이드로스는 주장했다.

그는 자신의 주장이 과장된 것임을 인정했다. 아울러, 누구도 자신의 주장에 대해 스스로 공평무사한 심판자가 될 수 없기 때문에, 자신에 대해 어떠한 가치 판단을 내리는 것도 실제로는 그에게 불가능하다는 점도 인정했다. 하지만 그는 다음과 같이 자신의 생각을 피력하기도 했다. 즉, 누구든 간에 동양 철학과 서양 철학 사이, 종교적 신비주의와 과학적 실증주의 사이의 장벽을 결정적으로 돌파하는 작업을 그 목적으로 하여 학위 논문을 쓰는 사람이 있다면, 그 사람의 학위 논문은 역사적으로 중요한 의미를 갖는 것이 될 것이며, 따라서 대학을 몇 마일 앞으로 전진케 하는 것이 될 것이라고 밝히기도 했다. 아무튼, 누군가를 제거해야 비로소 누구든 새로운 사람이 진정으로 시카고 대학에 영입될 수 있을 것이라고 말하기도 했다. 이제 아리스토텔레스에게 차례가 돌아왔다는 것이 파이드로스의 주장이었다.

정말로 괘씸한 편지였다.

그리고 단순히 퇴학을 자초하는 도발만 드러나는 편지는 아니었다. 보다 더 강력하게 드러나는 것은 과대망상증이었다. 위대하다는 망상, 자신이 다른 사람에게 말하고 있는 것의 효과가 어떤지에 대해 이해할 능력을 완전히 상실한 그런 사람의 망상이었다. 질의 형이상학이라는 자신의 세계에 지나치게 몰두해 있어서 그 바깥쪽을 더 이상 볼 수 없었던 것이다. 아울러, 아무도 그의 세계를 이해할 수 없었기 때문에, 그는 이미 끝장난 상태였다.

그 당시 그는 자신이 말하고 있는 것이 사실이라고 느꼈음이, 자신의 태도나 표현이 괘씸하건 말건 상관없다고 느꼈음이 틀림없다는 것이 지금의 내 생각이다. 너무도 깊이 자신의 생각에 몰두해 있던 그에게는 자신의 태도나 표현을 예쁘게 단장할 시간이 없었다. 만일 시카고 대학의 사람들이 합리적 내용보다는 그의 말투에 담긴 미학적 측면에 더 관심을 갖는다면, 그들은 대학이 지향하는 바의 근본적 목적을 저버리는 셈이 된다는 것이 그의 생각이기도 했다.

바로 그러했다. 그는 진실로 그렇게 믿었다. 기존의 합리적 방법들에 의해 시험해봐야 할 단지 하나의 흥미로운 생각에 지나지 않는 그런 것이 결코 아니라는 믿음을 갖고 있었던 것이다. 이는 기존의 합리적 방법들 자체를 수정하기 위한 것이었다. 보통의 경우 무언가 새로운 생각을 갖게 되어 이를 학문적 환경에서 발표하고자 하면, 당신은 이에 대해 객관적이고 공평무사해야 한다. 하지만 질이라는 이 개념은 바로 그와 같은 가정들──즉, 객관적이고 공평무사해야 한다는 가정들──에 이의를 제기하기 위한 것이었다. 이 같은 가정들은 이원론적 이성에만 적용이 되는 것, 틀에 박힌 상투적인 것에 불과하다. 이원론적 탁월성은 객관성에 의해 획득될 수 있지만, 창조적 탁월성은 그렇지가 않다.

그는 우주의 거대한 수수께끼 하나를 풀었다는 믿음을, 질이라는 단어 하나를 이용하여 이원론적 사고라고 일컬어지는 고르디우스의 매듭[11]을 끊었다는 믿음을 갖고 있었다. 그리고 그는 누구라도 질이라는 단어를 다시금 묶어 억누르도록 내버려두지 않을 참이었다. 그리고 그렇게 믿는 가운데 그는 자신의 말이 다른 사람들에게 얼마나 터무니없을 정도로 과대망상적인 것으로 들렸던가를 감지할 수 없었다. 또는 감지했다 하더라도 그는 신경을 쓰지 않았을 것이다. 그가 말하는 것이 과대망상적인 것이라고 하자. 하지만 그의 말이 사실이라면? 만일 그가 틀렸다면, 그것으로 그만이다. 하지만 그가 옳았다면? 옳은 것인데 선생의 편협한 마음을 즐겁게 하기 위해 이를 내던져버린다면, 그것이야말로 더할 수 없이 기괴한 짓거리가 될 것이다!

그리하여 그는 그의 말이 다른 사람한테 어떻게 들리는가에 대해 아예 신경을 쓰지 않았다. 그는 완전히 광신적인 태도를 취했다. 그는 그 당시 담론의 고독한 우주 안에 갇혀 삶을 살고 있었다. 아무도 그를 이해하지 못했다. 그리고 좀더 많은 사람이 그를 이해하는 데 실패했다는 것을 보여주면 보여줄수록, 그리고 그들이 어쩌다 이해한 바를 혐오하면 혐오할수록, 그는 점점 더 광신적인 사람으로 바뀌어갔고 또한 점점 더 혐오스러운 존재로 바뀌어갔다.

그가 퇴학을 자초하는 도발을 하자 기대했던 바의 반응이 뒤따르게 되었다. 그의 실체적인 학문 분야가 철학이니, 철학과에 지원해야지 개념 분석과 방법론 연구 위원회에 지원해서는 안 된다는 통고를 받은 것이다.

파이드로스는 공손하게 이 같은 지시를 따랐다. 그런 다음 그와 그의 가족은 그들이 소유하고 있는 모든 것을 차와 트레일러에 실은 다음 그들의 친구들한테 작별 인사를 하고 떠날 참이었다. 마지막으로

---

11) Gordian knot: 프리기아(Phrygia, 소아시아에 있던 고대 국가)의 왕 고르디우스Gordius가 매어놓은 매듭으로, 이 매듭을 푸는 사람은 아시아를 지배한다는 예언이 있었다. 알렉산드로스 대왕이 칼로 이를 자름으로써 매듭을 풀었다고 한다. '어려운 문제'에 대한 비유적 표현으로 쓰임.

집의 문을 막 잠그려는 순간, 우편배달부가 나타나 편지 한 장을 전했다. 그 편지는 시카고 대학에서 온 것이었다. 편지에는 그에게 철학과에 입학 허가가 나지 않았다는 내용이 담겨 있었다. 그 이상 아무 이야기도 없었다.

명백히 개념 분석과 방법론 연구 위원회의 위원장이 그와 같은 결정에 영향을 미친 것 같았다.

파이드로스는 이웃집에 가서 편지지와 편지 봉투를 얻어 온 다음, 위원장에게 편지를 썼다. 그가 개념 분석과 방법론 연구 위원회에 이미 입학이 허가되었기 때문에 그는 그 위원회의 학생으로 남아 있을 수밖에 없다는 내용의 편지를 썼던 것이다. 이는 다소 미묘한 법적 조처를 요하는 문제였지만, 이 당시 파이드로스는 일종의 전투적 기민성을 확보하고 있는 상태였다. 이 같은 비정상적인 조처──그러니까 철학의 문을 이처럼 재빨리 돌려 닫아버리는 것──는 무슨 이유에서인지는 모르지만 위원장이 위원회의 앞문 바깥쪽으로 그를 내던질 수 없다는 사실을 암시하는 것처럼 보였다. 그처럼 도발적인 내용의 편지를 파이드로스한테 받고서도 말이다. 그리고 이 점이 파이드로스의 마음에 무언가 확신을 심어주었다. 옆문으로 도망가지 말 것! 그들은 앞문 바깥쪽으로 그를 집어 던질 수밖에 없을지도 모르고, 또는 결코 그렇게 할 수 없을지도 모른다. 어쩌면 그들에게 그럴 능력이 없을 수도 있다. 좋다. 그는 이 문제 때문에 누구에게든 어떤 것이든 신세를 지고 싶지 않았다.

우리는 1920년대의 느낌을 듬뿍 지니고 있는 3차선 간선도로를 따라 내려가서 클래머스 레이크[12)]의 동쪽 호반에 이른다. 이 같은 3차선 도로가 모두 만들어진 때는 바로 그 1920년대다. 우리는 점심 식사를 위해 도로변 식당 앞에서 멈춘다. 식당도 1920년대의 분위기를 띠고 있다. 목조로 된 집의 뼈대는 칠이 온통 벗겨져 있으며, 창문에는 맥주 선전을 하는 네온등이 있다. 자갈이 깔린 앞마당은 자동차 엔진에서 떨어진 기름으로 얼룩져 있다.

화장실 안으로 들어가 보니, 변기의 좌석에는 금이 가 있고, 세면대는 기름때로 덮여 있다. 우리가 차지하고 있는 칸막이 좌석으로 되돌아오면서 카운터 건너편에 앉아 있는 집주인에게 다시 한 번 눈길을 준다. 1920년대의 얼굴이다. 복잡하지도 않고, 냉정하지도 않으며, 비굴하지도 않다. 이 집은 그의 성(城)인 셈이다. 우리는 그저 그의 손님일 뿐이다. 만일 그의 햄버거가 우리 마음에 들지 않더라도 그냥 입을 다물고 있는 편이 좋을 것이다.

큼직한 날양파로 맛을 낸 햄버거가 우리에게 제공된다. 햄버거도 맛이 있고, 병에 담긴 맥주도 마실 만하다. 아주머니들이 운영하는 식당, 플라스틱 꽃으로 창문을 장식한 그런 식당에서 당신이 지불하리라 예상되는 것보다 훨씬 적은 돈을 지불하고 제대로 된 식사를 즐긴다. 햄버거를 먹으며 지도를 보니 우리가 길을 잘못 들어섰다. 다른 길로 갔으면 한결 더 빨리 태평양 연안에 도착했을 것이다. 이제 날이 덥다. 서부 해안 지대의 끈적끈적한 더위가 느껴진다. 서부 황무지 지대의 더위를 겪은 후에 겪는 이 같은 더위는 너무도 사람의 기분을 가라앉게 만든다. 정말로 모든 경치가 동부 지방을 그대로 옮겨다 놓은 것 같다. 가능한 한 빨리 시원한 태평양 연안에 도착했으면 한다.

클래머스 레이크의 남쪽 호반을 따라 달리며 내내 이에 대해 생각한

---

12) Klamath Lake: 캐스케이드 산맥Cascade Range의 동쪽에 있는 수심이 낮으나 크기가 큰 민물 호수. 오리건 주의 남부에 있으며, 이 호수에 남동쪽에 클래머스 폴스Klamath Falls라는 도시가 있다. 고도 약 1,262미터 지점에 위치해 있으며, 최고 수심은 18미터.

다. 끈적끈적한 더위와 1920년대의 악취. . . . 그해 여름 시카고에서의 느낌이 바로 그러했다.

파이드로스와 그의 가족이 시카고에 도착했을 때, 그는 대학 근처로 주거를 정했다. 그리고 장학금을 받지 못했기 때문에 그는 일리노이 대학 분교에서 수사학 담당 전임 강사로 일을 하기 시작했다. 당시 그 분교는 호수 안쪽으로 툭 불거져 들어가 있는 악취가 나고 더운 네이비 피어[13]의 중심부에 있었다.

수업 시간에 만나는 학생들은 몬태나에서 만난 학생들과 달랐다. 고등학교에서 상위급을 차지하던 학생들은 어배너-섐페인 소재의 캠퍼스에서 몰아간 상태로, 그가 가르치던 학생들 거의 대부분은 움직일 수 없이 확고하고 변화 없이 단조로운 C급이었다. 질의 면에서 그들이 제출한 학과 과제물로 판단해보면, 그게 그거여서 구분이 거의 불가능했다. 상황이 달랐더라면 파이드로스는 이 같은 난관을 헤쳐나가기 위한 대책을 고안해냈을 것이다. 하지만 현재 그가 하고 있는 일은 다만 빵을 벌기 위한 것으로, 그 일에 쏟을 창조적 에너지를 따로 마련할 수 있는 형편이 아니었다. 그의 관심은 남쪽에 위치해 있는 다른 대학을 향하고 있었다.

그는 시카고 대학에 등록하기 위해 모여든 학생들의 대열에 섰다. 차례가 되자 등록을 받던 철학 교수에게 자신의 이름을 밝혔다. 철학 교수의 시선이 아주 잠깐 그에게 고정되는 것을 눈치 챘다. 철학 교수가 말했다. 아, 자네가 바로 그 학생이군. 위원장께서 자네를 개념 분

---

13) Navy Pier: 시카고 도시 계획의 일환으로 1916년 미시간 호수의 호반에 건설된 부두. 이 부두의 시설 일부가 1946년부터 1965년까지 일리노이 대학University of Illinois의 2년제 학부 프로그램의 강의실로 사용되기도 했음.

석과 방법론 연구 위원회 교과목 가운데 위원장 자신이 가르치는 과목을 등록하도록 요청했다네. 이렇게 말하고는 강의 계획서를 그에게 건넸다. 파이드로스는 네이비 피어에서 그가 가르치는 시간과 위원장의 수업 시간이 충돌하는 것을 확인하고는 교과목 번호 251인 "개념과 방법"이라는 수사학 과목을 선택했다. 수사학이 그 자신의 전공 분야였기 때문에, 그는 그쪽 분야가 좀더 마음 편하게 느껴졌던 것이다. 그리고 담당 교수는 위원장이 아니라, 현재 그의 등록을 받고 있는 철학 교수였다. 그에게 시선을 잠깐 고정시켰던 철학 교수는 눈을 둥글게 뜨고 그를 바라보았다.

파이드로스는 학교에서 돌아와 네이비 피어에서 첫 강의를 한 다음, 첫 수업 시간을 위한 독서에 착수했다. 전에는 결코 고전 시대 희랍의 일반적 사상 및 어느 특정한 고전 시대의 희랍인—즉, 아리스토텔레스—의 사상을 배우기 위해 공부해본 적이 없기 때문에 이제 이에 대한 공부가 그에게 절대적으로 필요했다.

고대의 고전을 공부하는 시카고 대학의 수천 명 학생들 가운데 그보다 더 공부에 헌신적인 학생은 아마도 없었을 것이다. 시카고 대학의 "위대한 고전 총서 프로그램"의 주된 투쟁은 고전이 20세기 사회에 말해줄 실질적 중요성을 지닌 것은 아무것도 없다는 현대적 믿음을 겨냥한 것이었다. 말할 것도 없이, 고전 교과목을 수강하는 대부분의 학생들은 그들을 가르치는 선생들에게 예의를 갖춰 공손하게 대했음이, 화합을 위해 고대인들은 무언가 의미 있는 것을 말해주고 있다는 믿음을 선결 조건으로 받아들였음이 틀림없다. 하지만 파이드로스는 고지식한 사람이어서 이 같은 생각을 그냥 수용하기만 한 것은 아니었다. 그는 열정적으로 또한 광적으로 이를 공부해서 자기 것으로 만들었다. 그는 격렬하게 고대인들을 미워하게 되었으며, 그가 머리로 생각해낼 수 있는 온갖 종류의 악담을 동원하여 그들에 대한 공격을 감행하게 되었다. 그가 그렇게 하게 되었던 것은 그들의 말이 타당하지 않기 때문이 아니라, 그와 반대로 너무도 타당했기 때문이었다. 점점 더 많이 공부하면 할수록, 그는 그들의 생각이 이 세상에 미친 악영향—즉, 우리가 그들의 생각을 무의식적으로 받아들인 결과 이로 인해 야기된 해악—에 대해 아직까지 아무도 말을 한 적이 없다는 확신을 점점 더 굳히게 되었다.

클래머스 레이크의 남쪽 호반을 따라 가다가 우리는 전원 주택 단지 형태의 개발 구역을 통과한다. 그런 다음 호수를 떠나 바닷가를 향해 서쪽으로 간다. 이제 도로는 경사면을 타고 올라가 거대한 나무들로 이루어진 숲 속으로, 우리가 앞서 통과한 비에 목말라하는 숲과는 전혀 다른 숲 속으로 이어진다. 거대한 더글러스전나무들이 도로 양쪽을 장식하고 있다. 모터사이클을 탄 채 나무들 사이를 통과하면서 우리는 수직으로 곧게 서 있는 몇십여 미터 높이의 나무줄기를 올려다본다. 크리스가 모터사이클에서 내려 나무 사이를 걷고 싶어 한다. 그래서 모터사이클을 멈춘다.

그가 산보를 가고 없는 동안 나는 가능한 한 조심스럽게 더글러스전나무의 큼직한 나무껍질에 등을 기댄 채 앉아서 위를 올려다보며 옛 기억을 되살리려 한다. . . .

그가 구체적으로 무엇을 배웠던가에 대한 기억은 이제 남아 있지 않다. 하지만 후에 일어난 사건들에 비춰 볼 때 그가 엄청난 양의 정보를 흡수했음을 알 수 있다. 그는 거의 사진을 촬영하듯 있는 그대로 정확하게 정보를 흡수하는 능력을 갖추고 있었다. 고전 시대의 희랍인들에 대한 비판에 그가 어떻게 도달하게 되었는가를 이해하기 위해서는 "로고스 너머 뮈토스" 논쟁을 요약의 형태로 점검해볼 필요가 있다. 이 논쟁은 희랍 학자들에게 잘 알려져 있는 것으로, 때때로 바로 이 논쟁이 원인이 되어 사람들은 그 분야의 연구에 매료되기도 한다.

"로직(논리)"이라는 말의 어원에 해당하는 로고스라는 용어는 세계에 대한 우리의 합리적 이해의 총합을 지시한다. 뮈토스는 로고스에 앞서는 선사 시대의 신화 및 초기 역사 시대의 신화의 총합을 지시하는 용어다. 뮈토스에는 희랍 신화뿐만 아니라, 구약, 베다 문학[14]의 찬가들, 그리고 세계에 대한 오늘날 우리의 이해에 기여해온 모든 문화의 초기 전설들이 포함된다. 로고스 너머 뮈토스 논쟁은 우리의 합리성이 이 같은 전설들에 의해 형성된 것임을, 오늘날 우리의 지식과 이 같은 전설들 사이의 관계는 나무와 그 나무가 성장하기 전 한때의 모습이었던 작은 묘목 사이의 관계와 같은 것임을 확인케 한다. 우리는 한결 단순한 형태의 묘목을 연구함으로써 나무의 복잡한 전체적 구조에 대한 깊은 통찰에 이를 수 있다. 종류의 면에서나 심지어 정체성의 면에서도 차이가 따로 없고, 다만 크기의 면에서 차이가 있을 뿐이기 때문이다.

그런 까닭에, 고대 희랍을 그 근원 가운데 하나로 삼고 있는 여러 문화들을 보면, 우리는 예외 없이 주체와 객체를 나누어놓는 강력한 이분화 경향을 확인할 수 있다. 그 이유는 고대 희랍의 뮈토스가 담겨 있는 문법이 주어와 술어 사이의 선명하고도 자연스러운 이분화를 상정하고 있기 때문이다. 주어와 술어 사이의 관계가 문법에 의해 엄격하게 구분되어 있지 않은 중국 문화와 같은 문화를 보면, 주체와 객체

---

[14] veda: 고대 인도의 경전인 베다와 그 주석본을 통틀어 이르는 말. 또는 그것을 바탕으로 하는 문학.

를 엄격하게 나누어놓은 경향이 문법에서와 마찬가지로 철학에도 존재하지 않음을 확인할 수 있다. 구약의 "말씀"이 그 자체의 내적 신성성(神聖性)을 갖추고 있는 유대교-기독교 문화에서 우리는 기꺼이 말을 위해 자신을 희생하고 말에 의지하여 삶을 살고 말을 위해 죽고자 하는 인간들과 만날 수 있다. 이 문화에서 법정은 증언자에게 "신에 맹세코 진실을, 모든 진실을, 오로지 진실만을 말할 것"을 요구할 수도 있고, 또 그가 진실을 말할 것을 기대할 수도 있다. 하지만 영국인들이 그렇게 했듯이 누군가가 이 법정을 인도와 같은 나라로 옮겨 가는 경우 위증죄의 측면에서 진정한 성공을 거둘 수가 없다. 왜냐하면 인도의 뮈토스는 다르기 때문이고, 따라서 인도인들은 영국의 문화권에서와 같은 방식으로 이 같은 말의 신성성을 느낄 수 없기 때문이다. 유사한 문제가 상이한 문화적 배경을 가지고 있는 미국 내의 소수 민족들 사이에서 발생하고 있다. 뮈토스의 차이가 어떻게 행동의 차이를 이끄는가의 예는 수도 없이 많으며, 이 같은 예들은 모두가 매혹적인 것들이다.

"로고스 너머 뮈토스" 논쟁은 모든 아이들이 태어날 당시에는 동굴에서 생활하던 원시인들만큼이나 무지하다는 사실을 시사(示唆)해준다. 각 세대마다 세상 사람들을 네안데르탈인의 상태로 되돌아가는 것을 막아주는 것이 있다면, 그것은 바로 영속성을 지닌 채 현재 작동 중인 뮈토스, 로고스로 변모되었지만 여전히 뮈토스의 역할을 하는 뮈토스, 세포가 인간의 몸을 결합해주고 있듯 우리의 마음들을 결합해주고 있는 거대한 양의 상식으로 이루어진 뮈토스다. 이처럼 다른 사람들의 마음과 결합되어 있지 않다고 느끼는 사람이 있다면, 그리고 이 뮈토스를 자기 마음대로 수용하거나 폐기할 수 있다고 느끼는 사람이 있다면, 그는 뮈토스가 무엇인지를 이해하지 못하는 사람이다.

파이드로스의 말에 따르면, 오로지 한 종류의 사람만이 자신의 존재 조건인 뮈토스를 자의로 수용하거나 거부할 수 있다는 것이다. 이어지는 파이드로스의 말에 따르면, 뮈토스를 누군가가 거부했다면 그에 대해 "광인"이라는 정의를 내릴 수 있다는 것이다. 뮈토스의 바깥으로 나간다는 것은 곧 광인이 된다는 뜻이다. . . .

맙소사, 이제야 겨우 알겠다. 전에 나는 이를 모르고 있었던 것이다.

하지만 그는 알고 있었다! 어떤 일이 일어날지를 그는 알고 있었음이 틀림없다. 무언가 일이 막 터지기 시작하고 있었던 것이다.

마치 수수께끼의 조각들처럼 당신은 이 모든 파편들을 소유하고 있고, 또 당신은 그 파편들을 모아 몇 개의 거대한 묶음으로 나누어 정돈하고 배열할 수 있다. 하지만 아무리 노력해도 묶음과 묶음이 서로 조화를 이루지 못할 수도 있다. 이윽고 갑작스럽게 어떤 파편 하나를 얻어 맞춰보니, 이 파편이 두 개의 서로 다른 묶음 사이에 들어맞는 것 아닌가. 그리하여 거대한 두 개의 묶음이 갑작스럽게 하나가 되는 것 아닌가. 뮈토스와 광기 사이의 관계가 그런 것이었다. 그것이 바로 핵심적인 파편이었던 것이다. 내 추측으로는 이에 관해 누구든 전에 그와 같은 말을 한 사람은 없었던 것 같다. 광기는 뮈토스를 둘러싸고 있는 미지의 영역인 셈이다. 그는 알고 있었던 것이다! 그는 자신이 이야기하고 있는 질이 뮈토스의 바깥쪽에 존재한다는 사실을 알고 있었던 것이다.

이제야 알겠다! 질은 뮈토스를 생성해내는 발생인(發生因)이기 때문이다. 바로 그것이다. 그가 "질은 우리를 자극하여 우리가 살고 있는 세계를 창조하도록 유도하는 지속적인 자극 요인, 세계의 모든 것을, 어느 한 부분도 빠짐이 없이 세계의 모든 것을 창조하도록 유도하는 자극 요인이다"라고 말했을 때, 그가 의도하던 바는 바로 그것이었다.

종교가 인간에 의해 창조된 것이 아니라, 인간들이 종교에 의해 창조된 것이다. 인간들은 질에 대한 다양한 반응을 창조하며, 이 같은 반응들 가운데 하나가 인간들 자신의 정체가 무엇인가에 대한 이해다. 당신이 무언가를 알게 되면, 자극 요인으로서의 질이 당신을 부추길 것이고, 그러면 당신은 그 자극 요인에 대해 정의하고자 할 것이다. 하지만 그것을 정의하고자 할 때 당신이 동원할 수 있는 것은 기껏해야 당신이 알고 있는 것뿐이다. 따라서 당신의 정의는 당신이 알고 있는 것들로 이루어질 수밖에 없다. 결국 어떤 정의를 내리든 이는 당신이 이미 알고 있는 것에 대한 유추(類推)에 불과한 것일 뿐이다. 그럴 수밖에 없다. 달리 어떤 것이 될 수 없다. 뮈토스는 이런 방식으로 성장한다. 말하자면, 우리가 이미 전부터 알고 있는 것에 대한 유추 과정을 통해 성장한다. 뮈토스란 유추 위에 유추를 쌓아 올리고 그 위에 다시 유추를 쌓아 올린 건축물인 셈이다. 이 같은 유추들이 의식이라는 기차의 화물칸을 채우는 것이다. 뮈토스란 서로 소통하고 살아가는 모든 인류의 집단 의식을 집합해놓은 거대한 열차인 셈이다. 뮈토스의 어느 한 부분도 그렇지 않은 것이 없다. 질은 바로 그 기차에게 나아갈 길을 제공하는 선로인 셈이다. 좌측이든 우측이든 열차 바깥쪽에 있는 곳, 바로 그곳은 광인이 거주하는 미지의 영역이다. 질을 이해하기 위해서는 어쩔 수 없이 뮈토스를 떠나야 함을 파이드로스는 알고 있었다. 그에게 그처럼 무언가가 정상적으로 작동하고 있지 않다는 느낌이 들었던 것은 바로 그 때문이었다. 그는 무언가 일이 막 터질 것임을 예감하고 있었다.

이제 나무 사이로 크리스가 돌아오는 것이 눈에 띈다. 그의 표정은 편하고 행복해 보인다. 그가 나에게 나무껍질 한 조각을 보여주면서 기념품으로 가져가도 되느냐고 묻는다. 나는 그가 찾아낸 그와 같은 잡동사니들을 모터사이클에 싣는 것을 좋아하지 않는다. 아마도 그는 집에 가서는 이를 그냥 내던져버릴 것이다. 하지만 어쨌든 간에 이번에는 그렇게 할 것을 허락한다.

몇 분 후에 도로는 정상에 도달한다. 그리고 계곡 안쪽을 향해 가파르게 아래로 이어진다. 계곡은 우리가 아래로 내려감에 따라 점점 더 정교한 아름다움을 보여준다. 계곡의 경치를 그런 식으로 묘사할 수 있으리라고 생각해본 적은 없었다. 정교한 아름다움이라니! 하지만 이곳 해안 지역 전역은 미국의 그 어떤 산악 지대와는 너무 달라서 그런 표현을 끌어들이지 않을 수 없다. 여기에서 조금만 더 남쪽으로 내려가면, 미국에서 생산되는 모든 뛰어난 포도주가 생산되는 지역에 이른다. 아무튼, 언덕들이 다른 지역과는 다른 모습으로, 그러니까 정교하게 아름다운 모습으로, 굽이굽이 겹쳐 있고 주름 잡혀 있다. 도로가 한쪽으로 비스듬히 경사진 채 구불구불 이어지고 있다. 그리고 소용돌이를 이루며 아래쪽으로 향한다. 우리와 우리의 모터사이클은 그와 같은 도로의 경사와 기복에 몸을 맡긴 채 유연하게 앞으로 나아간다. 우리들 자신만의 우아한 자세로, 주변 경치의 것과는 구별되는 별도의 우아함을 갖춘 자세로, 주변 관목의 말랑말랑한 나뭇잎과 도로 위로 늘어진 나뭇가지를 거의 스칠 듯한 자세로, 도로를 따라 우리는 달린다. 우리는 전나무와 바위로 뒤덮여 있던 높은 지대를 뒤로하고 이제 제법 고도가 낮은 지역에 와 있다. 이제는 부드러운 능선의 언덕들과 포도나무들, 보랏빛과 붉은빛의 꽃들이 우리를 감싸고 있다. 꽃의 향기가 저 멀리 계곡의 바닥을 따라 깔려 있는 안개 사이로 피어오르는 나무의 훈연(燻煙)과 뒤섞이고 있다. 그리고 보이지 않는 저편 어딘가에서 대양의 희미한 냄새가 우리에게 다가오고 있다. . . .

... 어떻게 내가 이 모든 것을 그처럼 사랑하면서도 광기에 빠질 수 있겠는가. ...

... 도저히 믿을 수가 없다. ...

뮈토스. 뮈토스는 광기에 젖어 제정신이 아니다. 그것이 바로 그가 믿었던 바다. 이 세계의 형식들은 현실적인 것이고, 이 세계의 질은 비현실적인 것이라고 말하다니, 뮈토스는 제정신이 아니다!

아울러, 아리스토텔레스와 고대 희랍인들의 모습에서 그는 이 같은 광기를 현실로 받아들이도록 우리를 유인할 만큼 잘못 뮈토스를 형성해놓은 악당들의 모습을 확인했다고 그는 믿었다.

그것이다. 이제 보니 그것이다. 그것이 모든 것을 하나로 묶어준다. 그것을 알고 나니 안도감이 느껴진다. 때때로 그 모든 것을 기억해내기가 너무도 힘이 들어 묘한 종류의 피로감이 뒤따르곤 한다. 때로는 내 스스로 이야기를 꾸며내고 있을 뿐이라는 생각이 들기도 한다. 때로는 확신이 서지 않기도 한다. 그리고 때로는 내가 이야기를 꾸며내는 것이 아님을 깨닫기도 한다. 아무튼, 뮈토스와 광기, 그리고 이것이 갖는 중심적 의미―확신컨대, 이는 바로 그한테서 온 것이다.

주름이 잡혀 있는 언덕들을 통과하여 우리는 마침내 메드퍼드[14])에 이른다. 이윽고 그랜츠 패스[15])로 가는 고속도로로 들어섰을 때는 거의 저녁때가 다 되었다. 엔진의 스로틀 밸브를 활짝 열어놓았지만, 강력

---

14) Medford: 오리건 주의 잭슨 카운티 Jackson County에 있는 인구 76,850명(2008년 조사)의 도시. 이 도시를 중심으로 한 메트로폴리탄 지역의 인구는 202,310명(2008년 조사). 오리건 주의 최남단에 있으며, 남쪽으로 캘리포니아 주와 경계를 이루고 있음.
15) Grants Pass: 오리건 주의 조지핀 카운티 Josephine County에 있는 인구 34,237명(2007년 조사, 2000년 조사로는 23,003명)의 도시. 메드퍼드와 마찬가지로, 오리건 주의 최남단에 있으며, 남쪽으로 캘리포니아 주와 경계를 이루고 있음.

한 맞바람 때문에 오르막길을 향해 움직이는 차량들과 겨우 속도를 맞출 수 있을 뿐이다. 그랜츠 패스에 들어서자, 덜그럭거리는 시끄럽고도 놀라운 소리가 모터사이클에서 난다. 정지해서 보니, 어쩐 일인지 체인 보호대가 체인에 걸려 이제는 완전히 갈기갈기 찢겨 있는 상태다. 아주 심각한 문제라고 할 수는 없지만, 새것과 교체하기 위해 잠시 지체해야 할 정도의 문제이긴 하다. 아마도 며칠 있으면 팔아버릴 모터사이클인데 새 부품을 사다 장착해야 하다니, 얼빠진 짓 같기도 하다.

그랜츠 패스는 다음 날 아침 열려 있는 모터사이클 부품 가게가 있을 만큼은 큰 마을 같아 보인다. 마을에 도착하자 우리는 모텔을 찾는다.

몬태나 주의 보즈먼에서 떠난 이래 우리는 침대에서 잠을 자본 적이 없다.

우리는 컬러텔레비전, 난방 장치로 물의 온도를 조절해놓은 수영장, 다음 날 아침을 위한 커피 메이커, 비누, 흰 수건, 타일로 벽과 바닥을 깔아놓은 욕실, 깨끗한 침대가 있는 모텔을 하나 찾아 들어선다.

깨끗한 침대 위에 우리는 몸을 눕힌다. 곧 크리스는 침대 위에서 튀어 올라갔다가 내려오기를 잠시 동안 반복한다. 어린 시절을 기억해보면, 그런 식으로 침대에서 튀어 올라갔다가 내려오기를 반복하는 것은 침체된 기분을 되살리는 데 상당히 효과적이다.

어떻게 해서든 내일이면 아마도 이 모든 것을 해결할 수 있을 것이다. 지금은 때가 아니다. 크리스가 난방 장치로 물의 온도를 조절해놓은 수영장으로 수영을 하러 내려간다. 그동안 나는 깨끗한 침대에 조용히 누워, 마음에 담겨 있는 모든 것들을 비운다.

제29장

보즈먼을 떠난 이래 행낭에서 물건을 꺼냈다가 다시 억지로 집어넣는 일을 되풀이하다 보니, 그리고 배낭을 가지고도 마찬가지 동작을 되풀이하다 보니, 우리의 장비는 엄청나게 낡은 것이 되고 말았다. 아침에 일어나 햇빛이 비치는 방바닥에다 온통 펼쳐놓으니 너무도 지저분해 보인다. 기름에 절어 있는 것들을 담아놓은 비닐봉지가 터져 있으며, 여기에서 흘러나온 기름이 두루마리 화장지에 배어 있다. 옷들은 너무도 심하게 구겨져 있어서, 절대 펴지지 않는 붙박이 주름이 잡혀 있는 것처럼 보이기도 한다. 자외선 차단용 연고가 담긴 연성(軟性)의 금속 튜브도 터져 있다. 튜브에서 빠져나온 연고로 인해 벌채용 칼의 보관용 칼집이 온통 허연 자국으로 덮여 있으며, 어디에서나 온통 연고의 향내가 난다. 점화 장치용 윤활제(潤滑劑)가 담긴 튜브도 또한 터져 있다. 정말로 엉망진창이다. 메모용 수첩에다가 이렇게 적어놓는다. "튜브 형태의 물건을 보관하기 위한 상자를 살 것." 그리고 이렇게 덧붙여 써놓는다. "세탁을 할 것." 이어서 "발톱을 깎는 데 사용하는 가위, 자외선 차단용 크림, 점화 장치용 윤활제, 체인 보호대, 두루마리 휴지를 살 것"이라고 적어놓는다. 이렇게 적고 보니, 모텔에서 퇴실하기 전까지 해야 할 일이 너무도 많다. 그래서 크리스를 깨워 일어나라고 한다. 우리는 세탁을 해야 한다.

간이 세탁소에서 크리스에게 건조기를 어떻게 작동하는가를 가르쳐 준다. 세탁기를 가동한 다음 건조하는 일은 크리스에게 맡기고, 다른 일을 하러 나간다.

체인 보호대를 빼고는 모든 물건을 다 구한다. 부품 가게에서 일하는 남자가 현재 체인 보호대는 자기네 가게에 없으며, 어디에서든 구할 수 있을 것으로 기대하지 말라고 한다. 앞으로 얼마 남지 않은 여행 기간 동안 체인 보호대가 없는 상태로 모터사이클을 몰 생각을 해보기도 한다. 하지만 그렇게 하면 온통 기름 찌꺼기가 퇼 것이며 위험할 수도 있다. 게다가, 나는 그럴 수도 있다는 가정 아래 일을 진행하고 싶지도 않다. 그런 생각이 나를 그 일에 매달리게 한다.

거리를 따라 내려가다 나는 용접공이 내건 간판을 보고 그의 작업장으로 들어간다.

일찍이 내가 가본 용접 작업장 가운데 이처럼 깨끗한 곳은 없었다. 엄청나게 키가 큰 나무들과 깊이 우거진 풀이 작업장 뒤쪽 마당 주위를 둘러싸고 있어서, 마을의 대장간 같은 분위기를 풍기고 있다. 모든 연장들이 가지런하게 벽에 걸려 있고, 모든 것이 정갈한 모습을 하고 있다. 하지만 작업장에는 아무도 없다. 나중에 다시 와야겠다.

모터사이클을 몰고 돌아와서 크리스를 찾는다. 그리고 그가 세탁한 옷가지들을 건조기에 제대로 넣었는지를 확인한다. 그런 다음 느긋한 마음으로 모터사이클을 몰아 활기찬 거리를 따라 달리며 식당을 찾는다. 어디를 가도 거리를 주행하는 차들이 눈에 띈다. 대부분의 차들이

기민하게 움직이고 있을 뿐만 아니라 관리가 잘되어 있어 보인다. 서부 해안 지역에 와 있음을 실감한다. 석탄 판매업자들의 손길이 미치지 않는 그런 마을에서 만날 수 있는 깨끗한 햇살이 옅은 안개에 감싸인 주위를 환하게 밝히고 있다.

마을의 변두리에서 우리는 식당을 하나 찾아 자리를 잡는다. 그리고는 빨간색과 흰색으로 된 식탁보가 덮여 있는 식탁 앞에 앉아 기다린다. 내가 모터사이클 부품 가게에서 가져온 『모터사이클 소식지』[1]를 펼쳐 들고는 각종 모터사이클 경기에서 우승을 휩쓴 한 사람에 관한 이야기를 소리 내어 읽는다. 이어서 모터사이클을 타고 전국 횡단을 하는 일에 관한 기사를 읽는다. 음식 주문을 받으러 온 여자가 약간 호기심이 어린 눈길로 크리스를 바라보고는 나에게 눈길을 준다. 곧이어 내가 신고 있는 모터사이클 운전자용 장화에 눈길을 주고는 우리의 주문을 받아 적는다. 그녀가 주방으로 되돌아갔다가 다시 나와 우리를 바라본다. 우리가 식당에 있는 유일한 손님이기 때문에 그처럼 우리에게 깊은 관심을 보이고 있는 것이라는 추측을 해보기도 한다. 우리가 기다리는 동안 그녀는 자동 전축에 동전 몇 개를 넣는다. 와플과 시럽, 소시지 등 주문한 아침 식사가 나올 무렵 전축에서 음악이 흘러나온다. 크리스와 나는 『모터사이클 소식지』에서 그가 읽은 기사에 관해 이야기를 나눈다. 그리고 레코드에서 흘러나오는 음악 소리를 흘러들으며 이러저러한 이야기를 계속한다. 수많은 나날을 함께 여행한 사람들이 취할 법한 느긋한 자세로 앉아 이야기를 나누는 동안, 나는 곁눈질을 하여 그녀가 계속 우리에게 눈길을 향한 채 이야기를 나누고 있는 우리를 바라보고 있음을 확인한다. 잠시 후 크리스

---

[1] Cycle News: 캘리포니아의 코스타 메사Costa Mesa에 본사가 있는 주간지. 이 주간지는 1965년 캘리포니아 롱 비치Long Beach에서 창간되어 현재에 이르고 있음.

가 나에게 같은 질문을 되풀이하지 않을 수 없게 된다. 왜냐하면 그녀의 눈길에 신경을 쓰다 보니 그가 하는 말에 제대로 집중할 수가 없기 때문이다. 흘러나오는 음악은 컨트리 웨스턴 풍의 노래로, 트럭 운전사에 관한 것이다. . . . 나는 크리스와의 대화를 끝낸다.

우리가 자리에서 일어나 밖으로 나간 다음 모터사이클의 시동을 걸면서 보니 그녀가 문가에 서서 우리를 바라보고 있다. 외로운 것이다. 그와 같은 표정을 얼굴에 담고 있는 사람은 머지않아 외로움에서 벗어나리라는 것을 그녀는 아마도 이해하지 못할 것이다. 나는 모터사이클의 시동을 걸고, 무언가에 좌절감을 느낀 채 지나치게 심하다고 할 정도로 엔진을 가속한다. 모터사이클을 몰아 용접공을 다시 찾아가는 동안, 나는 곧 좌절감에서 벗어나 마음의 평정을 되찾는다.

용접공이 작업장에 있다. 그는 60대 혹은 70대 나이로 보이는 노인으로, 상대를 무시하는 듯한 시선으로 나에게 눈길을 준다. 식당에서 본 여자의 것과는 정반대의 눈길이다. 나는 체인 보호대의 상태에 관해 그에게 설명한다. 그러자 약간 뜸을 들인 후 그가 이렇게 말한다. "당신을 대신해서 체인 보호대를 뜯어낼 생각이 내겐 없소. 당신이 직접 하시오."

그가 주문한 대로 체인 보호대를 뜯어낸 다음 그에게 이를 보여주자 이렇게 말한다. "기름때가 잔뜩 끼어 있군."

뒷마당에 가서 가지를 넓게 펴고 서 있는 밤나무 아래에서 막대기 하나를 찾아 가지고 와서는 이를 이용해 기름때를 몽땅 긁어내서는 쓰레기통에 버린다. 조금 떨어진 곳에서 그가 이렇게 말한다. "저기 저 납작한 냄비에 기름 용해제가 있소." 나는 납작한 냄비를 눈으로 확인하고는 나뭇잎 몇 장과 용해제를 이용하여 남아 있는 기름때를 제거한다.

그런 다음 체인 보호대를 그에게 보여주니, 그가 고개를 끄덕이고 천천히 가서 가스 용접기의 조절 장치를 작동시킨다. 그런 다음 용접봉에 눈길을 주고는 다른 용접봉을 선택한다. 전혀 서두르지 않는다. 그는 강철 막대로 된 충전재(充塡材)를 들어올린다. 그러자 나는 그가 정말로 체인 보호대의 찢긴 얇은 금속판을 용접해서 붙이려 하는가, 미심쩍어한다. 얇은 금속판의 경우 나는 용접을 하지 않는다. 대신 놋쇠 용접봉으로 땜질을 한다. 용접을 하려다가는 금속판에 구멍들을 뚫어놓게 마련이며, 그리하여 충전재 막대를 녹여 거대한 금속 덩이를 만들어 구멍들을 메울 수밖에 없게 된다. "놋쇠 용접봉으로 땜질을 할 작정이 아닌가요?" 내가 이렇게 묻는다.

"아니오." 그가 말한다. 말이 많은 친구로군, 이렇게 생각했을 것이다.

그는 용접기에 불을 붙이고, 아주 작은 푸른색 불꽃이 되도록 용접기를 조절한다. 이어서, 어떻게 설명해야 할지 쉽지 않지만, 실제로 용접기와 충전재 막대를 서로 다른 작은 율동에 맞춰 춤추듯 얇은 금속판 위로 움직여 간다. 용접한 부분 전체가 일정한 강도의 밝은 주황색 빛을 띠고 있다. 용접을 마친 다음, 용접기와 충전재 막대를 한 치도 틀림없이 정확히 동시에 내려놓고는 그것들을 치운다. 구멍이 하나도 뚫려 있지 않다. 용접한 자국을 거의 찾아볼 수 없다. "멋지게 용접이 되었군요." 내가 이렇게 말한다.

"1달러요." 웃음기가 없는 표정으로 그가 말한다. 이윽고 나는 그의 시선에서 수수께끼 같은 묘한 표정이 어려 있는 것을 포착한다. 너무 많은 돈을 요구한 것은 아닐까라는 생각에 잠겨 있는 것일까. 아니다, 다른 무언가의 이유가 있다. . . . 외로움, 식당에서 본 여자의 것과 같은 외로움이 그 원인이리라. 아마도 그는 내가 마음에도 없이 자기를 치켜세우고 있다고 생각하는지도 모르겠다. 이 같은 일을 놓고 그처럼 대단하다고 평가하는 사람이 아직까지도 세상에 있단 말인가.

우리는 짐을 싸고, 퇴실할 시간이 거의 다 되어 모텔에서 나온다. 그런 다음 곧 해안의 삼나무 숲 지대로 진입한다. 숲 지대를 지나는 동안 우리는 오리건 주에서 벗어나 캘리포니아 주로 들어선다. 차량의 통행이 너무 많아, 우리는 이를 확인할 여유를 갖지 못한다. 날이 차가워지고 하늘이 잿빛으로 변하기 시작한다. 그리하여 모터사이클을 멈추고 스웨터와 재킷을 찾아 입는다. 옷을 껴입었지만 아직 춥다. 기온이 섭씨 10도 정도 되는 것 같다. 우리는 겨울에 대한 이러저러한 생각에 잠긴다.

마을에서 만난 외로움에 젖어 있는 사람들. 수퍼마켓에서도, 간이 세탁소에서도, 그리고 모텔에서 퇴실을 할 때도, 나는 외로움에 젖어 있는 사람들과 마주했다. 삼나무 숲을 가로질러 달리고 있는 이 모든 야영용 차량[2]들 속의 은퇴 생활자들, 바다를 보러 가는 동안 길가의 나무에 눈길을 던지고 있는 저 은퇴 생활자들한테서도 외로움이 느껴진다. 처음 만난 사람들이 던지는 눈길과 마주하는 지극히 찰나적인 첫 순간에, 바로 그 순간에 당신은 그들의 눈길에서 외로움—무언가를 찾고 있는 듯한 표정—을 포착한다. 포착하는 바로 그 순간, 그들의 눈길에 담긴 외로움은 그 모습을 감춘다.

---

2) Pickup camper: 야영을 할 때 텐트 대신 주거를 할 수 있도록 설계되었거나 그런 목적으로 개조한 차량. 전형적인 모습을 하나 예를 들자면 옆의 그림과 같다.

이제 우리는 이러한 외로움과 한결 더 자주 마주한다. 사람들이 더 할 수 없이 조밀하게 모여 사는 곳에서, 동부 해안과 서부 해안의 대도시에서, 외로움이 그처럼 어느 곳에서보다 더 대단하다는 것은 역설적이라고 하지 않을 수 없다. 우리가 뒤로하고 지나온 서부 오리건 주 지역, 아이다호 주, 몬태나 주, 사우스다코타 주와 노스다코타 주와 같이 사람들이 그처럼 뿔뿔이 흩어져 사는 곳에서의 외로움이 한결 더 클 것이라고 당신은 생각할지도 모르겠다. 하지만 우리는 그곳에서 별로 심각한 외로움을 확인할 수 없었다.

내 추측이기는 하나, 이에 대해 설명하자면, 사람들 사이의 물리적 거리는 외로움과 아무런 관계가 없는 것 같다. 문제가 되는 것은 심리적 거리로, 몬태나 주와 아이다호 주에서는 사람들 사이의 물리적 거리가 대단하지만 심리적 거리는 얼마 되지 않는다. 하지만 이곳에서는 그 반대다.

그것이 바로 우리가 몸담고 살아가는 일차적 차원의 미국이다. 지지난밤 프라인빌에서 교차로로 들어서자 우리가 맞닥뜨리고 그 이후 내내 우리와 함께했던 미국이 바로 이 같은 일차적 차원의 미국이다. 이 일차적 차원의 미국은 고속도로와 제트기 여행과 텔레비전과 초대형 영화로 이루어져 있다. 바로 이 같은 일차적 차원의 미국에 푹 빠져 있는 사람들은 그들 주변을 직접 둘러싸고 있는 것이 무엇인지에 대해 별로 의식하지 않은 채, 그들 삶의 대부분을 살아가고 있는 것처럼 보인다. 그렇게 살아가는 그들의 마음에 그들 주변을 직접 둘러싸고 있는 것은 중요한 것이 아니라는 믿음을 심어준 것은 다름 아닌 대중 매체들이다. 그리고 바로 그러한 믿음 때문에 그들은 외로운 것이다. 당신은 그들의 얼굴에서 외로움을 확인할 수 있다. 먼저 무언가를 아주 순간적으로 찾는 듯하다가 이윽고 당신에게 눈길을 줄 때가 되면, 당신은 일종의 상관없는 대상이나 객체와 같은 것으로 그들 눈에 비칠 뿐이다. 그들에게 당신은 아무런 의미도 없는 대상에 불과한 것이다. 당신은 그들이 찾고 있는 것이 아니다. 당신은 텔레비전 화면을 장식하고 있지 않기 때문이다.

하지만, 우리가 통과해 온 이차적 차원의 미국—그러니까 샛길, 중국인이 만든 도랑들, 애펄루사 종의 말들, 넓게 펼쳐져 있는 산맥들, 명상적인 생각들, 그리고 솔방울을 들고 있는 아이들, 호박벌들, 몇 마일이고 계속하여 우리 위로 펼쳐져 있는 탁 트인 하늘이 있는 바로 그 이차적 차원의 미국—에서는 내내, 한결같이, 실재하는 것들이, 우리 주변을 둘러싸고 있는 것들이 세상을 지배하고 있었다. 그리하여 그곳에서는 이렇다 할 만한 외로움의 느낌을 감지할 수 없었다. 확신컨대 1백 년 전 또는 2백 년 전에도 마찬가지였을 것이다. 사람들도 거의 없었고 또 외로움도 거의 없었을 것이다. 의문의 여지 없이, 나는 지금 지나친 일반화를 일삼고 있는지도 모른다. 하지만 적절한 보완 과정을 거치면 나의 일반화는 사실에 들어맞는 것일 수도 있으리라.

이 같은 외로움의 상당 부분에 대한 원인으로 기술 공학이 지목되고 있다. 왜냐하면 외로움은 지극히 현대적인 기술 공학적 장치들—예컨대, 텔레비전, 제트기, 고속도로 등등—과 관련이 있는 것임이 틀림없기 때문이다. 하지만 진정한 악은 기술 공학이 생산해낸 물체들이 아니라는 점을 나는 이 자리에서 명백히 하고 싶다. 진정한 악은 기술 공학의 어떤 특정한 경향, 그러니까 사람들을 주변과 분리한 다음 주체와 객체 사이의 이분화가 유도하는 고립된 자세를 받아들이도록 강요하는 경향, 바로 그것이다. 악을 만들어내는 것은 바로 이 같은 주체와 객체 사이의 이분화, 기술 공학의 저변을 이루고 있는 이원론적 대상 이해 방식이다. 바로 이 때문에 나는 악을 파괴하는 데 다름 아닌 기술 공학 그 자체를 어떻게 이용할 수 있는가를 보여주고자 그처럼 애를 써왔던 것이다. 질을 의지하여 모터사이클을 수리하는 방법을 알고 있는 사람이라면, 그는 그런 방법을 모르는 사람보다는 더 많은 친구를 거느리게 될 것이다. 그리고 그 친구들은 그를 일종의 객체로 간주하지도 않을 것이다. 어느 때고 간에 질이 대상의 객체화를 방해할 것이기 때문이다.

또는 이런 경우도 생각해볼 수 있다. 만일 누군가가 그것이 어떤 일이든 간에 도저히 그만둘 수 없는 지루한 일을 계속해나가되, 어차피 하는 일이니 즐겁게 하자는 생각에서 질이라는 것을 선택 항목으로 삼아 이 질을 찾기 시작했다고 하자. (따지고 보면, 모든 일은 조만간 지루한 것이 되게 마련이다.) 그리고 은밀하게, 다른 목적이 없이 단지 그 자체를 목적으로 삼아, 질을 추구하는 일을 계속하여, 자신이 하고 있는 일을 하나의 예술로 승화시켰다고 하자. 그렇게 하는 경우, 그는 자신이 전보다 한결 더 주변 사람들의 관심을 끄는 흥미로운 존재로 바뀌어 있음을, 주변 사람들에게 아무런 의미 없이 존재하는 단순한 대상이 더 이상 아님을 확인하게 될 것이다. 왜냐하면 질에 대한 그의 결정이 그 자신을 다른 사람으로 바꿔놓았기 때문이다. 그리고 그가 하는 일과 그 자신뿐만 아니라 다른 사람들까지도 이 과정에 바뀌게 되는데, 질이란 주변으로 퍼지는 물결과도 같은 파급 효과를 갖는 것이기 때문이다. 아무도 포착할 수 없으리라고 그가 생각했던 자기 작업의 질은 언젠가 사람들의 눈에 포착될 것이며, 이를 포착한 사람은 이로 인해 조금이라도 기분이 더 좋아질 것이다. 그리고 십중팔구 그는 그런 기분을 남들에게 전할 것이다. 이런 방식으로 계속 파급 효과를 이어나가는 경향이 질에는 존재한다.

내 개인적 느낌을 말하자면, 세계를 좀더 나은 것으로 개선하는 일은 이런 방식으로 이루어져야 한다. 개개인이 질에 대한 결정을 내리는 세상, 그것이 내가 바라는 바의 전부다. 결단코 말하건대, 개개인의 질을 도외시한 채 거대한 집단의 사람들을 위해 입안된 사회적 개발 계획들, 바로 그런 계획들로 가득 찬 거대한 프로그램들에 대해 나는 더 이상 열광하고 싶지 않다. 이 같은 프로그램들은 당분간 보류할 수 있는 것들이다. 이 같은 프로그램들이 차지해야 할 자리가 있긴 하다. 하지만 이 같은 프로그램들은 관여하는 개개인이 그들 자신 안에 소유하고 있는 질을 기초로 하여 구축되어야만 한다. 과거에 우리는 개개인마다 질을 소유하고 있었으며, 의식하지 않은 채 자연 자원을 이용하듯 이를 이용해왔다. 하지만 이제 질은 고갈의 시점에 이르러 있다. 이제는 기(氣)로 충만한 사람이 존재하지 않는 상황에 처하게 된 것이다. 나는 바로 이 미국 고유의 자원——즉, 개개인의 가치라고 하는 소중한 자산——을 다시금 확보하기 위해 과거로 되돌아가야 할 시점에 와 있다고 생각한다. 지난 몇 년 동안 이와 비슷한 이야기를 해오던 정치적 보수주의자들이 있었다. 하지만 나는 그들 가운데 한 사람이 아니다. 만일 그들이 부자들에게 좀더 많은 돈이 돌아가게 하기 위한 단순한 변명이 아니라 진정한 개인의 가치를 이야기하고 있다면, 그들의 주장은 옳은 것이다. 우리는 정말로 과거로 되돌아가 모든 일에 성실한 개개인이 될 필요가 있다. 또한 자립적인 개개인이 되고, 그 옛날에 사람들이 지녔던 기(氣)를 지닌 개개인이 될 필요가 있다. 정말로 그와 같은 개개인이 될 필요가 있다. 나는 이번의 야외 강연에서 그와 같은 개개인이 되는 데 도움이 되는 몇몇 방향이 제시되었기를 희망한다.

 파이드로스는 질에 대한 결정을 하는 개별적이고 사적인 존재로서의 인간을 상정하는 쪽과는 다른 길을 걸어갔다. 내 생각에 그가 간

길은 잘못된 것이었다. 하지만 아마도 내가 그가 처한 환경에 있었더라면 나 역시 그가 간 길을 따라갔을 것이다. 그는 문제에 대한 해결책이 새로운 철학과 함께 제시되기 시작할 것이라고 느꼈던 것 같다. 또는 해결책이 새로운 철학보다 한결 더 폭이 넓은 그 무엇—즉, 이 원론적인 기술 공학적 이성의 특질인 추함과 외로움과 영적 공허함을 비합리적인 것으로 규정할 능력을 갖춘 새로운 영적 합리성—에서 찾았던 것 같다. 그에게 이성은 더 이상 "가치를 초월해 존재하는 것"이 아니었다. 또한 이성은 논리적으로 보아 질에 종속되는 것이어야 했다. 아울러, 우리의 기술 공학에 내재된 모든 악의 저변을 이루고 있는 경향—즉, 비록 선한 것이 아닐지라도 "합리적인 것" 또는 "이성적인 것"이라면 그것을 취하는 경향—을 우리 문화에 제공한 것은 고대 희랍인들의 뮈토스라는 점에서, 그는 이성의 절대적 권위가 그 이전 시대에 시작된 것은 아니라는 근거를 고대 희랍인들 사이에서 찾을 수 있으리라고 확신했다. 그것이 모든 것의 뿌리에 해당하는 것이었다. 바로 거기에 모든 문제의 뿌리가 있었던 것이다. 오래전에 나는 파이드로스가 이성이라는 유령을 찾아 헤맨 적이 있다고 말한 바 있다. 내가 뜻하고자 했던 것은 바로 이것이다. 이성과 질이 분리되고, 서로 갈등의 관계에 놓이게 되었으며, 그러는 가운데 질은 굴복을 강요받게 되었다. 그리고 과거 어느 시점에 이성은 지고(至高)의 가치를 지닌 것이 되었다.

비가 조금씩 내리기 시작한다. 하지만 모터사이클을 멈출 정도는 아니다. 다만 희미하게 보슬비가 내리기 시작했을 뿐이다.

이제 길은 아름드리 나무들로 이루어진 숲을 벗어나 탁 트인 잿빛 하늘 아래로 들어선다. 길을 따라 수많은 옥외 광고판들이 있다. 따뜻한 색깔로 칠해진 "센리스"의 광고판은 앞으로도 오랫동안 산뜻한 모습을 유지하겠지만, "얼마스"의 광고판은 피곤하고도 그저 그런 모습을 오랫동안 간직할 것 같은 느낌을 준다. 그런 느낌이 드는 것은 새겨진 이름 위의 칠이 갈라지고 금이 가 있기 때문이다.

그 이후 나는 파이드로스가 남긴 여러 단상(斷想)에 출현하는 막강한 악(惡)의 존재를 찾아 확인하기 위해 아리스토텔레스의 글을 다시금 읽었다. 하지만 그의 글에서 그와 같은 악의 존재를 찾을 수는 없었다. 아리스토텔레스의 글에서 내가 확인한 것은 주로 더할 수 없이 지루한 일반화의 집합뿐이었다. 그와 같은 일반화 가운데 많은 것이 현대적 지식의 측면에서 정당화가 불가능한 것처럼 보이기도 하고, 그 체계화가 너무 빈약해 보이기도 한다. 또한 박물관에서 보는 옛 희랍의 도기들이 원시적으로 보이는 것과 마찬가지 방식으로 그의 일반화는 원시적인 것 같아 보인다. 확신컨대, 아리스토텔레스의 글에 대해 좀더 많은 것을 알았더라면 더 많은 것을 깨달았을 것이고 또한 결코 원시적인 것이 아님을 확인할 수도 있었을 것이다. 하지만 그 모든 것을 알지 못하는 상태에서 나는 아리스토텔레스의 글이 위대한 고전 총서 옹호파들의 격찬에 부응하는 것인지 아니면 파이드로스의 격분에 부합하는 것인지 판단할 수가 없다. 단언컨대, 나는 아리스토텔레스의 업적을 긍정적 가치의 주요 원천으로 보지도 않고 부정적 가치의 주요 원천으로 보지도 않는다. 하지만 위대한 고전 총서 옹호파들의 격찬은 잘 알려져 있고 또 출판이 되어 있기도 하다. 파이드로스의 격분은 그렇지가 않다. 그리하여 이에 대해 잠시 논의하는 것이 내 의무 가운데 하나가 되었다.

아리스토텔레스는 이렇게 시작한다. 수사학은 하나의 기예(技藝)인데,³⁾ 그 이유는 이를 합리적인 질서 체계로 환원할 수 있기 때문이다.

파이드로스를 경악하게 하는 데에는 바로 이 말 한마디만으로도 충분했다. 일격을 받고 그는 꼼짝 못하게 되었던 것이다. 그는 수많은 사람들이 모든 시대의 더할 수 없이 위대한 철학자라고 일컫는 아리스토텔레스의 글에 담긴 보다 깊은 내적 의미를 이해하고자 할 목적에서 엄청나게 정교한 메시지를, 엄청나게 복잡한 체계를 해독할 마음의 준비를 갖추고 있었다. 그런데 경기를 시작하자마자 얼굴 한가운데를 정통으로 얻어맞게 되었던 것이다! 그와 같은 개떡 같은 진술에 일격을 당한 것이다. 그 진술은 정말로 그를 충격 속으로 몰아넣었다.

파이드로스는 읽기를 계속했다.

수사학은 두 분야로 나눌 수 있는데, 각 종류의 수사에 고유한 입증과 논고(論庫)가 한 분야를 이룬다면 모든 종류의 수사에 공통된 입증이 다른 한 분야를 이룬다. 각 종류의 수사에 고유한 입증은 입증의 방법과 입증의 종류로 다시 나눌 수 있다. 이어서, 입증의 방법에는 수사의 기술에 의거한 입증과 수사의 기술과 무관한 입증이 있다. 수사의 기술에 의거한 입증에는 품성을 통한 입증, 감성을 통한 입증, 이성을 통한 입증이 있다. 한편, 품성을 통한 입증에 문제되는 것은 분별력, 덕, 선의다. 각 종류의 수사에 고유한 입증 방법 가운데 수사의 기술에 의거한 입증 방법, 그 가운데서도 선의가 문제되는 품성을 통한 입증 방법이 요구하는 것은 정서에 대한 지적(知的)인 이해다. 이어서 정서에는 어떤 것들이 있는지를 잊고 있는 사람들을 위해 아리스토텔레스는 일람표를 하나 제시한다. 그가 제시한 일람표에 의하면, 인간의 정서에는 분노, 경시(이는 다시 모욕, 악의, 무례로 나뉠 수 있

---

3) Rhetoric is an art. : 아리스토텔레스의 『수사학』 제1권 제1장 제1절.

음), 온화함, 사랑 또는 우정, 공포, 신뢰, 수치감, 뻔뻔함, 호의, 자비, 연민, 고결한 의분, 질투심, 경쟁심, 경멸감이 있다.[4]

저 멀리 사우스다코타 주에서 제시했던 모터사이클에 대한 설명을 기억하고 있는지? 모터사이클의 온갖 부분과 기능에 대해 세세하게 열거했던 적이 있었음을 기억하고 있는지? 혹시 그것과 아리스토텔레스의 분류 사이에 존재하는 유사성을 알아챘는지? 파이드로스는 바로 여기에서 그와 같은 문체의 담론이 시작되었음을 확신하게 되었다. 책장을 넘길 때마다 예외 없이 확인할 수 있는 것은 바로 그와 같은 유형의 논의 전개였다. 그는 몇몇 삼류급의 기술 공학 선생과 다를 바 없는 존재였다. 즉, 모든 것에 이름을 부여한 다음, 이름을 부여한 것들 사이의 관계를 보여주고, 이름을 부여한 것들 사이에 어쩌다 확인될 수 있는 새로운 관계를 솜씨 있게 보여주는 삼류급 선생, 이어서 다음 수업 시간에 똑같은 내용의 강의를 되풀이하기 위해 수업 종료를 알리는 벨이 울리기를 기다리는 삼류급 선생과 다를 바가 없었던 것이다.

아리스토텔레스가 남긴 글의 행간에서 파이드로스는 그 어떤 의문을 불러일으키는 것도, 그 어떤 경외감을 불러일으키는 것도 확인할 수 없었다. 다만 전문적인 학자연하는 사람이 끝도 없이 펼쳐 보이는 잘난 체와 자기 만족만을 확인할 수 있었을 뿐이다. 끊임없이 이어지는 명칭들과 그 명칭들 사이의 관계를 배움으로써 그의 학생들이 보다 나은 수사학자가 될 것이라고 아리스토텔레스가 정말로 믿었던 것일까. 만일 그런 믿음이 없었다면, 그가 정말로 수사학을 가르치고 있다는 믿음을 가졌던 것일까. 파이드로스는 그가 정말로 그런 믿음을 가

---

[4] 아리스토텔레스의 『수사학』 제1권 제1장 제12절, 제1권 제2장 제3절 및 제15절, 제2권 제1장 제1절에서 제11장 제16절까지 참조할 것.

지고 있었다고 생각했다. 아리스토텔레스가 자기 자신에 대해 조금이라도 의심을 가졌던 것으로 보이는 흔적을 그의 문체에서 전혀 찾아볼 수 없었기 때문이다. 파이드로스가 보기에 아리스토텔레스는 모든 것에 이름을 부여하고 분류하는 이 같은 사소한 묘기에 엄청나게 만족감을 느끼는 사람 같았다. 아리스토텔레스의 세계는 이 같은 묘기에서 시작하여 이 같은 묘기로 끝나고 있었다. 만일 아리스토텔레스가 2천 년도 넘는 세월 이전에 죽지 않았더라면, 파이드로스는 즐거운 마음으로 그를 제거했을 것이다. 즐거운 마음으로 제거하다니? 그의 모습에서 인류의 역사 어디에서나 확인할 수 있는 수백만의 자기 만족의 상태에 빠져 있지만 진정으로 무지한 선생들의 원형을 보았기 때문이었다. 그처럼 멍청한 분석을 계속함으로써, 그처럼 맹목적이고도 판에 박힌, 영구히 계속되는 사물에 대한 이름 부여하기를 의식을 치르듯 계속함으로써, 잘난 체하며 제멋대로 또한 무신경하게 학생들의 창조적 정신을 살해하는 엄청난 숫자의 선생들, 진정으로 무지한 선생들의 원형을 바로 이 아리스토텔레스에서 확인할 수 있었기 때문이었다. 오늘날 수십만에 이르는 강의실 어딘가를 당신이 들어갔다고 하자. 아마도 그 강의실에서 당신은 어떤 선생이 무언가를 나누고, 나눈 것을 다시 나눈 다음, 나누어놓은 것들을 서로 관련짓고, 이른바 "원리"를 확립하고 나서 "방법론"을 연구하고 있음을 당신의 두 귀로 확인하기 십상일 것이다. 그 강의실에서 당신이 두 귀로 확인하는 것은 수십 세기가 지난 지금에도 혀를 놀리고 있는 아리스토텔레스의 유령이다. 이원론적인 이성의 메마르고 생명이 없는 목소리를 당신은 두 귀로 확인할 수 있을 것이다.

아리스토텔레스에 대한 강의는 길을 사이에 두고 병원과 떨어져 있는 음산한 강의실에서 진행되었다. 병원의 지붕 너머로부터 내리쪼이는 햇볕이 때가 끼어 있는 창문과 창문 저편의 오염된 도시의 공기를 거의 통과하지 못하여 음산하기만 했던 강의실에는 목재로 된 엄청나게 큰 원형 탁자가 있었으며, 그 탁자를 중심으로 하여 강의가 이루어졌다. 파리하고 생기 없는 빛깔의, 보는 사람의 기분을 우울케 하는 그런 탁자였다. 강의가 이루어지고 있는 도중 파이드로스는 이 엄청나게 큰 탁자를 가로질러 가운데 쪽 가까이에 갈라진 틈이 커다랗게 나 있음을 알아차렸다. 갈라진 틈은 오랜 세월 방치된 채 그 자리를 지키고 있었던 것처럼 보였다. 하지만 누구도 이를 수리할 생각을 하지 않았던 것 같다. 틀림없이, 너무 바빠서, 보다 더 중요한 일들이 있었기에 그렇게 방치했을 것이다. 수업이 끝날 무렵 파이드로스는 마침내 이렇게 물었다. "아리스토텔레스의 수사학에 관해 질문을 좀 해도 될까요?"

"교재를 읽었다면 질문을 하도록 하게." 이것이 그에게 돌아온 답변이었다. 파이드로스는 철학 교수의 눈에서 등록하는 첫날 확인했던 것과 같은 시선을 다시 한 번 확인할 수 있었다. 그는 그의 말을 교재를 아주 철저하게 읽어 오라는 경고로 받아들였다. 그래서 그는 교재를 철저하게 읽어 왔다.

이제는 비가 좀더 심하게 내린다. 그 때문에 우리는 헬멧에 안면 보호용 차양을 끼우기 위해 모터사이클을 멈춘다. 그런 다음 우리는 다시 적당한 속도로 비를 헤치고 나아간다. 모터사이클을 몰면서 나는 도로 위의 구멍이나 모래, 차의 윤활제 때문에 혹시 미끄러운 부분이 있나를 살핀다.

다음 주에 그는 교재를 읽고, "수사학은 하나의 기예인데, 그 이유는 이를 합리적인 질서 체계로 환원할 수 있기 때문"이라는 진술을 비판할 준비를 갖췄다. 이 기준에 따르면, 제너럴 모터스는 순수한 기예를 창조해냈으나 피카소는 그렇게 하지 못한 것이 된다. 눈에 띄는 것 이상의 깊은 의미가 아리스토텔레스의 진술에 숨어 있다면, 바로 이 같은 진술 역시 다른 어떤 진술과 마찬가지로 숨어 있는 깊은 의미를 눈에 띄는 것으로 바꿔 이를 보여주어야 할 진술일 것이다.

하지만 이 같은 문제 제기의 기회는 결코 오지 않았다. 파이드로스가 질문을 하려고 손을 들었을 때 그는 교수의 눈에서 순간적으로 악의가 반짝이는 것을 포착했다. 그런데 그때 다른 한 학생이 거의 방해라도 하듯 중간에 끼어들어 이렇게 말했다. "내 생각으로는 아리스토텔레스의 글에는 대단히 미심쩍은 진술들이 몇 개 있는 것 같습니다."

그가 입 밖으로 낸 말은 그것이 전부였다.

"이보게, 우리는 자네 생각을 배우기 위해 여기에 모인 것이 아니네." 철학 교수는 꾸짖듯 이렇게 말했다. 그의 말투는 산(酸)과도 같이 매서웠다. "우리는 아리스토텔레스의 생각을 배우기 위해 여기에 모인 걸세." 정면 공격이 가해진 셈이었다. "우리가 자네의 생각을 배우기 원하게 될 때가 되면, 그 주제로 강좌를 하나 열도록 하겠네."

침묵이 감돈다. 그 학생은 놀라움에 말을 잃는다. 강의실에 있던 다른 학생들도 모두 마찬가지다.

하지만 철학 교수는 그것으로 끝맺지 않는다. 손가락을 들어 그 학생을 가리키면서 이렇게 묻는다. "아리스토텔레스의 진술에 맞춰 대답해보게. 논의된 바의 주제에 따르면 종류별로 고유한 수사가 셋 있는데, 그것이 무엇인가?"

좀더 침묵이 이어진다. 그 학생은 철학 교수의 물음에 대한 답을 모른다. "답을 못하는 것을 보니, 자넨 교재를 읽지 않았군. 읽었는가?"

이렇게 상황이 전개되도록 처음부터 미리 의도하고 있었음을 암시하는 표정을 언뜻 비치더니, 철학 교수는 탁자 주변의 학생들을 향해 손가락을 돌리다가 파이드로스 앞에서 멈춘다.

"자네가 대답해보게. 논의된 바의 주제에 따르면 종류별로 고유한 수사가 셋 있는데, 그것이 무엇인가?"

하지만 파이드로스에게는 답이 준비되어 있다. "사법적(司法的)인 수사, 심의적(審議的)인 수사, 전시적(展示的)인 수사입니다." 파이드로스가 차분하게 대답한다.

"전시적인 수사의 기법에는 어떤 것들이 있는가?"

"유사한 것들을 확인하기, 칭찬하기, 찬미하기, 과장하기가 있습니다."

"그 . . . 렇 . . . 지." 철학 교수가 천천히 말한다. 그리고 모두가 침묵에 잠긴다.

다른 학생들이 놀란 표정을 보인다. 무슨 일이 일어났는가, 그들은 어리둥절해 있다. 파이드로스만이 알고 있고, 어쩌면 철학 교수도 알고 있을 것이다. 순진한 학생이 파이드로스에게 퍼붓고자 한 공격을 대신 받은 것이다.

이제 모든 학생들은 조심스럽게 얼굴에 침착한 표정을 짓고는 이 같은 종류의 질문이 더 나올까 하여 이에 대비한다. 철학 교수는 실수를 한 것이다. 그는 자신의 훈육상의 권위를 죄 없는 순진한 한 학생에게 행사하여 이를 낭비한 셈이라는 점에서, 반면 죄가 있는, 적개심에 차 있는 파이드로스는 아직 교수의 손아귀에 잡혀들지 않은 상황이라는 점에서 그러하다. 그리고 점점 더 잡아들이기가 어렵게 되었다는 점에서 그러하다. 그가 교수에게 질문을 하지 않았기 때문에, 교수에게는 이제 그를 때려눕힐 방도가 없다. 그리고 이제 질문에 대해 교수가 어떻게 반응할 것인가를 알게 된 이상, 분명히 그는 더 이상 교수에게 질문을 하지 않을 것이다.

  죄 없이 당한 학생이 얼굴을 붉힌 채, 그리고 두 손으로 눈 주위를 가린 채, 탁자를 내려다보고만 있다. 그가 부끄러워하고 있는 것을 보고 파이드로스는 화가 났다. 파이드로스는 그 어떤 수업 시간에도 학생들에게 그렇게 말해본 적이 한 번도 없다. 시카고 대학에서 선생들은 그런 방식으로 고전을 가르치고 있는 것이다. 파이드로스는 이제 철학 교수가 어떤 사람인지 알게 되었다. 하지만 철학 교수는 파이드로스가 어떤 사람인지를 아직 모르고 있다.

  비 내리는 잿빛의 하늘과 간판이 즐비한 도로가 아래쪽으로 뻗어 있다. 캘리포니아 주의 춥고 습기 찬 잿빛의 크레센트 시티[5]를 향해. 크리스와 나는 시선을 아래로 향하여, 방파제와 잿빛 건물들 너머로 저 멀리 보이는 바다를, 대양을 바라본다. 요 며칠 동안 바로 저 대양이 우리의 중대한 목표였다는 사실을 기억해낸다. 우리는 화려한 붉은 융단이 깔린 식당에 들어선다. 화려한 메뉴를 들여다보니 음식 값이 엄청나게 비싸다. 식당에는 우리 둘을 빼면 손님이 없다. 우리는 조용하게 식사를 하고 값을 치른 다음 다시 길로 들어선다. 이윽고 춥고 안개 낀 길을 따라 남쪽으로 향한다.

  창피를 당한 학생은 다음 강의 시간을 포함해 그 이후 계속 강의실에 모습을 보이지 않는다. 놀랄 일이 아니다. 그리고 그와 같은 사건

---

5) Crescent City: 캘리포니아 주의 델 노르티 카운티Del Norte County에 있는 인구 4,006명(2000년 조사)의 도시. 도시의 남부 모래 해안이 반달 모양이라는 데서 이 같은 이름을 얻게 되었다고 함.

이 일어나고 나서 그럴 수밖에 없듯, 강의실의 분위기는 완전히 얼어붙어 있다. 강의 시간마다 단지 한 사람만이, 그러니까 철학 교수만이, 모든 말을 한다. 가면과도 같이 무표정해진 학생들의 얼굴을 향해 그는 지껄이고 또 지껄이고 또 지껄인다.

철학 교수는 전에 일어났던 일에 대해 상당히 예민하게 의식하고 있는 것처럼 보인다. 전에 파이드로스를 향해 순간적으로 악의를 보였던 눈빛은 이제 순간적으로 두려움을 보이곤 하는 눈빛으로 바뀐 상태다. 교수는 현재의 강의실 상황에서 때가 되면 그가 학생에게 보였던 것과 같은 대접을 그대로 받을 수 있으리라는 것을, 그런 대접을 받더라도 자신의 앞에 앉아 있는 학생들의 어느 얼굴에서도 동정의 빛을 찾아볼 수 없으리라는 것을, 인지하고 있는 것처럼 보인다. 그는 예의 바른 대접을 받을 권리를 이미 내던진 상태다. 이제 그에게는 방어적 자세를 유지하는 것 이외에 따로 보복을 막을 방도가 없다.

하지만 방어적 자세를 유지하기란 쉬운 것은 아니다. 그는 열심히 준비를 하고, 정확하게 옳은 말만을 해야 한다. 파이드로스는 이 점을 또한 이해하고 있다. 침묵을 지킴으로써, 그는 이제 아주 유리하다고 할 수 있는 그런 상황에서 공부에 전념할 수 있게 되었다.

파이드로스는 이 기간 동안 열심히 공부했으며, 엄청나게 빠른 속도로 배움을 이어나갔다. 또한 입을 굳게 닫고 있었다. 그렇다고 해서, 그가 훌륭한 학생 축에 끼는 존재였다는 말은 아니다. 누군가가 그런 인상을 조금이라도 타인의 마음에 심으려 했다면, 이는 잘못된 것이라는 비판을 받아야 했을 것이다. 훌륭한 학생이라면 편견을 갖지 않고 공정한 입장에서 지식을 추구해야 할 것이다. 파이드로스는 그렇게 하지 않았다. 그는 도끼를 갈고 있었고, 그가 추구했던 것은 도끼를 가는 데 도움이 되는 그런 것들을, 그리고 도끼를 가는 데 방해가 되는 것이라면 어떤 것이라도 때려 부술 수 있는 수단이었다. 그는 다른 사람들의 "위대한 고전 총서"를 읽을 시간을 찾지도 못했고, 이에 대해 흥미를 느끼지도 않았다. 그는 오로지 자기 자신의 "위대한 고전"을 쓰기 위해 그곳에 있었던 것이다. 아울러, 아리스토텔레스가 그 자신의 선임자들에게 공정하게 대하지 않았던 것과 같은 이유에서, 그는 아리스토텔레스에게 공정한 태도를 보이지 않았다. 자신이 말하고자 했던 것을 미리 앞서서 뒤죽박죽으로 만들어놓았기 때문에, 아리스토텔레스는 그의 선임자들에게 공정하게 대할 수 없었던 것이다.

파이드로스의 입장에서 보면, 그가 말하고자 했던 것을 미리 앞서서 뒤죽박죽으로 만들어놓은 사람은 바로 아리스토텔레스였다. 아리스토텔레스는 스스로 구축한 계층 체계 안에 수사학의 자리를 마련해주되, 어처구니없을 정도로 형편없는 자리를 제공함으로써 모든 것을 뒤죽박죽으로 만들었다는 것이 파이드로스의 판단이었다. 아리스토텔레스에 의하면, 수사학은 "실용적 학문"의 한 분야이며, 이때의 "실용적 학문"이란 또 하나의 학문 범주—즉, 아리스토텔레스가 주로 관심을 쏟았던 학문 범주—인 "이론적 학문"에 부차적으로 따라붙는 학문 범주에 불과한 것이다. 일단 실용적 학문의 한 분야로 지정되자, 이와 함께 수사학은 "진"이나 "선"이나 "미"에 대해 관심을 갖는 것이 허락되지 않는 고립된 위치에 놓이게 되었으며, 기껏해야 사람들을 논쟁에 휘말리게 하는 장치로서의 역할만을 떠맡게 되었다. 이리하여 아리스토텔레스의 체계 안에서 질은 수사학과 완전히 무관한 것이 되고 말았다. 수사학에 대한 이 같은 경멸적 태도는 아리스토텔레스 자신이 구사하고 있는 수사의 질이 끔찍하다는 사실과 상승 작용을 하여 너무도 철저하게 파이드로스의 적개심을 자극했기 때문에, 그는 아리스토텔레스가 말하는 것이라면 무엇을 읽든 그것을 멸시하거나 공격할 방도를 찾지 않을 수 없었다.

이는 어려운 과제가 아니었다. 아리스토텔레스는 항상 더할 수 없이 쉽게 공격이 가능하고, 또 전 역사를 통해 더할 수 없이 많이 공격을 받아왔다. 한편, 아리스토텔레스의 명백한 불합리성에 일격을 가하여 쓰러뜨리는 일은 물통 안에 있는 고기를 잡는 일과 같이 쉬운 것이어서, 파이드로스에게 별달리 큰 만족감을 제공하지 못했다. 만일 그가 그처럼 심하게 편견을 갖고 있지 않았더라면, 파이드로스는 너무도 소중한 아리스토텔레스 고유의 몇몇 기법, 그러니까 새로운 지식의 영역을 향해 독자적으로 뛰어드는 그 특유의 기법 가운데 몇몇을 배울 수 있었을지도 모른다. 바로 이 같은 기법들을 교육하는 데 개념 분석과 방법론 연구 위원회의 진정한 설립 목적이 있었다. 하지만 그가 만일 질에 대한 자신의 탐구 작업을 시작할 장소를 찾고자 했을 때 그처럼 심하게 편견을 갖지 않았더라면, 애초에 그는 그곳에 가 있지도 않았을 것이고, 결국 그의 탐구 작업은 어떤 방향으로든 진행될 기회를 아예 얻지 못했을 것이다.

철학 교수는 강의를 진행했고, 파이드로스는 교수의 말에 귀를 기울이되, 고전적 형태와 낭만적 표면 양쪽 측면 모두에서 그 뜻을 파악하고자 했다. 철학 교수는 "변증법"이라는 주제에 대해 더할 수 없이 불편해하는 것처럼 보였다. 파이드로스는 그가 왜 그렇게 불편해하는지를 고전적 형태의 측면에서는 파악할 수 없었다. 하지만 점증하는 낭만적 감성을 통해 그는 교수가 무언지 모르지만 낌새를 찾고 있음을 감지했다. 말하자면, 먹잇감의 냄새를 맡으려 하고 있음을 감지하게 되었다.

그건 그렇고, 변증법이라니?

아리스토텔레스의 저서는 바로 이 변증법에 대한 언급으로 시작되는데, 이 시작 부분은 더할 수 없는 수수께끼였다. 즉, "수사학은 변증법과 짝을 이룬다"는 말로 시작되고 있었던 것이다. 마치 이 말이 더할 수 없이 중요한 의미를 갖는 것인 양 말이다. 그런데 아리스토텔레스는 이 말이 왜 그처럼 중요한가에 대해서는 결코 설명하지 않았다. 이 말 다음에는 체계가 서지 않는 혼란스러운 몇 개의 다른 진술들이 이어졌다. 이런 진술들을 읽으며 파이드로스는 무언가 굉장히 많은 내용이 삭제되었는지도 모른다는 느낌을, 또는 자료가 잘못 조합되었는지도 모른다는 느낌을, 또는 인쇄업자가 무언가를 빠뜨렸는지도 모른다는 느낌을 갖지 않을 수 없었다. 아무리 여러 번 되풀이해 읽어도 아무것도 잡히지 않기 때문이었다. 오로지 한 가지 명백한 것이 있다면, 아리스토텔레스가 수사학과 변증법 사이의 관계에 대해 대단히 깊은 관심을 갖고 있었다는 점이다. 파이드로스의 판단에 의하면, 철학 교수한테서 관찰할 수 있었던 것과 똑같은 느낌, 무언가에 불편해하는 듯한 느낌이 이 같은 아리스토텔레스의 수수께끼 같은 진술들에서도 확인되고 있었다.

철학 교수는 변증법에 대한 정의를 했고, 파이드로스는 조심스럽게 그의 정의에 귀를 기울였다. 하지만 그의 정의는 한쪽 귀로 들어왔다가 다른 한쪽 귀로 나가는 그런 종류의 것이었다. 말하자면, 무언가를 빠뜨림으로써 애매모호해진 철학적 진술에서 때때로 확인할 수 있는 것과 같은 특징을 그대로 드러냈다. 이어진 어느 한 강의 시간에 똑같은 곤란을 겪고 있는 것처럼 보이던 또 한 학생이 철학 교수에게 변증법에 대해 다시 한 번 정의를 내려줄 것을 요청했다. 이번에도 교수는 언뜻 두려움이 스치다가 사라지는 그런 눈길을 파이드로스에게 다시 한 번 던졌다. 그리고 그는 대단히 예민해졌다. "변증법"에는 무언가 특별한 의미가 담겨 있어서 그 의미가 이 용어를 지레 받침의 역할을 하는 그런 용어로 만들고 있는 것이 아닌가라는 의구심이 그에게 들기 시작했다. 말하자면, 어디에 위치시키는가에 따라 논쟁의 균형을 깨뜨릴 수 있는 말이 아니냐는 데 생각이 미쳤던 것이다. 그건 그런 용어였다.

변증법적이라는 말은 일반적으로 "대화의 성격을 지닌"이라는 뜻을 지니는데, 이때 대화란 두 사람 사이에 이루어지는 말 주고받기를 말한다. 오늘날 이 말은 논리적 논증을 뜻한다. 이는 진리에 도달하기 위한 수단의 역할을 하는 반대 심문의 기법을 필요로 한다. 이는 바로 플라톤의 『대화』에서 소크라테스가 동원했던 담론 유형이기도 하다. 플라톤은 변증법이 진리에 도달하기 위한 유일한 방법이라고 믿었다. 단 하나의 유일한 방법이라고 믿었던 것이다.

바로 그 때문에 변증법은 지레 받침의 역할을 하는 용어인 것이다. 아리스토텔레스는 이 같은 플라톤의 믿음에 공격을 가하면서, 변증법은 몇몇 특정한 목적에만 적합한 것일 따름이라고 말한 바 있다. 예컨대, 인간의 신념에 대한 깊이 있는 탐구를 하고자 할 때, 사물의 영원한 형상에 관한 진리――플라톤의 경우, 고정되어 있고 변하지 않는 것, 동시에 실체 세계를 구성하는 그 무엇인 이른바 이데아――에 도달하고자 할 때, 적합하게 동원될 수 있다는 것이다. 아리스토텔레스의 주장에 따르면, 변증법 이외에 과학적 방법 또는 "물리학적" 방법도 있는데, 이는 물리적 사실을 관찰하는 데, 또한 변화하는 물질적 실체에 관한 진리에 도달하는 데 적절한 방법이라는 것이다. 형상과 실체를 나누는 이 같은 이원론, 물리적 실체에 관한 사실적 정보에 도달하기 위한 과학적 방법, 이 두 개념이 아리스토텔레스 철학에 핵심적 요소였다. 따라서 소크라테스와 플라톤이 주장했던 바의 왕좌의 위치에서 변증법을 끌어내리는 일이 아리스토텔레스에게 절대적으로 필수적인 절차였다. 그리고 "변증법"은 과거에도 그랬지만 현재에도 아직 지레 받침의 역할을 하는 용어다.

파이드로스의 추측에 의하면, 진리에 도달하기 위한 유일한 방법이라고 플라톤이 믿었던 이 변증법을 "수사학과 짝을 이루는 것"으로 아리스토텔레스가 격하했을 때, 플라톤도 그러했겠지만 현대의 플라톤주의자들도 이 때문에 격노하지 않을 수 없을 것이다. 철학과 교수는 파이드로스의 "입장"이 어떤 것인지를 모르고 있었고, 바로 이 때문에 그는 예민해졌던 것이리라. 그는 파이드로스가 플라톤주의자일지 모른다고 생각하고, 만일 그러하다면 그에게 갑자기 공격해 올지도 모른다는 생각에 겁을 먹었던 것은 아닐까. 만일 그렇다면, 확실히 그는 아무런 걱정도 할 필요가 없었다. 파이드로스가 모욕을 당했다고 생각했던 것은 변증법이 수사학의 차원으로 격하되었기 때문이 아니었다. 그가 격분했던 이유는 수사학이 변증법의 차원으로 격하되었기 때문이었다. 그 당시 이 같은 혼란이 있었다.

이 모든 혼란을 정리해야 할 사람은 물론 플라톤이었다. 그리고 다행스럽게도 그가 아리스토텔레스 다음으로 원형 탁자 주변에 모습을 드러냈다. 시카고 남부 지역의 병원 건물 건너편에 있는 침침하고 음산한 강의실에 놓여 있는 탁자, 가운데 쪽 가까이로 갈라진 틈이 나 있는 원형 탁자 주변에 그 모습을 드러냈던 것이다.

이제 우리는 추위에 떨며 비에 젖은 채 우울한 마음으로 해안을 따라 달린다. 잠시 비가 그치긴 했지만, 하늘을 올려다보니 비가 그칠 가망성은 없어 보인다. 어느 한 지점에 이르니 모래사장으로 덮인 바닷가가 보이고, 몇몇 사람들이 젖은 모래 위로 걷고 있는 것이 보인다. 피로에 지친 나는 모터사이클을 멈춘다.

크리스가 모터사이클에서 내리면서 이렇게 말한다. "무엇 때문에 여기에서 멈추는 거지요?"

"피곤해서 이제 좀 쉬고 싶다." 내가 이렇게 답한다. 찬 바람이 대양으로부터 불어온다. 모래 언덕이 형성되어 있는 곳에 이르러 보니, 방금 그친 것이 틀림없어 보이는 비 때문에 모래가 촉촉하게 젖어 검은 빛깔을 띠고 있다. 그곳에서 나는 누울 자리를 찾아낸다. 그 자리가 내 몸을 약간이나마 따뜻하게 해준다.

하지만 잠이 오지는 않는다. 자그마한 여자아이 하나가 모래 언덕 위로 모습을 드러낸다. 그 아이가 나하고 함께 놀기를 원하는 것 같은 표정으로 나를 바라본다. 그러더니 잠시 후 아이가 가버린다.

때를 맞춰 크리스가 돌아와 떠나길 원한다. 그가 해안 바깥쪽 바위 더미 위에서 이상한 식물들이 널려 있는 것을 발견했다고 말한다. 만지면 촉수를 움츠리는 그런 식물이라는 것이다. 그와 함께 가서, 파도가 밀려가는 바람에 그 모습을 드러낸 바위 더미에 말미잘들이 있는 것을 확인한다. 말미잘은 식물이 아니라 동물이다. 내가 크리스에게 말미잘의 촉수는 작은 물고기를 기절시킬 수 있음을 말해준다. 조수가 완전히 빠져나가 썰물 때가 되어 있음이 틀림없다. 그렇지 않고서야 말미잘을 볼 수 없을 것이라고 내가 크리스에게 덧붙여 말한다. 곁눈질로 보니 아까 본 그 여자아이가 바위 더미 다른 편 끝에서 불가사리 한 마리를 막 주워 올리고 있다. 그 아이의 부모들도 불가사리 몇 마리를 손에 들고 있다.

우리는 다시 모터사이클에 타고 남쪽으로 향한다. 때때로 비가 거세어진다. 나는 버블을 헬멧에 장착하여 비가 내 얼굴을 자극하지 못하도록 한다. 하지만 버블이 얼굴을 가리고 있는 것이 싫어서, 비가 잦아들자 이를 벗어버린다. 우리는 어둠이 내리기 전에 아케이터[6]에 도착해야 하지만, 이처럼 젖은 길을 지나치게 빠른 속도로 달리고 싶지는 않다.

내 생각으로는 모든 사람이 플라톤주의자 아니면 아리스토텔레스주의자라고 말한 사람은 코울리지[7]일 것이다. 아리스토텔레스의 끊임없는 세목 상술(詳述)을 견디지 못하는 사람이라면, 그는 자연스럽게 플라톤의 활달한 일반화를 사랑하지 않을 수 없을 것이다. 플라톤의 고결하고도 영원한 이상주의를 견딜 수 없는 사람이라면, 그는 아리스토텔레스의 현실적이고도 견실한 사실들을 환영해 마지않을 것이다. 플라톤은 본질적으로 부처를 찾아 헤매는 사람이다. 그와 같은 사람은 세대가 바뀔 때마다 되풀이해서 계속 새롭게 출현하여, "하나"를 향해 앞으로 위로 움직여 나아간다. 아리스토텔레스는 "많은 것"을 선호하는 영원한 모터사이클 정비사라 할 수 있다. 이런 의미에서 볼 때, 나 자신은 상당히 아리스토텔레스적인 사람으로, 나는 내 주변 사실들의 질에서 부처를 찾는 쪽을 선호한다. 하지만 파이드로스는 명백히 기질적으로 플라톤주의자였으며, 강의 주제가 아리스토텔레스에서 플라톤으로 옮겨 가자 말할 수 없이 커다란 안도감을 느꼈다. 그의

---

6) Arcata : 아케이터 만(灣)에 인접해 있는 캘리포니아 주 험볼트 카운티Humboldt County에 있는 인구 17,294명(2006년 조사)의 도시.

7) Samuel Taylor Coleridge(1772~1834) : 영국의 시인, 비평가, 철학자. 문학에 대한 깊고 넓은 의견을 피력한 저서인 『문학 전기 Literaria Biographia』와 윌리엄 워즈워스William Wordsworth와 공동으로 펴낸 시집이 『서정담시집 Lyrical Ballads』으로 영문학계에 널리 알려져 있다.
여기에서 말하는 취지의 논의를 처음 한 사람은 괴테Goethe로, 그는 1810년 『색채론 Zur Farbenlebre』에서 이 같은 논의를 했다. 코울리지는 괴테의 그 글을 읽고 이를 좀더 명료하고 깔끔한 진술로 재정리한 사람이라고 할 수 있다.

질(質)과 플라톤의 선(善)이 너무도 유사하여, 파이드로스가 남겨놓은 몇몇 기록들이 없었다면 나는 양자가 동일한 것이라고 생각했을지도 모른다. 하지만 그는 이를 부정하고 있었다. 그리고 때가 되자 나는 이 같은 부정이 얼마나 중요한 의미를 갖는 것인가를 파악할 수 있게 되었다.

하지만 개념 분석과 방법론 연구 분과의 강의는 선에 대한 플라톤의 개념과 관계가 있는 것이 아니었다. 다만 수사학에 대한 플라톤의 개념이 그 강의의 관심사였다. 수사학은 어떤 방식으로도 선과 연관이 될 수 없다고 플라톤은 아주 명료하게 밝히고 있다. 수사학은 "악(惡)"이라는 것이 그의 입장이다. 플라톤이 가장 혐오하는 사람들은 폭군 다음으로 수사학자들이다.

플라톤의 『대화』 가운데 가장 먼저 교재로 부과된 것은 『고르기아스』다. 그리고 이를 읽으며 파이드로스는 마침내 안착했다는 느낌을 갖는다. 마침내 그가 있고자 하는 곳에 있게 된 것이다.

읽는 동안 내내 파이드로스는 그가 이해하지 못하는 힘—메시아적인 힘—에 의해 앞으로 휩쓸려 나아가는 듯한 느낌을 계속 갖는다. 10월이 왔다 어느새 가고 말았다. 하루하루 나날이 환상 속에서 뒤죽박죽으로 흘러가고 있다. 하지만 질의 측면에서는 그렇지 않다. 그가 이제 막 태어나려는 새로운 진리를, 다른 모든 것을 박살 내고 세상을 뒤흔들 만한 새로운 진리를 소유하게 되리라는 점을 빼고는 아무것도 문제가 되지 않는다. 그리고 싫든 좋든 세상 사람들에게는 이를 받아들일 도덕적 의무가 있다.

『대화』에서 고르기아스는 소크라테스가 엄하게 따지고 심문하는 소피스트의 이름이다. 소크라테스는 고르기아스가 생계를 위해 무슨 일을 하는지를, 그리고 그 일을 어떻게 하는지를 잘 알고 있다. 아무튼,

그는 고르기아스에게 수사학이 무엇과 관계가 있느냐고 물음으로써 자신의 "스무 개의 질문"으로 이루어진 변증법적 대화를 시작한다. 고르기아스는 수사학은 담론과 관계가 있는 것이라고 대답한다. 소크라테스가 던지는 또 하나의 질문에 대해 고르기아스는 수사학의 목적은 설득에 있다고 대답한다. 또 하나의 다른 질문에 대해 그는 수사학이 자리할 곳은 법정과 그 외의 화합 장소라고 말한다. 그리고 다시 또 하나의 다른 질문에 대해 공정한 것과 공정하지 않은 것이 수사학의 주제라고 말한다. 소피스트로 불리는 사람들이라면 어떤 경향의 일을 할까에 대한 고르기아스의 진술로 이루어진 이 모든 답변은 이제 소크라테스의 변증법에 의해 무언가 다른 것으로 교묘하게 바뀐다. 수사학은 하나의 객체가 되고, 객체로서의 수사학은 여러 부분들로 나뉜다. 이윽고, 부분들은 다른 부분들과 서로 관계가 맺어지게 되며, 이 같은 관계는 불변의 것이다. 두 사람의 대화에서 우리는 소크라테스의 분석적 칼이 어떻게 고르기아스의 기예를 난도질하여 조각조각 나눠놓는가를 아주 선명하게 목격할 수 있다. 보다 더 중요한 것이 있다면, 조각조각 나뉜 파편들이 아리스토텔레스의 수사학에 토대가 되고 있음을 확인할 수 있다는 점이다.

    소크라테스는 파이드로스가 어린 시절 숭배했던 위인 가운데 하나였다. 그런 그가 이런 대화를 이끌었다는 사실을 알고 그는 놀라는 동시에 분노를 느꼈다. 그는 책장(冊張)의 여백을 자기 자신의 답으로 채우기도 했다. 이렇게 하는 과정에 그는 엄청난 좌절감을 느꼈을 것임이 틀림없다. 만일 이 같은 답변이 제시되었다면 대화가 어느 방향으로 흘러갔을 것인가를 확인할 방도가 없었기 때문이리라. 어느 한 지점에서 소크라테스는 고르기아스에게 수사학이 사용하는 언어는 어떤 종류의 사물들과 관련을 맺고 있는지를 묻는다. 고르기아스는 "최고의 것과 최상의 것"이라고 답한다. 의심할 바 없이 이 답에서 질이 언급되고 있음을 깨닫고, 파이드로스는 여백에다 "옳소!"라고 써넣는다. 하지만 소크라테스는 이 같은 답이 애매한 것이라는 반응을 보인다. 그는 아직 무지 속에 있어 잘 모르겠다는 것이다. 파이드로스는 여백에다 "거짓말쟁이!"라고 써넣는다. 그리고 다른 대화에 나온 어느 한 부분을 교차 확인할 것을 추가로 기록해놓는다. 바로 그 부분에서 소크라테스는 자신이 "무지 속에" 있을 수 없음을 명백히 밝히고 있다.

소크라테스는 수사학을 이해하기 위해 변증법을 사용하고 있지 않다. 오히려 변증법을 파괴하기 위해 변증법을 사용하고 있다. 또는 적어도 변증법의 평판을 떨어뜨리기 위해 이를 사용하고 있는 것이다. 따라서 그의 질문들은 결코 진정한 의미에서의 질문이 아니라, 다만 고르기아스와 그의 동료 수사학자들을 빠져들게 하고자 마련된 말의 함정들일 뿐이다. 이 모든 것 때문에 파이드로스는 극도로 성이 나서, 바로 그 자리에 자신이 있었으면 하는 생각에 빠져들기도 한다.

강의실에서 철학 교수는 파이드로스가 겉으로 보기에 착하고 부지런하다는 점을 주목하고서, 따지고 보면 그가 결코 그다지 불량한 학생은 아닐지도 모른다는 쪽으로 생각하기에 이른다. 이는 그가 저지른 두번째 실수다. 아무튼, 그는 파이드로스와 사소한 게임 하나를 하기로 결심하고서 그에게 요리에 대해 어떻게 생각하는가를 묻는다. 소크라테스는 고르기아스에게 수사학과 요리는 진정한 지식보다는 감정에 호소한다는 점에서 양자 모두 뚜쟁이질——즉, 남을 부추겨 못된 짓을 하게 하는 일——의 한 분야에 해당하는 것임을 증명해 보인 바 있다.

교수의 질문에 대한 답변으로 파이드로스는 요리는 뚜쟁이질의 한 분야에 해당하는 것이라는 소크라테스의 답변을 제시한다.

강의실에 있는 여학생 가운데 하나가 킥킥거린다. 그 학생의 킥킥거림에 파이드로스의 기분이 상한다. 파이드로스는 교수가 변증법적 논리로 그를 꼼짝 못하게 할 수 있는가를 시도해보고자 한다는 것을, 소크라테스가 자신의 적들에게 사용했던 것과 같은 종류의 전략을 동원하여 그를 시험하고자 한다는 것을 알고 있기에 그런 답을 한 것이다. 말하자면, 그의 답은 우스갯소리를 하고자 하는 의도에서 준비한 것이 아니다. 변증법적 논리를 동원하여 그를 꼼짝 못하게 하려는 교수의 시도를 뿌리치기 위한 것이기에, 그는 기분이 상했던 것이다. 파이드로스는 수사학과 요리에 대한 이 같은 견해를 확립하기 위해 소크라테스가 동원한 논법을 정확하게 그 자리에서 되풀이할 만반의 준비를 갖추고 있다.

하지만 소크라테스의 논법을 되풀이하는 것은 교수가 원하는 바가 아니다. 그는 강의실에서 변증법적 토론이 이루어지기를 원하고 있다. 말하자면, 파이드로스가 수사학자로 등장하여 변증법의 힘에 의해 내침을 당하는 토론 말이다. 교수는 얼굴을 찌푸리고는 다시 시도한다. "아니, 그건 내가 묻고자 하는 질문에 대한 답변이 아닐세. 내가 자네에게 묻고자 하는 질문은 이것이네. 최고의 식당에서 제공하는 아주 훌륭한 요리가 있을 때, 이것이 정말로 우리가 거절해야 할 그 무엇일까?"

파이드로스가 묻는다. "저의 개인적 의견을 묻고자 하시는 겁니까?" 죄 없는 순진한 학생이 강의실에서 사라지고 나서 몇 달 동안 이 강의실에서 감히 누구도 개인적 의견을 피력하고자 하는 엄두를 낸 적이 없었다.

"그 . . . 렇다네." 교수가 말한다.

파이드로스는 잠시 침묵 속에서 적절한 답변을 도출해내려 한다. 모든 사람이 기다리고 있다. 그의 생각은 빛의 속도에 이를 정도로 빠르게 움직이면서, 변증법을 정밀하게 검토하는 동시에 체스 놀이를 하듯 하나의 논점에 대응하는 또 하나의 논점을 내세우고, 이 논점이 패배할 것을 감지하고는 또 다른 논점으로 옮겨 간다. 생각의 속도는 점점 더 빨라진다. 하지만 강의실에 있는 모든 사람이 목격하는 것은 침묵에 잠긴 파이드로스의 모습뿐이다. 마침내 교수가 당황해하는 빛을 보이며 질문을 포기하고는 강의를 계속한다.

하지만 파이드로스는 강의에 귀를 기울이지 않는다. 그의 마음은 끊임없이 질주한다. 다양한 형태로 변형된 변증법들 사이를 통과하여 쉴 사이 없이 질주하는 가운데, 이러저러한 논점들과 부딪히고, 논점들이 새로운 가지로 나뉘고 다시 또 나뉘는 것을 확인한다. 그러는 동안, 변증법이라 불리는 이 "기예"의 사악함과 비열함과 천박함을 새롭게 발견하고, 그때마다 그의 분노가 폭발한다. 그의 표정에 눈길을 준 교수는 상당히 불안해져서, 어찌 보면 당황한 것 같은 모습으로 허둥지둥 강의를 계속한다. 파이드로스의 마음은 끊임없이 질주를 거듭하고 더욱 질주를 거듭하다가 마침내 사악한 그 무엇을, 그 자신의 내부 깊숙이 침범해와 있는 악(惡)을 감지하기에 이른다. 사랑과 미와 진리와 지혜를 이해하려는 척하지만 그 자체의 진정한 목적이 사랑과 미와 진리와 지혜를 이해하는 데 결코 있지 않은 악을, 사랑과 미와 진리와 지혜가 차지하고 있는 권좌를 찬탈하고 스스로 그 권좌 위로 오르려는 한결같은 목적을 숨기고 있는 악을 감지하기에 이른 것이다. 변증법, 그것이 한 역할은 권좌 찬탈자다. 그가 감지한 것은 바로 그것이다. 완력을 이용하여 그 모든 선(善)이 차지하고 있는 영역을 침범하고 이를 자기 세력권에 넣어 마음대로 통제하려는 벼락출세자—이것이 바로 변증법이다. 교수는 평소보다 일찍 강의를 끝내고 황급히 강의실을 떠난다.

학생들이 차례로 조용히 강의실을 빠져나간 다음, 해가 창문 너머 매연이 낀 대기를 가로질러 사라질 때까지, 그리하여 강의실이 잿빛으로 채워지다가 완전히 어둠에 휩싸일 때까지, 파이드로스는 혼자 거대한 원형 탁자 앞에 앉아 있다.

다음 날 그는 일찌감치 도서관으로 가서 문이 열릴 때까지 기다린다. 마침내 문이 열리자 안으로 들어가 격렬하게 독서를 계속한다. 파이드로스는 처음으로 플라톤 너머의 시대로 되돌아가, 플라톤이 그처럼 경멸했던 그 모든 수사학자들의 글 속으로, 거의 알려져 있는 것이 없는 이들 수사학자들의 글 속으로 침잠한다. 그리고 새로운 발견을 통해 그는 자신이 전날 저녁 생각을 거듭한 끝에 이미 직관적으로 깨닫고 있었던 바를 재확인하기 시작한다.

소피스트들에 대한 플라톤의 비난은 이미 수많은 학자들이 대단히 불안하고 걱정스러운 마음으로 다뤄왔던 주제다. 위원회의 위원장 자신은 이렇게 자신의 견해를 제시한 바 있다. 만일 플라톤이 뜻하고자 한 바가 무엇인지를 확신하지 못하는 사람이라면, 그는 『대화』에 등장하는 소크라테스의 적대자들이 뜻하고자 한 바가 무엇인지를 마찬가지로 확신할 수 없을 것이라고. 플라톤이 자기 자신의 말을 소크라테스의 말에 끼워 넣었다는 점은 이미 알려진 바인데, 아리스토텔레스 자신이 이를 인정한 바 있다. 사정이 그러하다면, 플라톤이 자신의 말을 역시 다른 사람들의 말에 끼워 넣었으리라는 점을 의심할 이유는 없다.

다른 고대인들이 남긴 기록의 파편들을 검토해보면, 그것들은 소피스트들에 대해 전혀 다른 평가에 이르고 있는 것처럼 보인다. 수많은 원로 소피스트들은 그들이 살고 있는 도시 국가의 "외교관들"로 선발되었으며, 외교관이란 직책은 분명히 경멸의 대상은 아니었을 것이다. 소피스트라는 명칭은 아무런 비방을 담지 않은 채 심지어 소크라테스나 플라톤 자신에게까지 사용되기도 했다. 그리하여 몇몇 후세의 사가들은 플라톤이 소피스트들을 그다지도 증오했던 이유는 자신의 스승인 소크라테스—그 자신이 실제로는 누구보다도 더 위대한 소피스트였던 소크라테스—에 필적할 만한 소피스트들이 없었기 때문이라는 암시까지 한 바 있다. 이 마지막 해명은 흥미로운 것이긴 하나 만족스러운 것일 수는 없다는 것이 파이드로스의 생각이다. 자신의 스승이 일원으로 소속해 있는 학파에 대해 증오심을 보일 수는 없는 법이기 때문이다. 소피스트들을 증오했던 플라톤의 진정한 의도는 무엇이었을까. 이를 확인하기 위해 파이드로스는 깊이, 좀더 깊이, 그리고 좀더 깊이, 소크라테스 이전 시대의 희랍 사상에 대해 독서를 계속한 끝에, 마침내 수사학자들에 대한 플라톤의 증오는 한결 더 거대한 규모의 갈등을 반영하는 것이라는 견해에 이른다. 이어지는 파이드로스의 추론은 다음과 같다. 즉, 소피스트들로 대표되는 "선(善)"의 현실과 변증법 옹호자들로 대표되는 "진(眞)"의 현실이 미래의 인간의 마음을 사로잡기 위한 거대한 투쟁을 벌였다. 그런데 결국에는 "진"이 승리하고 "선"이 패배하고 말았던 것이다. 바로 여기에서, 오늘날 우리들이 진리가 현실적인 것임을 받아들이는 데는 별다른 어려움을 겪지 않지만 "질"이 현실적인 것임을 받아들이는 데는 그처럼 커다란 어려움을 겪는 이유를 다름 아닌 여기에서 찾을 수 있다는 것이 파이드로스의 생각이다. 비록 다른 영역에서 의견의 일치가 이루어지고 있지 않는 것과 마찬가지로 진리가 무엇인지를 다루는 영역에서도 역시 의견의 일치가 이루어지고 있지 않음에도 불구하고, 진리가 현실적인 것임을 받아들이는 데 사람들이 별다른 어려움을 느끼지 않는 이유를 여기에서 찾을 수 있다는 것이 그의 생각이기도 하다.

파이드로스가 어떻게 이런 결론에 이르게 되었는지를 이해하기 위해서는 약간의 설명이 요구된다.

무엇보다도 우리는 동굴에서 생활하던 원시인들 가운데 마지막 세대의 원시인들과 희랍 시대의 초기 철학자들 사이에 존재하는 시간의 간격이 얼마 되지 않을 것이라는 생각을 극복해야만 한다. 이 기간 동안 그 어떤 역사적 기록도 존재하지 않는다는 사실이 때때로 사람들에게 그와 같은 환상을 품게 한다. 하지만, 희랍의 철학자들이 역사의 무대에 등장하기 전, 적어도 우리에게 기록으로 남아 있는 역사 시대 전체의 다섯 배나 되는 기간 동안, 고도로 발달된 문명들이 존재했었다. 이들 문명은 마을과 도시를, 운송 수단을, 주택을, 시장을, 경계가 지어진 경작지를, 농기구와 가축을 소유하고 있었고, 이들 문명권의 사람들은 오늘날 우리 세계의 농촌 지역에서 확인할 수 있는 것만큼이나 대단히 풍요롭고도 다양한 삶을 영위했었다. 아울러, 오늘날 농촌 지역에서 삶을 영위하고 있는 사람들이 그러하듯, 그네들은 자신들의 삶에 관한 모든 것을 기록으로 남길 그 어떤 이유도 찾지 못했었다. 또는 무언가 이유를 찾아 삶에 대한 기록을 남겼다고 해도, 후세의 사람들이 결코 확인할 수 없는 곳에 기록을 남겼다. 따라서 우리는 그 시대에 관해 아무것도 알 수 없다. 이른바 중세의 "암흑 시대"란 희랍인들의 등장으로 인해 잠시 중단되었던 본래의 생활 양식을 사람들이 되찾아 누리던 시대일 따름이다.

초기 희랍 철학은 인간사(人間事)에서 소멸하지 않는 것이 있다면 그것이 무엇인가를 찾으려는 최초의 의식적 탐구로서의 의미를 갖는다. 그때까지만 하더라도 소멸하지 않는 것이란 신의 영역 또는 신화의 영역에 속하는 것이었다. 하지만, 주변 세계를 점점 더 공정한 시선으로 관찰할 수 있게 됨에 따라, 희랍인들은 대상을 추상화하고 개념화하는 능력을 그만큼 더 확고하게 지닐 수 있게 되었고, 그와 같은 능력을 통해 이제 희랍인들은 옛날의 희랍적 뮈토스란 계시된 진리가 아니라 상상에 의한 예술적 산물로 여길 수 있게 되었다. 이 세계 어디에도 전에는 결코 존재한 적이 없던 이 같은 의식은 희랍 문명을 완전히 새로운 차원으로 끌어올리게 되었다.

하지만 뮈토스는 계속 그 기능을 이어나가고, 옛날의 뮈토스를 파괴한 그 무엇은 새로운 뮈토스가 된다. 당시 희랍 문명권에서 새로운 뮈토스는 초기 이오니아 철학자들의 영향 아래 철학으로, 세계의 영원성을 새로운 방식으로 끌어안는 사유 체계인 철학으로 변모하기에 이르렀다. 영원성은 이제 더 이상 불멸의 신들만이 배타적으로 거주하는 영역이 아니었다. 이는 또한 불멸의 원리 안에서도 확인될 수 있는 것이 되었다. 바로 이 같은 불멸의 원리가 된 것들 가운데 예를 하나 들자면, 그것은 바로 현재 우리가 받아들이고 있는 중력의 법칙이다.

탈레스는 이 불멸의 원리를 최초로 거론한 사람으로, 그에 의하면 물이 바로 불멸의 원리였다. 아낙시메네스는 공기를 불멸의 원리로 보았다. 피타고라스는 수(數)를 불멸의 원리로 보았는데, 이로써 불멸의 원리를 무언가 비물질적인 것으로 파악하려 했던 최초의 사람이 되었다. 헤라클레이토스는 불을 불멸의 원리라고 봄으로써, 변화가 이 같은 원리의 일부가 된다는 생각을 선보이게 되었다. 그에 의하면, 세계는 대립되는 두 힘 사이의 갈등과 긴장의 현장으로 존재한다는 것이다. 그는 또한 유일자(唯一者)가 있고 다자(多者)가 있음을 말하면서, 유일자란 모든 사물에 내재적으로 존재하는 보편적 법칙이라는 주장을 하기도 했다. 이 유일자를 "정신"을 의미하는 누스[8])로 규정한 최초의 사람은 아낙사고라스다.

불멸의 원리, 유일자, 진리, 신은 외양이나 의견과 관계없이 독자적으로 존재하는 것임을 최초로 명백히 피력한 사람은 파르메니데스로, 이 같은 구분이 얼마나 중요한 것인가와 이어지는 역사에 얼마나 막대한 영향을 끼쳤는가에 대해서는 아무리 강조해서 말하더라도 결코 과장된 것일 수 없다. 고전적 정신이 최초로 낭만적 근원을 향해 작별을 고하고 "선과 진은 반드시 동일한 것일 수는 없다"라는 말과 함께 제 갈 길을 따로 가게 된 지점은 바로 이곳이다. 아낙사고라스와 파르메니데스의 말에 귀를 기울인 사람이 바로 소크라테스로, 그는 그들의 생각을 발전시켜 결실이 맺어지게 한 장본인이다.

이 지점에서 반드시 이해하고 넘어가야 할 것이 있다면, 그 당시까지는 아직 정신과 물질, 주체와 객체, 형식과 질료와 같은 개념들이 존재하지 않았다는 사실이다. 이 같은 이분법적 구분은 그 후에 등장한 변증법적 고안물일 따름이다. 때때로 현대인들은 이 같은 이분법이 누군가가 고안해낸 것에 불과하다는 의견을 제시하면 그러한 의견을 받아들이기를 주저하는 경향을 보이기도 한다. 그러면서 그는 이렇게 말할 것이다. "글쎄올시다, 양자를 구분하는 경계선들이 이미 있어서 그것을 희랍인들이 발견한 것 아닐까요?" 그러면 당신은 이렇게 말해야 할 것이다. "경계선들이 어디에 있었소? 지적해보시오!" 이렇게 말하면 현대인들은 약간 혼란 상태에 빠져든 채 아무튼 이게 다 무슨 황당한 얘기인가 어리둥절해할 것이다. 그리고 여전히 경계선들이 이미 있었다고 믿을 것이다.

---

[8]) nous: 희랍어로 '정신' 또는 '지성'을 의미하는 철학적 용어.

하지만 파이드로스가 말한 바와 같이 경계선들은 없었다. 경계선들이란 다만 유령들, 현대의 뮈토스가 떠받드는 불멸의 신들일 따름이다. 우리가 바로 그 뮈토스 안에 존재하기 때문에 우리의 눈에는 실재하는 것처럼 보이는 것일 뿐이다. 실재하는 것처럼 보이지만, 실제로는 그 자리를 대신 차지하고 있던 그 옛날의 의인화(擬人化)된 신들과 마찬가지로 예술적 창조물에 불과한 것, 그 옛날의 신들을 대신하는 예술적 창조물에 불과한 것일 뿐이다.

이 자리에서 이제까지 언급한 바 있는 소크라테스 이전의 철학자들은 하나같이 그들 주변에서 확인할 수 있는 외적 세계에서 보편적인 불멸의 원리를 확립하고자 했다. 그들 모두가 동일한 목표를 향해 노력을 기울였는데, 그들을 한데 묶어 자연철학자들로 명명할 수 있을 것이다. 그들은 세계를 지배하는 불멸의 원리가 존재한다는 점에서는 의견을 같이했지만, 더 이상 분해가 불가능한 것처럼 보이는 근원적인 것이 무엇인가에 대해서는 서로 의견을 달리했다. 헤라클레이토스의 추종자들은 불멸의 원리는 변화와 운동임을 주장했다. 하지만 파르메니데스의 제자인 제논은 일련의 역설을 통해 운동과 변화에 대한 그 어떤 인식도 환상에 지나지 않는 것임을 증명한 바 있다. 현실은 부동(不動)의 세계일 수밖에 없다는 것이다.

자연철학자들의 논쟁에 대한 해결책은 전혀 새로운 방향에서 제시되었다. 즉, 파이드로스가 느끼기에 초기 인문학자들로 여겨지는 사람들한테서 그 해결책이 제시되었던 것이다. 그들은 교육자들이었는데, 그들이 교육하고자 한 것은 원리들이 아니라 인간들의 믿음이었다. 그들의 목적은 그 어떤 유일하고도 절대적인 진리를 교육하는 데 있었던 것이 아니라 인간을 개량하는 데 있었던 것이다. 그런 목적 아래, 그들은 모든 원리들, 모든 진리들이 상대적인 것임을 역설했다.

즉, "인간이 만물의 척도"[9]임을 그들은 주장했던 것이다. 이들은 "지혜"를 가르치고자 했던 저명한 교육자들, 다름 아닌 고대 희랍의 소피스트들이었다.

  소피스트들과 자연철학자들 사이의 갈등을 검토하는 가운데 확보한 배경 조명을 통해, 파이드로스는 플라톤의 『대화』를 전혀 새로운 차원에서 바라볼 수 있게 되었다. 소크라테스는 단순히 진공 상태에서 고귀한 사상들을 사람들에게 밝혀준 것이 아니었다. 그는 진리가 절대적이라고 생각하는 사람들과 진리가 상대적이라고 생각하는 사람들 사이에 벌어지고 있는 전쟁의 한가운데 있었던 것이다. 그는 자신이 소유하고 있는 온갖 수단을 다 동원하여 전쟁에 임했다. 그러한 그에게 소피스트들은 그의 적이었던 것이다.

  이제 플라톤이 왜 그렇게 소피스트들을 증오했는가를 충분히 이해할 수 있게 되었다. 플라톤과 소크라테스는 그들이 생각하기에 타락한 것으로 판단되는 소피스트들의 주장에 대항하여 자연철학자들이 내세운 불멸의 원리를 수호하고 있었던 것이다. 누군가가 그것에 대해 어떤 생각을 하든 이와는 관계없이 독자적으로 존재하는 그 무엇인 진리를, 지식을 수호하고 있던 사람들이 플라톤과 소크라테스였던 것이다. 이는 소크라테스가 죽음으로써 지키고자 했던 이상(理想)이었고, 세계 역사상 최초로 희랍만이 소유하게 된 바로 그 이상이었던 것이다. 이는 아직 너무도 연약한 것으로, 잘못하면 역사의 무대에서 완전히 사라질 수도 있었다. 소피스트들이 천박하고 부도덕한 사람들이기 때문에 플라톤이 거리낌 없이 그들을 증오하고 저주하는 것은 아니었다. 플라톤이 완전히 무시한 채 관심을 보이지 않는 사람들, 명백히

---

9) 이 말의 주인은 소피스트 가운데 하나인 프로타고라스(Protagoras, 기원전 480~410년)로 추정.

그들보다 더 천박하고 더 부도덕한 사람들이 희랍에 있었다. 그가 소피스트들을 저주했던 이유는 진리라는 개념을 인류가 최초로 포착하는 것을 방해하는 위협적인 존재들이 바로 그들이었기 때문이다. 그것이 바로 모든 소동의 이유였던 것이다.

소크라테스의 순교와 이어지는 플라톤의 뛰어난 문장력이 결과적으로 우리가 현재 알고 있는 바의 서양인의 세계를 가능케 한 요인이다. 만일 진리의 개념이 르네상스 시기의 학자들의 손에 재발견되지 않은 채 사멸할 것이 허락되었다면, 아마도 오늘날 우리는 선사 시대의 인간이 누리던 문명의 차원에서 크게 벗어나지 못했을 것이다. 과학과 기술 공학과 그 밖의 체계적으로 조직화된 인간의 학문적 노력이라는 개념들의 절대적인 중심부를 이루고 있는 것은 바로 이 진리라는 개념이다. 이것이 바로 모든 것의 핵심을 이루는 개념인 것이다.

아무튼, 파이드로스의 이해에 따르면, 그가 질에 대해 말하고 있는 것은 무엇 때문인지 몰라도 이 모든 것과 대립된다. 그가 말하고 있는 것은 소피스트들의 생각과 한결 더 가깝게 다가가 있는 것처럼 보이는 것이다.

"인간이야말로 만물의 척도다." 그렇다, 그것이 바로 질에 관해 그가 말하고 있는 바다. 물론 주관적 관념론자들이 말하는 것처럼 인간이 만물의 근원은 아니다. 하지만 객관적 관념론자들과 유물론자들이 말하듯 인간은 만물을 수동적으로 관찰하기만 하는 존재도 아니다. 질이 세계를 창조하며, 세계를 창조하는 질은 인간이 자신의 체험과 관계를 맺는 가운데 그 모습을 드러낸다. 인간은 만물의 창조 과정에 참여자인 셈이다. 만물의 척도라는 입장, 이는 질에 대한 그의 생각과 어울리는 것이다. 그리고 그들이 수사학을 가르쳤다는 점, 이 역시 질에 대한 그의 생각과 어울리는 것이다.

질에 관한 파이드로스의 생각이든, 소피스트들에 대한 플라톤의 비판이든, 어느 것과도 어울리지 않는 것이 하나 있다면, 그들의 직업이 덕(德)을 가르치는 일이었다는 점이다. 어떤 설명을 보더라도, 그들의 가르침에 절대적인 핵심을 이루고 있는 것은 덕임을 확인할 수 있다. 하지만, 만일 당신이 모든 윤리적 생각들을 상대적인 것이라고 가르치고 있다면, 어떻게 당신이 덕을 가르칠 수 있겠는가. 만일 '덕'이라는 말이 무언가를 암시하는 말이라면, 이때의 '무언가'는 윤리적 절대성일 것이다. 무엇이 올바른 것인가에 대한 생각이 나날이 바뀌는 사람이 있다면, 도량이 넓은 사람이라는 이유로 존경받을 수는 있겠지만 덕을 지닌 사람이라는 이유로 존경받지는 못할 것이다. 최소한, 이 말에 대해 파이드로스가 이해하고 있는 바의 관점에서 보면, 존경의 대상이 될 수 없다. 게다가, 수사학에서 덕을 이끌어내다니, 그것이 어떻게 가능할 수 있었단 말인가. 이 점에 대해서는 어디에도 결코 설명이 되어 있지 않다. 무언가가 빠진 것이다.

빠진 것이 무엇이든 이를 찾고자 하여 파이드로스는 여러 권의 고대 희랍 역사책에 눈을 돌린다. 여느 때와 같이 그는 이러한 역사책들을 탐정이 무언가를 찾는 듯한 자세로 읽는다. 말하자면, 그에게 도움이 될 수도 있는 사실만을 찾고 정황에 들어맞지 않는 것들은 모두 폐기하는 방식으로 책을 읽어나간다. 이윽고 그는 H. D. F. 키토의 『희랍인들』[10]이라는 책과 만난다. 이는 그가 50센트를 주고 샀던 푸른색과 흰색으로 표지 장정이 된 문고판 책으로, 이 책을 읽는 과정에 그는 "호메로스가 말하는 영웅의 혼, 바로 그것" —— 그러니까 퇴락의 시대에 접어들기 전, 또는 소크라테스 이전 시대의, 희랍을 빛내던 전설적

---

10) *The Greeks*: 고대 희랍 문화에 대한 탁월한 논의를 담고 있는 Humphrey Davey Findley Kitto(1897~1982)의 명저 가운데 하나로, 1952년 발간됨. 그 이후 1957년 개정판이 발간됨.

인물의 혼——에 대한 묘사가 담겨 있는 대목에 이른다. 그 부분을 따라 읽는 동안 페이지마다 환하게 비춰주던 섬광처럼 밝은 빛은 너무도 강렬한 것이어서, 영웅들의 모습이 파이드로스의 기억 속에서 결코 지워지지 않게 되었다. 나는 별로 힘을 들이지 않고 그들의 모습을 지금까지도 생생하게 기억해낼 수 있다.

『일리아스』는 초토화될 운명에 놓인 트로이 성에 대한 희랍인들의 포위 공격에 관한 이야기며, 트로이 성을 방어하다가 전투 도중 죽음을 맞게 될 사람들에 관한 이야기다. 트로이 성의 지도자인 헥토르에게 그의 아내가 이렇게 말한다. "당신의 힘이 당신을 파멸에 이르게 할 것입니다. 그런데도 당신은 당신의 어린 아들도, 곧 과부가 될 당신의 불행한 아내도, 전혀 불쌍히 여기지 않는군요. 머지않아 아카이아인들이 당신을 공격하여 당신을 죽음에 이르게 할 것입니다. 만일 제가 당신을 잃는다면, 저 역시 죽는 것이 나을 것입니다."

이에 대해 그녀의 남편은 다음과 같이 말한다.

"그러한 사정을 나 역시 너무나 잘 알고 있고, 또 그렇게 되리라고 확신하고 있소. 성스러운 도시 트로이가 멸망하고, 프리아모스 왕과 유복한 프리아모스 왕의 백성들도 사라질 날이 곧 다가올 것이오. 하지만 내가 슬퍼하는 것은 트로이의 백성들 때문도, 헤카베 여왕 때문도, 프리아모스 왕 때문도, 그리고 적에게 살해당하여 흙 속에서 뒹굴게 될 수많은 내 고귀한 형제들 때문도 아니고, 바로 당신 때문이오. 청동 갑옷으로 무장한 아카이아인들 가운데 하나가 울부짖는 당신을 끌고 가서 당신의 자유로운 삶에 종지부를 찍으리라는 것을 생각하고, 이 때문에 나는 슬퍼하는 것이오. 잡혀간 당신은 아르고스에서 생명을 부지하며, 어느 한 여자의 집에서 베틀을 돌리거나 어쩌면 메시니아나 휘페리

아의 어떤 여자를 위해 물을 길어 나르게 될지도 모르겠소. 비탄에 잠긴 채, 당신의 의지와 관계없이 말이오. 그처럼 견디기 어려운 강요가 당신의 몸과 마음을 짓누를 것이오. 이윽고 당신이 눈물짓는 것을 보면서 누군가가 이렇게 말할 것이오. '이 여인이 헥토르의, 자유롭게 말을 다룰 줄 알던 트로이인들이 일리온 주변에서 싸움을 할 때 그 전쟁터에서 가장 고귀했던 사람인 바로 그 헥토르의 아내라오.' 사람들은 그렇게 말할 것이오. 그리고 그런 말을 들으면 당신은 그처럼 남편을 빼앗긴 채 노예 생활을 견디어야 함에 다시금 새롭게 슬픔을 느낄 것이오. 하지만 나는 바라오, 당신이 울부짖는 소리를 듣기 전에, 당신에게 가해진 폭행에 관한 이야기를 듣기 전에, 내 먼저 죽어서 대지의 흙이 내 몸 위를 덮어주기를."

번쩍이는 갑옷을 입은 헥토르는 이렇게 말하고, 자신의 아들을 향해 두 팔을 벌렸다. 하지만 아이는 비명을 지르며 허리띠를 잘 여민 모습의 유모의 품속으로 다시 파고들었다. 아이는 자신을 사랑하는 아버지의 모습에 놀랐기 때문이었다. 청동의 갑옷과 투구의 꼭대기에서 무시무시하게 흔들리고 있는 말총 장식물을 보고 아이는 놀랐던 것이다. 이에 아이의 아버지는 큰 소리로 웃음을 터뜨렸으며, 아이의 엄마 역시 웃음을 터뜨렸다. 번쩍이는 갑옷을 입은 헥토르는 즉시 투구를 머리에서 벗어 땅 위에 내려놓았다. 그리고 사랑하는 자신의 아들에게 입맞춤을 하고 그를 두 팔에 안아 어르면서 제우스와 그 외의 신들에게 다음과 같이 기도했다. "제우스와 그 외의 모든 신들이시여, 저의 이 아이도 제가 그런 것처럼 트로이인들 가운데 가장 영광스러운 존재가 되도록, 강력한 힘을 지닌 자가 되어 일리온을 위대하게 통치하도록 도와주소서. 그리고 그가 전쟁터에서 돌아올 때 사람들이 '그는 그의 아버지보다 한결 더 훌륭하다'고 말할 수 있도록 도와주소서."[11]

키토는 이렇게 설명한다. "희랍의 용사를 영웅적 행위로 이끄는 것은 우리가 상식적으로 이해하는 바의 의무감——말하자면, 다른 사람들에 대한 의무감——이 아니다. 그보다는 자기 자신에 대한 의무감이 그를 영웅적 행위로 이끈다. 희랍의 전사는 우리가 '덕'으로 번역하지만 희랍어에서 '탁월성'을 뜻하는 단어인 아레테*aretê*라 불리는 것을 향해 부단한 노력을 기울인다. . . . 우리는 앞으로 아레테에 관해 많은 이야기를 할 것이다. 희랍인들의 삶 전체를 아우르는 것이 바로 이 아레테다."

바로 거기에 질에 대한 정의가, 변증법 옹호자들이 말[言]의 덫 속에 가두려는 기획을 가슴에 품기 전 천년의 세월 동안 존재해왔던 질에 대한 정의가 존재한다. 파이드로스는 생각을 이어나간다. 논리적 정의항(定義項), 피정의항(被定義項), 종차(種差)[12]가 제시되어야 이 의미를 이해할 수 있다고 말하는 사람이 있다면, 그는 거짓말을 하고 있거나 또는 인간의 공동 운명에서 너무도 벗어나 있어서 어떤 답변이든 받을 자격이 없는 사람이다. 파이드로스는 또한 "자기 자신에 대한 의무감"이 어디에서 비롯되는가에 대한 설명에도 매료된다. "자기 자신에 대한 의무감"이라는 말은 산스크리트어의 다르마[13]에 대한 거의 정

---

11) 여기에 인용된 헥토르와 그의 아내 사이의 대화는 키토의 『희랍인들』(Penguin Books, 1957) 56~58면에서 확인할 수 있음.
12) *definiens*, *definendum*, *differentia*: "인간은 사회적 동물이다"라는 말에서 '인간'은 피정의항*definiens*, '사회적 동물이다'는 정의항*definendum*, '사회적'은 종차*differentia*에 해당함. 이때의 '사회적'이라는 종차는 인간과 인간이 아닌 동물 사이의 차이를 지시하는 것임.
13) dharma: 인도 철학과 종교를 이해하는 데 핵심이 되는 용어 가운데 하나다. 다양한 의미로 쓰이지만, 힌두교 전통에서 이는 '마땅히 따라야 할 당연한 의무'를 뜻한다. 여기서 말하는 의무는 사람의 나이, 계층, 직업, 성에 따라 그 내용이 달라질 수 있다. 이 용어에 대한 우리말/한자어 번역은 '법(法)'이다.

확한 번역에 해당하는 것이다. 때때로 힌두교도들의 "유일 원리"로 묘사되기도 하는 것이 바로 이 다르마다. 힌두교도들의 이 다르마와 고대 희랍인들의 "덕"은 동일한 것일 수 있을까.

이윽고 파이드로스는 앞서 읽은 구절을 다시 읽고 싶다는 충동을 강하게 느낀다. 그리하여 이를 다시 읽는다. . . . 이것이 과연 무엇인가?! . . . "우리가 '덕'으로 번역하지만 희랍어에서 '탁월성'을 뜻하는 단어인 아레테라 불리는 것"이라!

갑작스러운 섬광에 모든 것이 환하게 그 모습을 드러낸다!

질! 덕! 다르마! 소피스트들이 가르치던 것은 바로 그것이다! 윤리적 상대주의가 아니고, 소박한 형태의 "덕"도 아니다. 그 어느 것도 아니다. 그들이 가르치던 것은 다름 아닌 아레테, 탁월성, 다르마! 이성의 교회가 세워지기 전에. 실체가 논의되기 전에. 형식이 논의되기 전에. 정신과 물질이 논의되기 전에. 변증법 자체가 대두되기 전에. 그 모든 일이 일어나기 전에 질은 절대적인 것이었다. 서양 세계의 최초 교육자들은 질을 가르치고 있었던 것이며, 그들이 교육 매체로 선택했던 것은 다름 아닌 수사학이었다. 그는 내내 제대로 길을 걸어온 셈이었다.

비가 상당히 잦아들어 이제 우리는 수평선을 볼 수 있다. 옅은 잿빛 하늘과 이보다는 검은빛이 도는 잿빛 바다를 선명하게 나누는 경계선이 우리 눈에 들어온다.

키토는 고대 희랍인들의 이 아레테에 관해 할 말이 더 있었다. "우리가 플라톤의 글을 통해 아레테와 만나는 경우, 우리는 이를 '덕'으로 번역하게 될 것이고, 따라서 원래의 이 말이 지니고 있던 모든 맛을 잃게 될 것이다. 적어도 현대 영어에서 '덕'이라는 단어—즉, '버추 virtue'—는 거의 전적으로 도덕적 뜻을 갖는 말로 통용된다. 반면에 아레테는 모든 범주에서 차별 없이 동등하게 사용되었으며, 그냥 탁월성을 의미하는 단어였을 뿐이다."[14]

이처럼 『오디세이아』의 주인공은 위대한 투사이자 능수능란한 책략가이고, 언제나 유창한 연설을 할 준비가 되어 있는 화술가인 동시에, 신들이 그에게 내려준 것을 별다른 불평 없이 견뎌야 함을 알고 있는 강인한 마음과 폭넓은 지혜의 소유자다. 아울러, 그는 배를 건조할 줄 아는 동시에 조종할 줄 아는 사람이며, 누구 못지않게 밭을 제대로 갈 줄 아는 사람이기도 하고, 또 원반던지기에서 허풍을 떠는 젊은이를 이길 능력을 갖춘 사람인 동시에, 권투, 씨름, 달리기 경기에서 파이아키아의 젊은이에게 도전을 할 수 있는 사람이기도 하다. 아울러, 황소를 잡아 가죽을 벗기고 고기를 잘라 요리를 할 수 있는 사람인 동시에, 노래를 듣고 감동하여 눈물을 흘릴 수도 있는 사람이다. 실제로 그는 탁월한 만능 인간이다. 다시 말해, 비상하다고 할 만큼의 아레테를 소유한 자다.

아레테는 삶의 총체성 또는 통일성에 대한 경의(敬意)를 함축하는 말로, 따라서 전문화에 대한 혐오감을 암시하는 말이기도 하다. 이는 또한 효율성에 대한 경멸감을 암시하는 말이기도 하다. 또는 한층 더 차원이 높은 개념으로서의 효율성—그러니까 어떤 하나의 특정한 분야에 존재하는 것이 아니라 삶 자체에 존재하는 효율성—을 암시하는 말이라 하겠다.[15]

---

14) 키토의 『희랍인들』, 171~72면 참조.
15) 키토의 『희랍인들』, 172면 참조. 이 인용의 둘째 문단은 키토의 『희랍인들』에서 확인되지 않음. 피어시그 자신의 논의를 인용문에 잘못 넣은 것으로 추정됨.

파이드로스는 소로의 책에 나오는 한 구절을 기억해냈다. "당신이 무언가를 얻게 되면 반드시 무언가를 잃게 된다." 인간이 변증법적 진리의 측면에서 세상을 이해하고 지배할 힘을 얻게 되는 순간 그가 상실한 것이 믿을 수 없을 정도로 엄청난 것이라는 점을 이제 그는 처음으로 깨닫게 되었다. 인간은 자연 현상을 조작하여 힘과 부에 대한 자신의 꿈을 장대한 규모로 실현하는 것을 가능케 한 과학적 능력의 제국을 건설했다. 하지만 이를 위해 인간은 마찬가지로 장대한 규모의 제국인 이해의 제국을 희생하게 되었다. 세계의 적이 아니라 그 일부가 되는 것이 어떤 것인가에 대한 이해력을 상실케 된 것이다.

사람들은 저와 같은 지평선을 바라보는 것만으로도 어느 정도 마음의 평화를 얻을 수 있을 것이다. 저와 같은 지평선은 기하학자의 선이라고 해야 할 것이다. . . . 완벽하게 평평하고, 안정적이며 분명하다. 아마도 유클리드에게 직선에 대한 이해를 가능케 한 최초의 선이 저와 같은 수평선이었을 것이다. 별의 운행을 관찰하여 천체도(天體圖)를 작성했던 초기 천문학자들에게 최초의 계산을 가능케 했던 기준선이 바로 저와 같은 수평선이었는지도 모른다.

푸앵카레가 푹스의 등식을 풀었을 때 느꼈던 수학적 확신과 동일한 확신 속에서 파이드로스는 바로 이 희랍의 아레테가 전체 구도를 완성시키는 그 무엇임을, 전체 구도에서 빠져 있는 그 무엇임을 깨달았다. 하지만 그는 완벽을 기하기 위해 독서를 계속했다.

플라톤과 소크라테스의 머리를 감싸고 있던 후광은 이제 사라졌다. 파이드로스는 그들 플라톤과 소크라테스가 시종일관 소피스트들 고유의 행태라고 하여 비난했던 바의 행동을 정확하게 되풀이하고 있음을 확인한다. 즉, 변증법의 사례라는 허약한 논리를 강력한 것처럼 보이게 하려는 은밀한 목적을 달성하기 위해, 그들은 감정적으로 설득력이 있는 말들을 사용하고 있는 것이다. 파이드로스의 생각에 따르면, 우리 인간에게는 항상 우리 자신의 내부에 있지 않을까 하여 더할 수 없이 두려워하는 것을 다른 사람한테서 찾아 더할 수 없이 격렬하게 비난하는 경향이 있다.

하지만 왜? 파이드로스는 의문을 갖지 않을 수 없었다. 왜 아레테를 파괴한 것일까. 그가 질문을 던지는 순간 곧 그에게 해답이 다가왔다. 플라톤은 아레테를 파괴하려 했던 것이 아니다. 그는 그것을 보호용기에 담아놓았을 뿐이다. 그것을 영구적이고도 고정된 이데아로 만드는 일을 했을 뿐이다. 다시 말해, 그는 경직된 상태의 움직이지 않는 불멸의 진리로 이를 변형시켰을 뿐이다. 그는 아레테를 선(善)으로, 무엇보다도 고귀한 최고의 형식으로, 최고의 이데아로 만든 것이다. 하지만 앞선 모든 것들을 종합하는 과정에 그는 선을 최소한 진리에 대해서만은 종속적 위치에 놓이는 것으로 만들었다.

바로 그 이유 때문에 파이드로스가 강의실에서 도달한 질의 개념이 플라톤의 선의 개념과 너무도 가까운 것처럼 보였던 것이다. 플라톤의 선은 수사학자들한테서 취해 온 것이었다. 파이드로스가 아무리 뒤져보아도, 이전의 자연철학자들 가운데 선에 대해 이야기했던 적이 있는 사람은 찾아볼 수 없었다. 이는 소피스트들한테서 나온 것이었다. 차이가 있다면, 플라톤의 선은 고정되어 있고 영원한 동시에 움직이지 않는 이데아였지만, 수사학자들에게 이는 결코 이데아가 아니었다. 선은 현실 세계의 한 형식이 아니라, 현실 세계 그 자체였으며, 항상 변화하는 것, 어떤 종류의 방식이든 고정되고 경직된 방식으로는 궁극적으로 파악이 불가능한 그 무엇이었다.

　무엇 때문에 플라톤이 그런 일을 했던 것일까. 파이드로스는 플라톤의 철학을 두 단계의 종합화 과정의 결과로 파악했다.

　첫 단계의 종합화는 헤라클레이토스의 추종자들과 파르메니데스의 추종자들 사이의 갈등을 해결하기 위한 것이었다. 두 자연철학 학파는 모두 불멸의 진리를 옹호했다. 아레테를 종속적 위치에 놓고 이를 거느리는 진리 쪽에 승리를 안기기 위한 전투——말하자면, 진리를 종속적 위치에 놓고 이를 거느리는 아레테를 가르치고자 하는 적들을 무찌르기 위한 전투——를 치르기에 앞서, 플라톤은 우선 진리를 믿는 사람들 사이의 내부 분란을 해결해야만 했다. 이를 위해 그는 불멸의 진리는 헤라클레이토스의 추종자들이 주장하듯 단순히 변화가 아님을 말한다. 또한 파르메니데스의 추종자들이 주장하듯 불멸의 진리는 단순히 변화하지 않는 그 무엇도 아니라고 말한다. 이 같은 두 개의 불멸의 진리가 변하지 않는 진리인 이데아와 변하는 진리인 현상으로 공존한다는 것이다. 플라톤이 예컨대 "말〔馬〕"과 "말〔馬〕다움"을 나눌 필요가 있음을 깨닫게 되었던 것은 바로 이 때문이다. 그에 의하면, 말은 하찮고 덧없는 단순한 현상이나, 말다움은 실재하는 것이고 고정된 것인 동시에 진실하고 변하지 않는 것이다. 말하자면, 말다움은 순수한 이데아다. 우리가 보는 말은 변화하는 현상의 집합체에 불과한 것으로, 끊임없이 변화하고 자기가 원하는 대로 움직일 수 있으며 말다움에 아무런 혼란스런 영향을 끼치지 않은 채 그 자리에서 죽어버릴 수도 있는 말이다. 한편, 말다움은 불멸의 원리로, 그 옛날 신들에게만 허락되었던 길을 따라감으로써 영원히 삶을 지속할 수 있다는 것이 플라톤의 주장이다.

　플라톤이 상정한 둘째 단계의 종합화 과정은 소피스트들의 아레테를 앞서 제시한 이데아와 현상이라는 이분법 속에 편입시키기 위한 것이다. 비록 진리 그 자체의 지배 및 이 진리에 도달하기 위한 방법인 변증법의 지배를 받는 자리이긴 하나, 그는 아레테에게 최고의 영광스러운 자리를 부여한다. 하지만, 선을 모든 것에 앞서는 최상의 이데아로 만드는 가운데 선과 진을 하나로 통합하려 시도하지만, 플라톤은 그럼에도 불구하고 여전히 아레테의 권좌를 찬탈하여 그 자리를 변증법적으로 결정된 진리에게 넘겨준다. 일단 선이 변증법적 개념 안으로 편입되어 변증법의 통제를 받게 되자, 또 하나의 철학자가 등장하여 변증법적 방법을 통해 아레테 또는 선의 지위를 좀더 강등하여 사물의 "진정한" 질서 내부의 좀더 낮은 위치——즉, 변증법의 내적 활동에 더 적합한 위치——에 두는 것이 한결 유리하다는 논리를 제시하는 데 아무런 어려움이 없게 된다. 그런 철학자가 오래지 않아 등장하게 되는데, 그의 이름이 바로 아리스토텔레스다.

　아리스토텔레스는 풀을 뜯어 먹을 뿐만 아니라 사람들을 이곳저곳으로 이동시켜주기도 하고 또 새끼를 낳을 뿐만 아니라 죽기도 하는 현상으로서의 말이 플라톤이 생각했던 것보다 한결 더 깊은 관심을 보일 가치가 있는 대상이라고 느꼈다. 그에 의하면, 현상으로서의 말은 단순히 현상에 불과한 것이 아니다. 현상들은 현상들의 지배를 받지 않는 그 무엇——뿐만 아니라, 이데아와 마찬가지로 변치 않는 그 무엇——과 결합해 있다는 것이다. 현상들과 결합을 이루는 "그 무엇"을 아리스토텔레스는 "실체"라고 명명했다. 바로 그 순간에, 그리고 바로 그 순간에 이르러서야 비로소, 현실 세계에 대한 우리의 현대적인 과학적 이해가 탄생의 계기를 얻게 된다.

　트로이적 아레테에 대한 이해를 결여한 사람임이 명백해 보이는 "빼어난 독서가" 아리스토텔레스의 영향 아래, 형식과 실체는 모든 것을 지배하기에 이른다.[16] 이제 선은 윤리학이라 불리는 학문의 한 분과, 그것도 중요도가 비교적 낮은 한 분과일 뿐이다. 그리고 아리스토텔레스가 일차적으로 관심을 보이는 대상은 물론 이성, 논리, 지식이다. 마침내 아레테는 사망에 이른 것이다. 이런 상황 아래 과학, 논리, 그리고 우리가 오늘날 알고 있는 바의 대학이 체제 설립의 특권을 부여받는다. 이들은 세계의 실체적 요소들에 관한 형식들을 끊임없이 증식할 방법을 찾거나 고안할 수 있는 특권을, 이러한 형식들을 지식이라 부를 특권을, 이들 형식을 미래의 세대들에게 전수할 특권을 부여받기에 이른 것이다. 전수하되, "체계"라는 이름으로.

수사학의 운명은? 한때 "배움" 그 자체였던 이 가련한 수사학은 이제 작문을 위한 틀에 박힌 표현 수단들과 표현 형식들을, 아리스토텔레스적 형식들을, 마치 이것들이 중요한 것이라도 되는 양, 교육하는 수단으로 전락하게 되었다. 파이드로스는 기억을 더듬어보았다. 잘못된 철자 다섯 개, 또는 잘못 완성된 문장 하나, 또는 잘못 위치시킨 수식어구 세 개, 또는 . . . 이런 식으로 끊임없이 이어졌던 것이다. 이 가운데 어느 하나라도 학생의 무지를, 수사학이 무엇인지 학생이 모르고 있다는 것을 학생 자신에게 알리기에 충분한 것이었다. 따지고 보면 수사학이란 바로 그런 거지 뭐, 별게 아닐세. 안 그런가? 물론 "공허한 수사학"이라는 것도 있지. 변증법적 진리에 응분의 공헌을 하지 않은 채 감정에 호소하는 그런 종류의 수사학이 따로 있다네. 하지만 세상에 그런 것을 조금이라도 원하는 사람이 있겠나. 안 그런가? 그런 종류의 수사학은 우리를 고대 희랍의 거짓말쟁이들과 사기꾼들과 모독(冒瀆)을 일삼는 자들, 그러니까 소피스트들로 만들 수도 있다

---

16) Aristotle the Reader: 플라톤이 제자 아리스토텔레스를 너무도 사랑하여 그에게 붙여준 칭호.

네. 혹시 그들을 기억하고 있는가? 자네들은 말일세, 수사학 이외에 자네들에게 제공되는 여타의 학문적 교과목들을 통해 진리를 배우게 될 것이네. 이와는 별도로 이 강의 시간에는 글을 멋지게 쓸 수 있도록 약간의 수사학을 배우게 될 것이네. 글을 멋지게 써야 윗분들에게 좋은 인상을 남길 것이고, 그래야 그 윗분들이 자네들한테 좀더 높은 지위로 끌어올려줄 것이 아닌가.

형식적인 것들과 판에 박힌 표현 수단들, 이는 최상의 사람들에게는 증오의 대상이고 최악의 사람들에게는 사랑의 대상이다. 해가 바뀌고 수십 해가 바뀌어도 변함없이, 앞자리를 차지하고 앉아 있는 하찮은 "빼어난 독서가"들은 예쁜 미소와 깔끔한 펜으로 무장한 채 모방을 일삼음으로써 아리스토텔레스적 A학점을 받을 것이다. 그 동안 진정한 아레테를 소유한 학생들은 "빼어난 독서가"들의 뒷자리에 앉아 침묵을 지키고 있을 것이다. 도대체 이 과목을 좋아할 수 없다니, 혹시 자기들 자신한테 무슨 결함이 있는 것은 아닐까, 이런 의문을 떨쳐 내지 못한 채.

오늘날 수고스럽게도 고전 윤리학을 가르치고자 하는 대학은 극소수에 지나지 않겠지만, 행여 그런 대학이 있어 학생들이 이를 배운다고 하자. 아마도 학생들은, 아리스토텔레스와 플라톤의 지도 아래, 고대의 희랍인들이 결코 던질 필요를 느끼지 않았던 질문을 던지면서 끊임없는 관념의 유희를 일삼을 것이다. "선이란 무엇인가? 그리고 그것을 우리가 어떻게 정의할 수 있는가? 사람들마다 이를 다르게 정의하고 있는 것이 현실인데, 선이라는 것이 존재한다는 것을 우리가 어떻게 알 수 있겠는가? 어떤 사람은 선을 행복에서 찾을 수 있다고 말한다. 하지만 행복이 무엇인지 우리가 어떻게 알 수 있겠는가? 그리고 행복에 대한 정의가 어떻게 가능할 수 있겠는가? 행복과 선은 객관적 용어가 아니다. 우리는 이들을 과학적으로 다룰 수 없다. 아울러, 그것들은 객관적인 것이 아니기 때문에 다만 우리들 마음속에 존재하는 것일 뿐이다. 따라서 만일 당신이 행복해지고 싶다면 당신의 마음만 바꾸면 될 것이다. 그렇지 않은가, 하하하, 하하하."

아리스토텔레스적 윤리학, 아리스토텔레스적 정의들, 아리스토텔레스적 논리, 아리스토텔레스적 형식들, 아리스토텔레스적 실체들, 아리스토텔레스적 수사학, 아리스토텔레스적 웃음 . . . 하하하, 하하하.

소피스트들의 유해는 오래전에 이미 먼지로 변해버렸으며, 그들의 말들도 그들의 유해와 함께 먼지로 변해버렸다. 먼지로 변해버린 그들의 유해와 말들은 쇠퇴하던 아테네가 멸망하자, 그리고 마케도니아가 쇠퇴하고 멸망하자 그 잔해 속에 묻히게 되었다. 그리고 고대 로마와 비잔틴과 오토만 제국과 현대의 국가들이 쇠퇴하여 죽음을 맞이하는 동안 내내 너무도 깊이 파묻히게 되었다. 그리하여 그처럼 의식을 갖추고, 그처럼 성유(聖油)를 동원하는 동시에 그처럼 악에 호소한 다음에야 겨우, 오로지 어느 한 광인만이, 수십 세기가 지나서야 오로지 어느 한 광인만이 이를 세상에 펼쳐 보이는 데 필요한 단서들을 찾아낼 수 있었다. 그리고 극도의 충격에 휩싸여 어떤 일이 일어났던가를 확인할 수 있었다. . . .

길이 너무도 짙은 어두움에 휩싸여 있다. 그리하여 이 안개와 비를 헤치고 길을 따라가기 위해 이제는 전조등을 켜지 않을 수 없다.

제30장

 아카타[1]에서 우리는 습하고 냉기가 도는 자그마한 식당에 들어선다. 그런 다음 강낭콩을 넣어 조리한 칠리[2]로 식사를 대신하고 커피를 마신다.
 곧이어 다시금 길을 재촉한다. 이제 우리가 들어선 곳은 고속도로로, 차량들이 빠른 속도로 달리고 있으며 도로는 비에 젖어 축축하다. 우리는 넉넉하게 여유를 갖고 달려 샌프란시스코에 도착하는 데 하루쯤 걸릴 만한 곳까지 가서 멈출 예정이다.
 중앙선 건너편 맞은쪽으로 달려왔다가 지나가는 차량들의 불빛이 빗속의 도로 위에 기묘한 형태로 반사되고 있다. 빗방울들이 마치 총알처럼 버블의 바깥쪽 표면을 두드린다. 차량들의 불빛이 스쳐 지나

---

1) Arcata : 캘리포니아 험볼트 카운티Humboldt County에 있는 인구 17,294명(2006년도 조사)의 대학 도시. 험볼트 주립 대학의 소재지.
2) chilli : 원래의 이름은 스페인어로 '칠리 꼰 까르네chili con carne'로, 이는 '고기를 넣은 칠리 요리' 정도의 뜻으로 해석할 수 있음. 칠리 고추, 고기, 마늘 등등을 넣고 끓인 스튜 요리. 미국의 텍사스 지방에서 특히 인기 있는 요리다.

가면서 버블에 굴절되어 기묘한 모습의 원형 파문을, 이어서 반원형의 파문을 만들곤 한다. 20세기임을 실감한다. 이제 이 20세기가 온통 우리 주변을 둘러싸고 있기 때문이다. 파이드로스의 이 20세기적 오디세이아를 곧 마감하고 이 일에서 완전히 손을 뗄 때가 가까워왔다.

수사학 과목인 "개념과 방법론 251"의 다음 강의 시간이 되어, 학생들은 시카고 남부 지역에 있는 강의실의 거대한 둥근 탁자 주위로 모여들어 자리를 잡고 앉았다. 그때 학과 사무직원이 와서 철학 교수가 몸이 불편하여 휴강을 하게 되었음을 알려주었다. 그다음 주에도 교수는 몸이 불편하다는 이유로 여전히 강의에 나오지 않았다. 이에 약간 당황해하던 학생들은 뜻을 모아 길 건너편에 있는 찻집으로 갔다. 당시에는 강의가 시작되었을 때에 비해 수강생 수가 3분의 1로 줄어든 상태였다.

커피 탁자에 둘러앉자 한 학생이 이렇게 말했다. "내 견해를 피력하자면, 이번 강의는 이제까지 수강했던 강의 가운데 가장 재미없는 것 가운데 하나로 판단됩니다." 파이드로스가 주목했던 바에 의하면 그는 똑똑하긴 하지만 지적으로 속물근성이 있는 그런 학생이었다. 그는 여자아이들이나 지을 법한 토라진 표정을 짓고는 파이드로스에게 냉담한 눈길을 주는 것처럼 보였는데, 멋진 경험이 될 수도 있었을 수업을 망친 자가 바로 파이드로스라고 생각하는 듯한 표정이었다.

"전적으로 동감하는 바요." 파이드로스가 이렇게 말했다. 무언가 공격 비슷한 것이 이어지기를 기다렸지만, 아무런 반응도 없었다.

다른 학생들도 파이드로스가 이 모든 분란의 원인이라고 느끼고 있는 것처럼 보였다. 하지만 누구에게도 따로 할 말이 있는 것 같아 보이지는 않았다. 이윽고 커피 탁자 맞은편 끝에 앉아 있던 여학생, 다른 학생들보다 나이가 더 들어 보이는 여학생이 왜 이 강의를 수강하게 되었는가를 파이드로스에게 물었다.

"나도 모르겠소. 그 이유가 무언지 알아내고자 나도 애쓰는 중이오." 파이드로스가 이렇게 말했다.

"정규 등록 학생인가요?" 그녀가 물었다.

"아니오. 일리노이 주립 대학 네이비 피어 분교에서 전임으로 일하고 있소."

"어떤 과목을 강의하나요?"

"수사학이오."

그녀가 여기에서 말을 멈추었고, 탁자 주변에 앉아 있던 모든 사람이 그에게 눈길을 주고는 잠잠해졌다.

그럭저럭 11월이 되었다. 밝은 노란빛으로 아름답게 변해 10월의 햇빛을 받고 있던 나뭇잎들이 떨어졌고, 앙상한 가지들은 차가운 북풍에 내맡겨져 있었다. 첫눈이 내렸다가 녹았으며, 이제 우중충한 도시는 다가올 겨울을 기다리고 있었다.

철학 교수가 학교에 나오지 않는 동안, 플라톤의 대화 가운데 또 한 편이 학생들에게 강의 교재로 주어졌다. 『파이드로스』가 그 제목이었는데, 우리의 주인공 파이드로스는 그 당시 자신을 그 이름으로 부르지 않았기 때문에 그와 같은 이름이 그에게 무언가 의미를 갖는 것은 아니었다. 희랍인 파이드로스는 소피스트라기보다는 젊은 웅변가로, 사랑의 본질과 철학적 수사학의 가능성에 관한 논의를 담고 있는 이 대화에서 소크라테스를 돋보이게 하기 위해 동원된 인물이다. 파이드로스는 그다지 명석한 사람 같아 보이지 않으며, 수사학의 특성에 대해 끔찍할 정도로 감각이 무딘 사람이다. 이 점은 웅변가 뤼시아스[3]의 정말로 형편없는 연설을 기억에 의존하여 인용하는 것에서 확인된다. 하지만 이처럼 형편없는 연설은 단지 일종의 무대 장치에 불과한 것임을 사람들은 곧 깨닫게 될 것이다. 말하자면, 소크라테스에게 뤼시아스의 연설보다 더 훌륭한 그 자신의 연설을, 이어서 『대화』라는 제목을 지닌 플라톤의 저작물에 담긴 소크라테스의 연설 가운데 최상의 것 가운데 하나라고 할 수 있는 또 한 편의 한층 더 훌륭한 연설을 이끌어내도록 하기 위한 손쉬운 연출 장치에 해당하는 것임을 깨닫게 될 것이다.

이상의 사실 이외에 파이드로스와 관련하여 단 하나 두드러지는 특징이 있다면 이는 바로 그의 성품이다. 플라톤은 종종 소크라테스를 돋보이게 하기 위해 동원된 인물들의 이름을 성격상 특징에 따라 부여하곤 한다. 『고르기아스』에 동원된 인물 가운데는 폴로스Polus라는 이름의 지나치게 수다스러운 동시에 순진하고 마음씨가 착한 젊은이가 있는데, 그 이름은 희랍어로 "망아지"를 뜻한다. 파이드로스의 성품은 폴로스의 것과는 다르다. 그는 어떤 특정한 집단에 소속되어 있지 않은 외톨이다. 그리고 그는 도시보다는 시골의 고독함을 선호한다. 아울러, 위험할 정도로 공격적이다. 어느 한 지점에서 그는 폭력에 기대어 소크라테스를 위협하기도 한다. 희랍어로 파이드로스는 "늑대"를 뜻한다.[4] 이 대화에서 그는 사랑에 관한 소크라테스의 설교에 감복되어 온순한 성품의 사람으로 바뀐다.

우리의 파이드로스는 『파이드로스』라는 제목의 이 대화를 읽고, 장려한 시적 표현들에 엄청난 감명을 받았다. 하지만 이것 때문에 그의

---

3) Lysias(기원전 445?~380?) : 고대 희랍의 웅변가.
4) 희랍어로 늑대는 '뤼코스lykos'다. 희랍어 '파이드로스phaedrus'는 '밝은' 또는 '환한'을 뜻하며, 태양신 아폴론을 일컬을 때 사용되는 표현이다. 희랍의 역사적 인물로서의 파이드로스는 소피스트였던 '엘리스의 히피아스Hippias of Elis'의 제자였다.

성품이 온순해지지는 않았으니, 그는 소크라테스의 설교에서 희미하게나마 위선의 냄새를 감지했기 때문이다. 설교의 목적은 설교 그 자체에 있는 것이 아니었다. 설교는 그 설교가 수사적으로 호소하고 있는 오성(悟性)의 감성적 영역, 바로 그 영역을 비난하기 위해 동원되고 있었던 것이다. 열정은 오성의 파괴자로 규정되고 있는데, 파이드로스는 서양 사상에 깊이 뿌리박혀 있는 열정에 대한 비판적 태도가 바로 여기에서 시작된 것이 아니냐는 의문을 갖기도 했다. 아마도 그렇지는 않을 것이다. 고대 희랍인의 사상과 감성 사이의 긴장 관계는 희랍인의 기질과 문화의 바탕을 이루는 것이라고 어딘가 다른 곳에 설명되어 있지 않은가. 아무튼, 흥미롭다.

그다음 주에도 철학 교수는 역시 모습을 드러내지 않는다. 그러는 동안 파이드로스는 남는 시간을 이용하여 일리노이 대학에서 미처 하지 못한 일들을 처리한다.

그리고 다시 한 주가 지난 후다. 파이드로스는 강의 시간에 앞서 강의실이 있는 곳 길 건너편의 시카고 대학 서점에 들렀다가 막 강의실로 가려던 참이었다. 바로 그때 그는 서점의 서가 선반과 책들 사이로 두 개의 검은 눈이 줄기차게 그를 향해 시선을 던지고 있음을 감지한다. 그의 얼굴이 모습을 드러냈을 때 파이드로스는 그가 지난번 수업 시간에 교수에게 언어적으로 마구 괴롭힘을 당하고 나서 그다음 수업 시간부터 강의실에 모습을 드러내지 않던 바로 그 죄 없는 순진한 학생임을 기억해낸다. 그 학생의 얼굴에는 무언가 파이드로스가 모르는 것을 알고 있는 듯한 그런 표정이 어려 있다. 파이드로스가 말을 건네려고 그에게 다가간다. 하지만 그는 몸을 사리더니 문밖으로 나가버린다. 이에 파이드로스의 마음에 의혹이 인다. 또한 신경이 곤두서기도 한다. 아마도 다른 이유 없이 그저 피곤하고 신경이 과민해져서 그러려니, 파이드로스는 그렇게 생각해보기도 한다. 시카고 대학에서 서양의 학문 사상 전체에 도전하여 허를 찌르려고 고군분투하는 것으로도 모자라 기진맥진할 정도로 네이비 피어에서 강의를 하다 보니, 그는 하루에 스무 시간 동안 일하고 공부하지 않을 수 없는 상태다. 그 때문에 그는 음식과 운동에 제대로 신경을 쓸 수도 없다. 그 학생의 표정에 무언가 묘한 구석이 있다고 생각하지 않을 수 없게 그를 몰아간 것은 단지 피곤함 때문인지 모르겠다고 생각해보기도 한다.

하지만 파이드로스가 길을 건너 강의실을 향해 걸어가는 동안 그 학생은 스무 걸음쯤 거리를 두고 그를 따라온다. 무언가 일이 벌어지고 있다.

파이드로스가 강의실로 들어가 기다린다. 곧 그 학생이 강의실로 들어온다. 최근 몇 주 동안 내내 나타나지 않다가 다시 모습을 드러낸 것이다. 이만큼 수업이 진행된 상황에서 학점을 받으리라는 기대를 할 수는 없을 것이다. 그가 엷은 미소를 입가에 띤 채 파이드로스를 바라본다. 무엇 때문인지 몰라도 미소를 짓다니, 그것만으로도 다행이다.

강의실 출입구 쪽에서 발자국 소리가 들린다. 곧이어 파이드로스는 갑작스럽게 상황을 파악한다. 돌연히 그의 다리에 힘이 빠지고 손이 떨리기 시작한다. 출입구 쪽에서 온화하게 미소를 짓고 서 있는 사람은 다름 아닌 시카고 대학의 "개념 분석과 방법론 연구 위원회"의 위원장이다. 그가 철학 교수 대신 수업을 떠맡게 된 것이다.

바로 이 시점이다. 그들이 파이드로스를 앞문 바깥쪽으로 내던진 시점은 바로 그때이다.

정중하고 기품 있게, 제왕다운 너그러움을 표정에 담은 채 위원장은 잠시 출입구 쪽에 서 있다가, 그를 알고 있는 것처럼 보이는 학생과 대화를 나눈다. 그 학생한테서 눈길을 돌려 강의실을 둘러보는 동안 그는 미소를 짓는다. 마치 그에게 낯익은 학생이 더 있는가를 찾는 듯한 모습이다. 이윽고 그는 고개를 끄덕이고, 이어서 잠시 소리 없이 웃고는 강의 시작을 알리는 벨소리를 기다린다.

그 녀석이 이 수업 시간에 다시 나타난 것은 바로 이 때문이다. 그들은 그 녀석에게 왜 그들이 뜻하지 않게 그를 괴롭힐 수밖에 없었던가를 설명했을 것이고, 그들이 얼마나 멋진 사람들인가를 그에게 보여주기 위해 그들이 파이드로스를 괴롭히는 동안 투기장 바로 아래쪽 상석(上席)에 앉아 이를 관람하도록 그를 초청할 계획을 세웠던 것이다.

어떻게 그들이 이런 작업을 해낼 것인가. 파이드로스는 이미 알고 있었다. 우선 그들은 강의실의 모든 학생들 앞에서 변증법적 방법을 동원하여 그의 위신을 땅에 떨어뜨릴 것이다. 플라톤과 아리스토텔레스에 관해 파이드로스가 알고 있는 것이 얼마나 보잘것없는가를 보여줌으로써 말이다. 이는 그들에게 하나도 어려울 것이 없는 일이다. 명백히 그들은 파이드로스가 앞으로 아무리 노력해도 알 수 있는 것보다 플라톤과 아리스토텔레스에 관해 백배나 더 많이 알고 있다. 그들은 평생을 이에 대해 공부해왔기 때문이다.

그들은 파이드로스를 변증법적으로 철저하게 난도질을 한 다음, 그에게 열심히 하지 않으려면 떠나라는 제안을 할 것이다. 곧이어 그들은 그에게 몇 개의 질문을 더 던질 것이고, 그는 어떤 질문에도 답을 하지 못하게 될 것이다. 그러면 그들은 그의 학업 성취 능력이 너무도 끔찍하니 애써 학교에 올 필요가 없음을 알리고 나서, 즉각 학업을 포기하라는 제안을 할 것이다. 진행 과정에 차이가 있을 수 있겠지만, 기본적으로 이 같은 절차에서 크게 벗어나지 않을 것이다. 그들에게는 너무도 쉬운 일이다.

할 수 없지 뭐. . . . 그는 이곳에 와서 얻고자 했던 것과 관련하여 이미 많은 것을 터득한 상태다. 여기에 머물지 않더라도 이제 다른 방도를 찾아 자신의 논문을 쓸 수 있을 것이다. 여기에 생각이 미치자 다리에 힘이 빠져나가는 듯한 느낌이 사라진다. 그리하여 그는 다시 안정을 되찾는다.

지난번 마지막으로 위원장과의 만남이 있고 난 뒤부터 파이드로스는 수염을 기르고 있었다. 그리하여 위원장은 아직 그를 알아보지 못한다. 하지만 이 같은 유리한 상황은 오래가지 못할 것이다. 위원장은 곧 그를 알아볼 것이다.

위원장은 조심스럽게 외투를 내려놓은 다음 거대한 둥근 탁자의 반대편에 있는 의자를 끌어내어 앉는다. 그리고 낡은 파이프를 꺼내, 거의 30초가량이라고 해도 틀림없을 만큼의 시간 동안 담배를 다져 넣는다. 그가 이런 동작을 이전에 수도 없이 했으리라는 것을 누가 보아도 알 수 있다.

잠시 강의실에 있는 학생들에게 눈길을 준다. 그러는 동안 그는 최면을 거는 듯한 미소를 띤 채 학생들의 얼굴 하나하나를 뜯어보면서 분위기를 감지하려 한다. 하지만 분위기가 좋지 않음을 깨닫는다. 그는 파이프에 담배를 좀더 다져 넣지만, 결코 서두르지 않는다.

급기야 그가 파이프에 불을 붙이고, 머지않아 강의실은 담배 향내로 채워진다.

마침내 그가 입을 연다.

"오늘 우리는 영원불멸의 명저인 『파이드로스』에 대한 토론을 시작하기로 되어 있는 것으로 알고 있네." 그는 학생들 한 명 한 명에게 차례로 눈길을 주고는 이렇게 묻는다. "그렇지 않은가?"

강의실의 학생들이 겁을 먹은 듯한 목소리로 그렇다고 대답한다.

그의 인물됨은 분위기를 압도할 만큼 위압적이다.

이어서 위원장은 앞서 강의를 담당했던 교수의 결강에 대해 사과하고, 앞으로 이어질 강의의 형식에 관해 설명한다. 그는 이미 『파이드로스』에 대해 잘 알고 있기 때문에 학생들이 얼마나 성실하게 공부했는가를 보여주는 답변을 학생들로부터 이끌어낼 계획임을 밝힌다.

그렇게 하는 것이 최상의 방법일 것이라고 파이드로스도 생각한다. 그런 방식을 통해 학생들 개개인에 대해 알 수 있을 것이다. 다행히도 파이드로스는 『파이드로스』를 아주 철저하게 공부해서 거의 다 암기할 정도다.

위원장의 말이 옳다. 『파이드로스』는 불멸의 명저다. 처음에는 이상하다고 느껴질 뿐만 아니라 읽는 사람을 어리둥절케 하지만, 마치 진리 자체가 그러하듯 점점 더 강렬하게 읽는 사람의 정신에 타격을 가한다. 파이드로스가 질에 관해 이야기해왔던 것을 소크라테스는 영혼—스스로 움직이고, 모든 것의 근원이 되는 영혼—으로 묘사하고 있는 것처럼 보인다. 양자 사이에는 어떤 모순도 확인되지 않는다. 일원론적 철학의 핵심 용어들 사이에는 실제로 어떤 모순도 존재할 수 없다. 인도 철학이 말하는 유일무이한 절대적 존재는 희랍 철학이 말하는 유일무이한 절대적 존재와 같은 것이어야만 한다. 만일 양자가 서로 다른 것이라면, 당신에게는 두 개의 유일무이한 절대적 존재가 주어지는 셈이 된다. 일원론자들 사이에 견해차가 있다면 유일한 견해차는 절대적 존재의 속성과 관련하여 있을 수 있을 뿐, 절대적 존재의 존재 자체와 관련해서는 있을 수 없다. 한편, 절대적 존재는 모든 것의 근원이고 그 안에 모든 것을 포용하기 때문에, 그 어떤 것을 동원하더라도 절대적 존재는 정의될 수가 없다. 왜냐하면 절대적 존재를 정의하기 위해 어떤 것을 동원하더라도 정의를 위해 동원한 것은 항상 절대적 존재 자체에 미치지 못하는 그런 것이 될 것이기 때문이다. 절대적 존재는 오로지 비유적으로만 정의될 수 있을 뿐이다. 또는 유추를 사용함으로써만, 또는 상상의 언어와 비유의 언어를 사용함으로써만 정의될 수 있을 뿐이다. 소크라테스가 유추 수단으로 선택한 것은 지상에서 천상에 이르는 여행으로, 이를 통해 그는 사람들이 어떻게 두 필의 말이 끄는 마차를 타고 절대적 존재에 다가갈 수 있는가를 보여준다. . . .

아무튼, 위원장은 파이드로스의 옆에 앉아 있는 학생에게 질문을 던진다. 그는 그 학생에게 슬쩍 미끼를 던져 공격을 하도록 부추긴다.

위원장의 눈에 파이드로스로 잘못 인식이 된 그 학생은 공격을 하지 않는다. 그러자 위원장은 마침내 극도의 불쾌감과 실망감을 숨기지 않은 채 과제물을 좀더 열심히 읽어 왔어야 했다는 식의 비난과 함께 더 이상 그 학생을 상대하기를 포기한다.

이제 파이드로스의 차례다. 파이드로스의 마음은 놀랄 만큼 안정되어 있다. 이제 그는 『파이드로스』에 대해 설명을 해야만 한다.

"만일 저에게 제 나름의 방식으로 다시 시작할 것이 허락된다면, 이렇게 말씀드리고 싶습니다." 이는 부분적으로는 옆에 앉아 있는 학생이 말한 바가 무엇인지 듣지 못했다는 사실을 감추기 위한 것이다.

이 같은 말이 그의 옆에 앉아 있는 학생에게 자신이 퍼부은 비난을 더욱 강화하는 것이라는 사실을 감지하고, 위원장은 미소를 지은 다음 오만한 태도로 그것은 확실히 멋진 생각이라고 말한다.

파이드로스는 이렇게 말을 잇는다. "『파이드로스』라는 이 대화에서 파이드로스라는 인물은 한 마리의 늑대로 그려지고 있다는 것이 제 생각입니다."

그가 일순 화난 듯한 표정을 지으며 상당히 큰 목소리로 이렇게 내

뱉자, 위원장은 거의 펄쩍 뛸 만큼 놀라워하는 기색을 보인다. 이제 경기는 시작되었다.

"맞는 말이네." 위원장이 말한다. 그의 눈이 순간 번쩍이는 것을 보면, 이 수염을 기른 공격자가 누구인지를 그가 이제는 알아차렸음을 알 수 있다. "희랍어로 파이드로스는 '늑대'를 의미하지. 대단히 날카로운 관찰이로군." 그는 마음의 평정을 되찾기 시작한다. "계속하게나."

"파이드로스는 도시적 생활 양식만을 알고 있는 소크라테스와 만납니다. 그리고 그를 교외로 인도하여, 그곳에서 그 자신이 존경하는 웅변가 뤼시아스의 연설을 낭송하기 시작합니다. 뤼시아스의 연설문을 소리 내어 읽어줄 것을 소크라테스가 요구하자, 파이드로스는 그렇게 한 것입니다."

"그만 하게." 이제 완전히 안정감을 되찾은 위원장이 이렇게 말한다. "자넨 우리에게 줄거리를 이야기하고 있을 뿐이네. 대화의 내용에 대해 이야기하지 않고 말이야." 그리고 그는 다음 학생을 지명한다.

학생들 가운데 『파이드로스』의 내용이 무엇인지를 위원장이 만족해 할 만큼 아는 사람은 아무도 없는 것 같다. 이윽고 위원장은 짐짓 슬픈 듯한 표정을 지은 채 학생들 모두가 좀더 철저하게 교재를 읽어 와야 할 것이라고 말한다. 그리고 이번만큼은 그 자신이 대화의 내용을 설명하는 부담을 떠맡음으로써 그들을 돕겠다고 말한다. 이로써 위원장이 너무도 공들여 조성해놓은 긴장된 분위기에 이루 말할 수 없을 정도의 안도감이 감돈다. 학생들 전체가 그의 손아귀 안에서 꼼짝도 못하는 형국이 되어 있는 것이다.

이어서 위원장이 완벽하게 주의를 집중하여 『파이드로스』의 내용을 학생들에게 밝혀준다. 파이드로스는 깊이 몰입하여 그의 말에 귀를 기울인다.

　잠시 후 무엇 때문인지 몰라도 파이드로스는 몰입 상태에서 약간 벗어나기 시작한다. 어딘가 가락이 맞지 않는 그런 음조가 끼어든 것이다. 처음에는 그것이 무엇인지를 알지 못한다. 하지만 곧이어 그는 위원장이 유일무이한 절대적 존재에 대한 소크라테스의 설명을 완전히 건너뛴 채 마차와 말이 동원된 비유로 바로 들어가고 있음을 알아차린다.

　이 비유에 따르면, 절대적 존재에 도달하고자 하는 탐구자는 두 필의 말에 의해 이끌리고 있는데, 이 두 필의 말 가운데 하나는 성품이 고귀하고 온화한 백마이고 다른 하나는 퉁명스럽고 고집 셀 뿐만 아니라 성미가 급한 흑마다. 하늘의 문을 향해 위로 올라가는 탐구자의 여정에 백마는 언제나 도움을 주지만, 흑마는 언제나 탐구자를 혼란에 빠뜨린다. 위원장은 아직 이 부분을 이야기하지 않았으나, 백마는 온화한 이성이고 흑마는 어두운 열정 또는 감정임을 이제 학생들에게 알려야 할 지점에 와 있다. 이 점을 학생들에게 설명해주어야 할 바로 그 지점에 이른 것이다. 하지만 바로 이 순간 가락이 맞지 않는 음조가 갑작스럽게 합창으로 바뀐다.

　위원장은 앞의 논의로 되돌아가 다음과 같이 고쳐 말한다. "이제 소크라테스는 자신이 진리를 말하고 있음을 신들에게 엄숙히 공언한 셈이네. 그는 진리를 말할 것을 맹세한 것이고, 만일 이어지는 그의 말이 진리가 아니라면 그는 자신의 영혼을 포기한 것이 되겠지."

　함정이다! 그는 『파이드로스』라는 대화를 이용하여 이성의 성스러움을 증명하고자 하는 것이다! 일단 이성의 성스러움이 확립되면, 그는 이성이란 무엇인가에 대한 탐구로 옮겨 갈 수 있을 것이고, 이어서, 아니, 이럴 수가! 우리는 다시금 아리스토텔레스의 영역에 발을 들여놓게 될 것이다.

파이드로스는 탁자 위에 팔꿈치를 올려놓은 자세로 손바닥을 편 채 위원장을 향해 손을 든다. 바로 그 자리에 올려놓았던 손이 전에는 그처럼 떨렸지만 이제 완전히 평정을 회복한 상태다. 파이드로스는 지금 자신이 자기 자신의 사형 집행 영장에 공식적으로 서명하고 있음을 감지한다. 하지만 이 순간에 그가 손을 내리면 또 다른 종류의 사형 집행 영장에 서명하는 셈이 된다는 것을 그는 잘 알고 있다.

위원장이 그가 손을 든 것을 보고는 놀라는 동시에 동요의 빛을 보인다. 하지만 그는 이에 응한다. 그러자 그에게 메시지가 전달된다.

"이 모든 것이 유추에 불과합니다." 파이드로스가 이렇게 말한다.

침묵이 흐른다. 이어서 위원장의 얼굴에 혼란스러워하는 빛이 감돈다. "뭐라고?" 강의 시간을 지배해왔던 그의 마력은 이미 깨어지고 말았다.

"마차와 말에 관한 서술 전체가 다 유추일 뿐입니다."

"뭐라고?" 같은 말을 되풀이하고, 목청을 높여 이렇게 말한다. "그건 진리야! 소크라테스가 신들에게 그건 진리라고 공언했네."

파이드로스가 대답한다. "소크라테스 자신이 그건 유추라고 했습니다."

"『파이드로스』를 읽어보게나. 그러면 자네는 소크라테스가 그건 진리라고 명백하고 구체적으로 진술한 것을 확인할 수 있을 걸세!"

"네, 그렇습니다. 하지만 그렇게 진술하기에 앞서 . . . 제가 믿기로는 두 문단 위에서 . . . 그건 유추라고 그가 진술했습니다."

사실 여부를 확인할 수 있도록 텍스트가 탁자 위에 놓여 있지만, 위원장은 사실 여부를 확인하는 것은 바보짓이라는 것을 알 정도의 분별력은 갖춘 사람이다. 만일 그렇게 해서 파이드로스가 옳다는 것이 확인되면, 강의실에서 그의 체면은 완전히 망가지고 말 것이다. 그는 앞서 텍스트를 철저하게 읽은 학생이 아무도 없다고 학생들 앞에서 말하지 않았던가.

이렇게 해서 수사학과 변증법 사이의 경기 상황은 현재 1 대 0이 되었다.

자신이 그 진술을 기억하고 있다니 참으로 뜻밖의 일이라고 파이드로스는 생각한다. 바로 그 진술이 변증법의 지위를 통째로 무너뜨리고 있다. 그것이 바로 무대를 휩쓸고 있는 주인공인지도 모른다. 물론 이는 하나의 유추다. 모든 것이 유추인 것이다. 하지만 변증법 옹호자들은 그 사실을 모른다. 위원장이 소크라테스의 그 진술을 놓친 것도 바로 그 때문이다. 하지만 파이드로스는 이를 포착하여 기억하고 있다. 만일 소크라테스가 그처럼 유추에 호소하지 않았더라면 "진리"에 대해 아무런 말도 할 수가 없었으리라는 것을 그는 알았기 때문이다.

아직까지 아무도 이를 포착하지 못하고 있지만, 그들은 곧 이를 포착하게 될 것이다. 개념 분석과 방법론 연구 위원회의 위원장은 방금 자신의 강의실 안에서 일격을 받고 쓰러진 셈이다.

이제 위원장은 말문이 막힌 채 침묵을 지키고 있다. 적절한 말을 생각해낼 수가 없기 때문이다. 강의가 시작될 때 그의 이미지를 조성하는 데 큰 역할을 했던 침묵이 이제는 그의 이미지를 파괴하는 역할을 하고 있는 것이다. 그는 어디에서 총알이 날아왔는지를 가늠하지 못하고 있다. 그는 이제까지 한 번도 살아 숨 쉬는 소피스트와 마주한 적이 없었던 것이다. 다만 죽어 있는 소피스트들과 만났을 뿐.

이제 그는 지푸라기라도 잡으려 했으나, 그의 손에 잡히는 것은 아무것도 없다. 자신의 힘에 자기도 모르게 넘어가, 그는 나락으로 추락하고 만 것이다. 그가 마침내 할 말을 찾아내지만, 그의 입에서 나오는 말은 전혀 다른 종류의 사람이 할 법한 그런 것이다. 숙제를 잊고 해 오지 않았거나 잘못 알고 엉뚱한 숙제를 해 왔지만 막무가내로 응석을 부리면서 관대하게 넘어갈 것을 바라는 어린 학생의 입에서나 나올 법한 그런 것이다.

위원장은 열심히 공부한 학생은 아무도 없다는 식의 앞서 했던 발언을 되풀이하면서 학생들 앞에서 허세를 부린다. 하지만 파이드로스의 오른쪽에 자리 잡고 있는 학생이 위원장을 바라보며 머리를 가로젓는다. 명백히 누군가가 그렇게 했다.

위원장은 말을 더듬고 머뭇거릴 뿐만 아니라 자신의 강의에 겁을 먹은 듯 행동한다. 그리하여 학생들의 주의를 제대로 끌지 못하고 있다. 과연 이 사건이 어떤 결과로 이어질까. 이렇게 파이드로스는 자문해 보기도 한다.

이윽고 정말로 유감스러운 일이 일어나고 있음을 그는 목격한다. 앞서 그에게 눈길을 주던 학생, 철학 교수에게 괴롭힘을 당했던 바로 그 죄 없는 순진한 학생은 이제 더 이상 예전의 그가 아니다. 그는 위원장을 조소하고 있으며, 빈정거리는 듯한 어투와 넌지시 불신감을 드러내는 어투의 이러저러한 질문으로 그를 괴롭힌다. 이미 불구가 된 위원장은 이제 맞아 죽을 지경에 이른 셈이다. . . . 하지만 파이드로스는 이 같은 죽음이 다름 아닌 그 자신을 겨냥해서 계획되었던 것임을 감지한다.

미안하다는 느낌이 든다는 것은 당치도 않다. 다만 정나미가 떨어질 따름이다. 양치기가 늑대 사냥을 가면서 사냥 현장을 즐기라는 뜻에서 자신의 개를 데리고 가는 경우, 뜻밖의 일이 일어나지 않도록 조심하지 않으면 안 된다. 개는 늑대와 상당히 밀접한 관계에 있는 동물이라는 점을 양치기는 깜빡 잊고 있었는지도 모른다.

여학생 하나가 쉬운 질문들을 던짐으로써 위원장에게 구조의 손길을 내민다. 그는 고마워하는 듯한 표정으로 그 질문들을 받아들이고는 질문 하나하나에 대해 아주 자세하게 오랫동안 답을 한다. 그러는 사이 그는 천천히 자신감을 회복한다.

이윽고 그는 또 하나의 질문을 받는다. "변증법이란 무엇입니까?"

그는 잠시 생각에 잠기더니, 세상에, 이럴 수가, 파이드로스에게 질문에 대한 답을 대신 해보지 않겠냐고 묻는다.

"제 개인적 견해를 밝혀보라는 말씀인가요?" 파이드로스가 이렇게 묻는다.

"그건 아니고... 이를테면 아리스토텔레스의 견해를 말해보지 않겠나?"

이제 속이 빤히 들여다보이는 술책을 쓰고 있다. 그는 다만 파이드로스를 자기 자신의 영역으로 끌어들여 혼을 내려는 계획에서 그렇게 말한 것일 뿐이다.

"제가 알기로는...." 이렇게 말하고 파이드로스는 잠시 뜸을 들인다.

"자네가 알기로는?" 위원장의 얼굴에는 미소가 가득하다. 이제 혼을 낼 만반의 준비가 갖춰진 것이다.

"제가 알기로는, 변증법은 다른 모든 것에 앞선다는 것이 아리스토텔레스의 견해입니다."

위원장의 표정이 딱 0.5초 동안에 짐짓 진지한 척하는 표정에서 충격을 받은 표정으로, 충격을 받은 표정에서 다시 분노에 일그러진 표정으로 바뀐다. 정말로 그와 같은 표정의 변화를 보인다. 그의 얼굴은 무언가 소리쳐 말하고 있지만, 그는 그 말을 결코 입 밖에 내놓지 않는다. 상대를 함정에 빠뜨리고자 했던 자가 함정에 빠진 셈이다.『대영 백과사전』에 나오는 자기 자신의 글에서 인용된 진술 때문에 파이드로스를 죽일 수는 없는 것이다.

이제 수사학과 변증법 사이의 경기 상황은 2 대 0으로 바뀌었다.

파이드로스가 계속 말을 이어나간다. "그리고 변증법에서 형식이 나오고, 형식에서. . . ." 바로 이때 위원장은 파이드로스의 말을 끊는다. 그는 자기 뜻대로 일을 진행할 수 없음을 알고, 이를 중도에서 내친다.

파이드로스는 위원장이 그의 말을 끊지 말았어야 했다고 마음속으로 생각한다. 만일 그가 특정한 입장을 퍼뜨리는 선동가가 아니라 진정한 진리 탐구자였다면, 그는 파이드로스의 말을 그처럼 끊지 않았을 것이다. 이를 계기로 무언가를 배울 수도 있었을 것이기 때문이다. 일단 "변증법은 다른 모든 것에 앞선다"라는 진술이 옳은 것이라면, 이 진술 자체가 변증법적 논의 대상이 되어야 한다. 말하자면, 변증법적 질문을 감당하지 않으면 안 된다.

아마도 파이드로스는 이렇게 물었을 것이다. 진리에 도달하기 위한 변증법적 물음과 답의 방법이 다른 모든 것에 앞선다면, 그것이 다른 모든 것에 앞선다는 증거는 무엇인가. 어떤 증거도 존재하지 않는다. 그리고 만일 이 같은 진술을 따로 떼어내어 세밀한 점검 과정을 거치는 경우, 이는 아무리 뜯어보아도 우스꽝스러운 것임이 확인된다. 아니, 이 변증법이라는 것이, 마치 뉴턴의 중력 법칙과도 같이, 무(無)의 한가운데에 혼자 자리를 차지하고 앉아 우주 만물을 생성하고 있다고? 이런 멍청한 논리가 있을 수 있단 말인가!

논리학의 모체에 해당하는 변증법 그 자체는 수사학에서 나왔다. 그리고 수사학은 신화와 고대 희랍의 시를 모체로 하여 탄생하였다. 역사적으로 보면 그러하며, 어떤 방식으로든 상식에 비춰 보아도 그러하다. 시와 신화는 선사 시대 인간들이 그들을 둘러싸고 있는 우주에 보이던 반응의 집합체로, 이때의 반응은 질을 근거로 해서 형성된 것이다. 따라서 우리가 알고 있는 모든 것의 생성 주체는 변증법이 아니라 질이다.

강의가 끝나고, 위원장은 출입문 옆에 서서 학생들의 질문에 대한 답을 하고 있다. 파이드로스는 그에게 무언가 말을 하려 그에게 다가가려고 하다가 그만둔다. 일생일대의 충격적 사건을 겪다 보면, 사람들은 어디에서 끝날지 모르는 불필요한 대화에 대해 시큰둥해하는 경향을 보이게 마련이다. 다정한 말은 한마디도 없었거나 그런 말을 나눌 기미조차 보이지 않았다. 다만 다량의 적개심만이 드러났을 뿐이다.

늑대 파이드로스라. . . . 잘 어울리는 표현이다. 가벼운 발걸음으로 자신의 아파트로 돌아오면서 그는 생각할수록 그와 같은 표현이 더욱더 잘 어울리는 것임을 깨닫는다. 만일 그들이 파이드로스의 논제를 놓고 더할 수 없이 즐거워했다면, 그의 마음은 편치 않았을 것이다. 진정으로 적개심은 그의 천성에 해당하는 것이다. 진정으로 그러하다. 늑대 파이드로스라. 그렇다, 이 지식 공동체의 가없은 순진한 시민들을 잡아먹기 위해 산중에서 내려온 늑대인 것이다. 더할 나위 없이 잘 어울리는 표현이다.

체제를 형성하는 다른 모든 제도와 마찬가지로 이성의 교회는 개개인의 강점이 아니라 개개인의 약점을 바탕으로 하여 정립된다. 이성의 교회에서 정말로 요구되는 것은 능력이 아니라 무능력이다. 무능력하면 당신은 가르침을 받을 수 있는 사람으로 간주된다. 진정으로 능력이 있는 사람은 항상 위협적인 존재다. 파이드로스는 무엇이 되었든 그가 순종적으로 받아들여야 할 것으로 여겨지는 아리스토텔레스적인 것을 순종적으로 받아들임으로써 제도 안으로 자신을 편입시킬 수 있는 그런 기회를 내던져버렸음을 깨닫는다. 하지만 그런 종류의 기회는 거의 아무런 가치도 없어 보인다. 이를 유지하기 위해서는 필수적으로 예의 바르게 고개 숙여 절을 해야 하며 지적(知的)으로 굽실거려야 하는데, 그럴 만한 가치가 있는 것으로 생각되지 않는다. 그런 삶은 질이 낮은 형태의 삶이다.

그가 판단하기에 질이란 여기 이곳—연기에 그을린 창문과도 같은 말(言)들과 대양처럼 넘치는 말들에 가려 흐릿해진 바로 이곳—에서보다는 저 위쪽 수목한계선에서 더 선명하게 관찰할 수 있는 그 무엇이다. 그리고 그는 자신이 이야기하고 있는 것이 결코 여기 이곳에서는 진정으로 받아들여질 수 없다는 것을 알고 있다. 받아들여질 수 없는 이유를 말하자면, 그것을 제대로 보기 위해서는 사회적 권위로부터 자유로워야 하나 여기 이 이성의 교회는 사회적 권위의 제도이기 때문이다. 양들에게 질이란 바로 양치기가 말하는 바의 것, 바로 그것이다. 아울러, 만일 당신이 바람이 포효하는 날 양을 한 마리 데려다 수목한계선에서 하룻밤을 보내게 하면, 그 양은 공포에 질려 초죽음의 상태가 될 것이다. 그리하여 양치기가 올 때까지든 또는 늑대가 올 때까지든 소리 내어 양치기를 부르고 또 부를 것이다.

파이드로스는 다음 강의 시간에 어떻게 해서든 호감이 가는 학생이 되려는 마지막 시도를 해보지만, 위원장은 이를 받아들이지 않는다. 그는 어떤 문제를 제대로 이해할 수 없다고 말하면서 위원장에게 그 부분에 관해 설명해줄 것을 부탁해보았던 것이다. 물론 이해하고 있지만, 그런 식으로 약간 양보하는 것이 좋을 것 같다는 생각에서다.

그의 부탁에 대한 답변은 "자네 아마 피곤한가 보군"이다. 이 답변을 위원장은 상대에게 상처를 입힐 정도로 가능한 한 쌀쌀하게 내뱉는다. 하지만 아무런 상처도 입히지 못한다. 위원장은 마음속 깊이 극도로 두려워하는 것을 파이드로스한테서 찾아, 이를 비난하는 것일 뿐이다. 강의가 계속되는 동안 파이드로스는 창밖을 멍하니 바라보며 앉아 있다. 이 늙은 양치기와 그의 교실을 채우고 있는 양들과 개들이 딱하다고 느끼면서, 그리고 그들 가운데 하나가 결코 될 수 없는 자신이 딱하다고 느끼면서. 이윽고 강의가 끝났음을 알리는 벨이 울리자 그는 영원히 학교를 떠난다.

이와는 대조적으로 네이비 피어에서의 수업은 들판의 불처럼 이어지고 있다. 이제 학생들은 그들에게 이 우주에는 질이라고 불리는 것이 존재하며 그것이 무엇인지 그들은 알고 있다고 설파하는 이 수염을 기른 수상한 인물, 산에서 내려온 이 수상한 인물의 말에 진지하게 귀를 기울이고 있다. 그들은 그가 말하는 질을 어떻게 이해해야 할지 감을 잡을 수 없는 데다가, 그 존재에 대해 확신할 수가 없다. 그들 가운데 몇몇은 파이드로스를 두려워하기까지 한다. 그들은 아무리 보아도 그가 위험한 존재임을 알지만, 모두가 매료되어 있고 모두가 좀더 그의 말을 듣기 원한다.

하지만 파이드로스는 양치기가 아니며, 양치기처럼 행동해야 한다는 중압감이 그를 죽도록 지치게 한다. 강의실에서 항상 일어나곤 했던 이상한 일이 다시금 일어나고 있다. 말하자면, 뒷자리를 차지하고 있는 통제하기 어렵고 난폭한 학생들은 항상 그에게 공감을 하고 또 그의 총애를 받지만, 앞자리에 앉아 있는 양처럼 순하고 순종적인 학생들은 항상 그를 무서워하고 바로 이 때문에 그에게 경멸의 대상이 된다. 그럼에도 불구하고, 끝에 가서는 양처럼 순한 학생들은 학점을 따고, 그에게 친밀감을 갖게 하는 학생들, 그러니까 통제하기 어려운 뒷자리의 학생들은 학점을 따지 못한다. 또한 파이드로스는 깨닫고 있다. 지금 이 순간에 이르기까지도 인정하고 싶어 하지 않지만, 그럼에도 불구하고 그는 양치기로서의 자신의 나날도 또한 마감할 때가 되었음을 직감적으로 깨닫고 있는 것이다. 그리고 그의 궁금증은 점점 더 커져만 간다. 앞으로 어떤 일이 이어질까.

그는 항상 강의실 안에서의 침묵을, 위원장을 망가뜨렸던 것과 같은 종류의 침묵을 두려워해왔다. 그래서 몇 시간 동안이고 계속 말을 하고 또 말을 하고 다시 또 말을 하지만, 그것은 그의 성격에 맞지 않을 뿐만 아니라 그렇게 하면 그는 녹초가 되고 만다. 이제 도전할 대상이 아무것도 남지 않게 되자, 그는 이 두려움에 도전한다.

그가 강의실에 들어선다. 이윽고 강의 시작을 알리는 벨이 울린다. 파이드로스는 자리에 앉아 말을 하지 않는다. 강의 시간 내내 그는 침묵을 지킨다. 몇몇 학생들이 약간의 자극을 가하여 그를 깨우려 한다. 하지만 그들은 곧 입을 다물고 열지 않는다. 나머지 학생들은 공포감에 휩싸여 정신을 차리지 못한다. 강의 시간이 끝나자, 말 그대로 모든 학생이 우르르 문을 박차고 나간다. 이어서 그는 다음 강의실로 옮겨 가고, 거기에서도 똑같은 일이 일어난다. 그리고 다음 강의실에서도, 이어서 그다음 강의실에서도, 같은 일이 되풀이된다. 그런 다음 파이드로스는 집을 향한다. 그리고 그의 궁금증은 점점 더 커져만 간다. 앞으로 어떤 일이 이어질까.

추수감사절이 다가온다.

네 시간 동안 자던 그의 잠이 두 시간으로 줄어들었다. 마침내 그는 전혀 잠을 자지 않는다. 모든 것이 끝났다. 그는 아리스토텔레스의 수사학을 공부하는 일로 되돌아가지 않을 것이다. 그리고 수사학을 가르치는 일로도 되돌아가지 않을 것이다. 모든 것이 끝났다. 제정신이 아닌 상태로 그는 거리를 배회하기 시작한다.

이제 도시가 한 발자국씩 한 발자국씩 그에게 다가오고, 그의 눈에 비친 기묘한 모습의 도시는 그가 믿는 것과 정반대의 것을 대변하는 장소로 보인다. 질을 지키는 요새가 아니라 형식과 실체를 지키는 요새로 보이는 것이다. 철판과 철제 대들보라는 형식에 담긴 실체가, 콘크리트 교각과 도로라는 형식에, 벽돌이라는 형식에, 아스팔트라는 형식에, 자동차 부품, 낡은 라디오, 선로라는 형식에 담긴 실체가, 한때 초원의 풀을 뜯던 짐승들의 사체(死體)와도 같은 형식에 담긴 실체가 바로 이 도시를 이루고 있다. 질이 부재한 상태로 존재하는 형식과 실체의 세계인 것이다. 그것이 바로 이 장소를 지배하는 영혼이다. 맹목적이고 거대하며 사악하고 비인간적인 영혼이 지배하는 도시. 도시 남부의 용광로에서 한밤에 치솟는 불빛에 비쳐 보이는 것은 바로 이같은 도시의 모습. 맥줏집과 피자 가게와 간이 세탁소의 간판들을 장식하고 있는 네온 불빛 속으로, 또 다른 무의미한 직선 도로들과 끝없이 연결되어 있는 무의미한 직선 도로를 따라 도열해 있는 무의미한 무명(無名)의 간판들을 장식하고 있는 네온 불빛 속으로, 깊숙하고 촘촘하게 스며드는 음산한 석탄 연기 사이로 보이는 것은 맹목적이고 거대하며 사악하고 비인간적인 영혼이 지배하는 바로 이 도시의 모습이다.

만일 도시가 속임수 없이 솔직하게 온통 벽돌과 콘크리트일 뿐이었다면, 벽돌과 콘크리트라는 실체로 이루어진 순수 형식일 뿐이었다면, 그는 그 도시에서의 삶을 견뎌낼 수 있었을지도 모른다. 사람을 질식케 하는 것은 질에 대한 하찮고 측은한 시도들이다. 아파트를 장식하고 있는 회반죽의 모조 벽난로, 결코 존재할 수 없는 불꽃을 담도록 모양이 갖춰진 채 불꽃을 기다리고 있는 모조 벽난로가 그 하나의 예다. 또는 아파트 건물 앞의 관목 울타리, 손바닥만 한 잔디밭이 그 너머에 깔려 있는 관목 울타리가 또 하나의 예다. 몬태나 주에서 먼 길을 달려와서 보는 손바닥만 한 잔디밭이라! 만일 담장과 잔디밭을 생략했더라면 차라리 괜찮았을 것이다. 이제 이는 상실된 것이 무엇인지에 사람들의 주의를 끄는 역할을 하고 있을 뿐이다.

아파트와 연결되어 있는 도로로 나서면, 그 도로를 따라 늘어선 콘크리트와 벽돌과 네온 사이로 보이는 것이라고는 아무것도 없다. 하지만 그 안에 파묻혀 있는 것들이 기괴하고도 비틀어진 영혼들임을 그는 알고 있다. 꿈결같이 황홀한 잡지들과 그 밖의 대중매체들이 실체를 판매하는 자들로부터 보상을 받고 대신 판매하는 기묘한 자세의 유행과 매력을 습득하는 등, 자기네들이 질을 소유한 자임을 확신케 하는 몸짓들을 끊임없이 시도하고 있는 기괴하고도 비틀린 영혼들이 그 안에 파묻혀 있음을 그는 알고 있다. 그는 요란하게 선전되고 있는 그들의 매력적인 신발과 스타킹과 속옷을 벗어 던진 채 한밤의 시간에 홀로 서서 그을음으로 더러워진 창문을 통해 창문 저편에서 그 모습을 드러내는 기괴한 문명의 껍데기들을 응시하는 그들의 모습을, 허세가 힘을 잃고 여기 이곳에 존재하는 유일한 진실이 살그머니 다가와 그 모습을 드러낼 때 하늘을 향해 "세상에, 여기에는 죽어 있는 네온과 시멘트와 벽돌을 제외하면 아무것도 없네"라고 소리칠 법한 그들의 모습을 상상해본다.

시간 감각도 그한테서 멀어지기 시작한다. 때때로 그의 생각은 빛의 속도에 다가가 있는 것처럼 느껴질 정도로 빠르게 앞을 향해 달려간다. 하지만 그가 자신의 주변과 관련하여 무언가 결정을 내리고자 할 때는 단 한 가지의 생각이 떠오르는 데 꼬박 몇 분이 걸리는 것 같기도 하다. 이윽고 하나의 생각이, 『파이드로스』에서 그가 읽은 대목에서 추출해낸 하나의 생각이 그의 마음에서 자라기 시작한다.

"그렇다면, 파이드로스여, 어느 것이 훌륭하게 글을 쓰는 방식이고 어느 것이 형편없이 글을 쓰는 방식인가? 이 물음을 놓고 뤼시아스에게든, 또는 다른 사람들 — 그러니까 공적인 글이든 사적인 글이든, 운율에 맞는 글이든 운율과 관계없는 글이든, 글을 써봤거나 앞으로 글을 쓸 다른 시인들이나 일반인들 — 에게든 굳이 캐물어야 하겠는가?"[5]

파이드로스여, 무엇이 선이고 무엇이 선이 아닌지, 이를 말해달라고 누군가에게 굳이 간청해야 하겠는가.

이는 몇 달 전 몬태나에 있을 때 강의 시간에 그가 말했던 것으로, 이는 플라톤과 그 이후의 모든 변증법 옹호자들이 놓친 메시지에 해당하는 것이다. 그들이 이를 놓친 이유는 선(善)을 정의하되 그들 모두가 선이 사물들과 지적(知的)으로 어떤 관계에 있는가의 측면에서 정의하고자 했기 때문이다. 하지만 그가 현재 확인하는 것은 그 자신이 그 메시지로부터 대단히 먼 곳에 와 있다는 사실이다. 그 자신이 그들과 마찬가지로 잘못된 짓을 하고 있는 것이다. 그의 원래 목적은 질을 정의하지 않은 상태로 내버려두는 것이었다. 하지만 변증법 옹호자들에 대항하여 전투를 하는 과정에 그는 여러 진술들을 했고, 각각의 진술들은 질 주변에 그 자신이 쌓고 있던 정의의 벽에 벽돌 역할을 해온 것이다. 정의되어 있지 않은 질의 주변에 조직화된 이성의 논리를 구축하려 하는 경우, 그 어떤 시도도 원래의 목적에서 벗어나는 것이 될 것이다. 이성의 조직화 자체가 질을 파괴하는 행위이기 때문이다. 그가 하고 있는 모든 것이 처음부터 어리석은 자나 매달릴 법한 그런 일이었다.

사흘째 되던 날, 낯선 거리의 교차로에서 길모퉁이를 돌고 있는 동

---

[5] 『파이드로스』 258e에 나오는 소크라테스의 말.

안 그는 시력을 상실한다. 다시 시력이 회복되었을 때 주위를 둘러보니, 그는 보도 위에 쓰러져 있다. 사람들은 마치 그가 그 자리에 없는 양 그 주변으로 지나가고 있다. 힘들게 몸을 일으킨 다음, 그는 무자비하게 자신의 생각을 휘몰아쳐 아파트로 되돌아가는 길을 기억해내려 한다. 생각하는 속도가 점점 더 느려지고 있다. 점점 더, 그리고 점점 더 느려지고 있다. 그와 그의 아들 크리스가 어린이용 2단 침대를 파는 가구점을 찾아 돌아다녔던 때가 바로 이 무렵이다. 그 사건 이후 그는 아파트에서 나가지 않는다.

침대가 없는 침실의 바닥에 누벼 꿰맨 담요를 깔고 그 위에 책상다리를 한 자세로 앉아, 그는 멍하니 벽을 응시하고 있다. 모든 다리가 다 불에 타 없어진 상태다. 돌아갈 방도가 없다. 그리고 이제는 앞으로 나갈 방도도 없다.

파이드로스는 사흘 낮 사흘 밤을 침실의 벽을 응시하고 있다. 그동안 그의 생각은 단지 순간에 머물 뿐 앞으로도 뒤로도 움직이지 않는다. 그의 아내가 그에게 어디가 아프냐고 묻는다. 하지만 그는 대답하지 않는다. 그의 아내가 화를 냈지만, 파이드로스는 아무런 반응 없이 아내가 화를 내는 소리를 듣는다. 그는 그녀가 무슨 말을 하는가를 알고 있지만, 이와 관련하여 그 어떤 긴박감도 더 이상 느끼지 못한다. 생각의 속도도 점점 더 느려지고 있고, 욕망의 속도 역시 점점 더 느려지고 있다. 마치 무게를 가늠할 수 없는 질량을 얻어가고 있는 것처럼, 생각의 속도와 욕망의 속도가 계속해서 느려지고 있다. 너무도 몸이 무겁고 너무도 피곤하지만, 잠은 오지 않는다. 그는 자신이 키가 백만 마일이나 되는 거인이 된 것 같은 느낌에 빠져든다. 그는 자신이 우주 속으로 무한히 확장되고 있다는 느낌에 빠져들기도 한다.

그는 물건을 버리기 시작한다. 태어나서부터 짊어지고 다니던 짐을 벗어던지기 시작한 것이다. 그는 아내에게 아이들과 함께 떠나라고 말한다. 그는 자신들이 별거 상태에 들어간 것으로 생각하겠다는 말도 한다. 역겨운 것이나 부끄러운 것에 대한 두려움도 사라져, 그는 고의로 그러는 것이 아니라 자연스럽게 방바닥 위로 소변을 배출한다. 고통에 대한 두려움, 고통에 대한 순교자의 두려움도 극복한 상태가 되어, 그는 일부러 그러는 것이 아니라 자연스럽게 손가락까지 담배가 타들어갈 때까지, 결국 담뱃불 때문에 손가락에 생긴 물집 때문에 불이 꺼질 때까지 내버려둔다. 그의 아내는 상처가 난 그의 손과 방바닥 위의 소변을 보고, 도움의 손길을 청한다.

하지만 도움의 손길이 도착하기 전 느린 속도로, 처음에는 거의 감지할 수 없을 정도의 속도로, 파이드로스의 의식 전체가 와해되기 시작한다. . . . 녹아 없어지기 시작한다. 조금씩 완만하게 그는 앞으로 어떤 일이 이어질까에 대해 더 이상 궁금해하지 않게 된다. 그는 이제 무슨 일이 일어날지 알고 있다. 이윽고 그의 눈에서는 자신의 가족을 생각하는, 자신을 생각하는, 또한 이 세상을 생각하는 눈물이 흐른다. 오래된 기독교 성가의 한 구절이 그의 기억에 떠오른 다음 사라지지 않는다. "당신은 쓸쓸한 그 계곡을 지나야 하네."[6] 이 구절이 또 한 구절을 떠올리게 한다. "당신은 홀로 그 계곡을 지나야 하네." 이는 저쪽 몬태나 주에서 불리는 서부 지역의 성가인 것 같다.

"아무도 당신을 대신하여 그 계곡을 지날 수는 없다네." 성가에는 이런 구절도 있다. 이는 무언가 그 이상의 것을 암시하는 것처럼 느껴지기도 한다. "당신은 홀로 그 계곡을 지나야 하네."

그는 뮈토스에서 벗어나 쓸쓸한 계곡을 지나간다. 그리고 마치 꿈

---

6) 이 제목의 성가의 기원은 흑인 영가에서 찾을 수 있다. 후에 다양한 성가로 발전함.

에서 깨어나듯 그 계곡을 벗어난다. 그의 의식 세계 전체—즉, 뮈토스—는 하나의 꿈이었음을, 누구의 꿈도 아닌 바로 그 자신의 꿈이었음을, 이제 혼자 힘으로 지탱해야 하는 꿈이었음을 깨닫는 가운데. 이어서 심지어 "그"조차도 사라지고, 다만 그 자신에 대한 꿈만이 꿈속의 그 자신과 함께 남아 있을 뿐이다.

그리고 질—그러니까 그가 그처럼 열심히 싸우고 희생하여 지키려 했던, 그가 결코 배반하지 않았던, 하지만 오랫동안 내내 한 번도 결코 제대로 이해하지 못했던 바로 그 아레테— 은 이제 그에게 선명하게 모습을 드러내고 있으며, 이에 그의 영혼은 안식을 얻는다.

차량이 줄어들어 이제 거의 한 대도 보이지 않는다. 그리고 도로는 칠흑같이 어두워서 전조등의 불빛이 비를 헤치고 도로의 바닥에 가 닿기란 거의 불가능할 것 같아 보인다. 살인적인 상황이다. 어떤 일이라도 일어날 수 있는 위태로운 상황이다. 팬 홈에 갑자기 넘어질 수도 있고, 유막(油膜)으로 인해 미끄러질 수도 있으며, 죽은 동물의 시체와 충돌할 수도 있다. . . . 그렇다고 해서 너무 천천히 달릴 수도 없으니, 뒤에서 차가 달려와 우리를 들이받아 죽음에 이르게 할 수도 있다. 왜 우리가 이런 상황에서 아직 주행을 하고 있는지 나도 모르겠다. 우리는 오래전에 멈추었어야만 했다. 내가 무엇을 하는지 나도 더 이상 모르겠다. 추측건대, 모텔 간판을 찾고 있지만, 무심코 달리다가 모두 지나친 것 같다. 이런 식으로 계속 가다가는 모텔이 모두 문을 닫을 것이다.

어딘가에 있는 모텔에 이를 수 있기를 바라면서, 우리는 다음 출구에서 고속도로를 빠져나간다. 곧 홈이 패고 푸석푸석한 자갈로 덮인 울퉁불퉁한 아스팔트 길 위로 들어선다. 천천히 모터사이클을 몰아 앞으로 나아간다. 머리 위의 가로등이 활 모양의 흔들리는 나트륨 불빛을 억수같이 내리는 비 사이로 던진다. 우리는 빛이 비치는 곳을 지나서 그늘진 곳으로 들어갔다가 나오기를 여러 번 되풀이한다. 하지만 어디에서도 우리를 환영하는 간판은 단 하나도 찾아볼 수 없다. 마침내 우리의 왼쪽으로 "정지"를 명하는 표지판이 보이지만, 어느 쪽으로 방향을 틀어야 할지를 알려주고 있지 않다. 어떤 길을 보아도 다른 길과 마찬가지로 어둠에 싸여 있다. 어쩌면 이 같은 길을 끝도 없이 지나더라도 아무것도 찾을 수 없을지도 모른다. 이제 다시 고속도로로 들어가는 길조차 찾을 수 없다.

"우리가 지금 와 있는 곳이 어디예요?" 크리스가 소리쳐 묻는다.

"나도 모르겠다." 마음이 피로에 지쳐 느리게 움직인다. 적당한 답을 생각해내는 일도 . . . 또는 다음에 어떻게 해야 할지를 생각해내는 일도 제대로 할 수 없을 것 같다.

이윽고 길 아래편 저 먼 곳에 주유소가 있음을 알리는 간판이, 흰빛으로 빛나는 환한 간판이 눈에 띈다.

아직 영업을 하고 있다. 우리는 모터사이클을 세우고 주유소 안으로 들어선다. 크리스와 나이가 비슷해 보이는 점원이 묘한 표정으로 우리를 바라본다. 그는 근처에 있는 모텔 어느 하나에 대해서도 아는 것이 없다. 전화번호부가 있는 곳으로 가서 몇몇 모텔의 전화번호를 확인하고, 모텔의 주소를 점원에게 알려준다. 그러자 그가 길을 가르쳐주려고 하지만, 그의 길 안내가 시원치가 않다. 점원이 가장 가까운 곳에 있다고 말하는 모텔에 전화를 걸어, 예약을 하고 찾아가는 길을 다시 확인한다.

어떻게 찾아가야 하는지 안내를 받긴 했지만, 비가 쏟아지는 어두운 거리에서 우리는 우리가 찾아가는 모텔을 거의 지나칠 뻔한다. 모텔의 불이 꺼져 있었던 것이다. 모텔에 들어가 입실 절차를 거치는 동안 아무 말도 오가지 않는다.

객실에 들어가 보니 그 객실은 1930년대의 을씨년스러운 분위기를 그대로 간직하고 있다. 지저분하고, 목공 일에 대해 아는 것이 없는 사람의 투박한 손길이 느껴지는 그런 곳이다. 하지만 습하지 않고, 난방 장치와 침대가 있다. 그것이 우리가 원하는 것의 전부다. 난방 장치의 전원을 넣고, 우리는 그 앞에 가서 앉는다. 뼛속 깊이 스며들어 있던 한기와 오한(惡寒)과 습기가 사라지기 시작한다.

크리스는 나에게 눈길을 주지 않은 채 벽에 붙어 있는 난방 장치의 격자만 뚫어지게 바라보고 있을 뿐이다. 얼마간의 시간이 지난 후 그가 묻는다. "우리 언제 집에 돌아가요?"

실패한 여행이다.

"샌프란시스코까지 간 다음에." 이렇게 말하고 내가 그에게 묻는다. "왜 그게 궁금하지?"

"앉아 있기만 하는 게 너무 싫증이 나고요. 그리고. . . ." 그가 말끝을 흐린다.

"그리고 또 뭐?"

"그리고 . . . 모르겠어요. 그저 앉아만 있고 . . . 실제로는 어디로도 가고 있는 것 같지가 않아요."

"어디로 가야 하는데?"

"모르겠어요. 내가 그걸 어떻게 알아요?"

"모르긴 나도 마찬가지다." 내가 이렇게 말한다.

"아니, 아빠가 왜 몰라요?" 이렇게 말하고 그가 울기 시작한다.

"얘, 왜 그러니?" 내가 그에게 묻는다.

그가 대답을 하지 않는다. 곧이어 그가 머리를 손으로 감싸 쥐고 앞뒤로 계속 몸을 흔든다. 그가 그렇게 하는 모습을 보노라니, 으스스한 느낌이 든다. 잠시 후 그가 몸짓을 멈추고 이렇게 말한다. "제가 조그만 애였을 때는 지금과 달랐어요."

"어떻게?"

"모르겠어요. 우린 항상 뭔가를 했어요. 내가 하고 싶어 하는 것을 말예요. 이제 난 아무것도 하고 싶지 않아요."

그는 다시 두 손으로 얼굴을 감싼 채 조금 전 하던 것처럼 몸을 앞뒤로 흔드는 으스스한 동작을 계속한다. 나는 어찌할 바를 몰라 한다. 그것은 이 세상의 것 같지 않은 이상한 몸짓이다. 나를 포함하여 모든 것을 거부한 채 마음의 문을 닫아거는 것처럼 보이는 자기 폐쇄의 몸짓, 태아 상태를 연상케 하는 몸짓이다. 내가 모르는 그 어떤 곳 . . . 대양의 바닥으로 되돌아가려는 몸짓이라고 할 수도 있을 것이다.

이제 전에 어디에서 크리스의 그와 같은 몸짓을 보았는지를 알겠다. 병원의 실내 바닥에서였다.

어찌해야 할지 모르겠다.

잠시 후 우리는 침대로 가 몸을 눕힌다. 침대에 누워 나는 잠을 청하려 한다.

그러다가 내가 크리스에게 묻는다. "시카고를 떠나기 전이 더 나았니?"

"네."

"어떻게 나았는데? 기억나는 거라도 있니?"

"그때는 재미있었어요."

"재미있었다니?"

"네, 재미있었어요." 그는 이렇게 대답하고 침묵을 지킨다. 그러다가 이렇게 말한다. "아빠, 우리 함께 침대 사러 갔던 것 기억하세요?"

"그때가 재미있었다고?"

"그럼요." 그가 이렇게 대답하고 다시 오랫동안 침묵을 지킨다. 그런 다음 이렇게 말한다. "기억하세요? 아빠가 저한테 집에 가는 길을 혼자서 다 찾게 했잖아요. . . . 옛날에 아빠는 우리하고 함께 놀아주곤 했어요. 우리한테 온갖 종류의 이야기를 해주기도 했고, 뭔가를 하러 차를 타고 나가기도 했는데. 이제 아빠는 아무것도 하지 않아요."

"아니다, 하고 있단다."

"그렇지 않아요. 아빠는 그냥 앉아서 멍하니 앞만 보고 있을 뿐, 아무것도 하지 않아요." 울음소리가 다시 들린다.

밖에서는 비가 창문을 향해 맹렬하게 몰아치고 있다. 그사이 나는 무언가 엄청난 중압감이 나를 짓누르고 있다는 느낌에 빠져든다. 크리스는 파이드로스를 생각하며 우는 것이다. 크리스가 그리워하는 사람은 다름 아닌 파이드로스다. 이해할 수 없던 그 꿈이 담고 있는 것은 바로 파이드로스에 대한 크리스의 그리움이다. 꿈속에서. . . .

벽난로의 찰깍거리는 소리, 그리고 지붕과 창문을 때리는 바람과 비가 들려주는 소리에 귀를 기울이며 상당히 오랜 시간을 보냈던 것 같다. 이윽고 비가 잦아들더니 마침내 그친다. 어쩌다 몰아치는 강풍에 흔들리는 나무에서 몇 방울의 빗물이 후드득 떨어지는 소리 이외에는 아무 소리도 들리지 않는다.

제 31 장

아침에 산책을 하다 더 이상 나아가지 못하고 걸음을 멈춘다. 땅바닥 위로 푸른색 민달팽이 한 마리가 모습을 드러냈기 때문이다. 대략 15센티미터 길이에 2센티미터 폭의 민달팽이로, 부드럽고 거의 고무처럼 탄력이 있어 보이며 동물의 어떤 내장 기관처럼 점액으로 뒤덮여 있다.

주위가 온통 습하고 축축하게 젖어 있으며 안개가 끼어 있고 차갑다. 하지만 우리가 머물렀던 모텔이 낮은 구릉 위에 자리 잡고 있음을, 구릉에는 저 아래까지 사과나무들이 있고 그 나무들 아래로는 풀과 키 작은 잡초들이 자라고 있음을, 그리고 모든 나무와 풀과 잡초가 이슬 또는 아직 바닥으로 흘러내리지 않은 빗물에 덮여 있는 모습을 볼 수 있을 정도로 시야가 선명하다. 나는 곧 또 한 마리의 민달팽이를, 그리고 다시 또 한 마리의 민달팽이를 본다. 그런데 알고 보니, 맙소사, 세상이 온통 민달팽이로 뒤덮여 있다.

크리스가 밖으로 나오자 그에게 민달팽이 한 마리를 보여준다. 마치 달팽이처럼 나뭇잎 위를 천천히 지나가고 있다. 이를 보고 크리스는 아무 말도 하지 않는다.

우리는 모텔을 떠나 도로에서 떨어진 곳에 자리 잡고 있는 위오트[1]라는 마을에서 아침 식사를 한다. 식사를 하면서 보니 크리스한테서 여전히 찬바람이 느껴진다. 눈길을 다른 곳으로 돌리고 싶고 말을 하고 싶지 않은 그런 기분에 잠겨 있는 것이다. 그를 그냥 내버려두기로 한다.

식사를 마치고 좀더 가다가 레깃[2]이라는 이름의 마을에서 우리는 관광객용 오리 연못이 있는 것을 발견한다. 우리는 크래커 잭[3]을 한 봉지 사서 오리들에게 먹이를 던져 준다. 크리스는 내가 이제껏 본 그의 태도 가운데 가장 불만스러운 태도로 마지못해 그 일을 한다. 그런 다음 우리는 구불구불한 해안 지역 산악 도로에 들어선다. 달리는 도중 갑자기 짙은 안개 속으로 들어선다. 그러자 곧 기온이 떨어진다. 이제 다시 대양의 가장자리에 와 있음을 알겠다.

안개가 걷히자, 해안의 높은 절벽 아래로 아스라하게 펼쳐져 있는, 너무나도 푸르고 너무나도 아득한 대양이 눈에 들어온다. 길을 따라 달리는 동안 점점 더 한기가, 몸속 깊이 파고드는 한기가 느껴진다.

모터사이클을 세우고 재킷을 꺼내 입는다. 크리스가 절벽 가장자리로 위험할 정도로 바짝 다가가고 있는 것이 눈에 띈다. 저 아래쪽 바위 더미까지는 적어도 30미터나 된다. 그는 너무 가까이 다가가 있다!

"크리스!" 소리쳐 부르지만, 대답이 없다.

다가가서, 재빨리 그의 셔츠를 움켜쥐고 그를 내 쪽으로 잡아끈다.

---

1) Weott: 캘리포니아 북서부 지역 험볼트 카운티 Humboldt County에 있는 작은 마을.
2) Leggett: 캘리포니아 북서부 지역의 멘도시노 카운티 Mendocino County에 있는 작은 마을.
3) Cracker Jack: 캐러멜을 입힌 팝콘과 피넛으로 된 가벼운 간식거리. 크래커 잭은 상표 이름.

"너 왜 이러니?" 그에게 내가 이렇게 말한다.

곁눈질을 해서 나를 바라보는 크리스의 눈길이 묘하다.

그를 위해 여벌의 옷을 더 꺼낸 다음 이를 그에게 건넨다. 그가 옷을 받아 들지만 머뭇거리며 입지 않는다.

재촉을 해봐야 득이 될 것은 하나도 없다. 기분이 저럴 때는 내키는 대로 하도록 내버려두는 수밖에 없다.

그가 계속 머뭇거리며 시간을 끈다. 10분이 지나고, 곧 15분이 지난다.

우리는 누가 더 오래 참는가 시합을 하게 될 것이다.

대양에서 불어오는 차가운 바람을 맞으며 30분의 시간을 견딘 다음 그가 이렇게 묻는다. "어느 쪽으로 갈 거죠?"

"이제 남쪽으로 갈 거다. 해안을 따라."

"우리 되돌아가요."

"어디로?"

"따뜻한 곳으로요."

그렇게 하면 1백 마일을 더 가야 할 것이다. "이제 우린 남쪽으로 가야 한다." 내가 이렇게 말한다.

"왜요?"

"되돌아가는 경우 너무나 먼 거리를 추가로 더 가야 하니까."

"그래도 되돌아가요."

"안 돼. 자, 춥지 않게 옷을 더 입어라."

크리스는 말을 듣지 않고 그냥 그 자리에 주저앉아 있을 뿐이다.

다시 15분이 더 지난 다음 그가 이렇게 말한다. "우리 되돌아가잔 말예요."

"얘, 모터사이클을 모는 건 네가 아니라 나다. 우린 남쪽으로 갈 거다."

"왜요?"

"왜냐하면 그렇게 하면 갈 길이 너무 머니까. 그리고 내가 너한테 그렇다고 말하지 않았니?"

"그건 그렇고요, 왜 그냥 되돌아가면 안 되죠?"

화가 치밀기 시작한다. "정말로 그 이유를 알고 싶은 것이 아니지? 안 그러냐?"

"난 되돌아가고 싶어요. 왜 되돌아갈 수 없는지, 이유가 뭔지 말해 보란 말예요."

나는 지금 화가 나는 것을 억지로 참고 있다. "네가 정말로 원하는 건 되돌아가는 게 아니야. 네가 정말로 원하는 건 그냥 날 화나게 하는 거지? 그런 식으로 계속하면 네가 원하는 대로 될 거다."

순간 두려움이 엄습한다. 그것이 바로 그가 원하는 바다. 그는 나를 증오하고 싶어 하는 것이다. 왜냐하면 나는 파이드로스가 아니니까.

크리스가 비통한 표정을 지은 채 땅바닥을 내려다본다. 그리고 건넨 옷을 입는다. 이윽고 우리는 모터사이클에 몸을 싣고 다시 해안 도로를 따라 달린다.

나는 그가 기대하는 바의 아버지를 흉내 낼 수는 있다. 하지만 잠재의식의 차원에서, 질의 측면에서, 그는 흉내만 내고 있음을 꿰뚫어 볼 것이고, 그의 진정한 아버지가 이곳에 없음을 알아차릴 것이다. 이제까지 이끌어온 그 모든 야외 강연에는 위선의 흔적 이상의 것이 존재한다. 주체와 객체 사이의 이원론적 분리를 배제하라는 충고를 거듭해서 해왔지만, 나는 이원론적 분리 가운데 가장 심각한 것인 나와 파이드로스 사이의 이원론적 분리를 외면한 채 그대로 남겨두고 있는 것이다. 자기 자신과 대립하는 분열된 정신.

하지만 누가 그렇게 했는가. 내가 그렇게 한 것은 아니다. 그리고 이제는 그것을 원상태로 돌리기란 불가능하다. . . . 저기 저 대양, 저 대양의 바닥까지는 깊이가 얼마나 될까, 나는 계속 의문에서 헤어나지 못하고 있다. . . .

현재의 나는 신념을 바꾼 이단자이고, 그로 인해 모든 사람의 눈에는 그 영혼을 구원한 자다. 그가 구원한 것은 표피뿐이라는 점을 내면 깊숙이 알고 있는 단 한 사람만을 빼고 다른 모든 사람이 보기에 그렇다.

나는 주로 남들을 즐겁게 함으로써 살아남았다. 감금 상태에서 벗어나기 위해 당신은 그렇게 할 수밖에 없다. 감금 상태에서 벗어나기 위해 당신은 그들이 당신한테서 무슨 말을 듣기 원하는가를 계산하고, 가능한 한 능란하고도 창의적으로 이를 말해야 한다. 이윽고, 그들이 설득되어 확신을 갖게 되면, 당신은 감금 상태에서 벗어날 수 있게 된다. 만일 내가 파이드로스를 공격하지 않았다면, 나는 여전히 그 안에 있었을 것이다. 하지만 파이드로스는 자신이 믿고 있는 것에 대해 마지막 순간까지 성실했다. 그것이 바로 우리 둘 사이의 차이다. 그리고 크리스는 이를 알고 있다. 그리고 바로 그 때문에 나에게는 때때로 그가 현실적 실체이고 내가 유령이라는 느낌이 들기도 한다.

우리는 현재 멘도시노 카운티[4)]의 해안에 와 있다. 이곳 경관은 온통 야생 그대로이고 아름다우며 탁 트여 있다. 언덕들은 대부분 풀로 덮여 있다. 하지만 바람이 아래까지 미치지 않는 바위틈 및 언덕의 습곡

---

4) Mendocino County: 캘리포니아 북서부 지역에 위치해 있으며, 포도주 생산으로 유명한 곳임.

지대에는 관목이 자라고 있으며, 그 관목들은 대양에서 언덕 위를 향해 불어오는 바람의 조각 솜씨를 보여주듯 물결 모양의 기묘한 형상을 하고 있다. 우리는 비바람을 맞아 잿빛으로 퇴색된 몇 개의 낡은 목재 울타리를 지난다. 멀리에는 비바람에 풍화된 잿빛의 농가가 있다. 과연 이런 지역에서 농사가 가능할까. 울타리를 보니, 여기저기 부서진 곳이 많다. 모든 것이 넉넉지 못한 곳이다.

길이 높은 절벽 쪽에서 급하게 아래쪽으로 경사지더니 해변 쪽에 이른다. 우리는 휴식을 위해 그곳에서 멈춘다. 내가 모터사이클의 엔진을 끄자 크리스가 이렇게 말한다. "무엇 때문에 여기서 멈추는 거죠?"

"지쳤단다."

"그래요? 전 괜찮은데요. 계속 가요." 그는 아직 화가 나 있다. 나도 또한 화가 나 있다.

"저기 해변으로 가서, 내가 휴식을 마칠 때까지 몇 바퀴만 뛰었다가 와라." 내가 이렇게 말한다.

"그냥 계속 가요." 그가 이렇게 말하지만, 나는 그의 말을 무시한 채 그 자리를 떠난다. 그는 모터사이클 옆의 보도 연석에 앉아 있다.

유기 물질이 썩는 대양의 냄새가 여기에서는 매우 심하고, 찬 바람은 나에게 만족할 만큼의 휴식을 허락하지 않는다. 하지만 나는 거대한 잿빛 바윗덩어리를 발견한다. 그 아래에서는 바람이 잔잔할 뿐만 아니라, 태양의 열기가 여전히 느껴지기도 하고 또 이를 즐길 수도 있다. 나는 태양의 온기에 마음을 집중한다. 그리고 보잘것없지만 그나마 그곳에서 즐길 수 있는 온기가 있음을 고마워한다.

다시 모터사이클을 타고 달리는 동안, 나는 문득 크리스가 또 하나의 파이드로스라는 깨달음에 이른다. 그는 예전의 파이드로스처럼 생각하고, 예전의 파이드로스처럼 행동하는 또 하나의 파이드로스, 단지 막연하게 의식될 뿐 정체를 모르는 힘에 의해 내몰린 채 말썽거리를 찾아 헤매는 또 하나의 파이드로스인 것이다. 물음을 . . . 동일한 물음을 계속 묻는 존재. . . . 그는 모든 것을 다 알고자 하는 존재다.

그리고 그는 질문에 대한 답을 얻지 못하면 답을 얻을 때까지 몇 번이고 되풀이해서 집요하게 답을 추구한다. 그러다가 보면 그는 또 하나의 질문으로 이끌리게 되어 다시금 그 질문에 대한 답을 얻을 때까지 집요하게 추구하고 또 추구한다. . . . 질문이 끝나지 않으리라는 사실을 결코 알지도, 결코 깨닫지도 못한 채, 끊임없이 질문에 대한 답을 추구하는 존재인 것이다. 무언가가 부족하고, 그는 그 사실을 알고 있다. 그리하여 그는 그것이 무엇인지를 찾으려 죽도록 애를 쓸 것이다.

우리는 사람 얼굴의 이마에 해당하는 쪽이 툭 튀어나와 있는 절벽을 향하여 예각(銳角)으로 꺾여 있는 길을 따라 올라간다. 저기 저쪽으로 차갑고 푸른 대양이 가없이 펼쳐져 있다. 그러한 대양을 보노라면 묘한 절망감이 일게 마련이다. 해변에 사는 사람들은 사방이 땅으로 둘러싸인 내륙 지방의 사람들에게 대양이 상징하는 바가 무엇인지를 정말로 결코 알지 못한다. 그것은 엄청나게 아득한 꿈, 잠재 의식 안쪽 더할 수 없이 깊은 곳에 존재해 있지만 보이지 않는 그런 꿈이다. 내륙 지방의 사람들은 마침내 대양이 있는 곳에 도착하여 의식의 차원에서 확인하는 대양의 이미지와 잠재 의식 속의 꿈을 비교할 수 있게 되었을 때, 일종의 낭패감을 느끼게 마련이다. 그처럼 먼 곳을 달려와서 결국에는 결코 그 깊이를 가늠할 수 없는 불가사의—이 세상 모든 것의 근원인 불가사의—에 가로막혀 앞으로 더 나아갈 수 없다는 데서 오는 그런 낭패감을 느끼게 마련인 것이다. 만물의 근원인 대양 앞에서.

오랜 시간을 달려 우리는 어떤 마을에 도착한다. 더할 수 없이 자연스러워 보이는 모습으로 대양 위를 뒤덮고 있던 환한 빛의 엷은 안개가 이제 이곳 마을의 거리거리에서도 보인다. 환한 빛의 엷은 안개는 거리거리를 무언가 독특한 분위기로 감싸고 있다. 모든 사물을 향수(鄕愁)에 어린 그 무엇으로 바꾸어놓는 흐릿하면서도 밝은 빛으로 감싸고 있어, 마치 오랜 과거의 기억에서 되살아난 것 같은 느낌에 젖게 한다.

모터사이클을 세워놓고 손님들로 북적이는 식당 안으로 들어간다. 이윽고 환하게 빛나는 거리가 내려다보이는 창문 옆에 빈자리가 딱 하나 남아 있는 것을 발견한다. 크리스는 눈을 내리깐 채 아무 말도 하지 않는다. 어쩌면 그는 앞으로 가야 할 길이 그리 멀지 않음을 어떤 식으로든 감지하고 있을 것이다.

"배고프지 않아요." 그가 이렇게 말한다.

"내가 식사하는 동안 기다려줄 수 있겠지?"

"그냥 계속 가요. 난 배고프지 않아요."

"그러니? 나는 배가 고픈데."

"그래요? 나는 배가 고프지 않아요. 아프기만 할 뿐이에요." 옛날의 증상이 되살아난 것이다.

다른 식탁에서 사람들이 이야기를 나누는 소리를 들으며, 또 접시에 스푼이 부딪히는 소리를 들으며 내 몫의 점심 식사를 한다. 그리고 창문 밖으로 시선을 돌려 자전거를 타고 지나가는 사람을 바라보기도 한다. 나에게는 우리가 이럭저럭 세상의 끝에 도착했다는 느낌이 든다.

눈을 들어 바라보니 크리스가 울고 있다.

"이젠 또 뭐 때문에 그러니?" 내가 이렇게 묻는다.

"배 때문에 그래요. 배가 아프단 말이에요."

"그게 다니?"

"그것 때문만이 아니에요. 모든 게 다 그저 지겹기만 해요. . . . 오지 말았어야 했는데. . . . 이번 여행은 정말로 지겨워. . . . 이번 여행이 재미있을 거라 생각했는데, 재미라고는 하나도 없어요. . . . 괜히 따라왔나 봐요." 크리스는 파이드로스처럼 진실의 대변자다. 그리고 파이드로스처럼 점점 더 깊은 증오심으로 무장한 채 나를 바라본다. 마침내 때가 되었다.

"애, 여기에서 돌아가는 차표를 끊은 다음 널 버스에 태워 돌려보낼까 하는 생각을 하고 있는데, 어떠니?"

이 말을 듣고도 그의 얼굴에는 표정의 변화가 없다. 그러더니 낙담하는 듯한 표정과 놀라는 듯한 표정이 뒤섞여 그의 얼굴을 스친다.

내가 이렇게 말을 덧붙인다. "나 혼자 모터사이클을 몰고 갔다가, 1~2주 안에 너와 다시 만날까 한다. 네가 지겨워하는 휴가 여행을 계속하라고 너에게 강요하다니, 그건 말도 안 되지."

이제 내가 놀랄 차례가 되었다. 그의 얼굴 표정이 전혀 펴지지 않는다. 낙담하는 듯한 기색만 더욱 심해질 뿐, 눈을 내리깐 채 아무 말도 하지 않는다.

이제 그는 방심을 하다가 허를 찔린 듯해 보이기도 하고, 또 겁을 먹은 듯해 보이기도 한다.

그가 나를 올려다보며 이렇게 묻는다. "돌아가면 어느 집에 가서 머물죠?"

"글쎄다, 우리 집으로 갈 수는 없지. 다른 사람들이 거기 와서 살고 있으니까. 할머니와 할아버지 집에 가 있을 수 있겠지."

"그 집에 가 있고 싶지는 않아요."

"그러면 아줌마 집에 가 있을 수 있겠지."

"아줌마는 나를 싫어해요. 나도 아줌마가 싫고요."

"그러면 외할머니와 외할아버지 집에 가 있으렴."

"그 집에도 가 있고 싶지 않아요."

내가 몇 사람을 더 이야기하지만, 크리스는 계속 고개를 흔든다.

"그럼 누구 집에 가 있겠니?"

"모르겠어요."

"애야, 내 생각엔 무엇이 문제인지 너 자신이 스스로 판단할 수 있을 것으로 안다. 너는 이번 여행을 계속하고 싶지 않다고 했다. 이번 여행이 지겹다고 했어. 하지만 누구 집에 가 있고 싶어 하지도 않고, 다른 어디로 가고 싶어 하지도 않는다. 내가 말한 모든 사람들이 네가 좋아하지 않는 사람이거나 너를 좋아하지 않는 사람이라면, 도대체 어쩌란 말이니?"

그는 말이 없다. 이윽고 그의 눈에 눈물이 고인다.

근처의 식탁을 차지하고 앉아 있는 어떤 여인이 화난 표정으로 나를 바라보고 있다. 그녀가 무슨 말을 하려는 듯 입을 연다. 내가 그녀에게 오랫동안 무거운 눈길을 보내자, 그녀는 마침내 입을 닫고 하던 식사를 마저 한다.

이제 크리스는 소리내어 울고 있고, 식사를 하던 다른 사람들이 그를 흘낏 바라본다.

"우리 산책하러 가자." 내가 이렇게 말하고, 계산서를 기다리지 않은 채 일어난다.

계산대에서 여자 종업원이 이렇게 말한다. "아이가 기분이 좋지 않은 것 같은데, 어쩌면 좋아." 나는 고개를 끄덕이고 계산을 한 다음, 크리스와 함께 밖으로 나온다.

나는 환한 빛의 엷은 안개 속에서 어딘가 있을 법한 벤치를 찾아보지만, 눈에 띄지 않는다. 벤치를 찾는 대신, 우리는 모터사이클에 오른 다음 천천히 남쪽을 향해 나아간다. 모터사이클을 세우고 잠시 쉴 만한 장소를 찾아 두리번거리며.

길이 다시 해변 쪽으로 이어지다가 곧 지대가 높은 곳을 향해 오르막길로 바뀐다. 우리가 올라와 있는 곳은 명백히 대양 쪽으로 돌출해 있는 갑(岬)이겠지만, 지금은 주위가 온통 안개로 덮여 있다. 잠시 동안 안개 사이로 시야가 열리며 저 멀리 모래밭에서 사람들이 쉬고 있는 것이 보인다. 하지만 곧 다시 안개가 밀려와 시야를 가리자 사람들의 모습이 희미해진다.

시선을 돌려 크리스를 바라보니, 그의 눈에는 초점을 잃은 채 혼란스러워하는 듯한 눈빛이 역력하다. 하지만 내가 그에게 바닥에 앉을 것을 권하자마자 곧바로 오늘 아침에 보였던 분노와 증오의 눈빛이 일부 되살아난다.

"왜요?" 그가 묻는다.

"함께 얘기해야 할 때가 된 것 같다."

"그래요? 그럼 얘기하세요." 그가 말한다. 억눌러놓았던 호전적 태도가 온통 다시 고개를 쳐들고 있다. 그가 참을 수 없어 하는 것은 "부드러운 아버지"의 이미지다. "다정하고 친절함"이라는 것은 속임수임을 그는 알고 있다.

"미래에 대해 어떻게 생각하니?" 내가 이렇게 묻는다. 이런 멍청한 질문을 하다니!

"그건 왜요?" 그가 되묻는다.

"미래에 대해 네가 무슨 일을 할 계획인가를 물으려 했다."

"상관하지 않을 거예요." 이제 경멸하는 태도까지 보인다.

잠시 안개가 걷히자 우리가 올라와 있는 절벽이 그 모습을 드러낸다. 그리고 다시 밀려드는 안개에 가려 보이지 않는다. 무엇이 일어나든 피할 수 없으리라는 예감이 나를 엄습한다. 나는 무언가를 향해 다가가도록 내몰리고 있으며, 이제 곁눈으로 보는 대상들과 정면으로 응시하는 대상들이 모두 하나같이 선명하게 보이고, 모든 것이 한눈에 들어온다. 크리스에게 내가 이렇게 말한다. "내 생각엔 네가 모르고 있는 일에 대해 얘기할 때가 된 것 같다."

그가 약간 내 말에 귀를 기울인다. 무언가 중요한 이야기가 나오리라는 것을 감지한 것이다.

"얘, 너는 오랫동안 정신이상의 상태에 있던 아빠, 그리고 이제 다시 그 상태에 가까이 다가가 있는 아빠와 대면하고 있는 거란다."

더 이상 가까이 다가가 있는 상태인 것만이 아니다. 이미 그 상태에 가 있다. 대양의 바닥까지 가 있는 것이다.

"내가 너한테 화가 나서 너를 돌려보내려는 게 아니란다. 내가 계속 너를 책임지는 경우 무슨 일이 일어날까 걱정이 되어 그렇게 하려는 것일 뿐이야."

그의 얼굴은 그 어떤 표정의 변화도 보이지 않는다. 아직 내가 무슨 이야기를 하고 있는지를 그는 이해하지 못하고 있다.

"그래서 이제 너하고 작별을 하고자 하는 거야. 우리가 더 이상 서로를 보게 될지, 나한텐 확신이 서지 않는구나."

그렇다. 모든 것이 끝난 것이다. 그리고 이제 자연스럽게 그 뒤를 이어 나머지 일들이 일어날 것이다.

크리스가 나를 바라보는 눈길이 너무도 미묘하다. 내 생각에는 그가 아직도 내 말을 제대로 이해하지 못하는 것 같다. 바로 저 눈길. . . . 어디에선가 그런 눈길을 본 적이 있다. . . . 어디에서였던가. . . .

어디에서 내가 저런 눈길을 보았던가. . . .

  이른 새벽의 안개가 드리워져 있는 늪지대에 자그마한 오리 한 마리가, 그와 같은 눈빛으로 나를 응시하던 쇠오리 한 마리가 있었다. . . . 내가 입힌 날개의 상처 때문에 이제 그 오리는 날 수 없었다. 달려가서 오리의 목을 움켜쥐었다. 그리고 오리를 죽이기 전에 잠시 멈칫했고, 무언가 우주의 신비로운 힘에 이끌려 나는 그 오리의 눈을 응시했다. 그때 오리는 그와 같은 눈길로 나를 지켜보았다. . . . 너무도 고요한, 영문을 몰라 하는 눈길로 . . . 하지만 여전히 너무도 깊이 의식하고 있는 듯한 그런 눈길로. 이윽고 나는 두 손으로 오리의 눈을 감싼 채 목을 비틀어 부러뜨렸고, 손가락 사이로 오리의 목이 뚝 부러지는 것을 느꼈다.

  그런 다음 손을 폈다. 오리의 두 눈은 아직 나를 응시하고 있었지만 이미 초점을 잃은 상태로, 더 이상 내 동작을 주시하지 않았다.

  "애야, 그 눈들이 너에 관해 이런 얘기를 하고 있구나."

  크리스가 나를 쳐다본다.

  "이 모든 불화가 너의 마음속에 존재하는 것이라고."

  그가 고개를 흔들어 내 말을 부정한다.

  "모든 불화가 실재하는 것처럼 보이고 그렇게 느껴지지만, 그것들은 실재하는 것이 아니라고."

  그의 눈이 점점 커진다. 계속 고개를 흔들어 내 말을 부정하지만, 그는 내가 왜 그런 말을 하는지 곧 깨닫는다.

  "상황이 이미 심각했었는데 점점 더 심각해져가고 있었지. 학교 안에서의 불화, 이웃들과의 불화, 가족들과의 불화, 친구들과의 불화. . . . 어디로 눈을 돌려도 맞닥뜨리는 것이라고는 온통 불화뿐이었지. 애야, '그 친구한테 아무 문제도 없어'라고 말하면서 그 모든 불화를 막으려 했던 유일한 사람이 나였단다. 이젠 그렇게 할 사람이 아무도 없을 거야. 무슨 말인지 이해하겠니?"

그는 놀란 듯한 표정으로 나를 뚫어지게 바라본다. 그의 눈길이 아직 나를 쫓고 있지만 불안정하게 흔들리기 시작한다. 나는 그에게 힘이 되고 있지 못하다. 그래본 적이 한 번도 없다. 오히려 나는 그를 죽이고 있다.

"애야, 네 잘못이 아니란다. 네 잘못이었던 적은 한 번도 없어. 부디 이 점을 이해해다오."

그의 눈이 갑작스럽게 안쪽을 향해 반짝이고는 마침내 그 빛을 잃는다. 이어서 그가 눈을 감자, 묘한 울음소리가 그의 입에서 흘러나온다. 무언가 멀리 떨어져 있는 것이 내는 듯한 울부짖음 소리다. 그가 몸을 돌려 비틀거리며 움직이다가 땅바닥에 넘어진다. 곧 몸을 구부린 채 일어나 무릎을 꿇고 앉더니 땅바닥에 머리를 댄 채 몸을 앞뒤로 흔든다. 안개를 머금은 희미한 바람이 그 주변의 풀밭에서 인다. 갈매기 한 마리가 근처에 내려와 앉는다.

트럭의 기어 장치에서 나는 날카로운 소리가 안개를 뚫고 나에게 다가오고, 나는 그 소리에 놀란다.

"애야, 일어나라."

그의 날카로운 울부짖음 소리는 인간의 입에서 나오는 것 같지 않다. 저 멀리서 들리는 사이렌 소리같이 느껴지기도 한다.

"일어나라니까."

그는 계속 땅바닥에서 몸을 흔들며 울부짖는다.

이제 어떻게 해야 할지 모르겠다. 어떻게 해야 할지 아무 생각도 나지 않는다. 모든 것이 끝났다. 나는 절벽으로 달려가 뛰어내리고 싶지만, 억지로 참는다. 나는 그를 버스에 태워 보내야 하며, 그런 다음에 뛰어내려도 문제될 것이 없을 것이다.

"얘야, 이젠 모든 게 다 잘될 거다."

그것은 내 목소리가 아니다.

"나는 너를 잊은 적이 없단다."

크리스가 몸을 흔드는 동작을 멈춘다.

"내가 너를 어떻게 잊을 수 있겠니?"

크리스가 얼굴을 들고 나를 바라본다. 그가 나를 바라볼 때 항상 그의 눈앞을 가리고 있던 엷은 막이 잠시 사라졌다가 다시 살아난다.

"이제 우린 항상 함께 있게 될 거다."

트럭의 날카로운 소리가 우리 가까이로 다가온다.

"차, 이젠 일어나거라!"

크리스가 천천히 일어나 앉은 다음 나를 뚫어지게 바라본다. 트럭이 우리 곁에 와서 멈춘다. 운전사가 차창을 통해 우리를 내다보며 태워다줄까를 묻는다. 나는 고개를 저어 그럴 필요가 없음을 알리고는 그에게 손을 흔들어 갈 길을 가라는 신호를 보낸다. 그가 고개를 끄덕이고는 트럭을 다시 움직이기 시작한다. 곧이어 트럭이 날카로운 소리를 내며 다시 안개 속으로 사라진다. 이제 다시 크리스와 나만이 남게 되었다.

나는 내가 입고 있던 재킷을 벗어 크리스의 어깨를 감싸준다. 그가 다시 머리를 무릎 사이에 묻고 울기 시작한다. 하지만 이제 그의 울음은 낮은 음조의 인간적인 울음이다. 앞서 그가 들려주었던 묘한 울음이 아니다. 내 손이 축축하고, 손으로 이마를 만져보니 이마 역시 축축하다.

잠시 후 그가 울면서 이렇게 묻는다. "왜 우리 곁을 떠났죠?"

"언제 그랬단 말이냐?"

"병원에 있을 때 그랬잖아요."

"어쩔 수가 없었단다. 경찰이 막고 있었지."

"사람들이 못 나가게 했단 말인가요?"

"그래."

"그럼, 왜 문을 열려고 하지 않았죠?"

"어떤 문 말이냐?"

"유리문 말이에요!"

느린 전기 충격과도 같은 것이 나를 관통해 지나간다. 그가 이야기하고 있는 것은 어떤 유리문일까.

"기억나지 않으세요?" 그가 말을 잇는다. "우리는 유리문 이쪽 편에 서 있었고 아빠는 유리문 저쪽 편에 서 있었잖아요. 엄마는 울고 계셨고요."

그 꿈에 관해 나는 그에게 말한 적이 한 번도 없다. 그런데 그가 어떻게 그 꿈에 관해 알 수 있단 말인가. 아, 아니, 이럴 수가!

우리는 또 하나의 꿈 안에 들어와 있다. 내 목소리가 그처럼 낯설게 들린 것은 바로 그 때문이다.

"나는 문을 열 수가 없었단다. 사람들이 나에게 문을 열지 말라고 지시했거든. 나는 어떤 일이든 그들의 지시를 따르지 않으면 안 되었어."

"전 아빠가 우릴 보고 싶어 하지 않는다고 생각했어요." 크리스가 이렇게 말하고 눈을 내리깐다.

최근 몇 년 동안 계속 그의 눈에 서려 있던 공포의 빛이 스친다.

이윽고 내 눈에 문이 보인다. 장소는 병원이다.

이번이 내가 그들을 보게 될 마지막 기회가 될 것이다. 나는 파이드로스이고, 그가 바로 나다. 그들은 내가 진실을 말하기 때문에 나를 파멸시킬 것이다.

모든 것이 제자리를 찾아 조화를 이루게 되었다.

이제 크리스의 울음소리가 부드러워진다. 그는 울고 또 울고 다시 또 운다. 대양에서 불어오는 바람이 우리 주변을 뒤덮고 있는 키 큰 갈대의 줄기 사이로 지나간다. 이윽고 안개가 걷히기 시작한다.

"얘야, 이제 그만 울어라. 어린애들이나 울지. . . . 너는 어린애가 아니지 않니?"

오랜 시간이 지난 다음 나는 그에게 얼굴을 닦으라고 천 조각을 건넨다. 우리는 우리가 흩어놓은 물건들을 끌어모아 모터사이클에 싣는다. 어느 순간 안개가 갑자기 걷히더니 햇빛에 노출된 그의 얼굴이 보인다. 그의 표정이 햇빛을 받아 이전에는 결코 본 적이 없는 그런 방식으로 환하게 열린다. 크리스가 헬멧을 쓰고 끈을 단단히 조인 다음 나를 올려다본다.

"아빠, 정말로 정신이상이었어요?"

무엇 때문에 이런 물음을 던지는 것일까.

"아니!"

놀라워하는 표정이 그의 얼굴을 스친다. 하지만 그의 눈이 반짝 빛을 발한다.

"아닌 줄 알았어요." 그가 말한다.

곧 그가 모터사이클로 올라오고, 우리는 다시 길을 떠난다.

제
32
장

이제 우리는 해안 지대의 만자니타 나무[1]와 납빛의 잎으로 뒤덮인 관목들 사이를 지난다. 그러는 동안 크리스가 했던 말이 문득 떠오른다. "아닌 줄 알았어요." 그가 이렇게 말했다.

땅 표면과의 각도가 어떠하든 상관없이 우리의 몸무게가 항상 기계의 아래쪽으로 내려가도록 경사각을 이룬 채 선회하면서, 모터사이클은 곡선으로 굽은 길 하나하나를 무리 없이 미끄러지듯 지나간다. 길은 온통 꽃들과 뜻밖의 경관들로 가득하다. 또한 급선회해야 하는 길목이 어찌나 많이 나오는지, 세상이 온통 뒹굴고 맴돌고 오르락내리락하며 앞으로 펼쳐진다.

---

1) Manzanita: 캐나다의 브리티시 컬럼비아 지방, 미국의 워싱턴 주에서 캘리포니아 주와 뉴멕시코 주에 이르기까지, 또한 멕시코의 북부 및 중부 지방에 이르기까지 북미 서부 지역에 널리 퍼져 있는 상록수. 만자니타Mazanita는 '사과나무'를 뜻하는 스페인어의 만자나manzana에 축소형 어미가 붙은 것으로, '작은 사과나무'라는 뜻. 해변 지대와 산간 지대에서 관목의 형태로 자라는 종에서 시작하여 6미터까지 자라는 종에 이르기까지 모두 60여 종의 만자니타가 있음.

"아닌 줄 알았어요." 그가 이렇게 말했다. 이제 그 말이 내 마음의 끈 끄트머리에 매달려 나를 따라오는 그 모든 사소한 사실들 가운데 하나로 되살아나, 사소한 것들이 내가 생각한 것처럼 그렇게 사소한 것이 아님을 말해준다. "아닌 줄 알았어요"라는 그 말은 오랜 세월 크리스의 마음에 있던 것이다. 아주 오랫동안. 그와 관계된 그 모든 문제들이 점점 더 이해할 수 있는 것으로 바뀌어가고 있다. "아닌 줄 알았어요"라고 그가 말했다.

그는 오래전에 무슨 말을 들었음이 틀림없다. 그리고 그가 어린아이답게 오해하는 가운데 모든 것이 그의 머리에서 뒤죽박죽이 되었던 것이다. "아닌 줄 알았다"는 파이드로스가, 또한 내가, 오래전에 항상 했던 그런 말이다. 그리고 크리스는 그 말을 믿고 있었음이 틀림없으며, 그 이후 줄곧 그 말을 마음속에 간직해왔음이 틀림없다.

우리는 결코 완벽하게 이해할 수 없는 그런 방식으로, 어쩌면 거의 이해할 수 없는 그런 방식으로, 서로 연결되어 있다. 크리스야말로 항상 내가 병원에서 나와야 할 진정한 이유였다. 혼자서 자라도록 그를 내버려두는 것은 정말로 옳은 일일 수 없을 것이다. 꿈에서도 역시 항상 문을 열고자 애를 쓰던 사람은 다름 아닌 크리스였다.

그는 결코 나의 짐이 아니었다. 내가 그의 짐이었다.

"아닌 줄 알았어요." 그가 이렇게 말했다. 이 말이 계속 내 마음의 끈 끄트머리에 매달려 나를 따라오면서, 나 자신의 엄청난 문제가 내가 생각했던 것만큼 엄청난 것은 아님을 말해준다. 문제에 대한 답이 바로 내 앞에 있기 때문이다. 아무쪼록, 크리스가 짐을 벗기를! 다시금 독립된 그만의 인격체가 되기를!

나무와 관목의 꽃들이 발산하는 짙고 묘한 향내가 우리를 감싼다. 이제 내륙 지대로 들어섰다. 그리하여 냉기가 사라지고 그 대신 열기가 다시금 우리를 엄습한다. 열기가 내 재킷과 속옷 안으로 스며들어 와 안쪽의 습기를 건조시킨다. 습기가 배어 검은빛이 돌던 장갑이 이제 다시금 엷은 색깔을 띠기 시작했다. 대양의 습기로 인한 냉기에, 뼛속까지 파고드는 냉기에 너무 오랫동안 익숙해져 있었기 때문에, 열기가 어떤 것인지를 잊고 있었던 것 같다는 느낌이 들기도 한다. 졸음이 몰려오기 시작한다. 앞에 보이는 작은 골짜기 안쪽에 대피소와 야외용 식탁이 있는 것이 보인다. 그곳에 도착하자 나는 엔진을 끄고 가던 길을 멈춘다.

"아, 졸립구나." 내가 크리스에게 말한다. "여기에서 잠깐 낮잠을 좀 자고 싶다."

"나도 졸려요." 크리스가 이렇게 말한다.

우리는 낮잠을 잔다. 잠에서 깨어나니 몸이 가뿐하다. 아주 오랫동안 이처럼 몸이 가뿐해진 느낌이 든 적이 없었다. 나는 크리스의 재킷과 나의 재킷을 가져다 모터사이클 위의 짐을 붙잡아 매는 데 사용한 고무줄 안쪽에 끼워놓는다.

너무도 더워서 헬멧을 벗고 싶다. 이런 상황에서는 헬멧이 필요하지 않다는 사실을 기억해낸다. 케이블 하나에다 헬멧을 걸어 고정시켜놓는다.

"제 것도 그렇게 해주세요." 크리스가 이렇게 말한다.

"안전을 위해 필요할 텐데."

"아빠도 헬멧을 벗었잖아요."

"그래, 좋다." 내가 동의하고 그의 것까지 챙긴다.

길이 계속 나무들 사이로 이리 휘고 저리 휘면서 구불구불 이어진다. 유(U)자형으로 굽은 길을 따라 계속 올라갔다 내려가면서 우리는 연이어 새로운 풍경 속으로 미끄러지듯 들어간다. 관목 주위로, 또한 관목 사이로, 이처럼 위아래로 굽이치는 길을 따라 달리다가 간간이 시야가 활짝 트여 있는 지점에 이르기도 한다. 그런 곳에 이르면 저 멀리 아래쪽으로 펼쳐져 있는 계곡의 풍경이 우리 눈에 들어온다.

"아름답지 않니?" 내가 크리스에게 소리쳐 말한다.

"소리치지 않아도 돼요." 그가 이렇게 말한다.

"아, 그런가!" 내가 이렇게 말하고는 웃는다. 헬멧을 쓰고 있지 않을 때는 보통 대화할 때의 어조로 이야기를 나눌 수 있다. 참으로 오랜만이다.

"아무튼, 아름답구나." 내가 이렇게 말한다.

나무와 관목과 작은 숲들이 좀더 이어진다. 날씨도 점점 더 따뜻해진다. 크리스가 이제 내 어깨를 잡고 있다. 약간 몸을 돌리고 보니 그가 발걸이에 발을 올려놓고 몸을 일으켜 세운 채 서 있다.

"그거 좀 위험해 보이는데." 내가 이렇게 말한다.

"아니, 괜찮아요. 정말로 괜찮아요."

그의 말이 맞을지도 모르겠다. "아무튼 조심해라." 내가 이렇게 말한다.

잠시 후 우리는 급회전을 하여 유자형으로 굽은 길로 들어선다. 길 위로 드리워진 나뭇가지들 아래로 지나가는 동안 크리스가 이렇게 소리친다. "오!" 그리고 잠시 후 "아!"라고 소리치더니 "이야!"라고 감탄사를 내뱉는다. 길 위에 드리워진 이 같은 가지들 몇몇은 너무도 낮게 드리워져 있어서, 조심하지 않으면 그의 머리를 때릴 수도 있다.

"뭣 땜에 그러니?" 내가 그에게 묻는다.

"너무도 달라 보여서요."

"뭐가?"

"모든 게요. 아빠 어깨 너머로 앞을 볼 수 있었던 적이 한 번도 없었거든요."

 햇빛이 길 위로 드리워진 나뭇가지 사이로 통과하면서 바닥에 기묘하고도 아름다운 그림을 그려놓는다. 빛과 그늘이 번갈아 가며 빠르게 내 눈을 스쳐 지나간다. 우리는 곧 굽은 길로 들어서서 높은 지대로 향하다가, 이어서 햇빛이 가득 비치는 확 트인 곳에 들어선다.

 정말로 그렇다. 나는 결코 그 사실을 의식한 적이 없었다. 이제까지 내내 그는 내 등만을 응시하고 있었다. "뭐가 보이니?" 내가 크리스에게 묻는다.

 "세상이 온통 달라 보여요."

 우리는 다시 작은 숲 속으로 들어선다. 그 순간 크리스가 이렇게 묻는다. "아빤 겁나지 않아요?"

 "아니. 곧 익숙해지게 마련이지."

 잠시 후 크리스가 이렇게 묻는다. "아빠, 나도 크면 모터사이클을 하나 가져도 되겠지요?"

 "관리만 잘할 수 있다면."

 "그러려면 무얼 해야 되나요?"

 "아주 많은 일을 해야 되겠지. 내가 하는 것을 죽 지켜보지 않았니?"

 "아빠, 저한테 그걸 다 가르쳐주실 거지요?"

 "물론이지."

 "어려운가요?"

 "자세만 올바르게 가지면 어려울 건 없지. 올바른 자세를 갖는 것, 그게 어려운 일이란다."

 "아, 그런가요."

 잠시 후 나는 그가 다시 몸을 낮춰 좌석에 앉는 것을 본다. 그런 다음 이렇게 말한다. "아빠?"

"응?"

"저도 올바른 자세를 가질 수 있을까요?"

"그럼." 내가 이렇게 말을 잇는다. "아무런 문제도 없을 거야."

그리고 우리는 계속 앞으로 나아간다. 길을 따라 내려가서 유카이어[2]를, 홉랜드[3]를, 클로버데일[4]을 지나 마침내 포도 재배 지역으로 들어선다. 고속도로로 달리기가 이제 너무도 쉬워 보인다. 미 대륙의 절반에 해당하는 거리를 가로질러 우리를 이곳까지 운반해온 엔진이 계속해서 윙윙 소리를 내고 있다. 자기 자신의 내적인 힘 이외에는 모든 것을 줄기차게 잊은 채. 우리는 점점 더 넓어지고 차들이 점점 더 많아지는 고속도로를 따라, 승용차와 트럭과 사람들로 가득 찬 버스들로 붐비는 고속도로를 따라, 아스티[5]와 산타 로사[6]와 페틀루머[7]와 노바토[8]를 통과해 앞으로 나아간다. 곧이어 도로 옆으로 집들과 보트들과 샌프란시스코 만(灣)의 물결이 보인다.

물론 시련은 결코 여기에서 끝나지 않을 것이다. 불행과 불운은 사람들이 삶을 살아가는 동안 계속 이어지게 마련이다. 하지만 전에는

---

2) Ukiah: 캘리포니아 북서부 지역에 있는 멘도시노 카운티Mendocino County의 중심 도시. 1996년 조사에 따르면, 캘리포니아에서 가장 살기 좋은 소도시로, 미국 전역을 상대로 해서는 여섯번째로 살기 좋은 도시로 뽑힌 바 있음.
3) Hopland: 캘리포니아 북서부 지역 멘도시노 카운티에 있는 인구 2,231명(2007년도 조사)의 작은 마을.
4) Cloverdale: 캘리포니아 북서부 지역 소노마 카운티Sonoma County에 있는 인구 6,831명 (2000년도 조사)의 도시.
5) Asti: 캘리포니아 소노마 카운티에 있는 마을로, 질 높은 포도주 생산으로 유명함. 이탈리아의 포도주 명산지 아스티에서 마을의 이름을 따온 것임.
6) Santa Rosa: 캘리포니아의 소노마 카운티에 있는 인구 161,496명(2008년 조사)의 도시. 샌프란시스코 만 지역에서 다섯번째로 큰 도시.
7) Petaluma: 캘리포니아 소노마 카운티에 있는 인구 54,660명(2006년 조사)의 도시.
8) Novato: 샌프란시스코 만 지역 북부에 있는 2009년도 현재 인구 52,737명의 도시. 샌프란시스코에서 약 48킬로미터 북쪽에 위치해 있음.

여기에 없었고, 또 겉으로는 어디에서도 확인되지 않지만, 그럼에도 불구하고 깊숙이 침투해 있는 어떤 느낌이 이제 느껴진다. 말하자면, 우리가 이긴 것이다. 이제 사정이 더 나아질 것이다. 그렇게 말할 수 있을 것이다.

후기

 이 책은 고대 희랍인의 시각과 그러한 시각이 갖는 의미에 관해 많은 것을 이야기하고 있다. 하지만 이 책에 빠진 것이 하나 있으니, 그것은 시간에 대한 그들의 관점이다. 그들은 미래란 우리의 등 뒤쪽에서 다가오는 그 무엇으로 보았다. 그리고 과거란 우리의 눈앞에서 멀어져가는 것으로 보았다.
 이에 대해 생각을 해보는 경우, 우리는 이 같은 시각이 현재 우리가 갖고 있는 것보다 더 정확한 시간에 대한 비유라고 하지 않을 수 없다. 정말로 미래를 정면에서 보는 사람이 있을 수 있겠는가. 우리가 할 수 있는 일이라고는 과거를 바탕 삼아 미래를 투사하는 것뿐이다. 비록 과거가 그와 같은 투사 작업이 종종 잘못된 것임을 보여주더라도 말이다. 그리고 정말로 과거를 잊는 사람이 있을 수 있겠는가. 과거를 빼면 우리가 알 수 있는 것이 어디 따로 있을 수 있겠는가.
 『선과 모터사이클 관리술』이 출간되고 나서 10년이 흐른 지금, 고대 희랍인들의 시각은 확실히 적절한 것으로 보인다. 어떤 종류의 미래가 내 뒤에서 나를 향해 다가올지 나는 정말로 모른다. 하지만 과거는, 눈앞에 펼쳐져 있는 과거는 내 시야에 있는 모든 것을 지배한다.

명백히 무슨 일이 일어날지 아무도 예측할 수 없었다. 그 당시 121개의 출판사로부터 이 책의 출판을 사양하는 통지를 받은 끝에, 단 한 사람의 편집자가 당시 기준으로 보아 표준에 해당하는 3천 달러의 선(先)인세를 제시했다. 그는 나에게 이 책이 자신이 무엇 때문에 출판 일을 하는가에 대한 생각을 굳히게 했다고 말하면서, 비록 그가 지불하는 선인세가 거의 확실하게 마지막 인세가 되더라도 용기를 잃지 말라는 말을 덧붙였다. 이 같은 책의 경우에는 돈이 문제가 되지 않는다는 것이었다.

그것은 사실이었다. 하지만 출판이 이루어지자 놀라운 서평들이 이어졌으며, 책은 베스트셀러의 지위에 오르게 되었고, 잡지사에서 인터뷰 요청들이 들어왔다. 그리고 라디오와 텔레비전에서 인터뷰가 이어졌고, 영화로 만들자는 제안이 있었으며, 외국에서의 번역 출간이 뒤따랐다. 아울러, 끊임없는 강연 제안과 독자로부터의 편지가 이어졌다. 몇 주일이고 계속, 그리고 몇 달이고 계속 그런 일이 꼬리를 물었다. 독자들의 편지는 물음으로 가득 채워져 있었는데, 그들의 물음은 대체로 다음과 같은 것들이었다. 왜, 어떻게 해서 이런 일이 일어났는가? 이 책에서 빠진 것은 무엇인가? 당신이 이 책을 쓴 동기는 무엇이었나? 불만스러움을 내비치는 그런 어조가 담긴 질문들이 있었다. 그들은 자신들의 눈에 보이는 것 이상의 그 무엇이 이 책에 있다는 것을 알고 있었으며, 모든 것에 관해 이야기를 듣고 싶어 했다.

사실을 말하자면, 이야기해줄 "모든 것"이 따로 있지는 않다. 교묘히 처리함으로써 표면에 드러나 있지 않은 무언가 깊은 동기가 따로 있었던 것은 아니다. 그에 관해 글을 쓰는 것이 글을 쓰지 않는 것보다 더 질적으로 고차원적인 것으로 느껴졌다는 것, 그것이 전부다. 하지만 시간이 내 앞에서 멀어져감에 따라, 그리고 책을 둘러싼 시야가 점점 넓어져감에 따라, 무언가 좀더 자세한 내용의 답변이 가능하게 되었다.

스웨덴어로 "문화를 옮겨 나르는 자"라는 뜻의 "kulturbärer"라는 말이 있는데, 이 말은 영어로 "culture-bearer"로 번역될 수 있으나 여전히 대단한 의미를 지니는 단어는 되지 못한다. 광범위하게 사용되어야 마땅한 개념이긴 하지만, 미국에서는 별로 사용되지 않는 개념인 것이다.

문화를 옮겨 나르는 책이란 마치 당나귀와도 같이 등에 문화를 짊어지고 있는 책이다. 이런 책은 자리를 잡고 앉아 일삼아 계획적으로 쓰려고 한다고 해서 써지는 것이 아니다. 문화를 옮겨 나르는 책이란 마치 주식 시장에 있을 법한 갑작스러운 변화와도 같이 거의 뜻밖의 순간에 출현하게 마련이다. 기존 문화의 중요한 부분을 이루고 있는 질 높은 책들이 있으나, 그와 같은 책들이 문화를 옮겨 나르는 책은 아니다. 그런 책들은 기존 문화의 한 부분에 해당하는 것들일 뿐이다. 그런 책들은 문화를 어디로도 옮겨 나르지 않는다. 예컨대, 그런 책들은 정신이상에 대해 동정적으로 말하기도 하지만, 이는 그렇게 하는 것이 다름 아닌 표준적인 문화적 태도이기 때문이다. 하지만 그런 책들은 정신이상이란 질병이나 정신적 퇴락이 아닌 다른 무엇일 수도 있다는 암시를 하지는 않는다.

문화를 옮겨 나르는 책들은 문화적 가치에 대한 가정들에 도전하고, 그러한 도전은 문화가 도전에 대해 호의적 태도를 보이면서 변화하는 바로 그런 시기에 종종 이루어지게 마련이다. 그러한 책들이 반드시 질이 높은 책일 필요는 없다. 『톰 아저씨의 오두막 *Uncle Tom's Cabin*』은 문학적으로 볼 때 걸작은 아니지만, 문화를 옮겨 나르는 책이었다. 이 책은 미국 문화가 전반적으로 노예 제도를 거부하고자 하는 순간에 출간되었으며, 사람들은 이를 자신들의 새로운 가치를 그대로 보여주는 책으로 보아 받아들였다. 그리하여 놀라울 만큼 커다란 성공을 거둔 책이 되었다.

『선과 모터사이클 관리술』이 거둔 성공은 이처럼 문화 옮겨 나르기 현상의 결과인 것 같아 보인다. 이 책에서 묘사된 강제 전기 충격 요법은 오늘날 법으로 금지되어 있다. 인간의 자유 의지에 위배되는 것이기 때문이다. 문화가 바뀐 것이다.

이 책은 또한 물질적 성공의 문제와 관련하여 문화적으로 격변이 이어지던 시기에 등장하였다. 히피들은 이 같은 물질적 성공을 아예 거부하고 있었으며, 보수주의자들은 당황해했었다. 물질적 성공은 미국인의 꿈이다. 수백만의 유럽 농민들이 필사적으로 이를 갈망했으며, 이를 찾기 위해 미국으로 건너왔다. 그들 자신과 그들의 후손이 결국에는 이 같은 물질적 성공을 풍요롭게 누릴 수도 있는 세계인 이곳 미국으로 건너왔던 것이다. 이제 그동안의 풍요로 인해 버릇이 없어진 그들의 후손들이 그와 같은 꿈은 바람직한 것이 아니라고 조소하면서, 이를 통째로 선조들의 면전을 향해 집어 던지고 있는 것이다. 그렇다면 그들이 원하는 것은 무엇인가.

히피들은 무언가 그들이 원하는 바의 것을 마음속에 간직하고 있었는데, 그들 사이에서 이는 "자유"라는 이름으로 불리고 있었다. 하지만 분석을 해보는 경우 궁극적으로 자유란 순전히 부정적인 목표일 따름이다. 이는 무언가가 나쁘다고 말해주는 것 이외에 아무것도 말해주지 않는다. 히피들은 겉만 화려한 단기적 대안 이외에 그 어떤 대안도 실제로 제공하고 있지 않았던 것이다. 이윽고 그들이 제시하는 대안은 점점 더 순전한 타락에 해당하는 것처럼 보이게 되었다. 타락은 재미있는 것일 수 있지만, 인생을 걸 정도의 심각한 과업으로 계속 남기란 어렵다.

이 책은 그와는 다른 대안을, 물질적 성공에 대신할 수 있는 보다 더 심각한 대안을 제시하고 있다. 이는 대안이라기보다는 "성공"의 의미를 단순히 좋은 직업을 얻고 걱정거리 없이 살아가는 것 이상의 것으로 확장하려는 시도로 보아야 할 것이다. 그리고 또한 단순한 자유보다 더 거대한 그 무엇으로 확장하려는 시도로 보아야 할 것이다. 아울러, 이는 한계가 미리 정해져 있지 않은 그 무엇을 향해 일을 해나갈 수 있도록 하나의 긍정적 목표를 제공하려는 시도이기도 하다. 여기에 바로 이 책이 성공한 이유가 놓인다는 것이 내 생각이다. 우리의 문화 전체가 어쩌다 보니 이 책이 제공하고 있음이 틀림없는 바로 그것을 찾아 헤매고 있었던 것이다. 바로 이런 의미에서 이 책은 문화를 옮겨 나르는 책이다.

앞으로 멀어져가는 것이 과거라는 고대 희랍인의 시각에서 지난 10년의 세월을 바라볼 때 대단히 어두운 부분이 존재한다. 크리스는 이제 이 세상 사람이 아니다.

그는 살해당했다. 1979년 11월 17일 일요일 오후 8시경, 샌프란시스코에서의 일이다. 그는 선(禪) 수련원의 학생이었는데, 그날 그 시간에 헤이트 가(街)에서 한 구획 떨어진 곳에 있던 친구의 집을 방문하기 위해 선 수련원을 나섰다.

목격자의 증언에 따르면, 그가 지나가고 있던 보도 옆으로 차 한 대가 멈춰 서더니, 두 명의 흑인 남자가 차에서 튀어나왔다고 한다. 크리스가 도망을 가지 못하도록 그중 한 명이 뒤에서 다가와 크리스의 양팔을 잡았다고 한다. 그리고 다른 한 명은 크리스의 앞으로 다가와 주머니를 뒤졌으나 아무것도 찾지 못하자 화를 냈다고 한다. 그는 커다란 주방용 칼로 크리스를 위협했고, 크리스는 목격자가 알아들을 수 없었던 무언가의 말을 했다고 한다. 그러자 칼을 든 가해자가 더욱 화를 냈다고 한다. 이어서 크리스가 무언가를 말했는데, 이 때문에 가해자는 더욱더 걷잡을 수 없이 화를 냈다고 한다. 그는 크리스의 가슴을 칼로 찔렀고, 이후 두 남자는 차에 뛰어올라 도주했다는 것이다.

크리스는 바닥에 쓰러지지 않으려고 잠시 옆에 주차해놓은 차에 몸을 기대고 있었다고 한다. 잠시 후 헤이트 가와 옥테비어 가가 만나는 지점에 있는 가로등까지 비틀거리며 길을 건넜다고 한다. 그런 다음, 폐동맥 절단으로 인해 흘러나온 피가 오른쪽 폐에 가득 찬 상태로 그는 보도에 쓰러져, 숨을 거두었다고 한다.

나는 계속 삶을 이어왔다. 무엇보다도 습관의 힘에 밀려 삶을 이어왔다. 그의 장례식장에서 우리는 그가 그날 아침 영국으로 가기 위한 비행기 표를 샀다는 사실을 알게 되었다. 당시 나는 영국에서 새로 만난 아내와 함께 요트에서 선상 생활을 하고 있었다. 얼마 후 그가 보낸 편지 한 장이 나에게 배달되었는데, 묘하게도 편지에는 이렇게 적혀 있었다. "저는 제가 스물세번째 생일까지 이 세상에 살아 있게 되리라고는 결코 생각하지 못했어요." 2주만 더 있으면 그의 스물세번째 생일이었다.

장례식을 치른 후에 우리는 그가 구입한 지 얼마 안 되는 중고 모터사이클을 포함하여 그의 모든 짐을 꾸려 낡은 소형 트럭에 싣고, 이 책에 묘사된 서부 산악 지대와 사막 지대의 몇몇 길을 따라 미네소타로 향했다. 그 무렵 산림과 초원은 눈으로 덮여 있었으며, 고적하고 아름다웠다. 미네소타에 있는 크리스의 할아버지 집에 도착했을 무렵, 우리는 좀더 마음의 평화를 느끼고 있었다. 할아버지의 집 다락에는 크리스의 물건들이 아직 보관되어 있었다.

나에게는 다음과 같은 경향이 있다. 즉, 여러 가지 철학적 질문에 사로잡혀, 원점으로 돌아가 생각하고 또다시 원점으로 돌아가 생각하고 그리고 또다시 원점으로 돌아가 생각하는 일을 되풀이하면서 이들 질문을 면밀히 검토하고 또 검토하고 다시 또 검토하는 그런 경향이 있다. 그러다 보면, 마침내 질문에 대한 답이 나오거나 너무도 반복적으로 이런 과정을 되풀이하는 가운데 그 안에 갇혀 심리적으로 위험한 지경에 이르기도 한다. 이윽고 나는 다음 질문에 사로잡혀 빠져나올 수가 없게 되었다. "그는 어디로 간 것일까?"

크리스는 어디로 간 것일까. 그는 그날 아침 비행기 표를 샀다. 그는 은행 계좌를 가지고 있었고, 옷이 가득 찬 서랍장과 책이 가득 찬 책꽂이를 가지고 있었다. 그는 이 지구에서 시간적으로 공간적으로 자리를 차지한 채 삶을 살아가던 실재하는, 살아 있는 존재였다. 하지만 이제 그는 갑작스럽게 어디로 간 것일까. 그는 화장장의 굴뚝을 따라 올라가 허공 속으로 사라진 것일까. 그들이 건네준 자그마한 유골 상자에 남아 있는 것일까. 하늘 저편 구름 위에서 황금의 하프를 연주하고 있는 것일까. 이 같은 답변들 가운데 맑은 정신으로 받아들일 만한 것은 하나도 없었다.

이렇게 물어야만 한다. 내가 그처럼 집착하던 것은 무엇이었을까. 이는 다만 상상 속에 존재하는 그 무엇일까. 정신병원에서 감금 생활을 견디는 동안이라면 이는 결코 사소한 문제가 아니다. 만일 그가 상상 속의 존재가 아니라면, 그렇다면 그는 어디로 간 것일까. 실재하는 사물들이란 그냥 그렇게 사라지고 마는 것일까. 만일 그렇다면, 물리학의 에너지 보존 법칙은 위태로워진다. 하지만 만일 물리학의 법칙을 계속 고수하고자 한다면, 사라진 크리스가 어떻게 실재하던 존재이겠는가. 이처럼 질문은 우리를 다시 원점으로, 다시 또 원점으로, 그리고 또다시 원점으로 되돌아가게 할 뿐이다. 크리스는 단순히 나의 화를 돋우기 위해 그런 방식으로 어디론가 사라져버리곤 했다. 그리고 시간이 되면 항상 다시 모습을 드러내곤 했다. 하지만 이제 그는 어디에서 그 모습을 드러낼 것인지? 결국, 정말로 묻고 싶은 것은 이것이지? 그는 어디로 간 것일까.

되묻고 다시 되묻는 일은 결국 "그가 어디로 간 것일까?"를 묻기 전에 "가버린 '그'의 정체는 무엇인가?"라는 물음이 먼저 제기되어야 한다는 깨달음과 함께 중단되었다. 인간을 일차적으로 무언가 물질적인 것으로, 피와 살을 지닌 존재로 생각하려는 오래된 문화적 습관이 존재한다. 이 같은 생각을 유지하는 한, 해결책은 있을 수 없다. 크리스의 피와 살을 이루던 물질은 물론 산화된 다음 화장장의 굴뚝을 따라 올라가 허공 속으로 사라졌다. 하지만 그것이 크리스는 아니다.

깨달아야 할 것이 있다면, 내가 그처럼 몹시도 그리워하는 크리스는 하나의 대상이 아니라 패턴이라는 점, 비록 그 패턴 안에는 크리스의 피와 살이 포함되어 있지만 그것이 패턴에 포함되어야 할 전부는 아니라는 점이다. 그 패턴은 크리스와 나 자신보다 거대한 것이고, 우리 누구도 완벽하게 이해할 수 없는 방식으로, 또한 우리 누구도 완벽하게 통제할 수 없는 방식으로, 우리를 연결하고 있다.

이제 크리스의 몸은, 그와 같은 거대한 패턴의 일부였던 크리스의 몸은 사라지고 없다. 하지만 거대한 패턴은 남아 있다. 그 패턴의 한 가운데에 엄청난 구멍이 뚫린 것이다. 그리고 그 때문에 그처럼 몹시도 가슴이 아픈 것이다. 그 패턴은 결합할 대상을 찾고 있지만, 어디에서도 그 대상을 찾지 못하고 있는 것이다. 아마도 누군가의 죽음으로 인해 슬픔에 젖어 있는 사람들이 묘지의 비석과 망자의 물질적 소유물이나 망자를 나타내는 그 무엇에 그처럼 애착심을 느끼는 이유는 이 때문일 것이다. 이는 패턴이 무언가 새로운 물질적 대상을 찾아 그 중심에 자신을 위치시킴으로써 자신의 존재를 계속 유지하고자 하는 것으로 설명될 수 있을 것이다.

얼마 동안의 시간이 지남에 따라, 이 같은 생각은 수많은 "원시적" 문화에서 발견되는 진술과 대단히 가까운 것임이 점점 더 명료해졌다. 만일 당신이 크리스의 피와 살이 아닌 패턴의 한 부분을 취해서 이를 크리스의 "영혼" 또는 "유령"이라고 부르고자 한다면, 더 이상 해석을 따로 덧붙일 것 없이 크리스의 영혼 또는 유령이 들어가 거주할 새로운 몸을 찾고 있다는 식의 말을 당신은 할 수 있을 것이다. 우리는 "원시인들"이 이런 식으로 말하는 것을 들었을 때 이를 미신으로 치부해버린다. 왜냐하면 우리는 유령이나 영혼을 일종의 물질적 특성을 지닌 영기(靈氣)로 해석하기 때문이다. 하지만 실제로 유령이나 영혼이란 결코 단순히 그와 같은 것을 뜻하는 것이 아닐 수도 있다.

아무튼 몇 달이 지나지 않아서 내 아내가 임신을 했다. 그것도 예기치 않게. 조심스럽게 논의를 한 끝에 우리는 아기를 갖는 것이 현명치 못하다는 쪽으로 의견을 모았다. 내 나이가 50대다. 나는 아이를 키우는 일을 더 이상 감당하고 싶지 않았다. 이제까지 한 것으로 충분하다고 생각했던 것이다. 그리하여 우리는 결론에 이른 다음 필요한 의료조처를 위해 병원에 예약을 했다.

이윽고 대단히 이상한 일이 발생했다. 나는 이를 결코 잊을 수가 없다. 우리의 결정 전체를 마지막으로 다시 한 번 세심하게 검토하는 과정에 일종의 분리 현상과도 같은 것이 일어났다. 우리가 앉아 이야기를 나누는 동안 마치 아내가 나한테서 멀어지기 시작하는 것 같은 느낌이 들었던 것이다. 우리는 서로를 바라보고 있었고, 여느 때와 다름없이 이야기를 나누고 있었지만, 우리가 발사 직후의 로켓을 담은 사진 속의 로켓이 된 것과도 같은 느낌이 엄습했던 것이다. 그것도 공중에서 서로 분리되기 시작한 로켓의 상단과 하단이 되어 있는 듯한 느낌을 지울 수 없었던 것이다. 함께 있다고 생각했는데, 더 이상 함께 있는 것이 아님을 문득 깨닫게 되었던 것이다.

그때 나는 이렇게 말하지 않을 수 없었다. "잠깐. 그만둡시다. 뭔가가 잘못된 것 같소." 그것이 무엇인지 알 길이 없었지만, 너무도 강렬한 것이어서 나는 상황을 계속 그런 상태로 유지하고 싶지가 않았다. 정말로 소름이 끼치는 경험이었는데, 그때의 그것이 무엇이었는지는 후에 가서 차차 선명해졌다. 그것은 거대한 크리스의 패턴이었으며, 그것이 마침내 모습을 드러냈던 것이다. 우리는 앞서 내린 결정을 뒤집기로 했다. 우리가 결정을 번복하지 않았다면 파국이 몰아닥칠 수 있었으리라는 것을 이제 우리는 깨닫고 있다.

그리하여, 세상을 바라보는 이 같은 원시적 방법을 따르는 경우, 당신은 크리스가 결국에는 비행기 표를 손에 쥘 수 있게 되었다고 말할 수 있으리라고 나는 생각한다. 이번에 그는 넬이라는 이름의 자그마한 여자아이로 태어났고, 우리의 삶은 다시금 균형을 잡게 되었다. 패턴에 뚫린 커다란 구멍이 수리된 것이다. 말할 것도 없이, 크리스에 대한 수천 가지의 기억들이 항상 내 곁에 있을 것이다. 하지만 여기 이 자리에 결코 다시 있을 수 없는 무언가 물질적 실체에 대한 파괴적인 집착의 형태를 띤 것이 되지는 않을 것이다. 현재 우리는 내 어머니의 조상이 살던 곳인 스웨덴에 와서 살고 있다. 그리고 이 책에 대한 속편이 될 두번째 책에 대한 작업을 하고 있다.

넬은 전에는 결코 이해할 수 없었던 부모 노릇 하기의 측면을 나에게 가르쳐주고 있다. 만일 넬이 울거나 어지럽히거나 내 뜻에 거슬리기로 마음을 먹어도(그런데 이런 경우는 비교적 드물다), 문제될 것이 없다. 이에 상응하는 크리스의 침묵이 항상 있기 때문이다. 이제 한결 더 선명하게 깨닫게 된 것이 있다면, 비록 이름이 계속 바뀌고 몸이 계속 바뀌더라도 우리 모두를 하나로 묶어주는 거대한 패턴은 계속 유지된다는 사실이다. 이 거대한 패턴의 측면에서 볼 때, 이 책의 마지막 구절들은 여전히 유효하다. 우리가 이긴 것이다. 이제 사정이 더 나아졌다. 그렇게 말할 수 있을 것이다.

ooo1o99ikl;i.,pyknulmmmmmmmmmm   111

(위의 행은 넬이 만든 것이다. 뻗은 손이 기계의 한쪽 편에 닿자 넬은 키를 눌러 이렇게 쳐놓고는, 크리스가 짓곤 했던 것과 같은 환한 표정으로 이를 바라보았다. 만일 편집자가 이를 그대로 살려준다면, 넬이 세상에 선보이는 최초의 출판물이 될 것이다.)

1984년
스웨덴의 예터보리에서
로버트 M. 피어시그

부록

1. 작가에 대하여
로버트 메이너드 피어시그
로버트 메이너드 피어시그와의 대화

2. 이 책에 대하여
흐름이 바뀔 수 있는 강
—로버트 M. 피어시그와 편집자 사이에 오간 서한문 모음

/ 작가에 대하여 /

로버트 메이너드 피어시그

　로버트 메이너드 피어시그Robert Maynard Pirsig는 1928년 미네소타 주의 미니애폴리스에서 태어났다. 그는 화학 분야에서 나이에 어울리지 않는 뛰어난 재능을 보였지만, 자신이 하는 일의 궁극적 의미를 찾는데 실패하고 학업을 중단하게 되었다. 우울증에 빠져 학업을 게을리 하였고, 이로 인해 학교에서 쫓겨난 것이다. 이후 군에 입대하여 한국에서 근무했으며, 한국인들 사이에서 보고 겪은 일들이 계기가 되어 동양 철학에 관심을 갖게 되었다. 한국에서 군복무를 마치고 미국으로 돌아가 미네소타 대학에서 철학으로 학사 학위를 받은 다음, 인도의 베나레스 힌두 대학으로 가서 얼마 동안 동양 철학을 공부하기도 했다. 피어시그는 다시 미니애폴리스로 돌아와 저널리즘을 공부했고, 이후 자유 계약 작가로 활동했다. 1950년대 후반에 이르러 그와 그의 아내 낸시 사이에는 두 아들—크리스와 테드—이 태어났으며, 이후 그는 잠깐 동안 몬태나 주립 대학교에서 영작문을 가르치기도 했다. 이어서 시카고 대학에서 철학을 공부하기 위해 일리노이 주로 이

주했다.

1960년 12월 피어시그는 심각한 우울증 증세를 보이기 시작했으며, 이로 인해 일리노이 주에 있는 한 정신병원에 수용되었다. 결국 그는 미니애폴리스에 있는 또 다른 병원으로 옮겨졌으며, 여기에서 1963년 전기 충격 치료까지 받게 되었다. 우울증에서 회복된 뒤인 1967년 그는 『선과 모터사이클 관리술』의 모태가 된 에세이를, 그것도 가벼운 마음으로 한 편의 에세이를 쓰기 시작했다. 1968년 6월 피어시그는 정신적 삶과 기술 공학적 삶 사이의 분열에 관한 책을 쓰고자 하는 자신의 의도를 담은 편지를 122개 출판사에게 보냈다. 한 달 후에 그는 크리스와 함께 모터사이클 여행을 떠났으며, 결국에는 이 여행이 『선과 모터사이클 관리술』의 기본 골격을 이루게 되었다.

피어시그는 이후 4년 동안 『선과 모터사이클 관리술』의 원고를 집필하는 일을 계속했다. 마침내 1974년 윌리엄 모로우 출판사 William Morrow and Company에서 이 책이 출판되었는데, 이 책은 출간과 함께 곧 비평적으로뿐만 아니라 상업적으로도 큰 성공을 거두게 되었다. 피어시그는 1970년대의 나머지 세월을 미국 동부 해안을 따라, 그리고 카리브 해 주변을 항해하며 보냈다. 항해 도중인 1975년 그는 허드슨 강을 따라 여행하기도 했는데, 이때의 경험이 그의 두번째 철학서인 『라일라—도덕에 대한 탐구』의 근간이 되었으며, 이 책은 마침내 1991년 출간되었다.

애석하게도, 이 책이 출간되기 훨씬 전인 1979년 그의 아들 크리스는 샌프란시스코에서 살해되었다. 한편, 피어시그는 이혼을 한 다음 재혼을 하여 1981년 넬이라는 이름의 딸을 갖게 되었다. 1980년대와 1990년대 내내 그는 스웨덴과 미국의 뉴햄프셔 주에서 생활했는데, 뉴햄프셔를 지금까지 자신의 본거지로 여기고 있다.

로버트 메이너드 피어시그와의 대화

● 틀림없이 독자들 가운데 많은 사람들이 『선과 모터사이클 관리술』에 나오는 철학적 교훈 중 일부는 이해하기 어렵다고 생각할 것입니다. 비록 당신의 책을 너무도 재미있게 읽은 독자라 해도 말입니다. 독자가 서술자의 야외 강연을 완벽하게 이해해야 할 필요가 있나요?

❖ 독자에 따라 다르겠지요. 이 책에는 두 권의 책이 뒤섞여 있는 셈이지요. 관념에 관한 한 권의 책과 사람들에 관한 또 한 권의 책 말입니다. 만일 독자의 의도가 단지 사람들에 관해 아는 것이라 해도, 문제될 건 없지요. 여전히 읽을 만한 책이 될 겁니다. 관념에 대해 무언가 더 알고 싶은 독자가 있다면, 『선과 모터사이클 관리술』의 후편에 해당하는 『라일라』를 읽어야 할 것입니다.

● 당신의 작품에 등장하는 서술자는 "우리는 정말로 과거로 되돌아가 모든 일에 성실한 개개인이 될 필요"가 있으며, "자립적인 개개인이

되고, 그 옛날에 사람들이 지녔던 기(氣)를 지닌 개개인이 될 필요"가 있다고 주장하고 있습니다. 31년이 지난 지금 많은 사람들——그들 가운데 많은 사람들이 정치가들이죠——이 서술자의 의견에 공감하고 있습니다. 『선과 모터사이클 관리술』은 인간의 내면을 탐구하는 책입니다만, 위와 같은 진술들은 정치적인 반발을 일으키게 마련입니다. 이것이 바로 당신이 노린 것입니까? 당신이 이 말을 쓸 당시, 당신은 당신이 내세운 서술자의 시각에 공감하고 있었는지요?

❖ "성실"과 "자립"과 "그 옛날에 사람들이 지녔던 기"에 반대하여 정치적으로 반발하는 사람이 한 명이라도 있을지 모르겠습니다. 공화당원이든 민주당원이든 그것이 바로 자기네들 입장임을 내세우고 있는 것 같습니다. "우리가 필요로 하는 것은 보다 더 멍청한 순응주의다"라고 외치고 다니며 선거 유세를 할 사람은 없겠지요. 서술자가 여기에서 들고 나오는 것은 일종의 상투적 표현인데, 그건 서술자 자신이 다소 정치적인 사람이기 때문입니다. 그는 청중 모두한테서 인정을 받고자 진부한 말을 지껄이고 있는 것이지요.

● 『선과 모터사이클 관리술』에서 당신은 사람들이 잘 다니지 않는 미국의 지방 도로들을 찬양하고 있습니다. 그런 길들을 따라 여행하다 보면 이 나라의 사람들과 그들의 다양한 생활양식을 한결 더 잘 이해할 수 있다는 이유에서지요. 당신은 요즘에도 여전히 그런 길을 따라 여행하는지요? 만일 그렇다면, 요즘에도 그런 여행이 여전히 당신을 즐겁게 하는지요? 아니면, 낙담하게 하는지요?

❖ 나는 요즘 급격하게 사람들로 들어차는 전원 지역에 살고 있는데,

그런 일이 일어나는 것을 애석한 마음으로 지켜보고 있습니다. 하지만 인구가 늘어나기 시작하면 이를 막을 길은 없지요.

● 당신은 예술과 공학 기술 사이의 "결별"에 관해 쓴 적이 있습니다. 지난 30년 동안 양자 사이의 불화가 치유되는 쪽으로 우리가 이동해 가고 있는 걸까요? 컴퓨터가 공학 기술과 우리의 관계를 좀더 편안한 것으로 만들었다고 해야 하지 않을까요?

❖ 아닙니다. 컴퓨터는 다만 또 하나의 공학 기술일 따름입니다. 양자 사이의 불화는 한결 더 높은 차원에서 치유되어야 합니다. 바로 그 차원에서 『선과 모터사이클 관리술』의 서술자는 뒤에 가서 이어질 질에 대한 논의의 근거를 마련하고 있는 것입니다. 질은 예술과 기술 공학 양쪽 모두의 공통적인 근거인 것입니다.

● 당신은 『선과 모터사이클 관리술』을 집필하는 데 몇 년이 걸렸다고 말한 바 있습니다. 이 책의 창작 과정에 대한 설명을 해줄 수 있는지요? 말하자면, 어떻게 이 같은 작품 구조에 이르게 되었는지요? 또한 그처럼 복합적인 시점을 고안해낸 이유는 무엇인지요?

❖ 사실 책의 집필은 제목을 결정하는 것에서부터 시작되었습니다. 존 서덜랜드는 철학을 전공한 사람이고, 학교 다닐 때 동양 철학에 대단한 관심을 갖게 되었다고 합니다. 실은 내가 그를 만난 것은 록펠러 재단이 후원하는 토론회에서였는데, 당시의 논제는 산스크리트 용어인 "다르마"였고, 그는 그 토론회 모임의 총무였습니다. 책에 기술했듯이, 우리는 잠시 모터사이클을 타고 나가서는 때때로

맥주 한 잔을 하러 멈추곤 했지요. 그 자리에서 우리는 이따금 철학적 주제를 놓고 토론하기도 했는데, 오이겐 헤리겔Eugen Herrigel의 『궁술(弓術)에서의 선Zen in the Art of Archery』이 우리의 토론 주제 가운데 하나였습니다. 그런데, 존이 모터사이클 관리술을 싫어하고 나는 좋아한다는 사실을 알게 된 것입니다. 그래서 내가 말하고자 하는 바의 관점을 밝히는 데 도움이 되도록 "선과 모터사이클 관리술"이라는 제목의 에세이를 써서 그에게 보여주면 어떨까 하는 생각을 하게 되었던 것이지요. 이 같은 착상이 매우 흥미로운 것이라는 생각에 이르게 되었고, 그렇게 해서 책의 집필이 시작되었던 것입니다.

마치 유기체가 성장하듯, 자연스럽게 『선과 모터사이클 관리술』은 모양을 갖추게 되었습니다. 미리 계획을 세우고 그에 맞춰 쓴 것이 아니라, 다만 내용을 좀더 멋진 것으로 만들게 할 만한 착상이 떠오를 때마다 그에 맞춰 책의 내용을 짜나갔던 것입니다. 모터사이클 관리술에 대한 에세이는 모든 공학 기술에 관한 글로 발전하게 되었고, 존과의 갈등은 세계를 고전적인 것과 낭만적인 것으로 나누어 보는 관점으로 발전하게 되었습니다. 이 책에 묘사된 바와 같이, 우리가 함께 모터사이클 여행을 한 다음에 문득 이런 생각이 들었어요. 우리의 여행 이야기 안에 여러 가지 관념적 논의를 담는다면, 그러한 논의에 좀더 구체적인 현실감을 부여할 수 있으리라는 생각이 들었던 것입니다. 그리하여 전체적인 모양이 갖춰지게 된 것이지요.

- 분량이 상당한 데다가 주제도 만만치 않고 별로 알려지지 않은 작가의 작품임에도 불구하고, 『선과 모터사이클 관리술』은 몇몇 베스트

셀러 명단에 오르고 또 엄청난 언론의 주목을 받음으로써 출판계를 놀라게 했습니다. 책이 거둔 성공 및 책이 누리고 있는 식을 줄 모르는 인기에 관해 어떤 설명을 할 수 있다고 생각하시는지요?

❖ 책이 사람들에게 전하고자 하는 바를 책 자체가 실천적으로 보여주고 있지 않나 하는 것이 내 생각입니다. 이 책을 집필하면서 나는 "만일 이 책이 질에 관한 것이 되고자 한다면, 글쓰기의 측면에서 이 책 자체가 하나의 전범이 되도록 하는 데 실패하지 않아야겠다"고 혼자 생각했던 것을 기억합니다.

● 모두 121군데의 출판사로부터 거절을 당한 후, 이 책의 출판 전망을 놓고 틀림없이 낙담했을 것입니다. 그쯤 되면 많은 작가들이 희망을 버리고 원고를 구석에 처박아버리기 십상이지요. 어떻게 해서든 『선과 모터사이클 관리술』의 출판을 성사시켜야겠다고 마음을 굳혔다면, 그럴 수 있었던 이유는 무엇인지요?

❖ 그처럼 어려운 일은 아니었습니다. 출판 의뢰를 위해 122군데 출판사에 보낸 편지는 모두 편지 내용을 기계적으로 반복해 쳐낼 수 있도록 장치가 되어 있는 전동 타자기를 사용하여 동시에 작성한 것이었지요. 처음에는 22군데 출판사에서 관심을 보였지만, 책을 집필하는 데 요구되었던 4년의 세월이 흐르는 동안 그 숫자가 여섯으로 줄었습니다. 이 여섯 군데 출판사가 원고를 읽고는 단지 한 군데에서만 이를 원했지요. 하지만 말입니다. 필요한 것은 물론 단 한 군데지요.

/ 이 책에 대하여 /

흐름이 바뀔 수 있는 강
—— 로버트 M. 피어시그와 편집자 사이에 오간 서한문 모음

다음은 로버트 피어시그와 그의 책을 출간한 윌리엄 모로우 출판사의 편집자 제임스 랜디스James Landis가 주고받은 서한문들에서 발췌한 내용을 모은 것이다. 이를 읽다보면 작가의 창작 과정에 대한, 그리고 작가가 향유했던 랜디스 씨와의 각별하고도 우호적인 관계에 대한 흥미진진한 내용을 확인할 수 있을 것이다. 서한문들은 어려움을 무릅쓰고 출간되어 상상을 초월하는 성공을 거둔 책에 얽힌 각별한 사연을 전해준다. 모든 이야기는 1968년 6월 로버트 피어시그가 당시 윌리엄 모로우 출판사의 편집장이었던 존 C. 윌리John C. Willey에게 "다소 특이한 제목"의 책과 관련하여 "문의 서한"을 보내는 것으로 시작되었다.

1968년 6월 6일
친애하는 윌리 씨에게,

　　저는 "선(禪)과 모터사이클 관리술"이라는 다소 특이한 제목의 책을 집필하고 있는 중으로, 현재 출판사를 알아보고 있는 중입니다.
　　이 책은 제목이 말해주듯 선 및 모터사이클 관리에 관한 책입니다만, 정신적 느낌과 기계 공학적 생각 사이의 결합에 관한 책이기도 합니다. 우리 시대의 불만의 근원을 추적하는 과정에서 만나는 것이 바로 이 둘 사이의 분리라는 것이 책에서 다루고자 하는 주제의 일부이며, 이와 관련하여 이단적인 해결책을 제시하고자 합니다.
　　예시가 될 만한 원고 두 페이지를 함께 보냅니다. 혹시 원고를 더 보

시고자 하면 연락을 주시기 바랍니다.

감사의 마음을 전하며,
로버트 M. 피어시그

1968년 6월 10일
친애하는 피어시그 씨에게

    당신이 당신의 『선과 모터사이클 관리술』과 관련하여 보냈던 6월 6일자 편지를 존 윌리가 저한테 넘겼습니다. 책의 내용이 흥미진진하다고 판단하여 우리는 기꺼운 마음으로 당신의 원고를 검토해보고자 합니다. 완성된 형태의 원고든, 현재까지 준비된 만큼의 원고든, 보내주시기 바랍니다. 원고는 저에게 보내주십시오.

진실한 마음을 담아,
편집자 제임스 랜디스

이리하여 유례를 찾기 어려울 정도의 깊은 유대관계가 작품 창작을 매개로 이루어지게 되었다. 로버트 피어시그와 제임스 랜디스 사이에는 거의 4년 동안 서신 교환이 이루어졌다. 그러니까 피어시그가 가로 10센티미터 세로 15센티미터 크기의 인덱스 카드 약 3천 매 분량의 초안을 작성하여 이를 엄정한 체제 아래 유기적으로 조직화하는 데 엄청난 공을 들이는 등 『선과 모터사이클 관리술』의 윤곽을 정하고 작품 집필을 진행해가는 동안 내내 서신 교환이 이어졌는데, 두 사람은 이를 통해 원고 개선 방안 및 새로운 착상에 관한 의견을 주고받았다. 그리고 그동안 랜디스는 피어시그에게 격려를 아끼지 않았다. 책 출판 계약이 맺어지기 전에 작가와 편집자 사이에 이처럼 광범위하게 상호 교류가 이루어진 예는 거의 없다는 점에서, 두 사람 사이의 관계는 특히 주목할 만한 예외적인 것이라 하겠다.

1969년 1월 5일

친애하는 랜디스 씨에게,

이제 크리스마스가 지난 지 얼마 안 되었습니다. 원래 크리스마스까지는 『선과 모터사이클 관리술』에 대한 집필 작업을 마칠 것으로 예상했지요. 하지만 원고를 완성하려면 아직 멀었습니다. 그리하여 이 중간 보고서가 원고를 대신할 수밖에 없게 되었습니다.

보고할 내용은 다음과 같습니다. 일이 제대로 진행되어 가고 있어 무척 즐겁습니다. 지난 10월 초 모종의 난관을 극복하게 되어, 더 이상 힘든 고비는 없으리라는 점이 확실해졌습니다. 그 이후 계속 내리막길을 따라가는 즐겁고도 긴 여행을 계속하고 있는 셈입니다.

지난해 8월 말이 가까워올 무렵, 에세이 형식의 글만으로는 현장감과 생동감을 살릴 수 없기 때문에 느꼈던 불만이 너무도 강렬해졌고, 그래서 완전히 새로운 형식의 접근 방식——그러니까 이야기 안에 에세이를 담는 방식——을 채택하게 되었습니다. 말하자면, 모터사이클을 타고 국토 종주 여행을 하는 한 개인이 일인칭 현재 시제의 화법으로 에세이의 내용을 전달하는 방식이 될 것입니다. 지난여름 아들과 모터사이클 여행을 했는데, 그 여행이 무리 없이 자연스러운 이야기 틀을 제공하게 되었던 것이지요. . . .

어떤 의미에서 보면, 현재로서는 글을 쓰는 일 이외의 모든 난관이 극복된 셈입니다. 책의 전체적 윤곽은 가로 10센티미터 세로 15센티미터 크기의 인덱스 카드 약 3천 매를 사용하여 지난 12월에 완성해놓은 상태입니다. 문단 단위 하나하나에 이르기까지 세세하고 철저하게 작업을 해놓은 상태지요. 구체적으로는 다섯 개의 개별적 윤곽을 잡아 놓은 상태인데, "사건," "인물," "관리 측면에서의 폭넓은 논의," "선 측면에서의 폭넓은 논의," "고원 지대"가 그것입니다. 이 다섯 요소들을 상당히 신중하게 서로 엮어나가고자 하는데, 이는 각 요소 상호간의 의미 강화 및 책 전체의 통일성 확보를 위한 것입니다. . . .

원고를 완성할 시기에 대한 저의 처음 예측이 너무도 사실과 동떨어진 것이 되고 말아서, 다시 한 번 예측을 하기가 주저됩니다. 하지만 9월 정도로 잡아두겠습니다. 제 생각입니다만, 당신은 이 이야기의 질을 확인하고 기분 좋게 놀랄 것입니다. 서둘러 작업을 하다 잘못하여 그럴 기회를 놓치고 싶지는 않습니다.

더할 수 없이 진정한 마음을 담아,

로버트 피어시그

1970년 3월 3일
친애하는 랜디스 씨에게,

또다시 반년 주기로 보내는 『선과 모터사이클 관리술』에 관한 보고서를 다시 보낼 때가 되었군요. 현재의 진행 상태에 대해 말씀드리고자 합니다.

초고가 완성되었습니다.

믿어지지 않겠지만 사실입니다. 아직 상당히 꼴사납고, 감상적이며, 산만한 데다가, 앞뒤가 맞지 않고, 균형이 잡혀 있지 않긴 하지만 말입니다. . . . 누구라도 제 원고를 읽게 되면 혐오감을 느끼게 될 것입니다. . . . 하지만 이제 끝을 냈습니다. 모두 12만 단어로 이루어진 초고를 끝낸 것입니다. 이 초고에는 끈기 있게 다듬어주고 행운만 따라준다면 진정한 힘을 지닌 무언가로 바뀔 수 있는 이야기가 담겨 있습니다.

그리하여 저는 현재 모자를 바꿔 쓰고 있는 셈입니다. . . . 이제 예언자의 터번은 벗어 선반에 올려놓고 여행자의 모자를 쓴 다음 햇빛 차단용 챙을 조절하고 있는 셈이지요. 엄청난 안도감을 느끼며 이 일을 하고 있습니다. 지난 2년 내내 이미 원고의 일부가 된 것이라면 단어 하나 지우지 않은 채 글을 써나갔는데, 이는 실로 쉽지 않은 작업이었습니다. 하지만 이런 방식으로 하지 않았다면 초고를 결코 완성할 수 없었을 것입니다. 이제 초고의 모든 부분은 자체의 내적 가치라는 기준에 의거해서뿐만 아니라 책 전체의 가치라는 기준에 의거하여 판단할 수 있게 되었습니다.

최상의 경의를 표하며,

밥 피어시그[1]

이제 완성된 초고를 손에 넣게 되었지만, 『선과 모터사이클 관리술』의 초고를 다듬는 작업은 모든 측면에서 엄청나게 어려운 일이었을 것이다. 분명히, 지적 측면에서, 상업적 측면에서, 심지어 작업 진행의 측면에서조차, 결코 쉽지 않은 일이었을 것이다.

1972년 11월 21일
친애하는 피어시그 씨에게,

　당신의 원고를 모두 읽고 나서 나는 내내 당신의 책에 대한 이러저러한 생각에 잠기게 되었습니다. 이제까지 읽은 것이 얼마나 내 마음에 들었는가를 알리는 편지를 당신한테 보낸 뒤 며칠 안 되어 그 원고를 다 읽었습니다. 당황한 것도 사실이지만, 나는 당신의 책을, 지혜롭고

---

1) 피어시그가 자신의 이름을 로버트에서 밥이라는 친근한 호칭으로 바꾸고 있음을 유의하기 바란다.

도 유쾌하며 슬픈 내용을 담고 있는 당신의 책을, 나에게 무언가를 가르쳐준 당신의 책을 여전히 사랑한다는 말을 할 수 있어 즐겁습니다. 이는 내가 너무도 출판하고 싶어 하는 그런 종류의 책입니다. 하지만, 바로 이 때문에 나는 어느 정도 당황하지 않을 수 없는데, 출판에 관계된 일을 어떻게 착수해야 할지 확신이 서지 않고, 이 일을 결국 해내게 될 수 있는지에 대해서도 확신이 서지 않기 때문입니다.

아직 당신이 출판 계약을 맺지 않았다는 가정 아래, 나는 내가 생각하기에 이른바 문제점이라고 할 수 있는 것이 무엇인지 이 자리에서 설명하고자 합니다. 문제점은 결국, 말하기 두렵습니다만, 세속적 측면에서 볼 때 돈의 문제로 귀결되는 그런 것입니다. . . . 내가 가장 걱정하는 이 돈 문제는 곧 이 책을 출판하는 데 드는 비용의 문제입니다. 당신도 알다시피, 이는 상당히 길이가 긴 책, 나의 개략적인 추정에 의하면 약 20만 단어로 이루어진 책입니다. 이처럼 길이가 긴 책은 출판사의 입장에서 볼 때 정말로 문제가 됩니다. 왜냐하면 출판사의 입장에서는 단순히 손해를 보기 위해 책을 출판할 수는 없고, 이로 인해 책의 가격을 상당히 높게 책정하지 않을 수 없기 때문입니다. . . . 설상가상으로 여기에서 또 문제가 되는 것은 (적어도 내 생각으로는) 이 책에 대한 시장 수요를 측정하기가 매우 어렵다는 점입니다. 어쩌다 나는 이 책이 거의 고전의 몫을 할 책이라고 생각하게 되었습니다. 이는 물론 상업적 판단이 아닙니다. 물론 고전의 개념이 이해 당사자의 눈길을 끌어 상업적 이득의 개념으로 전환되어, 고전이란 몇 년 동안이고 계속 팔리는 책으로 이해되기도 하지만 말입니다. 당신의 책은 길이가 길고, 집중을 하지 않으면 읽기 어려운 책입니다. 또한 표면적으로만 본다면 대중에게 대단한 호소력을 가질 그런 책은 아닙니다. . . . 책의 미래와 관련하여 대단히 광범위하고 견실한 독자층을 확보하리라는 점을 부정하고 싶지는 않습니다. 하지만 독자층이란 믿을 수가 없는 것입니다. . . . .

조만간 소식 전해주시기 바랍니다. 그리고 이 문제에 대해 함께 해결 해나갈 수 있기를 바라마지않습니다.

모든 것이 잘 되기를 바라며,
수석 편집자 제임스 랜디스

지난 1968년에 로버트 피어시그로부터 문의 서한을 받았던 122개 출판사 가운데 윌리엄 모로우 출판사만이 유일하게 완성된 원고를 놓고 1973년 출판 제의를 하게 되었다. 제임스 랜디스는 그의 동료들에게 『선과 모터사이클 관리술』이 앞으로 고전의 반열에 오를 것이라고 소개하기도 했다.[2]

편집자의 신간 안내문(1973년 3월)
서명: 『선과 모터사이클 관리술』
요지: 궁극적인 의미에서 볼 때 이 책은 삶에 관한 책이자 어떻게 살아야 할 것인가에 관한 책인 동시에, 적어도 암시적으로는 왜 사는가에 관한 책이다. 이는 또한 다양한 층위에서 읽을 수 있는 책이기도 하다. . . . 지나친 단순화가 허락된다면, 이는 아들과 함께 모터사이클을 타고 여행한 한 사람의 자전적 이야기를 담은 책이다. 과거에 그는 정신이상자였다. 현재 그는 자신이 정신이상자가 되기 이전의 자신과 전혀 다른 인간이라고 생각한다. 이 책의 서술자인 이 사람—공식적으로는 결코 로버트 피어시그라는 이름으로 지칭되지 않는 이 사람—은 모터사이클 여행을 계속하는 도중 자기 자신 및 자신의 과거와 충

---

[2] 이후의 편지는 두 사람의 관계가 가까운 친구 사이로 발전했음을 암시하는데, 상대를 부르거나 자신을 지칭하는 이름이 "밥"과 "짐"으로 바뀌었다는 점에서 이를 확인할 수 있다.

돌하고, 열한 살의 나이에 "정신병 초기 증세"를 보이고 있는 것으로 진단받은 그의 아들인 크리스와 충돌한다. . . . 이 책은 믿기 어려울 정도로 눈부신 생각을 담고 있다. 이는 아마도 천재적이고 강한 의지력을 지닌 사람의 업적이라고 할 수 있을 것이다. 장담하건대, 이 책은 고전의 지위를 얻게 될 것이다.

1973년 6월 15일
친애하는 짐에게,

    내 아내인 낸시가 지난밤 자신의 불안감을 드러내는 꿈을 하나 꾸었다네. 꿈속에서 자네가 양장본과 보급판으로 제본된 책을 동시에 가지고 이곳으로 나타났다는 거야. 그런데 책의 제목이 뜻밖에도 "흐름이 바뀔 수 있는 강"으로 바뀌어 있었다는 것일세. 어떻게 해서 그런 제목이 나오게 되었는지 아내는 감을 잡을 수 없었다고 하더군. 아내의 말에, 나는 생각해볼수록 그 제목이 멋지게 느껴진다고 말해주었지. 아내는 내 농담을 농담으로 받아들이지 않더군. 그리고 아내는 제목 다음에는 몇 줄의 부제가 있었다고 하면서 그것이 무엇이었는지 기억하지 못하겠지만 아무튼 "가치에 대한 탐구"라는 말로 끝난다는 것만큼은 기억이 난다고 했네. 그리고 이 때문에 아내는 정말로 심란해했다네.
    아내가 이처럼 심란해한 것은 어떤 파티 자리의 일 때문이라네. 그 자리에서 우리는 그와 같은 부제가 어떤지 사람들에게 의견을 타진해 보았는데, 모두가 마음에 몹시 거슬린다고 하더군. 특히 시인의 아내인 케이트 베리먼[3]이 그런 반응을 보였다네. 사람들의 일반적인 반응을

---

3) Kate Berryman: 미국의 저명한 시인 존 베리먼(John Berryman, 1914-1972)의 아내. 존 베리먼은 1972년 1월 7일 아침 미니애폴리스에 있는 워싱턴 애비뉴 브리지에서 몸을 던져 자살

정리해보면, 바로 뒤에 나온 설명 때문에 어떤 농담의 효과가 사라지듯 그와 같은 부제는 제목의 효과를 떨어뜨린다는 것이었네. 그런 부제 때문에 책이 마치 어떤 영리한 대학원생의 졸업논문같이 느껴진다고 하더군.

밥 피어시그

1973년 6월 19일
친애하는 밥에게,

파티 자리란 무언가 사람들한테 의견을 타진하기에는 상당히 거친 자리라 할 수 있을 거야. 특히 그들이 십중팔구 이해할 수 없는 것과 관련해서는 그렇다네. (거리가 너무 멀거나 또는 너무 가까워 이해할 수 없는 경우를 말하는 것이네.) 물론 자네 친구들은 악의 없는 사람들일 테고, 그래서 그들이 내린 판단은 그만큼 더 타당한 것으로, 일테면 일종의 솔직한 첫 반응으로 여겨질 수 있을 것이네. 하지만 그들이 뭐라고 하든 결국에 가서는 전혀 문제가 되지 않으리라는 것이 내 생각일세 그리고 자네는 그들의 말과 진심을 그냥 편안한 마음으로 받아넘겨야 한다는 것 또한 내 생각이라네. . . . 내 느낌을 말하자면, "가치에 대한 탐구"라는 부제를 밀고 나가는 것이 좋을 것 같네. 왜냐하면 우리 가운데 누구도 그만큼 간명하게 진실을 전해주는 몇 개의 단어를 찾기란 아마도 불가능할 것이기 때문이네. . . . 책의 제목은 비할 바 없이 멋진 것이고, 책을 살까 망설이거나 읽어볼까 망설이는 사람, 또는 사서 읽어볼까 망설이는 사람과 비교해볼 때, 적어도 책을 읽기 시작한

하기 전까지 미네소타 대학교의 교수로 재직하였다.

사람에게라면 이 제목은 한결 더 많은 의미를 갖게 될 걸세.... 필요하다면 자네와 내가 힘을 합쳐 자네와 나를 뺀 세상 모든 사람들의 반발을 막아내기로 하세. 나머지 세상 사람들이 모두 합심해서 파티를 열고 그 자리에서 그 제목을 헐뜯자고 뜻을 모으더라도 말일세.

짐

제임스 랜디스의 1973년 8월 2일 자 메모

누구나 인정하듯 세계에서 가장 존경받는 작가이자 사상가 가운데 한 사람인 조지 스타이너[4]는 ...『선과 모터사이클 관리술』을 읽고 나에게 "비교를 불허하는 탁월한 책"이라는 의견을 나에게 보내왔다. 그는 이 책의 위상을 도스토예프스키와 브로흐[5]의 업적... 그리고 프루스트와 베르그송의 업적과 견주기도 했다. 이어서 그는『선과 모터사이클 관리술』을 "한 편의 주요 저작물"이라 규정하고, 그가 느낀 이 책을 읽고 느낀 "깊은 감동"에 대해 말하기도 했다. 스타이너는 이 책의 서평을 준비하도록『뉴요커 The New Yorker』[6]에 편지를 보내기도 했지만, 그가 어떤 책에 대한 서평을 쓸 것인가를 결정한 것은 명백히『뉴요커』였던 것 같다.... 내 생각에, 스타이너와 같이 엄청나게 박식하고 빛나는 명성을 누리는 인물이 우리가 곧 출간할 이 책에 대해 이 같은 반응을 보였다는 것은 매우 중대한 사건이라 할 수 있다....

---

[4] George Steiner(1929-): 다니엘 한 Daniel Hahn의 평에 따르면, "오늘날의 문학계를 대표하는 가장 위대한 인물 가운데 한 사람"으로 추앙받는 유럽 태생의 미국 비평가, 수필가, 철학자, 소설가, 번역가, 교육자. 가장 널리 알려진 그의 저서로는『바벨 이후 After Babel』가 있다.

[5] Herman Broch(1886-1951): 오스트리아의 작가로,『베르길리우스의 죽음 Der Tod des Vergil』,『몽유병자들 Die Schlafwandler』등의 걸작을 남겼다.

[6] 미국의 문화계에서 가장 영향력이 높은 잡지 가운데 하나로, 1920년대 중반에 주간지로 출발하였음. 오늘날에는 1년에 총 47권 출간되며, 이 가운데 5권은 2주마다 한 번씩 출간됨.

앞으로 이어질 이 책에 대한 외부 사람들의 반응을 통해, 또한 이곳 출판사 내부 사람들의 독서를 통해 명백해지길 바라지만, 로버트 피어시그의 이 책은 어떤 기준에 비춰보더라도 하나의 중대한 사건에 해당하는 것이며, 상당히 빠른 시일 안에 우리 시대의 가장 중요한 책 가운데 한 권으로 인정을 받을 것이다.

/ 선과 모터사이클 관리술 작품론 /

잃어버린 자아를 찾아서[1]
─── 피어시그의 『선과 모터사이클 관리술』이 말해주는 것

장경렬

1. 글을 시작하며

로버트 메이너드 피어시그Robert Maynard Pirsig의 『선(禪)과 모터사이클 관리술──가치에 대한 탐구Zen and the Art of Motorcycle Maintenance: An Inquiry into Values』[2]는 지난 1974년 출간되어 "23개 언어로 번역"(서문, 11)되

---

[1] 이 글은 2010년 6월 12일 한국 철학회가 이화여자대학에서 "현대 예술과 철학의 만남"이라는 주제 아래 열었던 학술 대회에서「문학과 철학, 만남의 한 현장에서」라는 제목으로 발표한 글을 수정 보완한 것이다. 이 글을 작성하는 데는 필자 자신의 글인「철학과 문학의 경계, 그 외경의 지대에서」(『서양의 고전을 읽는다 4』[휴머니스트, 2006])를 일부 참조했음도 밝힌다.
[2] 이 책은 1974년 4월 윌리엄 모로우William Morrow 출판사에서 Zen and the Art of Motorcycle Maintenance: An Inquiry into Values라는 제목으로 출간되었으며, 1975년 밴텀 북스 Bantam Books에서 문고본으로 출간되기 시작했다. 발간 10주년이 되는 1984년 이후의 판본에는 작가의「후기(後記)」가 수록되어 있으며, 1999년 하퍼콜린즈HarperCollins 출판사에서 발간한 25주년 기념 판본에는「발간 25주년 기념 판본 서문」과「발간 25주년 기념 판본 부록」이 함께 수록되어 있다. 이 모든 글에 대한 인용 및 책의 본문에 대한 인용은 문학과지성사에서 출간하는 우리말 번역본에 따른 것이며, 모든 인용의 출처는 본문에서 밝히기로 한다. 단, 본문 이외의 글에 대한 인용의 출처는 후기, 서문, 부록으로 나눠 밝히기로 하고, 책의 본문에 대한 인용의 출처는 따로 밝히지 않고 면수만을 표시하기로 한다.

었고, 30년 남짓의 기간 동안 최대 6백만 권이 팔린 것으로 추정[3]되는 책이다. 출간 이후 36년이 지난 현재에도 예컨대 미국 내 곳곳의 서점을 둘러보면 문학 또는 철학 쪽 서가에서 쉽게 발견할 수 있는데, 이 책이 이처럼 지속적으로 사람들의 관심을 끌고 있는 이유는 무엇일까. 이 같은 물음을 묻지 않을 수 없는 이유가 있다면, "가치에 대한 탐구"라는 부제가 암시하듯 이 책은 "가치"——이 책에서 보다 널리 사용되고 있는 표현을 따르자면, "질Quality"——로 요약되는 형이상학적 문제를 탐구하는 철학서로, 여느 철학서만큼 관념적이고 따라서 쉽게 읽히지 않는 내용을 담고 있기 때문이다. "일찍이 그 유례를 찾아볼 수 없을 정도로 광범위한 독자층을 확보한 철학서"[4]로 평가되기도 하는 이 책의 매력은 과연 어디에서 비롯되는 것일까.

이 책의 매력은 소극적인 측면과 적극적인 측면에서 가늠해볼 수 있다. 이때 소극적인 측면이라 함은 형식적 측면과 관계되는 것으로, 이 책은 철학서이기도 하지만 이와 동시에 한 편의 문학 작품이기도 하다는 점을 주목할 수 있을 것이다. 작가 자신의 말대로, 이 책은 "관념에 관한 한 권의 책과 사람들에 관한 또 한 권의 책"이라는 "두 권의 책"(부록, 751)으로 이루어져 있다고 할 수 있는데, "관념에 관한 한 권의 책"이 철학서라면 "사람에 관한 또 한 권의 책"에 해당하는 것은 바로 소설 형식의 문학 작품이라 할 수 있다. 아니, 『선과 모터사이클 관리술』 자체가 한 편의 '자전적 소설'이라 할 수 있는데, 이로 인해 이 책은 여느 철학서가 지니기 어려운 현장감과 생동감을 확보하고 있

---

3) http://entertainment.timesonline.co.uk/tol/arts_and_entertainment/books/article699626.ece?token=null&offset=12&page=2 또는 "In the company of Zen," *The Times* (2006년 8월 5일) 참조.
4) 『런던 텔레그라프』 및 BBC 라디오. 「발간 25주년 기념 판본 서문」에서 재인용.

고, 따라서 이른바 '읽는 재미'를 독자에게 선사한다.

물론 이 책의 앞부분에서 작가가 밝히고 있듯 "실제 일어난 일"(7)을 바탕으로 한 것이라는 점에서 이 책이 담고 있는 것은 사실에 대한 기록으로 볼 수도 있다. 하지만 "수사적 배려의 차원에서 많은 부분에 변형을 가"(7)했음도 밝히고 있음에서 확인할 수 있듯 이 책의 내용을 이루는 것은 단순히 사실에 대한 기록만이 아니다. 실제로 출간 25주년 기념 판본의 서문에서 작가는 서술 방식의 측면에서 『선과 모터사이클 관리술』을 헨리 제임스의 소설 『나사의 회전』과 비교하고 있는데, 이는 이 책을 한 편의 문학 작품으로 읽을 수 있음을 말해주는 간접적 증거가 될 수 있다. 또 하나의 증거로 작가의 아들 크리스는 이 책을 보고 책 속의 기록이 사실과 다르다는 점 때문에 불평을 했다는 점을 들 수도 있으리라. 말하자면, "모든 게 다 꾸민 이야기"[5]라는 크리스의 불평은 『선과 모터사이클 관리술』의 소설적 허구성을 뒷받침하는 또 하나의 단서가 될 수 있을 것이다.

적극적인 측면이라 함은 이 책이 전하는 메시지와 관계되는 것으로, 우리 시대의 문제를 진단하고 이를 극복하기 위해 이 책이 제시하는 대안이 더할 수 없이 호소력을 지니고 있다는 점에 유념할 수 있을 것이다. 즉, 『선과 모터사이클 관리술』은 "물질적 성공의 문제와 관련하여 문화적으로 격변이 이어지던 시기"—그러니까 "물질적 성공이라는 미국인의 꿈"을 앞세우는 "보수주의자들"도, "이 같은 물질적 성공을 아예 거부"하는 "히피들"도 모두 당시의 미국인들에게 앞으로의 삶을 이끌어 가는 데 적절한 안내자가 되지 못하고 있던 바로 그 시기—에 사람들이 목말라하던 제3의 대안 역할을 할 수 있었다는 점(후

---

[5] http://www.guardian.co.uk/books/2006/nov/19/fiction 또는 Tim Adams, "The interview: Robert Pirsig," *The Observer*, 2006년 11월 19일(일요일) 자 서평란 참조.

기, 739~40)을 주목해야 할 것이다. 어떤 관점에서 보면, 과학과 기술 공학이 가져다주는 물질적 안락함이나 풍요로움이 행복하고 만족스러운 삶을 보장하지 못한다는 자각은 단순히 현대 미국인들만의 것이 아닐 것이다. 동시에 물질적인 것을 전면적으로 거부하는 이른바 히피적 삶의 방식이 궁극적 대안이 될 수 없다는 자각 역시 현대 미국인들만의 것은 아닐 것이다. 이런 의미에서 『선과 모터사이클 관리술』이 제시하는 이른바 제3의 대안은 단지 미국인들만을 향한 것일 수는 없다. 어쩌면 "23개국 언어"로 번역될 만큼 『선과 모터사이클 관리술』이 많은 언어권에 호소력을 가졌던 이유는 여기에서 찾을 수 있으리라.

본 논의에서 필자는 『선과 모터사이클 관리술』을 통해 작가가 다루고자 했던 핵심 주제를 철학적 측면에서뿐만 아니라 문학적 측면에서 밝혀보고자 한다. 이 과정에 철학적으로든 문학적으로든 작가가 현대인의 삶을 위해 제시하고 있는 이른바 '제3의 대안'이 무엇인지가 드러나기를 희망한다.

2. 공간과 시간 속으로의 여행

기본적으로 『선과 모터사이클 관리술』은 일종의 여행자 소설이다. 주인공은 휴가를 이용하여 모터사이클 뒷좌석에 자신의 아들 크리스를 태우고 미국 미네소타 주의 미니애폴리스를 떠나, 몬태나 주의 보즈먼을 거쳐 캘리포니아 주의 샌프란시스코에 이르기까지 여행을 계속한다. 그들의 여행에는 존과 실비아 서덜랜드 부부가 동행한다. 주인공의 친구인 존과 실비아 역시 한 대의 모터사이클을 나눠 타고 함께 여행을 떠나지만, 몬태나 주의 보즈먼까지 9일 동안 여행을 함께

한 다음 미니애폴리스로 되돌아간다. 그들과 헤어진 후 주인공과 그의 아들은 8일 동안의 여행을 더 계속하여, 마침내 샌프란시스코에 도착한다. 말하자면, 미국의 중북부 지방에서 출발하여 서부 태평양 연안까지 17일 동안 계속되는 여행이 이 소설의 배경을 이루고 있다.

물론 이 소설은 여행자 소설이되 단순한 여행자 소설이 아니다. 여행 도중 만나는 경치나 잠시 머무는 마을 및 도시에 대한 묘사는 극도로 자제되어 있고, 함께 여행하는 사람들 사이의 대화조차 그리 많지 않다. 사실 헬멧을 써야 할 뿐만 아니라 모터사이클의 엔진 소리와 바람 소리를 견뎌야 하기 때문에 여행 도중 이들은 거의 대화를 나눌 수 없다. 몇 마디 고함을 주고받는 것이 고작이다. 모터사이클을 멈추고 나서야 대화가 이루어지곤 하는데, 여행의 피로 때문이기도 하겠지만 이 경우에도 별로 많은 말이 오가지 않는다. 말하자면, 이들은 외부 세계와 단절되어 있을 뿐만 아니라 서로와도 단절되어 있다. 몇몇 경우를 제외하고는 대체로 단절된 채 각자 이런저런 생각에 잠겨 여행을 계속할 뿐이다. 소설의 주인공과 그의 아들 사이의 관계는 특히 이런 상황을 생생하게 보여준다. 즉, 두 인물의 관계는 아버지와 아들 사이의 관계라고 믿기 어려울 정도로 서먹하기만 하다. 매사에 호기심이 많고 영리한 아이지만 일종의 정신 장애를 겪고 있는 아이, 예사롭지 못한 아버지의 말투와 행동에 겁을 먹고 있는 아이에 대한 아버지의 태도는 대체로 차갑고 딱딱하다. 아니, 아이의 아버지는 자기만의 생각에 잠겨 있는 때가 허다하다. 아들이 아버지에게 "아빠, 아빠는 항상 무얼 그렇게 생각하세요?"(402)라고 물을 정도다. 그리고 이러한 단절의 상황은 주인공이 자신의 과거를 향해 시간 여행에 몰입해가면 갈수록, 그리하여 더욱 깊이 생각에 잠기면 잠길수록, 더욱더 악화되어만 간다.

'자신의 과거를 향한 시간 여행'이라니? 이야기가 진행되면서 드러나지만 주인공은 여행을 떠나기 4~5년 전 정신 장애로 인해 정신병원으로 끌려가 "소멸 전기 충격 요법"(166)에 의한 치료를 받기도 하는데, 이로 인해 그는 자신의 과거에 대한 기억을 거의 완전히 상실한다. 그리하여 그에게 과거에 대한 기억은 단편적인 기록이나 친구들의 전언을 통해 희미하게만 확인될 뿐이다. 주인공은 이제 이른바 '정상인'으로 돌아와 생활하던 중 아들 및 친구 부부와 함께 휴가 여행을 떠난 것이다. 하지만 여행 도중 이러저러한 일이나 장소가 빌미가 되어 그는 기억 속에 단편들로 남아 있을 뿐인 과거의 자신과 만나게 되고, 두려움과 망설임 속에서도 이런 만남의 과정을 거침으로써 '과거의 자신'을 힘겹게 재구성해나간다. 주인공은 자신이 재구성해나가는 이 '과거의 자신'을 "파이드로스"라는 이름으로 부르는데, 고대 희랍 시대의 소피스트 가운데 한 사람을 떠올리게 하는 이 이름이 의미하는 바는 무엇인가. 어떤 의미에서 보면, 파이드로스라는 이름은 부활한 소피스트를 암시하는 것일 수 있으며, 그런 의미에서 이 이름이 의미하는 바는 이 소설의 핵심 주제인 잃어버린 가치─너무나 오래되어 기억에 희미한 과거의 것이 되고 만 잃어버린 가치─에 대한 탐구를 지시하는 것일 수 있다.

요컨대, 과거를 향한 시간 여행을 통해 소설의 주인공이 우리에게 보여주는 것은 한 개인이 거쳐온 지적 갈등의 여정─이제 그의 내면 깊이 감춰져 있어 좀처럼 그 모습을 드러내지 않으나 그럼에도 불구하고 여전히 추적이 가능한 지적 갈등의 여정─이다. 한편, 주인공의 회상을 통해 우리는 파이드로스라는 이름의 '과거의 그'에 관해 여러 가지 정보를 얻게 된다. 먼저 "분석적 문제 해결 능력을 측정하는 방식이라고 할 수 있는 스탠퍼드-비네 아이큐 검사에서 170을 기록할 정도"(159)의 아이였던 '과거의 그'는 15세라는 어린 나이에 대학에 입학하여 생화학을 공부하던 도중 자신의 학문적 탐구에 회의를 품고 정신적 표류의 늪에 빠진다. 표류 끝에 군에 입대하여 미군정하에 있던 한국에서 근무한 다음 대학에 복귀하여 이성에 대한 탐구 작업으로서의 철학을 공부하게 된다. 후에 인도의 베나레스 힌두 대학교에 가서 동양 철학을 공부하다 실망 속에 이를 포기하고, 나아가 "이성이라는 유령에 대한 탐구 작업"을 아예 "포기"한다(260). 인도에서 미국의 중서부 지역으로 돌아와, "실용적 학문인 저널리즘 분야에서 학위를 취득"하고 "결혼"도 한다(259). 이처럼 이성에 대한 탐구 작업을 포기하고 그는 이러저러한 일을 하면서 표면적으로 "안락한 삶"을 누린다. 이윽고 그는 몬태나 주의 보즈먼에 있는 대학의 영문과에서 학생들의 작문을 지도하게 된다. 말하자면, 수사학을 교육하는 대학의 교수가 된 것이다. 하지만 교수 생활을 지속하기 위해 그에게는 박사 학위가 필요했고, 이 때문에 그는 시카고 대학의 대학원에 입학한다. 입학한 후 그는 소크라테스와 그의 제자들의 철학에 권위자들이었던 교수들과 갈등을 겪게 되고, 이 과정에 정신 장애를 겪게 되어 결국 강제로 정신병원에 구금된다. 이상이 바로 우리가 확인할 수 있는 주인공의 과거다. 그렇다면 이른바 "가치에 대한 탐구"는 어떻게 시작된 것일까.

3. 질(質), 또는 개념적 탐구

가치에 대한 탐구가 시작된 것은 그가 보즈먼 소재의 몬태나 대학에서 작문을 가르칠 때다. 물론 이에 앞서 그는 이미 "이성이라는 유령"

에 대한 탐구 작업을 시도했었고, 결국에는 "추한 것은 바로 이성 자체였고, 이를 피해 빠져나갈 길이라고는 보이지 않는 것 같"(246)다는 절망 속에서 탐구 작업을 이미 포기한 상태이기도 했다. 바로 그런 그에게 어느 날 세라Sarah라는 이름의 정년을 앞둔 여 교수가 그의 옆을 지나가다가 이렇게 말한다. "선생께서 학생들한테 '질(質)'을 교육했으면 하는 게 나의 바람이에요"(326). 바로 이 말이 빌미가 되어 그는 몇 단계에 걸친 질에 대한 탐구를 시작한다. 이제 "이성"에 대한 이전의 탐구를 대신하여 "질"에 대한 탐구가 시작된 것이다. 또는 "고대 희랍인들"이 "발명"한 이른바 "이성"(309)의 영역에 속한 어떤 "방법론으로도 포착이 불가능한"(596~97) 그 무언가에 대한 탐구가 시작된 것이다. 파이드로스의 탐구는 크게 두 단계에 걸쳐 이루어진다.

첫째 단계는 "수사학을 가르칠 때 질이 어떻게 해서 그에게 실용적 개념이 되었는가의 과정"(340)으로, 학생들을 가르치는 과정에 시도한 다양한 교육적 실험으로 이루어진 이 단계에서 "그가 취한 조처"는 무엇보다도 "질을 정의하지 않은 상태로 남겨두는 일이었다"(380). 하지만 결국에 가서 그는 질에 대한 정의를 거부하는 경우, "질에 대해 정의할 수 없"음에도 불구하고 "질이 존재한다고 생각하는 이유는 무엇인가"(384)라는 물음과 만나지 않을 수 없었다. 바로 이 물음에 대한 답을 추적하는 과정이 질에 대한 탐구의 둘째 단계에 해당하는 것으로, 이 과정에 파이드로스는 "질은 정신의 일부도 아니고 물질의 일부도 아"닌 것, 그러니까 "정신과 물질 모두와 관계없는 별개의 것, 제3의 실체"(422)라는 결론에 이른다. 나아가, 질은 "사물"이 아니라 "사건"이고, "주체와 객체가 질의 동인으로 잘못 추정되어왔"지만 "질이라는 사건"은 "주체와 객체의 동인(動因)"(425)이라는 결론에 이른다. 다시 말해 "질은 정신과 물질의 모체(母體)로, 또는 정신과 물질을 탄생케 한 근원적 사건으로 규정하기에"(437) 이른 것이다. 파이드로스는 마침내 이 같은 질의 개념을 『도덕경』의 "도(道)"에 상응하는 개념으로 이해한다. 이로써 파이드로스는 주체와 객체를 나누고 그 관계를 탐구하는 이른바 이성주의 철학의 한계를 넘어설 수 있게 되었던 것이다.

"질"에 대한 이제까지의 탐구 과정이 기본적으로 개념에 대한 교육적 및 사변적 이해를 목표로 한 것이라면, 이어지는 탐구 과정은 고고학적 이해를 목표로 한 것이라 할 수 있다. 이 같은 고고학적 이해를 위한 발굴의 장소는 고대 희랍이었으며, 고대 희랍에 이르는 샛길을 열어준 사람도 역시 세라였다. "마치 델포이 신전의 신탁과도 같이" "의미를 숨긴 채 말을 하고 있는 것처럼 보이기도 했던" 세라의 말에 따르면 "희랍 사상의 어느 부분도 질과 관계없는 것이 없"다는 것이다(595). "하지만 그는 결코 아무것도 확신할 수 없었"(595)으나, 시카고 대학에 도착한 다음 교수들과의 갈등 과정에 세라의 말이 의미하는 바가 무엇인지를 확인하게 된다.

시카고 대학에서 파이드로스의 희랍 사상에 대한 탐구는 먼저 아리스토텔레스에 대한 비판으로 시작된다. 아리스토텔레스의 『수사학』 제1권 제1장은 "수사학은 하나의 기예인데, 그 이유는 이를 합리적인 질서 체계로 환원할 수 있기 때문"(639~40)으로 시작되는데, "이 기준에 따르면, 제너럴 모터스는 순수한 기예를 창조해냈으나 피카소는 그렇게 하지 못한 것이 된다"(644)는 비판에서 그 예를 찾을 수 있을 것이다. 아리스토텔레스에 대한 비판에 이어 파이드로스의 탐구 대상은 플라톤으로 이어지는데, 그는 무엇보다도 "소피스트들을 증오했던 플라톤의 진정한 의도는 무엇이었을까"(661)라는 물음을 던진다. 그는 이 물음에 대한 답을 "소피스트들로 대표되는 '선(善)'의 현실과 변증법 옹호자들로 대표되는 '진(眞)'의 현실이 미래의 인간의 마음을 사로잡기 위한 거대한 투쟁을 벌였"(661)던 것에서 찾는다. 우리 모두가 이미 알고 있듯, "진리가 절대적이라고 생각하는 사람들과 진리가 상대적이라고 생각하는 사람들 사이에 벌어지고 있는 전쟁"(666)에서 "결국에는 '진'이 승리하고 '선'이 패배하고"만다(661).

하지만 파이드로스는 패배한 "소피스트들"의 생각이 자신의 생각과 "한결 더 가깝게 일치하는 것처럼 보인다"(667)는 점에 주목하는데, 바로 이로써 현대판 파이드로스의 소피스트들에 대한 복권 운동이 구체화된다. 이 현대판 파이드로스의 생각을 좀더 주목해보기로 하자.

"인간이야말로 만물의 척도다." 그렇다, 그것이 바로 질에 관해 그가 말하고 있는 바다. 물론 주관적 관념론자들이 말하는 것처럼 인간이 만물의 근원은 아니다. 하지만 객관적 관념론자들과 유물론자들이 말하듯 인간은 만물을 수동적으로 관찰하기만 하는 존재도 아니다. 질이 세계를 창조하며, 세계를 창조하는 질은 인간이 자신의 체험과 관계를 맺는 가운데 그 모습을 드러낸다. 인간은 만물의 창조 과정에 참여자인 셈이다. 만물의 척도라는 입장, 이는 질에 대한 그의 생각과 어울리는 것이다. 그리고 그들이 수사학을 가르쳤다는 점, 이 역시 질에 대한 그의 생각과 어울리는 것이다. (667)

그렇다면, 이 같은 소피스트들이 내세웠던 덕목은 과연 무엇인가. 파이드로스는 H. D. F. 키토의 『희랍인들』[6]을 통해 그것이 바로 "우리가 '덕'으로 번역하지만 희랍어에서 '탁월성'을 뜻하는 단어인 아

---

[6] Humphrey Davey Findley Kitto, *The Greeks* (Penguin Books, 1952, rev. 1957).

레테라 불리는 것"(671)임을 확인한다. 다시 말해, 이 희랍어의 '아레테'가 바로 플라톤과 소크라테스가 "은밀한 목적"을 위해 억압했던 고대 희랍인들의 덕(德)이었고, 선(善)이었던 것이다. 그리고 바로 이 '아레테'야말로 그가 찾던 '질'의 원형이었던 것이다. 이 같은 사실의 발견과 함께 파이드로스는 플라톤과 소크라테스의 머리를 감싸던 후광이 사라짐을 느낀다.

플라톤과 소크라테스의 머리를 감싸고 있던 후광은 이제 사라졌다. 파이드로스는 그들 플라톤과 소크라테스가 시종일관 소피스트들 고유의 행태라고 하여 비난했던 바의 행동을 정확하게 되풀이하고 있음을 확인한다. 즉, 변증법의 사례라는 허약한 논리를 강력한 것처럼 보이게 하려는 은밀한 목적을 달성하기 위해, 그들은 감정적으로 설득력이 있는 말들을 사용하고 있는 것이다. 파이드로스의 생각에 따르면, 우리 인간에게는 항상 우리 자신의 내부에 있지 않을까 하여 더할 수 없이 두려워하는 것을 다른 사람한테서 찾아 더할 수 없이 격렬하게 비난하는 경향이 있다. (674~75)

질에 대한 파이드로스의 탐구는 이것으로 완결되었다고 할 수도 있다. 하지만 그는 여기서 논의를 멈추지 않고, 어떻게 해서 플라톤과 아리스토텔레스에 의해 '아레테' 또는 '선'이 변증법적 체계의 한 구석을 차지하는 초라한 것이 되었는가를, 또한 "한때 '배움' 그 자체였던 이 가련한 수사학"이 "이제 작문을 위한 틀에 박힌 표현 수단들과 표현 형식들을, 아리스토텔레스적 형식들을, 마치 이것들이 중요한 것이라도 되는 양, 교육하는 수단으로 전락하게 되었"(678)는가를 파헤치기도 한다.

이상의 논의에 비춰볼 때 『선과 모터사이클 관리술』의 핵심 주제는 가치에 대한 탐구 및 이러한 탐구를 통해 선(善), 소피스트, 수사학 등등의 개념이 상실한 고귀한 자리와 가치를 복원하기 위한 지적 시도로 요약될 수 있다. 또는 플라톤과 소크라테스가 확립하여 그 이후 서양의 형이상학 세계를 지배했던 일련의 개념들──진리, 이성, 변증법 등등──과 사유 체계의 형성 근원을 추적하고, 이 과정에 억압된 것들을 찾아내고 원래의 가치를 복원하기 위한 작업이라고 할 수도 있다. 이 같은 피어시그 또는 소설의 주인공 또는 파이드로스의 지적 탐구와 탐구 여정이 갖는 의미를 우리 나름의 관점에서 평가하자면 어떤 논의가 가능할까. 아주 소박한 사실, 우리 주변에서 쉽게 확인되는 사실을 주목함으로써 이에 대한 우리 나름의 평가를 시도할 수도 있겠다.

소크라테스와 플라톤이 소피스트들과의 싸움에서 승리하고 자신들의 "은밀한 목적"을 마침내 달성했음을 확인케 하는 증거는 우리 주변에서도 확인된다. 흔히 우리는 '소피스트'를 '궤변론자'로 이해하는데, 이 말이 의미하는 바는 무엇인가. 우리는 소크라테스야말로 혼란스럽고 어두운 시대에 맞서 의인의 삶을 살다 간 사람으로, 그리고 그에 대항했던 모든 사람들을 불의의 무리로 기억한다. 아울러, 소크라테스가 그렇게도 신랄하게 꾸짖어 나무라던 이른바 소피스트들이야말로 말만 앞세우는 교활하고도 영악한 인간 집단임을 믿어 의심치 않는다. 바로 이런 믿음의 영향 아래 '소피스트'라는 말을 지극히 부정적인 함의를 담고 있는 표현인 '궤변론자'[7]로 이해하고 있는 것은 아닐까.

---

7) '궤변'이라는 말은 "이치에 닿지 않는 말로 그럴듯하게 둘러대는 구변(口辯)" 또는 "얼른 보기에는 옳은 것 같은 거짓 추론을 이르는 말"로 정의될 수 있거니와, 한마디로 말해 부정적인 함의를 담고 있다.

이와 관련하여. '소피스트'라는 말을 어원에 따라 직역하면 '현자' 또는 '학자'나 '사상가'임에 유의해야 할 것이다. 부정적 함의란 어디에서도 찾을 수 없다. 역사적으로 살펴보면, '소피스트'란 기원전 5세기경 신학, 형이상학, 과학과 관련하여 깊은 사색의 길을 걸었던 일군의 학자들 또는 교육자들을 지칭하는 말이다. 하지만 소크라테스와 그의 제자 플라톤은 소피스트들을 수사학이라는 이름 아래 말을 교묘하게 조작하는 데만 급급한 사이비 학자들로 폄하했고, 이런 입장을 따르는 경우 우리는 마땅히 '소피스트'를 '궤변론자'로 이해해야 할 것이다. 다시 말해, 우리가 '소피스트'를 '궤변론자'로 이해하고 있는 것은 수사학을 대신하여 변증법을 '진정한 철학자'의 관심사로 내세우는 소크라테스와 그의 제자들의 시각을 의식적이었든 무의식적이었든 받아들인 결과라 할 수 있다. 따지고 보면, 아주 오랫동안 누구도 변증법의 우월함과 수사학의 열등함에 대한 소크라테스와 그의 제자들의 논리에 의심을 품거나 이의를 제기했던 사람은 없었다 해도 큰 무리는 아닐 것이다. 말하자면, 몇천 년 이후에도 여전히 사람들은 소크라테스와 그의 제자의 시각에서 소피스트들을 바라보았다 할 수 있다.

오랫동안 세계를 지배하던 반(反)소피스트적 시각—즉, 소크라테스와 그의 제자의 눈으로 소피스트들을 보는 시각—에 최초로 이의를 제기한 사람이 있다면, 그는 아마도 19세기 후반의 철학자 니체일 것이다. 그는 소크라테스와 그의 제자들이 내세운 명증한 철학의 언어도 일군의 "메타포, 환유, 의인화"[8]로 가득 찬 수사의 세계임을 간파한 바 있다. 이 같은 니체의 논리는 20세기 후반에 들어서서 더욱 강력하고 체계적인 비판 논리로 발전하는데, 그 중심부에 놓이는 것

---

8) Friedrich Nietzsche, "On Truth and Falsity in their Ultramoral Sense" (1873). Derrida, "White Mythology," *New Literary History* 6.1 (1974): 15면에서 재인용.

이 프랑스의 철학자 자크 데리다(Jacques Derrida)의 논리다. 데리다의 논리를 통해 사람들은 비로소 수사학에 대한 변증법의 공격이 기본적으로 수사에 바탕을 둔 것이고 철학도 수사에서 자유로울 수 없다는 논리에 새롭게 눈 뜨게 된다.

한편, 소크라테스와 플라톤이 내세운 변증법의 세계를 '철학'으로 규정한다면, 소피스트들이 내세운 수사학의 세계는 '문학'으로 규정될 수 있는데, 데리다는 철학의 문학적 성격을 규명하고, 나아가 철학이 문학의 한 영역일 수 있음을 증명해 보인 사람이라 할 수 있겠다. 아니, 소크라테스와 플라톤 이후 몇 천 년 동안 철학의 위세에 눌려 기를 펴지 못했던 문학에게, 철학에 의해 추방되거나 주변화의 길을 걷게 된 문학에게 본래의 자리 또는 응분의 자리를 찾아준 사람들이라고 할 수 있다.

바로 이 같은 작업──말하자면, 문학에게 제자리를 찾아주는 이른바 문학 복권 운동의 작업──을 문학의 영역에서 독자적으로 시도한 사람이 피어시그다. 피어시그의 소설 『선과 모터사이클 관리술』이 출간된 것은 앞서 밝힌 것처럼 1974년의 일로, 당시에는 이미 1960년대 후반부터 왕성하게 저술 활동을 하던 데리다의 영향이 번역과 강연을 통해 미국에까지 파급되고 있던 때였다. 하지만 피어시그의 소설에서는 어디를 보더라도 니체의 사상을 탐구하거나 데리다와 같은 철학자의 활동을 주목했던 흔적이 보이지 않는다. 물론 소설 속의 파이드로스가 읽던 플라톤의 대화편들 가운데 하나인 『파이드로스』는 데리다가 희랍 철학을 이해하는 데 필수적인 텍스트였던 것[9]은 사실이나, 문제를 접근하는 피어시그의 관점과 데리다의 관점 사이에는 공유점이

---

9) Christopher Norris, *Deconstruction: Theory & Practice* (London & New York: Methuen, 1982), 63면.

존재하지 않는다. 말하자면, 피어시그가 그의 소설에서 시도한 선, 가치, 질, 소피스트, 수사학에 대한 탐구 작업은 데리다—그리고 니체—의 논리와 관계없이 독창적으로 진행된 것이었다. 피어시그가 비록 철학을 깊이 공부한 사람임에는 틀림없지만, 그의 탐구 작업이 문학의 형식을 통해 이루어진 독창적인 것이라는 점에서 그 의미는 더할 수 없이 소중한 것이다.

4. 선(禪), 또는 방법론적 탐구

주인공의 모터사이클 여행 과정에서뿐만 아니라 파이드로스의 질에 관한 탐구의 과정에서도 이 책의 제목에 담긴 "선(禪)"이 의미하는 바가 무엇인지는 좀처럼 드러나지 않는다. 물론 파이드로스는 "동양 철학과 서양 철학 사이, 종교적 신비주의와 과학적 실증주의 사이의 장벽을 결정적으로 돌파하는 작업"(613)이 될 만한 논문을 쓰고자 하는 포부를 밝힌 바 있고, 또한 질에 대한 탐구의 과정에 『도덕경』이 중요한 논의의 전거(典據)로 등장하지만, 여전히 선은 논의의 핵심부를 이루고 있지 못하다. 따지고 보면, "선"뿐만 아니라 "모터사이클 관리술"조차 문제가 되기는 마찬가지다. 아마도 이 책을 읽는 사람들 가운데 "모터사이클 관리술"과 관련하여 실질적인 도움을 기대한 사람이라면 크게 실망했을 것이기 때문이다. 그렇다면 무엇 때문에 제목에 "모터사이클 관리술"이라는 표현이 나오는 것일까. 이와 관련하여, 우리는 무엇보다도 이 소설에서 모터사이클은 주인공이 여행을 하는 수단인 동시에 끊임없이 관리해야 할 대상으로 등장한다는 점, 그리고 기술 공학의 시대를 살아가는 인간에게 편의를 제공하기도 하지만 이와 동시에 섬세하게 관리해야 할 도구의 한 전형적인 예로 등장한다는 점에 유의해야 할 것이다. 말하자면, 주인공이 여행 도중 독자를 향해 시도하는 이른바 "대중 강연Chautauqua"(30)에 일종의 학습 보조 자료로서의 역할을 한다. 또는 주인공의 철학적, 사변적, 분석적, 비판적, 현실적 탐구 및 사유의 여정에 현장감과 생동감을 불어넣기 위한 구체적이고 현실적인 사유의 도구로서 역할을 하기도 한다.

하지만 "선(禪)"이라니? 아무리 보아도 선이 어떻게 문제되는지는 의문이 아닐 수 없다. 어디 선뿐이랴. 이 소설에는 군데군데 부처의 이름이 등장하고 심지어 불교의 교리가 등장하기도 한다. 이를 어떻게 받아들일 것인가. 우리는 무엇보다도 이 소설의 제목이 독일 철학자 오이겐 헤리겔Eugen Herrigel의 『궁술 속의 선 Zen in der Kunst des Bogenschießens』이라는 책의 제목에서 따온 것(부록, 754)임에 유의해야 할 것이다. 하지만 동양인들이 궁술을 단순한 자기 방어 수단이나 스포츠로 보지 않고 깨달음에 이르기 위한 예(藝)로 받아들이고 있음을 주목하는 헤리겔과는 달리 피어시그는 모터사이클을 어떻게 관리하고 정비하느냐의 문제와 관련하여 그런 시각을 반영하고 있지는 않다. 실제로 이 소설의 내용을 전체적으로 지배하는 것은 동양의 선이 아니라 이제까지 우리가 살펴본 바와 같이 고대 희랍의 철학이다. 바로 이 때문에 우리는 무엇보다도 주인공이 되풀이하여 언급하는 "한국의 성벽"에 대한 다음과 같은 진술을 주목하지 않을 수 없다.

당신이 일단 그 질의 목소리를 듣기 시작하면, 또는 한국의 성벽과 같이 순수한 형태로 존재하는 비(非)지적인 현실을 보기 시작하면, 그 모든 언어적인 것들은 몽땅 잊고 싶어질 것이다. 당신이 마침내 보기 시작하는 바로 그것은 항상 언어적인 개념화 바깥쪽 어딘가에 존재해 있

기 때문이다. (439)

"언어적 개념화 바깥쪽 어딘가에 존재해" 있다니? 아니, 무엇보다도 "한국의 성벽"이라니? 파이드로스는 그가 한국에서 지낼 때 "어떤 배의 뱃머리에서 보았던 성벽의 영상"——"안개 낀 항구를 가로질러 보이던 성벽, 마치 천국으로 향하는 문처럼 환하게 빛나고 있던 그 성벽의 영상"——을 마음 깊이 간직하고 있으며, 그뿐만 아니라 주인공에게도 이는 "매우 중요한 무언가"에 대한 "상징"(220)으로 이해된다. 이야기의 진행 과정에 주인공은 "마음의 평화는 올바른 가치를 낳고, 올바른 가치는 올바른 생각을 낳"으며, "올바른 생각은 올바른 행동을 낳고, 올바른 행동은 고요함이 물질적으로 현현(顯現)하는 것을 가능케 하는 그런 작업"임(526)을 말하면서, 이것이 바로 "한국에서 본 성벽이 일깨워주는 것"임을 밝힌 바 있다. 바로 여기에서 우리는 주인공이 의미하고자 했던 바는 선의 개념——말하자면, 헤리겔이 말하는 바를 뛰어넘는 한결 더 고차원적인 "선"의 개념——을 확인할 수 있으리라. 위의 인용이 암시하듯, 궁극적인 깨달음의 경지를 위해 자아를 초월하고, 마침내 "언어적인 것들"을 "몽땅" 잊는 가운데 "언어적인 개념화 바깥쪽 어딘가에 존재"하는 것을 획득하기 위한 것이 다름 아닌 선의 논리[10]일 수 있기 때문이다. 즉, 자아와 대상 사이의 거리가 없어진 자기 초월의 상태에서 인간이 무언가를 창조했을 때 그 결과물을 상징하는 것이 파이드로스에게는 다름 아닌 "한국의 성벽"

---

10) "언어란 일상적, 실용적 측면에서 볼 때에는 우리에게 아주 유용한 것이지만, 궁극적인 철학적, 종교적 문제에 대한 답을 구하는 데는 전적으로 부적절한 것이다"(T. P. Kasulis, *Zen Action/Zen Person* [Honolulu: UP of Hawaii, 1981], 22) 및 "[선적인] 무아의 경지란 . . . 주체와 객체, 체험자와 체험 대상 사이의 이분법적 분리가 극복되는 상태다"(Kasulis, 47) 참조.

이었던 것이다. 바로 이를 확인케 하는 진술은 『선과 모터사이클 관리술』의 곳곳에 등장하지만, 특히 다음의 진술이 돋보인다.

> 파이드로스가 한국에서 보았던 성벽은 기술 공학적 행위의 산물이었다. 아름다웠지만, 이는 노련한 지적 기획 때문도 아니었고, 작업에 대한 과학적 관리 때문도 아니었으며, 그 성벽을 "멋들어지게" 하기 위해 과외로 지출한 경비 때문도 아니었다. 그것이 아름다웠던 것은 그 성벽을 쌓는 일을 하던 사람들이 대상을 바라보는 나름의 독특한 방식을 소유하고 있었기 때문이다. 그들은 자기 초월의 상태에서 그 일을 제대로 하도록 자신들을 유도하는 방식을 소유하고 있었던 것이다. 그들은 그런 방식으로 그들 자신과 일을 따로 분리하지 않음으로써 일을 그르치지 않았던 것이다. 총체적인 해결책의 핵심이 바로 여기에 존재한다. (516)

결국 파이드로스의 질에 대한 탐구에서 고대 희랍의 "아레테"나 "선(善)"이 개념적으로 이에 상응하는 것이라면, 방법론적으로 질에 상응하는 것은 바로 "선(禪)"이라고 할 수 있다. 다시 말해, 선(禪)이야말로 파이드로스가 추구하는 질의 세계에 들어가는 하나의 길이었던 것이다. 마찬가지 논리로, "천국으로 향하는 문처럼 환하게 빛나고 있던 그 성벽" 또는 파이드로스가 "소중하게 여기고 수도 없이 되풀이해서 머리에 떠올리곤 했던" 성벽(220)은 질의 '물질적 현현'에 대한 하나의 극적인 예시로서의 의미를 갖는 것이리라.

말할 것도 없이, 바로 여기에 암시되고 있는 삶의 태도가 피어시그가 제안하는 '제3의 대안'이다. 물질적인 것의 노예가 되지 않는 삶을 살고자 할 때, 그러면서도 물질적인 것을 전면적으로 부정하는 히피적인 삶의 방식에 빠져들지 않고자 할 때 우리에게 가능한 '제3의 대안'으로 피어시그가 제시하고 있는 길은 바로 동양적 선(禪)의 논리인 것이다.

한편, 로널드 디산토가 지적했듯,[11] 『선과 모터사이클 관리술』의 전체적 구조는 12세기 중엽 중국 송나라의 곽암 선사(廓庵禪師)가 남긴 '십우도'(十牛圖)와 연결할 수도 있다는 점에서도 가치에 대한 탐구 과정에 선불교가 갖는 의미를 가늠해볼 수도 있다.[12] 『선과 모터사이클 관리술』에는 다음과 같은 대목이 나오는데, 여기에서 우리는 곧바로 자기 곁에 있지만 보지 못하는 소— 말하자면, 자신의 본성—를 찾아 헤매는 수행자의 모습을 볼 수도 있다.

사물들이 현재 여기 이곳에 존재하고 있다는 것이 그들이 깨닫고 있는 전부이다. 이런 깨달음을 거의 잊고 있는 사람들이 있다면, 그들은 바로 오래 전에 도시로 떠난 사람들과 길을 잃고 방황하는 그들의 자식들뿐이다. 이 같은 사실의 발견은 진정 대단한 것이었다.

이 같은 사실을 발견하는 데 왜 그리 오랜 시간이 걸렸는지 모를 일이다. 그러한 사실을 빤히 보면서도 우리는 깨닫지 못했던 것이다. 또는

---

11) Ronald L. DiSanto, "A Mystical Map: The Oxherding Pictures," *Guide to Zen and the Art of Motorcycle Maintenance*, ed. Ronald L. DiSanto & Thomas J. Steele (New York: William Morrow & Co., Inc., 1990), 20-40면 참조.

12) 널리 알려져 있듯, 십우도는 원래 도교의 '팔우도(八牛圖)에서 유래된 것으로, '소'로 비유되는 본성(本性)을 찾아 헤매는 수행자에 관한 여덟 장의 그림을 말한다. 팔우도의 마지막 그림은 소를 찾은 후 수행자가 소뿐만 아니라 자기 자신조차 실체가 아닌 공(空)임을 깨닫게 됨을 암시하는 원상(圓相)으로 이루어져 있는데, 곽암 선사는 이 팔우도가 진정한 의미에서의 본성에 대한 깨달음을 보여주는 것으로 볼 수 없다고 하여 두 장의 그림을 추가했다고 한다. 이 두 장의 그림은 있는 그대로의 세계에 대한 깨달음을 암시하는 산수 풍경화 및 세속으로 되돌아가 중생과 만나는 구도승의 모습으로 이루어져 있거니와, 깨달은 자는 세상을 번뇌 없이 있는 그대로 바라보고 또한 세속으로 돌아가 중생 제도에 힘써야 한다는 뜻을 담기 위한 것이다. 즉, 곽암 선사는 깨달음 자체는 이기심을 벗어나지 못한 상태로 보아, 중생 제도로 나가야 함을 보이기 위해 이 십우도를 완성했다고 한다.

깨닫지 못하도록 길들어 있었다고 하는 것이 옳을지 모르겠다. 아마도 진정한 사건은 대도시에서 일어나며 시골에서 일어나는 일은 모두 지루한 것들뿐이라는 투의 속임수에 빠져 있었는지도 모른다. 정말로 영문을 알 수 없다. 진리가 문을 두드리고 있는데 "꺼져, 나는 지금 진리를 찾고 있어"라고 말하자 진리가 가버리고 만 꼴이다. 왜 그리 오랜 시간이 필요했는지 영문을 알 수 없다. (27)

주인공은 과거를 향한 시간의 여행을 시작하여 마침내 과거의 자신과 만나 그가 찾고자 했던 것이 무엇인가를 깨닫게 되는데, 우리는 이 탐구와 깨달음의 여정을 십우도의 제1번에서 제8번까지의 그림과 연결할 수 있을 것이다. 또한 과거의 자신인 파이드로스가 현재의 자기 자신을 극복하고 이 파이드로스가 곧 자신의 아들과도 하나임을 깨닫는 순간, 그리고 아들과 화해에 이르고 새로운 삶을 향해 나아가는 순간을 우리는 제9번과 제10번 그림과 연결할 수도 있다. 이처럼 한국에도 널리 알려진 선불교의 핵심 텍스트인 십우도는 파이드로스/주인공의 탐구와 깨달음의 여정을 이해하는 데 하나의 열쇠가 될 것이다.

5. 문학, 철학의 이분법을 뛰어넘어

이제까지 우리는 『선과 모터사이클 관리술』의 중심 주제인 '가치에 대한 파이드로스의 탐구'에 대해 나름의 관점에서 이해와 평가를 시도했다. 이제 논의를 문학적 차원으로 돌릴 때가 되었는데, 이와 관련하여 우리는 무엇보다도 깨달음을 향한 파이드로스/주인공의 철학적 여정뿐만 아니라 주인공의 모터사이클 여행 역시 또 하나의 극적 전개 과정 속에 제시되고 있음에 유의하지 않을 수 없다. 사실 여행자 소설의 경우 어느 지점에서 출발하여 어느 지점에 도착했다는 이야기 자체는 중요한 것이 아닐 수 있다. 여행 자체보다 중요한 것은 여행을 통한 인간의 내적 변모 또는 인간 관계의 변화일 것이다. 『선과 모터사이클 관리술』에서 이 같은 변모 또는 변화의 중심에 놓이는 인물은 물론 주인공과 그의 아들이다. 어떤 의미에서 보면, 가치에 대한 탐구 자체가 의미를 갖는 것도 이 같은 변모와 변화를 이끌기 때문이리라.

앞서 언급한 것처럼, 여행 도중 주인공은 두려움과 망설임 가운데 과거의 자신과 만남으로 인해 일종의 정신적 위기에 빠져든다. 그리고 이러한 상황은 아들과 제대로 마음을 나눌 수 없음으로 인해 더욱 악화된다. 아니, 아들과 마음을 나누기가 점점 더 어려워질 만큼 주인공이 겪는 정신적 위기는 더욱 심각해져만 간다. 결국 양자 사이의 불편한 관계는 회복이 불가능해 보일 정도로 악화된다. 이야기의 막바지에 이르면, 주인공의 아들 크리스는 막무가내로 투정을 부리기도 하고 또 추락의 위험을 무릅쓰고 절벽 가까이 다가가 아버지를 화나게 하기도 한다. 이는 물론 주인공의 말대로 그를 화나게 하려는 것일 수 있지만, 어찌 보면 주인공이 깨닫고 있지 못한 것을 깨닫게 하기 위한 방편일 수도 있다. 말하자면, 주인공이 과거의 '그'—그의 아들이 예전에 그토록 좋아했던 파이드로스로서의 '그'—가 아닌 다른 사람으로 변했다는 사실을 깨닫게 하기 위한 방편일 수도 있다. 이런 의미에서 볼 때, 크리스가 원하는 바는 그의 아버지가 예전의 '그'로 되돌아가는 것이다. 아니, 이보다 더 근원적 차원의 독해가 허락된다면, 왜곡과 억압으로 인해 떠나올 수밖에 없었던 근원으로 주인공이 되돌아가기를 바라는 크리스의 마음 표현으로 읽을 수도 있다. 또는 변증법 옹호자들의 공격으로 인해 사람들이 싫든 좋든 떠나야 했던 수사학의 세계로 되돌아가기를 호소하는 마음 표현으로 읽을 수도 있다. 이런 의미에서 볼 때, 크리스의 투정은 과거의 주인공인 파이드로스를 지적 파문으로 몰아갔던 장본인들——변증법에 지고의 권위를 부여하던 자들——에 대한 저항의 몸짓일 수도 있다.

요컨대, 크리스는 곧 또 하나의 파이드로스일 수 있다. 이야기가 끝나갈 무렵 주인공에게는 필연적으로 이에 대한 깨달음의 순간이 오는데, 따지고 보면 주인공에게 잃어버린 자신을 다시금 받아들이는 일——피어시그의 설명에 의하면, 서술자와 파이드로스 사이의 싸움에서 마침내 파이드로스가 "승리하는 것"(서문, 13)——은 곧 크리스와의 화해를 의미하는 것이기도 하다. 다시 말해, 주인공은 자신의 아들 크리스가 곧 또 하나의 파이드로스이고, 나아가 자기 자신의 분신임을 깨달아야 한다. 바로 이 깨달음의 순간을 피어시그는 이렇게 묘사하고 있다.

다시 모터사이클을 타고 달리는 동안, 나는 문득 크리스가 또 하나의 파이드로스라는 깨달음에 이른다. 그는 예전의 파이드로스처럼 생각하고, 예전의 파이드로스처럼 행동하는 또 하나의 파이드로스, 단지 막연하게 의식될 뿐 정체를 모르는 힘에 의해 내몰린 채 말썽거리를 찾아 헤매는 또 하나의 파이드로스인 것이다. 물음을 . . . 동일한 물음을 계속 묻는 존재. . . . 그는 모든 것을 다 알고자 하는 존재다.
그리고 그는 질문에 대한 답을 얻지 못하면 답을 얻을 때까지 몇 번이고 되풀이해서 집요하게 답을 추구한다. 그러다가 보면 그는 또 하나의 질문으로 이끌리게 되어 다시금 그 질문에 대한 답을 얻을 때까지 집요하게 추구하고 또 추구한다. . . . 질문이 끝나지 않으리라는 사실을 결코 알지도, 결코 깨닫지도 못 한 채, 끊임없이 질문에 대한 답을 추구

하는 존재인 것이다. (717~18)

이제 주인공에게 필요한 것은 과거의 자신인 파이드로스와 하나가 되고 또 아들과 하나가 되는 극적인 순간이다. 소설의 마지막 부분은 바로 이 극적인 순간에 이어 아들과 화해하는 주인공의 모습을 소박하면서도 감동적인 필치로 그리고 있다.

하지만, 아니, 그럼에도 불구하고, 묻지 않을 수 없는 질문이 있다. 파이드로스와 주인공 사이든, 파이드로스와 크리스 사이든, 또는 크리스와 주인공 사이든, 어떤 경우에도 '화해'는 바로 주인공의 '또 다른 자아'인 현대판 파이드로스가 그토록 혐오했던 변증법적 합일의 과정을 암시하는 것일 수 있지 않은가. 바로 이런 측면에서 이 소설은 변증법적 논리에 대한 비판이지만 이와 동시에 변증법의 틀을 벗어나고 있지 못하다는 비판도 가능할 수 있다. 또한 이분법적 세계 이해 방식을 부정하면서도 이 책의 모든 내용이 이분법적 구도 속에 제시되어 있다는 비판 역시 가능할 수 있다. 어찌 보면, 이분법적 세계 이해 방식을 부정하고 넘어서고자 하는 것 자체도 변증법적 합일의 과정일 수도 있으리라. 하기야 질의 개념을 부정하고 억압하는 변증법적 사유 체계에 대한 파이드로스의 비판이 가능했던 것은 그가 바로 그와 같은 변증법적 사유 체계—말하자면, 이성적, 분석적, 논리적 사유 체계—에서 사유하는 훈련을 받았기 때문일 수도 있다. 여기에서 우리가 묻지 않을 수 없는 질문이 있다면, 도대체 선(禪)의 출발점은 어디인가. 자아와 세계 사이의 거리를 초극한다는 말 자체가 이미 거리를 전제(前提)하고 있는 것 아닐까.

돌이켜 생각건대, 파이드로스가 말한 "우리 자신의 내부에 있지 않을까 하여 더할 수 없이 두려워하는 것을 다른 사람한테서 찾아 더할 수 없이 격렬하게 비난하는 경향"이 우리에게 있다면, 『선과 모터사이클 관리술』의 주인공/파이드로스를 포함하여 누구도 이 논리로부터 자유로울 수 없을 것이다. 정녕코, 만에 하나 문학을 하는 사람이나 철학을 하는 사람이 서로를 향해 부실함과 허점을 들어 공격하고 비판한다면, 이는 바로 "우리 자신의 내부에 있지 않을까 하여 더할 수 없이 두려워하는 것을 다른 사람한테서 찾아 더할 수 없이 격렬하게 비난하는" 것일 수 있음을 잊지 말아야 할 것이다.

/ 역자 후기 /

사서 보든 빌려 보든
베껴 보든 빼앗아 보든 훔쳐 보든!

로버트 피어시그의 『선과 모터사이클 관리술』을 내가 처음 알게 된 것은 1980년대 중반 미국 텍사스 대학교(오스틴 소재)에서 영문학을 공부할 때였다. 구체적으로는 1984년 '비평 이론 강의'를 수강하는 동안 이 책의 존재를 알게 되었고, 우연한 기회에 책을 구해 읽게 되었다. 책을 읽는 도중 어느 순간에 싹터 지금까지 내 마음을 지배하는 생각이 하나 있다. 좀더 일찍 이 책과 만났더라면! 좀더 일찍, 예컨대, 한국에서 대학을 다닐 때 이 책과 만났더라면, 아마도 그 이후 공부를 계속하면서 내가 추구하고자 하던 바는 전혀 다른 것이 되었을 수도 있었으리라. 아니, 추구하고자 하던 바에 변화가 없었다 하더라도 이를 향해 가는 '길'은 다른 것이 되었으리라. 그리고 좀더 밝아진 눈으로 앞과 뒤 그리고 주변을 살피면서 그 길을 따라갈 수 있었으리라. 말할 것도 없이, 이제까지 살아오는 동안 나를 감동과 열광으로 이끈 책은 헤아릴 수 없이 많았다. 하지만 좀더 이른 나이에 만나지 못했음을 안타까워하게 한 책은 『선과 모터사이클 관리술』을 빼면 지금 이 순간 달리 떠오르는 것이 없다. 이처럼 『선과 모터사이클 관리술』은 나에게 더할 수 없이 깊은 의미를 갖는 책이었다. 아니, '깊은 의미'라는 표현만으로는 충분치 않다. 이 책은 나에게 눈을 뜨게 했고, 이로 인해 나의 시야가 환하게 밝아졌다.

좀더 일찍 이 책과 만났더라면 하는 생각에, 나는 1980년도 후반 유학을 마치고 한국으로 돌아와 학생들을 가르치면서 내내 이 책을 소개했다. 주로 '문학과 철학'(최근에는 '문학과 철학의 대화'로 바뀜)이라는 강좌명의 교양 강의를 통해 지난 20여 년 동안 나는 이 책의 내용 일부를 학생들에게 읽히고, 내가 체험한 바의 '눈뜸'이 어떤 것이었는지를 학생들에게 이해시키려 노력해왔다. 하지만 언제나 시간의 제약과 언어의 장벽 때문에 아쉬워해야 했다. 두세 주일의 시간을 이 책 읽기에 할당하더라도, 수업 시간에 다룰 수 있는 내용은 한정될 수밖에 없었다. 학생들에게 책을 읽어 오라는 과제를 내줄 수도 있었지만, 깨알 같은 글자로 된 4백여 페이지가 넘는 영문 원서, 그것도 읽기가 수월치 않은 영문 원서를 학생들에게 몇 주 안에 읽어 오라는 것은 아예 읽은 척만 하라는 것이나 다름없었기 때문이다. 마침내 이 책에 대한 번역을 진지하게 고려하게 되었고, 2000년대 초반에서 중반으로 넘어갈 무렵 문학과지성사의 배려로 번역권을 확보하게 되었다.

지난 2004년 나는 안식년을 맞아 방문 학자의 자격으로 미국 시애틀에 있는 워싱턴 대학교에 가서 1년을 보내게 되었는데, 그때부터 본격적인 번역 작업에 착수했다. 몇 달에 걸쳐 이 책의 3분의 1가량을 번역했고, 이듬해인 2005년 귀국한 후에는 이러저러한 일로 정신이 없어 작업에 손을 대지 못하다가 2006년과 2007년 시간을 내어 짬짬이 번역한 끝에 다시 3분의 1가량을 번역할 수 있었다. 그리고 2008년 겨울 만해마을로 들어가서 겨우내 번역에 매달린 끝에 일을 끝낼 수 있었다. 일을 끝내고 보니 200자 원고지로 3천 3백 매 가량이 되었다. 이렇게 해서 완성된 원고를 원문과 대조하면서 수정 및 교정 작업을 하는 데 다시 1년 6개월의 시간을 보냈다.

번역 작업을 진행하던 도중, 어느 순간부터인가 나는 때때로 감상(感傷)에 젖지 않을 수 없었다. 번역을 끝내고 교정 작업을 하는 동안에도 나는 내내 마음 깊이 감상에 젖어 있었다. 시애틀에서 돌아온 다음 얼마 되지 않아 텍사스 대학에서 나의 박사학위 논문 지도교수였던 리처드 밸런타인 르클럭Richard Valentine LeClercq 교수의 서거 소식을 접했기 때문이었다. 사실 『선과 모터사이클 관리술』에 등장하는 파이드로스라는 이름의 무서울 정도로 매력적인 한 인간의 지적 방황과 고뇌와 만나면서, 나는 줄곧 르클럭 교수의 모습을 떠올리곤 했었다. 서거 소식을 접하기 전에도 말이다. 이야기 속의 파이드로스처럼 르클럭 교수는 창조적 정신의 소유자였고, 지적으로 더할 수 없이 도전적인 반항아였기 때문이다. 그리고 파이드로스만큼이나 철저하게 철학적, 문학적, 비판적 문제와 싸워 답을 얻으려 했던 사람이었기 때문이다. 나의 유학 시절 더할 수 없이 친밀하게 오랜 세월을 그와 함께 보냈지만 이제는 고인이 된 나의 지도교수가 너무도 그립고 보고 싶어서, 나는 마음 깊이 슬픔과 아쉬움에 젖지 않을 수 없었다.

나의 지도교수였던 르클럭 교수는 이 책의 저자인 로버트 피어시그와 너무도 닮은 사람이었다. 말하는 것, 생각하는 것, 어느 하나도 다를 것이 없던 분이 르클럭 교수였다. 심지어 피어시그의 사진을 보기만 해도 르클럭 교수의 모습이 떠오를 정도다. 그들 사이에 차이가 있다면 무엇일까. 피어시그의 주된 기술 공학적 관심사가 추측건대 모터사이클 관리였다면, 르클럭 교수의 주된 기술 공학적 관심사는 스피커 제작이었다는 점이리라. 『선과 모터사이클 관리술』을 읽을 때뿐만 아니라 번역할 때도 나는 줄곧 스피커를 설계하고 제작하던 르클럭 교수의 모습을 떠올리곤 했다. 나에게는 스피커 제작 작업을 하는 그를 거들고 지켜볼 기회가 적지 않았는데, 내 기억에 남아 있는 것은 언제나 자신의 일에 몰입해 있는 장인(匠人)의 모습이었다. 말하자면, 그는 항상 자신이 제작하고자 하는 스피커와 자기 자신 사이의 형이상학적 거리가 무화(無化)된 상태에서 작업을 했다. 그는 '그냥' 일에 몰입해 있었으며, 그리하여 탄생한 스피커는 『선과 모터사이클 관리술』에서 주인공이 "한국의 성벽"을 설명하면서 동원했던 "영적 현실의 물질적 반영"이라는 표현에 어울리는 그런 것이었다. 이를 나는 르클럭 교수의 집 응접실에서 바하, 베토벤, 브람스의 음악에 귀 기울이며 확인할 수 있었다. 정녕코 "모든 것의 중심부에 고요함이 구체적으로 반영되어 있어서 이를 다른 사람들에게 곧바로 감지하도록 하는 작업"이란 어떤 것인가를 보여주는 것이 바로 르클럭 교수의 작업이었다.

르클럭 교수가 스피커를 설계하고 제작하는 동안 나는 온갖 오디오 기기를 수리하고 제작했었다. 텍사스 대학에서 영문학을 공부하는 동안 어느 오디오 전문점에서 '테크니션'으로 일해 달라는 제안까지 받을 정도로 오디오 기기 수리 및 제작에 심취해 있었고, 이와 관련하여 많은 사람들의 인정을 받기도 했었다. 아주 어릴 적 나는 외가댁에서 자랐는데, 외가댁에 있던 외삼촌 소유의 온갖 책을 뒤적이는 가운데 머리가 이상해졌기 때문이었는지는 몰라도 초등학교에 입학하기도 전부터 과학자가 되겠다는 결심을 공공연히 밝히고 다녔다. 그리고 초등학생 시절부터 중고등학교 물리 및 공업 교과서는 물론 전자 회로가 담긴 온갖 책들을 구해 제대로 이해도 못하며 읽곤 했는데, 특히 나를 매혹했던 것은 각종 전자 회로였다. 얼마나 이해했는지 말하기는 어렵지만, 전자 회로를 보고 이에 의거하여 무언가를 만들 때는 더할 수 없이 즐거웠다. 그 일이 얼마나 즐거운지 공부 때문에 밤은 못 새워도 전자 회로와 전자 부품을 가지고 씨름하느라고 새운 밤은 어린 나이에도 수없이 많았다. 중학교 시절부터 학교 선생님들의 온갖 전자 제품을 고쳐 드리기도 하고 각종 과학 경시 대회에 나가 우승을 하기도 했다. 그런 내가 어쩌다 영문학을 공부한 다음 영문학자가 되었는지 모르겠다. 아무튼, 나는 기계란 기계는 무엇이든 다 만들고 수리할 줄 아는 사람이 되고자 했고, 이 부분에서는 상당한 경지에 올랐었다고 감히 말할 수 있을 것 같다. 내가 그 모든 일을 할 수 있었고, 그것도 성공적으로 할 수 있었던 것은 피어시그가 말하는 마음가짐—좁게는 모터사이클, 넓게는 이 세상 모든 기술 공학의 산물들을 대할 때 가져야 할 평정의 마음과 적극적 관심의 마음—을 소유했거나 소유하고자 하는 열정을 소유했기 때문이라 믿고 싶다.

나의 주된 기술 공학적 관심사는 물론 오디오 기기 제작 및 수리였지만 가난한 유학생 시절 나는 자동차 수리에도 적극적인 관심을 갖지 않을 수 없었다. 낡고 오래된 나의 자동차는 온갖 말썽을 통해 자신의 존재 이유를 알려 왔고, 높은 인건비 때문에 차가 말썽을 부릴 때마다 손수 수리해야만 했기 때문이었다. 그리하여 아무런 고가의 장비 없이 스크루드라이버와 소켓 렌치 몇 개만을 가지고 차의 엔진을 분해하여 성공적으로 수리하기도 했다. 하지만 피어시그의 책을 번역하면서 나는 모터사이클에 대해 공부하느라고 많은 시간을 보내야 했다. 비록 자동차 수리 경험을 통해 '동력 이동 장치'에 대한 기본 지식을 갖추고 있긴 했지만, 모터사이클 고유의 부품 및 작동 원리와 관련하여 배울 것이 더 있었기 때문이었다. 모터사이클에 대한 공부와 관련해서는 방문 학자의 자격으로 워싱턴 대학에 가 있는 동안 그곳에서 친구가 된 분의 도움이 컸다. 시애틀에서 큰 규모의 정비업을 하고 있는 강영철 사장이 그분인데, 마침 그의 정비소에서 일하고 있던 두 백인 청년이 모터사이클광이었다. 강 사장의 배려 및 두 백인 청년들의 도움으로 모터사이클 부품 하나하나에 대한 지식을 얻고 또 정비소에서 기계를 분해하고 조립하는 일도 함께 했다. 비록 피어시그의 책을 읽는 사람에게는 필요한 것이 아니겠지만, 번역하는 사람에게는 필요한 모터사이클에 관한 지식을 이렇게 해서 얻었다.

하지만 피어시그의 책을 번역하는 데 필요한 것이 어찌 모터사이클에 관한 지식뿐이랴. 그의 책을 번역하면서 나는 학교에서 배워 익히 알고 있는 유클리드 기하학을 넘어서는 비(非)유클리드 기하학을 공부하는 데, 고대 희랍 철학을 공부하는 데, 흄과 칸트의 철학을 공부하는 데, 『도덕경』을 읽는 데, 산스크리트어를 이해하는 데, 불경을 공부하는 데, 그리고 이 책에 나오는 그 외의 온갖 지성사의 이슈들을 공부하는 데 많은 시간을 즐겁고 기꺼운 마음으로 보냈다. 이 책을 번역하는 데 오랜 세월이 걸렸던 것은 일부 이 때문이다. 물론 무엇보다도 역자의 '굼뜸'을 탓해야겠지만, 번역 도중 책이 걸어오는 그 모든 지적 도전을 회피하지 않았기 때문이기도 한 것이다. 번역 도중 역자의 지적 이해 능력 바깥쪽에 있는 문제와 만나면 그것이 무엇이든 이해의 영역 안으로 끌어들인 다음에야 다음 번역 작업을 진행했기 때문에, 일은 더디게 진행될 수밖에 없었다.

돌이켜 보건대, 나는 이 책을 번역하는 일이 마치 내 자신의 삶 전체를 되돌아보고 정리하는 일이라도 되는 양 온갖 힘을 기울였다. 물론 이 책에 대한 번역을 시작한 이래 줄곧 그 일에만 매달린 것은 아니었다. 책을 번역하는 동안 때가 되면 학생들을 가르치기도 했고, 문학 작품을 읽고 이에 관해 글을 쓰기도 했으며, 필요에 따라 여러 종류의 글이나 책을 번역하기도 했다. 또한 오디오 기기를 분해한 다음 그 안을 들여다보면서 기기의 회로 구성도를 머릿속으로 그려보기도 하고, 분해했던 오디오 기기를 재조립한 다음 그 기기가 내는 소리에 귀를 기울이기도 했으며, 각종 오디오 기기에 대한 평문을 쓰기도 했다. 어디 그뿐이랴. 친구들과 어울려 술을 마시기도 했고, 산에 오르기도 했을 뿐만 아니라, 온갖 문제를 놓고 논쟁의 시간을 갖기도 했다. 심지어 미국의 시애틀에서 시작하여 인디애나 주의 블루밍턴까지 왕복 6천 마일을 자동차를 몰고 가족과 여행하면서 피어시그가 그의 아들과 함께 지나갔던 길을 이리저리 따라가보기도 했다. 하지만 그 모든 일을 하는 동안 나는 어느 한 순간에도 피어시그의 지적(知的)인 탐구의 여정을 내 마음에서 지우지 않았다.

이 책을 번역하는 데 쏟은 노고의 대가로 내가 기대하는 것은 번역료나 인세가 아니다. 사실 다른 책이나 문학 작품을 번역했을 때 이런 생각을 해본 적은 한 번도 없었다. 무엇을 번역하든 그에 바친 정신적, 육체적 노고에 대한 물질적 보상을 기대했던 것이 사실이다. 하지만 이번 경우는 그렇지가 않다. 나는 『선과 모터사이클 관리술』을 번역하면서 이미 너무도 커다란 정신적 보상을 받았기 때문이다. 책을 읽어나갈 때 느끼지 못했던 것까지 번역 과정에 깊이 느낄 수 있었고, 또 구절 하나하나에 대해 깊이 생각하면서 많은 깨달음에 이를 수 있었다는 점에서 그러하다. 그리고 무엇보다도 번역하는 일이 더할 수 없이 즐거웠다. 이 나이에도 아직 타인의 정신 세계 안에 있는 너무나 오묘하고도 너무나 아름다운 사유의 "고산 지대"를 거닐면서도 숨이 차지 않았기 때문이다. 다시 말하지만, 그 어떤 보상도 원치 않는다. 다만 원하는 보상이 있다면, 사 볼 여력이 되지 않는다면 빌려 보든 베껴 보든 빼앗아 보든 훔쳐 보든 되도록 많은 사람이 이 책을 읽는 것이다. 바라건대, 영어로 된 원본을 읽기에 다소 힘이 부치거나 원본을 구하기 어려운 사람들은 이 번역본을 읽기를! 그리고 우리네 시대의 삶이 갖는 의미에 대해 조금은 더 진지하게, 조금은 더 철저하게 고뇌할 수 있기를!

여기서 잠깐 내가 2004년 이 책에 대한 번역을 시작할 당시에 겪었던 일을 하나 소개하기로 하자. 당시 나는 시애틀 근교에 있는 레드먼드라는 곳에 살고 있었는데, 하루는 그 지역에서 발행되는 생활 정보 신문에 "선과 변기 관리술Zen and the Art of Toilet Maintenance"이라는 제목의 광고문과 만나게 되었다. 그림이 주를 이루는 여느 광고와 달리 그림 없이 글로만 채워진 광고를 통해 광고주는 피어시그의 『선과 모터사이클 관리술』이 자신의 성장기에 얼마나 큰 영향을 미쳤던가를 이야기하고, 피어시그가 모터사이클을 관리하면서 보였던 "질"에 대한 진지한 탐구 정신으로 고객의 변기 관리를 할 것을 약속하고 있었다. '모터사이클'과 '변기'를 함께 떠올리며 실소를 흘린 사람은 비단 나만이 아닐 것이다. 바로 이처럼 변기를 수리하는 사람에게까지 『선과 모터사이클 관리술』이 널리 읽히기 바라는 것, 그것이 바로 이 책을 번역한 내가 기대하는 무엇보다도 소중한 대가이자 보상이다.

끝으로 오랜 세월 더할 수 없는 인내심을 갖고 나의 번역을 기다려준 문학과지성사의 관계자 여러분께 '늦음'에 대한 사과의 인사와 '기다려줌'에 대한 고마움의 인사를 함께 보낸다. 정말로 고맙고 또 고맙다. 출간을 기다리고 허락해준 문학과지성사의 관계자들에게도 고맙지만, 이 책이 1974년 처음 출간되고 35여 년의 세월이 흐른 후에도 아직 과제로 남아 나에게 번역의 기회가 주어진 것에 대해서도 고맙다. 아니, 마음이 가라앉기도 한다. 이처럼 소중한 책에 대해 우리 독서계가 그처럼 무심할 수 있었다는 사실 때문에. 하지만 이렇게 생각해보기도 한다. 이 책이 제기하는 것과 같은 문제—즉, "물질적 성공"이라는 "꿈"에 대한 회의—를 문제로 인식하기에는 우리 사회가 그동안 겪어야 할 일이 너무도 많았다고.

『선과 모터사이클 관리술』이 출간되고 10년이 지난 1984년에 덧붙인 「후기」에서 피어시그는 이 책을 "문화를 옮겨 나르는 책"으로 규정한 바 있다. 저자에 의하면, "문화를 옮겨 나르는 책들은 문화적 가치에 대한 가정들에 도전하고, 그러한 도전은 문화가 도전에 대해 호의적 태도를 보이면서 변화하는 바로 그런 시기에 종종 이루어지게 마련이다." 어찌 보면, "물질적 성공"이라는 "꿈"을 지고의 가치인 양 여기는 우리 사회, 우리 시대야말로 기존의 "문화적 가치에 대한 가정들"에 대한 "도전"이 필요한 시대, 기존의 문화가 "호의적 태도"를 보이면서 스스로 "변화"를 자청할 수 있을 정도로 설득력 있는 "도전"이 필요한 시대가 아닐까. 확신컨대, "한국의 성벽"에 대한 작중 화자의 찬사가 암시하듯, 우리 안에는 보듬어 안고 가야 할 소중한 "문화적 가치에 대한 가정들"이 이미 존재해 있었다. 다만 이 같은 소중한 가정들을 망각한 채 길을 잃고 혼란 속에 방황하고 있는 것이 우리 사회, 우리 시대는 아닌지? 따지고 보면, 우리가 살아가고 있는 오늘날의 한국 사회만큼이나 삶과 문화가 갖는 "질"에 대해 온갖 측면에서 고민하고 반성해야 할 사회가 어디에 따로 있겠는가! 부디 『선과 모터사이클 관리술』이 삶과 문화의 "질"에 대한 우리의 고민과 반성을 질적 차원에서 보다 더 높은 곳으로 이끌기를 바랄 따름이다.

2010년 7월 20일
역자 씀